U0331111

古罗马文学史

HISTORIA LITTERARUM ROMANARUM

江澜 著

古罗马诗歌史

Historia

POEMATUM

Romanorum

华东师范大学出版社

华东师范大学出版社六点分社　策划

本书获国家社科基金后期资助项目（13FWW011）

谨以此书献给我的父母江朝涂、柳作珍

目　录

弁　言

以历史（historia 或 ίστοϱία）为纲，以文体（genus littera-rum）为目，纲目并举，这是结构比较合理的文学史的写法。拙作《古罗马诗歌史》（*Historia Poematum Romanorum*）的书写也不例外。

一、以史为纲

要写《古罗马诗歌史》，务必先弄清古罗马文学（litterae Romanae）的"纲"——历史。因此，在阐述古罗马文学的历史划分以前，得先从经济、政治、宗教（religio）、①地理学与人类学、语言（Lingua）等层面阐述古罗马文学历史的内涵与外延。

从经济基础的角度看，古罗马历史分为原始社会时期（远古时代至公元前 615 年）和奴隶社会时期（公元前 615－公元

---

① 宗教（religio, -onis, 阴性）源于动词 religare（连接）或 religere（复兴、控制），是人与神的共同体，参魏明德（Benoit Vermander）、吴雅凌编著，《古罗马宗教读本》，北京：商务印书馆，2012 年，页 42。

476 年)。已知的资料显示,从原始社会时期到奴隶社会初期,更确切地说,到公元前 3 世纪中叶,长期都不存在真正的古罗马文学,仅有处于萌芽状态的"非文学",即不能达标的、粗糙的低水平文学。因此,古罗马文学的主体部分实际上就是古罗马奴隶社会时期的文学(λόγων)。①

　　从政治的角度看,古罗马历史主要分为 3 个时期:王政时期(公元前 8 世纪中期至公元前 6 世纪末)、共和时期(公元前 6 世纪末至前 1 世纪末)和帝政时期(公元前 1 世纪末至 476 年)。其中,共和时期又分为初期(即贵族共和时期,指公元前 6 世纪末至前 3 世纪初)、中期(即贵族与平民分权的共和时期,指公元前 3 世纪初至前 2 世纪 30 年代:西塞罗认为这是共和国最好的时期)和晚期(即内战时期,指公元前 2 世纪 30 年代至前 1 世纪 30 年代)。帝政时期又分为可以称为"黄金时代"的帝政初期〔即奥古斯都时期或元首(Princeps,第一公民)时期〕、可以称为"白银时代"的帝政中期②和可以称为"黑铁时代"的帝政后期。③ 因此,学界习惯把真正的古罗马文学主要分

---

　　① 参李雅书、杨共乐,《古代罗马史》,北京:北京师范大学出版社,1994 年;科瓦略夫,《古代罗马史》,王以铸译,上海:上海书店出版社,2007 年。

　　② 戈德堡(Sander M. Goldberg)把公元前 90 年以前界定为早期共和国,莱文(D. S. Levene)把公元前 90 至前 40 年界定为晚期共和国或"三头执政(triumvirātus)"时期,法雷尔(Joseph Farrell)把公元前 40 至公元 14 年界定为奥古斯都时期,罗兰·迈尔(Roland Mayer)把 14 至 68 年界定为帝国初期,吉布森(Bruce Gibson)把 69 至 200 年界定为帝国繁荣时期,参 Stephen Harrison(哈里森)编,*A Companion to Latin Literature*(《拉丁文学手册》),Blackwell Publishing 2007,页 15 以下。

　　③ 蒙森(Theodor Mommsen),《罗马史》(*Römische Geschichte*)卷 1-3,李稼年译,北京:商务印书馆,1994/2004/2005 年;罗斯托夫采夫(M. Rostovtzeff),《罗马帝国社会经济史》(*The Social and Economic History of Roman Empire*)上、下册,马雍、厉以宁译,北京:商务印书馆,2005 年;阿克洛伊德(Peter Ackroyd),《古代罗马》(*Ancient Rome*),冷杉、杨立新译,北京:三联书店,2007 年;罗格拉(Bernardo Rogora),《古罗马的兴衰》(*Roma*),宋杰、宋玮译,济南:明天出版社,2001 年。

为 5 个部分：古罗马共和中期、晚期，以及帝政初期、中期和晚期。①

　　从宗教的角度看，古罗马文学包括耶稣出生以前的异教文学和以后出现的基督教文学。其中，基督教文学并不是无中生有，而是从异教文学中孕育出来的，即从两希文明中孕育出来的，例如源于希伯来文明的犹太教和《旧约》，以及源于希腊（Ἑλλάς 或 Hellas）② 罗马文明的新柏拉图主义。值得注意的是，中世纪初期与古罗马帝政时期的基督教文学是一个不可分割的整体：教父时期从 1 世纪《新约》成书③开始，直到 6 世纪。因此，古罗马文学的历史时间并不限于 476 年西罗马帝国灭亡以前。

　　从地理学和人类学的角度看，古罗马从最初的罗马村落发展为四方罗马城，又从王政时期的罗马城发展为共和时期的意大利半岛，最后成为地跨欧亚非的大帝国。随着古罗马疆域的不断扩大，古罗马文学的主体“古罗马人”的范畴也日益扩大：从最初的拉丁人，到包括萨宾人、埃特鲁里亚人等在内的古意大利人，最后还包括希腊人、高卢人、西班牙人、北非人等外省人。相应地，文学创作的语言也不仅仅限于拉丁语，还包括希腊语④等。因此，严格来讲，有理由把古罗马帝国统治下的希腊、高卢等外省作家及其作品也纳入古罗马文学史的写作范畴。不过，鉴于《古罗马文学史》（*Historia Litterarum Romanarum*） 3 卷本——即《古罗马戏剧史》（*Historia Dramatum Romanorum*）、

---

　　① 王焕生，《古罗马文学史》，北京：人民文学出版社，2006 年；科瓦略夫，《古代罗马史》。

　　② 刘以焕，《古希腊语言文字语法简说》，上海：上海人民出版社，2005 年，导言，页 9。

　　③ 参《圣经（灵修版）·新约全书》，香港：国际圣经协会，1999 年。

　　④ 刘小枫编，《凯若斯：古希腊语文学教程》（上册），上海：华东师范大学出版社，2005 年。

《古罗马诗歌史》（*Historia Poematum Romanorum*）和《古罗马散文史》（*Historia Prosarum Romanarum*）——的篇幅、古希腊语的难懂、资料的匮乏等诸多的原因，拙作主要研究和写作拉丁语的作家作品。当然，鉴于古罗马文学与古希腊文学的关系密切，也会把古希腊文学融入古罗马文学史里面，其方法就是比较古罗马文学及其在古希腊文学里的范本［例如荷马叙事诗，米南德的新谐剧，埃斯库罗斯、索福克勒斯和欧里庇得斯的肃剧，以及亚里士多德的《诗学》］，以及援引古罗马帝国征服古希腊以后的希腊语作家——例如狄奥尼修斯、朗吉努斯、普鲁塔克和琉善（Lukian，亦译"卢奇安"）（参王焕生，《古罗马文艺批评史纲》，页293以下）——的作品来补充对古罗马文学的阐述和论证。

从语言学的角度看，拉丁语最初只是拉丁姆地区的方言，仅限于口头交流。后来，在埃特鲁里亚语的影响下，拉丁语才开始书面化。不过，由于埃特鲁里亚人的长期统治，埃特鲁里亚语是官方语言，处于强势，而拉丁语只是在野的民众语言之一，处于弱势，所以拉丁语的书面化进程十分缓慢。"据残缺证据显示，共和时期的初期，除了粗略的、重音节奏的本土语，拉丁语仅见于一种粗糙的应用性散文"。①

公元前6世纪末，埃特鲁里亚王朝顷刻之间覆灭，塔克文的复辟之梦也逐渐破灭，埃特鲁里亚语也逐渐淡出了历史舞台。相反，随着罗马人的不断扩张，拉丁语逐渐取得了统治地位，其书面化进程也日益加剧。其中，"对于拉丁语的成'文'具有决定意义的是：公元前3世纪，罗马势力的扩张使得罗马人有机会接

---

① 刘小枫编，《雅努斯——古典拉丁文言教程》（试用稿和附录），2006年9月9日增订第二稿，页6。

触到希腊文明"。譬如，拉丁语字母 Y〔up′silon〕和 Z〔zeta〕是从希腊语借来的，专门书写来自希腊语的借词，其名称也借自希腊。"至少在共和国中期，拉丁语已经是通行的官方语言"；"书面拉丁语最晚在公元前 2 世纪便固定下来"；"到了恺撒和奥古斯都时代，整个意大利地区都是拉丁语的天下"（参《雅努斯——古典拉丁文言教程》，前揭，页 6、10 和 13）。拉丁语"具有明确、简洁（συντομία）、拼音清晰等特点，适应性很强"（参李雅书、杨共乐，《古代罗马史》，页 339）。

语言的统一无疑为文学的兴盛创造了有利的条件。德语学界认为，拉丁语分为早期拉丁语（公元前 240 年以前）、① 古拉丁语（公元前 240-前 75 年）、古典拉丁语（公元前 75 年至公元 1 世纪）、晚期拉丁语（公元 2-8 世纪）、中世纪拉丁语（9-15 世纪）、人文主义时期拉丁语（15-17 世纪）和现代拉丁语或新拉丁语（从 17 世纪至今）。② 由此可见，古罗马文学史实际上包括早期拉丁语、古拉丁语、古典拉丁语和晚期拉丁语的文学。

中国学者刘小枫则认为，拉丁语分为早期古典拉丁语〔公元前 510-前 44 年（恺撒遇刺身亡）〕、中期古典拉丁语〔公元前 44-公元 188 年（奥勒留逝世）〕、晚期古典拉丁语〔188-476 年（西罗马帝国灭亡）〕、中古拉丁语（6-14 世纪）和近代拉丁语（文艺复兴时期③至今）（《雅努斯—古典拉丁文言教程》，前揭，页 5 以下）。由此可见，古罗马文学史实际上就是古典拉丁语文学（φῐλόλογος）的历史。

---

① 大约始于公元前 7 或前 6 世纪。

② 书中注释大致沿用这种对拉丁语时期的划分。

③ 布克哈特（Jacob Burckhardt, 1818-1897 年），《意大利文艺复兴时期的文化》（*Die Kultur der Renaissance in Italien: Ein Versuch*），何新译，马香雪校，北京：商务印书馆，1983 年，页 166 以下。

曼廷邦德（James H. Mantinband）则认为，早期拉丁语文学是公元前 500 至前 240 年。共和国文学是从公元前 240 至前 70 年，包括叙事诗、谐剧和肃剧。黄金时代是从公元前 70 至公元 14 年，包括西塞罗时代和奥古斯都时代。白银时代是从公元 14 至 180 年，特征是与日俱增的不自然或矫揉造作、修辞等。古代晚期是从 180 至 500 年，主要特征是基督教拉丁文学的开始和众多的申辩者。500 年以后、600 年以前的拉丁作家都归入黑暗的中世纪（参曼廷邦德，《拉丁文学词典》，页 163）。这种划分具有某种合理性，但也存在明显的不足。第一，公元前 500 年以前也存在早期拉丁文学。第二，公元前 70 年是个奇怪的时间点，因为，一方面，西塞罗的文学创作始于公元前 80 年左右，另一方面，从古典语文学的角度看，古风时期与古典时期的分界点是公元前 80 年（参 LCL 359，*Introduction*，页 vii）。第三，把 6 世纪的拉丁作家划入黑暗的中世纪欠妥，因为拉丁教父是一个整体，而教父时代包括 6 世纪。

可见，古罗马文学具有丰富性，古罗马文学的历史具有复杂性。因而，古罗马文学的历史划分变得比较棘手。经济、政治、宗教、地理学与人类学、语言和文学体裁，每一种用作划分标准，似乎都可以，又都不可以。相对而言，政治、宗教、语言与文学体裁同文学的关系较为密切一些。其中，触及文学核心的是语言与文学体裁，因为语言是文学的载体，而文学体裁是文学的形式。然而，即使是与文学关系最紧密的语言与文学体裁也不能反映出文学史的根本规律。在这种状况下，只有兼顾上述的各种因素，从文学自身的发展规律来划分历史时期。因此，古罗马文学的历史可以分为文学的萌芽时期、发轫时期、繁盛时期、衰微时期和转型时期。

关于古罗马文学的萌芽时期，学界似乎达成一致。所谓

"萌芽时期"指公元前 3 世纪中叶以前，更确切地说，公元前
240 年以前（参《古罗马文选》卷一，前揭，页 7 和 33；王焕
生，《古罗马文学史》，页 3 和 5 以下；曼廷邦德，《拉丁文学词
典》，页 163）。依据早期罗马历史的史料，古罗马的确存在一些
精神文化（科瓦略夫，《古代罗马史》，章 1 和 12；蒙森，《罗马
史》卷一）。不过，这些文化很粗浅，根本达不到文学的标准，
因此有人称之为"非文学"（参《古罗马文选》卷一，前揭，页
11 以下）。

关于发轫时期、繁盛时期、衰微时期和转型时期，学界争议
较大。

第一，发轫时期与繁盛时期的界限之争。二者的界限或者是
公元前 44 年（恺撒遇刺身亡）或公元前 43 年（西塞罗遇害），
或者是公元前 27 年（屋大维获得奥古斯都称号，建立元首制和
第一古罗马帝国）。争议的焦点是古罗马文学的繁盛。其中，单
单从文学本身的角度看，较为合理的是把古罗马文学的黄金时代
（公元前 80-公元 14 年）划分为两个时期：西塞罗时期（西塞罗
的创作时期大致为公元前 80-前 43 年）和奥古斯都时期（公元
前 43-公元 14 年），因为"前一个时期散文成就最为辉煌，后一
个时期则是诗歌的巅峰"，涌现了维吉尔、贺拉斯、普罗佩提乌
斯、提布卢斯、奥维德等一大批重量级诗人。[①] 然而，这种划分
又面临另一个疑难：古罗马戏剧（δρᾶμα）的繁盛时期并不在这
个时间段内，而在古罗马共和时期的中、后期。从这个意义上
讲，古罗马文学的黄金时代的说法虽然具有很大的合理性，但是
仍然值得商榷。因此，笔者仍然把公元前 27 年以前的作家作

---

① 参卡图卢斯，《歌集》（拉中对照译注本），李永毅译注，北京：中国青年出
版社，2008 年:译序:卡图卢斯及其《歌集》，页 1 及下。

品——如西塞罗（散文家和诗人）、瓦罗（散文家和诗人）、卢克莱修（诗人）、卡图卢斯（诗人）及其作品——划归到古罗马文学的发轫时期之下。

在时间段上，古罗马文学的发轫时期与传统的共和国中、后期大体一致，指公元前3世纪中叶以后至公元前27年古罗马共和国的覆灭，包括古罗马的大征服时期（科瓦略夫，《古代罗马史》，章17），即至意大利的统一（蒙森，《罗马史》卷二）。在发轫时期，真正的古罗马文学兴起，并得到一定的发展，甚至先后出现了古罗马戏剧和散文的空前绝后的繁荣（《古罗马文选》卷一至二，前揭；王焕生，《古罗马文学史》，页3和24以下）。

古罗马文学的繁盛时期与帝政初期（即奥古斯都执政的元首时期）一致，即公元前27至公元14年，史称"奥古斯都时期"。由于古罗马诗歌达到空前绝后的繁荣，这个时期被誉为拉丁文学的"黄金时代"（参科瓦略夫，《古代罗马史》，章28；《古罗马文选》卷三，前揭；王焕生，《古罗马文学史》，页4和188以下）。

第二，衰微时期与转型时期之间的时间界限之争。争论的焦点主要是古罗马帝政时期的中期与晚期之间的时间界限。科瓦略夫认为，从提比略到皮乌斯的统治时期是帝政的中期，从奥勒留即位至476年罗慕路斯·奥古斯图路斯遭废黜、西罗马帝国灭亡是帝政的晚期（《古代罗马史》，页569及下）。不过，德国学者阿尔布雷希特与中国学者王焕生并不认同这种划分。

所谓"衰微时期"指传统的"白银时代"，即古罗马帝政时期的中期：1世纪前期至2世纪末（参王焕生，《古罗马文学史》，页4和299以下），更确切地说，从奥古斯都之死至奥勒留（161-180年在位），即14至180年（参《古罗马文选》卷四，前揭）。拙作采用阿尔布雷希特的历史划分，把哲人王奥勒留的廊下派（Stoa）① 哲学作品归于古罗马文学的白银时代。这个时期的文学特征是文学作品达不到黄金时代的文学水平，不过仍然保持相当高的文学品质。

所谓"转型时期"② 主要指古罗马帝政晚期。王焕生把古罗马帝政晚期定义为 3 世纪至 5 世纪后期（《古罗马文学史》，页 4 和 411 以下）。这是值得商榷的。严格地讲，古罗马帝政晚期指 180 至 476 年。所谓"转型"既是经济、政治的转型：从奴隶社会向封建社会过渡，也是宗教、文化的转型：主导权从传统的异教文化逐步转向新型的基督教文化。转型的过程是漫长的，直至 6 世纪，也就是说，包括中世纪初，更确切地说，包括 476 年至 6 世纪。值得一提的是两个重要的转折点：284 年戴克里先即位，这是异教帝国从鼎盛走向衰亡；313 年基督教合法化或特奥多西乌斯统治时期定为国教，标志着基督教由弱转强（参《古罗马文选》卷五，前揭）。在这个时期，文学特征具有特异的性质：与以往的各个时期相比，古罗马文学的形式弱化，内容的宗教性质——即基督教的或异教的——显得更加重要。其中，基督教文学的地位从起初（即 3 世纪）的弱势发展为后来（4-6 世纪）占上风的强势。

———————

① 之前，大多数译者采用音译"斯多亚"。由于学派的鼻祖芝诺在雅典市场的书廊（Stoa）上设帐教学，所以意译"廊下派"更加妥当。参梁实秋：译序，页 8。

② 转型时期的提法并不新鲜。格兰特提及"犹太人、耶稣和保罗"（《罗马史》，章 7，节 3），"走向新世界"（《罗马史》，章 8）和"欧洲的转变"（《罗马史》，章 9），参格兰特（Michael Grant），《罗马史》（History of Rome），王乃新、郝际陶译，上海：上海人民出版社，2008 年，页 220 以下。另外，依据罗斯托夫采夫对古罗马帝国衰亡原因的分析（参《罗马帝国社会经济史》，页 723 和 726-733），王晓朝把古罗马帝国后期视为文化转型的时期，参王晓朝，《希腊哲学简史》，上海：上海三联书店，2007 年，页 384 和 328；王晓朝，《教父学研究：文化视野下的教父哲学》，保定：河北大学出版社，2003 年，页 1 以下。

　　然而，如上所述，这种历史划分并不适用于所有的文体，例如古罗马的散文和戏剧，唯独适用于最能代表古罗马文学水平的古罗马诗歌。也就是说，把古罗马诗歌的历史划分为萌芽时期、发轫时期、繁盛时期、衰微时期和转型时期，这是最合理的。

　　此外，因为古罗马诗歌属于精神文化产品，并不会随着古罗马国家的灭亡而灰飞烟灭，而是继续幸存，时隐时现，时冷时热，或者为人接受，或者为人批判，所以有必要用较大的篇幅系统阐述古罗马诗歌的作为史后史的不朽时期。

　　二、以文体为目

　　依据古希腊佚名的《谐剧论纲》（ *Tractatus Coislinianus* ），①"诗分非摹仿的和摹仿的两种"。其中，"非摹仿的诗分历史诗与说教诗。说教诗又分教诲诗与理论诗"，而摹仿的诗又分为两种：

　　　　摹仿的诗分叙事诗和戏剧诗，即（直接）表现行动的诗，戏剧诗，即（直接）表现行动的诗，又分谐剧（kômôidia）、肃剧（tragôidia）、拟剧和萨提洛斯剧（《谐剧论纲》，罗念生译）。②

　　值得注意的是，《谐剧论纲》未提及抒情诗（ *ἡ λύρα* ）。亚里

---

　　① 佚名的《谐剧论纲》提及新谐剧，而亚里士多德的《诗学》没有提及。由此推断，佚名的《谐剧论纲》或许晚于亚里士多德的《诗学》。然而，新近有研究者认为，《谐剧论纲》是亚里士多德失传的《诗学》第二卷，参刘以焕，《古希腊语言文字语法简说》，页 310 以下。

　　② 为了更准确地表现古典戏剧的本质特征，译文有改动，例如将悲剧改为肃剧，将喜剧改为谐剧，参克拉夫特（Peter Krafft），《古典语文学常谈》（ *Orientierung Klassische Philologie* ），丰卫平译，北京：华夏出版社，2012 年，页 19；《罗念生全集》卷一，罗锦麟主编，上海：上海人民出版社，2004 年，页 397。

士多德的《诗学》（Περὶ ποιητικῆς）也主要谈论戏剧诗，尤其是肃剧（ἡ τραγῳδία），谈论较多的是叙事诗（前译"史诗"，如章24 和 26），很少提及抒情诗。其中，亚里士多德提及与叙事诗、肃剧和谐剧（ἡ κωμῳδία）并列的颂歌，例如"酒神颂"和"日神颂"（章 1、4 和 22），"讽刺诗"（章 4）、抑扬格诗和英雄诗（章 22），戏剧中的进场歌、合唱歌和退场歌（章 12、18 和 22）。这是西方古典诗学的划分方法（参刘以焕，《古希腊语言文字语法简说》，页 305 以下）。

亚里士多德曾明确指出，有的由讽刺诗人变成谐剧诗人，有的由叙事诗诗人变成肃剧诗人（《诗学》，章 4）。这里关涉戏剧诗同抒情诗和叙事诗的关系。至于三者之间的关系，西方近现代有不同的理解。譬如，尼采指出，肃剧产生于叙事诗与抒情诗，而第一个叙事诗诗人荷马（Homer）是希腊诗歌的始祖，第一个抒情诗人阿尔基洛科斯（Alchilochos，公元前 700–650 年）是希腊诗歌的火炬手，也就是说，先有叙事诗，后有抒情诗。[①] 而雨果的观点恰恰相反：先有抒情诗，因为抒情诗产生于原始社会的神话时代，后有叙事诗，因为叙事诗产生于城邦国家时代。在雨果眼里，戏剧里充满叙事诗性质［《〈克伦威尔〉的序言》（*Préface de Cromwell*，1827 年）］。[②]

中国的西方古典语文学专家罗念生则考虑到了现代语境，把古代非摹仿的历史诗与说教诗同摹仿的叙事诗都放在现代叙事诗的范畴以内，把古代的抒情诗、抑扬格诗（iambus）、讽刺诗、诉歌（ēlegēa，参克拉夫特，《古典语文学常谈》，页 19）、牧歌等均列入现代抒情诗的范畴（参《罗念生全集》卷八，前揭，页 285–

---

① 尼采，《悲剧的诞生》，周国平译，北京：三联书店，1986 年，页 7 以下。

② 参雨果，《论文学》，柳鸣九译，上海：上海译文出版社，1980 年，页 23 及下。

290），即古罗马诗歌包括叙事诗（ἔπος 或 epos）、抒情诗和戏剧诗。因此，在写完《古罗马戏剧史》（*Historia Dramatum Romanorum*）以后，《古罗马诗歌史》的写作就变得愈加明晰起来，即要重点阐述的是现代意义上的古罗马叙事诗、抒情诗及其注疏。

（一）叙事诗

ἔπος = epos，学界通译"史诗"。不过，刘小枫似乎有更恰当的新译法："叙事诗"。①

> ἔπος = epos（史诗）是缪斯的作品，不过，ἔπος 最初的意思是吟唱者的词语（尤其词语的声音），译作"史诗"未尝不可，但得小心，不可在如今"史学"或"历史"的含义上来理解"史诗"，似乎 ἔπος 是为了记载历史而写的诗篇。在荷马的用法中，ἔπος 一词的含义很多："叙述、歌"；"建议、命令"；"叙述、歌咏"；"期望（与行为相对的）""言辞"（比如"用言和行帮助人"，伊 1，77；奥 11，346），还有（说话的）"内容、事情""故事"（比如"小事情"，奥 11，146）。② 与 μῦϑος = mythos（叙说）连用，ἔπος 更多指涉讲述的内容，讲述的外在层面，μῦϑος 则指涉讲述的精神层面（按尼采的看法），或者说内在层面的表达、内在心扉的敞开——也许，ἔπος 译作"叙事诗"比较恰当，更少误解（《奥德修斯的名相》）［见《古典诗文绎读·西学卷·古代编》（上），前揭，页 31］。

依据哈里森（Stephen Harrison），叙事诗（古希腊语 ἔπος、

---

① 全文均用刘小枫的译法。
② "伊"和"奥"分别指荷马的《伊尼亚特》和《奥德修纪》（亦译《奥德赛》）。

拉丁语 epos）① 分为两种：记事叙事诗（narrative epic）和说教
叙事诗（didactic epic，《谐剧论纲》称之为“说教诗”）。无论
是记事叙事诗，还是说教叙事诗，都属于古代最流行的诗歌类
型，其格律均采用六拍（hexameter）或英雄体诗行（hērōus）。②
不同的是，记事叙事诗的（epicus）地位较高，影响较大，说教
叙事诗的地位较低，影响较小（参《拉丁文学手册》，前揭，页
83 以下）。

　　其中，记事叙事诗包括英雄叙事诗（《谐剧论纲》称之为
“叙事诗”）和历史叙事诗（《谐剧论纲》称之为“历史诗”）。
古希腊荷马的《奥德修纪》（亦译《奥德赛》）与《伊利亚特》、
古罗马维吉尔的《埃涅阿斯纪》、斯塔提乌斯的《忒拜战纪》和
《阿基琉斯纪》均属于英雄叙事诗，所记述的事包含神话和传
说，故事性很强，具有较高的文学价值。而奈维乌斯的《布匿
战纪》、恩尼乌斯的《编年纪》、卢卡努斯的《内战纪》、伊塔利
库斯的《布匿战纪》等则属于历史叙事诗（“历史诗”），具有
较高的史学价值。③

　　依据盖尔（Monica Gale），“说教叙事诗”是教人的诗，因
为说教叙事诗的名称源自于古希腊语动词 διδάδκω④或 didaskein，

---

　　①　德语称之为 Epos，英语称之为 epic。
　　②　英雄体诗行也译英雄格。详见艾伦、格里诺等编订，《拉丁语语法新编》
（*Allen and Greenough's New Latin Grammar*），顾枝鹰、杨志城等译注，上海：华东师范
大学出版社，2017 年，页 557 及下。
　　③　哈迪（Philip Hardie）以维吉尔《埃涅阿斯纪》为古罗马叙事诗的中心，把叙
事诗分为前维吉尔叙事诗（主要包括安德罗尼库斯的《奥德修纪》、奈维乌斯的《布匿
战纪》和恩尼乌斯的《编年纪》）、维吉尔叙事诗和后维吉尔叙事诗（主要包括奥维德
的《变形记》、卢卡努斯的《内战纪》、伊塔利库斯的《布匿战纪》、斯塔提乌斯的《忒
拜战纪》和《阿基琉斯纪》），参《拉丁文学手册》，前揭，页 83 以下。
　　④　赫西俄德，《神谱》（*Theogony*），王绍辉译，张强校，上海：上海人民出版
社，2010 年，译者序，页 7。

意为"教导、教诲、教谕",因此,称为教诲诗或教谕诗。从教谕的内容来看,教诲诗分为哲理教诲诗(如卢克莱修《物性论》)、农业教诲诗[如古希腊赫西俄德(Hesiod,生于公元前937年)的《工作与时日》(*Erga Kai Hemerrai*),[①] 古罗马维吉尔的《农事诗》、奥维德的《论捕鱼》和涅墨西安的《咏狩猎》]、诗学教诲诗(《谐剧论纲》称之为"理论诗",如贺拉斯的《诗艺》)、爱情教诲诗(如奥维德《爱经》和《爱的医疗》)以及天文教诲诗[如古希腊阿拉托斯的《星象》,古罗马西塞罗、阿维恩(Avien 或 Avienus)[②] 和日耳曼尼库斯的拉丁语译作,以及曼尼利乌斯以阿拉托斯《星象》为基础的《天文学家》](参《拉丁文学手册》,前揭,页101以下;曼廷邦德,《拉丁文学词典》,页88)。

古罗马叙事诗根源于古希腊叙事诗。古希腊叙事诗最繁荣的时期是公元前9至前8世纪,当时正处于氏族社会开始解体、奴隶社会开始形成的时期。最有名的是荷马的《奥德修纪》和《伊利亚特》,歌颂的是公元前12世纪初叶发生的特洛伊战争中的英雄,因此属于歌颂军事首长或国王的"宫廷文学"。属于叙事诗的还有稍晚出现的长篇教诲诗,如赫西俄德的《工作与时日》(*ἔργα καὶ ἡμέραι* 或 *érga kai hemérai*)。

古罗马叙事诗与戏剧的产生时间差不多,因为第一批戏剧诗人也是叙事诗诗人。在古罗马共和国中后期,叙事诗的代表

---

① 赫西俄德,《工作与时日·神谱》,张竹明、蒋平译,北京:商务印书馆,1991年;《罗念生全集》卷八,前揭,页5、207和219。

② 关于阿维恩的全名,学界有争议:Ruf[i]us Festus Avienus 或 Postumius Ruf[i]us Festus,甚至有人把他同史学家斐斯图斯(Ruf[i]us Festus)或寓言作家阿维安(Avian 或 Avianus)等同起来。

人物是把古希腊语《奥德修纪》翻译成古拉丁语《奥德修纪》的译者安德罗尼库斯、《布匿战纪》的作者奈维乌斯和《编年纪》的作者恩尼乌斯。其中，前两者采用本土的萨图尔努斯诗行（versus saturnius），后者采用希腊的扬抑抑格六拍诗行（dactylus hexameter）。此外，卢克莱修著有哲理性的长篇教诲诗《物性论》。①

　　但是，古罗马叙事诗的集大成者是奥古斯都时期著有《埃涅阿斯纪》的维吉尔。由于维吉尔的叙事诗水平最高，影响也极其深远，不仅有大批的读者（其中，有人批评，但更多的人表示赞叹），而且还有各种各样的仿作和多种版本的注疏。此外，小诗人马尔苏斯（Domitius Marsus）、佩多（Albinovanus Pedo）与科·塞维鲁斯（Cornelius Severus）也写有叙事诗。

　　在白银时代，古罗马叙事诗尽管水平不及维吉尔的叙事诗，可仍然比较繁荣，不仅有两位教诲诗诗人：日耳曼尼库斯和曼尼利乌斯，而且还有 4 位有名的叙事诗诗人：卢卡努斯、弗拉库斯、伊塔利库斯和斯塔提乌斯。其中，曼尼利乌斯的教诲诗在阿拉托斯的仿作中创新程度最高。不过，卢卡努斯的声誉最高，影响最大。

　　此后，古罗马叙事诗衰落。不过，克劳狄安（Claudian）、

---

　　① 属于此列的还有霍斯提乌斯（Hostius，公元前 1 世纪）的《西斯特里库斯战记》（*Bellum Histricum*；Histricum 源于 Histricus, -a, -um；德语形容词 istrisch）、孚里乌斯·比巴库卢斯（Furius Bibaculus，全名 M. Furius Bibaculus）的关于恺撒《高卢战记》的叙事诗、西塞罗的《他的执政官任期》、阿塔克斯（Atax）的瓦罗（P. Terentius Varro，"Atacinus"）的《塞库阿努斯战记》（*Bellum Sequanicum*；其中 Sequanicum 源于 Sequanus, -a, -um；德语形容词 sequanisch），参 James H. Mantinband（曼廷邦德），*Dictionary of Latin Literature*（《拉丁文学词典》），New York 1956，页 100、118、145 和 288。

西多尼乌斯（Sidonius）等异教诗人，普鲁登提乌斯（Aurelius Prudentius Clemens）等基督教诗人，都写有叙事诗（参曼廷邦德，《拉丁文学词典》，页100），尽管这些叙事诗影响不大。

在不朽时期，古罗马叙事诗发挥影响的主要是维吉尔的《埃涅阿斯纪》、卢克莱修的《物性论》和卢卡努斯的《内战纪》（De Bello Civili 或 Bellum Civile）或《法尔萨利亚》（Pharsalia 或 Farsalia，即法尔萨洛斯会战的战纪）。

（二）抒情诗

在古希腊化的亚历山大里亚，在对早期古希腊诗歌进行分类的时候，学者才发明了抒情诗（λυρική 或 lyrica）一词。从词源来看，抒情诗（lyrica）源于古希腊的 λύρα 或 lyre（里拉或七弦琴）。事实上，在现代英语中，lyre 本身就具有抒情诗的含义。只不过古代语境中的抒情诗是狭义的，并不包括长短句（ἐπῳδός 或 epodos）或抑扬格诗（ἴαμβος 或 iambus）、讽刺诗（satira 或 satire）、铭辞（ἐπίγραμμα 或 epigramma）、诉歌（希腊语 ἐλεγεία 或 elegīa，拉丁语 ēlegēa）、牧歌（ἐκλογή 或 ecloga）等，而是与后面这些诗歌类型并列。狭义的抒情诗人（lyricus）并不多，包括古希腊独唱琴歌（monodicus lyrica 或 monodic lyric）的主要代表人物萨福（Σαπφώ 或 Sapphō）与阿尔凯奥斯（Ἀλκαῖος 或 Alcaeus），合唱琴歌（χορός λυρική、choralis lyrica 或 choral lyric）的主要代表人物阿尔克曼（Ἀλκμάν 或 Alcmān），以及在古典时期也难于分类的代表人物品达。而最早的拉丁语抒情诗是公元前 2 世纪普劳图斯 21 部谐剧中的抒情部分，传世拉丁语肃剧的合唱歌残段（如出自恩尼乌斯《伊菲革涅娅》的士兵合唱歌）。不过，古罗马第一个真正的抒情诗人是卡图卢斯。卡图卢斯写的诗歌采用古希腊的格律，例如十一音节体诗行（hendecasyllabus）① 和萨福体诗节（sapphicus）。② 贺拉斯的《长短句集》、《歌集》与《世纪颂歌》也属于古希腊传统的抒情诗。此后，凯西乌斯·巴苏斯（Caesius Bassus）、小普林尼（Gaius Plinius Caecilius Secundus）、斯塔提乌斯等都写有抒情诗，均属于抒情诗人（参《拉丁文学手册》，前揭，页 148 以下）。

　　抑扬格诗（iambus）或长短句（Epode）的基本格律为短长格（iambus）。与此关联的是早期古希腊诗人阿尔基洛科斯（Archilochos，大约公元前 7 世纪）和希波纳克斯（Hipponax，大约公元前 6 世纪）。他们用抑扬格（iambus）的诗（poema）攻讦他人。因此，抑扬格诗（iambus）具有攻击性，尽管抑扬格诗（iambus）的内容绝不限于辱骂人。有人认为，抑扬格诗（iambus）比抒情诗低级和更口语化，部分因为传统认为，抑扬格诗（iambus）是最简单的诗歌格律，接近于人的日常话语（亚里士多德，《诗学》，章 4，1449a），部分因为内容有损尊严，譬如，阿尔基洛科斯的抑扬格诗（iambus）涉及性，希波纳克斯的抑扬格诗（iambus）涉及妓女。这种较低水平也存留在卡图卢

---

　　① 顾名思义，十一音节体诗行（hendecasyllabus）由 11（ἑνδεκά 或 hendeca）个音节（συλλαβή 或 syllabus）组成，基本模式为：重（或轻）轻重轻轻重轻重轻轻重轻（或重），参卡图卢斯，《歌集》，页 405，例如 Da（do，dare，dedi，datus，命令式，给，予）mi（我）basia（basio，吻）/mille（千），deinde（然后，接着，最终）centum（百），汉译：给我一千个吻，然后给一百个（卡图卢斯，《歌集》，首 5，行 7）。十一音节体诗行也叫法莱科斯体诗行，希腊文的转写 Phalaikeios，拉丁语 versus phalaeceus，德语 Phaläkeus 或 phaläkischer Vers，得名于古希腊诗人法莱科斯（Φάλαικος），卡图卢斯或马尔提阿尔常使用在短诗中，参《古罗马诉歌诗人》，前揭，页 12；《拉丁语语法新编》，前揭，页 569。
　　② 萨福体诗节（sapphicus 或 Sapphic Strophe）的基本模式：前 3 行均为"长短长 X 长 | 短短长短长 X"；第四行为"长短长短 X（X 代表可长可短）"。其中，大萨福体诗节（sapphicus maior）可表示为 — ⌣ — — — ⌣ ⌣ — — — ⌣ — ⌣ ⌣̂。参《拉丁语语法新编》，前揭，页 569–571。

斯、贺拉斯和斐德若斯的拉丁语抑扬格诗（iambus）中（参《拉丁文学手册》，前揭，页190以下）。

摩根（Llewelyn Morgan）指出，讽刺诗（satire）的发明人是恩尼乌斯。卢基利乌斯的作品基本具备了讽刺诗的雏形。经典的讽刺诗人是贺拉斯。之后，佩尔西乌斯与尤文纳尔则是对经典的模仿。属于此列的还有格律杂乱的墨尼波斯杂咏（satura menippea，参《拉丁文学手册》，前揭，页174以下）。

依据沃森（Lindsay C. Watson），存世的拉丁铭辞（epigramma）的主要代表按编年顺序依次是所谓的卢塔提乌斯·卡图路斯（Lutatius Catulus）的圈子，卡图卢斯和新诗派，伪维吉尔的《短诗集》，马尔提阿尔和写作时期有争议的《普里阿普》（*Priapea*）。不过，拉丁铭辞最早可以追溯到公元前3至前2世纪的斯基皮奥家族的墓志铭（elogia），这些墓志铭大多采用本土的萨图尔努斯诗行（versus sātǔrniǔs）。早期的铭辞还有为奈维乌斯、普劳图斯和帕库维乌斯写的碑铭诗（epitaph），这些诗的真伪可疑，虚构性强，但具有较高的文学性。属于文学悼文的还有埃迪图乌斯（Valerius Aedituus）、利基努斯（Porcius Licinus）和卢塔提乌斯·卡图路斯的4或6行的铭辞。在拉丁语铭辞诗人中，成就最大的是马尔提阿尔（参《拉丁文学手册》，前揭，页201以下）。

吉布森（Roy Gibson）认为，古罗马爱情诉歌（love elegy）虽然在古希腊文学中没有前典，但是却与古希腊文学史上古风时期的诉歌与希腊化时期的诉歌有关联，其中，机智的性爱箴言诗（erotic epigram，性爱警句）是幸存下来的与古罗马爱情诉歌最接近的古希腊前典。古罗马爱情诉歌诗人有卡图卢斯、伽卢斯、提布卢斯、吕克达穆斯、苏尔皮基娅、普罗佩提乌斯和奥维德（在奥维德以后，克劳狄安、奥索尼乌斯和马尔提阿尔也用诉歌格律写诗)。其中，伽卢斯、提布卢斯、普罗佩提乌斯和奥维德最典型(昆体良，《雄辩术原理》卷十，章1，节93)。诉歌的基本特点是诉歌诗人的"疏离感"，即诗人觉得自己与周围环境格格不入。古罗马诉歌的典型题材是爱情，而且主要是异性恋，例外的是卡图卢斯的诉歌(参《拉丁文学手册》，前揭，页159以下)。

海沃思(Stephen Heyworth)指出，牧歌(εκλογή或ecloga)的发明人是古罗马的维吉尔，但是，牧歌的许多典型元素——如牧人和乡村的美丽——可以追溯到希腊化时期的诗人特奥克里托斯(Theocritus)的农事诗(georgica)。此外，比雍(Bion)等古希腊田园诗人(Bucolici)笔下的牧牛人也具有牧歌的标志性特点。在维吉尔的《牧歌》以后，奥维德、西库卢斯和涅墨西安写有牧歌。不过，这些牧歌远不如维吉尔的《牧歌》的地位高和影响大(参《拉丁文学手册》，前揭，页148以下)。

在进行简略的探源性体辨以后，有必要从现代的视角去考察广义的古罗马抒情诗的发展脉络。

广义的古罗马抒情诗有两个渊源：古希腊抒情诗与古罗马文学萌芽时期的抒情诗歌。公元前7至前6世纪，古希腊氏族社会进一步解体。个人失去氏族庇护后独立奋斗的个人成败引发的强烈感情凝结为抒情诗，属于贵族文学。第一个抒情诗人是阿尔基洛科斯。古希腊抒情诗分为双管歌(即双行体诗歌、碑铭体诗歌或诉歌体诗歌)、讽刺诗和琴歌(lyrica)(参《罗念生全集》卷八，前揭，页5、207和219)。而古罗马的抒情诗萌芽于颂神诗(hymne)、菲斯克尼歌(versus fescennini或Fescennina)、宴会歌、悼亡曲等。

在古罗马共和国中后期，抒情诗的主要代表人物有讽刺诗人：杂咏的奠基人恩尼乌斯、第一位讽刺诗人卢基利乌斯和墨尼波斯杂咏（satura menippea）的引入者瓦罗，有碑铭诗人（包括恩尼乌斯、奈维乌斯、普劳图斯、帕库维乌斯和卡图卢斯，后者最擅长碑铭诗），有罗马新诗派，还有文人业余诗人西塞罗。其中，卡图卢斯既是罗马新诗派的代表，也是罗马爱情诉歌的先驱，因而成为发轫时期最重要的抒情诗人（参《拉丁文学手册》，前揭，页190以下）。

在奥古斯都时期，抒情诗人分为泾渭分明的两大阵营：主流诗人与非主流诗人。其中，属于后者的主要是罗马爱情诉歌诗人，包括伽卢斯、提布卢斯、普罗佩提乌斯和奥维德（参《拉丁文学手册》，前揭，页159以下）。而前者的主要代表则是宫廷诗人维吉尔与贺拉斯。属于此列的还有《维吉尔补遗》。此外，值得关注的还有一些小诗人，例如马尔苏斯。总体来看，维吉尔、贺拉斯、普罗佩提乌斯与奥维德代表古罗马抒情诗的最高水平，因而影响也最大。

在白银时代，抒情诗开始衰微。不过，仍有不少水平较高的抒情诗人，例如著名的寓言诗人斐德若斯，讽刺诗人小塞涅卡、佩尔西乌斯、尤文纳尔与马尔提阿尔，牧歌诗人西库卢斯，以及即兴诗人斯塔提乌斯。其中，斐德若斯、尤文纳尔和马尔提阿尔的影响较大。

在转型时期，抒情诗出现宗教性质的分化，依据作品内容的宗教属性不同分为异教的抒情诗与基督教的抒情诗。首先，包括抒情诗在内的诗歌尽管遭遇基督教的疑难与攻讦，可仍然有一批坚贞的异教诗人，如涅墨西安、瑞波西安、奥索尼乌斯、克劳狄安和纳马提安。值得一提的还有《阿尔刻提斯》的莎草纸抄本、《维纳斯节前不眠夜》、注疏作品与寓言诗。第二，由于诗歌牵涉到异教的神话，起初遭到基督徒的极度排斥。不过，后来一些基督徒认识到，诗歌并不完全属于异教，因为《旧约》里有《诗篇》，因而对诗歌越来越宽容。曾经接受过异教的传统教育（παιδείας）的一些基督徒开始写诗，成为基督教诗人，如康莫狄安、普鲁登提乌斯、诺拉的保利努斯、西多尼乌斯与波爱修斯。此外，值得一提的还有作者或为拉克坦提乌斯的《凤凰鸟之颂歌》。其中，波爱修斯的《哲学的慰藉》的文学水平最高，影响最大。

三、《古罗马诗歌史》的创新与价值

作为国内首本，《古罗马诗歌史》（*Historia Poematum Romanorum*）的学术创新主要体现在以下 5 个方面：

第一，以史（historia）为纲，更为合理地把古罗马诗歌的历史划分为萌芽时期、发轫时期、繁盛时期、衰微时期、转型时期和不朽时期，更加科学地评述古罗马诗歌的发展历史，更加准确地揭示古罗马诗歌发展的一般规律。与国内同类作品不同的是，把萌芽时期的诗歌界定为非文学诗歌，把共和国中后期界定为发轫时期，把古罗马帝国后期界定为转型时期，以及增添不朽时期的部分。

第二，以文体（genus litterarum）为目，把各个时期的诗人作品进行分类评述，更加条理清楚地展现各种体裁形式在古罗马各个时期的兴衰状况，既可以彰显出各种体裁的发展脉络，又可以揭示古罗马文体与古希腊文体之间的关系。譬如，讽刺诗（satire）是完全罗马的，罗马爱情诉歌属于推陈出新的，而叙事诗则是完全希腊的。

第三，以诗人（poeta）为本，即在写作《古罗马诗歌史》（*Historia Poematum Romanorum*）的过程中，不仅像以前的国内研究者一样重点阐述一些大诗人（如维吉尔、贺拉斯和奥维德）

的作品，而且还用一定的篇幅评述一些小诗人（如繁盛时期的马尔苏斯、科·塞维鲁斯和佩多，国内研究少，但国外研究比较多）或业余诗人（如发轫时期的西塞罗）的作品，甚或是佚名诗人的作品（如转型时期基督教的《凤凰鸟之颂歌》和异教的《维纳斯节前不眠夜》），乃至于萌芽时期的非文学诗作。这不仅有利于再现各个时期的诗歌全貌，又可以一如既往地做到重点突出，详略得当。

第四，以文本（textus）研究为主，以其他研究为辅，不仅像先前的学者一样研究诗歌文本，而且还借鉴一些别的研究方法，包括对比考证、影响研究、接受研究和跨学科研究。其中，对比考证研究有利于史实的可靠性和准确性。影响研究和接受研究有利于探索古罗马诗歌发展的传承关系，例如在发轫时期古希腊诗歌的影响与古罗马诗人的接受，以及在不朽时期古罗马诗歌的影响与后世的接受。而跨学科研究则有利于探讨古罗马诗歌与别的学科之间的关系，例如在转型时期诗歌与基督教之间的关系。尤其值得一提的是，系统研究古典拉丁语基督教诗歌及其与异教诗歌的关系，这在国内尚属首次。

第五，依据最新研究成果，重新界定一些诗学（poesis）概念。譬如，分别用诉歌（ēlegēa）和叙事诗（epos）取代以前表述不太确切的"哀歌"和"史诗"。

为了尽可能地提高作品的质量，在历时 15 年的写作过程中，不断修正最初的构思。藉此修正，《古罗马诗歌史》（*Historia Poematum Romanorum*）才可以更加清楚地再现古罗马诗歌史的真面目，并以此填补国内古罗马诗歌史研究的空白，奠基性地推动外国文学教学与研究的发展，丰富研究者、师生和文学爱好者的精神食粮，推动整个社会的精神文明的建设，此外还可能为出版社创造一定的经济效益。

四、致谢辞

首先，要感谢两位指导老师：刘小枫教授和阿尔布雷希特（Michael von Albrecht）教授。2003 年，在经历接踵而至的各种毁灭性打击以后，刘小枫先生鼓励绝境中的笔者撰写《古罗马文学史》（*Historia Litterarum Romanarum*），并赠送和推荐一些图书资料，在提纲、内容和写作规范方面也给予了悉心指导，此外还与广东外语外贸大学西方语言文化学院德语系林箵教授一起为笔者书写项目申报书的推荐辞。作为《古罗马文学史》（*Historia Litterarum Romanarum*）系列之一，拙作《古罗马诗歌史》（*Historia Poematum Romanorum*）得以顺利完稿，自然与刘小枫教授的善意和辛劳分不开。而德国古典语文学泰斗阿尔布雷希特则通过电子邮件，非常耐心、毫无保留地为相隔万里的陌生提问者释疑解惑。

同样要感谢全国哲学社会科学规划办公室的国家社科基金后期资助，感谢华东师范大学出版社六点分社的倪为国先生的鼎力相助。

也要感谢那些曾经提供建设性资讯的朋友们，如德国古典语文学家协会（DAV，即 Deutscher Altphilologenverband）主席迈斯讷（Helmut Meissner）教授、中山大学的王承教博士与魏朝勇博士以及中国人民大学文学院顾枝鹰博士。

此外，还要感谢那些长期以来研究西方古典语文学、历史、宗教、哲学等方面的前辈，他们的研究成果或译著提供了本书研究的基础资料。这里不一一而足，一并致谢。

江　澜

2018 年 1 月 27 日

广东外语外贸大学

第一编
萌芽时期

引言：古罗马文学的萌芽时期

古罗马文学的萌芽时期指"自远古时代至公元前 3 世纪前期"，主要包括罗马王政时期（公元前 753－前 510 年）和罗马共和国前期（公元前 510－前 264 年）。

在公元前 2000 年至前 1000 年期间，数支（至少有两支）印欧语系的部族入侵意大利半岛。公元前 1000 年，在意大利定居的印欧部族已经有 20 多个。他们不仅带来了先进的青铜文化［如约公元前 1700 年左右开始的特拉马拉（Terremara）文化和亚平宁文化］和/或铁器文化［如公元前 1000 纪出现的威兰诺瓦（Villanovan）文化］（参科瓦略夫，《古代罗马史》，页 35 及下；李雅书、杨共乐，《古代罗马史》，页 4 及下），而且还带来了印欧语言，[①] 其中影响较大的印欧语有两支：奥斯克－翁布里亚语和拉丁语（lingua Latina）。亚平宁半岛坎佩尼亚（Kam-

---

[①] 布洛克（R. Bloch），《罗马的起源》（*The Origins of Rome*），张译乾等译，北京：商务印书馆，1998 年，页 34。此外，印欧语包括日尔曼语、拉丁语、古希腊语、波斯语和梵语，参《雅努斯——古典拉丁文言教程》，前揭，页 18。

panien；那不勒斯原野）地区使用奥斯克语（Oskisch）；翁布里亚①使用翁布里亚语；第伯河（Tiber）的低矮河谷使用拉丁语。拉丁语起初只不过是古意大利半岛的拉丁语方言族群中一个乡村地区拉丁姆（Latium）的方言，后来传播到意大利全境，乃至罗马帝国西部，成为古罗马的官方语言。和拉丁语接近的还有法利斯克语（Faliskisch）（参《雅努斯——古典拉丁文言教程》，前揭，页4；布洛克，《罗马的起源》，页35；罗格拉，《古罗马的兴衰》，页8）。

"拉丁语是希腊语和当地其他印欧语融合的产物"。在成分复杂的古意大利居民中，古罗马的文化发展较快。它经过公元前5至前4世纪的扩张，统一了意大利中部和南部大部分地区，同时吸收了这些部族文化中不少有益的成分。罗马北方的埃特鲁里亚人的文化发展远早于罗马人，古希腊人早在公元前8世纪即开始向意大利半岛南端和西西里岛移民，因此，早期罗马文化同时保存着埃特鲁里亚文化和古希腊文化的痕迹。这一时期的文学没有留下直接的文字资料，只是老加图、瓦罗、西塞罗（Marcus Tullius Cicero）、李维等后代作家的记述和称引，保留了一些早期的材料。依据李维的《建城以来史》（*Ab Urbe Condita*），来自伯罗奔尼撒②（Peloponneso）的希腊人埃万德尔（Euander = Evander）已经使用字母（《建城以来史》卷一，章7，节8），创立了代表神圣的尤皮特（Iupiter = Jupiter）之子海格立斯（Hercules）的祭坛，并雇佣当地的名门望族波提提依（Potitii）和皮那里依（Pinarii）为祭司。后来，埃万德尔本人与埃涅阿斯

①　翁布里亚坐落在古比奥（Gubbio）附近，即古代的伊古维乌姆（Iguvium）。见《雅努斯——古典拉丁文言教程》，前揭，页4。

②　也有人认为，埃万德尔来自哥林多（Korinth，见《圣经》，亦译"科林斯"）。

结盟，而这个圣仪被埃涅阿斯的后代、罗马的缔造者罗慕路斯所继承。[①] 此外，研究表明，尽管埃特鲁里亚语不属于印欧语系，可它是拉丁语的真正语源，至少书面拉丁语中最初的 21 个字母是从埃特鲁里亚语 26 个字母借用过来的（参《雅努斯——古典拉丁文言教程》，前揭，页 5 和 14；科瓦略夫，《古代罗马史》，页 38 及下；李雅书、杨共乐，《古代罗马史》，页 7）。

随着古罗马历史发展到一定成熟的阶段，文学的主体罗马人达到一定的开化程度，文学的语言拉丁语产生并得到初步发展，古罗马文学也开始萌芽。在这个时期，广义的罗马文学在诗歌、戏剧（主要有杂戏、阿特拉笑剧和模拟剧）和散文方面都有所发轫，并得到一定的发展。

在文学史以前，口头流传诗歌作品的古老传统就已经存在（参科瓦略夫，《古代罗马史》，章 12，页 206）。起初罗马人用"carmen（箴言、祈祷或魔法术的咒语、歌曲、歌唱、诗）"[②] 指代受韵律约束的演说辞中所讲解的一切，所以史前的诗歌形式多样。首先，在旷日持久地记录祖先的道德与价值观念的过程中，特别保守的罗马人用宗教诗歌（例如每年 3 月祭祀战神的踊者之歌）让宗教传统代代相传。属于此列的还有魔咒文本。史前诗歌的第二个大类是即兴诗歌，包括取材于罗马历史传说的宴会歌，殡葬时的挽歌，例如悼亡曲，纺织、划桨、摘葡萄等各种劳动的伴唱歌曲，例如菲斯克尼歌（versus fescennini 或 Fescennina），以及各种嘲讽短诗，例如士兵歌和婚歌（hymenaeus 或 epi-

---

① 李维，《建城以来史》（前言·卷一），穆启乐（F.-H. Mutschler）、张强、付永乐和王丽英译，上海：上海人民出版社，2005 年，页 39。

② 拉丁语 carmen（-inis，中性）：祷歌、咒文，原指带有巫咒魔力或宗教仪式上用的歌曲，参《古罗马宗教读本》，前揭，页 58；《雅努斯——古典拉丁文言教程》，前揭，页 65。

thalamium）。史前诗歌的第三个大类是铭辞，包括献辞、墓志铭和题记。

史前诗歌在发展过程中逐渐形成了同民间诗歌内容相适应的诗歌格律。常用的诗歌格律是用最古老的罗马农神的名字命名的萨图尔努斯诗行（versus saturnius）。① 不过，根据最近的研究结果，用萨图尔努斯诗行甚或已经用抑扬格（iambus）撰写的天才（Duenos）铭文（最早的铭文之一）已经可以确定写作日期为公元前7至前6世纪，即在罗马王政时期。假如天才（Duenos）铭文的诗行确实关系到抑扬格（iambus），那么由此可以推断，在意大利南部希腊人的格律对罗马人受韵律约束的演说辞已经产生了早期的影响。持有这种观点的人现在又越来越多（参《古罗马文选》卷一，前揭，页7）。

而史前的散文则主要表现为年代记（大祭司的记事、官方记事和私人记事）、演说辞（如阿皮乌斯·克劳狄乌斯的演说辞）、法律（如《十二铜表法》）和条约。

在公元前3世纪中叶之前的萌芽时期，古罗马文学具有3个显著的特征：以民间口头文学为主，书面文字极少；作者多为佚名，知道姓名的作家仅有阿皮乌斯·克劳狄乌斯；除少数铭文以外，作品多数失传，传世的一般为后世作家的称引。不过，古罗马早期文学的最大特征还是艺术水准相当低，不仅不能和古希腊文学同日而语，而且也同古罗马自身的国力并不相称。因此，西方学界把萌芽时期的文学称作"非文学"。也就是说，萌芽时期的古罗马文学达不到现代意义上的文学艺术标准。

王焕生认为，萌芽时期的古罗马文学艺术水平很低，这是有

---

① 关于萨图尔努斯，有学者认为，源于"satus（播种）"（瓦罗，《论拉丁语》卷五，64），也有学者认为，源自于拉丁姆的古代城邦名 Satria 或厄特茹瑞阿神名 Satres，参《拉丁语语法新编》，前揭，页548 和578 及下。

着深刻的社会历史和思想意识根源的。

首先，在公元前 510 年（或前 509 年）废除王政，建立共和以后，罗马陷入和欲复辟的埃特鲁里亚裔国王的战争中。经过艰苦的连年战争，罗马才摆脱埃特鲁里亚人的统治，重新让那些周边城市和部族归附自己。之后，罗马又联合各拉丁城市，对付东南方的沃尔西人、埃魁人等古意大利部落，与此同时还和北方的南埃特鲁里亚各城邦作战。这两场战争差不多延续了整个公元前 5 世纪，虽然扩大了势力范围，但是由于高卢人的入侵，古罗马人前功尽弃。特别是在公元前 390 年高卢人攻陷罗马以后，不仅罗马遭到毁灭性破坏，而且周边的城邦纷纷背叛罗马。在耗费 50 年左右的战争时间以后，罗马才赶走了高卢人。接着在公元前 4 世纪 30 年代初统一了拉丁平原；在经过同中部意大利各部族特别是同萨姆尼特人（Samnites）、耗时约半个世纪的 3 次战争以后，于公元前 290 年控制了意大利中部；公元前 272 年攻陷希腊殖民城市塔伦图姆，标志着罗马控制了意大利南部。也就是说，在这两个多世纪中，罗马通过扩张性的对外战争，最终把统治范围扩大为整个意大利半岛。

在战乱时期，由于思想自由，本应出现百家争鸣、文学繁荣的局面，像中国春秋战国时期一样。然而，在古罗马文学的萌芽时期却并没有出现文学繁荣的局面。之所以这样，主要是因为罗马人在扩张战争中取得了土地和财富，社会各阶层都从中得到极大的好处。战争的益处盖过战乱之苦。在利欲之心的驱使下，野蛮的古罗马人便理所当然地尚武，把所有的资源都投入到扩张战争中，而无暇顾及文学。正如 2 世纪的苏维托尼乌斯所言："早先在罗马，国家还处在不文明状态，战火绵延不绝，国民尚无闲暇研究学问"（《文法家传》，1，见《罗马十二帝王传》，页344）。罗马人把注意力转向文学，那是很晚的事情。可以证实

这一点的是贺拉斯的一席话（《书札》卷二，首 1，行 161 –
163）：

> Serus enim Graecis admovit① acumina chartis
> et post Punica bella quietus quaerere② coepit,③
> quid Sophocles et Thespis et Aeschylos utile ferrent.④
> （罗马人——译加）确实很晚才接触希腊诗作的顶点，
> 在布匿战争平息以后才开始探讨
> 索福克勒斯、特斯庇斯和埃斯库罗斯带来什么益处。⑤

另一方面，由于古罗马早期主要是闭塞的自给自足的小农经
济，古老的氏族制还残存，家庭结构具有宗法性，人们崇尚纯
朴，以恪守古风为荣，自然导致当时的社会意识很保守，形成褊
狭的文化心理，因此，文学受到轻视，偏重审美效果的文学活动
被视为不高尚行为。可以证实这一点的是老加图的话：

> Poeticae artis⑥ honos⑦ non erat.⑧ Si quis in ea re studebat

---

① 动词 admovit 是第三人称单数完成时主动态陈述语气，原形是 admoveō（移
动；引导；推进；使接近，接触；转向）。

② 动词不定式 quaerere，动词原形是 quaerō（寻；所求；追问；考查；讨论）。

③ 动词 coepit 是第三人称单数完成时主动态陈述语气，原形是 coepī（开始）。

④ 动词 ferrent 是第三人称复数未完成时主动态虚拟语气，原形是 ferō（带来，
产生）。

⑤ 直接从拉丁语译出。引、译自贺拉斯，《贺拉斯诗选》，页 198。

⑥ 拉丁语 poeticae artis 是 poeticus（形容词：诗歌的）ars（阴性名词：艺术）
的二格形式，修饰 honos。

⑦ 在古风时期，阳性名词 honōs 是阳性名词 honor（尊敬，敬重；荣誉，名声）
的替代形式。在这里用的是主格形式。

⑧ 单词 erat 是动词 sum（是；存在）的第三人称单数未完成式主动态陈述
语气。

aut sese ad convivia① adplicabat，② "crassator" vocabatur ③（革利乌斯，《阿提卡之夜》卷十一，章2，节5）

诗歌艺术的名声并不存在。如果某人献身于诗歌艺术，或者让他自己频繁地参加宴会，他就被称作"痞子"（引、译自 LCL 200，页 304）。

这表明，从事诗歌创作的人或戏剧演员得不到社会特别是上层贵族的尊重。戏剧演员的处境更加糟糕：除阿特拉笑剧演员受到特别优待以外，模拟剧或杂戏的演员则受到政治歧视，不仅要被逐出基层行政单位特里布斯，而且还要失去服兵役的神圣公民义务。这些状况都不利于文学的发展。这种轻视文学的状况在古罗马延续了数个世纪。即使在共和国文学的兴起和发展时期，从事文学的也只是一些社会地位很低的人：获释奴。直到奥古斯都时期，元老院贵族在失去政治影响力以后，才从事文学以消遣，从而改变了文人的社会成分，文学才逐步受到上层社会的重视。④

保守的思想意识还限制和垄断了文字的使用。史料表明，在相当长的时期里，运用得很早的拉丁文局限于用在官方事务或经济活动，如签订条约、契约、编年性的历史记事等。这种情况也限制了文学的发展。

另外，在宗教领域里，由于宗教观念的保守性，少数人把持

① 名词 convīvia（一些宴会）是中性名词 convīvium（饮宴，宴会，盛会）的四格复数形式。依据罗马的古代习俗，在宴会上有歌唱表演。
② 单词 adplicābat 是第三人称单数未完成式主动态陈述语气，其动词原形 adplicō 通 applicō（致力于；加入，参加）。
③ 单词 vocābātur 是动词 vocō（称作）的第三人称单数未完成式被动态陈述语气，意为"被称作"。
④ 关于特里布斯和元老院，参杨俊明，《古罗马政体与官制史》，页48 以下。

着宗教组织，宗教祭祀变成了少数人从事的活动，早期萌芽的宗教颂歌也随之失去了艺术审美活力，演变成形式性的东西，其含义后来甚至连祭司们本人都不清楚了，如萨利伊颂歌（昆体良，《雄辩术原理》卷一，章6，节40及下，参LCL 124，页181及下；王焕生，《古罗马文学史》，页22）。与宗教祭祀典仪相关的戏剧因素也同样遭遇了被扼杀的命运。

综上所述，尽管社会生活实践和人类的审美天性促使了古罗马文学的萌芽，可由于野蛮的罗马民族尚武、崇政、重农、轻文的思想意识和罗马宗教的保守性束缚了萌芽时期的文学发展，导致在公元前3世纪中叶以前的数个世纪里文学都一直处于较低的水平，几乎不具有艺术性。

第一章　非文学诗歌

　　一切的文学都是先有了诗歌，然后才有散文的。[1] 古罗马文学也不例外。如同所有的民族一样，早在文学发轫以前，古罗马人早有纯粹口头流传的诗歌（poëma）。

　　属于口头文学的诗歌首先扎根于巫术与宗教领域。与此有关的是用有韵律的言语歌唱或者诵念的祈祷歌、咒语、献辞铭文、祝福词与诅咒词。

　　……虽然这是极无聊的迷信，犹如认为诗行会役使鬼神的——由此产生了咒语这词，这是从与之同字根的 carmina（诗歌）一词得来的——但是它也足以证明这些诗人所受到的崇敬，而这绝不是无缘无故的，因为得尔斐（Delphos，原译"得尔福"）的神庙和西庇尔（Sibylla，原译"西必

---

① 王力，《希腊文学·罗马文学》，北京：中国人民大学出版社，2005 年，页105。

拉"）的预言也是完全用诗传达的；因为那在用字方面的精确遵守音律、韵律和那种为诗人所特有的高翔的想像自由，确实似乎有点神力在其中（见锡德尼，《为诗辩护》，页7）。

因此，古罗马人一开始就称之为歌（carmen）①——准确地说，诗歌（carmina）——的不仅有诗歌作品，而且还有任何公式化的说辞（Rede）。这个词可能源于动词 cano（canere，ceci-ni，cantum，唱，歌唱），carmen 可能源自 can-men，正如 germen（萌芽、幼芽）源自 gen-men。② 譬如，在巫术与宗教方面的本义明显就在重复堆砌的动词 occento（歌唱、诵念）③ 或者 excanto（通过歌、咒语唤起或除去魔法）。④

文字资料显示，无论在古希腊，还是在古罗马，诗人（poëta）的名称也都与神有关。

　　……诗人是一种轻飘的长着羽翼的神明的东西，不得到灵感，不失去平常理智而陷入迷狂，就没有能力创造，就不能作诗或代神说话（柏拉图，《伊安篇》，见柏拉图，《文艺

---

① 歌或诗（carmen，carminis，中性），常常出现在标题里，甚至出现在教谕诗里，例如《称重与测量之歌》（*Carmen de Ponderibus et Mensuris*），参曼廷邦德，《拉丁文学词典》，页59。

② 参阿尔布雷希特主编，《古罗马文选》卷一（*Die Römische Literatur in Text und Darstellung*, 5 Bde. Herausgeber: Michael von Albrecht. Bd. I: *Republikanische Zeit I: Poesie*. Herausgegeben von Hubert und Astrid Petersmann. Stuttgart 1991），页11，脚注1。

③ 普劳图斯，《库尔库里奥》（*Curculio*），第一幕，第二场，行145以下，参《古罗马文选》卷一，前揭，页11，脚注2。

④ 参《古罗马文选》卷一，前揭，页11，脚注3。又见《十二铜表法》第八表第八条A：qui fruges excanssit（某人对庄稼施行蛊术），参《十二铜表法》，世界著名法典汉译丛书编委会，北京：法律出版社，2000年，页37。

对话集》，页 8）。

在罗马人中间诗人被称为凡底士（vates），这是等于神意的忖度者，有先见的人，如由其组合而成的词 vaticinium（预言）和 vaticinari（预先道出）所显示出来的（见锡德尼，《为诗辩护》，页 6）。

诗人的称谓 vates（占卜者、先知）表明，古罗马人后来也还觉得诗作是神圣的东西。譬如，贺拉斯认为，神意被诗歌传达（dictae per carmina sortes）。[①]　而古希腊人称"写作"的诗人为"写作者"、"创作者"（【ὁ】 *ποιητής* 或 *ποιητής*），把诗人的艺术称作"写作"、"创作"（【ἡ】 *ποίησις*）以及"诗篇"（*ποίημα*）或"诗作"（【τὸ】 *ποίημα* 或 *ποίημα*）（参《古罗马文选》卷一，前揭，页 11；刘以焕，《古希腊语言文字语法简说》，页 305 及下；锡德尼，《为诗辩护》，页 8）。

除了跨时期的宗教诗（例如祈祷歌、礼拜歌曲、献辞和祝福语）代代口头相传以外，当然还有在特定机遇中应运而生的即兴诗。这些即兴诗给人生的特殊高潮与转折点补充细节。属于此列的首先是伤风败俗的菲斯克尼歌（versus fescenini，[②] 具有嘲弄的特征，因此亦译"挖苦诗"），在对唱中朗诵的即兴诗，在婚礼、收获节以及在打胜仗的统帅举行凯旋仪式时游行者们歌唱的即兴诗。伤风败俗的特征起初具有魔法功能：据说可以祛除有

---

① 直接从拉丁语译出，其中，dictae 是 dico（说话；宣读；肯定；称呼；辩护；祝颂；约定）的过去分词被动态形式，可译为"被传达"；阴性名词 sortes 是阴性名词 sors（神谕；预言；命运）的复数主格，可译为"神意"。引、译自贺拉斯，《贺拉斯诗选》，页 242。杨周翰译："神的旨意是通过诗歌传达的"，参《诗学·诗艺》，前揭，页 158。

② 拉丁语 fescenini 可能源于名词 fescenum（魔法、巫术）或者埃特鲁里亚城名 Fescenium（菲斯克尼）。

恶意的鬼怪，并且以此促进丰收与祝福。①

颂唱死者时有笛子伴奏。即使在口头创作的悼亡曲（Neniae；亦译"哭丧歌"）中也牵涉到出于各自的原因而产生的诗。因此，这个领域里的古拉丁语口头文学作品没有直接流传后世，只能从文献的反映中获得一个对哭丧歌的印象。②

与此截然不同的是，祈祷歌得以流传（参《古罗马文选》卷一，前揭，页11及下）。

第一节 宗教诗歌

与古罗马宗教的保守本质相适应，在致诸神的祈祷歌和咒语中常常也保留了起初古风时期（时间下限为公元前80年，参LCL 359，*Introduction*，页vii）的韵律形式与文体，直至帝政时期。

一、萨利伊祭祀团的祈祷歌

萨利伊祭司团（collegium sacerdotum）③的祭司（Salier）——古罗马神职人员——的歌曲提供了这方面的例证。保留至今的是古代研究者瓦罗（Marcus Terentius Varro Reatinus；公元前116-前27年）的为数不多的残篇。其中，有一段拉丁语颂歌：

①　有趣的是，古罗马转型时期的异教诗人克劳狄安也写菲斯克尼歌（versus fescennini），参曼廷邦德，《拉丁文学词典》，页291。

②　悼亡曲没有文本传世，仅有小塞涅卡《变瓜记》里有对悼亡曲的讽刺性模仿。此外，涅尼娅（Nenia）也是死神或垂死神，参曼廷邦德，《拉丁文学词典》，页194。

③　在古罗马，一个祭司团一般由3名大祭司和12名小祭司组成。

Divom em pacante, divomdeivo sub plecate ... ①

Quonne tonas, Leucesie, prai tet tremonti

Quot ibei tet divei audiisont tonase ... ②

歌颂众神之父，祈求众神之主吧！……

当你鸣雷闪电的时候，光明之神啊，

所有的神明都在你面前惊惶发颤……（王焕生译，见王焕生，《古罗马文学史》，页9）

1 世纪的演说家昆体良（Marcus Fabius Quintilianus）在《雄辩术原理》（*Institutio Oratoria*）里对此作了评价："几乎没有神职人员能够完全理解这些（舞）踊者之歌（Saliorum carmina vix sacerdotibus suis satis intellecta）"（《雄辩术原理》卷一，章6，节40，参《古罗马文选》卷一，前揭，页13；LCL 124，页181及下）。

萨利伊的拉丁语为 salii，意为"（舞）踊者"，源自动词 salio（跳跃），是罗马最古老的一个祭祀组织的名字。相传，萨利伊祭祀团创建于王政时代，准确地说，努玛执政时期（公元前715－前672年），掌管对古罗马神马尔斯（Mars，代表战争）的祭祀。依据古罗马神话传说，努玛当上古罗马国王以后，人们为雅努斯

---

① 异文：divum † empta cante, divum deo supplicate，出自瓦罗，《论拉丁语》卷七，章3，节27，参 Mo-B，《拉丁诗歌残段汇编：除恩尼乌斯〈编年纪〉与西塞罗、日耳曼尼库斯对阿拉托斯作品的仿作以外的叙事诗与抒情诗》（*Fragmenta Poetarvm Latinorvm Epicorvm et Lyricoruvm praeter Enni Annales et Ciceronis Germanicique Aratea*, Post W. Morel et K. Büchner editionem qvartam avctam cvravit Jürgen Blänsdorf, Berlin 2011），页4。Divum em pa cante, divum deo supplicate，参 http://www.thelatinlibrary.com/varro.ll7.html。

② 异文：cume tonas, Leucesie, / prae te tremonti, //† quot ibet etinei/ de is cum tonarem，出自 Terentiani Scauri, *De Orthographia Liber*（《正字法》，即 *GLK VII*, Lipsiae 1878），页28，参《拉丁诗歌残段汇编》，前揭，页4。

（双头双面的始末神）建造祭坛。随着这座神庙的出现，国王改革历法：以前由战神马尔斯为一年的开始，现在把始末神雅努斯置于一年的第一个月。此事激怒了古罗马的佑护神马尔斯，降瘟疫于罗马："忘恩负义的罗马，让一场瘟疫把你灭绝吧！"①在这种情况下，仙女埃格里亚显圣，赐予可以帮助夫君努玛熄灭马尔斯的怒火的圣牌，并且建议夫君仿造 11 块，以免被盗。国王命令铁匠仿造，然后在维斯塔庙内挂上圣牌，驱除灾祸。这位铁匠受到嘉奖，并且走在每年 3 月初萨利伊祭司团举行的祭祀战神的仪仗队列最前面。国王努玛死后，形成了一条规矩：萨利伊在 3 月初以激烈的欢蹦舞蹈穿过罗马城时，他们的队列总是由一名铁匠引领着。萨利伊祭司用长矛敲打那位十分荣耀的工匠，引逗得围观者哈哈大笑。工匠却反而嘲笑地看着站在一旁不说话的萨利伊祭司，因为他在护胸的铁甲下面还穿了双层的水牛皮衣。

每年 3 月祭祀时，神职人员在街道上举行隆重的游行仪式：神职人员一边击盾舞蹈，一边诵唱祭祀歌曲。

　　　　12 位献身于马尔斯的祭司看管祝圣用的盾牌，在节日中，他们庄严地举着这些盾牌穿过城市：他们跳一种祝圣的舞蹈，也唱一种由连祷和乞灵语组成的圣歌（见布洛克，《罗马的起源》，页 94）。

在演唱祈祷歌的时候，神职人员祈求的对象除了马尔斯还有古罗马主神尤皮特和古罗马门神雅努斯。由此流传的片段是萨图尔努斯诗行（versus saturnius）的诗。然而，由于遗存古风兴盛时期的语音与表达形式，而且流传下来的文字很蹩脚，无法理解

---

① 夏尔克，《罗马神话》，曹乃云译，南京：译林出版社，2000 年，页 101。

原文字句。

二、阿尔瓦勒斯兄弟会的祈祷歌

而更好理解的就是阿尔瓦勒斯兄弟会（Fratres Arvales）的祈祷歌。《阿尔瓦勒斯祈祷歌》（*Carmen Arvale*，参科瓦略夫，《古代罗马史》，页9及下和208）的拉丁语原文如下：

enos Lases iuvate, ⟨e⟩ nos Lases iuvate, enos Lases iuvate

neve lue rue marma ⟨r⟩ sinsin currere in pleoris

neve lue rue marmar sins in currere in pleoris

neve lue rue marmar sers incurrere in pleoris

satur fu fere Mars, limen sali, sta berber.

satur fu fere Mars, limen sali, sta berber.

satur fu fere Mars, limen sali, sta berber.

⟨sem⟩ unis alternei advocapit conctos.

semunis alternei advocapit conctos.

semunis alternei advocapit conctos.

enos Marmor iuvato, enos Marmor iuvato, enos Marmor iuvato.

triumpe, triumpe, triumpe, trium ⟨pe, tri⟩ umpe. （参《拉丁诗歌残段汇编》，前揭，页11）

不难看出，除最后一个诗行外，前面的诗行几乎可以视为重复3次，因此，学界习惯在指明重复3次的情况下简化歌词：

enos Lases iuvate,

neve lue rue marmar sers incurrere in pleoris

satur fu fere Mars, limen sali, sta berber[①].

semunis alternei advocapit conctos.

enos Marmor iuvato.

triumpe, triumpe, triumpe, triumpe, triumpe

　　阿尔瓦勒斯兄弟会和萨利伊祭祀团一样，同样由 12 个人组成，成员是"一些戴有圣公会教徒头衔的祭司"。依据古罗马神话传说，该团体可能也产生于努玛执政时期：国王还创建了 12 家同业公会（参布洛克，《罗马的起源》，页 94；夏尔克，《罗马神话》，页 102）。他们祭祀的神也是马尔斯。流传下来的祭祀歌曲见于公元前 218 年的《耕作者兄弟会典录》（*Acta Fratrum Arvalium*），铭文的语言很古老，比较难于理解，但是可以粗略地推断这篇祈祷歌的含义：

　　　你们这些拉尔神啊，帮帮我们吧！
　　　马尔斯，勿让瘟疫和不幸侵袭众生！
　　　狂野的马尔斯，吃饱喝足了吧？请跃入家门常驻！
　　　在轮唱中把你们——诸位播种神——全都吁请出来！
　　　马尔斯啊，你得帮帮我们！
　　　跳三步舞[②]吧！跳吧！跳吧！跳三步舞吧！跳吧！[③]

---

　　①　拉丁语 berber：在含义方面未作解释。参《古罗马文选》卷一，前揭，页 15，脚注 5。

　　②　依据阿尔布雷希特的解释，三步舞就是 3 次跺脚。

　　③　引、译自《古罗马文选》卷一，前揭，页 15；E. Norden（诺登），*Aus Altrömischen Priesterbüchern*（《古罗马神职人员之书文选》），Lund 1939，页 114 及下。较读王焕生，《古罗马文学史》，页 9。

　　从语言特征来看，该文不可能晚于公元前 4 世纪。^① "它最初可能产生于公元前 6 世纪"（参王焕生，《古罗马文学史》，页 9）。更确切地说，这篇铭文出自于王政时代第六个国王塞尔维乌斯·图利乌斯执政时期（公元前 578－前 535 年；参布洛克，《罗马的起源》，页 94）。在历史上，每年 5 月头 15 天，阿尔瓦勒斯兄弟会在坎佩利亚大道旁的农业女神狄娅（Dea/Dia）^② 的圣林里举行祈求丰收的祭祀活动。活动持续 3 天。诵念祈祷歌是仪式的保留节目。祭祀时，祭司们一边念唱祈祷歌，一边跳跃舞蹈。

　　在这里，马尔斯担负最初的职责，是耕地和丰收的神（后来成为战神）。该祭祀组织表示敬意的对象有马尔斯、诸位拉尔神（Laren）^③——庇护家庭丰收及其成员幸福的诸神——和播种神（Semonen）。后者显然都是古老的播种神，属于此列的或许还有狄娅。吁请的常用名为马尔斯，庄重地重复时，也称之为 Marmar 或 Marmor。这个神被请进家门，驻留家中。在民间迷信（superstitio，onis，阴性）中，祭祀跳跃自古以来就有祛除恶魔、促进生长与丰收的作用：随着神跳入集体的门槛，神就会让这个集体远离瘟疫和不幸。为马尔斯献祭牺牲品，让马尔斯"吃饱喝足（satur fu）!"^④表达了对这个古代神祇的敬畏。这个神祇一

----

① 参《古罗马文选》卷一，前揭，页 13 及下；G. Radke（拉德克），*Archaisches Latein*（《古风时期的拉丁语》），Darmstadt 1981，页 111。

② 在拉丁语中，Dea（-ae，阴性）或 Dia 的本义为"女神"，例如善德女神（Bona Dea），参《古罗马宗教读本》，前揭，页 71。

③ 拉丁语 Lărēs 或古拉丁语 Lăsēs（ŭm；罕见的是 Ĭum），阳性，Lār（Lărĭs，阳性）的复数：家神们，保护神们，祖先的亡灵（Manes）们。在埃特鲁里亚，拉尔原本是恶神，必须不惜一切代价与之和解，后来才变成庇护神。参《罗马宗教读本》，前揭，页 73；曼廷邦德，《拉丁文学词典》，页 163。

④ 德语中的形容词 satt（饱）、及物动词 saturieren（使满足；使吃饱）与化学的阴性名词 Saturation（饱和）显然都留有拉丁语的痕迹。

方面可能是善良的和乐于助人的，另一方面也可能是恶魔的：假如马尔斯吃饱喝足，那么他就不强占人的果实和收成。

　　在语言方面，引人注目的是 enos 的形式：介词 e（由；从；自从）表明是古代拉丁语中常用的一个指示小品词，这里涉及到神的名字 Lăsēs（即 Lărēs）以及 Marmor，和 nos（我们）一起连读。"你们这些拉尔神啊，帮帮我们吧！"在单词 sins 中或者出现古代的虚拟式（典型的是第二人称单数现在时主动态虚拟语气 sinas，动词原形是 sinō，意思是"允许；让；放弃；停止作"），① 或者出现功能接近命令式的训谕。词语 pleores 符合典型的 plures（许多）。值得注意的是关于 Lases 的形式：代音（即 r 话音）一般用 r 代 s 或 l，这里却用 s 代 r。民间的古拉丁语的特征是词尾省略-m（参第四格 lue，② rue）。③ 很难理解诗行"Semunis alternei advocapit conctos④"中单独的词汇。不过，可以肯定，该诗行是祈求 Semonen（播种神）的庇护和赐福。然而，除此以外，要求在轮唱（alternei）中把诸位播种神请来的不是祭祀游行队伍的参与者，像诺登（E. Norden）认为的一样，⑤ 而是马尔斯和诸位拉尔神，或许他们轮流请求那些播种神和收获神前来援助。因此，可以把 advocapit⑥ 理解为古代的将来

---

　　① 与 sins 接近的拉丁语还有连词 sīn（但如果，然而如果）与介词 sine（= sī-ně，无，没有）。

　　② 拉丁语 lŭēs，-ĭs，阴性，传染病，瘟疫。

　　③ 拉丁语 rŭē，rŭĭ，冲向，奔向，诗句中意为"侵袭"。

　　④ 与拉丁语 conctos 可能相关的动词是 conecto［= cō-nectō（nectre，nexuī，nex-um），捆在一起；结合；累及；波及］。

　　⑤ 参《古罗马文选》卷一，前揭，页 15，脚注 2；诺登，《古罗马神职人员之书文选》，页 177 以下；另见 V. Pisani（皮萨尼），*Testi Latini Arcaici e Volgari*（《古风时期拉丁语的书面语与口语》），Con commento glottologico（附有语言注释），Turin³ 1975，页 5。

　　⑥ 原文为 p，可能是打印错误，应为 b。

命令式 advocabite——动词原形是 ădvŏcŏ，意为"召唤，叫来
（援助）"——的词尾省略形式（参《古罗马文选》卷一，前
揭，页15）。

作为颂唱的歌曲（参《古罗马文选》卷一，前揭，页13及
下；拉德克，《古风时期的拉丁语》，页108及下），这首采用萨
图尔努斯诗行（versus saturnius）的诗的每一行都要重复3次，
结尾是5次叫喊 triumpe（三步舞）。5次叫喊 triumpe（三步舞）
是仪式的要求。古罗马凯旋归来的队伍也这么舞蹈，更确切地
说，跳跃，并赋予这种跳跃舞蹈一个名字：三步舞。

三、致马尔斯的祈祷歌

与阿尔瓦勒斯兄弟会的祈祷歌曲类似的还有致马尔斯的祈祷
歌。该祈祷歌有韵律的部分的拉丁语文本如下（老加图，《农业
志》，章141，节2）：

> uti tu morbos visos invisosque,
>
> viduertatem vastitudinemque,
>
> calamitates intemperiasque
>
> prohibessis, defendas, averruncesque;
>
> utique tu fruges, frumenta, vineta virgultaque
>
> grandire beneque evenire siris,
>
> pastores pecuaque salva servassis
>
> duisque bonam salutem valetudinemque
>
> mihi, domo familiaeque nostrae.
>
> 你可以让疾病，可见的和不可见的，
>
> 失去父母和田地荒芜，
>
> 不幸打击和天气骤变

得到阻止、防止和避免；

你可以让果实、粮食、葡萄和灌木

苗壮成长，好好地成熟，

让牧人和牧群保持健康，

你把祈愿的平安和健康

赐予我、我的家庭和我们的仆人！（引、译自《古罗马

文选》卷一，前揭，页 16 及下）

　　由于祈祷歌在保证仪式举行地点田野洁净的献祭涤罪驱邪行进式（lustratio agri）方面的指示，老加图让这篇向马尔斯致敬的祈祷歌流传下来了。尽管这篇祈祷歌没有运用萨图尔努斯诗行（versus saturnius），像布伦斯多尔夫（J. Bländsdorf）① 证明的一样，可是和萨图尔努斯诗行类似，每一行都分成两部分，这是明显可辨的。分成两部分指向古代口头流传的宗教文学作品。因此，依据形式，有人更喜欢把这篇祈祷歌称作有韵律的散文。不过，对于古风时期的古罗马人来说，这关系到上面定义的 carmen（歌），因为不可忽视的是，语言的特征无疑是庄重和俗套。

　　在首先为雅努斯和尤皮特献祭以及开始吁请马尔斯——老加图让这种吁请以散文与套语的混合形式流传下来——以后，用具有格律的语言向这位神诵念各种请求。此外，可以有趣地观察到，这些请求一般都由两个平行的分句构成，这些分句让人想起古希腊的节（στροφή 或 strophē）和对节（ἀντιστροφή 或

---

① 参《古罗马文选》卷一，前揭，页 16，脚注 1；J. Bländsdorf（布伦斯多尔夫）：*Metrum und Stil als Indizien für Vorliteraturischen Gebrauch des Saturniers*（《作为文学史前运用萨图尔努斯诗行的证据的格律与风格》），见 *Studien zur Vorliterarischen Periode im Frühen Rom*（《早期古罗马的文学史前时期研究》），G. Vogt-Spira 编，Tübingen 1989，页 58 及下。

antistrophē）：在把神当作灾害的预防者加以吁请的第一部分以后，接着在第二部分是关于赐福和丰收的请求，篇幅恰好相当。紧接着是像中世纪末德国匠师歌曲的终曲一样的结尾部分。结尾部分道出了这些财富的受益人。

四、咒语

除了上述的祭祀组织，还有一些别的组织，也可能有类似的诗歌，只是失传了。与这些宗教诗歌相近的还有神示、巫歌、咒语等。古罗马作家曾经记述过这些神意的表达。譬如，老加图在《农业志》中就提及可以治愈脱臼的咒语。据说，用咒语治疗疾病的仪式是这样的：如果有人脱臼，那么就将 4、5 足长的青芦苇对半劈开，让两人各拿一半靠近髋骨处，然后开始诵念咒语："moetas uaeta, daries dardaries asiadaries una petes" 或者 "motas uaeta, daries dardares astataries dissunapiter"，一直念到两半芦苇聚合在一起为止。或者，在上面放一把剑。当芦苇的两半聚合，一半触碰到另一半的时候，拿起剑，左右砍。如果脱臼或骨折，就会痊愈。不过，得每天诵念一遍咒语。再次脱臼或骨折时可以诵念这段咒语："Haut（= haud，没有）haut haut istasis tarsis ardannabou dannaustra"（老加图，《农业志》，章 160），[1] 也适用于脱臼的是这段咒语："Hauat（= haud 没有），hauat, hauat ista（这，那）pista sista damiabodannaustra"。[2]

尽管这几段咒语令人费解，但是可以感觉到其中的韵律。这

---

[1] 加图，《农业志》，马香雪、王阁森译，北京：商务印书馆，1997 年，页 77 及下。

[2] 参 Fritz Graf（格拉夫），*Gottesnaehe und Schadenzauber: die Magie in der Griechisch-Römische Antike*（《亲近上帝与损害魔咒：古希腊与古罗马文学中的魔法》），München 1996，页 43；科瓦略夫，《古代罗马史》，页 208。

方面的例证还有瓦罗提及的一段据说连续吟唱 3 天即可治愈足风湿的咒语，咒语简短，带尾韵，例如-to：

Nec huic morbo caput crescat

Aut si creverit tabescot

Ego tui memini

Medere meis pedibus

Terra pestem teneto,

Salus hic maneto

In meis pedibus（引自王焕生，《古罗马文学史》，页 10）。

瓦罗说，要治好风湿性足病，应当在吃饭之前，想到一个人，每回触地 9 次，共 3 回，吐一口唾沫，然后诵念一段咒语。这段咒语的大意如下：

我想到你，把我的脚治好吧，地呀，把病带走，这里只留下健康吧（见科瓦略夫，《古代罗马史》，页 208）！

第二节　铭　辞

除了纯粹口头流传的宗教文学作品，很早就有了某些宗教诗歌的铭文纪录，例如上述的《耕作者兄弟会典录》。这方面的诗歌涉及咒语、诅咒词、献辞铭文（tituli sacri）、荣誉性铭文（tituli honorarii）、公共事务铭文（tituli operum publicorum）、（器物）题献铭文（Instrumentum，一般涉及私人事务）以及石棺与墓碑上的颂词（tituli sepulcrales）（参 LCL 359，页 2 以下）。这些颂词用简明的语言颂扬死者的功绩与最重要的生平事迹，大多数是采用萨图尔努斯诗行（versus saturnius）的诗。

最早的拉丁语铭文诗也许可以追溯到公元前 7 世纪。不过，俄国史学家科瓦略夫认为，最早的拉丁铭文是 1898 年在波尼广场发现的圆柱墓石（cippus）上的铭文。这篇非常残破、可能与宗教有关的铭文采用牛耕地式（希腊文 βουστροφηδόν，拉丁字母转写为 boustrophedon）的写法，行与行交错，即一行从左至右，另一行又从右至左，非常古老，出自公元前 6 世纪末或前 5 世纪初（《古代罗马史》，页 7 及下；布洛克，《罗马的起源》，页 2）。

属于古老拉丁文献的还有从左向右书写的金扣铭文：

上古拉丁文：Manios med fhefhaked Numasioi
古典拉丁文：Manius me fecit Numerio

译文为：

玛尼乌斯给努美里乌斯制作了我（见科瓦略夫，《古代罗马史》，页 8）。

显然，这篇涉及私人事务的金扣铭文属于器皿题献铭文。

一、咒语与诅咒词

除了宗教诗歌——致死者的颂词也属于广义宗教诗——以外，在生活中，尤其是在普通人的生活中，咒语具有特殊意义。对于罗马人而言，巫术一开始就利用的固定文体绝对就是诗或诗歌（carmina）。其中，采用萨图尔努斯诗行（versus saturnius）

的诗历来就占有一席之地。在这类非文学诗歌的铭文作品中，咒语与诅咒词占有广阔的空间。

（一）天才（Duenos）铭文

天才（Duenos）铭文属于最早的出自罗马城的拉丁语铭文文物。现今的学者认为，天才铭文的起源时间为公元前 7 至前 6 世纪。天才铭文是刻在三连体器皿上的。这个器皿由 3 个单独的小钵构成，小钵彼此相连，成三角形。文字是从右向左书写的，字词相连，没有间隔，环绕容器的腹部表面，成两行。

很困难的不仅是探讨容器的最初使用情况，而且还有铭文本身。由于铭文具有古风兴盛时期的特征，迄今为止其阅读和释义都还备受争议。铭文起名于其中出现的词语 duenos（= duonos，古典语言，意为 bonus【-a，-um，好的，善的】，即"花红"、"特别报酬"、"政府津贴"）。依据拉德克（G. Radke）的观点，这些小钵起初是指定用来祭祀死者的（参《古罗马文选》卷一，前揭，页 18，脚注 1；拉德克，《古风时期的拉丁语》，页 79 以下）。艾希讷（H. Eichner）又认为，铭文采用的格律是抑扬格（iambus），容器和铭文可能与（为一种香水）做广告宣传有关。[①] 而斯托尔茨（F. Stolz）、德布隆讷（A. Debrunner）和施密德（W. P. Schmid）想到了一种爱情魔咒。[②] 批驳最初解释的是

---

① 参《古罗马文选》卷一，前揭，页 19，脚注 2。又参 H. Eichner（艾希讷）、R. Frei-Stolba（弗莱-斯托尔巴）：*Interessante Einzelobjekte aus dem Rätischen Museum Chur*，*1 Teil*：*Das Oskische Sprachdenkmal Vetter Nr.* 102（《来自瑞特人库尔博物馆的有趣的个别物品，第一部分：奥斯克的语言丰碑，维特尔 102 号》），见 *Jahresbericht 1989 des Rätischen Museums Chur*（《瑞特人库尔博物馆 1989 年年度报告》），页 97 以下和 118 及下。

② 参《古罗马文选》卷一，前揭，页 19，脚注 3。又参 F. Stolz（斯托尔茨）、A. Debrunner（德布隆讷）和 W. P. Schmid（施密德），*Geschichte der Lateinischen Sprache*（《拉丁语历史》），Berlin ⁴ 1966，页 72 及下。

这个事实：这些解释肯定运用了一系列假定的、否则无法证明的词汇。而反驳广告假设的是铭文中没有提及厂家，只是十分泛泛地谈及一位天才（duonos）。这位天才（duonos）为了某个天才（duonos）而制作了这个器皿，并在上面题词。依据词源学，duonos 起初指"有天赋的人"，即诸神赐予他才能的某个人。在铭文的开端，向诸神发誓也是符合宗教与魔法范围的。这样的释义是不存疑的。所有这些听起来不像广告宣传，更像爱情魔咒。此外可以确定，容器及其装载的东西可能只是为了赢得爱情，不可能是恶意的咒语。

依据普罗斯多基米（A. L. Prosdocimi）的断句，[①] 艾希讷对原文做出进一步的推断。艾希讷推断的原文如下：

> Iouesat deiuos, q ⟨u⟩ oi med mitat：
>
> nei ted endo cosmis virco sied，
>
> as（t）ted noisi o（p）petoit, esiai paca rivois！
>
> duenos med feced en manom enom duenoi：
>
> ne med malos（s）tatod！

从确定的语言来看，在较短的时间里，即从起初到公元前 3 世纪，古风时期的拉丁语发生了多么深刻的变化。这种变化肯定大于下面这种变化：从文学的古拉丁语，经由拉丁语的古典阶段和后期阶段，到罗马语族的方言。

尽管语言变化大，彼得斯曼还是根据上述的断句，把拉丁语原文译成了德语文本。

---

① 参《古罗马文选》卷一，前揭，页 19，脚注 4。另参 A. L. Prosdocimi（普罗斯多基米）：*Studi sul Latino Arcaico*（关于古风时期拉丁语的研究），载于 *Studi Etruschi*（《埃特鲁里亚研究》）47（1979），页 181。

派我①来的人向诸神起誓：

假如那位姑娘不愿意喜欢你，

不愿意拥抱你，请让倾盆大雨把她的心变得柔顺！

一位天才制造了我，为了好事和某位天才。

派我来的并非恶人（引、译自《古罗马文选》卷一，前揭，页 20)！

（二）出自罗马的咒语铭文

在拉丁大门（Porta Latina）附近的拉丁大道（Via Latina）旁边的坟墓废墟里发现一块铅板，上面有公元前 1 世纪的咒语铭文：

Quomodo mortuos, qui sitic

sepultus est, nec loqui

nec sermonare potest, seic

Rhodine apud M. Licinium

Faustum mortua sit nec

loqui nec sermore possit.

Ita uti mortuos nec ad deos

Nec ad homines acceptus est,

seic Thodine aput M. Licinium

accepta sit et tantum valeat

quantum ille mortuos, quei

istic sepultus est. Dite Pater, Rhodine（m）

tibi commendo, uti semper

---

①　文中的"我"与"你"指作为定情信物的容器，"他"指恋爱中的男方，"她"指恋爱中的女方。

odio sit M. Licinio Fausto；

item M. Hedium Amphionem，

item C. Popillium Apollonium，

item Vennonia（m）Hermiona（m），

item Sergia（m）Glycinna（m）.

就像这个人死去一样，他在这里

埋葬，不能再说话

和聊天，

愿罗蒂讷（Rhodine）在法乌斯图斯（M. Licinius

Faustus）那里死去，不

能再讲话和聊天！

就像他在这里死去，既不在诸神那里

也不在人们那里受到欢迎一样，

愿罗蒂讷在法乌斯图斯那里

受到欢迎，她可能过得很好，正如

那个死者，他

在这里埋葬。阎王大人，我向你推荐罗蒂讷，

以便她永远

为法乌斯图斯所憎恨；

正如（我向你推荐）安菲昂（M. Hedium Amphion），

正如盖·阿波罗尼俄斯（C. Popillium Apollonius），

正如赫尔弥奥纳（Vennonia Hermiona），

正如格吕钦纳（Sergia Glycinna）（引、译自《古罗马文选》卷一，前揭，页 20 及下）。

这篇铭文很直观地显示了诅咒的魔法套语特征。从诅咒的对象推断，铭文的作者似乎是个奴隶或者获释奴，他希望他的敌人

特别是名叫罗蒂讷的姑娘死去。

二、献辞

彼得斯曼引用并且评述了 5 篇铭文献辞。第一篇铭文和译文如下：

　　Castorei Podlouqueique ｜ qurois

　　＝ Castori Pollucique ｜ *κούροις*①

　　献给卡斯托尔和波吕克斯，小青年（引、译自《古罗马文选》卷一，前揭，页 22）。

流传至今的早期拉丁语铭文证据之一是公元前 500 年左右的铭文。这篇铭文是致宙斯的双子（Dioskuren，希腊文 *Διόσκουροι*，转写为 Dios kouroi）——具有神性的孪生兄弟卡斯托尔（*Κάστωρ* 或 Kastor）与波吕克斯（Pollux；希腊语 *Πολυδεύκης* 或 Polydeukes）——的。在希腊中，他们的父母是勒达（Leda）与宙斯（Zeus，即罗马神话中的尤皮特）。② 12 世纪的教士本笃（Benoît 或 Benedict，亦译"本尼狄克"）认为：

　　这两个希腊神话中的天神，是"1 世纪初，罗马皇帝提比略时代来到罗马的年轻哲学家"。③

---

　　① 英译 To Castor and Pollux, the Dioskouri：献给卡斯托尔与波吕克斯，宙斯的双子。

　　② 参《希腊罗马神话与传说中的恋爱故事》，郑振铎编，上海：上海书店出版社，2006 年，页 10 和 169 及下。

　　③ 见穆阿提（Claude Moatti），《罗马考古——永恒之城重现》，郑克鲁译，上海：上海书店出版社，1998 年，页 23 及下。

这篇铭文是在碎成两块的小青铜板上。这个铜板来自一个古风时期的圣地。这个圣地位于罗马以南 30 公里的拉努维乌姆（Lanuvium）附近。这篇铭文是采用萨图尔努斯诗行（versus saturnius）的诗（参《古罗马文选》卷一，前揭，页 22，脚注 1；拉德克，《古风时期的拉丁语》，页 57）。在按照发音转写成拉丁语的过程中，词汇复述了希腊文表达 κούϱοις，意为"qurois"。①在这里，按照古风时期的方式，u 前面的 k 音为书写符号 q 取代，正如 Podlouquei 中 ei 前面的 qu。希腊人把这两个具有神性的 κοῦϱοι（小青年）当作苦难者的救星加以崇敬。这篇铭文是从左向右书写的，是早期希腊对古罗马及其周边地区的宗教产生影响的明证。

第二篇铭文分为两部分。第一部分没有韵律：

Iovei Iunonei Minervai Falesce（＝Falisci），quei in Sardinia sunt，donum② dederunt：magistreis L（ucius）Latrius K（aesonis）f（ilius）C（aius）Salv［e］na Voltai f. coiraveront（＝curaverunt）

撒丁岛上的法利斯克人（Falisker）（把这）当作礼物献给尤皮特、尤诺和弥涅尔瓦：（这个同业集体）的领导、卡埃索（Kaeso）的儿子卢·拉特里乌斯（Lucius Latrius）③和沃尔塔（Volta）的儿子盖·萨尔维纳（Caius Salvena）负责完成（引、译自《古罗马文选》卷一，前揭，页 23 及下）。

---

① 希腊语 κουϱ-ήïος，年轻的；κουϱ-πτες，年轻人。
② 拉丁语 donum，-i，m，礼物。
③ 文中的"卢（L.）"一律为"卢基乌斯（Lucius）"的缩略语。

而第二部分是有韵律的：

> Gonlegium quod est aciptm aetatei age【n】d【ai】,
>
> opiparum a【d】veitam quolundam festosque dies,
>
> quei soveis aastutieis opidque① Volgani
>
> gondecorant sai【pi】sume　comvivia loidosque,
>
> ququei huc dederu【nt　i】nperatoribus summeis,
>
> utei sesed lubent【es　be】ne iovent optantis.
>
> 对于生活方式而言，这个同业公会受人欢迎，
>
> 有助（或：益）于保养生命和各种节日，
>
> 由于他们的熟巧和武尔坎（火神）的帮助
>
> 甚至常常为盛宴和比赛锦上添花，
>
> 这些厨师馈赠莅临这里的至高统治者们②（上述的礼物），
>
> 以便这些神灵遂厨师们的愿，乐于援助他们（译自《古罗马文选》卷一，前揭，页 23 及下）。

撒丁岛（Sardinien）法利斯克厨师们写的铭文献辞是一篇特别有趣的证据。在这篇用萨图尔努斯诗行（versus saturnius）撰写的铭文中，撒丁岛法利斯克人的首都法勒里（Falerii）的厨师公会为卡皮托尔（Kapitol）的 3 位尊神尤皮特、尤诺和弥涅尔瓦献上 1 份礼物。法利斯克人的居住区位于罗马北边的埃特鲁里亚，现卡斯特兰纳城（Città Castellana）附近。在所有的意大利

---

① 拉丁语 opidque = opeque，其中 ope（opus、operis）为第三格，意为"有用的、有益的"。拉丁语名词 ŏps, ŏpĭs, 阴性，复数 ŏpēs, ŭm, 阴性，帮助，支持。参见《古罗马文选》卷一，前揭，页 23，脚注 3。

② 即开头提及的 3 位神：尤皮特、尤诺和弥涅尔瓦。

人中，法利斯克人在语言方面特别接近拉丁人。在铭文献辞中，法利斯克的厨师已经使用当时在撒丁岛上成为交际语言的拉丁语。依据语言特征，确定铭文的撰写时间为公元前 2 世纪初（参《古罗马文选》卷一，前揭，页 23，脚注 2；斯托尔茨、德布隆讷和施密德，《拉丁语历史》，页 48 及下）。但是，铭文中存在个别的法利斯克人语言特点，例如 gonlegium（同业公会、同业集体）、gondecorant①和 Volgani（武尔坎）中用 g 代 c；此外，发音 aciptum 取代 acceptum（受人欢迎的）。②而主格复数形式 magistreis（＝magistri，领导；男教师）也出现在同时期的拉丁语铭文中。

第三篇铭文写于公元前 150 年左右，是海格立斯神庙——位于罗马东南边的城市索拉（Sora）——的献辞。在这篇献辞中，两兄弟（估计是商人）实践父亲的誓言，把他们收入的十分之一献给海格立斯，以此感谢海格立斯的巨大帮助，祈求取得类似的成功，能够常常重复这样的献祭。

在语言方面，这首铭辞诗采用萨图尔努斯诗行（versus saturnius），具有流行的古风特征。因此，双元音 ei、oi 和 ou 取代后来的单元音 i 和 u，单辅音取代后来的双辅音，以-eis 结尾的主格复数变格 o 取代-i，形式 danunt 取代 dant（第三人称复数现在时主动态陈述语气，动词原形是 dō）③等。词汇 asper④也许只是 aspre（艰难、严峻、糟糕）的错写。

---

① 与拉丁语 condecorant 可能相关的动词是 condecoro［＝con-decōrō（不定式 decōrāre），精心打扮、装饰、美化］。

② 拉丁语 acceptum：占领；服用；收入。相关的动词是 accipio（＝ac-cipiō，ac-cēpī），acceptō，acceptāre：接受、接纳；允许。

③ 拉丁语动词 dō（dare，dedī，datum）：给、予。

④ 拉丁语 asper，aspera，asperum，粗糙的。

M. P. Vertuleieis C. f.

Quod re sua d【if】eidens　asper afleicta

parens timens heic vovit,　　voto hoc solut【o】

【de】cuma facta poloucta①leibereis lubetes

donu danunt Hercolei　maxsume mereto.

semol te orant se【v】pti　crebro condemnes. ②

　　马·维尔图利乌斯（Marcus Vertulius）和普·维尔图利

乌斯（Publius Vertulius），③ 盖尤斯（Gaius）的儿子，

　　因为父亲，在他估计生意状况很糟糕而陷入恐惧和绝望

之时

　　在这里许愿，他的儿子们，在愿望实现

　　并且（让他们）算出和祭献十分之一以后，

　　乐意为海格立斯献上一份他（海格立斯）特别应该得

到的礼物。

　　与此同时他们请求你（海格立斯?）经常责成他们来还

愿（引、译自《古罗马文选》卷一，前揭，页25）。

　　第四篇铭文是公元前 142 年执政官④卢·穆弥乌斯（L.
Mummius）写的献辞。

　　　　L（ucius）Mummi（us）L（uci）f（ilius）co（n）s

---

① Poloucta（ = pollucta）：polluceo, polluxi, polluctus，意为"祭献"，即"把一份祭礼放到祭坛上"。参《古罗马文选》卷一，前揭，页25，脚注4。

② 《罗马共和国时期的韵律铭文》（*Die Metrischen Inschriften der Römischen Republik*），Peter Kruschwitz 编，Berlin 2007，页201。

③ 文中古罗马人名"马（M.）"一律为"马尔库斯（Marcus）"的缩略语，"普（P.）"一律为"普布利乌斯（Publius）"的缩略语。

④ 关于执政官，参杨俊明，《古罗马政体与官制史》，页103 以下。

（ul）. Duct（u）,

 auspicio imperioque

 eius Achaia capt（a）. Corinto

 deleto Romam redieit

 triumphans. Ob hasce

 res bene gestas, quod

 in bello voverat,

 hanc aedem et signu（m）

 Herculis Victoris

 imperator dedicat.（见《罗马共和国时期的韵律铭文》,

前揭，页 11）

 卢·穆弥乌斯，卢基乌斯的儿子，执政官。在他的

领导、

 主持和最高指挥下,

 战胜了阿开亚人。在毁灭哥林多以后

 他凯旋而归，返回罗马。

 由于这些胜利,

 作为胜利的统帅，他

 符合战时他的许愿地

 把这个庙宇和立像

 献给胜利之神海格立斯（引、译自《古罗马文选》卷

一，前揭，页 26）。

  在这篇采用萨图尔努斯诗行（versus saturnius）撰写的铭辞诗中，值捐建圣地和为胜利之神海格立斯（Hercules Victor）立像之际，卢·穆弥乌斯（L. Mummius）夸耀他的事迹。公元前146 年，卢·穆弥乌斯作为执政官战胜了阿开亚联盟（Achäische

Liga），根据元老院的决议毁灭哥林多（Korinth），将那里的居民掳来做奴隶，把所有的艺术珍宝带回罗马。1年以后，卢·穆弥乌斯庆祝他取得战争的胜利。在战争胜利结束的誓愿实现以后，才在罗马捐建海格立斯圣地。

第五篇铭文是公元前145年雷阿特（Reate）的卢·穆弥乌斯的献辞。

> Sancte,
>
> De decuma, Victor, tibei Lucius Mummius donum
>
> Moribus antiqueis promiserat hoc dare sese.
>
> Visum animo suo perfecit tua pace rogans te,
>
> cogendei dissolvendei tu ut facilia faxseis,
>
> perficias decumam, ut faciat verae rationis
>
> proque hoc atque alieis donis des digna merenti.

令人崇敬的

胜利之神（海格立斯），卢·穆弥乌斯曾经

按照古老的习俗向你许愿，为你献上这份礼物：（战利品的）十分之一。

他完成了他在意识当中觉得正确的事情，请允许向你请求：

你让他很容易地完成收集和分发的（工作），

你产生的影响就是他以正确的方式献上十分之一，

为了这份和别的一些礼物，你赐予他理应得到的相应回报（引、译自《古罗马文选》卷一，前揭，页27）。

这篇铭文献辞出自罗马北边大约85公里的小城雷阿特，今里提（Rieti），同样出自捐建者：胜利地毁灭哥林多的人、① 执政官卢·穆弥乌斯。可以确定这篇献辞的年代大约和罗马城那篇献辞的相同。与那篇献辞采用萨图尔努斯诗行（versus saturnius）不同，这篇出自雷阿特的献辞已经采用六拍诗行（hexameter）② 的形式，尽管还很拙劣。在正字法方面同样不可确定，例如时而采用 i，时而用 ei，在这方面 ei 不仅代 ī，而且也代 ĭ。口误的古风形式是 faxseis = faxis。③ 这篇献辞被认为是献给这篇献辞的开篇用 Sancte④ 称呼的海格立斯的。

三、墓志铭

如上所述，最早的诗体献辞一般都是萨图尔努斯诗行（versus saturnius）。墓志铭也不例外。由于希腊对墓志铭的影响扩大，在公元前 2、前 1 世纪，这种古意大利格律才遭到六拍诗行（hexameter）或者对句格（distichon）⑤ 诉歌的排斥。

在斯基皮奥家族成员（Scipionen）的石棺上有 6 首歌颂铭文，被称为"斯基皮奥家族的墓志铭（Scipionum elogia）"。它们出自罗马早期历史的末叶，属于流传至今的最早的墓志铭，具有一定的历史价值。这个家族的墓碑位于阿皮亚大道（Via Appia）。其中，4 首颂词是采用萨图尔努斯诗行（versus saturnius）的诗，最晚的 1 首颂词用诉歌体（elogium）写，1 首只保留了头衔称呼。那里埋葬的最年轻的斯基皮奥家族成员是公元前 139 年

---

① 参《古罗马文选》卷一，前揭，页 26，脚注 5；E. Pulgram（普尔格拉姆），*Italic*，*Latin*，*Italian*（《意大利语·拉丁语·意大利人》），Heidelberg 1978，页 195 及下。普尔格拉姆认为，铭文上错把女人名 Mummius（或 Mŭmmĭŭs）写成 Munius。

② 六拍诗行（hexameter）属于古希腊格律，意思是"诗行由 6 个节拍构成"。

③ 拉丁语 fāx，fācĭs，火炬，火把。

④ 源于形容词 sanctus（a，um），圣洁的，不可侵犯的，或源于动词 sancio（is，ire，sanxi，sanctum），认定，使成为神圣的。

⑤ 对句（distichon）是由两个诗行构成的系统或系列。

的外事裁判官（praetor peregrinus）西斯帕努斯（Cn. Cornelius Scipio Hispanus）。最古老的墓穴是公元前 298 年的执政官（consul）巴尔巴图斯（Lucius Cornelius Scipio Barbatus）的（参科瓦略夫，《古代罗马史》，页 8；杨俊明，《古罗马政体与官制史》，页 139）。

值得一提的是，巴尔巴图斯之子的颂词似乎比他本人的颂词更早一些。巴尔巴图斯之子的石棺上的颂词在公元前 230 年左右，而他本人的颂词大约在公元前 200 年左右。相同的是，两篇墓志铭都由两部分组成：（1）名字与头衔称呼（用红色绘在石头上）；（2）采用萨图尔努斯诗行（versus saturnius）的诗体颂词（晚些时候凿在石头上的）。

（一）卢·科·斯基皮奥①的墓志铭（CIL I²② 8/9 = ILLRP²③ 310 = Schumacher④ 163）

卢·科·斯基皮奥（Lucius Cornelius Scipio）是巴尔巴图斯的儿子，公元前 259 年当执政官，公元前 258 年当监察官。公元前 230 年左右的这篇铭文采用萨图尔努斯诗行（versus saturnius），颂扬死者的军功和政绩。值得注意的是，在这篇墓志铭语言方面，短元音后面的词尾-s 衰变（如 Cornelio = Cornelios = Cornelius），同样的还有词尾-m 的省略（viro = virum【vir, -i,

---

① 文中古罗马人名"科（Co.）"一律为"科尔涅利乌斯（Cornelius）"的缩略语。

② *Corpus Inscriptionum Latinarum*（《拉丁铭文集》）. Consilio et auctoritate Academiae Regiae Borussicae editum. Editio altera. Vol. I. Berlin：Reimer, 1893. Mit Add.：Berlin/New York：de Gruyter, 1986。

③ *Inscriptiones Latinae Liberae Rei Publicae*（《自由共和国时期拉丁文学铭文》）. Cur. A. Degrassi. Bd. 1. Florenz：La Nuova Italia, ²1965. Bd. 2. Ebd. 1963。

④ *Römische Inschriften*（《古罗马铭文》）. Lat./Dt. Ausgew., übers., komm. und mit einer Einf. in die lateinische Epigraphik, hrsg. von L. Schumacher. Stuttgart：Reclam, 1988。

m，男人】，Aleria = Aleriam【阿勒里亚】等），oi 代替古典时期的 u，例如 oino = unum（unus，-a，-um，一，一个），ploirume = plurimi（-ae，-a，很多的），原文 duo-，例如 duonoro 代替 bonorum（好），更早的 due-，如 duenos（天才）代替 bonus（参《古罗马文选》卷一，前揭，页 18 和 27 及下），e 代替古典时期的 i，在书写中省略鼻音，例如 cosentiont（ = consentiunt，一致认为)① 等，以及省略辅音的重写，例如 fuise（ = fuisse)。②

> L（ucios）Cornelio L（uci）f（ilios）Scipio aidiles，
> cosol，cesor.
> Honc oino ploirume cosentiont R［omane］
> duonoro optumo fuise viro
> Luciom Scipione. Filios Barbati
> consol，censor，aidilis hic fuet a［pud vos］.
> Hec cepit Corsica Aleriaque urbe，
> dedet Tempestatebus aide mereto［d］.③

把这篇墓志铭转换成古典时期的拉丁语，墓志铭的韵律部分如下：

> Hunc unum plurimi consentiunt R［omani］
> bonorum optimum fuisse virum

----

① 拉丁语 consensus，-us，m，同意，赞成；和谐，一致。

② 拉丁语 fŭisse，曾经是。

③ 异文 R［omani］代替 R［omane］（罗马人），uiro 代替 viro（男子），a［pud uos］代替 a［pud vos］（在你们旁边，在你们附近），mereto［d uotam（发誓)］代替 merito［d］（值得）。参《罗马共和国时期的韵律铭文》，前揭，页 7 和 105。

Lucium Scipionem. Filius Barbati

consul, censor, aedilis hic fuit a［pud vos］.

Hic cepit Corsicam Aleriamque urbem,

dedit Tempestatibus aedem merito.

卢·科·斯基皮奥，卢基乌斯①的儿子，市政官，执政
官，监察官。

关于这一个人，大多数罗马人一致认为，

他曾是最好的杰出男人：

卢·斯基皮奥。他是巴尔巴图斯的儿子，

曾是你们的执政官、监察官（和）市政官。

他征服了科尔西嘉（Corsica）和城市阿勒里亚（Aleria），

把一个圣地献给掌管大海风暴的诸神（Tempestate），
就像他们应得的一样（引、译自《古罗马文选》卷一，前
揭，页 28 及下）。

（二）巴尔巴图斯的墓志铭（CIL I^2 6/7 = ILLRP^2 309 = Schumacher 162）

巴尔巴图斯的墓志铭（elogium）是公元前 200 年左右的。
斯基皮奥家族最古老的石棺上的铭文像前面复述的一样，由两部
分组成。除了前面提及的古风，值得注意的还有夺格加-d，例如
Gnaivod（= Cnaeo）。

　　　［L（ucios）Corneli］o（s）Cn（aei）f（ilios）Scipio ...
　　　Cornelius Lucius Scipio Barbatus

---

① 指巴尔巴图斯。

Gnaivod patre prognatus, fortis vir sapiensque,

quoius forma virtutei parisuma fuit,

consol, censor, aidilis, quei fuit apud vos,

Taurasia, Cisauna Samnio cepit,

subigit omne Loucanam opsidesque abdoucit. ①

卢·科·斯基皮奥，格奈乌斯的儿子……

巴尔巴图斯，

父亲格奈乌斯的儿子，一位智勇双全的男子汉，

他的外表完全就像他的美德一样，

他曾是你们的执政官、监察官（和）市政官，

占领萨姆尼乌姆（Samnium）的陶拉西亚（Taurasia）（和）基萨乌纳（Cisauna），

完全征服卢卡尼亚，并带走人质（引、译自《古罗马文选》卷一，前揭，页 29 及下。较读科瓦略夫，《古代罗马史》，页 8；蒙森，《罗马史》卷二，李稼年译，页 197）！

第三节　宴会歌

公元前 6 世纪末，宴会歌产生。关于宴会歌的起源，学界有两种观点。昆体良认为，宴会时唱歌的习俗是古罗马原始的："所有这些惯例都是由努玛建立起来的"（《雄辩术原理》卷一，章 10，节 20，参《昆体良教育论著选》，前揭，页 46）。不过，蒙森认为，宴会歌的习俗是古希腊的（参蒙森，《罗马史》卷

---

① 断句不同的异文 Gnaivod patre / prognatus, fortis vir sapiensque, quoius forma virtutei parisuma / fuit, consol, censor, aidilis, quei fuit apud vos, Taurasia, Cisauna / Samnio cepit, subigit omne Loucanam opsidesque abdoucit。参《罗马共和国时期的韵律铭文》，前揭，页 7。

二，李稼年译，页196）。据西塞罗考证，毕达哥拉斯（约公元前582－前500年；参第欧根尼·拉尔修，《名哲言行录》卷八，章1）① 学派曾经利用歌曲秘传他们的信条，并且用歌唱的音乐形式放松他们那紧张思考的心智。或许在毕达哥拉斯学派的影响下，古罗马人举行祭神宴会时，或者官员们举行宴会时，节庆总是从音乐开始（参王焕生，《古罗马文艺批评史纲》，页122及下）。比较而言，由于昆体良流露出同希腊人争高下的民族主义心态，其说法的可靠性要大打折扣。相反，蒙森与西塞罗的说法较为可信。

在古罗马，宴会歌曾经非常盛行。因此，古罗马文人老加图、西塞罗、瓦罗和昆体良都提及祖辈们饮宴时唱歌的习俗。不过，关于宴会歌的特点，他们的说法不尽相同。老加图在自己的《史源》（Origines）里谈到，"在宴会上宾客们常常随着管乐器的演奏唱歌，向杰出人物的美德致敬"（西塞罗，《图斯库卢姆谈话录》卷1，章2，节3）或"在宴会上，我们祖先的习俗是所有用餐的客人都在笛音伴奏下依次唱歌，颂扬杰出人物的功德"（《图斯库卢姆谈话录》卷四，章2，节3，译自LCL 141，页4及下和330及下）。西塞罗的同时代人瓦罗强调了宴会歌在音乐方面的另一个特点：这种"颂扬祖辈"的歌唱是"无伴奏地"进行的（诺维乌斯：《辞疏》，参王焕生，《古罗马文学史》，页10；王焕生，《古罗马文艺批评史纲》，页8）。此外，昆体良也提及宴会歌："在古代罗马人的宴会中，也是习惯地表演七弦竖琴和笛子，甚至舞蹈祭司赞美战神的诗句也被配上曲调进行演奏"。昆体良谈及宴会歌的目的在于证明两点：第一，音乐受到高度重视；第二，像西塞罗指出的一

---

① 意大利学派哲学的创始人，著有《论自然》、《论教育》和《论政制》。

样，不懂音乐就等于没有受过良好教育（《雄辩术原理》卷一，章10，节19-20，参《昆体良教育论著选》，前揭，页46及下）。

可见，宴会歌的形式多样，既有无伴奏的，也有乐器伴奏的。其中，伴奏的乐器又包括笛子和七弦竖琴。从宴会歌的内容来看，也是丰富多彩的，既有舞蹈祭司赞美战神的诗句，也有颂扬祖辈的，甚或还有讽刺性的或者侮辱性的。

不过，宴会歌很快就消失，主要有两个原因。第一，宴会歌的诗人得不到应有的尊重，成为游手好闲者的代名词。譬如，老加图就看不起宴会歌诗人："诗人这种职业，从前不受尊重；如果有人从事这种职业或沉湎于宴会，人便称他游手好闲者"（参蒙森，《罗马史》卷二，李稼年译，页201及下）。第二，罗马的《十二铜表法》限制宴会歌的侮辱性内容。依据西塞罗的援引，"法律规定，演唱这些歌曲不得侮辱他人"。

宴会歌消失，这的确是一件遗憾的事，所以西塞罗发出慨叹："但愿加图在《史源》里记载的那些歌曲仍然存在。在他之前的许多世纪，在饮宴时，一些客人常常轮唱名人们的颂词"（《布鲁图斯》，章19，节75，译自 LCL 342，页70及下）。不过，从优胜劣汰的角度看，消失的只是没有生命力的部分，例如讽刺性的或侮辱性的内容。宴会歌有生命力的内容并没有完全消失。譬如，颂扬性歌曲的目的在于鼓励年轻人模仿英雄（瓦勒里乌斯·马克西姆斯，《名事名言录》卷二，章1，节10），如同罗马史学家瓦勒里乌斯·马克西姆斯认为的一样。由于古代的宴会歌具有英雄叙事诗性质的内容，充满爱国热情，如同王焕生认为的一样，"显然同这种口碑性的宴会歌传统有关"的许多古罗马英雄传说——例如关于双胞胎兄弟罗慕路斯和瑞穆斯建立罗马城的传说，关于古罗马人与阿尔巴人战争中贺拉提乌斯家的三胞胎兄弟与库里阿提乌斯家的三胞胎兄弟决斗的传说——能流传下来（参王焕生，《古罗马文学史》，页 10 及下；王焕生，《古罗马文艺批评史纲》，页 8）。

第四节　悼亡曲

在内容方面与宴会歌有相似之处的是悼亡曲，拉丁文为 Nenia。2 世纪下半叶的辞疏家斐斯图斯（Sextus Pompeius Festus 或 Festus Grammaticus）是这样注疏 Nenia 的："Nenia 是殡葬时用笛伴奏演唱的一种颂扬性歌曲"（参王焕生，《古罗马文学史》，页 11；王焕生，《古罗马文艺批评史纲》，页 8 及下）。

从词源来看，悼亡曲在罗马存在的历史悠久。依据瓦罗在《人神制度稽古录》（*Antiquitates Rerum Humanarum et Divinarum*）里的解释，Nenia 一词与古罗马的原始宗教信仰有关："人们要在老人的葬礼上呼唤她"，即女神奈尼娅（Naenia，奥古斯丁，《上帝之城：驳异教徒》卷六，章 9，节 5）。[1] 西塞罗认为，Nenia 一词源于希腊语，并称希腊人甚至用这个词统称各种悲伤的演唱（西塞罗，《论法律》［*De Legibus*］卷二，章 24，节 62）。但是古希腊语中未见与拉丁语 Nenia 对应的词语 νήνια[2]（哀歌、挽歌）。2 世纪波吕克斯在《辞疏》中用 νηνίατον[3] μέλος νη（原本

---

[1]　参奥古斯丁，《上帝之城：驳异教徒》上，吴飞译，上海：上海三联书店，页 236。

[2]　应为 νηνία，ἡ意为针对伟人的公共悼词，有时有笛子伴奏，见 A Greek—English Lexicon（《希腊语－英语词典》），Stuart Jones 与 Roderick McKenzie 新编，Oxford 1940（1953 重印），页 1174。

[3]　意为弗律基亚的笛子曲调，出自《希波》（*Hippon*），I，29，见《希腊语－英语词典》，前揭，页 1174。

的希腊词语，意为"歌"，尤指抒情性的诗歌）① 注释小亚细亚的弗律基亚悼亡曲。此外，6 世纪辞疏家赫苏基奥把动词 νηνυϱίζειν② 视为 ϑϱηνεῖν（哭泣）③ 的同义词。据此推断，悼亡曲可能源自弗律基亚，先传入希腊，可能再经由埃特鲁里亚人影响到罗马。这种传承和影响在很早的时候就发生了（荷马，《伊利亚特》卷二十四）。

谈到悼亡曲，不得不说古罗马人的哭悼习俗。值得注意的是古罗马人的哭悼习俗很有特色：哭悼者有时并不是亡故者的亲属，而是雇佣来的职业哭悼女。"哭悼女"的拉丁文是 praefaca，由前缀 prae（在前面；在……之前；预先）和动词 facere（facio，facere，feci，fatus，做，进行）组合而成，意为"首先由一个人起哭，随后合哭"。哭悼女在哭泣时列数和赞颂亡故者的业绩（参科瓦略夫，《古代罗马史》，页 207），由笛子或者琴伴奏。这种习俗促进了悼亡曲的流行。

不过，这种丧葬习俗显然很铺张，而且愈演愈烈，引起了立法者的不满，以至于公元前 5 世纪中期的《十二铜表法》对此作出了明文限制。譬如，第二条规定，"超过这个事以外，便不应做。［火葬］的柴薪不得用斧头削平"；第三条规定，"埋葬费用以 3 件寿衣，1 件绛红色的束腰紧身衣和 10 个笛手为限，同时，还禁止为［死者］哭泣"（西塞罗，《论法律》卷二，章 23，节 59）；第四条规定，"［在埋葬时］妇女不得抓伤面颊及哭泣死者"（参《十二铜表法》，前揭，页 49 及下）。由于悼亡曲失传较早，后世对它知之甚少。

---

① 应为 μέλος，早期作家常用复数，μέλη，见《希腊语－英语词典》，前揭，页 1099。

② 应为 νηνυρίζοτα，见《希腊语－英语词典》，前揭，页 1174。

③ 应为 ϑϱνοῦντα，见《希腊语－英语词典》，前揭，页 1174。

第五节 讽刺歌曲

史料表明，除了宗教诗歌、铭辞、宴会歌、悼亡曲，还有诗体生活谚语、箴言、劳动歌曲、讽刺歌曲等。属于讽刺歌曲的有菲斯克尼歌（versus fescennini，参科瓦略夫，《古代罗马史》，页207）、士兵歌、婚歌（hymenaeus）等，一般不伤人。

一、菲斯克尼歌

关于菲斯克尼歌（versus fescennini）的词源，古代有两种解释。从语音学角度看，它可能源自埃特鲁里亚城名菲斯克尼（Fescennium）（参王焕生，《古罗马文学史》，页12及下；王焕生，《古罗马文艺批评史纲》，页9）。从语义学的角度看，菲斯克尼歌可能与崇拜阳物的法罗斯歌（phallos）有关。Fescennine（淫秽）可能起源于Phallus（阴茎）的众多名称之一，因为拉丁语fascinum意为"阳物；阳物型的辟邪物；魔力；贝壳"（参《拉丁语语法新编》，前揭，页548）。德国学者基弗（Otto Kiefer）指出："农民和采集葡萄酿酒者用车子载着阴茎图像（自然界生殖力的象征）举行丰收游行时，一路上唱着淫秽歌曲"。[1]尽管两种解释存在分歧，但是可以肯定，菲斯克尼歌（versus fescennini）的历史很悠久。

菲斯克尼歌（versus fescennini）是古罗马流行的一种讽刺歌曲，采用诗歌对唱形式。依据贺拉斯的表述，古罗马农民在收获以后，放松身心，合家欢庆，献祭神明，自由放纵，相互用诗歌

---

① 见基弗（Otto Kiefer），《古罗马风化史》（*Kulturgeschichte Roms unter Besonderer Berücksichtigung der Römischen Sitten*），姜瑞璋译，沈阳：辽宁教育出版社，2000年，页191。

进行乡间的粗野嘲弄（《书札》卷二，首 1，行 139-146）。尽管如此，起初不伤人。后来，农人们用这种曲子激烈地嘲弄贵族，受到不满的贵族的"惩处"。一般人认为，这里指的是《十二铜表法》第八表第一条："假如有人编造或歌唱含有毁谤或侮辱他人的歌词时，则认为必须执行死刑"（西塞罗，《论共和国》[De Re Publica] 卷四，章 10，节 12）（参《十二铜表法》，前揭，页 34）。由于这个原因，菲斯克尼歌（versus fescennini）又恢复了"不伤人"的娱乐本性（贺拉斯，《书札》卷二，首 1，行 147-155）。

此外，值得一提的是，菲斯克尼歌（versus fescennini）的曲调具有戏剧对话的雏形（参《罗念生全集》卷八，前揭，页 279）。

二、婚歌

在婚歌（hymenaeus）中，参加婚礼（hymenaeus）的青年男女用歌曲相互嬉戏嘲弄，这种歌曲后来受到文学加工，例如卡图卢斯《歌集》第六十一首和第六十二首（参卡图卢斯，《歌集》，页 170 以下；王焕生，《古罗马文艺批评史纲》，页 9）。

三、士兵歌

在连绵不断的战争过程中，罗马形成了一种习俗：为了表示对获胜的统帅的奖赏，在战争获胜后，元老院同意在罗马城举行凯旋仪式，即允许统帅不带武装地率军隆重地进入罗马城。在凯旋游行过程中，士兵们歌唱关于统帅的歌曲，或称赞，或嘲讽。这种习俗在恺撒《高卢战记》中可以读到（参王焕生，《古罗马文艺批评史纲》，页 9）。

第六节　萨图尔努斯诗行[①]

如上所述，古罗马诗歌创作不仅十分广泛，而且还有一定的诗歌格律。其中，萨图尔努斯诗行（versus saturnius）[②] 就是古罗马萌芽时期的非文学和发轫时期起初阶段的文学中流行的一种诗歌格律。萨图尔努斯诗行可能得名于古风时期对萨图尔努斯[③] 的图腾崇拜。

从一开始起，萨图尔努斯诗行（versus saturnius）就面对多种多样的公式化演说辞。此外，这里涉及的长行诗句近似于别的印欧语（例如德语）的长行诗句。[④] 萨图尔努斯诗行分为两部分，每部分都有两个双音步或重音步（dipodia 或 Dipodie）。[⑤] 从

---

① 主要参考艾伦、格里诺等编订，《拉丁语语法新编》（*Allen and Greenough's New Latin Grammar*），顾枝鹰、杨志城等译注，上海：华东师范大学出版社，2017年，页548、578及下；曼廷邦德，《拉丁文学词典》，页254；《古罗马文选》卷一，前揭，页11及下、21和30；王焕生，《古罗马文学史》，页13及下；王焕生，《古罗马文艺批评史纲》，页17及下。

② 萨图尔努斯诗行（versus saturnius）亦称 versus faunius，但比较少见，德语称之为 Saturnier 或 saturnischer Vers，英语称之为 saturnian verse，亦译"农神格"或"六扬格"。参《拉丁语语法新编》，前揭，页578及下。

③ 关于萨图尔努斯（Sāturnus），学界未达成共识：或者源于"satus（播种）"（瓦罗，《论拉丁语》卷五，64），或者源于拉丁姆的古代城邦名 Satria 或厄特茹瑞阿神名 Satres，参《拉丁语语法新编》，前揭，页548。

④ 在古代与中古德语韵律中，一个整全的长行诗句（Langzeile 或 Langvers）由两个短的"半个诗行"——即前面的升调诗行（Anvers）与后面的降调诗行（Abvers）——构成，两个"半个诗行"的中间有停顿，而且在古代每个"半个诗行"都押头韵，后来（中古）也有押尾韵的，其中前面的升调诗行需要两个重音节押韵，后面的降调诗行则只需要第一个重音节押韵即可，第二个重音节的韵律是自由的。

⑤ 两个双音步或重音步（dipodie，希腊文术语，相当于两个单音步）相当于四拍诗行（tetrameter）。双音步在区分重音节与轻音节的拉丁语诗歌韵律学中表示把两次使用的一种音步用作一个音步，在区分长、短音的希腊语诗歌韵律学中更普遍的是把两次使用的音步用作一个格律。在有些格律——例如扬抑格 （转下页注）

语调来看，前半句诗常常是升调，后半句诗是降调。轻音节①不受约束，常常可以受到抑制。

　　不过，迄今为止都还有争议的是，萨图尔努斯诗行（versus saturnius）的格律（μέτϱον）是否可以理解为重读音节或发长音。依据几个研究者的观点，萨图尔努斯诗行是从古希腊抒情诗格律演变过来的，尽管萨图尔努斯诗行与量性结构的古希腊格律不完全相同：由于拉丁语自身的语音特点，词重音在萨图尔努斯诗行的结构中起相当重要的作用。萨图尔努斯诗行的结构分为两部分。每个部分或半行大约有 6–8 个音节，或多或少。前半行一般比后半行多一或两个音节。每个半行的倒数第三个音节之前都有一个单词结束，很少有特例（参《拉丁语语法新编》，前揭，页 538 和 579 译注）。

　　从格律来看，萨图尔努斯诗行是抑扬格（iambus）与扬抑格（trochaeus）的结合（参科瓦略夫，《古代罗马史》，页 208）。其中，前半部分采用短长格或抑扬格（iambus），后半部分为长短格或扬抑格（trochaeus），而其诗行中间有明显的停顿。所以萨图尔努斯诗行的基本形式如下：

$$V \, - \, V - V - V \parallel - V \, - V - V$$

（接上页注）（trochaeus）、不规则的抑扬格（choljambus）和扬扬格（spondeus）——同时是格律时，需要抑扬格（iambus）、扬抑格（trochaeus）或抑扬扬格（anapaest）的双音步。在区分重音节与轻音节的诗歌中两次使用的音步必须同一。因此，两个抑扬格构成一个抑扬格（iambus）的格律，两个扬抑格（trochaeus）构成一个扬抑格（iambus）的格律，两个抑抑扬格（anapaest）才构成一个抑抑扬格的格律。这些情况才是双音步或重音步。通过这些现象在音步（Versfuß）与格律（Metrum）方面的数量区别尤其体现在诗行可辨的诗歌中。譬如，这样构成的不是 3，而是 6，此外在区分重音节、轻音节的格律中抑扬格（iambus）音步构成一个诗行（versus），有 3 个抑扬格（iambus）的诗行被称为抑扬格三拍诗行（iambus trimeter）。

　　① 也叫"抑音节"，与"重音节"或"扬音节"相对。

例如：

Dabūnt malūm Metēlli　‖　Naēviṓ poḗtae①

　　墨特卢斯会让诗人奈维乌斯不愉快（译自《古罗马文选》卷一，前揭，页44）。

当然，这只是萨图尔努斯诗行（versus saturnius）的基本形式，其中，"–"代表长音，"V"代表短音，"‖"代表诗句中间的停顿。不过，在实际运用中，格律结构有时也会发生变异，例如前述的巴尔巴图斯的诉歌的前两行（仅标注长音或重音）：

Cornēliūs Lucīus ‖ Scīpiō Barbātus

Gnaivōd patrē prognātus,　‖　fōrtis vīr sapiēnsque（引自王焕生，《古罗马文艺批评史纲》，页17）

　　巴尔巴图斯，

　　父亲格奈乌斯的儿子，一位智勇双全的男子汉（译自《古罗马文选》卷一，前揭，页30）

绝对可以断定的是，萨图尔努斯诗行（versus saturnius）的诗不仅存在于萌芽时期非文学的古拉丁语祈祷歌、碑铭诗和题献铭文诗中，以及发轫时期的文学作品中，而且在意大利其它方言的早期作品中也可以见到，以至于人们可以把萨图尔努斯诗行的诗视为意大利古诗。

---

　　① 引文出自奈维乌斯的《荟萃》（Varia）2，参见 LCL 314，页154。关于长音或变音的标注，参《拉丁语语法新编》，前揭，页578及下；曼廷邦德，《拉丁文学词典》，页254。

然而，自从受到希腊影响以后，在罗马就把采用萨图尔努斯诗行（versus saturnius）的诗视为原始文化的遗产，希腊艺术提供模式的纯粹发长音的诗作渐渐地越来越排斥采用萨图尔努斯诗行的诗，尤其是在文学中。更确切地说，公元前 2 世纪和公元前 1 世纪，古意大利铭文最早的格律萨图尔努斯诗行就被希腊的诗行形式"六拍诗行（hexameter）"或诉歌的"对句格或双行体（distichon）"① 排挤掉。譬如，恩尼乌斯采用六拍诗行（hexameter）取代萨图尔努斯诗行（versus saturnius）。

尽管学界对萨图尔努斯诗行（versus saturnius）的认识存在意见分歧，可还是存在一些不可否定的共识：

第一，萨图尔努斯诗行（versus saturnius）的产生表明古罗马诗歌创作发展达到一定的水平。所谓"一定的水平"就是高于萌芽初期的水平，但还没有达到文学诗歌的品质。

第二，萨图尔努斯诗行（versus saturnius）本身可能还不够完善。恩尼乌斯轻蔑地视之为"从前预言家和林牧之神们使用的格律"（《编年纪》，残段 231）。维吉尔称之为"粗糙的"（维吉尔，《农事诗》卷二，行 386）。当然，这里所说的"不完善"具有很大的相对性，一方面是因为在他们所处的时代，希腊文化已经广泛地传入罗马，并且深刻地影响了罗马文化，另一方面是因为这些说话人的文学水准极高。

第三，萨图尔努斯诗行（versus saturnius）为人们普遍采用，地位极高。即使在发轫时期各种希腊诗歌格律广泛传入罗马的情况下，仍然有人采用这种格律。譬如，古罗马第一位诗人安德罗尼库斯采用这种格律翻译荷马的《奥德修纪》。又如，奈维乌斯采用这种格律书写了古罗马第一部民族叙事诗《布匿战纪》。

---

① 可以追溯到希腊文 δι-（两、二）和 στίχος（诗行）。

第四，萨图尔努斯诗行（versus saturnius）的旋律庄重，主要用于严肃性的诗歌，例如宗教颂歌、题铭诗以及后来的叙事诗。

第五，萨图尔努斯诗行（versus saturnius）在奈维乌斯以后销声匿迹。在叙事诗中，扬抑抑格六拍诗行（dactylus hexameter）[①] 取代萨图尔努斯诗行，例如在恩尼乌斯的《编年纪》中。在碑铭诗中，诉歌双行体——即一个六拍诗行（hexameter）与一个五拍诗行（pentameter）——取代萨图尔努斯诗行。

当然，在古罗马文学早期，除了萨图尔努斯诗行（versus saturnius），还有比较轻松的格律，适用于比较欢乐、活跃的通俗性诗歌。

---

① 长短短格六拍诗行（dactylus hexameter）的基本格律模式：长短短——长短短——长短短——长短短——长短短——长短短。在六拍诗行（hexameter）的多处地方，都可换成两个长音节，其中，后一个长音节替代两个短音节，即"长长（spondeus）"相当于"长短短（dactylus）"。

第二编
发轫时期

引言　古罗马文学的发轫时期

　　自从古罗马历史开端以来，历经 5 个几乎没有文学的世纪，直到公元前 3 世纪中期，古罗马文学，更确切地说，拉丁语文学诗——例如戏剧诗（scaena poema）和叙事诗（ἔπος 或 epos）——才开始发轫。

　　拉丁语文学诗发轫是古希腊文化与古罗马文化碰撞的结果。古罗马统治的扩张导致古罗马人有机会接触古希腊文化，而这种文化的遭遇为发展高等艺术提供了思想条件。公元前 3 世纪初，由于公元前 272 年征服古希腊移民区塔伦图姆（Tarent 或 Tarentum）和公元前 275 年征服伊庇鲁斯（Epirus）国王皮罗斯（Pyrrhus），古罗马的统治扩张到以前仅由希腊统治的意大利南部地区。从统一意大利半岛开始，古罗马人开始接触古希腊的文化，尤其是古希腊的戏剧。在征战皮罗斯期间，古罗马的商人和士兵在塔伦图姆的希腊剧院里观看古希腊阿提卡肃剧的表演，他们想把古希腊戏剧引入古罗马（参哈里森，《拉丁文学手册》，前揭，页 116）。最具有重大文学意义的是在公元前 272 年古罗马人占领塔伦图姆以后，年轻的安德罗尼库斯（Andronicus，大约公元前284－前204年）被掳来罗马，沦为卢·李维乌斯（Lucius Livius）的奴隶。后来，才华横溢的安德罗尼库斯获得自由。这为古罗马文学的发轫提供了人才储备。

更重要的是，大量接触古希腊文化引起古罗马文化的质变。在接下来的海外扩张中，更确切地说，在与迦太基发生冲突的第一次布匿战争（公元前264－前241年）和第二次布匿战争（公元前218－前201年）中，古罗马都取得胜利，不仅获得巨额战争赔款和大量奴隶，而且获得了割地：西西里岛、科尔西嘉岛和撒丁岛。其中，原来希腊影响最大的西西里岛成为罗马的一个行省。对于古罗马文学的发展来说，这具有重要的意义。在征战迦太基的期间，古罗马的商人和士兵在叙拉古（Syracuse）的希腊剧院里观看古希腊阿提卡肃剧，之后又把古希腊戏剧引入古罗马（参哈里森，《拉丁文学手册》，前揭，页116）。古罗马人大量遭遇古希腊文化，这就大力推进了可以称之为西方国家第一次人文主义进程，准确地说，第一次文艺复兴：以古希腊为典范和反思古罗马自身本质的大量拉丁语文学兴起和发展。

从公元前3世纪中叶起，在古希腊文学的影响下，古罗马诗歌得到迅速发展。首先，获释奴安德罗尼库斯不仅翻译和改编了大量的古希腊戏剧诗，而且还用萨图尔努斯诗行（versus saturnius）将荷马的叙事诗《奥德修纪》译成拉丁文《奥德修纪》，因此成为古罗马文学史上的第一位文学家：作为公认的西方翻译之父，安德罗尼库斯既是第一位戏剧诗人，又是第一位叙事诗诗人。其中，公元前240年，即第一次布匿战争结束的第二年，在古罗马狂欢节（Ludi Romani，参李道增，前揭书，上册，页39）上，第一次演出古罗马的文学戏剧。这个剧本不是原创的，而是由希腊籍诗人安德罗尼库斯翻译和改编的，标志着古罗马文学的发轫（参《古罗马文选》卷一，前揭，页 35 和 73）。

在第二次布匿战争（公元前 218－前 201 年）期间，古罗马开始进攻与迦太基结盟的马其顿王国，向巴尔干半岛扩张，进而把统治势力延伸到小亚细亚，在西方则进军西班牙。其中，向巴尔干半岛的扩张对于古罗马文学的兴起意义最大。由于直接接触古希腊文化，古希腊文化的影响也就更加强烈，主要表现在以下两个方面：第一，古罗马征服古希腊，把古希腊文物、书籍和艺术珍品运回古罗马，古希腊本土文化不仅开拓了古罗马人的文化视野，而且成为古罗马人竞相学习和模仿的对象；第二，最重要的是，由于种种原因，古希腊人来到古罗马城，其中不乏富有文化修养的人，他们在古罗马城从事文化性的职业，例如当家庭教师，从而成为古希腊文化的直接传播者。在丰富而发达的古希腊文化冲击下，文化落后、思想意识保守的古罗马人开始追求更高的文化生活方式，拉开了古罗马的希腊化的序幕。古罗马的希腊化涉及社会生活的各个方面，例如语言、宗教、文学、艺术和教育。从 3 世纪初起，希腊语就成为上流社会的第二语言。由于古罗马学校教育学生都须学习拉丁语和希腊语两种文字，古罗马的政治家和文人都通晓两种文字（参李雅书、杨共乐，《古代罗马史》，页 340）。譬如，公元前 282 年古罗马使节波斯图米乌斯（Postumius）就用希腊语和塔伦图姆人和谈；公元前 280 年古罗马元老院可以听懂古希腊雇佣军首领皮罗斯的使节基涅阿斯（Cineas）的希腊语演讲；古罗马的第一批编年史作家（例如皮克托尔和阿里曼图斯）也直接用希腊语写作。即使是贬低希腊文化的老加图也研究修昔底德和德谟斯提尼。在宗教方面，古希腊神话传入古罗马，古希腊神融入古罗马神话。譬如，公元前 212 年根据元老院的命令举办崇拜阿波罗的赛会，而且在 7 年以后又把小亚细亚的弗律基亚地区的"诸神的伟大母亲"利贝尔运回，并在帕拉丁山为之修建神庙，不久以后还举行麦格琳赛会。这是古罗马第一次正式认可东方祭奠（参科瓦略夫，《古代罗马史》，页353以下）。在文学方面，古罗马人开始认识到文学的意义和作用，从而重视文学的发展。这个时期，本土文学退居次席，古希腊文学反客为主，促进了各种文体在古罗马的兴起。值得一提的就是，在第二次布匿战争（公元前218-前201年）以前、时期和以后，那个年代的拉丁语古诗立即涌现所有诗体。像安德罗尼库斯一样，奈维乌斯（公元前270-前201年）既是戏剧诗人，也是叙事诗诗人。奈维乌斯也接受现成的古希腊文学成就，把古希腊文学成就引介给古罗马人，以满足日益增长的文化需要。不同的是，奈维乌斯以古希腊文学为借鉴，努力建立具有民族特色的文学传统，使各种文学形式在古罗马开始发展。譬如，奈维乌斯不仅写作谐剧，主要是古希腊式谐剧"披衫剧"，而且还写肃剧，包括古希腊式肃剧"凉鞋剧"和古罗马式肃剧"紫袍剧"。又如，在古罗马叙事诗诗人奈维乌斯的晚年作品《布匿战纪》（*Bellum Poenicum*，参 LCL 314，页46以下）中，古罗马人第一次探讨古罗马的起源、过去和历史使命（参《古罗马文选》卷一，前揭，页33及下）。此外，奈维乌斯还是古罗马的第一个抒情诗人，他写有6卷爱情诗，可惜只传下片段（参《罗念生全集》卷八，前揭，页289及下）。

恩尼乌斯（Quintus Ennius，公元前239-前169年）同样既是戏剧诗人，又是叙事诗人。在戏剧方面，恩尼乌斯写有2部谐剧、20部古希腊式肃剧"凉鞋剧"和2部古罗马式肃剧"紫袍剧"。在叙事诗方面，恩尼乌斯也取得巨大的成就，不仅写有长篇叙事诗《编年纪》（*Annalen*，参 LCL 294，页2以下）和短篇叙事诗《斯基皮奥》（*Scipio*），而且还写有教诲诗，例如《埃皮卡尔摩斯》（*Epicharmvs*）。其中，在《编年纪》里古罗马诗人恩尼乌斯继续探讨古罗马的起源、过去和历史使命。此外，在抒情诗方面，不仅有安德罗尼库斯的宗教颂歌（公元前 207 年）与恩尼乌斯的颂歌，而且还有奈维乌斯、恩尼乌斯、普劳图斯和帕库维乌斯的碑铭诗。

与古罗马诗歌相比，古罗马散文的发轫较晚。约公元前 2 世纪初，古罗马散文才开始发展。在这个时期，散文作品有根据史官纪录的材料编撰的编年史，内容比较简单。作家、演说家老加图晚年编著的《农业志》是古罗马文学史上第一部完整保留下来的拉丁语散文著作。以老加图为首的贵族保守派竭力抵制古希腊文化的影响，同积极主张吸收古希腊文化的斯基皮奥集团针锋相对，这种斗争成为公元前 2 世纪古罗马社会意识斗争的一个重要方面。

公元前 146 年，古罗马人不仅在西方摧毁迦太基，取得第三次布匿战争（公元前 149－前 146 年）的胜利，彻底征服布匿人，而且在东方摧毁哥林多，镇压了古希腊人的反抗，彻底征服古希腊。也就是说，公元前 2 世纪中叶，古罗马已经征服北非、马其顿和古希腊，统治范围扩张为除埃及以外的地中海地区。古罗马共和国版图内的奴隶制生产发展为文化繁荣创造了条件。在公元前 2 世纪，瓦罗从古希腊引进墨尼波斯①的杂咏，著有《墨尼波斯杂咏》（*Satura Menippea*）。此后，古罗马特有的具有社会讽刺色彩的杂咏诗也得到发展，如奈维乌斯、恩尼乌斯和帕库维乌斯

---

① 亦译墨尼珀斯，约公元前 300 年，犬儒哲学家，著有《招魂术》、《遗嘱》、《以诸神之名创作的书信集》、《答自然哲学家、数学家和文法学家》、《伊壁鸠鲁的后代》、《对第二十日的崇敬》等 13 部著作，论著充满荒诞可笑的内容。参第欧根尼·拉尔修，《名哲言行录》卷六，章 3，古希腊文、汉文对照，徐开来、溥林译，桂林：广西师范大学出版社，2010 年，页 604－607。

的《杂咏》（*Sătŭră*）。不过，首先使这种内容驳杂、形式不拘的古代文学体裁具有政治讽刺性质的是卢基利乌斯的《讽刺诗集》。

在公元前 2 世纪中叶前后，古罗马戏剧诗经历了空前绝后的繁荣。戏剧诗繁荣时期的代表作是普劳图斯（Titus Maccius Plautus，约公元前 254－前 184 年）与泰伦提乌斯（Publius Terentius Afer，约公元前 185－前 159 年）的谐剧。之后，古希腊式谐剧开始衰落，代之而起的是以意大利手工业者和商人为主要描写对象的新型谐剧：长袍剧。这些谐剧因为剧中人物穿古罗马人常穿的长袍而得名。长袍剧在古罗马盛行了半个多世纪，主要长袍剧诗人有提提尼乌斯（Titinius）、阿弗拉尼乌斯（Afranius）和阿塔（Atta），遗憾的是，长袍剧作品都已经失传。在肃剧（包括凉鞋剧与紫袍剧）方面，阿克基乌斯与帕库维乌斯最杰出。在格拉古时代，古罗马戏剧正经历着繁荣时期，之后就迅速地开始趋向衰落（参科瓦略夫，《古代罗马史》，页 608）。

公元前 2 世纪下半叶是古罗马奴隶制经济迅速发展的时期。民主运动的高涨促使本民族文学的兴起。文学紧密联系现实生活，成为政治斗争的重要手段。在尖锐的政治斗争的影响下，古罗马演说，包括政治演说和诉讼演说，也得到迅速发展，保民官格拉古兄弟和温和、开明的贵族派代表人物小斯基皮奥都是当时比较出色的演说家。

公元前 1 世纪上半叶是古罗马文学发展时期，尤其是在散文和诗歌方面。古希腊文学影响减弱，古罗马文学开始有了独立的民族风格。在这个时期，演说人才辈出，西塞罗是其中最杰出的演说家。西塞罗的演说辞讲究一定的范式，注意修辞技巧，描写生动。此外，西塞罗还写了许多哲学论文、修辞学著作和书信，对罗马散文的发展和拉丁语文学语言的形成做出了重要贡献。恺撒的《高卢战记》和《内战记》、撒路斯特①的《喀提林阴谋》、奈波斯（Cornelius Nepos, 亦译"涅波斯"）的《名人传集》等历史著作，都是这一时期散文所取得的重要成就。其中，恺撒的简洁、朴实无华的风格同西塞罗的讲究修辞的句式形成鲜明的对比。

在公元前 1 世纪上半叶，古罗马诗歌——主要是哲理诗和（萌芽于粗糙的悼亡曲和颂神诗的）抒情诗——也获得一定成就。长期内战和政治动乱使许多人对政治感到厌倦。为了回避社会政治斗争，他们或者致力于研究古希腊哲学，或者沉湎于诗歌和爱情。卢克莱修（Lukrez，全名 Titus Lucretius Carus）是古罗马共和国末期最伟大的诗人。卢克莱修的唯物主义哲理诗《物性论》系统地论述了古希腊哲学家伊壁鸠鲁原子论哲学。这部长篇巨著文笔优美。与此同时，在希腊化抒情诗（更确切地说，脱离政治、强调知识、讲究词藻的亚历山大里亚诗风）的影响下，古罗马抒情诗开始大发展。这些抒情诗采用古希腊格律，一般是短诗，或叙述散佚的神话，或描写田园生活的乐趣，或抒发个人的爱情。卡图卢斯（Caius Valerius Catullus）是古罗马新诗派的代表，不仅他遗下的 116 首抒情诗——包括爱情诗、赠友诗、时评诗和各种内容的幽默小诗——以描写个人真挚感情见长，其中的爱情诗更是让他享誉诗坛，而且他的诗对古罗马抒情诗的发展有影响，也备受后世欧洲诗人的推崇，因此可以说，卡图卢斯是古罗马第一位重要的抒情诗人。此外，值得一提的还有西塞罗的文人业余诗。

公元前 1 世纪，古罗马戏剧已经变得无足轻重。长袍剧已经式微，取而代之的是经过文学加工的阿特拉笑剧、拟剧和哑剧。

---

① 王以铸译为"撒路斯提乌斯"，拙作统称"撒路斯特"。

其中，阿特拉笑剧的代表人物是蓬波尼乌斯与诺维乌斯，拟剧的代表人物是拉贝里乌斯与西鲁斯。

综上所述，作为古希腊文化与古罗马文化碰撞的结果，在古罗马共和国的中、后期，古罗马文学——包括诗歌、戏剧和散文——不仅都已经发轫，而且都已经取得长足的发展。在希腊文学的影响下，大约公元前3世纪中叶拉丁语文学诗（例如戏剧诗、叙事诗和抒情诗）首先发轫。其中，公元前2世纪中叶前后，古罗马戏剧首先达到空前绝后的繁荣，谐剧以普劳图斯与泰伦提乌斯的水平最高，肃剧（包括凉鞋剧与紫袍剧）以阿克基乌斯与帕库维乌斯的水平最高。其次，叙事诗也取得较大的成就。安德罗尼库斯、奈维乌斯与恩尼乌斯的叙事诗非常重要，以至于共和国结束以前的所有学生都必须阅读这些叙事诗的渊博知识，直到维吉尔（Publius Vergilius Maro；亦称马罗）写了《埃涅阿斯纪》（*Aeneis*），他们的古拉丁语叙事诗才黯然失色。此外，卢克莱修的教诲诗和卡图卢斯的抒情诗也有较大的成就和影响。

至于拉丁语散文，尽管发轫相对较晚，散文作品基本上集中在共和国最后150年的时间段里，可是发展非常迅速，在公元前1世纪也登峰造极，尤其是西塞罗的演说辞。

需要指出的是，由于拙作《古罗马戏剧史》（*Historia Dramatum Romanorum*）专论古罗马戏剧的历史，《古罗马散文史》（*Historia Prosarum Romanarum*）专论古罗马散文的历史，本书——即《古罗马诗歌史》（*Historia Poematum Romanorum*）——仅探讨除戏剧诗以外的古罗马诗歌的历史。

第一章　叙事诗

　　荷马（Homer）对古罗马叙事诗的产生有决定性的影响。安德罗尼库斯用古罗马本土的萨图尔努斯诗行（versus saturnius）把《奥德修纪》（Odyssee）翻译成《奥德修纪》（Odusia），创作了拉丁语的第一首叙事诗。在安德罗尼库斯之后，奈维乌斯（Cn. Naevius）用同样的诗体创作了第一部罗马民族叙事诗《布匿战纪》，讲述第一次布匿战争。恩尼乌斯写作《编年纪》是古拉丁语叙事诗的巅峰时期，在《编年纪》中第一次运用了扬抑抑格六拍诗行（dactylus hexameter）。遗憾的是，流传至今、适合这部著作本来篇幅的古罗马古风时期叙事诗只有寥寥无几的片段，更确切地说，是后世作家的引文。从总体上来看，古罗马叙事诗主要取材于罗马历史传说和重大历史事件，创作倾向为颂扬罗马的强大和荣耀。

第一节　安德罗尼库斯

一、生平简介

关于安德罗尼库斯（Andronicus）的生平，古代文献中只有零星的叙述。从姓（Cognomen）可以推断，安德罗尼库斯是希腊人。或许安德罗尼库斯来自于讲希腊语的意大利南部地区，估计在公元前 284 年左右生于塔伦图姆（今意大利的塔兰托城）。公元前 272 年罗马人占领塔伦图姆后，年轻的安德罗尼库斯被掳来罗马，沦为卢·李维乌斯（Lucius Livius）[①] 的奴隶。后来卢·李维乌斯给安德罗尼库斯自由。按照古罗马法律，安德罗尼库斯使用的名字是以前奴隶主的姓。此外，很少有关于安德罗尼库斯的生活境况的信息。有趣的是，一生中很怀疑古希腊文化的老加图在他青年时代还遇见过罗马化的希腊人（！）安德罗尼库斯。因此，古罗马最早的诗人大约死于公元前 204 年。

二、作品评述

（一）叙事诗译作：《奥德修纪》

起初，会希腊语和拉丁语的安德罗尼库斯继续留在卢·李维乌斯家中，仍然干当奴隶时可能干的活：为罗马的贵族子弟教授希腊语和文学。当时在罗马用来教授拉丁语的书籍只有《十二铜表法》的陈旧文本（参科瓦略夫，《古代罗马史》，页 355）。而

---

① 关于安德罗尼库斯的主人，存在 3 种说法：或者卢基乌斯·李维乌斯，参《古罗马文选》卷一，前揭，页 35；或者元老李维乌斯·萨利纳托尔，参王焕生，《古罗马文学史》，页 26；或者马尔库斯·李维乌斯，参谭载喜，《西方翻译简史》增订版，北京：商务印书馆，2006 年，页 16。

古希腊学校里的教学用书荷马的《奥德修纪》叙事性强，故事动人，易于激发读者的学习兴趣（参 LCL 314，页 24 以下）。在这种情况下，为了实现教学目标，安德罗尼库斯翻译这部叙事诗。关于具体的翻译时间，虽然目前尚无定论，但是有人认为，叙事诗与戏剧的翻译在同一年。① 而学界普遍认同西塞罗的考证，认为戏剧的翻译时间是公元前 240 年（参王焕生，《古罗马文学史》，页 26），因此有理由把叙事诗的翻译时间确定为公元前 240 年。② 2 世纪，这个译本都还存在（革利乌斯，《阿提卡之夜》卷十八，章 9，节 5），只是后来才失传（参 LCL 212，页 328 及下）。而流传至今的只有大约 40 个残段（参《古罗马文选》卷一，前揭，页 35 及下），50 行诗，多为后世的文法家们（如西塞罗和贺拉斯）的称引［其中 4 个称引采用六拍诗行（hexameter），因此可能归功于恩尼乌斯之后的改编者］，这些文法家所关注的是译本中所包含的语义学或形态学。

　　最值得关注的是，尽管安德罗尼库斯翻译时力求忠实于原诗，即词语相对应，词序相同，词性相近和句法结构相同，可他还是由于希望翻译出一部符合当时的罗马读者口味、富有罗马特色的叙事诗，翻译的风格仍然是"自由译"，主要表现为以下几个方面：第一，用拉丁语翻译希腊语的《奥德修纪》时，采用的格律不是古希腊的"多变化"（有 16 种变化）的叙事诗韵律扬抑抑格六拍诗行（dactylus hexameter），而是意大利本土的"比较单调、拘囿的"萨图尔努斯诗行（versus saturnius）；第

---

① 譬如，公元前 240 年左右，或稍后不久，或之后，参王焕生，《古罗马文学史》，页 27；又如，大约在公元前 250 年，参谭载喜，前揭书，页 16 及下。

② 不过，意大利学者皮阿涅佐拉认为，翻译时间是公元前 240 年以后（《古罗马作家》，1，21）。参科瓦略夫，《古代罗马史》，页 356；贝尔科娃，《罗马文艺批评简史》，页 43；王焕生，《古罗马文艺批评史纲》，页 30。

二，可能由于萨图尔努斯诗行（versus saturnius）比叙事诗格律音节少，容量小的缘故，翻译时对原诗有所改动，增加的是少数，例如残段4 Mo-B，删略的是多数，或者删除无关紧要的修饰词，或者简化形容词短语，或者压缩说明性副句，甚或近似自由译述；第三，对于叙事诗中神话人物，翻译时没有采用音译或转写，而是直接用罗马神取代希腊神，譬如，在残段1 Mo-B里把希腊文艺女神缪斯译成罗马神话中富有灵感、善于预言的卡墨娜（参王焕生，《古罗马文学史》，页27及下；王焕生，《古罗马文艺批评史纲》，页30以下）。

　　后世作家对安德罗尼库斯的译本的评价不高。西塞罗认为，安德罗尼库斯的拉丁文译本幼稚、粗糙，"如同代达罗斯（Daedali = Daedalus）的雕像"（《布鲁图斯》，章18，节71，参LCL 342，页68-69）。贺拉斯虽然没有持完全否定的态度，但是他仍然认为这个译本不完善（《书札》卷二，首1，行69-72）。和贺拉斯一样，帝政中、后期的诗人也蔑视这部作品，挑剔这部作品的语言不通顺与格律笨拙。尽管如此，4世纪文法家查理西乌斯（Charisius）［《文法》（Ars Grammatica），1，84］还是把它评价为最早的拉丁语诗歌，它不仅是希腊原文的译作，而且与此同时安德罗尼库斯的翻译也进入古罗马的思想界。因此，安德罗尼库斯的《奥德修纪》在学校里占有牢固的地位，在共和国结束前的两个世纪里都是有教养的阶层的必读读物（参《古罗马文选》卷一，前揭，页35）。总之，安德罗尼库斯的翻译贡献是不能磨灭的。安德罗尼库斯翻译的作品不仅有荷马的《奥德修纪》，而且还有一些古希腊戏剧。翻译界称之为西方翻译之父。①

　　如上所述，安德罗尼库斯的翻译比较自由，所以他翻译的

---

① 另一种说法是"圣经七十子译本"的翻译。参谭载喜，前揭书，页22。

《奥德修纪》也就具有一定的创作色彩。也就是说，安德罗尼库斯可以算作一个叙事诗诗人。像奈维乌斯写作《布匿战纪》一样，安德罗尼库斯起初也没有分卷。不过，传世的萨图尔努斯诗行（versus saturnius）在大多数情况下都明确地对应《奥德修纪》的某个地方。它们表明，安德罗尼库斯翻译《奥德修纪》比翻译剧作更加忠实于古希腊原著。但是另一方面，又可以从许多地方看出，安德罗尼库斯致力于适应古罗马的精神气质，把古希腊的传说确定在意大利的宗教传统中。安德罗尼库斯的这两种倾向都可以从下面的例子中看到（参《古罗马文选》卷一，前揭，页 36 及下）。

以残段形式保留下来的开始诗行已经表明，安德罗尼库斯十分严格地遵循希腊原著：在格律方面，只要可能，安德罗尼库斯就保持词序，命令式 insece（= inseque；《奥德修纪》，残段 1 Mo-B①）在词源和节奏方面都十分准确地符合《奥德修纪》第一个诗行的"ἔννεπε（请说出……的名字）"（荷马，《奥德修纪》卷一，行 1，参《古罗马文选》卷一，前揭，页 36 以下）。

但是，与此忠实于荷马形成鲜明对比的是，安德罗尼库斯有意识地选用卡墨娜（Camena）取代缪斯（Musa）。研究表明，安德罗尼库斯这样处理是十分贴切的：第一，希腊神话中的缪斯起初是水泉女神，而在古代意大利崇拜的地区，在罗马的卡彭（Capenisch）大门前的一个古老圣地受到尊崇的水泉女神是卡墨娜（Camenae）；第二，缪斯后来才成为诗歌女神，而卡墨娜的名字本身就源自名词 carmen（"歌唱"、"诗歌"）（参王焕生，

---

① Mo-B 指 *Fragmenta Poetarum Latinorum Epicorum et Lyricorum praeter Ennium et Lucilium*（《拉丁叙事诗与抒情诗人恩尼乌斯与卢基乌斯的诗歌残段》），Post W. Morel novis curis adhibitis ed. C. Buechner. Leipzig: Teubner, ²1982。

《古罗马文艺批评史纲》，页31）。

安德罗尼库斯，《奥德修纪》，残段 1 Mo-B：

> Virum mihi, Camena, insece versutum.

在这个残段中，安德罗尼库斯像荷马一样采用移位（hyperbaton）：versutum（精明能干的）是修饰宾格 virum（原形为 vir，意为"男子"）的，中间插入吁请"卡墨娜"，与格 mihi（我）和现在时单数第一人称命令式"insece"。从词源来看，insece 是古风时期的拉丁语，可能是动词不定式 inserere 的替代形式，动词原形是 īnserō（介绍），这与荷马用词完全一致，即"请说出……的名字"，但更可能是动词不定式 īnsecāre 的替代形式，动词原形是 īnsecō（仔细分析；详细分析），可译为"请细说"。因此，这个残段可以译为：

> 卡墨娜啊，请为我细说那位精明能干的男子（引、译自《古罗马文选》卷一，前揭，页37）

荷马，《奥德修纪》卷一，行45：

> Ἄνδρα μοι ἔννεπε, Μοῦσα, πολύτροπον.
> 缪斯啊，请为我叙说那位足智多谋的英雄（引、译自《古罗马文选》卷一，前揭，页37，脚注1，参 LCL 104，页12；LCL 314，页24）[1]

---

[1]　杨宪益译："女神啊，给我说那足智多谋的英雄怎样"，参荷马，《奥德修纪》，北京：中国工人出版社，1994年，页2。

无独有偶，翻译雅典娜对宙斯的讲词——雅典娜在她的父亲那里抱怨，与那些早就从特洛伊战争返回家园的希腊英雄们相比，由于卡吕蒲索（Kalypso）不让奥德修斯离开她的岛，奥德修斯一直还背井离乡——时，安德罗尼库斯不是用希腊的神克罗诺斯（Kronos，宙斯之父）（荷马，《奥德修纪》卷一，行45），而是用意大利的神萨图尔努斯（Sātŭrnŭs；安德罗尼库斯，《奥德修纪》，残段 2 Mo-B）。①

安德罗尼库斯，《奥德修纪》，残段 2 Mo-B：

> Pater noster, Saturni filie … ②
> 我们的父，萨图尔努斯的儿……（引、译自《古罗马文选》卷一，前揭，页38）

荷马，《奥德修纪》卷一，行45：

> ὦ πάτερ ἡμέτερε Κρονίδη.（引自 LCL 104，页 16；LCL 314，页 24；《古罗马文选》卷一，前揭，页 38，脚注2）
> 我们大家的父，克罗诺斯的儿。③

回答时，宙斯向女儿保证他没有忘记奥德修斯。在荷马笔下，对她常讲的固定表达是这样的："从你口中讲出来的是什么话？"安德罗尼库斯似乎描述得自由一些，用"我的女孩（mea puera）"（安德罗尼库斯，《奥德修纪》，残段 3 Mo-B）替代"我

---

① 依据古罗马传说，克罗诺斯被儿子宙斯打败以后，藏匿于古罗马，改名"萨图尔努斯"。

② 德译 Vater unser, des Saturnius（打印错误，应为 Saturnus）Sohn … 。

③ 杨宪益译："我们的父亲，阎阖之子"，参荷马，《奥德修纪》，页3。

的女儿（τέκνον ἐμόν）"（荷马，《奥德修纪》卷一，行64）。

安德罗尼库斯，《奥德修纪》，残段3 Mo-B：

Mea puera, quid verbi ex tuo ore supra fugit?

在这个残段中，mea puera 是呼格。在这里，安德罗尼库斯没有直接用阴性名词 puella（童女；处女；女孩；姑娘），而是将阳性名词 puer（男孩；儿童；儿子；男青年；奴仆）的女性化：puera（女孩；女仆）。因此，mea puera 可译为"我的女孩啊"。单词 fugit 是第三人称单数现在时主动态陈述语气，动词原形是 fugiō（快速通过；快速逃离），可译为"冲"，暗含"未加思索"的责备之意。这句话的主语是 quid verbi（什么样的话）。中性名词 ōre 是夺格，原形是 ōs（嘴，口），与 ex tuo 搭配，可译为"从你的嘴里"。介词 supra 的意思是"在……上面；以上；以前；超过"，与介词 ex 共用 tuo ore（你的嘴），本义是"在你的嘴前面"，在这里意为"（从嘴里）出来"。总之，这个残段的本义是"什么样的话从你嘴里快速跑出来"，因此，可以意译为：

我的女孩啊，你冲口而出的是什么话（引、译自《古罗马文选》卷一，前揭，页38）？

荷马，《奥德修纪》卷一，行64：

τέκνον ἐμόν, ποῖόν σε ἔπος φύγεν ἕρκος ὀδόντων；（引自《古罗马文选》卷一，前揭，页38，脚注3；LCL 104，页16；LCL 314，页24）

我的女儿啊，从你口中讲出来的是什么话（译自《古罗马文选》卷一，前揭，页 38)?①

由于在安德罗尼库斯笔下尤皮特直接面对奥德修斯（安德罗尼库斯，《奥德修纪》，残段 4 Mo-B），这个拉丁语改编者回避荷马（荷马，《奥德修纪》卷一，行 65，参《古罗马文选》卷一，前揭，页 37 及下）。

安德罗尼库斯，《奥德修纪》，残段 4 Mo-B：

Neque tamen te oblitus sum, Laertie noster.

在这个残段里，Laertie 的意思是拉埃尔特斯的儿子，即奥德修斯，而拉埃尔特斯是奥德修斯的父亲，希腊文 Λᾱέρτης 或 Laértēs，拉丁文是 Laërtes 或 Laertes。Laertie 与 noster 一起是呼格，宜放在句首："我们的拉埃尔特斯的儿子啊"。连词 tamen 意为"可；仍然，还"。阳性过去分词 oblītus 与第一人称单数系动词 sum 搭配，意为"我忘记"。因此，这个残段可译为：

我们的拉埃尔特斯的儿子啊，我也还没有忘记你（引、译自《古罗马文选》卷一，前揭，页 38)！

荷马，《奥德修纪》卷一，行 65：

πῶς ἂν ἔπειτ᾽ Ὀδυσῆος ἐγὼ θείοιο λαθοίμην；（引自《古罗

---

① 杨宪益译："我的孩子，你嘴里说出了什么话"，参荷马，《奥德修纪》，页 3。

马文选》卷一，前揭，页 38，脚注 4；LCL 104，页 16；
LCL 314，页 26）

我怎么会忘记英雄奥德修斯（原译"奥德修"）呢（见
荷马，《奥德修纪》，页 3)？

在离开仙女卡吕蒲索的岛以后，奥德修斯被巨大的海上风暴
吹到腓依基（Phäaken）的海岸。在腓依基的海岸，奥德修斯首
先遇到的是和女仆一起在河边洗完衣服的公主瑙西嘉雅（Nausi-
kaa）。

　　　　ὁ δὲ μερμήριξεν Ὀδυσσεύς,

　　　　ἢ γούνων λίσσοιτο λαβὼν εὐώπιδα κούρην. （引自 LCL 104，
页 230；LCL 314，页 32：《古罗马文选》卷一，页 39，前
揭，脚注 5）

（奥德修斯——译按）盘算着，是去抱住这位美貌的姑
娘的膝，向她请求好呢（荷马，《奥德修纪》卷六，行 141-
142，见荷马，《奥德修纪》，杨宪益译，页 69）。

安德罗尼库斯，《奥德修纪》，残段 14 Mo-B：

utrum genua amploctens virginem oraret

在这个残段里，ōrāret 是第三人称单数未完成时主动态虚拟
语气，动词原形是 ōrō（发言；作演讲；请求；恳求，祈求），
可译为"他恳求"。单词 amploctens 应为现在分词 amplectens，
动词原形是 amplector（包围；亲热地拥抱；重视），可译为"抱
着"。连词 utrum 意为"是否"，结合上下文可以添加词汇"应

该"，即"是否应该"。单词 genua 是中性名词 genu（膝盖）的四格复数，指这位少女的膝盖，可译为"她的膝盖"。因此，这个残段可译为：

> 他是否应该抱着她的膝盖，向这位少女恳求（引、译自《古罗马文选》卷一，前揭，页 39）

在瑙西嘉雅的吩咐下，奥德修斯从女仆那里获得了衣服、菜肴和饮料。之后，公主为奥德修斯指明通向城里的道路。为了避免引人注目而尴尬，瑙西嘉雅对奥德修斯说：

> ἔνϑα καϑεζόμενος μεῖναι χρόνον, εἰς ὅ κεν ἡμεῖς
> ἄστυδε ἔλϑωμεν καὶ ἱκώμεϑα δώματα πατεός. （引自《古罗马文选》卷一，前揭，页 39，脚注 6；LCL 104，页 240；LCL 314，页 32）
>
> 你在那里坐下等待，让我们先进城到我父亲的宫殿去（荷马，《奥德修纪》卷六，行 295-296，见荷马，《奥德修纪》，页 72）。

安德罗尼库斯的拉丁译文（《奥德修纪》，残段 15 Mo-B）：

> ibi manens sedeto, donicum videbis
> me carpento vehentem domum venisse

在这个残段里，sedētō 是第二人称单数将来时主动态命令式，动词原形是 sedeō（坐），可译为"你应该坐"。现在分词 manēns 意为"停留；等待"。单词 vidēbis 是第二人称单数将来时主动态命令式，动词原形是 videō（见），可译为"你看见"。分词 vehentem 是四格单数，动词原形是 vehēns（乘坐）。名词 carpentō 是中性名词 carpentum 的单数夺格，可译为"在车里"。单词 vēnisse 是完成时主动态不定式，动词原形是 veniō（来；到达）。因此，这个残段可译为：

> 你应该坐在那里等待，直到你看见
>
> 我乘车而来，抵达家府（引、译自《古罗马文选》卷一，前揭，页 39）。

在瑙西嘉雅的父王阿尔吉诺（Ἀλκίνοος 或 Alkinoos）那里，奥德修斯得到宾客的款待。为了表示对奥德修斯的尊重，举行了一次宴会。宴会上先有歌咏，接着有竞赛。在第八卷，阿尔吉诺的儿子劳达马（Λαόδαμας 或 Laodamas）考虑是否有人会向奥德修斯挑起决斗：

> *οὐ γὰρ ἐγώ γέ τί φημι κακώτερον ἄλλο θαλάσσης*
>
> *ἄνδρα γε συγχεῦαι, εἰ καὶ μάλα καρτερὸς εἴη.*（引自《古罗马文选》卷一，前揭，页 40；LCL 104，页 282；LCL 314，页 34）
>
> 他并不缺乏朝气，只是他经过很多苦难折磨；航海是最能消耗人的精力的，即使是一个很强壮的人（荷马，《奥德修纪》卷八，行 138 及下，见荷马，《奥德修纪》，页 85）。

与此对应的是安德罗尼库斯的《奥德修纪》的残段 18 Mo-B：

> namque nullum peius macerat humanum

quamde mare saevom：vires cui sunt magnae，

〈…〉topper confringent importunae undae.

由于用词的讲究与描述的形象生动，这个段落的拉丁语描述比荷马的原著给人更加深刻的印象。譬如，荷马使用非常平淡无味的希腊语动词συγχέω（一起摇晃、一起震动），而安德罗尼库斯则使用源自农村日常生活的拉丁语表达 mācerat。生动的单词 mācerat 是第三人称单数现在时主动态陈述语气，动词原形是 mācerō（使变瘦；浸；泡；折磨），不定式为 macerare，这里的意思是"折磨"。由于折磨的主语是 mare（大海），安德罗尼库斯运用了一个具有拟人意味的形容词 saevom。形容词 saevom 是 saevō 的替代形式，而 saevō 是 saevus（凶猛；野蛮）的单数二格，这里意为"撒野"。与此呼应的是下一句的 confringent。单词 confringent 第三人称复数将来时主动态陈述语气，动词原形是 cōnfringō（撕碎；毁灭）。由此可见，为了彰显大海的强大无比，安德罗尼库斯将大海拟人化。与此形成鲜明对比的是，安德罗尼库斯强调人在基本的自然力面前的软弱无力。安德罗尼库斯用名词化的形容词 humanum（人的，人类的；仁慈的）替代具体的 ἄνδρα（名词，阳性；ἀνήρ 的第四格单数，意为"男人"、"男子汉"），这赋予这个陈述一种普遍有效性。因此，残段 18 Mo-B 可译为：

因为，没有什么比在大海撒野时
更加折磨人：即使一个人拥有巨大的力量，
那些野蛮的大浪也会迅速地撕碎他（引、译自《古罗马文选》卷一，前揭，页 39 及下）。

在上述那次宴会上，歌手德摩多科（Demodokos）演唱的歌曲讲述阿芙洛狄特（Aphrodite）在与战神阿瑞斯（Ares）婚姻破裂以后如何被她的丈夫赫淮斯托斯（Hephaistos）抓住并爱上她的情人：于是赫淮斯托斯叫来所有的神，这些神在两个人的营地里发出大笑声。在这个情境中，希腊神名（荷马，《奥德修纪》卷八，行322-323）也被拉丁神名替代和改写。没有与阿波罗对应的罗马神，因此他被称作拉托娜（Latona）的儿子。阿波罗的母亲勒陀（Leto）变成拉托娜，与她的儿子墨丘利一起在公元前5世纪建设的阿波罗神庙——直到奥古斯都时期这都是罗马唯一的阿波罗神庙——里受到尊崇。值得注意的是听起来很庄严的古拉丁语第二格词尾-as（安德罗尼库斯，《奥德修纪》，残段19 Mo-B）。

Mercurius cumque eo filius Latonas

在这个残段里，动词 eo 的意思是"去；离去；行路；来到；经过；转为"。副词 cumque 的意思是"随时；总是；始终"。因此，这个残段可以译为：

墨丘利总是与拉托娜的儿子一起来（安德罗尼库斯，《奥德修纪》，残段19 Mo-B，引、译自《古罗马文选》卷一，前揭，页41）

ἦλθ᾽ ἐριούνης

Ἑρμείας, ἦλθεν δὲ ἄναξ ἑκάεργος Ἀπόλλων（荷马，《奥德修纪》卷八，行322-323，引自《古罗马文选》卷一，前揭，页41，脚注10。参 LCL 104，页294 及下；LCL 314，

页 34）。

　　助力之神赫尔墨斯，尊贵的远射之神阿波罗都来了（见荷马，《奥德修纪》，杨宪益译，页 89。略有改动，原译"赫尔墨"与"阿波龙"）

　　在宗教领域使用古拉丁语时，与 Latona（拉托娜）采用第二格 Latonas 一样，莫那塔（Moneta）也采用第二格 Monetas（安德罗尼库斯，《奥德修纪》，残段 21 Mo-B）：奥德修斯称赞歌手德摩多科，向德摩多科表示敬意，因为诗歌女神（缪斯女神们）宠爱乐师，教他们歌唱的艺术（荷马，《奥德修纪》卷八，行 480-481）；在安德罗尼库斯笔下，缪斯女神们被称作"莫那塔的女儿"。词语 Moneta（莫那塔）在这里对应——希腊九位缪斯女神的母亲——记忆女神尼莫辛涅（Mnemosyne），不过，这个表达同时也是在要求崇拜尤诺。从 4 世纪起，最强大的罗马女神以这个别名在卡皮托尔受到崇拜。在公元前 387 年高卢入侵时，尤诺的圣鹅莫那塔用"嘎嘎"的叫声让睡觉的卫兵警醒，因而卡皮托尔的庙区得救（参《古罗马文选》卷一，前揭，页 40 及下）。

　　　　　　nam diva Monetas　　　　　　　filia docuit

　　在这个残段里，安德罗尼库斯运用了移位的修辞手法。单词 diva 与 filia 本是一个整体，意为"神女"，中间插入 Monetas。单词 docuit 是第三人称单数完成时主动态陈述语气，动词原形是 doceō（教）。因此，这个残段可译为：

　　　　因为莫那塔的那位神女教了（安德罗尼库斯，《奥德修纪》，残段 21 Mo-B，引、译自《古罗马文选》卷一，前揭，页 41）。

οὕνεκ᾽ ἄρα σφέας

οἴμας Μοῦσ᾽ ἐδίδαξε（荷马，《奥德修纪》卷八，行 480-481，引自《古罗马文选》卷一，前揭，页 41，脚注 11；LCL 104，页 306；LCL 314，页 34）。

因为诗歌女神宠爱他们，教给他们歌唱的艺术（见荷马，《奥德修纪》，杨宪益译，页 92。另参 LCL 104，页 307）

在荷马的《奥德修纪》第九至十二卷，主人公在腓依基的宫廷讲述他在从特洛伊回家的路上遇到的奇遇和误航。在卷十，奥德修斯讲述在魔女基尔克（Kirke）的岛上的经历。魔女在奥德修斯面前把他的同伴变成猪。不过，奥德修斯用赫尔墨斯给他的魔草终止这位女神的法力，强迫她把他的同伴们变回人形。残段 23-25 Mo-B 就是讲述这个小插曲。由此看出，安德罗尼库斯自由地处理他的范本。

残段 23 在希腊语原著里没有确切的对应。这个萨图尔努斯诗行（versus saturnius）似乎错合了荷马叙事诗中两个地方的六拍诗行（荷马，《奥德修纪》卷三，行 237-238；卷十，行 175）。在安德罗尼库斯笔下，源自动词 morior（morior, mori, mortuus sum，死亡）的女神莫尔塔（Morta）取代古希腊的命运三女神（Moiren），她们用警句在孩子降生时预言孩子的死亡。显然，她像对应的古希腊命运女神（Moira）一样，是个民间迷信的神。

quando dies adveniet, quem profata Morta est（安德罗尼库斯，《奥德修纪》，残段 23 Mo-B）

在这个残段里，adveniet 是第三人称单数将来时主动态陈述语气，动词原形是 adveniō（到达；来临）。阴性过去分词 profata 的阳性过去分词是 profātus，动词原形是 profor（宣告），常与 sum（即这里的 est）搭配。因此，这个残段可译为：

当莫尔塔所宣告的那一天来临时（引、译自《古罗马文选》卷一，前揭，页 42；LCL 314，页 28）

荷马，《奥德修纪》卷三，行 237‑238：

> *ὁππότε κεν δὴ*
> *μοῖρ' ὀλοὴ καθέλησι τανηλεγέος θανάτοιο.* [①]
> ……当他
> 遭遇充满死亡痛苦的厄运侵袭的时候（参 LCL 104，页 97）

荷马，《奥德修纪》卷十，行 175：

> *πρὶν μόρσιμον ἦμαρ ἐπέλθῃ*（引自 LCL 104，页 370；《古罗马文选》卷一，前揭，页 42，脚注 12）

---

① 引自 LCL 104，页 96；《古罗马文选》卷一，前揭，页 42，脚注 12。对应的范本或许不是荷马，《奥德修纪》卷三，行 237 及下和卷十，行 175，而是 *εἰς ὅ τέ κέν μιν ǀ μοῖρ' ὀλοὴ καθέλησι*（LCL 314，页 28），德译… wenn ihn das verderbliche Schicksal ergreift …（Wolfgang Schadewaldt 译），中译：当厄运侵袭他的时候。

在劫数到来以前①

此外，残段 24-25 Mo-B 分别对应的是荷马的《奥德修纪》卷十，行 210、252 或 308-309 和卷十，行 395（参《古罗马文选》卷一，前揭，页 42 及下）。
安德罗尼库斯，《奥德修纪》，残段 24 Mo-B

topper citi ad aedis venimus Circae；

在这个残段里，citī 是阳性分词 citus 的二格，动词原形是 citō（煽动；激动；使急剧地动；催促；召唤；提到），可译为"赶路"。单词 venimus 是第一人称复数现在时或完成时的主动态陈述语气，动词原形是 veniō（来；到达）。这句话的意思是"我们急忙向基尔克的宫殿赶路，并抵达"。因此，这个残段可译为：

我们迅速赶到基尔克的官邸（安德罗尼库斯，《奥德修纪》，残段 24 Mo-B，引、译自《古罗马文选》卷一，前揭，页 42）。

荷马，《奥德修纪》卷十，行 210：

---

① 德译... bevor der Schicksalstag herangekommen ist（夏德瓦尔特译）。和上半句"Οὐ γάρ πω καταδύσομεϑ' εἰς Ἀΐδαο δόμους（夏德瓦尔特译：... noch werden wir nicht .../ in die Häuser des Hades hinabtauchen ...）"一起，英译 not yet shall we go down to the house of Hades, before the day of fate comes upon us（中译：在命中注定的死期降临我们头上以前，我们还不会/到阴间去），见 LCL 104，页 371。

εὗρον δ' ἐν βήσςῃσι τετυγμένα δώματα Κίρκης，（引自 LCL 104，页 372）

他们在山谷中找到基尔克（原译"刻尔吉"）的（建好的）官邸（参 LCL 104，页 373）。

荷马，《奥德修纪》卷十，行 252：

εὕρομεν ἐν βήσσῃσι τετυγμένα δώματα καλά，（引自 LCL 104，页 376）

我们在山谷中找到（修建得）华美的官邸。

荷马，《奥德修纪》卷十，行 308-309：

ἐγώ δ' ἐς δώματα Κίρκης
ἤϊα. ①

我可是走向基尔克（原译"刻尔吉"）的官邸的（参 LCL 104，页 381）。

安德罗尼库斯，《奥德修纪》，残段 25 Mo-B：

---

① 引自 LCL 104，页 380；《古罗马文选》卷一，前揭，页 42，脚注 13。对应的范本或许不是荷马，《奥德修纪》卷十，行 210、252 和 308 及下，而是卷十二，行 16 - 19：*οὐδ' ἄρα Κίρκην / ἐξ Ἀΐδεω ἐλθόντες ἐλήθομεν, ἀλλά μάλ' ὦκα / ἦλθ' ἐντυναμένη: ἅμα δ' ἀμφίπολοι φέρον αὐτῇ / σῖτον καί κρέα πολλά καί αἴθοπα οἶνον ἐρυθρόν* （LCL 314，页 36），德译 Der Kirke aber blieb es nicht verborgen, dass wir aus dem Hades gekommen / waren, sondern sie kam schnell, nachdem sie sich bereit / gemacht hatte, und zugleich mit ihr brachten Dienerinnen / Brot und viel Fleisch und funkelnden roten Wein （夏德瓦尔特译），中译：刻尔吉可是没有因为我们来自阴间而躲起来的，/ 而是在她准备好以后 / 迅速出来，与此同时和她一起的女仆们 / 带来了面包、许多肉和熠熠生辉的红酒。

topper facit homines, ut prius fuerunt

在这个残段里，facit 是第三人称单数现在时主动态陈述语气，动词原形是 faciō（做；产生；创造；建造；举行；进行；使成为），这里意为"使成为"。单词 fuērunt 是第三人称复数完成时主动态陈述语气，动词原形是 sum（是），在这里的意思是"曾经是"。因此，这个残段可译为：

> 她迅速地使他们成为先前那样的人（引、译自《古罗马文选》卷一，前揭，页43）。

荷马，《奥德修纪》卷十，行395：

> ἄνδρες δ᾽ ἂφ ἐγένοντο νεώτεροι ἢ πάρος ἦσαν.（引自 LCL 104，页386；《古罗马文选》卷一，前揭，页43，脚注14；LCL 314，页36）
>
> 他们又变成人，比以前更年轻。

（二）抒情诗：宗教颂歌

除此之外，安德罗尼库斯还写作抒情诗，例如宗教颂歌。依据历史学家李维（《建城以来史》卷二十七，章37，节7），公元前207年，当时处于第二次布匿战争时期，文学地位很高、影响很大的安德罗尼库斯为古罗马的神职人员大祭司（pontifex）① 安排的一次祈求与神和解的祭祀游行撰写一首赞美神尤诺的颂歌

---

① 与大祭司（pontifex, icis, m）有关的是大祭司团（collegium pontificum）、祭司长（pontifex maximus）、祭司王（rex sacrorum）和祭司后（regina scrorum）。等级较低的是小祭司或二等祭司（flamen, flaminis, m）。

（Hymni），禳灾祈福。在祭祀仪式上，这首歌由分成 3 排 9 列的 27 名少女合唱。为了尊敬这个诗人，设立了所谓的作家与演员委员会，作为对诗人的报酬。后来的诗歌委员会（collegium poetarum）有特权在阿文丁山（Aventin）上的智慧女神弥涅尔瓦（Minerva）的神庙里举行聚会（参科瓦略夫，《古代罗马史》，页 356；LCL 314，页 42 及下；《古罗马文选》卷一，前揭，页 36）。很遗憾，这首颂歌完全失传，只有李维给予的并不高的评价："当时也许能博得趣味低俗的人们的称赞，但现在读来却显得无味而粗糙"（李维，《建城以来史》卷二十七，章 37）。

三、历史地位与影响

总体来看，安德罗尼库斯的诗歌作品艺术水平不高。安德罗尼库斯的"风格虽然有些粗犷，但显示出相当高的技巧"（参格兰特，《罗马史》，页 86）。安德罗尼库斯的文学活动促进了罗马人对希腊文化的了解，推动了罗马文学和戏剧的发展，在罗马文学史上占有一定的地位。安德罗尼库斯的作品几乎全部失传，现仅存一些残段。

第二节　奈维乌斯

一、生平简介

年纪稍微年轻的奈维乌斯（公元前 270–前 201 年）继承和发展了安德罗尼库斯开创的事业，是古罗马的第二位历史叙事诗诗人。关于奈维乌斯的生平，资料更加具体一些。奈维乌斯大约生于公元前 270 年左右（西塞罗，《论老年》，章 14，节 50），或许出身于一个显赫的平民家庭，因为氏族（gens）的名字

Naevia 常常出现在拉丁语的官员名册中。

据说，诗人亲自为自己写墓志铭。2 世纪对古代和语法感兴趣的文学家革利乌斯把一篇铭文归于奈维乌斯的名下。在这篇铭文中，奈维乌斯用萨图尔努斯诗行 [《阿提卡之夜》（*Nactes Atticae*）卷一，章 24，节 2，参《阿提卡之夜》卷 1-5，前揭，页 87 及下]，① 非常自信地声称：

> inmórtalés② mortáles③ sí forét ④ fas⑤ flére,⑥
>
> flerént divaé Caménae⑦ Naéviúm poétam.
>
> itáque póstquam est Órcho⑧ tráditús⑨ thesaúro,⑩

---

① 参 LCL 195，页 108 及下；《古罗马文选》卷一，前揭，页 43，脚注 1。这首墓志铭诗或许不是奈维乌斯本人写的，参 Mo-B，前揭书，页 39 及下。革利乌斯摘自瓦罗的论文《论诗人》（*De Poetis*），又参 H. Dahlmann（达尔曼），*Studien zu Varro "De Poetis"*（《瓦罗〈论诗人〉研究》），Wiesbaden 1963，页 43 以下，特别是页 65 以下。

② 形容词 inmórtalés 是形容词 immortālis 的主格复数，意为"不死的；不朽的；神的"，这里形容词名词化，可译为"神仙"。

③ 形容词 mórtalés 是形容词 mortālis 的主格复数，意为"有死的"，这里形容词名词化，可译为"凡人"。

④ 动词 foret 有两个词源。在这里，动词原形不是 forō（钻孔；刺穿），而是 sum（是），因此是早期的第三人称单数未完成时主动态虚拟语气。

⑤ 中性名词 fās：神法；神的意志，命运。

⑥ 动词原形是 fleō（哀悼），flēre 是现在时不定式主动态。

⑦ Caménae 是古罗马女神 Camena 的复数主格，而 Camena 相当于古希腊的女神 Muse，与同位语 divae 一起，可译为"诸位卡墨娜女神"或"卡墨娜女神们"。

⑧ Órcho 亦作 Orchi, Orchi 是阴性名词 orchis（橄榄；兰花）的第三格单数，这里是 Orco（即 Orcus 的三格和夺格）的通假字，而 Orcus 意为"冥神；冥府；死亡"。

⑨ 阳性主格单数的过去分词 trāditus：投降，放弃；运送，这里意为"被送去"。

⑩ 阳性名词 thēsaurus 本义是珍宝，这里意为"不可多得的人才"，可译为"席珍"。

oblíti① súnt② Romaé③ loquiér④ linguá Latína（瓦罗，《论诗人》卷一）

> 假如神仙哀悼凡人是神的意志，
> 那么卡墨娜女神们也会哀悼诗人奈维乌斯。
> 于是，在他作为席珍被送去冥府以后，
> 人们忘了他们是讲拉丁语的（古）罗马人。⑤

从革利乌斯记载的诗中洋溢着坎佩尼亚人的自豪，极有可能推断出奈维乌斯定居在城市卡普亚（Capua）。⑥ 拉丁语是不是奈维乌斯的母语，目前尚无定论。在卡普亚地区，当时以及以后都还有奥斯克人和希腊人跟本地居民一起生活。无论如何，奈维乌斯似乎都曾是罗马人。奈维乌斯觉得自己是罗马诗人。按照他自己的话来说，奈维乌斯为维护拉丁语做出了重要贡献。

可以断定的是，奈维乌斯作为战士参加了第一次布匿战争（公元前 264-前 241 年），正如他自己叙述的一样。在这次战争结束以后，以及在公元前 235 年，安德罗尼库斯第一次演出拉丁语戏剧之后的 5 年里，奈维乌斯沿着前人的传统，也开始把希腊戏剧尤其是谐剧翻译成拉丁语，并且加以改编，以便适应罗马的国情。除了希腊服装谐剧：披衫剧（fabula palliata，亦译"常服剧"），在奈维乌斯笔下也许已经出现罗马人的民族服装，在罗

---

① 分词 oblītī 是阳性过去分词 oblītus（忘记）的单数二格："忘记的"；或者复数主格或呼格："忘记"。

② 动词 sunt 是 sum（是）第三人称复数现在时主动态陈述语气。

③ 异文：Romai。

④ 动词 loquier 是动词 loquor（讲，说）的现在时不定式主动态。

⑤ 直接从拉丁语译出。引、译自 LCL 195，页 108。参《罗马共和国时期的韵律铭文》，前揭，页 74；《拉丁诗歌残段汇编》，前揭，页 69。

⑥ 参 Michael von Albrecht（阿尔布雷希特）：*Naevius'Bellum Poenicum*（奈维乌斯的《布匿战纪》），前揭书，页 16。

马环境中演出的长袍剧。在奈维乌斯的谐剧中，诗人按照古希腊的政治旧谐剧（参《罗念生全集》卷八，前揭，页 91 以下）典范，辛辣地讽刺政治家和公众生活中的高层人士。奈维乌斯因此结下了许多冤家，尤其是墨特卢斯（Meteller）家族，正如从流传至今的一行采用萨图尔努斯诗行（versus saturnius）的诗（参《拉丁诗歌残段汇编》，前揭，页 40）表明的一样："墨特卢斯会让诗人奈维乌斯不愉快（malum dabunt Metelli / Naevio poeta）"（参《古罗马文选》卷一，前揭，页 44，脚注 3、78 及下和 170）。

　　古代流传的文字资料显示，墨特卢斯家族（当时最大的平民显贵世家）最终让诗人奈维乌斯入狱（约公元前 204 年）。[①] 据说，在监狱中，诗人还写了其他的剧本，例如《占卜师》（*Hariolus* 或 *Hariolum*）和《勒昂》（*Leon* 或 *Leontem*）。依据革利乌斯的说法，在奈维乌斯从上述的剧本中删除了冒犯之语和先前曾经得罪了不少人的莽撞之语之后，才被保民官释放（《阿提卡之夜》卷三，章 3，节 15，参 LCL 195，页 250 及下）。

　　虽然奈维乌斯得到赦免，但是并没有停止与贵族的斗争，因此遭逐出罗马，流亡到北非的乌提卡（Utica），直到死去。关于死亡时间，目前尚无定论。依据古代记事，西塞罗称，奈维乌斯卒于克特古斯执政年，即公元前 204 年。不过，西塞罗并不确信这个说法。西塞罗的怀疑源于细心考古的瓦罗的观点：之后还继续活了"不长的时间"（西塞罗，《布鲁图斯》，章 15，节 60，参 LCL 342，页 60 及下）。而基督教作家哲罗姆称，奈维乌斯卒于公元前 201 年（参王焕生，《古罗马文学史》，页 29）。

――――――――――

　　① 在文学领域，贵族和元老院对瓦解他们至高无上权威的图谋变得敏感起来。首当其冲的遭殃者是奈维乌斯。参格兰特，《罗马史》，页 123。

二、作品评述

除了谐剧的标题，传世的还有奈维乌斯笔耕的 7 部肃剧
（tragoediae）的标题，例如《安德罗马克》（*Andromache*）、《达
纳埃》（*Danae*）、《特洛伊木马》（*Equus Troianus*）、《赫克托
尔》（*Hector* 或 *Hector proficiscens*）、《赫西奥涅》（*Hesione*）、
《伊菲革涅娅》（*Iphigenia*）和《吕库尔戈斯》（*Lycurgus*），此
外还有一些零散的残篇。其中，5 部肃剧与特洛伊战争的传说
有关。由此可见，奈维乌斯首先改编了特洛伊（Troja）传说中
的神话素材。这些戏剧演出使罗马观众了解并且熟悉了古希腊
神话。古希腊伟大戏剧家埃斯库罗斯（Aischylos）在肃剧中不
仅富有诗意地构思神话事件，而且在《波斯人》（*Persern*）中
也着手历史题材。按照这个典范，奈维乌斯也转向古罗马民族
自己的历史：除了肃剧让故事发生在古希腊传说的世界里以
外，奈维乌斯也撰写以古罗马重大历史事件为对象的戏剧，例
如紫袍剧《瑞姆斯和罗慕路斯》（*Remus et Romulus*）或《母
狼》（*Lupa*）和《克拉斯提狄乌姆》（*Clastidium*）（参《古罗
马文选》卷一，前揭，页 271 和 276 及下；王焕生，《古罗马
文学史》，页 30）。

关于古罗马历史事件的舞台表演唤起了拉丁语观众对民族历
史的兴趣。人们开始探讨本民族的起源。因此，奈维乌斯在晚年
（西塞罗，《论老年》，章 14，节 50）乐于献身于这个题材，这
不是偶然的。这就为创作古罗马第一首民族叙事诗创造了条件。

晚年时，奈维乌斯以著述叙事诗《布匿战纪》（*Belli Punici
Libri*）为乐（西塞罗，《论老年》，章 14，节 50，参西塞罗，
《论老年·论友谊·论责任》，页 25）。像埃斯库罗斯在《波斯
人》中通过诗剧创造，使得他本人曾参与的阿提卡历史的转折

时刻——战胜波斯人——成为不朽一样，奈维乌斯也感到有必要在叙事诗中使得他青年时期积极参与、十分关键性地决定罗马国家发展的中心大事——持续 20 多年、最后以罗马战胜迦太基结束的第一次布匿战争——成为不朽。此外，选择叙事诗的题材让奈维乌斯能够把整个历史大事件放到更大的与特洛伊传说的神话关联中去，也回答了罗马民族的起源的问题：特洛伊王子埃涅阿斯及其母亲维纳斯女神的后裔。罗马传说和历史同希腊神话之间的这种内容联系得以强调，还是通过形式的元素：叙事诗的类型，此外有意识地借用荷马和安德罗尼库斯的拉丁译本的语言，奈维乌斯把它们列入荷马叙事诗的大传统中，尽管像奈维乌斯的罗马前辈一样诗律采用萨图尔努斯诗行（versus saturnius）。与希腊高度发展的艺术进行竞赛引导诗人探讨本民族的历史和本质，让奈维乌斯创作了一部新的作品。在新作中，希腊的思想财富和罗马民族的特点统一起来。在新作里，奈维乌斯指明了道路，不仅为年轻一代的恩尼乌斯，而且还为两个世纪以后的维吉尔。维吉尔把奈维乌斯开创的传统引向完善（参《古罗马文选》卷一，前揭，页 45 及下）。

依据苏维托尼乌斯，奈维乌斯把《布匿战纪》构思为一个连续的整体，没有划分章节。然而后来，大约公元前 165 年，兰姆帕蒂奥（C. Octavius Lampadio）把《布匿战纪》划分 7 卷（苏维托尼乌斯，《文法家传》，章 2）（参《古罗马文选》卷一，前揭，页 46）。

如何把素材放入各卷中去，迄今为止都还有争议。以前，人们更倾向于纯粹的编年顺序。依据编年顺序，埃涅阿斯一行人逃出特洛伊、误航以及最后在意大利建立他们的统治，这是第一卷刚开始叙述的内容，接着是历史大事件。而今，在更加重视把传世的残段分配给各卷的情况下，占上风的意见是，第一卷以描述第一次布匿战争开始，接着插入关于起源的传说，体裁可能是故事讲述，可能是图画描述。或许，第四卷才又继续叙述历史上的战争大事（参《古罗马文选》卷一，前揭，页46及下）。

关于《布匿战纪》的内容结构，最可能的或许是如下的重构：在第一卷的第一部分，在吁请缪斯女神们（《布匿战纪》卷一，残段1 Mo-B）[①]以后，讲述战争的前两年，直到阿格里根特（Agrigent）战役：公元前262年，曼尼乌斯·瓦勒里乌斯（Manius Valerius，公元前263年任执政官）率领的罗马军队占领西西里岛（残段3 Mo-B）。接着插入关于埃涅阿斯的传说：由于维纳斯拥有的预言书，埃涅阿斯及其父亲安基塞斯（Anchises），偕同夫人和随从人员离开遭到毁灭的特洛伊（残段5-6 Mo-B）。也许在库迈（Cumae）已经登陆意大利海岸时，他们遭一股海上风暴吹到北非（残段8-9 Mo-B）。所以维纳斯在父亲尤皮特那里抱怨（残段15-16 Mo-B）。

在第二卷的开端，迦太基女王狄多友好地接待了这些船难幸存者。狄多从他们那里获得一些珍贵的礼物，充满同情地询问埃涅阿斯从特洛伊逃到这里来的经过（《布匿战纪》卷二，残段19-21 Mo-B）。由于狄多对埃涅阿斯示好，埃涅阿斯的痛苦开始减轻。不过，神仙大会（残段22-24 Mo-B）决定，向埃涅阿斯发布命令，离开迦太基，埃涅阿斯的使命是在意大利建立已经向他预言的帝国。从传世的残段不能推断出狄多与埃涅阿斯的恋爱关系。不过，阿尔布雷希特注意到，逃跑——在维吉尔《埃涅阿斯记》第四卷结尾处狄多说的逃跑使人注意到一个将来的复仇者——的理由在奈维乌斯《布匿战纪》中作为原

---

① 关于奈维乌斯《布匿战纪》的残段，参《古罗马文选》卷一，前揭，页49以下。

本的战争起因实现了中心的功能，而在《埃涅阿斯记》中，从结构上讲无关紧要（参阿尔布雷希特：奈维乌斯《布匿战纪》，前揭，页20）。由于这个原因，阿尔布雷希特可能假设，维吉尔从奈维乌斯的作品中全盘接受了狄多与埃涅阿斯悲剧性邂逅的整个主题。

在《布匿战纪》的第三卷里，奈维乌斯叙述埃涅阿斯一行人登陆意大利（《布匿战纪》卷三，残段25 Mo-B）。古罗马传说的叙述高潮在罗慕路斯（Romulus）建立罗马（残段26 Mo-B）。依据奈维乌斯版本和恩尼乌斯版本，从母系来说，罗慕路斯是埃涅阿斯的嫡系后代。至此，奈维乌斯系统地叙述了古罗马源自特洛伊的传说，这在古罗马文学史上尚属首次。

第四至七卷继续叙述第一次布匿战争的进程。譬如，公元前257年罗马军队占领马耳他（Malta）岛（奈维乌斯，《布匿战纪》卷四，残段37 Mo-B）。或许每卷讲述5个战争年代。其中，诗人叙述的事件包括公元前241年时任执政官的昆·卢塔提乌斯·卡图路斯（Quintus Lutatius Catulus）[1] 在埃伽特斯群岛击溃迦太基等（参《古罗马文选》卷一，前揭，页47及下；王焕生，《古罗马文学史》，页32）。

就资料来源和典范而言，奈维乌斯创作历史部分时也许利用了拉丁语编年史，然而大多数大事件可能是他作为时代见证者的回忆。在文学创作方面，如上所述，奈维乌斯首先仿效的是荷马，此外还有希腊化时期（例如罗得岛的阿波罗尼俄斯）的叙事诗和安德罗尼库斯的拉丁语文学传统。譬如，在选择萨图尔努斯诗行（versus saturnius）方面严格模仿安德罗尼库斯。与慢吞吞而庄严的格律相符合的是语言的塑造。在《布匿战纪》中简

---

[1]　古罗马人名"昆（Q.）"一律为"昆图斯（Quintus）"的缩略语。

洁的表达方式常常同古罗马凯旋铭文的文笔并列：由于叙述的简洁，报道的大事件在一定程度上会像纪念碑一样永恒（参《古罗马文选》卷一，前揭，页48）。

三、历史地位与影响

奈维乌斯是第一位真正的罗马诗人，是"罗马的第一位历史学家"（参科瓦略夫，《古代罗马史》，页14）。奈维乌斯的叙事诗《布匿战纪》最让西塞罗满意：无论从内容到体裁，还是从古罗马诗歌发展的角度，都是符合西塞罗的政治理想和文学要求的。所以西塞罗说，奈维乌斯的《布匿战纪》（*Bellum Punicum*）给他的乐趣并不亚于古希腊雕塑家米隆（Myron）的作品（《布鲁图斯》，章19，节75，参 LCL 342，页70及下）。

无论是内容还是形式，《布匿战纪》都是一部具有真正罗马特色的叙事诗。和安德罗尼库斯一样，奈维乌斯也是罗马民族文学的奠基人。在奈维乌斯的继承人中，最有影响的无疑就是写《埃涅阿斯记》的维吉尔。

第三节　恩尼乌斯

一、生平简介

公元前239年，恩尼乌斯（公元前239-前169年）生于墨萨皮伊人聚居的卡拉布里亚地区的鲁狄埃，即今天的鲁格（西塞罗，《为诗人阿尔基亚辩护》［*Pro Archia Poeta*］，章10，节22）。古老的意大利城市鲁狄埃虽然不是希腊移民地，但是很早就希腊化了。恩尼乌斯从小就生活在希腊文化中，以至于苏维托尼乌斯把恩尼乌斯视为"半个希腊人"（苏维托尼乌斯，《文法家传》，章1）。不过，恩尼乌斯感觉自己是墨萨皮伊人。证明这一点的是古代晚期维吉尔作品的注疏家塞尔维乌斯（《维吉尔〈埃涅阿斯纪〉笺注》卷七，行691）介绍的恩尼乌斯的名言：尼普顿之子墨萨皮伊的一个后裔。① 而墨萨皮伊是国王，所以恩尼乌斯可能出身于贵族家庭。

恩尼乌斯自称有 3 颗心（tria corda），因为恩尼乌斯会讲希腊语（Graece）、奥斯克语（Osce）和拉丁语（Latine）（革利乌斯，《阿提卡之夜》卷十七，章17，节1，参 LCL 212，页262及下）。除了墨萨皮伊语（没有特意提及，或许由于无足轻重，或者由于家庭的缘故），恩尼乌斯从小就精通奥斯克语。他外甥的名字帕库维乌斯（Marcus Pacuvius）绝对就是奥斯克语，也许恩尼乌斯的名字本身也是。

圣哲罗姆说，塔伦图姆是恩尼乌斯的出生地。从这个事实或许可以推断，恩尼乌斯在塔伦图姆获得了希腊的教育：希腊文学和哲学。

在第二次布匿战争中，恩尼乌斯服务于古罗马军队，可能在盟军中担任百夫长。最迟在这个时候，恩尼乌斯学会了拉丁语。当然，恩尼乌斯学会拉丁语的时间可能更早。恩尼乌斯或许在少年时期就很好地掌握了拉丁语。

根据奈波斯（Cornelius Nepos）和哲罗姆的报道，公元前204年财政官老加图从古罗马的行省阿非利加返回罗马，途中在撒丁岛逗留，在那里结识了恩尼乌斯，并且把恩尼乌斯带回罗马，以便在希腊语文学方面接受这个未来的诗人的指导。

此后，恩尼乌斯定居罗马，住在阿文丁山的平民区——诗人

---

① 参《古罗马文选》卷一，前揭，页55，脚注1。又参残段 524 Sk（＝376 V）及斯库奇对此的评注（mit Komm. z. St. von O. Skutsch），《恩尼乌斯的〈编年纪〉》（*The Annals of Q. Ennius*），附导言和注疏，Oxford 1985。

和演员经常会聚的地方。起初，恩尼乌斯在罗马当希腊语教师，赚钱维持生活。苏维托尼乌斯说，恩尼乌斯"教授两种语言"（《文法家传》，章1）。① 通过这种方式，恩尼乌斯进入了贵族圈子。在此期间，恩尼乌斯也从事文学活动，接近一些富有影响的希腊文化崇拜者，例如孚尔维乌斯。由于老加图越来越拒绝希腊对罗马社会的影响，这种接近引起了老加图的不满，使他和恩尼乌斯的关系疏远。在这种情况下，恩尼乌斯则与孚尔维乌斯结下友谊。孚尔维乌斯取代老加图，成为恩尼乌斯的资助人。公元前189年，执政官孚尔维乌斯让诗人恩尼乌斯当参谋（参格兰特，《罗马史》，页124及下），陪伴远征希腊的埃托利亚。当然，孚尔维乌斯的愿望是诗人以后会颂扬他的事迹。而恩尼乌斯也满足了孚尔维乌斯的愿望。据西塞罗说，老加图曾经在演说辞里严厉谴责孚尔维乌斯带着诗人去行省（《图斯库卢姆谈话录》卷一，章2，节3，参LCL 141，页4及下；《为诗人阿尔基亚辩护》，章11，节27）。公元前184年，在孚尔维乌斯的儿子昆图斯的努力下，恩尼乌斯获得了罗马公民权。因此，恩尼乌斯可以自豪地说："我们是罗马人，我们这些罗马人以前是鲁狄埃人（恩尼乌斯，《编年纪》，残段525 Sk② = 377 V③）"（译自《古罗马文选》卷一，前揭，页56）。

在后来的生涯中，恩尼乌斯首先是斯基皮奥集团的钦佩者和崇拜者（西塞罗，《为诗人阿尔基亚辩护》，章9，节22）。其中，格·斯基皮奥的儿子和老斯基皮奥的堂兄斯基皮奥·纳西卡

---

① 苏维托尼乌斯，《罗马十二帝王传》，张竹明、王乃新、蒋平等译，北京：商务印书馆，2000年，页344。

② 关于恩尼乌斯的《编年纪》残段，参《恩尼乌斯的〈编年纪〉》，前揭。

③ 关于恩尼乌斯的《编年纪》诗行，参 *Ennianae Poesis Reliquiae*（《恩尼乌斯诗歌遗稿》）. Iteratis curis rec. I. Vahlen, Leipzig 1903。

同恩尼乌斯建立了真诚的友谊。在恩尼乌斯的同时代诗人中，似乎只有斯塔提乌斯承认与恩尼乌斯有进一步的接触。恩尼乌斯的外甥帕库维乌斯是恩尼乌斯的学生，后来以肃剧诗人出名（参阿庇安，《罗马史》，页187；《古罗马文选》卷一，前揭，页56）。尽管恩尼乌斯与不少贵族接近，可他一直生活清贫。西塞罗称赞恩尼乌斯乐于贫困和老年（《论老年》，章5，节14，参LCL 154，页24及下；西塞罗，《论老年·论友谊·论责任》，页10）。公元前169年，恩尼乌斯逝世（西塞罗，《布鲁图斯》，章20，节78，参LCL 342，页72及下），或许死于痛风，享年约70岁（参格兰特，《罗马史》，页125；王焕生，《古罗马文学史》，页54）。

二、作品评述

恩尼乌斯的大量文学作品仅仅以片段的形式流传至今。关于这些作品的先后次序，知之甚少。有人认为，恩尼乌斯至少写了20部肃剧、2部古罗马历史剧、2部谐剧、4卷讽刺诗、较长的教诲诗、颂歌和碑铭诗。或许恩尼乌斯很早就已经开始把古希腊肃剧翻译拉丁文，从而发展了他自己的戏剧创作。戏剧创作贯注了恩尼乌斯的整个生命。临死时，恩尼乌斯还创作了肃剧《提埃斯特斯》（*Thyestes*，亦译《堤厄斯忒斯》）。但是，时人和后世首先是把恩尼乌斯颂扬为《编年纪》的作者。在德语界，最初可能用"Jahrbücher（年鉴）"来表达这部叙事诗的标题。

开始写作叙事诗《编年纪》的具体时间不详。恩尼乌斯中年才定居罗马。或许恩尼乌斯本人需要几年时间熟悉罗马历史，以便他可以着手写作关于罗马历史的作品。可以肯定，作品完成于晚年。在流传至今的600多行残诗中，注明日期的依据寥寥无几。其中，在最可靠的是第九卷中影射公元前204年的执政官克特古斯被"那个时代的人（qui tum vivebant homines）"佩服的修辞术。由此推出，第九卷必定产生于大约25至30年以后，也就是说，最早也是公元前179年左右。革利乌斯的陈述几乎不可信。依据瓦罗的《论诗人》（De Poetis）① 第一卷，革利乌斯提及了援引恩尼乌斯的《编年纪》第十二卷。其中，诗人陈述他写这首诗时67岁（《阿提卡之夜》卷十七，章21，节43，参LCL 212，页284及下），可能指公元前172年。假如这个叙述属实，那么恩尼乌斯可能还只有近3年的时间完成《编年纪》其余的三分之一，即第十三至十八卷。不过，这种假设是很不可能的。然而不容置疑的是，恩尼乌斯一直在创作《编年纪》，直到生命终结。第十八卷是在恩尼乌斯临死前不久才完成的——有些研究者甚至认为还没有完成。②

关于叙事诗的具体篇幅，老普林尼说，恩尼乌斯的《编年纪》初为15卷（老普林尼，《自然史》卷七，章101）。现在，学界一般把西塞罗的以下称引当作恩尼乌斯《编年纪》第十五卷的结尾（《论老年》，章5，节14）：

sic ut fortis equus, spatio qui saepe supremo

vicit Olympia, nunc senio confectus quiescit.（引自 LCL 154，页22）

有如一匹骏马，常常在终点夺得

---

① 发表于公元前47年晚夏，属于文学史作品，参《罗马共和国时期的韵律铭文》，前揭，页89。

② 参《古罗马文选》卷一，前揭，页57，脚注2；E. H. Warmington（华明顿）编，*Remains of Old Latin Bd.* 1（《古代拉丁典籍残篇集成》卷一），London² 1956。引言，页25。[LCL 294]

奥林匹亚桂冠，现在已苍老休息（见王焕生，《古罗马文学史》，页56）。①

不过，从晚期拉丁语文学家狄奥墨得斯得知，恩尼乌斯的《编年纪》总共18卷，3万行（参科瓦略夫，《古代罗马史》，页15），讲述了古罗马民族从神话般的起源（埃涅阿斯到达意大利建立城邦）到诗人那个时代的历史。叙事诗可以划分为6个部分。第一部分即前3卷，叙述王政时期。其中，第一卷从特洛伊的毁灭开始，叙述罗马的建立，第二、三卷叙述王政时期和共和制的建立。第二部分即第四至六卷，叙述占领意大利和对皮罗斯的战争。其中，第四卷叙述高卢人的入侵，第五、六卷叙述罗马向意大利的扩张。第三部分即第七至九卷，叙述布匿战争。其中，第七卷叙述迦太基的建立和第一次布匿战争。据西塞罗说，恩尼乌斯在叙述中略去了第一次布匿战争，因为诗人认为"其他人已经用诗歌写过"（《布鲁图斯》，章19，节76，参 LCL 342，页70及下）。从第八卷（第二次布匿战争）起，叙述变得比较详尽。第四部分即第十至十二卷，主要叙述占领希腊。其中，第十卷叙述马其顿战争。第五部分即第十三至十五卷，叙述叙利亚战争和第十五卷里孚尔维乌斯征服埃托利亚。第六部分即第十六至十八卷，叙述最后的一些战争（参《古罗马文选》卷一，前揭，页57）。

从传世的残段来看，第一卷叙述古罗马神秘的史前史：从埃涅阿斯逃出特洛伊到罗慕路斯之死。像叙事诗中比较普遍的一样，在吁请缪斯女神们（恩尼乌斯，《编年纪》卷一，残段1

---

① 较读：好像一匹勇悍的骏马，/常在奥林匹克赛场上获胜，/现在老了，/不再想参加比赛，而想休息了（徐奕春译），见西塞罗，《论老年·论友谊·论责任》，页10。

Sk＝1 V①）以后，是著名的梦境叙述（恩尼乌斯，《编年纪》卷一，残段2－11 Sk）。后世的作家对此有许多的报道和影射。在梦里，荷马与恩尼乌斯在赫利孔（Helikon）或帕尔纳斯（Parnaß）相遇。诗人由此获悉，以前栖居在孔雀里的荷马的灵魂藏匿在自己的身体里。由于恩尼乌斯来自南意大利，他或许最熟悉毕达哥拉斯的灵魂转化学说。恩尼乌斯让荷马道出这个学说。恩尼乌斯把这个学说用作他的文学诉求的手段：成为拉丁语世界的荷马，又在哲学方面宣布为合法。在梦见荷马以后，也许就是残段12 Sk（＝3 V）。在这个残段里，诗人自信地预言他的叙事诗今后在各民族中享有的荣誉。接着开始叙述真正的情节：埃涅阿斯从特洛伊启程。显然，埃涅阿斯的误航只简略地提及，因为无论如何都找不到相关的残段。之所以这样，也许是因为在奈维乌斯笔下，误航已经占据广阔的空间。不管怎样，向第伯河河神祈祷（恩尼乌斯，《编年纪》，残段26 SK＝54 V）已经指明，故事的发生地是意大利（参《古罗马文选》卷一，前揭，页58）。同样证明埃涅阿斯已经在新的家园意大利的还有残段31 Sk（＝33 V）和残段32 Sk（＝32 V）。这两个残段描述埃涅阿斯与拉丁乌姆首都阿尔巴·隆加国王缔结和约。

《编年纪》开篇的诗行已经证明，恩尼乌斯比拉丁语前辈更加紧密地效仿荷马。与安德罗尼库斯用词卡墨娜和奈维乌斯改写"novem Iovis concordes filiae sorores（你们9位和睦的姐妹，尤皮特的女儿们）"（见《布匿战纪》，残段1 Mo-B）相比，恩尼乌斯采用希腊神名缪斯。因此，不仅首先与《奥德修纪》第一行诗相类似，而且也许还同赫西俄德的《工作与时日》（*Erga Kai*

---

① 关于恩尼乌斯《编年纪》的残段，参《古罗马文选》卷一，前揭，页59以下。

Hemerrai）开篇相似。值得一提的是，在这个时期（公元前 179 年），恩尼乌斯的恩人孚尔维乌斯在罗马修建海格立斯神庙。恩尼乌斯在作品开篇部分吁请女神们，在这件事上符合叙事诗庄严风格的是拟声的头韵法（残段 1 Sk = 1 V）（参《古罗马文选》卷一，前揭，页 58 及下）。

一个女神从天而降，出现在埃涅阿斯及其随航人员的面前。他们获悉，他们未来的命运是在世界的西部希斯波利。这个国度将会是在最古老、最重要的神萨图尔努斯起名、以前曾被古老的土著拉丁人居住的意大利。虽然没有提及神的名字，但是从残段 19 Sk（= 22 V）推断，这个女神就是安基塞斯的夫人和埃涅阿斯的母亲维纳斯。诗人庄严地把这位女神称作 dia dearum（古拉丁语：女神之尊），这是对荷马用语 δĩα ϑεάων（古希腊语：女神之尊）的准确复述（参《古罗马文选》卷一，前揭，页 60 及下）。

残段 34–50 Sk（= 35–51 V）表明，埃涅阿斯已经脱离尘世的生活。埃涅阿斯出现在女儿的梦里，向她告知即将来临的命运。在恩尼乌斯如同在奈维乌斯笔下一样，埃涅阿斯的女儿叫伊利亚。在后来通行的传说版本中，与之相应的是瑞亚·西尔维娅，其父名叫努弥托尔。像瑞亚·西尔维娅一样，伊利亚因为马尔斯怀孕，并为之生育两个儿子。伊利亚把这个梦告诉姐妹，而这个梦在文学史上是最重要的。因为在这里恩尼乌斯——或者是独立的，或者是模仿希腊化的叙事诗——运用了一个戏剧的题材：向一个亲密的人讲述一个可怕的梦。特别值得一提的是梦的形式。这个梦把荷马叙事诗的梦——在荷马叙事诗的梦里，神或者死人通知做梦人或者交付一项任务——的各种特征同象征性的梦的某些方面统一起来，就像在希罗多德的作品和阿提卡肃剧中熟知的一样。但是，这个梦又通过梦的心理现实，把两者区分开

来。这方面的苗头早已存在于欧里庇得斯的《伊菲革涅娅在陶
里斯》（*Iphigenie im Traurerland*）第四十四个诗行以下。更强烈
地描述的是希腊化时期罗得岛的诗人阿波罗尼俄斯［Apollonios，
《阿尔戈英雄纪》（*Argonautica*）卷三，行 616 以下］。不过，在
忠实于现实方面恩尼乌斯对梦境的叙述超过前面两人。值得注意
的还有几乎在每个诗行里都很显眼的头韵法所产生的效果（参
《古罗马文选》卷一，前揭，页 62 及下）。

伊利亚的梦成为了现实：她因为马尔斯怀孕，成为孪生兄弟
罗慕路斯和瑞姆斯的母亲。阿尔巴·隆加的国王阿姆利乌斯遗弃
新生儿，并把埃涅阿斯的女儿本人扔进第伯河，不过，由于神的
干预而成为河神的妻子。孪生兄弟也得救，被一只母狼喂养。牧
人法乌斯图卢斯（Faustulus）发现了这对孪生兄弟，和他的妻子
一起抚养他们。兄弟俩长大成人，要建立一座自己的城。兆头决
定谁来为这座城市命名和统治这个城市（恩尼乌斯《编年纪》，
残段 72 - 91 Sk = 77 - 96 V）。由于瑞姆斯跳跃城墙，嘲笑哥哥的
城市，愤怒的罗慕路斯威胁说，瑞姆斯将为此付出血的代价
（恩尼乌斯《编年纪》，残段 94 - 95 Sk = 99 - 100 V）："以热血作
抵偿"（参王焕生，《古罗马文学史》，页 57）。罗慕路斯杀死兄
弟瑞姆斯。

可是，建城以后罗马人缺乏妻子。为了缓解这种状况，罗
马人抢夺邻邦萨宾人的妇女。然而在抢劫之后，罗慕路斯在两
个民族之间进行和解，和睦相处。现在他们要共同居住在城里。
罗慕路斯把罗马分成 3 个特里布斯（Tribus）。在罗慕路斯死
后，城里市民痛苦地哀悼。不过，罗马奠基人现在栖居在天神
那里的言论安慰了市民们（恩尼乌斯《编年纪》，残段 105 -
109 Sk = 110 - 114 V）（参《古罗马文选》卷一，前揭，页 64
以下）。

在叙述王政时期以后，第四卷是驱逐傲王塔克文（Tarquin-ius Superbus）以后共和国的开端，可能直到高卢入侵。第五卷的内容是拉丁人的战争和萨姆尼特人的战争。此外，还讲述了曼尼利乌斯（Manilius）的故事。在拉丁人的战争中，曼尼利乌斯脱离大部队，违抗军令作战，在肉搏战中杀死了一个敌军的统帅。尽管如此，曼尼利乌斯还是由于违背军纪，被时任执政官的父亲判处死刑。反映这个事件的是下面的诗行。像人文主义者梅卢拉（Merula）已经认为的一样，斯库奇（Skutsch，缩写 Sk）认为，恩尼乌斯《编年纪》的残段 156 Sk（=500 V）出自执政官曼尼利乌斯之口（参《古罗马文选》卷一，前揭，页 67 及下）。

第六卷讲述皮罗斯战争。第六卷的残段 175 – 179 Sk（=187-191 V）像荷马范本（《伊尼亚特》卷二十三，行 114 以下）和拉丁语仿作［维吉尔，《埃涅阿斯记》卷六，诗行 179-182；卷十一，诗行 135-138；伊塔利库斯，卷十，行 529 以下；斯塔提乌斯，《忒拜战纪》（*Thebais*）卷六，行 90 以下］一样，从中可以推断，叙述的是准备架设柴堆，火葬那些在战争中阵亡的将士。值得注意的又是许多的头韵法（参《古罗马文选》卷一，前揭，页 68 及下）。

在《编年纪》第七卷里，恩尼乌斯开始探讨迦太基和第一次布匿战争的历史。依据西塞罗的见证（《布鲁图斯》，章 19，节 76，参 LCL 342，页 70 及下），由于奈维乌斯已经把第一次布匿战争创作成了叙事诗，在第七卷里诗人略过第一次布匿战争。这一卷传世的章节出自革利乌斯（《阿提卡之夜》卷十二，章 4，节 4，参 LCL 200，页 370 以下），残段 268-286 Sk（=234-252 V）值得注意。这里叙述了一个真正的朋友。有人认为，这个朋友就是公元前 217 年执政官革米努斯（Cn.

Servilius Geminus）。这位朋友参与了第二次布匿战争，在公元前 216 年坎奈（Cannae）战役中阵亡。残段的最后一行指明一次战斗的间歇，容易让人想到坎奈战役。但是，由于第二次布匿战争可能是《编年纪》第八卷才有的内容，斯库奇有理由把这个残段放在下一卷。这个章节有趣，是因为在自从斯提洛（Lucius Aelius Stilo Praeconinus）以后的古代，把这个章节理解为诗人恩尼乌斯的自画像（参《古罗马文选》卷一，前揭，页 69 以下）。

最后，传世的可能还有几个简短的残段。这些残段的分卷归属大都不确定，但是给人的印象是恩尼乌斯的诗歌，特别是在对自然的描述方面。依据革利乌斯的说法，其中的第一个残段（恩尼乌斯，《编年纪》，残段 377－378 Sk＝384－385 V）出自《编年纪》（*Annali*）第十四卷（《阿提卡之夜》卷二，章 26，节 21，参 LCL 195，页 216 及下），描述一个船队的迅速启航。值得注意的是这里不寻常的比喻和定语，它们勾画出了大海呈现出来的色彩变幻的近乎印象派的画面。船只激起的波浪的绿色阴影和波峰的白色泡沫，再加上泛着金色阳光的、大理石般平滑的水面，形成诱人的对比。

Verrunt① extemplo② placide③ mare④ marmore⑤ flavo⑥

---

①　动词 verrunt 是第三人称复数现在时主动态陈述语气，原形是 verrō（冲走，掠过）。

②　副词 extemplō：即刻，立刻。

③　副词 placidē：平静地。

④　中性名词 mare（单数，四格）：大海。

⑤　名词 marmore 是中性名词 marmor（大理石；平滑的海面）的夺格：在平滑的海面上。

⑥　形容词 flāvō 是形容词 flāvus（金色的）的单数夺格。

Caeruleum,① spumat② sale③ conferta④ rate⑤ pulsum;⑥

它们立刻在平滑的金色海面上平静地掠过碧海，

在咸水的表面漾起泡沫，充满既定的律动（《阿提卡之
夜》卷二，章26，节21）。⑦

接着叙述的或者是一次狩猎，或者是伐木（恩尼乌斯，《编
年纪》，残段511 Sk＝490 V；残段580 Sk＝586 V）。天气也同尤
皮特的高兴一致（恩尼乌斯，《编年纪》，残段446－447 Sk＝457
V）。恩尼乌斯还描写夜空（恩尼乌斯，《编年纪》，残段145
Sk＝159 V；残段348 Sk＝339 V）。此外，恩尼乌斯还描写了苏
醒的清晨的色彩和气氛（恩尼乌斯，《编年纪》，错误归入恩尼
乌斯名下的残段1 Sk＝212 V；残段571－572 Sk＝557－558 V）
（参《古罗马文选》卷一，前揭，页71以下）。

荷马及其叙事诗对恩尼乌斯写作《编年纪》的影响很大，

----

① 形容词 caeruleum 是阳性形容词 caeruleus 的中性单数主格。依据革利乌斯的
解释："绿色与白色的混合颜色"，可译为"碧绿的"或"深绿的"，而英译"绿色
的（green）"（LCL 195，页216及下）与汉译"青色的"（《阿提卡之夜》卷1－5，
前揭，页157）似乎都欠妥。

② 动词 spūmat 是第三人称单数现在时主动态陈述语气，原形是 spūmō：漾起
泡沫。

③ 名词 sale 是阳性或中性名词 sāl（盐；咸水；海）的夺格单数，可译为"在
咸水的表面"或"在海上"。

④ 形容词 conferta 是阳性过去分词 cōnfertus 的单数形式：塞满，挤满，填满，
充满，可译为"充满"。

⑤ 形容词 rate（既定的；某种）是阳性分词 ratus（已确定的；一定的）的呼
格阳性单数。

⑥ 名词 pulsum 是阳性名词 pulsus（脉动；轻触）的单数四格：律动，有节奏
的脉动。

⑦ 引、译自 LCL 195，页216。关于第二行，英译 Ploughed by thronging craft,
the green seas foam（云集的小舟船破浪前行，绿色的大海泛起泡沫）与汉译"舟船云
集，白浪泡沫"虽然文笔优美，但有译而作的嫌疑，并不是原文的意思。

主要体现在以下几个方面。第一，叙事诗一开始，诗人谈到荷马在诗人的梦中显现，鼓励诗人写作，似乎荷马的灵魂神奇地进入了诗人的躯体。第二，从《萨图尔努斯节会饮》中马克罗比乌斯称引的《编年纪》诗句及其和《伊尼亚特》的比较可以看出，恩尼乌斯继承和模仿了荷马叙事诗。譬如，恩尼乌斯用骏马比喻勇武的将士，而荷马用马比喻重新披挂上战的特洛伊王子帕里斯。不同之处在于，荷马重在描写行为过程，而恩尼乌斯重在描绘一个可视的画面，注意修饰描写对象。比喻的共同性和叙述的差异性体现了恩尼乌斯对荷马的继承和发展。第三，恩尼乌斯还对荷马的其余叙事手法进行模仿，例如荷马式的夸张。在这方面，有传世的片段为证：一个号手的脑袋被砍下了，号角还在鸣叫。《编年纪》是第一首按照荷马叙事诗的典范写作的叙事诗（参王焕生，《古罗马文学史》，页 57 及下）。

此外，恩尼乌斯虽然用拉丁文写诗，采用的格律却不是罗马本土的萨图尔努斯诗行（versus saturnius），而是希腊叙事诗的扬抑抑格六拍诗行（dactylus hexameter）。由于语言差异，这种叙事诗格律也发生改变。在恩尼乌斯的格律中，最后一个节拍的格律重音往往和词重音相重，行中停顿大部分在第三个节拍的第一个长音节后，以扬扬格（spondeus）取代扬抑抑格（dactylus）。这表明，诗人不仅探索拉丁语语音特征，而且探索希腊叙事诗格律在罗马的适应性。科瓦略夫认为，恩尼乌斯引进希腊的六拍诗行（hexameter），虽然扼杀了罗马的本土格律萨图尔努斯诗行（versus Saturnius），但是却为罗马的诗作打开了广阔的远景（《古代罗马史》，页 357）。

在继承希腊叙事诗传统的同时，恩尼乌斯还广泛采用拉丁民间诗歌的一些叙事手法，例如首韵法，可以证实这一点的是下面这行诗：

　　　　O Tite, tute, Tati, tibi tanta, tyranne, tulisti。

　　提·塔提乌斯①王啊，你承受了如此多的不幸（见王焕生，《古罗马文学史》，页 58。参 LCL 294，页 36 及下）！

　　恩尼乌斯的《编年纪》像国家圣物一样受到整个共和国的崇拜。可以肯定的是，这部叙事诗对以后的罗马叙事诗特别是维吉尔的创作很有影响。

　　三、历史地位与影响

　　综上所述，恩尼乌斯在多种诗歌体裁方面都取得了一定的成就，为建立古罗马文学做出了重要的贡献。因此，后世对恩尼乌斯的评价很高。4 世纪文法家狄奥墨得斯称：恩尼乌斯第一个相称地撰写了拉丁叙事诗［狄奥墨得斯，《拉丁文法》（*Grammatici Latini*）卷一］。

　　西塞罗称恩尼乌斯是"技高一筹"（《布鲁图斯》，章 19，节 76，参 LCL 342，页 70 及下），"最伟大的诗人"（《为卢·巴尔布斯辩护》，章 22，节 51），最杰出的叙事诗诗人（summum epicum poetam）（《论最好的演说家》，章 1，节 2，参 LCL 386，页 354 及下），所以西塞罗多次称引恩尼乌斯的颂扬性叙事诗诗句，例如在西塞罗称赞昆·马克西姆斯（《论老年》，章 4，节 10）、盲人演说家阿皮乌斯（《论老年》，章 6，节 16）和斯基皮奥（《论至善和至恶》卷二，章 32，节 106）时。西塞罗称引（《论共和国》卷五）的另一个理由是恩尼乌斯的诗句含意隽永，充满生活哲理，恩尼乌斯的语言比梭伦（Solon）的语言好（《图斯库卢姆谈话录》卷一，章 49，节 117，参 LCL 141，页

───────────

①　古罗马人名"提（T.）"一律为"提图斯（Titus）"的缩略语。

140 及下）。第三个称引理由是尚古主义者西塞罗推崇恩尼乌斯的古朴语言，称赞恩尼乌斯用词准确："那些最贴切、最优美、最出色的词语或者已经为恩尼乌斯所采用"（《论演说家》卷一，章 34，节 154），① 常把恩尼乌斯的诗句引作警句，例如"危难时刻见真友（amicus certus in re incerta cernitur）"（《论友谊》，章 17，节 64，见 LCL 154，页 174；西塞罗，《论老年·论友谊·论责任》，页 71），"愤怒是疯狂的开始"（《图斯库卢姆谈话录》卷四，章 23，节 52）。② 第四个理由是因为恩尼乌斯的学识和对希腊文学的了解，他从荷马那里吸收了许多东西（《论至善和至恶》卷一，章 7）。在称赞恩尼乌斯逐字逐句地翻译希腊作家的同时，西塞罗又强调包括恩尼乌斯在内的罗马诗人不是字面翻译，而是再现原作的精神（《学园派哲学》卷一，节 10；参《古罗马文艺批评史纲》，前揭，页 125 以下）。

即使一向藐视古代诗人的贺拉斯也不得不承认，恩尼乌斯"智慧，勇敢，是第二个荷马（et sapiens et fortis et alter Homerus）"（贺拉斯，《书札》卷二，首 1，行 50），恩尼乌斯的妙笔"丰富了我们祖国的语言"（贺拉斯，《诗艺》，行 57，参《诗学·诗艺》，前揭，页 139）。在 2 世纪崇古派兴起之后，恩尼乌斯的语言比维吉尔的语言还受推崇。

卢克莱修很尊重恩尼乌斯的诗歌功绩，有诗为证（《物性论》卷一，行 117-119）：

---

① 西塞罗，《论演说家》，王焕生译，北京：中国政法大学出版社，2003 年，页 103。

② 单词 dixit（所说）是第三人称单数陈述语气的完成时主动态，动词原形是 dico（说；称）。在愤怒（ira）之后的原文是 quam bene Ennius initium dixit insaniae，译为"恰如恩尼乌斯所说，疯狂的开始"，参 LCL 141，页 382-385。

　　　　恩尼乌斯首先从

　　　　悦人的赫利孔（Helicon）山取来枝叶常青的花冠，

　　　　那花冠将在意大利各族人中永享荣誉（王焕生译）。①

　　连恩尼乌斯本人也为自己的成就感到很骄傲，有他自撰的墓志铭为证：

　　　　aspicite, o cives, senis Enni imaginis formam.

　　　　hic vestrum panxit maxima facta patrum.

　　　　nemo me lacrimis ⟨decoret nec funera fletu

　　　　faxit.⟩ cur? volito vivos per ora virum（西塞罗，《图斯库卢姆谈话录》卷一，章 15，节 34；卷一，章 49，节 117；《论老年》，章 20，节 73）②

　　　　国人们，请看看老人恩尼乌斯的形象，

　　　　他曾经歌颂过你们的祖先的丰功伟绩。

　　　　请不要为我流泪，不要在葬礼上哭泣。

　　　　为什么？因为有人们传颂，我将永生（王焕生译，见王焕生，《古罗马文学史》，页 61）。

　　当然，也有人对恩尼乌斯的诗颇有微词。昆体良敬重恩尼乌斯为"时代久远的圣林"。不过，昆体良也认为："圣林里高大而古老的橡树具有的与其说是风采，不如说是神圣性"（《雄辩

----

　　① 见王焕生，《古罗马文学史》，页 60；参卢克莱修，《物性论》，方书春译，北京：商务印书馆，1981 年，页 8；刑其毅译，北京：北京大学出版社，2007 年，页 3。

　　② 引自《罗马共和国时期的韵律铭文》，前揭，页 88 及下；《拉丁诗歌残段汇编》，前揭，页 86。参 LCL 141，页 40 及下和 140 及下。

术原理》卷十，章 1，节 88，参 LCL 127，页 298 及下；王焕生，《古罗马文艺批评史纲》，页 218）。普罗佩提乌斯明确地指出："让恩尼乌斯为自己的诗句戴上粗糙的花环"（《哀歌集》卷四，首 1，行 61）。[①]

总之，恩尼乌斯是罗马所造就的第一位职业文人，同时也是第一位移植希腊文学的罗马文学家。稍后的罗马各代文人都把恩尼乌斯视为拉丁诗歌之父（参格兰特，《罗马史》，页 125）。

[①] 王焕生的原译为《哀歌集》。但是在西方古代，ἔλεγος 这种文学形式所表达的情感较为复杂，有的婉约哀怨，有的豪放激昂，因此文中一律改用更恰切的译法："诉歌"。

第二章　讽刺诗

现代的"讽刺诗（satire）"源自于晚期古典拉丁语（180 – 476 年）中词汇 sătĭră（参《雅努斯——古典拉丁文言教程》，前揭，页 8；王焕生，《古罗马文学史》，页 90），例如 4 至 5 世纪文法家狄奥墨得斯就使用 sătĭră 这个词：

> 在罗马人那里，起码是现在，视讽刺诗（sătĭră）为一种尖刻嘲讽的诗歌，仿效古代谐剧，用来揭露人生恶习，例如卢基利乌斯、贺拉斯和佩尔西乌斯的作品（见王焕生，《古罗马文学史》，页 93）。

这个断言把 sătĭră（讽刺诗）同古代谐剧关联起来。不过，在早期（公元前 509 – 前 44 年）和中期（公元前 44 – 公元 180 年）古典拉丁语中，并没有"sătĭră（讽刺诗）"这个词。

关于"sătĭră（讽刺诗）"的词源，目前尚有争议。根据瓦罗（公元前 116 – 前 27 年）的考证，它可能是从下述词语派生出来的：

　　第一，山羊剧（satyrus），来自它可笑而猥亵的内容；第二，来自兰克斯·撒图拉（lanx sătŭră），一种献给神灵、装满什锦水果的盘子；第三，来自一种被称为撒图拉（sătŭră）的乱七八糟的填充物；第四，来自所谓的撒图拉法（Lex Sătŭră），一部包含着互不关联条款的法律。①

　　不难看出，瓦罗的考证带有任意性。其实，在恺撒遇刺（公元前 44 年 3 月 15 日）以后，安东尼才在恺撒的文件中发现了 Lex Sătŭră（《撒图拉法》）的草稿，而恩尼乌斯（公元前239－前 169 年）早已写有 4 卷《杂咏》（Sătŭră）。马克罗比乌斯曾经提到恩尼乌斯的《杂咏》（Sătŭră）第四卷（马克罗比乌斯，《萨图尔努斯节会饮》卷六，55），塞尔维乌斯和诺尼乌斯提及恩尼乌斯的《杂咏》（Sătŭră）第一至三卷。事实上，杂咏可能出现更早。根据 8 世纪保罗·狄阿康努斯（Paulus Diaconus，约 720－799 年）缩编的斐斯图斯《辞疏》，奈维乌斯（约公元前 270－前 204/201 年）也写有《杂咏》（Sătŭră）："奈维乌斯……在 Sătŭră 中……"（参王焕生，《古罗马文学史》，页 90－92）。因此，完全可以排除瓦罗的第四种解释。

　　海厄特否定瓦罗的第一种解释：讽刺诗与 satyr 无关，反而肯定瓦罗的第三种解释：讽刺诗与 saturāte 拥有同一个词根，意为塞满不同事物的"大杂烩"（《古典传统》，页 303）。姑且先不管海厄特的判断是否正确，先来考察一下海厄特提及的这个拉

---

　　① 詹金斯，《罗马的遗产》，晏绍祥、吴舒屏译，上海人民出版社，2002 年，页 264。

丁语词汇。单词 saturāte 是第二人称复数现在时主动态命令式，动词原形是 saturō（使饱；填满；使满足；使厌倦），相应的形容词是 satur（充满的；丰满的；喂饱的；满足的；富饶的）。在前述的萌芽时期宗教诗歌《阿尔瓦勒斯祈祷歌》（Carmen Arvale）① 里，曾出现过拉丁语形容词 satur，与 fu 搭配，意为"吃饱喝足（satur fu）"。其语境是吁请神灵马尔斯，并祈求神灵助佑。在古罗马神话中，马尔斯既是战神，也是农业神，与此相关的是诸位拉尔神与播种神。宴请这些神灵就是为了祈求丰收。由此判断，sătŭră 肯定跟混合食物与原始宗教有关。

首先，sătŭră 与混合食物密切相关。在厨师语言中，sătŭră 这个概念是放了许多佐料的一道菜。不过，在《普劳图斯研究》中，瓦罗把"一种由葡萄干、碎大麦粒、松子和蜜酒浸泡而成的食物"称为 sătŭră。而且拉丁语阴性名词 lanx 意为"盘子；盆子；天平盘"。因此，瓦罗有理由把 lanx sătŭră 理解为"一种献给神灵、装满什锦水果的盘子"。②

更重要的是，sătŭră 与原始宗教有关。Sătŭră 不是普通的食物，而是献给神灵的祭祀食品。在宗教语言中，sătŭră 用作初生果实做成的祭祀糕点或布丁的避讳名字。③ 祭祀食品的避讳名字

---

① 详见本书——即《古罗马诗歌史》（Historia Poematum Romanorum）——第一编第一节。

② 从这个意义上讲，把 Lanx Sătŭră 译为"兰克斯·撒图拉"显然是不准确的。

③ 参《古罗马文选》卷一，前揭，页 314，脚注 1。于是 H. 彼得斯曼（Hubert Petersmann）和 A. 彼得斯曼（Astrid Petersmann）可以理解狄奥墨得斯（Diomedes）的《拉丁文法》（GL，即 Grammatici Latini，7 卷，H. Keil 编，Leipzig 1855–1880）卷一，章 485，节 30 以下，Keil（即 H. Keil）："… satura a lance, quae referta variis multisque primitiis in sacro apud priscos dis inferebatur"。参 Hubert Petersmann（H. 彼得斯曼）：Der Begriff "Satura" und die Entstehung der Gattung（"讽刺诗"的概念与这种体裁的起源），见 J. Adamietz（阿达米埃茨）编，Die Römische Satire（《古罗马讽刺诗》），Darmstadt 1986，页 13 以下。

在别的语言中也常见。譬如，与 sătŭră（圆满的）对应的是希腊
语中的词语 πελανός 或 πελᾰνός（祭祀糕点），或者是供神与亡灵的
由食物、蜂蜜和油做成的流质混合物，即扁平的（德语 die Fla-
che），或者是供神的圆形糕点，即圆满的（德语 die Volle）：拉
丁语 plenus（-a，-um，充满的，充足的）；希腊语 πίμπλημι（被
填满，被充满）。而在阿尔巴尼亚语里，të plotit（圆满的）是一
种由捣碎的无花果、蜂蜜和食糖制作成的圣诞糕点。

　　那么，在古罗马，作为祭品，sătŭră 是献给哪位神祇的呢？
既然这种祭祀食品避讳名字，那么所献祭的神祇名字肯定与
sătŭră 词形相近。在拉丁语中，与 sătŭră 词形相近的神有本土的
农神 Saturnus（萨图尔努斯）与来自古希腊的乡野之神 Satyrus
（萨提洛斯）。

　　从 sătŭră 的词形来看，lanx sătŭră 有可能是献给古罗马的农
神（或土地神）萨图尔努斯（Sātŭrnŭs，亦称 Sātŭrn）的祭品。
依据古代神话传说，克洛诺斯被宙斯请的巨人打败以后，到拉丁
姆地区隐姓埋名。萨图尔努斯为拉丁姆的居民带来了牛、绵羊、
蜜蜂、谷粒、佳酒、面粉等，教会拉丁人包括种植果树在内的农
业知识，并且为这个地区取名"拉丁姆"，意思是"藏匿的国
家"。当时的国王雅努斯让人为萨图尔努斯建立神庙，并于每年
12 月 17 至 24 日举办规模宏大的庆典——萨图尔努斯节或农神
节（Sātŭrnālĭa）（参夏尔克，《罗马神话》，页 2 和 10-13），以
示敬意。在节日期间，人们用这位神祇贡献的农产品祭祀萨图尔
努斯，以示谢意，这是合乎情理的。更为重要的是，节日期间，
不论主仆，都戴上面具，结队游行于大街小巷，沉浸在欢歌笑语
中。这样的活动可能是文学萌芽的温床。古罗马的本土诗歌格律
萨图尔努斯诗行（versus Saturniµs）或农神格（参王焕生，《古
罗马文学史》，页 13 及下）或许就是这样产生的。从目前发现

的最早的拉丁铭文来看，都采用萨图尔努斯诗行或者与之相类似的格律（参《古罗马文选》卷一，前揭，页 16）。虽然这种格律后来被古希腊格律所淘汰，但是这位农神的影响还见于西方语言中，例如英语中的 Saturday（星期六）＝ Sātŭrn（农神）＋ day（天日）表示农神的日子。

　　然而，尽管萨图尔努斯是退隐的众神之王，是古罗马农耕社会的农神，古罗马人有必要避讳神的名字，可这一点恰恰是可疑的，因为古罗马人对萨图尔努斯心存感激与敬畏，很难与讽刺扯上关系。

　　能够与讽刺诗（satura 或 satire）扯上关系的是拉丁语中的外来词 satyrus。拉丁语 satyrus 源于希腊语 σάτυρος 或 Satyros。希腊语 Satyros 是古希腊神话传说里的乡野之神，其形象为半人半羊。这位林中最低级的神祇也是酒神狄奥倪索斯的侍从。在古希腊戏剧中有一种充满滑稽、幽默、笑闹和嘲弄的戏剧类型，它以 Satyros 的名字命名：萨提洛斯剧。在拉丁语中，satyrus 就有两层含义：乡野之神，酒神的伴侣；讽刺剧（参《拉丁语汉语简明词典》，前揭，页 245；王焕生，《古罗马文学史》，页 91）。在这里，萨提洛斯剧就是讽刺剧。也就是说，lanx sătŭră 是献给来自于古希腊的乡野之神 Satyros。基于这样的词源信念，"伊丽莎白一世时代的讽刺诗作者们写作的时候，有意用那些难听而粗鲁的语言来表达他们的讽刺"（参詹金斯，《罗马的遗产》，页 264）。

　　当然，献祭萨提洛斯的说法同样存疑，因为时间不对。在奈维乌斯、恩尼乌斯与普劳图斯时代（公元前 3 世纪-前 2 世纪），这种混合食物已经存在。不过，在奥古斯都时代，贺拉斯在《诗艺》里才建议引入萨提洛斯剧。这就是说，从时间的角度看，讽刺剧或萨提洛斯剧似乎与献祭食品 sătŭră 并无关联。

不过，这并不能排除古希腊神祇萨提洛斯先于萨提洛斯剧传入古罗马。在拉丁语中，sătŭră 不仅有"混合食物"、"杂咏"的含义，还有"杂戏"的意思。杂戏因"包含多种表演成分"而得名。依据李维（公元前59－公元17年）的记载，早在公元前4世纪中叶，更准确地说，公元前364年，埃特鲁里亚巫师驱邪（李维，《建城以来史》卷七），这是杂戏的雏形（参王焕生，《古罗马文学史》，页15和90）。也就是说，作为献祭食品，sătŭră 献祭的对象还有可能是埃特鲁里亚认为掌管瘟疫的神灵。这个神灵究竟是谁？是不是萨提洛斯？迄今为止，无人能回答这些问题。

不管这种混合食品是献祭给哪位神灵的，反正 sătŭră 这个词后来被文学借用。伊西多（6－7世纪）在《辞源》说："sătŭră 式的作家指'同时谈论许多问题'的作家"。也就是说，在较早的时候，这个词只是描述内容的驳杂性。因此，从恩尼乌斯的4卷《杂咏》（*Sătŭră*）的残篇可以推断出大量单独的诗（拉丁语 poemata），这些单独的诗以题材与格律的多样性见长。在恩尼乌斯的作品中，sătŭră（杂咏）的意思很多，如"丰富多彩的一切"、"混合的东西"等。帕库维乌斯的 sătŭră（杂咏）（3世纪庞波尼乌斯·波尔菲里奥注疏贺拉斯《讽刺诗集》卷一，首10，行46时提及）或许也有同样的特点。[1]

依据贺拉斯的记述，恩尼乌斯是 sătŭră（杂咏）的"第一个创造者"，[2] 但是卢基利乌斯才是讽刺诗"真正的创立者（in-

---

[1] 庞波尼乌斯·波尔菲里奥（Pomponius Porphyrio）是拉丁文法家与贺拉斯的评注家，著有《贺拉斯评注》（*Commentarii in Q. Horatium Flaccum*）。参王焕生，《古罗马文学史》，页90；《古罗马文选》卷一，前揭，页314，脚注2；页236－249和315－320。

[2] 但是依据斐斯图斯（340，25），比恩尼乌斯更早的奈维乌斯也写《杂咏》（*Satura*），参 LCL 314，页152及下。

ventor）"。在卢基利乌斯的作品中，现代意义上的讽刺性才具有多样性的特征，即针对人和时事的论战、冷嘲和热讽。虽然卢基利乌斯不可能有直接的古希腊典范加以模仿，但是在另外的意义上，卢基利乌斯在公元前 5 至前 4 世纪阿里斯托芬的旧谐剧（古希腊谐剧发展的第一个时期即公元前 487－前 404 年的古希腊谐剧）的辛辣讽刺里找到了这种多样性，阿里斯托芬不害怕指名道姓地贬低同时代人。属于此列的还有阿尔基洛科斯（Archilochos，公元前 650 年左右）的骂人诗（Iamboi）和奈维乌斯的拉丁语谐剧中的尖刻诋毁。为了唯一的诗律即六拍诗行（hexameter），卢基利乌斯也限制了在他的早期作品（卢基利乌斯，《讽刺诗集》，首 26－30）中还维持的讽刺诗起初的形式多样性。叙事诗的英雄体诗行（hērōus）格律或许与低水平内容有意形成讽刺性与喜剧性的对立。在后期的罗马作家那里，这种韵律成了模式（参詹金斯，《罗马的遗产》，页 265）。在塑造人物形象方面，卢基利乌斯的讽刺诗是贺拉斯、佩尔西乌斯（Aules Persius Flaccus，34－62 年，廊下派诗人，著有《巨人世家》）、马尔提阿尔（Marcus Valerius Martialis）和尤文纳尔（Decimus Iunius Iuvenalis）的典范。

而最博学的古罗马人瓦罗是更为古老的诗文间杂的讽刺体裁的创始人（《雄辩术原理》卷十，章 1，节 95）。瓦罗的《墨尼波斯杂咏》（*Satura Menippea*）与较早的讽刺诗形式多样性联系起来。根据来自伽达拉（Gadara）的犬儒哲学家墨尼波斯（Menippos；公元前 3 世纪上叶）的古希腊文章典范，《墨尼波斯杂咏》（*Satura Menippea*）的典型特征就是散文与诗的混合，即所谓的散文格律，格律又以丰富多彩的形式出现。形式的变换也符合题材的多样性。说教的方式为犬儒哲学的消磨时光录（Diatribe = διατριβή）：通过嘻嘻哈哈的玩笑、常常是不加掩饰的滑稽道出真理，以期发人深省。由于这件深为关切的事情，《墨尼波斯杂咏》（*Satura Menippea*）也影响了贺拉斯的讽刺诗。但是直到帝政中期，这种形式才在塞涅卡的《变瓜记》（*Apocolocyntosis*）即（皇帝克劳狄安）"变成南瓜"和佩特罗尼乌斯的小说般的《萨蒂利孔》（*Satyrica* 或 *Satyricon Libri*，流浪汉小说）中找到了继承人。

至纪元前后，贺拉斯称自己写作的充满伦理议论和社会评述的诗歌为杂咏（sătŭră）："有些人认为我在杂咏中言词尖锐"（《讽刺诗集》卷二，首1，行1）。詹金斯认为，对贺拉斯来说，罗马讽刺诗的精神先驱乃是阿提卡旧谐剧的作家，例如欧波利斯和克拉提努斯。不过，讽刺诗作为文学类型，"尽管带有早期希腊文学形式与情感的印记，但首次是由罗马人创造和发展的"。古罗马人骄傲地把讽刺诗视为自己的、地地道道罗马的创作，正如1世纪的昆体良自豪地宣称的一样："讽刺诗纯粹是罗马人的成就（satura quidem tota nostra est）"（昆体良，《雄辩术原理》卷十，章1，节93，参 LCL 127，页302及下；詹金斯，《罗马的遗产》，页264；《雅努斯——古典拉丁文言教程》，前揭，页8）或者"讽刺诗完全是我们的（satura tota nostra）"（参《古罗马文选》卷一，前揭，页314；王焕生，《古罗马文学史》，页90）。此外，自古以来罗马就有讽刺的传统，例如菲斯克尼歌（versus fescennini）。正如菲斯克尼歌（versus fescennini）产生于农业收获节一样，杂咏（sătŭră）完全也可能产生于农神节，奈维乌斯的谐剧和杂咏（sătŭră）似乎在某种程度上说明了这一点。这样就解释了杂咏（sătŭră）具有的讽刺特征。

此外，从语言学的角度看，sătŭră 可能与埃特鲁里亚语有关。依据语言考证，埃特鲁里亚语或许是拉丁语的真正语源。

首先，拉丁语最初的 21 个字母来自于埃特鲁里亚语的 26 个字母（参布洛克，《罗马的起源》，页 71），当时并无字母 y，这个字母是公元前 3 世纪罗马征服希腊的殖民地塔伦图姆（公元前 272 年）后才从希腊语借用而来的，专门书写来自希腊语的借词（参《雅努斯——古典拉丁文言教程》，前揭，页 5 和 13 及下）。从这个意义上讲，讽刺诗（sătŭră 或 satire）的词源甚至可以追溯到埃特鲁里亚语"satir（说）"（参詹金斯，《罗马的遗产》，页 264；曼廷邦德，《拉丁文学词典》，页 254）。或许由于这个缘故，贺拉斯称自己的作品为 sermones（闲谈），而他的作品已经具备讽刺诗的特征。这种词源解释似乎正好解释了从 sătŭră（杂咏）到 sătŭră（讽刺诗）的词汇演变。或许为了把这种新兴的文学类型同之前的仅仅表示内容宽泛、形式多样的"杂咏（sătŭră）"区分开来，后来的古罗马人综合 sătŭră（杂咏）和埃特鲁里亚语 satir（说），创造了表示"诗（poema）"与"闲谈（sermones）"的词汇 sătŭră（讽刺诗），这倒是可能的。

在考证讽刺诗以后，再来看看讽刺诗人。在席勒看来，讽刺诗人就是把同自然的隔离和现实与理想的矛盾作为他的题材（在对心灵的作用上两者都是同样的）的诗人。根据诗人的灵感来自意志的领域或者来自理解力的领域，他可以用严肃和热情的方式来描写，或者用戏谑和愉快的方式来描述。因而席勒把讽刺诗分为两种：惩罚的或凄厉的讽刺，或戏谑的讽刺。带着游戏的精神。席勒指出，惩罚的调子对游戏来说太严肃了，而游戏始终应当是诗的特性；娱乐的调子对严肃来说太轻浮了，而严肃是一切诗的游戏的基础（《论素朴的诗与感伤的诗》，参《德语诗学文选》上卷，前揭，页 122 及下）。

总之，古罗马讽刺诗的本质就是"谐中带庄（ridentem dicere verum)"（参海厄特，《古典传统》，页 256）。

第一节　杂咏：恩尼乌斯

3 世纪，评注家庞波尼乌斯·波尔菲里奥（Pomponius Por-
phyrio）在注疏贺拉斯的《讽刺诗集》第一卷第十首第四十六行
时提及，恩尼乌斯留下 4 卷讽刺诗（Ennius quattuor libros satura-
rum reliquit，参《古罗马文选》卷一，前揭，页 316，脚注 1）。
然而，根据已经引用的文法家狄奥墨得斯的证词，这部作品使用
单数标题 *Sătŭră*（《杂咏》）作为上概念，在这个上概念之下有
各种各样的小诗：

> Sed olim carmen，quod ex variis poematibus constabat，sa-
> tura vocabatur，quale scripserunt Pacuvius et Ennius
>
> 但是在古代，人们称由各种各样单独的诗组成的诗为杂
> 咏。帕库维乌斯与恩尼乌斯①写过这种诗（引、译自《古罗
> 马文选》卷一，前揭，页 316）。

可见，拉丁文 sătŭră 意为"混合"，除了表示"杂戏"，
还指代内容宽泛、形式多样的小诗。不过，由于帕库维乌斯的
杂咏诗或讽刺诗没有一首甚或一个残段传世（参《古罗马文
选》卷一，前揭，页 316，脚注 2），② 贺拉斯把恩尼乌斯称为
这种小诗的"第一个创造者"（参詹金斯，《罗马的遗产》，页

---

① 参《古罗马文选》卷一，前揭，页 316，脚注 3；GL（= *Grammatici Latini*）
I 485，Keil（= H. Keil）编，页 30 以下。

② Petra Schierl（席尔），*Die Tragödien des Pacuvius*（《帕库维乌斯的肃剧》）.
Berlin：Walter de Gruyter 2006，页 10 及下。

264）。

一、《杂咏》

作为没有主题的混合杂咏诗诗集的典范，恩尼乌斯可能使用古希腊诗人卡利马科斯（Kallimachos，公元前 300－前 240 年）的骂人诗。《杂咏》这个作品在格律、内容以及语言上都很丰富多彩。[①] 譬如，在格律方面，有的使用抑扬格六音步（iambus sēnārius，残段 6-7 V、8-9 V 和 14-19 V），有的使用格律索塔德格（Sotadeen）[②]（残段 59-62 V）。

在恩尼乌斯的 4 卷《杂咏》（*Satvrae* 或 *Sătŭrăe*）中，各卷都只有寥寥无几的简短残篇流传下来（参《拉丁诗歌残段汇编》，前揭，页 74 以下）。其中，最长的残段为 6 个诗行。其余的残段或哲理议论，或寓言叙述，或生活格言，或诗人自嘲，等等（参王焕生，《古罗马文学史》，页 59）。此外，还有几个没有关于卷的说明的残段。其中，弗律基亚的寓言作家伊索（Aesop）的关于凤头百灵（cassīta）的寓言（fabula）在革利乌斯作品中（《阿提卡之夜》卷二，章 29，节 1 以下）流传下来，由于长度与形式而占有特殊地位。

恩尼乌斯，《杂咏》（*Saturae*），残段 21-58 V：

Hóc erit[③] tibi árgumentum sémper in promptú situm:

---

① 参《古罗马文选》卷一，前揭，页 316，脚注 4；U. Scholz（朔尔茨）：*Die "Satura" des Q. Ennius*（《恩尼乌斯的〈杂咏〉》），见《古罗马讽刺诗》，前揭，页 38 及下。

② 得名于公元前 3 世纪初的古希腊诗人 Σωτάδης 或 Sōtadēs。Sōtadēs 的诗为 Sōtadēus，Sōtadicus，-a，um。参《古罗马文选》卷一，前揭，页 317。

③ 动词 erit 是系动词 sum（是）的第三人称单数将来时主动态陈述语气，可译为"将会"。

Né quid expectés① amicos, quód tute agere póssies.

这个寓意永远都将会给你准备：

你自己能做的事，不要指望朋友们（来做）（引、译自 LCL 195，页 224）。

值得注意的是，寓言末尾点明寓意的部分采用四拍诗行（tetrameter）或扬抑格七音步（trochaeus septēnārius）（参 LCL 195，页 225；《古罗马文选》卷一，前揭，页 319）。假如以一个对句结尾的散文短篇小说不是革利乌斯自己的复述，像朔尔茨在《恩尼乌斯的〈杂咏〉》里指出（参《古罗马讽刺诗》，前揭，页 49；《古罗马文选》卷一，前揭，页 316，脚注 5）的一样，那么散文短篇小说可以证明恩尼乌斯已经使用散文格律。从传世的片段来看，恩尼乌斯的《杂咏》是一种真正文学形式的诗体随感或抒怀，以道德讽喻为主。

科瓦略夫认为，各种不同性质的诗均为"杂咏"，包括故事、寓言、短嘲诗、狂诗、传说、哲理诗等（《古代罗马史》，页358）。

二、小叙事诗《斯基皮奥》

如上所述，恩尼乌斯接近希腊文化的崇拜者老斯基皮奥。为老斯基皮奥写诗自然就是情理之中的事情。除了一些对句格的铭辞，恩尼乌斯还写了一部短篇叙事诗《斯基皮奥》（*Scipio*）（参 LCL 294，页 394 以下；王焕生，《古罗马文学史》，页 59），歌颂老斯基皮奥在第二次布匿战争中的功绩。

该诗传下来的片段也很少，散见于西塞罗和马克罗比乌斯的

---

① 动词 expectēs 是第二人称单数现在时主动态虚拟语气，原形是 expectō，而 expectō 又通 exspectō（等待；期待），可译为"指望"。

作品中。和《杂咏》一样,《斯基皮奥》也采用各种不同的诗歌格律写成。

三、哲理教诲诗

失传的《埃皮卡尔摩斯》(*Epicharmvs*)是恩尼乌斯的一篇哲理教诲诗(参 LCL 294,页 410 以下;王焕生,《古罗马文学史》,页 59 及下)。埃皮卡尔摩斯(约公元前 540－前 450 年)是希腊谐剧家兼哲学家。埃皮卡尔摩斯在《论自然》(*De Natura*)中表达了唯物主义自然观。这种观念就是该诗表达的内容。此外,里面还有伊壁鸠鲁的观点:神是不干涉人的事情的(参科瓦略夫,《古代罗马史》,页 358)。

《欧赫墨罗斯》或《神圣的历史》(*Euchemerus sive Sacra Historia*,参 LCL 294,页 414 以下)是恩尼乌斯的另一部哲理著作。该诗传下不少的片段,主要是基督教教父拉克坦提乌斯为批判异教学说而作的称引。西西里的欧赫墨罗斯(公元前 4 世纪后期,活跃于约公元前 300 年)是希腊哲学家,其作品已经失传。从这些称引来看,恩尼乌斯认为,天神和各种神话人物实际上是以传说形式对杰出的凡人的神化或英雄化(参科瓦略夫,《古代罗马史》,页 358)。这些称引不仅为研究这个希腊哲学家提供了可信的材料,而且对于研究恩尼乌斯的文学活动具有重要的意义。原文为诗体,而称引为散文。这种变化"可能是源自他人对恩尼乌斯原作的转述"。不过,这种说法是存疑的。因为在教父时代,由于诗歌很容易牵涉神话,牵涉异教,基督教作家为了论战,尽可能避免采用诗歌体裁,多采用散文形式。这可能才是体裁发生变化的根本原因。也就是说,有可能是拉克坦提乌斯本人转述恩尼乌斯的原作。

此外,恩尼乌斯还写过《劝诫》或《人生法则》(*Protrepti-*

cum sive Praecepta，参 LCL 294，页 406 以下）、《生命与死亡之间的论争》等哲理作品。

科瓦略夫认为，恩尼乌斯成为古罗马文学史上哲学的理性主义和不信神的第一位代表人物（《古代罗马史》，页 358）。

四、《美食谈》

"昆·恩尼乌斯用诗体叙述过各种佳肴"。阿普列尤斯在《辩护词》中所说的诗作就是《美食谈》（*Hedyphagetica*，参 LCL 294，页 406 以下；王焕生，《古罗马文学史》，页 60）。这部作品的内容很特殊，是对公元前 4 世纪的希腊诗人阿尔克斯特拉托斯（Archestratus，西西里人）的叙事诗的戏拟。惟一传世的残段是阿普列尤斯称引的 12 行诗，叙述各种不同的鱼类。

除了上述的诗作，恩尼乌斯可能还写过两卷《论字母和音节》（*De Litteris Syllabisque*）和《论格律》（*De Metris*）。但是，苏维托尼乌斯依据卢·科塔（Lucius Cotta），认为这些作品的作者还著有几卷《论占卜》（*De Augurandi*），只是和恩尼乌斯同名而已（《文法家传》，章 1，参苏维托尼乌斯，《罗马十二帝王传》，张竹明等译，页 344）。

第二节　讽刺诗：卢基利乌斯

一、生平简介

卢基利乌斯全名盖·卢基利乌斯（C. Lucilius），出生于高贵的家族 Lucilii。这个家族又有 3 个分支：Hirri、Rufi 和 Balbi。诗人可能属于 Hirri。诗人的一个兄弟似乎曾是公元前 134 年的裁判官（Prätor）。卢基利乌斯本人或许是骑士阶层的一员。诗人生于罗马城以南、拉丁姆［Latium，拉丁语，古罗马的行政地区名；今拉齐奥（Lazio）；亦译：拉提乌姆］与坎佩尼亚边界的小城奥伦卡（Suessa Aurunca），属于拉丁人。

迄今为止，卢基利乌斯的准确生存年代还是一个悬而未决的问题。根据圣人哲罗姆的纪录，诗人生于公元前 148 或前 147 年，死于公元前 103 或前 102 年。在卢基利乌斯的研究中，死亡年代不容怀疑。王焕生也认为，诗人卒于公元前 102 年。由于卢基利乌斯为国家效力，获得高度评价，他的安葬费由国库支出。而出生年代是最有争议的。没有争议的是这个史实：公元前 134 年，卢基利乌斯骑着马，在小斯基皮奥（Scipio Aemilianus，全名 P. Cornelius Scipio Aemilianus）的领导下，参加了努曼提亚（Numantia）攻城战。假设圣哲罗姆关于卢基利乌斯出生年代的说法是真的，那么诗人参加这次战斗的时候似乎太小，只有 13 或 14 岁。显然，这种说法是站不住脚的。有人（如王焕生）认为，诗人生于公元前 180 年。不过，关于这种说法，也有一些异议。克里斯特斯（J. Christes）认为，诗人最可能出生于公元前 168 年。[①] 詹金斯认为，卢基利乌斯的生存时间为约公元前 168 至前 102 年（参《罗马的遗产》，页 265）。

王焕生认为，卢基利乌斯一直生活在罗马。而彼得斯曼认为，像当时在有教养的圈子里流行的一样，努曼提亚战役以前卢基利乌斯可能到希腊留学。诗人与小斯基皮奥建立常年的知心友谊，与小斯基皮奥的挚友莱利乌斯的关系也很亲密。在他们公务之余，诗人经常和他们见面，交谈。

----

① 参《古罗马文选》卷一，前揭，页 321，脚注 1；J. Christes（克里斯特斯）：*Lucilius*（卢基利乌斯），前揭书，页 57 以下；W. Krenkel（克伦克尔），*Lucilius Satiren Tl. 1*（《卢基利乌斯与讽刺诗》第一部分，拉丁文与德文对照），Leiden 1970，页 19 及下。

在占领努曼提亚（公元前 133 年）以后，卢基利乌斯跟随小斯基皮奥，从西班牙返回罗马城。公元前 131 年（参王焕生，《古罗马文学史》，页 93），在罗马，卢基利乌斯开始写讽刺诗。在放弃了政治职位或者当税务佃户有赢利的现金交易以后，卢基利乌斯只献身于诗歌创作事业。

从卢基利乌斯的讽刺诗里一些零散的注释推断得出，卢基利乌斯是一个很富有的人，因为他在意大利的好几个地区都有开阔的地产。卢基利乌斯似乎没有结婚，也没有孩子。一个侄子可能继承了卢基利乌斯的遗产。

二、作品评述

卢基利乌斯一生的作品就是《讽刺诗集》。2 世纪，这些讽刺诗都还存在，只是后来才失传。传世的只有一些片段，为后世作家（如西塞罗和拉克坦提乌斯）、讽刺诗评论家和文法家（如诺尼乌斯和斐斯图斯）的称引。根据诺尼乌斯等人称引时标注的序数，古代版本的《讽刺诗集》总共 30 卷，共计 24000 行左右。其中，流传至今的作品残段大约 1200 多（LCL 329）或 1400（彼得斯曼）个诗行。

在《讽刺诗集》里，最后的 5 卷书（卷二十六至三十）使早期的讽刺诗统一为一体。这表明，起初卢基利乌斯在形式上与恩尼乌斯的讽刺诗联系紧密。第二十六、二十七卷在格律上由扬抑格七音步（trochaeus septenarius）构成，接下来的第二十八、二十九卷还集中了抑扬格六音步（iambus senarius）[①] 和扬抑抑格六拍诗行（dactylus hexameter）。至于第三十卷，卢基利

[①]　抑扬格六音步（iambus senarius）的基本形式：短长　短长　短长　短长　短长　短长。有时也用两个短音节或 1 个长音节替代 1 个短音节：长长　长短短　长短短　长长　长长短，参《雅努斯——古典拉丁文言教程》，前揭，页 166。

乌斯最终决定采用六拍诗行（hexameter）。因此，这个格律也是前 21 卷的诗律。第二十二至二十五卷在这个集子里占有特殊的地位。这几卷书主要包括简短、哀伤的对句格（distichon）碑铭诗。这些碑铭诗没有任何一种讽刺意图。讽刺诗书卷提供的编排是否可以追溯到诗人本身，这还是一个问题。卢基利乌斯自己出版前 5 卷书，然后被附加为卢基利乌斯死后发表的版本的第二十六至三十卷，这不是不可能的（参《古罗马文选》卷一，前揭，页 322，脚注 2；克里斯特斯：卢基利乌斯，前揭书，页 72 及下）。

在题材多样性方面，卢基利乌斯远远超过他的后继者。因此，在卢基利乌斯的作品中，已经有了古罗马讽刺诗的所有典型题材，例如吝啬、挥霍、友谊、寄生性、节制、宴会排场、对婚姻与妻子的态度。然而，与后继者的打上了哲学烙印的消磨时光录讽刺诗不同，卢基利乌斯的作品中，对现实的偏爱似乎更加重要。因此，卢基利乌斯也不惜发表关于自己的观点。卢基利乌斯的坦率是赤裸裸的。譬如，卢基利乌斯谈论自己性欲方面的经验和问题。这使贺拉斯黯然失色。在卢基利乌斯的讽刺诗中，社会批判占有主导地位。在这方面，卢基利乌斯不害怕指名道姓地攻讦和嘲讽高官。其中，卢基利乌斯的特殊敌人有同时代的肃剧代表人物阿克基乌斯。由于肃剧脱离现实的夸张和充满激情而华而不实的语言，卢基利乌斯讨厌肃剧。因此，在文学批判性的论战中，卢基利乌斯猛烈抨击肃剧。彼得斯曼还指出了卢基利乌斯与长袍剧诗人阿弗拉尼乌斯的敌对（参《古罗马文选》卷一，前揭，页 187）。此外，或许与卢基利乌斯交好的小斯基皮奥的政治对手首先也都是卢基利乌斯的私敌。

在一些单卷中，多种多样的结构与构思交替出现。因此，好几首讽刺诗有时让类似的题材统一为一卷，更常见的是把不同的题材统一为一卷。除了这些书卷以外，似乎也有一些单卷，卷前只有唯一的题词，因此也只由唯一的讽刺诗构成。前 3 卷就是这种情况。① 其中，第一卷写一次神仙大会（参 LCL 329，页 2 以下）。在会上，诸神磋商在即将到来的毁灭之前如何拯救罗马城（卢基利乌斯，《讽刺诗集》卷一，残段 20-21）。办法只有一个：杀死对民族病态堕落负有主要责任的人卢普斯（L. Cornelius Lentulus Lupus）。卢普斯是公元前 156 年的执政官，公元前 131 至前 130 年的元老院院长。诸神计划在一次丰盛的宴会上让卢普斯死于美味的调味汁（iura）（卷一，残段 55）。这里使用了双关语，因为拉丁语 iura 的另一层含义是"法、法制"（参《古罗马文选》卷一，前揭，页 323，脚注 3 和 326 及下）。

同样，第二卷也只有唯一的讽刺诗（参 LCL 329，页 18 以下）。在这首讽刺诗中，伊壁鸠鲁主义者提·阿尔布西乌斯（T. Albucius）对廊下派的占卜官斯凯沃拉（Q. Mucius Scaevola）的诉讼被讽刺性地模仿。占卜官斯凯沃拉是莱利乌斯的一个女婿，或许本人与卢基利乌斯很熟；在占卜官斯凯沃拉履行亚细亚裁判官的职权（公元前 120 年）以后，公元前 119 年遭到提·阿尔布西乌斯的起诉，罪名是压榨。在诉讼中，占卜官斯凯沃拉讲出了他的对手憎恨他的真正原因：杰出的著名旗手蓬提乌斯（Pontius）和特里塔努斯（Tritanus）的同乡提·阿尔布西乌斯喜欢被称作希腊人，而不是罗马人或萨宾人；亚细亚裁判官斯凯沃拉（占卜官）在雅典按照希腊的方式——如提·阿尔布西乌斯所愿——同迎面走来的提·阿尔布西乌斯打招呼

---

① 至于讽刺诗书的内容，参克伦克尔，《卢基利乌斯与讽刺诗》第一部分，页 63 以下；克里斯特斯：卢基利乌斯，前揭书，页 78 以下。

"Chaire，Titus（万岁，提图斯）"，占卜官斯凯沃拉的仪仗队队员（Liktoren）和全体随从异口同声地重复了一遍（《讽刺诗集》卷二，残段89-95，参《古罗马文选》卷一，前揭，页327）。占卜官斯凯沃拉成功地驳倒了起诉的所有观点。诉讼以无罪释放告终。

> 阿尔布西乌斯，你发誓那是适合你的，
> 我们要像尊敬希腊人一样尊敬你；
> 你这时尚而高雅的人，
> 竟宣称放弃"罗马人"、"萨宾人"的名字！
> 你鄙视自己的家乡——
> 尽管它久负盛名，
> 出了像蓬提乌斯和特里塔努斯这样英勇无畏的舰长，
> 拿着罗马军旗冲锋陷阵的将领。
> 所以当我船泊雅典，
> 你前来问候时，尊敬的阁下，为迎合你的怪癖，
> 我就直接用希腊语向你问好"提图斯，万岁！"
> 于是乎，卫兵、副官、射手，
> 所有人全都跟着高喊"万岁"！
> 结果，阿尔布西乌斯恼怒不已，
> 我成了他深恶痛绝的仇敌（卢基利乌斯，《讽刺诗集》卷二，残段89-95；西塞罗，《论至善和至恶》卷一，章3，节7，石敏敏译）。①

---

① 略有修改：为了统稿，将波提乌斯改为蓬提乌斯，将武勒坦努斯改为特里塔努斯。参西塞罗，《论至善和至恶》，石敏敏译，北京：中国社会科学出版社，2005年，页7及下；LCL 329，页30及下。

　　这首诗反映了卢基利乌斯虽然像小斯基皮奥的圈内人士一样崇尚希腊文化，但反对过分，并强调遵循古罗马传统（参王焕生，《古罗马文学史》，页94及下）。

　　第三卷只由一首讽刺诗构成，描述诗人从罗马城到西西里岛的一次旅程（参 LCL 329，页30以下）。时间大约是公元前120至前116年。报道的对象是一个朋友。显然，这位朋友曾陪同过诗人，可能是小斯基皮奥。除了旅行路线（卷三，残段104-106），还描写了路程远和街道湿滑泥泞的状况（卷三，残段107）以及旅途的劳累（卷三，残段108-111）。在路上同伴有不同的经历：参与者成为一次角斗士（？）打斗的见证人。其中，有个角斗士由于牙齿前凸而被比作犀牛（卷三，残段117-118）。这种比喻让人想起阿特拉笑剧的面具，而打斗前的骂人话（卷三，残段119）让人想起即兴闹剧的谩骂。这个场景被贺拉斯在《布伦迪西乌姆游记》（*Iter Brundisinum*）（贺拉斯，《讽刺诗集》卷一，首5）中仿作（参《古罗马文选》卷一，前揭，页290和328）。在这次娱乐以后，继续游至普特利（Puteoli），[①] 由于韵律的原因被称作希腊名狄卡尔基亚（Dikarchia），由于商业城的重要性也叫"小德洛斯（Delos）"（卷三，残段124）。这伙人从那里乘船穿越卡普里（Capri）和索伦特（Sorrent）之间的那不勒斯（Neapel）海湾，经过弥涅尔瓦（Minerva）海角，前往萨莱诺（Salerno；卷三，残段126）。在4个小时以后，他们抵达塞勒河（Sele）入海口的阿尔布尔努斯（Alburnus）港口（卷三，残段127）。他们继续乘船航行，直到帕里努鲁斯（Palinurus）海角，抵达时已经午夜，客栈都关门了（卷三，残段128）。不过，

---

　　① 圣经里的译名为"部丢利"，参白云晓编著，《圣经地名词典》，北京：中央编译出版社，2004年。

一个年轻的叙利亚老板娘（卷三，残段 129）起床（卷三，残段
130），应他们的恳求生火做饭（卷三，残段 131）。当然，菜肴
很简单。高贵的城里人讲究美味，惦念往常的美食（卷三，残段
132-133）。肮脏餐具里的粗糙膳食（卷三，残段 134-135）引起
游客们的胃压痛感和胃灼热（卷三，残段 136）。在夜里，诗人
徒劳地等待与年轻女店主的爱情艳遇（卷三，残段 140-143）。
翌日，在早早起航（卷三，残段 144-145）以后路过利帕里（Li-
parische）群岛。诗人把晚上看见的斯特隆博利（Stromboli）岛
火山喷发比作炽热的铁屑火花雨（卷三，残段 146-147）和罗马
广场的节日灯火（卷三，残段 148）（参《古罗马文选》卷一，
前揭，页 328 以下）。

　　其余的书卷都包含好几首讽刺诗。第四至六卷至少由两首、
甚或 4 首讽刺诗组成，其中刻画了贵族的各种恶习，例如吝啬
（卷六，残段 246-249）或者财富，以及与朴素的乡村生活对立
的奢华等。第五卷的一首诗是写给朋友的信。在信里，诗人谴责
收信人不关心患病的诗人，骂朋友"幼稚"和"愚蠢"（卷五，
残段 182-189）（参 LCL 329，页 48 以下；《古罗马文选》卷一，
前揭，页 334 及下）。

　　第七、八卷有可能分别只由 1 首讽刺诗组成（参 LCL 329，
页 90 以下）。这两卷书的题材绝对一致：色情。譬如，第七卷
的主题就是所谓的"爱情"。诗人与一个朋友谈论玩妓女还是玩
已婚妇女更好。诗人首先讲玩妓女的种种好处。譬如，妓女的身
体保养好（卷七，残段 266-267）。然后，诗人讲玩有夫之妇的
弊端。与玩妓女相比，玩有夫之妇总是蒙上遭到她的丈夫报复的
威胁阴影。戴绿帽的丈夫会因为奸夫淫妇的违法行为感到生气，
要报复：阉割他自己，以此"捉弄"红杏出墙的老婆（卷七，
残段 283-285）。谈话对方对此反驳，戴绿帽的丈夫应当采取另

一种报复方式：宁可痛打堕落的慕男狂女人，也不要阉割自己（卷七，残段 287-288）（参《古罗马文选》卷一，前揭，页 335 及下）。

第九卷中，各种各样对罗马的印象都描述在一首诗里。另一首诗描写语言与文学批判的一些问题。这些问题在第十卷中也有类似的描述（参 LCL 329，页 106 以下）。

第十一卷似乎又只包括 1 首讽刺诗，是献给小斯基皮奥。诗中讲述了他们的友谊，颂扬在一起远征西班牙之际这位朋友所采取的有力措施：小斯基皮奥成功地重建以前罗马军队的纪律，不仅获得了战胜努曼提亚的胜利，而且还赢得了敌人的尊重。当然，依据诗人的见解，在罗马有几个妒忌者卑鄙地对这位杰出的人士搞阴谋，甚至向法院提起控诉，例如公元前 140 年的保民官阿塞卢斯（T. Claudius Asellus；卷十一，残段 412-413）。另一个政治骗子是公元前 144 年执政官卢·奥勒留·科塔（L. Aurelius Cotta）。卢·奥勒留·科塔在争取西班牙的指挥权时输给了小斯基皮奥，因而心生怨恨。在撰写这首讽刺诗（公元前 115 或前 114 年左右）时，卢·奥勒留·科塔已经死亡，但是同名的儿子是公元前 119 年执政官，是个全市的名人（卷十一，残段 415-417）（参 LCL 329，页 134 以下；《古罗马文选》卷一，前揭，页 336 及下）。总之，在讽刺诗中，诗人讲述亲身体验和经历，顺便猛烈攻击小斯基皮奥的政敌。

亲身体验或许也构成了第十二卷的内容，别无关联（参 LCL 329，页 144 以下）。

在第十三卷中，一首诗探讨战争的荣誉，另一首诗探讨克制的艺术。虚荣、妒忌和战争是第十四卷的题材（参 LCL 329，页 146 以下）。

在第十五卷里诗人取笑神话中的各种怪兽（卷十五，残段

482－485）和一般地取笑人们的迷信（卷十五，残段490－495）。神话和文学虚构是第十七卷的主要题材。其中，神话的女主角也许并不总是美的化身（卷十七，残段541－547）（参《古罗马文选》卷一，前揭，页337－339），而第十六卷的题材几乎不能重述。后者也适用于第十八卷（参LCL 329，页162以下）。

而第十九卷中，可以看出连贯的题材，让人想起贺拉斯的第一首讽刺诗的题材（卷一，首1，行28－40）：人努力工作的唯一目的就是在老年享受积攒的财富。如果神让人选择无忧无虑、但是没有钱的第二次生命和短暂的、但是有幸获得物质财富的唯一一次生命，那么大家可能会愚蠢地选择后者（参LCL 329，页182以下）。

第二十卷描写了拍卖商格拉尼乌斯（Granius）家里的一次盛宴。在宴会上，把王袍用来擦桌子。这件事和在餐桌上谈话的客人们——有人将要生气地争吵，另一个人却夸赞这个拍卖商违背《卡尔普尔尼乌斯·皮索（Calpurnius Piso）法》（参LCL 329，页186以下）——让人想起佩特罗尼乌斯的《三乐宴客》（*Gastmahl des Trimalchio*）。

在这首讽刺诗中，廊下派智者莱利乌斯发出感叹：

> 噢，伽罗尼乌斯（Publius Gallonius），贪婪的无底深渊，说真的，你是个可怜的魔鬼，你一生中从未吃好过，不，从来没有，一次也没有，尽管你买一尾鱼、一只龙虾或一条巨鲟（acipenser）就要花去一大笔钱（石敏敏译）。[①]

---

① 译文及其注释可能有误：诗人卢基利乌斯讽刺的拍卖商是格拉尼乌斯（Granius），而不是伽罗尼乌斯（Publius Gallonius）；这首诗出自卢基利乌斯《讽刺诗集》的第二十卷，而不是出自第二卷（2.2.46.）。参《古罗马文选》卷一，前揭，页325；西塞罗，《论至善和至恶》，页49。

言下之意是说，"吃得快乐"并不等于"吃得好"，因为"好"暗示"正当、可敬、高贵"，而这个拍卖商的饮食是"错误的、可耻的、低级的"。"快乐"不等于"好（善）"，这是西塞罗称引这首讽刺诗的用意（《论至善和至恶》卷二，章8）。

第二十一卷压根儿就没有流传下来。第二十二至二十五卷是墓志铭诗集，流传至今的只有寥寥无几的残篇。其中，另类的典型讽刺短诗是卢基利乌斯的奴隶墨特罗法内斯（Metrophanes）的墓志铭（卷二十二，残段581-582）（参 LCL 329，页194以下）。

对于最早的第二十六至三十卷而言，这些书卷把各种各样的格律诗统一在一起，在卢基利乌斯研究中重述的尝试存在分歧。在这里探讨重述可能太过分了。但是，这些书卷与其他书卷的题材基本相同。在卢基利乌斯最早创作的5卷讽刺诗中，原来的第一卷是现在的第二十六卷，采用扬抑格七音步（trochaeus septēnārius）。第二十六卷包含5或6首讽刺诗。在所谓的"婚姻讽刺诗"（卷二十六，残段638以下）中，诗人在与一个熟人的对话中抱怨他那个时代妇女和家庭的挥霍癖和道德堕落（卷二十六，残段639-642）。出于这个原因，诗人支持不结婚。这些讽刺诗猛烈地抨击公元前131年昆·墨特卢斯（Q. Caecilius Metellus）提出的反对不生育孩子的法案（参《古罗马文选》卷一，前揭，页187和339以下）。在罗马作为讽刺诗人过艰辛的生活还是到亚细亚过税务官的奢华生活，二者的选择是另一首讽刺诗的主题。卢基利乌斯决定，不做交换，而做自己（卷二十六，残段656-657）（参 LCL 329，页200以下）。

像第二十八卷一样，第二十九卷的格律多样化。依据主题和诗律，学界一致同意分成5种不同的讽刺诗：抑扬格六音步（iambus sēnārius）讽刺诗的主题是友谊；扬抑格七音步（trochaeus septēnārius）讽刺诗的主题是批评肃剧和谐剧的文学论战；扬抑抑格六拍诗行（dactylus hexameter）讽刺诗的主题是正确选择爱人；抑扬格六音步（iambus sēnārius）讽刺诗的主题是包围一栋房子；扬抑格七音步（trochaeus septēnārius）讽刺诗的主题是贪婪和别的缺点。其中，一首扬抑格七音步（trochaeus septēnārius）讽刺诗似乎特别专注于文学批判，尤其嘲笑肃剧。在残段842－844，卢基利乌斯嘲笑肃剧诗人帕库维乌斯：残段842影射帕库维乌斯《克律塞斯》（*Chryses*）的前言；残段843是影射出自同一部肃剧的开场词；在残段844诗人谈及帕库维乌斯的另一篇开场词。此外，这个讽刺诗人还嘲笑恩尼乌斯的《提埃斯特斯》，因为恩尼乌斯在他死前不久撰写的肃剧《提埃斯特斯》中似乎很接近于帕库维乌斯过分修饰的文笔。卢基利乌斯也许字面上引用或者至少模仿恩尼乌斯的诗作（卷二十九，残段845－849）（参 LCL 329，页256以下；《古罗马文选》卷一，前揭，页341－343）。

　　文学论战是采用六拍诗行（hexameter）的第三十卷中一首讽刺诗的内容。尖锐和辛辣的嘲讽与攻击是针对诗人的两个同时代人的：一个肃剧诗人和一个谐剧诗人，可能是阿克基乌斯和阿弗拉尼乌斯（参 LCL 329，页324以下）。

　　肃剧家阿克基乌斯站在职业诗人委员会所在的卡墨娜神庙前面（卷三十，残段1068），或许他认为自己的身份是那个时代的主流文学批评家，所有人都得屈从于他的评价。与此有关的可能是残段1069－1071。卢基利乌斯并不尊重被阿克基乌斯用他的文学批评扼杀所有人的诗歌委员会（collegium poetarum）。通过插入寓言狮子与狐狸，使得形象生动：令人讨厌的病狮子——比喻阿克基乌斯！——在洞穴里暗中守候牺牲品，而一只狡猾的狐狸不进洞（卷三十，残段1074－1083）。尽管没有阿克基乌斯的推荐，卢基利乌斯的诗还是受到大家的赞扬（卷三十，残段 1084），而阿克基乌斯的诗却不受重视，屈居幕后（卷三十，残段 1085）（参《古罗马文选》卷一，前揭，页 249 以下）。

种种迹象表明，卢基利乌斯抨击的谐剧诗人是长袍剧诗人阿弗拉尼乌斯（卷三十，残段 1086-1087）。卢基利乌斯把同舞台剧作家阿弗拉尼乌斯的论争说成是阿弗拉尼乌斯在其开场词中散布的争论。这位讽刺诗人在他的书卷中做了回应：残段 1088-1091 肯定让人联想是在谈论阿弗拉尼乌斯；残段 1092-1097 是卢基利乌斯的反驳；从残段 1098-1101 起，阿弗拉尼乌斯又对这位讽刺诗人干预他的私生活感到生气。残段 1102-1107 又含有卢基利乌斯对谐剧诗人堕落生活和剧作中"垃圾"的攻击（背后议论阿弗拉尼乌斯搞童奸，阿弗拉尼乌斯或许也把童奸引入长袍剧中）（参《古罗马文选》卷一，前揭，页 189 和 343 以下）。

在残段 1252-1258，诗人描写讲台上忙碌景象。在讲台上，特别是在选举前，人们大搞阴谋，每个人都想挤掉别人。以"但是现在"的开篇显示，其对比的背景是对美好古代的赞颂（参《古罗马文选》卷一，前揭，页 350）。

最长的卢基利乌斯讽刺诗残段是残段 1342-1354：具有充满演说术的结构，但是避免了模仿希腊语的表现形式，重述了廊下派哲学家帕奈提奥斯（Panaitios，公元前 185-前 110 年）的学说。在最后几行诗里，美德与虔诚同一。值得注意的是，在这个关于美德的残段中，诸神不起任何作用（参《古罗马文选》卷一，前揭，页 351 及下）。

像在内容方面一样，卢基利乌斯尝试在语言和措词上也给出生活的插图。卢基利乌斯自称为"闲谈（Sermones）"的讽刺诗运用谐剧的交际语言。卢基利乌斯首先与普劳图斯的充满表现力的表达方式联系紧密。卢基利乌斯文笔的主要特征是直接与确切。如果内容需要，卢基利乌斯可以从粗俗行话（频繁使用的古希腊语外来词反映了那个时代的日常生活语言的习惯）的深度转到叙事诗与肃剧措词的高度。当然，后者有讽刺性模仿的意图。卢基利乌斯运用的形式似乎还受到恩尼乌斯的讽刺诗的约束。或许因为这个缘故，修辞学家和演说家弗隆托认为卢基利乌斯"优美（gracilis）"①（《致维鲁斯》卷一，封 1，节 2，参 LCL 113，页 48 及下）。除了形式，如寓言、格言、书信和轶事，还有符合卢基利乌斯论战意图的元素。除了已经提及的讽刺性模仿，还有用讽刺体裁改写的文学作品和笑话，特别是采用文字游戏（双关）的形式和拿名字开玩笑（参《古罗马文选》卷一，前揭，页 325 及下）。总之，卢基利乌斯"以犀利的批判精神和玩世不恭的幽默"狠狠地鞭挞丑恶的行径（参格兰特，《罗马史》，页 130）。

卢基利乌斯的贡献不仅在于讽刺，而且还在于界定了两个文学概念：poesis 和 poema。卢基利乌斯认为，poema 是诗歌的一小部分，或指不长的诗歌作品，例如诗体书札，而 poesis 则是完整的长篇诗歌作品，如荷马的《伊利亚特》和恩尼乌斯《编年纪》。poesis 有统一的主题，构成统一的作品，篇幅远比 poema 要大。因此，批评荷马时，不能连续不断地批评整部作品，而只能批评其中的一个词、诗行或段落。需要指出的是，卢基利乌斯与现代文学的界定是不同的。在现代文学中，poesis 是文学体裁"诗歌"，而 poema 指长篇诗歌，特别是叙事诗（参王焕生，《古罗马文学史》，页 96）。

---

① 古拉丁语 gracilis 意为"优美、雅致"。

三、历史地位与影响

卢基利乌斯自称，他不像其他人写作取悦于普通观众，而是
希望让那些人满意。让哪些人满意？由于文字的缺失，无从知
晓。西塞罗对卢基利乌斯的评价无疑是最好的注释：

> ……卢基利乌斯（原译盖尤斯·卢基利乌斯），一个学
> 识渊博、智慧非常机敏的人经常说，他不希望毫无学识的人
> 阅读他的作品，也不希望学识丰富的人阅读他的作品，因为
> 前者什么也不会理解，而后者可能比他自己理解的还要多
> （《论演说家》卷二，章6，节25，见西塞罗，《论演说家》，
> 页219）。

西塞罗认为，不仅卢基利乌斯"富有学识和教养"（《论演
说家》卷一，章16，节72，见西塞罗，《论演说家》，页55），
而且卢基利乌斯的诗歌很优美，卢基利乌斯的讽刺"优美而辛
辣"（《论至善和至恶》卷一，章9）。唯一的不足就是卢基利乌
斯的拉丁语不好（《致阿提库斯》卷七，封5，节10，参王焕
生，《古罗马文艺批评史纲》，页134及下）。

卢基利乌斯对后世产生了巨大的影响。卢基利乌斯还挑起直
到尤文纳尔的各代讽刺诗人不仅竭力效仿他，而且首先与他争
论，从而实现自己的创造性。

贺拉斯指出，卢基利乌斯作诗时以公元前5世纪3大旧谐剧
诗人阿里斯托芬、克拉提诺斯（Cratinus 或 Κρᾰτῖνος，公元前
519-前422年）和欧波洛斯（Eubulus 或 Euboulos，约公元前
405-前335年）为典范，除了变换韵律，仍然愉快、敏锐和粗
犷，因而其诗歌的讽刺对象的广泛性可以与他们的自由嘲讽相媲

美。不过，卢基利乌斯的诗有个不足之处，那就是"常常显得冗长，淌出的诗浊流"，有些东西可以删去（贺拉斯，《讽刺诗集》卷三，首4，行11，参王焕生，《古罗马文学史》，页97）。

尽管卢基利乌斯受到贺拉斯轻视，但是在贺拉斯时代仍然有钦佩者。这些钦佩者对卢基利乌斯比对所有的其他诗人都好（参《古罗马文选》卷一，前揭，页326）。

修辞学家昆体良认为，卢基利乌斯是第一位杰出的讽刺诗人，他的诗里包含着"惊人的学识和自由，由此而产生了他的讥讽和巨大的尖刻"（《雄辩术原理》卷十，章1，节94，参LCL 127，页302及下；王焕生，《古罗马文艺批评史纲》，页219），并毅然断定（《雄辩术原理》卷十，章1，节93），1世纪，尤文纳尔给予卢基利乌斯的是肯定：卢基利乌斯犹如抽出的佩剑，燃烧的激情，放声的怒吼，令听众羞愧，为自己的罪过惶恐不安，为自己的罪恶大汗淋漓（尤文纳尔，《讽刺诗集》卷一，行165-167，参王焕生，《古罗马文学史》，页97）。

第三节　墨尼波斯杂咏：瓦罗

一、生平简介

公元前 116 年，瓦罗［Marcus Terentius Varo（Reatinus）］生于萨比尼地区的雷阿特（Reate）。[①] 瓦罗家里拥有多处庄园，所以蒙森把瓦罗划入地主阶级。[②] 瓦罗的童年处在后格拉古时代，与卢基利乌斯（公元前 180-前 103 或前 102 年）的暮年重

[①] 姓名后面的雷阿提努斯（Reatinus）表示瓦罗是雷阿特人。见 Thomas Rankin（兰金）：*Marcus Terentius Varro*（瓦罗），参 *Literary Reference Center*，2007-4-12。

[②] 蒙森，《罗马史》，李斯等译，长春：时代文艺出版社，2006 年，页212。

合。青年时期，瓦罗在罗马聆听一些著名的学者（如斯提洛）演讲。后来，瓦罗去希腊，结识了西塞罗及其好友阿提库斯，[①]与后者结成了终身的亲密友谊。在雅典学习期间，瓦罗听过学园派哲学家安提奥科的演讲，受到了折衷主义哲学的影响。

返回罗马以后，瓦罗从军和从政。公元前76年，瓦罗效力于庞培，在西班牙平息昆·塞尔托里乌斯的叛乱，并且成为那里的资深财政官。后来，瓦罗又当共和国的护民官、首席市政官和副执政（或法庭最高官员，参《雅努斯——古典拉丁文言教程》，前揭，页281）。公元前67年，在同西里西亚的海盗战争中，瓦罗是庞培的海军司令官。公元前66至前63年，瓦罗参与了庞培同米特拉达特斯的作战（阿庇安，《罗马史》卷十二，章14，节95）。公元前59年瓦罗写作政论性的小册子《三头怪物》[*Marcus Terentius Varro*（瓦罗），参 *Encyclopædia Britannica online*，2007-4-12]，表示不赞成公元前60年结成的"前三头"（庞培、恺撒和克拉苏）联盟。在内战中，瓦罗站在了元老院贵族派（optimates）一边，与平民派（populares）的恺撒作战。恺撒在公元前48年取得内战的胜利，在公元前46年赦免瓦罗并且委托他负责筹办和配置可能是收藏拉丁文和希腊文著作最丰富的公共图书馆（苏维托尼乌斯，《罗马十二帝王传》卷一，章44）。由于瓦罗曾经批判"前三头"，公元前43年结成的"后三头"之一安东尼宣布瓦罗为公敌，剥夺瓦罗的公民权。虽然瓦罗侥幸从罗马附近的家里逃亡，但是家产遭没收，私人图书馆里的几千部其他作家的作品和73岁前自己写的几百卷书散失（兰金：瓦罗，参 *Literary Reference Center*，2007-4-12）。

---

① 阿提库斯（Atticus）是外号，因为长期定居阿提卡半岛的雅典而得名，原名提图斯·庞波尼乌斯（Titus Pomponius）。参罗森，《西塞罗传》，页27。

　　后来，在以执政官卡列努斯为首的朋友们的帮助下，瓦罗才得到屋大维（"后三头"之一）的谅解。之后，瓦罗潜心研究和写作。公元前 38 年，波利奥（Gaius Asinius Pollio；公元前 76 - 公元 5 年）建立图书馆时，瓦罗的雕像位列作家雕像群之中。公元前 27 年，瓦罗"年迈而死"。① 有意思的是，就在这个共和国的遗老死亡的那一年，屋大维获得"奥古斯都"的称号，建立古罗马第一帝国（Prinzipat；最高权力）。

　　瓦罗 90 岁的一生处于古罗马历史上变革最大的时代。当时，古罗马的奴隶制经济得到巨大发展，小农经济遭遇毁灭性的打击，直接导致社会矛盾日益突出：阶级矛盾不断激化，民主运动高涨，内战此起彼伏，旧的共和制趋于解体，新的君主制尚未建立。在这种情况下，古罗马人的传统几乎荡然无存，世风日下，整个社会乌烟瘴气。作为有教养的罗马人，瓦罗开始研究古代，关注哲学和诗歌，创作了《伪肃剧》6 卷、《诗集》10 卷、《杂咏》4 卷、《物性论》和《墨尼波斯杂咏》（Satura Menippea）150 卷（参王焕生，《古罗马文学史》，页 154）。另外，瓦罗翻译的阿波罗尼俄斯的长篇叙事诗《阿尔戈英雄纪》（Argonautica）叙述阿尔戈船远航，"吟咏伊阿宋（Easun）"，② 写过叙事诗《高卢战争》（参《罗念生全集》卷八，前揭，页 287），也写过爱情诗，琉卡狄娅（Leucadia）是诗中的主人公（普罗佩提乌斯，《哀歌集》卷二，首 34，行 86）（参普罗佩提乌斯，《哀歌

---

　　① 阿尔布雷希特主编，《古罗马文选》卷二（Die Römische Literatur in Text und Darstellung, 5 Bde. Herausgeber：Michael von Albrecht. Band II：Republikanische Zeit II：Prosa. Herausgegeben von Anton D. Leeman. Stuttgart 1985），页 424。

　　② 普罗佩提乌斯，《哀歌集》（拉丁语与汉语对照全译本；应译《诉歌集》），王焕生译，上海：华东师范大学出版社，2005 年，卷二，首 34，行 85，页 224，以及注释 227，页 236。

集》，页 225，注释 227，以及页 236）。不过，这些作品都失传了，只留下零星的残段，其中《墨尼波斯杂咏》（大约公元前 81－前 67 年；兰金：瓦罗，参 *Literary Reference Center*，2007－4－12）最独特。瓦罗的《墨尼波斯杂咏》（*Saturae Menippeae*）总共 150 卷（参科瓦略夫，《古代罗马史》，页 607）或 110 卷，其中，流传至今的有 600 个残段。①

二、作品评述

（一）《墨尼波斯杂咏》解题

Sătŭră 源自厨师语言，指一种混合食物。后来，这个词用于其他领域，特别是文学领域，例如标志着古罗马戏剧萌芽的"杂戏"，又如奈维乌斯、恩尼乌斯、帕库维乌斯和卢基利乌斯的讽刺作品（参王焕生，《古罗马文学史》，页 90 及下）。不过，他们的讽刺作品虽然具有混合的内容，但是都是采用诗体。而瓦罗的《墨尼波斯杂咏》（*Satura Menippea*）则是散文式讽刺诗，讽刺中带有幽默。这种独创归功于伽达拉的墨尼波斯，公元前 3 世纪上叶古希腊著名的犬儒哲学家。墨尼波斯不仅把幽默和哲学沉思有机地融合在一起，因而以半严肃半诙谐著称，而且还把散文与诗歌混合起来。墨尼波斯的作品大多像短长格的诗（iambus）［James A. Arieti：*Menippus of Gadara*（伽达拉的墨尼波斯），参 *Literary Reference Center*，2007－4－12］，内容包括对人和事的批判。喜欢考古的旧书商瓦罗之所以模仿墨尼波斯的写作方式，还因为瓦罗对墨尼波斯推崇备至（残段 517）：

---

① 克里（Thomas F. Curley III）：如何阅读《哲学的安慰》，邱立波译。参刘小枫选编，《古典诗文绎读·西学卷·古代编》（下），北京：华夏出版社，2008 年，页 336。

残段 517

第欧根尼①有文化，足够家用；但是墨尼波斯（有文化，除家用外），还足以为受到极好教育的人开讲座（译自《古罗马文选》卷一，前揭，页 362）。

不过，古罗马的爱国者瓦罗模仿墨尼波斯，不是尽可能广泛地普及哲学知识，而是使人们在轻松的阅读之中理解哲学知识，并且用过去的榜样影响现在，从而实现教育国民、重建社会道德的目的。

（二）标题花样多

当时的文集《墨尼波斯杂咏》（*Satura Menippea*）包括 150卷书。其中，流传至今的总共约 100 个标题和长短不一的 600 个残段。学界一般假设，1 卷书分别由 1 首讽刺诗构成。不过，这个结论不是必然。讽刺诗的标题打上了丰富多彩的烙印。标题既有希腊语的，也有拉丁语的。根据革利乌斯的证词，一首特别好的讽刺诗标题为《你不知道，深夜带来什么？》（*Nescīs, quid vesper sērus vehat*?）。在插入原文引言的情况下，革利乌斯做出的复述表明，在这首讽刺诗里描述了一次菜肴丰盛、宾客众多的宴会以及客人们在就餐时打发时间的谈话（参《古罗马文选》卷一，前揭，页 353）。

（三）内容驳杂

像标题一样，这些讽刺诗里论述的题材也是丰富多彩。有些

---

① 第欧根尼·拉尔修（希腊语 Διογένης Λαέρτιος，拉丁语 Diogenes Laertius，约公元前 404－前 323 年），犬儒哲学家，代表作是《名哲言行录》（φιλοσόφων βίων καὶ δογμάτων συναγωγή 或 *Vitae Philosophorum*）。参第欧根尼·拉尔修，《名哲言行录》卷六，章 2，古希腊文与中文对照，徐开来、溥林译，桂林：广西师范大学出版社，2010 年，页 525-579。

讽刺诗全部都在写过去与现在的对立，例如《花甲男人》（*Sexa-gesis*，见残段 485－505）。在《花甲男人》中，诗人似乎引入了七睡仙节（6 月 27 日）的童话主题。一个 10 岁男孩因为患有嗜眠症而沉睡过去（残段 485）。50 年以后，这个沉睡的男孩才醒来（残段 491），发现自己（残段 490）和社会（残段 488）都变得非常糟糕。

残段 485［短长格六音步（senārius）］

ō stŭltā nŏstrī pĕctŏrīs[①] dŏrmītĭō

vĭgĭlabīlis,[②] quăe mē pŭĕllŭm ĭmpūbĕrēm

cēpistī.

噢，使人头晕的嗜眠症缠上我那平时可

清醒的各个器官，把幼童时的我

侵袭（引、译自《古罗马文选》卷一，前揭，页

354）。

残段 491

返回罗马，我遇不到 50 年前我沉睡时留下的任何痕迹（译自《古罗马文选》卷一，前揭，页 355）。

残段 490

这时他才上上下下打量自己，发现沉睡时他还像苏格拉底的秃头一样光头，现在变成了一个大鼻子、白发苍苍的刺儿头（译自《古罗马文选》卷一，前揭，页 355）。

---

① 拉丁语 pĕctŭs，胸、胸部、胸怀；乳、母乳。

② 形容词 vĭgĭlabīlis（清醒，警醒），动词原形是 vigilō（醒来）。

残段 488 （对句格诉歌）

ěrgō tŭm Rōmǎe pǎrcē pūrēquě pǔděntĭs

vīxēre, ēn patriam, nunc sumus in rutuba

那时罗马人节俭、正派和知廉耻；

现在看看祖国：我们生活在乌烟瘴气中 （引、译自
《古罗马文选》卷一，前揭，页 355）。

　　社会变得"乌烟瘴气"，这给诗人提供了道德说教的机会，
其方式是犬儒学派的消磨时光录，即在玩笑、常常是毫不掩饰的
诙谐中道出真理，以便发人深省（参《古罗马文选》卷一，前
揭，页 315）。毕竟道德教育是瓦罗的时代批评趋向的典型特征。
在时代批评的强烈程度方面，瓦罗介乎墨尼波斯与卢基利乌斯之
间：墨尼波斯虽然进行幽默性的讽刺，但是用意在于尽可能广泛
地普及哲学 [*Menippus of Gadara* （伽达拉的墨尼波斯），参
Encyclopædia Britannica online，2007-4-13]，因而时代批评的性
质不强；卢基利乌斯为他自称的"闲谈"赋予了尖锐的抨击和
嘲讽性质（参王焕生，《古罗马文学史》，页 93）。不过与此同
时，瓦罗还很幽默，以至于瓦罗同他自己和他的讽刺对象都保持
一定距离，并且取笑他自己提出的证据（残段 494）：

残段 494

　　话音未落，同伙们按照他刚才还在吹嘘的先辈习俗，抓
住他并且把他从桥上扔进第伯河（译自《古罗马文选》卷
一，前揭，页 356）。

　　把人推下第伯河，这个恶作剧方法源于好几个古代作家都提
及的祖辈习俗：把花甲老人从桥上推下河（sexagenarios de pon-

te)。结合上下文，残段 494 中这个"吹嘘"先辈习俗的人显然指的是那个沉睡 50 年后苏醒过来的花甲男子，他成了自己吹嘘的先辈习俗的牺牲品。瓦罗讲述这个有趣的变故，既取笑了那个花甲男子，似乎又带有作者自嘲的意味，因为瓦罗本人肯定也是先辈习俗的吹嘘者，和那个花甲男子一样（残段 63 与 5）。

残段 63

我们的祖父祖辈——尽管他们的话语散发出大蒜和洋葱的味道——仍然是了不起的人（译自《古罗马文选》卷一，前揭，页 358）。

残段 5

但是，既不是老马比小马好，也不是美德（只）是白发老人的女伴（译自《古罗马文选》卷一，前揭，页 358）。

瓦罗"吹嘘"老一代有美德，这是有深刻的社会背景的："道德与家庭生活被社会各阶层视为过时之物"（参蒙森，《罗马史》，页 215）。因此，瓦罗为老一代进行辩护，无非就是谴责年轻一代没有美德。

父权自然也是瓦罗吹嘘的传统之一。在原来的社会体制中，家庭中父亲具有最高的权力。父亲不仅对家庭成员有最严厉的管理之权，而且有司法之权，可以惩罚他们，在必要时可以取其生命或肢体。成年的儿子可以另立家室，但是儿子所有的一切都归他的父亲所有。罗马人的父权终生不能解除，不能因年老而解除，不能因疯狂而解除，甚至亦不能因其自己之自由意志而解除（参蒙森，《罗马史》，页 9）。可是现在世道完全改变：不仅父权完全丧失，而且儿子还要反过来剥夺父亲的生命权（残段496）。

残段496

（以前埃涅阿斯还行孝道）但现在：哪个 10 岁男孩不只是把他的父亲背走，而竟然把父亲彻底干掉——也就是用毒药（译自《古罗马文选》卷一，前揭，页356)?!

残段496不仅反映父权的沦丧，而且还折射出孝道的沦丧。依据罗马神话传说，罗马人的祖先埃涅阿斯很孝敬父亲，带着父亲逃离沦陷的、火光冲天的特洛伊城。而现在的罗马人却不行孝道，甚至大逆不道，用毒药害死父亲。

在瓦罗所处的时代，沦丧的不仅仅是父权，还有夫权。依据祖辈习俗，古罗马女人完全隶属于男人：或遵从父亲，或遵从丈夫，或遵从近亲男子。更惨的是，不贞节的女人将被处死。可是在瓦罗生活的时代，妇女们走入社会（残段222），取得经济独立。从男权之下解放出来以后，她们也玩起了各种各样的爱情把戏。舞娘为求目的不择手段，第一等家庭的私通事件司空见惯。

公元前61年妇女节，普布利阿斯·克罗底阿斯在祭司长家里搞出的古今罕有丑事，若在50年前早就难逃死罪，但在这时却连调查都不曾，更无需说惩罚了（见蒙森，《罗马史》，页215）。

这件丑事发生的时间虽然比瓦罗写作《墨尼波斯杂咏》（*Satura Menippea*）的时间稍晚，但是和4月的水榭节一样，可以反映出那个时代的淫乐程度。此外，妇女们不仅走入社会，还要在政坛角逐，身边有个小白脸也不足为奇。这一切都是"花甲老人"和瓦罗不可理喻的（残段495）。

> 残段495
> 女性居民的代名词：不信神、不讲信义和不知羞耻（译自《古罗马文选》卷一，前揭，页356）。

除了父权与夫权，瓦罗还批判婚姻和家庭，例如"婚姻讽刺诗"，批判的依据就是《马艾尼亚法》（*Lex Maenia*）的题词："不结婚（并且没有小孩）"的人损害了祖国（参《古罗马文选》卷一，前揭，页354）。而当时，情况是这样的：

> 独生和无子女变成稀松平常之事，尤以上层阶级为然。这些人老早就把婚姻视为负担，只为公义才扛在肩上；而伽图（即加图）及其追随者则更主张富有者当保持财富集中，因之不能多生子女（见蒙森，《罗马史》，页216）。

瓦罗不仅批判家庭的道德败坏，而且还批判社会丑恶现象，例如讽刺官场的腐败（残段497-499）。在瓦罗所处的时代，神圣的表决权成为可以交易的商品，成为表决权持有者发财的工具，民主表决的地方变成了行贿受贿的场所。

> 残段497
> 在当时他们举行公民大会的地方，现在买卖表决权（译自《古罗马文选》卷一，前揭，页356）。

> 残段498

他们不做法律规定的事情："行贿受贿！"——如今这才适用（译自《古罗马文选》卷一，前揭，页356）。

残段499

贪婪的法官把被告当作一座赫尔墨斯发现的金矿（译自《古罗马文选》卷一，前揭，页357）。

法官贪婪只是官场腐败的缩影。蒙森对当时罗马人的剖析最为精当：

为了钱，政治家可以卖国，公民可以卖身，官职与法官的表决权都可以用钱购得，而高贵的女人也可以像妓女一样为钱献身。

诚实被忘得如此干净，以致拒绝贿赂不被当作正直，却被当作是有意跟行贿者为难（见蒙森，《罗马史》，页215）。

罗马人以道德沦丧为代价，把赚取的不义钱财用于享乐之中。奢侈成为时髦。"极为奢侈的莫过于最为粗俗之处——餐桌"，"没有任何自然学家搜寻海陆的新物种像当时那些吃家们那般热心的"（参蒙森，《罗马史》，页214）。

残段501

参加婚礼的客人们见到了卢克里恩湖里的一只（雌性）牡蛎（译自《古罗马文选》卷一，前揭，页357）。

显然，残段501中的牡蛎属于食客们的新宠。而这种牡蛎的产地并不是罗马，而是坎佩里亚临近波佐利海湾的卢克里恩湖。在婚礼这样的一般宴席上都要吃异地的山珍海味，足以表明当时罗马人的奢侈风气之盛（参蒙森，《罗马史》，页 214）。

阶级对立也是瓦罗的题材。如前所述，瓦罗出身地主家庭，当过一些高官，带有贵族思想，所以瓦罗不仅轻视商人（残段 222）和奴隶（残段 504），而且还讽刺破落户（残段 404）。

残段 504

作为年轻的奴隶在节日里还为我们端上绿色鹰嘴豆，他们挑衅我们，同时他们也胆敢向我们要求律师——就我们而言，我们还应当惧怕传他们上法庭吗（译自《古罗马文选》卷一，前揭，页 357）？

残段 404

只要你把花在让你的奴隶面包师制作好面包的力气的十二分之一献给哲学，你本人早就会变成一个正派的人。现在那些识得你的奴隶面包师的人要用 10 万阿斯（古罗马的货币单位——译按）购买他；而识得你的人都不愿用 100 阿斯购买你（译自《古罗马文选》卷一，前揭，页 361）。

此外，医生也成了讽刺的对象（残段 440、444 和 447）。第一位医生出现在罗马的时间应该是公元前 154 年。[①] 依据赫米那（Lucius Cassius Hemina）的《编年纪》（*Annales*），第一位医生驻足罗马的时间是公元前 535 至前 219 年（老普林尼，《自然

---

① 安德烈（Jacques André），《古罗马的医生》（*Être Médecin à Rome*），杨洁、吴树农译，桂林：广西师范大学出版社，2006 年，页 1。

史》卷二十，章12）（参安德烈，《古罗马的医生》，页2）。老
普林尼还提及外科医生（《自然史》卷二十九，章13）。在文学
作品中最早提及医生的是公元前215年的普劳图斯剧作《孪生
兄弟》（《孪生兄弟》，行882-965）。

和残段396一样，这3个残段的讽刺也表明了瓦罗对东方特
别是希腊的抵触情绪，因为赫罗菲卢斯（Herophilus，公元前
355-前280年）是希腊的解剖学家，生在现在的土耳其境内，
在亚历山大里亚进行人体解剖，著有《论解剖学》等。

其中，残段440表明，瓦罗认为，医生让病患喝苦药，不
但不能治病，而且还会破坏病人的免疫力，尽管依据李维《建
城以来史》，公元前303年医生救护病人。无独有偶，奥维德
也认为，医生救不了病（《变形记》卷十五，行629）。关于喝
苦药（即中国的中药），塞涅卡指出，"所谓古代医学就是关
于几种草药的科学，这些草药专门用于止血和使伤口愈合"
（《道德书简》，封95，节15和18）。依据老加图援引的传说，
在长达6个世纪的蒙昧时期，白菜曾经是最重要的药物。普林
尼证实了这种说法（《自然史》卷二十，章7；卷二十九，章
11）。这个传说表明，早期人类并不惧怕疾病（卢克莱修，
《物性论》卷五，行930；老普林尼，《自然史》卷二十五，章
16）。

　　残段440采用短长格八音步（iambus octōnārius）。[1]

quid　mēdicō　mist　opus? nempe　tuō? absinthium[2]　ut
bibam gravem

---

[1]　短长格八音步（iambus octōnārius），基本模式：长短长短长短长短长短长短长短长短。

[2]　古希腊词语，本义为"苦艾"，引申义为"苦楚、苦痛"。

et castoreum lēvemque rōbur

为什么我需要医生?! 你的医生, 不是吗?! 为了永远都喝苦药

以及损害我的潜能（引、译自《古罗马文选》卷一, 前揭, 页361)?!

残段444

抑或赫罗菲卢斯比第欧根尼高明, 所以就可以从（病人）肚子里抽取液体? 你因此自鸣得意? 但是在这方面, 甚至连一个用"魔杖"探测地下水的埃特鲁里亚人都比你更有益处（译自《古罗马文选》卷一, 前揭, 页362)。

残段444表明, 瓦罗怀疑希腊人的医术, 但是相信乡村医生, 甚至宁愿相信埃特鲁里亚的巫医。[①] 瓦罗的思想可能有渊源。老加图相信传统医学, 怀疑希腊的医学。譬如, 老加图记载治疗脱臼的咒语（《农业志》, 章156-160)。后来, 瓦勒里乌斯·马克西姆斯也记载, 公元前293年, 为了鼠疫求助于医药神（卷一, 章8, 节2)。此外, 瓦罗在这里提及哲学家第欧根尼, 可能是因为古罗马的医生必须懂得7门自由艺术（即文法、修辞学、辩证法、算数、几何、音乐和天文), 是第二哲学家: 哲学医治灵魂, 医学医治肉体（伊西多, 《辞源》卷四, 章13, 节1-5; 参安德烈, 《古罗马的医生》, 页41和87以下)。

---

① 古罗马医生分为巫医、民间医生、家族医生、私人医生、宫廷医生、社团医生、城市医生和军医。

残段 447

你胆敢冒充医生，在你没有事先抽走享乐的褥垫的情况下，就给躺在象牙床上、紫色被褥中的病人泻药（译自《古罗马文选》卷一，前揭，页362)?!

显然，残段447表明，古罗马医生的地位低下，一般为奴隶（另参西塞罗，《为克卢恩提乌斯辩护》［Pro Cluentio］，章63，节176和178至章64，节179；瓦罗，《论农业》卷一，章16，节4)。依据安德烈的《古罗马的医生》，奴隶医生有时还可以获得释放，享有自由（普鲁塔克，《小加图传》，章70，节3；苏维托尼乌斯，《奥古斯都》，章59，节1；小普林尼，《书信集》卷十，封5，节1及下)。

在瓦罗的作品中，除了上述的典型讽刺题材，还涉及迷信，例如对库柏勒和塞拉皮斯崇拜的描述，甚至还有用讽刺体裁改编神话、肃剧等（参《古罗马文选》卷一，前揭，页354)。最值得大家注意的是，《墨尼波斯杂咏》(Satura Menippea) 的内容还涉及文论（残段396-399)。

残段 396

我必须和希腊人辩论：是我与他结交呢，还是他与我结交？

残段 397

格律和音调产生，都是这个父亲的孩子。

残段 398

Poema是受到格律约束的讲词，这就是说，好几句话语通过一个固定的格律组合成一个特定的形式；因此两个诗行构成的短篇碑铭诗也叫 Poema。Poesis 是连贯的作品，由格律构成，例如荷马的《伊尼亚特》和恩尼乌斯的《编年纪》。Poetice 是和这些东西有关的艺术。

残段 399

在（戏剧的）对白方面，凯基利乌斯以情节（argumentis，谈资）取胜，泰伦提乌斯以性格刻画（ethesin，情绪调动）取胜，普劳图斯以会话（sermonibus，闲谈）取胜（译自《古罗马文选》卷一，前揭，页 360 及下）。

需要特殊说明的是残段 398。如前所述，瓦罗的童年是卢基利乌斯的暮年。前者或多或少地受到后者的影响，不仅在讽刺诗方面，而且还在文论方面。前辈卢基利乌斯认为：

Poema 是诗歌的一小部分，或指不长的诗歌作品，例如诗体书札等，而 Poesis 则是完整的长篇诗歌作品，例如荷马的叙事诗《伊尼亚特》，恩尼乌斯的《编年纪》等（王焕生译，参王焕生，《古罗马文学史》，页 96）。

显然，残段 398 是瓦罗对前辈观点的继承和发展。

（四）形式多变化

与题材多样性一致的是形式的多变性。在《墨尼波斯杂咏》（*Satura Menippea*）中，不受格律约束的散句与讲求格律的诗句交替出现。因此，在讽刺诗的某些地方，"一会儿从散文变换到诗，一会儿从诗变换到散文"（参《古罗马文选》卷一，前揭，页 352－362）。即便是一个诗句也会出现这样的变化（残段

103）。

　　　　残段 103

　　　　dum sermōne cēnulam variāmus,

　　　　intereā tonuīt bene tempestāte serēna

　　　　在我们变换花样地点大餐时——

　　　　"突然传来晴空霹雳"（引、译自《古罗马文选》卷一，
前揭，页 358）。

　　在残段 103 中，第一行没有格律，而第二行则采用长短短格
六拍诗行（dactylus hexameter）的格律。

　　其次，瓦罗使用的诗律也是各种各样。有的采用希腊的诗歌
韵律，例如六拍诗行（残段 103）、对句格（distichon）诉歌
（残段 488）和双拍诗行（残段 222）。

　　　　残段 222 采用短短长格双拍诗行（anapaest dimeter）。

　　　　propter cūnam capulum positum

　　　　nūtrīx trādit pollictori

　　　　木棺材就在摇篮边，

　　　　乳母很快把它卖给殡仪馆（引、译自《古罗马文选》
卷一，前揭，页 358）。

　　此外，瓦罗还把希腊的诗歌格律进行本土化。众所周知，短
长格（iambus）和长短格（trochaeus）是希腊的格律，六音步
（sēnārius，与希腊的三拍诗行相对应）、七音步（septēnārius）和
八音步（octōnārius，与希腊的四拍诗行相对应）则是罗马的诗
歌韵律。瓦罗把这些格律有机地结合起来，形成了独特的混合格

律，即瓦罗的散文诗格律。譬如，残段 370 - 372 采用短长格六音步（iambus sēnārius），以及残段 440 采用短长格八音步（iambus octōnārius）。

残段 370 采用短长格六音步（iambus sēnārius）。

quōs calliblepharo nātūrālī palpebrae

tinctae vallātōs mōbilī saeptō tenent

（……眼睛，）四周的睫毛染成不退色的黑

像一个会动的栅栏（引、译自《古罗马文选》卷一，前揭，页 359）。

残段 371 采用短长格六音步（iambus sēnārius）。

luculla in mentō impressa[①] Amōris digitulō

vestīgiō dēmōnstrat mollitūdinem

下巴的小酒窝，被小爱神的手指压住

显示出柔情（引、译《古罗马文选》卷一，前揭，页 359）。

残段 372 采用短长格六音步（iambus sēnārius）。

collum prōcērum fictum lēvī marmore

rēgillae tunicae dēfīnītur purpura[②]

细长的、由光滑的大理石构成的颈项

围着王袍的紫带（引、译自《古罗马文选》卷一，前揭，页 359）。

---

① 阴性分词，与此对应的阳性分词 impressus，中性分词 impressum。阴性夺格时发长音 impressā，在其余情况下发短音。

② 阴性名词，单数夺格时词尾 a 发长音：purpurā。

当然，也有些诗句的格律并不规则。譬如，残段 487 和 503 采用跛行长短格七音步（trochaeus Septēnārius scazon）。[1]

残段 487

sēnsibus crassīs[2] homullī nōn videmu'quid fiat.

由于我们的器官麻木，我们这些凡夫俗子看不见发生的事情（引、译自《古罗马文选》卷一，前揭，页 355）。

残段 503

sīc cănīs fit ē cătēllō, sīc ē trītĭcō spīcă

大狗由小狗长成，谷穗由谷种长成（引、译自《古罗马文选》卷一，前揭，页 357）。

三、历史地位与影响

综上所述，瓦罗的早期作品《墨尼波斯杂咏》（Satura Menippea）的典型特征就是散文与诗的混合，即所谓的散文格律，格律又以丰富多彩的形式出现。这种形式的变换也符合题材的多样性。该作品在严肃的哲理性的说教中，不失讽刺的幽默性。墨尼波斯的作品已经失传。不过，可以从上述散文式讽刺诗的残段管窥古希腊犬儒哲学家墨尼波斯的写作特点。

西塞罗充分肯定瓦罗的《墨尼波斯杂咏》（Satura Menippea），认为瓦罗的诗歌的优点在于其轻松的风格和深刻的哲学内涵融为一体，人们在其轻松愉快的风格感染下，会情不自禁地去

---

[1]　scaz. = scazon，源于希腊语，意思为"跛行"，即诗行有个特点，即让人觉得像走路不均衡一样，一般存在于古典希腊语或拉丁语讽刺诗歌中。譬如，抑扬格三拍诗行（iambus trimeter）以扬抑格（trochaeus）或扬扬格（spondeus）结尾。

[2]　古拉丁语，意为"胖子"。

阅读和接受（《学园派哲学》卷一，节9，参王焕生，《古罗马文艺批评史纲》，页138）。

此外，瓦罗的模仿创作还对后世的讽刺文学产生了较大的影响，例如贺拉斯的讽刺诗、塞涅卡的《变瓜记》和彼特罗尼乌斯的《萨蒂利孔》（参《古罗马文选》卷一，前揭，页315）。

第三章　碑铭诗

在古希腊文化时代，尤其是在亚历山大里亚派诗人的作品中，碑铭诗（epigramma，中性名词，复数 epigrammata）从原本的功用墓志铭和落成典礼碑文，发展为受人欢迎的私人表达各种各样内容的媒介。恩尼乌斯把碑铭诗变成了本土化的拉丁语文学。按照这种体裁的形式，碑铭诗是一种双行体诉歌，即由两个诗行构成：在一个六拍诗行（hexameter）之后，接着是一个五拍诗行（pentameter）。① 西塞罗［《图斯库卢姆谈话录》（*Tusculanae Disputationes*）卷五，章 17，节 49，参 LCL 141，页 474 及下］和小塞涅卡［《道德书简》（*Epistulae Morales ad Lucilium*），封 108，节 33］至少保存了恩尼乌斯写给斯基皮奥的两首碑铭诗。这两首诗或许可以确定为斯基皮奥的朋友恩尼乌斯的雕像碑文。

---

① 长短短格五拍诗行（dactylus pentameter）的基本模式：长短短长短短长 | 长短短长短短长。

残段 15 V（ = Vahlen①）

市民们，你们看古代恩尼乌斯的塑像啊！

他夸赞你们祖先的伟大事迹！②

残段 17 V

无人会用泪水尊敬我，用哭泣埋葬我！

为什么？在生时我已名扬世界（译自《古罗马文选》卷一，前揭，页363）！

残段 19 V

这里埋葬的是这样的人，无论是本国人还是外国人，都无人

为他的事迹支付的工资能够与他付出的辛劳相应（译自《古罗马文选》卷一，前揭，页364）。

恩尼乌斯之后就是讽刺诗人卢基利乌斯。卢基利乌斯维护这种诗体，就像出自他的作品中第二十二至二十五卷的残篇显示的一样（参《古罗马文选》卷一，前揭，页321以下）。

公元前 1 世纪，在新诗人（Neoteriker）即以卡利马科斯和亚历山大里亚学派诗人为导向的古罗马新诗派的影响下，碑铭诗特别繁荣。流传至今的恩尼乌斯和卢基利乌斯的碑铭诗倒是可以显明墓志铭的最初形式。事实上，在发轫时期也有属于非文学诗歌的墓志铭。下面两首就是最初形式的墓志铭。

---

① *Enninae Poesis Reliquiae*（《恩尼乌斯诗歌遗稿》）. Iteratis curis rec. I. Vahlen. Leipzig 1903。

② 译自《古罗马文选》卷一，前揭，页363。德译本出自 K. Büchner（毕希纳），*Römische Literaturgeschichte*（《古罗马文学史》），Stuttgart⁴ 1969，页70。

　　第一首墓志铭是一个罗马贵妇的，出自公元前 2 世纪中叶。尽管公元前 3 世纪末还在采用萨图尔努斯诗行（versus saturnius）为斯基皮奥家族成员写墓志铭，可是这首墓志铭已经采用抑扬格六音步（iambus sēnārius）。

　　　　CIL I² 1211 = ILLRP²973

　　　　Hospes, quod deico paullum est. Asta ac pellege：

　　　　Heic est sepulcrum hau pulcrum pulcrai feminae.

　　　　Nomen parentes nominarunt Claudiam.

　　　　Suom mareitum corde deilexit suo.

　　　　Gnatos duos creavit, horunc alterum

　　　　in terra linquit, alium sub terra locat. ①

　　　　Sermone lepido tum autem incessu commodo.

　　　　Domum servavit, lanam fecit. Dixi. Abei！

　　　　陌生人，我说的很短。站在那里念读吧！

　　　　这是一个漂亮女人的丑陋墓碑。

　　　　她的父母为她取名克劳狄娅（Claudia）。

　　　　她对丈夫的爱发自内心。

　　　　她生育两个儿子，其中一个儿子

　　　　她留在世上，另一个儿子她则埋到地下。

　　　　在生时她也有优雅的讲词和得体的举止。

　　　　她操持这个家。她纺羊毛。我说完了。继续走吧（引、译自《古罗马文选》卷一，前揭，页 30 及下）！

---

　　① 古拉丁语 locāt 通 locavit（参《古罗马文选》卷一，前揭，页 30，脚注 1）。这种说法有误，因为 locat 是动词 locō 的第三人称单数现在时主动态陈述语气，而 locāvit 是 locō 的第三人称单数完成时主动态陈述语气。

可作比较的是第二首墓志铭。这首墓志铭出自苏拉时代，可以例证的是，公元前 1 世纪以希腊为典范的诗歌不仅渗入有教养的人的日常生活，而且还开始进入底层民众的生活。这是一首用诉歌双行体书写的铭辞。在诗歌中，丈夫是一个获释奴，正在赞扬亡妻的美德。在进一步的赞扬过程中（行 5），死者以讲话人的身份登场。亡妻有机会从她的角度夸耀她的丈夫。在铭文的语言方面，试图用双写字母标出长元音，例如 faato、ree 等。①

CIL I² 1221 = ILLRP²793

【H】aec, quae me faato praecessit, corpore casto

【c】oniunxs una meo praedita amans animo

【f】ido fida viro veixsit, studio parili qum

nulla in avaritie② cessit ab officio.

Viva Philematium sum Aurelia nominitata

casta pudens, volgei nescia, feida viro.

Vir conleibertus fuit, eidem, quo careo eheu,

ree fuit ee vero plus superaque parens.

Septem me naatam annorum gremio ipse recepit,

（quadraginta）annos nata necis potior.

Ille meo officio adsiduo florebat ad omnis

　　…

---

①　拉丁语 faato = fato（死亡），fato（con）cedere, obire,（per）fungi：自然死亡。而 ree = re，拉丁语前缀：回；又；反、违背；迎着，对着，向着。

②　或许是 avaritia（avaritia, -ae，贪心，贪婪）的误写。参《古罗马文选》卷一，前揭，页 31，脚注 2。

我深爱的妻子（葬）在这里，她比我先死，她
用贞洁的躯体独特地掌控我的感官，
为了忠实的丈夫她忠诚地生活，
凭借同样的热情，她从未因为贪心而逃避责任。

我是奥蕾莉亚，在生时名叫腓力马提乌姆（Philemati-
um），

贞洁而端庄，远离乌合之众，对这位丈夫忠诚（我以
前活着）。

我的丈夫是与我一起获释的奴隶，啊，就是他，他
让我惦念，确确实实远胜我的父亲：
7 岁时他把我拥入他本人的怀里。
40 岁时我死亡。
在我为所有人努力工作的情况下那个人容光焕发。
……（引、译自《古罗马文选》卷一，前揭，页 31 及
下）

　　墓志铭也有达到文学品质的，例如上述的恩尼乌斯和奈维乌
斯的墓志铭。此外，普劳图斯和帕库维乌斯也写有文学的墓志
铭。之所以说这些墓志铭是文学的，是因为这些诗歌的格律是文
学的。譬如，普劳图斯的墓志铭采用扬抑抑格六拍诗行（dacty-
lus hexameter），其中，deserta（被遗弃）的尾字母 a 被延长，而
ludus（嬉戏）的尾字母 s 则遭到紧缩。帕库维乌斯的墓志铭采
用抑扬格六音步（iambus sēnārius），尽管奈维乌斯的墓志铭还采
用萨图尔努斯诗行（versus saturnius）。更为重要的是，这些墓志
铭可能是虚构的，因为革利乌斯声称，这些"高贵精美的"墓志
铭是诗人自己写的，但是却没有采用第一人称，而是"诗人

奈维乌斯（Naevium poetam）"、"普劳图斯（Plautus）"和"诗
人帕库维乌斯（poetae Pacuvi Marci）"（瓦罗，《论诗人》卷一；
革利乌斯，《阿提卡之夜》卷一，章24，参 LCL 195，页108 及
下；《阿提卡之夜》卷 1-5，前揭，页 87 及下；《罗马共和国时
期的韵律铭文》，前揭，页 74 以下）。

普劳图斯自己撰写的墓志铭如下：

> postquam est mortem① aptus② Plautus, Comoedia luget,③
> scaena est deserta,④ dein⑤ Risus, Ludus Iocusque⑥
> et Numeri innumeri⑦ simul omnes conlacrimarunt⑧（革利
> 乌斯，《阿提卡之夜》卷一，章24，节3）.

　　在改写剧本的普劳图斯亡故以后，谐剧戴孝服丧，
　　舞台遭到遗弃，然后谐谑、游戏和玩笑，
　　以及各种诗歌格律，在同一时间全都一起哭泣（引、

---

① 单词 mortem 是阴性名词 mors（死亡；尸体）的四格单数，与前面的 est
（是）一起，意为"是死的；是尸体"，可译为"亡故"。

② 阳性分词 aptus 是主格，修饰主语 Plautus（普劳图斯），这里的意思是"改
写剧本的"；"适应罗马观众的"。

③ 动词 lūget 是第三人称单数现在时主动态陈述语气，动词原形是 lūgeō（服
丧；戴孝）。

④ 分词 dēserta 是阳性分词 dēsertus（被遗弃的；孤独的）的变格形式。

⑤ 副词 dein 通副词 deinde（然后）。

⑥ Risus 即 risus, Ludus 即 ludus, Iocus 即 iocus。首字母大写，和下面的 Numeri
innumeri 一样，都采用拟人的手法。其中，阳性名词 rīsus：笑柄，笑料；笑声，大
笑；笑话，玩笑；戏谑，打趣，可译为"谐谑"。阳性名词 lūdus：游戏；运动；比
赛；公共表演，舞台演出；乐趣，可译为"游戏"。阳性名词 iocus：玩笑；笑料；娱
乐；运动，可译为"玩笑"。

⑦ Numeri innumeri 英译 Music's countless numbers（无数的乐谱符号）。这里指普
劳图斯使用的格律多种多样。

⑧ 动词 conlacrimarunt 是第三人称复数完成时主动态陈述语气，动词原形是
conlacrimō（一起哭泣）。

译自 LCL 195，页 110；《罗马共和国时期的韵律铭文》，前
揭，页 74）。

帕库维乌斯的墓志铭"最为谦虚、纯朴，合乎诗人的优雅
和高贵"（LCL 195，页 110 及下；《阿提卡之夜》卷 1-5，前
揭，页 88）：

> aduléscens, tam etsi próperas, ①hoc te saxúlum② rogat③
> ut sése④ aspicias, ⑤deínde, quod scriptum ést, legas. ⑥
> Hic súnt poetae Pácuvi Marcí sita⑦
> ossa. Hóc⑧ volebam, ⑨ néscius⑩ ne essés. Valc⑪（莘利乌
斯，《阿提卡之夜》卷一，章 24，节 4）。

年轻人，即使你如此匆忙，也请你到这座石碑
以便你看一看它本身，然后读一读碑文是什么。
埋葬的这些骸骨是诗人帕库维乌斯的。
我不希望你不知这篇铭文。一路平安（引、译自 LCL

---

① 动词 properās 是第二人称单数现在时主动态陈述语气，动词原形是 properō
（匆忙）。

② 中性名词 saxulum 亦作 saxum（石头），这里指"石碑"。

③ 单词 rogat 也可能在第二行开头，是第三人称单数现在时主动态陈述语气，
动词原形是 rogō（请求；要求），见《罗马共和国时期的韵律铭文》，前揭，页 74。

④ 亦作 se，见《罗马共和国时期的韵律铭文》，前揭，页 74。

⑤ 动词 aspiciās 是第二人称单数现在时主动态虚拟语气，动词原形是 aspiciō
（注意；看见）。

⑥ 单词 legas 是动词 legō（读）的第二人称单数现在时主动态虚拟语气。

⑦ 分词 sita 是阳性分词 situs（埋葬的）的主格复数形式。

⑧ 中性代词 hoc 指上文的中性名词 scriptum（文字），这里指"碑文"。

⑨ 单词 volebam 动词 volō（希望）的第一人称单数未完成式主动态陈述语气。

⑩ 拉丁语 néscius：ne scius（没有察觉，没有认知，不知道）。

⑪ 拉丁语 valē 在文中用作感叹语，意为"再见；一路平安"。

195，页 110。参《罗马共和国时期的韵律铭文》，前揭，页
74）！

　　然而，特别擅长碑铭诗的是卡图卢斯。由于卡图卢斯的碑铭
诗融入到诗人本身按照特定艺术观点编排的诗集里，把碑铭诗放
在这位抒情诗人的全集里的前面似乎更有意义（参《古罗马文
选》卷一，前揭，页 390 以下）。

　　值得一提的是，文学的碑铭诗——尤其是墓志铭诗歌——的
传统在繁盛时期也盛行。写墓志铭诗歌的既有主流诗人，例如维
吉尔和贺拉斯，也有非主流诗人，例如提布卢斯、吕克达穆斯、
普罗佩提乌斯和奥维德（参《罗马共和国时期的韵律铭文》，前
揭，页 67 以下）。

第四章 哲理教诲诗：卢克莱修

一、生平简介

关于卢克莱修（参 LCL 181）的生平，后世知之甚少。根据古代的文字记载，卢克莱修生于公元前 98（依据注疏家多那图斯的记述）或前 95 年（依据基督教哲学家哲罗姆的记述），① 家庭出身与出生地不详，可能属于罗马的贵族，享年约 44 岁。由此推断，在同时代人中，卢克莱修是比西塞罗和恺撒更年轻一些，恰好与卡图卢斯差不多大小。

依据哲罗姆的报道，卢克莱修"因饮春药导致发狂，在时断时续的幻觉间隙写了几部书，由西塞罗修订，44 岁时就早早自杀身亡"。② 尽管春药（迷魂酒）的故事具有传奇色彩，可关于诗人有时精神错乱、特别是关于自杀的记载完全是建立在事实

---

① 依据圣哲罗姆，卢克莱修生于公元前 94 年，自杀时 43 岁。见卢克莱修，《物性论》，刑其毅译，引言，页 17。

② 刘小枫选编，《古典诗文绎读·西学卷·古代编》（下），李世祥等译，北京：华夏出版社 2008，页 41。

基础之上的。因为，从卢克莱修的作品来看，他是个抑郁的人。① 卢克莱修可能受过生存恐惧与抑郁之苦。伊壁鸠鲁学说为卢克莱修指出了一条摆脱令人窒息的死亡恐惧和黑暗的生存命运力量的出路。卢克莱修发现，伊壁鸠鲁及其治疗学说是极度令人兴奋的，因而诗人不厌其烦地夸赞伊壁鸠鲁（《物性论》卷三，序诗；卷五，序诗；卷六，序诗）。尽管素材难以加工和枯燥，尽管古代拉丁语还很笨拙，可是那种极度兴奋也让卢克莱修能够写作诗歌般的高度精练和美感的一部作品《物性论》。这部作品产生了较大的影响。譬如，卢克莱修较大地影响了歌德。歌德觉得，他本人受到了卢克莱修的启发。②

二、作品评述

在古希腊作品中，狭义的六拍诗行（hexameter）哲理教诲诗的传统可以追溯到（公元前6-前5世纪）前苏格拉底学派；③在其他方面，可以追溯到赫西俄德的《神谱》（*Theogonie*）。④ 在希腊化时代，哲学教诲诗处于繁荣时期。最有名的哲理教诲诗代

---

① 参《古罗马文选》卷一，前揭，页365，脚注3。倾向于这种观点的还有 M. Schanz（商茨），*Geschichte der Römischen Literatur T. 1*，前揭，*Die Römische Literatur in der Zeit der Republik*（《古罗马文学史》第一部分：《古罗马共和国时期的文学》），C. Hosius 重新修订的第四版，München 1927，页285，又参页272。观点也有不同的，例如 W. Schetter：*Das Römische Lehrgedicht（Lukrez）*［古罗马教诲诗（卢克莱修）］，见 M. Fuhrmann（富尔曼）编，*Römische Literatur*（《古罗马文学》），Frankfurt a. M. 1974，页100。

② 参《古罗马文选》卷一，前揭，页366，脚注4；F. W. Riemer, *Mitteilungen über Goethe, Bd. II*（《关于歌德的报告》第二卷），Berlin 1841，页644，引文参见商茨，《古罗马文学史》第一部分，页282，注释2。

③ 譬如，爱利亚（Elea）的巴门尼德（Parmenides）和阿克拉加斯（Akragas）的恩培多克勒。参《古罗马文选》卷一，前揭，页364，脚注1。

④ 赫西俄德，《神谱》（*Theogony*），王绍辉译，张强校，上海：上海人民出版社，2010年。

表人物就是公元前 3 世纪阿拉托斯（Arat 或 Aratos）。在哲理教诲诗《星象》（*Phainomena*）中，阿拉托斯表面上向读者解释天气和天空的征兆，但是暗地里却推介他的廊下派世界观。卢克莱修把这种独特的哲理教诲诗引入拉丁文学。[①] 由于拉丁语的贫乏和主题的新颖，卢克莱修为了用拉丁诗句表达希腊人难解的发现而创造新字（《物性论》卷一，序诗）。[②] 不过，在作品《物性论》（*De Rerum Natura*）中卢克莱修解释的不是廊下派哲学，而是伊壁鸠鲁学说。

卢克莱修在《物性论》里阐释伊壁鸠鲁学说，这与当时的罗马社会密切相关。由于共和国末期的罗马社会在许多方面都与公元前 4 至前 3 世纪的古希腊社会相似，伊壁鸠鲁学说在罗马得以迅速传播，不过，在传播过程中出现分化：以贵族为主的罗马人把伊壁鸠鲁学说曲解为庸俗的个人享乐主义（罗马主义），为他们的奢侈生活进行辩解；以卢克莱修为代表的罗马人真心追求伊壁鸠鲁哲学的真谛，信奉并积极宣传伊壁鸠鲁的唯物主义自然哲学，揭露传统宗教观点的谬误，大力批判宗教迷信。

6 卷《物性论》是献给某个墨弥乌斯（Memmius）的儿子，他是卢克莱修的朋友（《物性论》卷一，行 26）。这位朋友估计就是盖·墨弥乌斯（C. Memmius）。公元前 57 年，墨弥乌斯在卡图卢斯陪同下前往比提尼亚，担任副总督（propraetor，亦译"资深裁判官"）的职务（参《古罗马文选》卷一，前揭，页

---

① 当然，以前恩尼乌斯已经用扬抑格四拍诗行（trochaeus tetrameter）写了 1 首哲学教诲诗《埃皮卡尔摩斯》（*Epicharmus*）。此外，通过阿普列尤斯流传至今的几个六拍诗行（hexameter）出自恩尼乌斯的幽默滑稽诗，标题为《美食谈》（*Hedyphagetica*）。参《古罗马文选》卷一，前揭，页 365，脚注 2。

② 本节标注的诗行都是指原诗。由于中译本的诗行标注与原诗有出入，而又在没有原文对照的情况下，一般只标注中译本页码。参卢克莱修，《物性论》，方书春译，页 4 及下；刑其毅译，前揭，页 3。

371 和 393）。诗人长夜不能眠地研究如何选词和诗人的艺术，其目的就是破除迷信，让他的这位朋友的"心灵揭露出那明亮的光"，给这位朋友"用来观察隐藏在中心的存在的内核"，看到神秘事物的本质：自然界用原子创造万物、繁衍和养育万物，而万物死后自然界又将其分解为原子。

卢克莱修首先描写"物质和空间"（卷一）。① 在引入庄严的致维纳斯——"生命的给予者"——的祈祷歌②（卷一，行1-49）之后，诗人转向伊壁鸠鲁学说。这种学说给出了摆脱让人们不幸的苦难的方法：摆脱对诸神及其任意干预人的命运的恐惧和对死亡的惧怕。而有益的是伊壁鸠鲁关于自然的观点（卷一，行50-145）。

第一，"未有任何事物从无中生出"，也就是说，"事物不能从无中产生"，一切东西都需要一定的种子。接着，诗人解释"那些由之万物才被创造的元素，以及万物之成如何是未借神助"（卷一，行149-158）。

第二，"事物的始基""存在于这个世界中"，"却不能被我们看见"，而且"自然就这样永远用不可见的物体来工作"，而不会"由于岁月的消耗而衰老"（参卢克莱修，《物性论》，方书春译，页15及下）。也就是说，物质是永恒的（卷一，行146-328）

第三，自然界自身包含两种东西——物质及其所在的能向各

---

① 关于卢克莱修《物性论》第一卷的疏证，参《古典诗文绎读·西学卷·古代编》（下），前揭，页51-58。

② 关于卢克莱修《物性论》开端（卷一，行1-148）的解释，参施特劳斯（Leo Strauss）：《物性论》简注，罗晓颖译，见《菜园哲人伊壁鸠鲁》，罗晓颖编译，北京：华夏出版社，2009年；《古典诗文绎读·西学卷·古代编》（下），前揭，页43-47。

方面运动的空间。

> 独立存在的全部自然，
> 是由两种东西所构成：
> 因为存在着物体和虚空，
> 而物体是在虚空里面，
> 以不同的方向在其中运动（方书春译）。①

　　也就是说，"任何东西不管看来如何结实，仍然还是由物体和虚空混合所形成"，而且物体与虚空的关系密切：可触性表明物质，不可触性表明虚空；物体能动作或承受动作，而虚空是动作的场所；如果没有物质和空间，事件也不会发生（卷一，行418－482）。其中，物质体分为两类，"事物的始基（原子）"和"始基结合而成的东西（原子的复合物）"。原子或始基是根本的微粒，坚实而永恒，是不灭的，所以，既然"没有什么东西能从无中创造"，那么"一经产生了的东西也不会归于无有"。而"虚空和物体互相间隔着，彼此互有区别"：在这个世界，虚空和物体是彼此互相排斥的。不过，虚空与物体之间存在辩证统一的关系：物体必定是坚实的，才能包含虚空；物体才能区分那充满的和虚空的东西；坚实物体和虚空能造成柔软的东西（卷一，行483－634）。

　　第四，宇宙是"广大的虚空，那任何事物皆存在其中的场所或空间"，"实有的宇宙在它前进的路上，没有一个方向是被限制住的"，"宇宙向各方伸展，绝无止境"，因为"那些最坚实

---

　　①　关于《物性论》的引文，以方书春译本为主，参卢克莱修，《物性论》，方书春译，页22及下。另参刑其毅译本和刘小枫选编、李世祥等译的《古典诗文绎读·西学卷·古代编》（下）。

的物体到处飞动"，"因为有极多始基以许多不同的方式移动在宇宙中"。在此，诗人指出，廊下派的理论，即"世界是由向心力所维系着的"，这是错误的（卷一，行921－1109）。

此外，卢克莱修还批判了先哲们关于宇宙基本要素的错误观点。譬如，关于物体的原料，赫拉克利特认为是火，宇宙只含有火，阿那克西美尼（Anaximenes）认为是空气，泰勒斯（Thales，希腊哲学的创始人）认为是水，亚里士多德认为是土，而恩培多克勒（Empedocles，公元前484－前424年）① 认为万物都可由四种原质（火、土、空气和水）生长出来，以及阿那克萨戈拉（Anaxagoras）的 homoeomeria（希腊语，原质、种子）学说（卷一，行635－920）。

接着，卢克莱修主要描写了"原子的运动和形状"（卷二）。关于原子的运动（卷二，行62－332），卢克莱修认为，世界万物的产生和分解都离不开物体的运动，而物体的运动源于始基或原子的运动，这种运动的动力有两个来源："所有事物的始基之所以能运动，必定或是由于它们自身的重量，或是因为外面另一个始基的撞击"。所以，运动有两种方式：虚空中游离原子的运动与结合在一起的原子的运动。

> ……许多微粒
> 迫于不可见的撞击而改变它小小的路线，
> 在被迫向后退开之后又再回来，
> 时而这里，时而那边，
> 在周围的四面八方。

---

①　毕达哥拉斯学派哲学家，著有诗歌《净化》、《论自然》和《医学理论》。参第欧根尼·拉尔修，《名哲言行录》卷八，章2，页822－843。

> 要知道，所有它们这些转移的运动
> 都是从最初的始基开始的，
> 因为正是事物的始基最先自己运动，
> 接着，那些由始基的小型结合所构成，
> 并且最接近始基而首当其冲的物体，
> 就由那些始基不可见的撞击而骚动起来，
> 之后这些东西又刺激更大些的东西：
> 这样，运动就由原子开始而逐步上升
> 而终于出现在我们的感觉里面，直至
> 那些能在阳光中见到的粒子也动起来，
> 虽然看不出什么撞击在推动它们（《物性论》卷二，方
> 书春译，页68）。

所以，卢克莱修认为，"无疑地在整个无限的虚空里面原初物体绝对不能够有任何宁息"，"既然始基全都永远运动着，但整个看来物却像是完全静止的"。而且在原子运动过程中，由于"总量永远得到补充"，虽然会有产生和分解，"但是总量看来却永远一样，毫无损失"：

> 物质的总库也不曾是比现在更拥挤，
> 也不能是比现在更空疏：
> 因为既没有什么给它以增添，
> 也没有什么东西从它取走（《物性论》卷二，方书春
> 译，页79）。

这显然是建立在伊壁鸠鲁学说基础之上的，是德谟克里特（Democritus）的原子学说：宇宙的形成与消逝不取决于诸神或

者神的预言，而是受到单个原子（primordia）的偶然聚合和重新分开的制约；原子是宇宙最小的不可再分的元素，永远不断运动，飞快地穿越太空，即宇宙空间（inane）；由于一切事件都不可忽视偶然，不需要任何神。德谟克里特的原子运动理论虽然是未经证实的机械决定论，但是对于卢克莱修解释"自由的意志"是很重要的。卢克莱修认为：

> ……人的心灵本身在它的一切作为里面，
> 并不是有一种内在的一定必然性，
> 也不是像一个被征服的东西一样
> 只是被迫来忍受来负担，
> 这情况的发生乃是由于始基的微小偏离，
> 在空间不一定的方向，不一定的时间（见卢克莱修，
> 《物性论》，方书春译，页79）。

之后，卢克莱修描述了原子的形式和它们的结合："这些万物的始基的种类如何，它们的形式是如何大不相同，它们各种各式的形状是如何多样"。卢克莱修认为，原子的形状数目是有限的："这些事物的始基有不同的形状，但这些形状仅有有限的种类"，否则，有些原子就会有极大的体积，我们经验中的极端就会被超越，但事实上一定的限界是存在的。不过，每一种形状的原子的数目是无限的："那些具有相同的形状的始基，它们的数目乃是无限的"，否则物质的总量会是有限的（卷二，行333-729）。依据施特劳斯的解释，"有限性令人感到安慰，无限性则让人畏惧"[参《古典诗文绎读·西学卷·古代编》（下），前揭，页57]。

然后，卢克莱修指出，第二性的性质是不存在的（卷二，

行 730-990）："没有什么其本性为我们所熟知东西是只有一种的原素所构成的"；[1] "万物莫不由混合的种子所构成"，"但也应该不要以为一切的原素都能在一切的方式中被结合起来"。"物质的原初物体丝毫不带色彩——既不是和物同色，也不是和物不同色"，因为"事物的始基在产生事物的时候，必须不能被认为供给事物以颜色或声音，因为它们不能从本身放送出什么东西，也不能放出气味、寒冷、热气和温暖"，因此"凡我们所见具有感觉的，必须承认都是由无感觉的元素所构成"（参见卢克莱修，《物性论》，页 94 及下、101 和 110 及下）。

最后，卢克莱修描述无限多的世界（卷二，行 991-1174）。天是万物的父亲，大地是万物的母亲。死亡不是物质物体的毁火，而是改造。原素的结合产生了东西的性质和感觉。可见，自然是自己工作着，不受神灵所控制。

> ……从一切暴主解放出来
> 而自由了的自然，
> 就能被看到
> 是独立自主地作它一切的事情，
> 未受到任何神灵的干预（见卢克莱修，《物性论》，方书春译，页 124）。

在卢克莱修眼里，神灵们"在和平的悠久的静穆中度其无忧无虑的岁月和宁静的生活"（参卢克莱修，《物性论》，页 125）。

第三卷探讨"生命和心灵"。在上述认识论的基础之上，卢

---

[1] 从现代科学的角度看，存在一种元素的东西。譬如，石墨就只有碳原子。

克莱修首先阐明了心灵的本性和构造（卷三，行94－416）。心灵（animus）——常常称之为"智力"——是最高的："整个躯体的首领和统治者"，"生命的指导和控制力量"，因此位于中心："牢牢地位于胸膛最中心的地方"。而灵魂（anima，即"生的原理"）同样"存在于四肢和全身里面"。"灵魂的其他部分则遍布全身听候命令——受心灵的示意和动作所推动"。"心灵和灵魂是彼此结合着的"。心灵本身有痛苦和快乐。心灵的过度的感觉为整个灵魂所分有，并且从它传给全身。心灵与"和心灵联结着的"灵魂都是是"人的一部分"，是"整个躯体的一部分"，是纯粹身体的，因此，同样也是由物质组成的："心灵和灵魂的本性是物质的"。其中，心灵是"特别精巧的"，"是由极细小的粒子所构成"，这种"种子""格外小，格外光滑格外圆"，因此"如此容易动"。构成心灵的四重成分：风、热、空气和"无名称的第四者"——整个灵魂真正的灵魂。4 种东西有机地结合为一个整体的物体，而"整个灵魂必定是由最微小的种子所构成，它被联结在血脉和肌肉里面"，"有活力的灵魂在全身都存在"。也就是说，"心灵和灵魂乃是由极小的种子所构成"。"这个灵魂是受整个身体所掩护，本身又是身体的领导，是生命的源泉"：因为"共同的根"——"从诞生之始就具有这样相互钩联的种子"——而"彼此牢结着"，共同构成"一种合伙的生命"。两者是彼此必需的，并且不能各自单独存在。身体与灵魂结合才有感觉。灵魂原子与肉原子不是一一映射的，而是彼此间隔较远：

> 比起构成我们躯体和肌肉的原素，
> 灵魂的原素不单是小得许多许多，
> 而且它们的数目也是少得多。

它们是稀疏地散布在全身（见卢克莱修，《物性论》，页149）。

对于生命来说，心灵比灵魂更重要：

> 心灵更是生命门户的守卫者，
> 它比灵魂更多地统治着生命。
> 因为如果智力和心灵不存在，
> 就没有半点灵魂能片刻停留
> 在我们躯体中，它会立刻
> 跟随着心灵在风中消散，
> 留下冰冷的肢体在死的冰冷中。
> 但谁的心灵和智力留下来谁就还活着。
> 不论身体如何被残割，
> 不论四肢如何被砍掉，
> 不论灵魂如何从四肢撒开取走，
> 身体仍会活着，并吸进活命的气（见卢克莱修，《物性论》，页150及下）。

接着，卢克莱修阐明，灵魂是有死的（卷三，行417–827）："所有生命的心灵和很轻的灵魂都是有生有死的"。第一，灵魂是易动的，由微小粒子构成，因此，灵魂离开身体以后就不能在空气中保持在一起的状态；灵魂和身体一起诞生，长大和衰老，因此，灵魂也和身体一起分解；心灵和肉体一样有痛苦。影响心灵和灵魂的因素很多，例如醉酒和疾病，尤其是癫痫。不过，心灵，像肉体一样能加以治疗。第二，心灵，像其他的感官一样，不能无肉体而存在。灵魂和肉体共同结合，生物才能活着。肉体的逐步腐烂表明灵魂在离开之前的破坏。没有一个垂死的人感到灵魂一下子就完整地离开。① 心灵有它的所在，像任何其他会消灭的东西一样。一个不朽的灵魂必须有自己的感官，但五官不能离开身体而存在。第三，灵魂随身体被分割，但可分的东西不是不朽的。在一个人逐渐死亡的情形下，灵魂也是和肉体一同死去的。第四，假如灵魂是永恒的，那么人应该有对过去的记忆。假如灵魂是外来的，那么就不能和身体那样能够有紧密的联系，而且在被分配到身体各处的过程中会消失。假如灵魂原子留在体内，那么灵魂会被打碎。动物能保持各自的特征，就是因为它们有各自的灵魂。假如灵魂不朽，并且进入动物体内，那么动物就会有杂乱的性格，因为不朽的灵魂在转移过程中不能自己变化。总之，灵魂没有满足不朽的条件：最坚实，如原子；最忍让，如虚空；至大无外，如宇宙。

最后，卢克莱修指出，怕死是愚蠢（卷三，行 828－1092）。卢克莱修认为，既然心灵的本性是不免于死，那么死亡不算什么，不影响我们。因为，第一，人死以后无知觉。即使灵魂单独的时候能感觉，那也与我们无关。即使时间把那些形成我们的原子再次结合在一起，那也不影响到我们。一个人自以为相信灵魂有死，常常不是真心相信，他臆想着一个自我或者留下来为肉体的命运悲伤，但没有一种处置死尸的方式比另一种更能伤害死尸。第二，人死以后没有欲望。死者再也没有对生的快乐的渴望。生者不应该为死者之进入安眠而悲伤。在睡眠中，我们没有对生命的欲望，更不用说在死亡中。死后不会感到饥渴。第三，死是自然法则。自然可能因我们为死亡悲哭而很公正地责备我们，特别是当一个老年人不愿意死的时候，老年人应该高高兴兴

---

① 这是无稽之谈。因为人不能死而复生，所以无从知晓死亡的感觉。

地让位于未来的世代。在我们死后的未来，正如我们出生之前的过去一样，对于我们都不算什么。我们对生命的渴求是无结果的，更长的生命并不能够给我们新的快乐，也不能减少死亡的无限时间。第四，死后进入地狱的观念是错误的。地狱的那些神秘的笞刑是人间的悲苦的寓言。地狱乃是对今生今世的罪责的恐惧。想想前人，就应该不要踌躇，因为活着只是一个醒着的梦。认识到忧苦的原因，就会去研究自然，去弄清楚他们死后的状况。总之，没有理由由对死亡感到恐惧。

第四卷探讨人类学，特别是感觉与情欲。在序诗（卷四，行1-25）以后，卢克莱修首先阐明影像的存在及其特性（卷四，行26-214）。卢克莱修认为，真正让人感到恐惧的是物体的影像：

> ……物的肖像者存在着，
> 这些东西像从物的外表剥出来的薄膜，
> 它们在空中来来往往飞动着，
> 恐吓我们的心智的正就是它们（见卢克莱修，《物性论》，页191）。

影像是由实体放出来的薄膜所组成的。也就是说，影像能被抛出。这是因为：

> ……在物的外表上
> 有着许多细小的物体，
> 它们能够从物的表面被抛开，
> 同时保持着原来同样的秩序，
> 保存着它们原来的形式的轮廓，

　　　并且还会是更迅速地被抛开，

　　　因为它们更不受什么阻碍，

　　　由于数目少，并且位于最前边（见卢克莱修，《物性论》，页 192 及下）。

　　影像的本性非常精细：构成它们的原子细小，比可见的最小的生物的最小部分还要小，而且任何留下强烈气味在你手上的东西你半点也看不出什么来。而空气中形成的影像永远在变化，例如云。这种影像形成很快，运动迅速。

　　接着，卢克莱修阐述各种感觉及心灵的图画（卷四，行 215 -819）。卢克莱修认为，影像是视觉的原因。除了视觉，提供认知的还有触觉："触觉和视觉必定是由同一原因所引起的"。视觉的原因是位于膜片之中的。而眼睛与膜片之间存在一定的距离，甚至还存在别的东西，因而眼睛看物体的过程中受到所看物体的膜片之外的各种膜片的干扰，容易产生错觉。譬如，右方在镜内表现为左方。但是，这并不是说事物是不可知的。卢克莱修指出，错觉的产生不是感觉的错，而是心灵的错。

　　　我们看见了许多许多其他的

　　　类似这些现象的奇异的情形，

　　　它们全都好像企图损害

　　　我们的对于感觉的信念——

　　　都徒然，因为这些现象的最大部分

　　　只是通过心灵的意见才欺骗了我们，

　　　这些意见是我们自己加上去的，

　　　以致感觉看不见的那些东西

　　　也被以为是被看见了（见卢克莱修，《物性论》，页

214）。

相反，真理的概念源于感觉，而感觉是可靠的。每一种感觉都具有它自身的明确的本领，即它的特殊官能。那么，"各个器官如何知觉它们的对象"？卢克莱修认为，"对于每一感官，都已划分好它独特的任务；各有各自的能力"，例如视觉器官眼、听觉器官耳、嗅觉器官鼻、味觉器官口（舌头与腭）和发声器官喉。除了五官感觉，卢克莱修还用原子学说和膜片影像理论，解释了人的"思想"、"睡眠"、"记忆"和"梦"。

之后，卢克莱修阐明几种生活机能（卷四，行820-1049）。卢克莱修认为，不要"因果倒置"：四肢和感官并不是为了它们的作用之故才被创造出来的，而是一经造成，就发展出它的用途。譬如，"每一种生物躯体的本性就是觅食"，因为动物总是运动的，而运动中失去很多原子，为了恢复体力，必须补充将转化为身体原子的食物。人的运动是随心所欲，因为先有运动的影像：意愿。

卢克莱修认为，睡眠的出现是由于灵魂在肢体中散开，或被逐出身体，或深藏到里面去：

> 首先，睡眠的出现是由于：
> 灵魂的能力在全身中被分散，
> 一部分被驱逐出体外而离开，
> 一部分被向后挤迫而移居
> 到身体的深深的内部，——
> 这时候，我们的肢体
> 就松弛无力而昏昏欲睡（见卢克莱修，《物性论》，页

240）。

引起睡眠的原因还有食物或疲劳。

> 再者，常常饭后睡眠也跟踪而至，
> 因为食物能产生空气所产生的，
> 当它通过所有的管脉被分布全身的时候；
> 最酣沉的睡眠是吃饱或疲乏时的睡眠，
> 因为正是在那种时候，最多的原初物体
> 本身的排列被打乱，被艰巨的劳役所伤（见卢克莱修，
> 《物性论》，页240）。

卢克莱修认为，梦是日有所思的结果，刺激源是最感兴趣的或引起心灵上注意的。遗精（精子是传宗接代的种子）也是由于受到刺激——"来自人体的精子的一种刺激是人类的一种形式"——而引起的，是影像在继续发挥作用的结果，因为刺激是短暂的，而影像留存的时间是较长的。

最后，卢克莱修阐明了情欲（卷四，行1050-1279）。求爱则如梦中喝水，一边喝，一边还觉得口渴，因为爱和梦中喝的水都是影像。也就是说，情欲永无满足。暂时的满足只会产生新的欲望。而情欲是有害的。普遍来讲，情欲使精力枯竭，容易使人失去独立性、责任心和名誉。具体来讲，顺利的情欲浪费财产，而不顺的情欲更糟。

第五卷是探讨"宇宙论及社会学"。在序诗（卷五，行1-234）以后，卢克莱修首先阐明一个世界观：世界不是永恒的。

> 首先，既然土的身躯和水，
> 空气的微风和火的热气，
> 构成这个世界的这四种原素，

全都具有着有生有死的躯体，

所以应该认为整个世界的本身

也能够毁灭（见卢克莱修，《物性论》，页275）。

在卢克莱修眼里，世界作为一个整体是相同的，是有死的。第一，虽然组成宇宙的元素——坚固的土地、湿气、轻薄的空气和炙热的火焰——都是由既不生又不死的物质（原子）所组成的，但是世间的物体是有生死的。天是万物的父亲，地是万物的母亲，也是万物的坟墓。第二，世界没有满足不朽性所具备的任何条件，例如最忍让如虚空，至大无外如宇宙。第三，原素之间的大战可能有一天会由于其中之一战胜了其他原素而使世界告终。譬如，太阳之子的传说表明火曾占上风，大洪水的传说表明水曾占上风。不过，不必恐慌，因为从时间来看，这个世界是新做成的（卷五，行235-415）。

接着，卢克莱修阐明世界的形成，并解释一些天文学的问题，例如日蚀和月蚀（卷五，行416-768）。卢克莱修认为，世界的诞生不是神的计划，而是由于原子的偶然的结集形成的。起初，原子在一种疯乱不调和的状态中遇集，然后，世界的各部分被分开出去。更确切地说，物质的最初聚合物创立土地、天空、深海和日月的运行轨道的各阶段：各种各样的原子按照各式各样的路线，在无限的时间内，通过彼此的相撞和自身的重量，用各种可能的方法结合，并试探着由此形成各种物体；经过无限持久的航行，历经试验了各式各样的运动和结合，那最终骤然相遇而连在一起的成为真实结构的起点——陆、海和空。天体在运动，而陆地固定在世界的中心。

之后，卢克莱修探究动植物的生命起源（卷五，行769-921）。大地是万物的母亲，依次生育各种生物。

> ……从当时的新的大地
>
> 最先长出了草和灌木，
>
> 然后才产生出各种动物，
>
> 它们从多种原因以多种方式产生，
>
> 它们的数目和形状多不胜数（见卢克莱修，《物性论》，
> 页312）。

虽然自然起初造出许多奇形怪状的东西，但是它们都不能继续生存，因为自然有个重要的法则：物竞天择，适者（具有特殊的生存能力或者有用的）生存。

然后，卢克莱修阐明人类的起源及其野蛮时期（卷五，行922-1008），以及文明的起源（卷五，行1009-1455）。太初的古人远比现代人"结实得多"，而且长寿，但是过着野蛮的生活："一种像野兽那样到处漫游的生活"。在漫长的历史长河中，人类在求生的过程中逐渐累积经验和教训，从而促使心智的发展，开始言语，彼此联合，人类掌握的工具和技能也越来越多，人类征服自然的能力也逐渐提高，人类文明也日趋成熟。

> ……所有这些技艺，
>
> 实践和活跃的心灵的创造性逐渐地
>
> 教晓人们，当人们逐步向前走的时候。
>
> 这样，时间就把每一种东西
>
> 慢慢地逐一引进到人类面前，
>
> 而理性则把它升举到光辉的境界（见卢克莱修，《物性论》卷五，页350）。

　　第六卷探讨"气象学与地质学"。在序诗（卷六，行1-95）以后，卢克莱修依次揭示了天空的自然现象，例如打雷、闪电、云和雨（卷六，行96-607），陆地上的异象，例如地震、火山爆发、磁场等（卷六，行608和1135），最终过渡到疾病，例如雅典的瘟疫（卷六，行1136-1284）。卢克莱修认为，有时"不能用一个原因来解释一个现象"，而必须有几个，但实际上只存在一个。最后，作品以阴郁地描述雅典的瘟疫而结束。[1]

　　6卷没有完成的诗作《物性论》成为遗物，落入了西塞罗及其兄弟昆·西塞罗的手中。西塞罗兄弟受到卢克莱修描写自然的诗歌美和比喻的感动，以至于西塞罗让人抄写这个作品，因而这个作品流传后世。不过，西塞罗兄弟绝对不同意作品的内容：伊壁鸠鲁劝他的追随者远离政治生活以避免烦恼。也就是说，伊壁鸠鲁的学说不符合古罗马美德思想要求的报效祖国。这也是伊壁鸠鲁主义为什么不能在罗马城推行的原因（参《古罗马文选》卷一，前揭，页366）。

　　在艺术方面，卢克莱修的6卷书《物性论》占有特殊的地位。首先，在形式方面，诗人自诩选择了死者没有走过的艺术之路（《物性论》卷四，行1）。卢克莱修想通过这样的方式说明以前没有人敢写这个素材。其实，以前恩培多克勒（约公元前5世纪中期）、德谟克里特（约公元前460-前357年）[2] 等都用诗

<hr>

　　① 关于卢克莱修《物性论》结尾（卷六，行1138-1286）的解释，参《古典诗文绎读·西学卷·古代编》（下），前揭，页47以下。

　　② 著有《毕达哥拉斯》、《论智者的安排》、《论勇敢》或《论德性》、《论高兴》、《伦理学评注》等伦理学著作，《大宇宙》、《小宇宙》、《论宇宙结构学》、《论行星》等自然哲学作品，《论角的差异》、《论几何学》、《几何学》、《数》等数学作品，《论韵律与和谐》、《论诗歌》、《论诗歌的优美》、《论悦耳和不悦耳的文字》、《论荷马》等文艺作品，《论巴比伦的圣书》、《论历史》、《关于法律的原因》等技艺作品。参第欧根尼·拉尔修，《名哲言行录》卷九，章7，页898-913。

体写过类似的题材。

卢克莱修的新颖之处就是经常采用一些完全是散文性的语法结构和词语，特别是一些连接词、转折词等，使得《物性论》具有散文性。不过，《物性论》总体上保持了诗歌的风格。《物性论》采用的格律是扬抑抑格六拍诗行（dactylus hexameter），像恩尼乌斯的作品一样。在遣词造句方面，卢克莱修也以伟大的恩尼乌斯为他的典范，所以卢克莱修的作品像恩尼乌斯的一样，一方面使用大量的口语，例如（在前面的短元音之后）省略词尾"s"，而同时代的诗作已经拒绝这种省略，另一方面使用许多古词，赋予卢克莱修的作品以庄严的崇高（参《古罗马文选》卷一，前揭，页366和390以下）。在修辞方面，卢克莱修喜欢用类比和比喻的手法。从文风来看，卢克莱修的《物性论》明显受到了亚历山大里亚诗风的影响，例如《物性论》第一卷第七十九至一百一十行和第二卷第六百零一至六百六十行（参王焕生，《古罗马文学史》，页108以下）。

不过，对于卢克莱修而言，形式是为内容服务的。诗人创作"明澈的歌声（lucida carmina）"（见《物性论》卷一，行933及下）就是为了阐述"伟大的知识（magnis de rebus）"（见《物性论》卷一，行931）和"晦涩的主题"。从开篇"最美好的自然现象"（维纳斯是喜悦、魅力与和平的施予者，自然的主宰）到结尾"最悲惨最丑陋的现象"（瘟疫），"诗歌似乎从优美的或令人欢欣的假象，走向了面目可憎的真理"。这个"优美的或令人欢欣的假象"就是预言"可爱的不恒长，恒长的不可爱"的痛苦、却给人"令人愉快的错觉"和业已成为疗治人们对世界依恋的良方的宗教。而这个"面目可憎的"真理就是"彻底揭示万物的本性"的、却"可能产生出最深切的痛苦"的哲学。痛苦的根源在于放弃了对世界的依恋。依据施特劳斯的解释，

"人们不得不在两种心灵宁静之间做出选择，一种得自令人愉快的错觉，一种源于令人不快的真理"。在这种情况下，卢克莱修选择诗歌，因为诗歌根植于对世界的依恋（像宗教一样），并服务于这种依恋（与宗教不同）；诗歌根植于前哲学的那种对世界的依恋，增强并深化了这种依恋。可见，哲学诗人是"恋世与恋世到超然世外之间的完美中介"；而卢克莱修的"诗是宗教与哲学之间的连接物或中介"。①

在思想方面，由于卢克莱不仅熟谙古代各个宗派的作家，特别是古希腊哲学家德谟克里特和伊壁鸠鲁，而他们的作品仅仅传下一些残段，卢克莱修的《物性论》就成了古希腊罗马时代惟一一部系统阐述原子论②的传世作品。再加上，卢克莱修对世事有独到的洞见，善于逻辑的辩论和诗意的讽刺，使得这首由信念和热情触发的讽刺娱乐诗不仅充满了科学的知识，而且成为思想的教师和灵魂的改变者。西塞罗在写给兄弟昆图斯的信（《致胞弟昆图斯》卷二，封9，3）中写道：

> Lucretii poemata ut scribis ita sunt, multis luminibus ingenii multae tamen artis
>
> 　卢克莱修的诗，如你在信中所说，有许多灵感的闪烁，还有许多诗的技巧。③

---

① 关于卢克莱修诗歌的作用（卷一，行926-950；卷四，行1-25）的解释，参《古典诗文绎读·西学卷·古代编》（下），前揭，页49-51。

② 原子论哲学的奠基人是公元前500年左右的琉基波斯。据说，琉基波斯是德谟克里特的老师。

③ 见卢克莱修，《物性论》，刑其毅译，引言，页19。参王焕生，《古罗马文艺批评史纲》，页136；朱龙华，《罗马文化与古典传统》，页149。

三、历史地位与影响

尽管《物性论》没有完成，可是由于卢克莱修和谐地把科学、哲学和诗融合到一起，这个作品在世界文学中的历史地位是无与伦比的（参科瓦略夫，《古代罗马史》，页605）。在《阿提库斯传》中，奈波斯把卢克莱修视为当时的杰出诗人之一："卢克莱修和卡图卢斯死后，卡利杜斯（Lucius Iunius Calitus）是最杰出的诗人"（奈波斯，《阿提库斯传》，章12，节4）。2世纪哲学家法沃里努斯（Favorinus，革利乌斯的老师）认为，维吉尔曾借用卢克莱修的著作中的词汇（革利乌斯，《阿提卡之夜》卷一，章21，节5）。① 马克思称赞卢克莱修是"朝气蓬勃、叱咤世界的大胆诗人"（马克思：《伊壁鸠鲁派哲学、廊下派②哲学和怀疑派哲学的历史笔记》，参王焕生，《古罗马文学史》，页113及下）和"罗马的真正叙事诗诗人"［参见《古典诗文绎读·西学卷·古代编》（下），前揭，页42］。英国学者詹金斯认为，"卢克莱修在罗马诗人中的地位仅次于维吉尔"（《罗马的遗产》，页24）。

与卢克莱修的地位相比，他的影响和地位是不够协调的，而且对后世文学创作的影响也是间接的（参詹金斯，《罗马的遗产》，页24）。譬如，维吉尔暗示卢克莱修是幸福的人（《农事诗》卷二，行490-492），贺拉斯《讽刺诗集》第一卷第三首和

---

① 王焕生给的出处"卷三，章21"肯定是错的，因为《阿提卡之夜》第三卷总共只有19章，应该是"卷一，章21，节5"；法沃里努斯的评论"具有杰出创作才能和善于言辩的诗人"所指的也不是卢克莱修，而是维吉尔："一位以机智与雄辩而卓尔不群的诗人"。参革利乌斯，《阿提卡之夜》卷1-5，前揭，页79；LCL 195，页96及下。

② 亦译"斯多亚主义"，本书统译"廊下派"。

普罗佩提乌斯《哀歌集》第三卷第五首都与卢克莱修的《物性论》有相似的地方（参王焕生，《古罗马文学史》，页113）。撇开西塞罗的评价不说，同时代人和后世大都拒绝认可卢克莱修的诗，这主要是因为有点清静无为的伊壁鸠鲁主义与罗马人积极进取的雄心壮志格格不入。奥维德才对卢克莱修给予了最高的赞美之言（《恋歌》卷一，首5）：

　　　　只能是有一天大地被倾覆，崇高的

　　　　卢克莱修的诗歌才会一起消亡（见王焕生，《古罗马文学史》，页113及下）。

　　一个世纪以后，在塔西佗时代，卢克莱修才受到有些诗人、甚至民族诗人维吉尔的厚待。卢克莱修激发维吉尔创作《农事诗》："维吉尔不仅效仿了卢克莱修的个别词句，还常常是几乎整段整篇地效仿其诗"（革利乌斯，《阿提卡之夜》卷一，章21，节7，参LCL 195，页96及下）。而且维吉尔在第二首诗中对卢克莱修给予高度的肯定："快乐的他发现了事物的原因，并把一切的恐惧，不可避免的命运和地狱的喧嚣都踏在脚下"（参见卢克莱修，《物性论》，刑其毅译，引言，页19）。修辞学家和演说家弗隆托认为卢克莱修"崇高（sublimis）"（《致维鲁斯》卷一，封1，节2，参LCL 113，页48及下；王焕生，《古罗马文艺批评史纲》，页273）。

　　在基督教文学中，卢克莱修一方面由于他攻击异教神界而得到赞同，另一方面由于无神论世界观自然也遭到拒绝，例如圣哲罗姆，并因此在整个中世纪"隐居一隅，无人知晓"［参见《古典诗文绎读·西学卷·古代编》（下），前揭，页41］。

　　15世纪（1417年）重新发现卢克莱修的"稍有残缺的《物

性论》抄本"之后，在人文主义时代，人们对诗人开始产生了生机勃勃的兴趣。维吉尔之后，卢克莱修最伟大的崇拜者是弥尔顿（John Milton，1608－1674 年）。[①]"《失乐园》（*Paradise Lost*，1667 年）[②] 是一部叙事诗，其铺陈方式含有教喻目的，但是真实的意图是教导，是'确认永恒不灭的神明，向人类确证上帝的种种道路'"。弥尔顿还模仿卢克莱修喜欢的一种修辞方式："缺少修辞"，即"他常常用非常雄辩的语言叙述一些错误的信仰或态度，然后用非常平直、浅显的话指出它们不过是迷信或感觉，并陈述正确的结论"（见詹金斯，《罗马的遗产》，页 24 及下）。《复乐园》（*Paradise Regained*，1671 年）[③] 更是把这种方法推向了极致。

卢克莱修的作品不仅启发了同时代的诗，而且启发了造型艺术。于是，15 世纪的画家波提切利（Sandro Botticelli）受到卢克莱修启发，创作了画《春天》（*Frühling*）和《维纳斯的诞生》（*Geburt der Venus*）。

在原子论方面，卢克莱修的《物性论》启迪了法国哲学家、物理学家和天文学家伽森狄（Pierre Gassendi，1592－1655 年）和英国化学家、气象学家和物理学家道尔顿（John Dalton，1766－1844 年）。18 世纪，在法国唯物主义流行的时代，卢克莱修的著作非常流行，人们从中汲取反对宗教的观念和论据（参王焕生，《古罗马文学史》，页 114）。譬如，卢梭即按《物性论》第五卷重述人类史［参《古典诗文绎读·西学卷·古代编》

---

① 麦格拉思（Alister McGrath）选编，《基督教文学经典选读》（*Christian Literature: An Anthology*），苏欲晓等译，北京：北京大学出版社，2004 年，页 504 以下。

② 弥尔顿，《失乐园》，朱维之译，长春：吉林出版集团有限责任公司，2007 年。

③ 弥尔顿，《复乐园》，金发燊译，桂林：广西师范大学出版社，2004 年。

（下），前揭，页 42]。意大利哲学家维柯（Giovanni Battista Vico，1668-1744 年）在《自传》中承认读过卢克莱修。列维尼（Joseph M. Levine）指出，以原始的自然状态为思考起点的人，包括格劳修斯（Hugo Grotius，1583-1645 年）与霍布斯（Thomas Hobbes，1588-1679 年），他们的思想来源也包含卢克莱修："他的《物性论》第五卷提供了一幅原始人逐渐上升到文明状态的精致图景"。①

　　19 世纪末、20 世纪初，尼采催促人们温习伊壁鸠鲁主义[参《古典诗文绎读·西学卷·古代编》（下），前揭，页 42]，包括卢克莱修。

---

① 列维尼（Joseph M. Levine）：维柯与古今之争，见刘小枫、陈少明主编，《维科与古今之争》（经典与解释 25），北京：华夏出版社，2008 年，页 110 和 121。

第五章　罗马新诗派

第一节　罗马新诗派

　　公元前 1 世纪中期，尽管卢克莱修因为难以改编的题材和让人觉得还有些古风色彩的拉丁语诗歌语言而名列前茅，可主宰罗马的精神生活的却是一群新派诗人。在公元前 50 年 11 月 26 日写给朋友阿提库斯的信中，西塞罗称这些新派诗人为 νεώτεϱοι（《致阿提库斯》卷七，封 2，节 1），意思是"更年轻的人"、"更新的人"，带有明显的贬义色彩。西塞罗把新诗人称作"欧福里昂（Euphorion）的效颦者们"（《图斯库卢姆谈话录》卷三，章 19，节 45，参 LCL 141，页 278 及下）。由于西塞罗对这些诗人的称呼确实反映了这个诗歌流派的实质，后来成为共同理解和接受的文学术语，只不过不再带有贬义色彩。

　　新诗派的产生有着极其深刻的社会根源。当时，罗马城邦共和国危机促进了社会意识方面的变化。传统的城邦集体意识逐渐淡化，个体意识、个体价值等个体因素却日益受到关注和重视。社会的长期动乱和日益彰显的个人独裁令人反感，迫使人们逃避现实生活，到远离世俗利益追逐的学术考证和探索中获取人生乐趣。

新诗派是一个相对的概念。与传统的罗马诗歌风格相比，新诗派的最大特点就是无论在形式方面还是在内容方面都打上了亚历山大里亚诗风的烙印。

新派诗人多数来自打上了凯尔特文化烙印的意大利北部，尤其喜爱卡利马科斯和其他的亚历山大里亚学派诗人。根据卡利马科斯的格言"书大弊端大（μέγα βιβλίον, μέγα κακόν）"，新诗派认为，荷马与恩尼乌斯的叙事诗过时了，取而代之的是维护亚历山大里亚学派传统的小篇幅。短篇叙事诗（通称"小史诗"）取代叙事诗的位置，是辛劳写作的、常常精心润色多年的短篇叙事诗。只写唯一的神话插曲或者一个地方传说。但是，为了取得令人向往的头衔"博学诗人（poeta doctus）"，有人把渊博学识融入了令人难以理解的影射神话的体裁。

除了短篇叙事诗，诉歌也受到亚历山大里亚学派的欢迎。在对句格（即双行体）诉歌里，抒写英雄传说和神话中的特定人物的激情与感情。新诗人也用拉丁语仿作这种文学类型。也许在古罗马人那里，描述外部感情的所谓客观诉歌才发展为表达自己内心生活的所谓主观诉歌。

当时在日常交际中，诗毕竟具有特殊的意义。可以视为自己感情与情绪传达方式的不仅有诉歌，而且还有碑铭诗（epigramma，亦译"铭体诗"）。抑扬格（iambus）诗［自从帕罗斯岛（Paros）的阿尔基洛科斯以来传统的骂人和诽谤体裁］和其他格律的论战传单和骂人话在罗马城有教养的人圈子里流传，也不害怕攻击高官。有人发现，诗歌话语是个人的武器，所以竭力运用诗歌话语。这并不局限于特立独行的诗人。当时，任何一个注重自己名誉的有教养的古罗马人都常使自己写诗，就像西塞罗的诗歌作品证实的一样（参《古罗马文选》卷一，前揭，页436以下）。

在格律方面，新诗人追求充满艺术的形式。这不仅可以追溯到古典标准，譬如，有人避免省略词尾s，严格按照亚历山大里亚学派格律的法则建构诗，而且还可以追溯到亚历山大里亚学派不再使用的诗律，真的也可追溯到萨福（Sappho，公元前600年左右）的诗律：萨福体诗节（sapphicus）。

关于古罗马新诗人，大都只传下他们的名字。这个诗派的重要代表人物有诗人兼演说家卡尔伍斯（Gaius Licinius Calvus，参卡图卢斯，《歌集》，首14、50和53，十一音节体诗行；首95，诉歌双行体）、诗人兼文法家瓦勒里乌斯·加图（Publius Valerius Cato，参卡图卢斯，《歌集》，首56，十一音节体诗行）、诗人赫尔维乌斯·秦纳（Gaius Helvius Cinna，参卡图卢斯，《歌集》，首10，行30；首95）、来自马鲁基尼的学者盖·阿西尼乌斯·波利奥（Gaius Asinius Pollio）和来自克勒蒙纳的诗人兼评论家昆提利乌斯·瓦鲁斯（Quintilius Varus，参卡图卢斯，《歌集》，首10，行1；首22，行1）等。

其中，卡尔伍斯写过短篇神话叙事诗《伊奥》（*Io*），写过恋歌、诉歌、《碑铭诗》（*Epigrammata*）等。譬如，在诉歌《昆提莉娅》（*Qvintilia*）中，卡尔伍斯哀悼早亡的妻子昆提莉娅："或许她的骨灰也能在这里面找到快乐"。为此，卡图卢斯写了一首最动人的双行体诉歌，安慰这位有丧妻之痛的朋友：昆提莉娅会因为卡尔伍斯的"这份爱而倍加幸福"（卡图卢斯，《歌集》，首96）（参见卡图卢斯，《歌集》，页354及下）。又如，在一首碑铭诗里卡尔伍斯又抨击恺撒和庞培。尽管卡尔伍斯的作品都失传了，可他在新诗派中的地位很重要，奥维德、小普林尼等后世作家都把卡尔伍斯同生前与他很亲近的卡图卢斯相提并论（奥维德，《恋歌》卷三，首9，行59-62；小普林尼，《书信集》卷一，封

16，节5，参王焕生，《古罗马文学史》，页119及下）。

　　卡图卢斯的同乡普·瓦勒里乌斯·加图是新诗派的精神领袖，因为普·瓦勒里乌斯·加图提倡卢基利乌斯的诗歌，同时注意体会亚历山大里亚诗歌风格。普·瓦勒里乌斯·加图写过《狄克提娜》（*Dictynna*）和《吕狄娅》（*Lydia*）。其中，前者模仿卡利马科斯的诗歌，后者颂扬他所心爱的女人。这两篇诗歌都失传了。

　　赫尔维乌斯·秦纳也是卡图卢斯的同乡，还同卡图卢斯一起随裁判官盖·墨弥乌斯前往比提尼亚任职。赫尔维乌斯·秦纳以塞浦路斯王子的爱情故事为题，写作神话诗歌《斯弥尔娜》（*Zmyrna* 或 *Smyrna*）。这首采用诉歌双行体的诗得到卡图卢斯的称赞（《歌集》，首95，参卡图卢斯，《歌集》，页352及下；王焕生，《古罗马文学史》，页119及下）。

　　上述新诗人的作品都没有留传下来，仅有后代作家的偶尔提及。有完整的作品传世的似乎只有这个诗派的最优秀者卡图卢斯（C. Valerius Catullus）。[①]

　　新诗派影响的对象主要是罗马诉歌诗人伽卢斯和《牧歌》的作者维吉尔（维吉尔，《牧歌》，首10）（参王焕生，《古罗马文学史》，页118及下）。

第二节　卡图卢斯

一、生平简介

　　根据哲罗姆的《编年史》，公元前87年左右，卡图卢斯

---

　　① 参《古罗马文选》卷一，前揭，页392，脚注1；E. A. Schmidt（施密特），*Catull*（《卡图卢斯》），Heidelberg 1985。

（Gaius Valerius Catullus）① 生于维罗纳（Verona），即近西班牙（Gallia Transpadana）。卡图卢斯出身于有声望的贵族家庭 Valerii。这个家族定居在凯尔特人聚居的上意大利。卡图卢斯的父亲属于维罗纳的绅士，与近西班牙的地方长官墨特卢斯（Metellus）保持友好的关系。墨特卢斯的夫人克洛狄亚（Clodia）后来成为卡图卢斯歌颂的情人，假名莱斯比娅（Lesbia）。关于莱斯比娅是有夫之妇，有双行体诉歌为证："莱斯比娅当着丈夫说尽了我的坏话，这让那个傻瓜从骨髓里感到舒坦（《歌集》，首83，行1-2）"（参卡图卢斯，《歌集》，页329）。

卡图卢斯出生于一个家境殷实的地方贵族家庭，在加尔达湖（Gardasee）边上的西尔弥奥（Sirmio）半岛有一块地产。诗人非常关切这块地，甚至在他的诗［卡图卢斯，《歌集》（*Carmina*），首31］里歌颂它。

然而，卡图卢斯的文学发展是在罗马的新诗人圈子或"天才的文学贵族放荡者协会"（参科瓦略夫，《古代罗马史》，页608）里完成。不过，首先是卡图卢斯对前面提及的克洛狄亚充满激情的炽热爱情使潜藏于他身上的诗歌天才得到最充分发掘。克洛狄亚不是保民官克洛狄乌斯（P. Clodius Pulcher，西塞罗的政治宿敌）的妹妹 Clodia Luculli（Luculli 为夫姓），而是他的姐姐 Clodia Metelli（Metelli 为夫姓）。而这个城里有名的美人同样由于伤风败俗而声名狼藉。并且由于这位美人的不忠，诗人陷入绝望的万丈深渊。我们把属于最完美、最有激情和描写最直接的世界文学之列的爱情诗归功于公元前61 至前58 年卡图卢斯与克洛狄亚保持的相互爱恋关系。在卡图卢斯的诗歌里，克洛狄亚假

① 出生时间或为"大约公元前84 年"，全名或为 Quintus Valerius Catullus，参卡图卢斯，《歌集》，译序：卡图卢斯及其《歌集》（李永毅），页1 及下。

名莱斯比娅（Lesbia），而克洛狄乌斯假名莱斯比乌斯（Lesbi-us）。而且同克洛狄亚与克洛狄乌斯一样，莱斯比娅与莱斯比乌斯存在兄妹乱伦的关系。可以证明这种影射的是，卡图卢斯的用词"Lesbius est pulcher"（莱斯比乌斯很帅），这里的 pulcher 意即"英俊"，但是第一个字母大写，Pulcher 就成了克洛狄乌斯的名字（《歌集》，首 79，参卡图卢斯，《歌集》，页 320 及下）。

诗人与他的情人如此痛苦地分手时，卡图卢斯联合同样属于新诗人之列的老乡赫尔维乌斯·秦纳（C. Helvius Cinna）和公元前 57 年接管比提尼亚的行政权的副总督盖·墨弥乌斯。公元前 56 年，在返回的旅途上，诗人在特洛伊（Troas，意思是"特洛伊的土地"）拜祭了他哥哥的坟墓（参卡图卢斯，《歌集》，首 101，诉歌双行体）。返回罗马城以后，卡图卢斯还保持一些肤浅的爱情关系，不过尤其致力于对恺撒的政治诋毁。

尽管恺撒是卡图卢斯父母家中喜欢见到的常客，可诗人本人还是在他的诗里激烈攻讦恺撒，特别是攻讦恺撒的宠信玛穆拉（L. Mamurra）。不过，由于卡图卢斯之父的调解，或许还有朋友（如西塞罗）的斡旋，卡图卢斯最终与恺撒和解（《歌集》，首 11，行 10-13；首 49）（参卡图卢斯，《歌集》，页 38 及下和 138 及下）。

卡图卢斯可能死于公元前 54 年左右（参《古罗马诉歌诗人》，前揭，页 9 以下）。

二、作品评述

卡图卢斯传世 1 本《歌集》（Carmina，参 LCL 6，页 2 以下），总共有 116 首诗。不过，学界认定，第十八至二十首不是卡图卢斯的作品（李永毅：译序：卡图卢斯及其《歌集》，参卡图卢斯，《歌集》，页 3）。也就是说，卡图卢斯的传世之作只有

113 首。

（一）形式分析

诗集里的诗歌顺序是诗人按照自己的艺术构思编排的。[①]　卡图卢斯的《歌集》可以划分为 3 个部分。

第一部分即第一至六十首，除去不属于卡图卢斯作品的 3 首，总共 57 首短诗，格律多样化。

主要格律是卡图卢斯最擅长的十一音节体诗行（hendecasyllabus，参卡图卢斯，《歌集》，页 405）。采用这种格律的总共 41 首。其中，40 首的格律是标准的，1 首的格律有变异。譬如，第五十五首是十一音节体诗行（hendecasyllabus）的变体，因为其中有一半以上是十二音节，基本倾向是十一音节的诗行与十二音节的诗行交替出现。这首诗似乎写的是与朋友卡梅里乌斯捉迷藏。诗人找不到，试图用诗句激将朋友现身。这首诗很有趣，用诙谐甚至轻浮的语言表达严肃的主题：友谊。譬如，卡梅里乌斯（Camerium）与胸带（camerion）的谐音带有色情的俏皮。第五十八首（b）延续了找寻朋友卡梅里乌斯的题材，不过，戏拟叙事诗，采用标准的十一音节体诗行（hendecasyllabus），戏谑意味比较浓。

这些诗歌抒情性很强，语言高度口语化，鲜活生动。撇开第一首可能是某部诗集的序诗——序诗（《歌集》，首 1）表明，这本小书（libellus）是献给历史学家奈波斯的——不说，卡图卢斯用十一音节体诗行（hendecasyllabus）抒发各种情感，例如爱情与友情。

在序诗以后，几首欢呼雀跃的关于莱斯比娅的诗构成了爱情诗的序幕。这些诗用各种各样的韵律，歌颂诗人的爱情幸福。其

---

①　但是我们可以由此推出，在这个诗集出版以前卡图卢斯的许多哀歌与碑铭诗在罗马城已经到处流传，妇孺皆知。参《古罗马文选》卷一，前揭，页 393，脚注 2。

中，第二首戏仿古希腊和泛希腊时期的颂神诗，第三首戏仿古希腊和泛希腊时期的挽歌，表达诗人对莱斯比娅的爱情。

第六首模仿泛希腊时期一类打趣的爱情诗：通常的情形是，宴会时大家故意用粗俗的言辞刺激一位朋友，迫使他坦白恋爱的真相。与宴会有关的是酒歌，例如第二十七首，这首很短的酒歌上承古希腊诗人安纳克瑞翁（Anacreon），下启奥古斯都时期的贺拉斯。在卡图卢斯看来，要喝最好最烈的美酒。与宴会有关的还有邀请诗，如第十三首。有意思的是，这首诗十分打趣，大有"我请客，你付账"的意味。最迷人的一首诗是第三十二首。在诗里诗人为了维权，集结十一音节体诗行（hendecasyllabus），用羞辱的方式讨还自己的"蜡板"（或为诗作的笔记本），然而由于那位女人无动于衷而"徒劳无功"，最后只有改变策略，很客气地索取，用尊称"纯洁高贵的姑娘"取代先前的贱称"该死的娼妇"。

同样属于邀请诗的是第三十五首，但目的不是宴饮，而是评论另一位朋友凯奇利乌斯的诗《库柏勒》。诗人认为，诗品与人品是分离的，诗人本身应当"纯洁"、"无邪"和"虔诚"，但诗作"根本不必"，可以充满"柔情"，因为"真正有机巧、有风味的诗反而应柔媚些，放纵些"（《歌集》，首16，行7-8）。

有的十一音节体诗行（hendecasyllabus）比较高雅。譬如，第四十五首描写塞普提米乌斯（Septimius）与情人阿克梅（Acme）的纯情，语言比较干净。有的带有色情意味，如涉及同性恋的第十五首。其中，有的色情诗比较庸俗，如第五十六首（不过，最庸俗的是用诉歌双行体写的第九十七首）。有的攻击性较强。譬如，第三十三首攻击维本尼乌斯（Vibennius）父子：父亲是小偷，儿子是男妓。第四十首以短长格（iambus）讽刺诗威胁惩罚试图"爱我所爱"的情敌拉维杜斯（Ravidus）。第四十一首挖苦妓女的长相和贪婪。

　　第一部分用得第二多（总共 7 首）的格律是跛行抑扬格（cholos、scazon、choljambus 或 Limping Iamb），[1] 例如第八首。这种格律由公元前 6 世纪希腊诗人希波纳克斯（Hipponax）创立，每行由 5 个短长格（iambus）节拍和 1 个长短格（trochaeus）或长长格（spondeus）节拍组成。由于拉丁语单词重音常常落在倒数第二个音节上，恰好与格律本身的重音一致，所以听觉效果比较散文化、口语化。在卡图卢斯的诗集中，这种格律常用于讽刺性的作品中。第二十二首是写给朋友瓦卢斯的信。在信里，卡图卢斯通过讽刺高产的诗人苏费努斯（Suffenus），表达自己的诗学主张：只有精雕细琢才能创造出真正的艺术品。采用跛行抑扬格（Hinkjambus 或 Choljambus）的第三十一首风格自然，洋溢着诗人从比提尼亚卸职以后回到家的喜悦，大约写于公元前 56 年夏天。第三十七首攻击混迹酒馆的那些人，例如只知道傻笑的（《歌集》，首 39）西班牙人艾格纳提乌斯（Egnatius），或许因为莱斯比娅是酒馆的常客，与他们厮混。第四十四首调侃宴请诗人的朋友塞斯提乌斯（Sestius）。[2] 第五十九首攻击一个名叫鲁茷（Rufa）的女人。第六十首表达遭遇抛弃的情人或朋友的愤懑。

　　采用抑扬格六音步（iambus sēnārius）[3] 的诗歌两首。其中，

---

　　① 跛行抑扬格或不规则的短长格（iambus）存在于古典讽刺诗中，以扬扬格（spondeus）或扬抑格（trochaeus）结尾，基本格式：短长 短长 短长 短长 短长 长 X（X 代表的音节可长可短），参卡图卢斯，《歌集》，页 405。

　　② 在卡图卢斯的《歌集》第四十四首里，讽刺的对象出现 3 次，分别是第十行的 Sestianus（塞斯提亚努斯）、第十九行的 Sesti 和第二十行的 Sestio。学界普遍认为，卡图卢斯讽刺的对象不是塞斯提亚努斯，而是塞斯提乌斯（Sesti 或 Sestio），甚至有人指出，这个人的全名可能是 Publius Sestius（公元前 57 年任保民官，公元前 54 年任行政官）。参卡图卢斯，《歌集》，页 124 以下。

　　③ 抑扬格六音步（iambus senarius）的基本格式：短长 短长 短长 短长 短长 短 X（X 代表的音节可长可短），参卡图卢斯，《歌集》，页 405。

第四首仿照泛希腊时期的献辞诗。这种格律节奏比较急促，在古希腊诗歌中常用于攻击和辱骂的场合。譬如，第二十九首就淋漓尽致地发挥了短长格（iambus）的威力，攻击恺撒的党羽玛穆拉。

萨福体诗节（sapphicus）由公元前6世纪的古希腊诗人萨福创立，每节前3行格律相同，最后1行是前面各行的一半长度，如第十一首。从风格上看，这首诗模仿了古希腊叙事诗传统的词汇和表达方式。譬如，运用斯库拉的神话，使得诗作的风格统一和过渡平稳。

在《歌集》第一部分的混合了各种各样元素的诗歌（carmen）中，《歌集》第五十一首（格律为萨福体诗节）占有特殊的地位。勾画卡图卢斯对莱斯比娅萌生爱情的诗是对萨福的诗歌的逐字逐句翻译：

> Ille mi par esse deo videtur（卡图卢斯，《歌集》，首51，行1）
>
> 那人在我眼里，仿佛神一般（李永毅译）。①

> φαίνεταί μοι κῆνος ἴσος θέοισιν（萨福，《歌集》，首1，行1）
>
> 在我眼里，他是天神（丰卫平译）②

诗人在萨福的《歌集》里添加了自己的令人惊喜的结束小

---

① 飞白译："我觉得此人真不亚于神仙"，参《雅努斯——古典拉丁文言教程》，前揭，页111。丰卫平译："那个男人，我觉得他像个神仙"，参克拉夫特，《古典语文学常谈》，页63。

② 参克拉夫特，《古典语文学常谈》，页62。英译 He appears to me, that one, equal to the gods，中译："在我看来，他——那个人——等同于诸神"。

节，即第四小节。前 3 个节是对萨福诗篇的比较自由的翻译，卡图卢斯通过改写第四小节，改变了写诗的视角和重心。萨福的视角和重心是女性，而卡图卢斯的视角和重心是男性。萨福的诗写一位女性（即抒情主人公）爱另一位女性，而那位女性又为一位男性所爱。而卡图卢斯的诗写一位女性与两位男性的关系：抒情主人公与另一名"仿佛神一般"有魅力的男性竞争一位女性，即莱斯比娅。诗中表达了诗人对莱斯比娅的一见钟情，但是由于情敌貌似很强大，抒情主人公摆出哀兵的低调，似乎有些退却的意思，甚至转而探讨闲逸与责任的关系：闲逸是祸殃，"闲逸在过去毁掉了多少国王和繁华的城市"。不过，也有人认为，卡图卢斯是采取以退为进的爱情策略。由于萨福的《歌集》融入卡图卢斯的爱情抒情诗，卡图卢斯想——就像选择莱斯比娅为克洛狄亚的假名（《歌集》，首 79，诉歌双行体）一样——在诗人的情人和古希腊女诗人萨福之间建立一种特殊的关系：Lesbia 取名于萨福的出生地 Lesbos（参卡图卢斯，《歌集》，译序：卡图卢斯及其《歌集》，页 2）。

普里阿普格（priapean）① 在泛希腊时期常用于献给丰饶之神普里阿普（Priapus）的颂神诗。第十七首采用这种格律是用心良苦的：普里阿波斯的形象是一个阳具或有巨大阳具的人身，而这首诗写的是老夫少妻，似乎在嘲弄老夫性冷淡和性无能，以至于少妻虚掷青春。

第二十五首采用的格律是行末不停顿的或以不完整节拍结尾

---

① 普里阿普格（priapean）是六拍诗行（hexameter）的一种，诗行分为两部分，其中，第一个和第四个节拍是长短格（trochaeus），第二个和第五个节拍是长短短格（dactylus），第三个节拍是长短长格（creticus），第六个节拍为长短格（trochaeus）或长长格（spondeus），基本模式：长短长短短长长短长 ‖ 长短长短短长 X（X 代表可长可短），参卡图卢斯，《歌集》，页 405。

（καταληκτικός或 catalectic，参《拉丁语语法新编》，前揭，页554）的抑扬格四拍诗行（iambus tetrameter）。① 这首诗写偷窃宾客手巾的贼，带有色情味。

在采用大阿斯克勒皮阿得斯体诗节（asclepiadeus maior）②的第三十首诗里，卡图卢斯谴责朋友阿尔费努斯（Alfenus）不够朋友。这位朋友把诗人领进"爱的门"，但是当诗人"陷入困厄时"却抛弃了诗人，不肯援助诗人。

卡图卢斯还采用古希腊诗人安纳克瑞翁的格律：每节前 3 行采用格吕孔诗行（glyconeus），③ 第四行采用得名于雅典谐剧诗人斐瑞克拉特斯（Pherecrates）的斐瑞克拉特斯体诗行（pherecrateus），④ 例如献给狄安娜的颂歌，即第三十四首。在这首长

_____

① 以不完整节拍结尾的（κατάληξις或 catalectic）抑扬格四拍诗行（iambus tetrameter）的基本模式：短长短长短短长短长 | 短长短长短短长 X（X 代表可长可短），参卡图卢斯，《歌集》，页 405；《拉丁语语法新编》，前揭，页 563。

② 大阿斯克勒皮阿得斯体诗节（德语 greater Asclepiadean）得名于古希腊萨摩斯（Samos）的抒情诗人阿斯克勒皮阿得斯（Asclepiades）。古代希腊语和拉丁语诗歌里，大阿斯科勒皮阿得斯体诗节的基本模式：长长长短短长//长短短长//长短短长短 X，其中，X 代表可长可短，参卡图卢斯，《歌集》，页 405；《拉丁语语法新编》，前揭，页 568。

③ 格吕孔诗行（glyconeus）得名于古希腊不出名的诗人格吕孔（Glykon），是 8 个音节的古典格律，由 3 个长短格（trochaeus）构成，其中的一个长短格（trochaeus）以不完整音节结尾（καταληκτικός或 catalectic），另外还有一个长短短格（dactylus），共有 3 种基本模式：长短短 | 长短 | 长短 | 长；短短 | 长短短 | 长短 | 短；长短 | 长短 | 长短短 | 长。此外，得名于格吕孔的还有格吕孔诗节（glykoneische Strophe），前 3 个诗行是相同的 8 个音节（分别是扬抑格［trochaeus］、扬抑抑格［dactylus］和扬抑扬格［creticus］），最后一个诗行以不完整音节结尾（καταληκτικός或 catalectic），即只有 7 个音节（即扬抑格［trochaeus］、扬抑抑格［dactylus］和扬抑格［trochaeus］）。譬如，基本模式：长短长短短短长短长//长短长短短长短长//长短长短短长短长/长短长短短长短。另参卡图卢斯，《歌集》，页 404；《拉丁语语法新编》，前揭，页 567。

④ 斐瑞克拉特斯体诗行（pherecrateus）属于散文歌体，是以不完整音节结尾（καταληκτικός或 catalectic）的格吕孔诗行（glyconeus），基本模式：短短长短短长长。参卡图卢斯，《歌集》，页 404；《拉丁语语法新编》，前揭，页 566。

达6节的诗里，卡图卢斯严格遵循颂歌的程序。第一节（即行1-4）是开场白，叙述敬拜者的身份：少男少女。第五至十二行吁请神灵，点出神的名号、谱系和管辖范围。第十三至二十行是庆祝，描绘神的力量。最后一节（即行21-24）是祈福，请求神明庇佑敬拜者及其所代表的群体。

此外，卡图卢斯还采用抑扬格三拍诗行（iambus trimeter），[①]例如第五十二首。

第二部分即第六十一至六十八首，总共8首，是篇幅较长的长诗。这些占据《歌集》中间部分的长诗是以亚历山大里亚诗风为典范的短篇叙事诗与诉歌。

在这些诗歌里，卡图卢斯证明自己也是博学诗人（poeta doctus）。譬如，在卡图卢斯描写佩琉斯（Peleus）与忒提斯（Thetis）的婚礼的短篇叙事诗（《歌集》，首64，扬抑抑格六拍诗行［dactylus hexameter］）中，短篇叙事诗采用框架叙述，充满艺术性地围绕阿里阿德涅（Ariadne）在纳克索斯（Naxos）与狄奥倪索斯（Dionysos）的结合进行叙述。

上述的诉歌有两种类型，分别体现在卡图卢斯的双行体诉歌《贝莱尼克的祭发》（*Locke der Berenike*，即《歌集》，首66）和《致阿利乌斯》（*Allius*，即《歌集》，首68）里。前者被视为客观诉歌的典范，后者则是书信体诉歌，是主观诉歌与客观诉歌的完美结合。在诉歌《致阿利乌斯》里，卡图卢斯本人曾受到兄弟死亡的沉重打击，现在却试图用素朴的神话诗来安慰同样遭遇厄运的朋友阿利乌斯。

此外，卡图卢斯在第二部分还采用了别的格律。譬如，第六

---

① 抑扬格三拍诗行（iambus trimeter）的基本模式：短长短长短｜长短长短长短长，参卡图卢斯，《歌集》，页405；《拉丁语语法新编》，前揭，页560-563。

十一首采用格吕孔诗行（glyconeus）与斐瑞克拉特斯体诗行（pherecrateus）混合的诗节（stāns）。这首婚歌（hymenaeus）全面地呈现了古罗马婚礼的风貌，具有很高的文学和民俗学价值，对后世同类诗歌影响较大（参卡图卢斯，《歌集》，页404）。

第六十二首也是婚歌（hymenaeus），但采用扬抑格六拍诗行（trochaeus hexameter）。[①] 里面一些措辞受到了萨福婚歌的影响，对歌的结构方式和叠句有特奥克里托斯（Theokrit、Theocritos 或 Theocritus）的影子。总体来看，这首诗具有更多的希腊风味。

由两个抑扬格（iambus）节拍组成的的诗行（galliambus）[②]——其中 galli 意为"阉割的男子"——前半段以长音（longa）为主，后半段以短音（brevi）为主，两部分之间有一个停顿，节奏急促，适合表现急剧变化的情节和激烈的情绪。这种格律包含了较多的单音节，更适合古希腊语。卡图卢斯成功驾驭这种格律，例如第六十三首，表明他的诗歌技巧十分娴熟。

Ĕgŏ mŭlĭĕr, ĕgө ădŭlēscēns, | ĕgө ĕphēbŭs, ĕgŏ pŭêr[③]
（卡图卢斯，《歌集》，首63，行63，其中ө代表o的省略音，ˇ代表短音，ˉ代表长音，^代表可长可短音）

---

① 与六拍诗行（hexameter）连用的通常是扬抑抑格或长短短格（dactylus），例如卡图卢斯的《歌集》第六十四首。至于第六十二首的格律，王焕生只谈及六拍诗行（hexameter），参王焕生，《古罗马文学史》，页132。而李永毅谈及独特的扬抑格（trochaeus），参卡图卢斯，《歌集》，页196。

② 由两个抑扬格（iambus）节拍组成的（诗句）（galliambus）的基本模式：短短长短长短长长 | 短短长短短短短 X（X代表可长可短），参卡图卢斯，《歌集》，页404。

③ 拉丁语 mŭlĭĕr, ĕrĭs, 阴性，女人，妻子，女士。ădŭlēscēns, ēntĭs, 阳性，年轻男人；阴性，年轻女孩，少女，处女。ĕphēbŭs, ī, 阳性，少年，小伙子。pŭĕr, pŭĕrī, 阳性，小孩，（15岁以下的）男孩。所以整句的字面意思：我是女人，我是女孩，| 我是少年，我是男孩。

我是女孩，未嫁，｜我是男孩，未娶。①

第三部分即第六十九至一百一十六首，是些碑铭诗，采用的格律是诉歌双行体。诉歌双行体——即对句格（distichon）——的诗构成了诗集的最后部分，即第六十五至一百一十六首，总共42首，包括第二部分的4首诉歌（《歌集》，首65-68）和第三部分的38首碑铭诗（epigramma）。碑铭诗多是2至10行的短诗，格律都采用从希腊诗歌引进的诉歌双行体，例如《歌集》第六十九至一百一十六首。其中，第七十首的原型是卡利马科斯的第二十五首碑铭诗。

在这些碑铭诗中，诗人又采用动人的直白，表达个人的感情，例如爱、恨和绝望。属于此列的有特别动人的碑铭诗《既恨又爱》（*Odi et Amo*）（卡图卢斯，《歌集》，首85）。虽然这首碑铭诗引起许多西方诗人的翻译和仿作，但是最终还是不可译的。譬如，著名的对句：

Odi et amo. Quare id faciam, fortasse requiris.

Nescio, sed fieri sentio et excrucior

我又恨又爱。你也许要问为什么我这样做呢？

我不知道，但是我感到我是这个样子并且十分痛苦

（王以铸译，见科瓦略夫，《古代罗马史》，页608）。

因为，正如一位语言学者指出的一样，"全部人类生活都在这两行诗里了"（参科瓦略夫，《古代罗马史》，页608）。这首

---

① 李永毅译：我，一个女人，一个男孩，青春年少，参卡图卢斯，《歌集》，页213。

诗虽然简短，但却是古罗马文学中最精炼、内涵最丰富的。诗人以惊人的语言张力呈现自己对莱斯比娅的复杂情感：一方面反映对负心情人的爱恨交织，另一方面又折射出诗人的矛盾态度（参卡图卢斯,《歌集》，页332及下）。

（二）内容分析

从上述的形式分析可以看出，"放荡的卡图卢斯的作品"（普罗佩提乌斯，《哀歌集》卷二，首34，行87，见普罗佩提乌斯，《哀歌集》，页225）类型包括最真挚最柔情脉脉的情趣诗、欢呼雀跃的狂喜诗、令人感动的哀诉诗和用最粗俗的街头巷尾行话写的最粗鲁的辱骂诗。从主题内容来看，卡图卢斯的《歌集》主要分为6种：亲情诗、爱情诗、友情诗、嘲讽性的时评诗、神话诗和婚歌（hymenaeus）。

亲情诗

在《歌集》中有好几首诗歌都涉及卡图卢斯的亡故的哥哥。卡图卢斯的哥哥死得很早，葬在远离家乡的特洛伊，直到从比提尼亚卸职返回罗马的途中，卡图卢斯才有机会到特洛伊，亲自祭奠哥哥的坟墓。

> 经过多少国度，穿过多少风浪，
> 我才来到这里，哥哥，给你献上
> 凄哀的祭礼，以了却对你的亏欠，
> 徒劳地向你沉默的灰烬问安。
> 既然你从我身边，被不公正的命运
> 生生劫走，可怜的哥哥，我只能
> 求你姑且收下这些按祖先的规矩
> 摆放在你坟前的悲伤礼物——

享用吧，它们已被弟弟的泪水浸透，

永别了，哥哥，保重，直到永久（《歌集》，首101，行1-10，参卡图卢斯，《歌集》，页364及下）！

这首凭吊哥哥的诗是双行体诉歌，洋溢着卡图卢斯作为弟弟对哥哥的一片真情。丧兄之痛是庄严的伤痛，痛切心扉。在诗人看来，哥哥的亡故简直就是天崩地裂，世界末日。

啊，可怜的我，就这样失去了哥哥，

啊，哥哥，你的亡故摧毁了我的幸福，

我的整个家都和你一起埋进了坟里，

我所有的快乐都已和你一起化作泥土，

你在世时，它们却被你甜蜜的爱珍惜。

因为你的夭折，我从心里放逐了所有

这些灵魂所迷恋、所追慕的东西（《歌集》，首68，行20-26，参卡图卢斯，《歌集》，页283）。

在卡图卢斯的眼里，哥哥是"弟弟的幸福之光"。可是，如此亲近的哥哥却埋葬在遥远的异国他乡，这让诗人十分伤感：

现在，遥远的你，不在熟悉的墓群间，

也不能安息在祖先亲族的尸骨之侧，

却被特洛伊，可憎的特洛伊，无端阻拦，

凄凉地长眠于异国他乡的偏远角落（《歌集》，首68 b，行97-100，诉歌双行体，参卡图卢斯，《歌集》，页291）。

总之，对哥哥的怀念成为卡图卢斯一生中最真挚、最强烈和最持久的情感，并极大地影响了卡图卢斯的诗歌创作。这些凭吊哥哥的诗言词纯净，情真意切。卡图卢斯对哥哥的亲情绝不亚于对莱斯比娅的爱情，因为诗人称莱斯比娅为"我的生命"，而"哥哥，你比生命还宝贵"，因为诗人可以割舍对莱斯比娅的爱情，但是不能割舍对哥哥的亲情："至少我会永远爱你，永远把因你之死而黯然的诗句低吟"（《歌集》，首65，行10-12）。

爱情诗

作为拉丁语文学中最杰出的抒情诗人，卡图卢斯需要表达的另一个重要情感就是爱情。其中，最富有抒情色彩的是卡图卢斯在罗马生活期间写的致恋人莱斯比娅的诗歌。

《小雀啊，我情人的小甜心》（《歌集》，首2）和《悲悼吧，维纳斯和丘比特们》（《歌集》，首3）以恋人的宠物小雀为题材，表达诗人对莱斯比娅同喜同悲的初恋情感。《莱斯比娅，让我们尽情生活爱恋》（《歌集》，首5）和《你问，究竟要给我多少个吻》（《歌集》，首7）表现诗人对莱斯比娅的热恋。在卡图卢斯眼里，莱斯比娅不仅是最美的：她"窃走了天下所有女人的妩媚"（《歌集》，首86，行5-6），别的女人没法相提并论（《歌集》，首43），而且还是最有价值的，是他的"生命"（《歌集》，首104）。卡图卢斯或许因此对莱斯比娅表现出最大的爱和忠诚（《歌集》，首87）。相应地，卡图卢斯也希望和相信莱斯比娅对自己的甜美爱情是永恒的：

> 我的生命，你说，我们的恋情
> 将是甜美的，我们将爱到永恒。
> 众神啊，愿她的诺言是真的，
> 愿每个字都发自她的肺腑，

好保佑这份神圣友情的盟约

能被我俩终生虔诚地守护（《歌集》，首109，见卡图卢斯，《歌集》，页380及下）。

之后，诗人与莱斯比娅进入打情骂俏的阶段。在卡图卢斯看来，言语战争是爱的表现（《歌集》，首92，诉歌双行体）。

后来，朋友盖里乌斯（Gellius）横刀夺爱，因而愤怒的卡图卢斯攻击盖里乌斯乱伦（《歌集》，首88-91）。或许由于这种缘故，诗人与莱斯比娅之间出现真正的不和，这让诗人很受伤：

……虽然我的爱

越发炽烈，你在我心中却越发轻贱。

……因为这样的伤害

只会让欲望更执著，让情谊更疏远（《歌集》，首72，行5-8，见卡图卢斯，《歌集》，页304及下）。

随着莱斯比娅的背信弃义，诗人对她的挚爱之情逐渐减弱："因为你的错，莱斯比娅，我这颗心才沉沦"。此时，诗人的"心"十分矛盾，可谓爱恨交加（《歌集》，首85）。一方面，诗人声称，"即使你洗心革面，它也不能珍惜你"（《歌集》，首75，行3）。另一方面，诗人又难以割舍他对莱斯比娅的感情："即使你堕落到底，它也没法停止爱你"（《歌集》，首75，行4）。因此，当诗人"热切期盼的"的莱斯比娅重新回到他身边时，他完全忘记莱斯比娅的背信和自己曾经蒙受的痛苦，显得是那么开心和幸福（《歌集》，首107）：

……那位莱斯比娅，

卡图卢斯唯一爱恋的莱斯比娅——他爱她

胜过爱自己，胜过爱自己所有的亲眷（《歌集》，首58，行1-3，见卡图卢斯，《歌集》，页162及下）。

然而，莱斯比娅本性难移，越来越放荡。这使得诗人越来越痛苦和愤怒（《歌集》，首58）。随着两个人的情感裂痕越来越深，诗人受伤的心灵已经开始趋于平静，把"这段无回报的爱情"视为"从前的善行"，决定"尽一切努力""抽身出来"，"摆脱这可憎的病"，让"自己好起来"。卡图卢斯感到自己问心无愧，因为"对人所能说的一切良言，所能做的一切善事"，他"都已经说了，做了"。诗人虽然因为自己曾经为了一个忘恩负义的人付出而遗憾，但是也为自己纯正的心灵而感到宽慰。不过，"将长久珍惜的爱弃置一旁，不容易"。当他陷入情感与理智的激烈斗争中时，诗人求助于神明助佑（《歌集》，首76）。

在《可怜的卡图卢斯》（《歌集》，首8）中，诗人似乎对莱斯比娅不再抱有幻想，决意同莱斯比娅彻底断交，但仍然带有一些情感的牵挂。这种情感的牵挂最终衍变成亲情："我爱你……却像父亲爱护自己的儿子和女婿"（《歌集》，首72）。

在《孚里乌斯》（《歌集》，首11）中，诗人终于同莱斯比娅诀别，准备离开罗马，到遥远的天涯海角去，以便彻底摆脱痛苦的爱情。

除了爱恋莱斯比娅，卡图卢斯可能还有别的恋情。或许，诗人爱上了可能是高级妓女的"甜美的伊普斯提拉"（Ipsitilla）（《歌集》，首32）。不过，这种恋情同样是失败的。譬如，奥菲莱娜（Aufilena）欺骗了诗人，因此遭到诗人的攻击：她连娼妓都不如，因为娼妓出卖身体，而她出卖灵魂，不诚实（《歌集》，首110），因为她不"和丈夫相守终生"，反而失身于叔叔（《歌集》，首111）。

值得一提的是，卡图卢斯拥有双性恋。对卡图卢斯来说，最
重要的恋人不仅有异性的莱斯比娅，还有同性的尤文提乌斯
（Iuventius，《歌集》，首15、21、24、48、81和99）。其中，最
长、也最著名的一首诗是第九十九首，采用的格律是诉歌双行
体，"文笔精致，风格典雅"。或许，卡图卢斯的同性情人还有
凯利乌斯（《歌集》，首100，诉歌双行体）。

总之，卡图卢斯的《歌集》包含着细致入微的心理观察和
体验，充分表现了他的诗歌才能和技巧。诗人将常见的普通情感
同自身的经历结合起来，用极其平常、极其普通的词汇和诗句集
中表达个人情感。譬如，卡图卢斯用"既恨又爱（odi et amo）"
表达难以言说的复杂情感，既凝练又耐人寻味（参王焕生，《古
罗马文学史》，页122以下）。卡图卢斯的爱情诗让他享誉诗坛
（参《罗念生全集》卷八，前揭，页290）。

友情诗

在卡图卢斯的《歌集》中，友谊占有重要的地位（如同中
国古诗一样以友谊为题材）。从卡图卢斯写给朋友的诗来看，他
所表达的友谊与西塞罗所表达的友谊是不同的。西塞罗认为，友
谊是人们的共同追求，具有社会性和政治性，强调好公民或理想
人性，友人之间达到"心灵同一（unus animus）"。而卡图卢斯
认为，友谊是完全个人的追求，具有明显的个体性，强调心灵的
志同道合，特别是新派诗人之间具有"共同心灵（unanimus）"。
因此，在卡图卢斯的笔下，年轻的朋友们——如弗拉维（Manius
Flavius，见《歌集》，首6；首68）、阿尔费努斯（Alfenus，见
《歌集》，首30）、塞斯提乌斯（Sestius，见《歌集》，首44）和
卡梅里乌斯（Camerius，见《歌集》，首55和58 b）——和新派

诗人们——如凯基利乌斯（Caecilius，见《歌集》，首35，行2；写有诗篇《库柏勒》或《神母》）——互相愉快地交谈，自由地吟咏寄情，随兴所至地互相戏虐嘲弄，称持有古罗马主流价值观的人为"严厉的老家伙们"（《歌集》，首5）。这些看似不务正业、游手好闲的诗人们的共同心灵就是他们对当时社会上的混乱和不公感到不满和失望，因而企图躲避社会风暴，避开社会现实，遁入个人狭窄的情感世界，以饮宴、爱情、戏虐和享乐中度过生活为满足。

在诗中，卡图卢斯向朋友敞开心扉，或者自称对朋友的友爱超过爱护自己的眼睛（《歌集》，首16），或者带着轻快单纯的心情书写有朋友返回时的幸福快乐（《歌集》，首9），或者抒发对朋友的眷恋情谊（《歌集》，首13），或者向朋友诉说自己的爱情波折和痛苦，与此同时，他要求朋友对待自己就像他对朋友一样。卡图卢斯责备朋友科尔尼菲基乌斯（Cornificius，可能是诗人 Quintus Cornificius）没有安慰"在受苦"、"越来越无助"的自己（《歌集》，首38，参卡图卢斯，《歌集》，页108 及下），谴责朋友的忘恩负义，朋友回报自己"善意"和"好心"的不是"善意"、"感激"和"忠诚"，而是遭到"唯一的知音""如此冷酷驱赶"（《歌集》，首73）。在卡图卢斯看来，对朋友忠诚，就要为朋友保守秘密：沉默（《歌集》，首102）。

有些致友人的诗很幽默、机智，充满诙谐。譬如，朋友法布卢斯（Fabullus）闻一闻诗人送给这位朋友的香膏，求求神，神明就会把整个人变成鼻子（《歌集》，首13）；将书摊里所有"劣质诗人"——如凯西乌斯（Caesius）、阿奎努斯（Aquinus）和苏费努斯——的"毒药般的诗"买来送给朋友卡尔伍斯，用"拙劣的作品""折磨"这位朋友（《歌集》，首14）；读了朋友塞斯提乌斯攻击政敌安提乌斯（Antius）的演说辞会"染上了风寒，咳嗽不止，浑身哆嗦"（《歌集》，首 44）。

总之，卡图卢斯致朋友的诗"笔触细腻，情感真挚"（参《罗念生全集》卷八，前揭，页 290），既反映了诗人的生活观念和诗歌情趣，也反映了新诗人日常的生活和交往（参王焕生，《古罗马文学史》，页 125 以下）。

嘲讽性的时评诗

尽管卡图卢斯和新诗派的朋友们一样，试图逃离社会现实，可是人毕竟是社会性动物，完全与世隔绝是不可能的。因此，卡图卢斯也写了一些嘲讽性诗歌。

政客是卡图卢斯嘲讽的主要对象。有的表达诗人对主人盖·墨弥乌斯的不满，例如抱怨这位"混蛋总督""压根儿不把下属放在眼里"，以至于"没油水可捞"，连轿夫都不给（《歌集》，首 10）。诗人骂这位总督是"白痴"，甚至诅咒这位"显赫的朋友"遭天谴（《歌集》，首 28）。

不过，尖锐得多的是针对恺撒极其党羽的诗（《歌集》，首 54）。卡图卢斯认为，恺撒分子诺尼乌斯（Nonius）是"瘤子"。瓦提尼乌斯（Vatinius）玷污了执政官的头衔（《歌集》，首 52）。玛穆拉、恺撒及其岳父庞培的无比高贵以耗尽城邦的财富为代价（《歌集》，首 29）。玛穆拉是富有的门图拉（Mentula，意即"阳具"）（参卡图卢斯，《歌集》，首 114－115），天性淫乱，就像"坛子自然会装蔬菜"（《歌集》，首 94），却附庸风雅（《歌集》，首 105）。恺撒的脸皮黑（《歌集》，首 93）。玛穆拉和恺撒"都爱淫乐"，"既是情敌，也分享彼此的宝贝"，是一对"可耻的冤家"（《歌集》，首 57）。苏维托尼乌斯的《罗马十二帝王传》第一卷和塔西佗的《编年史》都记述了没兴趣献媚的卡图卢斯对恺撒的攻击，但是后者对前者很宽容。

　　除了抨击恺撒及其党羽，成为卡图卢斯揶揄对象的还有政治家庞培、皮索·凯索尼努斯（Lucius Calpurnius Piso Caesoni-nus）① 及其随从和西塞罗。其中，庞培与麦基里娅（Maecilia，身份不详，或为妓女）鬼混（《歌集》，首 113）。皮索·凯索尼努斯的左右手波尔奇（Porcius）和苏格拉底昂（Socration）是"世人躲避的疥癣和瘟疫"（《歌集》，首 47）。

　　对于西塞罗，卡图卢斯的情感是复杂的。一方面，西塞罗是卡图卢斯与恺撒的调解人，有恩于自己，诗人自然会真诚地感谢这位政界的朋友，因而不吝其辞地恭维"口才最最优秀的"西塞罗："最最卓越的律师"。可是另一方面，卡图卢斯与西塞罗又不是一路人：卡图卢斯出世，而西塞罗入世；卡图卢斯是新诗派的中流砥柱，而西塞罗虽然在青少年时期曾经受到新诗派的影响，但是很快就摒弃了新诗派的主张，甚至还蔑视新诗派（参本书前一节："罗马新诗派"；以及下一章："罗马文人业余诗：西塞罗"）。因而出世的卡图卢斯与入世的西塞罗针锋相对。在这种情况下，卡图卢斯自贬为"最最蹩脚的诗人"，而对文不对路的西塞罗极其夸张地恭维。这种形成鲜明对比的诗句显得极其可疑，似乎有弦外之音：西塞罗作为诗人却是不入流的（《歌集》，首 49，参卡图卢斯，《歌集》，页 138 及下）。

　　卡图卢斯嘲讽的另一个对象是真正的蹩脚诗人。譬如，在卡

---

① 在古罗马皮索家族比较有名望，例如编年史作家皮索·福鲁吉（L. Calpurnius Piso Frugi）、西塞罗时代喀提林阴谋中的格·皮索（Cn. Piso，见撒路斯特《喀提林阴谋》）、恺撒的岳父皮索·凯索尼努斯（Lucius Calpurnius Piso Caesoninus，公元前 58 年任执政官，曾勾结喀提林阴谋分子，见西塞罗《控皮索》）、马·皮索（Marcus Piso 或 Marcus Pupius Piso Frugi Calpurnianus，见《论至善和至恶》卷五）、西塞罗的女婿盖·皮索·福鲁吉（Gaius Calpurnius Piso Frugi）、《为凯基那辩护》中的被告律师盖·皮索（C. Piso）、日耳曼尼库斯时代的格·卡尔普尔尼乌斯·皮索（Gnaeus Calpurnius Piso）和尼禄时代皮索阴谋中的皮索（Gaius Calpurnius Piso）。

图卢斯笔下，"有风度，谈吐风趣，也有教养的"苏费努斯写了"太多太多的诗"，"怎么应不少于一万行"，可是读起来，这位"文质彬彬的"诗人"眨眼间却仿佛变成了一个羊倌，一个挖沟人"（《歌集》，首22）。沃鲁西乌斯（Volusius）是"最蹩脚的诗人"，莱斯比娅将会把"最劣质诗人的作品"即沃鲁西乌斯的《编年史》——"被大便污染的纸页"、"这些俚俗粗糙的诗句"——付之一炬（《歌集》，首36）。这位"哈特里亚（Hatria）的诗人""沃鲁西乌斯的叙事诗将在帕多瓦（Padua）河边枯朽，松散的纸草只能时常将鲭鱼包裹"（《歌集》，首95）。[①]

总之，卡图卢斯的时评诗"笔锋尖锐"（参《罗念生全集》卷八，前揭，页290）。

神话诗

神话诗是卡图卢斯作为新诗派代表人物的特色作品，包括《阿蒂斯》（《歌集》，首63）、《佩琉斯和忒提斯的婚礼》（《歌集》，首64）、《贝莱尼克的祭发》（《歌集》，首66）及其序诗（《歌集》，首65）。

《阿蒂斯》是一首充满激情的心理描写诗歌。诗中的主人公阿蒂斯（Attis，库柏勒的配偶或情人）离开祖国，渡海前往大神母库柏勒（Cybele）的圣地弗律基亚（Phrygia），并按照宗教要求阉割自己，决心侍奉库柏勒。可是，次日清晨阿蒂斯就怀恋祖国，向往昔日的享乐生活，陷入深深的后悔中。愤怒的库柏勒放出为她驾车的狮子，让它咆哮着向阿蒂斯冲去。阿蒂斯陷入恐惧，从海边逃入密林。从此，阿蒂斯一生侍奉库柏勒。其中，心

---

① 略有修改，参卡图卢斯，《歌集》，页352及下；王焕生，《古罗马文学史》，页127以下。

理描写最精彩的是阿蒂斯在海边怀恋祖国、感到后悔的场景（参卡图卢斯，《歌集》，页 204 以下；王焕生，《古罗马文学史》，页 132）。

短篇叙事诗《佩琉斯和忒提斯的婚礼》是卡图卢斯的《歌集》中最长的一首诗，总共 405 行，用扬抑抑格六拍（dactylus hexameter）① 写成，代表新诗派微型神话叙事诗的最高成就：在风格的高贵和主题的复杂性方面堪比传统的叙事诗；虽然规模小许多，但结构更加细腻精致。有人认为，这首诗不是卡图卢斯独立创作的诗作，而是翻译亚历山大里亚诗人卡利马科斯的一首失传的诗歌。不过，目前尚无直接史料证明这一点。

《佩琉斯和忒提斯的婚礼》取材于关于海神涅柔斯（Nereus）的女儿忒提斯同凡人佩琉斯的爱情传说。阿尔戈船的神奇航行惊动海神的女儿们。她们浮出水面观看。阿尔戈船英雄佩琉斯对忒提斯一见钟情。忒提斯也爱上了佩琉斯。他们的婚姻也得到主神尤皮特的赞同。在序诗以后，诗人叙述佩琉斯和忒提斯的婚礼。在婚礼上，前来祝贺的宾客送来许多美好的礼物。其中，有一件礼物是精美的婚床罩单，上面织着的图案题材是阿里阿德涅和忒修斯的爱情故事。在这个地方，诗人采用亚历山大里亚诗歌中常见的静物描写手法，插叙了织物图案里反映的爱情故事。诗人着力描写阿里阿德涅的悲切心理，非常富有情感。阿里阿德涅的悲剧性爱情与忒提斯的喜剧性爱情形成鲜明的对比。这段插叙十分详细，占据了全诗多半的篇幅。之后，诗歌回到对婚礼的叙述，主要是前来贺婚的神明命运女神为新人唱的婚歌（hymenaeus），预言特洛伊战争中著名的希腊英雄阿基琉斯的诞

---

① 扬抑抑格（或长短短格）六拍诗行（dactylus hexameter）的基本模式：长短短长短短长 | 短短长短短长短短长 X（其中，X 代表可长可短，5 个"短短"均可用"长"替代）。另参卡图卢斯，《歌集》，页 404。

生。婚歌（hymenaeus）中反复使用的叠句使得婚歌（hymenae-
us）显得非常优美、庄重。

总体来看，这首短篇叙事诗充满神话典故，而且是一些鲜为
人知的传说故事，以此彰显诗人丰富的学识，也表明这首神话诗
深受亚历山大里亚诗风的影响。这首诗融合了荷马《伊利亚
特》、欧里庇得斯《美狄亚》、阿波罗尼俄斯《阿尔戈英雄纪》
和卡利马科斯《赫卡勒》的诸多因素，对后来的古罗马作家，
例如维吉尔，有很大的启发（参卡图卢斯，《歌集》，页 216 以
下；王焕生，《古罗马文学史》，页 130 及下）。

《贝莱尼克的祭发》是诗人对亚历山里亚诗人卡利马科斯的
诗歌《贝莱尼克的祭发》（*xóμη Βερενίκης*）的自由翻译（参
《古罗马诉歌诗人》，前揭，页 7 和 10）。卡利马科斯的诗作已经
失传，但 20 世纪发现的两个片段表明，卡图卢斯在翻译一些晦
涩部分时比较随意。贝莱尼克（Berenice）是埃及国王托勒密三
世（Ptolemaeus III）埃维尔革托斯（Euergetes，公元前 247－前
222 年在位）的王后。婚后不久，丈夫出征亚洲。在含泪送别丈
夫时，她向神明许愿：假如丈夫胜利归来，她愿意用自己的头发
祭祀神明。后来当丈夫得胜归来时，她履行自己的诺言。不过，
次日清晨她在神庙里祭献的头发不见了。宫廷星象学家科农
（Conon）证明，王后祭神的头发升天，变成了小小的明亮星辰。
这颗星辰就是"贝莱尼克王后的一缕头发"（参卡图卢斯，《歌
集》，页 264 以下；王焕生，《古罗马文学史》，页 130）。

婚　歌

此外，卡图卢斯还写有婚歌（hymenaeus，《歌集》，首 61－
62）。第六十二首用扬抑格六拍诗行（trochaeus hexameter）写
成。在情节的展开方面，卡图卢斯采用对唱赛歌的形式。对唱的

双方是新郎和新娘及其朋友们。在这首诗里，卡图卢斯一方面模仿了萨福的类似婚歌（hymenaeus），例如把少女比作孤单生长在空地上无可攀援的藤蔓，另一方面又加进了罗马生活细节，例如把山榆比作葡萄枝的丈夫，女子的婚姻由父母决定等（参卡图卢斯，《歌集》，页196以下；王焕生，《古罗马文学史》，页132）。

第六十一首总共235行，每5行为一组，采用的格律为格吕孔诗行（glyconeus）与斐瑞克拉特斯体诗行（pherecrateus）混合的诗节（stāns）。在写作手法方面，这首婚歌（hymenaeus）更加具有罗马特色。在诗中，卡图卢斯细致地描写了罗马结婚习惯。在婚礼中，人们祝愿新人——高贵富有新郎的曼利乌斯·托尔夸图斯（Manlius Torquatus）和美丽的新娘尤尼娅·奥伦库雷娅（Iunia Aurunculeia）——新婚幸福，彼此恩爱，延绵宗族，保卫国家。有趣的是，诗人对新郎进行了菲斯克尼歌（versus fescennini）式的嘲弄（参卡图卢斯，《歌集》，页170以下；王焕生，《古罗马文学史》，页132）。

（三）写作特色

从上面分析的形式和内容来看，卡图卢斯的《歌集》具有以下写作特色：

第一，形式多样。不仅体裁丰富，有诉歌、微型叙事诗、讽刺诗等，而且格律多样化，以十一音节体诗行（hendecasyllabus）和诉歌双行体为主，辅以萨福体诗节（sapphicus）、抑扬格六音步（iambus sēnārius）等。此外，有的诗歌戏剧性很强，舞台说明、对白和旁白一应俱全，例如《歌集》第十首（参卡图卢斯，《歌集》，页32以下）。

第二，内容丰富。题材包括亲情、爱情、友情、时事、神话和婚礼。从篇幅来看，既有长诗，也有短诗。此外，有的诗歌构思精巧，譬如第十二首以琐屑的话题手巾遇窃切入，最后以一个严肃的话题友谊收尾，可谓亦庄亦谐（参卡图卢斯，《歌集》，页 40 以下）。

第三，模仿味浓。卡图卢斯明显受到亚历山大里亚诗风的影响。卡图卢斯模仿亚历山大里亚诗风，例如诗歌内容的学识性、表达手法的奇巧性、抒情的强烈性、诗歌结构方式的合适性、词语表达的艺术性和创作手法的民间性。又譬如，卡图卢斯的诗歌里采用了头句或头语重叠、尾句或尾语叠用，词语或诗行重复等民间诗歌常用的表现手法和民间口语的语言。

第四，创造性强。卡图卢斯的模仿是创造性的。譬如，卡图卢斯的诗歌注重的不是冗长地叙述或描写事件过程，而是表述和刻画心理。而且，卡图卢斯的诗歌也是罗马性的。譬如，卡图卢斯的诗歌里充满意大利式的幽默。

此外，卡图卢斯的诗歌还具有主观性。譬如，卡图卢斯表达的情感很少超出诗人及其朋友们的兴趣范围。即使是在写的抨击性诗歌中，卡图卢斯抨击的对象也是个人，而不是具有普遍性和概括性的类型群体（参王焕生，《古罗马文学史》，页 133）。

三、历史地位与影响

卡图卢斯既深受希腊诗歌——尤其是亚历山大里亚诗风——的影响，又继承了罗马诗歌的传统，还紧密结合罗马的社会现实。可以说，他的诗歌创作代表了罗马抒情诗的创新发展，因此在古罗马文学史上占有重要地位。由于他个人毫不留情的坦率，卡图卢斯从所有的古罗马诗人中脱颖而出。现在我们把卡图卢斯视为"最现代的"古代抒情诗人之一，卡图卢斯对我们就像对两千年前的人一样直白地讲述。

生前，卡图卢斯就已经受到关注和好评，许多作家和诗人都曾提及和称引卡图卢斯的诗作。譬如，瓦罗在《论拉丁语》中称引卡图卢斯《歌集》第六十二首第一行：晚星已升起（Vesper adest，参《论拉丁语》卷七，节 50）。去世以后，卡图卢斯也一直受到称赞，而且不乏模仿者。

　　奥古斯都时期，维吉尔的《短诗集》（*Catalepton*）第十首模仿卡图卢斯的《歌集》第四首（参卡图卢斯，《歌集》，页 14）。贺拉斯则把卡图卢斯同卡尔伍斯相提并论，并记述了人们对卡图卢斯诗作的喜爱（《讽刺诗集》卷一，首 10，行 16-19）。

　　然而，卡图卢斯对奥古斯都时期古罗马文学的主要影响不在于主流文学，而在于非主流的文学：爱情诉歌。修饰词出现在行首或行中主要停顿之前，而被修饰词出现在行尾，在卡图卢斯的《歌集》里总共 24 行的第六十五首里出现 19 行。后来，普罗佩提乌斯和奥维德继承和发展了这个传统，使之成为古罗马爱情诉歌体的经典句式。更为重要的是，卡图卢斯《歌集》第七十六首在主题、情感、格律、措辞等方面都对普罗佩提乌斯、提布卢斯和奥维德的爱情诉歌体产生了深远的影响。不过，对古罗马爱情诉歌体产生决定性影响的是卡图卢斯《歌集》的第六十八首。这首双行体诉歌初步奠定了古罗马爱情诉歌体的格律、风格、程式和 3 大主题：爱情、友谊和死亡（参卡图卢斯，《歌集》，页 260 以下）。

　　普罗佩提乌斯把卡图卢斯和"博学的"卡尔伍斯称作古罗马爱情诗歌的奠基人，创作了主观抒情诗的最好典范（《哀歌集》卷二，首 25，行 1-4），并且在许多方面模仿卡图卢斯作诗，还称卡图卢斯是"放荡的"（《哀歌集》卷二，首 34，行 87）。

　　奥维德称，卡图卢斯是"富有学识的"（《恋歌》卷三，首 9，行 61）和"好嬉戏"（奥维德，《诉歌集》卷二，行 427）的诗人（参王焕生，《古罗马文学史》，页 134 及下）。奥维德（《恋歌》卷一，首 8，行 58）引用卡图卢斯《歌集》第五首。卡图卢斯写的小雀之死启示奥维德为自己的情人的爱鸟鹦鹉之死吟诵悲歌（奥维德，《恋歌》卷二，首 6）。

　　白银时期，卡图卢斯的影响也很大。马尔提阿尔自称卡图卢斯的继承人（《铭辞》卷十二，首 73）。马尔提阿尔称赞卡图卢斯是个"最富有学识的（docte 或 docto）"（《铭辞》卷七，首 99，行 7；卷八，首 73，行 8）和"有灵气的（tener）"（《铭辞》卷四，首 14，行 13）。马尔提阿尔（《铭辞》卷六，首 34，行 7；卷十一，首 6，行 14；卷十二，首 59，行 3）都曾引用过卡图卢斯《歌集》第五首（参 LCL 94，页 270 及下；LCL 95，页 26 及下和 222 及下；LCL 480，页 8 及下、138 及下和 152 及下）。此外，卡图卢斯《歌集》第七十八首的讽刺风格也对马尔提阿尔很有影响（参卡图卢斯，《歌集》，页 18 和 318）。

　　在白银时期，受到卡图卢斯影响的还有革利乌斯、小普林尼、塔西佗和昆体良。革利乌斯称卡图卢斯是"最富有魅力的（venustissimos）"诗人（《阿提卡之夜》卷七，章 16，节 2，参 LCL 200，页 134 及下）。小普林尼把卡图卢斯和卡尔伍斯并列为庞培·萨图尔尼努斯（Pompeius Saturninus）的类比对象（《书信集》卷一，封 16）。塔西佗提及，卡图卢斯"现在仍为人们传诵的诗人"（《编年史》卷四，章 34，参见塔西佗，《编年史》上册，页 226）。昆体良称赞卡图卢斯的嘲讽性诗歌抨击尖锐（《雄辩术原理》卷十，章 1，节 96；卷一，章 5，节 20；卷六，章 3，节 18-19，参 LCL 127，页 304 及下；LCL 126，页 70 以下；王焕生，《古罗马文学史》，页 134）。

　　中世纪，卡图卢斯的诗歌继续流传。譬如，10 世纪时，维罗纳的主教曾手握卡图卢斯的诗卷抄本进行忏悔。

文艺复兴时期，卡图卢斯的诗歌不仅得到更为广泛的赞赏，而且还有大批模仿者。卡图卢斯比较轻松的体裁曾在意大利人中风靡一时。许多优美的拉丁文牧歌、短小的讽刺诗和意在取笑的书信体诗文都是改写卡图卢斯的作品。譬如，采用卡图卢斯《莱斯比娅的麻雀》的语调和体裁，写作对鹦鹉和小狗的死亡的哀悼（参布克哈特，《意大利文艺复兴时期的文化》，页 262）。从 15 世纪起，卡图卢斯和提布卢斯、普罗佩提乌斯并列为古罗马爱情诗歌的三巨头。16 世纪时出版了卡图卢斯的诗歌全集（参王焕生，《古罗马文学史》，页 134）。卡图卢斯《歌集》第五首有大批模仿者，如英国的赫里克、马洛、马维尔（Andrew Marvell, 1621－1678 年）、[①] 唐尼（John Donne, 1572－1631 年）[②] 和琼森（Ben Jonson, 1572－1637 年）。其中，琼森的《晚餐邀友》（*Inviting a Friend to Supper*）高超地模仿卡图卢斯的《歌集》第十三首（参卡图卢斯，《歌集》，页 18 和 42 及下）。

18 世纪，英国最伟大的诗人蒲伯（Alexander Pope, 1688－1744 年）的《卷发遇劫记》（*The Rape of the Lock*）[③] 末尾几行的材料来自卡图卢斯的《贝莱尼克的祭发》（参詹金斯，《罗马的遗产》，页 250）。

19 世纪，英国历史学家麦考利（Thomas Babington Macaulay）认为，卡图卢斯《歌集》第七十六首里直白的语言有"催人泪下的力量"（参卡图卢斯，《歌集》，页 312）。

---

① 著有《关于克伦威尔从爱尔兰归来的贺拉斯体颂歌》，参《基督教文学经典选读》，前揭，页 525 以下。

② 著有《论灵魂的进步》（1612 年）、《十四行诗圣诗》（1618 年），参《基督教文学经典选读》，前揭，页 465 以下。

③ 关于蒲伯的作品，参 Alexander Pope, *The Complete Poetical Works of Alexander Pope*（《蒲伯诗歌全集》），Henry Walcott Boynton 编，Houghton, Mifflin and Co. 1903。

　　20 世纪，俄国"白银时代"的诗人曼德尔施塔姆
（Óсип Эми́льевич Мандельшта́м，1891－1938）在《词与文化》
中引用卡图卢斯《歌集》第四十六首第六行："让我们飞向亚细
亚的那些名都"，值得玩味地称其为"卡图卢斯的白银号角"。
俄裔文学家纳博科夫（Владимир Владимирович Набоков，1899
－1977 年）在小说《洛丽塔》中多处影射卡图卢斯的《歌集》
第五十八首（参卡图卢斯，《歌集》，页 132 及下和 162 及下）。
美国诗人庞德（Ezra Pound，全名 Ezra Weston Loomis Pound，
1885－1972 年）模仿卡图卢斯《歌集》第四首："那艘小艇
（Phaselus Ille）"。①

---

　　① 古拉丁语 Phaselīs＝Phaselūs〈ī〉为古希腊专业词汇，意为"刀豆"或"轻
舟；小船"；Ille〈illa，illud〉，意为"那里；那个地方；那个人；那时；（去）那
里"。参卡图卢斯，《歌集》，页 14 及下。

第六章　罗马文人业余诗：西塞罗

　　像已经断定的一样，在罗马新诗派的影响下，公元前 1 世纪正在流行的是相互间用碑铭诗、诉歌等写信。这导致在首都的文化人当中积极从事诗歌艺术才是合乎礼仪的。譬如，恺撒就写了 1 篇颂辞《海格立斯》（*Hercules*）和 1 部肃剧《俄狄浦斯》（*Oedipus*）。西塞罗的弟弟昆图斯作为恺撒的副将，在高卢 16 天内写了 4 部肃剧，其中 1 部是《埃勒克特拉》（*Elektra*；索福克勒斯和欧里庇得斯写过同名的剧本）。西塞罗及其弟弟昆图斯写了 1 首关于恺撒远征不列颠岛的短篇叙事诗（参《罗念生全集》卷八，前揭，页 67 以下；《古罗马文选》卷一，前揭，页 390 以下，尤其是 436）。这些诗歌试作的文学水准总体并不高，因为诗的作者都不是专业的诗人，诗歌创作只是他们业余时间里从事的活动，因此有人称之为"业余诗"。不过，只有把这个时代公众生活里领导人的诗歌试作一起囊括进去，才能完整地展现关于古罗马共和国时期的诗歌的概况。

　　著名演说家和政治家西塞罗①到了罗马以后，除了学习拉丁文，还对诗歌产生了浓厚的兴趣，先后尝试写过各种体裁的诗歌，也创作性地翻译过希腊廊下派诗人的诗歌。不过，西塞罗的诗歌试作大多失佚，仅有少数残段传世。

　　青年时代，即大约公元前 91 至前 90 年（参王焕生，《古罗马文学史》，页 185），西塞罗倾向于"新诗人"诗派——这个诗派最杰出的代表是卡图卢斯。譬如，出自这个时期的有关于海神格劳科斯（Glaukos）的一首四拍诗（tetrameter）《格劳科斯》或《水手格劳科斯》（*Pontius Glaukus*）（普鲁塔克，《西塞罗传》，章 2，节 3，参 LCL 99，页 84 及下；《罗念生全集》卷六，前揭，页 292），现已荡然无存。这个时期的诗歌内容可能是一些关于变形的神话传说：渔夫格劳科斯因品尝了偶然找到的一种野草之后长生不死，变成了海神（西塞罗，《格劳科斯》）；希腊诸神将风王埃俄路斯（Aeolus）的女儿阿尔西奥娜（Alcyone 或 Alcyoné，意为"翠鸟"）和她的丈夫、晨星的儿子赛克斯（Ceyx 或 Céyx）变成一只鸟的故事（西塞罗，《翠鸟》）。② 此外，在这个时期，西塞罗还写有亚历山大里亚诗风的碑铭诗（参《古罗马文选》卷一，前揭，页 436）。

　　后来，西塞罗不大喜欢"新诗人"，甚至严厉评判"新诗人"。这些在他的整个青年直至成年时期所一直从事的评论引导着西塞罗走向教诲诗和罗马传统的叙事诗。公元前 80 年左右，西塞罗翻译公元前 3 世纪希腊诗人阿拉托斯（Arat 或 Aratus）的

---

　　① 关于西塞罗的生平，见《古罗马文选》卷二，前揭，页 50 以下。

　　② 格里马尔，《西塞罗》，董茂永译，北京：商务印书馆，1998 年，页 1；奥维德，《变形记》卷十一，270 以下；《希腊罗马神话与传说中的恋爱故事》，前揭，页 132 以下。

天文学长诗《星象》(*Phainomena*，参《古罗马文选》卷一，前揭，页365；格里马尔，《西塞罗》，页17)。这篇译作可能同样也属于早期作品。在《论神性》(*De Natura Deorum*)第二卷里以廊下派的观点论述神的理论——即讨论了神在世界上的一个体现在天体(日月星辰)和星座(黄道十二宫)的宇宙秩序中的计划——的时候，西塞罗借卢·巴尔布斯(Lucius Cornelius Balbus，见西塞罗，《为卢·巴尔布斯辩护》[*Pro Balbo*])之口，引用自己的拉丁语译文。把拉丁语译文(西塞罗，《论神性》卷二，章54，节112至章55，节114)同阿拉托斯《星象》里一些较长残段(行284-286、行304-305、行312-315、行322-323、行326-332和行338-343，参《古罗马文选》卷一，前揭，页438及下)进行比较，从中不难发现西塞罗翻译技巧的概况。①

Tum

"gelidum valido de pectore frigus anhelans

corpore semifero magno Capricornus in orbe;

quem cum perpetuo vestivit lumine Titan,

brumali flectens contorquet tempore currum". (引自《古罗马文选》卷一，前揭，页438)

紧接着，

"从它强壮的胸膛散发出让人感到寒意的寒气，

一只动物，摩羯座，来到它所在的巨大轨道的一半处；

当太阳神用他那持续发射出的光芒为它披上新装时，

---

① 西塞罗的翻译理论散见于《论最优秀的演说家》(如卷五，章14)、《论至善和至恶》(如卷四)和《论演说家》(如卷三，章3)，参阅谭载喜，前揭书，页19及下。

在冬至时，他旋转车轮，让战车转向”。①

与此对应的希腊文原著“ὁ δ' ὀπίστερος Αἰγοκερῆος / τέλλεται· αὐτὰρ ὅ γε πρότερος καὶ νειόθι μᾶλλον / κέκλιται Αἰγόκερως, ἵνα ἵς τρέπετ' ἠελίοιο”（阿拉托斯，《星象》，行 284–286，引自《古罗马文选》卷一，前揭，页 438，注释 5），其译文如下：

> 它在摩羯座后面升起，
> 但是它在前面，更加向下倾，
> 摩羯座，太阳的威力转变的地方②

Hic autem aspicitur
“sese ostendens emergit Scorpios alte
posteriore trahens flexum vi corporis Arcum”.
而这里也可以见到
“天蝎座，现在它露面，从深渊向上浮现，
它用强有力的尾部仿效弯弓”（引、译《古罗马文选》卷一，前揭，页 438 及下）

与此对应的希腊文原著“σῆμα δέ τοι κείνης ὥρης καὶ μηνὸς ἐκείνου / Σκορπίος ἀντέλλων εἴη πυμάτης ἐπὶ νυκτός-”（阿拉托斯，《星象》，行 304–305），其译文如下：“然而你觉得那个时间和

---

① 译自《古罗马文选》卷一，前揭，页 439。另参西塞罗，《论神性》，石敏敏译，上海：上海三联书店 2007，页 92。

② 译自《古罗马文选》卷一，前揭，页 438，注释 5。参 Aratos（阿拉托斯），*Phainomena / Sternbilder und Wetterzeichen*（《星象》），希腊文与德文对照版本，M. Erren（埃伦）编、译，München 1971。

那个月的星座是夜晚结束时冉冉升起的天蝎座"（引、译自《古罗马文选》卷一，前揭，页438，注释6）。

    "Quem propter nitens pinnis convolvitur Ales."

    "At propter se Aquila ardenti cum corpore portat."

    "在它旁边盘旋的是羽毛闪闪发光的天鹅座（Ales，意为"鸟"）。"

    "而在它的旁边盘旋的是星体灼热的天鹰座（Aquila）"（引、译自《古罗马文选》卷一，前揭，页438及下）。

相应的希腊文原著 "ὁ δέ οἱ παρπέπταται Ὄρνις / ἀσσότερος βορέω. σχεδόθεν δέ οἱ ἄλλος ἄηται / οὐ τόσσος μεγέθει, χαλεπός γε μὲν ἐξ ἁλὸς ἐλθὼν / νυκτὸς ἀπερχομένης· καί μιν καλέουσιν Ἀητόν-" （阿拉托斯，《星象》，行312-315），其译文如下：

    在这旁边飞过天鸟座（Ὄρνις，希腊语，意思是"鸟"，即西塞罗翻译的天鹅座），接近北极；但紧挨着它往那里滑翔的是另一只鸟，体形小一些，当它在夜晚离去时从海面（指银河——译按）上滑翔而来，很危险；人们称之为（向那里滑翔的）天鹰座（引、译自《古罗马文选》卷一，前揭，页438，注释7）。

    Deinde Delphinus.

    "Exinde Orion obliquo corpore nitens."

    随后出现海豚座（Delphinus）。

    "接着出现猎户座（Orion），射出光芒，身体向前弯曲"（引、译自《古罗马文选》卷一，前揭，页438及下）。

与此对应的希腊文原著 " *Λοξὸς μὲν Ταύροιο τομῇ ὑποκέκλιται αὐτὸς/'Ωρίων*" （阿拉托斯，《星象》，行 322－323），其译文如下：

在金牛座下面斜弯腰地站立的是它自己，

猎户座（引、译自《古罗马文选》卷一，前揭，页438，注释8）。

Quem subsequens

"fervidus ille Canis stellarum luce"

跟在它后面闪烁的是

"天犬座（Canis，包括大犬座和小犬座——译按），由于它下属的星星之光而炽热似火"（引、译自《古罗马文选》卷一，前揭，页438及下）。

相关的希腊文原著 " *τοῖός οἱ καὶ φρουρὸς ἀειρομένῳ ὑπὸ νώτῳ/ φαίνεται ἀμφοτέροισι Κύων ἐπὶ ποσσὶ βεβηκώς,/ποικίλος, ἀλλ' οὐ πάντα πεφασμένος· ἀλλὰ κατ' αὐτὴν/γαστέρα κυάνεος περιτέλλεται, ἡ δέ οἱ ἄκρη/ἀστέρι βέβληται δεινῷ γένυς, ὅς ῥα μάλιστα/ὀξέα σειριάει· καί μιν καλέουσ' ἄνθρωποι/Σείριον-*" （阿拉托斯，《星象》，行 326－332），其译文如下：

这样一个守卫者也出现在它高高地直起的脊背下面，天犬座，它用两只后爪站立，色彩斑斓，但并不是所有的部位都具有，而是在肚子本身上有一圈深蓝色，然而一颗作为犬嘴的巨大星星在它的旁边坐下，它最炽热地燃烧着；人们称之为天狼星（Sirius，意为燃烧器，大犬座中的一颗双星——译按；引、译自《古罗马文选》卷一，前揭，页438及下，注释9）。

> refulget. Post Lepus subsequitur
> "curriculum numquam defesso corpore sedans.
> At Canis ad caudam serpens prolabitur Argo"
> 在它之后是天兔座，
> "它在它的轨道上运行，永不疲倦，从不停息。
> 而天犬座的尾巴上还有向那儿滑行的南船座"（引、译自《古罗马文选》卷一，前揭，页438及下）。

相关的希腊文原著 " ποσσὶν δ' Ὠρίωνος ὑπ' ἀμφοτέροισι Λαγωὸς / ἐμμενὲς ἤματα πάντα διώκεται· αὐτὰρ ὅ γ' αἰεὶ / Σείριος ἐξόπιϑεν φέρεται μετιόντι ἐοικώς, / καί οἱ ἐπαντέλλει, καί μιν κατιόντα δοκεύει. / ἡ δὲ Κυνὸς μεγάλοιο κατ' οὐρὴν ἕλκεται Ἀργὼ / πρυμνόϑεν-" （阿拉托斯，《星象》，行338-343），其译文如下：

> 在猎户座双脚下面，天兔座每天都被不停地追赶：因为天狼座像个追踪者，总是尾随着它，并且在它后面升起，它落下时也被跟踪。在大犬座的尾巴下面驶来南船座，船尾在前面（引、译自《古罗马文选》卷一，前揭，页439，注释10）。

从《星象》的拉丁语译文片断——一般来源于西塞罗的其它著作中自己引用的诗句——来看，译文不再像希腊语原诗那样科学化的枯燥，而是具有了极其不同的感情色彩。比如，对于海上暴风雨前各种征兆的描述，视觉和听觉的纪录准确而生动。在这里，西塞罗借用了戏剧尤其是肃剧的传统。因此，原文的 4 行诗变成了译文的 6 行诗。这样的处理使得气氛更浓，场景更生动。《星象》这个译本在古代非常著名，不仅描述自然现象，而且还用阿尔皮努姆小男孩所熟悉的场景和声音对自然现象进行现实主义的再现，为后人提供了样板，对卢克莱修和维吉尔产生了决定性的影响（参格里马尔，《西塞罗》，页 17）。

在成年时期，西塞罗脱离了新诗人圈子，不仅译、写教诲诗，而且还译、写叙事诗。当时，西塞罗十分佩服荷马和古希腊肃剧诗人，于是翻译过荷马的《奥德修纪》（参谭载喜，前揭书，页 19）和《伊利亚特》，以及埃斯库洛斯、索福克勒斯和欧里庇得斯的剧作。[①] 在拉丁语诗人中，西塞罗尤其欣赏和崇敬恩尼乌斯。据说，当时西塞罗练习凭记忆引用恩尼乌斯的话语。[②]

除了翻译，西塞罗还自己独立创作诗。撇开前面已经提及的关于恺撒远征不列颠岛的叙事诗不说，西塞罗还写有一首关于马略的诗《马略》（*Marivs*）和关于他那个时代的一首诗《他的时代》（*De Temporibvs Svis*）。[③]

《马略》这首短篇叙事诗写作的确切时间不详。可以肯定的是，《马略》记述的事件发生于公元前 87 年，当时西塞罗年仅 19 岁。这个事件强烈地震撼了西塞罗的想象力：马略被逐出罗马，被迫乔装潜逃，亡命非洲。但此后不久，马略又重返故地。马略重新获得了阿尔皮努姆的领地和那棵被称为"马略树"的

---

① 此外，还翻译过柏拉图《蒂迈欧篇》（*Timaeus*）和《普罗塔戈拉》（*Protagoras*）、色诺芬（Xenophon）的《经济学》（*Œconomics*）等希腊名著。

② 此处引用的《降福女神》（*Eumeniden*）残篇。这个残篇是否真的出自恩尼乌斯的同名剧本，或者这个残篇是否与西塞罗翻译埃斯库罗斯的戏剧有关，这是不确定的。参《古罗马文选》卷一，前揭，页 219 及下和 436 及下。

③ 西塞罗，《论共和国·论法律》，王焕生译，北京：中国政法大学出版社，1997 年，前言 [斯奇巴尼（Sandro Schipani）]，页 7。

百年栎树。在那儿向逃亡者显现了一个预兆：一条蛇从树干跃起，向一只鹰扑去，这只丘比特的神鸟将它的敌人撕得粉碎，继续飞向朝阳。马略由此感悟：他的胜利临近了。这种对于各种征兆的信仰在罗马很典型。罗马人认为，对于大自然力量的敏锐感觉总是体现了神的作用（参格里马尔，《西塞罗》，页18）。西塞罗自认为，叙述马略的武功政绩的叙事诗《马略》会使西塞罗童年时代关注与崇拜的同乡①马略永载史册（《论法律》卷一，章1，节1-3，参西塞罗，《论共和国·论法律》，页179及下；王焕生，《古罗马文学史》，页185）。

　　马略具有英雄的荣誉。而西塞罗当选执政官以后，力图获得英雄和诗人的两项荣誉。于是，西塞罗自己也用诗歌体裁歌颂他的执政官任职。3卷《他的执政官任职》（*De Consvlatv Svo*，参《古罗马文选》卷一，前揭，页437）是用希腊文写成的，其风格又回到了《马略》。这首短篇叙事诗流传至今的只有一些作为称引的残段。

　　西塞罗，《他的执政官任职》，残段2：

> 鸿蒙之初，太空之火熊熊燃烧，尤皮特环绕运行，
> 他的光辉普照大地，
> 他带着神的睿智径直走向天空和大地，
> 这种睿智保存在人的思维与生活的深处，
> 虽然他被永恒太空的穹拱保存与环抱。
> 假如你的愿望是知晓星的运动和移动轨迹
> 那些星星被固定在天体的某个位置上，

---

① 西塞罗，《有节制的生活》，徐奕春译，天津：天津人民出版社，2007年，页6。

天体的名字同希腊人的错误名称混淆，

可事实上这些天体都运行在固定的轨道上，并且保持一定距离，

你将发现，一切都已经被神的睿智命名。

因为首先，你当执政官时，你已看见这些天体的快速运行，

以及星星之间的联系，由于闪烁的发光体而命运不幸，

当你在阿尔巴山山前赎罪地漫游那些白雪覆盖的山丘，

用丰盛的牛奶隆重庆祝拉丁联盟的节日时，

你也见过彗星在耀眼的光芒中颤栗，

你曾以为在夜间的血腥屠杀中会搞乱许多事情，

因为拉丁节日几乎就在宣布乱子的时间里，

当时月亮用暗淡的光辉遮住它那透明的形体，

并且突然消失，尽管那个夜晚星光明亮。

但是我该怎么讲述福波斯（日神）的火炬，阴森战争的女先知，

女先知还再次试图飞向熊熊烈火中的高高穹顶，

因为女先知真的已经赶往天空垂下的地方，追求没落？

抑或由一个市民，当他，被可怕的闪电击倒

在光天化日，离开保存生命的日光？

抑或大地在孕妇的身体里发抖？

但是已有人在那个夜间看见各种

恐怖的图景，这些图景预示了战争和骚乱，

预言家心跳加速，让各地传遍

预言：这些预言以可怕的厄运相威胁；

在长期不断的骤变过程中，可怕的厄运在最后阶段被消除，

这事将要发生，通过一些不断明晰的征兆常常重现，

众神之父自己向天空与大地宣告。

现在应验了从前当托尔夸图斯当执政官时的事，同样还有科塔（Cotta），①

出身于埃特鲁里亚家族的吕底亚预言家曾预言，

你那一年的循环不容更改地实现所有这一切。

因为天父在高空雷鸣，当他站在繁星密布的奥林波斯（Olympus）山上，

以前他自己就瞄准了他的山丘和神庙，

把火抛进卡皮托尔山上的驻地。

那时纳塔（Natta）的青铜塑像古老而受人尊崇，

古老圣王的法律消失了，

闪电的炎热毁坏了众神之像。

罗马民族的乳母母狼在这里，

火星兽（Marstier），它用马沃尔（Mavor）的种子喂养小儿子们，

用来自于充盈的奶头、给予生命的奶喂养：

当时由于熊熊燃烧的雷击，这些同小男孩们一起倒在地上

挣脱绳索，只不过还留下逃跑的痕迹。

当时，当他传递预言的文字和笔记的时候，

谁揭穿埃特鲁里亚文书籍中的这些预言，这些可怕的预言？

所有人都暗示，对于国家来说巨大的灾祸与糟糕的堕落滚滚而来，

---

① 公元前65年。

这都源于高贵的家族，

当时他们用坚定的声音宣告法律的没落，

他们命令我们用火焰夺走诸神的庙堂和城市

畏惧可怕的消灭和血腥屠杀；

这是无情的命运，不容更改，是如此确定无疑，

假如不是以前在高耸的柱子上，用装饰品制作，

尤皮特的圣像看向冉冉升起的太阳；

那么这个民族与元老院才将会

认识到密谋，如果已经转向升起的太阳，

塑像从那里看见祖辈的席位和民族的驻地。

这个塑像，它的建造被长期推迟，而且被搁置很长
时间，

最终是在你任执政官期间才建立在高耸的地方，

就在这个由命运确定和所指的时代的时刻

高耸柱子上的尤皮特说明王权，

即使在王权里，火与剑也为祖国制造了不幸，

阿洛布罗吉斯人的话语也向祖辈和这个民族证明了
不幸。

因此有理由尊崇古人，他们拥有他们的纪念碑，

他们用节制与能力统治各个民族和城市，

也有理由被你们的同时代人尊崇的，其虔诚的

责任感、忠诚和可靠出色，其智慧远超其余人，

特别是强有力地统治的诸神。

刚好有洞察力的研究者发现的正是这一点，

他们很乐意为这一点献出了他们的清闲：解释什么是高
尚和善

在多荫的学园里，在明亮的学术讲堂，

倾听一个有创造性天赋的才子的各种最耀眼的艺术。

由此夺走已经正值青年时期，

祖国让你置身于能力的困境。

然而你通过休息减轻折磨人的忧虑，

已经把祖国给你的时间献身于研究和我们（译自《古罗马文选》卷一，前揭，页 441 以下）。

上面这个称引最长，与此有关的是《控喀提林》（篇 3，章 8）和《关于占卜者的反应》（章 9）。其余的是两行孤立的诗句（参格里马尔，《西塞罗》，页 79）。

西塞罗，《他的执政官任职》，残段 6：

Cedant arma togae, concedat laurea laudi!

武器让步于官袍（Toga），桂冠让步于赞扬（引、译自《古罗马文选》卷一，前揭，页 446 及下）。[1]

这个残段的意思是说，军事将领的武功不如行政官员的文治，英雄的胜利不如国民的赞誉。这句诗体现了西塞罗的政治纲领，所以他自己也喜欢经常引用。不过，这个诗句也激怒了庞培，认为演说家西塞罗对自己的评价高于对庞培的评价。在这种情况下，西塞罗不得不进行辩解。关于前半句诗，西塞罗辩护说，由于官袍是和平与安宁的象征，兵器是动乱与战争的象征，所以他只是在以诗人的方式说话，表达战争与动乱必须让位于和平与安宁。关于后半句诗，西塞罗辩护说，他这句诗与庞培一点

---

[1]　较读格里马尔，《西塞罗》，页 19 和 79。法语转译："让战争在托加面前却步，让月桂在国民荣誉面前失色"。或"让暴力在托加面前却步，让桂冠在功勋面前失色"。

关系也没有，更何况他曾竭尽全力用大量的演讲和作品荣耀庞培。所以西塞罗反驳说，这分明是皮索·凯索尼努斯在挑拨离间（西塞罗，《控皮索》，章29–31，参格里马尔，《西塞罗》，页79）。

西塞罗，《他的执政官任职》，残段7：

> O fortunatam natam me consule Romam!
>
> 啊，幸福的罗马，因为执政官是我而获得新生（引、译自《古罗马文选》卷一，前揭，页446及下）。①

这个残段的拉丁文采用准押韵，意思是说，在任执政官期间，西塞罗力挽狂澜，让罗马获得新生。的确，西塞罗当执政官时曾经成功地揭穿喀提林阴谋，有挽救罗马于危亡之际的功绩。但是，这种以罗马的救世主自居的口吻表明，西塞罗极其居功自傲。

由于《他的执政官任职》作于这位执政官受到猛烈抨击时期，所以这首诗受到了冷遇，并给西塞罗带来了"蹩脚诗人"的坏名声（卡图卢斯，《歌集》，首49）。西塞罗受到嘲讽（昆体良，《雄辩术原理》卷十一，章1，节24）是有理由的，因为西塞罗虽然严格遵守叙事诗的体裁规范，但是这首诗的确有蹩脚之处。譬如，标题《他的执政官任职》采用第三人称，但是从上面的残段可以看出，诗中采用第一人称和第二人称。更为重要的是言辞前后矛盾。譬如，在塑造自己的形象时，西塞罗时而说"他的善于辞令归功于教育和训练，并承认自己通过编写教科书

---

① 较读格里马尔，《西塞罗》，页18和79。法语转译："幸运的罗马啊，在她的执政官那里又获得了新生。"或"幸运的罗马啊，在我这个执政官手中诞生了！"

而习得修辞术这门技艺"，时而又说智慧女神弥涅尔瓦亲自向他传授修辞术（参克拉夫特，《古典语文学常谈》，页25）。

不过，这似乎有失公正。因为，如同西塞罗辩护的一样，西塞罗写的主题最值得称颂，而西塞罗要写的作品是"历史性的"（《致阿提库斯》卷一，封19，节10）。在创作过程中，西塞罗借鉴了伊索克拉底（Isocrates）及其门生和亚里士多德（《致阿提库斯》卷二，封1，节1），经过认真的考虑和仔细的修饰（参王焕生，《古罗马文学史》，页185）。更何况，之前这种诗体在罗马还处于童年时期，而西塞罗对这个诗体在罗马的创立做出了重大贡献。当然，普鲁塔克对《他的执政官任职》的评价似乎又有点儿矫枉过正：假如后来没有出现别的诗人，例如卡图卢斯、卢克莱修、尤其是维吉尔，那么西塞罗将是罗马最伟大的诗人（参格里马尔，《西塞罗》，页19）。

在《他的执政官任职》之后，西塞罗还写了续篇《关于我的不幸》。写作时间大概是在西塞罗发表《控皮索》之后。遗憾的是，这首篇幅为3卷的长诗已全部散失。

从上面的叙述来看，西塞罗的诗风在不断转变，主要是因为当时罗马处在希腊文化强势地与本土文化碰撞过程中。西塞罗诗作中表现出来的连续不断的选择正好表明，西塞罗对改造与同化希腊文化做出了重要的贡献。尽管为了追求荣誉，在满足政治生活的需要与诉讼当事人的要求过程中，西塞罗耗费了大量的时间，使得西塞罗疏远了诗歌，可是他始终保持着对诗歌的浓厚兴趣，尤其是在哲学作品中常常引用诗句：或者自己的，或者肃剧诗人的（参格里马尔，《西塞罗》，页19及下）。

总体上看，西塞罗对诗歌的篇幅有准确的感觉，就像卢克莱修对西塞罗的评价一样（参《古罗马文选》卷一，前揭，页364以下）。西塞罗的诗作中流露出他的讲演作品中表现出来的那种同情心，一种对于儿童和青少年的同情心（参格里马尔，《西塞罗》，页 19）。由于他受到的文学教育程度高，西塞罗自然也掌握了诗歌构思的技巧。因此，在形式上和在措词的字斟句酌方面，西塞罗的诗歌都符合新诗人的严格规则，不过，在内容上缺乏激情。后世对西塞罗的诗也作出否定的评价。①

---

① 参《古罗马文选》卷一，前揭，页 437，脚注 4；昆体良，《雄辩术原理》卷十一，章 1，节 24：in carminbus utinam pepercisset, quae non desierunt carpere maligni（本来他的确应该停止写作诗歌；对手乐此不疲地猛烈批评他的诗）。

第三编

繁盛时期

引言：古罗马文学的繁盛时期

一、历史背景：奥古斯都建立第一古罗马帝国

（一）前提条件

从格拉古到古罗马帝国第一位皇帝奥古斯都[①]（前 63 年 9 月 21 日–14 年 8 月 19 日），古罗马共和国在经济、政治、军事和意识形态方面都已经具备危亡的前提条件。

首先，在经济方面，由于大地产经济的扩张，贫穷的小农被迫涌入大城市。为了确保属于中产阶级的小农不沦为无产者（proletarii），格拉古兄弟，即提比略·格拉古（Tiberius Sempronius Gracchus，前 163–前 132 年）和盖·格拉古（C. Sempronius Gracchus，前 153–前 121 年），以人为本，进行了"抑强"（压制豪强）、"固本"（维护小农）和"强兵"（保持兵源）的一系列改革。公元前 133 年，提比略·格拉古所提议通过的《土地

[①] 小名图里努斯，原姓屋大维，过继给舅公尤利乌斯·恺撒以后改名换姓盖尤斯·恺撒，公元前 27 年改姓奥古斯都。参苏维托尼乌斯，《罗马十二帝王传》，张竹明等译，页 46 以下。

法》(*Lex Sempronia Agraria*) 遭到豪强的强烈反对，从立法程序上维护共和传统的保民官马·屋大维 (M. Octavius) 两次行使否决权（阿庇安，《罗马史》卷十三，章 1，节 7 以下），斯基皮奥·纳西卡·塞拉皮奥 (P. Cornelius Scipio Nasica Serapio, 公元前 111 年任执政官) 甚至带领元老贵族及其党羽杀害了提比略·格拉古及其 300 名支持者（阿庇安，《罗马史》卷十三，章 2，节 16）。尽管盖·格拉古吸取了哥哥的教训，争取了城市平民、骑士乃至意大利联盟者的支持，公元前 124 年 10 月 10 日上任保民官不久，提议并通过了《土地法》(*Lex Agraria*) 和救济城市平民的《粮食法》(*Lex Frumentaria*)，可还是由于《审判法》(*Lex Iudiciaria*) 和《执政官行省法》(*Lex de Provincus*) 直接挑战元老院的权威，因而以盖·格拉古及其 3000 名支持者遭到杀害而宣告失败（阿庇安，《罗马史》卷十三，章 2，节 21 以下）。从罗马共和制发展的角度看，格拉古兄弟的改革打破了传统的合法斗争形式，以直接的暴力冲突甚或内战取代了司法和谈判，标志着罗马共和宪政开始走向衰微。[①]

第二，在政治方面，由于上述的经济与军事原因，财富与军事权力高度集中在少数人手中，这就导致民主运动的高涨和内战。公元前 91 至前 88 年，各族属民为争取罗马公民权的同盟战争。公元前 82 年，苏拉击败以马略和秦纳为首的民众派。公元前 60 年恺撒、庞培和克拉苏组成"前三头"同盟对抗共和派。公元前 49 年，又开始了恺撒与庞培之间的争霸内战。公元前 44 年恺撒死后，公元前 43 年 11 月，恺撒的继承人屋大维同安东尼和雷必达组成"后三头"同盟对抗共和派。之后，又陷入了屋大维与安东尼的争霸内战（阿庇安，《罗马史》卷十三至十七）。

---

① 关于格拉古改革，参科瓦略夫，《古代罗马史》，页 409 以下。

在连年内战中，共和宪政逐渐土崩瓦解。譬如，格拉古兄弟的改革让骑士阶层拥有司法权，马·李维乌斯·德鲁苏斯改革让骑士阶层进入元老院，都提升了骑士阶层的政治地位，从而打破了共和国平民与贵族之间的权力平衡，削弱了元老院的权力。又如，苏拉的政治改革削弱了代表平民利益的保民官的权力（例如投票权），苏拉恢复独裁官制度，当选独裁官，并将任期从以 6 个月为限延长至无限期，实行"官方否认的王权统治"，实际上是"官方允许的暴政"（阿庇安，《罗马史》卷十三，章 11，节 101），直接地破坏共和制。而三头执政更是直接瓜分了代表贵族利益的元老院的权力。①

第三，在军事方面，古罗马军事家与政治家马略（Gaius Marius，前 157–前 86 年）实行军队改革：采用新的募兵制度；延长士兵服役期限，实行固定的军饷制度；改革军团编制，调整战术队形；设立新的兵种，改进军团装备；设立军团军旗；整顿军纪，加强训练。② 马略的军事改革对罗马历史发展有深远影响。改革扩大了兵源，增强了军队战斗力，同时使军队性质逐渐发生变化，即职业军队替代民兵，成为社会、政治斗争的重要因素。③

第四，在意识形态方面，在最终击败了最后一个危险的外敌迦太基之后，个人对国家的责任，罗马人团结的感情都松懈了。老加图鼓吹共和国（res publica）思想，个人的荣誉只归于国家，所以在纪事书中没有专有名词，而只有一些官衔。老加图的

---

① 参阿庇安，《罗马史》下册，页 86；关于民主运动、内战和共和国的倾覆，参科瓦略夫，《古代罗马史》，页 459 以下。

② 杨俊明，《古罗马政体与官制史》，长沙：湖南师范大学出版社，1998 年，页 172 以下。

③ 关于马略改革，参科瓦略夫，《古代罗马史》，页 443 以下。

思想得不到贯彻。取而代之，与不是近期而是更古老的传统相适应，人们维护自己家庭的荣誉，并且在古希腊的影响下维护少数人的个人荣誉。在年老的叙事诗诗人恩尼乌斯那里，已经可以明显地感受到这种影响。在古罗马的思想界，人们寻找并且找到了一个词 dignitas（尊严）。拉丁语 dignitas 原本指代包括官员所适应的更高身份在内的等级制度，即"高官显贵"。随着失去对这种等级制度的感情，就绝对要拥有个人的尊严，甚至可能不惜要求内战。屋大维进行的内战主要包括与安东尼的穆提那战役和阿克提乌姆战役（公元前 31 年）、与共和主义者布鲁图斯和卡西乌斯的腓力皮战役、与卢·安东尼（Lucius Antonius，安东尼的兄弟）的佩鲁西亚（Perusia，埃特鲁里亚古城，毁于公元前 41－前 40 年内战期间）——今佩鲁贾（Perugia）——战役（公元前 40 年）以及与塞克斯图斯·庞培（Sextus Pompeius；庞培之子，格·庞培的兄弟）的西西里战争（公元前 43－前 35 年）。甚至为了自己的军事荣耀，屋大维发动一系列对外战争。譬如，屋大维亲自统帅的达尔马提亚战争和坎塔布里亚战争，以占卜官间接指导军队发动战争，征服了坎塔布里亚、阿奎塔尼亚、潘诺尼亚、达尔马提亚和整个伊利里库姆，以及里提亚和阿尔卑斯山区部落的文得里亚人和萨拉西人等（参苏维托尼乌斯，《罗马十二帝王传》，张竹明等译，页 50 以下）。

（二）危机的表现形式

土地改革常常由于土地所有者的反抗而失败。几乎只有把土地分配给身经百战的人才能取得成功，就像恺撒与屋大维有权把土地分配给他们的胜利之师一样（苏维托尼乌斯，《罗马十二帝王传》卷一，章 38；卷二，章 13）。通过成千上万的人成为牺牲品的流放措施很难触动元老院贵族的利益。当时，在内战中胜利的党派就会血腥迫害失败的党派的代表人物，常常不是出于政治动机，而是因为占有财富的企图。

共和时期行将结束时，经济强大的骑士阶层的成员升入元老院。由于古老的家族遭到毁坏，顾及市民阶层及其富有的资源或许就是重建稳定的社会关系的唯一可能性。

共和国最后 100 年的挣扎在罗马家庭中留下了后遗症。人的心里不踏实导致寻求精神的支持。哲学思想与宗教希望表现在散文或者诗学形式上：文学既可以反映给力的政治义务，同样也可以反映政治的逃避。在共和国晚期，西塞罗和卡图卢斯是价值观截然不同的典型人物。其中，西塞罗企图全面地阐述古罗马的价值观，并且重新创立西塞罗时代的价值观。而卡图卢斯决心使原本同国家与社会的秩序关联在一起的价值观内敛化与私人化。

在奥古斯都时期的诉歌、讽刺诗以及长短句或抑扬格（iam-bus）讽刺诗里，新富晋升到更高的地位遭到了讽刺。暴力革命的广泛程度体现在两个方面：一方面，甚至在共和主义者布鲁图斯（M. Brutus）手下一个获释奴的儿子可以拥有很高的军队指挥权（如贺拉斯），另一方面，如果一个骑士不是新富，而是属于世代居住某地的乡绅（如奥维德），那么这几乎就是引人注目的。

奥古斯都的统治带来了人们盼望已久的和平。经历了 100 年的战乱之后，用来赞扬这种成就的欣喜口吻是完全可以理解的。奥古斯都保留了共和制这种政治生活形式。即使古老家族的代表人物是以前的政敌的后代，奥古斯都也聪明地把执政官的官衔优先授予他们。据说，重新产生对古罗马的狂热崇拜与致力于对家族衰败的阻止也让共和国公民眼中的统治者合法化，并且把他们的注意力从高官与元老实际上作废这件事情上引开。由于奥古斯都不需要独裁官的权力（potestas），他可以声称只依据他个人的威信（auctoritas，拉丁语）进行统治。当然，这里有两个具有重要意义的限制：第一，在军事上，奥古斯都控制了前执政官（即恺撒）的帝国，也就是说，拥有最高统帅的权力；第二，在帝国内部，保民官允许奥古斯都依靠他的否决权，完全合法地排除任何反抗，而且以民众的名义。

（三）危机对文学的影响

公元前44年恺撒遇刺以后，屋大维取得政权，并于公元前27年获"奥古斯都"（源于拉丁语 augusta，意为"神圣的"，参苏维托尼乌斯，《罗马十二帝王传》卷二，张竹明等译，页49）称号（阿庇安，《罗马史》卷十三，绪论，节5）。这位帝国元首非常重视文学创作。奥古斯都不仅写了大量的各种散文作品，如《驳布鲁图斯的〈论加图〉》（*Rescripta Bruto de Catone*，演讲辞）、《对哲学的劝勉》（*Hortationes ad Philosophiam*）和13卷《自传》[*De Vita Sua*，叙述奥古斯都的一生，直到坎塔布里亚（Cantabrico）战争时期]，而且还写诗。传世的诗有1本采用六拍诗行（hexameter）的诗集《西西利亚》（*Sicilia*）和1本同样篇幅不大的《讽刺短诗集》（*Epigrammata*，大部分是在洗浴时写作的）。此外，奥古斯都还写过肃剧《埃阿斯》（*Aiax*），后来因为不满自己的风格而毁掉（苏维托尼乌斯，《神圣的奥古斯都传》，章85，参苏维托尼乌斯，《罗马十二帝王传》卷二，张竹明等译，页97）。最重要的是，奥古斯都竭力把文学纳入他的政治轨道，作为左右社会舆论的工具，为巩固新政权服务。譬如，奥古斯都利用亲信迈克纳斯笼络文学人才。

新的政治秩序对诗歌（尤其是叙事诗与抒情诗）影响很大，甚至影响到艺术家的文学创作结构。假如在罗马没有第一古罗马帝国的思想，那么《埃涅阿斯纪》倾向于惟一的英雄同样是不可想象的。实际上在共和国早期的与晚期的所有叙事诗中，存在的英雄多是复数。也许弗拉库斯（Valerius Flaccus）的《阿尔戈英雄纪》（*Argonautica*）是例外。正如叙事诗受到时局的鼓舞而与具有民族意义的荷马对抗一样，抒情诗受到社会要求的推动而与希腊早期的典范竞赛（贺拉斯）。

而诉歌与新生的国家没有深层次的内在关联。提布卢斯（Tibull）仅仅在极少的诗文中触及了政治事件。在提布卢斯的作品中，这些诗文占有特殊的地位。在诗文中，提布卢斯也总是觉得自己有使命扮演受到神灵启示的诗人（vates）的角色：表现国家的诗人。提布卢斯与普罗佩提乌斯（Properz，全名 Sextus Propertius）赞颂的和平自然不是奥古斯都时期的和平，相反是"诉歌式的"和平：军事上的一些成功更多地给予了诉歌诗人与爱人一起庆祝节日的契机。在内战中，普罗佩提乌斯失去了亲人。普罗佩提乌斯的出生地阿西西（Assisi）临近佩鲁西亚。后来，奥古斯都在这个城市里谋杀了 300 位元老与 2000 名骑士。虽然在中期作品中普罗佩提乌斯对新政权极少采取审慎的态度，但是诗人仍然是一个忠实的和平主义者，同时也是《尤利乌斯婚姻法》（*Julische*① *Ehegesetze*）的反对者。在第四卷中，普罗佩提乌斯成为罗马的"推源论诗人（Aitiendichter）"。这种发展可能并不是不欢迎迈克纳斯与奥古斯都。在《恋歌》（*Amores*，戴望舒译《情爱》）中，奥维德坦率地痛斥人们不受约束的一个例子：把恺撒颂扬成为神。很久以前在同盟战争中，反抗罗马的中心就在奥维德的家乡附近，这是奥维德引以为自豪的事情。但是，只因为在那个时代真的也可以获得一切财富，奥维德才声称人们生活在黄金时代。在晚期作品中，奥维德有意地尊崇奥古斯都。但是，这不能缩短统治者所赐予奥维德的流放时间。奥古斯

---

① 即 Iulius 或 Julius 的形容词形式，指奥古斯都（Augustus），因为奥古斯都继承恺撒（Julius Caesar）的姓氏 Julius。

都的目的就是要让奥维德在流亡中反思他的早年生活。在任何情况下，这位皇帝都忠实于自己的文学政策。在事业的起步阶段，这个皇帝不曾赦免当时活着的最伟大的散文家西塞罗；在事业的结尾阶段，奥古斯都也不赦免当时还活着的最伟大的诗人奥维德。

在君主专制制度下，散文在奥古斯都时期退居第二位。第一古罗马帝国的最有效果的一个影响就是政治演说辞失去效用。因此，"现代主义"散文比诗歌出现得早。奥古斯都时期的诗继续保持古典特征，而散文已经率先表现出帝政中期不自然的文笔。不能不说的就是不仅演说艺术在报告厅和教室遭到禁止，而且有些不受欢迎的演说者也遭遇流放孤岛的命运。此外，焚烧书籍也为这种文学风格的变化推波助澜。这种"武功"在奥古斯都的继承者那里也自成一派。最后，演说辞沦为修辞学校的练习科目。

纪事书在思想倾向方面同叙事诗接近，宣扬罗马过去的光荣，为现实政治服务。奥古斯都时期最重要的散文就是李维的纪事书《建城以来史》。李维的文笔风格多样，从讲述传奇性的早期帝国的诗歌体，到让人想起西塞罗写时事的创作方式。因此，李维已经摆脱了同时代人的极端"现代主义"文风，实现了希罗多德与特奥蓬波斯（Theopompus）的文风典范。这种文风典范也让人想起西塞罗的纪事书。与所有的其他纪事学家相比，李维的艺术风格堪称古典主义。就纪事书具有典型的官方特征而言，这是符合奥古斯都时期诗歌与造型艺术的趋向的。不过，更值得注意的就是，这样一种趣味与奥古斯都时期的散文发展和奥古斯都晚期诗歌的"巴洛克"特征背道而驰。

戏剧在古罗马共和国末期已经衰落。在奥古斯都时期，有些戏剧诗人曾经企图复兴古典肃剧和谐剧，但没有获得多大效果。

不过，在戏剧理论方面却出现了集大成者贺拉斯。贺拉斯的
《诗艺》对后世文学——尤其是对戏剧——的发展影响较大［关
于繁盛时期的戏剧，详见拙作《古罗马戏剧史》（*Historia Dra-
matum Romanorum*）］。

二、文学社会学

与共和国时期相比，大多数作家都不是罗马人，这个典型
的罗马实情并没有改变。像卡图卢斯一样，维吉尔与李维来自
下高卢；像安德罗尼库斯与恩尼乌斯一样，贺拉斯来自下意大
利；像普劳图斯一样，普罗佩提乌斯来自翁布里亚。只有提布
卢斯是拉丁人。另外，严格净化语言使提布卢斯与罗马城市里
惟一的大作家恺撒联系起来。维吉尔与贺拉斯出身于普通的家
庭，而诉歌诗人属于乡绅。在这些文学家当中，出身最高贵的
就是提布卢斯。

（一）迈克纳斯文学圈

在奥古斯都时期，他人的资助对诗人的生活起着重要作用。
当时最有名的诗歌资助者就是迈克纳斯。[①] 迈克纳斯的名字永远
地赋予了资助。迈克纳斯喜欢把已经证明了自己实力的诗人招聘
到自己的身边。因此，维吉尔才把第二部大作即关于农业的教诲
诗《农事诗》献给了迈克纳斯。同样，普罗佩提乌斯的第二卷
书才用迈克纳斯的名字。诗人们喜欢指出，卡利马科斯主义者的
风骨不允许他们创作大的文学体裁，以此回避迈克纳斯要求他们
写作关于奥古斯都的叙事诗的请求。维吉尔接受了任务，不过，
就像一封信表明的一样，维吉尔有意识地要求自己做太难的事
情。其余的诗人［作品已经丢失的瓦里乌斯（约公元前74-前

---

① 关于迈克纳斯及其文学圈，参科瓦略夫，《古代罗马史》，页610。

14 年)① 除外］都把他们的敬意加入他们代表的古希腊文学体
裁。其中，拒绝形式绝对会用作终究要谈的话题的借口。尽管迈
克纳斯为了奥古斯都一再有行动力地贯彻警察行动，可人们也应
该既不把迈克纳斯贬低为元首的宣传部长，也不把迈克纳斯提升
为"文艺作品鉴赏家"（arbiter elegantiarum）。由于迈克纳斯不
拘礼节的言行举止，而且迈克纳斯本人的诗作具有巴洛克式
（或风格奇异）的打趣，绝对有人捍卫的是：同意迈克纳斯在美
学上对罗马古典的产生有影响——除非是由于迈克纳斯的鉴戒。
与在临终的病床上才撕下严肃的罗马面具的奥古斯都相比，埃特
鲁里亚的贵族迈克纳斯对他的游戏天性毫不隐讳。也许正是这种
天资，才让迈克纳斯有能力保障大诗人们所必需的不过分的自由
空间。

（二）墨萨拉文学圈

另一个文学圈聚集在墨萨拉（Marcus Valerius Messalla Corvi-
nus）② 周围。与迈克纳斯有别的是，这位古罗马贵族的代表人
物也资助尚未出名的年轻才子。就已知的提布卢斯、苏尔皮基娅
与奥维德而言，墨萨拉文学圈的构成强调社会地位（在这个背
景里，才能理解贺拉斯给予迈克纳斯没有社会偏见特别的赞
颂）。墨萨拉文学圈疏远元首。在评价奥维德有意识地放弃元老
院的事业以及思考奥维德遭到放逐的原因的时候，奥维德早年与
贵族身份的关系就不容忽视。后来，由于与高贵的元老的女儿结
婚，这个贵族身份才得到巩固。墨萨拉文学圈的成员从来就不可
能感觉自己是"依从者"，正如对于维吉尔与贺拉斯而言，身份

---

① 瓦里乌斯是奥古斯都时代的诗人泰斗，写有 1 篇关于恺撒之死的叙事诗
《恺撒之死》（De Morte Caesaris），1 篇关于奥古斯都的颂歌，1 部肃剧《提埃斯特
斯》。瓦里乌斯是贺拉斯与维吉尔的朋友，在维吉尔死后，帮助编辑《埃涅阿斯纪》。

② 关于墨萨拉，参科瓦略夫，《古代罗马史》，页 608。

或许也是不可回避的一样，尽管迈克纳斯有一切的自由主义思想。

三、哲学与宗教

伊壁鸠鲁哲学追求灵魂的安宁，倾向于退出公众生活，在动荡不安的共和国晚期迎合了许多人的感觉。在前辈当中，西塞罗的朋友阿提库斯是狂热的伊壁鸠鲁主义者。在充满阴郁的咒语与"明亮的光"的诗里，多愁善感的卢克莱修迷恋让人释怀的宁静。伟大的奥古斯都主义者接近伊壁鸠鲁主义。在那不勒斯海湾，年轻的维吉尔来往于希罗（Siro）圈子。尚在发育成熟的年纪，诗人就让他的女主人公狄多（Dido）讲出了伊壁鸠鲁思想：众神不关心我们个人的命运。贺拉斯从不否认他感觉自己就是"来自伊壁鸠鲁信众的一头猪"（《书札》卷一，首4，行16）。至于古希腊伊壁鸠鲁主义者维护的碑铭诗（epigramma），或许也与古罗马的诉歌有关。即使在奥古斯都时期古典作家的晚期作品中，也继续存在伊壁鸠鲁主义的特征。

随着在奥古斯都时期人们对国家主流的和与社会有关的行为方式的反思，另一种哲学的一些元素浮出了水面：廊下派（Stoa）。这种哲学尤其适用于《埃涅阿斯纪》与贺拉斯的几首颂歌（Oden）。在讽刺诗中，诗人贺拉斯嘲讽廊下派学者，但是表现出他很熟悉廊下派学说。维吉尔与奥维德的作品使人联想起新毕达戈拉斯主义意义上的、对世界进行宗教性的解释。对宗教的敏感性毕竟既符合内战时期人们想得救的渴望，也符合奥古斯都时代晚期人们听天由命的观点。

在文学创作中，早就宗教性地神化了尊重宗教的元首（苏维托尼乌斯，《神圣的奥古斯都传》，章90-97，参苏维托尼乌斯，《罗马十二帝王传》卷二，张竹明等译，页100以下）。相关文章的水平不允许仅仅把它们看作对宫廷的谄媚。对重新得到和平的感谢肯定是真诚的。把古希腊对统治者的颂歌联系起来看，把奥古斯都比作像阿波罗、墨丘利（Merkur，古希腊商业神）甚至是尤皮特一样的神。此外，像罗慕路斯——还有海格立斯与巴科斯———一样的半神也很重要。在文学创作中，维吉尔与贺拉斯有时候似乎提前流露出他们实际上对奥古斯都的崇敬。对统治者"完全依赖"的感情激起奥维德在晚年创作了一篇有趣的论文，而这篇论文与崇拜皇帝的题材有关。如果不否认这篇论文的宣传特征，那么要强调的肯定就是，只有文学创作建立在实际存在的情感基础之上，宣传才能取得成功。当时的罗马人都感觉个体、国家与自然是集中体现神的秩序的领域。国家与教会在基督教信仰方面的对立，或者现代的纯粹世俗的国家概念，它们还完全可以与那个时代保持距离。

在一个实现历史期望的时代里生活，这种意识允许维吉尔创造性地把过去、现在与未来联系起来看，并且让神话与历史互相妥协。而共和时期叙事诗中的时事超过了帝政时期叙事诗中对过去的回顾。甚至像抒情诗一样，本来就很主观的体裁也赢得了超个人的意义，以至于社会与自然在这方面也填补与扩大了个人的生活圈子。尽管如此，贺拉斯也有不一致的地方：在廊下派的热爱祖国与伊壁鸠鲁主义的退隐之间，或者在前3卷《歌集》中细腻描写对奥古斯都的崇敬，而在第四卷《歌集》中流露出贺拉斯的更加率直。平时是那么拘谨与批判的诗人的率直并不让我们反感，而是令我们非常吃惊。由于奥古斯都时期的特殊条件，抒情诗人克制纯粹私人的感情与重新获得宗教的要求无论如何都得到了根本性的推动，甚至可以说，在这个时候才成为可能。

诗人扮演了重要的角色。受到神灵启示的诗人（vates）创造了诗人生活的秩序的内容。由于他摆脱了卷入政治或者商业活动的义务，诗人对神性特别坦率，感觉自己有责任把青年引向对神的真正敬畏。贺拉斯完成世俗歌曲不是纯粹按合同制作的，而是深思诗人对社会"有用"的结果。维吉尔觉得自己是艺术传播者与预言家。即使在提布卢斯的作品中，也可以发现类似的口吻。奥维德比罗马的其他诗人都更加频繁地运用神的启示的题材。奥维德的天才的思想根植于诉歌的个人世界。命运强行把奥维德赶出了安全的首都，以至于奥维德简直是必然地先认识到（并且表达）作家的现代孤独经验。让奥维德依靠的诗歌才能构成一个对抗中央权力的审判机关，与世界范围内的读者一起提出了肯定奥维德的要求。奥维德内心深处的信仰适合作诗人。从诉歌诗人开始主观评价以来，维吉尔与贺拉斯所追求的生存领域里的平衡又支离破碎了。

在回顾奥古斯都时代早期的政治领域与文学世界的时候，许多观察家就说，那是一个失落的天堂。这些观察家似乎不是在解释，而是在神化那个时代。这是不足为奇的。

四、希腊文的与拉丁文的：传统与革新

在共和国时期，古罗马人就学会了古希腊的文学体裁。公元前 1 世纪，西塞罗把哲学散文，卢克莱修把教诲诗，卡图卢斯把希腊化时期的一些小体裁进行了罗马本土化。维吉尔的《牧歌》（*Eklogen*）以一种全新的体裁丰富了古罗马的文学。但是，维吉尔的杰作《牧歌》同时也运用了另一种状况下的标准：把 10 首诗和谐地编排成一组文艺作品，这对诗歌书籍的结构提出了新的要求（提布卢斯与讽刺诗人贺拉斯也在他们的第一卷书中各自加入了 10 首诗）。牧歌创作早就大大地超出了（文学）类型（Genus）从希腊文到拉丁文的迁移，成为一种全新的诗歌体裁，其思想内容既有时事的，也有诗学的（poetologisch）。在《农事诗》与《埃涅阿斯纪》中，维吉尔已经完善了引进的（文学）类型（Genera，Genus 的复数形式），其方法就是诗人让这些（文学）类型屈从于最严格的技巧的和艺术的标准。因此，古罗马文学开始了一个崭新的阶段。

与从动乱的年代到稳定的社会状况的过渡经验相适应的，以及与元首试图重建古罗马的宗教与道德一致的就是，在文学作品中，作者采用越来越早的典范（譬如，维吉尔的文学之路从"希腊化的"《牧歌》到"与荷马接近的"《埃涅阿斯纪》）和古典标准。因此，撒路斯特比李维"更加矫揉造作"，卡图卢斯比年轻得多的诗人维吉尔与贺拉斯"更加现代"，"更加进步"。

从整体上看，重新采用更加古老的文学典范是对古罗马文学发展普遍打上希腊化的烙印的一种反潮流。在这种状况下，未受阻扰的就只有古罗马的爱情诉歌：从卡图卢斯与伽卢斯，经过提布卢斯与普罗佩提乌斯，最后到奥维德。在维吉尔与贺拉斯逝世以后，奥维德的《变形记》（Metamorphosen）中主观的"亚历山大里亚主义"潮流甚至蔓延到叙事诗。值得一提的是，奥古斯都同这个潮流的两个主要代表人物伽卢斯和奥维德之间出现冲突，这只是偶然的事件吗？

写了《埃涅阿斯纪》，维吉尔才可以说他完全学会了荷马。恩尼乌斯把六拍诗行（hexameter）以及大量的荷马的修饰语拉丁化。叙事诗作为完整的大体裁，也符合更严格的统一要求。在古罗马，维吉尔是第一个能够写作叙事诗的人。由于结构上的成就，维吉尔让恩尼乌斯的《编年纪》黯然失色。与之相应的就是，恩尼乌斯的《编年纪》渐渐地被人遗忘。对于后来的叙事诗诗人而言，由于"古典"叙事诗在拉丁语中的存在，现在出现了一个崭新的局面。帝政时期的六拍诗行（hexameter）诗人首先开始探讨本国的传统，其次才考虑古希腊的传统。

拥有悠久的古罗马谱系的感情已经支配着诉歌诗人奥维德。奥维德通过与拉丁传统的竞赛，终结了打上了伽卢斯、提布卢斯与普罗佩提乌斯的烙印的爱情诉歌。于是，在奥古斯都时期，罗马文学的对话体就以自己的过去开始。同古罗马共和国时期举行的与古希腊的竞赛相比，对话体的实现的氛围明显不同。

即使在诗人的反省方面，古罗马文学在奥古斯都时期也登峰造极。罗马文学越来越不必借鉴外国的文学品质标准。现在，古罗马文学在自身中找到了文学品质标准。

古罗马的"古典"肯定是单独的个人通过有意识的努力而获得的。这个事实让奥古斯都时期的文学创作也成为后世文学的典范。奥古斯都时期的诗人与散文家成为文学品质的标准。重要的文学体裁，例如叙事诗和抒情诗，一再被他们打上了决定性的烙印。由于富含一些塑造得令人信服的、很有意义的形象（维吉尔的《埃涅阿斯纪》神话，奥维德的《变形记》，李维的《建城以来史》），奥古斯都时期的文学成为作家、思想家与造型艺术家的宝库。奥古斯都时期文学内在的重要意义源于天赋与律条（指规则）之间的紧张关系，一再成为欧洲文学更新发展的源泉。偶尔被遗忘，有时候被判处死刑，常常又被重新发现，奥古斯都时期文学始终都可以重新证明它的复兴能力。

综上所述，从文学的形式（体裁）来看，在所谓的黄金时代，古罗马文学的成就主要是诗歌和散文〔关于繁盛时期的散文，详见拙作《古罗马散文史》（*Historia Prosarum Romanarum*）第三编〕，而戏剧的成就微不足道，所以撰写这个时期的文学史比较简单。

不过，从文学的内容来看，在撰写奥古斯都时期文学史时，不仅要重点评述像维吉尔、贺拉斯和奥维德这样的大师及其作品，因为两千年来欧洲的伟大读者都喜欢了解他们的全部，而且还要兼顾名气较小的作家作品，通过对他们的提示，有意识地扩大只知道某个时期文学巅峰的读者对这个时期文学潮流的阅读视野。在这种背景下，伟人的创作才完全表现出它的独创性。

第一章 维吉尔

第一节 生平简介

公元前 70 年 10 月 15 日，普·维吉利乌斯·马罗（Publius Vergilius Maro），通称"维吉尔（Vergil）"，生于意大利北部的波河（Po）北岸曼徒阿（Mantua）——今天意大利的皮埃托利——附近的安德斯（Andes）村（《维吉尔传》，参苏维托尼乌斯，《罗马十二帝王传》，张竹明等译，页 368–375）。这个地区属阿尔卑斯山南高卢地区，所以有人认为，维吉尔的祖先可能是高卢族。[①] 也有人从源于埃特鲁里亚的姓名"维吉利乌斯（Vergilius）"与"马罗（Maro）"推断，维吉尔具有埃特鲁里亚人的血统。这两种推断似乎都是值得怀疑的。维吉尔的父亲出身于一个普通家庭，[②]

---

① 维吉尔，《埃涅阿斯纪》，杨周翰译，南京：译林出版社，1999 年，译序，页1。

② 参阿尔布雷希特主编，《古罗马文选》卷三（*Die Römische Literatur in Text und Darstellung*, 5 Bde. Herausgeber：Michael von Albrecht. Band III：*Augusteische Zeit*, Herausgegeben von Michael von Albrecht. Stuttgart 1987），页 20。

务农。然而，依据多那图斯（Aelius Donatus）的《维吉尔传》，
有人认为，维吉尔的父亲是个陶匠。但多数人认为，维吉尔的父
亲是小官吏玛吉乌斯（Magius，参苏维托尼乌斯，《维吉尔传》）
的仆人。由于工作表现好，雇主把女儿玛吉娅·波拉（Magia
Polla）许配给维吉尔的父亲为妻（参维吉尔，《埃涅阿斯纪》，
译者序，页 2）。婚后他们生有 3 个儿子。其中，两个儿子夭折：
西洛（Silo）死时还是个孩子，弗拉库斯（Flaccus）死时已成
年。只有维吉尔幸存下来（参王焕生：《古罗马文学史》，页
192）。不过，维吉尔的健康状况并不好，特别是常患胃病、喉
病和头痛病，常常还有出血现象。起初，家里比较贫寒。后来，
维吉尔的父亲通过购置林地和养蜂获得了巨额财产。巨额的财产
允许维吉尔的父亲让自己的儿子获得最好的教育。确切地说，维
吉尔首先在波河北岸的克雷蒙纳（Cremona）求学，并度过了童
年。公元前 55 年 10 月 15 日，诗人卢克莱修去世，而维吉尔穿
上了成年服（toga virilis）（参《古罗马文选》卷三，前揭，页
20）。后来，维吉尔就去了意大利北部文化中心米兰，主要学习
演说术。

　　17 岁时（大约公元前 53 或前 52 年左右），维吉尔又来到罗
马，拜修辞学家为师，继续学习修辞学与演说术。① 此外，维吉
尔还学习医学、算学和法律。毕业后，维吉尔立即尝试当律师。
这符合他所受的教育。但由于他天生害羞，说话很慢，而且在演

---

　　① 王焕生认为，维吉尔到罗马的目的就是在修辞学家埃皮狄库斯（Epidicus）
那里继续学习演说术，为以后从政做准备。埃皮狄库斯的门生还有许多贵族青年，
包括比维吉尔小的屋大维·奥古斯都（生于公元前 63 年），参王焕生，《古罗马文学
史》，页 192。这是可疑的，因为没有查到证据，而且《埃皮狄库斯》（Epidicus）是
普劳图斯的谐剧标题。查到的资料显示，维吉尔在那不勒斯加入以希罗（Siro）为中
心的伊壁鸠鲁主义者（Epicurean）圈子，向老师希罗学习伊壁鸠鲁，参多那图斯，
《维吉尔传》。

说时不能随机应变，像个没有受过教育的人，维吉尔没有取得任何成功。不过，维吉尔在罗马收获了友谊。在罗马逗留的 10 年左右期间，维吉尔结识了波利奥、同学伽卢斯与瓦鲁斯（Lucius Alfenus Varus）。维吉尔或许还通过波利奥结识了屋大维。

约公元前 43 或前 42 年左右，[①] 维吉尔从罗马返回故乡，住在父亲的田庄里，从事农作，同时也写作诗歌。待了一段时间以后，出于对哲学的兴趣，维吉尔前往那不勒斯，加入了伊壁鸠鲁主义者希罗的圈子。那不勒斯成为维吉尔的第二故乡。维吉尔在那不勒斯附近的诺拉（Nola）有一座不大的庄园，那里成为他后半生的主要逗留地。此外，维吉尔在罗马有一处住宅。《短诗集》（*Catalepton*）和《维吉尔补遗》（*Appendix Vergiliana*），这些诗歌完全按照那个时代的文笔写就。假如这些诗歌真的是维吉尔的作品，那么就是维吉尔青年时期的作品。维吉尔效仿亚历山大里亚学派的诗歌，篇幅短小，创作谨慎，注重内心表白。这可能与维吉尔向亚历山大里亚诉歌诗人帕尔托尼乌斯（Parthonius）学习希腊文的有关。

在古希腊语风（即希腊化）的诗歌影响下，大约公元前 42 至前 39 年，[②] 维吉尔创作了《牧歌》（*Eclogae* 或 *Eklogen*）。这些田园诗出版于公元前 37 年（参维吉尔，《埃涅阿斯纪》，译者序，页 4）。诗人以特奥克里托斯为典范，用诗歌美化牧民的世界。不过，诗人也表达了牧民被逐出家园的残酷现实以及人们对和平的渴望。

显而易见，在创作《牧歌》取得成功以后，维吉尔被纳入

---

① 也有人推测为公元前 45 至前 43 年，参阅王焕生，《古罗马文学史》，页 193；杨周翰认为是公元前 43 年，参阅维吉尔，《埃涅阿斯纪》，译者序，页 3。

② 按鲍尔索克（G. Bowersock）和施密特（E. A. Schmidt）的说法，几年以后。参《古罗马文选》卷三，前揭，页 20。

迈克纳斯文学圈。在创作下一部作品《农事诗》的时候，维吉尔从迈克纳斯那里得到建议。维吉尔用公元前 39 至前 37 年创作的农业教诲诗让人们记住，古罗马人出身于农民。如今，在奥古斯都和平时期，罗马人又可以并且应该安居乐业。

　　在完成《农事诗》以后不久，维吉尔开始创作古罗马的民族英雄叙事诗《埃涅阿斯纪》。据说，这部叙事诗是荷马的两部叙事诗《奥德修纪》与《伊利亚特》的合体，补全了古罗马民族自己的历史。这部作品维吉尔写了 11 年。公元前 19 年，维吉尔到古希腊去，就是为了对这部作品进行最后的润色。

　　在雅典，维吉尔碰到了从东部地区返回的奥古斯都，便决定提前与奥古斯都一起回家。在走访麦加拉（Megara）城时，维吉尔开始发烧。回到意大利的布伦迪西乌姆以后，大约公元前 19 年 9 月 21 日，维吉尔病逝。死后，维吉尔葬于那不勒斯。由于终身未娶，两个弟弟也早夭，维吉尔立遗嘱，把一半产业留给了同母异父的弟弟，四分之一献给了屋大维，五分之一送给了迈克纳斯，其余的赠给了朋友瓦里乌斯和普罗提乌斯·图卡。[①]

第二节　《牧歌》

　　《牧歌》（*Bucolica*）的标题《田园诗》（*Eclogue*）是后人添加的。依据苏维托尼乌斯的《维吉尔传》，维吉尔写《牧歌》，就是为了赞美波利奥、瓦鲁斯和伽卢斯，因为在分配波河以北土地时，由于他们的帮助维吉尔才免于破产（参苏维托尼乌斯，《罗马十二帝王传》，张竹明等译，页 370）。

[①]　参《罗马共和国时期的韵律铭文》，前揭，页 68 及下；维吉尔，《埃涅阿斯纪》，译者序，页 5；LCL 63，页 vii 以下（序言）；页 1 以下（导言）。

　　《牧歌》总共 10 首。其中，有两首谈及维吉尔的田产充公
（首 1 和 9），大约写于公元前 41 年或稍后。有两首写于维吉尔
的老师希罗的家中，也是公元前 41 年。有 4 首写于公元前 42 年
维吉尔回到曼徒阿田庄时（首 2、3、5 和 7）。其余的写于罗马
（首 4、6、8 和 10）（参维吉尔，《埃涅阿斯纪》，译者序，页
13）。

　　诗人维吉尔因为《牧歌》或者《田园诗》而庆祝他的第一
次巨大成功。牧歌体裁得名于诗歌的主人公——牧人（希腊语
βουκόλοι）。维吉尔本人承认，他是在模仿那个出身于西西里的、
公元前 3 世纪中期的希腊诗人特奥克里托斯，而且他是第一个模
仿特奥克里托斯的拉丁语诗人（参詹金斯，《罗马的遗产》，页
185）。特奥克里托斯生活在希耶罗二世（Hiero II）统治下的叙
拉古，以城里人略带嘲讽的口吻描写西西里牧人的生活。其中，
《牧歌》里的有些诗行就是希腊诗的改写或集句（参《罗念生全
集》卷八，前揭，页 288）。当然，维吉尔感到的是与牧人相处
的喜悦和痛苦，正是这些牧歌表达了诗人自己的情感和期望。此
外，诗人的生存与当时的时事同样都是他笔下的题材。尽管众说
纷纭，语言与文笔仍然符合作为情节载体的牧人：主要的是排比
结构，起划分作用的是首语重复法与对照法。

　　《牧歌》不是按创作的先后顺序编排的。譬如，第一首里牧
人梅利伯（Meliboeus）即将离开家园，流亡他乡，第五首里牧
人达芙尼（Daphinis）已经惨死，可是又在第七首里充当牧人赛
歌的裁判。从史料以及彼此的关系很容易看出，这些诗歌第一次
表现出了古罗马文学史上的编排意识。一般认为，第二、三首写
作最早，因为这两首诗风格近似，里面没有涉及任何的政治时
事。其中，第二首涉及的题材是同性恋。牧人柯瑞东（Corydon）
爱上了英俊的少年奴隶阿荔吉（Alexis）。虽然柯瑞东富有，擅

长歌曲，但是城里人伊奥拉斯（Iollas）的宠奴阿荔吉并不爱柯瑞东。所以柯瑞东陷入痛苦的单相思。[①] 而第三首描写梅那伽（Menalcas）和达摩埃塔（Damoetas）以 1 头母牛为赌注，展开赛歌。由于两个牧人难分伯仲，裁判帕莱蒙（Palaemon）宣布，每人都应该得到 1 头牛。显然，这是继承了古代牧歌的特点。这种继承甚至还体现在"有不少诗行是对古希腊诗人特奥克里托斯的田园诗的直接翻译"（参荷马，《奥德修纪》，页 294 以下；王焕生，《古罗马文学史》，页 194）。

　　同样反映牧人的田园生活，称得上真正意义上的牧歌的是第五、七和八首。在第五首里，牧人梅那伽是前辈（《牧歌》，首 5，行 4），长于歌颂诗篇（行 2），而牧人莫勃苏（Mopsus）则是后辈，会吹轻快的芦笛（行 2）。两位高手见面（行 1），相约赛歌。在岩洞（行 19）附近，莫勃苏歌唱他在榉树的青皮上刻写并加上了音乐节奏的歌曲，歌唱达芙尼的惨死。诗中的达芙尼是牧羊人，居住在山林，声名远播（行 43-44）。但是，由于梅那伽歌颂达芙尼升天（行 56-57）成神（行 64-66），而且诗中有"你的荣耀，声名和颂扬将永世长存"（行 78）[②] 的诗句，有些注释家结合诗人维吉尔的时代，有些牵强地推断，诗中的达芙尼暗指恺撒。第七首描写牧人柯瑞东和提尔西斯（Thyrsis）的赛歌。裁判是达芙尼和梅利伯。比赛结果是提尔西斯输，柯瑞东赢。第八首写牧人达蒙和阿菲西伯（Alphesiboeus）唱的两首歌。从不到 12 岁起，达蒙（《牧歌》，首 7，行 40）就爱上了牧女妮沙（Nysa）。不过，妮沙却嫁给了牧人莫勃苏。所以达蒙歌唱失

---

　　① 荷马，《奥德修纪》，杨宪益译，北京：中国工人出版社，1994 年，页 291 以下。

　　② 拉丁语原文 semper honos nomenque tuum laudesque manebunt，英译 So long shall your honour, name, and glory abide，见 LCL 63，页 58 及下。

恋的悲歌（行17－62）。阿菲西伯歌唱的是魔法歌。失恋的牧女阿玛瑞梨（Amaryllis）施起巫术，念起咒语，最终如愿以偿。她所爱的人达芙尼回心转意，从城里回家（行65－110）。①

最明显地反映维吉尔时代社会生活的是第一、四、六、九和十首牧歌，而且这种反映有时甚至是完全政治性的。其中，第一首牧歌是序诗，采用两个牧人的对话形式。对话的地点是西西里岛上的小城海布拉（Hybla）附近的牧区。对话的两个牧人梅利伯和提屠鲁（Tityrus）是古希腊神话人物。由于战争带来的灾难，生病的牧人梅利伯即将"离开故乡和可爱的田园"，"逃离他国"，而"异邦人"将侵占他的土地和果实。与梅利伯的命运不同，"年已迟暮"的牧人提屠鲁却能保全土地，高卧在榉树的亭盖下，任意地用那纤细的芦笛吹奏山野的清歌，因为提屠鲁幸运地得到一位"神祇"提供的方便。这个"神祇"是谁？在答复梅利伯的提问时，提屠鲁说，他到都城罗马去寻求保护，遇见了那位"神祇"（参荷马，《奥德修纪》，页288以下）。由此可以推断，罗马人通过战争征服了两个牧人所生活的地区，而且"粗鲁的屯兵"获得当地牧人的土地及其土地上的收成，使得当地牧人不得不像梅利伯一样流离失所，或者像提屠鲁一样到罗马去寻求保护，倘若幸运（μεταβολή）才能保全家园。

这几首诗中洋溢着诗人对两位牧人的同情，因为维吉尔本人也有相同的经历。在公元前41年的土地分配浪潮中，诗人被赶出家园。诗人想抗拒，但险些丧命，所以不得不躲藏于老师希罗家中（参维吉尔，《埃涅阿斯纪》，译者序，页4）。后来，由于朋友的鼎力帮助，诗人才得以保全部分土地。在这样的经历以后，诗人的情感是非常复杂的，一方面无情地批判把土地分配给

① 提尔西斯（Thyrsis），原译"塞尔西"。参荷马，《奥德修纪》，页301以下。

身经百战的老兵的现实，另一方面又掺杂着对帮过自己的恩人的感激之情。因此，诗中的"神祇"可能就是诗人在现实中的恩人。那么，诗人的恩人是谁？我们不得而知。这首诗采取的开放式结尾预示着诗人尚未停止对土地问题的批判。在第九首里，诗人意犹未尽地借牧人吕吉达（Lycidas）和莫埃里（Moeris）的对话，更加直接地继续批判。莫埃里说，田地被外来者侵占，因为打了败仗（维吉尔，《牧歌》，首9，行2-5）。这时，吕吉达说："一切田地都被你们梅那伽用诗歌保存住"（行10）。此时，莫埃里道出真相：诗歌不能抵御战神的刀兵（行11-12）；若继续争辩，莫埃里和梅那伽就活不到今天（行15-16）。需要特别指出的是，当吕吉达歌唱梅那伽谱写的歌曲（行23-25）时，莫埃里认为，吕吉达唱的那首还不如梅那伽为瓦鲁斯写作的那首未定稿的歌（行26），其中有一句：

> 瓦鲁斯啊，只要曼徒阿地方能为我们保留，
> 那地方和那倒霉的克瑞蒙纳城相距不远，
> 歌唱的雁群将把你的声音举到星辰中间（行27-29，见荷马，《奥德修纪》，页316）。

而在历史现实中，瓦鲁斯是维吉尔的朋友，曼徒阿是维吉尔的家乡。由此推断，诗中擅长歌唱的梅那伽指的就是诗人维吉尔本人，因为瓦鲁斯曾帮助维吉尔保全家乡的土地。那么，第一首牧歌里的恩人就是直接帮助维吉尔保全部分土地的友人瓦鲁斯吗？这个问题仍然悬而未决。不过，诗中又提及神裔恺撒的星升起。这颗星"放出光芒"，让牧人享受丰收的喜悦：

> 就是那星使得五谷丰收，喜气洋洋，

使葡萄在日晒的山谷间变成深紫金黄，

接你的梨树吧，你的后代将把果实来尝（行47-50，见荷马，《奥德修纪》，页316及下）。

而且，这几行诗的口吻不再是批判，而是歌颂。从历史来看，维吉尔对土地失而复得时，恺撒已死，分配土地的统治者是恺撒的继子屋大维或奥古斯都。也就是说，瓦鲁斯只不过是从中斡旋，而土地问题的决策者是"神裔恺撒"。由此推断，第一首里的"神"可能就是第九首里的"神裔恺撒"，因为屋大维同恺撒一样，死后被尊为神。

第四、六和十首牧歌都是献给朋友的，但是各具独立的特色。其中，第四首是献给朋友波利奥（Gaius Asinius Pollio）的。① 由于诗人的想象，这首牧歌（参荷马，《奥德修纪》，页298以下）有点儿脱离了田园诗的框架："西西里岛的缪斯们，让我们歌唱更重要些的事吧"（《牧歌》，首4，行1）!② 什么事比牧人们的事更重要些呢？当然是维吉尔那个时代的大事。诗人认为，虽然"库迈预言的世界末日已经来到"（行4），但是不必恐惧，因为"现在处女星座又冉冉升起，世界重新回到萨图尔努斯的黄金时代"。

上苍重新派来一个后裔。

---

① 格兰特认为，第四首牧歌写于安东尼与屋大维重新和好的喜庆日子里，即公元前40年（参格兰特，《罗马史》，页213）。这种说法可能有误。后三头结盟是公元前43年9月（参年表），而贺拉斯参与斡旋的安东尼与屋大维的重新和解是在公元前37年。事实上，公元前40年发生的大事如下：波利奥的执政官任期；屋大维与安东尼的兄弟卢·安东尼之间的佩鲁西亚战役；贺拉斯本人获得大赦，到罗马。

② 本段中维吉尔的《牧歌》第四首译自《古罗马文选》卷三，前揭，页31以下。另参荷马，《奥德修纪》，页298。

　　　　随着这个男孩的诞生，世界的黑铁时代

　　　　就要马上结束，全世界将出现一个黄金时代（行6-9，
译自《古罗马文选》卷三，前揭，页31。参荷马，《奥德修
纪》，页298）。

　　那么，这个重新到来的"黄金时代"指什么？

　　要弄清这个问题，得先弄清另外的问题："黑铁时代"指什
么？这个上苍派来的男孩究竟是谁？结合维吉尔的生活经历和他
写的其余牧歌，不难看出，"黑铁时代"应当指古罗马共和国末
期屋大维与安东尼之间的内战时代。像《牧歌》中的牧人一样，
维吉尔饱受战乱之苦，所以他想借这首诗表达对和平的向往之
情，这是合情合理的。而公元前40年执政官波利奥作为安东尼
的全权代表，与屋大维的代表签订《布伦迪西乌姆协定》，可以
说，这位朋友为实现维吉尔向往的和平贡献了力量，所以维吉尔
在诗中高度歌颂波利奥：

　　　　是啊，你这个执政官的光辉普照这个时代的世界，

　　　　波利奥啊，那些巨大的卫星开始运转。

　　　　在你的领导下，祖先遗传给我们的罪恶行迹

　　　　就会彻底根除，大地就会摆脱连续不断的（战乱）恐
惧（行11-14，译自《古罗马文选》卷三，前揭，页31。
参荷马，《奥德修纪》，页299）。

　　有争议的是诗中男孩的身世。要弄清楚这个男孩的身世，得
先看看诗人怎样写这个男孩。在歌颂波利奥以后，诗人接着就写
这位具有神性的男孩的成长历程，先是婴幼儿时期：

男孩啊，为了你，大地自个儿献出

常春藤蔓作为初生婴儿的小礼物，四周长满了缬草，

大地把睡莲掺入莨苔①微笑的魅力。

山羊群自动带着奶汁充盈的乳房回家，

牛群对强大的狮子无所畏惧，

你的摇篮四周枝叶繁茂，芳香的花朵把你围绕。

接着那蛇死绝，骗人的毒草

死绝，到处生长着亚苏（Asu）的香草（行 18-25，译自《古罗马文选》卷三，前揭，页 31-33。参荷马，《奥德修纪》，页 299）。②

接着是青少年时期：

可是当你懂得朗诵英雄赞歌

和父亲的事迹，理解什么是美德之时，

田野才随着金黄的谷穗缓慢而轻微地波动，

在野生荆棘丛中葡萄正在成熟，略呈红色，

从长得弯弯曲曲的橡树涌出琼浆一样的蜂蜜（行 26-30，译自《古罗马文选》卷三，前揭，页 33。参荷马，《奥德修纪》，页 299）。

青少年时期并不全是美好的，仍然存留历史的罪恶行迹：

但是一些原始时代的罪恶痕迹还残存，

---

① 一种植物，老鼠筋属，爵床科。

② 亚苏是亚述语，指亚细亚。

使得征战的船只乘风破浪，环城修筑高墙

令人憋闷，地里深挖壕沟。

重新又返回一个提斐斯（Tiphys），重新返回一艘阿尔

戈（Argo）号船，它又

载着英雄们，挑选出的，别的战火又燃起，

向特洛伊又派遣了一位伟大的阿基琉斯（Archilles；行

31-36，译自《古罗马文选》卷三，前揭，页33。参荷马，

《奥德修纪》，页299）。

然后写壮年时期：

如果壮年的你已经锻炼成男子汉，

那么船员也自愿保持大海不动，航行的云杉

不再交换商品：这一切大地到处都有。

土地不再容忍双齿耙，葡萄园不再容忍镰刀，

现在公牛也摆脱了强壮犁地人的轭。

现在不再学习欺骗性地把羊毛染成五颜六色，

不，在公羊所在的低草地它们的毛皮

已经自动地交替出现深紫和金黄，很迷人。

现在吃草的羔羊也完全自动地披上了鲜红（行37-45，

译自《古罗马文选》卷三，前揭，页33。参荷马，《奥德修

纪》，页299及下）。

而且这位男孩终将成为神：

他将获得神仙的寿命，将加入神仙之列

见到诸位英雄，将亲自出现在他们中间，

他统治这个安定下来的世界，以父之力（行 15-17，译
自《古罗马文选》卷三，前揭，页 31。参荷马，《奥德修
纪》，页 299）。

这就是命运三女神为诗中的男孩设计的命运。也就是说，随
着这位男婴的成长，"黄金时代"日益临近。将要实现的新秩序
正是命运三女神在祝福语——这让人有意识地记起卡图卢斯的诗
句（卡图卢斯，《歌集》，首 64，行 320-322）——中所预言的。

那么，这个男孩指谁？一个真实存在的男孩？一个救世主？
新的永世（Aion）之化身（维吉尔《牧歌》，首 4，行 52）？由
于诗中对创世以来的年代与世界末日持有与库迈预言不同的看
法，而且这些看法彼此渗透，这就允许有多种解释。譬如，基督
教把这个男孩解释为耶稣基督。313 年，君士坦丁（Konstantin）
发表《致圣徒辞》，宣称维吉尔的第四首《牧歌》是关于耶稣的
预言。325 年，皇帝君士坦丁在尼西亚城（Nicaea）宗教会议上
又重申这种阐释："耶稣基督诞生的预言"（参詹金斯，《罗马的
遗产》，页 190）。君士坦丁的解释得到奥古斯丁的认同，甚至被
但丁（Dante Alighieri，1265-1321 年）接受（参《基督教文学经
典选读》，前揭，页 242 以下）。依据君士坦丁的解释，库迈女
预言家"既为先知，又为诗人"。在这位女预言家的神谕中有一
首诗。诗中每一行的第一个字母合起来就是希腊语"耶稣基督，
上帝之子，救世主，十字架"。这位女预言家关于世界末日的说
法包含着涉及未来神性惩罚的威吓和警告，与基督教的末日审判
论有异曲同工之妙。不过，著有《耶利米书》（写于约公元前
627-前 586 年期间）和《耶利米诉歌》（写于公元前 586 年耶路
撒冷被摧毁后不久）的亚拿突先知耶利米［《圣经（灵修版）·
旧约全书》，前揭，页 1256 和 1354］无意接受对维吉尔的弥赛

亚式的解释。①

而非基督教的学界有四种意见：公元前40年任执政官的波利奥的儿子；屋大维的儿子；屋大维的姐姐奥克塔维娅（Octavia 或 Octavia Minor，公元前69-前11年）与屋大维的政敌安东尼的儿子；奥克塔维娅与前夫小盖·马尔克卢斯（Gaius Claudius Marcellus Minor，公元前88-前40年，西塞罗的朋友）的长子。杨宪益认为，这个男孩指奥克塔维娅与小盖·马尔克卢斯的儿子：马尔克卢斯（Marcus Claudius Marcellus，公元前42-前23年）。②

杨宪益的论证似乎比较合理。不过，还存在另一种可能。由于这首诗是献给朋友波利奥的，所以维吉尔称呼这位执政官为"你"，而诗中又有这样的诗句"你的贞洁的卢西娜③尽管喜爱他；你的阿波罗已经君临天下"（《牧歌》，首4，行10）。由此推断，这个男婴的母亲有个弟弟，而且这个弟弟即这个男婴的舅舅是执政者。不过，存在这种姐弟关系的不仅有屋大维和他的姐姐奥克塔维娅，还有恺撒和他的姐姐尤利亚。塔恩认为，奥克塔维娅为安东尼生的孩子是女儿（参沃格林，《希腊化、罗马和早期基督教》，页180），也就是说，假如这个男婴指奥克塔维娅的儿子，那么他只能是公元前42年奥克塔维娅为前夫小盖·马尔克卢斯所生的儿子。然而，在《埃涅阿斯记》第六卷里，维吉尔借埃涅阿斯的亡父安基塞斯之口，曾预言奥克塔维娅的这个儿

---

① 帕利坎，《历代耶稣形象及其在文化史上的地位》，杨德友译，香港：汉语基督教文化研究所，1995年，页49以下。

② 不同于第二次布匿战争时期的老马尔克卢斯（Marcus Claudius Marcellus，约公元前268-前208年），参见普鲁塔克，《马尔克卢斯传》；荷马，《奥德修纪》，页323。

③ Lucina，送子娘娘，即月亮女神狄安娜，阿波罗的妹妹。

子注定要夭折，事实上也在公元前23年猝死，不可能成为黄金时代的缔造者和统治者。所以更为可信的是把这个男婴理解为尤利亚的外孙屋大维。因为这个外孙后来成为恺撒的养子，并成为古罗马帝国的奠基人和统治者，奥古斯都死后也被尊为神，符合第四首《牧歌》中的诗句（行15-17）。这里的"父"应当指屋大维的养父恺撒，因为维吉尔在第一首《牧歌》中提及神裔恺撒的星升起，"放出光芒"，"使得五谷丰收，喜气洋洋，使葡萄在日晒的山谷间变成深紫金黄，接你的梨树吧，你的后代将把果实来尝"（行47-50）（参荷马，《奥德修纪》，页315以下）。第一首中"你的后代把果实来尝"与第四首中"以父之力"相呼应，非常契合，也就是说，第一首中的这个后代和第四首中的这个男婴是同一的。所以，诗中"黄金时代"应当指"屋大维统治下的"古罗马帝国时代，即奥古斯都时期［参荷马，《奥德修纪》，序（杨宪益），页9；格兰特，《罗马史》，页213］。这个"黄金时代"不仅出现在这首《牧歌》中，而且还出现在维吉尔的《埃涅阿斯记》中。从史料来看，奥古斯都时期也是古罗马帝国在各方面达到鼎盛的时期。鉴于上述的原因，后世才有理由把奥古斯都统治时期称作"黄金时代"。

第六首的开篇是诗人写给朋友瓦鲁斯的献辞（《牧歌》，首6，行1-12）。在献辞中，维吉尔介绍了自己的写作体裁变化历程：最初写叙拉固（Syracusa）诗体，即牧歌体裁（行1），后来"歌颂王侯和战争"（行3），可能指写作叙事诗《埃涅阿斯记》，然后才转向写"细巧一些的诗歌"（行5），"用纤纤芦管试作田野的小调"（行8）。此外，维吉尔还表明，他自己的创作是奉阿波罗的命令（行3、9和11）。有人推测，诗中的阿波罗可能指屋大维。接着，这首诗主要叙述牧童克洛密斯（Chromis）和莫那西（Mnasyllus）同年迈的山林神西伦努斯开玩笑，并得到神女埃格丽（Aegle）的帮助（行13-30）。于是，西伦努斯教孩子们歌唱宇宙的形成（行31-40），歌唱希腊罗马的神祇和不幸的处女（行41-63）。接下来，西伦努斯又歌唱（真实历史人物）伽卢斯（行64-73）。最后，西伦努斯又歌唱荷马的叙事诗中的神话人物，例如尼苏斯（Nisus）的女儿斯库拉（Scylla）（行74-77）、色雷斯王特柔斯（Tereus）及其妻子菲洛美娜（Philomela）（行78-83）。直到天黑，西伦努斯才叫两个牧童带着羊群回家（行84-86）（参荷马，《奥德修纪》，页304以下）。

第十首是献给好友伽卢斯的一首短歌（《牧歌》，首10，行2），述说伽卢斯的爱恋（单相思）和忧愁（行6）。伽卢斯爱上了吕科里斯（Lycoris），但是她——这个美貌的妓女真名叫居特里斯（Cytheris）——却远离故乡（这简直令伽卢斯难以置信），同别人（行22-23）到阿尔卑斯山和莱茵河去了（行46-47），而自己因为"艰苦战争的狂热"，"在刀枪下和两军对垒之间过着生活"（行44-45）。分开以后，伽卢斯"只有向爱情投降"，因为"爱情征服万物"（行69），他"为了爱情而弄得奄奄一息"（行10），林中女神和诗歌都不能使他高兴（行62），他的相思无药可救（行60）（参荷马，《奥德修纪》，页317以下；LCL 63，页2以下）。

总体来看，《牧歌》不仅"文字优美"，而且"结构严谨"，以其古希腊诗歌式的柔美、细腻和字斟句酌的艺术风格而出色，深受时人称赞（参《罗念生全集》卷八，前揭，页288和290；克拉夫特，《古典语文学常谈》，页51）。譬如，贺拉斯赞美维吉尔的《牧歌》"温存而有谐趣（molle atque facetum）"（参维吉尔，《埃涅阿斯纪》，译者序，页14）。或许因此，尽管维吉尔的《牧歌》在问世以后曾遭到诋毁：努米托里乌斯写的诗集《反牧歌》就是对维吉尔《牧歌》的讽刺性模仿（参苏维托尼乌斯，《罗马十二帝王传》，张竹明等译，页374），可是在古罗马，维吉尔的《牧歌》有几个后继者，例如1世纪的西库卢斯、大约3世纪的涅墨西安和一个佚名的牧歌作者（人称"隐居者"，因为他的作品残篇发现于瑞士的一座修道院中）（参詹金斯，《罗马的遗产》，页185）。

虽然古典文学评论家贺拉斯、昆体良和朗吉努斯都对牧歌这种体裁保持沉默，但是4世纪文学评论家塞尔维乌斯对维吉尔作品的笺注（详见关于注疏家塞尔维乌斯的章节）和基督教对牧歌的解释对后世影响深远（参詹金斯，《罗马的遗产》，页186以下）。

中世纪时，维吉尔在欧洲受到重视，一方面因为基督教把《牧歌》第四首中的新生儿视为耶稣，另一方面因为维吉尔的诗歌为神秘主义提供了许多可以寓意性解释的内容。

詹金斯认为，在文艺复兴时代，维吉尔的牧歌传统得到了多方面的发展。对于文艺复兴作家而言，《牧歌》内容是如此丰富，成了他们最好的矿源。

18世纪英国评论家约翰生（Samuel Johnson，1709-1784年）认为，维吉尔比特奥克里托斯高明："维吉尔的描写多得多，更富于情调，更多大自然，艺术性更高"。近代文学史家也认为，维吉尔的《牧歌》是罗马文学中的首创，对后世影响很大。譬如，格兰特（Michael Grant，1914-2004年）在《罗马文学》（*Roman Literature*，CUP，1954）中誉之为"魔幻式的光泽，奇异的黄金，非人间的天光"（参维吉尔，《埃涅阿斯纪》，译者序，页14）。

维吉尔的《牧歌》至今仍是牧歌传统的主要灵感所在。从斯宾塞（Edmund Spenser，1552-1599年）的《牧人历书》（*The*

Shepheardes Calender，1579 年出版）到弥尔顿的《黎西达斯》
（*Lyidas*，1637 年，其中有 10 处模仿《牧歌》，特别是《牧歌》
第 10 首），从瓜里尼的《忠诚的牧人》（*Il Pastor Fido*，1589 年
上演）到韩德尔（Handel，即 George Frideric Handel，1685 –
1759 年）的《阿西斯与加拉特娅》（*Acis and Galatea*，脚本的作
者是盖伊），以及莎士比亚谐剧中的男女牧人，其灵感无不来自
于维吉尔的《牧歌》。牧歌派人物玛丽·安东内特（Marie Antoi-
nette）甚至模仿维吉尔的《牧歌》，在凡尔赛宫修建了一个以牧
羊为乐的村庄（参詹金斯，《罗马的遗产》，页 23 和 14；麦格拉
思，《基督教文学经典选读》，页 398 以下）。

第三节　《农事诗》

关于《农事诗》的写作缘起，有不同的说法。依据苏维托
尼乌斯的《维吉尔传》，公元前 42 年维吉尔写作《农事诗》，是
向迈克纳斯表示敬意（《农事诗》卷一，行 2；卷二，行 41；卷
三，行 41；卷四，行 2），因为诗人名气不大时得到迈克纳斯的
援助，而且在田地的争斗中有救命之恩（苏维托尼乌斯，《罗马
十二帝王传》，张竹明等译，页 370）。而杨周翰认为，在公元前
37 至前 30 年期间，遵照迈克纳斯的示意（《农事诗》卷三，行
41），维吉尔写作了《农事诗》，以配合屋大维的农业政策，因
此人称遵命文学（command performance，本义为"御前演出"）
（参王焕生，《古罗马文学史》，页 199；维吉尔，《埃涅阿斯
纪》，译者序，页 14 及下）。

依据苏维托尼乌斯《维吉尔传》和多那图斯《维吉尔传》，
维吉尔创作《农事诗》的习惯方法很奇特：

他每天一早口述大量已有腹稿的诗行，然后整天都用在加工上，把它们删减成很少几行（见苏维托尼乌斯，《罗马十二帝王传》，张竹明等译，页371；参维吉尔，《埃涅阿斯纪》，译者序，页15）。

1世纪的注释家阿斯科尼乌斯·佩狄阿努斯称，维吉尔《农事诗》历时7年（参王焕生，《古罗马文学史》，页199）。由此可见，维吉尔写作遵命文学作品也是精益求精的。《农事诗》里浸透了诗人的心血和汗水。

《农事诗》总共2188行（参《罗念生全集》卷八，前揭，页288），分为4卷，每卷500余行。正如维吉尔自己概括的一样（《农事诗》卷一，行1-4），每一卷分别写一个农业（agricultūra）问题。第一卷写种粮，例如谷物种植、农具和节令。第二卷写园林管理，包括树林和果木，特别是橄榄和葡萄的种植。第三卷写畜牧，其中特别详细地谈及马的繁殖和驯养。第四卷谈养蜂。①

值得注意的是，诗人没有谈及农业（agricultūra）中的副业，例如纺织，也没有像老加图《论农业》一样谈及奴隶的地位、管理等社会问题，而是把侧重点放在农业上。一方面，诗人满怀真挚的热爱之情，以诗歌形式颂扬小农劳动，描写和平、怡人的乡村生活（《农事诗》卷二，行467-474）。另一方面，诗人又强烈地谴责追名逐利、奢侈的城市居民，喧嚣、嘈杂和繁忙的城市生活以及罪恶的战乱（《农事诗》卷一，行505-508）。诗人

---

① *Vergils Georgica*（《维吉尔〈农事诗〉》），Nach Plan und Motiven erklärt von Friedrich Christian Julius Bockemuller, Stade 1874; London 2010，页16；王焕生，《古罗马文学史》，页200；科瓦略夫，《古代罗马史》，页611；朱龙华，《罗马文化与古典传统》，页182。

通过这种鲜明的对比，吸引和鼓励农业发展（《维吉尔〈农事诗〉》，前揭，页7）。这正是内战过后屋大维力图复兴农业的政策（参王焕生，《古罗马文学史》，页200及下）。可见，遵命文学的意旨是明显的。

维吉尔的《农事诗》受到像赫西俄德（《工作与时日》）和阿拉托斯等古希腊前辈的教诲诗的约束，也受到古罗马伟大的典范卢克莱修对大自然的解释（《物性论》）的影响。显而易见，这些农事诗理应不仅仅是农民的教科书。然而，不能把这部作品与古希腊的教谕者对形式主义艺术家的吹毛求疵相提并论。这些说教者没有专业资格，想用吸引人的形式掩盖没有用的专科题材。而维吉尔用《农事诗》创造了新的东西。维吉尔试图通过描述自然秩序，提倡某种价值观念。

在第一卷中（《农事诗》卷一，行118-159），维吉尔这样解释：尤皮特夺走了黄金时代的人的天堂，其目的仿佛就是用这种方式迫使人发展文化。因此，世人的计划是有意义的。一种内部关联存在于万事万物、宇宙与人的世界之间，并且在描述不祥之兆的时候特别明显（卷一，行461-513）。自然甚至与人的政治生活和行为联系起来，因为自然就是要求和平的东西。

从这个立场来看，意大利的农民是与自然联系最紧密的人，最接近原本的道德纯度。在第二卷中，维吉尔揭示了这一点（《农事诗》卷二，行458-542）。这也是维吉尔非常明确地与卢克莱修保持距离的地方。卢克莱修想通过解释世界消除人对自然的恐惧，维吉尔则仅仅想通过描绘农耕生活弄清楚一个道理：人只有与自然和谐一致，才能摆脱对自然的恐惧。

假如第一至二卷里停留在对屋大维寄予希望的话，那么第三、四卷就是对屋大维的直接歌颂。例如，第三卷就是以颂扬屋大维开篇的。诗人把当时征服了亚洲、埃及和叙利亚的屋大维称作奎里努斯（Quirinus）。① 可见，维吉尔把屋大维视若神明。此外，第三卷中的第一个插叙也是以颂扬屋大维开始的，屋大维是罗马的民族英雄似的胜利者。可见，诗人写诗是在有意识地歌颂屋大维的功绩（参王焕生，《古罗马文学史》，页202）。

第四卷中的牧人（行317）是阿波罗与库瑞涅（Cyrene）之子阿里斯泰俄斯（Aristaeus）。这位农业守护神善于养蜜蜂。不过，阿里斯泰俄斯养的蜜蜂离奇死绝，所以也像其他人一样，向他的母亲求助。母亲库瑞涅坐在河床上。周围是未婚和已婚的仙女。但是，神没有直接帮助他，也没有告诉蜜蜂死亡的原因，而是叫来能够解释清楚原因的普罗透斯。普罗透斯变化多端。库瑞涅教给了儿子抓住普罗透斯的方法，并逼迫普罗透斯说出蜜蜂死亡的原因：因为阿里斯泰俄斯突然出现，新娘欧律狄刻（Eurydike 或 Eurydice）受到惊吓，慌乱中没有看见岸边的毒蛇而被咬，诗人俄耳甫斯的妻子不幸身亡，诗人遭受重大厄运的打击。她的早死引起仙女们和俄耳甫斯的痛苦哭诉。阴间是无情的。俄耳甫斯不堪忍受痛苦，不愿再当新郎，于是到处游走。失去欧律狄刻的痛苦为俄耳甫斯提供行吟歌曲的文本。俄耳甫斯强迫所有人、动物都听他的哀歌。但是，阴间没有耳朵听俄耳甫斯的哭诉，也无法满足俄耳甫斯想见亡妻的请求。最后，俄耳甫斯死于酒神的女祭司手里。在酒神节狂欢的女祭司认为，俄耳甫斯关于死人的哀歌是人格的侮辱。俄耳甫斯的最后一句话是欧律狄刻的名字。维吉尔似乎在美化俄耳甫斯的诗歌的力量，也在歌颂直到死都很忠实的爱情。值得注意的是，普罗透斯说到这里就遁形跑了。在这种情况下，母亲库瑞涅只有亲自做必要的解释：仙女们

---

① 奎里努斯是神化的罗慕路斯，象征全体公民的统一体，代表的统治功能是繁衍，参《古罗马宗教读本》，前揭，页66和71。

认为，促使他们的同龄玩伴死亡的原因是阿里斯泰俄斯的粗野出现，因此就报复这个农场主的蜜蜂。库瑞涅还向儿子透露，要与仙女们和解，必须牺牲八头牛，必须把牛的尸体放在森林里，让俄耳甫斯与欧律狄刻的亡灵安息。阿里斯泰俄斯照办，高兴地看到从腐化的牛肉中飞出无数的蜜蜂。蜜蜂的重生象征动物的灵魂不朽。这虽然与新的古罗马帝国缔造者奥古斯都的意图是一致，但是与卢克莱修的唯物主义背道而驰。

事实上，尽管维吉尔多次援引卢克莱修，可维吉尔不是和卢克莱修一样的伊壁鸠鲁主义者（Epikureer），而是反卢克莱修的享乐主义者（Epikuräer），即抗议通过信科学和新的信仰妨碍认识国家的神（《维吉尔〈农事诗〉》，前揭，页12和16）。这是因为在《农事诗》里，诗人维吉尔融入了他本人和奥古斯都的宗教观。维吉尔认为，农民的生活属于神（尤皮特）的世界秩序。农民的生活是艰难的，除了向神祈祷，还要努力劳动。不过，神会帮助人们渡过难关。神具有预见能力（卷一，行231-258）。天灾（如恶劣天气）和人祸（如战争和瘟疫）只是惩罚手段。神藉此教诲人，使人敬畏神，崇拜神（卷一，行311-497）。维吉尔通过神激发农民的爱国激情：神尤皮特要嘉奖祖国，让当时的罗马人像祖先一样分享尤皮特"政府"的极乐（卷二）。显然，维吉尔笔下的尤皮特暗指奥古斯都，而教诲的对象农民似乎指那些失去土地、到城市里的无产者。也就是说，农民的极乐实际上是无产者重新获得土地的幸福。卢克莱修要求激情，而维吉尔把盲目的激情归因于对无可指责的本能的迁就，要求克制人的本能（卷三）。卢克莱修笔下的瘟疫是不可救药的，悲观的，而维吉尔笔下的瘟疫是（在奥古斯都的领导下）可控的，乐观的（卷三），显然是为了吸引更多的人去过农民的生活，从而为国家提供物质保障。因此，唯物主义的卢克莱修相信灵魂随着物质消亡，所以结束诗篇，而维吉尔相信灵魂的不朽，所以继续写养蜂。养蜂象征第三卷里瘟疫之后农民的希望。

值得一提的是阿里斯泰俄斯的传说（《农事诗》卷四，行281-566）。[1] 首先，这个传说集中体现了维吉尔的宗教观念。蜜蜂之所以死绝，是因为阿里斯泰俄斯对欧律狄刻之死负有责任。只有向受害者的亡灵献祭牺牲品，才能为这个责任重新赎罪。而蜜蜂的重生则代表灵魂的不朽。不过，更加深层次的是维吉尔的政治思想，因为蜜蜂世界的秩序符合屋大维的政治秩序（《维吉尔〈农事诗〉》，前揭，页60以下；LCL 63, *Introduction*，页3和98以下）。蜜蜂的王国实际上就是共同体，比喻奥古斯都的帝国。在帝国里，蜂王比喻奥古斯都，空中飞的蜜蜂是尤皮特的所爱，比以前养殖的地上的动物更高级，比喻辛勤劳动的新农民，蜜蜂的种族比喻罗马的民族。也就是说，蜜蜂为共同体劳动的精神值得提倡（卷四）。总之，在《农事诗》里，维吉尔建构了一个新的罗马帝国，第一位皇帝是继承恺撒大帝的遗产的奥古斯都，第一个总理是迈克纳斯，他们记得住懂得发自肺腑地表达神的国家意识的诗人，即维吉尔。

由于上述的思想倾向，《农事诗》采用叙事诗的格律：扬抑抑格六拍诗行（dactylus hexameter），节奏规正，语言和谐。此外，诗人还利用神话典故。譬如，来自埃及的受到神感召的先知（vates）普罗透斯（Proteus，卷四，行387-400）可以直接追溯到荷马的叙事诗，不只是翻译，而是创新。阿里斯泰俄斯走向普罗透斯，这给了维吉尔一个在荷马之后详细描述普罗透斯的行为

---

① 维吉尔可能读过关于阿瑞斯塔斯的短篇故事，而这个故事又适合加入关于蜜蜂的一卷，维吉尔融合瓦罗和瓦罗所引用的希腊作家的关于蜜蜂起源的故事。参 *Aus Vergils Dichterwerkstätte: Georgica IV*, 281-558（《维吉尔的诗人研讨会节选：〈农事诗〉卷四，行281-558》），Paul Jahn，Berlin 1905；London 2010，页21。

举止的机会。普罗透斯把不幸归因于谋杀欧律狄刻，因为关于诗人俄耳甫斯与欧律狄刻的散文故事吸引维吉尔，并用作高水平诗歌的素材（《维吉尔的诗人研讨会节选：〈农事诗〉卷四，行281-558》，页 11 和 21）。这都使得维吉尔的《农事诗》具有一定的叙事诗风范。因此，从某种意义上讲，《农事诗》或者是写作叙事诗《埃涅阿斯纪》的前奏（参王焕生，《古罗马文学史》，页 203 及下），尤其是普罗透斯详细报道与尘世（卷四，行 415-526）紧密相关的地府（卷四，行 315-414）很容易让人想起埃涅阿斯去冥府见父亲的亡灵（《埃涅阿斯纪》卷六）。

尽管 4 卷约两千行的《农事诗》在"如何耕种与收获庄稼、照料马匹、培育葡萄和放养蜜蜂"方面的指导还不完善，尽管里面存在一些与农事无关的内容，可它仍是"教诲诗的典范"（参詹金斯，《罗马的遗产》，页 23）。贤哲塞涅卡指出：

> 我们可爱的维吉尔并不要求事事写得巨细无遗、正确无误，他却要求写得恰到好处，他不在意于教谕农民，却处处关心吸引读者（小塞涅卡，《道德书简》，封 86，见朱龙华，《罗马文化与古典传统》，页 184）。

根据德莱顿（John Dryden, 1631-1700 年）的看法，《农事诗》是这个"最优秀诗人的最好作品"，它在 18 世纪广为流传。它的后继者包括考佩（William Cowper, 1731-1800 年）的《事业》（*The Task*）、汤姆逊（James Thomson, 1700-1748 年）的《节令》（*The Seasons*），以及无数不那么知名的诗人所创作的作品，如《甜甘蔗》、《啤酒花花园》和《保持健康的艺术》（参詹金斯，《罗马的遗产》，页 150）。

《农事诗》也曾遭人诟病。依据苏维托尼乌斯《维吉尔传》，当维吉尔当众吟诵《农事诗》中"脱下衣服耕地吧，脱下衣服耕地吧"的时候，有人竟戏谑地接上一句"寒冷将使你发烧"（苏维托尼乌斯，《罗马十二帝王传》，张竹明等译，页375）。

第四节　　《埃涅阿斯纪》

萌生写作《埃涅阿斯纪》（或译《伊尼德》）的念头始于维吉尔写作《牧歌》（首6，行3）之时。到写作《农事诗》（卷三，行8-39）时，维吉尔已决定以屋大维为中心人物写作叙事诗。不过，初稿的写作耗费了这名伟大诗人生命当中最后的11年，即公元前30至前19年。维吉尔原计划再花3年时间进行加工（参苏维托尼乌斯，《罗马十二帝王传》，张竹明等译，页372）。据苏维托尼乌斯《维吉尔传》，维吉尔曾通过自己朗诵《埃涅阿斯纪》的方式向听众征求意见，也曾在朗诵时将原来的两行半句诗补充完整。为了使得叙事诗更加符合历史，维吉尔曾去希腊和小亚细亚进行考察。这表明，维吉尔对《埃涅阿斯纪》的内在统一有很高要求。可是，从传世的作品看，里面有几首未完成的诗与一些较小的编年顺序差错，也有一些叙述不连贯的地方（参《古罗马文选》卷三，前揭，页66；王焕生，《古罗马文学史》，页218）。这些状况都表明，《埃涅阿斯纪》没有完成。或许因为这个缘故，在离开意大利以前所立的遗嘱中，维吉尔委托瓦里乌斯在他身遭不测时焚烧《埃涅阿斯纪》的书稿，并委托遗产管理人不要发表维吉尔本人没有发表的作品。不过，维吉尔的要求遭到瓦里乌斯的断然拒绝。在公元前19年9月21日病终前，维吉尔也曾要求取他的书箱，试图亲自焚毁诗稿。由于奥古斯都禁止销毁《埃涅阿斯纪》的书稿，它最终由维吉尔的朋友瓦里乌斯和普罗提乌斯·图卡（Plotius Tucca）稍作修改，然后编辑出版。因此，这部优秀的叙事诗才得以留传下来。

一、内容提要

叙事诗《埃涅阿斯纪》近万行，分为 12 卷，写主人公埃涅阿斯由于神的拣选而从凡夫俗子通向神圣者的生命历程。依据模仿对象和故事情节，它分为两个部分：前 6 卷模仿《奥德修纪》，写主人公埃涅阿斯的漂泊生活；后 6 卷模仿《伊利亚特》，写埃涅阿斯同图尔努斯的战争和征服拉丁姆的经过（参《罗念生全集》卷八，前揭，页 288）。

第一卷写特洛伊人在海上漂泊 7 年以后从西西里到迦太基的经历。埃涅阿斯率领的特洛伊船队在海上漂泊 7 年之后，准备从西西里前往意大利。此时，神后尤诺发现了他们的行踪。一方面，由于特洛伊王子帕里斯（Paris）侮辱了尤诺的美貌，尤诺早已耿耿于怀。另一方面，尤诺知道，将来由这支具有特洛伊血统的队伍在意大利建立的新国家会摧毁她所钟爱的城市迦太基。因此，尤诺吩咐风神埃俄路斯（Aeolus）兴风作浪，掀翻了许多船只。见此情形，知道内情的海神尼普顿立即让风平浪静。这样，埃涅阿斯和其他幸存的特洛伊人才得以在北非利比亚上岸。维纳斯为此求见尤皮特。尤皮特派墨丘利前往利比亚（Libya），让迦太基女王狄多友善接待埃涅阿斯一行。为了防止尤诺借狄多之手加害埃涅阿斯，维纳斯又派小爱神丘比特化作埃涅阿斯的儿子阿斯卡尼乌斯（尤卢斯），来到狄多身边，促使狄多对埃涅阿斯产生爱情。[①]

第二、三卷属于倒叙，写特洛伊沦陷的那个夜晚（卷二）和埃涅阿斯的 7 年漂泊生涯（卷三）。在一个夜晚，希腊人依靠

---

① 关于《埃涅阿斯纪》第一卷的注疏，参哈里逊（E. L. Harrison）：埃涅阿斯在迦太基——《埃涅阿斯纪》的开篇，见王承教选编，《〈埃涅阿斯纪〉章义》（Reading of the Aeneid），王承教、黄芙蓉等译，北京：华夏出版社，2009 年，页 1 以下。

木马计攻陷久攻不下的特洛伊城。顿时，城里一片火海。在混乱中，埃涅阿斯背负老父，手携幼子，带领妻子，向城外跑。途中，妻子失散。出城后，埃涅阿斯与逃生的特洛伊人开始在海上漂泊。他们经过色雷斯（Thrace），来到德洛斯岛（Delos）。阿波罗指示他们前往祖先出生的国度。他们误以为是克里特岛，就到那里停留下来。后来，瘟疫让他们不得不离开那里。神明指示他们真正的目的地：西方的土地（Hesperia），即意大利。于是，他们继续漂泊，经历种种磨难，才得以绕过意大利南端，来到西西里岛。埃涅阿斯的父亲死于西西里。之后的叙述就回到了第一卷开始的地方。[1]

第四卷主要写迦太基国王狄多和埃涅阿斯的爱情悲剧。尽管狄多心里还存有对亡夫希凯斯（Sychaeus）的爱情，可她还是对气概英武和出身高贵的埃涅阿斯产生了爱慕之情。在她矛盾之时，妹妹安娜劝她和埃涅阿斯再婚。与此同时，为了不让特洛伊人到意大利立国，神后尤诺也想促成特洛伊人和迦太基人的联盟。在埃涅阿斯和狄多一行人骑马出猎的时候，尤诺让天空隆隆作响，雨雹交加。埃涅阿斯和狄多躲进了同一个山洞。这样，尤诺赞助了他们的婚配。法玛女神把他们相爱的事告诉了狄多的求婚者雅尔巴斯王。雅尔巴斯王去质问尤皮特。于是，尤皮特派墨丘利去警告乐逍遥的埃涅阿斯不要忘记他的使命：统治意大利和罗马的大地。埃涅阿斯得到告诫和命令以后，决定离开迦太基。狄多得知此事，立刻失去理智，绝望地泪流满面，一边埋怨埃涅阿斯忘恩负义，一边竭力挽留埃涅阿斯。埃涅阿斯把眷恋之情压心底，并以神的命令为由，表明自己不得不离开。狄多怨恨交

---

[1]　关于《埃涅阿斯纪》第三卷在全诗中的位置的争议，参劳埃德（Robert B. Lloyd）：《埃涅阿斯纪》卷三新探，见《〈埃涅阿斯纪〉章义》，前揭，页51以下。

加，转而诅咒狠心的埃涅阿斯会得到报应。埃涅阿斯本想安慰狄多，但出于对神的虔敬，不得不回到船上，准备起程。由于自尊心屈服于爱情，悲痛的狄多决定再去用眼泪和乞求打动埃涅阿斯。为了挽留埃涅阿斯，狄多希望他等天气好转以后离开。可是，埃涅阿斯离开的决心不可动摇。绝望的狄多精神错乱，决定自杀。在墨丘利的敦促下，埃涅阿斯仓促离开。狄多悲痛欲绝，在祈求神明为她报仇以后挥剑自杀。这是全诗最精彩的部分，以描写狄多的性格和心理著称。而埃涅阿斯与狄多的浪漫故事可能影射安东尼与埃及女王克利奥帕特拉的爱情悲剧（参《罗念生全集》卷八，前揭，页289）。

对于第四卷，伊默斯（Herbert H. Yeames）有不同的解读。伊默斯把《埃涅阿斯纪》理解为狄多的悲剧，因为狄多的故事符合亚里士多德的悲剧定义。主人公狄多是高贵的人物：迦太基的女王。而且故事里有从幸运走向灾难的情节：狄多从获得爱情到失去爱情，随着激情的增长，到最后狄多自杀身亡。狄多的灵魂也得到了净化：起初，寡居的狄多失去对亡夫的虔敬，陷入不道德的爱情；后来，狄多意识到了自己的不贞洁，并以自杀的方式惩罚自己对亡夫的不虔敬。同样，埃涅阿斯起初也从对神的虔敬堕落为享受爱情的人性，后来才放弃人性的爱情，去顺从神的意志，从而重拾对神的虔敬。总之，狄多与埃涅阿斯都经历了一个从堕落的人性走向虔敬的神性的心路历程。也就是说，从人性的角度看，由于神性的虔敬，狄多与埃涅阿斯的爱情故事只是一个悲剧性的插曲。但是，从神性的角度看，狄多与埃涅阿斯的悲剧性爱情却是一件具有喜剧性的好事。[1]

---

① 伊默斯（Herbert H. Yeames）：狄多的悲剧，见《〈埃涅阿斯纪〉章义》，前揭，页75以下。

　　第五卷主要写特洛伊人回到西西里的际遇。特洛伊人在海上遇到风暴，顺势来到西西里，在安基塞斯坟墓附近登陆，并受到特洛伊人的后裔阿刻斯特斯（Acestes）的欢迎。次日，埃涅阿斯召集众人，宣布这天是他父亲的周年忌日，要在他父亲墓前举行祭礼，第九天举行划船赛、赛跑、拳击和射箭赛。在祭典的时候，埃涅阿斯的父亲的灵魂化作巨蟒从墓中爬出，尝尝祭品以后又回到墓中。于是，埃涅阿斯更加虔诚地重新献祭。在举行赛会的时候，尤诺派伊西斯去怂恿厌倦了流浪生活的特洛伊妇女焚烧船队。埃涅阿斯的儿子阿斯卡纽斯闻讯以后飞马赶来，向妇女们指出，烧船是犯罪行为。在特洛伊人无法灭火的情况下，埃涅阿斯祷告尤皮特。尤皮特降雷雨，熄灭了火。所幸，仅仅烧毁四艘船。绝望的埃涅阿斯有了放弃长征的念头。埃涅阿斯的父亲托梦给他，要埃涅阿斯接受瑙特斯的建议，让一部分人留在西西里，带领其余的人前往意大利。不过，在意大利建立城邦以前，埃涅阿斯必须先到冥府听取父亲的预言。依照计划，埃涅阿斯让留下的人建立城邦，由阿刻斯特斯统治，并且为母亲维纳斯修建神庙，为父亲的墓设立祭司，并举行 9 天祭典。之后，埃涅阿斯带领一行人离开西西里。在途中，舵手帕里努鲁斯（Palinurus）[①]牺牲，其余人得平安。[②]

　　第六卷主要写安基塞斯为埃涅阿斯指点未来。在特洛伊人抵达意大利欧波亚人（Euboea）经营的库迈时，虔敬的埃涅阿斯去阿波罗的神庙和女先知西庇尔的石洞请教。在埃涅阿斯杀了 7 头从没有套过轭的牛和 7 头两岁的羊向神献祭以后，在神灵附身的西庇尔号召下，埃涅埃斯祈求阿波罗让他及其随从在意大利的

①　原译帕里鲁努斯。
②　关于第五卷的合理性与重要性的争议，参格林斯基（G. Karl Galinsky）：《埃涅阿斯纪》卷五与《埃涅阿斯纪》，见《〈埃涅阿斯纪〉章义》，前揭，页 100 以下。

拉丁姆定居下来，建立城邦，并许愿给阿波罗和狄安娜（Diana）建庙，设立阿波罗节，也为女先知设立神龛和祭司。在西庇尔完全屈服于阿波罗以后，她预言，由于对特洛伊人不友好的尤诺无处不在，埃涅阿斯还会面临许多更严峻的考验。譬如，埃涅阿斯将和一个外族女子（拉丁姆国王拉丁努斯的女儿拉维尼娅）再度结婚，而这桩婚姻会给特洛伊人带来惨重的灾难，即后来特洛伊人和卢图利人图尔努斯的战争，但鼓励埃涅阿斯勇往直前。埃涅阿斯深感任重道远，请求下地府拜见亡父。女先知指出，去地府容易，返回人间难；要想去了能回来，必须达成 3 件事：采撷献给普洛塞尔皮娜（Proserpina）的金枝，埋葬他祈求时死去的朋友，用几头黑绵羊作为第一次的赎罪祭。在摘下两只鸽子指引的金枝、埋葬朋友米塞努斯（Misenus）和举行祭礼以后，埃涅阿斯同西庇尔一同进入可怖的冥界。在艄公卡隆（Charon）摆渡的斯提克斯（Styx）迷津路口，埃涅阿斯见到了当初和他一起离开特洛伊、但葬身大海的琉卡斯匹斯（Leucaspim 或 Leucaspis）和吕西亚（Lyciae，参《埃涅阿斯纪》卷六，行334）船队的船长俄朗特斯（Orontes）以及舵手帕里鲁努斯。他们请求过河，但由于他们的尸身没有被安葬，不能如愿。在西庇尔出示金枝以后，她和埃涅阿斯顺利到达彼岸。过河后，西庇尔把一个具有催眠作用的面团扔给把守的猛犬刻尔勃路斯（Cerberus）。然后，两人溜进短命鬼界林勃（Limbo）。在这里，埃涅阿斯遇见狄多。埃涅阿斯怀着深情和懊悔同她谈话，表明自己离开她不是出于自愿，而是迫于神的使命。可狄多怀着仇恨，一言不发地隐退到爱护她的前夫希凯斯的树林里。埃涅阿斯也遇见了因为没有找到尸身而没有被安葬的代佛布斯（Deiphobo），了解到这位战友被海伦出卖、被墨涅劳斯和奥德修斯所杀的遭遇。在复仇女神把守的塔尔塔路斯（Tartarus），西庇尔对不得入内的埃涅阿斯讲述了里面的幽魂及其受到的惩罚。之后，他们进入乐土境界，打听到安基塞斯的下落。然后，埃涅阿斯去拜见了父亲。在埃涅阿斯看见勒特河两岸的鬼影时，父亲告诉埃涅阿斯，那些鬼到勒特河喝忘川的水，等候重新投胎。他们将是安基塞斯的后裔。面对埃涅阿斯的疑惑，埃涅阿斯的父亲又讲述了灵魂千年一个周期的轮回：人死后，灵魂脱离肉身，在净化以后再生。然后，在一个小冈上，埃涅阿斯的父亲为埃涅阿斯点明未来的命运，指点等待投生的罗马名人，包括阿尔巴诸王［西尔维乌斯（Siluius）、普洛卡斯（Procas）、卡皮斯（Capys）、努弥托尔和西尔维乌斯·埃涅阿斯（Silvius Aeneas）］、罗马七王［罗慕路斯、努玛、图卢斯（Tullus）、安库斯（Ancus Marcius）和塔克文诸王，但未提及塞尔维乌斯·图利乌斯（Servius Tullius）］、共和国名人［布鲁图斯、德基乌斯（Decios）父子、德鲁苏斯（Drusos）一族、托尔夸图斯、卡米卢斯（Camillus）、恺撒和庞培、墨弥乌斯、鲍卢斯、老加图、科苏斯（Cossus）、格拉古兄弟和斯基皮奥父子、法布里求斯（Fabricius）、列古路斯·色拉努斯（Serranus）、法比乌斯家族（Fabii）和一些希腊人］和奥古斯都·恺撒（August Caesar），然后告诫罗马人：

> 罗马人，你记住，你应当用你的权威统治万国，这将是你的专长，你应当确立和平的秩序，对臣服的人要宽大，对傲慢的人，通过战争征服他们（《埃涅阿斯纪》卷六，行851－853）。[1]

---

　　① 见维吉尔，《埃涅阿斯纪》，杨周翰译，页170；《古典诗文绎读·西学卷·古代编》（下），前揭，页129。另参科瓦略夫，《古代罗马史》，页613。

　　在提及注定要早死的英雄马尔克卢斯（Marcus Claudius Marcellus，死于公元前 23 年）以后，埃涅阿斯和西庇尔离开了冥界，找到船队，向北进发。

　　通过分析词语对应、语义或主题相似以及结构呼应，沃登（John Warden）发现，《埃涅阿斯纪》第六卷里充满了欲望。譬如，埃涅阿斯怀着对未来的狂热，想进入冥府，拜见亡父。在阴间，死去的帕里努斯想要埃涅阿斯返回阳世，埃涅阿斯 3 次想要拥抱亡父的魂影。然而，他们都失败了，因为这是永远无法满足的"孩子的欲求"。埃涅阿斯付出许多，却遭遇欲求的失败。这次冥府之旅表明，获取未来是要付出代价的，而且亡父的魂影所指点的未来只是虚幻的梦。①

　　而泽特泽尔（James E. G. Zetzel）则关注《埃涅阿斯纪》第六卷里的正义与审判。在模糊、费解而神秘的第六卷里，诗人将埃涅阿斯的历史和罗马的历史放入一种道德的、宗教的和终末论的框架之中，不仅吁求读者回忆罗马的历史，而且还邀请读者一起思考罗马史的价值。在冥府，阳世的罪人要在塔尔塔努斯那里受到惩罚。从那里受罚的罪人来看，塔尔塔努斯折射出罗马历史上的罪，例如"出卖拉丁人的公民权，攫取罗马人的土地"。更确切地说，塔尔塔努斯成了正义与道德的审判场所，而且指向奥古斯都时期的思考。然而，冥府是非现实的，因为这里的审判又充满了矛盾：第六卷与其它卷的矛盾，例如对帕里努斯的审判；神话与历史之间的矛盾，例如对狄多的审判。死后与生前、阳世与阴间的审判不同。然而，这些矛盾正好表明梦的虚幻与错乱。通过梦，诗人悄悄地唤起读者对正义的记忆。也就是说，冥

---

　　① 沃登（John Warden）：《埃涅阿斯纪》卷六中的结构与欲望，见《〈埃涅阿斯纪〉章义》，前揭，页 136 以下。

府是为奥古斯都时期的新世代预备的。①

　　第七卷写战争的起因。在安葬奶娘卡耶塔（Caieta）以后，埃涅阿斯继续前行，经过基尔克（Circe）②的岛，抵达第伯（Tiber）河口。依据神谕，那里就是他们的归宿地。登岸后，特洛伊人受到法乌努斯的儿子拉丁努斯（Latinus）的盛情款待。拉丁努斯依据神谕，将原本与卢图利人（Rutulia）图尔努斯（Turnus）订婚的女儿拉维尼娅（Lavinia）许配给神谕中的异乡人埃涅阿斯。见到埃涅阿斯带领的特洛伊人安全登陆，神后尤诺大怒，欲挑起流血的战争。她派复仇女神阿列克托（Allecto）去挑起冲突。复仇女神先用她的蛇毒让王后阿玛塔（Amata）发疯，然后又去图尔努斯那里用两条蛇激起他疯狂的好战心。接着，复仇女神又怂恿尤卢斯（Iulus）猎杀拉丁努斯的牧人女儿西尔维亚（Silvia）的鹿，引起拉丁族牧人的公愤，要求报仇。最后，复仇女神吹响战斗的号角。拉丁人和特洛伊人交战，多人死亡。拉丁牧人、图尔努斯和受阿玛塔影响的妇女们的家人请求国王宣战。尽管拉丁努斯反对宣战，可战争之门还是被尤诺打开（卷七，行607）。③

　　第八卷写特洛伊人的备战。依据第伯河河神的指点，埃涅阿斯向阿尔卡狄亚——未来的罗马城址——国王埃万德尔求援。埃万德尔派儿子帕拉斯（Pallas）率军助战，并建议埃涅阿斯向卢图利人图尔努斯的敌人埃特鲁里亚王塔尔康（Tarchon）求援。

---

　　①　泽特泽尔（James E. G. Zetzel）：《埃涅阿斯纪》卷六中的正义与审判，见《〈埃涅阿斯纪〉章义》，前揭，页152以下。

　　②　法乌努斯的母亲、太阳神之女，参《希腊罗马神话与传说中的恋爱故事》，前揭，页68以下。

　　③　普特兰（Michael C. J. Putnam）：《埃涅阿斯纪》卷七与《埃涅阿斯纪》，黄芙蓉译，见《〈埃涅阿斯纪〉章义》，前揭，页187以下。

母亲维纳斯也恳求她的丈夫武尔坎为埃涅阿斯打造一副新盔甲。库克洛普斯巨人们受托铸造的盾牌上雕刻的图像显示罗马的全部历史。总之，战前虽然表面显得宁静，但却暗潮汹涌。值得一提的是，在战云密布的紧张局势下，诗人却别出心裁地把埃涅阿斯置于种种引人入胜的奇境中，故意吊足读者的胃口。①

　　第九卷写图尔努斯进攻留守的特洛伊营寨。图尔努斯接到伊里斯（Iris）传来尤诺的神谕，趁埃涅阿斯不在之机包围特洛伊人的营寨。由于库柏勒（Cybele）女神的帮助，图尔努斯烧船未遂。特洛伊的老人阿勒特斯（Aletes）和埃涅阿斯的儿子阿斯卡纽斯接受尼苏斯（Nisus）和欧吕阿鲁斯（Euryalus）的建议，让他们两位武士突围去找埃涅阿斯。他们俩在突围中杀死许多遭遇的卢图利人。欧吕阿鲁斯头盔的反光引起了拉丁族骑士的注意。拉丁人伏尔肯斯（Volcens）杀死被扣住的欧吕阿鲁斯，突围的尼苏斯返回复仇，杀死伏尔肯斯，最后也阵亡。② 次日，卢图利人发动进攻。图尔努斯杀死赫勒诺尔（Helenor）和吕库斯（Lycus）。阿斯卡纽斯射杀前来挑战的努玛努斯（Numanus）。特洛伊将领潘达鲁斯（Pandarus）和比蒂阿斯（Bitias）打开寨门，击败门外的卢图利人。图尔努斯增援，杀死比蒂阿斯、潘达鲁斯和其他特洛伊人。墨涅斯特乌斯（Mnestheus）重整特洛伊队伍，击退图尔努斯。

　　第十卷写埃涅阿斯回营后取得复仇的胜利。尤皮特召开神仙大会，调停特洛伊人和意大利人之间的战争，并预言尤诺的迦太基进攻维纳斯的罗马。对于特洛伊人的失败，维纳斯抱怨尤诺插

---

① J. R. 贝肯（J. R. Bacon）：埃涅阿斯在奇境：《埃涅阿斯纪》卷八研究，见《〈埃涅阿斯纪〉章义》，前揭，页213以下。

② 帕夫洛克（Barbara Pavlock）：尼苏斯和欧吕阿鲁斯情节中的史诗与悲剧，见《〈埃涅阿斯纪〉章义》，前揭，页234以下。

手。尤诺则辩解自己给卢图利人的帮助是正当的。尤皮特建议，用命运去化解矛盾。卢图利人进攻，特洛伊将士顽强防御。而埃涅阿斯与塔尔康结盟以后，带领一批埃特鲁里亚部队从海路回来，同行的有埃特鲁里亚国王塔尔康和埃万德尔的幼子帕拉斯。登陆后，埃涅阿斯旗开得胜。尽管意大利人取得了另一场战斗的胜利，可战争由此转入相持阶段。在帕拉斯激励下，阿尔卡狄亚（Arcadia）奋勇杀敌。帕拉斯也杀死哈莱苏斯（Halaesus）。后来，图尔努斯又歼灭了帕拉斯。埃涅阿斯为帕拉斯复仇，杀死大量敌人。此时，尤皮特批准尤诺救图尔努斯。图尔努斯的盟友墨赞提乌斯（Mezentius）参加战斗，取得较好的战绩。在单独交锋中，埃涅阿斯杀死了前来营救负伤的父亲墨赞提乌斯的劳苏斯（Lausus）。听到噩耗以后，墨赞提乌斯拼死出战，受到重创而死。①

　　第十一卷叙述在同图尔努斯单挑以前埃涅阿斯一方取得胜利。在拉丁阵营的要求下，双方协议停战 12 天，埋葬阵亡将士。哀悼帕拉斯以后，埃万德尔要求埃涅阿斯向图尔努斯复仇。而埋葬死者的拉丁人反战情绪高涨，诅咒残酷的战争和图尔努斯的婚事，要求图尔努斯与埃涅阿斯单独决斗。意大利人求援的狄奥墨得斯（Diomedes）也主张与特洛伊人媾和。国王拉丁努斯主张割地求和或者为特洛伊人准备船只，让他们到别处去。一向反战的德朗克斯（Drances）表示支持。尽管有王后阿玛塔（Amata）追随者的支持，图尔努斯还是被迫和埃涅阿斯单独交手。沃尔斯克人的女英雄卡密拉（Camilla）帮助图尔努斯对付骑兵，图尔努斯本人则埋伏起来对付埃涅阿斯的步兵。在城外的大规模骑兵

---

① 贝纳里奥（Hertert W. Benario）：《埃涅阿斯纪》卷十，黄芙蓉译，见《〈埃涅阿斯纪〉章义》，前揭，页 262 以下。

战中，双方互有胜败。尤皮特派搁浅的塔尔康带领埃特鲁里亚人参加战斗，俘获拉丁的维努鲁斯（Venulus）。卡密拉杀死 12 个敌人，但在追逐一名特洛伊祭司时被暗暗尾随而来的埃特鲁里亚战士阿伦斯（Arruns）射杀。女神狄安娜派侍女俄丕斯（Opis）射死阿伦斯，为卡密拉报仇。失去将领的拉丁队伍迅速溃败。特洛伊人密集进攻，围困拉丁人的都城。图尔努斯得知卡密拉的噩耗以后，放弃伏击计划，返回都城。埃涅阿斯轻松地占领了图尔努斯把守的战略要地。①

　　第十二卷写图尔努斯与埃涅阿斯的决战。在失败面前，卢图利人图尔努斯被迫再次要求单挑埃涅阿斯。埃涅阿斯也准备同图尔努斯单独交手。埃涅阿斯与拉丁努斯分别代表决战双方盟誓。但是，女神茹图尔娜（Juturna）为了挽救弟弟图尔努斯，唆使卢图利人发动进攻。埃涅阿斯阻止部下破坏条约，但被暗箭射伤。图尔努斯趁机率军进攻。在维纳斯用仙药治愈埃涅阿斯的箭伤以后，埃涅阿斯又重新投入战斗。卢图利人十分惊慌。但埃涅阿斯只追杀图尔努斯一个人。在姐姐的帮助下，图尔努斯得以脱险。埃涅阿斯发现图尔努斯不肯应战，就大开杀戒。图尔努斯也杀人如麻。在维纳斯启发下，埃涅阿斯进攻拉丁的都城。城内一片惶恐。王后阿玛塔绝望地自缢而死。听到噩耗以后，图尔努斯不听姐姐的劝告，独自去战埃涅阿斯。在一对一的战斗中，双方不分胜负。在与尤诺协商特洛伊人与拉丁人联合以后，尤皮特派遣一名复仇女神吓唬图尔努斯，并逼退茹尔图娜。图尔努斯向埃涅阿斯投巨石，但力不从心。埃涅阿斯向图尔努斯投枪，刺伤图尔努斯的大腿。图尔努斯求饶。埃涅阿斯原本不想杀图尔努斯，

---

① 关于卡密拉的注疏，参罗森梅耶（Thomas G. Rosenmeyer）：维吉尔与英雄主义——《埃涅阿斯纪》卷十一，孙爱萍译，见《〈埃涅阿斯纪〉章义》，前揭，页 279 以下。

但看见图尔努斯佩戴着帕拉斯的腰带，顿时满腔仇恨的怒火，一刀杀死图尔努斯。战争自此结束（参 LCL 63，*Introduction*，页 4 及下、261 以下；LCL 64，页 2 以下）。

依据格罗斯（Nicolas P. Gross），《埃涅阿斯纪》的结尾是悲剧性的。这种悲剧性体现在两个层面：表面的和深层的。表面上看，埃涅阿斯杀死劲敌图尔努斯，这是图尔努斯的悲剧。但是，若深究下去，就会发现，图尔努斯虽然失去了生命，但是却获得了身份的确认：为故土捐躯。而埃涅阿斯虽然取得了战争的胜利，为在西方的土地建国扫清了主要障碍，但是却并未完成在西方的土地建国的使命。另一方面，由于对帕拉斯的友爱和对狄多的情爱而心生仇恨和怒火，埃涅阿斯残忍地杀死求饶的图尔努斯，从而牺牲了人性，失去了作为人性的保卫者的身份：从虔敬的人变成了泯灭人性的魂影。也就是说，埃涅阿斯从精神上消灭了自我。这表明，在人间狄多的诅咒得到应验，在神界尤诺的目的达成。这不能不说是一种更大的双重悲剧。[1]

二、叙事结构

依据苏维托尼乌斯的《维吉尔传》和多那图斯——4 世纪圣哲罗姆的老师——的《维吉尔传》，[2] 在写作《埃涅阿斯纪》之前，维吉尔先用散文拟了一个提纲，分成 12 卷，然后不拘泥于顺序地把各部分写成诗。为了不放过任何一个灵感，维吉尔有时放下没有完成的段落，去写别的段落，有时到某些段落里埋下伏笔（参苏维托尼乌斯，《罗马十二帝王传》，张竹明等译，页

---

① 格罗斯（Nicolas P. Gross）：缀金披风——帕拉斯的寿衣与《埃涅阿斯纪》的结尾，姜江译，见《〈埃涅阿斯纪〉章义》，前揭，页 289 以下。

② 绝大部分材料来自于苏维托尼乌斯已经失佚的《维吉尔传》。其它来源还有塞尔维乌斯的维吉尔作品注释、马克罗比乌斯的对话录《萨图尔努斯节会饮》等。

371）。从这个史料来看，维吉尔在构思方面是独具匠心的。

首先，维吉尔按照叙事诗经典的结构要求，不是从头说起（ab ovo），而是从故事的中心（in medias res）开始（参《诗学·诗艺》，前揭，页145）。所以《埃涅阿斯纪》的开篇不是写特洛伊的沦陷，而是使听众及早听到故事的紧要关头。在埃涅阿斯带领下，在海上漂泊了7年的特洛伊人正离开西西里往北向意大利进发。但由于女神尤诺吩咐风神从中作梗，他们南辕北辙地来到了北非的迦太基。虽然在海神尼普顿的帮助下他们得以保全性命，但是远离了他们的目的地，也就是说，他们陷入了不能完成建立罗马民族和国家的光荣使命的危机。接着，诗人采用倒叙的手法，追忆特洛伊的沦陷（卷二）和他们7年的海上漂泊生涯（卷三）。接下来，作者才按照时间的顺序，一卷接着一卷地叙述下去。此外，在某些卷里还采用了插叙的手法，例如第一卷里迦太基的历史，第七卷里拉丁族的历史。

在情节安排方面，维吉尔不仅为了使得情节引人入胜而运用倒叙的手法，为了展示渊博的知识而采用了插叙的手法，而且还为了追求篇章结构的平衡而运用前后照应的手法。依据贝肯（Helen H. Bacon）的解释，《埃涅阿斯纪》里存在3种前后呼应的对称结构：

第一，《埃涅阿斯纪》作为一部拣选的戏剧，是3部四联剧的对称结构关系。其中，第一部四联剧即前4卷（卷一至四），写特洛伊的毁灭，以狄多的悲剧为中心；第二部四联剧即中间4卷（卷五至八），写埃涅阿斯到达意大利，结盟和准备战争，以埃涅阿斯接受被拣选的命运为中心；第三部四联剧即后面4卷（卷九至十二），写战争，以图尔努斯的悲剧为中心。而这3部四联剧的对称结构则表现在埃涅阿斯对被拣选的态度上。在第一部四联剧里，埃涅阿斯拒绝被拣选，不愿意接受并经常忘记自己的使命，在第 3 部四联剧里，埃涅阿斯弃绝了所有的个人目标全身心地投入自己的使命中，而在处于中间位置的第二部四联剧里，叙事诗的轴心事件得以展开：埃涅阿斯逐渐受到启发，并重新定位（接受被拣选的命运），从而完成了从不情不愿的凡夫俗子到未来的神圣者之间的转换（卷五开头和卷八结尾）。也就是说，中间的 4 卷诗歌不仅是意象的核心，而且还是行动的中轴。①

　　第二，依据诗歌的行动、意向和主题的对应关系，存在着一种广为人知的对称结构体系：前 6 卷（卷一至六）与后 6 卷（卷七至十二）诗歌的对称结构。在这个对称结构中，第二部四联剧的开头和结尾的指涉得到了关注，由此形成一种并列的布局：第五、六卷与第十一、十二卷对应，而第七、八卷则与第一、二卷呼应。具体而言，第五卷的葬礼仪式预示了第十一卷里的葬礼仪式；第六卷里罗马的荣耀战功和最后讲到的马尔克卢斯（死于公元前 23 年）之死同第十二卷里埃涅阿斯赢得的战争胜利和最终讲述的图尔努斯之死相对应；第七卷里埃涅阿斯登陆陌生的海滩，并得到了拉丁人的款待，但是尤诺打开了战争之门，同第一卷里尤诺命风神掀起风暴，但是埃涅阿斯登陆非洲，并得到狄多的殷勤相待，以及尤皮特宣告战争之门的关闭相对应；第八卷里埃涅阿斯来到即将建立罗马城的城址，并决定担负起新的劳作责任（肩扛反映埃涅阿斯的子孙后代的光荣和命运的盾牌），由于响雷和在空中闪耀的武器（卷八，行 520-528）等征兆，对拉丁人的战争得到确定，与之对应的是第二卷里埃涅阿斯开始担负起劳作义务（背负父亲），并在响雷和流星（卷二，行

---

　　① 达克沃斯（George E. Duckworth）：维吉尔《埃涅阿斯纪》的匀称美，见《〈埃涅阿斯纪〉章义》，前揭，页 359 以下。

692-698）征兆的证实下离开了特洛伊（参《〈埃涅阿斯纪〉章义》，前揭，页357及下）。

第三种对称体系是一种同心环状的结构：第一卷与第十二卷、第二卷与第十一卷、第三卷与第十卷、第四卷与第九卷、第五卷与第八卷以及第六卷与第七卷分别对应。譬如，诗歌的正中心即第六卷和第七卷，是意大利土地上两次完全不同的登陆：其一导向冥府（卷六），另一个导向阳世里原始的拉丁姆地区（卷七）。包夹这两次登陆的是第五卷与第八卷里两个相异的城市：埃涅阿斯为了安顿太老和太弱因而不能继续去意大利奋斗的族人在西西里修建的过往之城阿刻斯塔城（卷五）和埃涅阿斯的后裔将在帕拉丁山上修建的未来之城罗马城的意象，二者达成某种平衡。①

与此同时，维吉尔也追求故事情节的张弛有度。譬如，第三、五卷比较恬静，以缓和第二、四和六卷的紧张。这种精心安排的情节也体现在每一卷里，例如第三卷（参维吉尔，《埃涅阿斯纪》，译者序，页25及下；《〈埃涅阿斯纪〉章义》，前揭，页357）。

在上述结构的分析中，达克沃斯（George E. Duckworth）发现了维吉尔《埃涅阿斯纪》中的匀称美。也就是说，维吉尔用黄金比例来构筑诗歌，而且这种用黄金比例构思的诗歌不仅包括《埃涅阿斯纪》，而且包括《农事诗》，甚至还包括《维吉尔补遗》（*Appendix Vergiliana*）中的《蚊虫》（*Culex*），并由此推断，《蚊虫》的作者就是维吉尔（参《〈埃涅阿斯纪〉章义》，前揭，页365以下）。

从上面的评述中可以看出，推动情节发展的动因有两个，即

① 关于《埃涅阿斯纪》的对称结构，见贝肯（Helen H. Bacon）：《埃涅阿斯纪》作为被拣选的戏剧，王承教译，参《古典诗文绎读·西学卷·古代编》（下），前揭，页161以下。

贯穿《埃涅阿斯纪》的主、副两条线索。主线就是以埃涅阿斯为首的特洛伊人的行动；副线就是神界的明争暗斗，特别是神后尤诺与神王尤皮特的女儿维纳斯之间的较量。两条线索围绕的中心人物都是故事的主人公埃涅阿斯。在主线中，埃涅阿斯带领特洛伊人，历经种种磨难，去完成使命。在副线中，情节围绕埃涅阿斯的使命展开，敌对的尤诺要破坏，友好的维纳斯——埃涅阿斯的母亲——要帮助。而命运则把两条线索有机地结合了起来。由于命运的安排，埃涅阿斯要去完成使命，这样才引发了神界围绕埃涅阿斯完成使命而展开的争斗。但是，凡人埃涅阿斯如何知道神仙对于命运的安排？这就涉及到人与神的交流问题。在这方面，维吉尔虚构了关于命运的预言。埃涅阿斯获取预言的途径有以下几个：通过阿波罗神的显灵（卷三），通过神使墨丘利的告诫（卷四），通过阿波罗神附体的女先知西庇尔传达的神意（卷六），通过亡父安基塞斯托梦的指点（卷五）和预言（卷六，行752-853）（参维吉尔，《埃涅阿斯纪》，页57、89、141、132及下和166-170）。

由此可见，与荷马叙事诗相比，维吉尔的《埃涅阿斯纪》虽然仍然采用诸神机制，但是超自然的力量更加显著。神（包括主神尤皮特）虽然与人同形同性，干预人间事务，但是对人类事务的直接干预减少（如狄安娜）。譬如，神不能直接参战。更多的是间接干预人间事务。譬如，维纳斯向尤皮特控告尤诺。神或者通过操纵外部世界（如风暴与瘟疫），例如尤诺，或者通过梦或幻象传达预言或神谕，如阿波罗，影响人们的反应与决定。譬如，神使得主人公埃涅阿斯对特洛伊神祇虔敬，以至于埃涅阿斯心甘情愿放弃个人幸福，包括放弃与狄多的爱情，去完成神（如维纳斯）交给他的使命：把家神（如维斯塔）带到拉丁地区，建立新的国。总之，维吉尔虽然继承了希腊化文学与宗教的诸神机制和不朽观念，但是增添了因果关系。在维吉尔笔下，神已经被抽象化，代表那些在自然世界和内心世界支持或反对埃涅阿斯实现使命的神秘力量。[①]

三、题材特色

《埃涅阿斯纪》的题材并不新鲜，无论是在希腊，还是在意大利，早就有了关于埃涅阿斯的传说。最早的记述见于荷马《伊利亚特》。不过，叙事诗记述的情节很简单。埃涅阿斯虔敬神明，因而受到神明的眷顾，而普里阿摩斯（Priamus）一族失宠于宙斯。继承达尔达努斯（Dardanus）一族的将是娶普里阿摩斯女儿克列乌莎（Creusa）为妻的埃涅阿斯。埃涅阿斯将统治特洛伊人。这种统治权将由埃涅阿斯的子孙世袭。在希腊人毁灭特洛伊城以后，又产生了关于埃涅阿斯在特洛伊城沦陷以后流落到其它地方建立城邦的传说。依据史料，公元前 6 世纪的希腊抒情诗人斯特西科罗斯（Stesichorus）第一个提及埃涅阿斯带着家神漂泊"西土"——希腊西边的意大利。之后，才出现了埃涅阿斯到达拉丁地区、奠定罗马基础的传说。

希腊人关于埃涅阿斯的传说很早就传入了意大利。这方面的考古证据就是在埃特鲁里亚地区发掘出来的埃涅阿斯身背老父的雕像。从雕像的风格来看，它属于公元前 6 世纪末至前 5 世纪初。不过，罗马国家官方承认，这个传说是在公元前 3 世纪中期。此后，罗马编年史家在谈及罗马的起源时，基本都要提及埃涅阿斯漂泊来意大利的传说。不过，建立罗马国家的是埃涅阿斯的后代。恺撒努力宣传自己的尤利乌斯氏族起源于埃涅阿斯之子

---

① 科勒曼（Robert Coleman）：《埃涅阿斯纪》中的诸神，见《〈埃涅阿斯纪〉章义》，前揭，页 317 以下。

尤卢斯，即阿斯卡尼乌斯（Ascanius），极力尊崇这个氏族的始祖维纳斯，以此证明自己氏族的神圣性质。如同继承恺撒的基业一样，奥古斯都也沿袭了恺撒的这个传说传统，并且把它作为罗马对外扩张政策的历史根据。

在这样的背景下，维吉尔也继承了这个传说，把它作为《埃涅阿斯纪》的题材。不过，在叙事诗创作过程中，维吉尔的《埃涅阿斯纪》侧重于叙述罗马建城之前的传说，而传统的罗马叙事诗（例如奈维乌斯的《布匿战纪》和恩尼乌斯的《编年纪》）侧重于叙述罗马建城以后的历史发展。叙述侧重点的显著区别是有特殊用意的：为奥古斯都对内巩固自己的元首地位和对外领土扩张的正当性提供历史证据。

为了配合奥古斯都的政策，早年学习伊壁鸠鲁哲学、佩服无神论者卢克莱修的维吉尔转而投入了主张有神论的廊下派哲学的怀抱。副线中神界的争斗（有神论）、命运的安排与预言（宿命论）和安基塞斯的灵魂为埃涅阿斯讲解的灵魂轮回（卷六，行703-751），这些元素显然出自于带有神秘主义色彩的廊下派哲学。而主线中虔敬的有责任感的埃涅阿斯的行动及其坚韧耐苦的精神正是廊下派提倡的人生幸福的最高道德标准："人运用自由意志来服从上帝"。维吉尔的前辈西塞罗继承了希腊人的廊下派哲学思想，提出了4大道德范畴："智慧、正义、坚韧和温和"（《论责任》卷一，章5）（参维吉尔，《埃涅阿斯纪》，译者序，页9及下）。而埃涅阿斯所体现的廊下派道德修养正是罗马贵族缺乏的，所以也是罗马帝国元首奥古斯都大力提倡的。

此外，在《埃涅阿斯纪》中，除了叙述埃涅阿斯的传奇，赞扬为罗马世界带来新的和平的奥古斯都，维吉尔通过安基塞斯的魂影之口，巧妙地处理第三个不同的题材：描写罗马历史中的主题与人物（参《〈埃涅阿斯纪〉章义》，前揭，页356）。

四、体裁特色

从形式上说，《埃涅阿斯纪》既不是肃剧，也不是传奇，[①] 而是一首长篇叙事诗。在这方面，维吉尔既继承了前人的文学遗产，包括古希腊的荷马叙事诗、希腊化时期亚历山大里亚的短篇叙事诗和罗马本土的叙事诗，又融入了自己的创作个性。

首先，虽然维吉尔模仿了属于口头文学的荷马的《奥德修纪》和《伊利亚特》（雨果，《克伦威尔》序，参雨果，《论文学》，页26），但是不是歌颂战争，歌颂英雄行为和流浪冒险，而是否定战争，歌颂罗马创业的艰难和当时罗马的强大，鼓励"爱国主义"，证明屋大维的"君权神授"，以此配合奥古斯都提倡的廊下派道德和复兴宗教的政策。有人把这种为政治服务的文学称为"遵命文学"。从这个角度看，属于文人文学的维吉尔的《埃涅阿斯纪》具有"政治吹嘘（political puff）"的色彩。[②] 为了达到这个创作目的，维吉尔塑造的英雄埃涅阿斯不再像荷马笔下的英雄那样有血性，追求个性的张扬，而是放弃自我，泯灭个性，完全服从命运的安排，沦为神的意志的执行者，所以埃涅阿斯的一切行动都是为了家族、民族和国家，甚至不惜牺牲个人的幸福，例如与迦太基女王狄多的爱情。虔敬的埃涅阿斯的极度社会性是希腊叙事诗和希腊化时期的叙事诗都不具备的，它完全是罗马人维吉尔的独创，后来也成为欧洲叙事诗的基本内容。从这

---

① 关于《埃涅阿斯纪》的文体，见贝肯：《埃涅阿斯纪》作为被拣选的戏剧，王承教译，参《古典诗文绎读·西学卷·古代编》（下），前揭，页146。

② 参William Empson（燕卜逊，1906-1984年），*Some Versions of the Pastoral*（《牧歌的几个版本》），Chatto & Windus，1935年，页3；《罗念生全集》卷八，前揭，页289。

个意义上，同样推崇人之社会性的 T. S. 艾略特（T. S. Elliot，1888 - 1965 年）① 认为维吉尔的《埃涅阿斯纪》具备两个特点：历史感和思想的成熟，所以是"古典作品"的标本。主人公埃涅阿斯的社会性也决定了维吉尔叙事诗的情调：疑虑不安、悲天悯人以至忧郁。而"忧郁是最富有诗意的情调"。或许，这也跟维吉尔是优秀的抒情诗人有关（参维吉尔，《埃涅阿斯纪》，译者序，页 20；燕卜逊，《牧歌的几个版本》，页 13）。

在创作《埃涅阿斯纪》时，维吉尔也受到了希腊化时期亚历山大里亚的短篇叙事诗的影响。其中，维吉尔借鉴的最重要元素就是书本知识。维吉尔曾经对奥古斯都说，他"正在研究许多其他科目，而且是相当重要的科目"。这里提及的研究科目可能指历史、地理、神话、宗教等等。事实上，《埃涅阿斯纪》里也体现了作者在这些科目方面的渊博知识，例如第一卷从迦太基的历史与地理开始（卷一，行 12 - 14）（参《古罗马文选》卷三，前揭，页 68 及下），第七卷交代了拉丁族的历史（卷七，行 45 - 106），第三卷所描述的得洛斯岛上阿波罗神祈祷（卷三，行 84 - 120）。此外，短篇叙事诗的个人情感也是一个重要的借鉴元素。不过，维吉尔扬弃了希腊化时期短篇叙事诗中的不严肃和纵情的因素。在埃涅阿斯与迦太基女王狄多的爱情故事里，维吉尔也着重于故事的悲剧性（参维吉尔，《埃涅阿斯纪》，译者序，页 27 和 174 - 177；王焕生，《古罗马文学史》，页 215）。

另外，拉丁叙事诗，例如奈维乌斯的《布匿战纪》和恩尼乌斯的《编年史》，也给维吉尔提供了知识素材、爱国情绪和某些叙事诗技巧。伟大的古希腊典范荷马和自称"荷马再世"的

---

① 20 世纪英语诗歌领袖，1948 年获得诺贝尔文学家，主要作品有《荒原》（*The Waste Land*，1922 年）和《四个四重奏》（1943 年），参《基督教文学经典选读》，前揭，页 814 以下。

古罗马前辈恩尼乌斯，他们在作品中记录自己生活的时代或者以前那个时代的大事，虽然有神话式的美化，但却是历史。而维吉尔却强调埃涅阿斯（Aeneas）及其同伴的行动。由于预言，这些行动不断地与那个时代、与奥古斯都治下的罗马名人们（卷一，行223－296）发生联系。因此，埃涅阿斯族人（Aeneaden）经历种种痛苦就是为了一个特定的目的（卷一，行1－33）：到达意大利，建立一个统治辽阔国土、剪灭利比亚的罗马民族。与埃涅阿斯和狄多有关的故事以狄多的自杀结尾，是"寓意的"，因为埃涅阿斯从这里认识到：埃涅阿斯必须为别人交给他的使命，牺牲自己的个人幸福（卷二，行268－297）；即使这样，埃涅阿斯仍然要肩负起使命（卷四，行642－671；卷六，行450 476）。在维吉尔笔下，狄多与埃涅阿斯的关系对整个作品的意义有很大的内在关联，而在奈维乌斯的《布匿战纪》中，这种关系仅仅构成了解释罗马与迦太基之间的敌对源于神话的一个插曲。维吉尔有独特的表述方式：较少描述性解释，更多戏剧性说明。维吉尔让读者自己去认识事情的意义和目的（参《古罗马文选》卷三，前揭，页66；格兰特，《罗马史》，页214）。

　　如上所述，维吉尔创作《埃涅阿斯纪》有鲜明的创作目的，作者有历史感、使命感，有深刻的思考，吸收了许多前人的传统、神话和书本知识以为营养，所以《埃涅阿斯纪》不再像荷马叙事诗一样是自然的，是"纯真的"、"第一位的""天籁"，而是人工的文人叙事诗（参维吉尔，《埃涅阿斯纪》，译者序，页23）。

　　五、语言特色

　　在格律方面，维吉尔采用了亚里士多德认为最为适宜的英雄体诗行，即长短短格六拍诗行（dactylus hexameter）。顾名思义，六拍诗行（hexameter）有6个节拍（μέτρον或 metrum）；长短短格（dactylus）则由一个长的音节（syllaba）和两个短的音节构成，格式为"— ∨ ∨"，其中"—"代表长音节（longa），"∨"代表短音节（brevi）。当然，在实际运用中，诗人有时用一个长音缀代替两个短音节，由此演变成扬扬格或长长格（spondeus），格式为"— —"，所以每个节拍由两个或3个音节构成。因此，每个英雄体诗行的音节最少有12个，最多可以达到18个。音节多，读起来占用的时间也较长，给人以"从容"和"有分量"的感觉。又由于六拍诗行（hexameter）本身是不押韵的，所以诗歌的韵律节奏完全体现在节拍上。从诗行的节拍来看，诗行的节拍结构错综复杂，在希腊诗中最常用的节拍长短短格（dactylus）或长长格（spondeus）的基础上，又加入了罗马本土的萨图尔努斯诗行（versus saturnius）中的元素"轻重音"。从音韵效果来看，两套结构时而吻合，时而矛盾，从而幻化出千变万化的节奏美（参《诗学·诗艺》，前揭，页87；维吉尔，《埃涅阿斯纪》，译者序，页35）。

由于主人公埃涅阿斯不是像荷马叙事诗的英雄一样从神性走向人性，而是从人性走向神性。在埃涅阿斯从人性走向神性的过程中，神的意志或者埃涅阿斯的使命是决定性的因素，而让埃涅阿斯获得并接受神的意志，或者让埃涅阿斯明白并承担自己的使命，则是关键中的关键。为此，维吉尔采取了与荷马不同的话语模式。譬如，在冥府之旅的最后阶段，（埃涅阿斯的亡父）安奇塞斯的魂影的两段讲辞就十分典型和独特。面对儿子的疑惑（卷六，行719-721），渴望为儿子指点迷津的（卷六，行716-717）父亲有责任教导儿子。因此，一方面，安奇塞斯要像博学的哲学家一样，采用教条式的语言，向儿子科学地灌输关于魂灵的迁移和净化的学说：在千年轮回的体系中，魂灵分为两个部分。其中，少数魂灵会留在福林（如卷六，行 660‒665），而多数魂灵则重返阳世［关于来世论的讲辞混合了廊下派（例如中期廊下派哲人珀西多尼乌斯）与俄耳甫斯教的宇宙观］。另一方面，安奇塞斯又要像传统的家长一样，采用劝诫性的语言，赞美罗马众英雄的业绩（具有葬礼演说辞和碑铭的特征），以此唤起儿子的民族记忆，提醒儿子牢记传统（例如部族的使命和民族的专长），激扬儿子的行动欲望：解救众人出离生死轮回，并为他们在福林中赢得位置（如卷六，行 847‒853）。第一段讲辞是关于普世的道理，具有普遍性。而第二段讲辞是关于罗马民族的伟业，具有个体性。它们虽然在形式上差异极大，但是在内容上是统一的。两段讲辞因为主人公肩负的罗马民族的志业抱负而得到有机的统一。①

如前所述，维吉尔借鉴了希腊化时期亚历山大里亚的短篇叙事诗。而短篇叙事诗具有"雕琢的辞句"和"篇幅短小"的特点。所以维吉尔的叙事诗追求语言的精练。事实上，维吉尔也善于用极少的文字概括丰富的人生经验。所以维吉尔的文字十分精练，读起来酷似格言警句。例如，"我警惕希腊人，尽管他们是带着礼物来的"（卷二，行48）。这句话概括了特洛伊人拉奥孔对希腊人木马计的高度警觉。令人扼腕叹息的是，拉奥孔的话没有引起特洛伊领导人的高度重视，所以希腊人的木马计还是得逞了。在特洛伊城沦陷以后，维吉尔又用了一句话来高度概括特洛伊人极端绝望的情绪："被征服的人只有一条活路，那就是不要希望有活路"（卷二，行354）。

另外，维吉尔很喜欢用修辞手法。在运用比喻方面，维吉尔

---

① 关于第六卷的解释，见哈比内克（Thomas N. Habinek）：《埃涅阿斯纪》第六卷中的科学与传统，王承教译，参《古典诗文绎读·西学卷·古代编》（下），前揭，页119‒144。

继承了荷马叙事诗的传统。有时原原本本地借用荷马叙事诗里的
比喻。譬如，第四卷中把"平展双翼"、"用全身的力量向大海
扑去"的神使墨丘利比作"围绕着鱼群游动的海岸和岩石的大
鸟"。① 有时甚至保留了希腊背景色彩。譬如，第四卷中把遭受
到爱火与情伤煎熬的、如痴如醉地满城徘徊的狄多比作被箭射中
以后克里特岛上狄克特山间小径奔跑的麋鹿。有时又进行了本土
化处理。譬如，荷马把出嫁前心情轻快的美少女瑙西嘉雅比作希
腊神话中的狩猎女神阿尔特米斯（Artemis；《奥德修纪》卷六，
行102-103），而维吉尔则把"容貌无比娟美"、"轻松愉快地督
促她的未来王国的建设工作"的狄多比作罗马神话里的狩猎女
神狄安娜（《埃涅阿斯纪》卷一，行499）。有时又反其道而行
之。譬如，荷马的叙事诗中常常以自然现象比喻人事（《伊利亚
特》卷二），而维吉尔则以人事比喻自然现象，把风暴的骚动比
作在群众集会上时常发生的骚乱，把风暴的平息比作骚动的下等
黎民百姓看见了一个德高望重、受人尊敬的人以后安静了下来
（《埃涅阿斯纪》卷一）（参维吉尔，《埃涅阿斯纪》，页6、18
及下和82；荷马，《奥德修纪》，页68）。

　　然而，建立罗马民族历史叙事诗的真正标志还是维吉尔的
民族文学特色。譬如，在比喻方面完全采用拉丁语文学传统。
在《埃涅阿斯纪》第二卷里，维吉尔用毒蛇比喻进攻者的暴
力、欺骗和火焰。首先，用蛇比喻暴力的地方有卢卡努斯《内
战纪》第九卷第七百三十至八百零二行、斯塔提乌斯《忒拜战
纪》第五卷第五百二十行以下、西塞罗《论神性》第一卷第一
百零一章、奥维德《变形记》第三卷第七十七行以下和第十一

---

① 文中的大鸟就是海鸥。参维吉尔，《埃涅阿斯纪》，页88；王焕生：《古罗马
文学史》，页216。

卷第五十六行、《女杰书简》第六卷第九十八行和第七卷第一
百六十三行、伊塔利库斯《布匿战纪》第六卷第二百一十六行
以下和《埃涅阿斯纪》第二卷对拉奥孔及其儿子们的描述。第
二，西塞罗《质问瓦提尼乌斯》第二章第四节、维吉尔《牧
歌》第三卷第九十三行、奥维德《变形记》第三卷第三十一
行、第六卷第七百七十五行和《黑海书简》第三卷第三首第一
百零二行都用 Latere（隐藏）和 latebrae（躲藏）描述毒蛇，
因为毒蛇与木马中的希腊人一样都是从隐蔽处发起攻击的。第
三，在拉丁语中，serpere（蜿蜒而来）、lambere（舔）、labi
（滑）、volvere（缠绕）和 micare（抖动）都可以用来指涉蛇与
火。譬如，斯塔提乌斯《诗草集》第五卷第五首第二十行、奥
维德《爱的治疗》第一百零五行、塞涅卡《美狄亚》第八百
一十九行、卢克莱修《物性论》第五卷第五百二十三行、李维
《建城以来史》第三十卷第六章第五节和恺撒《内战记》第三
卷第一百零一章都用 serpere（蜿蜒而来）描述火焰。维吉尔
《埃涅阿斯纪》第三卷第五百七十四行、贺拉斯《讽刺诗集》
第一卷第五首第七十四行和塞涅卡《奥塔山上的海格立斯》第
一千七百五十四行都用 lambere（舔）描述火焰，而奥维德
《变形记》第三卷第五十七行、第四卷第五百九十五行、斯塔
提乌斯《忒拜战纪》第一卷第九十一行、第五卷第五百二十四
行和伊塔利库斯《布匿战纪》第六卷第二百六十四行都用 lam-
bere（舔）描述蛇。维吉尔《农事诗》第二卷第三百零五行、
贺拉斯《讽刺诗集》第一卷第五首第七十三行和塔西佗《历
史》第三卷第七十一章第十九节都用 labi（滑）描述火焰，而
维吉尔《埃涅阿斯纪》第六卷第五百一十五行用 labi（滑）描
述像蛇一样的木马。西塞罗《论预言》第一卷第四十七章第一
百零六节和维吉尔《农事诗》第三卷第四百三十九行都用 mi-

care（抖动）描述蛇。在维吉尔《埃涅阿斯纪》第七卷第三百四十六行以下，阿列克托掷向阿玛塔的蛇在她胸中变成了火焰。①

此外，象征也是维吉尔惯用的手法。譬如，维吉尔用阿波罗庙门上雕刻的迷宫的故事象征埃涅阿斯经历的迷惘，用金枝象征黑暗中的光明，死中的生（参维吉尔，《埃涅阿斯纪》，译者序，页 31）。

虽然维吉尔在创作时参照古老的荷马史诗，选择了粗犷甚至语句不流畅的风格（参克拉夫特，《古典语文学常谈》，页51），但是总体来看，《埃涅阿斯记》"风格庄严肃穆，华丽精致，有些夸张"（参《罗念生全集》卷八，前揭，页 289）。《埃涅阿斯纪》刚一传诵就获得盛誉。公元前 26 年普罗佩提乌斯宣称：

> 服输了吧，你们这些罗马作家，
> 服输了吧，还有你们希腊人，
> 比《伊利亚特》更伟大——
> 一部这样的作品正在诞生（苏维托尼乌斯，《维吉尔传》，章 30，见苏维托尼乌斯，《罗马十二帝王传》，张竹明等译，页 371 及下）。

当然，《埃涅阿斯纪》也曾遭到批评。卡维利乌斯·皮克托尔（Carvilius Pictor）写的书《对埃涅阿斯的鞭笞》（*Aeneomastix*）就是反对维吉尔《埃涅阿斯纪》的（苏维托尼乌斯，《维吉

---

① 参诺克斯（Bernard M. W. Knox）：蛇与火——《埃涅阿斯纪》卷二中的比喻，见《〈埃涅阿斯纪〉章义》，前揭，页 25 以下。

尔传》，参苏维托尼乌斯，《罗马十二帝王传》，张竹明等译，页 375；LCL 63，*Introduction*，页 8 及下）。

六、历史地位与影响

依据苏维托尼乌斯《维吉尔传》，如同荷马一样，维吉尔同样遭人诋毁。马·维普珊尼乌斯（Marcus Vipsanius）称，维吉尔是迈克纳斯的私生子，一种矫揉造作的新语言风格的发明者，这种语言既不铺张，也不简洁，而是用通俗的词汇组成，因而是不明白的语言。赫伦尼乌斯（Herennius）专门收集维吉尔的不足之处。佩勒利乌斯·福斯图斯（Perellius Faustus）则专门搜集维吉尔的剽窃。昆·屋大维乌斯·阿维图斯（Q. Octavi Aviti）甚至编写 8 卷《相似》，收罗维吉尔所有借用的诗句，并附有出处。不过，阿斯科尼乌斯·皮迪亚努斯（Asconius Pedianus）为维吉尔翻案（Contra obtrectatores Vergilii）。阿斯科尼乌斯·皮迪亚努斯罗列了部分的指责，然后记载了维吉尔本人对那些指责的回应：

> 我的批评家们为什么不也尝试一下同样的剽窃？假如他们那样做了，他们就会懂得，从荷马那里偷窃一行诗不比从海格立斯①那里偷来大棒容易一些（苏维托尼乌斯，《维吉尔传》，见苏维托尼乌斯，《罗马十二帝王传》，张竹明等译，页 375）。

尽管诗人去世时《埃涅阿斯纪》未完成，但是它出版后仍然"立刻取得了成功，在一代人的时间里，变成了学校的课本

---

① 原文为 Herculi，中译本为"赫库利斯"。

和整个拉丁世界的共同财富"。许多注释家很快就对《埃涅阿斯纪》进行注释。有些一直流传下来，例如多那图斯、塞尔维乌斯和马克罗比乌斯的注疏。其中，塞尔维乌斯的注疏影响最大，直到1600年，简称 S 本（参王承教：编者前言——《埃涅阿斯纪》的解释传统，见《〈埃涅阿斯纪〉章义》，前揭，页2以下）。

《埃涅阿斯纪》直接影响了1世纪时古罗马叙事诗的写作，卢卡努斯《法尔萨利亚》、斯塔提乌斯《忒拜战纪》、西利乌斯《布匿战纪》、弗拉库斯《阿尔戈英雄纪》等都受到维吉尔的影响。维吉尔以后的诗人都跟随维吉尔的脚步（但丁，《神曲》之地狱篇，章23，行148），并且像哈迪（Philip Hardie）指出的一样，成为"后维吉尔诗人"（参王承教：编者前言——《埃涅阿斯纪》的解释传统，前揭，页2）。1世纪中期，《埃涅阿斯纪》曾被译成希腊文（参王焕生，《古罗马文学史》，页219）。

中世纪，在寓意释经法的关照下，《埃涅阿斯纪》被看成是对人类灵魂穿越生命之重重危险之过程的精彩描述。在这种语境下，但丁把维吉尔当作真理的老师，让维吉尔在《神曲》中充当游历地狱和炼狱的引路人，[①] 像唐南德（G. B. Townend）指出的一样，具有多重重要的意义。第一，历史上的维吉尔德性良善，才智卓越。第二，维吉尔是诗人，是语言大师。第三，维吉尔是罗马和帝国的预言者，他能为解决意大利教皇与神圣罗马帝国之间的冲突指明道路。第四，维吉尔是意大利的爱国者，他渴望在奥古斯都的领导下统一意大利，并以此为中心建立新的世界秩序。第五，维吉尔代表人类能力的极限（参王承教：编者前

[①]　但丁，《神曲》，田德望译，北京：人民文学出版社，1997年；福廷（Ernest L. Fortin）：乌托邦：但丁的喜剧，朱振宇译，参《古代诗文绎读·西学卷·古代编》（下），前揭，页471。

言——《埃涅阿斯纪》的解释传统，前揭，页5及下）。

　　文艺复兴时期，意大利彼特拉克的叙事诗《阿非利加》（*Africa*）、阿里奥斯托（Ludovico Ariosto，1474-1533年）的长篇叙事诗《疯狂的奥兰多》（*Orlando Furioso*，1516年）、塔索的长篇叙事诗《耶路撒冷的解放》（*The Liberation of Jerusalem*，1575年完稿，1581年出版）和葡萄牙诗人卡蒙斯的叙事诗《鲁西亚德》（*Os Lusiadas*，1572年）也受到维吉尔的影响。

　　在乔叟、斯宾塞等人看来，《埃涅阿斯纪》最吸引人和最有价值的地方是英雄的征战传奇与狄多的爱情和死亡（参王承教：编者前言——《埃涅阿斯纪》的解释传统，前揭，页6及下）。英国文学的开山鼻祖乔叟（Geoffrey Chaucer，1340或1343-1400年，英国诗歌之父）的两部重要作品充分而隐晦地模仿了《埃涅阿斯纪》。《声誉之堂》（*The House of Fame*）的第一卷叙述的都是维吉尔的叙事诗中的故事，特别是埃涅阿斯和狄多（迦太基女王）的爱情悲剧。在《善良女子殉情记》（*The Legend of Good Women*）中，狄多是克里奥佩特拉（埃及托勒密王朝末代女王）和特斯比（《变形记》中的一个殉情的女主人公）之后，第三个为爱情献身的女性。在乔叟的笔下，埃涅阿斯是个无情的爱情骗子（参詹金斯，《罗马的遗产》，页154及下）。

　　加文·道格拉斯（Gavin Douglas，约1474-1522年）出版过苏格兰文译本。亨利八世时代的索利伯爵（Earl of Surrey，约1517-1547年）为了翻译维吉尔，发明了无韵诗。马洛威（Christopher Marlowe，1564-1593年）在他的第一个剧本《迦太基女王狄多》中引用了维吉尔的几段拉丁文六拍诗句（hexameter）。莎士比亚的作品《安东尼和克里奥佩特拉》、《威尼斯商人》（第5场第1幕，第9-12行）、《卢克丽丝受辱记》（第1366-1568行）、《哈姆雷特》（第2场第2幕，第475-549行）

和《暴风雨》显示，他至少对《埃涅阿斯纪》前6卷了解（参詹金斯，《罗马的遗产》，页155-158）。

17世纪伊始，丹尼尔（Pierre Daniel）重订维吉尔作品注疏的S本，并添加一些他认为属于塞尔维乌斯注疏的内容，命名《塞尔维乌斯注疏详优权威本》（*Servii Commentarii Longe Meliores et Auctioures*），简称DS本（参LCL 63，*Introduction*，页9以下）。维吉尔研究者、"塞尔维乌斯注疏全编"的发起人兰德（E. K. Rand）认为，DS代表多那图斯的注疏。[①] 甚至有人认为，DS本还包括15、16世纪英国学界对维吉尔作品的注疏意见。

维吉尔对17世纪的影响并不限于作品注疏。譬如，"弥尔顿以《农事诗》和《埃涅埃斯纪》为样板创作了他的无韵诗"《失乐园》。又如，"《失乐园》的第二种形式，也是权威的形式，是分成12卷的，这也是为了向12卷的《埃涅阿斯纪》表示敬意"（参詹金斯，《罗马的遗产》，页159和161）。

德莱顿翻译的《埃涅阿斯纪》于1697年出版：《维吉尔作品集》（*The Works of Virgil：Containing his Pastorals，Georgics，and Aeneis*）。之后，奥古斯都时代的罗马文学成为那些受过教育的人经常援引的对象，因为在新古典主义者眼里，《埃涅阿斯纪》代表古典作品的完美（参王承教：《编者前言：〈埃涅阿斯纪〉的解释传统》，前揭书，页7）。蒲伯的《卷发遇劫记》的开头"模仿了《埃涅阿斯纪》的开头，并加上了《农事诗》的一行"；《愚人志》从《农事诗》中取了两行，配以德莱顿的译文，作为他的牧歌前言；接着写《救世主》（*Messiah*），"那是模仿维吉尔的波里奥的神圣牧歌（即维吉尔，《牧歌》，首4）"（参

---

① 著有论文《多那图斯的维吉尔注疏散佚了吗？》（*Is Donatvs's Commentary on Vigil Lost?*），参王承教：编者前言：《埃涅阿斯纪》的解释传统，前揭，页2及下。

詹金斯，《罗马的遗产》，页 163 及下）。

18 世纪，伏尔泰认为，维吉尔在荷马之上，并模仿维吉尔颂扬奥古斯都，创作《亨利亚德》歌颂亨利四世。德国席勒曾翻译《埃涅阿斯纪》第二、四卷。莱辛在《拉奥孔》中精辟地分析《埃涅阿斯纪》第二卷中拉奥孔及其两个儿子之死的描写，并深入地分析和研究《埃涅阿斯纪》中的许多问题，例如埃涅阿斯的盾面图画。[①] 歌德也很推崇维吉尔，称维吉尔为老师（参王焕生，《古罗马文学史》，页 220）。

18 世纪后半叶，浪漫主义兴起。浪漫主义主张灵感与一挥而就，不理解维吉尔花费十几年打磨一首诗歌的做法。因此，维吉尔遭到雪莱、拜伦、柯勒律治等浪漫主义诗人的批判。譬如，柯勒律治认为，维吉尔诗歌中只有词语和诗律而已。不过，华兹华斯（William Wordsworth，1770–1850 年）[②] 将《埃涅阿斯纪》的前 3 卷翻译成为英语，而且非常喜欢《牧歌》。在《许佩里翁》（Hyperion，原译《赫披里昂》）中，济慈（John Keats，1795–1821 年）的文风甚至达到了真正的维吉尔式。

19 世纪，在上半叶的相对沉寂以后，下半叶维吉尔研究出现相对繁荣。里贝克（Otto Ribbeck，1859–1862 年）进行了全面而细致的文本校勘。瓦格纳（Wagner，1866 年修订）重订了海涅（Heyne）对维吉尔诗歌的注疏。科宁顿（Conington，1859–1871 年修订）和萨巴蒂尼（Sabbadini，1884–1888 年疏解）等人也对维吉尔的 3 部主要作品进行了疏解。詹姆斯（James Hennry，1873–1886 年笺注）和佩吉（T. E. Page，

---

① 莱辛，《拉奥孔》，朱光潜译，北京：人民文学出版社，1997 年（重印），页 34 以下。

② 英国浪漫派诗人，著有《抒情歌谣集》（1798 年，与柯勒律治合著）和《诗二卷》（1807 年），参《基督教文学经典选读》，前揭，页 635 以下。

1894-1900 年笺注）等人详细笺注《埃涅阿斯纪》。提罗
（Thilo）和哈根（Hagen，1878-1902 年校订）校订出版塞尔维
乌斯的维吉尔古注。意大利的康帕雷提（Comparetti）写作
《维吉尔在中世纪》（1871 年）。这些基础性研究为后来的研究
热奠定了基础。

　　20 世纪，维吉尔的研究很热，出现欧洲学派与哈弗学派的
争吵。其中，欧洲学派强调古典的社会价值，因而得出较为乐观
的解读结论，如海因策（Richard Heinze）的《维吉尔的史诗技
艺》（*Vergils Epische Technik*，1903 年）和诺登（Eduard Norden）
的《〈埃涅阿斯纪〉卷六注疏》（*P. Vergili Maronis Aeneis Liber
VI*，1903 年）。而哈佛学派强调现代的个人价值，因而得出较为
悲观的解读结论，例如 W. R. 约翰逊（W. R. Johnson）的《可见
的黑暗》（*Darkness Visible*，1976 年）。当然，也有人拒绝乐观或
悲观的极端解读，努力进行谦和的超越性解读，如阿尔维斯
（John Alvis）的《荷马和维吉尔作品中天神的意图与英雄的回
应：宙斯的政治计划》（*Divine Purpose and Heroic Response in Ho-
mer and Virgil：The Political Plan of Zeus*，1995 年出版）、克莱因
（Jacob Klein）的论文《〈埃涅阿斯纪〉的神话》（*The Myth of
Aeneid*，1985 年发表）和阿德勒（Eve Adler）的《维吉尔的帝
国：〈埃涅阿斯纪〉的政治思想》（*Vergil's Empire：Political
Thought in the Aeneid*，2003 年出版）（参王承教：编者前言——
《埃涅阿斯纪》的解释传统，前揭，页 8 以下）。

　　总之，维吉尔《埃涅阿斯纪》一直广受景仰，成为西方经
典研读的核心。这是有深刻的原因的，正如英国威廉斯（R. D.
Williams）总结的一样：

　　　一，维吉尔被认为是罗马民族自己的诗人，是罗马的理

念和成就的代言人，他最终完成了从希腊诗歌向罗马诗歌的
转变；二，无论就结构，还是就文辞和诗韵而言，维吉尔的
诗艺都已达到了至善至美的境地（参王承教：编者前
言——《埃涅阿斯纪》的解释传统，前揭，页1及下）。

第五节　历史地位与影响

在评述叙事诗的时候，昆体良把维吉尔和荷马都当作第一位
叙事诗诗人开始评述，因为昆体良认为，在叙事诗方面，"维吉
尔与荷马最接近"，不过，他们也有区别：荷马是伟大的天才诗
人，而维吉尔的伟大成就是凭借努力和勤奋取得的（《雄辩术原
理》卷十，章1，节85-86）（参LCL 127，页296及下；王焕
生，《古罗马文艺批评史纲》，页218）。

维吉尔对后世的影响巨大，不容忽视。T. S. 艾略特认为，欧
洲从维吉尔那里懂得了什么是"古典作家"。不过，席勒（Schill-
er）却把维吉尔摆在了"素朴"诗人的对面，即感伤诗人。

依据格里芬（Jasper Griffin）的《维吉尔》（即《罗马的遗
产》，章5）和詹金斯的《牧歌》（即《罗马的遗产》，章6），
对教父们来说，维吉尔是基督教福音的预言者；对黑暗时代来
说，维吉尔是个巫师和魔术师；对中世纪盛期来说，维吉尔是个
智者和学者（参詹金斯，《罗马的遗产》，页22）。

在黑暗的中世纪，维吉尔的传统虽然单薄，但并没有被完全
切断。6世纪，英国史学家和修道士吉尔达斯（Gildas Sapiens，
?-570年）① 多次引用维吉尔《埃涅阿斯纪》第二卷关于特洛伊

---

① 大约540年著有《不列颠的颠覆与征服》（De Excidio et Conquestu Britanni-
ae）。

陷落的描写。7 世纪，学者诗人奥尔德赫尔（St. Aldhelm，约
639-709 年）比较他把诗歌引进英国与维吉尔把赫西俄德、荷马
引入罗马，并称引《农事诗》第三卷的段落。在维吉尔"华贵
的"、"具有无上的形式美的"诗歌面前，奥尔德赫尔相形见绌，
不仅拉丁文粗糙，而且文风简直就是"半蛮族的"。此外，英国
历史之父贾罗（Jarrow）的比德（Bede，约 673-735 年）① 喜欢
引用维吉尔装饰他的历史。查理大帝的顾问阿尔昆在他的书信与
诗歌中也经常引用维吉尔。当然，阿尔昆像奥古斯丁一样，从基
督教的角度去审视维吉尔。他们受到维吉尔的影响，但服从基督
教的教诲（参詹金斯，《罗马的遗产》，页 152 及下）。

　　但丁把维吉尔尊称为"我的导师和权威"。《埃涅阿斯纪》
曾经是叙事诗创作的理想境界。如果没有《埃涅阿斯纪》，那
么，从意大利诗人但丁（《神曲》）到塔索（Tasso，1544-1595
年）、② 葡萄牙大诗人卡蒙斯［Luís（Vaz）de Camões，1524-
1580 年］③ 和英国诗人弥尔顿（《失乐园》卷一）的伟大叙事诗
都是不可想象的，正如没有《农事诗》就没有汤姆逊的《节
令》，没有《牧歌》就没有欧洲的田园诗（参詹金斯，《罗马的
遗产》，页 23 和 151）。

　　维吉尔影响英国文学的开山鼻祖乔叟。乔叟模仿维吉尔的
《埃涅阿斯纪》，写作《声誉之堂》和《善良女子殉情记》。譬
如，前者的第一卷叙述的都是维吉尔叙事诗中关于埃涅阿斯的
故事，甚至翻译维吉尔的叙事诗（《埃涅阿斯纪》卷二，行
143-150），而后者则讲述狄多为爱情献身的故事。不同的是感

---

① 历史学家，著有《英吉利教会史》和《圣库斯伯特（Cuthbert）的生活》，
参《基督教文学经典选读》，前揭，页 150 以下。

② 著有《被解放的耶路撒冷》（*Gerusalemme liberata*）。

③ 著有《鲁西亚德》（*Os Lusíadas*）。

情色彩：在《声誉之堂》中表示对埃涅阿斯的称颂，在《善良女子殉情记》中则对埃涅阿斯的无情表示嘲讽。索利伯爵为了翻译维吉尔的诗歌而发明无韵诗，尽管之前已有加文·道格拉斯的苏格兰文译本（参詹金斯，《罗马的遗产》，页 154 以下）。

16 世纪中期，克里斯托弗·马洛威的第一个剧本《迦太基女王狄多》明显受到维吉尔《埃涅阿斯纪》的影响。譬如，剧本中有几段维吉尔的拉丁文六拍诗句（hexameter），埃涅阿斯向狄多描述的特洛伊的最后一夜接近《埃涅阿斯纪》第二卷。比较而言，马洛威才华横溢，而维吉尔显得较为节制。从莎士比亚的作品（例如《威尼斯商人》，场 5，幕 1，行 9–12；《卢克丽丝受辱记》，行 1366–1568；《哈姆雷特》，场 2，幕 2，行 475–549）来看，莎士比亚至少了解《埃涅阿斯纪》的前 6 卷。其中，与维吉尔呼应最强烈的是《暴风雨》。《暴风雨》里面关于暴风雨和船难，哈耳皮埃（Harpies，希腊神话中的美人鸟）、伊里斯（Iris，希腊神话中的霓虹女神，神与人之间的信使）和尤诺，以及船只和水手神奇得救的故事都在《埃涅阿斯纪》前 5 卷中出现过（参詹金斯，《罗马的遗产》，页 156 以下）。

17 世纪，弥尔顿非常熟悉维吉尔，他希望《黎西达斯》的读者心中能有《牧歌》，而《失乐园》的读者应当时刻不忘《埃涅阿斯纪》，因为弥尔顿模仿维吉尔。

首先，弥尔顿从微观上模仿维吉尔的段落。《黎西达斯》有10 处模仿《牧歌》，尤其是《牧歌》第十首。而在《失乐园》中，弥尔顿在诗歌的开头就模仿《埃涅阿斯纪》的开篇，即先吁请缪斯，后陈述主题。这个主题传达一种暗示：主人公亚当也像埃涅阿斯一样是个英雄，甚至更伟大，更英勇（《失乐园》，章9，行13-19）。之后，还有 8 处模仿维吉尔，例如堕落天使罗列让人想起《埃涅阿斯纪》第二卷（比较《失乐园》卷一，行376以下与《埃涅阿斯纪》卷二，行664），有关蜜蜂的明喻让人想起《埃涅阿斯纪》第一卷的明喻和《农事诗》第四卷关于蜜蜂的长篇描述（比较《失乐园》卷一，行768行以下与《埃涅阿斯纪》卷一，行430以下以及《农事诗》卷四，行149以下）。

第二，弥尔顿从宏观上模仿维吉尔。从形式上看，弥尔顿的篇章结构是维吉尔的。譬如，《失乐园》的权威形式像维吉尔的《埃涅阿斯纪》一样有12卷。华兹华斯早就相信，弥尔顿以维吉尔的《农事诗》和《埃涅阿斯纪》为样板创作他自己的无韵诗。丁尼生不止一次指出，弥尔顿肯定以维吉尔的六拍诗行（hexameter）的韵律确定他自己的韵律。从思想内容上看，首先，弥尔顿的历史观念得益于《埃涅阿斯纪》。在弥尔顿看来，历史就是上帝意志的实现：上帝的意志就是命运（《失乐园》卷七，行173）。这实际上是模仿《埃涅阿斯纪》开头尤皮特发表的纲领性演说（《埃涅阿斯纪》卷一，行257以下）。

其次，弥尔顿模仿维吉尔的古典诗歌是为了重新审视"经过了纠正和完善的"异教内容。譬如，在基督教时代，天使长因不满神子（耶稣基督）成为新贵而成为神的敌对者：撒旦（这让人想起古罗马共和国末期新、老贵族之间的战争：内战），异教的神灵［如摩洛（Moloch）、基抹（Chemos）、巴力（Baalim）、亚斯他禄（Ashtaroth）、亚斯托勒（Astoreth）、临门（Rimmon）、泰坦（Titan）和萨图尔努斯］也变成了魔鬼，反抗的中心是让人想起异教的古罗马万神殿的万魔殿（《失乐园》卷一，尤其是行500以下，参弥尔顿，《失乐园》，朱维之译，尤其是页18以下）。弥尔顿提及古典世界的事实具有双重的作用。异教的也是美的和有意义的，例如东方帝国的豪华（《复乐园》

卷三，行 270 以下）和罗马帝国宫廷的富丽堂皇（《复乐园》卷四，行 25 以下）。不过，对耶稣基督的最大诱惑来自异教的光辉的希腊文化：艺术和思想（《复乐园》卷四，行 225－364）。然而，异教的都被神子抛弃（关于弥尔顿，参詹金斯，《罗马的遗产》，页 158 以下）。最终，"第二亚当"即耶稣战胜了魔鬼撒旦，为受到排挤的亚当复仇，从而恢复失去的乐园（《复乐园》卷一，行 4-7；卷四，行 605 以下，参弥尔顿，《复乐园》，金发燊译，页 1 和 99 以下）。亚当夫妇被逐出伊甸园后所在的人间（正如撒旦被逐出天国后的万魔殿）就是失乐园。这是人间历史上反复出现的严峻时代的反映，例如古罗马共和国晚期和英国弥尔顿的生活时代。事实上，诗人弥尔顿和耶稣一样，经受（复辟）恶势力的考验，最终胜利。

德莱顿（1631－1700 年）认为，维吉尔是"最优秀的诗人"，一个古典趣味和技巧的完美典范。所以德莱顿声称："在拉丁文学中，维吉尔是我的导师"。对于德莱顿来说，维吉尔首先是"正确"和"适当"的最高化身。维吉尔"平静、安详"，不像荷马一样"暴烈、急躁、充满热情"。"维吉尔的主要才能表现在恰当地表达思想和对词语的修饰上"[《古代和近代的寓言》（*Fables, Ancient and Modern*，1700 年）序]。在维吉尔的影响下，本性为"荷马式的"德莱顿"把力量和刚强的内容用高雅和精心修饰的语言表达出来"。此外，为了表达对导师的敬意，德莱顿还在耄耋之年翻译维吉尔的作品，例如《埃涅阿斯纪》。德莱顿的译作是了不起的成就。德莱顿的思想常常与古典拉丁语诗歌的修辞和文采合拍，为他的译作带来活力和文采。与这种文风和谐的是演说、战役和各种各样激动人心的事件。德莱顿的双韵格律也比维吉尔的六拍诗行（hexameter）更加具有格言式的明快。当然，正如德莱顿宣称的一样，由于维吉尔拥有大量的象征性的、高雅的和富有韵律的词汇，德莱顿仅仅继承了维吉尔的小部分才华，而且英语远劣于拉丁语，因此对维吉尔的作品造成很大的伤害。詹金斯认为，译文丧失的最主要的东西是"情感某种程度的温和"，这恰恰是 19 世纪的学者们最重视的维吉尔的一个特点（参詹金斯，《罗马的遗产》，页 22 和 162 及下）。

在德莱顿的译作出版（1697 年出版）以后，以维吉尔和贺拉斯为代表的罗马文学成为有教养的人援引的对象，自然地被蒲伯和斯威夫特用来表达最具个人色彩的思想。拉丁语诗人的诗成为杂志《观察家》（*The Spectator*）的题词。其中，维吉尔出现126 次。更重要的是，蒲伯借鉴维吉尔的作品，例如《埃涅阿斯纪》和《农事诗》，用伟大的叙事诗风格处理琐细题目的诗歌形式，例如《卷发遇劫记》和《愚人志》（*The Dunciad*），前者处理家庭间的争吵，后者抨击他的文学对手，以达到谐谑而讽的效果，让模拟叙事诗成为一种主要的诗歌形式。此外，蒲伯还模仿维吉尔的《牧歌》第四首，创作《救世主》，描写耶稣基督的降临（参詹金斯，《罗马的遗产》，页 163 以下）。

18 世纪和 19 世纪初是维吉尔浸淫的时代。人们阅读、引用维吉尔。艾迪生称赞《农事诗》："他用宏伟的方式表达了他最卑微的东西：他优雅地把土块打碎，把粪撒开。"斯梯尔（Richard Steele）建议人们入睡前阅读维吉尔，因为"（维吉尔）让我们的心情放松，缓缓进入令人愉悦的沉思状态，在所有的方式中，我更愿意这样结束我的一天……"在 74 岁时，约翰生还通读维吉尔的作品：12 天读完《埃涅阿斯纪》，几乎能背诵《牧歌》。更重要的是，约翰生不仅能快乐地阅读，而且还能提出批评：《牧歌》第八首第四十二行不合拍，因为现实中不存在奠基于磐石（"坚硬的石头"）上的爱情（《漫步者》，期 37）。尽管如此，约翰生仍然把维吉尔当作武器，责怪保护人斯特菲尔德勋爵（参詹全斯，《罗马的遗产》，页165）。

物极必反。在极度尊崇维吉尔以后，一些文人开始背离维吉尔。浪漫派和抗议者都把维吉尔当作抨击的对象，因为维吉尔是文风和政治反动的化身。蒲伯以维吉尔"讨好人们"为耻［《一个不愿葬在威斯敏斯特公墓的诗人的墓志铭》（*For One Who Would Not Be Buried in Westminster Abbey*）］。激进的雪莱放弃维吉尔，开始模仿卢卡努斯的《法尔萨利亚》，因为卢卡努斯是尼禄的严厉批评者。拜伦把维吉尔视为"地道的文抄公和可怜的马屁精"，认为维吉尔的六拍诗（hexameter）可恶。布莱克（William Blake，1757–1827年）[1] 不仅把维古尔视为奥古斯都派，而且还认为维吉尔以牺牲精神为代价去崇拜权力和暴力（《埃涅阿斯纪》卷六，行848）。柯勒律治（Samuel Taylor Coleridge，1772–1834年）[2] 冷静地评判：维吉尔的诗中只有格律和措辞（参詹全斯，《罗马的遗产》，页166）。

然而，即使在维吉尔遭遇寒流的时代，维吉尔仍然受到一些人的重视。像李·亨特（Leigh Hunt）一样，济慈年轻时认为《埃涅阿斯纪》很有魅力。济慈的《许佩里翁》达到了真正的维吉尔文风。华兹华斯不仅翻译《埃涅阿斯纪》前3卷，而且还非常喜欢牧歌，因为维吉尔的这些诗让他非常高兴，里面包含着一种译作无法表达的高雅和幸福。譬如，《埃涅阿斯纪》第一卷的语气高贵。而华兹华斯的《序诗》中的某些篇章堪称那个世

---

[1] 英国浪漫派诗人，著有《塞尔书》（1789年）、《弥尔顿》（1804–？年）和《耶路撒冷》（1804–1820年），参《基督教文学经典选读》，前揭，页630以下。

[2] 英国浪漫派诗人，主要作品有《抒情歌谣集》（1798年，与华兹华斯合著）、《忽必烈汗》（1816年）、《沉思之助》（1825年）和《探索者自白》（1825年），参《基督教文学经典选读》，前揭，页653以下。

纪最富有维吉尔风格（参詹金斯，《罗马的遗产》，页 166 及下）。

在维多利亚女王时代，丁尼生（1809-1892 年）被喻为维吉尔。1882 年，在纪念维吉尔诞辰 1900 年之际，丁尼生为曼图亚的维吉尔学院写了一首十分高雅的诗，开篇如下："罗马人维吉尔，那吟唱伊利昂高耸神庙的人，曾经灵光四射"。在丁尼生看来，维吉尔是"一个为人类处在末日而悲伤的巨擘"，一位伟大的、把爱国主义和无所不在的忧伤以及某种程度的信仰有机结合起来的桂冠诗人（Poeta laureatus）（参詹金斯，《罗马的遗产》，页 22）。

在长诗《秃顶死者》（*Balder Dead*）中，阿诺德（Matthew Arnold，1822－1888 年）大量称引《埃涅阿斯纪》。莫里斯（William Morris，1834－1896 年）翻译《埃涅阿斯纪》，依照自己的喜好，展示一个浪漫的维吉尔。像爱德华时代的诗学教授麦凯伊（J. W. Mackail，1859－1945 年）评论的一样，莫里斯"在这首诗中把维吉尔从浪漫派的专利变成古典学家共同的财富，他不仅是古典拉丁语文学的王冠，而且是欧洲浪漫主义文学的渊源"（参詹金斯，《罗马的遗产》，页 167）。

维吉尔不仅影响了浪漫派，而且本身就是"浪漫的"诗人。1801 年，政治家福克斯（Charles James Fox，1749－1806 年）十分推崇维吉尔，宣言似的指出，《埃涅阿斯纪》的伟大之处在于"超越所有时代各国诗人的多愁善感"，"那能深入到心灵中的诗肯定是所有优秀诗篇中最伟大的"。受此影响，1857 年圣佩韦出版的《维吉尔研究》中出现诸如"情感"、"怜悯"、"深厚的温情"之类的词语。同年，阿诺德指出，罗马文学，包括维吉尔在内，都未充分发展。尽管诗人维吉尔拥有一切的天赋，采用充分发展的叙事诗形式，可是他的"诗歌的甜美、动人的感伤情调、不断消退的忧郁",都是"那不断萦绕着他的、对心灵的不满造成的"。英国古典主义诗人迈尔斯(Frederic William Henry Myers,1843-1901 年)认为,维吉尔似乎把所有的激情都融进我们所熟知的人世的悲哀之中(参詹金斯,《罗马的遗产》,页167 及下)。

维吉尔通过埃涅阿斯的经历,向人们揭示,成功的帝国主义需要付出很大的代价。譬如,为了专注于统治艺术,罗马人必须放弃各种形式的艺术。帝国主义的观念甚至影响到了维多利亚晚期的美学家吉普林(Rudyard Kipling,1865-1936 年)。吉普林竟然完全忽视放弃各种艺术的痛苦,在短篇小说《雷古卢斯》(Regulus)中援引关于统治艺术的维吉尔的叙事诗名段(《埃涅阿斯纪》卷六,行 851 以下)(参詹金斯,《罗马的遗产》,页168 及下)。

20 世纪,维吉尔仍然是文学评论关注的人物。哈代(Thomas Hardy,1840-1928 年)①阅读德莱顿翻译的维吉尔作品,并把其中的诗句"我的古代火炬遗迹"(《埃涅阿斯纪》卷四,行23)作为献给已故妻子爱玛(Emma Lavinia Gifford)的《1912-1913 年诗集》的题词。大卫(Donald David)评论说,哈代是"一个很富有维吉尔精神的诗人"(参詹金斯,《罗马的遗产》,页 169 及下)。

1914 年以后,维吉尔的命运波澜起伏。庞德否定维吉尔,否定《埃涅阿斯纪》,认为《埃涅阿斯纪》讲的故事不好,缺乏人类的情感,埃涅阿斯是个呆子,只配给杂志《新政治家》(New Statesman)写稿。欧文(Wilfred Edward Salter Owen,

---

① 英国小说家、诗人,主要作品有《卡斯特桥市长》(1886 年)、《林中人》(1887 年)、《德伯家的苔丝》(1891 年)、《深受爱戴的人的追击》(1892 年)和《无名的裴德》(1895 年),参《基督教文学经典选读》,前揭,页 761 以下。

1893－1918 年）的《武器与男孩》（*Anthem for Doomed Youth*）也暗含对战争诗人维吉尔的抨击。此时，T. S. 艾略特写作论维吉尔的文章《什么是经典》，为维吉尔辩护。T. S. 艾略特认为，维吉尔拥有成熟的思想、方法和语言。与维吉尔相比，近代的欧洲作家都会感觉自己是个乡巴佬。而维吉尔塑造的埃涅阿斯则是个献身于事业的人。对于 T. S. 艾略特来说，这个事业是这辈子也无法完成的。对历史的新解不仅确定了罗马，而且确定了整个欧洲的形式与意义：埃涅阿斯是罗马的象征，埃涅阿斯与罗马的关系如同古罗马与欧洲的关系。所以，维吉尔是独一无二的古典文明的核心，也是欧洲文明的心脏。关于情感，T. S. 艾略特指出，《埃涅阿斯纪》第六卷有关埃涅阿斯与狄多在冥府相会是"诗中最生动、也是最文明的段落"。在 T. S. 艾略特看来，狄多拒绝原谅埃涅阿斯就是埃涅阿斯无法原谅自己，"狄多的行为看起来就是埃涅阿斯本人良心的发现"（参詹金斯，《罗马的遗产》，页170）。

1961 年成为牛津大学诗学教授的英国格莱夫斯（Robert Greaves，全名 Robert von Ranke Graves，1895－1985 年）为了反击 T. S. 艾略特，写作讲稿《反对诗人》，抨击维吉尔。格莱夫斯认为，从影响来看，维吉尔名不副实。相反，维吉尔具有许多消极的缺点，例如"圆滑、服从、狭隘"，"完全缺乏创造性、勇气、幽默甚至动物的精神"，因此才得到官方的认可和支持。格莱夫斯还分析维吉尔不会是好诗人的原因：维吉尔是个同性恋，不会从女性那里获得灵感，所以求助的对象不是缪斯，而是阿波罗，而阿波罗从来不是真正意义上的诗人。至于埃涅阿斯与狄多的阴魂相会，格莱夫斯认为，这是埃涅阿斯向狄多的亡夫出卖狄多的机会，因为埃涅阿斯在狄多的亡夫面前说他自己在阳世与狄多有染。与格莱夫斯一样，英国诗人奥登（Wystan Hugh Auden，

1907－1973 年）写诗《第二世界》（*Secondary Worlds*，1968 年初版），嘲笑维吉尔的叙事诗为政治服务（参詹金斯，《罗马的遗产》，页 170 及下）。

文学为政治服务，这个观点由来已久。的确，维吉尔也影响了后世的政治。查理一世与《维吉尔谶语》的故事表达了对维吉尔的敬畏。18、19 世纪的英国议会常称引维吉尔的诗句。1775 年，老皮特（William Pitt, 1st Earl of Chatham, 1708－1778 年）借用安奇塞斯请求恺撒的话（《埃涅阿斯纪》卷六，行 354 及下），敦促乔治三世从北美撤军。1800 年，小皮特（William Pitt, the Youger, 1759－1806 年）也引用维吉尔的诗行（《埃涅阿斯纪》卷十二，行 191 及下），论证他自己的关于英国与爱尔兰合并的提案。议会辩论甚至成了文学的题材，例如特罗洛普（Anthony Trollope）的政治小说《弗尼亚斯·雷多克斯》（*Phineas Redux*，1874 年出版）。小说的人物原型都曾引用维吉尔的诗句（参詹金斯，《罗马的遗产》，页 172 以下）。

维吉尔的影响并不限于诗歌。19 世纪末斯蒂文生（Robert Louis Stevenson）的小说《退潮》也有效利用维吉尔的作品。斯蒂文生甚至认为，"维吉尔的话，与其说是曼图亚的……不如说是英国的"（参詹金斯，《罗马的遗产》，页 176 及下）。

维吉尔的影响跨越了学科领域。历史学家麦考利喜欢维吉尔的乡土特色和民族激情（参《麦考利生平与书信》，页 343）。16 世纪的第一部歌剧《奥尔菲斯》的题材源自《农事诗》第四卷中关于奥尔菲斯与优里狄克的故事。普赛尔（Henry Purcell, 1659－1695 年）的《狄多与埃涅阿斯》的题材取自《埃涅阿斯纪》。其中，迦太基女王自杀前的咏叹调非常优美。维吉尔也影响造型艺术。洛兰（Claude Lorrain, 1600－1682 年）的《狄多建立迦太基》（*Dido Building Carthage*）非常优秀，并激励特纳

（William Turner，1775－1851 年）创作《迦太基的兴起》（*The Rise of the Carthaginian Empire*，1815 年）。布莱克曾用连续的木刻为《牧歌》配图（参詹金斯，《罗马的遗产》，页 178 及下）。

综上所述，无论是尊崇或者反对，无论是在诗歌领域，还是在别的领域，一切都是维吉尔鲜活存在的明证。

第二章 《维吉尔补遗》

　　《维吉尔补遗》（*Appendix Vergiliana*）不仅包含下述的《短诗集》、《蚊虫》、《彩鸱》、《色拉》、《科帕》和《迈克纳斯诉歌》，还包括1首因失去土地而咒骂的诗《祸水》（*Dirae*）、1首爱情诉歌《吕狄娅》（*Lydia*）、1首645个六拍诗行（hexameter）的教谕诗《埃特纳》（*Aetna*）、4首神话诗《普里阿普》（*Priapea*）① 等（参 LCL 64，页 370 以下）。这些作品之所以不容忽视，是因为在无需探讨作者身份的情况下它们已经证明打上"古希腊文化"烙印的古罗马文学的"正常"发展过程。只有在这个背景下，才能全面衡量那些伟大的奥古斯都主义者占有"古典文学"的重要性（参《古罗马文选》卷三，前揭，页134）。

---

① 写作日期有争议。

第一节　《短诗集》

在《短诗集》（*Catalepton*，英译 *Slight Poems*，参 LCL 64，页 377 以下）名义下，许多诗歌流传至今。这些诗歌依照亚历山大里亚主义者的风格，强调篇幅短小与描写细腻。古代流传下来的文献（例如苏维托尼乌斯的《维吉尔传》，参苏维托尼乌斯，《罗马十二帝王传》，张竹明等译，页 370）一致认为，这些诗歌是维吉尔青年时期的习作（prolusiones）。① 然而，最近的研究一致认为，这些诗虽然有一部分让人想起维吉尔，但是没有理由把这些诗归于维吉尔的名下。由于编年顺序的原因，有几首诗不是出自维吉尔。由于短小，其余几首诗也绝对不允许有更确信的结论。不过，如果我们不认为这些诗是维吉尔的，那么我们至少也不认为同维吉尔矛盾，因为在遗嘱中维吉尔确实坚决地禁止发表他自己尚未发表的文字，并且以这种方式与青年时期的作品保持了一些距离。多数研究者认为，《短诗集》第五首是典型（参《古罗马文选》卷三，前揭，页 134 及下）。

第二节　《蚊虫》

自从尼禄时期以来，《蚊虫》（*Culex*，英译 *The Gnat*，参 LCL 64，页 374 以下）就被视为维吉尔青年时期的作品，例如卢卡努斯（Marcus Annaeus Lucanus）、马尔提阿尔和斯塔提乌斯。苏维托尼乌斯甚至断定，维吉尔在 16 岁时写《蚊虫》（参苏维托尼乌斯，《罗马十二帝王传》，页 370）。然而，从文笔与结构

---

① 拉丁语 prōlūsĭō, ōnĭs, 阴性，预演，试演；预备性练习；排练，排演。

的比较可以得出结论：倒不如说这首诗属于提比略与克劳狄安时期。①

　　这首短篇叙事诗的内容非常简单。如果不是一只蚊虫刺痛从而唤醒与拯救了一个正在午睡的牧人，那么他就会被蛇咬。当然，这种唤醒首先导致这个捣乱者被打死。在接下来的那个晚上，在梦里，那只蚊虫出现在这个牧人面前，谴责牧人忘恩负义。然后，在第二天，这个后悔的牧人为那只蚊虫建造了一个坟冢（tumulus）。加入这个故事的是对牧人生活以及那只蚊虫四处乱飞的阴间的大量描述，用大量的篇幅罗列了树木和鲜花。这首短篇叙事诗显得是讽刺滑稽作品，尤其是因为描写内容——一只蚊虫及其经历——的短小与叙事诗风格的崇高之间搭配错误的关系。而在这首诗本身里面，叙事诗的篇幅是完全合适的，例如对仙境的描述，而且并不显得滑稽。正是在描述与罗列的时候，诗人非常引人注目地陈述他自己的知识丰富和博学多才，并且通过对加强语意的词汇的依赖表明，这位诗人只是在模仿宗师，而毫无创造能力，远离了古典的标准，肯定不可能与维吉尔相提并论。这位诗人知道维吉尔的作品，甚至有意识地模仿。在对牧人生活的赞颂中，这一点很明显（《蚊虫》，行58-97）（参《古罗马文选》卷三，前揭，页136-141）。

第三节　《彩鸫》

　　在《彩鸫》（Ciris, Is, 阴性）② 中，斯库拉（参郑振铎，《希腊罗马神话与传说中的恋爱故事》，页62以下）的故事完全

---

　　①　2世纪琉善写有《苍蝇赞》（Lob der Fliegen），参《古罗马文选》卷三，前揭，页136；克拉夫特，《古典语文学常谈》，页37。

　　②　参LCL 64，页376及下和442以下。

是用新诗派的短篇叙事诗（ἐπύλλιον）① 的风格讲述的。斯库拉是城邦麦加拉的公主。当克里特国王米诺斯进攻她的家乡城市麦加拉时，斯库拉在城垛上观战，并对城邦的敌人米诺斯一见钟情，不能自拔。作为国王尼苏斯的女儿，斯库拉知道，米诺斯之所以无法攻克城市麦加拉，正是因为她父亲的鬈发具有神奇的魔力：谁拥有它，谁就会长生不死，所向无敌。为了赢得米诺斯的心，斯库拉完全丧失理智，竟然背叛祖国，甚至背叛父王，不顾一切地剪掉了她的父王尼苏斯的鬈发，并且将这神奇的鬈发献给她一厢情愿的情人米诺斯。国王尼苏斯失去了鬈发，就失去了长生不死的能力和无敌的战斗力，因此丧命。之后，米诺斯轻松地占领了城市麦加拉。不过，对于斯库拉的背叛行径，米诺斯感到十分惊恐。米诺斯担心斯拉库以后会背叛自己，不敢收留斯库拉，所以没有奖赏斯库拉，更没有迎娶斯库拉为妻，反而把"大功臣"斯库拉绑在他的船上，在大海上拖着斯库拉前进。后来，斯库拉变成一只海鸟，即彩鸨。从此以后，斯库拉变成的彩鸨就遭到她父王变成的海鹰的迫害。

与对有丑恶行径的斯库拉有偏见、把米诺斯写成最正义（iustissimus）② 的奥维德不同，《彩鸨》的作者一再给予斯库拉的理解，而且要引起读者的同情（《彩鸨》，行 191–205）。

《彩鸨》虽然可能是前奥维德的，但却几乎不可能是维吉尔的，因为《彩鸨》的诗人只是毫无思想的模仿者，模仿维吉尔特征鲜明的诗文。譬如，《彩鸨》第二百三十三行实际上重复了维吉尔的诗意表达。

---

① 希腊文 ἐπύλλιον（或 epyllion）的复数 ἐπύλλια（或 epyllia）。

② 古拉丁语形容词 iustus〈a, um〉的最高级，意为"最正义；最合法；最有理由；最正确"。

quo rapidos etiam requiescunt flumina cursus

甚至，那迅捷流淌的溪水也停驻中途（《彩鸫》，行
233，丰卫平译）

et mutata suos requierunt flumina cursus

流动的溪水也在它中途停止下来（维吉尔，《牧歌》，
首8，行4，杨宪益译）①

更为重要的是，《彩鸫》的作者有意识地用新诗派的文笔写
作。这位诗人喜欢词尾元音的省略和扬扬格（spondeus），几乎
不想在诗行的末尾回避四音节或者五音节的词汇。铺得很开的、
有些繁冗的句法证明，这首诗创作于维吉尔青年时期。没有讲到
作者，因为风格接近卡图卢斯的论证是引起矛盾心理的，正如引
证《科帕》（Cōpǎ）的理由证明的一样（参《古罗马文选》卷
三，前揭，页152以下）。

第四节 《色拉》

没有一份古代的资料显示，《色拉》（Mǒrētǔm，ī，中性，英
译 Salad）是维吉尔创作的。《色拉》或许为我们最详细地描绘
了一个意大利农民的日常生活。由于用高度诗性的语言描述一件
十分乏味的事情，叙事诗风格的讽刺滑稽作品产生了，正如可能
有人在《农事诗》中徒劳地寻找这种讽刺滑稽作品一样。不过，
这种讽刺滑稽作品博得了好评，因为作者对细节处理的细腻与谨
慎以及目光敏锐地保持距离。而这种距离就排除了维吉尔是作者

---

① 参克拉夫特，《古典语文学常谈》，页14及下。

的可能性（参 LCL 64，页 378 及下和 518 以下；《古罗马文选》卷三，前揭，页 156 以下）。

第五节　《科帕》

《科帕》（*Cōpǎ*）① 是一首被打上了古希腊烙印的小诗。它以女主人的名字命名［英译 *The Hostess*（《女主人》）］，女主人是主人公，把读者邀请到了凉爽的小酒馆。在古代流传下来的文字记载中，《科帕》并没有公认是维吉尔创作的。诗行的写作艺术正好是古典的：在六拍诗行（hexameter）的末尾，既没有单音节词，也没有四音节词或五音节词，更没有对于新诗人而言很典型的第五个节拍或指度② 的格律为盟约律——即扬扬格或长长格（spondeus）——的六拍诗行（Spondeiazontes）。③ 不过，五拍诗行（pentrameter）的结尾显示了更大的自由性。与可能是维吉尔创作的诗《短诗集》（*Catalepton*）第五首与第八首相比，在这首诗里感受不到卡图卢斯的影响。对局面的现实主义描述听起来有些伤风败俗。与此同时，由于大量运用押头韵而产生了"古风时期的"矫揉造作的文风。这不符合已经确定的维吉尔作品的文风（参 LCL 64，页 373、375 及下和 438 以下；《古罗马文选》卷三，前揭，页 168 以下）。

---

① 拉丁语 Cōpǎ, ae, 阴性，酒店老板娘，酒家女。

② 在希腊格律中，节拍亦称指度（dactylus）。希腊文 δάκτυλος 转写为 dáktylos，意为"手指"。由于一根手指是有 3 节，其中，第一节长，第二和第三节短，因此又有另外一个含义：指扬抑抑格或长短短格。

③ 六拍诗行（hexameter）的一种特殊形式，从荷马到（但不包括）诺恩诺斯（Nonnos）的时期使用这种格律，运用这种格律较多的是狄奥尼修斯（Dionysios）、阿拉托斯和罗得岛的阿波罗尼俄斯。

第六节 《迈克纳斯诉歌》

一份中世纪的文献一致把《迈克纳斯诉歌》（*Elegiae in Maecenatem*）归于维吉尔。不过，这个文献不可信，因为迈克纳斯在公元前 8 年才死，也就是说，在维吉尔死后 11 年。斯卡利泽（Scaliger）① 猜测，这首诗是佩多（Albinovanus Pedo）的作品。②

从诗行的写作艺术可以推断出，这些诗还是奥古斯都时期的，因为六拍诗行（hexameter）的结构是引人注目的纯粹，近乎古典。当然，语言的水平并不高。与明确的诗行结构相应的是，诗人虽然避免使用引人注目的词汇，但是偏爱首语重复法、押头韵和重复同一个短语，这就产生了词汇的频繁重复，例如诗行 19 和 27-28：

Vincit vulgares, vincit beryllus harenas

像绿宝石（Beryll）照亮普通沙粒一样（《迈克纳斯之歌》，行 19，引、译自《古罗马文选》卷三，前揭，页 172 及下）

---

① 指尤利乌斯·斯卡利泽（Julius Caesar Scaliger）的第三个儿子约瑟夫·斯卡利泽（Joseph Justus Scaliger，1540-1609 年），法国宗教领袖和学者，其主要贡献在于扩大了古代史的概念：从古希腊罗马的历史到波斯、巴比伦、犹太人和埃及的古代史，此外还编辑出版 *Catalecta*（1575）、《斐斯图斯》（*Festus*，1575）与《卡图卢斯、提布卢斯与普罗佩提乌斯》（*Catullus, Tibullus and Propertius*，1577）。

② 参 *Minor Latin Poets*（《拉丁小诗人》），I［LCL 284］，J. Wight Duff, Arnold M. Duff 译，1934 初版，1935 年修订版，1982 年两卷版，页 115 以下，尤其是 120 以下；LCL 64，页 376。

Num minus Urbis erat custos et Caesaris obses,

num tibi non tutas fecit in Urbe vias?

难道他因此就不是城市的守卫者和恺撒①的保证人?

他没有让你走在穿过城市的道路上更加安全(《迈克纳斯之歌》,行 27－28,引、译自《古罗马文选》卷三,前揭,页 174 及下)?

　　整首诗——尤其是诗行 13－38(参《古罗马文选》卷三,前揭,页 172－175)——的结构极其充满了艺术性。在颂词(Aretalogie)中,3 次颂扬具有王室血统的埃特鲁里亚人迈克纳斯,即奥古斯都的得力助手("左膀右臂")、罗马城的守卫者和对所有的权力都表现出克制的人和杰出的诗人(行 13－18)。之后是一个比喻和人们对迈克纳斯的唯一指责:官服宽松,有褶子(solutae,行 25)。但是,由于把对于迈克纳斯而言很典型的、但招致异议的个性——文中的形容词 discinctus(discincta, discinctum)意指官服(toga)的宽松和思想(animo)的逍遥自在(或不严肃)——归因于他的生活俭朴[simplicitate(＝simplicitas, simplicitatis),行 21－22]和平易近人,迈克纳斯摆脱了人们对他的指责,因为人们已经把迈克纳斯列入黄金时代。接着就是为迈克纳斯辩护:官服宽松绝对不能抵消那些已经提及的优点。

　　因而,《迈克纳斯诉歌》是一份有意思的文献,表达对死者的尊重,体现典型的古罗马世界观:"de mortuis nil nisi bene(不记死人的过错)"。或许也是这个原因,这首诗才一再流传下来。譬如,小塞涅卡在第一百一十四封信里提及这首诗(参《古罗马文选》卷三,前揭,页 172 及下;LCL 284,页116)。

---

　　①　指奥古斯都。

第三章　贺拉斯[①]

第一节　生平简介

公元前65年12月8日，贺拉斯（Quintus Horatius Flaccus）生于意大利南部阿普利亚与卢卡尼亚之间的维努栖亚（Venusia）。贺拉斯的父亲是一个获释奴，开始是卖咸鱼的商人，后来在拍卖行当收银员（苏维托尼乌斯，《贺拉斯传》，参苏维托尼乌斯，《罗马十二帝王传》，张竹明等译，页375－378），有所发迹，在维努栖亚近郊有一处不大的地产。公元前52至前50年间，父亲把贺拉斯带到罗马，让贺拉斯在当时著名的文法家奥尔比利乌斯（Orbilius）那里接受最好的教育。

从公元前45年起，贺拉斯在雅典的大学里攻读古希腊文学与哲学。因此，贺拉斯有机会直接或间接地接触古希腊文艺理论作品，例如德谟克里特、苏格拉底、柏拉图和亚里士多德的涉及

---

① 参贺拉斯，《贺拉斯诗选》拉中对照详注本（*Selected Poems of Horace*, A Latin-Chinese Edition with Commentary），李永毅译注，北京：中国青年出版社，2015年。

文艺理论的作品，尤其是亚里士多德的《诗学》。这表明，贺拉斯是古希腊诗学（尤其是戏剧诗学）的继承人。

公元前44年3月恺撒遇刺时，贺拉斯仍然在保守共和派的活动中心雅典。和其他在雅典求学的罗马青年一样，贺拉斯投笔从戎。贺拉斯虽然素无军事经验，但是在腓力皮战役中当上了布鲁图斯）的军团副指挥。不过，贺拉斯的军事生涯由于公元前42年共和派失败而告终（《歌集》卷二，首7）（参科瓦略夫，《古代罗马史》，页614）。

后来，贺拉斯乘大赦（公元前40年）的机会回到罗马。当时，父亲已经去世，"祖传的房屋和田产"也已经失去（参王焕生，《古罗马文学史》，页223）。迫于生计，生活无着落的贺拉斯花钱买了一个财政官录事（scriba quaestorius）——相当于"国库与国家档案馆的秘书"——的低级职位。与此同时，"贫困"也激励贺拉斯写作诗歌（《书札》卷二，首2，行46-54）。贺拉斯的第一批诗歌主要是讽刺性诗歌，显然受到了维吉尔与叙事诗诗人瓦里乌斯（Varius）的关注。公元前38年春天，他们把贺拉斯推荐给迈克纳斯（Maecenas）（参《古罗马文选》卷三，前揭，页176）。从此，诗人与迈克纳斯建立了一生的友谊。公元前37年，贺拉斯陪同迈克纳斯前往布伦迪西乌姆斡旋，促成屋大维与安东尼之间的和解协议。公元前35年，贺拉斯完成了第一卷《讽刺诗集》（Satiren）。公元前33年，迈克纳斯把萨比尼山间距罗马约40多公里的一座庄园赠给了贺拉斯（《歌集》卷一，首1）。完成第一卷的5年后，贺拉斯完成了第二卷《讽刺诗集》与《长短句集》（Epoden）或《抑扬格诗集》（Iambi）。随着《歌集》（Oden）前3卷的发表（公元前23年），[①] 贺拉斯涉足了古罗马

---

① 销售贺拉斯作品的是罗马著名书商索休斯（Sosius）兄弟俩，参《诗学·诗艺》，前揭，页155。

文学的新大陆。仅仅几年以后（公元前 20 年），第一卷《书札》
（*Epistulae*）几乎提纲挈领地完成了从诗歌到生存哲学的转向。
而第二卷《书札》不仅论述了文学问题，例如第一首《致奥古
斯都》（*Augustusbrief*），而且还回顾了诗人的生活，例如第二首
《致弗洛尔》（*Florusbrief*）。仅仅依据篇幅而言，第三首《致皮
索父子》（*Brief an die Pisonen*）即所谓的《诗艺》（*Ars Poetica*）
就占据了一个特殊地位。

奥古斯都很看重贺拉斯，甚至要贺拉斯做自己的私人秘书。
但是，诗人拒绝了奥古斯都提供的岗位。不过，接受元首的委
托，贺拉斯创作的不仅有《致奥古斯都》，而且还有为公元前 17
年举行百年庆典写作的《世纪颂歌》（*Carmen Saeculare*）以及第
四卷《歌集》（公元前 17–前 13 年）。

在朋友迈克纳斯死后 59 天，"个头不高，体形肥胖"的贺
拉斯死于公元前 8 年 11 月 27 日，并且埋葬于在艾斯奎林（Es-
quilin）那里迈克纳斯的坟边（苏维托尼乌斯，《贺拉斯传》，参
苏维托尼乌斯，《罗马十二帝王传》，张竹明等译，页 378）。

第二节　《讽刺诗集》①

《讽刺诗集》属于贺拉斯的早期诗作。《讽刺诗集》总共两卷。
其中，第一卷包括 10 首，发表于公元前 35 年左右。在历史的记忆
中，这是恺撒的谋杀者与复仇者之间争斗的内战年代。在安东尼与
屋大维之间的腓力皮战役中，贺拉斯错误地站在了安东尼一边，在

---

　　①　本节主要参考 Horace（贺拉斯），*Satires and Epistles*（《〈讽刺诗集〉与〈书
札〉》），a new translation by John Davie, with an Introduction and notes by Robert Cowan,
New York 2011；《古罗马文选》卷三，前揭，页 177 以下；王焕生，《古罗马文学
史》，页 224 以下。

布鲁图斯麾下当副将。后来，在西塞罗与贺拉斯的斡旋下，屋大维
与安东尼达成暂时的和解。值得一提的是，讽刺诗人对这些重大历
史事件只字未提，尽管在有些讽刺诗（卷一，首5；首7）中呼之
欲出。而第二卷包括8首，发表于公元前30年左右。当时，屋大
维已经击败安东尼，已经着手建立自己的元首或第一公民的地位，
权力至高无上。对于这件新鲜事，贺拉斯仍然缄口不提。

　　从形式上看，贺拉斯有意弱化讽刺诗的体裁。属于诗歌范畴
的题名《讽刺诗集》是后世赋予的（例如英语学术界称之为 sat-
ires），并被广泛接受和沿用。不过，贺拉斯自称"sermones（闲
谈）"（见《讽刺诗集》卷一，首4，行42）。

> Primum ego me illorum, dederim① quibus esse poetis,
> excerpam② numero; neque enim concludere③ versum
> dixeris④ esse satis, neque si quis scribat, ⑤ uti nos,
> sermoni propiora, putes hunc esse poetam.
> Ingenium cui sit, cui mens divinior atque os
> magna sonaturum, des⑥ nominis huius honorem. （行 39 –

44）

---

　　① 第一人称单数完成时主动态虚拟语气 dederim，动词原形是（给；提供；付
出；放弃；安排；处理）。
　　② 单词 excerpam 是第一人称单数现在时主动态虚拟语气，动词原形是 excerpō
（选择；分开；写出；删除）。
　　③ 单词 conclūdere 是现在时主动态不定式，动词原形是 conclūdō（关闭；结束；
包括；完成；推理）。
　　④ 单词 dīxeris 是第二人称单数完成时主动态，动词原形是 dīcō（说话；宣读；
肯定；称呼；辩护；祝颂；约定）。
　　⑤ 单词 scrībat 是第三人称单数现在时主动态虚拟语气，动词原形是 scrībō（写）。
　　⑥ 单词 des 是第二人称单数现在时主动态虚拟语气，动词原形是 dō（给；提
供；付出；放弃；安排；处理）。

> 首先，我让自己同那些是诗人行列的人
> 分开，因为你说完成诗歌
> 是不够的。如果谁写作，正如我们，
> 与闲谈接近，你并不认为这是诗人。
> 假如谁是天才，谁有像神的心灵，讲话也
> 雄浑响亮，那么你就给他诗人的这种荣誉。①

　　因为写的是闲谈，诗人采用简单的结构和大众化的日常语言。尽管贺拉斯"喜欢用卢基利乌斯的惯例，以韵脚结束语句（pedibus delectat② claudere③ verba ‖ Lucili ritu④）"（《讽刺诗集》卷二，首1，行28），即采用扬抑抑格六拍（dactylus hexameter）的格律，可是，《讽刺诗集》的韵律并不流畅，因而还需要纯洁的语言。⑤ 从这个意义上讲，贺拉斯的讽刺诗算不上诗，只能是闲谈（参克拉夫特，《古典语文学常谈》，页51及下）。既然是闲谈，那么就有理由不谈严肃的重大历史事件。这是贺拉斯继承卢基利乌斯的自由（libertas），即闲谈的自由，更确切地说，不谈严肃的政治的自由。

　　然而，贺拉斯的闲谈并不是任意的谈论。贺拉斯对太随意的谈论存有戒心。因此，从内容来看，贺拉斯似乎什么题材——主要包括政治与社会、哲学与伦理、宗教和文学批评——都涉及

---

　　① 引、译自贺拉斯，《贺拉斯诗选》，页110。

　　② 动词 dēlectat 是第三人称单数现在时主动态陈述语气，动词原形是 dēlectō（喜欢）。

　　③ 单词 claudere 是现在时不定式，动词原形是 claudō（关闭；封闭；结束）。

　　④ 单词 rītū 是阳性名词 rītus（习俗，惯例）的夺格单数。

　　⑤ 原用资料认为，"纯洁的语言"出自贺拉斯《讽刺诗集》第二卷第一首第五十四行（参王焕生，《古罗马文学史》，页224和240），可是该出处并没有谈及，倒是在贺拉斯《书札》第二卷第一首第五十四行谈及：每首古诗都是如此神圣的事物（adeo sanctum est vetus omne poema），引、译自 LCL 194，页400及下。

到。不过，细心的读者会发现，贺拉斯在刻意弱化或回避前述的重大历史事件。

　　罗马讽刺诗原本是非常政治的体裁，经常旧事重提，如卢基利乌斯的讽刺诗。作为社会的讽刺诗人，贺拉斯也是一个有自由（libertas）的人。贺拉斯虽然没有像卢基利乌斯那样直接攻击政治名流，也没有攻讦政务，但是他的讽刺诗也涉及作为政治概念的城邦（polis），涉及城邦市民的言行举止与人际关系。贺拉斯把讽刺的焦点对准人的道德和社会弊病。譬如，在涉及政治问题时，讽刺诗人强烈谴责追逐官场荣耀（《讽刺诗集》卷二，首3）。又如，在探讨社会问题时，讽刺诗人严厉谴责当时普遍存在的觊觎他人遗产的社会恶习（《讽刺诗集》卷二，首5）。

　　贺拉斯之所以回避政治，主要是因为他写讽刺诗的自由受到4个方面的限制。第一，贺拉斯曾经是奥古斯都的敌对者，由于身份尴尬，不便于重提腓力皮战役的旧事。第二，贺拉斯出身于寒微的获释奴家庭，地位低下，习惯于谦卑和谨小慎微的处事作风。第三，贺拉斯虽然是自由民，但是已经进入迈克纳斯的圈子（卷一，首6），迈克纳斯送给贺拉斯一块土地，是贺拉斯的朋友和恩公（卷一，首9–10），而迈克纳斯又是奥古斯都的文治助手，他的秘密不允许对外透露（卷二，首6，行46），所以无论是出于友情，还是出于恩情，成为宫廷诗人的贺拉斯都有义务对时政避而不谈。在这种情况下，贺拉斯只能做个政治的睁眼瞎。贺拉斯装作觉察能力有限，没有能力"看见"重大政治事务，所以只谈一些琐事和次要问题（卷一，首7）。就像那个指责朋友的错误，却对自己的错误视而不见（卷一，首3，行25）的人一样，贺拉斯不愿用政治的眼光去看世界，存心拒绝见到不安全的事情，例如到布林迪西乌姆的旅程（卷一，首5），省略了安东尼和屋大维在布林迪西乌姆的第一次会晤和在塔伦图姆的第二次会晤。这是一种明哲保身的处世哲学。

由于政治的刻意回避，《讽刺诗集》的主要题材就是哲学与伦理，即讨论如何生活得好。值得关注的是，贺拉斯否定一切的哲学。首先，贺拉斯认为，犬儒哲学无法无天地否定社会，因而是反哲学的哲学（卷一，首1-3）。第二，柏拉图哲学仅仅以对话录的形式出现（如卷二），贺拉斯的角色就是罗马的苏格拉底。第三，毕达哥拉斯主义仅仅适合几个关于灵魂轮回的笑话。

第四，廊下派哲学主张克制情感，忍耐，公共服务和相信按天意的神的秩序，比较符合罗马的价值观，因此在罗马受到广泛接受。不过，廊下派哲学原则的极端性和绝对性成为贺拉斯嘲讽的主要对象（卷一，首3；卷二，首3和7）。

第五，伊壁鸠鲁哲学与具有传统价值观的罗马人格格不入，例如神不干涉人的事务的学说有悖于传统的罗马宗教，不参与政治的消极态度有悖于罗马人的积极进取的政治精神，因此遭到贺拉斯的冷嘲热讽。在第一卷第一首的结尾部分，贺拉斯指出，很少有人声称他曾经过得快乐，很少有人在临终时心满意足地放弃生命，像个曾经吃大餐的客人一样。这暗讽卢克莱修在《物性论》第三卷谈及死亡恐惧时把生活想象成一场盛宴，吃饱喝足了就应该心满意足地离开。卡提乌斯（Catius）详细讲解的美食讲座暗讽卢克莱修的《物性论》，贺拉斯用烹饪的科学奚落卢克莱修的自然哲学的水准，反驳卢克莱修曲解伊壁鸠鲁的快乐主义为享乐主义，甚或诋毁哲学的优先地位（卷二，首4）。第一卷第二首的后半部分暗讽卢克莱修《物性论》第四卷结尾的多情的爱。贺拉斯并不相信，在没有火的情况下，香会逐渐融化。对纳提亚（Gnatia）是水中仙女们不高兴的时候修建的宗教迷信，贺拉斯感到好笑和有趣，因为贺拉斯认为，诸神过着无忧无虑的生活，如果自然产生奇迹，并不是来自于高居天上的神在表现他们不高兴（《讽刺诗集》卷一，首 5，行 97 以下）。伊壁鸠鲁主义的重要方面是友谊（卷一，首 5，行 40；首 10，行 81）。第二卷的达玛西普斯（Damasippus）和达乌斯（Davus）自私又狂热，这是与狂热的时光消磨录作者的批评一致的。或者涉及道德哲学问题（《讽刺诗集》卷二，首 6）。或者涉及日常生活问题，甚至是诗人私生活中的事件，例如关于贺拉斯父亲的轶事（卷一，首 4 和 6）。

《讽刺诗集》的第三大题材是文学批评或诗歌理论。在贺拉斯爱好的文学体裁中，只有讽刺诗才在他之前就有了古罗马传统。贺拉斯自称是卢基利乌斯的继承者，并部分地模仿卢基利乌斯。譬如，贺拉斯的到布林迪西乌姆的旅程（卷一，首 5）是模仿卢基利乌斯的到西西里的旅程。不过，贺拉斯认为，卢基利乌斯的诗歌"粗糙"（卷一，首 4）。贺拉斯同卢基利乌斯探讨理论（卷一，首 4 和 10；卷二，首 1）。譬如，贺拉斯提出了自己的诗歌艺术要求（卷一，首 10）。贺拉斯认为，尽管诗歌写得很令人发笑，可是这还不够，还需要简短，思想有条理，能自由发展。不仅如此，还需要使词语有时庄严，有时戏谑，使人们既可以从中听到演说家的讲演，又可以听到诗人的吟咏。玩笑常常能够比智慧的力量更容易地、更好地解决困难，古时的谐剧诗人深谙此道（卷一，首 10，行 9-15）。

当然，与伟大先驱卢基利乌斯的尖锐抨击有别，讽刺诗人贺拉斯强调幽默在讽刺诗中的作用是传达严肃的信息（如卷一，首 1，行 24-26）和缓和讽刺诗潜在的刻薄攻讦（如卷二，首 1，行 86），喜欢用温和的幽默。含沙射影的语言方式源自于昔尼克派的消磨时光录、旧谐剧和新谐剧以及卢基利乌斯。也就是说，贺拉斯戴上了一个讽刺诗的"面具（persōna，阴性名词）"，即讽刺诗人有别于历史的真人，或者说，历史的抒情诗人贺拉斯在讽刺诗中换了一个面孔，如同在《书札》中一样。即使戴上讽刺诗的面具，贺拉斯也拒绝指名道姓地攻击那些地位很高的人，如安东尼。或许由于出身贫寒，反正历史上的诗人贺拉斯都不可以这么做。不过，这种克制也符合贺拉斯喜欢与人保持一定距离，并且注重外交的本性。然而，贺拉斯的艺术家的标准首先就比卢基利乌斯的严格得多。在回顾的时候，奥古斯都主义者贺拉斯觉得卢基利乌斯迂腐的老练就是喋喋不休地、没完没了地大量抄写。

　　《讽刺诗集》时而具有叙述的特征，时而又是对话（卷二）；时而处理的题材来自于探讨前述的形式消磨时光录，即受到廊下派与犬儒派（kynisch，昔尼克派）影响的流行哲学训诫的生存哲学领域，正如讽刺诗可以追溯到公元前 3 世纪波里斯提尼斯（Borysthenes）——即流经白俄罗斯和乌克兰、注入黑海的第聂伯河（Dnieper）——流域的田园诗人比雍（Bion）一样。然而，这些题材不是系统地论述的，而是用多线索的形式，典型的就是犹抱琵琶半遮面的开篇（常常与主题的关系很松散），一带而过的层次过渡和（真正的或者表面上的）重复。贺拉斯喜欢通过具体的例子推介他的学说。贺拉斯声称，这种方法归功于他的父亲。在古罗马讽刺诗中表现自我的传统因素是完全可以感受得到的（特别是《讽刺诗集》卷一，首 6；卷二，首 6）。就涉及哲学内容而言，节制的题材贯穿了全部《讽刺诗集》。体裁名称"讽刺诗（satura）"游戏地把拉丁语 sermo（闲谈）与 satyrus（讽刺剧）关联起来，甚或与埃特鲁里亚语 satir（说）有关。在这个领域里，廊下派哲学与伊壁鸠鲁主义狭路相逢。贺拉斯熟悉这两个哲学流派，但是显示出对后者的明显偏爱。贺拉斯坚决地代表伊壁鸠鲁主义的友谊理论与社会理论。

第三节 《长短句集》①

《抑扬格诗集》（*Jamben*）或《长短句集》（*Epoden*）大约写于从腓力皮战役至阿克提乌姆战役之间的 10 年间，发表于公元前 30 年，即在《讽刺诗集》第一、二卷问世期间，因此同《讽刺诗集》一样，也属于贺拉斯的早期诗作。

正如菲茨杰拉德（William Fitzgerald）在《贺拉斯〈长短句集〉里的权力与无能为力》（*Power and Impotence in Horace's Epodes*）一文里指出的一样，贺拉斯的《长短句集》与写作的时代背景关系密切。当时，诗人刚出道，但是身份很复杂。诗人是非战斗人员、脱离共和国的市民、迈克纳斯资助的受益人和朋友、社会野心家、维护诗人权力的文学传统的代表人物和那个问题年代里的无助市民。其中，最后两个身份之间的冲突在《长短句集》的诗歌与主题之间复杂关系里处于中心位置。贺拉斯戴上阿尔基洛科斯的面具就是质疑他的身份和他卷入的政治事件的性质的方式。这种方式允许贺拉斯把全部的关系和叙述典范都放映在各种各样的不同类别的屏幕上。从这个意义上讲，《长短句集》与其说是在试验，不如说是在实验（参《〈歌集〉与〈长短句集〉》，前揭，页 141 以下）。

从形式上看，贺拉斯本人称之为《抑扬格诗集》（*Jamben*）。不过，后世的文法家称之为《长短句集》（*Epoden*）。长短句（epode）是由古希腊最早的抒情诗人阿尔基洛科斯（Archilochos）创立，源于希腊语 ἐπῳδός 或 epōdós，是古希腊合唱歌曲

---

① 本节主要参考 Horace（贺拉斯），*Odes and Epodes*（《〈歌集〉与〈长短句集〉》），edited by Michèle Lowrie，New York 2009；《古罗马文选》卷三，前揭，页 210 以下；王焕生，《古罗马文学史》，页 224 以下。

（希腊语χορός或 chorós，拉丁语 chorus）、颂歌（ῷδή或 odé，拉丁语 ōdē）或赞歌（希腊语ὕμνος或 hymnos，拉丁语 hymnus）的第三个部分"尾节（ἐπῳδός或 epōdós）"（前面两个部分分别是στροφή或 strophē［（合唱歌的）节；（舞蹈的）转向］和ἀντιστροφή或 antistrophē（合唱歌的对应节；舞蹈的折转，参贺拉斯，《贺拉斯诗选》，引言，页 5）。《长短句集》多用两行诗为一组的格律写成。更确切地说，《长短句集》在形式上的特征就是较长的诗行与较短的诗行交替出现。

和《讽刺诗集》一样，贺拉斯的《长短句集》的内容也非常多样。从传统的阿尔基洛科斯与希波纳克斯（Hipponax，公元前 6 世纪中叶的诗人）的继承人的攻击欲望，经过政治批判与乌托邦，直至抒情的心境，贺拉斯创作花样几乎都可以在早期作品中找到注释（in nuce）。

贺拉斯或者遣责内战，如公元前 38 年左右写的第七首。在这首诗中，诗人认为，当时屋大维与塞克斯图斯·庞培的内战是相互残杀，失去理智的疯狂只能导致罗马的覆灭，并把罗马奠基人（罗慕路斯与瑞姆斯）之间的残杀视为罗马人的原罪。

在《长短句集》第十六首里，诗人首先把罗马描写成遭神明诅咒的城市，内战就是诅咒的后果（行 1-15）。为了免除青铜时代、黑铁时代的轮替，诗人为自己的经历赋予诗歌的形式，回忆了古代希腊的福西亚人（Phocaeorum、Phokaeer 或 Phocaean，行 17）的英雄本色与塞尔托里乌斯（Sertorius）的迁徙计划（撒路斯特，《历史》卷一，残段 100–101），①并奉劝人们离开罗马，向西寻找能过上黄金时代美好生活的福岛（行 42）。显然，

---

①　公元前 534 年，小亚细亚的福西亚（今属土耳其）人害怕波斯人，迁往科尔西嘉岛（Korsika）。

这首诗具有田园诗的理想色彩。至于维吉尔的《牧歌》第四首是否比贺拉斯的《长短句集》第十六首更早，这个棘手的问题肯定是悬而未决的。

贺拉斯对巫术的描述非常骇人（首 5 和 17）。譬如，3 个女巫杀死 1 个男孩，取出他的脑汁和肝脏制造魔药（首 5）。正如巴尔切西（Alessandro Barchiesi）在《抑扬格诗人的〈长短句集〉第十七首里的最后困难》（*Final Difficulties in an Iambic Poet's：Epode* 17）里指出的一样，女巫的魔法是一种诗歌的影射。依据诗歌写女巫的古代传统，与女巫密切相关的就是迷信。在最后一首诗（即《长短句集》，首 17）里，可逆性是基本主题之一。贺拉斯邀请女巫反转她的魔法流程，不仅仅是因为贺拉斯在他的抑扬格诗（iambus）里欢迎魔法语言，而且他实际上也让他的抑扬格诗（iambus）向后转。贺拉斯的诗与女巫的魔法都具有"弦外之音"。诗人与他叙述的故事保持距离，用声音提醒读者不要轻信迷信，与此同时，这又激起读者的病态好奇心，诗人似乎又变成了女巫的迷信同谋。然而，对诗人的奚落又驱散了文本产生的严重不舒服的感觉（《长短句集》，首 5 和 17）。可见，贺拉斯与卡尼狄娅的关系、叙述者与叙述的事件之间的关系是难以弄清的，不过，这同时又为读者打开了丰富的想象空间（参《〈歌集〉与〈长短句集〉》，前揭，页 233 以下）。

正如布赫海特（V. Buchheit）正确看待的一样，《长短句集》第六首虽然不属于直接挖苦的讽刺诗，但是占有突出的特殊地位。贺拉斯提纲挈领地谈及目前的诗歌体裁，并且揭示了长短句的主导意象，如雪和（兽）角，尤其是形成鲜明对比的意象，如代表敌人、使人胆怯的狼与代表朋友、使人充满勇气的（斯巴达的）狗。

在整个古典传统中，狗构成令人厌恶地刻画女性的权力和欲望的一部分。因此，值得特别关注的是与狗（canis）相联系的不得体的女巫卡尼狄娅（Canidia）。与卡尼狄娅的可恨的猎犬相比，挑战一群野狗的机警牧羊犬（《长短句集》，首6）与嗅出了女人身体上有敌意的真相的具有敏锐觉察能力的猎狗（《长短句集》，首12）是狗的美德典范。鉴于卡尼狄娅用她的魔力使反抗的爱人们燃烧和变得虚弱，贺拉斯的攻击性抑扬格诗（iambus）把目标对准保护共同体的正义，其方式就是驱逐那些有罪的无政府主义者。譬如，贺拉斯用尖刻讥讽的诗行惩罚做错事的"发出臭味的梅维乌斯（Mevius）"（《长短句集》，首10），或者直接斥责以前的奴隶（《长短句集》，首4）。由此可见，狗的形象也是攻击性诗人本身，贺拉斯是共同体的看家狗，具有男子气概（ἀνδρεία），竭力摆脱天狼星（Canicula，亦译犬狼星）的无能为力（《长短句集》，首17）。贺拉斯的得体与卡尼狄娅的不得体形成鲜明的对比。正如奥林萨斯（Ellen Oliensis）在《卡尼狄娅、天狼星和贺拉斯〈长短句集〉的得体》（*Canidia*, *Canicula*, *and the Decorum of Horace's Epodes*）里指出的一样，男子气概依靠得体，得体依靠男子气概（参《〈歌集〉与〈长短句集〉》，前揭，页160以下）。

《长短句集》的风格也具有多样性。或者具有碑铭诗的风格（首3），或者充满抒情色彩（首9、11和13-15），或者是颂歌（首9）。有的更为复杂，例如本来是田园诗风格，但突然以反讽结尾（首2），或者在内容上属于爱情诉歌，但在形式上却具有贺拉斯后来的抒情诗的基本特点（首11和14及下）。不过，从整体上看，《长短句集》的词语不繁缛，内容不重复，这是符合贺拉斯"简洁、准确、优美、轻松"的诗歌要求的。

昆体良认为，在为数不多的抑扬格（iambus）[1] 诗人（例如

---

① 关于《长短句集》的格律，参 LCL 33, *Introduction*, 页14-16。

卡图卢斯、比巴科卢斯和贺拉斯）中，贺拉斯是"唯一值得阅读的抒情诗人"，因为贺拉斯的诗歌"愉快，优美，充满各种大胆的形象和词汇"（《雄辩术原理》卷十，章1，节96，参 LCL 127，页304及下）。

第四节　《歌集》与《世纪颂歌》①

一、引言

从公元前33年起，贺拉斯开始写抒情诗（lyrica）。贺拉斯曾为罗马创作大量的抒情诗，以求与希腊抒情诗媲美。贺拉斯自称已达到目的。贺拉斯的作品包括颂神诗、祈祷诗、小夜曲等。其中，一些像萨福的独唱琴曲，一些像品达（Pindar）的合唱琴歌。贺拉斯让罗马抒情诗达到庄严华贵的境界。贺拉斯的抒情诗的特点是议论胜过激情，气魄大，意境深。贺拉斯成功地把希腊抒情诗的各种格律运用于拉丁语诗歌的创作中，节奏、音韵都很完美（参《罗念生全集》卷八，前揭，页290）。传世的有4卷最为著名的《歌集》和1首独立的《世纪颂歌》。

二、《歌集》

公元前23年，贺拉斯的第一部抒情诗集发表。最初的这部

---

① 本节主要参考 Mathias Eicks, *Liebe und Lyrik：zur Funktion des erotischen Diskurses in Horazens erster Odensammlung*（《爱情与抒情诗：论贺拉斯〈歌集〉第一卷探讨性爱的功能》），Berlin 2011；Horace（贺拉斯），*Odes Book IV and Carmen Saecvlare*（《〈歌集〉卷四与〈世纪颂歌〉》），edited by Richard F. Thomas, New York 2011；Horace（贺拉斯），*Odes and Epodes*（《〈歌集〉与〈长短句集〉》），edited by Michèle Lowrie, New York 2009；《古罗马文选》卷三，前揭，页216以下；王焕生，《古罗马文学史》，页228以下。

诗集就是现存《歌集》的前 3 卷，总共 88 首。而《歌集》第四卷发表于公元前 13 年。

贺拉斯本人把上述的 4 卷抒情诗称作《歌集》（*Carmina*）。所以在古人看来，贺拉斯的颂歌就是"伊奥利亚的诗歌（Aeolium carmen）"，即用伊奥利亚格律写的个人抒情诗。后来，古代一些注释贺拉斯诗歌的学者或许意识到，上述的看法势必误导现代人，因为即使把现代抒情诗用伊奥利亚的格律翻译成拉丁语，也与贺拉斯的颂歌相差甚远。这种差别不是在主题内容方面，而是在于形式方面。撇开语言和格律不说，现代抒情诗是独白式的，而古代抒情诗是对话式的，例外极少，正如海因策（Richard Heinze）在"贺拉斯的颂歌"（*The Horatian Ode*）一文中指出的一样（参《〈歌集〉与〈长短句集〉》，前揭，页 11 以下），于是改称《颂歌集》（*Odae*），并一直沿用至今。Odae 源自于希腊语，意为"歌"、"吟唱的诗歌"，例如诉歌和抒情诗，并不一定具有庄重的性质，是个与 carmina（诗歌）相对应的词。不过，在后代欧洲语言中，odae 却主要指颂歌。

在贺拉斯之前，古希腊抒情诗已经在罗马找到了继承人。此前，卡图卢斯偶尔也采用古希腊早期的典范。譬如，卡图卢斯的《歌集》第五十一首以萨福的《阿伽利斯》（*Agallis*）为典范（参克拉夫特，《古典语文学常谈》，页 56）。不过，贺拉斯才大规模地把高水平的抒情诗［古希腊抒情诗人阿尔凯奥斯（Ἀλκαῖος 或 Alkaîos）、品达与萨福的诗作］及其格律在罗马本土化（贺拉斯，《歌集》卷三，首 30：《纪念碑》［*Monumentum*］）（参《罗马共和国时期的韵律铭文》，前揭，页 72 及下；科瓦略夫，《古代罗马史》，页 615）。《歌集》第三十首开篇的格言式的引语让后世对此一目了然，但是没有预料到这种诗的继续发展。当然，古罗马人首先从古希腊文学接受了同时代的希腊化的文学。①

　　然而，追溯到古典时期的与古风时期的文学同样是受到历史限制的。作为一个相对还很年轻的民族，古罗马人期望从诗歌中找到路标和本质的思想内容，所以并不能够永远地满足于模仿无关紧要的古希腊文化。在奥古斯都时期还有一个政治原因：任何"帝国艺术"都有古典趋向。

　　贺拉斯的功绩在于，他不是让古希腊文学与历史局势提供给他的两种出发点僵化为一种样板或者模式，而是在有益的对立关系中让它们达到统一。正如私生活主要表现在希腊化时期的文章体裁上，② 与社会有关的公共生活表现在古希腊早期的文章体裁上一样，在思想上也笼罩着古罗马廊下派的社会理想与伊壁鸠鲁主义生存实践之间的对立性（《歌集》卷二，首10，行9-12；首16，行25-28）。此外，贺拉斯抒情诗的两种类型都需要收件人。不过，体裁不同，场合不同，收件人的层次也不同。其中，46首诗（《歌集》或《长短句集》）牵涉真人，即占38%。撇开几个特列，所有的诗都牵涉真的朋友，例外的是那些主题为性爱、政治或宗教的诗。③

　　不应该低估的是，文学与生活之间的关系错综复杂。在文笔上使《歌集》（Oden）的文章复杂化的东西就是不同领域的意象（Bild）有时候突然并存。这些并存的意象或许在现实生活中并

---

　　① 荐读 Denis Feeney（费尼）：*Horace and the Greek Lyric Poets*（贺拉斯与希腊抒情诗人），见《〈歌集〉与〈长短句集〉》，前揭，页202以下。

　　② 关于小体裁，荐读 Hans Joachim Mette（梅特）："*Slender Genre" and "Slender Table" in Horace*（贺拉斯作品中的"小体裁"与"小日子"），见《〈歌集〉与〈长短句集〉》，前揭，页50以下。

　　③ 关于收件人，荐读 Mario Citroni（西特罗尼）：*Occasion and Levels of Address in Horatian Lyric*（贺拉斯抒情诗中收件人的场合与层次），见《〈歌集〉与〈长短句集〉》，前揭，页72以下。

不兼容，例如冬天与夏天（《歌集》卷一，首9）以及狗与金牛角（《长短句集》，首6）。这些意象的并列具有挑战性，要在相关的感觉器官中破解。对于贺拉斯的具体思维而言，转喻（或换喻）——例如以特称代普称（pars pro toto）——比我们感觉有"诗意"的隐喻（或借喻）更典型。

在思想情感方面，创作于公元前33至前30年的早期抒情诗与先前的讽刺诗和长短句比较接近。但是从公元前1世纪20年代开始，特别是维吉尔去世以后，贺拉斯取代了维吉尔在罗马诗坛的地位，逐步转变为宫廷诗人。因此，贺拉斯的抒情诗明显带有政治情感。在经历了一定的消极、失望和沮丧以后，贺拉斯开始关心国家命运，例如吟咏海上遭遇风暴的船只的诗（《歌集》卷一，首14）。昆体良阐释了这首诗的寓意："贺拉斯以船只喻国家，以波涛和风暴喻内战，以港湾喻和平和和睦"（《雄辩术原理》卷八，章6，节44，参 LCL 126，页450及下；王焕生，《古罗马文艺批评史纲》，页207）。这表明，贺拉斯在诗歌吟咏中融入了他自己的爱国、忧国之情。

起初，贺拉斯没有政治派别的立场。贺拉斯认为，任何内战都应该受到惩罚。不过，随着时局的发展，贺拉斯开始站在屋大维一边。在诗中，贺拉斯称屋大维是以凡人形象出现的墨丘利，是"为恺撒报仇者"（《歌集》卷一，首35）。《歌集》第一卷第三十七首是根据公元前30年亚历山大里亚的沦陷以及安东尼与克里奥佩特拉的自杀而写成的。

后来，贺拉斯也多次谈及内战。譬如，在献给波利奥的诗里，诗人为内战的流血而伤心（《歌集》卷二，首1）。在另一首诗里，诗人把内战视为"祖辈的罪过"（《歌集》卷三，首6），这与《长短句集》第七首的思想是一脉相承的。此外，贺拉斯认为，内战是道德堕落的结果，要制止战争，必须遏止道德堕落。这显然是符合奥古斯都试图恢复的道德政策的。

在宗教方面，贺拉斯也迎合奥古斯都的意旨。贺拉斯在诗中吁请的神灵都是受到奥古斯都特别崇敬的，例如代表预言的光明之神阿波罗、尤利乌斯家族的始祖维纳斯、罗马人民的始祖、战神马尔斯以及被视为奥古斯都的化身的墨丘利（卷一，首2）。

与宗教意旨一致的是颂扬尤利乌斯和奥古斯都的诗（卷一，首12）。在第一卷的诗中，贺拉斯称奥古斯都为"尤皮特第二"（卷一，首12，行51）。在第四卷的诗中，对奥古斯都的颂扬更为夸张。贺拉斯称奥古斯都是"美好的太阳"（卷四，首5，行35-36），把奥古斯都与神话英雄卡斯托尔和赫拉克勒斯相比拟，认为奥古斯都"使天地丰饶"，"征服了所有的敌人"，"恢复了美德"，"消除了罪恶"等。

与前述的思想一致的是通称为"罗马颂歌（Römeroden）"的诗，即《歌集》第三卷的前六首。在前两首里，私人领域与公共领域完美结合。作为建议者，诗人与讲话人的个体性与社会性（即作为奥古斯都的政治顾问）统一。抒情诗人建议罗马青年在伊壁鸠鲁的个体幸福伦理与奥古斯都重建的罗马社会道德之间寻找正确的生活态度，即提倡个人的美德（首1），例如军事才能（首2）。接着的三首诗完全谈奥古斯都个人，尽管不是直接写给奥古斯都的，可已经考虑到今后对奥古斯都的神化（首3，行11-12；首5，行2以下）。在第四首里，奥古斯都是罗马内战的终结者，是罗马内部和平的唯一保证（参《古罗马文选》卷三，前揭，页224以下）。这些诗同时也具有自传的性质。这些诗作于公元前30至前24年间，采用相同的格律"阿尔凯奥斯体诗节"（ἀλκαϊκός或alcaicus，由古希腊抒情诗人阿尔凯奥斯创立的抒情格律），具有相同的主题"颂扬罗马国家和国家利益"，而且都是献给罗马人民的。它们构成一个结构庄重、和谐的整体。从这些诗来看，贺拉斯已经完全接受奥古斯都的新制度，并从美学角度进行理解和阐述，从历史和宗教的角度为这种新制度提供根据。

与奥古斯都颂歌密切相关的是迈克纳斯颂歌。简述迈克纳斯颂歌必然是程式化的，仅仅聚焦于这些诗歌的一个方面。但是，尽管这些个人颂歌的复杂性因此而简化，可是作为组诗的戏剧化进程却是显而易见的。在第一卷里，贺拉斯是与众不同的和独立的，强调他自己与他的恩公之间的物质差异。在第二卷里，当贺拉斯的贫穷变成艺术富足的象征时，而这种艺术富足让他有别于其他人，包括迈克纳斯，这些差异就获得了精神的维度。在第三卷里，两个人的差别主要是哲学方面的，贺拉斯特有的生活方式优越于迈克纳斯的充满焦虑的生存。当贺拉斯成为迈克纳斯精神上的恩公的时候，他们的角色发生反转。由于出版的颂歌次序有别于构思的颂歌次序，不可能在这个序列的诗中找到两人关系的历史踪迹。向不独立的明显运动可能基于历史的或心理的发展，但是最终是一种美学的效果。在始终如一地证实贺拉斯对迈克纳斯的忠诚情感时，这些颂歌通过动态的布局，创造出一种距离，使得这些颂歌的作者维持很高的个人自由和艺术自由。①

如前所述，当时在罗马，伊壁鸠鲁的享乐主义很盛行。即使是贺拉斯本人也主张"及时行乐（carpe diem，本义"摘下这时日"）"（见卷一，首11，行8）。不过，贺拉斯同时又提倡俭朴，像廊下派哲学家一样主张"适中"和"自制（ἐγκράτεια）"（卷二，首16，行25-28）。这是贺拉斯的伦理观。值得注意的是，贺拉斯不是高谈阔论，或者搞学理探究，而是用抒情小诗坦诚道

---

① 荐读 Matthew S. Santirocco（山提罗科）：*The Maecenas Odes*（迈克纳斯颂歌），见《〈歌集〉与〈长短句集〉》，前揭，页106 以下。

出自己的理想与信念，性格淳厚，诗意清朗，隽永的文采甚至将近乎老生常谈的道理照亮（卷三，首3，行1-8；卷二，首10，行1-12）（参科瓦略夫，《古代罗马史》，页615；朱龙华，《罗马文化与古典传统》，页192及下）。

对于贺拉斯的《歌集》，除了政治，需要关注的主题就是性爱。性爱抒情诗在贺拉斯的抒情诗中占有重要的地位。在总共38首颂歌的第一卷中，性爱抒情诗有17首（即首5-6、8-9、11、13-17、19、22-23、25、27、30和33），占45%。在总共24首颂歌的第三卷中，性爱抒情诗有11首（即首7、9-12、15、19-20和26-28），约占46%。在总共26首颂歌的第二卷中，性爱抒情诗有6首（即首1、4-5、8-9和12），占23%。即使在解构性爱抒情诗的第四卷里，也有几首性爱抒情诗（例如首1、11和13）。尽管在这些性爱抒情诗之间穿插一些探讨别的事情（例如政治）的抒情诗，可是抒情的空间是爱情的世界，而别的题材陷入爱情的重重包围圈。

爱情处于抒情诗的中心位置。在前3卷的性爱探讨中，贺拉斯一方面表达自己的性爱纠葛（卷一，首11、14、15和17），另一方面表达美学或道德的愤怒（卷一，首8、10和12）。适度的伦理原则象征生活哲学的客观态度。第四卷开始吁请维纳斯，呼应第一卷第一首，直接处理爱情的主题，只不过第一卷第一首是爱情诗的序，而第四卷第一首却是开启新的题材，直到第四卷第十首才重新探讨性爱。在第一首里恋爱的讲话人当时的年龄处于中心位置，而第十首的焦点是被爱的小伙子今后的年龄摆在当下。第十首的性爱内容在继续，如邀请菲利斯（Phyllis）的诗（卷四，首11）和找——以前被爱、现在已经苍老的——莱克（Lyce）报仇的诗（卷四，首13）。与以前的抒情诗不同，第四卷抒情诗的讲话人卷入没有出路的爱情纠葛中，不再是保持距离的恋爱顾问。第四卷的抒情诗虽然在形式上处理爱情的题材，但是更加接近他的抑扬格诗（iambus），趋向就是爱情的结束和抒情的结束。结束的原因在于历史政治的状况发生改变。总之，第一卷是建构性爱的探讨，第四卷是性爱探讨的解构，即重新探讨政治。

　　贺拉斯的性爱抒情诗以新诗派的诗歌成就为基础。譬如，在歌颂爱情的快乐方面，贺拉斯就利用了亚历山大里亚诗歌的许多成就，如比喻。在一首诗中，贺拉斯把躲避爱情的少女比作发颤的幼鹿（卷一，首23）。不过，贺拉斯的性爱抒情诗与包括新诗派代表人物卡图卢斯在内的罗马诉歌诗人的爱情诗不同。新诗派的卡图卢斯、诉歌诗人提布卢斯和普罗佩提乌斯则生活在真实的爱情中。提布卢斯有情人莱斯比娅，提布卢斯有情人黛丽娅，普罗佩提乌斯有情人卿提娅，而贺拉斯生活在虚构的爱情世界里。罗马诉歌诗人的爱情诗表现理想主义，而贺拉斯的性爱抒情诗趋向现实主义。之所以出现这种差异，是因为时代背景不同，诗人对社会的态度不同。卡图卢斯生活在旧制度瓦解、新制度尚未确立的时代，奥古斯都时期的诉歌诗人生活在新制度虽然初步确立、但是并未得到他们的认同的时代，社会的外在世界和个人的内心世界是相矛盾的，相抵触的，因此，新诗派和诉歌诗人的诗歌基调是多愁善感和忧郁。而在贺拉斯时代，战乱早已停止，新秩序逐步确立，这使得人们的内心世界与外部世界逐渐走向统一，开始从感性走向理性。因此，贺拉斯虽然吟咏爱情的快乐，但是从未让自己完全陷入爱情的泥淖。抒情的"我"只是一个远远超越经验的、善意的旁观者和建议者。爱情诗中表现出来的是冷静和分寸。这就使得贺拉斯的爱情诗缺乏热情：既没有爱的狂热，也没有爱的忧苦。当然，这并不是说贺拉斯的爱情诗中就没有真情。最富有真情的是第三卷第九首。诗人以同吕狄娅

（Lydia）对话的形式，描述他们的缠绵爱情：曾经相爱，后来分手，但旧情难忘，又重归于好，发誓从此将永远生活在一起。全诗6节24行，结构工整、对称。

贺拉斯的爱情颂歌构思精巧。譬如，关于维纳斯的三联诗（卷三，首26-28）是爱情的三联画，表达形成鲜明对比的3种人生际遇。其中，第二十七首在语言、内容和结构方面都模仿卡图卢斯《歌集》第六十四首的结婚，最后几行诗表达不朽；其背景就是第二十六首的最后几行诗表达爱情痛苦和第二十八首的最后几行诗表达死亡痛苦。第二十六首里自始至终都不在场的克罗埃（Chloe）是个尚未成熟的矜持的女孩。第二十七首里既在场也不在场的加拉特亚（Galatea）在结婚前夜开始害怕，犹豫不定。第二十八首里的吕德（Lyde）则是有自信的成熟女性。第二十六首表达的是负面的场景，徒劳无益和失败，悲观。第二十八首写的是积极的经验：满足和幸福，乐观。第二十七首里抒情的"我"持中间态度：叙述者超脱，拒绝爱情，独自一人，过得既不好也不坏，既不悲观也不乐观。

贺拉斯的爱情颂歌布局合理。以《歌集》第一卷为例，首先是系列颂歌（Paradeoden，卷一，首1-9）。第一首是序诗，里面有暗示，以此与抒情世界相联系。第二至四首写"劫持"爱神维纳斯，实际上"劫持"政治，即不谈公共领域的政治，只谈私人领域的爱情。不过，只谈爱情是表面的。第四首里的皮拉（Pyrrha）① 是贺拉斯《歌集》第一首性爱颂歌里抒情世界里的第一名女性，她像海一样欺骗她的情人，看起来风平浪静，实际上暴风咆哮，暗潮汹涌。这既是拟物的修辞，把女人比拟成海，也是隐喻的修辞，即把女主人公比喻为政治，把比喻她的情绪或脸色的

---

① 希腊神厄庇墨透斯（Epimetheus）的女儿。

风浪比作政治风暴，即内战。由此推断，诗人又把情人比作受骗的民众。在第五首里，爱情是抒情经验的雏形。第伯河洪水泛滥成灾（首2，行1-20）比喻国家即将没落（首2是真正的政治诗）。与之呼应的是第三首里的艺术创作的失败和第五首里爱情的失败。3首颂歌表达3个主题：政治、诗学和性爱。对于抒情的"我"而言，还有一条主线，即危险、拯救和感谢。性爱的启航是国家面临的危险。在尼普顿的神庙里，达到统一：献祭者表达谢意，因为他已经从危险中获救。在诗歌里，抒情的"我"是性爱的受损船只的船主，也是性爱的咨询顾问。这首诗的基本观点不是告别和放弃爱情，而是有经验的、心知肚明的参与。

　　第六至八首是三联诗，表达的不是一般的否定，而是反对（recusationes）。从第四至五首发展而来的主题是私生活的会饮（首7），尤其是爱情（首8）。而承上（结束首2-4）启下（开启首6-8）的第六首则是前奏。抒情人拒绝写叙事诗夸耀阿格里帕（Agrippa）和奥古斯都的事迹和成功，理由有两个：第一，抒情人感觉自己不是写歌颂性的叙事诗的合适人选（行1及下）；第二，抒情人评估自己的才能（行12），发觉自己不胜任写叙事诗（行5以下）和肃剧诗（行8）。根据诗学的原则，抒情人不适合写大体裁叙事诗，而只适合写小体裁抒情诗。抒情人不仅意识到要在保持距离与受到宠信之间做选择（首6，行19），而且还暗示他在个别情况下根本不想定下来，因此比较矛盾（首5）。第六首是理论上的反对，而第七首和第八首则是行动的反对。其中，第七首是披上与会饮（让人想起柏拉图的《会饮》）有关的（sympotisch）外衣（即叙事诗的主人公穿上抒情的外衣，选的故事地点不是罗马，而是遥远的希腊）的反对。第八首是披上吕狄娅与（因为对吕狄娅的爱情而走向毁灭的）叙巴里斯（Sybaris）之间的性爱外衣的反对。

系列颂歌（卷一，首1—9）以性爱结尾（首9，行18—24）。第九首写给更年轻的人（行16），场景回到第一首的罗马，但不是第四首的春天，而是令人讨厌的寒冬的夜晚，有霜雪（行1—4），以此反衬出会饮（即酒①会）的闹热和爱情的短暂，因为天亮以后又回到日常的现实生活中。诗人巧妙地把英雄叙事诗的元素融入性爱会饮的上下文中。屋内是温情的抒情世界，灶里的火越来越旺（行5—8），屋外则是充满寒意的残酷现实：内战与不可预知的未来。

第一卷第十三至十七首也属于一个组诗，以性爱为主题。第一卷前面的19首颂歌中只有两首政治诗，即第十二首与第四首，第十八首是与会饮有关的（sympotisch）诗，余下的第十一、十三至十七和十九首都是私人领域的性爱诗。第三首的诉歌场景与提布卢斯《诉歌集》第一卷第十首有些相似之处。抒情的叙述人嫉妒他的情敌，因为抒情人倾慕的吕狄娅更加喜欢特勒弗斯（Telephus）。第十七首与第十三首对称，是第十三首里抒情人错误的诉歌态度的拨乱反正。女主人公丁达丽斯（Tyndaris），男主人公居鲁士（Cyrus）脾气不好，态度有些野蛮。位于第十三首与第十七首之间的第十五首写［特洛伊王子帕里斯、斯巴达国王莫内劳斯（Menelaos）和王后海伦之间的］三角恋爱纠葛，题材显然源自于叙事诗和肃剧的特洛伊神话。从第十三、十五和十七首的次序可以预先推断出第三卷第二十六至二十八首的结构。

第十五首里的海伦娜是斯巴达国王廷达瑞俄斯（Tyndareos）的女儿，而第十七首的女主人公是丁达丽斯（Tyndaris）。第十六首写的是海伦娜似的美人。因此，可以把第十五至十七首看成

---

① 关于酒的功能，荐读 Steele Commager（康马杰）：*The Function of Wine in Horace's Odes*（贺拉斯《歌集》中酒的功能），见《〈歌集〉与〈长短句集〉》，前揭，页33以下。

一组关于海伦娜的三联颂歌，主题是"劫持"海伦娜。第十五首里帕里斯暴力劫持海伦娜，而颂歌诗人用和平的手段把海伦娜"劫持"到《歌集》第十六、十七首里，这也是抒情诗劫持叙事诗的题材，如同第二至四首里"劫持"维纳斯：从政治诗到性爱诗一样。

第十三至十七首的次序是线性的，即都是写性爱的抒情诗。在第十三至十四首里，男主人公是被动的，无能为力的，即被女孩抛弃。而在第十六至十七首里，男主人公是主动的，有所作为的，即夺回失去的姑娘。第十四首和十六首是抒情人的内心转折，而第十三首和十七首写三角恋爱。总体来看，在这个序列里，第十七首达到顶点，用抒情的方式克服诉歌（首13）、抑扬格诗（iambus）（首16和首14，行17-18）和叙事诗（首15）的错误观点，再现爱情的范例。

第三卷第七至十二首也是组诗，在罗马颂歌（首1-6）之后，占有重要地位。在第七首里，年轻的阿斯特瑞厄（Asterie）在家等待出差的爱人古阿斯（Gyges）① 回来，心中充满恐惧和担心（行9-22a）。在第十二首里，年轻的女人内奥布勒（Neobule）② 倾诉爱情的不幸，情人赫布路斯（Hebrus）则光彩照人，不仅在有魅力的外表方面（行7），而且擅长多项体育运动（行7以下）和狩猎（行10以下）。两位女主人公都饱受寂寞的爱情之苦，都有一个男性的配角，他们是两位女主人公各自的谈话（实际上是自言自语，内心独白）对象。假想的对象是令她们着迷的运动者，例如游泳者和骑马者。男主人公们的动与女主人公们的静形成鲜明的对比。

---

① 希腊神话中的百手巨人。
② 阿尔基洛科斯笔下的女主人公。

　　第三卷第十首属于优秀的罗马爱情诉歌的类型，写的是消极的爱情经验。相反，第九首则是积极歌颂两个人（吕狄娅及其爱人）的幸福爱情：两个人争吵，然后分开，最后重归于好。

　　第三卷第八首和第十一首都采用萨福体诗节（sapphicus）：抒情与爱情，即讲述罗马早期的萨宾女子的故事，抒发奥古斯都时期的道德情怀。

　　综上所述，在第一卷第十三至十七首和第三卷第二十六至二十八首里，谈话人地位中性的诗处于中间（卷一，首15和卷三，首27），负面和正面的诗处于两边，而在第三卷第七至十二首里则相反，中性的处于两边（首7和12），负面（卷一，首13的猜忌；卷三，首10的幻灭和首26的分离）与正面（卷一，首17的约会；卷三，首9的亲近和首28的幸福爱情）的诗则处于中间。正面的爱情象征真正的幸福生活。从哲学的层面看，作为有经验的情感咨询师，抒情的"我"不仅在探讨性爱，而且还在探讨人的生存状况。负面的诗提出生存的问题，而正面的诗则给出问题的答案。

　　从构思来看，第一卷第十三至十七首是性爱抒情诗的开端，第三卷第二十六至二十八首是结尾。前述的抒情诗都以爱情为主题，同时也探讨性爱、友谊、哲学伦理的死亡、正确的生活、宗教、诗学、政治。返回的母题：神的救赎和抒情人的谢恩。性爱的船裂（卷一，首5）属于普遍的经验，比喻庞培（行5）在腓力皮①的军事和政治的失败，用影射讲话人的抒情的特殊生存的

---

　　① 腓力皮是公元前42年恺撒的谋杀者布鲁图斯与复仇者屋大维之间的决战地点。当时，贺拉斯是共和派领袖布鲁图斯（恺撒的谋杀者）的副将。也就是说，贺拉斯是屋大维的敌人。在屋大维获胜以后，贺拉斯陷入个人的生存危机中。或许也正是由于这个原因，贺拉斯不谈政治，只谈性爱。后来，由于奥古斯都的得力助手迈克纳斯成为贺拉斯的恩公，贺拉斯与奥古斯都之间的紧张关系才消除。

方式，为要解释抒情诗人有自我意识的原因的诗学讨论做准备，感谢尤皮特（卷二，首7）。树倒既是哲学的、个体伦理的探讨，普遍地思考人类的生存状况，从而表达死亡的不可预知性和不可逃避性，也是讲话人的专属的经验，树倒在讲话人的抒情世界里的土地上：萨宾的峡谷，没有击中讲话人，而只是擦肩而过，抒情人逃过了不可逃避的死亡的劫数。讲话人是抒情诗的土地上的居民，即抒情诗人，让他逃过致命的厄运、救他命的正是抒情诗本身，感谢法乌努斯（Faunus）①（卷二，首13），间接感谢墨丘利。更极端的是收信人是迈克纳斯的颂歌。在颂歌里，迈克纳斯患病，痊愈以后还总是谈及疾病的恐惧。讲话人向病患迈克纳斯宣誓效忠，歌颂他与迈克纳斯的友谊密不可分，命运休戚相关，即救迈克纳斯的生命就是救讲话人自己的生命，感谢萨图尔努斯（卷二，首17）。在第三卷第四首第二十五至二十八行出现前述的3种危险：船裂（行28；参卷一，首5）、军事失败（行26；参卷二，首7）和树倒（行27；参卷二，首13和17），感谢女神缪斯（卡墨娜），因为保护了讲述的抒情诗人（卷三，首4，行21）。由于内战，个人与国家都陷入危机中。个人的得救也是国家的得救，个人的内心平和就是国家的和平。因此，在官方的送子娘娘的宗教节日里，讲述者感谢巴科斯给了抒情诗人第二次生命，抒情诗人的重生也是国家的重生（卷三，首8）。由此可见，在贺拉斯的颂歌里，没有危险就没有救助。为了写抒情诗人的幸存，讲述者就需要致命的危险。

当然，不能从历史传记的角度看待贺拉斯的性爱颂歌，因为贺拉斯的性爱颂歌里的现实并不是生活现实，而是文学建构的抒

---

① 著名的古罗马畜牧农林神，相当于古希腊的潘神。在传说中，法乌努斯曾救过罗慕路斯和瑞姆斯的命。

情现实。

洞穴（antra）比喻皮拉（Pyrrha）的王国，因此在抒情的世界里起初是性爱的空间（卷一，首5）。洞穴（antrum）是维纳斯的洞穴（卷二，首1，行39-40），是抒情诗人逃避的地方，这次劫持维纳斯的不是情侣，而是抒情诗人本人。抒情诗人把性爱的空间当自己的家园，定居在性爱的探讨中，因此，洞穴是抒情诗人的空间。也就是说，抒情的空间与性爱的空间都是洞穴，这是微观的意义。宏观来看，由于这首诗的重点不是性爱，而是政治，即在洞穴里奥古斯都获得缪斯的建议。这就是说，洞穴具有性爱、诗学和政治3方面的意义（卷三，首4，行37-40）。讲话人在爱情的洞穴里——在洞穴里象征抒情诗人不依赖奥古斯都的政治权力，洞穴是贺拉斯本原的空间——赞扬奥古斯都（卷三，首25，行3-6）。

潜在的爱人是河流的名字：厄尼普斯（Enipeus）和赫布路斯（Hebrus，卷三，首7，行23和首12，行6）。可见，性爱的水域在诗学上是诗人抒情的空间，象征人类的生存环境（Conditio humana）。第伯河拟作爱河，第伯河的洪水泛滥象征政治的内战（卷一，首2）。因此，河与海也是政治和军事的舞台（卷三，首4）。风浪比喻致命的危机和灾祸，船比喻救生的安全庇护所。

在奥古斯都的帝国初期，新政权尚未巩固，公开谈论政治是有危险的。因此贺拉斯另辟蹊径，回到私人领域：爱情（卷一，首1），用性爱的探讨取代政治的探讨，其策略就是"劫持"维纳斯和海伦（卷一，首13-17）。抒情诗人把性爱的世界视为自己的家园，因此，讲话的态度是自信的和独立的。抒情诗人把大的融入小的，把奥古斯都的政治放入诗人的抒情计划中，即抒情的世界里。在抒情的世界里，抒情诗人依赖恩公迈克纳斯（奥古斯都在文治方面的得力助手，参卷一，首1，行35-36），而奥古斯都则反过来依靠抒情诗人，即奥古斯都的不朽荣誉归功于贺拉斯的自信和抒情诗的贡献（卷三，首25，行3-6）。

　　爱情题材示范性探讨核心的人的基本经验，例如性爱的"失败"（卷一，首5）。抒情诗被视为克服内在的和外在的危机，即个体的和国家的危机。因此，性爱的探讨有3层含义。第一，抒情诗人暂别政治探讨，以便探讨他个体的失败，似乎又冒失地谈论内战，用解决内心冲突发展出内战问题的悬而未决的探讨。第二，在克服个人危机的抒情道路上，抒情诗人争取必要的威信，以便能够为克服国家的危机做贡献。第三，在他插嘴政治利益的时候，抒情诗人公开、直接救助于性爱的探讨（例如卷三，首4）。

　　抒情诗集的构思具有示范性。恋爱激情即将失控（卷一，首19），代表性爱危机的出现和抒情诗歌创作的开始。爱情的火苗在内心里，即在掌控中（卷三，首19），代表性爱危机的最终消除和抒情诗创作的结束。

　　抒情诗的想象也具有示范性。在性爱（卷一，首1）的背景下，福尔图娜（Fortuna，意为"机运"）无情（卷一，首34和35），维纳斯不可预料，反复无常的（卷三，首29）。两位女神的行为都是不可预见的和不可逃脱的，她们的游戏（ludus，见卷二，首1，行1-5；卷一，首2，行37）都是无情的，例如内战。抒情的"我"通过谈论在不幸的爱情中一分为二的个体性代替谈论国家的内部分裂，看穿了维纳斯（卷三，首27，行69）和福尔图娜（卷三，首29，行29-52）的无情游戏，从两位女神维纳斯和福尔图娜的亲缘本质发展出这样的可能性：从看不透的和超能的女神转移到那些别的高高在上的女神。

　　《歌集》第一卷是个整体，具有统一性。私生活的性爱探讨以多种方式融入其他的探讨，而且作为策略的联合中心掌控所有探讨的共同作用。在抒情诗的探讨中提出的二分法——私生活或个人的与政治的或公共的、游戏的或轻容的与认真的或严肃的、虚构的与现实的——取得成功，借助于诗学的方法，即再次融入跨界探讨。

抒情诗人与元首的关系复杂。在贺拉斯建构的抒情世界里，讲话人是爱情诗人，在性爱的探讨中获得政治的独立性。洞穴象征独立于政治之外的场所，因为洞穴属于爱情的王国。在洞穴里，抒情诗人的角色是元首的顾问（卷二，首17，行29－30；卷一，10；卷三，首11）。墨丘利在性爱（卷一，首30，行8）、政治（卷二，首7，行13－14）和哲学以及诗学（卷二，首17，行28－29）的领域里起助佑或庇护的作用。在贺拉斯的抒情诗里，墨丘利与元首同一。当屋大维或奥古斯都听从缪斯女神的劝告时，第一卷里的这种神化就指代元首，元首是化身墨丘利的庇护人（卷一，首2，行41－44）。只要他接受抒情诗人的建议，奥古斯都就是消除内战，保障罗马持久的内部和平的拯救者。抒情诗人骄傲地宣称（卷三，首25，行3-6），元首的荣誉依赖于抒情诗人的功绩，不仅仅因为传统上伟大的业绩在诗歌里不朽，而且还因为元首的功绩之所以伟大，是因为他的功绩已经成为抒情诗的功绩（卷三，首25，行7-8）。总之，通过"劫持"维纳斯、海伦和皮拉，化身墨丘利的屋大维已经成为抒情诗人的个人的恩公。抒情诗人以元首的荣耀为代价，争取到了自己的荣誉。罗马的拯救者接受墨丘利的形象，这表明，抒情诗本身已经成为拯救者。

从写作手法来看，贺拉斯喜欢采用呼应的手法。这种手法或者体现在格律方面，[1] 例如最初的《歌集》结尾诗（《歌集》卷三，首30）与《歌集》开篇诗（《歌集》卷一，首1）对应。

---

[1] 关于《歌集》的格律，参 LCL 33, *Introduction*，页12-14。

或者体现在内容方面。譬如，贺拉斯曾提问："尤皮特给谁力量进行赎罪（卷一，首2）"？贺拉斯在另一个地方给出了答案："奥古斯都赎了它们（卷四，最后一首）"。

总之，在创作《歌集》时，贺拉斯采用一种马赛克式的风格，正如尼采精妙表达的一样。因此，《歌集》结构紧凑，选词精致和诗韵完美（参克拉夫特，《古典语文学常谈》，页51）。

三、《世纪颂歌》

除了《歌集》，贺拉斯还创作了1首独立的抒情诗《世纪颂歌》（*Carmen Saeculare*，见《〈歌集〉卷四与〈世纪颂歌〉》，前揭，页27-29）。这首抒情诗属于遵命文学的范畴。公元前17年，在罗马建城纪念日之际，根据奥古斯都的要求，贺拉斯创作这首颂歌。

从形式来看，《世纪颂歌》的格律都是小萨福体诗节（sapphicus minor）。这种格律每节4行，前3行节律相同，即采用小萨福体诗行，第四行采用阿多尼斯体诗行（得名于Ἄδωνις或Adonis），即大约相当于小萨福体诗行（sapphicus minor）的一半。[1] 因此，全诗的76行分为19个诗节。又依据内容的关联，全诗可以划分为6个三联诗节和1个作为结尾部分的诗节。

第一个三联诗节，即诗节1-3
诗节1：第一次吁请阿波罗和狄安娜第三天
诗节2：颂歌的时机
诗节3：祈愿罗马的不朽

---

[1]　关于小萨福体诗节、小萨福体诗行与阿多尼斯体诗行，参《拉丁语语法新编》，前揭，页568和570及下。

第二个三联诗节，即诗节 4-6

诗节 4：吁请生育女神伊利提娅第二天晚上

诗节 5：相联的是影射公元前 18 年《尤利娅婚姻法》（*Lex Iulia de Maritandis Ordinibus*）

诗节 6：祈愿新世纪（saeculum）多 110 年

第三个三联诗节，即诗节 7-9 μεσωιδός：吁请其他的神祇

诗节 7：命运三女神帕尔开（Parcae，即节庆中的命运三女神莫伊莱【Moerae】）第一天晚上

诗节 8：特勒斯（Tellus，即节庆中的地母【Terra Mater】）第三天晚上

诗节 9：第二次吁请阿波罗和狄安娜第三天

第四个三联诗节，即诗节 10-12：罗马（尤皮特和尤诺）的伟大第一或二天

诗节 10：罗马的起源特洛伊

诗节 11：埃涅阿斯从特洛伊到意大利

诗节 12：祈愿繁荣与和平

第五个三联诗节，即诗节 13-15：皇帝

诗节 13：源自埃涅阿斯的尤利娅氏族

诗节 14：奥古斯都的战功

诗节 15：奥古斯都在和平时期的功绩

第六个三联诗节，即诗节 16-18

诗节 16：第三次吁请阿波罗第三天

诗节 17：祈愿帝国繁荣

诗节 18：第三次吁请狄安娜，提及歌队（*Xvuiri*①）第三天

---

① 拉丁语 preces（《世纪颂歌》，行 70）可能指奥古斯都和阿格里帕的歌队，代表不愿一起祈祷的歌队。

ἐπωιδός-使者（envoi）

诗节 19：歌队的自信，用他们自己的声音讲话，他们的祈祷得到答复（参见《〈歌集〉卷四与〈世纪颂歌〉》，前揭，页60及下）

更为重要的是，《世纪颂歌》不仅音韵和谐，而且还结构匀称，详见下表（参 LCL 33，页6及下和262以下）。

诗节	诗行	功能	表演者①
1-2	1-8	阐述	全体歌队
3	9-12	第一次祈祷	男孩们（puellae）
4-8	13-32		女孩们（pueⅱ）
9	33-34	转场②	女孩们
	35-36		男孩们
10-13	37-52	第二次祈祷	男孩们
14	53-56	祈祷的实现或愿望的满足	男孩们
15	57-60		女孩们
16-17	61-68	听众的反应	男孩们
18	69-72		女孩们
19	73-76	礼拜结束唱圣诗	全体歌队

从思想内容来看，《世纪颂歌》分为两部分。前半部分写祈求神明赐予人丁兴旺、物产丰富，所以呼请的是丰产女神刻瑞斯（行30）——相当于希腊的德墨特尔（Demeter）——和生育女

① 海因策（R. Heinze）对《世纪颂歌》的表演者有不同看法：先是女孩们（节1-9），后是男孩们（节10-18），最后是男、女孩童们合唱（节19）。
② 依据蒙森的假定，宗教祭典的举行地点首先是帕拉丁山（节1-9），接着是卡皮托尔山（节10-15），最后又回到帕拉丁山（节16-19）。

神卢西娜（Lucina）——相当于希腊的伊利提娅（Ilithyia）——赐福。后半部分歌颂在奥古斯都统治下的道德复兴，称赞仁爱、和平、诚信、勇敢等官方提倡的道德原则重新回到大地，所以呼请的神明是日神和月神。譬如，中间部分是向日神索尔（Sol，行9）——相当于希腊的福波斯（Phoebus，行1）和阿波罗（行34）——和月神狄安娜（行1）——相当于希腊的卢娜（Luna，行36）——祈福，最后以向日神福波斯（行75）和月神狄安娜（行70和75）呼吁结束。

在"贺拉斯的《世纪颂歌》：一首宗教祭典的歌曲?"（*Horace's Century Poem: A Processional Song?*）里，P. L. 施密特（Peter L. Schmidt）指出，依据李维的《建城以来史》与瓦罗的《人神制度稽古录》（*Antiquitates Rerum Humanarum et Divinarum*），古罗马的宗教祭典历史悠久。依据传统，在宗教祭典的仪式上，参与祭祀的人们载歌载舞。也就是说，宗教祭典的颂歌有着悠久的历史传统。譬如，发轫时期的第一位拉丁诗人安德罗尼库斯曾写过宗教祭典的颂歌。只不过严格地讲，在奥古斯都时期以前，宗教祭典的颂歌都没有发展出完全发达的文学文化，而文学的口头性质很强，包括演说词、戏剧和即兴诗歌。在奥古斯都时期，在新的宗教政治的基础上，宗教祭典发展出世纪庆典的新传统和节日庆典的新体系，譬如，狄安娜分享对阿波罗的崇拜。与此相适应的是书面的颂歌文化日益发达。譬如，贺拉斯的《世纪颂歌》俨然已是一首纯文学的诗，正如贝克尔（Carl Becker）指出的一样。

然而，自从奥古斯都时期的《世纪卷宗》（*Acta Saecularia*）被发现和出版以后，贺拉斯被视为历史的诗人，《世纪颂歌》的文品受到质疑，尤其是在政治形势和历史细节方面。不过，莱奥（Friedrich Leo，1851–1914）认为，历史记录对说明细节是好

的。如果必须理解全部，那么它就不是诗。莱奥的学生弗兰克尔
（E. Fraenkel，1888-1970）进一步指出，《世纪颂歌》是典型的
贺拉斯诗歌：这些新的抒情诗是独立的。这些诗歌的完全解放是
至关重要的（参《〈歌集〉与〈长短句集〉》，前揭，页 122 以
下）。

四、结语

总之，贺拉斯的抒情诗相当全面地反映了诗人的生活态度，
也提供了贺拉斯作为诗人的完整形象。像麦凯伊（《罗马的遗
产》第一版文学章的作者）深刻地指出的一样，在贺拉斯的
《颂歌》的前言中看见一位不自信、拘谨而谦恭的贺拉斯，但在
后记中见到一个自我征服和自我实现的贺拉斯（参《古典研
究》，1925 年版，页 157；詹金斯，《罗马的遗产》，页 244）。汉
密尔顿（Edith Hamilton，1867-1963 年）甚至认为贺拉斯是
完人：

> 贺拉斯是这个世界中的完人，他宽容一切却无任何偏
> 袒；他可以四海为家，无处无不自在，跟所有的人友善；他
> 愿意享用任何快乐，却避免一切可以打扰安宁的激情；他以
> 某种超然物外的眼光看待世间百态——却从不大声发笑使人
> 难堪。他是富兰克林那样的务实派，却终身写诗为业；他像
> 蒙田那样绝不陷于任何狭隘境地，却不写散文只写诗句。他
> 是这样一位把常识和鲜明的个性结合得如此亲密无间的诗
> 人，古今皆罕有其匹。①

---

① 参汉密尔顿，《罗马道路》（*The Roman Way*），页 152；朱龙华，《罗马文化
与古典传统》，页 194。

后世的模仿创作者很多，例如其中著名的有 16 世纪龙萨
（著有《颂歌集》，4 卷，1550 年发表）和 19 世纪俄国诗人普希
金与 20 世纪叶甫图申科（Jewtuschenko，全名 Евгений
Александрович Евтушенко 或 Jewgeni Alexandrowitsch Jewtuschen-
ko）。

第五节　《书札》

在公元前 23 年发表前 3 卷《歌集》以后，贺拉斯开始写书
信体诗歌。其中，《书札》第一卷发表于公元前 20 年末，包括
20 首诗。在公元前 17 至前 13 年创作《歌集》第四卷期间，贺
拉斯又创作了 3 首书信体诗，构成《书札》第二卷。

从形式上看，贺拉斯自称他的书札也是"闲谈"，在内容和
风格方面都与他早年的讽刺诗相近。书信体诗歌这种文学类型由
讽刺诗演变而来，其私人的特征方面是古罗马式的，在体裁的润
色方面是杰出的贺拉斯式的（参《古罗马文选》卷三，前揭，
页 233）。最典型的莫过于贺拉斯劝导一位试图在罗马上流社会
获得成功的年轻人的诗书。为了劝导这位出身高贵的朋友，贺拉
斯大量运用修辞手法。

> Dulchis inexpertis cultura potentis amici:
> Expertus metuit. Tu, dum tua navis in alto est,
> hoc age, ne mutata retrorsum te ferat aura.
> Oderunt hilarem tristes, tristemque iocosi,
> sedatum celeres, agilem navumque remissi;
> oderunt porrecta negantem pocula, quamvis
> nocturnos iures te formidare tepores.

Deme supercilio nubem: plerumque modestus

Occupat obscuri speciem, taciturnus acerbi.（贺拉斯，
《书札》卷一，首18，行86-95）

　　未曾经历者高兴于追求与位高权重的人做朋友，
　　而经历过的人则害怕如此，当你行船于海上，
　　且当心，免得变向的风将你吹得折回来。
　　阴郁者讨厌兴高采烈者，却又遭好开玩笑的人的厌恶，
　　沉静的人不爱急性子，急于行动者厌恶怠惰的人，
　　饮者深爱酒，不爱拒杯人，即便你自己发誓说
　　这样做只是因为害怕在夜间太兴奋。
　　且让你眉上无阴云：矜持者
　　似乎老是藏着事，缄默者似乎总在嘲讽人（丰卫平译，
见克拉夫特，《古典语文学常谈》，页45）。

　　在短短的9行诗里，为了阐明攀权附贵的危险，贺拉斯不惜
采用10种修辞手法。包括对比法（未曾经历者高兴【dulcis in-
expertis】与经历过的人则害怕【expertus metui】形成鲜明的对
比）、双关语（inexpertis/expertus）、首语重复法（oderunt …
oderunt）、头韵法（occupat obscuri）、联珠法（前句最后一词
tristes 与后句开头的词 tristem 重复）、叠叙法（tristes 与 tristem
词语原形相同，仅有词尾变化）、交错配列（bilarem tristes/tris-
tem iocosi）、平行排列（sedatum celeres/agilem navumque remis-
si）、举隅法（用部分的眉【supercilium】替代整体的面部）和
隐喻（将生命旅程喻作航海，将厄运比作"变向的风将你吹得
折回来"的逆境，将严肃的表情比作云【nubes】）。

　　值得一提的是，每封信都很符合收件人的个性。不过，有的
收件人确有其人，例如迈克纳斯（《书札》卷一，首1）、提比

略（《书札》卷一，首 10）和瓦鲁斯（《书札》卷一，首 15），有的可能纯属文学性的虚构。

《书札》用改头换面的形式继续书写《讽刺诗集》里的题材。诗人借用通讯形式，进行道德劝善。譬如，诗人向提比略举荐再三希望贺拉斯把他引入权势社会的塞普提米乌斯（Septimius）。借此机会，贺拉斯嘲笑那些贪婪财富的人，规劝他们应该以命运的赐予为满足（《书札》卷一，首 9）。诗人还通过刻画一个"梁上君子"的可笑行为与心理——给雅努斯（Ianus）和阿波罗献祭，同时请求小偷保护神拉维尔纳（Lauerna）掩盖他的欺骗行为——规劝人们要追求美德（《书札》卷一，首 16）。贺拉斯认为，能帮助人们排除烦恼的只有理性和智慧（《书札》卷一，首 11，行 25）。总之，诗人彰显生活合理（recte vivere）与适当的原则（参《古罗马文选》卷三，前揭，页 232）。

第一卷里的《致迈克纳斯》专门谈论哲学。在谈论自己的哲学思想时，贺拉斯写道：

> 我无须发誓自己追随某个导师的思想，自然把我赶到哪里，我就去哪里做客。有时我陷入日常生活的浪涛，成为德性的忠实卫士和坚定的同路人，有时我又突然倾向于阿里斯提波斯的学说（《书札》卷一，首 1，行 13-18，见王焕生，《古罗马文学史》，页 235）。

其中，第一个"有时"指年轻时期。当时，贺拉斯为伊壁鸠鲁派和廊下派所吸引，是这两派哲学的折中主义者。第二个"有时"指晚年时期。此时，贺拉斯认为廊下派的观点太绝对，批评伊壁鸠鲁派对生活过分无为，为北非利比亚的昔勒尼（cyrene）学派奠基人阿里斯提波斯（Aristippos，约公元前 434-

前360年）——主张个人利益至上，宣称人类存在的目的就是尽量享受快乐——辩护。贺拉斯比较自由思考的阿里斯提波斯与执拗的昔尼克派（犬儒派），并以此证明阿里斯提波斯对于任何一种生活、状况和事情都能适应（《书札》卷一，首17）。贺拉斯还认为，能够以同样的尊严对待贫困和财富是一种美德。由于贺拉斯本人一方面提倡简朴和中庸，但另一方面又与富豪和权势人物密切交往，所以有人认为贺拉斯也是在为自己辩护。

在《书札》第一卷里，贺拉斯也谈及自己，而且很真诚，所以有人认为，贺拉斯的书札比他的其它作品都更富有抒情性（参王焕生，《古罗马文学史》，页236）。贺拉斯住在迈克纳斯送给他的萨比尼庄园里，希望过着理想的平静生活，不愿意被召唤去罗马（《书札》卷一，首14）。贺拉斯也曾婉言拒绝召他去罗马，希望在海边安度冬季。贺拉斯把自己比作伊索寓言中的狐狸，为了人格的独立，他愿意归还一切（《书札》卷一，首7）。关于死亡，贺拉斯把那一刻的到来视为对生活的最大安慰；命运对强大者和弱小者都一视同仁，无论人有多少财产，有多显赫的名声，到头来都要死（《书札》卷一，首6）。只有"处事不惊"，才能使人幸福（《书札》卷一，首6，行1）。

在《书札》里，贺拉斯还回顾自己和迈克纳斯的关系。起初，贺拉斯虽然为得到迈克纳斯的庇护而感到高兴，但是他也注意和迈克纳斯保持一定的距离。不过，这并不妨碍他们的友谊。到了晚年，贺拉斯希望生活安静，而迈克纳斯却仍然希望与贺拉斯交往。为了表示自己不忘友谊和表达自己对迈克纳斯昔日恩惠的感激，把"最后的诗歌"（即《书札》卷一，首1）献给迈克纳斯（参王焕生，《古罗马文学史》，页236及下）。

在致迈克纳斯的书札中，贺拉斯也为自己的诗歌辩护。具有民族主义倾向的人批评贺拉斯采用希腊抒情诗格律，模仿希腊诗人，写的诗读者不广泛。对此，贺拉斯辩解说，他模仿希腊诗人的格律，但在题材方面他完全是独创的。至于读者范围不广的问题，贺拉斯认为，他本来就不想博取"动摇不定的民众"的赞赏（《书札》卷一，首19，参王焕生，《古罗马文学史》，页237）。

与《书札》第一卷（参 LCL 194，页248以下）不同的是，第二卷的三首诗都属于文艺批评。

第二卷第一首诗《致奥古斯都》写于公元前13年（参 LCL 194，页392以下）。根据苏维托尼乌斯的《名人传》，由于奥古斯都责难贺拉斯在诗歌中没有提及奥古斯都，贺拉斯不得不进行辩解：在奥古斯都政务繁忙的情况下，如果贺拉斯喋喋不休，就会浪费奥古斯都的时间，耽误国是（《书札》卷二，首1，行1-4，见《贺拉斯传》）。① 而"短小的诗歌对于奥古斯都的伟业不相宜，然而良心又不让他写另样的诗歌，因为写那样的诗歌他力所不及"（《书札》卷二，首1，行257-259）。实际上，贺拉斯是婉言谢绝写作为奥古斯都歌功颂德的长篇叙事诗（参王焕生，《古罗马文学史》，页237）。

需要强调的是，《致奥古斯都》还系统地赞美古罗马的诗人们，认为他们所创建的伟业不亚于古希腊诗人。贺拉斯实际上是以古罗马诗歌成就为出发点，号召建立同希腊文化相竞的古罗马文化，建立与古罗马帝国的文治武功相匹配的文艺上层建筑。所以，后世称之为"古典主义的宣言"，《致奥古斯都》也被称为《诗话》（参范明生，前揭书，页809及下）。

在第二首诗《致弗洛尔》中，诗人为自己近来诗作不多进

---

① 参苏维托尼乌斯，《罗马十二帝王传》，张竹明等译，页377；范明生，《西方美学通史》卷一，上海：上海文艺出版社，1999年，页809及下。

行辩解。一方面，贺拉斯已青春不再，时不我待，而读者的趣味各不相同，有的喜欢长短句，有的喜欢讽刺诗，有的喜欢短诗。另一方面，由于家产在腓力皮战役中丧失，贺拉斯写诗是为了谋生，而不是追求财富。借此机会，贺拉斯再次称赞"适中"的思想。贺拉斯坚持生命的快乐在于享受节制、得体的生活，无论是在大小船只上，幸福地航行于生命的海洋中（参 LCL 194，页421 以下；范明生，前揭书，页810）。

更为广泛地涉及文艺理论的是第三首诗《致皮索父子》——古罗马演说家昆体良称之为《诗艺》（Ars Poetica，参LCL 194，页442 以下；王焕生，《古罗马文学史》，页237）。

第六节 《诗艺》

《诗艺》是应皮索父子的请求而写作的。全诗476 行，主要谈及诗歌、诗人和作品，具体而言，就是诗人的本质、诗歌的任务和如何才能创作一部好的作品。按照论著的内容，译者杨周翰把贺拉斯的《诗艺》划分为3 个部分（参王焕生，《古罗马文学史》，页237；王焕生，《古罗马文艺批评史纲》，页170-174）。

第一部分（即诗行1-152）谈及诗歌创作的原则。写作的艺术在于恰到好处。贺拉斯注重作品的统一性和一致性，这显然是从亚里士多德的概念"完整"（即"事之有头，有身，有尾"）发展出来的。在选材方面要在自己的能力范围内，才能"文辞流畅，条理分明"。在遣词造句方面，要考究，可以"创造出标志着本时代特点的字"，认为"'习惯'是语言的裁判，它给语言制定法律和标准"。在内容与形式的关系方面，每种体裁都应该遵守规定的用处：英雄格或六拍诗行（hexameter）适用于叙事诗；对句格（distichon，即首行是六拍诗行，次行是五拍诗行）起先用于诉歌，后用于表现感谢神恩的心情；短长格三拍诗行（iambus trimeter）用于表达激情、（演员穿着平底鞋的）谐剧，（演员穿着高底鞋的）肃剧，用于对话最为适宜，又足以压倒普通观众的喧噪，又天生能配合动作；竖琴适合颂扬。在处理传统与革新的关系方面，既要遵循传统，又要力求独创，例如用自己独特的办法处理普通的题材，即构思巧妙，不过"创新要前后一致"。贺拉斯还认为，一首诗仅仅具有美是不够的，还必须有魅力，必须能按作者愿望左右读者的心灵。这就要求语言得体，合乎身份（参《诗学·诗艺》，前揭，页 15、25 及下、47、138–144 和 146）。

第二部分（即诗行 153–294，约占《诗艺》的三分之一篇幅）专门谈论戏剧诗（详见拙作《古罗马戏剧史》［*Historia Dramatum Romanorum*］第九章）。需要强调的是，在谈论戏剧的时候，贺拉斯提及戏剧诗的格律，其中包括英雄叙事诗的格律六拍诗行（hexameter）（行 251–274）。值得一提的是，贺拉斯希望诗人"要能把人所尽知的事物写成新颖的诗歌"，用"条理和安排"让"平常的事物能升到辉煌的峰顶"。此外，贺拉斯指出，罗马诗人尝试写作一切的诗歌，并且不落希腊人的窠臼。不过，贺拉斯提出要求，诗人花工夫、花劳力去琢磨自己的作品，才能写出好作品（行 285–294）。

第三部分（即诗行 295–476）又一般地谈及文学创作问题，主要谈诗人的修养和责任。首先，贺拉斯自比磨刀石，为了使钢刀——别人（例如皮索父子 3 人）——锋利，愿意指示别人：

> 诗人的职责和功能何在，从何处可以汲取丰富的材料，从何处吸收养料，诗人是怎样形成的，什么适合于他，什么不适合于他，正途会引导他到什么去处，歧途又会引导他到

什么去处（见《诗学·诗艺》，前揭，页 153）。

在第三部分中，这是提纲挈领的一段。不过，贺拉斯并没有按照这些问题的先后顺序进行论述。

接着，贺拉斯强调作家的判断力的重要性："要写作成功，判断力是开端和源泉"。这句话的意思是说，要写得好，作家首先要懂得写什么，也就是说，根据客观要求，判断什么是应该写的，什么事是不应该写的；根据主观能力，判断哪些是可以写的，哪些是不可以写的。判断的第二步是选择具体的"摹仿的对象"——"行动中的人"（《诗学》，章 2）。贺拉斯继承亚里士多德的"摹仿"理论，[①] 发展出了新的文学概念"模型"。贺拉斯"劝告已经懂得写什么的作家到生活中到习惯中去寻找模型，从那里汲取活生生的语言"，以便"把人物写得合情合理"（参《诗学·诗艺》，前揭，页 7 和 154）。总体来看，判断的第一步涉及文学创作与哲理（尤其是政治哲学和道德伦理）的关系，而第二步涉及文学创作和现实的关系。

关于诗歌的功能，贺拉斯既强调诗歌的教育功能，也强调诗歌的娱乐功能：

----

① 亚里士多德指出，叙事诗和肃剧、谐剧和酒神颂……都是摹仿（《诗学》，章 1，见《罗念生全集》卷一，前揭，页 21）。这种观点或许源自柏拉图。在《理想国》里，苏格拉底把诗和故事分为 3 种，其中肃剧和谐剧是从头到尾都用摹仿，叙事诗等是摹仿掺杂单纯叙述，而合唱的颂歌则是单纯的叙述（《理想国》卷二至三，见《文艺对话集》，前揭，页 50）。当然，亚里士多德和他的老师柏拉图有差异，例如关于颂歌：柏拉图认为颂歌是单纯的叙述，而亚里士多德认为颂歌也是摹仿。更有重要的是，亚里士多德是个唯物主义的可知论者，认为摹仿的是现实，而柏拉图是个唯心主义的不可知论者，认为摹仿的不是理性的"真实体"，而是感性的"理式"，所以摹仿的产品（例如文艺作品）是"影像"的"影像"（《理想国》卷十，见《文艺对话集》，前揭，页 66 以下）。

　　诗人的愿望应该是给人益处和乐趣，他写的东西应该给人以快感，同时对生活有帮助（见《诗学·诗艺》，前揭，页155）。

　　为了实现诗歌的功能和诗人的愿望，贺拉斯对诗人履行职责提出了明确的要求。首先，主张言之有物，而且内容要好，要有思想，要有用，反对徒有形式、忽视内容的作品。其次，主张艺术水平要高，反对迎合庸俗趣味。譬如，教育人时语言要精炼；允许虚构，但虚构必须切近真实。

　　关于诗与画的关系，亚里士多德从摹仿者即创作者的角度谈论："诗人既然和画家与其他造型艺术家一样，是一个摹仿者"（《诗学》，章25，参《诗学·诗艺》，前揭，页92）。贺拉斯则从读者或观众的作品审美的角度谈及诗与画的关系：

　　　　诗歌就像图画：有的要近看才看出它的美，有的要远看；有的放在暗处看最好，有的应放在明处看，不怕鉴赏家锐敏的挑剔；有的只能看一遍，有的百看不厌（《书札》卷二，封3，行361-365，见《诗学·诗艺》，前揭，页156）。

　　这种诗画一致的观点对后世产生了较大影响。譬如，18世纪德国启蒙作家莱辛受到启发，在《拉奥孔》或称《论画与诗的界限》里提出，以"诗人就美的效果来写美"（《拉奥孔》，章21）（参莱辛，《拉奥孔》，译后记，页119和216）。

　　最后，贺拉斯对诗人提出一些要求和建议。

　　在讨论诗的"疑难和反驳"即批评与反批评时，亚里士多德认为，"在诗里，错误分两种：艺术本身的错误和偶然的错误"，"诗人应当尽可能不犯任何错误"，但可以为某些错误辩护，因为即使犯了某些错误，也可以达到艺术的目的（《诗学》，章25）。贺拉斯也容忍某些错误，认为"错误难免"，但是他不容忍诗人的平庸，要求诗人追求完美：假如诗歌不能够臻于最上乘，使人心旷神怡，诗人就是一败涂地（参《诗学·诗艺》，前揭，页93、156及下）。贺拉斯认为，完美的诗人是天才与技艺的结合，而技艺是通过勤学苦练获得的。所以，为了达到最上乘的境界，贺拉斯要求诗人同等地重视先天的禀赋与后天的努力：

> 苦学而没有丰富的天才，有天才而没有训练，都归无用；两者应该相互为用，相互结合（见《诗学·诗艺》，前揭，页158）。

可见，贺拉斯相信天才的存在，但是并不过分迷信天才。贺拉斯甚至还批判德谟克里特夸大天才的恶劣影响，尽管他的有些批评言论可能有失偏颇。

亚里士多德从诗人反驳批评家的"疑难"的角度出发，明确指出，"批评家的指责分5类，即不可能发生，不近情理，有害处，有矛盾和技术上不正确"（《诗学》，章25，参《诗学·诗艺》，前揭，页102）。贺拉斯则从接受批评以修改诗文的角度，劝告诗人要善于听取忠实的批评，以便进一步修改：

> 正直而懂道理的人对毫无生气的诗句，一定提出批评；对太生硬的诗句，必然责难；诗句太粗糙，他必然用笔打一条黑杠子；诗句的藻饰太繁缛，他必删去；说得不够的地方，他逼你说清楚；批评你晦涩的字句，指出应修改的地方（见《诗学·诗艺》，前揭，页160）。

在这方面，罗马的昆提利乌斯·瓦鲁斯（Quintilius Varus）堪比希腊亚历山大城严厉的批评家阿里斯塔科斯（Aristarchus）。

通篇来看，除了戏剧，贺拉斯谈得较多的是叙事诗，很少谈及作为"正诗（justum peoma）"的抒情诗，尽管他希望抒情诗为自己赢得最好的赞誉。这种偏好似乎也是亚里士多德的（参《诗学史》上册，前揭，页34）。

从上面的评述来看，贺拉斯的文艺理论和亚里士多德的见解有契合之处。罗念生道出了其中的原因：在创作《诗艺》时，"贺拉斯大概从亚历山大里亚时期的著作中（拉齐克，《古希腊戏剧史》，页8）得知《诗学》的一些内容"（参《诗学·诗艺》，前揭，页129；《罗念生全集》卷八，前揭，页139以下）。所以，《诗艺》是两千多年前的文学实践家贺拉斯结合自己的创作经验，对前人希腊亚里士多德的《诗学》一些部分的阐发，谈不上一部系统的理论专著。

不过，在欧洲古代文艺学中，它仍然占一个承前启后的地位。一方面，《诗艺》上承古希腊亚里士多德的《诗学》。继亚里士多德之后，贺拉斯主张文学摹仿自然，到生活中去找范本，诗人必须有生活经验，真实感情。贺拉斯肯定文学的教育作用，主张戏剧宣扬公民道德，歌颂英雄业绩，写爱国题材。在罗马社会和罗马戏剧自公元前3至前2世纪以后每况愈下的情况下，贺拉斯的这些主张具有一定的积极作用。总体来看，贺拉斯倾向于保守中求创新。贺拉斯主张创造性地模仿古希腊的经典著作，并要求精益求精（参《罗念生全集》卷八，前揭，页291）。

另一方面，《诗艺》下启文艺复兴时期的文艺理论和古典主义文艺理论，对16至18世纪的文学创作，尤其是戏剧和诗歌，具有深远的影响。譬如，贺拉斯对诗歌的崇高任务、对生活的肯定、对古罗马国家的高度评价等论点，激发了文艺复兴时期的诗人和诗评家。又如，贺拉斯的理性原则、克制和适度的原则为17世纪古典主义提供了依据。法国古典主义把贺拉斯的诗歌理论视为标准的经典，最明显的是17世纪布瓦洛的《诗的艺术》（*L'Art Poétique*；）。此外，贺拉斯"寓教于娱乐"的观点受到18世纪强调文学的宣传教育作用的启蒙作家推崇。《诗艺》中韵律必须和谐的思想为蒲伯的《批评短论》（*An Essay on Critic*，1711年）提供灵感。直到现在，贺拉斯的有些诗学观点仍然具有重要的价值（参《欧洲文论简史》，前揭，页91以下；科瓦略夫，《古代罗马史》，页616；王焕生，《古罗马文学史》，页239）。

第七节　历史地位与影响

在早期写作讽刺诗等诗歌时，贺拉斯自称谐剧作家和卢基利乌斯的继承者，但不认为谐剧是诗，也不认为自己是诗人。不过，从着手写抒情诗开始，贺拉斯就开始承认自己的诗人身份，并以此为傲（《歌集》卷一，首1；卷二，最后一首；卷三，首30，《纪念碑》；卷四，首9）。贺拉斯声称，自己的创新之处在于不是像新诗派一样以希腊化时期的亚历山大里亚诗风为典范，而是直接以公元前7至前6世纪的古希腊抒情诗人为典范。一方面，贺拉斯把希腊古典抒情诗的格律引入古罗马，包括阿斯克勒皮阿得斯体诗节（asclepiadeus）5种（例如大阿斯克勒皮阿得斯体诗节［asclepiadeus maior］和小阿斯克勒皮阿得斯体诗节［asclepiadeus minor］）、[①] 萨福体诗节两种（即大萨福体诗节与小萨福体诗节）、阿尔基洛科斯体诗行两种（即大阿尔基洛科斯体诗

---

① 关于阿斯克勒皮阿得斯体诗节的细分，详见《拉丁语语法新编》，前揭，页571及下。

行［archilochius maior］与小阿尔基洛科斯体诗行［archilochius minor］）、① 阿尔凯奥斯体诗节（ἀλκαϊκός 或 alcaicus）一种② 和伊奥尼亚格（ιονικός、ionicus 或 jonicus）。③ 另一方面，贺拉斯还继承和模仿希腊抒情诗的诗歌比喻、意境等（参王焕生，《古罗马文学史》，页 238 以下）。

在古代，贺拉斯的诗歌已经广为流传，因为"贺拉斯的诗歌凭借完美的格律结构、巧妙的词语搭配、优美动人的诗歌形象和言简意赅的思想内容赢得了高度的美誉"（参王焕生，《古罗马文学史》，页 238 及下）。譬如，贺拉斯被誉为"最著名的诗人"［弗隆托，《致奥勒留》（*Ad M. Caes.*）卷一，封 8，节 5］（参 LCL 112，页 122 及下；王焕生，《古罗马文艺批评史纲》，页 273）。又如，昆体良认为，在古罗马讽刺诗人中，贺拉斯占第一位，因为贺拉斯的作品"更简明，更纯洁"（《雄辩术原理》卷十，章 1，节 94，参 LCL 127，页 302 及下；王焕生，《古罗马文艺批评史纲》，页 219）。此外，古罗马时期的阿克隆（Helenius Acron）与波尔菲里奥（Pomponius Porphyrion）已经开始注疏贺拉斯的作品（贺拉斯，《贺拉斯诗选》，引言，页 1）。

文艺复兴时期，尽管贺拉斯的《歌集》中的性爱颂歌与罗马爱情诉歌背道而驰，可他的诗歌还是成为人文主义者攻击宗教禁欲主义的有力武器之一。依据马丁戴尔（Charles Martindale）

---

① 小阿尔基洛科斯体诗行的基本模式为—∪∪—∪∪◡；大阿尔基洛科斯体诗行有扬抑抑格四拍诗行（dactylus tetrameter）与扬抑格三音步（trochaeus tripodie 或 τροχαῖος τριπόδειος）构成，基本模式为—∪∪|—∪∪|—∪∪|—∪∪‖—∪—∪—◡.，参《拉丁语语法新编》，前揭，页 573。

② 由于贺拉斯使用阿尔凯奥斯体诗节，亦称贺拉斯体诗节，参《拉丁语语法新编》，前揭，页 570。

③ 伊奥尼亚格又称六倍拍（相当于乐曲的四分子三拍），包括大伊奥尼亚格（ionicus ā maiōre，即长长短短格）与小伊奥尼亚格（ionicus ā minōre，即短短长长格），参《拉丁语语法新编》，前揭，页 550。

的《奥维德、贺拉斯等诗人》（即《罗马的遗产》，章7）和苏利文（J. P. Sullivan）的《讽刺诗》（即《罗马的遗产》，章8），在英国，瓦特（Thomas Wyatt，约1503-1542年）认为，1600年以前，贺拉斯基本上是以《书札》和《讽刺诗集》作者的面貌出现的。近代拉丁诗人萨尔别夫斯基（Mathias Casimir Sarbievius，1578-1640年）、法国七星诗社的龙萨（Pierre de Ronsard，1524-1585年）和杜·贝雷（Joachim du Bellay，1522-1560年）模仿贺拉斯的抒情诗。其中，龙萨著有《颂歌集》和《关于时代灾难的时论诗》，杜·贝雷著有《保卫和发扬法兰西语》和《悔恨集》（参王焕生，《古罗马文学史》，页239；詹金斯，《罗马的遗产》，页243；《古罗马文选》卷三，前揭，页177）。

17世纪早期，贺拉斯的抒情诗影响较大。琼森认为，贺拉斯是个文雅的作家，是异教徒中唯一能够成为美德和智慧最优秀的大师的人，因为经验让贺拉斯对因果关系有卓越和真实的判断（引自《发现集》，节3204）。在美德方面，琼森的《游彭胡斯特》[《森林集》（*The Forest*，1616年），章2]第二节里，像贺拉斯的萨宾农场一样，彭胡斯特是某些道德选择的焦点，是好客、友好和舒适生活的代表。在智慧方面，琼森模仿贺拉斯的幽默，创作《我的画像留在了苏格兰》[《灌木集》（*Underwood*，1640年），章9]。不仅琼森本人诗歌的风格以贺拉斯为样板，并因此获得"英国的贺拉斯"的称号，而且琼森还把贺拉斯所有的作品，包括贺拉斯的《颂歌集》（*Oden*，即《歌集》）在内，变成英国文学的核心部分。琼森崇拜贺拉斯对英国诗歌的发展产生重大影响，直到蒲伯死前，甚至在英国新古典主义以后，英国诗歌基本遵循琼森确定的路线（参詹金斯，《罗马的遗产》，页243以下）。

琼森在结构工整、富有个性地表达独特的诗歌感情方面的后继者是马维尔，他的政治颂歌《为克伦威尔自爱尔兰归来所作的贺拉斯式颂歌》(*Horatian Ode upon Cromwell's Return from Ireland*，1650 年发表）的结构让人想起贺拉斯《阿尔凯伊克》。马维尔追随贺拉斯，以《克娄巴特拉颂》为主要样板，描写查理一世上断头台（行 57-64）。马维尔对贺拉斯描写的狩猎情景进行改造，更具分析色彩地描述克伦威尔对公众利益的绝对忠诚。马维尔遵守古典的合宜原则，披上古罗马的外衣，抛开宗教的桎梏，以冷静的口吻叙述整个意识形态的斗争，生拉活扯地把贺拉斯拽进英国革命的政治"行动"中。

在贺拉斯的人文主义观点方面，琼森也有继承人，例如更古典化的赫里克（Robert Herrick，1591-1674 年）。贺拉斯主张及时行乐，赫里克感叹岁月不饶人，所以邀请科林娜去庆祝五朔节（《科林娜要去庆祝五朔节》，行 69 及下）。贺拉斯主张简朴，乐于作蜜蜂，所以非常详尽地描绘他准备献祭的小牛犊（《颂歌》卷四，章 2），而赫里克以泼墨的方式描写房子的小（《感谢他的房子》，行 17-26），并且像 17 世纪的巴金斯（Bilbo Baggins）一样为他所有的一切感到高兴（参詹金斯，《罗马的遗产》，页 248 以下）。

此外，蒲里奥（Matthew Prior，1664-1721 年）不仅赞美贺拉斯为比他"更高尚的诗人"[《致克洛厄·杰那斯（Chloe Jealous)》，末节]，而且他的诗中也有贺拉斯的某些元素，但是带有美化的色彩，缺乏分量。科林斯（William Collins，1721-1759 年）的《黑夜颂》也有贺拉斯的元素，不过缺少贺拉斯的机智、严格和转换时的复杂（参詹金斯，《罗马的遗产》，页 243 和 255）。

18 世纪，贺拉斯是最受欢迎的人物，因而是"最贺拉斯化的时期"。在蒲伯的作品中，贺拉斯几乎无处不在，只不过蒲伯追随的主要是贺拉斯的六拍诗行（hexameter）。譬如，《卷发遇劫记》末尾几行完美地再现了贺拉斯式的嘲弄效果。蒲伯以讥讽的口吻，夸张巧妙地指出人类美丽的短暂性［《旋律》（*Canto*），节 5，行 145-150］。蒲伯也模仿贺拉斯的书信体作品。其中，《致一位女士的信》［(*An Epistle*) *To a Lady*: *Of the characters Women*，《道德论集》卷二］把书信体的多样性发挥到极致。蒲伯采用优雅的口语，模仿贺拉斯"高雅的混杂"：时而讥讽，时而赞美；时而严肃，时而轻快；时而高雅，时而低俗。譬如，在蒲伯写他喜欢的女人布龙特夫人（Mrs. Blount）的时候［《致一位女士的信》，行 249-262］，语言中包含建议、赞美、善意的玩笑和鼓励（参詹金斯，《罗马的遗产》，页 250 及下）。

　　在蒲伯以后，贺拉斯继续受到追捧。约翰生翻译贺拉斯颂歌的一部分，包括第四卷的第七首（参詹金斯，《罗马的遗产》，页 251）。

　　19 世纪，浪漫主义模仿贺拉斯笔下的风景。贺拉斯曾描绘葡萄成熟时节美丽的丰收景色（《颂歌》卷二，节 5，行 8-11），而华兹华斯描写贺拉斯所热爱的萨宾农场（《自由》，行 100-105）。这表明，华兹华斯"非常喜欢"贺拉斯对乡村的感情以及对友谊的追求。

　　拜伦（1788-1824 年）尽管写过一段著名的、关于贺拉斯的话："那么再见了，贺拉斯，那让我憎恨的人，可这并非你的过错，而是我的过错"（《恰尔德·哈罗尔德游记》，首 4，节 77），可他的诗歌、书信和游记证明他并没有真的忘记贺拉斯（参詹金斯，《罗马的遗产》，页 252 及下）。

　　丁尼生（Alfred Lord Tennyson，1809-1892 年）的《悼诗》在细节和诗歌节奏方面都受到贺拉斯的影响。而《致尊敬的 F. D. 毛里斯》则是采用现代诗的形式，模仿贺拉斯的邀请诗风格，非常优美（歌 1，节 4 - 5 和 11 - 12）。罗马尼亚浪漫主义诗人埃米内斯库（Mihai Eminescu，1850 - 1889 年）模仿贺拉斯，创作讽刺诗和书札。把俄国诗歌引向顶峰的大诗人普希金（Alexander Sergejewitsch Puschkin，1799 - 1837 年）模仿贺拉斯的抒情诗（参詹金斯，《罗马的遗产》，页 253 及下；《古罗马文选》卷三，前揭，页 177）。

20 世纪，对贺拉斯的评价不一。有人认为，贺拉斯只是个巧妙地摆弄常识的人物。但也有人高度评价贺拉斯。休斯曼（A. E. Housman，1859 - 1936 年）认为贺拉斯的《雪融》（*Diffugere Nives*：《颂歌》卷四，首 7）是"古代文学中最优美的诗篇"，并用最优美的英语翻译。受到贺拉斯的影响，休斯曼的诗歌凝重、经济和准确，例如《最可爱的是樱桃》（参詹金斯，《罗马的遗产》，页 245 和 254）。

贺拉斯笔下的女人库纳拉在道逊（Ernest Dowson，1867 - 1900 年）的情感诗《我已不再像以前那样，喜欢善良的库纳拉》中复活："我对你是一直忠诚的，库纳拉，以我的方式"。伯杰曼（John Betjeman）则模仿贺拉斯，把机智与黑色笔调结合起来，追求诗歌的社会性。麦克雷斯（Louis MacNeice，1907 - 1963 年）和奥登也表现出对贺拉斯的兴趣（参詹金斯，《罗马的遗产》，页 254）。叶甫图申科模仿贺拉斯的抒情诗。德国诗人博尔夏特（Rudolf Borchardt，1877 - 1945 年）模仿贺拉斯，创作抑扬格诗行（iambus）。

贺拉斯的影响不仅在诗歌实践方面，而且还在于诗歌理论方面。也许贺拉斯不是第一个谈论古罗马抒情诗的人，但是肯定是最有决定权的人。以后的各个文化时期谈及贺拉斯：什么是伟大的抒情诗？它必须达到哪些内容与形式上的高要求？这就首先让人想起基督教艺术诗的创始人普鲁登提乌斯。此外，讽刺诗人贺拉斯挑起了古罗马帝政时期的讽刺诗人佩尔西乌斯与尤文纳尔之间的竞赛热情。

中世纪，贺拉斯的《书札》及其包含的生活智慧受到人们的欢迎。更重要的是，贺拉斯鉴别世界与鉴别人的能力让中世纪沿着他的道路前进。

贺拉斯的诗学——有时候失去了闲谈（sermo）的特征，而加强了教义的特征——对近代文学理论产生了不可忽视的影响。譬如，近代讽刺诗与书札——从伟大的法国人到罗马尼亚浪漫主义诗人埃米内斯库——的历史不可能不让人想起贺拉斯（参《古罗马文选》卷三，前揭，页177）。

贺拉斯诗学对西方古典主义影响最大。法国古典主义把贺拉斯的诗歌理论视为标准的经典，最明显的是17世纪布瓦洛的《诗的艺术》（*L'Art Poétique*）。贺拉斯的理性原则、克制和适度为17世纪新古典主义提供依据。18世纪，启蒙作家推崇贺拉斯的"寓教于乐"，例如莱辛的《论寓言》。与贺拉斯"寓教于乐"一致的是，德国古典主义作家席勒提出的诗的两个原则：第一个原则"诗是娱乐和休息的工具"；第二个原则"诗是提高人的道德的工具"（参科瓦略夫，《古代罗马史》，页616；《德语诗学文选》上卷，前揭，页166及下）。而《诗艺》中韵律和谐的思想为英国古典主义诗人蒲伯的《批评论》提供灵感。

直到现在，贺拉斯的有些诗学观点仍然具有重要的价值（参王焕生，《古罗马文学史》，页239）。

第四章　诉歌诗人

引　言

从词源来看，现代语言中的哀歌，例如德文 Elegie 和英文 elegy，都是古希腊文 ἔλεγος（诉歌）的转写。而表达哀痛的 ἔλεγος（挽歌）的格律可能源于弗律基亚语，本义"芦苇"（参王焕生，《古罗马文学史》，页 241），或源于亚美尼亚（Armenia）语[①] elegn（"笛"）。

笛音凄婉，这是符合丧葬气氛的。像古罗马的悼亡曲一样，起初的哀悼哭号是仪式化的：一人领唱，歌队随着笛子的伴奏应和。领唱的歌词后来发展成为六拍诗行（hexameter）；歌队应和的歌词比领唱的歌词短，原本不成文，但后来发展成为五拍诗行（pentameter）。诗歌格律对句格（distichon）由此而产生（参刘

[①] 刘皓明，《荷尔德林后期诗歌》（评注，卷上），见刘小枫主编，《西方传统：经典与解释》，上海：华东师范大学出版社，页 180。

皓明，前揭书，页 180）。

据研究，对句格诗是最早的抒情诗（参《罗念生全集》卷八，前揭，页 220）。也就是说，对句格是最早的抒情诗格律。在古希腊诗歌格律中，指度（daktyl）[①] 是最小的节拍单位，由两个长音［也称盟约律、扬扬格或长长格（spondeus）］或一个长音（elementum longum）加两个短音（elementum biceps）［也称长短短格或扬抑抑格（dactylus）］构成。也就是说，从指度的角度看，前述的六拍诗行（hexameter）由 6 个指度构成，五拍诗行（pentameter）由 5 个指度构成。

假如用"—"表示一个长音的音符（相当于音乐的四分之一音符♩），"◡"表示一个短音的音符（相当于音乐的八分之一音符♪），[②] 用"/"表示行中的音顿，"//"表示行末的休止，那么一个指度或音步可以表示为"——"或"♩♩"（盟约律格式）或"—◡◡"或"♩♫"（扬抑抑格［dactylus hexameter］格式）。

对于对句中的第一行而言，六拍诗行（hexameter）可以表示为"—◡◡（指度 1）—◡◡（指度 2）—◡◡（指度 3）—◡◡（指度 4）—◡◡（指度 5）——（指度 6）//"。其中，下划线表示这两个短音可以由一个长音来代替。也就是说，指度 1-4 比较自由，其构成可以是　个盟约律，也可以是一个长音加两个短音。不过，指度 5 多为一个长音加两个短音，指度 6 永远

---

① 希腊文 δάκτυλος 转写为 dáktylos，意为"手指"。在古希腊格律中，dactylus 具有两层含义。第一个含义是格律的计量单位，译为"指度（dactylus）"，即通常所说的"节拍（meter）"。此外，由于 1 根手指有 3 节，其中，第一个指节长，第二个和第三个指节短，因此又有另外一个含义：扬抑抑格或长短短格（dactylus），可以表示为 —◡◡。与之相反的格律是短短长格或抑抑扬格（anapaest），可表示为 ◡◡—。

② 关于节拍，详参《拉丁语语法新编》，前揭，页 548 及下。

都是两个长音或一个盟约律。

对句中的第二行是五拍诗行（pentameter），由两个重复的六拍诗行（hexameter）的一半构成，所以可以表示为"—◡◡（指度 1）—◡◡（指度 2）—（半个指度）/—◡◡（指度 3）—◡◡（指度 4）—（半个指度）//"。其中，行中音顿前的两个指度即指度 1-2 的构成可以是一个长音加两个短音，也可以是盟约律，但是行中音顿后的两个指度即指度 3-4 的构成不能是盟约律（参《罗念生全集》卷八，页 178）。

贺拉斯曾说，对句格（distichon）最初用来表达哀痛（querimonia）。有人认为，这里所说的用来表达哀痛的就是有笛子伴奏的悼亡歌曲（ἔλεγος）或丧葬前的挽歌（ἐπικήδειον）。[①] 古希腊文 ἔλεγος 最初仅仅指应和的五拍诗行（pentameter），后来才统指一唱一和的整个对句。在这种表示哀吊的诉歌中，对句格的诗句起初并不限于两行。在一首对句格诗中，也可以出现两个或多个六拍诗行（hexameter）与五拍诗行（pentameter）交替或一唱一和的诗行组合，例如阿尔凯奥斯（Ἀλκαῖος 或 Alcaeus，原译阿尔开俄斯）的双行体《墓碑》（参《罗念生全集》卷六，前揭，页 3）。

贺拉斯也曾说，对句格（distichon）"起先用来作为诉歌的格式，后来也用它表现感谢神恩的心情"（《诗学·诗艺》，前揭，页 141）。也就是说，抒情诗格律对句格发生了衍变。这里提及的表现对神恩的感谢之情的对句格诗实际上就是发愿的箴铭。这种箴铭借用了诉歌的对句格格律。箴铭的格律后来在古希腊文里称作 ἐλεγεῖον，用拉丁字母来书写就是 elegeion，中文音译

---

① 希腊文 ἐπικηδ-εία，-ή，葬礼、丧礼，参《希腊语－英语词典》，前揭，页 638。

为"埃勒格体"。埃勒格体（ἐλεγεῖον 或 elegeion）与对句格（distichon）的格律相同，其节奏"很雍容、缓慢、平和"，并且都不像中国古诗一样押尾韵（参《罗念生全集》卷八，前揭，页220）。

不过，埃勒格体（ἐλεγεῖον 或 elegeion）与对句格（distichon）还是有区别的。依据亚里士多德的《诗学》，"埃勒格体"名叫"箫歌格"（参《诗学·诗艺》，前揭，页5）。由此推断，起初这种诗格肯定同"箫乐"密切相关。伴奏"箫歌格"诗歌的或许就是箫，特别是芦管材质的双管箫。也就是说，从音乐的角度看，由于对句格的适用情景发生改变，伴奏的乐器也从横吹的笛子变成为竖吹的箫。

同样，采用埃勒格体（ἐλεγεῖον 或 elegeion）的箴铭与采用对句格（distichon）的丧歌也是有区别的。在古代祭祀时，祭祀者发出神灵附体般的激烈嚎叫声（ἐλελεῦ，痛哭声或恸哭声）。因而也有人认为，诉歌（ἔλεγος）源于古代祭祀时的嚎叫声。这种观点虽然是可疑的，因为从贺拉斯的记述来看，对句格诉歌产生于发愿的箴铭以前，但是也是有价值的：祭祀时嚎叫声的激烈性与先前丧葬时哭号丧歌的凄婉性形成鲜明的对比，标志着对句格应用于新的文学体裁和题材。譬如，公元前7世纪上半叶的以弗所人卡利诺斯（Kallinus）和下半叶的斯巴达人提尔泰奥斯（Tyrtaeus）的战歌基调比较昂扬（刘皓明，前揭书，页181）。

对句格诉歌源于伊奥尼亚地区，并在小亚细亚发展繁荣。在当地的死人葬礼上，在笛音的伴奏下，演唱有应和的副歌（ἒ ἒ λέγ᾿ ἒ· ἒ λέγ）的挽歌（ἐλέγους）。这些唱词大多数都是一个演唱的六拍诗行（hexameter）后接一个应和的副歌，因此把一个六拍诗行（hexameter）与后面紧接的一个五拍诗行（pentame-

ter）的组合称作 ἐλεγεῖον（挽歌体），把这种对句格或挽歌体
（ἐλεγεῖον）的诗（elegeia）称作诉歌体的诗或铭文（τὰ ἐλεγεῖα）
或后来的挽歌或哀歌（ἡ ἐλεγεία）。①

ἔλεγος（诉歌）起初仅指挽歌或悼亡曲，但是它的概念很
快跨越了狭窄的范围，可以指任何一首采用对句格（distichon）
的、内容各式各样的诗。诉歌介于叙事诗与抒情诗之间。六拍
诗行（hexameter）属于叙事诗，在添加作为 ἐπῳδή（伊奥尼亚
语，诗）的五拍诗行（pentameter）以后，就迈出了走向抒情
诗的第一步。在形式方面，对句格介于英雄诗的平铺直叙与抒
情诗的表现手法的多式多样之间。在内容方面，诉歌摇摆于叙
事诗的客观叙述与抒情诗的丰富情感之间。诉歌诗人把客观的
叙述与主观的反思结合起来。在历史上，诉歌似乎也是叙事诗
与抒情诗之间的承上启下的中间者，因为诉歌随着叙事诗的衰
落而出现，是最初的抒情诗的先锋（参《古罗马诉歌诗人》，
前揭，页3及下）。

虽然现在无从知晓"这种短小的挽歌体是哪个作家首创的"
（参《诗学·诗艺》，前揭，页141），但是可以明确，已知的第
一位对句格（distichon）抒情诗人是前述的卡利诺斯。和诉歌的
创始人卡利诺斯一样，提尔泰奥斯（Tyrtaios）、雅典的梭伦
（Solon）、麦加拉的特奥格尼斯（Theognis）、米利都（Milet）的
佛吉利德斯（Phokylides）都是第一批突破丧歌界限的政治诉歌
诗人，他们的诗歌也称箴言诗。不过，诉歌很早就脱离政治领
域，越来越局限于爱情领域，即歌唱个人的苦与乐。第一位性爱
诉歌（erotische Elegie）诗人是公元前7世纪下半叶科罗封的弥

---

① *Römische Elegiker. Eine Auswahl aus Catull, Tibull, Properz*（《古罗马诉歌诗
人》）. Bearbeitet von K. P. Schulze, Berlin 1879, 页3。

涅尔摩斯（Mimnermus）（参普罗佩提乌斯，《哀歌集》，译者前言，页2）。从风格来看，政治诉歌刚劲有力，激动人心，性爱诉歌则歌颂青春的欢乐，似乎完全脱离了对句格诉歌本初的悲戚和伤感，例如克奥斯（Keos）的西蒙尼德斯（Simonides）写的歌颂阵亡将士的挽歌（诉歌体碑铭诗）。例外的是科罗封的安提玛科斯写亡妻的性爱诉歌《吕德》（Lyde），兼具挽歌与性爱诉歌的特点，后来成为博学的亚历山大里亚诗风的典范。只不过亚历山大里亚的爱情诉歌不再像弥涅尔摩斯的性爱诉歌一样简朴和自然，而是华丽，即学识渊博，旁征博引神话，使用罕见的字词，运用不自然的韵律。属于此列的诉歌诗人有科斯（Kos）的菲勒塔斯（Philetas）、科罗封的赫耳墨西阿那克斯（Hermesianax）、昔勒尼的卡利马科斯、哈尔基斯（Chalkis）的欧福里昂和尼卡亚（Nikaia）的帕尔托尼乌斯（参《古罗马诉歌诗人》，前揭，页4以下）。从这个意义上讲，国朝学界把埃勒格体（ἐλεγεῖον或 elegeion）通译为"挽歌体"，这是不恰当的，因为埃勒格体（ἐλεγεῖον或 elegeion）箴铭与对句格（distichon）诉歌是不同的，不再是丧歌。

18世纪中期德国文学理论家阿卜特（Thomas Abbt）在《论对拉丁诉歌的模仿》（von Nachahmung der lateinischen Elegien）中说，诉歌是"对我们混合情感感性的完美描绘"。这种混合情感就是人所罹受的巨大痛苦"被柔化"以后，"在灵魂中慢慢儿生出的情感"。用他的后继者门德尔生（Moses Mendelssohn）论诉歌的草稿和雅各比（Johann Georg Jacobi）《论哀歌》（Über Elegien，1774年）里的观点来说，这种"混合情感"就是柔和下来的悲痛和重生的欢乐。也就是说，诉歌不是直接宣泄巨大的痛苦，而是抒发一种随着时间的流逝把痛苦深深地埋入灵魂底层的内化情感：忧郁和感伤。受到这种影响的感伤诗歌有英国格雷

（Thomas Gray）的《墓畔哀歌》（*Elegy written in a countrz church-yard*，1751 年）和以荷尔替（Ludwig Heinrich Christoph Hölty，1748－1776 年）为代表的德国哥廷根诗人的最精纯的感伤诗作。值得一提的是，阿卜特从混合情感的角度出发，指出了诉歌同颂歌、牧歌和肃剧的区别：颂歌表达纯粹的情感；牧歌表达的情感和行动既不知驱迫也不知罪孽；肃剧直接宣泄人所罹受的巨大痛苦，把它"凝为正义感，凝为控诉，凝为威胁，凝为出乎意料的决绝"。肃剧诗人更关注普遍的悲痛，思考全人类的悲惨和灾难处境，例如莎士比亚的《哈姆雷特》中对人生、死亡的思考。而真正的诉歌诗人仅仅关注个体的痛苦，例如罗马诉歌（参刘皓明，前揭，页 183 以下）。

　　或许由于在对句格（distichon）格律发展的初期，叙事诗格律业已失去自己的主导地位，其余诗歌格律尚不成熟，而散文形式还未得到充分的发展，对句格格律一产生就被用来表现生活的各种现象和生活的各个方面。因此，当时的对句格诗歌的题材十分广泛，涉及政治（如梭伦的对句格诗歌）、军事（如卡利诺斯的对句格诗歌）、教谕和艳情（如公元前 6 世纪中期的忒俄格尼斯的对句格诗歌）等。

　　尽管对句格诗的内容不再是哀吊死亡，而是非哀吊的，尽管从对句格诗的第一个诗行推断，对句格是从叙事诗格律衍变而来的，因为对句格的第二行的格律是从第一行的格律衍变而来的，而第一行采用叙事诗格律长短短格六拍诗行（dactylus hexameter）或"英雄体诗行"（参普罗佩提乌斯，《哀歌集》，译者前言，页 1），可是对句格诉歌与叙事诗还是有别的：对句格诉歌不报道事件，而是在有限的范围内提供主观的沉思和告诫。由此可见，亚里士多德反对把用对句格写作的人都称作"诉歌诗人"是有道理的（参刘皓明，前揭，页 181）。

　　用对句格的诗不一定是诉歌，例如箴铭诗人马尔提阿尔的作品。[①] 同样，诉歌不一定采用对句格。譬如，从 17 世纪的巴洛克时代起，以诉歌自命的诗歌经常使用的其实是赞歌的格律，特别是安纳克瑞翁格（anakereonisch），而五拍诗行（pentameter）的奥维德"女子书体"和六拍诗行（hexameter）的叙事诗体裁也常用来表达诉歌的内容（参刘皓明，前揭，页 191）。

　　后来，随着其它诗歌格律形式的成熟和散文形式的发展，对句格诗歌的内容日益变得狭窄起来，最终爱情情感成了对句格诗歌的主要抒发题材，尤其是在希腊化的亚历山大里亚时期。

　　在古罗马，已知的第一个（在他的几首铭辞诗中）运用诉歌格律的诗人是引入六拍诗行（hexameter）的恩尼乌斯，但是第一个写埃勒格体诗歌的是受到亚历山大里亚诗风影响的罗马新诗派代表人物卡图卢斯。卡图卢斯有一小部分埃勒格体箴铭诗传世，因而被称为罗马诉歌的奠基人（参刘皓明，前揭，页 182）。不过，卡图卢斯的主要成就是采用十一音节体诗行（hendecasyllabus）等多种格律的短歌，因此，古罗马批评家没有把卡图卢斯归入诉歌诗人。

　　第一位真正的罗马诉歌诗人是伽卢斯。在古希腊诉歌和亚历山大里亚诗歌的影响下，罗马诉歌诗人在继承前辈成就的同时，以当时罗马生活为描写对象，写作有罗马特色的罗马诉歌，特别是爱情诉歌。

　　罗马诉歌的产生是有其深刻的社会原因的。从公元前 27 年建立第一古罗马帝国开始，奥古斯都虽然还披着共和的外衣，但实际上已经实行君主专制。一些贵族或贵族子弟无法像先前

─────────────

　　① 马尔提阿尔指出，写对句格诗的人想用简洁（brevitas）讨人喜欢，但是对于书而言，简洁无用（《铭辞》卷八，首 29），参 LCL 95，页 180 及下。

或先辈一样实现共和的政治抱负，又不甘于沦为营利的商人，只有遁入写作的休闲生活。不过，他们对奥古斯都的新政权仍然还有或多或少的不满情绪，但是又因为被剥夺了权力而无可奈何。在这种情况下，尽管奥古斯都竭力笼络文人为政治服务，出现了诗坛主流高唱颂歌的"太平"景象，可还是有人奏出了不和谐音——"诉歌"。诉歌诗人无意于或不敢直接批评或反对统治者，似乎只有置身世外，潜心于"诉歌"这门"纯艺术"。在诉歌中，诗人不问世事和哲理，只谈爱情；没有社会责任感，只有爱情情感。在虚拟的爱情世界中折射出诉歌诗人对社会的不满。

席勒在《论天真的诗和伤感的诗》（*Über Naive und Sentimentalische Dichtung*，1795）说：

> 诉歌诗人寻求自然，但是寻求的是它的美而不是它的舒适；是在它与理念的一致中而不是仅仅在其对需求的满足中寻求。对失去的喜乐、对从世上消失了的黄金时代、对青春和爱情等逝去的幸福的哀痛，只有当感性的喜乐状态同时成为道德和谐的对象来表现时，才能成为诉歌的素材。……所以诗的哀怨的内容永远不能是一种外在的，而只能是一种内在的观念的对象；即使它哀叹现实中的所失，也必须先把它转化成为一种观念的。……诉歌诗人寻求自然，可是是作为一种理念，是在其从未在其中存在过的完美中，虽然他会把它作为曾经有过而如今失去了的东西来啼哭。[①]

---

① 参 Schiller, *Werke* 20. 1，页 450 及下。另参刘小枫选编，《德语诗学文选》上卷，上海：华东师范大学出版社，2006 年，页 130 及下。

可见，罗马诉歌诗人属于伤感的诗人，处理的对象是内在的观念，而不是外在的现实。他们更多地流露出对现实的厌恶。他们在文化后的世界里怀念尚未被文化时的自然（参刘皓明，前揭，页187及下）。

罗马诉歌盛行于公元前1世纪30至20年代。兴盛时期的代表人物是提布卢斯与普罗佩提乌斯。其中，提布卢斯以其精微的感受力和对真实激情的抒发，超越了希腊化时代的前辈范本，对后来德国的诉歌影响深远。普罗佩提乌斯凭借《哀歌集》成为古罗马诉歌的杰出代表人物，对歌德的诉歌创作产生了很大的影响（参刘皓明，前揭，页182）。

后来，随着诉歌诗人对新政权的不满心态发生改变，罗马诉歌也很快随之衰落。奥维德是罗马诉歌衰变时期的代表人物。奥维德虽然发展了爱情的主题，但是使得爱情堕落为轻浮的游戏，这就使得他的诉歌虽然富于修辞，但是缺少真情实感。因此，席勒认为，奥维德的《诉歌集》不是诉歌：

> 正如凄厉的讽刺中的愤怒和嬉笑的讽刺中的嘲弄一样，诉歌中的悲哀是从理想所引起的热情产生的。完全处于这点，诉歌才获得自己的诗的价值，而这类诗作的其他任何源泉都完全不配有诗的尊严。诉歌诗人寻求自然，但是从它的美中，不仅仅从它的可悦中；从它和理想的一致中，不仅仅从它对感官需要的随时满足中。因欢乐丧失而感到的悲哀，因黄金时代在世界上的消失而发生的幽怨，引青春、爱情等等的幸福一去不复返而产生的哀愁，只能够成为诉歌诗的题材，如果这些感觉的平静状态同时能被表现为道德谐和的对象。因此我不能把奥维德从黑海流放地寄发的那些悲怨的歌认为是诗作，不管它们怎样地令人感动，不管它们包含着如

此多的诗的段落。他的悲痛太缺乏活力，太缺乏精神和高贵品质了。他的哀诉表明所缺少的是力量，而不是热情。如果它们不是反映了庸俗灵魂的痕迹，那末它们也反映了被命运蹂躏的高贵灵魂的卑下情调。的确，如果我们记得他所悲叹的是罗马，是奥古斯丁的罗马，那末我们能够宽恕这个快乐的儿子所犯的错误；但是，即使雄伟庄严的罗马，除非想象力使它变得崇高，也只是一个有限的伟大，因而也不配作诗的题材，因为诗被提高到现实的一切之上，只应当悲叹无限的东西。

因此，诗的悲叹的内容决不能取自外界，而只应该是属于内在的理想的世界；即使悲叹的是现实世界所在发生的损失，那也必须首先把它变成理想的事件。诗人对于题材的处理的确就在于这样使有限的东西变成无限的东西。因此，外界题材本身是无关紧要的，因为诗决不能按照它本来的样子加以运用，而是必须按照处理它的方式来赋予它以诗的品格。诉歌诗人寻求的是自然，然而是作为理想的自然，并且看成是完美到自然从来没有在现实中达到过的地步，虽然他把这种完美当作曾经存在过而现在已经消失的东西来悲叹（《德语诗学文选》上卷，前揭，页130及下）。

在席勒看来，诉歌诗人就是"拿自然和艺术对立，拿理想和现实对立，使自然和理想的描绘占主导的地位，而它所引起的愉快成为主要的感情"的诗人。诉歌分为两种：狭义的诉歌和广义的诉歌：

或者是自然和理想成为悲伤的对象，当自然丧失了，而理想被表现为不可企及的时候；或者是自然和理想成为欢乐的对象，当两者被表现为现实的时候。前者是狭义的诉歌；后者是广义的诉歌（《论素朴的诗与感伤的诗》，参《德语诗学文选》上卷，前揭，页129及下）。

尽管如此，奥维德的《女子书简》（Heroides）还是对巴洛克时代盛行的诗歌产生了很大的影响（参刘皓明，前揭书，页182）。

罗马诉歌的形式是对句格（distichon）格律，内容以爱情为主。诗人视爱情为生活的基本目的和内容。在创作过程中，诗人遵循传统的格式，包括套式情节、情景及词语，例如幽会、分离和闭门羹。又如，在情敌竞争中，诗人贫穷，情敌富有，情人水性杨花和贪婪，再加上老鸨作梗，因此，诗人的爱情注定是悲剧：情人背叛；无望的诗人充满忧伤。与此同时，诗人又倾注自己的感情，赋予作品新的特色：赞美古代良好的社会风尚，抨击当时的道德败坏和堕落。

罗马诉歌与希腊诉歌在题材方面有很大差别：希腊诉歌以写社会生活为主，而罗马诉歌以写爱情为主，用以抒发爱情的欢乐、悲愁和痛苦。这很可能是由于罗马诉歌受到亚历山大里亚诗派的影响。首先，在希腊化时期的亚历山大里亚诗歌中，不仅有以神话爱情故事为题材的爱情诗歌，而且当时流行的牧歌也表现爱情主题。以写短篇叙事诗见长的亚历山大里亚时期的诗人欧福里昂也写爱情题材的诗歌，对罗马新诗派产生过不小的影响。亚历山大里亚诗人卡利马科斯和菲勒塔斯等诗人在当时也很受欢迎，对罗马诉歌诗人也产生不小的影响：普罗佩提乌斯自称模仿了他们的诗歌（《哀歌集》卷二，首34，行31及下），奥维德在《恋歌》里自比卡利马科斯，在《致妻子》里提及在一定范围内众所周知的诗人菲勒塔斯。其次，罗马诉歌诗人把自己的爱情诗歌集中于一个女性对象，抒发主观爱情情感，这也是亚历山大里亚诗歌的表现手法之一。另外，在爱情主题、爱情情景以及相应的习用词语表达方面，罗马诉歌诗人都继承了古希腊诗人，特别是亚历山大里亚时期的诗人。

第一节　伽卢斯

一、生平简介

第一个罗马诉歌诗人是伽卢斯（Gaius Cornelius Gallus）。关于伽卢斯的生平，后人知之甚少，也不确切。伽卢斯大约生于公元前 69 年，是阿尔卑斯山南高卢人。青年时期，伽卢斯曾是奥古斯都的同窗好友。大概由于奥古斯都对伽卢斯的友情，伽卢斯曾历任高官。在屋大维同安东尼和克里奥佩特拉作战的时候，伽卢斯保卫非洲前线，取得胜利，成为埃及的首任总督（参维吉尔，《埃涅阿斯纪》，译者序，页 3，注释 2）。由于治理无方，伽卢斯被召回罗马。后来由于伽卢斯对奥古斯都不敬，不仅被革职，而且还被指控滥用职权，遭流放。大约公元前 26 年，伽卢斯见自己失宠于奥古斯都，便在审判之前自杀身亡。[1]

二、作品评述

关于在古代很有名的伽卢斯的诗歌创作情况，人们也知道得并不多。青年时期伽卢斯属于新诗派，与新诗派领军人物瓦勒里

---

[1]　或者生于公元前 70 年，死于公元前 27 年，参曼廷邦德，《拉丁文学词典》，页 120。

乌斯·加图（Valerius Cato）① 很接近，曾经把欧福里昂的诗歌译成拉丁文。当时生活在罗马的著名亚历山大里亚的诉歌诗人帕尔托尼乌斯曾送给伽卢斯一本神话爱情故事集，以供伽卢斯写诗。伽卢斯的爱情诉歌献给一个名叫吕科里斯的模拟剧演员，这个女子的真名为居特里斯（Cytheris）。

> 不久前伽卢斯为妖媚的吕科里斯（Lycoris）动心，
>
> 　死后用冥间之水洗过多少怨情（普罗佩提乌斯，《哀歌集》卷二，首34，行91-92，见普罗佩提乌斯，《哀歌集》，页225）。

伽卢斯写的诉歌《恋歌》（*Amores*）有4卷，但是基本上都已失传（参《古罗马诉歌诗人》，前揭，页7）。迄今为止，只有唯一的一首诉歌体情诗的残篇传世。第一个诗节的前3个词依稀可辨：nequitia … Lycori tua（丰卫平译：因为你的放荡，吕科里斯）。

值得一提的是，在出土的莎草纸抄本上，前4句相关联的诗句谈及恺撒。

> fata mihi, Caesar, tum erunt mea dulcia, cum tu
>
> maxima Romanae pars eri 〈 s 〉 historiae
>
> postque tuum reditum multorum templa deorum
>
> fixa legam spoliis divitiora tuis

---

① 　全名 P. Valerius Cato，新诗派（neoterici）或欧福里昂的效颦者们（Cantores Euphorionis）之一，《维吉尔补遗》里的《吕狄娅》（*Lydia*）和《祸水》（*Dirae*）曾被认为是瓦勒利乌斯·加图的作品，但非常可疑，参曼廷邦德，《拉丁文学词典》，页286及下。

　　我的命运，恺撒啊，将钟情于我，当你

　　成为罗马历史上最伟大的人物之时，

　　假如我会期望你的归来，众神之庙

　　将因为你高高悬挂的战利品而更加富有（丰卫平译，

见克拉夫特，《古典语文学常谈》，页73）。

　　字里行间洋溢着伽卢斯向恺撒（指屋大维或奥古斯都）表达的敬意。不过，这种敬意是华而不实的，因为诗人已经有意识地疏远恺撒。在诗人眼里，事业属于恺撒，而爱情则属于诗人。也就是说，在爱情与事业面前，诗人选择了爱情。诗人完全迷恋他的情人，成为爱的奴隶。因为这种奴性的爱，诗人放弃了会带来名利的服兵役，放弃了恺撒的恩惠。这种放弃或许可以理解为一种无声的反抗，因为诗人与统治者的格格不入是罗马诉歌的基调。

　　另外，在与同时代诗人的关系中，伽卢斯与维吉尔的关系最密切。维吉尔在《牧歌》中两次提及伽卢斯。在《牧歌》第六首中，维吉尔称诗歌女神曾经把伽卢斯带到诗歌圣境，把原先交给希腊诗人赫西俄德吹奏的竖笛交给伽卢斯，让伽卢斯继承赫西俄德的诗歌传统，写作田园诗歌。在那首牧歌中，年迈的山林神西勒诺斯为两个顽皮的牧童唱歌。在唱了许多有趣的神话传说和爱情故事以后，西勒诺斯唱起了伽卢斯。当时，伽卢斯随奥古斯都的亲信瓦鲁斯在阿尔卑斯山南高卢没收土地给老兵，其中就有维吉尔父亲的一座田庄。后来由于维吉尔的周旋，包括瓦鲁斯和伽卢斯的帮助，田庄才失而复得。因此，维吉尔把第十首献给伽卢斯。诗中描写伽卢斯的不幸爱情。伽卢斯爱着吕科里斯，她却跟随他人去阿尔卑斯山和莱茵河畔，这令伽卢斯陷入单相思，心境忧伤、痛苦。

三、历史地位与影响

由于作品失传，很难进一步了解伽卢斯的诗歌特点和成就。可以明确的是伽卢斯在罗马爱情诉歌形成和发展中的地位和影响。奥维德称："伽卢斯将会享誉东方和西方，吕科里斯将会和伽卢斯一起闻名"（奥维德：《恋歌》卷一，首15，行29-30）。昆体利安评价伽卢斯（《雄辩术原理》卷十，章1，节93）：

> 我们以爱情诉歌向希腊人挑战，我认为提布卢斯是这种诗歌类型的最为纯正而典雅的诗人。也有人更为喜欢普罗佩提乌斯。奥维德比上述二人要轻佻，有如伽卢斯比他们要粗糙（见王焕生，《古罗马文学史》，页246。参 LCL 127，页302 及下）。

在浪漫主义时代，雨果在《〈光与影集〉序》里论及"诗中有戏剧"时提及伽卢斯：伽卢斯的"田园诗如同戏剧的第五幕一样打动人心"（《论文学》，前揭，页119）。

第二节　提布卢斯

一、生平简介

提布卢斯（Albius Tibullus）生于公元前58年或前50年（参王焕生，《古罗马文学史》，页246），有"漂亮的外貌和优雅的气质"（苏维托尼乌斯，《提布卢斯传》，参苏维托尼乌斯，《罗马十二帝王传》，张竹明等译，页378），比伽卢斯年轻，比普罗佩提乌斯与奥维德年老，是第二个罗马诉歌诗人。从贺拉斯的《歌集》（卷一，首33）与《书札》（卷一，首4）的语气得出如下结论：提布卢斯比贺拉斯年轻。在《提布卢斯传》里，苏维托尼乌斯把提布卢斯称作"罗马骑士"。提布卢斯的家境富裕，在拉丁地区临近的佩达纳地区（Pedana）的佩杜姆（Pedum）有个田庄。在公元前41年没收土地分配给屋大维的老兵的浪潮中，田庄的部分土地被没收。不过，剩下的土地也能让提布卢斯维持生计。提布卢斯早年丧父，与母亲和姐姐一起生活。母亲很关心提布卢斯的教育。

年轻时，提布卢斯离开家乡，来到罗马，并与当时最杰出的诗人贺拉斯结交朋友。

从提布卢斯本人的作品推断，提布卢斯很早就亲近著名将领墨萨拉。公元前31年，提布卢斯随墨萨拉出征高卢各部族。为了公元前27年9月25日墨萨拉的胜利，提布卢斯写了一首诗（《诉歌》卷一，首7）。后来，提布卢斯再次随墨萨拉出征东方，但是途中（即公元前30年）患病，不得不留在希腊西部的科尔基拉岛（Corcyra）。在疾病中，提布卢斯想到了死亡，甚至为自己写好了墓志铭："提布卢斯在这里安息，被死神无情地夺走/在他忠诚地跟随墨萨拉到陆地与海洋的时候"（《诉歌》卷一，首3，行56及下）。病愈后，提布卢斯返回意大利，致力于诗歌写作，加入了墨萨拉文学圈（参《古罗马文选》卷三，前揭，页260及下；《罗马共和国时期的韵律铭文》，前揭，页71）。

在一首碑铭诗里，诗人马尔苏斯（Domitius Marsus）提及提布卢斯与维吉尔之死："死神也把你——提布卢斯——派去陪伴维吉尔"（《提布卢斯传》）。据此推断，提布卢斯卒于公元前19年或者以后不久（参苏维托尼乌斯，《罗马十二帝王传》，张竹明等译，页378；《古罗马文选》卷三，前揭，页399；《古罗马诉歌诗人》，前揭，页 42 及下）。

二、作品评述

奥维德在为提布卢斯写的挽歌（《恋歌》卷三，首9，行5）中说，提布卢斯逝世时有诗——即《诉歌集》（*Elegiae*）——两卷。

《诉歌集》第一卷的发表时间大约是公元前 27 年（王焕生）或前 26 年（阿尔布雷希特），因为第七首纪念公元前 27 年墨萨拉征服南高卢的阿奎塔尼人。第一卷的诉歌数量为 10 首。其中，5 首献给初恋的情人黛丽娅（Delia）。① 依据 2 世纪的古罗马作家阿普列尤斯的说法，黛丽娅原名普拉尼娅（Plania，参阿普列尤斯，《辩护辞》，10）。诗人在战场受了重伤，病倒在科尔基拉。在科尔基拉逗留期间，提布卢斯与这个女自由民（Libertine）发生了暧昧关系。第一首充分表达了诉歌诗人的心境和生活理想：不求金钱与名誉，甘愿过贫困、简朴的田园生活，只希望和情人在一起，直到死去。第二首描写诗人感受的爱情痛苦。由于结实的房门紧闭，诗人无法见到所爱，于是祈愿淫雨腐朽房门，祈愿尤皮特把雷电掷向房门。诗人请求房门宽恕他，接受他。诗人希望黛丽娅敢作敢为，更希望维纳斯教会她和情人幽会的一切。第三首表达诗人病倒时的忧伤和对情人的思念。忧伤的诗人请求死神不要把他带走，因为母亲、姊妹和黛丽娅都不在身边。诗人请求主神怜悯，请求维纳斯把他送往福地，而不是地狱。诗人想到离开罗马时黛丽娅曾为他祈求吉利。诗人希望在他离开期间黛丽娅能恪守贞操，幻想着他突然回家时相见的场景：

---

① 奥维德，《情爱录》，黄建华、黄迅余译，北京：北京出版社，2004 年，页 84。

黛丽娅喜出望外地跑来迎接他，光着脚，长发未梳理。此外，诗人通过远古时期的黄金时代和当代世道相对比，表达对现实的不满：到处都是杀戮、伤害和死亡。第六首写黛丽娅变心，偷偷地和另一个人相好，却极力否认。诗人后悔自己教会她种种欺骗手法，现在自食恶果。但是，诗人仍然期望黛丽娅能回心转意。和黛丽娅的分手见第五首。诗人失望，痛苦，旧情难忘。诗人希望黛丽娅回到他身边，幻想他们在乡间共同生活的场景。诗人回忆过去对黛丽娅的关爱，但现在却轮到别人去收获爱情。诗人常常"借酒消愁"，不过"愁更愁"：忧伤变成泪水。诗人诅咒老鸨不得好死，告诫世人命运多变幻，应尽可能享受当下的幸福和快乐（参 LCL 6，页 192 以下；基弗，《古罗马风化史》，页 235）。

第一卷的有些诗与诗人对黛丽娅的爱情并无直接关系，而是写时事。其中，第十首最能代表作者或那个时代人们的思想情绪。这首诗的写作时间也许是公元前 30 年左右。诗人在诗里谴责战争，认为战争都是受黄金的诱惑。诗人自己只想和所爱呆在一起，过小人物的平静生活。诗人表达的反战、渴望和平、向往"黄金时期"的思想反映了当时饱受内战之苦的人们的共同心理（参王焕生，《古罗马文学史》，页 248）。

《诉歌集》第二卷可能发表于诗人去世之前。这卷诗包括 6 首诉歌，主要写对"最后的情人"涅墨西斯（Nemesis）的爱情。前两首的内容是田园诗式的，与诗人对涅墨西斯的爱情没有直接关系。在第三首致友人的诗中，诗人才谈及自己对涅墨西斯的爱情。诗中直接描写爱情矛盾。涅墨西斯跟一个富人去了乡间。只要能见到涅墨西斯，诗人愿意像一个真正的农夫一样，为了她干一切粗活，正如阿波罗为费赖（Pherae）王阿德墨托斯（Ademetus）服役放牧一样。接着，诗人引述了阿波罗的有关故事，仔细构想一系列有关的生活场景。只要能赢得爱情，让涅墨西斯重新回到他身边，诗人愿意满足她的一切要求（参 LCL 6，页 252 以下；奥维德，《情爱录》，页 84）。

第二卷第四首写诗人终于和涅墨西斯重新和好。但是由于涅墨西斯贪婪成性，不断索取钱财，诗人成了她的真正的奴隶，永远失去了古代祖辈们拥有的自由，甚至不惜采用一切手段满足她的要求。诗人的心情十分矛盾，甚至准备仿效朋友马克尔（Macer，参《提布卢斯文集》卷二，首 6）从军。但是，那扇紧闭的门总能让诗人平静下来，产生希望。诗人自比农人。农人希望耕种会有好收成，鸟儿会落网，鱼儿遭捕获。诗人也希望涅墨西斯回心转意（参王焕生，《古罗马文学史》，页 249）。

提布卢斯十分多情，不仅有初恋的情人黛丽娅、最后的情人涅墨西斯，还饱受对福洛（Pholoe）姑娘的单恋之苦（《提布卢斯文集》卷一，首 8，参基弗，《古罗马风化史》，页 242）。

多情的提布卢斯不仅爱恋女性，而且还是个同性恋，爱上了一个名叫马拉图斯（Marathus）的美男子。在第一卷中，有几首诗就是写给"马拉图斯"的。这个马拉图斯和善变的女人一样，"背信弃义"（《提布卢斯文集》卷一，首 9），财迷心窍（《提布卢斯文集》卷一，首 9，行 11）。出于报复心理，提布卢斯诅咒引诱马拉图斯的那个男子自己的妻子与人通奸（《提布卢斯文集》卷一，首 9，行 57）。在一首诗（《提布卢斯文集》卷一，首 4）中，诗人也写作了关于同性恋的题材。"诗人借男性同性恋者崇拜的神普里阿普斯之口，给他的崇拜者出主意，教他们如何讨好那些美貌而冷酷的男人"（参基弗，《古罗马风化史》，页 239-242）。这首诗的结尾提及诗人本身："倾心爱恋马拉图斯使我日渐憔悴，我枉费心机为他写诗，反倒遭人耻笑"（《提布卢斯文集》卷一，首 4）。另外，《提布卢斯文集》（卷一，首 8）的有些部分也是针对马拉图斯的。

三、历史地位与影响

提布卢斯是诉歌的古典作家。其文笔的主要特征就是音乐性强与优美（elegantia）。默里克（Mörike）认为，提布卢斯"多情"，他的"相思曲高雅流畅，在神风中飘荡"。提布卢斯的诉歌擅长多个题材充满艺术性地交织在一起和掠过的层次过渡。在"联想"思维的表面下，存在一种延伸的理智。而今人们在单独的诉歌以及两卷诗书的结构中重新发现了这种理智。在这种理智的并不讨厌的雅致中为已经区分了细微差别的读者展示了提布卢斯的艺术。苏维托尼乌斯在《提布卢斯传》里证实，提布卢斯的情书虽然简短，但非常有价值，在许多人的评论中提布卢斯都被认为是诉歌体爱情诗泰斗（参基弗，《古罗马风化史》，页234；苏维托尼乌斯，《罗马十二帝王传》，张竹明等译，页378）。

尽管奥古斯都时期的主流诗人贺拉斯不理解提布卢斯的诉歌写作（贺拉斯，《书札》卷一，首4），可提布卢斯的诉歌在古代广为流传，并得到很高的评价。在挽歌中，奥维德把提布卢斯称为"优美的诗人"（《恋歌》卷三，首9），认为"只要还存在丘比特（Cupid，原译"库皮德"）的/武器和弓箭"，提布卢斯的"诗律就会被人研习"（《恋歌》卷一，首15，行27–28）。昆体良称提布卢斯是最纯正而典雅的罗马诉歌诗人（《雄辩术原理》卷十，章1，节93，参 LCL 127，页302及下）。①

第三节 《提布卢斯文集》

在古代的所谓《提布卢斯文集》（*Corpus Tibullianum*）中，

---

① 参基弗，《古罗马风化史》，页234；奥维德，《情爱录》，页85；王焕生，《古罗马文学史》，页252。

前两卷诉歌的作者是提布卢斯，这是没有争议的。然而，像《提布卢斯文集》有不同版本一样，关于另外20首诉歌的作者也有不同的说法。有的版本把这些诉歌汇编成第三卷（参《古罗马文选》卷三，前揭，页274以下；LCL 6，页286以下），而牛津版则把它们汇编成两卷（参基弗，《古罗马风化史》，页242，注释1），即第三、四卷。① 这些诉歌或许同样是出自墨萨拉文学圈的其他诗人的作品。

在第三卷的前6首诉歌中，诗人歌颂自己对美丽的涅埃拉（Neaera）的爱情，其作者自称吕克达穆斯（Lygdamus）②（《提布卢斯文集》卷三，首2，行29），生于公元前43年，而且出身的家庭很好。很难说吕克达穆斯就是年轻的奥维德。虽然诗人像奥维德一样用同样的话语陈述他自己的出生年（《提布卢斯文集》卷三，首5，行17；奥维德，《诉歌》卷四，首10，行6），但是吕克达穆斯缺乏了对于奥维德（后来？）来说很典型的距离。作为诉歌诗人，吕克达穆斯代表了"中等偏上的水平"。于是，诗人为"伟大"诉歌诗人的作品质量提供了一个标准。在语言、风格和格律方面，这位诗人都与提布卢斯有区别，这是可以感受得到的。提布卢斯诉歌充满艺术的多线索叙述被直线叙述方式替代。由于对概念 coniunx（夫人，丈夫，夫妇；爱人，情人，新娘）与 nupta（妻子，新娘）的自由运用，不可判断的就是诗人所歌唱的涅埃拉是不是他的情人或者妻子（参 LCL 6，页286以下）。

---

① 其中，第三卷有诗4首，作者是吕克达姆斯，而第四卷属于苏尔皮基娅和另外两个诗人。参见王焕生，《古罗马文学史》，页249。

② 许多人把吕克达穆斯同普罗佩提乌斯、奥维德、奥维德的兄弟等人等同起来，但这是徒劳无功的，参曼廷邦德，《拉丁文学词典》，页175。

Sed tristem mortis demonstret littera causam

atque haec in celebri carmina fronte notet：

"Lygdamus hic situs est：dolor huic et cura Neaerae,

conuigis ereptae, causa perire fuit."

可是墓志铭指出了我死亡的可悲原因，

而人们看见的墓碑前面的那些诗行让她出名：

"吕克达穆斯在这里安息。为涅埃拉而身心痛苦

——他的夫人涅埃拉被夺走——成为他的死因"（《提布卢斯补集》卷三，首2，行27以下，引、译自《古罗马文选》卷三，前揭，页278及下；参《罗马共和国时期的韵律铭文》，前揭，页72）。

在整首诉歌中，《提布卢斯补集》第三卷第二首第二十九行描述爱人涅挨拉——当时情敌使得涅埃拉与诗人疏远，即涅埃拉被"夺走（erepta conuige）"（参《提布卢斯补集》卷三，首2，行4）——和她的母亲一起埋葬诗人。诗歌的最后两行采用对句格（distichon），是第一人称引用他自己的碑铭。显然，涅埃拉应该找人把吕克达穆斯自己撰写的碑铭刻在墓碑上去，在碑铭中，涅埃拉本人是她的情人死亡的原因。也就是说，吕克达穆斯把自己写成不幸爱情的牺牲品。这提升了这位哀伤的情人的观念：这位情人饱受爱情之苦，即死于相思病。

第三卷第七首是一位佚名诗人写的一首颂扬墨萨拉的诗《墨萨拉颂》（*Panegyricus Messallae*），是为公元前31年墨萨拉当选执政官创作的。诗中充溢赞美之词，显然出自一位得到墨萨拉赏识的修辞学家之手。在生活环境方面，诗人与提布卢斯极其相似，譬如，两人都深得墨萨拉的信赖，以前很富有，此时损失了大部分财产。诗的第一百八十八行也暗示诗人希望通过墨萨拉改

善自己的境遇。然而，该诗的风格与传世的两卷提布卢斯诉歌有
很大区别：提布卢斯字斟句酌，采用诉歌双行体，而这首"颂
歌包含了重叠的 6 行、8 行、12 行或者 16 行"，句子结构冗长，
因此很难认为是提布卢斯的作品（参克拉夫特，《古典语文学常
谈》，页 16；LCL6，页 286 以下；王焕生，《古罗马文学史》，
页 306 及下）。

　　之后是一个无名诗人创作的组诗《苏尔皮基娅诗歌的花环》
（*De Sulpicia*，英译 *Sulpicia's Garland*），描述了苏尔皮基娅
（Sulpicia）与克林妥（Cerinthus，异端领袖）之间的恋爱关系，
而且让两个人物形象交替说话（《提布卢斯文集》卷三，首 8 -
12，参 LCL 6，页 322 以下）。与提布卢斯的克制方式不同的是
作者并不憎恨最最夸张的言词。作者的语言更加爽直，不过，层
次过渡不大流畅。尽管如此，人们忽视这些优美的诉歌，这肯定
是个错误。

　　接下来就是几首充满激情的碑铭诗，估计出于年轻女诗人自
己的笔下（《提布卢斯文集》卷三，首 13-18）。女诗人自称 Ser-
vi filia［意为"塞尔维乌斯（Servius）之女"］。因此，有人假
设，鲁孚斯（Servius Sulpicius Rufus，公元前 81-前 43 年左右）[1]
是她的父亲（参基弗，《古罗马风化史》，页 242 及下），那么她
的母亲可能就是墨萨拉的一个姐妹，苏尔皮基娅就是墨萨拉的外
甥女，自然就属于墨萨拉文学圈。苏尔皮基娅写了 6 首简短的关
于她对克林妥的爱情的诉歌（参曼廷邦德，《拉丁文学词典》，
页 270）。关系到有教养的古罗马女人的原创作品，这是可能的。
出现的那些小诗有大气的风格。这些碑铭诗便条，古代妇女搞文

---

　　[1]　西塞罗时代最显赫的法学权威，西塞罗的朋友，给演说家西塞罗写有 1 封著
名的信，1 篇关于西塞罗之女图利娅（Tullia）死亡的安慰辞，参曼廷邦德，《拉丁文
学词典》，页 270。

学创作的少有证据之一，直接让人忘记了数个世纪的时间距离。

最后还有 1 首诉歌与 1 首碑铭诗（《提布卢斯文集》卷三，首 19 及下）。其中，在第三卷的第十九首诗中，称作者是提布卢斯。

第四节　普罗佩提乌斯

一、生平简介

依据奥维德的说法，普罗佩提乌斯（Sextus Propertius）应当比提布卢斯（生于公元前 50 年）年轻，比奥维德（生于公元前 43 年）年长。所以普罗佩提乌斯的比较可信的出生日期为公元前 48 或前 47 年左右。又根据诗中的提及，诗人生于意大利翁布里亚①的阿西西（Assisi），古称阿西西乌姆（Asisium）。② 诗人自称出身于"著名的（notus, -a, -um）"家庭（《哀歌集》卷四，首 1，行 121）。③ 普罗佩提乌斯的家人或许属于乡绅，有自己的土地，"由许多农家牲畜耕作"（《哀歌集》卷四，首 1，行 129）。不过，普罗佩提乌斯的家里并不富裕。因为普罗佩提乌斯早年丧父。在诗人的诗中也可以找到这方面的证据："尽管你还未到应有的年龄，但你收殓了/父辈的骨殖，过起贫寒的日子"（《哀歌集》卷四，首 1，行 127-128）。尽管如此，普罗佩

---

① 翁布里亚就与这块土地毗邻接壤，/它用肥沃丰饶的大地生养了我（普罗佩提乌斯，《哀歌集》卷一，首 22，行 9-10）。见普罗佩提乌斯，《哀歌集》，页 79。

② 阿西西攀援而上，城墙矗立于山巅，/那城垣因你的才能变得更驰名（普罗佩提乌斯，《哀歌集》卷四，首 1，行 125-126）。见普罗佩提乌斯，《哀歌集》，页 359。

③ 本节的引文均出自王焕生译本《哀歌集》（应译《诉歌集》）初版（2005 年），然后参考修订版（2010 年）进行了修正，所以只标原文出处，没有标出页码。

提乌斯的母亲还是为他提供了良好的教育。

诗人的孩童时代与青年时代初期都笼罩着古罗马内战混乱的阴影。公元前41年，安东尼的兄弟卢·安东尼发动佩鲁西亚的贵族起义，反对屋大维。在内战中，诗人有个亲属在反对屋大维的战争中丧生（参王焕生，《古罗马文学史》，页253），"亲属的遗体暴露于野外"（普罗佩提乌斯，《哀歌集》卷一，行7）。在取得佩鲁西亚战争的胜利以后，屋大维下令处决300名佩鲁西亚籍的元老贵族和两千名骑士。诗人的亲属们可能成为了这次处决的牺牲品。另外，在同年将土地分配给屋大维的老兵的风潮中，普罗佩提乌斯至少也损失了部分的土地，像维吉尔一样。在这件事情上有这位诗人的诗为证："残酷的丈量杆把耕植的土地夺走"（《哀歌集》卷四，首1，行130）。

后来（公元前30年代初），普罗佩提乌斯同母亲一道来到罗马。在那里，普罗佩提乌斯穿上了标志成年的服装（参 *Encyclopœdia Britannica Online*）。

> 当你刚刚从幼稚的颈脖取下黄金护牌，
>
> 在神明面前换上母亲的成年长袍，
>
> 阿波罗就立即悄悄向你传授诗歌技巧（普罗佩提乌斯，《哀歌集》卷四，首1，行131-133，见普罗佩提乌斯，《哀歌集》，页359）。

由此推断，普罗佩提乌斯开始写诗——"杜撰诉歌"——的时间为行成年礼即16岁的时候，也就是说，公元前31年左右。[1] 当时，普罗佩提乌斯的母亲还健在。或许在普罗佩提乌斯

---

[1]　或为公元前34年，参 *Encyclopœdia Britannica Online*。

成年以后不久，母亲也去世（参王焕生，《古罗马文学史》，页253）。

根据诗人在诗中的提及，普罗佩提乌斯与当时的一些著名作家、诗人都有交往，例如奥维德和巴苏斯（Bassus）。① 普罗佩提乌斯对奥古斯都时期的著名诗人维吉尔评价很高，称维吉尔的《埃涅阿斯纪》超过荷马的《伊利亚特》。

在罗马，普罗佩提乌斯也从事过公职。不过，普罗佩提乌斯对政治、法律和军旅生活不感兴趣，于是放弃了仕途，厌弃演说术，很早就已经转向诉歌写作。值得一提的是，在罗马，诗人不用追求公职也能够维持生计。这种经济自足的生活状态也为普罗佩提乌斯的写作打上了独立性的烙印。普罗佩提乌斯虽然进入了官方文学圈，对迈克纳斯充满褒赞，称其是"年轻人的期望和钦羡"，他自己的"生命和死亡的真正的荣耀"（普罗佩提乌斯，《哀歌集》卷二，首1，行73-74），但是，普罗佩提乌斯起初显然与官方文学倾向仍然保持了一定的距离。为了避开具有官方倾向的文学题旨，普罗佩提乌斯一再称自己才能不够，不足以承担如此崇高的题目。当然，纵观普罗佩提乌斯的诗歌可以看出，他的创作仍有一个从纯文学性向比较符合官方政治需要的逐渐转变的过程。诗人的第二卷诗约写于公元前28至前25年之间（参王焕生，《古罗马文学史》，页256）。诗人在该卷第十首中宣称，他该是用另一种类型的诗歌颂扬武工和征战，颂扬奥古斯都的时候了。这首诗预示着普罗佩提乌斯的这种转变。普罗佩提乌斯之所以有这种转变，一方面是因为迈克纳斯，这位朋友要求诗人写叙事诗，另一方面是因为情人卿提娅，由于恺撒（指奥古斯都）取消了之前颁布的《尤利乌斯婚姻法》，诗人可以继续以单身的

---

① 奥古斯都时代的抑扬格（iambus）诗人，奥维德的朋友。

身份与卿提娅保持爱情关系。不过，直到自己生命的最后，诗人仍然以各种借口推托，没有写作直接歌颂奥古斯都统治的叙事诗性质的诗歌。

30 岁时（公元前 29 或前 28 年），诗人出版了他的第一卷诗（monobiblos），最初的题名为《卿提娅》（*Cynthia*）（参基弗，《古罗马风化史》，页 247），得名于书中的女主人公。这次成功为普罗佩提乌斯打开了通向迈克纳斯诗人圈子的大门，因而在当时的罗马诗坛也占有一定的地位。后来的 3 卷书可能发表于公元前 26 年、公元前 23 年和公元前 16 年。在这 3 卷书中，题材改变了：从与卿提娅的爱情关系转变为古罗马的传说与历史，可能是受到亚历山大里亚诗风的影响。舒尔策（K. P. Schulze）还指出，最后一卷很明显是诗人死后由朋友整理出版的，并激发奥维德写《岁时记》和《女子书简》。

除此之外，诗人还表达对恺撒（奥古斯都）的不满与敌意。普罗佩提乌斯之所以写那么多柔媚的情诗，不是因为卡利俄珀（Καλλιόπη 或 Calliope）或阿波罗的感召，而是普罗佩提乌斯所钟情的女子给了他灵感（《哀歌集》卷二，首 1，行 1-4）。后来，在迈克纳斯的感召下，诗人由写作爱情诉歌向符合官方思想意识要求的作品（所谓的爱国作品）过渡。这种过渡体现了诗人对奥古斯都政权从不满到接受的思想转变过程。

公元前 16 年以后，普罗佩提乌斯没有再留下文学作品了。关于诗人的死亡时间，研究者认为，最早的死亡时间是公元前 16 年。普罗佩提乌斯也可能死于公元前 16 年以后（参 *Encyclopædia Britannica Online*）。也有人认为，普罗佩提乌斯死于 40 岁（参基弗，《古罗马风化史》，页 262），即公元前 10 或前 7 年。普罗佩提乌斯最迟死于公元前 2 年（参《古罗马文选》卷三，前揭，页 284 及下和 462；《古罗马诉歌诗人》，前揭，页

81 以下）。

二、作品评述

普罗佩提乌斯传下诗歌《哀歌集》1 册，共 4 卷。这些诗歌写于公元前 1 世纪 30 年代初至公元前 16 年期间，其格律均采用埃勒格体，其主要题材就是诗人与情人卿提娅的爱情纠葛。

关于诗歌中的女主角卿提娅，只有诗人的描述和为数不多的史料。根据 2 世纪古罗马作家阿普列尤斯的说法，卿提娅的真名是霍斯提亚（Hostia）（参王焕生，《古罗马文学史》，页 254），即公元前 1 世纪的叙事诗诗人霍斯提乌斯（Hostius）的孙女。卿提娅是让人想起狄安娜的一个假名（参《古罗马文选》卷三，前揭，页 285）。卿提娅受到过多方面的教育，所以"多才又多艺"，有"高雅的情致"（《哀歌集》卷一，首 4，行 13）。"妩媚动人的舞姿"、"动人的歌声"和很高的诗歌才能（《哀歌集》卷二，首 3a，行 17-22），这是诗人更加看重她的原因，尽管她在美貌方面"超过众芳秀"（《哀歌集》卷一，首 4，行 10），有"蓬松散披于额前"的"美发"，"纤巧的手指"和"傲然漫步"的体态（《哀歌集》卷二，首 1，行 5-6），美若天仙。但是，从卿提娅的住处苏布拉（Subura）（《哀歌集》卷四，首 7，行 15）来看，这个位于罗马的街区是社会下层的聚居地，名声不好。或许卿提娅已经沦落为一个妓女（参基弗，《古罗马风化史》，页 248 及下）。让人产生这方面联想的还有让人觉得她居住的地方像妓院的诗句，例如"其他人徒然地敲门，召唤我的女主人，／她和我在一起，柔顺地低垂着脑袋"（《哀歌集》卷二，首 14，行 21-22），以及让人觉得她的行为像妓女的诗句，例如"卿提娅不追求尊贵，也不需要荣耀，／她永远看重的是情人的钱袋"（《哀歌集》卷二，首 16，行 11-12）。尽管诗人对卿提娅死心塌地，可她还是水性杨花。他们的爱情分分合合，有悲戚，也有喜乐。然而，卿提娅的轻浮为他们的悲剧性分手埋下了祸根。可以肯定的是，卿提娅比诗人先死，因为诗中提及她的葬礼（《哀歌集》卷四，首7，行4-5）。

第一卷的写作时间为公元前1世纪30年代初（参王焕生，《古罗马文学史》，页253），发表于公元前28年。该卷的22首诗几乎全部献给初恋情人卿提娅。诗人对卿提娅一片忠心，但却不得不因为卿提娅的轻浮生活而忍受了许多心灵折磨。因此，第一卷是普罗佩提乌斯的所有诗歌中最富抒情性的一卷。

第一卷的第一首诗是写给友人图卢斯（Tullus）的。当时，诗人已经钟情卿提娅一年。卿提娅第一个用"双眸"俘虏了之前"从未对任何人动过情"的诗人（《哀歌集》卷一，首1，行1及下），成为诗人的初恋情人。从此以后，诗人失去了"往常的傲慢"，"无理智地生活"（卷一，首1，行3和6）。然而，一年以来，他们的爱情出现波折：卿提娅另有所爱。为了让卿提娅——诗人的"女主人"——"回心转意"（卷一，首1，行21），诗人绞尽脑汁，甚至寄希望于会巫术的人。为了医治自己伤痛的心灵，诗人也求助于朋友们。诗人满腔的哀怨奠定了整首诗乃至整个诗集的基调。

卿提娅喜欢"奢靡"的"华美"，而诗人喜欢"自然的俏丽"（《哀歌集》卷一，首2，行5）。尽管卿提娅在美貌方面"超过众芳秀"，可诗人之所以拜倒在卿提娅石榴裙下，容貌只是令他疯狂的"最微小因素"。诗人更加看重"她那高雅的情致，她的多才又多艺/和无言的裘毯掩藏的种种欢愉"（《哀歌集》卷一，首4，行10-14）。

获得爱情的欣喜之情洋溢在第三首中。这首诗描述了诗人在"夜间"带着"浓郁的酒香"去见情人的情景和心理。当时，卿提娅已经"头枕滑动的手臂","深深沉浸在安逸迷人的梦境里"。见此情形,诗人展开了优美的神话联想。诗人把沉睡的卿提娅比作被提修斯抛弃的克里特公主阿里阿德涅、被罚作海怪之牺牲的埃塞俄比亚公主安德罗墨达(Andromeda)、为酒神而疯狂的色雷斯女子埃多尼斯(Edonis)和被宙斯加害而变成带犄角的母牛的阿尔戈斯公主伊俄(Io)。这些联想似乎有弦外之音:别人只会让卿提娅身心疲惫;惟有诗人才会呵护她。诗人借着爱神和酒神的威力,"极力想向前走到她的卧榻边","伸开双臂把她的头轻轻托起,/紧贴双唇贪婪地把她亲一亲",但他"又担心她会像往常一样嗔怒",只好"默默地站在她的身旁","凝神注视"。然而,诗人"实在难以控制自己激动的热情",轻轻地把从自己头上取下来的花冠放到她的额前,"甜蜜地偷偷理顺"她的秀发,把带来的鲜果放在她的手心。卿提娅"梦中发出的急促喘息"让情不自禁的诗人惶悚,"担心会不会有什么不祥征兆",担心有人欺侮她,或者什么噩梦使她意外受惊。诗人的内心倾诉是多么的真切! 不过,在这首诗里,哀怨的不再是诗人,而是轮到被皎洁的月光拨开朦胧的眼帘、侧身斜卧的情人卿提娅。卿提娅指责诗人只顾自己快乐,让她一个人在孤寂中消磨夜晚的时光,让"滴滴泪珠"伴着她无限的幽怨。

诗人爱情专一,认为卿提娅是他的"初恋,也是终结",他"既不能另寻新欢,又不能离开她"(《哀歌集》卷一,首12,行19-20)。诗人对卿提娅一片忠心,认为她是他"唯一的家庭"、"唯一的亲人",对卿提娅的爱情甚至超过了对伟大的母亲的亲情。卿提娅是诗人"永远"的"快乐",没有她生活就没有意义(《哀歌集》卷一,首11,行21-24)。尽管如此,可水性杨花的卿提娅还是移情别恋,时而同富有的风流权贵去"堕落的拜伊埃(Baiae)"(卷一,首11,行27),时而去伊利里亚

(Illyria)（《哀歌集》卷一，首8，行2）。

诗人认为自己击败情敌、征服卿提娅的法宝不是"黄金"、"珠贝"，而是"柔美的诗歌"（《哀歌集》卷一，首8，行39-40）。卿提娅常常读这位诗人的诗。但是，"不管你用自己的作品赢得了多少的胜利，一个女子就会把你的胜利全部夺走"（《哀歌集》卷四，首1，行139-140），因为这位诗人不得不整天忍受她的任性。

然而，卿提娅最终还是选择了对诗人负心的离弃。在第十八首中，诗人来到"荒野"，对着"空旷的树林"和"孤寂的岩壁"，"倾诉内心苦衷"。"悲泣"的诗人一方面数落卿提娅对自己的侮辱和伤害：尽管诗人忍气吞声，"尽心满足"她的要求，可她的回报还是"缄默无语的门扇"、"冰凉的泉水"和"冷漠的悬崖"，让他"一个人夜卧崎岖的荒僻小径"。另一方面，诗人也对卿提娅变心的原因进行了猜测：卿提娅误以为他"另有新欢"，或者认为他"缺乏狂热感情"，没有用"言谈话语"向她表达"足够的忠心"。这是一首比较典型的哀怨诗。

第二卷可能发表于公元前26年（参《古罗马文选》卷三，前揭，页285），总共有诗34首。在第二卷中，诗歌仍然以诗人与卿提娅的爱情为主题，描写诗人与卿提娅曲折的关系和复杂的感受。一方面，诗人盛赞情人的美丽，例如"蓬松散披于额前"的"美发"、"纤巧的手指"，"美丽的眼帘"，"傲然漫步"的体态，美若天仙（《哀歌集》卷二，首1，行5-6），也为她的技艺动心，例如"妩媚动人的舞姿"、"动人的歌声"和很高的诗歌才能（《哀歌集》卷二，首3a，行17-22）。另一方面，诗人又为"妩媚"的"卿提娅许诺轻率"而感到巨大的不快（《哀歌集》卷二，首5，行28）。

第三卷总共有诗25首，可能发表于公元前23年（参《古罗马文选》卷三，前揭，页285）。在这一卷里，与卿提娅有关的诗篇约占三分之一。其中，第十首祝愿卿提娅欢度生日。

　　第八首写诗人和卿提娅之间的一次争吵。在一个夜晚的灯光下，卿提娅乘着酒兴，发疯地诋毁诗人，撕破诗人的衣服，扯乱了他的头发，用酒杯砸他，用指甲划破他的脸，甚至扬言要用火炬烧瞎诗人的眼睛。诗人认为，她之所以"语言癫狂地恣意吵嚷"（《哀歌集》卷三，首8，行11），是因为她心中有爱，心灵受到了爱情的一些折磨；"爱情没有争吵便不会有真正的忠实"（《哀歌集》卷三，首8，行19）。因此，诗人认为，那场争吵是甜美的。他的诗句"让同龄人看见我颈脖上被咬的伤痕吧：/让青紫证明我有一个亲密的伴侣"（《哀歌集》卷三，首8，行21-22）让人觉得诗人有"性受虐狂倾向"（参基弗，《古罗马风化史》，页250）。

　　第十七首叙述诗人与情人分离后的孤苦。在恋人分散以后，在不眠的夜晚，"希望和恐惧分别在心灵中辗转"（《哀歌集》卷三，首17，行12）。这位"孤独的情人"匍匐在酒神巴科斯的祭坛前，希望酒神帮诗人消除心中的忧苦，让诗人摆脱傲慢的奴役，让睡意征服诗人头脑里"剪不断、理还乱"的思绪。

　　第二十首是诗人献给少女阿非利加（Africa）的，描写诗人新的爱情。诗篇以"容貌美丽"的阿非利加出身于一个"很幸运的"家庭，她的祖父很"博学"（《哀歌集》卷三，首20，行8-9）。阿非利加的"技艺如纯洁的帕拉斯"。但是，她爱的人已经愚顽地远行，或许为另一场爱情劳神费心，虚妄的诺言让她哭泣。在这种情况下，诗人向她示爱："到我这里来吧，我会忠实"。在她允许给他的第一个夜晚，他们在床榻边"一直絮絮交谈没有尽头"，直到爱神维纳斯鼓励他们"甜蜜地偎依"。因为"以欲望为基础的情感往往会突然破裂"，所以他们符合法律规定地订立协约，用在神圣的祭坛前立下的海誓山盟维系他们的关系，用最初的祝愿为他们保持诚信。负心的人将"品尝爱情常有的各种痛苦"，"忍受各种嘈杂的议论和评说"，永远得不到爱的果实。

第二十一首写诗人终于决定离开罗马去"博学的"雅典。诗人曾经尝试用各种手段赶走小爱神阿摩尔。然而，这位神明到处追踪他。不过，爱情仍然不会长久。

> 好不容易允许见面，然后又不断遭拒绝，
> 　即使她来到，也是和衣卧床边（《哀歌集》卷三，首
> 21，行7-8，见普罗佩提乌斯，《哀歌集》，页325）。

在饱受心灵的折磨以后，诗人终于决定自救：

> 唯一的救助是改变居地，让那卿提娅
> 　从眼前消逝，让爱情从心灵消逸（《哀歌集》卷三，首
> 21，行9-10，见普罗佩提乌斯，《哀歌集》，页325）。

于是，诗人与罗马塔楼和朋友们道别，乘船越海，去博学的雅典，"用柏拉图的著作校正心灵"（《哀歌集》卷三，首21，行25），进入"博学的伊壁鸠鲁"的花园，研究狄摩西尼的演说术和米南德的讽刺，研究各种绘画作品、象牙制品和青铜工艺，让流逝的时间抹平他心灵的创伤。

第二十四首写诗人的反省，以此让那些沉重的创伤重新愈合。在备受爱情折磨以后，诗人已经变清醒，愿意皈依健康的理智。现在诗人认识到自己以前徒然相信了卿提娅的容貌美，成为了爱情的俘虏："双手反扭束缚于后背"，"在维纳斯残忍的釜底

受煎熬"(《哀歌集》卷三，首24，行13-14）。因为爱，诗人不顾亲朋好友的劝告，一意孤行地臆想出情人并不具备的容姿。诗人的诗歌使她备受赞誉。诗人往日的眼神使她过分地傲慢。

在第十五首里，诗人劝卿提娅不要怀疑他与别的女子有染而心生恶意。当诗人还是一个爱情萌动的无知少年时，卿提娅的女仆吕基娜（Lycinna）巧妙地让他得到了初次体验，但不是为了任何的馈赠。不过，3年（或许稍少一些）来，他们只说过10句话。诗人完全沉醉于对卿提娅的爱情。在爱上卿提娅之后，再没有哪个女子给他的脖子加上甜蜜的套索。接着，诗人借用安提奥帕（Antiope）的神话故事加以辩护。最后，诗人请求卿提娅不要再折磨吕基娜，并且表明自己对她的忠诚："甚至在焚尸堆的火焰中"(《哀歌集》卷三，首15，行46）他也只爱卿提娅。

诗人和卿提娅的关系可能延续了5年左右（《哀歌集》卷三，首25，行3）。在这些诗里，除了继续写与卿提娅的爱情外，已经出现新的题目。诗人继续表示要从事爱情诉歌创作，但个人内容在诗中已退居次要地位，神话题材占了越来越大的比重。

虽然第十三首的出发点为爱情，但是主题在于谴责奢侈和财富。在开篇，诗人以他人的口吻提出一个问题：

> ……为何贪婪女子的夜晚那么贵，
> 被维纳斯夺走的财富抱怨遭亏蚀（《哀歌集》卷三，首13，行1-2，见普罗佩提乌斯，《哀歌集》，页291）。

接着，自己作答："现今为奢靡淫佚过分敞开了道路"。在诗人眼里，印度的黄金、埃律基娜（Erycina）的珍珠、卡德摩斯（Cadmea）的提罗斯（Tyros）的绛红色颜料和阿拉伯的桂皮，这些物品的"要求者或是赠予者都无任何尊严可言"。

> 贵妇步态高傲，身披纨绔子弟的财富，
> 在我们面前拖曳着耻辱的获利（《哀歌集》卷三，首
> 13，行11-12，见普罗佩提乌斯，《哀歌集》，页291）。

财富使现今的女子不像佩涅洛佩（Penelope）那样纯洁，不像欧阿德涅（Evadne）那样忠贞，不像埃奥斯（Eois）国的妻子那么以替丈夫殉葬为荣。诗人向往昔日农人们平静而幸福的青春生活。

> 可现今庙宇被闲置在废弃变荒僻的圣林里：
> 人们只知道敬重黄金，虔诚被战胜。
> 诚信被黄金赶走，公道按黄金出售，
> 法律遵循黄金引导，羞耻忘记了法规（《哀歌集》卷三，首13，行47-50，见普罗佩提乌斯，《哀歌集》，页293）。

最后先知先觉的诗人预言"傲慢的罗马正在毁于自己的财富"（《哀歌集》卷三，首13，行60）。

第十二首歌颂真正的夫妻情感。贪婪而疯狂的波斯图姆斯（Postumus，原译"波斯图穆斯"）视战争比忠实的床榻更重要，抛下哭泣的情人伽拉（Aelia Galla），跟随奥古斯都征战帕提亚。尽管如此，可伽拉还是不把波斯图姆斯的冷酷无情留存她的记忆中，为波斯图姆斯的安危而消瘦变憔悴。尽管"罗马自己成为奢侈的教师"（《哀歌集》卷三，首12，行18），可她还是忠贞地拒绝其他男子献殷勤的馈赠，在家苦心地等待波斯图姆斯。无

论波斯图姆斯什么时候无恙地返回，她都会热烈地拥抱波斯图姆斯。总体来看，整首诗洋溢着对疯狂的波斯图姆斯的责备，对伽拉忠贞的称赞。

在从军与爱情之间，诗人明显地更为看重爱情。在第四首里，尽管诗人鼓励奥古斯都的军队征战帕提亚、阿拉伯和印度等东方地区，可他本人只愿偎依在所爱的女子怀里观看凯旋的壮观场面，欢庆胜利。在第五首里，诗人直白地谴责当时连绵不断的战争是丧失理智的行为。诗人只希望，年轻时享受爱情，老年时再研究自然知识。

第十八首诗悼念屋大维的外甥和继子马尔克卢斯。马尔克卢斯富有才华，但是公元前 23 年突然死去，年仅 20 岁。

此外，诗人的创作也成为诗歌的题材。在第一首里，针对创作倾向——只写诉歌，不写颂歌——的批评，诗人辩解说，诗歌有很多类型，各人适合做各自力所能及的事。对于诗人来说，写诉歌比较容易些，因为妇女和爱情可写的题材很多，区区小事就可以写出长篇的诗歌。诗人自己适宜于写作爱情诉歌，消磨时光。颂歌是诗人的才能不能及的。假如才能允许，诗人是不会写神话故事或历史传说，而是写当代事件，歌颂奥古斯都的功绩和迈克纳斯的友谊。第九首也谈及自己的创作。针对迈克纳斯催促他写叙事诗性质的诗歌，诗人婉言拒绝：一件事并不是适合所有的人去做，一个人应该去干适合他做的事。诗人的扁舟（比喻诗歌才能）适应不了巨大的风帆（比喻叙事诗）。第三首虚拟了一个梦，为自己的创作倾向辩解：诗人也想写颂歌，但是神明（阿波罗和诗歌女神）都劝他沿着既定的方向前进，也就是说，继续写作爱情诉歌。第十一首为自己的创作辩护：不管是神明，还是英雄，例如安东尼，都屈服于爱情，并不是诗人自己的精神软弱（参王焕生，《古罗马文学史》，页 260）。

　　第四卷总共有 11 首诗，发表于公元前 16 年（参《古罗马文选》卷三，前揭，页 285）。在这一卷里，诗人的诗歌创作情趣和方向发生了明显的改变。诗人虽然继续抒写他对卿提娅的爱情，但是仅仅限于回忆。其中，在第八首里，诗人回忆了与卿提娅发生的一次争吵。这次争吵以卿提娅的胜利告终。由于诗人屈服于卿提娅的严厉规定，两人才消解怨气。第七首写卿提娅死后显现在诗人的梦中，责怪诗人对生前的她不忠，在她死后又另娶新欢，虐待她生前的女奴。与前 3 卷不同的是，这里塑造的卿提娅并不轻浮，而是个纯真的女子（参王焕生，《古罗马文学史》，页 261）。

　　与这种真诚的爱情相一致的是以神话爱情为题材的诗歌。第三首采用书信体的形式，由妻子阿瑞图莎（Arethusa）写给丈夫。作为军人丈夫常年征战在外，婚后已经四年没有回家。时值严冬，她同妹妹和奶妈一起在家中为他担心，为他纺织军需品，到神庙去为他求平安，盼望他早日从遥远的帕提亚凯旋而归，甚至幻想从军，成为丈夫"军旅的可靠助手"（《哀歌集》卷四，首 3，行 46）。她心甘情愿地做一切，条件就是希望他恪守他们"婚床的纯洁誓约"。通过第一人称的怨诉，刻画了一个温和而忠实的妻子形象。第十一首里，诗人也采用第一人称的叙述手法。奥古斯都的继女——为第二个妻子斯克里波妮娅（Scribonia）与前夫所生——科尔涅利娅（Cornelia）去世以后，作为亡故之人躺在坟墓里的棺材中仍然在安慰丈夫鲍卢斯·雷必达（Lucius Aemilius Paullus Lepidus）："悲伤的号角已经奏过"，"请不要再用眼泪折磨我的坟茔"。通过她的自述，诗人赞颂她的伟大之处：对丈夫"从一而终"。更为可贵的是，她要求子女赞赏地容忍父亲即她的丈夫重新娶妻，并且告诫子女不要在继母面前夸赞母亲作为妻子。她认为，这些美德源于祖传。这首诗情真意切，十分动人。

普罗佩提乌斯自比罗马的卡利马科斯（《哀歌集》卷四，首1，行64）。① 诗人模仿与继承的不仅有亚历山大里亚诗歌的特色题材神话爱情，以展现诗人的渊博学识，而且还有亚历山大里亚诗歌的特色体裁即短篇叙事诗。第一首长达150行，是普罗佩提乌斯所有诗歌中最长的一首。不过，对于传统的叙事诗而言，这首诗还是太短小。在这首短篇叙事诗里，诗人以向旅行者介绍的方式，叙述了古罗马的历史（见诗的前半部分）和自己的身世（见诗的后半部分）。

在具有叙事诗风格的第二首诗歌里，诗人以第一称的口吻叙述源自埃特鲁里亚的古罗马神明维尔图姆努斯（Vertumnus）。维尔图姆努斯本是埃特鲁里亚人，具有埃特鲁里亚的血统。维尔图姆努斯的"天性对所有事物都不无裨益"。无论想把他变成什么，他都适宜：为他穿上科斯服装，他就成为温柔的少女；让他穿长袍，他就成了男子；给他镰刀，他就会割干草；穿上戎装，他曾受夸奖；给他网，他便是捕猎者；他是善于驾驭的骑手；他是用芦秆钓鱼的渔夫；他是手持拐杖弓背的牧者……由于维尔图姆努斯"只一身却变成了各种各样的形式"，在提贝里努斯"把位置传给自己的抚养者之后"，祖国语言按特性给了他这个神名。维尔图姆努斯主管四季的更替，所以首先得到了季节变化的果实作为祭品。

第四首也是短篇叙事诗，叙述关于塔尔佩娅（Tarpeia）悬岩的传说。依据古罗马神话传说，在罗慕路斯时代，由于罗马人劫夺萨比尼女子，双方开战。在萨比尼人的国王塔提乌斯率领大

---

① 卡利马科斯是公元前3世纪著名的亚历山大里亚诗人，以写作田园诗著称。乡村牧人的爱情是他的田园诗的重要主题。

军兵临罗马城下时，卡皮托尔城防司令的女儿塔尔佩娅爱上了英俊的敌军首领塔提乌斯。"她常常给友善的神女们敬献乡野的百合，/祈求罗马枪尖不要损伤塔提乌斯的脸面"（《哀歌集》卷四，首4，行25-26），甚至希望成为女俘，因为可以看见她的塔提乌斯，希望在这个外乡人的王宫生育后代。所以，她与敌人缔结了协约：以塔提乌斯与她结婚为条件，她充当敌人攻破防线的向导。她出卖了防卫的城门和沉睡的祖国，却倒在了未婚夫的伴随们的剑下，这就是她的婚礼。与其它记述不同的是，在普罗佩提乌斯笔下，塔尔佩娅出卖祖国，不是贪求敌人的珠宝，而是为了情爱。因为这种纯真的爱，尽管她犯有叛国罪，受人鄙视，可还是受到了诗人的歌颂。塔尔佩娅悬岩不再是罪过，而是爱情的见证。诗人还用一些类似的传说，例如斯库拉因为爱上克里特王米诺斯而割下父亲的致命头发，帮助敌人破城，因而"自己的白色侧胯变成疯狂的恶狗"（《哀歌集》卷四，首4，行40）。[1]

　　第九首诗叙述的是关于牛市的来历和海格立斯祭坛的来源的传说。远古时，海格立斯从遥远的埃律特亚（Erythea）把牛群赶到未经垦殖的山冈帕拉提乌姆。狡黠的土著人卡库斯（Cacus）在招待疲惫的远方来客时企图偷窃他们的牛。愤怒的海格立斯用来自迈纳洛斯（Maenalus）的大棒打烂了卡库斯的3个头。这群牛哞叫的牧地就成了罗马广场（Forum Romanum）。干渴的海格立斯前往妇女的圣堂求水喝，可是女祭司不肯，因为那里的泉水只为少女们流淌。海格立斯愤而用肩撞开阴暗的门框，汲取泉水解暑热，之后又下令把这座祭坛献给被找到的畜群，以

---

[1]　依据新诗派的短篇叙事诗，斯库拉变成海鸟彩鸦，受到变成海鹰的父亲的迫害。

此惩罚那些让他口渴的少女们。

第十首讲述尤皮特为什么又叫费瑞特利乌斯和如何从 3 个首领夺得 3 副铠甲。

在普罗佩提乌斯的诉歌中，他延续了伽卢斯与提布卢斯开创的传统。与提布卢斯有别的是，普罗佩提乌斯更喜欢神话与亚历山大里亚的博学。在第一首诉歌即序诗（Programmgedicht）中，对于普罗佩提乌斯而言，情人既是素材又是灵感源泉（《哀歌集》卷二，首 1，行 3）。在第一卷中，普罗佩提乌斯用最表面的前后一致性处理伽卢斯体验的题材：受爱神奴役（servitium amoris）。［歌德把很受人钦佩的《哀歌集》第一卷第三首改写成诗《客人》（Der Besuch）］。关于创作，普罗佩提乌斯比提布卢斯有更多的考虑。在后来的几卷书中，在允诺他的情人长生不老的题材范围内，普罗佩提乌斯对卿提娅的追求与诗学的（poetologisch）题材联系了起来。譬如，在第三卷将近结尾的时候，诗人似乎回避了爱情诉歌。在第四卷中，只有爱情诉歌的一些余音。因此，普罗佩提乌斯成为踩着卡利马科斯的足迹前进的古罗马"推源论诗人"，并且在"诉歌女王"（《哀歌集》卷四，首 11）中颂扬古罗马德高望重的妇女科尔涅利娅。科尔涅利娅证明自己是奥古斯都时期诉歌诗人通常很少看重的一切价值的化身。她虽然"过早地夭亡"（卷四，首 11，行 17），但是她具有古罗马传统美德："出生后便是父亲严格管束的典范"（卷四，首 11，行 67），对丈夫鲍卢斯·雷必达（Paulle、Paulli 或 Paullum）"从一而终"（卷四，首 11，行 36）。科尔涅利娅的辩护词是雄辩术与诉歌之间存在内部关联的一个证据。

在创作爱情诉歌方面，普罗佩提乌斯与提布卢斯也有所不同：后者创作的是乡村爱情，而前者创作的是城市爱情。提布卢斯的爱情对象是多元的，而普罗佩提乌斯的情人比较专一，卿提娅是他惟一所爱。

三、历史地位与影响

古罗马爱情诉歌从伽卢斯的开创，经由提布卢斯的发展，到普罗佩提乌斯时期已经走向兴盛。普罗佩提乌斯自然就是"歌唱恋情的诗圣"（《哀歌集》卷一，首7，行24），"在罗马众天才中"他"最杰出"（卷一，首7，行22）。

普罗佩提乌斯不仅在同时代人中很受欢迎，而且还名扬后世，对后世产生了深远的影响。在古罗马，代表古罗马诉歌由盛转衰的奥维德在《岁时记》里继承了普罗佩提乌斯，而普罗佩提乌斯又是继承卡利马科斯的"推源论"（Aitiologie），并自称"罗马的卡利马科斯"（《哀歌集》卷四，首1，行64）（参科瓦略夫，《古代罗马史》，页27；《古罗马文选》卷三，前揭，页311）。另外，马尔提阿尔称普罗佩提乌斯是"华丽的（lascive）"和"善于辞令的（facundi）"诗人（《铭辞》卷八，首73，行5；卷十四，首189，行1，参LCL 95，页222及下；LCL 480，页，300及下）。更喜欢提布卢斯的昆体良也坦承有些人更喜欢普罗佩提乌斯（昆体良，《雄辩术原理》卷十，章1，节93，参LCL 127，页302及下）。尤维纳利斯把普罗佩提乌斯笔下的卿提娅同卡图卢斯诗歌中的莱斯比娅相提并论（《讽刺诗集》，首6，行7-8）。斯塔提乌斯也称赞普罗佩提乌斯（《诗草集》卷一，首2，行253）。小普林尼戏称，罗马骑士帕塞努斯·鲍卢斯写作诉歌是祖传，因为帕塞努斯·鲍卢斯自称是普罗佩提乌斯的同乡，甚至认为普罗佩提乌斯是他的祖辈（《书信集》卷九，封22，节1-2；卷六，封15）（参王焕生，《古罗马文学史》，页263-265）。

尽管普罗佩提乌斯在中世纪时被人暂时遗忘，可在文艺复兴时期又获得了新生。彼特拉克从普罗佩提乌斯那里汲取了许多诗歌创作元素。18 世纪时，德国人很重视普罗佩提乌斯。譬如，歌德不止一次阅读普罗佩提乌斯的诗歌，认为它使他产生了"强烈的创作欲"。其中，《罗马哀歌》（*Römische Elegien*，1788－1790 年）[1] 里的几首诗歌显然是模仿普罗佩提乌斯的手笔（参基弗，《古罗马风化史》，页 262）。时至今日，普罗佩提乌斯的诗歌仍然受到人们的爱好，是人们爱读的古希腊罗马时代的抒情诗之一。

在中国，王焕生根据费德里（Paolo Fedeli）校勘、由托伊布纳出版社出版的文本《普罗佩提乌斯》（*Propertius*，Stutgardo 1984，Teubner），翻译了诗人的《哀歌集》（参 LCL 18）。

第五节　奥维德

一、生平简介

公元前 43 年 3 月 20 日，奥维德生于佩利革尼乡村（Paelignerland）的苏尔摩（Sulmo），出身于一个有教养的骑士家庭。12 岁时，[2] 父亲把奥维德和比他年长 1 岁的哥哥送到罗马接受良好的教育。大概 17 岁时，奥维德前往希腊的雅典考察旅行，接着从雅典前往小亚细亚旅行，返程中又在西西里岛逗留了差不多1 年。

之后，大约 20 岁时，奥维德回到家乡。当时，奥维德的哥哥已病故。为了维护家声，奥维德按照父亲的愿望进入官场，也

---

① 杨武能，《走近歌德》，石家庄：河北教育出版社，1999 年，页 169 以下；余匡复，《德国文学史》，上海：上海外语教育出版社，1991 年，页 183。

② 奥维德，《爱经全书》，曹元勇译，上海：上海三联书店，2005 年，页 322。

在三头之一（triumvir）的手下担任一个职务［可能是在铸币厂（mŏnētālĭs）］，行使百人团合议庭成员与独立审案的民事法官的职权。

但是，奥维德厌倦政务。不久以后，为了能够完全投入创作生活，奥维德就放弃了升迁阶梯（cursus honorum）。奥维德的诗歌天赋很早就显现了出来。奥维德已经找到了通向墨萨拉文学圈的门路；该文学圈中最重要的成员就是诉歌诗人提布卢斯［《恋歌》卷三，首9，挽歌（Epikedeion）］。在墨萨拉的鼓励下，较年轻的时候，奥维德就第一次公开朗诵爱情诉歌。后来，这些诉歌出版了5卷，命名《恋歌》（保存下来的第2版被缩写成3卷）。

受到成功的鼓励，奥维德敢于创作肃剧。奥维德'的的《美狄亚》受到了塔西佗与昆体良的夸奖。譬如，历史学家塔西佗认为，奥维德的《美狄亚》堪与较他稍许年长的著名肃剧诗人瓦里乌斯（Varius，全名Lucius Varius Rufus）的《提埃斯特斯》并列（塔西佗，《关于演说家的对话》，12，参王焕生，《古罗马文学史》，页272）。而昆体良认为，瓦里乌斯《提埃斯特斯》可以与任何一部希腊肃剧媲美（《雄辩术原理》卷十，章1，节98，参LCL 127，页304及下；王焕生，《古罗马文艺批评史纲》，页220）。不过，《美狄亚》只有两个诗行以引言的形式保存下来了。

然后，奥维德回到了爱情诉歌的创作，一部是《女杰书简》（*Heroides*，又名 *Epistulae Heroidum*），[1] 另一部是《爱经》（*Ars Amatoria*，亦译《爱的艺术》），[2] 隶属于后者的有教谕诗《爱

---

[1]　茅盾译为《女名人的哀诗》。

[2]　奥维德，《爱经·女杰书简》，戴望舒、南星译，长春：吉林出版集团有限责任公司，2010年。

药》（*Remedia Amoris*，亦译《爱的医疗》）与《论容饰》（*De Medicamine Faciei* 或 *De Medicamine Faciei Feminae*）。

奥维德结婚 3 次。其中，前两次婚姻都不顺利，有 1 个女儿，估计是第二次结婚生下的。为奥维德带来幸福的是第三次结婚。由于第三任妻子法比娅（Fabia）出身于古老的门第（显贵，参科瓦略夫，《古代罗马史》，页 616），与奥古斯都的妻子很有交情，这使得奥维德与奥古斯都宫廷的关系变得很亲近。然而，这种亲近也为奥维德遭到流放埋下了祸根。尽管如此，奥维德与法比娅的感情一直都很真挚，直到最后。

在奥维德创作关于变形传说的 15 卷集子《变形记》与由古罗马历法改编的诗歌《岁时记》（*Fasti*）① 的时候，8 年，奥古斯都把奥维德流放——同时流放的还有小尤利娅（Iulia，奥古斯都的外孙女）的情人德基姆斯·西拉努斯（塔西佗，《编年史》卷三，章 24；卷四，章 71）——到黑海边上的托弥（Tomis）：今罗马尼亚（Rumänien）境内的康斯坦察（Constan-ta）（参科瓦略夫，《古代罗马史》，页 617 及下）。在《诉歌集》中，诗人反思了自己遭到流放的原因：1 首诗和 1 个错误（奥维德，《诉歌集》卷二，行 207）。② 依据杨周翰的推测，"诗"大半指《爱经》，"错误"可能指小尤利娅（屋大维的外孙女）与人（可能是她的情人德基姆斯·西拉努斯，参基弗，《古罗马风化史》，页 386 及下）私通的事（公元前 9 年，见《神圣的奥古斯都传》，章 65，参苏维托尼乌斯，《罗马十二帝王传》，张竹明等译，页 86）被诗人知道了（详见"奥维德简介"，参奥维德，《爱经·女杰书简》，页 390），或者和诗人有

---

① 亦译《历法志》、《月令篇》。

② 参见奥维德，《变形记》，杨周翰译，北京：人民文学出版社，1984 年，页 3。

关（参格兰特，《罗马史》，页 219）。王焕生引经据典加以论证，认为：

> 奥古斯都对奥维德的诗本来可能就心怀不满，与他恢复传统的社会道德风尚相悖，加之后来又发生了其他的家庭事件，但他又不便于把那个与诗人有关系的事件公开，因而便把奥维德的轻佻性诗歌作为流放诗人的主要理由（见王焕生，《古罗马文学史》，页 268）。

然而，由于这种分析来源于奥维德自己的主观判断，似乎有道理，但又显得牵强。诚然，《爱经》的伤风败俗有与奥古斯都唱对台戏的嫌疑，为试图恢复社会道德的奥古斯都提供了流放的借口，可是《爱经》的发表已经 8 年了，这似乎说不过去。那个"错误"和这首诗一样，只不过是借口或者导火索而已。从当时的文学大背景来看，流放的原因恐怕是奥维德不像维吉尔那样歌功颂德，也不像贺拉斯那样与帝国制度妥协，而是远离政治，加入到非主流的诉歌诗人队伍，甚至与统治者为敌。譬如，在《恋歌》（*Amores*）① 中，奥维德坦率地痛斥人们不受约束的一个例子：把恺撒颂扬成为神。更何况在很久以前的同盟战争中，反抗罗马的中心就在奥维德的家乡附近，这是奥维德引以为自豪的事情。这些事件都是让统治者耿耿于怀的。这样的诉歌诗人成为统治者打击的对象，那是不言而喻的。从奥维德晚期有意尊崇奥古斯都来看，那个"错误"应当指奥维德敌对奥古斯都的态度，当然也包括奥维德的文学创作不符合奥古斯都推行的帝国文学政策。在前往托弥的路

---

① 戴望舒译《情爱》。

上，奥维德就开始创作没有收信人的诉歌体书札《诉歌集》（*Tristia*）。①

在 5 卷本《诉歌集》之后就是 4 卷本《黑海书简》（*Epistulae ex Ponto*），② 朋友的名字又出现其中。尽管《变形记》缺乏最后的润色，可奥维德也允许在罗马出版。诗人对《岁时记》的前 6 卷进行修改，其目的就是献给日耳曼尼库斯（Germanicus，真名 Gaius Iulius Caesar）。在这部作品中，奥维德表明自己是代表普罗佩提乌斯的《哀歌集》第四卷精神的卡利马科斯主义者。意大利人的形象生动与罗马人乐于礼俗被观察得一清二楚。借助于诗意与色情方面的想象，不可挽回地让过去感到很亲切的祖辈信念（Väterglaube）变得很生动。

此外，奥维德还写有《伊比斯》（*Ibis*）、《论捕鱼》（*Halieutica*）、《胡桃树》（*Nux*）和一首关于安慰的诗《致李维娅的安慰辞》（*Consolatio ad Liviam*）。其中，卡利马科斯主义者的骂人诗《伊比斯》抨击一个未知的敌人。而《论捕鱼》是关于黑海鱼的一首教诲诗。这首教诲诗仅传下 130 多行，而且其真实性是有争议的（参 LCL 232，页 235 以下；王焕生，《古罗马文学史》，页 283）。

尽管奥维德已经转向严肃的写作，可是奥古斯都及其继任者比贝里乌都没有赦免奥维德。17 年末或者 18 年初，奥维德死于流放地托弥，享年 60 岁（参科瓦略夫，《古代罗马史》，页 617 及下；王焕生，《古罗马文学史》，页 269）。

二、作品评述

奥维德大大地改变了他所创作的一切文学体裁，并且为它们

---

① 戴望舒译《哀愁集》，亦译《哀怨集》、《悲愁之歌》。
② 戴望舒译《蓬都思书疏》。

打上了他个人的烙印。奥维德义务解释前人的遗产。在挽歌《诗人承受之重》中，奥维德对伟大的诉歌诗人提布卢斯表示敬意（奥维德，《恋歌》，首3）。在《岁时记》中，奥维德继承了普罗佩提乌斯的"推源论"（普罗佩提乌斯，《哀歌集》卷四）。在《变形记》中，奥维德实现维吉尔的第六首《牧歌》里关于伽卢斯的全貌，即歌唱伽卢斯。①此外，诉歌诗人中惟一的奥古斯都主义者奥维德也忠实地拥护受到指责的古罗马爱情诉歌诗人伽卢斯。

奥维德的语言与文笔以准确与尖锐见长。奥维德不熟悉维吉尔或者提布卢斯的神秘的隐晦（即不明确）。奥维德的特长就是在视觉上施加强烈的影响。这种影响力可以与斯塔提乌斯或者克劳狄安相提并论。严格的格律是从提布卢斯那里学到的。与所有的同时代诗人相比，六拍诗行（hexameter）引人注目地大量采用扬抑抑格（dactylus）。通过这样的方式，诗行并不更加模式化。但是，奥维德却获得了与维吉尔的作品明显不同的伦理或道德。

根据创作时期和创作题材，奥维德的诗歌作品可以划分为3类：青年时期的爱情诗、中年时期的神话诗和晚年时期的流放诗。

（一）青年时期的作品：爱情诗

奥维德从18岁左右开始写诗。当时，罗马诉歌经由伽卢斯、提布卢斯和普罗佩提乌斯的开创、继承和发展，已经处于繁荣时期。在朋友提布卢斯和普罗佩提乌斯的影响下，奥维德采用这种与英雄格叙事诗相对的文学形式，抒写爱情的欢乐、悲愁和痛苦。无论是抒情、议论和通信，还是神话故事和英雄传说，都能

---

①　维吉尔的第六首牧歌是献给瓦鲁斯的，但歌唱伽卢斯（行64-73），而第十首完全献给伽卢斯。参奥维德，《情爱录》，页82；《古罗马文选》卷三，前揭，页311。

以爱情这个主题为核心。所以在青年时期，奥维德创作了爱情肃剧《美狄亚》，但主要创作的还是爱情诗，包括《恋歌》、《女杰书简》（亦译《古代名媛》或《女英雄》）、《爱经》、《论容饰》和《爱药》。

《恋歌》是奥维德的成名作，共有 3 卷，包括 49 首情诗。这些诗篇大约陆续创作发表于公元前 25 至前 15 年。

或许是由于反叛的性格，诗人彻底颠覆了传统的爱情神话。奥维德笔下的爱情似乎不再神圣和崇高，变成了一种艺术、甚至是一种游戏。在诗中，无论是男主角（诗人）还是女主角（科里娜）实际上都是爱情骗子，他们的爱情都很轻浮，充斥着不忠。因此，奥维德有理由在《爱经》第一卷里振振有词地为情郎建议："欺骗那欺骗你的人们"。这些都为奥维德的爱情诗注入了一股戏虐、嘲弄的意味。譬如，奥维德在《爱经》第一卷结尾时精辟地说："怕委身于一个规矩男人的女子，总是可耻地堕入一个浪子的怀抱"（戴望舒译，参奥维德，《爱经·女杰书简》，页 32 和 37）。

顾及骑士的利益，奥维德把自从伽卢斯以来"男人在为女人效劳的过程中征服女人"的传统思想发展成为有意识的自欺："爱情是一种军中服役"（《爱经》卷二，行 233）；"只要你坚持到底，日久她总会屈服于你"（《爱经》卷一；戴望舒译，参奥维德，《爱经·女杰书简》，页 48 和 26）。后来，即在《爱经》第三卷中，奥维德也试图向女人们讲解这个观点："坚持我们的信念，我们就会是英雄！"因此，设身处地为对方着想替代了普罗佩提乌斯的那种宁愿占有的爱情。虽然总体上提布卢斯的题材多样性在奥维德那里对文集适合，但是对单独的诗不适合。这些单独的诗自始至终都各自发展了一个主要思想。与提布卢斯不同的是，奥维德在《恋歌》与《爱经》中都排斥同性恋的爱情。

各个题材（如阳萎、阉割术和堕胎）都发挥得淋漓尽致。对于这个类型而言，几乎不再可能有其它的发展。

《恋歌》最突出的特征是细致入微的心理刻画。诗人设想了各式各样的情景，淋漓尽致地抒写了自己的恋爱心理变化：或喜或怒，或得意忘形，或垂头丧气，或哀求渴望，或懊恼自责，或妒忌情敌，或沾沾自喜，或卖弄风情，或情诚心痴。诗人让恋爱者的心理一览无遗。19世纪法国作家司汤达在《爱情论》中给予《恋歌》非常高的赞誉："把古罗马时期的爱情描写得最准确、最有诗意的杰作"（参奥维德，《爱经全书》，页323）。因此，奥维德凭借他的《恋歌》而成为爱情诉歌的集大成者。

正如已经断定的一样，在《恋歌》中，诗人奥维德对女人的心理描写十分细腻，给人留下深刻印象。感受女人的心理同样也体现在奥维德所发明的一种新文学类型诗体书简中。不同的是，诗人不是女人的爱欲追逐者（如《恋歌》）或者爱情导师（如《爱经》和《爱药》），而是一反常态，成为那些被欺骗、被出卖、被抛弃、被凌辱或被压迫而充满反抗精神的女性的代言人。可以说，《女杰书简》[①]是一本可歌可泣的故事诗集。诗集总共有21封书信。其中，后面6封可能是他人的仿作（参王焕生，《古罗马文学史》，页270），称为"拟情书"，如茅盾翻译的3篇奥维德的《拟情书》，即《女杰书简》第十五至十七封信（参奥维德，《爱经·女杰书简》，页393以下）。

与古罗马爱情诉歌现有的传统不同，叙述者不再是男人，而是女人，即从妇女的角度描写不幸的爱情。有的是良人出征、独守空房的贤惠军嫂，如佩涅洛佩（Penelope，南星译"琵艾萝

---

①　奥维德，《女杰书简》，南星译，北京：三联书店，1992年。另参奥维德，《爱经·女杰书简》，页105以下。

琵")和拉奥达弥亚（Laodamia，南星译"拉娥达宓雅"）。在丈夫尤利西斯（Ulysses，南星译"攸力西斯"，即奥德修斯）出征10年未归的情况下，面对贵族无赖的求婚骚扰，佩涅洛佩巧妙地与之周旋，表现出了她对丈夫忠诚；又过10年，夫妻终于团聚（《女杰书简》，封1）。丈夫普罗忒西拉俄斯（Protesilaus，南星译"普洛太西劳斯"）参加希腊远征军，"在奥力斯港阻风"，拉奥达弥亚闻讯不安，祈求神佑良人平安归来，在这封充满挚爱和眷念的信中处处洋溢着她对丈夫安危的担心之情："忧心悄悄悲离索"（《女杰书简》，封13）。

　　有的被欺骗，例如得伊阿尼拉（Deianira）。她中了企图占有她而被丈夫赫拉克勒斯（Heracles，南星译"赫剌克洛斯"）射杀的马人涅索斯的奸计，相信了涅索斯的谎言："这血，对爱情极其有力"。为了丈夫不会再爱别人，她将"涅索斯的受毒血浸染的外衣"寄给丈夫穿，结果丈夫中毒身亡，自己也悔恨地自杀徇情（《女杰书简》，封9）。

　　有的被情人出卖。譬如，布里塞伊斯（Briseis，南星译"勃来西绮丝"）被情人阿基琉斯（Achilles，南星译"阿奇里兹"）转让给阿伽门农（南星译"阿加曼农"；《女杰书简》，封3）。

　　有的遭到丈夫的遗弃，如帕里斯（Paris，南星译"巴力斯"）的妻子俄诺涅（Oenone，南星译"伊娥尼"），因为帕里斯有了新欢：斯巴达国王的妻子海伦（《女杰书简》，封5）。

　　有的遭遇抢亲，乞求丈夫的营救。譬如，斯巴达国王门尼来斯（南星译"门尼雷阿斯"）和海伦所生的女儿赫尔弥奥涅（Hermione，南星译"荷麦欧尼"）与阿伽门农的儿子俄瑞斯特斯（Orestes，南星译"阿来斯提兹"）已经结为夫妻，却遭遇阿基琉斯的儿子涅奥普托勒摩斯（Neoptolemus，皮如斯）的抢亲（《女杰书简》，封8）。

有的受到不合法爱情的折磨，例如克里特岛公主费德尔（Phaedera，南星译"菲德拉"）爱上了丈夫提修斯（南星译"西休斯"）的儿子希波吕托斯（Hippolytus，南星译"西波力托斯"）（《女杰书简》，封4）。

有的被罚，例如佳娜丝（Canace，通译"卡那刻"）。她与兄长玛加路斯（Macareus，通译"玛卡柔斯"）有私情，生下一个男孩。恼怒的风神伊欧拉斯命人把婴儿投入荒郊，送女儿白刃自尽（《女杰书简》，封12）。

值得注意的是，在诗人描述的主人公当中，给丈夫或情人写书简的大多是古代传说中的女子，只有一个例外：萨福（茅盾译"莎弗"）是历史上的真人，更准确地说，古希腊颇有名望的女诗人。不过，她写的书简的收信人却是一个神话人物：船夫费昂（Phaon，茅盾译"法昂"，通译"法翁"）。费昂原本又老又丑，因帮助阿芙洛狄特渡海而得到青春和美丽。尽管萨福对费昂的爱如痴如醉，可费昂很淡薄，远游不归，令她忧伤、悲痛和思念不已（《女杰书简》，封15）。

《女杰书简》不仅回到了古希腊诗歌的观点上：在古希腊的诗歌作品中，女人主要被描写成恋爱中的角色，而且还从古希腊叙事诗和肃剧作品中吸取素材，如欧里庇得斯的肃剧《美狄亚》：伊阿宋抛弃年老色衰的妻子美狄亚，另觅新欢（《女杰书简》，封6）。当然，素材的另一个重要来源就是古罗马的文学作品和罗马传说，如维吉尔的叙事诗《埃涅阿斯纪》：埃涅阿斯（南星译"伊尼阿斯"）在诸神的示意下离弃迦太基（腓尼基人的城邦）女王狄多（南星译"黛多"），狄多失望自杀（《女杰书简》，封7）。诗人还采取了卡图卢斯的诗中关于阿里阿德涅的传说：忒修斯遗弃妻子阿里阿德涅（《女杰书简》，封10）。

奥维德堪称神话传说作家。在创作《女杰书简》过程中，他大量汲取了神话传说的素材。其中，源于罗马神话的有"菲丽丝致狄摩福恩书"（《女杰书简》，封 2）：心上的情人狄摩福恩（Demophoon，通译"得摩丰"或"得摩福翁"）不守信约，一去不返，菲丽丝（Phyllis，通译"费利斯"）独守闺房，"自怨自艾自伤怀"，最后自尽。源于罗马传说的有阿康沙斯（Acontius，通译"阿孔提俄斯"）与西蒂琵（Cydippe，通译"库狄佩"）之间的通信，它讲述的是已经订婚、临近婚期的雅典少女西蒂琵在月亮女神狄安娜寺庙里与西阿斯少年阿康沙斯一见钟情的故事。尽管西蒂琵回家后病倒，"身损瘦，人憔悴"，可她还是在书简中吐露真情："愿你我结合百年"（《女杰书简》，封 21）。阿康沙斯也在书简中诉说真情："你卧病，我必卧病，我生存，你必生存，两只同命鸟，万难割舍，万难离分"，并且明确表达了想同西蒂琵结婚的愿望（《女杰书简》，封 20）。由此可见，西蒂琵"为伊消得人憔悴"是值得的，因为阿康沙斯对她的爱情是真挚而热烈的，像他这样不是负心汉的男子在《女杰书简》中是为数不多的。诗人用这段充满正剧（悲喜剧）色彩的爱情作为书的结尾，或许是要给那些被抛弃、被凌辱或被压迫而充满反抗精神的女性以希望？

此外，诗人刻画妇女心理的表达手法也很巧妙：借助于女杰们自写情书来吐露她们的心声。尽管这些情书是诗人发挥丰富的想象力编造出来的，可读起来好像戏剧中的独白，非常生动、亲切，如帕里斯和海伦（《女杰书简》，封 16 及下）、勒安德（Leander；南星译"里安德"）和西罗（Hero；南星译"西萝"；《女杰书简》，封 18 及下）[1] 之间往来的书简，都很感人，让人

---

[1] 有人说，这个故事是真实的，发生于大约公元前半个世纪。参奥维德，《女杰书简》，页 199 以下；《希腊罗马神话与传说中的恋爱故事》，前揭，页 149 以下。

丝毫也感觉不到女杰是喋喋不休的人或者说客。这表明，奥维德对妇女心理有深刻的洞察力。之所以具备这种洞察力，是因为在这方面诗人拥有丰富的知识（参奥维德《爱经》）和经验（诗人一生 3 次结婚；参奥维德《恋歌》和《爱药》）。

奥维德首创的诗体书简对后世的欧洲文学产生了巨大的影响。模仿《女杰书简》的有马洛威的《英雄与瘦子》（*Hero and Leander*）、莎士比亚的《维纳斯与阿多尼斯》（*Venus and Adonis*）、德拉顿的《英国淑女书简》（*England's Heroical Epistles*，1597 年）和蒲伯的《爱罗伊莎致阿贝拉》（*Eloisa to Abelard*，1717 年）（参詹金斯，《罗马的遗产》，页 234 -242）。另外，奥维德的诗体书简也间接地导致了 18 世纪欧洲书信体小说的诞生，如理查森（Samuel Richardson，1689 - 1761 年）的《帕米拉》（*Pamela*，1740 年）、卢梭的《新爱罗伊莎》（*La Nouvelle Héloïse*，1761 年）和歌德的《少年维特的烦恼》（*Die Leiden des Jungen Werthers*，1774 年）。①

《爱经》（参奥维德，《爱经·女杰书简》，页 5 以下）发表于公元前 2 年，总共 3 卷，前两卷指导男人如何向女人求爱，其中，第一卷教导男人俘获女人的艺术，第二卷教导男人保持与被俘获的女人的爱情关系的艺术。而第三卷则指导女人如何引诱男人。

在传授技巧的同时，诗人也反映了他那个时代罗马的生活现实。尽管奥维德歌颂屋大维的祖神马尔斯，歌颂屋大维是少年英雄，认为屋大维有朝一日也会成为神，并允诺写诗赞美恺撒

---

① 奥维德，《女杰书简》，序（李赋宁）；Johann Wolfgang von Goethe（歌德），*Die Leiden des jungen Werthers*（《少年维特的烦恼》），Stuttgart 1994。

（《爱经》卷一，戴望舒译，参奥维德，《爱经·女子书简》，页
14及下），可这部作品有同屋大维道德改革政策唱对台戏的嫌
疑，引起了屋大维的不满。其实，诗人的本意在于嘲讽罗马上层
社会的生活方式，却被人误解为淫秽之作，从而被冠以不道德的
罪名，这是奥维德遭到流放的一个重要原因。针对批评，奥维德
辩护说，诗歌类型不同，诗歌格调也不同。奥维德歌咏的对象是
伴妓性的女性，所以可以放纵一些。

　　一概而论与嘲讽地保持距离的立场，在《恋歌》中已经可
以感受到这种倾向，合乎逻辑地归属于《爱经》，从"说教"的
角度去处理爱情诉歌的主题（Topoi）。即使是陈腐的题材也通过
这种方式获得了新的魅力。譬如，如果每个相爱的人都强调变得
博学，那么他就看起来很苍白。人物与情景曾经从谐剧的宝匣中
被抽出来，被以前的诉歌诗人多次运用于严重的、几乎是悲剧性
的事情，在奥维德那里重新获得了他们原本轻松、愉快的许多东
西。在爱情被理解为技术性的、有理智的使命时，爱情似乎自然
就失去了它的本质，爱经似乎就是"没有爱的爱情艺术"。像远
离柏拉图笔下苏格拉底的性爱幻想以及谐剧（而且还有各首诉
歌）当中业务能力强的女皮条客的聪明一样，奥维德按照演说
修辞的典范，建构了劝说技巧：一方面，情感是有说服力的，另
一方面，随着时间的推移，悉心地模仿对方的特征会产生感情，
以至于通过研习，表演爱情的大学生演员能够成为真的爱人。因
此，真实的感情是不能排除的。虽然享受爱情是这个小作品公开
承认的目标，但是在细腻的心理观察、对大城市社会心平气和的
讽刺以及通过讲述神话与精心运用隐喻提高诗意面前，本来非常
色情的部分明显退居次席（关于《爱经》，参 LCL 232，页11以
下）。

　　在"教训的"叙事诗《爱经》之后，奥维德又写了《论容

饰》与《爱药》(*Remedia Amoris*; "治疗爱情的药物")。① 其中,《论容饰》指导女性如何根据时尚要求美饰自己, 可能是根据某种相关的指南性著作写成的, 流传下来的只有 100 行左右 (参 LCL 232, 页 2 以下)。

尽管《爱药》与《爱经》(3 卷) 的思想内容截然不同:《爱经》讲述爱欲的张扬, 短篇叙事诗《爱药》则讲述爱欲的抑制, 可它是《爱经》的续篇, 是《爱经》的 "解毒剂"(参科瓦略夫,《古代罗马史》, 页 616)。它们一起构成了一个统一的整体: 反映罗马人的日常生活与风俗, 揭开爱情的心理, 尤其是妇女的心理。《爱药》(*Remedia*) 不是推翻前诗的诗, 而是与《爱经》(*Ars*) 第三卷相似, 处理同一个素材, 只是立场已经发生变化。在这首诗里, 诗人建议不幸的情人去用狩猎、旅行、种田、戒酒或躲避写爱情诗的诗人等方法排解悲伤。这种有理智的基本观点——心理健康, 并且用理智控制感情——同艺术与药物有共同之处 (参 LCL 232, 页 177 以下)。

早期色情诗对后世的影响较大。1599 年马洛威用英雄格双行体翻译奥维德的《爱经》, 引起很大的社会影响, 但由于给人不道德的感觉而遭遇教会的焚毁令。唐尼抛弃奥维德的高雅语言, 采用街头俚语, 创作现代化的《诉歌》(*Elegy*), 强调色情诗存在的缺陷和放荡。唐尼借用奥维德的主题进行再创造, 创作《诗歌与十四行诗》(*Songs and Sonnets*) 中的一首诗。唐尼甚至借用奥维德《爱经》第一卷第十三章中对欧罗娜 (*Aurora*) 所说的话, 创作《太阳正在升起》(*The Sun Rising*)。奥维德的关

---

① 公元前 2 世纪小亚细亚科罗封 (Kolophon) 的尼坎德尔 (Nikander) 写有形式完美、纯粹为了使具有艺术鉴赏力的读者阅读时感到轻松愉快的教谕诗《治蛇咬伤药》(*Heilmittel gegen schlangenbiss*) 和《医疗食物中毒的药》(*Heilmittel bei Nahrungsmittelvergiftung*), 参克拉夫特,《古典语文学常谈》, 页 37。

于性无能的诗在英国发展成为一个小流派，其代表人物是罗切斯特勋爵和具有原始女权主义精神的阿菲拉·本恩夫人（Mrs Aphra Behn，1640-1689 年）。奥维德的关于科林娜午后爱情氛围的精心描写在 17 世纪有大量的模仿者，如唐尼的《他的情人走向床榻》（*Elegy XIX：To His Mistress Going to Bed*）和卡雷（Thomas Carew）的《狂喜》（参詹金斯，《罗马的遗产》，页 241 及下）。

（二）中年时期的作品：神话诗

中年时期，奥维德的创作题材主要是神话。奥维德笔下的神话主要来源于古希腊民间故事、叙事诗（包括荷马的《伊利亚特》和《奥德修纪》）、颂神诗、赫西俄德的《神谱》、肃剧和历史，以及古罗马民间故事、叙事诗（包括维吉尔的《埃涅阿斯记》）、肃剧和历史（参《罗念生全集》卷八，前揭，页 293 及下）。属于这个时期的神话诗包括《变形记》和《岁时记》。

作为留给后世的最好遗产，奥维德的《变形记》写作于公元前 8 至前 2 年，属于中年时期的作品。由于突然遭遇流放，悲伤与失望的诗人把完稿的《变形记》付之一炬。不过，后来在流放地的时候，奥维德后悔了，希望《变形记》能够存在，让读者阅读后感到闲暇的愉快，并想起他（奥维德，《诉歌集》卷一，首 7，行 25-26）。所幸，流传于朋友中的手抄本得以保存下来。

《变形记》总共 15 卷，大约讲述了 250 个故事。其中，较长的故事约 50 个，较短的或者略微提及的故事约两百个。故事人物可依次分为神话中的神、男女英雄和"历史"人物，所以全诗的结构可以划分为 3 个部分：第一部分，即前 6 卷，包括序诗、引子（天地开创、4 大时代、洪水的传说）和神的故事；第二部分，即第六至十一卷，讲述男女英雄的故事；第三部分，即

第十一至十五卷，包括尾声，讲述"历史"人物的事迹（参《罗念生全集》卷八，前揭，页295）。

从题材来源来看，《变形记》主要取材于希腊，例如"回声（Echo）与水仙花（Narcissus）的故事"（奥维德，《变形记》卷二；卷三，行339以下），"伊阿宋、美狄亚和金羊毛的故事"（卷七），"歌手俄耳甫斯（Orpheus）和妻子欧律狄刻的故事"（卷十，行3以下）以及爱神维纳斯和美少年阿多尼斯（Adonis）的故事（卷十，行519-739）。罗马神话和历史传说也是创作源泉，如埃涅阿斯与狄多的爱情悲剧，以及恺撒遇刺及其死后被神化的故事。此外，《圣经》或许也是素材来源之一，例如《变形记》从混沌（Chaos）变为有秩序的宇宙开始，类似于《创世记》（《旧约》，1:1-2:3；《创世纪》的作者为摩西，写作时间为公元前1450-前1410年），大洪水的故事与诺亚方舟的故事（《旧约》，章6-11）也极其相似［参《圣经（灵修版）·旧约全书》，前揭，页2］。

在《变形记》中，神或人由于某种原因变成动物［譬如，尤皮特变成牛接近美女欧罗巴（Europa），参《变形记》卷二，行833以下］、植物［譬如，阿波罗的恋人达芙尼（Daphne）变成桂树（卷一，行453以下），他爱的美少年许阿辛托斯（Hyacinthus）变成玉簪花（卷十，行162以下）；爱人克吕提厄（Clytie）变成向日葵（卷四，行169以下）］、石头、星辰［譬如，尤皮特的爱人卡利斯托（Callisto）与儿子阿尔卡斯（Arcas）变成大、小熊座（卷二，行421以下）］等，书名由此得来。也就是说，变形是贯穿全诗的基本主题。杨周翰认为，变形的理论依据是卢克莱修"一切在变异"的唯物观和毕达哥拉斯"灵魂转移"的唯心学说之表面的共同点：变异（奥维德，《变形记》，杨周翰译，页12）。而王焕生认为，这种变化的观念来源于远古时代人们的宗教意识：神明惩恶扬善（参王焕生，《古罗马文学史》，页274）。显然，前者点出了该诗的中心内容，而后者道破了该诗的思想意义。

值得一提的是，奥维德不仅强烈谴责刺杀恺撒的共和派，认为"忤逆之手疯狂地用恺撒的血抹污罗马的伟名"，而且还把罗马人民对奥古斯都的忠心与众神对主神尤皮特的忠诚相提并论（《变形记》卷一，行204－205）。奥维德甚至认为，恺撒不如奥古斯都伟大，因为奥古斯都"不是由凡俗降生，他应该是神"，天神让奥古斯都统治罗马人民是"赐福给人类"（《变形记》卷十五，行745－761）。这表明，奥维德已经改变了对恺撒和奥古斯都的态度。这种改变促使奥维德创作叙事诗性质的诗作：不仅唯独在创作《变形记》时采用扬抑抑格六拍诗行（dactylus hexameter）的叙事诗格律，而且还采用各种叙事诗的叙述手法，例如叙述语调平静，广泛采用比喻手法。尽管如此，可是奥维德仍然遭到奥古斯都的流放。这可能是奥维德感到失望，并想把《变形记》付之一炬的原因之一（参王焕生，《古罗马文学史》，页275以下）。

《变形记》是古希腊文化传统意义上集体创作的诗。比奥维德年长的朋友马克尔（Macer）[①]喜欢在奥维德面前朗诵《论鸟类》（Ornithogonie）。在伽卢斯的第六首诉歌中也提到，维吉尔创作了一首与宇宙论和性爱有关的世界诗（Weltgedicht）。因此，

[①]　即 Aemilius Macer，来自维罗纳的教谕诗人，同维吉尔与奥维德交友（奥维德，《诉歌集》卷四，首10，行43），16 年死于亚洲，是仅传下一些残段的《论鸟类》（Ornithogonia）和《蛇毒解药》（Theriaca）的作者。马克尔有别于更年轻的叙事诗人马克尔·伊利亚库斯（Macer Iliacus）或小庞培·马克尔（Pompeius Macer Iunior）。奥维德称曾经陪伴自己游历亚洲和西西里亚的朋友小庞培·马克尔为 grandior aevo（奥维德，《诉歌集》卷四，首10，行43）。

在较早些时候严格按照古典的形式创作《恋歌》以后，奥维德在叙事诗中转向文学发展中的"亚历山大里亚诗风的"主要潮流：短篇叙事诗风格、诉歌风格、田园诗风格等（参王焕生，《古罗马文学史》，页 277 及下）。维吉尔通过重新采用荷马典范与贺拉斯通过仿效阿尔凯奥斯都想阻挡这种潮流。不过，奥维德也以他自己的方式，对卡利马科斯提出抗议：奥维德写了一首"连续"的诗（carmen perpetuum），一本"内容丰富的书"。这本书的具有一定宽度的彩绘湿壁画讽刺了亚历山大里亚风格的诗歌的枯燥无味。

此外，奥维德在《变形记》中还采用亚历山大里亚诗人喜欢的题材：神话传说和爱情故事。奥维德把这两个题材有机地融合在一起，不仅使得《变形记》成为各种神话的大熔炉，而且还由于加入爱情题材，使得《变形记》的故事叙述得更加生动有趣，节奏适中（参王焕生，《古罗马文学史》，页 278 及下；詹金斯，《罗马的遗产》，页 232）。尤其值得注意的是，奥维德笔下的爱情结局大多都具有悲剧性，但也有喜剧性的，如林神维尔图姆努斯（Vertumnus）与仙女波莫娜（Pomona）的爱情（《变形记》卷十四，行 623 以下）。此外，除了神与人的普通男女恋情，还有一些畸形的爱情，如白布洛斯（Byblis）与卡纳斯（Counus）的姐弟恋（《变形记》卷九，行 454‒665）、米拉（Myrrha）的恋父（《变形记》卷十，行 298‒518）、阿波罗爱恋同性的美少年阿多尼斯，以及一些奇异的爱情。譬如，匹克马利昂（Pygmalion）爱上了自己雕刻的象牙女郎（《变形记》卷十，行 238‒297）。

总之，由于奥维德杰出的诗歌才能和高超的诗歌技巧，《变形记》凭借活跃而机敏的叙述、对人物心理的细致分析和优美动人的语言，成为古希腊、罗马文学中最为有趣和最吸引人的作品之一（参王焕生，《古罗马文学史》，页279），所以它的影响很大。《变形记》长期被当成自然哲学专业书籍阅读。不过，《变形记》首先是向欧洲介绍了作为文学创作与绘画宝库的古希腊神话。在古罗马晚期，明显具有"异教"思想的《变形记》成为基督教文学作品《凤凰鸟之歌》运用典故的重要来源之一。在中世纪，一方面教会反对《变形记》的异教思想，另一方面教士们又拜读《变形记》，甚至把《变形记》当作教会学校的课本。在中世纪与文艺复兴交替时期，但丁也受到奥维德德影响，《神曲》中的神话部分大都根据《变形记》。而彼特拉克和薄迦丘的启蒙读物可能就是《变形记》（参奥维德，《变形记》，页14）。受到奥维德《变形记》影响的还有莎士比亚的剧本《冬天的故事》（幕4，场4，行112-125）和弥尔顿（1608-1674年）的《失乐园》（*Paradise Lost*）。①

奥维德的另一首长篇神话诗是《岁时记》。与《变形记》不同的是，这首长篇神话诗不是采用叙事诗的格律，而是诉歌的格律。

奥维德原计划写12卷，每月1卷。但是，由于突然的流放，奥维德不得不中断写作，仅仅写出6卷。在流放后期，奥维德曾修改过已经写出的部分。奥维德原计划把修改稿献给奥古斯都。在奥古斯都死后，奥维德又准备把它献给日耳曼尼库斯。但是，奥维德都未能如愿。从传世的稿件来看，修订仅限于第一卷。不过，在诗人死后，《岁时记》由他的朋友出版，这就使得奥维德的未竟之作得以传世（参王焕生，《古罗马文学史》，页279及下）。

---

① 弥尔顿，《失乐园》，朱维之译，长春：吉林出版集团有限责任公司，2007年。

传世的《岁时记》实质上是一部诗体历书，共6卷，从1月至6月，记载与每一天有关的神话、传说和重大历史事件。譬如，公元前27年屋大维获得称号"奥古斯都"，公元前13年出任大祭司的职务，公元前2年获得称号"国父"。这部作品也描述了古罗马的节庆和风俗习惯。例如，4月21日为罗马建城纪念日。值得一提的是，《岁时记》比《变形记》的政治性更强。《岁时记》不仅歌颂罗马光辉的过去，而且还歌颂罗马的强大和奥古斯都的伟大（参王焕生，《古罗马文学史》，页279及下）。

除了宗教、历史方面的价值，《岁时记》还具有文学价值。为了不使叙述文字陷入枯燥，奥维德一方面尽可能采用多样化的叙述形式，比如，既有作者的客观介绍，也有故事人物的主观说明，另一方面利用传说情节增加叙述的故事性。此外，奥维德还采用修辞术，尽管《岁时记》里的修辞术痕迹不及他的早期作品里明显（参王焕生，《古罗马文学史》，页280）。

（三）晚年时期的作品：流放诗

自从8年诗人遭到流放至17年客死他乡，奥维德的创作题材和风格发生质变，转而创作流放诗，主要有《诉歌集》（*Tristia*）、《黑海书简》等。

《诉歌集》共5卷，由短诗构成，抒发诗人在流放期间前5年的悲观失望和乡思。在前往流放地托弥的路上，奥维德就开始创作没有收信人的诉歌体书札《诉歌集》，主要记述航行途中的艰险经历和悲苦感受。

值得注意的是，奥维德劝妻子法比娅留在罗马，一方面照看家产，另一方面希望她能利用自己的关系为他活动，使他早日结束流放生活。途中写的10首诉歌和到达流放地以后写的一首引诗，这就是《诉歌集》第一卷。

在流放当年的冬天，奥维德写了 1 首 578 行的长诗，"致奥古斯都，一方面'忏悔'自己的过错，同时为自己的'诗歌'和'错误'辩解，请求宽赦他"。这首诗就是《诉歌集》第二卷。后来，奥维德继续写作诗歌，在 10 至 12 年将每年写成的诗集成 1 卷，构成《诉歌集》第三、四和五卷。其中，第四卷第十封信是诗人自传。

13 年后，或 14 年夏奥古斯都死后，奥维德眼见自己的书信不会连累朋友，才把流亡期间写成的、《诉歌集》里没有收录的书信汇编成 3 卷《黑海书简》。第四卷是诗人去世后由他人收集发表的（参王焕生，《古罗马文学史》，页 280‑282）。总体来看，传世的 4 卷《黑海书简》是诗人写给罗马友人的书信，反映了流放后期诗人较平静的心情。

奥维德的流亡诗把诉歌带到了它的原本状态。梭伦早已承认，流亡诗是为达到个人目的而写的政论。此外，思念罗马的题材构成了与政论诗歌对立的另一极。在奥维德不得不用自身的体验创作《诉歌集》之前，他在《女杰书简》中已经以诗歌的形式充分描写了"分离"这个题材。这并不缺乏某种悲剧性的讽刺。

流亡诗的影响较大。其中，关于"告别罗马"的诉歌（卷一，首 3）被歌德模仿〔《意大利，第二次在罗马逗留》，结尾的章节〕。而在《诉歌集》（卷四，首 10）中，奥维德通过扩充《印记》（*Sphragis*）〔《印记》（*Siegel*），诗人总结性地叙述自己〕的传统，成为诗歌体自传的创始人。此外，奥维德的流亡文学作品还曾激励杜·贝雷、格里尔帕策（Franz Grillparzer，1791‑1872 年，奥地利剧作家）和普希金。这些作品以感觉上非古代的方式预先描绘了作家在他所处的社会中的孤立。

三、历史地位与影响

像前辈诉歌诗人一样，早期奥维德对奥古斯都推行的政策持反对态度，所以奥维德以逃避的态度写作爱情诉歌，或者在诗中表现出嬉戏和嘲弄的态度。然而，社会现实和人生阅历让奥维德的态度逐渐发生了变化：奥维德的心态从逆反的否定转为和谐的认同，因而奥维德的创作从非主流的诉歌转向主流的叙事诗。所幸，这种转变丝毫没有降低文学的品质。无论是写诉歌，还是写叙事诗，奥维德都证明自己是语言艺术天才和诗歌艺术能手。奥维德不仅吸收了前辈的诗歌成就，注意克服维吉尔诗歌的艰涩性和贺拉斯诗歌的复杂性，而且还有机地吸收和融合亚历山大里亚诗歌。因此，奥维德的诗歌显得比前辈的诗歌简朴、丰富和完美。正因为如此，奥维德的诗歌是不朽的，正如他自己在《变形记》的末尾宣称的那样（参王焕生，《古罗马文学史》，页284及下）。

尽管有人批评奥维德过分喜好轻佻的诗歌题材和过分直率的表达，可古代研究者都普遍认可奥维德的诗歌才能。譬如，昆体良认为，奥维德比别的诉歌诗人更加放纵（lāscīvǐŏr）（《雄辩术原理》卷十，章1，节93，参 LCL 127，页302及下），但奥维德仍然是一位值得称赞的诗人：

> 奥维德的《美狄亚》表明，如果他能驾驭自己的才力，而不是放任自流，他可能会创作出怎样的作品啊（《雄辩术原理》卷十，章1，节98，见王焕生，《古罗马文艺批评史纲》，页219；参 LCL 127，页304及下）！

现代学者也公允地指出：

　　从某种意义说，奥维德是最杰出的奥古斯都诗人，特别是在奥古斯都统治的后期。奥古斯都的运动与立法原以反潮流为己任，而奥维德正代表着这股潮流，这个时代流行的精神：追求欢乐、机智灵巧，多少带点讥诮冷笑。比奥维德年长22岁的贺拉斯，这位属于前一世代的诗人可能对奥维德的这些优点默许而不声张，但是奥维德的同时代人却不这样，他们把他捧上了天，在他们看来，他才是很正的奥古斯都诗人。①

　　奥维德的影响巨大。首先，奥维德的诗歌在同时代人中间都很流行。譬如，《女杰书简》和《变形记》曾被广为传抄（参王焕生，《古罗马文学史》，页285）。

　　奥维德在中世纪仍然享有很高的声誉。初期，人们主要研究奥维德的诗歌的格律、语言和修辞技巧。后来，奥维德的诗歌影响越来越大。11至12世纪，有许多奥维德的诗歌抄本。奥维德成为最有名的古典诗人之一。奥维德的爱情诉歌（尤其是《恋歌》）成为中世纪爱情诗歌——特别是骑士爱情——的基础（参王焕生，《古罗马文学史》，页285）。连修女们也在举办的爱情大会上朗读"可敬的导师奥维德的教导"。从国别来看，影响较大的是意大利、英国和法国。首先，奥维德塑造和启迪了意大利文学中轻快、灵活和热情的元素，而这些元素是薄伽丘和阿里奥斯托（Ariosto）的精神。奥维德的《变形记》不仅是彼特拉克和薄伽丘的启蒙读物，而且还是但丁创作《神曲》的神话故事的主要来源。第二，奥维德的故事成为英国文学的素材。14世

────────────

　　① 赖恩：奥古斯都诗坛与社会，载于《牛津古典世界史》，1986年英文版，页615。见朱龙华，《罗马文化与古典传统》，页201。

纪，乔叟模仿《变形记》，创作《坎特伯雷故事集》(*The Can-terbury Tales*) 和《公爵夫人之书》(*The Book of the Duchess* 或 *The Deth of Blaunche*)，其中《公爵夫人之书》改写奥维德《变形记》第六章关于国王赛克斯（亦译"刻宇克斯"）与王后阿尔西奥娜（亦译"阿尔库俄涅"）的故事（马丁戴尔：《奥维德、贺拉斯等诗人》，参詹金斯，《罗马的遗产》，章7，页236）。而英国诗人高威（John Gower，1330–1408 年）模仿奥维德的《变形记》，创作《阿曼提斯的忏悔》或《情人的忏悔》(*Confessio Amantis*，写于约 1386–1390 年)。不过，影响最大的是法国。譬如，法国第一位伟大的诗人克雷蒂安（Chrétien de Troyes，活跃于1160 年）不仅翻译奥维德的《爱的艺术》，而且还以奥维德的凄美故事为素材，创作《菲洛墨拉》(*Philomena*，作者有争议)（参海厄特，《古典传统》，页 46 以下）。此外，《变形记》的异教思想则让中世纪的教会既怕又爱。

文艺复兴时期，奥维德的《变形记》以叙事能力强而很有名，诗中的故事成为文学家和艺术家们的创作题材，例如英国的斯宾塞（1552–1599 年）、马洛威和莎士比亚，西班牙的塞万提斯，法国七星诗社的诗人杜·贝雷。其中，斯宾塞从奥维德的《变形记》取用两个变形与爱情的伟大故事，创作《善变的坎图斯》(*Two Cantos of Mutabilitie*，1609 年)，以爱情故事的形式，探讨不断变幻的世界。斯宾塞的叙事诗《仙后》(*The Faerie Queene*，1590 年卷一至三，1596 年卷四至六) 在规模和复杂性方面堪比奥维德的《变形记》，但拘泥于伦理道德规范，因而采用较为含蓄的文笔描写宙斯与勒达的风流韵事（《仙后》卷三，章11，节32）。而马洛威的《英雄与瘦子》复活了《变形记》的神话世界。由于强调的是不道德，马洛威的文笔较为直白（《英雄与瘦子》卷一，行 143 以下）。莎士比亚模仿奥维德的

《变形记》，创作剧本《冬天的故事》和诗歌《维纳斯与阿多尼斯》，其中，《维纳斯与阿多尼斯》虽然在处理色情方面有玩文字游戏之嫌，但是莎士比亚的《维纳斯与阿多尼斯》更深入地探讨色情的矛盾性；尽管莎士比亚将典故本土化，可在风格的多样性方面又比马洛威更加接近奥维德的《变形记》：从近乎闹剧到近乎肃剧（参詹金斯，《罗马的遗产》，页 236 以下）。此外，莎士比亚的《罗密欧与朱丽叶》、《仲夏夜之梦》（*A Midsummer Night's Dream*）、《安德罗尼库斯》（*Titus Andronicus*）、《麦克白》和《驯悍记》都有奥维德的影子（参海厄特，《古典传统》，页 47 及下和 204 以下）。

鸿雁传情的《女子书简》对后世的影响有两方面：形式上采用书信体，内容上以爱情为题。譬如，14 世纪乔叟的《公爵夫人之书》和 16 世纪马洛威的《英雄与瘦子》都借用《女子书简》的形式。此外，马洛威还翻译奥维德的《爱经》，引起不小的社会反响。

17 世纪，奥维德的影响主要在于《变形记》、《爱经》和《女子书简》。其中，弥尔顿模仿《变形记》，创作《失乐园》。而唐尼模仿奥维德的早期诗歌《爱经》，创作《诉歌》、《诗歌与十四行诗》、《太阳正在升起》和《他的情人走向床榻》。奥维德关于性无能的诗激发英国诗人形成一个小流派，其代表人物有罗切斯特勋爵和阿菲拉·本恩夫人。而关于科林娜午后爱情氛围的精心描写激发卡雷创作《狂喜》。

德莱顿在奥维德的《女子书简》中发现了奥维德对女性恋爱激情和心理最睿智的论述。德拉顿不仅模仿奥维德的《变形记》，创作《波丽-奥尔比昂》，而且还将奥维德的书信形式现代化，托名英国历史上的一些著名人物，创作《英国淑女书简》。德拉顿的《致罗塞蒙的信》是一首优秀的诗，但名气不如 18 世纪蒲伯的《爱罗伊莎致阿贝拉》（参詹金斯，《罗马的遗产》，页239 及下）。

关于蒲伯的《爱罗伊莎致阿贝拉》，约翰生称之为"人类智慧最幸运的产物"，不过詹金斯仅仅称之为"某种较高级的大众通俗作品"。尽管如此，詹金斯仍然坦承，蒲伯在形式的复杂性和想象力方面都超过奥维德。譬如，蒲伯采用多重对比的手法，融合升华的自我和艾迪生的自我满足感［《致阿布诺特的信》（*Epistle to Arbuthnot*），行201－204］，或者采用奥维德式的转喻手法，让乌龟与大象神奇地变形成梳子（《卷发遇劫记》卷一，行135－136）（参詹金斯，《罗马的遗产》，页240 及下）。

此外，18 世纪的书信体小说，如理查森的《帕米拉》、卢梭的《新爱罗伊莎》和歌德的《少年维特之烦恼》，无不受到奥维德《女子书简》的影响。席勒、歌德等都很喜欢奥维德的诗歌。其中，甚至17 至18 世纪的歌剧和芭蕾舞都从《变形记》中吸取素材（参王焕生，《古罗马文学史》，页285 及下）。浪漫主义诗人拜伦（Lord Byron，1788－1824 年）模仿奥维德的《变形记》，创作《唐璜》（*Don Juan*）。由于种种原因，从18 世纪后期起，奥维德的影响日渐衰微（参詹金斯，《罗马的遗产》，页234 和252）。

19 世纪，莫里斯模仿奥维德的《变形记》，创作《世俗的乐园》（参詹金斯，《罗马的遗产》，页234 及下）。而普希金认为，奥维德的《诉歌集》优于他的其他爱情诗歌，因为《诉歌集》里感情较他的早期诗歌真诚、朴实、富有个性，较少淡漠的机敏（《色雷斯诉歌》）。[1] 此外，奥地利剧作家受到奥维德流

---

① 普希金，《普希金全集》卷五，莫斯科：真理出版社，1954 年，页235 及下。

亡作品《诉歌集》的影响。

　　20世纪，受到奥维德的影响，T. S. 艾略特创作《荒原》，庞德创作《坎图斯》（The Cantos）（参詹金斯，《罗马的遗产》，页235）。

　　总之，奥维德是继维吉尔之后最有影响的拉丁语诗人。奥维德的作品（尤其是《变形记》）成为后世了解希腊神话的主要资料来源。奥维德不仅叙述了这些神话故事，而且还给后人提供了一种叙述这些故事的模式。奥维德从希腊的神话中剔除了恐怖、野蛮和神圣性，将神灵（在奥维德的笔下，尤皮特是淫荡的丈夫，尤诺是刻薄的妻子）和英雄变成了游戏中的对手。直到今天，奥维德创造的游戏，即将古典神话作为一种娱乐，仍然是那些受过教育的人的理想。更重要的是，由于《变形记》是一部结构相对松散、中心思想、格调和意图都不够明确的作品，特别适合进行再创作和改写，因为它提供了一系列可以利用、并能适合于任何意图的人物形象与故事，因而《变形记》对后世的影响是巨大的。事实上，《变形记》拥有一批第一流的继承者（参詹金斯，《罗马的遗产》，页25-27和234）。

第五章　小诗人

第一节　马尔苏斯

马尔苏斯（Domitius Marsus，参《古罗马文选》卷三，前揭，页398及下）属于迈克纳斯文学圈。马尔苏斯的巅峰时期是在奥维德被流放之前。奥维德在他的同时代诗人名单中把马尔苏斯列在第一位（奥维德，《黑海书简》卷四，封16，行5）。由此推出，或许马尔苏斯还属于更老的奥古斯都主义者一代。即使马尔提阿尔的证据，也不允许把马尔苏斯视为比奥维德"更年轻的同时代人"。马尔提阿尔觉得自己应该是马尔苏斯（《铭辞》卷八，首56，参LCL 95，页206及下），认为自己同马尔苏斯、佩多和卡图卢斯不相上下（《铭辞》卷四，首5，参LCL 94，页332及下）。

马尔苏斯写有碑铭诗，或许标题就是《毒芹》（*Cicuta*）。

死神也派你——提布卢斯——去陪伴维吉尔，

作为年轻男子去天界残酷无情：

没有人会在诉歌的诗行中为爱情哭泣，

没有人按照更严格的拍子歌唱统治者和战争（译自
《古罗马文选》卷三，前揭，页399）。

在这里引用的碑铭诗中，马尔苏斯谈论维吉尔与提布卢斯之
死（暗示了最后所提到的话语：《提布卢斯文集》卷一，首3，
行53–54）。多次维护的猜测——马尔苏斯的诗行源于诉歌中的
一首（诉歌的存在只是从一个情人的列举中推断出来的）——
已经遭 F. 斯库奇（F. Skutsch）[1] 驳斥。文中的“也（quoque）”
至少不可能被用作文章没有完成的证据。

碑铭诗让截然不同的文学类型的两个代表人物联系在一起
（参对立的形容词 molles【mollis, -e，软的，温柔的】与 forti
【fortis, -e，强健的，健壮的】）：诉歌与叙事诗同样孤立。当时
人们感到奥古斯都时期伟大诗人的失语是典型的吗？如何处于英
雄主义与爱情的状态？在期待与希望都很大的第一个世纪之后，
难道不是只有微小成功（赎回克拉苏的战利品）与部分失败
（制定婚姻法）的一个世纪吗？

此外，马尔苏斯还写有一部内容丰富的叙事诗《亚马逊鹦
鹉》（*Amazonide*；马尔提阿尔，《铭辞》卷四，首29，行8），[2]
至少9卷寓言（fabellae），以及一篇散文《论风趣的语言》（*De
Urbanitate*）。

---

[1]　原文为 F. Skutsch（《古罗马文选》卷三，前揭，页399），是研究维吉尔的
专家，著有《维吉尔早期作品选》（*Aus Vergils Frühzeit*，1901 年）等，不同于研究恩
尼乌斯的专家斯库奇（O. Skutsch）。

[2]　英译 *Amazoniad*，参 LCL 94，页282 及下。

第二节   科·塞维鲁斯

科·塞维鲁斯（Cornelius Severus，参《古罗马文选》卷三，前揭，页 398 以下）是奥古斯都晚期的诗人，历史叙事诗的作者，依赖于维吉尔与奥维德。科·塞维鲁斯的《欢乐歌集》[carmen regale；奥维德，《黑海书简》卷四，封 16，行 9] 可能与《罗马的功业》（Res Romanae；瓦勒里乌斯·普洛布斯，GL 4，208，16）同一。但是，《西库鲁姆战纪》（Bellum Siculum）绝对不是那一首诗《罗马的功业》的一部分 [昆体良，《雄辩术原理》卷十，章 1，节 89（参 LCL 127，页 298 及下）排除了这种解释]。奥维德的《黑海书简》第四卷第二封是写给这位短篇叙事诗诗人科·塞维鲁斯的，而且奥维德强调是第一封信、第一卷第八封或许是写给另一位塞维鲁斯（Severus）的。

"versificator quam poeta melior（与其说是诗人，不如说是将散文改成韵文的诗人）"的头衔（昆体良，《雄辩术原理》卷十，章 1，节 89）可能表明，科·塞维鲁斯的写作方式少有"诗的"，而更多修辞的 [参昆体良对卢卡努斯的评价："应该被演说家模仿，而不是被诗人模仿（magis oratoribus quam poetis imitandus)"，《雄辩术原理》卷十，章 1，节 90，参 LCL 127，页 298-301]。譬如，残段 13（参《古罗马文选》卷三，前揭，页 400 及下）首先提及了卢卡努斯的写作方式，其范围就是叙事诗报道被演说家的（近乎"抒情诗"的）沉思打断，并且变得"富有感情"。

第三节　佩　多

　　奥维德的这个朋友写了 1 首关于日耳曼尼库斯在德国战斗的叙事诗；因此可能与骑兵队长（Praefectus equitum）佩多（Albinovanus Pedo）同一（参《古罗马文选》卷三，前揭，页 402 及下）。马尔提阿尔知道，佩多是富有学识的（docti）铭辞诗人（《铭辞》卷二，首 77，行 5，参 LCL 94，页 178 及下）。小塞涅卡称，佩多是"最吸引人的神话作家（fabulator elegantissimus）"（《道德书简》，封 122，节 15，参 LCL 77，页 420 及下），著有神话叙事诗《忒修斯》（*Theseis*，参《罗念生全集》卷八，前揭，页 287）。老塞涅卡赞扬佩多的干劲［《劝慰辞》（*Suasoriae*）篇一，节 15］。与日耳曼尼库斯的北海之旅（16 年）有关的地方改变了人们越境［参贺拉斯，《歌集》（*Carmina*）卷一，首 3］的传统主题，首先描写了第一次夜晚航海的经验（弗拉库斯，《阿尔戈英雄纪》卷二，行 34 以下）。

第四编

衰微时期

引言：古罗马文学的衰微时期

之所以把"白银时代的拉丁语文学（Silberne Latein）"这个概念用于表述奥古斯都时期（或称"元首时期"）以后的拉丁语文学，是因为存在这样一种感情：上个时代，包括共和国最后几十年和第一古罗马帝国的初期，正是拉丁语文学的"黄金时代"，其文学特有的文笔水平十分突出，后代不可能企及。1世纪的文学家本身已经承认西塞罗、恺撒、维吉尔和贺拉斯的经典作用，并且把他们自己的时代理解为文学衰微的时代。关于文学衰微的原因，老塞涅卡、佩特罗尼乌斯、昆体良、塔西佗和《论崇高》（希腊文转写 *Peri hypsous* 或拉丁文 *De sublimitate*）的作者朗吉努斯（Longinus）① 都进行深刻的反思。主要原因包括学校的不利影响、道德的败坏（老塞涅卡）、政治变化（朗吉努

---

① 关于《论崇高》的作者，学界有3种说法：新柏拉图主义哲学家和修辞学家朗吉努斯（Cassius Longinus，213－273年）；或者狄奥尼修斯；或者伪朗吉努斯（Pseudo Longinus）。参《罗念生全集》卷八，前揭，页272及下；范明生，前揭书，页847以下。

斯：失去民主自由）（参《罗念生全集》卷八，前揭，页291）
和一切有机体生长、坏死的自然规律。面对他们自己的时代的文
学作品，古罗马作家绝对不是完全不合理地表达一种不舒服的感
觉，以判决的形式找到了科研的门路。直到近代，这种不舒服的
感觉还产生相当恶劣的影响。

其次，因为古典语文学（截然不同于之后产生的现代语文
学）长期认为，古典语文学的任务仅仅在于没有成见地研究属
于古典语文学的文学，而不懂得较早地服务于人文主义教育思
想，从古典文学中析出绝对规范生效的伦理和美学的典范，并且
向当代人推介。出于这种动机，古典语文学家在研究时先验地具
有古典标准，所以对于像被评价为古典时期以外的所谓白银时代
一样能够发展的文学时期，一开始就不会产生更大的兴趣。因
此，古典语文学者从一开始就已经把握每次机会，按照自己的法
则评价。譬如，朗吉努斯对文学的本质和批评的标准提出一些新
的见解：作品的"崇高"来源于高尚的心胸、庄严的思想和真
挚的情感，是"伟大心灵的鸣声"，通过和谐的安排、生动的形
象、美丽的词藻与巧妙的比喻传达出来，以此感染观众、听众或
读者（参《罗念生全集》卷八，前揭，页273和291）。任何一
个日耳曼语文学的学者都不会在评估德国文学的代表性潮流时排
除歌德和席勒的作品。任何一个英语言文学的学者都不会把莎士
比亚视为英语文学的唯一参照点。在本质特点方面，古典语文学
者这种片面的评价标准也历经历史主义和实证主义的时代，直到
现代还坚持。然而，另一方面，基于一系列批判标准的、对文学
作品的纯粹评论在整体上更加可疑。而与此同时，由于现在学校
里语文课程的变化导致得到比以前更加普遍的认同，在仔细诠释
文本时有必要顾及作者的个性和他们从社会、政治、思想史和宗
教角度观察到的环境。因此，目前呈现出理解迄今为止相对不为

人知的古代文学时代的可能性。因此，写好的衰微时期的部分向
更广大的读者们阐明帝政时期拉丁文学的前一个半世纪（即帝
政初期）的环境，从而为读者们更好地理解做出小小的贡献。
在提纲挈领的尝试中，从后世观察者的距离出发，继续探究古代
人本身引用来解释"白银时代的拉丁语文学（Silberne Latein）"
的一些原因，这似乎是合乎目的的。

　　古罗马第一帝国的建立肯定对世纪之交以来拉丁文学的特别
类型产生了最重大的影响。当时，人们还把为奥古斯都设置的那
部国家宪法理解为共和国及其传统机构与组织的重建。由于奥古
斯都在行使统治权时谨慎地选择间接地行使权力的方式，大多数
人都尚未察觉到皇帝已经存在的非共和国政体的事实，而洞见这
个事实的极少数人则更倾向于隐忍。尽管在几十年内战以后新政
权又第一次保障了安宁、秩序和经济复苏，可是皇帝的影响力和
旧共和国的权力之间动态（不稳定）的平衡不可能长期维持下
去：不能再按照罗马城贵族为他们的共同需求设定的一些法则实
现帝国的统治。在新形势下，元老不能找到一个建设性的角色，
历代皇帝本身追求权力，两者都有助于一点：首先由于皇帝独揽
军队的支配权，潜在地位过高的元首发挥了一种特殊的能动性，
随着责任越来越大，管理的领域也越来越多，最终过渡到统治者
的直接管理。在衰微时期（即白银时代），古罗马第一帝国的机
构日益被理解为不可能倒退到祖宗遗留下来的宪法。就像大约在
卡利古拉（41 年）被谋杀后还能观察到的一样，作为没有希望
的幻想者的事业，重建旧的共和国的所有奋斗一开始就被评价为
失败。

　　假如到那时为止尚未直接影响国家统治阶层的生活和自信
心，那么这种政治新秩序就不会存在下来。传统上，古罗马贵族
认为，自己的角色首先是律师和政治家。正是由于共和国末期不

稳定的、最终导致内战的形势背景，贵族有一些绝佳的机遇设法获得追随者，从而获得政治影响，其方式就是在公开的诉讼中充当控诉人或者辩护人，和作为元老院和民众面前的演说者举止老练，在党员（尤其是全体依从者）的支持下，保持和扩大这种政治影响，直到晋升到官吏等级制度的最高阶段，从而提高到君主似的地位。这种地位使贵族获得机会参与国家的管理。在衰微时期，古罗马第一帝国为这个生存领域（即演说）设置了一些狭隘的、受到牵连的人可以触摸的界限。皇帝对法院事务采取的行动越来越强有力，其后果就是诉讼的公开性和陪审员制度逐渐消失，以致拔走了传统的辩护自由的根基。这使得演说者如果不想在元老院法庭的叛国诉讼中成为地位相同的人眼中出丑的角色，就只能在民事诉讼中证明自己少得可怜的声誉。做重大政治决定本身的不再是元老院或者公民大会，而是宫廷里一小撮、在极端情况下遭到获释奴和妻妾控制的宫廷奸党。各位贵族没有重要的影响机会。由于皇帝的命令具有最高权威，贵族心知肚明，作为官员，政治影响范围十分有限，而作为元老，不再属于世界大国的领导小组，而属于一个显而易见地失去意义的辩论会俱乐部。前述的发展导致这样的后果：尽管皇帝还很想竭力争取贵族的合作，毕竟皇帝也需要较多的、比较能干的官员才能适应不断增长的统治需求，可在古罗马第一帝国早期，有地位的古罗马人已经更倾向于退出政治事务。

　　如果政治生涯对高贵的古罗马人根本就不再具有吸引力，或者在他们的生活中没有占据主导地位，那么合适职业的问题就十分迫切地摆在了他们的面前。当竭力争取机会增加私人财产的商人不符合身份。公元前218年的《克劳迪亚法》（Lex Claudia）甚至坚决禁止元老及其后人从商（牵涉到身份准则的这条规定至少直到帝政时期都还有效）。由于毫不客气地贬低其余的直接针对报酬的活儿甚或体力劳动，最后高贵的罗马人都只能退隐庄园或者城墙内的宫殿里，安于寂寞的人生。在衰微时期，除了各种社交娱乐，十分私人的业务爱好（例如研究哲学、阅读和创作文学作品）就获得了全新的地位。到衰微时期为止，当作家，尤其是当诗人，遭到贬低：只有获释奴和在社会上不能进入更高阶层的人，才以此为生。而极少数贵族，他们不顾一切偏见，觉得有成为文学家的使命，尽管与此同时他们也不会忽视当政治家或者律师的重要职责，他们还是向喜欢他们的读者解释甚或坚决地捍卫他们的写作。另一些人甚至干脆把他们的写作用来表明他们"退出"那个社会。在衰微时期，由于形势背景已经发生变化，写作成为一种社会能力。大小不同的参与者圈子自己尝试这门艺术。至少通过学校课程惯常的语法练习与演说练习，每个古罗马人都熟悉文学。是否还会成为值得一提的能力，在个别情况下是不予考虑的。具有这种征兆的文学数量的增加自然会导致质量的下降，这是非常片面的。然而，新的文学评价让写作更多地成为只是纯粹的消磨时光而已。写作为贵族开辟了当时争取政治活动不再直接保障的声誉的新天地，而为生活在最底层的人开辟了一条挣钱、获得声望和较高社会地位的途径：高贵的人们为了自己的欢娱举办各自的作品朗诵会（recitationes），以便给人留下深刻的印象，或者让他们的朋友提出内行的批评；而有艺术细胞的皇帝们通过音乐比赛机构加以促进，例如尼禄设立"尼禄尼亚（Neronia）"① （《罗马十二帝王传》卷六：《尼禄传》，章12），多弥提安（Domitian）设立竞技会（《罗马十二帝王传》

---

① 尼禄是古罗马皇帝，似乎曾是中等偏上水平的诗人。在罗马遭遇大火期间，尼禄歌唱自己的关于特洛伊处于大火中的诗行（这不是伪造的）。据说，尼禄曾构思一首长达400卷的叙事诗。科尔努图斯（Cornutus）因为评说这首诗太长而遭到流放。参曼廷邦德，《拉丁文学词典》，页195。

卷八：《多弥提安传》，章4），这形成了有才能的穷人可能获得上层资助的手段。[1]

更可能的是，第一古罗马帝国及其各个代表人物用上述的方式对古罗马的文学创作（白银时代的拉丁语文学在尼禄和多弥提安统治时期繁荣，因为这两个皇帝在其他统治者之前率先表现出对文学的浓厚兴趣）有刺激作用。另一方面，这种刺激作用又面临新的危险和强制：即使元首及其宠臣对文学创作的态度很积极，他们研究每个作家的创作，也依然有最大的不信任。如果皇帝觉得自己的人格或者地位受到攻击，尽管这完全可能不是有意的，政治演说辞根本就不可能，还有纪事书和哲学作品，甚至戏剧作品，也都可能给作者带来厄运。由于那些因为观点不同而被判处死刑的作者的作品受到打压，在衰微时期的文学家中遭遇这种厄运的例子并不多。反正，惩罚斐德若斯（Phaedrus）和放逐尤文纳尔可以归咎于他们的文学创作。小塞涅卡（在生时也遭到放逐）、卢卡努斯和佩特罗尼乌斯都被迫自杀。这些情况都清楚地表明，在衰微时期公众人物遭受怎样的威胁。因此，衰微时期的文学特征就是通过各种手段和途径规避这些危险：诗人避免脱离神话或者事物描述；散文作家的兴趣偏向于科学的话题。2世纪，在当时文学潮流的影响下，散文作家更倾向于博物研究。至少大多数作家都尝试维持皇帝的好感，其方式就是把作品献给皇帝，或者——最好——在他们的作品中过分地赞扬皇帝。只有在相对自由的时刻，即当温和的统治者不可饶恕地清算前政权时，在这方面累积的憎恨才集中发泄出来（参《古罗马文选》

---

① 参阿尔布雷希特主编，《古罗马文选》卷四（*Die Römische Literatur in Text und Darstellung*, 5 Bde. Herausgeber: Michael von Albrecht. Band IV: *Kaiserzeit I: Von Seneca maior bis Apuleius.* Herausgegeben von Walter Kißel. Stuttgart 1986），页10和13以下；苏维托尼乌斯，《罗马十二帝王传》，张竹明等译，页229和327及下。

卷四，前揭，页20及下和94以下）。

　　由于教学活动处于这样变化了的政治形势背景下，后果极其严重的影响累及文学。公元前2世纪形成、直到1世纪发展成为帝政时期通用形式的古罗马教育由3级教学大纲构成。首先，小学教师［litterator（本义"普通文字工作者"）或者magister ludi］教授小学生阅读和计算的基本概念。接着，文法教师（grammaticus）通过让小学生阅读挑选的作家（特别是诗人）的作品，并且从语法学与语文学的角度批评所阅读的文本，使小学生在语言表达的正确性和恰当性方面具有敏锐的眼光。最后，小学生在修辞教师（rhetor）那里训练自由、合乎目的和令人信服地演说的特殊能力（参李雅书、杨共乐，《古代罗马史》，页367以下）。除了仔细研究那些已经遭受文法家折磨的作家以外，服务于这个目标的尤其是撰写特有的练习演说辞（dēclāmātiō，阴性名词，二格dēclāmātiōnis，复数dēclāmātiōnēs）。练习演说辞主要分为劝说辞（suasoriae）和辩驳辞（controversiae）。其中，在劝说辞中，通过劝说，可以说服对手具有特定的态度或行为。而在辩驳辞中，深入地探讨某个虚构诉讼案件的辩护（pro）和反驳（contra）。借助于这个办法，为后来当政治家或者律师的事业做准备的古罗马年轻人必须遵循技巧性的基本规则，就像古希腊雄辩家简明地拟订的一样，为一个预定的题目找到并且恰如其分地划分一些重要的观点，借助于所有相关的演说和修辞手段，有说服力地写成一篇演说辞，以便完美地演说这篇文章，从而能够达到目的，即让自己一方在诉讼中获胜，促使自己的意见在陪审委员会那里获得成功。在训练阶段，提出话题本身是次要的：不仅因为异国的吸引力，而且还因为难度更高，以及由此产生更大的教益。首先要处理的是这样的一些材料：这些材料关涉的不是当时的现实性，而是关涉历史事件、其他国家（多数情况是古希腊：尤其是在演说教学方面，索性采用古希腊修辞学课程）和完全虚构的法律，或者完全取材于神话和童话。相应地，凶恶的海盗、被劫持的少女、狠毒的婆母和残忍的暴君继续是演说练习（dēclāmō，动词）的人物。必要的法律专业知识和相关的政治知识是古罗马年轻人以后从事职业必需的，但在学校毕业后才获得，其方法就是亲近一个有经验的演说家，并且在实践中向他学习。

在新的政治现实的印象中，作为教育的最后一个阶段，演说在第一古罗马帝国很快遭到封杀：实际上既没有必要为重要的诉讼辩论或者为大的政治争论做准备，也没有机会进入这些场合。因此，除非某个古罗马年轻人为了个人消遣还要献身于哲学研究，在演说家那里的课程造成传统教育的寿终正寝。因而，从促成的形式至上的教育中几乎完全抽走意义。然而，学校僵化于严格的保守主义，从这个事实中没有得出以下结论：借助于新的内容，使他们的课程适应变化了的社会状况。相反，学校试图在维持传统教材的情况下，通过提高和重新定义他们的要求来弥补这种亏空：学校让遗留下来的修辞学课程摆脱了它的专用性，把它提升为使每个人都有教养的普及教育的一个基本要素。因此，在人文主义与美学的全面教育构想里，作为到衰微时期为止在政治实践中的基本要素，口才尽情地享用新的生存权利。演说练习（dēclāmō）本身以前是未成年人课程的辅助手段，在衰微时期成为依靠这个辅助手段获得演说技巧的目标：古罗马人天生特有的说话快感在衰微时期使成年男人上修辞学校，在那里考验他在上述那种训练中的禀赋；在课堂之外，好的演说家在爱挑剔的批判观众面前炫耀演说练习（dēclāmō），演说练习（dēclāmō）成为社会大事，最终在另一种诡辩术的影响下，流动演说家就到处周游，以便通过出色的巡回演说使听众兴奋，从而使自己出名，并且也绝对会获得经济利益（如阿普列尤斯）。

　　因此，这些练习演说辞（dēclāmātiōnēs）所要求的十分特别的朗诵方式在衰微时期得到普遍传播，没有因为演说实践的影响而遭遇校正。给朗诵（动词 recitō；阴性名词 recitātiō，复数 recitātiōnēs）的特征打上烙印的是要求在众所周知的、常常被用滥的素材中骗取最后一点原创性，与此同时对听众直接产生久远的影响，即通过插入令人惊讶得目瞪口呆的、有细微差别的题材，可首先是通过借助于优秀诗歌的精炼、与众不同的新表达和词组、词汇和文体要素、被修饰的格律和产生的激情，对演说辞的文体进行有条理的翻新，演说辞被写成风趣的有声有色的讲话。这种绘声绘色的讲话让听众的心里久久不能平静。

　　即使是上面提及的朗诵（recitō），即公开的文学作品朗诵，也屈从于练习演说辞（dēclāmātiō，阴性名词，复数 dēclāmātiōnēs）的朗诵方式的规律性。在衰微时期，这导致了严重的后果。如果作家起初在熟悉的圈子里朗读他的作品（诗或散文），更准确地说，作品中的具体部分，以便获得朋友与艺术批评家的客观评价，那么朗诵（recitō）就发展成为更具有戏剧特征的十分受人喜爱的演出。在衰微时期，支配朗诵者的首先是使他的听众高兴，博得听众们的好感。然而，这种情况不仅影响表演的文体和风格，而且还深远地影响选材（素材的选择）和诗意的实现乃至文学创作的总体结构：很有必要把重点放在全面掌握的创作要素的布局上，其篇幅取决于朗诵可能采用的技巧；与此相对，只有读者在阅读整个作品时才能领悟的大结构变得无足轻重。为了赋予他的举止以尽可能思索的作用，在初创题材的时候，作家特别致力于从情感上吸引听众，其方式就是累积不幸和恐惧、悲惨的和玄妙的（这里可能就暗示了：引起这种动机的原因部分也是作家自身的性格，即深度取决于时间的、对可怕世界缺乏自信和听任摆布的情感，不可能把这个可怕的世界理解为家园），可也为了使以偶尔让人讨厌的方式进行全面教育产生效果。显而易见，情绪化和博学之间哗众取宠的关系可能不太有利于文学创作的内部和谐。

　　矫揉造作的文本几乎要被扼杀，另一个原因就在于特殊的接受机制。与阅读不同，这些接受机制在朗诵（recitō）时产生作用。写作的文本似乎是多重含义的载体，多重含义在接受行为中才被浓缩成具体的意义单元。一个文学作品的每个读者都被分配创造性的任务：单单从文本本身有才智地推断含义，然后领会其中的感情。为了达到这个目标，读者可以任意中断他的阅读或者重复阅读具体的章节。然而，在朗诵（recitō）时，听众是不可以有这些可能性的：读者被放进一个（大型）活动的过程中，他的角色被定义为纯粹的接受。这就对用来朗诵（recitō）的文本提出了两个基本要求：一方面，如果文本的思想内容的明确性高得多，那么在听觉接受的时候文本肯定已经被完全理解；此外，演说者本身用声音阐明为朗诵（recitō）的文本选择了最终的意义：像完成的协奏曲只能实现总谱所蕴含的潜在可能性的一小部分一样，朗诵（recitō）也大大地缩小了文本的本意。但是，另一方面，在文本本身中详细而溢于言表地充分表达的肯定首先是告诉并且感染听众的各种声音：在这方面，为朗诵（recitō）目的撰写的诗屈从于类似的法则，就像在音乐领域里这些法则也适用于歌剧一样。

　　显而易见，在上述情况下适应规范的、模式化的文学创作肯定越来越取代各个具体作者的个性。通过修辞学校的训练，每位作家或者自以为了不起的作家真的——粗略地讲——都有相同修辞手法。朗诵所必要的技巧预先给定了写作前提。在使听众陶醉的希望中，诗人注意到同一个目标。通过运用各种体裁的文体，诗歌讲求雄辩术和散文的诗歌化，无休止地充分利用修辞手法导致文学继续沦为巧妙处理各种典当品的艺术；与此同时，特权属于形式方面。只要对朗诵（recitō）的普遍狂热持续下去，控制这种发展就是无望的。在以"颓废"为特征的（参科瓦略夫，《古代罗马史》，页721）2 世纪，对朗诵（recitō）的兴趣减弱——在衰微时期（即"白银时代"）最后讲的作家阿普列尤斯又考虑到读者——的时候，拉丁文学衰微的过程已经大大地加速。

也许听起来很新鲜，侵扰同时代作家们的自卑感最终是上述发展的关键。古代人不了解文学领域里的虚无作品，主要致力于继续发展和尽可能地完善被传统预先打上烙印的内容、文风和体裁。因此，直到奥古斯都初期，拉丁语作品才在硕果累累的古希腊典范仿作中找到自己的形式，与此同时产生了地位最高的一些作家：散文家西塞罗和李维，诗人维吉尔和贺拉斯，他们获得了古典作家的地位，他们的作品本身已经成为仿效（imitātiō，阴性名词）和竞赛性仿作（aemulātiō，阴性名词）的对象。作为文学家，逃避这些负有责任的伟大作家，这种可能性较小：斐德若斯因为寓言为自己赢得了全新的影响。肃剧和箴言诗在奥古斯都统治时期没有得到伟大作家的青睐，后来由于小塞涅卡和马尔提阿尔而达到了兴盛。其他作家试图糅合不同的体裁（奥维德在《变形记》以及《女杰书简》中已经糅合了叙事诗和诉歌的元素；在《爱经》中创造了十分个性化的、爱情诉歌与教诲诗的共生现象）；佩特罗尼乌斯用他天生的创造能力写作了一部独一无二的作品，把它列入某种传统是不能令人信服的。然而，那些喜爱已有体裁的文学家越来越觉得自己被古罗马和古希腊的典范作家压得喘不过气来。在这种情况下，仿效不再有利于诗人个性的有益发挥，而具有竞赛的迹象。竞争的结果令人沮丧，这可能是丝毫也不容怀疑的。在这种情况下，理所当然的是，无数的古罗马作家试图摆脱传统的羁绊，其方法就是在辩护人否定跨时代的文学标准时，他们示范性地抛弃古代的标准，转向新的、特别是与名字塞涅卡有关的"讲究雄辩"，即提高得完美无缺的修辞技巧和令人惊喜、妙语连珠的联想作用，这是唯一留下来的创作领域。拉丁文学在这条道路上不可能找到有生机地继续发挥的力量，而可能被评价为迷失于引人注目的虚无的精神错乱中，这肯定骗不过明智的人。可是，在弗拉维王朝（Flaviern）产生影响的修辞学家昆体良善意地使得发展的车轮倒退，并且承担新的责任，这种尝试可能没有成功，因为昆体良确实不能消除那些导致摆脱古典传统的原因。在这种情况下，即使是古典，也注定失去活力，成为脱离现代的索然无味的艺术形式。

当不得不把弗隆托看作复古的代言人的时候，拉丁文学献身于——最初这么叫不十分合理的——作为最后一种对付手段的复古（Archaismus），即以古风时期的作家作品为典范。突然重新投入的时候，复古作家们可以追溯到拉丁文学的充满活力和纯朴的来源，这种来源在语文学上很好推断出来，并且超然于古典作家语言的严格规范，寻找恰当的词语和确切的表达，以便在语言方面为文学注入新的活力。一个世纪以前，在东部地区，一次几乎可以与之相提并论的"阿提卡古典"运动给予希腊文学宝贵的推动，其方式就是这个运动让古希腊文学摆脱古希腊文化时期的审美趋势，并且重新让人关注公元前 5 世纪阿提卡古典时期的作家。这时候，拉丁文学致力于复古的后果简直是灾难性的：超过古典作家的时代的追溯仅仅意味着转向阿克基乌斯和帕库维乌斯的粗野的诗行，转向老加图和早期编年纪事家的粗糙散文。复古很快变得粗野，成为对这些作家不加批判的钦佩。在复古潮流的影响下，文学退化成为古物语文学。因此，弗隆托的学说不是搞活拉丁语文学，而是最终几乎完全使拉丁文学窒息。

在这种发展的同时，罗马本身作为文学中心的意义减少。以

"危机"特征的（参科瓦略夫，《古代罗马史》，页721）公元前3世纪以来，这个城市快步上升为地中海地区政治、经济的主导力量，并且文雅和文明的世界的大都会。在这种发展的漩涡中，甚至古希腊的文化和哲学也向罗马看齐。早在公元前2世纪，像波吕比奥斯和珀西多尼乌斯这样杰出的思想家已经来到西部，并在那里施加影响。然而，1世纪，皇帝们从彼时城邦国家成为此时世界帝国的事实出发，得出早就过期的结论，转向这种向心的趋势。在有计划有目的地推行包括帝国整个西部的罗马化政策过程中，罗马（更确切地说，意大利）与各个行省之间的差别消失了。在政治和文化方面，皇帝越来越多地依赖于帝国里有教养的大资产阶级上层，不再仅仅依赖于狭义的罗马人。还在这种世界政策潮流产生政治后果以前，已经可以从各个行省苏醒的文化自觉中看出政治后果。1世纪，拉丁文学受到西班牙的重要推动。譬如，两位塞涅卡（老塞涅卡与小塞涅卡）、卢卡努斯、克卢米拉、昆体良和马尔提阿尔都出身于西班牙。2世纪，文学重心移到阿非利加。弗隆托生于阿非利加。阿普列尤斯甚至最终放弃了前往罗马定居，把他的影响范围局限在家乡（至少在接下来的阿非利加基督教文学繁荣时期还要提及这方面）。最后，属于各个行省政治文化地位提高的框架的还有，自古罗马皇帝阿德里安（Hadrian）时代以来，皇帝们让东罗马帝国繁荣的巨大推动：那时候，由于罗马政权暂时沉寂的希腊文学自觉重新经历了繁荣，其动力是西部不能相提并论的。正是古希腊语本身作为文化语言，在帝国的拉丁语地区赢得了声誉。那时候，只有古罗马作家［苏维托尼乌斯、皇帝图拉真（Trajan）和阿德里安、[1]弗

---

① 关于阿德里安的诗歌，参 *Minor Latin Poets*（《拉丁小诗人》），Vol. II, translated by J. Wight Duff, Arnold M. Duff, 1934 初版，1935 年修订版，1982 年两卷版：［LCL 434］，页 439 以下，尤其是 444 以下。

隆托和阿普列尤斯〕的一部分作品才用母语写作，有些作家甚至只用希腊语写作，例如寓言作家巴布里乌斯（Babrius）、哲人王奥勒留（Marcus Aurelius）和罗马"多样化作家"埃利安（Aelian）。① 这在早期是不可想象的。

　　由于所述因素的共同作用，在1、2世纪之交，拉丁诗已经衰微。大约50年后，散文沦落到衰竭的地步。2世纪末，基督教作为新的文化力量为拉丁文学注入了新的活力，拉丁文学才又从衰竭的状态恢复过来。如果有人不仅试图解释，而且试图评价显现出来的、从第一古罗马帝国建立到这次拉丁文学的暂时中止都遭遇的政治、社会、文化史和文学史方面的影响，那么这些影响的结果更是有害的，总体上甚至是灾难性的。看到这一点，人们很难普遍地谴责那个时代流传下来的作品。相反，人们肯定很惊讶，这样的时代和这样的环境也可能产生其名声不容质疑地流传下来的作家和至今也算是世界文学的作品。到那时为止在罗马压根儿就没有人爱好的或者只有最底层的人勉强维持的文学形式在衰微时期直接进入了鼎盛时期：马尔提阿尔完善了箴言诗，而佩特罗尼乌斯和阿普列尤斯完善了长篇小说。由于伟大文学家的艺术创造力，传统的体裁获得了新面貌：通过回应维吉尔的《埃涅阿斯纪》，卢卡努斯及其在弗拉维王朝产生影响的接班人有机会在自己解释叙事诗的手段中赋予引人注目的人物以政治、社会和文化的时代背景。越来越紧迫地感到表象与存在、权利与现实、过去与现在之间的不一致，这对讽刺作品有好处。讽刺作品归因于佩尔西乌斯毫不妥协的理想主义特征和尤文纳尔的尖酸

---

　　① 埃利安全名 Claudius Aelianus 或 Κλαύδιος Αἰλιανός（约170－235年），著有《论动物的本性》（De Natura Animalium 或 Περὶ Ζῴων Ἰδιότητος，17卷）、《各种各样的历史》（Varia Historia 或 Ποικίλη Ἱστορία 14卷）、《论天命》（On Providence）、《神的显现》（Divine Manifestations）和一些信简。

刻薄。在散文作家中，首先是塔西佗和小塞涅卡为他们支持的体裁纪事书和哲学留下了他们自己的印记。其中，塔西佗的著作代表了古罗马史学的最高峰（参科瓦略夫，《古代罗马史》，页721）。然而，在衰微时期的拉丁语文学这个部分，除了前述的不朽作家以外，还应该提及几个不能赋予相提并论的地位的作家。然而，恰恰倒是这些一般的作品特别清楚地阐明了一个文学时代的那些典型潮流。顾及这些典型潮流就奠定了整体上认真评价相关的文学和真正理解相关文学的杰出代表人物的功绩的基础。

综上所述，在帝政中期，古罗马文学已经由奥古斯都时期的鼎盛开始转向衰微，不过，还能勉强地维持在一个较高的水平。从文学形式来看，这个时期的文学成就主要是散文（prosa），而诗歌（poema）已经退居次席，戏剧（drama）的成就则最少，主要是小塞涅卡的肃剧［详见拙作《古罗马戏剧史》（*Historia Dramatum Romanorum*）第四章第四节和第五章第五节］。

第一章　教诲诗

第一节　日耳曼尼库斯

一、生平简介

日耳曼尼库斯（Germanicus Julius Caesar）——这是多数情况下人们叫他的别名——生于公元前 15 年 5 月 24 日，是德鲁苏斯（Drusus 或 Nero Claudius Drusus）与小安东尼娅（Antonia Minor）的儿子，李维娅（Livia）的孙子，阿格里帕的外甥孙。李维娅第二次结婚的对象是屋大维（后来的奥古斯都），所以日耳曼尼库斯成为奥古斯都的皇室成员，改名日耳曼尼库斯·恺撒（Germanicus Caesar）。作为假定的皇位继承人，四年在奥古斯都把提比略（日耳曼尼库斯的叔父）收为养子之际，尽管奥古斯都本人有一个比提比略更小的子嗣德鲁苏斯，提比略不得不把日耳曼尼库斯收为养子，尽管提比略本人业已有一个成年的儿子。5 年，日耳曼尼库斯与奥古斯都的外孙女、阿格里帕的孙女阿格里皮娜（Vipsania Agrippina）结婚，她为日耳曼尼库斯生了"几"（塔西佗，《编年史》卷一，章 33）——更确切地说，"9"（参《古罗马文选》卷四，前揭，页 272）——个孩子，其中，包括盖·恺撒（后来的皇帝卡利古拉）和小阿格里皮娜（Julia Vipsania Agrippina，15 年 11 月 7 日-59 年 3 月，尼禄的母亲）。

日耳曼尼库斯很早就被委以军事和政治的使命。20 岁时，日耳曼尼库斯就当占卜官。21 岁时，日耳曼尼库斯尚未达到法定任职年龄，就当财政官。7 至 9 年，在提比略的统领下，日耳曼尼库斯在潘诺尼亚和达尔马提亚战役中取得胜利。12 年，日耳曼尼库斯已经当上正式的执政官。

13 年，作为叔父的继承人，这个受人喜爱的皇子领导莱茵河一带的 8 个军团（塔西佗，《编年史》卷一，章 3）。在 14 年奥古斯都驾崩以后，提比略继位，但是对在国内声望极高的日耳曼尼库斯有所顾忌，为了获取舆论的好感，不得不进行安抚，于是为日耳曼尼库斯·恺撒请求授予总督的权力，并且派出一个使团把一些权力授予日耳曼尼库斯〔即恢复日耳曼尼库斯在高卢和日耳曼已经享有 3 年的最高统帅权（imperium maius）〕，同时安慰日耳曼尼库斯，要日耳曼尼库斯为奥古斯都的去世节哀（卷一，章 8 和 14）。噩耗传来时，各个军团试图拥戴日耳曼尼库斯接管最高权力。不过，日耳曼尼库斯坚定地忠诚于提比略，并竭力平息兵变（卷一，章 33-49）。日耳曼尼库斯率领军队戴罪立功，多次挫败日耳曼人，获得凯旋的荣誉（卷一，章 50-51 和 55）。军事远征把日耳曼尼库斯带到了埃姆斯（Ems）河口（卷一，章 60）和威悉河（Weser）（卷一，章 9）。然而，由于提比略想让自己的亲子德鲁苏斯夺取胜利果实，从而有机会获得统帅的称号和凯旋的荣誉，16 年，日耳曼尼库斯接受叔父提比

略的建议，放弃统帅的职位，返回罗马第二次参选执政官（卷
二，章26）。

17年，日耳曼尼库斯再次当选18年的执政官。不过，由于
东方的骚乱，在提比略的操控下，在尼科波利斯（Nicopolis）就
职前，日耳曼尼库斯以前执政官的头衔获得了帝国东部的最高统
帅权（imperium proconsulare maius）（参苏维托尼乌斯，《罗马十
二帝王传》，张竹明等译，页153）。尽管叙利亚总督格·卡尔普
尔尼乌斯·皮索（Gnaeus Calpurnius Piso，约公元前44/43–公元
20年，公元前7年任执政官）从中作梗，日耳曼尼库斯还是圆
满而顺利地安排了东方联盟者的事务，并打败了亚美尼亚国王，
把卡帕多奇亚（Cappadocia）降为罗马的一个行省（塔西佗，
《编年史》卷二，章42–43、53和57）。

19年，日耳曼尼库斯巡视东方的各个行省，并患病。同年
10月10日，日耳曼尼库斯在安条克（Antiochia）猝死。这令人
非常吃惊，以至于有人私下议论，日耳曼尼库斯是被他的政敌
格·卡尔普尔尼乌斯·皮索毒死的，幕后主谋或许就是日耳曼
尼库斯的叔父提比略（塔西佗，《编年史》卷二，章69；苏维
托尼乌斯，《提比略传》，章52；《盖·卡利古拉传》，章1–2，
参苏维托尼乌斯，《罗马十二帝王传》，张竹明等译，页140和
153）。为了表示对死者的敬意，日耳曼尼库斯的遗体在安条克
火葬，其骨灰被妻子阿格里皮娜带回罗马，后来又被运送到罗
马奥古斯都的陵墓（塔西佗，《编年史》卷二，章83；卷三，
章1–4）。

二、作品评述

除了所有的职责，这个受到很高教育的皇子还抽空从事文
学。除了希腊语和拉丁语碑铭诗以及几部用希腊语写作的、全部

失传的谐剧，出自日耳曼尼库斯笔下的还有诗歌《星空》（*Aratea*）。

《星空》总共 729 行，是一首公元前 3 世纪上半叶阿拉托斯写作的天文学诗歌《星象》（*Phainomena*）的拉丁语译本。不过，日耳曼尼库斯的翻译是十分独立的。这种独立性是在阿拉托斯诗作的其他两个——即著名演说家西塞罗的和 4 世纪阿维恩（Avien 或 Avienus）① 的——拉丁语译本中达不到的。况且，这种独立性所显示的专门知识远远地超过了完全被视为古罗马人接受很高教育的一部分的天文学基本知识。日耳曼尼库斯不仅使阿拉托斯文本反映最新的天文学研究成果，例如把星象同农业（agricultūra）和航行联系起来，考察星辰的位置和气候变化的关系，指出播种和收获的时令，从而指导农业和航海（参王焕生，《古罗马文学史》，页 304），而且还通过自己的补充、省略和改写，完全按照自己的判断，改变各个段落的面貌和篇幅。在作品的开端，日耳曼尼库斯就已经用对皇帝提比略的歌颂替代阿拉托斯对宙斯的赞歌，歌颂提比略巩固了奥古斯都建立的罗马和平，使得农人可以平静地耕作。

虽然日耳曼尼库斯在有些部分同关于各个星辰的神话传说保持相当的距离，但是他能够通过更加生动的描述和强调道德的解释，为这些传说——在这点上他是一个典型的古罗马人——开辟一个新天地，具有文学趣味。即使在他精心构思的、使人想起奥维德的、显示他是一个天才演说家的风格和优美的诗歌结构中，日耳曼尼库斯也远远地超过了阿拉托斯本人。

---

① 阿维恩的诗作同维吉尔和奥维德的诗歌比较接近，参 *Avienus, Studien über seine Sprache, seine Metrik und sein Verhältnis zu Vergil*（《阿维恩：关于他的语言、格律及其同维吉尔的关系的研究》）. Nikolaus Daigl, Erlangen 1903；London 2010。

第二节　曼尼利乌斯

一、生平简介

关于曼尼利乌斯这个人及其生平，完全不为人所知。只有曼尼利乌斯的作品即用六拍诗行（hexameter）写作的 5 卷教诲诗《天文学家》（*Astronomica*）的撰写可以确定大概的日期。看样子，在奥古斯都活着的时候，诗人开始写作（限于在 9 年之后）。在表示敬意的献词所针对的提比略时期，诗人还继续写作了几年。

二、作品评述

与《天文学家》这个标题所期待的不同，这部作品实际上只有第一卷讲述天文学，即宇宙的起源与天体的指示。在这卷里，诗人主要利用阿拉托斯的材料，同时也补充了当时新取得的天文学成就。

然而，即使是以物理为导向的部分也首先准备了占卜学题材。这个题材决定了其余 4 卷的内容：在宇宙的亘古不变的秩序中，反映了地球上一切经过的、被神采用相同方式实现的秩序。因此，天体的运行解释了人的独立性：人虽然不能影响天体的运行，但是可以从天体的运行识别自己的命运，并且从这种认识中得出一些教训。

在第二至四卷中，曼尼利乌斯阐明了黄道带的结构及其对各个星座（如天蝎座、人马座和摩羯座，见《天文学家》卷四，行 217-258）出生者的本性和生存状况的影响。在介绍埃及和迦勒底的各个星象术士之后，诗人介绍了自己利用数学运算编成的星占表。

在第五卷中，曼尼利乌斯专心致志于在黄道带以外、与黄道十二宫同时升降的恒星（Paranatellonta）。[①] 这些恒星同样影响人的命运。由于这卷书在描述这些星辰的升起以后直接中断，人们可以假设这卷书没有完稿（由于作者的死亡?）。说明这个问题的是一个事实：几次预告，特别是一次讨论行星的预告，在流传下来的作品部分里还没有写完。

《天文学家》采用古希腊文化教诲诗的传统，可以找到的目的不是通过一般重要的题材劝导读者，而是满足曼尼利乌斯对美学与诗歌的感受。为了证明他们语言和布局的高超技能，这些作家完全是在选择中更加艰难地竞争，真的选择探讨完全不适合采用诗歌体裁的题材。曼尼利乌斯也决不隐瞒他感到的骄傲：为教诲诗开启了一个新的题材，并且不得不如此熟练地承担诗歌使命。

当然，在曼尼利乌斯这个案例中，与纯粹矫揉造作的倾向对立的是欣喜地笃信影响人的命运的神意。这种虔诚的信念尤其是被廊下派的思想财富打上了烙印：除了阿拉托斯，或许被用作原始资料的首先是廊下派学者珀西多尼乌斯。

值得一提的是曼尼利乌斯的政治倾向。和日耳曼尼库斯一样，曼尼利乌斯在开篇就向提比略致意。这表明，曼尼利乌斯和罗马社会上层保持高度一致。这种一致性在曼尼利乌斯解释的星辰对人类生活和国家命运的观点中得到延续和强化。曼尼利乌斯认为，罗马是在天秤座的影响下建立的，命定它将统治各个民族。处女座影响罗得岛，那里出生了提比略，成为整个人类的和

---

① Paranatellonta 为希腊语，缩写为 Parans，意为"共同上升"，在占星地图学（ACG = Astro-Carto-Graphy）中表示地平轴与子午线轴的交线处。

平灯塔。而金牛座出生的人倾向于骚动，例如格拉古兄弟及其支
持者（参王焕生，《古罗马文学史》，页305）。

曼尼利乌斯的艺术才能大约体现在他的少见的布局技巧中。
其中，可以强调的是曼尼利乌斯引人注目的风格。在这方面，曼
尼利乌斯的老师是维吉尔和奥维德。奥维德的《爱经》是对碑
铭诗完全不负责的改变，不可能没有对曼尼利乌斯产生影响。人
们会从整体上原谅曼尼利乌斯不是在任何情况下都能完全克服表
达的困难性。

三、历史地位与影响

曼尼利乌斯的影响似乎只有在狭义的星占学文献中。4 世
纪，更确切地说，334 至 337 年，西西里的修辞学家费尔米库
斯·马特努斯（Firmicus Maternus，360 年以后）[1] 写作 8 卷星占
学散文著作《占星术》（*Mathesis* 或 *Matheseos Libri Octo*）。《占星
术》的主要基础就是曼尼利乌斯的试作《天文学家》（参 LCL
469）。

---

[1]　后来皈依基督教，写有致君士坦丁的护教书《尘世宗教的谬误》（*De Errore
Profanarum Religionum*）。

第二章　寓言：斐德若斯

一、生平简介

关于斐德若斯（Gaius Julius Phaedrus），主要来自他本人的作品——特别是斐德若斯的《伊索寓言集》（*Äsopischen Fabeln*）第三卷引言——的零星提示。公元前 15 年左右，斐德若斯出生于马其顿，尚在孩提时代就已经作为奴隶前往罗马。在奥古斯都释放斐德若斯以后，斐德若斯在罗马专心致志于寓言诗。由于在斐德若斯的一首诗中有所谓的辱骂，提比略的宠臣西亚努斯（Sejan）让斐德若斯受到不为人所知的惩罚。不过，惩罚并没有阻止斐德若斯继续从事他的职业。或许 50 年左右，斐德若斯才逝世（参《古罗马文选》卷四，前揭，页 284）。

二、作品评述

5 卷本《伊索寓言集》（参《古希腊·古罗马的寓言》，前揭，页 103 以下）流传至今，尽管有很大的空白，看样子是陆陆续续出版的。至于前两卷的出版，限于在 31 年处死西亚努斯以前。之后，斐德若斯又写作寓言诗3卷。其中，第三卷是献给欧提库斯（Eutychus）的，发表于31年处死西亚努斯之后，第四卷是献给诗人帕尔提库洛斯（Particulo）的，第五卷是献给菲勒图斯（Philetus）的。不过，从讽刺的力度来看，后3卷明显不如前2卷，而且明显回避政治的提示，正如作者所承认的一样（参《古罗马文学史》，前揭，页306）。

寓言是最后一种在斐德若斯时代罗马还不存在的古希腊文学体裁。在斐德若斯看来，寓言是这样产生的：

> 受压迫的奴隶
> 对许多事情有话想说又不敢说，
> 便通过寓言表达自己的情感，
> 借助虚构的笑话来避免非难（斐德若斯，《伊索寓言集》卷三，前言，见《古罗马文学史》，页309）。

的确，古希腊动物寓言归功于富有传奇色彩的奴隶伊索（Äsop，参《罗念生全集》卷六，前揭，页85以下）。伊索的寓言被法勒隆（Phaleron）的得墨特里奥斯（Demetrios，公元前4-前3世纪）收编成册。较早时，这本寓言手册或许也已经翻译成拉丁语，因而演说家和作家在有机会时可以效仿受欢迎的寓言范例。在恩尼乌斯、卢基利乌斯、贺拉斯和李维作品中，可以发现伊索寓言的蛛丝马迹。不过，一直没有专门的寓言作品。

特殊的功劳属于斐德若斯。作为拉丁语寓言诗人，斐德若斯为这种文学创造自身的权利。通过写作诗歌体寓言，斐德若斯坚定地强调写寓言的权利，并且明确地表达写作寓言的目的，即娱乐读者，同时也给读者以道德教导："寓言的目的在于使我们清楚生动地认识一项道德教训"（参《德语诗学文选》上卷，前揭，页41）。

即使在诋毁吹毛求疵的批评家的时候，斐德若斯也一再明确地流露出他作为诗人被接受的自豪。譬如，在寓言《鸡与珍珠》（*Pullus ad Margaritam*；斐德若斯，《伊索寓言集》卷三，首12）里，寓言诗人指出，这首寓言诗适用于那些不懂得他的寓言的人（参《古罗马文选》卷四，前揭，页284及下和288及下）。

那么，什么是寓言呢？莱辛在《论寓言》（张玉书译，田德望校）里是这样的定义的：

> 要是我们把一句普遍的道德格言引回到一件特殊的事件上，把真实性赋与这个特殊事件，用这个事件下次写一个故事，在这个故事里大家可以形象地认识出这个普遍的道德格言，那么这个虚构的故事便是一则寓言（见《德语诗学文选》上卷，前揭，页33）。

伊索对斐德若斯的影响巨大，甚至直接出现在斐德若斯的寓言里，如《伊索在玩耍》。《伊索在玩耍》的寓意是要劳逸结合，张弛有度，才能更好地发挥作用（陈德运译，参《古希腊·古罗马的寓言》，前揭，页109）。

在继续创作的过程中，斐德若斯也不断成功地摆脱他效仿的对象伊索，这特别是在各卷书的引言中所谋求的：如果起初斐德若斯局限于为古罗马读者改写现有的古希腊作品，那么现在斐德若斯已经把自己的寓言加入了第二卷（《伊索寓言集》卷二，引言）。接着，斐德若斯认为，他在走自己的路，自己的思想超过了对前辈的继承，而且涉及到自己的一些不幸（《伊索寓言集》卷三，引言）。然后，斐德若斯说，伊索只是提供了范例，而斐德若斯本人虽然采用旧的形式，但却赋予了新的内容，他本人编写得更多（《伊索寓言集》卷四，引言）。在最后一卷中，斐德若斯最终直截了当地解释：他只是把名字伊索用作让公众喜欢他自己的诗作的手段（《伊索寓言集》卷五，引言）（参《古罗马文选》卷四，前揭，页285；王焕生，《古罗马文学史》，页308）。

如果斐德若斯在他的寓言中——此外没有考虑到动物界真正的具体情况——赋予动物界以人的天性、行为方式和处境（有时候，时事也毫不掩饰地为他的寓言提供了素材），那么他绝对不借此追求贬低人的倾向。更确切地说，正好相反，动物界完全无人性的特征用于强调人的不公和错误。

莱辛指出，寓言诗人（如古罗马的斐德若斯）用动物，不用人，一方面因为要削弱同情心："再没有比激情更能模糊我们的认识的了。因而寓言诗人必须尽可能避免引起激情冲动"，另一方面因为动物与人相近（与植物、矿物和艺术品比较而言），而动物具有的"众所周知的亘古不变的性格"（参《德语诗学文选》上卷，前揭，页40及下）。

这样，寓言就变成对人性和道德的永恒要求。譬如，在寓言《下崽母狗》（*Canis Parturiens*，见斐德若斯，《伊索寓言集》卷一，首19）① 里，那只寄居的母狗不仅忘恩负义，反客为主，而且还得寸进尺，企图霸占另一只母狗的地盘（起初只是为了借个地方下崽，后来又要求让生下的小狗能走路才肯离开，最后还要带领小狗崽们与主人战斗，企图占据主人的地盘）。诗人指出这首寓言诗的教训：恶人的恭维预示着好人的不幸。《狼和狗》（袁丁译）教导人们，自由比失去自由而享受安逸的生活更加重

---

① 拉丁语 cănĭs, ĭs，阴性和阳性，狗，母狗；părtŭrĭō，想下崽。参《古罗马文选》卷四，前揭，页288及下。

要。《驴子、公牛、鸟儿》教导人们一个同舟共济的道理。《小偷和狗》（袁丁译）教导人们，做人要忠诚，不要因为贪图眼前利益而失去长远利益。《狮子、强盗、旅行者》（陈德运译）教导人们，别人的东西，巧取豪夺者（如强盗）想要，别人也不给，无所欲求者（如旅行者）不想要，别人反而愿意给。《乌鸦与孔雀》（袁丁译）教导人们，做人要坚定地做自己，猪鼻子插葱——装象，人为抬高自己，贬低同类，反而弄巧成拙，不仅得不到异类的尊重，而且还会遭到同类的唾弃。《秃头和苍蝇》（陈德运译）教导人们，做人不要像苍蝇一样得意忘形，而不顾及自己的危险（参《古希腊·古罗马的寓言》，前揭，页 107 以下）。

然而，有些寓言也批评罗马的社会与政治现实。其中，部分批判只是谨慎的暗示。譬如，《骆驼和苍蝇》暗示"吹嘘自己地位高而实际没有什么分量的人，一旦给人家知道了底细，还是要受到轻视的"。

偶尔也十分直截了当地进行批判。譬如，《鹤、乌鸦、农夫》（陈德运译）谴责人的口是心非，言行不一。《苍蝇和蚂蚁》（袁丁译）讽刺像苍蝇一样的人：自吹自擂，不知羞耻，实际上讨人嫌，甚至有生命危险。寓言《狼与羊羔》（*Lupus et Agnus*；斐德若斯，《伊索寓言集》卷一，首 1）大概涉及到无中生有地罗织罪名的控告：狼为了吃羊羔，就以根本不存在的罪名指控羊羔。寓言诗人明确指出，这则寓言针对的是那些以错误的理由纠缠好人的坏人。斐德若斯的看法达到攻击性的坦率正好由于他社会地位低微才值得关注。更确切地说，由于斐德若斯更悲观主义的世界观，这种世界观几乎让人看不到变好的信念的苗头，所说的让读者高兴的第二个目标退居次要地位（参《古罗马文选》卷四，前揭，页 285 以下）。

符合这种体裁意图的是，寓言的语言简短，简单，真的乏味，缺乏修辞手段。即使在格律方面，比起出自古希腊的更加华美的抑扬格三拍诗行（iambus trimeter），斐德若斯也更喜欢采用古罗马谐剧朴实无华的六音步（sēnārius）形态的更简洁的形式（斐德若斯，《伊索寓言集》卷一，引言）。斐德若斯可能不完全回避叙述的笨拙，特别是他追求原始资料的独立性的时候。首先，斐德若斯总是通过后记甚或前言说明寓意的习惯非常容易被人识破。其次，斐德若斯的故事的寓意本身有时也简直是平庸（参《古罗马文选》卷四，前揭，页285及下）。

有些作品甚至算不上真正的寓言，只不过是些智慧或带有哲理的小故事，如《马蜂当法官》、《西莫尼狄斯遇难记》、《伊索在玩耍》和《苏格拉底与朋友》。其中，《马蜂当法官》讲述有经验的马蜂智慧断案的故事。马蜂建议，用劳动竞赛的办法分清谁是蜂蜜的合法所有者。对此，游手好闲的雄蜂表示反对，而辛勤劳动的蜜蜂表示拥护。马蜂由此判定，蜜蜂才是蜂蜜的真正所有者。《西莫尼狄斯遇难记》讲述古罗马的杰出抒情诗人遭遇海难与盗匪的故事，说明这样的道理："一个有学问的人等于身怀巨大财富"（陈德运译，参《古希腊·古罗马的寓言》，前揭，页103），而且这种财富是不容易丢失的，即使盗匪也偷抢不去。《苏格拉底与朋友》证明真正的朋友不多。

三、历史地位与影响

在古代，斐德若斯很少被提及，其原因可能是寓言产生于民间，反映的是广大普通民众的情感、愿望和要求，受到上流社会的蔑视。昆体良认为，寓言只在村夫和无知识的人们当中受欢迎（《雄辩术原理》卷五，章11，节19，参 LCL 125，页440及下）。同时代的贤哲塞涅卡也认为，没有哪个有才能的作家碰过寓言体裁（《致波利比奥斯》，27）。在讥讽蹩脚诗人卡尼乌斯·鲁孚斯（Canius Rufus）时，马尔提阿尔甚至十分无礼地认为，斐德若斯是无耻的（improbi）①（《铭辞》卷三，首20，行5，参LCL 94，页202及下）。

尽管如此，斐德若斯的寓言还是同伊索寓言一起，对后世的寓言创作产生了不小的影响。400年左右，斐德若斯的效仿者阿维安（Avian 或 Avianus）提及斐德若斯曾经把自己的部分寓言扩充成5卷（阿维安，《寓言集》，引言），并用优美的诗律处理寓言素材。② 大约同一时期产生的散文《寓言集》基本上都是由斐德若斯的作品片段组成的。这个《寓言集》很有价值，有助于重构只以分布在彼此不一致的编著中的残片形式流传的作品（参《古罗马文选》卷四，前揭，页286及下）。

在中世纪，寓言很受欢迎（散文节选本身又被改写成诗歌形式）。斐德若斯对17、18世纪的寓言诗，特别是对拉封丹（Jean de La Fontaine），③ 产生了决定性的影响。然而，从那以后，斐德若斯更容易被当作二流作家之一对待（参《古罗马文选》卷四，前揭，页287）。

---

① 形容词 improbi 是 improbus（坏的；恶劣的；不诚实的；不忠的；无耻的；顽皮的）的单数二格形式。

② 关于诗人阿维安，参 LCL 434 [=《拉丁小诗人》，Vol. II]，页669以下，尤其是680以下。

③ 法国17世纪寓言诗人，著有《寓言诗》（1668年）。

第三章　讽刺诗

在奥古斯都死后，独裁专制愈加明显。在这种情况下，罗马诗人分裂为"宫廷派"和"在野派"。其中，"在野派"写讽刺诗（satura），很有成就（参《罗念生全集》卷八，前揭，页291）。这方面的代表人物主要有小塞涅卡、佩尔西乌斯、尤文纳尔和马尔提阿尔。

第一节　墨尼波斯杂咏：小塞涅卡

在贤哲塞涅卡的名义下，流传至今的有一篇讽刺性散文诗《神圣的克劳狄乌斯变瓜记》（*Divi Claudii Ἀποκολοκύντωσις*），以下简称《变瓜记》。① 当然，只有 3 世纪的古希腊历史学家狄奥·卡西乌斯（Dio Cassius）在《罗马史》（*Ρωμαϊκὴ Ἱστορία* 或 *Historia Ro-*

---

① 关于《变瓜记》，见《希腊罗马散文选》，罗念生编译，长沙：湖南人民出版社，1985 年；《罗念生全集》卷八，前揭，页282。

mana）提及这个十分滑稽的标题。

在 54 年皇帝克劳狄乌斯去世后，继位的尼禄原本打算按照惯例神化（Ἀποθέωσις）先皇，即将先皇尊为神明，并命令小塞涅卡撰写颂扬先皇克劳狄乌斯的祭文。不过，后来尼禄改变了主意，并取消了原来的祭祀仪式。于是，小塞涅卡就采用讽刺性模仿的手法，把颂扬先皇克劳狄乌斯的官方颂词改写成私人化的讽刺作品。

传世的《变瓜记》并不完整，开始部分和结尾部分都失佚，中间也有残缺（参《古罗马文学史》，页 324）。从传世的文本来看，在情节发展过程中克劳狄乌斯并没有变成南瓜，所以术语 Apocolocyntosis（变南瓜）的意义大概仅限于"嘲弄"。

讽刺作品《变瓜记》以皇帝的死亡和对继承人尼禄的颂扬为开场：尼禄的前途大有希望。在神使墨丘利的引导下，克劳狄乌斯的亡魂前往冥间。克劳狄乌斯看到人们欢天喜地地为他送葬。接着，作者讲述克劳狄乌斯在冥间的经历。在冥间，天上的神仙元老院商议死者升天成神仙的事情。然而，鉴于死者生前作恶多端，神明们经过长时间的讨论，最终决定让死者受到惩罚，判决死者下地狱。在地狱里，克劳狄乌斯最终在一个获释奴那里当法院差役。

讽刺作品背后并没有意味深长的意图。这篇讽刺作品根本就不要求成为后来尼禄准备并进行的取消神化克劳狄乌斯的运动的一个部分，也不要求明确地对神化死去的皇帝发表看法。更确切地说，这篇讽刺作品存在的价值仅仅在于嘲弄与讥笑。这篇讽刺作品不停地嘲弄和讥笑死去的皇帝这个人。因此，在几乎没有批判克劳狄乌斯的政治举措的情况下，无情地讥笑克劳狄乌斯的独特性格，克劳狄乌斯的十分私人的身心缺陷，例如克劳狄乌斯笨拙的演说方式，克劳狄乌斯的头部和身体的姿态，克劳狄乌斯对语文学和科学的学究式兴趣，作为法官克劳狄乌斯对工作的狂热，克劳狄乌斯对获释奴的依赖等等。

现代批评严厉地指责小塞涅卡的《变瓜记》，甚至真的想完全剥夺小塞涅卡的著者权。其理由就是美学标准（讽刺文学似乎常常十分过分地转向庸俗无聊的话题，这是没有足够考虑到古罗马人对讥讽达到残忍地步的性情的一个证据），但是更经常的还是在道德上对没有德性的愤怒。小塞涅卡的过错在于缺德，因为小塞涅卡用最粗鲁的方式辱骂一个皇帝。而在《劝慰辞——致波吕比奥斯》（*Consolatio ad Polybium*）中，小塞涅卡想到了最卑躬屈膝地奉承这个皇帝的话，小塞涅卡本人的确为了这个皇帝撰写了皇位继承人尼禄在元老院宣读的颂扬性祭文。然而，这种观点以不允许的方式忽略了小塞涅卡撰写各篇文章时的具体情况：《劝慰辞》（*Consolatio*，写于43年左右）出自小塞涅卡被迫多年流亡荒凉的科尔西嘉岛的时期。在岛上，为了实现所期盼的官复原职，小塞涅卡也采用了卑躬屈膝的讨好（阴性名词 adūlātiō，动词 adūlor）手段，不能因此怪罪小塞涅卡，也不能要求小塞涅卡确实很尊敬流放他的皇帝。另一方面，颂扬死者的演说辞是家族传统与国家政治必要性的形式要求，其作者与听众都不会认真对待。在宣读的时候，元老们忍不住会笑（塔西佗，《编年史》卷十三，章3）。然而，在小塞涅卡的短篇讽刺作品中，这个无拘无束的社交界名人可能最终摆脱了个人的束缚和政治的纪律（规定），自由地表达他的怨恨，并且依靠对皇帝的双关讥讽手段实现文学报复。这个皇帝用放逐的方式夺取小塞涅卡一生中宝贵的8年，并且在把小塞涅卡重新召回宫廷以后还因为幼稚可笑、心胸狭隘的行为举止而让小塞涅卡战战兢兢多年。这篇文章或许起初在宫廷的小圈子里秘密传播，宫廷里的人可能最容易理解和喜欢对克劳狄乌斯这个人的讽刺。作为创作日期，这个时间可以视为就是在这个皇帝死亡和神化以后不久（54年10月）。

在文学方面，这篇谤书属于瓦罗引进罗马的墨尼波斯讽刺文学体裁。这篇谤书为墨尼波斯讽刺文学提供了唯一完全——直到中间才有一个空白——保留下来的拉丁语例子。公元前3世纪上半叶，在古希腊，伽达拉的墨尼波斯第一次用多种多样的方式糅合散文与诗歌，批判人的愚蠢，表达其他流行哲学的日常生活智慧。在小塞涅卡作品中重复的各个主题（升天与神仙大会，进入地狱与死人审判庭）可能在墨尼波斯的作品中已经起了作用，像接近在希腊萨莫萨塔（Samosata）的讽刺作家琉善（大约120–180年）的作品中对应的地方一样。然而，墨尼波斯在何种程度上成为小塞涅卡直接效仿的对象，这还不能进一步断定，因为墨尼波斯的讽刺作品没有流传下来。但是，《变瓜记》具有古罗马讽刺文学的文学传统，古罗马讽刺文学的攻击性幽默起初针对的是个人，特别是政治家。古罗马讽刺作家卢基利乌斯也写了一次审判一个死者的神仙大会。小塞涅卡还通过讽刺性模仿其他文学体裁（主要是叙事诗，可能也有纪事书和肃剧），丰富狭义的讽刺文学元素。

《变瓜记》的措辞获得很大的生动性，其手段就是富含噱头的简单句，简单句里又插入了大量警句，不断变换高雅措辞，例如在神仙口中显得可笑的不自然的口头演说辞，以及叙事诗与抒情诗般的诗行。有助于生动性的还有一种情况：小塞涅卡在语言范围内区分不同的角色，从而已经间接地有助于不同人物的刻画。

《变瓜记》几乎没有对后世产生影响。3世纪，狄奥·卡西乌斯（Dio Cassius）才提及《变瓜记》。其余的证据寥寥无几，而且不可靠。其原因不仅仅在于2世纪发生了文学兴趣的改变，而且首先在于内容涉及的时间受限。文章的保存可能只是归功于其作者的名气大。然而，即使在今天，其辛辣的幽默和风趣的文笔也完全可以让《变瓜记》成为轻松愉快的读物（参《古罗马文选》卷四，前揭，页 20 及下；LCL 15，页 431 以下）。

第二节　讽刺诗：佩尔西乌斯①

一、生平简介

依据苏维托尼乌斯的《佩尔西乌斯传》，② 34 年 12 月 4 日，佩尔西乌斯（Aules③ Persius Flaccus）生于埃特鲁里亚的沃拉特拉（Volaterrae），出身于一个富有的骑士（eques）家庭，但与元老等级有血缘与婚姻关系。6 岁时，佩尔西乌斯就已失去父亲，由父亲弗拉库斯（Flaccus）指定的监护人照管，接受初级教育。后来，母亲改嫁（几年后也去世的）罗马骑士富西乌斯（Fusius）。

12 岁时，佩尔西乌斯迁到罗马居住，师从当时有影响的文法家昆·帕莱蒙（Q. Remmius Palaemon）④ 和尼禄时代的修辞学家弗拉乌斯（Verginius Flavus）。16 岁时，佩尔西乌斯在廊下派哲学家科尔努图斯（Ἀνναῖος Κορνοῦτος 或 Lucius Annaeus Cornutus）⑤

---

① 参 LCL 91 [= *Juvenal and Persius*, edited and translated by Susanna Morton Braund, London 2004]。

② 关于佩尔西乌斯的生平，参苏维托尼乌斯，《罗马十二帝王传》，张竹明等译，页 379–381；《古罗马文选》卷四，前揭，页 301 及下。

③ 亦作 Aulus，参 LCL 91, *Introduction*, 页 14。

④ 巅峰时期是公元 48 年，昆体良与佩尔西乌斯的老师，著有文法手册，或许是第一个系统的文法家，参曼廷邦德，《拉丁文学词典》，页 207。

⑤ 塞涅卡的获释奴或亲戚，讽刺诗人佩尔西乌斯的一位廊下派老师和朋友、文法家、肃剧诗人和注释者。传世作品为用希腊语写的希腊神话的廊下派解释，参曼廷邦德，《拉丁文学词典》，页 79 及下。

那里攻读大学，主修哲学，并结成莫逆之交。在自传性的讽刺诗（《讽刺诗集》，首 5）中，佩尔西乌斯为这种深情树立了令人感动的丰碑。

在科尔努图斯那里，佩尔西乌斯也与后来的叙事诗作家卢卡努斯（Lukan）交上了朋友。卢卡努斯十分赞赏佩尔西乌斯的作品。而佩尔西乌斯觉得一直都不了解卢卡努斯的舅父小塞涅卡，或许由于小塞涅卡是宫廷里的人。临终前，佩尔西乌斯结识了小塞涅卡，但并没有对小塞涅卡表示钦佩。

对于政治仕途，这个年轻人不仅缺乏必要的冷酷无情（《佩尔西乌斯传》强调他性格的温和、庄重和内心深处喜欢下属的情感），而且也缺乏内心的信念。让佩尔西乌斯感觉像在家里一样的地方不是气氛沉闷的宫廷，而是自由的哲学与尼禄的反对派圈子。而这个反对派圈子的中心人物是廊下派元老培图斯·特拉塞亚（Paetus Thrasea），① 这位元老的妻子阿里娅（Arria）是佩尔西乌斯的亲戚。佩尔西乌斯的兴趣在于哲学和诗歌。

62 年 11 月 24 日，在阿皮亚大道第八里程碑附近自己的田庄上，"举止文雅，纯洁、谦逊而非常英俊"的佩尔西乌斯死于胃病。3 年后，作为皮索（Gaius Calpurnius Piso）阴谋的后果，有道德的贞洁的佩尔西乌斯的圈内人士大多数都或者死亡，或者被放逐。

二、作品评述

佩尔西乌斯很少写作，而且写作很慢。少年时代，佩尔西乌斯写过一本元老剧、一本旅行笔记和一些关于培图斯·特拉塞亚的岳母老阿里娅（佩尔西乌斯的亲戚）的诗。由于诗中有对尼

---

①　亦作 Thrasea Paetus，参 LCL 91，*Introduction*，页 14。

禄不满的内容，科尔努图斯曾建议诗人的母亲毁掉这些作品。为了规避政治危险，在佩尔西乌斯夫世后，他的母亲销毁了他的青年诗作（参苏维托尼乌斯，《罗马十二帝王传》，张竹明等译，页 380 及下）。

由于读了讽刺诗人卢基利乌斯的第十卷《讽刺诗集》，佩尔西乌斯一离开学校和老师们，就开始十分热心地写作讽刺诗。为了模仿那本书的开头，佩尔西乌斯起初讽刺自己，不久就开始讽刺所有人，十分严厉地攻击当时的诗人和演说家，甚至攻击当时的皇帝尼禄（参苏维托尼乌斯，《罗马十二帝王传》)，张竹明等译，页 381）。

死时，佩尔西乌斯留下了 1 本尚未完稿的《讽刺诗集》（Saturae）。科尔努图斯在文字上稍作校订，例如从最后一首诗中删去若干诗行，使全书看起来像是完成了的一样，并应佩尔西乌斯小时候的朋友、诗人凯西乌斯·巴苏斯（Caesius Bassus）[①] 的要求交给他去出版。

在佩尔西乌斯的《讽刺诗集》前附有 1 篇简短的序言（Proöm）。在这篇采用跛行抑扬格（cholos、scazon、choljambus 或 hinkjambus）的序言中，佩尔西乌斯一方面自称在诗歌才能方面没有得到诗神的恩赐，只是一个写诗的半桶水，另一方面嘲笑那些自称作诗是受到神灵鼓舞、实际上是为了钱的诗人。

佩尔西乌斯的《讽刺诗集》总共 6 首，超过 700 行。其中，3 首超过 100 行，最长的一首（第五首）共计 191 行。从形式上看，《讽刺诗集》采用六拍诗行（hexameter）。从内容来看，《讽刺诗集》主要涉及两个问题：一、文学问题；二、廊下派眼中

---

① 抒情诗人，佩尔西乌斯的朋友和编辑，受到昆体良的高度赞扬，著有韵文《论格律》（De Metris），参曼廷邦德，《拉丁文学词典》，页 42。

的社会和伦理问题。

《讽刺诗集》的第一首主要谈论文学问题。佩尔西乌斯首先批评文学创作的粗制滥造。像贺拉斯批评的一样，人们不管有无学识，都在写诗。这种现象在尼禄统治时期更为严重：有的写诗，有的写演说辞。问题不在于写作，而在于人人闭门造车，个个崇尚华丽的词藻。接着，诗人又批评文学批评的虚伪。一方面，当时文艺批评家认为"美妙"、"神奇"的作品实际上空洞无物。另一方面，作者口头上表示希望听真话，实际上是要人称赞自己的作品。此外，佩尔西乌斯反对过时的神话题材，反对机械地模仿古代叙事诗，反对过分追求外在的修辞美饰，主张效仿卢基利乌斯和贺拉斯，严肃、认真地嘲笑人们的各种恶习（参《古罗马文学史》，页336）。

在《讽刺诗集》中，年轻的理想主义者佩尔西乌斯带着巨大的热情和明显的内心关切，一再反对任何形式的虚伪，隐藏在虚伪背后的只不过是愚蠢和极度贪婪。佩尔西乌斯用内心深处的美德反对与神仙交往中斤斤计较的商人行为（《讽刺诗集》，首2），用哲学研究的好处反对不想动的懒惰（首3；作为特别令人难忘的，出自这首诗的浪荡病人形象留在记忆中，这个病人由于忽视了他的身体状况招致他的结局：按照佩尔西乌斯的观点，排斥道德缺陷的人可望得到相应的教训），[①] 用对自知之明的有益要求反对自高自大和好诽谤人（首4），用内心自由的个人的真正独立反对表面的法律自由，这种自由很不全面地通过人的贪婪掩盖对人的奴役（首5），用自己对幸福的满足反对可耻的贪心（首6），用他讽刺诗的坦率反对当时诗歌的华丽和颓废，当时的

---

① *Worte Über Aulus Persius Flaccus*：*Nebst Neuer Übersetzungsprobe*［*Verse*］*Dessen Zweiter Satire. Progr.*（《关于佩尔西乌斯的话：包括第二首讽刺诗的新译》），Ferdinand Habersack，Bamberg 1828；London 2010。

诗歌只是当时道德沦丧的镜像（首1）（参《古罗马文选》卷四，前揭，页301及下）。

　　尽管如此，如果把佩尔西乌斯归为简直只是用诗体写伦理原理的一个哲学家，那么就不能正确评价佩尔西乌斯和他的诗。在题材的道德严肃性背后，的确随时都可以见到这个讽刺诗人敏锐的观察天赋和辛辣的幽默。首先，卢基利乌斯说教的读物也启发了佩尔西乌斯自己写讽刺作品。佩尔西乌斯从这种体裁的创造者（archēgétēs 或 Archeget）和旧谐剧那里吸收了不妥协的尖锐批评和达到极端自然主义手法的直率表达，从廊下派与犬儒学派的消磨时光录和他的前人贺拉斯那里吸收了丰富多彩的伦理题材，最后从谐剧和滑稽戏那里吸收了表达的主要艺术手法。通过突然转换独白与对话、讲述、戏剧场景和带着嘲弄口吻和盘托出假定对手的计划，佩尔西乌斯的讽刺作品获得了这样的生动性，以至于并不总是立刻就能理解各个思路（思想过程）。这些诗的结构第一眼看起来显得很松散，似乎部分地建立在十分不自然地拼凑来自类似题材范围的隐喻的基础上。佩尔西乌斯的特点就是他正好只是用暗示的引言反映这种与以前作家的文章（特别是贺拉斯的《讽刺诗集》）的关联。假定大家都知道这些诗的结构和佩尔西乌斯的特点，这同样要求有文化和懂行的读者。这样的读者准备并且有能力从不间断地聚精会神的思考中推断诗人表达艺术的细微差异（参《古罗马文选》卷四，前揭，页302）。

　　佩尔西乌斯的极其优美的文笔至今还对观察者产生长远的影响。在佩尔西乌斯的词汇中可能混杂着多种多样风格的不同色彩。多种多样的风格包括高雅诗歌的精美语言——为了让废话付出可笑的代价，这种语言常常被过分地提高到古怪——和当时的行话，像佩特罗尼乌斯在他的《萨蒂利孔》中使行话变得完美的一样。这个诗人用极简洁的表达，把熟悉的语言要素最巧妙地结合起来。特别是佩尔西乌斯从各个具体的概念——这些概念本身作为独立的隐喻已经具有完善的比喻的意义——构思出来的一些比喻证明了作者出色的表达能力。这个作者不断地追求为空洞的语言表达方式注入新的活力（参《古罗马文选》卷四，前揭，页302及下）。

三、历史地位与影响

佩尔西乌斯的《讽刺诗集》一出版，就开始受到人们的称赞，并迅速地被抢购一空。诗人在世时，卢卡努斯极高地评价了佩尔西乌斯的《讽刺诗集》。昆体良和马尔提阿尔也满口称赞。其中，昆体良认为，佩尔西乌斯应该受到应有的称赞，尽管他只写了一本诗歌（参王焕生，《古罗马文艺批评史纲》，页219）。

在整个古代，不管是哪个文学流派都要孜孜不倦地阅读佩尔西乌斯的《讽刺诗集》。由于理解佩尔西乌斯的困难，科学界也早就开始研究佩尔西乌斯。语文学家瓦勒里乌斯·普洛布斯（Valerius Probus）为他死后的一代人提供了第一个包括佩尔西乌斯的生平叙述在内的《讽刺诗集》学术版；也许第一篇对佩尔西乌斯的作品的评论也出自瓦勒里乌斯·普洛布斯的笔下。

《科尔努图斯注疏》（*Commentum Cornuti*）或《科尔努图斯注疏〈佩尔西乌斯作品〉》（*Commentum Cornuti in Persium*）是9世纪的评论，写于法国，既包括古代各个世纪的注疏，也包括中世纪早期补充的注疏。① 基督教和整个中世纪尊重这个诗人，首先是因为佩尔西乌斯对道德的严肃。近代才喜欢——错误地——把佩尔西乌斯当作脱离现实生活的哲学鼓吹者和矫饰派语言艺术

---

① J. E. G. Zetzel, *Marginal Scholarship and Textual Deviance. The Commentum Cornuti and the Early Scholia on Persius*, London, 2005.

家（参《古罗马文选》卷四，前揭，页303）。

第三节 讽刺诗：尤文纳尔 ①

一、生平简介

好几篇古代传记都有关于尤文纳尔的资料。然而，这些传记在各个方面又如此相互矛盾，以至于似乎不可能从中得到有一定把握的核心事实。其中，最早的传记或许是4世纪才产生的，试图用许多的想象弥补对这个讽刺作家真正了解的匮乏。的确人们至少还是试图拼凑尤文纳尔生平的几个阶段，这些阶段可能有某种别的可能性。

尤文纳尔（Juvenal）的全名是得基穆斯·尤尼乌斯·尤文纳尔（Decimus Iunius Invenalis），60年生于拉丁地区沃尔斯基人的古城阿奎努姆（Aquinum），今阿克维诺。尤文纳尔或许是富有的获释奴的儿子或养子（参王焕生，《古罗马文学史》，页346）。像从他的讽刺作品中推测出来的那样，尤文纳尔受到了语法学和修辞学的全面教育。

如果在阿奎努姆找到的铭文与同名人无关，那么后来尤文纳尔就成功地当上了家乡城市的任期5年的市长（duumvir quin-quennalis）、② 被神化的皇帝维斯帕西安（Vespasian）的祭司（flamen）和驻扎在不列颠（？）的达尔马提亚（Dalmatia）步兵大队队长（tribunus），因此获得了小小的富裕和声望。

---

① 参 LCL 91［= *Juvenal and Persius*, edited and translated by Susanna Morton Braund, London 2004］。

② 拉丁语 quīnquěnnālǐs, ě（quinqennis），为期5年的，5年一届的；任期5年的；dǔǔm-vǐr, ī，阳性，市长、两个人组成的罗马使团的成员。

在罗马，尤文纳尔似乎也曾主要出于自己的爱好，当过朗诵者，直到中年时期。约在96年多弥提安（Domitian）去世以后，尤文纳尔开始写作讽刺诗。后来，由于讽刺多弥提安宠信的一个演员，被人借题发挥，被认为是讽刺当代，尤文纳尔不仅损失财产，而且还遭到流放的打击：以营队指挥的身份发配到行省充军。关于尤文纳尔的流放，记述的不仅有古代的传记，而且还有7世纪的拜占庭编年史和10世纪的《苏达辞书》（*Suidae Lexicon*）。从诗人的诗歌来看，尤文纳尔对埃及十分了解，由此推断，尤文纳尔的流放地应该是埃及（参《古罗马文学史》，页346及下）。

被涅尔瓦（Nerva）重新召回以后，在财产状况很让人心情沉重的情况下，尤文纳尔过上了一个依从者的不愉快的生活，像从他对富有暴发户（特别是古希腊和小亚细亚富有暴发户）的许多诋毁和对一个依从者能够忍受的痛苦的反复研究中可以推断出来的一样。

在老年经济状况又有所好转以后，尤文纳尔还能活到安东尼努斯·皮乌斯执政（138-161年在位）的前几年，直到140年才逝世。

二、作品评述

或许受到朋友马尔提阿尔的鼓励，尤文纳尔才专心致志于说教诗歌。尤文纳尔陆续发表了16首讽刺诗。在古代，尤文纳尔的讽刺诗被合编为5卷本《讽刺诗集》（*Saturae*）。在传世的文字中，后来确定写作时期为公元128年的最后一首诗被机械地窜改了。

依据诗中涉及的相关史实，即把公元100年1月被判处的普里斯库斯（Marius Priscus）作为放逐者，可以确定第一首的写作日期最早为公元 100 年。这首诗独立成篇，又是整个诗集的引言。像佩尔西乌斯一样，尤文纳尔在第一首诗里表达自己的诗学观念。像马尔提阿尔一样，尤文纳尔尖锐地抨击神话诗歌和当时流行的连篇累牍地诵读作品的现象（《讽刺诗集》，首 1，行 1-14）。尤文纳尔主张模仿卢基利乌斯的讽刺诗，嘲讽各种社会丑恶。尤文纳尔强调，社会道德的极度堕落促使他写作讽刺诗，因为这是"绝妙的好题材"（首 1，行 19-21 和 51-54）。尤文纳尔认为，"各种恶习都已达到极限"（行 149），"后代无需对我们时代的风习作任何补充"（行 147）。看到罗马社会的种种丑恶现象（首 1，行 22-29、32-40、46-50、55-62、64-68 和 69-78），尤文纳尔那"干涸的心灵被激怒"。在这种情况下，尤文纳尔"很难不写诗歌讽刺（difficile est saturam non scribere）"（行 30），因为"即使没有才能，愤怒出诗句（facit indignatio versum）"（行 79，参《古罗马文学史》，页 347；《古罗马文艺批评史纲》，页 241 以下）。

　　然而，社会的败坏不仅仅在于罗马人的奢侈和堕落，而且还在于统治者的专制。在尤文纳尔生活的时代，诗人不能像卢基利乌斯一样想写什么就写什么，任何讽刺和暗示都可能给自己招来无尽的祸患：损失财产，遭遇流放，甚至招来杀身之祸。尤文纳尔完全明白这一点。因此，尤文纳尔宣称，他的讽刺诗只能以故去的人为对象，书写过去。当然，正如尤文纳尔自己所说的一样，书写过去只是一种托词，讽刺的对象实际上仍然是当时的现实生活。这可能就是尤文纳尔遭到流放的原因。

　　像以前的所有讽刺诗人一样，尤文纳尔也把广义的人生选作他的诗歌研究的题材。然而，尤文纳尔觉得，这不再是各种各样混杂一切"可爱"的缺点的行为，而是奢侈与贫穷、欲反常行为与情欲、道德败坏与犯罪的让人阴郁的万花筒。为这种非常悲观主义的典型形象决定性地打上了烙印的是尤文纳尔自身生存状况产生的痛苦，特别是多弥提安恐怖统治给他带来的伤害经历，这种伤害是他一生都不能摆脱的。此外，尤文纳尔的个性也妨碍他与他的素材只有不大的距离。在这种情况下，讽刺的幽默变成了尖刻的挖苦，讽刺诗成为长篇激情独白，充满攻击性仇恨和过分偏狂癖的片面性。这个讽刺诗人把在首都所谓上流社会中发生的个别丑闻和半上流社会缺乏教养的放荡视为那个完全堕落的时代的典型特征。尤文纳尔的世界观凝成深刻的悲观主义，像这种悲观主义也充满他的同时代人塔西佗的历史作品一样。尤文纳尔不再指望他自己的诗歌能够真正地有助于根治那个社会的弊端。此外，把这些状况如此抹黑的印象自然也几乎不符合客观现实，表明这一点的不仅有同时代产生的小普林尼高兴和满意的书信，而且还有马尔提阿尔的风趣碑铭诗。这些诗书作品的确和尤文纳尔的讽刺诗一样，属于相同的题材范围。

　　尤文纳尔用别人不可效仿的敏锐目光，凭借通过修辞学教育获得的形象化表达能力和高度戏剧性地设想的能力，把除此以外仅仅迎合公众的轰动欲望的这种世界观和人物典型形象转化为让人压抑的、不过同时也引人入胜的特殊情景。譬如，有人比较第二首讽刺诗中令人担忧的个别场景，或者比较尤文纳尔在第四首讽刺诗中描述的、多弥提安主持的内阁会议的阴森恐怖气氛。在这些场景中，尤文纳尔否定了贫穷市民被迫在罗马摩洛（Moloch，古代中东的神灵）神庙的生活的所有人道。在这个表面上是对失传的斯塔提乌斯的叙事诗《日耳曼战纪》（*De Bello Germanico*）讽刺滑稽地模仿的片段中，尤文纳尔用动人的方式刻画了给宫廷生活打上了烙印的颓废人物形象，反而营造了专制统治令人压抑的气氛。如果尤文纳尔只是要救人的命，那么这种专制统治也迫使一个正派的人进入一个可耻的马屁精角色。另一方面，尤文纳尔反复用历史与神话中恐怖例子补充各个舞台造型的激动人心的构思，与这方面的才能对立的正好是按照仔细斟酌的总体布局构想他的讽刺诗的无能。如果被尤文纳尔的态度搞得筋疲力尽的讨厌鬼增加，那么为了听凭听众反思的决定，没有什么不说，而且根本就是无所不谈（这种倾向是讽刺诗人佩尔西乌斯明确反对的，参《古罗马文选》卷四，前揭，页 17 及下），这种在当时的朗诵（recitātiō）的方式中反正已经具备的倾向有时为尤文纳尔的闲谈选择任何可以见到的构思完整性。如果年事更高的——不一定成为尤文纳尔的讽刺诗的、富有诗意的表现力的优点——尤文纳尔放弃比喻的直接，而使听天由命（τὸ μεμοϱμένον）与道德的诠释处于中心地位，那么这种无机的结构还更加扰人地引人注目。

　　与尤文纳尔的讽刺诗的新倾向相符的是他的文风：不再是某个贺拉斯的轻松、无忧无虑、几乎是游戏似的日常闲谈（sermo cottidianus）。所选的许多纯诗（Poetismen）① 反而在文风方面推动尤文纳尔的诗歌接近叙事诗和肃剧。这个讽刺诗人不只是简单地为了原创性的缘故而为这种语言打上烙印，对尤文纳尔来说，这种语言是直接从题材本身滋生出来的：尤文纳尔的诗歌中，主人公的恶行至少和神话中可怕的素材同样充满残忍。现实已经超过传说。在这种情况下，尤文纳尔认为，随意的日常生活语言不再有存在的空间。仅仅还有肃剧的激情和令人厌倦的用让人容易记住、部分也振聋发聩的格言加以修饰的言辞可能顾及到现实的残酷性，为了不让被唤醒的读者入睡，挑衅地插入的通俗语言就

---

　　① 纯诗主义（Poetismus）根植于工作者诗歌（Arbeiterpoesie），1923 年产生于捷克斯洛伐克（Tschechoslowakei 或 Československá）的先锋派。这个艺术潮流的发展并没有超越国界。

做出了自己的贡献。即使尤文纳尔的六拍诗行（hexameter）也宁愿效仿维吉尔的《埃涅阿斯纪》，而不效仿贺拉斯的讽刺诗（satura），尽管在结构严谨方面他的讽刺诗不能达到维吉尔的《埃涅阿斯纪》。

三、历史地位与影响

由于讽刺诗在尤文纳尔的笔下才具有了类似当代的意义：尖锐地抨击，尤文纳尔成为古罗马帝国时期最重要的讽刺诗人（参《古罗马文学史》，页346）。马尔提阿尔称赞尤文纳尔善于辞令（facunde）（《铭辞》卷七，首91，行1，参 LCL 95，页150 及下）。

在尤文纳尔死后的前两个世纪里，他的作品没有得到较大的关注。在复古主义盛行的时期，尤文纳尔的文风是废弃不用的。由于这种倾向，这些讽刺诗在养子皇帝的幸福时代不再有现实意义。而在接下来的统治者统治下，这些讽刺诗被人怀疑和压制。

只有语文学家们研究尤文纳尔的诗：这些诗歌的评论性的注疏保留在 4 世纪的一个版本中。在同一个时代，尤文纳尔的作品获得了复兴。这种复兴让作品的创作者在通常对文学感兴趣的人的圈子之外出名，并且赋予尤文纳尔以学校课本作家的身份，甚至让尤文纳尔的名声传到古希腊的东部地区。从那时起，纪念尤文纳尔的文章也出现在诗人的作品中，例如克劳狄安、奥索尼乌斯或者纳马提安（Rutilius Namatianus）的作品。

在中世纪，怀着热烈的感情把尤文纳尔尊为伦理诗人（poeta ethicus）。尤文纳尔诗中的道德格言被广泛称引，甚至被编成集子，供学生阅读、背诵。

文艺复兴时期，欧洲的一些著名作家，如薄伽丘、塞万提斯、莎士比亚和雨果（Victor Hugo，1802-1885 年），[1] 都对尤文纳尔的诗歌给予好评，并且进行模仿。

　　以复兴开始的文学体裁讽刺诗的胜利进军正好高举尤文纳尔的旗帜。如果没有尤文纳尔的影响，英国德莱敦（John Dryden，17 世纪后期英国最伟大的诗人，著有 30 部悲、喜剧和歌剧）、蒲伯、约翰生［Samuel Johnson，1709-1784 年，18 世纪英国人文主义文学批评的巨擘，约翰生的《伦敦》（*London*）模仿古罗马尤文纳尔的讽刺诗］、琼森［著有《伏尔蓬涅》或《狐狸》（*Volpone*，or，*The Fox*，1606 年）］和法国布瓦洛（Nicolas Boileau-Despréaux，1636-1711 年）是不可想象的。近代的欧洲人认为，尤文纳尔是古代最伟大的讽刺家。革命的资产阶级把尤文纳尔看成"暴君"和日益退化的贵族的激烈的揭发者（参科瓦略夫，《古代罗马史》，页 733）。

　　19 世纪对一切广义"修辞"重新产生怀疑才使尤文纳尔这颗星星下沉。然而，几个世纪以来，人们又开始在尤文纳尔身上看到的不仅仅是 2 世纪初美德和社会状况的原始资料。马克思和恩格斯在著作中多次提及和称引尤文纳尔的诗歌，并称尤文纳尔是伟大的古希腊罗马作家之一。

第四节　铭辞：马尔提阿尔

一、生平简介

　　马尔提阿尔（Martial）全名马·瓦勒里乌斯·马尔提阿尔

---

　　① 雨果，《克伦威尔》序，参雨果，《论文学》，柳鸣九译，上海：上海译文出版社，1980 年，页 37、46。

（Marcus Valerius Martialis）。大约 40 年 3 月 1 日（《铭辞》卷十，首 24，参 LCL 95，页 346 及下），马尔提阿尔生于西班牙的比尔比利斯（Bilbilis）。由于家乡是罗马自治市，马尔提阿尔享有罗马公民权。又由于家庭——父母名叫弗隆托（Fronto）和弗拉基拉（Flaccilla）（《铭辞》卷五，首 34）——比较富裕，马尔提阿尔从小生活愉快，还受到了良好的教育（《铭辞》卷九，首73，参 LCL 94，356 及下）。

64 年（即大约 25 岁时），马尔提阿尔才来到罗马（《铭辞》卷十，首 103）。在罗马，这个不名一文的年轻人依靠同乡小塞涅卡和卢卡努斯的资助。然而，当第二年这些同乡为皮索阴谋败露付出生命的代价时，马尔提阿尔肯定竭尽全力、成功地找到别的资助人，因为从开始起马尔提阿尔似乎就没有干过别的工作，只搞过创作。

不过，80 年，马尔提阿尔才出版他的第一个诗集，并把它递交皇帝提图斯，后来附加的标题为《演出卷》（De Spectaculis Liber 或 Liber de Spectacullis）。① 这些诗歌是在弗拉维王朝（Flavianum）圆形露天剧场——多数人称之为罗马圆形剧场——落成典礼之际颂扬奢侈的娱乐的。全部诗集 33 首（其中一半遗失），充满对皇帝的谄媚性赞颂，甚至称大象也在皇帝面前躬身（参《古罗马文学史》，页 343）。

大约 85 年，马尔提阿尔编辑出版了一个各种小礼物上附加的诗歌集子：《献辞》（Xenia）和《题辞》（Apophoreta）各一卷。这些诗歌特别喜爱写很受欢迎的萨图尔努斯节或农神节（Saturnalia）。

此后，马尔提阿尔转向写作文学性的铭辞。在 85 至 96 年之

---

① 英译 On The Spectacles。亦译《斗兽场表演记》或《剧场集》。

间，马尔提阿尔总共发表了 10 卷《铭辞》（*Epigrammata*）。在有些书卷中，马尔提阿尔先附上一篇散文体前言（Proömium）。当时，马尔提阿尔的诗歌不仅让罗马的主流文学圈开始关注他——马尔提阿尔与西利乌斯·伊塔利库斯、昆体良和小普林尼的关系更加密切，与像马尔提阿尔一样着小人物悲惨命运的尤文纳尔结成朋友——，而且为马尔提阿尔获得了一些资助人，马尔提阿尔一直都急需他们的资助。也就是说，通过求助于资助人，马尔提阿尔获得了在拉丁地区诺门图姆（Nomentum）的一个小庄园，后来（从 94 年起）在奎里纳尔（Quirinal）还有一个小房子（卷九，首 18，行 1-2，参 LCL 95，页 246 及下）。与叙事诗作家斯塔提乌斯不同，斯塔提乌斯感觉有和马尔提阿尔一样的社会地位（曾获得保民官的称号）（参《古罗马文艺批评史纲》，页 225 及下），也得到社会的认可，然而，马尔提阿尔从未摆脱贫穷的阴影：被歧视的痛苦之情可以解释为什么马尔提阿尔索性对斯塔提乌斯是当时唯一有名望的文学家保持沉默。

在马尔提阿尔也得到来自弗拉维皇室的一些奖赏——弗拉维皇室赋予他三子女权（ius trium liberorum）和 6 个月副将（tribunatus semenstris）的头衔——之后，多弥提安被谋杀突然给他的诗人生涯重大打击。在马尔提阿尔的诗中找到对多弥提安十分谄媚的话语让马尔提阿尔太出丑，因此在爱好自由的新政府里不可能重新立足。尽管在涅尔瓦统治下马尔提阿尔还写了第十一卷铭辞，而且在图拉真执政开始时把第十卷改成一个肃清了谄媚之词的新版本，可是皇帝仍然拒绝宽恕马尔提阿尔。

大约 99 年春天，马尔提阿尔无可奈何地返回家乡比尔比利斯：小普林尼为马尔提阿尔捐助了回家的旅费。在家乡城市附近的一个小庄园里，马尔提阿尔度过了余生。这个庄园是一个女资助人送给马尔提阿尔的。在长期准备工作以后，102 年左右，马尔提阿尔把他最后的第十二卷《铭辞》从庄园送到罗马，因为马尔提阿尔写作时就希望他的作品永存（小普林尼，《书信集》卷三，封 21，节 6）。不久以后，约 104 年以前（小普林尼，《书信集》卷三，封 21），马尔提阿尔逝世（参 LCL 94，*Introduction*，页 1-4）。

二、作品评述

现有形式的马尔提阿尔诗集包括 1500 多首诗，总共 15 卷。其中，《铭辞》12 卷，《献辞》和《题辞》各 1 卷，这两卷习惯被称作第十三卷和第十四卷，此外还有以节录形式保存下来的《演出卷》。合编肯定是在诗人逝世以后发生的。马尔提阿尔本人分别发表这些诗卷。然而在他的创作获得成功时，马尔提阿尔事后才把修订版的第一至七卷合成一个集子。

在更早的古希腊诗歌中已经被证明是文学类型的"铭辞"起源于较短的"题词"，正如首先在墓碑和献祭物品上可以找到的一样。"铭辞"早就失去"题词"的特征，与此同时吸收了相近体裁的一些基本元素，通过这样的方式"铭辞"发展成为不同寻常的多样性。

一方面，吸收诉歌（由于格律一致，"诉歌"已经接近，不过"铭辞"一般写得像用押韵的对句格写成的诉歌）的特征使"铭辞"成为一种代表十分私人感觉的短篇诉歌，并且赋予"铭辞"完全是——按照现代的理解——抒情的特征（有人肯定在通过复述死者家属痛苦的感情来扩展"墓志铭"中寻找这种发展的起源）。

另一方面，在特别顾及"铭辞"最初的特征即表达简明扼要的情况下，"铭辞"发展成为尖锐的警句的媒介。"铭辞"更容易因人而异，因为不登大雅之堂的笑话而内容丰富，成为希腊化时期特别受欢迎的嘲讽诗。

整个这种有深度的"铭辞"传统来到了马尔提阿尔的作品中。马尔提阿尔为喜欢朋友、哀悼死者或者柔和的田园风光画题写的"铭辞"有一种独特的"诉歌"抒情特征。而大多数这种类型的诗歌属于短嘲诗。《献辞》和《题辞》最终还是保留了"铭辞"本来的根。

如果要评价马尔提阿尔的诗歌功绩，那么肯定不只是在其他古罗马作家中显出马尔提阿尔的独创性。直到马尔提阿尔那个时代，"铭辞"在罗马只有相当次要的地位：有教养的人巧妙地消磨时光；失传的、帝政时期初（指奥古斯都时期）的"铭辞"［指马尔苏斯、佩多和革图利库斯（Cn. Cornelius Lentulus Gaetuliucus）的作品］几乎没有较大的意义。即使从卡图卢斯的相应诗篇里，马尔提阿尔也更是获得了形式方面的启发：特别是像卡图卢斯一样，马尔提阿尔在短诗的格律方面并不囿于对句格诉歌，而且也完全独立于当时处理的题材地运用十一音节体诗行（hendecasyllabus）和跛行抑扬格（choljambus）。而对于马尔提阿尔的一些确切的想法，常常不能举出典范。在他真正遵循一些传统主题的时候，马尔提阿尔成功地增加结构和更加令人信服地制造出人意外的高潮，例如像下面引用《铭辞》第一卷第十首与接下来的希腊化时期诗人帕米尼恩（Parmenion）笔下题材相近的诗之间的比较所显示的一样。

《铭辞》卷一，首 10

Petit[①] Gemellus nuptias Maronillae

---

① 动词 petit 是第三人称单数现在时主动态陈述语气，原形是 peto（追求；申请；要求；求婚）。

> et cupit[1] et instat[2] et precatur[3] et donat. [4]
>
> Adeone pulchra est? Immo foedius[5] nil est.
>
> Quid ergo in illa petitur[6] et placet[7]? Tussit. [8]

自私自利的爱

革梅卢斯（Gemellus）多次向马罗尼拉（Maronilla）求婚，

　　梦寐以求，死缠烂打，恳求，送礼。

　　她有那么美吗？相反，丑得不能再丑！

　　那么，她哪里吸引他，让他中意？她咳嗽（引、译自《古罗马文选》卷四，前揭，页432。参 LCL 94，页48及下）。

《帕拉蒂娜文选》（*Anthologia Palatina*）卷十一，首 65

Λιμοῦκρὶγραίης χαλεπὴκρίσιςἀργαλέονμὲν
　　πεινῆν, ἡ κοίτη δ᾽ἔστ᾽ ὀδυνηροτέρα.
πεινῶν εὔχετογραῖν,　κοιμώμενος εὔχετο λιμὸν
　　φίλλις ἰδ᾽ἀκλήρου παιδὸς　ἀνωμαλίην

---

①　动词 cupit 是第三人称单数现在时主动态陈述语气，原形是 cupiō（欲望；渴望），可译为"梦寐以求"。

②　动词 instat 是第三人称单数现在时主动态陈述语气，原形是 īnstō（进入；催促；追逐；烦扰；逼到眼前；坚持），可译为"死缠烂打"。

③　动词 precātur 是第三人称单数现在时主动态陈述语气，原形是 precor（乞求；恳求）。

④　动词 dōnat 是第三人称单数现在时主动态陈述语气，原形是 dōnō（赠送）。

⑤　形容词 foedius 是比较级，原级是 foede（丑）。

⑥　动词 petitur 是第三人称单数现在时被动态陈述语气，原形是 peto（追求；申请；要求；求婚）。

⑦　动词 placet 是第三人称单数现在时主动态陈述语气，原形是 placeō（使喜欢，使中意）。

⑧　动词 tussit 是第三人称单数现在时主动态陈述语气，原形是 tussiō（咳嗽）。

可耻的选择

不得不在衰老与挨饿之间做出选择是可恨的；

无疑，挨饿是不幸的，而更糟糕的是床。

菲利斯（Phillis）在挨饿的时候希望衰老，后来在床上

他希望挨饿：啊，穷人的神志非常糊涂。①

"铭辞"诗人对别人发泄的热讽与贺拉斯的讽刺诗所强调的轻松与满足的冷嘲（或反讽）没有共同之处。像他的朋友尤文纳尔一样，马尔提阿尔不能过上首都舒适的富裕生活，难免有些不独立的贫困者的绝望。马尔提阿尔也曾熟悉大城市生活阴暗面产生的人性堕落。因此，马尔提阿尔就嘲讽同时代人常常犯下的作为弱点的不道德行为，他极少描绘生机勃勃的大都市生活，更多地描述罪恶地狱罗马的堕落，刻画一系列反面典型人物：

> 不诚实的妇女、医生、狡猾的饭店主人、世俗的花花公子、后面跟着一大群想寻求遗产的人的富有的孤独的老人和无能的诗人——美文家和剽窃者（见科瓦略夫，《古代罗马史》，页 732）。

然而，与尤文纳尔的讽刺诗不同，马尔提阿尔的"铭辞"中看不出社会批判的倾向，真的连说教倾向都没有。善于思考的人可以体会到延伸到伤风败俗甚或淫荡领域里的出人意外的高潮引起的惊喜甚或震惊。马尔提阿尔的铭辞空前让人感触深，以至于唤起人们的感情冲动或者使人不安：嘲讽仍然有本身的

---

　　① 引、译自《古罗马文选》卷四，前揭，页431；见 H. Beckby 编，*Anthologia Graeca*（《希腊文选》），希腊文与德文对照，卷九至十一，München 1958，页 580 及下。

目的。

马尔提阿尔在多方面满足一个好"铭辞"作家的所有条件：马尔提阿尔拥有对各种典型人物和处境的敏锐目光（由于马尔提阿尔远离罗马，第十二卷中缺乏适合马尔提阿尔嘲讽的对象，这表明，一首成功的"铭辞"多么依赖作者本人的直接体验及其所处的相应环境），以及必要的把这些观察原汁原味地转化为语言的艺术敏感。尤其是在"铭辞"的构思方面，马尔提阿尔有出色之处。马尔提阿尔巧妙地把读者的期待引向确定的方向，以便接下来在蓦然回首时，也许只是通过仅有的一句巧妙的话给出意想不到的答案。正是在篇幅只有一、两个最短的对句格诗歌中，马尔提阿尔把这种写作技巧练得炉火纯青。即使在文笔方面，马尔提阿尔也有出色的一手。简单纯朴的口语没有用多余的华而不实的东西修饰，最大限度地适合这种体裁类型。

值得注意的是，在马尔提阿尔的铭辞中，文学问题大约占四分之一。其中，在一首致图卡（Tucca）的铭辞中，马尔提阿尔谈及自己的写作：由于图卡不仅写马尔提阿尔写的体裁，例如叙事诗（epos）、抒情诗（lyrica）、讽刺诗（satura）、诉歌（elegos）和铭辞（epigramma），而且还写肃剧（tragicos），马尔提阿尔一方面声明自己不想成为图卡的竞争对手，另一方面又认为图卡"包揽一切不适宜"，请图卡把他"无意投笔的东西"留给自己（《铭辞》卷十二，首94，参LCL 480，页164-167）。图卡的全名或许是 Sempronius Tucca。这个图卡自以为是宇宙的（cosmicos）公民，而他的宇宙科学（cosmica）却常常不好不坏（《铭辞》卷七，首41，参LCL 95，页110及下）。

像图卡一样，阿塔路斯（Attalus）也是"多才多艺"的作家：阿塔路斯不仅是漂亮（belle）的朗诵者、抗辩人、文法家、星象家、竖琴家和球艺家，而且还漂亮地写历史、诗歌、模拟剧和铭辞。马尔提阿尔不无讽刺地说,阿塔路斯"没有一件事干得好,但是每件事都干得漂亮 (nil bene cum facias, facias tamen omnia belle)",并称之为"伟大的不务正业者"(《铭辞》卷二,首7,参 LCL 94,页 134 及下)。

朗诵者不仅像阿塔路斯一样"漂亮",而且还像利古里努斯 (Ligurinus) 一样很疯狂。马尔提阿尔认为,有朗诵癖的诗人太过分,太可怕,其令人畏惧的程度胜过凶残地杀死自己的幼崽的母狮、正午暑热里充满怒气的巨蟒和可怖的巨蝎,因为无论别人做什么,他都要朗诵,以至于没有人乐意遇见他,人人都唯恐避之不及,无论走到哪里,他的周围"一片孤寂 (solitudo)"(《铭辞》卷三,首44);即使是面前摆满了丰盛的菜肴,客人也食欲全无,离开他的餐桌。因此,忍无可忍的诗人要求利古里努斯闭嘴(《铭辞》卷三,首45,参 LCL 94,页 218 及下)。

演说家也是马尔提阿尔漫画似地刻画的对象。凯基利阿努斯 (Caeciliane = Caecilianus) 口若悬河,滔滔不绝,以至于仲裁人不得不给他"7 个水钟的时间 (septem clepsydras)"①(《铭辞》卷六,首35),与此相反,秦纳 (Cinna) 长时间地沉默,在 10 个小时的诉讼中只说了 9 句话,仲裁人只给他 4 个水钟的时间讲话(卷八,首7)。而 60 岁也没有说过一句话的卡斯克利乌斯 (Cascellius) 还想成为演说家,对此马尔提阿尔讥讽地问:"此人才能非凡,却何时把雄辩显示? (ingeniosus homo est: quando disertus erit?)"(卷七,首9,参 LCL 95,页 26 及下、80 及下和 166 及下)

此外,马尔提阿尔还嘲讽与演说家相关的修辞者 (rhetor),

---

① 水钟形如沙漏。7 个水钟的时间就是 7 个漏壶(水钟)里的水全都滴完的时间。

例如卡尔普尔尼乌斯（Calpurnium = Calpurnius）。这位修辞家喜欢即兴演说，无需用笔写卡尔普尔尼乌斯，跟他打招呼直呼其名（卷五，首54），修辞者阿波洛多图斯（Apollodotus）总是把意义相反的人名搞混，例如把"德基姆斯（Decimus）"（第十）称作"昆图斯（Quintus）"（第五），把"克拉苏（Crassus）"（胖）称作"马克尔（Macer）"（瘦）（卷五，首21，行1，参LCL 94，页346及下和372及下）。

在马尔提阿尔眼里，有些诗人也很可笑。诗人索西比阿努斯（Sosibiane = Sosibianus）写完作品，却迟迟不发表，因此诅咒他死（《铭辞》卷四，首33，参 LCL 94，页284及下）。有的诗人——例如塞普提齐安（Septicianus）——写了作品，要求别人阅读，可是谁也没有兴趣读他的作品（卷十一，首107，参 LCL 480，页86及下）。所以马尔提阿尔不无讥讽地说，每天作诗200行的伪诗人瓦鲁斯（Vare 或 Varus）从不朗读（nihil recitas）自己的作品，既不明智又明智（non sapis atque sapis）（卷八，首20，参 LCL 95，页174及下）。

最能体现马尔提阿尔的文艺观点是他对神话诗——包括叙事诗和肃剧——的态度。尽管马尔提阿尔与叙事诗诗人弗拉库斯和尤利乌斯·克里阿利斯的关系比较好，可是在对待神话诗方面，马尔提阿尔却同他们持有完全不同的观点。这种区别体现在铭辞同古典肃剧和叙事诗的比较中。

马尔提阿尔比较铭辞与古典肃剧。有人不懂铭辞是什么，指责马尔提阿尔写铭辞就是"玩笑和戏言（lusus iocosque）"。[①] 对此，马尔提阿尔反唇相讥，认为写"残忍的特柔斯的早餐或者

---

① 拉丁语 lūsŭs, ūs, 阳性, 源自动词 ludo, 游戏; iŏcŭs, ī, 阳性, 玩笑; 形容词 iŏcōsŭ, 玩笑般的。

提埃斯特斯的宴会（prandia saevi Tereos aut cenam aut cenam, crude Thesta）"的人更是在游戏（ludere，lusus 源自该动词）。马尔提阿尔还认为，自己的铭辞没有任何浮夸（vesica）："一切浮夸都远离我的小书"，并且批评对方太夸张："穿着肃剧的不切实际的长袍"（《铭辞》卷四，首49，参 LCL 94，页296 及下）。

马尔提阿尔比较铭辞与叙事诗。马尔提阿尔把叙事诗分为神话叙事诗和历史叙事诗。对于神话叙事诗，马尔提阿尔基本上是持否定的态度。马尔提阿尔认为，卢基乌斯·尤利乌斯（Lucius Julius）指责马尔提阿尔是懒汉，要求马尔提阿尔写篇幅大的作品。对此，马尔提阿尔回应，如果给他空闲，就像迈克纳斯给维吉尔空闲一样，那么他尽力去写让他流芳百世的不朽作品。马尔提阿尔自比耕牛，谦虚地说，贫瘠的土地让耕牛疲倦，但劳动本身是令人高兴的事（《铭辞》卷一，首152，参 LCL 94，页118 及下）。[①] 面对神话叙事诗诗人高鲁斯（Gaurus）对自己的贬低："才能微不足道"，因为喜欢写短小的诗歌，[②] 马尔提阿尔进行了反驳："创作了 12 卷巨制"就"伟大"？然后，马尔提阿尔又反唇相讥：自己写的是"布鲁图斯之子和活着的郎戈（Langona）"，而高鲁斯（Gaurus）写的是普里阿摩斯（Priam）的大战，却不是"伟人"，而是"泥塑的巨人（Giganta facis）"（卷九，首50，参 LCL 95，页276 及下）。马尔提阿尔甚至无情地嘲

---

① 在《铭辞》第一卷里，只有两处提及 Julius：Julius（首15，行1）；Lucius Julius（首107，行1），其中，后面一首提及维吉尔。参 LCL 94，页50 及下和118 及下。但是，并没有提及此人的《巨人》和《乡间》。可见，资料（参王焕生，《古罗马文艺批评史纲》，页232 以下）有误。

② 科斯科尼乌斯（Cosconius）又认为马尔提阿尔的铭辞太长。马尔提阿尔反驳说，不能从篇幅的长短判定，因为马尔苏斯写两页，博学的佩多常常写一个单条（马尔提阿尔，《铭辞》卷二，首77），参 LCL 94，页178 及下。

讽神话叙事诗诗人萨勒尤斯·巴苏斯（Saleius Bassus），[①] 轻蔑地认为，对于萨勒尤斯·巴苏斯（Bassus）的神话诗稿而言，最适合的主题不是美狄亚（Medea）、提埃斯特斯（Thyestes）、尼奥柏（Niobe）或安德罗马克（Adromache），而是"丢卡利昂（Deucalion）"或者"法厄同（Phaethon）"（卷五，首53，参LCL 94，页372及下）。马尔提阿尔也认为，自己的诗歌"愿文法家和非文法家们一样地喜欢"，而神话诗人塞克斯图斯（Sexte或Sextus）的（亚历山大里亚派）学识诗歌让学问精深的文法家摩德斯图斯（Modestus）和克拉拉努斯（Claranus）都感到费解，只有智慧的阿波罗（Apolline或Apollo）才能阐释（卷十，首21，参LCL 95，页344及下）。

不过，马尔提阿尔高度崇敬维吉尔，称维吉尔的《埃涅阿斯记》是"神圣的维吉尔的大作（grande cothurnati … Maronis opus）"（《铭辞》卷五，首5，行8，参LCL 94，页332及下），甚至把维吉尔的生日同墨丘利的庙宇落成纪念和女神狄安娜的祭祀日相提并论（卷十二，首67，参LCL 480，页148及下），因为马尔提阿尔认为，维吉尔是天才（ingenium），是叙事诗诗人的典范（卷八，首56，参LCL 95，页204及下），是诗歌的最高峰（summo，十二，首3，行1），是不朽的（aterno，《铭辞》卷十一，首52，行18）。马尔提阿尔甚至"爱屋及乌"，认为维吉尔早年创作的亚历山大里亚学识诗歌是轻松诗歌的典范，希望"好学的人（studiose）"读一读"善于辞令的（facundi）"诗人维吉尔的《蚊虫》（Culex或Culicem）（卷十四，首185，参LCL 480，页46及下、94及下和298及下）。

---

① 昆体良认为，萨勒尤斯·巴苏斯（弗拉维王朝的叙事诗人）具有巨大的诗歌才能（《雄辩术原理》卷十，章1，节90）；塔西佗称萨勒尤斯·巴苏斯是"杰出的诗人"（《关于演说家的对话》，9）。

　　对于历史叙事诗，马尔提阿尔却给予较高的评价，因为马尔提阿尔觉得，历史叙事诗以真实的历史事件为题材，这与马尔提阿尔的"以现实生活为题材"的观点是一致的。马尔提阿尔认为，同时代的叙事诗诗人伊塔利库斯（Silius Italicus）用有力的诗句谴责布匿人的任性和汉尼拔（Hannibal）背信弃义的花招（《铭辞》卷四，首14，参 LCL 94，页 270 及下），伊塔利库斯的《布匿战纪》是不朽伊塔利库斯的不朽诗作。伊塔利库斯的诗歌配得上他的拉丁长袍。当伊塔利库斯把退休生活先给艺术之神——包括男神福波斯（Phoebo）和诸位缪斯女神（Musis）——后，他频繁地登上赫利孔山，享受艺术的荣耀（《铭辞》卷七，首63，参 LCL 95，页 128 及下）。创作《法尔萨利亚》的卢卡努斯在描写罗马人的战争方面仅次于获得拉丁语诗歌的第一支翎笔维吉尔，因为日神①把拉丁语诗歌的第二支翎笔（latiae plectra secunda lyrae）② 交给了阿尔根塔里亚（Polla）③ 的丈夫卢卡努斯（卷七，首23，参 LCL 95，页 92 及下）。

　　马尔提阿尔推崇历史，也崇尚当代。读者轻视活着的诗人，很少崇敬当代诗人。针对这种厚古薄今的怪象，马尔提阿尔认为，这是"妒忌习性"造成的。马尔提阿尔为维吉尔（Marone）、米南德（Menander）、奥维德（Nasonem）和自己的遭遇鸣不平。不过，马尔提阿尔也无可奈何："假如死后荣誉才到来（si post fata uenit gloria）"，诗人们都"不要着急（non

---

　　① 在第二十三首用的是古罗马日神 Phoebus，在第二十二首用的是古希腊日神 Apollo，因此可用日神或太阳神。

　　② 拉丁语 latiae plectra secunda lyrae 的本义是拉丁姆里拉琴的第二把琴拨，这里意为"拉丁语（抒情）诗歌的第二支翎笔"。第一支翎笔交给维吉尔，第二支交给卢卡努斯。

　　③ 原文中的 Polla 指卢卡努斯的妻子阿尔根塔里亚（Polla Argentaria）。

propero）"（《铭辞》卷五，首 10，参 LCL 94，页 336 及下）。

综上所述，马尔提阿尔的核心观点就是描写现实生活。马尔提阿尔认为，诗神要求他不再写肃剧或歌颂战争的叙事诗，而是"把你的妙趣横生的小书浸泡在罗马的盐粒中吧，/在真正的生活中辨识和读懂它的本性（… tu Romano lepidos sale tinge libellos：‖ agnoscat① mores vita legatque suos）"（《铭辞》卷八，首 3，行 19-20），也就是说，马尔提阿尔在《铭辞》中写的是生活："生活会说：'这就是我'（possit dicere vita 'meum est'）"，他的"每一页诗篇只散布人性的气息（hominem pagina nostra sapit）"（卷十，首 4，行 10）。正是因为这个原因，马尔提阿尔极力称赞女诗人苏尔皮基娅（Sulpicia），认为她"只教导纯洁的爱情、忠实的爱，/教导各种游戏、玩笑和谐谑（sed castos docet et pios amores，lusus，delicias facetiasque）"（卷十，首 35，行 8-9，参 LCL 95，页 162、328 和 356）。由此可见，马尔提阿尔的现实主义文艺观正是他的进步所在（参《古罗马文艺批评史纲》，页 239）。

三、历史地位与影响

小普林尼认为，马尔提阿尔聪明，机敏，诗中充满谐趣，也很朴直（《书信集》卷三，封 21）。莱辛认为，马尔提阿尔是古代"铭辞"作家的典范（参《古罗马文学史》，页 346）。

因此，在古代，马尔提阿尔的"铭辞"流传广泛，最受欢迎。在像基督教作家一样的异教徒当中，几乎无人不晓马尔提阿尔。

---

① 动词 agnoscat 是第三人称单数现在时主动态虚拟语气，动词原形是 agnōscō（意识到）。

在中世纪和文艺复兴时期，人们对马尔提阿尔也有同样的兴趣。

在文学史上，德国巴洛克时期〔洛高（Friedrich von Logau，德国讽刺短诗诗人）和韦尼克（Wernicke）〕和启蒙时期的"铭辞"最清楚地表明了马尔提阿尔的影响。1771 年，借助于马尔提阿尔的"铭辞"，莱辛试图在《散评铭辞》（*Zerstreute Anmerkerungen über das Epigramm*）中确定"铭辞"的本质。

近代，有些人不恰当地指出马尔提阿尔的诗歌有奴性和部分下流得伤风败俗的特征，以为自己有资格对一个伟大诗人的地位做出否定的评价。然而，在马尔提阿尔的影响下，歌德与席勒创作了《讽刺短诗》（*Xenien*，1796 年）（参《古罗马文选》卷四，前揭，页 433）。

第四章　牧歌：西库卢斯

一、生平简介

在与署名西库卢斯（Calpurnius Siculus）的文章有关的 11 首牧歌中，最后 4 首事后才被选入这个集子，肯定归属于 3 世纪末产生影响的诗人涅墨西安（Nemesian）。不过，真正属于西库卢斯的诗篇中也几乎没有关于这位诗人的资料：甚至连从西库卢斯的别名中推断出他在西西里岛的出生也不可能确定，赋予他这个名字或许就是由于西库卢斯从事这种诗歌体裁的写作。甚至有人已经想把西库卢斯的年代确定为 3 世纪。不过，诗人赞美的这个年轻皇帝最可能与尼禄等同起来，而在具有诗人特质的牧人柯瑞东和神圣的王子之间当中间人的老奴隶主梅利伯最可能与小塞涅卡是同一个人。在这种情况下，有人想到 54 至 57 年是牧歌产生的时间（参 LCL 284，页 209 以下）。

二、作品评述

在决定写作《牧歌》（Eclogae）的时候，西库卢斯加入了西西里人特奥克里托斯创立、维吉尔在罗马承担予以完善的责任的传统。实际上西库卢斯的诗歌处处表明是对维吉尔的模仿。譬如，西库卢斯的《牧歌》第二首写园主阿斯塔库斯（Astacus）与牧人易达斯（Idas）赛歌，提尔西斯充当裁判（参《古罗马文选》卷四，前揭，页342以下），在细节和总体结构上或许都与维吉尔的《牧歌》第七首明显类似。然而，西库卢斯不是机械的模仿者：西库卢斯也完全独立地发展了维吉尔才小心翼翼地融入牧歌的一些元素。西库卢斯没有用较大篇幅把真正的处境纳入牧人的永恒生存中。至少西库卢斯献给尼禄名誉的3首诗完全被构思成宫廷诗（另参《牧歌》第4首，其中维吉尔对救世主奥古斯都截然不同的隐秘的、因此至今也让人不很明白的暗示特征），这不会再让人惊讶，不过移入牧人的理想世界的诗歌——只是16、17世纪的牧歌——的主要受众肯定正好被估计为宫廷社会的圈子。西库卢斯也指向他的前人，其方式是他跟随当时的文学潮流，通过吸收例如说教诗歌和爱情诉歌的主题，扩大牧歌体裁的界限。

诗人西库卢斯也极其小心地献身于诗歌成型的领域。乍看起来，已经表明这一点的是西库卢斯的诗歌致力于轻松愉快地变花样的灵活布局，即牧歌的布局不断变换于独白（首1、3、5和7）和对唱（首2、4和6）之间。在题材方面，西库卢斯的《牧歌》分成两组，即狭义上关于牧人生活的诗歌（首2、3、5和6）和可以归入宫廷诗歌的诗歌（首1、4和7）。工整的诗歌结构和轻松愉快的语言、优美的自然同样也给读者留下了正面印象（参《古罗马文选》卷四，前揭，页341）。

三、历史地位与影响

在古代和中世纪，西库卢斯不缺乏读者。在3世纪，涅墨西安试图在效仿西库卢斯的过程中再次让牧歌复兴。不过，随着文艺复兴时期牧歌作品的恢复，西库卢斯作为诗人榜样才产生一定广泛的影响（LCL 284［=《拉丁小诗人》，Vol. I］，页209以下，尤其是218以下）。

第五章　叙事诗

第一节　卢卡努斯

一、生平简介

39 年 11 月 3 日，卢卡努斯（Marcus Annaeus Lucanus）生于西班牙的科尔杜巴（今科尔多瓦），是哲学家塞涅卡的外甥。父亲米拉（Marcus Annaeus Mela）是罗马骑士，因为一桩不幸的婚姻而住在偏远的乡村。不过，1 岁时卢卡努斯就来到罗马，在那里享受优先教育，除了基本的修辞学学习，还师从廊下派哲学家科尔努图斯（L. Annaeus Cornutus）学习哲学。

卢卡努斯逗留雅典（59 年），完成了他的大学学业。当时，卢卡努斯能熟练地掌握拉丁语和希腊语。也许由于小塞涅卡的举荐，在雅典，尼禄把卢卡努斯纳入自己的朋友圈子。卢卡努斯马上被委任为财政官（在达到法定的任职年龄以前！）和占卜官。60 年，卢卡努斯在皇帝支助的尼禄杯文学比赛中第一次展现他的诗歌才华，并且凭借即兴创作的《俄耳甫斯》（*Orpheus*）和《尼禄颂歌》（*Laudes Neronis*）赢得了一等奖。接下来的一段时期，卢卡努斯完全献身于写作［几部哑剧的脚本①与 10 卷即兴诗作《诗草集》（*Silvae*）像卢卡努斯的青年时期作品全集一样遗失了］，尤其是撰写《法尔萨利亚》（*Pharsalia*）或《内战纪》（*Bellum Civile* 或 *De Bello Civili*），这是一首关于恺撒与庞培之间内战的叙事诗。

依据 6 世纪的文法家瓦卡（Vacca）写的传记《卢卡努斯传》（*Vita Lucani*），在出版前 3 卷以后，卢卡努斯与皇帝尼禄的关系疏远了（参王焕生，《古罗马文学史》，页 331）。大约在同一时期，卢卡努斯也离开了小塞涅卡。按照古代文献的说法，之所以反目成仇，或者是因为尼禄妒忌叙事诗诗人卢卡努斯的创作成就，或者是因为叙事诗诗人对一次朗诵会上皇帝尼禄的傲慢态度过分敏感［苏维托尼乌斯，《卢卡努斯传》（*Vita Lucani*）］。关于这个问题，目前尚无定论。其后果至少就是尼禄严禁卢卡努斯的写作与出版。对这件事情的怨恨使这个年轻的诗人开始反对尼禄。譬如，在一首嘲骂诗中，卢卡努斯不仅抨击元首尼禄本人，还攻击他的那些最有权势的朋友。最终，卢卡努斯几乎成为皮索阴谋集团的旗手，如写作《皮索颂》（*Laus Pisonis*）和《论罗马城的焚烧》（*De Incendio Urbis*），②公开大谈诛杀暴君者的光荣，言论充满恐吓，甚至放话要取元首的头奉献到所有朋友的面前。在皮索阴谋失败以后，卢卡努斯的立场不再像以前那么坚定，而是最卑躬屈膝地乞求。为了自保，卢卡努斯甚至诬陷自己

---

①　卢卡努斯失传的剧本有悲剧《美狄亚》（*Medea*）、哑剧《萨尔提加》（*Salticae Fabulae*）等。

②　《皮索颂》的作者存疑，参 LCL 284 ［ = 《拉丁小诗人》，Vol. I］，页 289 以下，尤其是 294 以下（《皮索颂》的拉丁文与英文对照文本）。

无辜的母亲阿基利娅（Acilia）。但是，一切的努力都是徒劳。

65 年 4 月 30 日，在美餐一顿以后，卢卡努斯被迫自杀：让医生割断自己的血管。临死前，卢卡努斯写信给父亲。这封信包含对自己作品的一些修改。卢卡努斯曾与阿尔根塔里亚（Polla Argentaria）结婚（阿尔提阿尔，《铭辞》卷七，首 21－23，参 LCL 95，页 92 及下）。她比她的丈夫多活了许多年，并且高度尊重对卢卡努斯的怀念。

二、作品评述

由于卢卡努斯的早死，原计划写 12 卷的长篇叙事诗《法尔萨利亚》本身只留下一些片段。现存的文本总共 10 卷，[①] 以客观分析内战的原因开始。卢卡努斯认为，内战的爆发主要有 3 个原因：从个人来说，庞培与恺撒都争强好胜，前者居功至伟，不想自己昔日同海盗斗争的功绩遭到丝毫的贬低，后者生性好斗，不能承认别人处于首位，甚至不能容忍庞培与他并驾齐驱，二者形成"一山不容二虎"之势；从社会来说，罗马变成世界帝国以后，由于财富的急剧膨胀，人的生活日益奢侈，道德日益沦丧，富有的少数人与贫穷的多数人之间的矛盾日益加剧；从国家制度来说，官职买卖和法治失效动摇了传统的共和制。在这种情况下，战争成为解决上述问题的唯一途径（参王焕生，《古罗马文学史》，页 330）。

不过，对内战本身的叙述是从公元前 49 年恺撒渡过卢比孔河的事件开始的。恺撒代表平民派，庞培代表贵族派。两派的决战地点是希腊中部的法尔萨利亚。决战以恺撒的胜利告终。但是

---

① 《法尔萨利亚》为 9 卷（参王焕生，《古罗马文学史》，页 330）是错误的，应为 10 卷，参《拉丁文学手册》，前揭，页 94；《古罗马文选》卷四，前揭，页 373。

由于庞培逃往埃及，小加图率领共和派残余部队在北非负隅顽抗，恺撒乘胜追击至埃及，受到埃及女王克里奥佩特拉的欢迎，但是引起埃及反对派的强烈不满。公元前47年春天，埃及的亚历山大里亚（Alexandria）爆发起义，反对恺撒的追随者。在这里（即卷十的中间），叙事诗直接中断了。

然而，卢卡努斯的明显可以观察到的三合一结构（即把恺撒、庞培和小加图都视为叙事诗的主人公）接近这样的假设：作品本来计划写12卷，应该以塔普苏斯（Thapsus）战役之后小加图在乌提卡的自杀（公元前46年）而结束。

卢卡努斯选择一段较近的罗马历史为题材，这并不奇怪。在卢卡努斯之前，奈维乌斯已经写了关于第一次布匿战争的叙事诗。内战本身就为拉比鲁斯（Rabirus）的叙事诗（关于安东尼在与屋大维的斗争中的衰落），为科·塞维鲁斯（Cornelius Severus）的叙事诗，[①] 或许也为埃纳（Sextilius Ena）[②] 的叙事诗提供了素材。

然而，卢卡努斯的构思是全新的：卢卡努斯从历史题材中获得了与维吉尔的《埃涅阿斯纪》中历史神话相反的系统印象。在满怀希望的乐观主义中，卢卡努斯把奥古斯都的和平帝国理解为天意想要的不断发展的历史目标。罗马历史的开端如同神话，即特洛伊的埃涅阿斯族人迁往意大利，而且懂得在那里保持好斗的品性。卢卡努斯觉得，这就是奥古斯都达到辉煌的巅峰时刻的原型。在将近一个世纪的第一古罗马帝国以后，卢卡努斯把对残

---

① 科·塞维鲁斯是奥古斯都时代的诗人，写有《西库鲁姆战纪》，关涉"后三头"为了西西里的财产与庞培之子塞克斯图斯·庞培进行的战争，参曼廷邦德，《拉丁文学词典》，页262。

② 奥古斯都时代的小诗人，来自西班牙的科尔杜巴，参曼廷邦德，《拉丁文学词典》，页98。

酷而无意义的毁坏的无限悲观主义幻想摆在了这种满怀希望的印象的对面：在罗马领导层的血腥权力斗争中帝国开始衰落，文明与法律窒息在犯罪的荒唐之中。作品的趋向是明确的：作者反对那种暴力统治，所以也间接地反对君主制本身。卢卡努斯在前言中插入的对尼禄的奉承不能掩饰这一点。

正是这种倾向解释了《法尔萨利亚》多次遭遇尖锐批评的几个特点。卢卡努斯的同时代人佩特罗尼乌斯已经批评卢卡努斯（《萨蒂利孔》，章118，节6）。卢卡努斯虽然采用了"垂死的形式"叙事诗（参科瓦略夫，《古代罗马史》，页730），但是却大胆地打破整个叙事诗传统，首先几乎完全放弃了诸神机制。历史上过去不太久的行为不再为神施加影响提供空间，卢卡努斯寻求新的叙事诗创作形式。在这种情况下，这可能只具有次要的意义。重要的是卢卡努斯的正确认识：世界末日罗马本身分解的观念根本不可能再与传统的神明行为统一。传统的神明行为被视为对世事的讽喻性升华。在行动或者预示的时候，神明究竟还能插手哪一派？卢卡努斯把超自然力的部分分配给反复无常的复仇女神（幸福女神），这不再前后一致。不过，由于复仇女神反复无常，她也逃避不了任何伦理标准的评价。

在上述情况下，即使是男人经受的考验（美德）的作用也必须重新定义。埃涅阿斯乐于他为了维护神的目标的决定，牺牲个人幸福；然而在内战中，战斗的勇气一开始就是一种罪行。由于事件过程本身不存在理智的意义，在负责任地评价他的行为时，人就——在这方面卢卡努斯遵循同时代廊下派的观点——只有个人的道德意识；他不仅必须放弃可测定的行为报酬，而且必须为了经受道德的考验的缘故，无论如何都要直接反抗表面的命运，在必要的情况下真的为了内心的信仰而去死。因此，卢卡努斯在他的叙事诗中放弃了一个主人公，把主人公的使命分配给总共 3 个最重要的角色：恺撒是推动情节发展的活动家，但是完全被理解为颠覆性的、反道德的权力人物。庞培是恺撒的军事对手，从道义上讲他并不是像古代共和主义者那样无私无畏，仅仅是因为表面的状况（例如没有破坏民主思想，没有剥夺元老院固有的权力）而成为对国家有利的共和派权力人物。然而，恺撒的大对手小加图是道德的，他无辜地被卷入犯罪事件中，最初就是不重要的权力人物，即使在这种局势下他也始终不渝地——甚至到死——忠诚于他很高的伦理标准。卢卡努斯非常尊敬一个正直、诚实的古罗马人，最好的表达就是著名的格言："诸神喜欢胜利，加图喜欢失败（victrix causa deis placuit, sed victa Catoni）"（《法尔萨利亚》卷一，行 128）。除了这样木刻似的粗糙地刻画主要人物以外，叙事诗的所有其他人物都只是陪衬甚或是点缀。

卢卡努斯反复从情节中析出壮观的、恐怖的、悲伤的和怪异的特征。像这些特征一样，所关心的史实变化（作者主要利用的原始资料是李维失传的《建城以来史》卷一百零九至一百一十六，其基本倾向肯定被视为温和地反对恺撒）和大量地理学、民族志学、神话学和宗教的题外话用来强调事件的全球规模和贯穿整个情节的残忍基调。长篇描绘恐怖的、不屈从于自然规律的、神圣的马西利亚的小树林间接地影射恺撒残忍的魔力。恺撒敢于毫不迟疑地插手这片树林。有贺拉斯笔下（《长短句集》，首 3，行 8；首 5，行 15、48；首 17，行 6）的巫婆卡尼狄娅特征的妖精埃里克特翁尼亚斯（Erichtho，即 Erichthonius）——妖精准备询问死者，在这方面而言被视为维吉尔《埃涅阿斯记》第六卷里英雄游历地狱的反面——的详细特征使内战魔鬼般的野蛮不只是明白易解：除了恺撒，妖精的确是法尔萨洛斯（Pharsalos，即法尔萨利亚）决战的唯一渔利者。

在语言和叙述方面，卢卡努斯受到前辈维吉尔和奥维德的影响。不过，卢卡努斯有别于两者的是更多地考虑演说辞中堆砌的激情和冲动的文笔元素和在自己的导演中使用充满感情、滔滔不绝地讲的幕间评论。卢卡努斯想借助于幕间评论更加增强叙事诗事件陈述本身具有的唤醒效果。不过，这一点遭到弗隆托的批评。弗隆托把卢卡努斯视为亚细亚主义繁缛色彩的代表，认为卢卡努斯的叙事诗《法尔萨利亚》开篇对军队武器的描写过分冗赘［《致奥勒留——论演说术（下）》（*Ad Marcum Antoninum de orationibus*），参 LCL 113，页 104 以下；王焕生，《古罗马文艺批评史纲》，页 271 及下］。此外，为卢卡努斯的文笔打上烙印的是精心琢磨出来的被提升到逆喻和佯谬的警句和反题；为了从各个方面阐明一件事情，比喻多种多样，卢卡努斯喜欢并列好几个比喻；甚或还有依靠大量否定说法、使人目瞪口呆的刻画技巧。在所有这些完美的修辞中，引人注目的是实在不符合特定文体的粗俗词汇和传统的叙事诗词汇之间的差距。鉴于他的题材，词汇的理想主义和浪漫主义色彩似乎肯定对卢卡努斯不合适。

三、历史地位与影响

卢卡努斯是古代著名的叙事诗作家，"尼禄时期最受欢迎的作家之一"（参科瓦略夫，《古代罗马史》，页 729），因此古代曾流传两篇卢卡努斯的传记，作者分别是苏维托尼乌斯和约 6 世纪的文法家瓦卡（参王焕生，《古罗马文学史》，页 329）。

古代的文学批评很少以卢卡努斯个人的另类叙事诗开始，就像他的专业同行们本身一样：昆体良称赞卢卡努斯"热烈、奋激、思想杰出"，宁愿把卢卡努斯的《法尔萨利亚》归为演说者的作品，而不归为诗人的作品，因为这篇以罗马内战为题材的叙事诗"更值得演说家模仿，而不是诗人模仿"（《雄辩术原理》

卷十，章1，节90，参 LCL 127，页 300 及下）；弗拉维王朝叙
事诗诗人又以维吉尔和荷马为导向。不过，公众喜欢并且常常阅
读卢卡努斯的作品（马尔提阿尔，《铭辞》卷十四，首194，参
LCL 480，页 302 及下）。马尔提阿尔认为，在描写罗马人的战争
方面卢卡努斯仅次于维吉尔，因为阿波罗把拉丁语诗歌的第二支
翎笔交给了卢卡努斯（《铭辞》卷七，首23，参 LCL 95，页 92
及下）。塔西佗赏识卢卡努斯。斯塔提乌斯尊敬卢卡努斯。好几
个语文学家——其中有贺拉斯的评论家庞波尼乌斯·波尔菲里
奥——的阐释和注疏文集证明卢卡努斯受到的欢迎（参王焕生，
《古罗马文艺批评史纲》，页 219 和 235）。

直到中世纪，卢卡努斯都受到欢迎：《神曲》中，卢卡努斯
与荷马在同一层地狱，可见，但丁把卢卡努斯列入古代最伟大的
作家行列。对卢卡努斯的兴趣甚至超越了文艺复兴时期，文艺复
兴对《法尔萨利亚》超自然的东西特别兴奋。

18 世纪末、19 世纪，雪莱（Shelley，1792-1882 年）证明
了受卢卡努斯的叙述艺术的感动，荷尔德林（Hölderlin，1770-
1843 年）把第一卷的大部分翻译成德语。

在近代，《法尔萨利亚》的个别场景还激励诗人们自己创
作，证明这一点的是下面作为例子刊出的场景：埃里克特翁尼亚
斯在歌德笔下古典作品《瓦尔普吉斯之夜》（*Walpurgisnacht*，
1799 年）[1] 的女妖中永生，马西尼亚的小树林的塑造启发瑞士浪
漫主义诗人迈尔（Conrad Ferdinand Meyer，1825-1898 年，著有
《罗马喷泉》）写作他的叙事诗《圣地》（*Heiligtum*）。[2] 此外，

---

[1]　亦译《古典的巫婆集会之夜》，参爱克曼辑录，《歌德谈话录》，页107。

[2]　参《古罗马文选》卷四，前揭，页 377；Michael von Albrecht：*Conrad Ferdinand Meyer und die Antike*（迈尔与古代），载于 *Antike und Abendland*（《古代与西方国家》）11，1962 年，页 115-151，这里参页 135-138。

卢卡努斯为自由而斗争的诗句成为 18 世纪法国资产阶级大革命的口号。俄国十二月党人也很高地称赞卢卡努斯的自由思想（参王焕生，《古罗马文学史》，页 334）。

第二节　弗拉库斯

一、生平简介

至今我们基本上还不清楚弗拉库斯（Valerius Flaccus，全名 Gaius Valerius Flaccus）这个人。如果从他的别名推断，弗拉库斯生于坎佩里亚的一个小城瑟蒂亚（Setia）。由于他成为 15 人祭司团（Quindecimviri sacris faciundis）的成员之一，弗拉库斯肯定属于元老院贵族阶层（《阿尔戈英雄纪》卷一，行 5-7）。根据对现实的影射（《阿尔戈英雄纪》卷一，行 11-13；参王焕生，《古罗马文学史》，页 369 及下），弗拉库斯献给维斯帕西安的叙事诗《阿尔戈英雄纪》（Argonautica）的写作时间被确定为大约 75 至 85 年。《阿尔戈英雄纪》现存 8 卷，其中，第八卷中间文本直接中断是否可以追溯到弗拉库斯的死亡或者未加思考的断章取义，这肯定是悬而未决的（参阿尔布雷希特主编，《古罗马文选》卷四，前揭，页 386；LCL 286，*Introduction*，页 vii 以下）。

二、作品评述

与他的直系前辈卢卡努斯不同，弗拉库斯又从神话领域里取材。阿尔戈的英雄们（Argonauten）想从遥远的科尔基斯（Colchis）弄来金羊毛，其特征已经被公元前 3 世纪古希腊罗得岛的叙事诗作家阿波罗尼俄斯（Apollonios）写成 4 卷同名叙

事诗。① 对阿波罗尼俄斯的作品进行拉丁文的改写出自公元前 1
世纪瓦罗·阿塔奇努斯（Varro Atacinus，即阿塔克斯的瓦罗）
的笔下。弗拉库斯带着自己的解释，又直接模仿古希腊原文。然
而，与原文相比，又保持相当的独立性。通过对场景的增减或者
改写，弗拉库斯给情节赋予新的侧重点和生动性。譬如，为了表
现伊阿宋的英雄主义，弗拉库斯增加了伊阿宋的冒险经历。譬
如，科尔基斯国王艾埃斯特斯（Αἰήτης 或 Aeëtes）背信弃义，因
为这位国王在受到他兄弟的进攻时骗取伊阿宋的援助，事后又不
履行将金羊毛送给伊阿宋的承诺（《阿尔戈英雄纪》卷七，行
94-95）；为了表现伊阿宋杀死美狄亚的弟弟阿布绪尔托斯
（Ἄψυρτος 或 Absyrtus）的正当性，这位诗人大大地改写了相关的
情节，把美狄亚的弟弟描写成残忍的野蛮王子，一个威胁伊阿宋
（美狄亚的未婚夫）的生命和祖国的安全的复仇者（《阿尔戈英
雄纪》卷八，行 275-280，参王焕生，《古罗马文学史》，页 371
及下）。如果阿波罗尼俄斯把叙述的重点放在航行的时间连续
性，并且只是顺便通过叙述英雄的个别冒险而中断 [《阿尔戈英
雄纪》（Argonautica）]，那么古罗马人弗拉库斯就把这些冒险独
立出来，使之成为自身完整的、但由于大量的参阅注释彼此有机
联系起来的单独场景。在复述这些冒险场景的时候，弗拉库斯觉
得重要的不是事实的报道，而是描写因果关系和参与者的心理。
在十分紧张以及诗歌般轻柔的场景中，弗拉库斯把参与者的动机
和冲动变得很直观。在这方面，弗拉库斯使用的描写手段首先是
主要人物自己的演说辞和刻画性格的比喻。

---

① 参阿波罗尼俄斯，《阿尔戈英雄纪》（Argonautica Apollonii Rhodii：transla-
tio），罗道然译笺，北京：华夏出版社，2011 年；《〈阿尔戈英雄纪〉笺注》（Ar-
gonautica Apollonii Rhodii：commentarii），罗道然译笺，北京：华夏出版社，2011
年。

依据传统，伊阿宋的形象是胆小、自私、狡狯和背信弃义。譬如，在阿波罗尼俄斯的诗歌中，伊阿宋的远航是迫不得已的。由于忧虑未来可能遇到的危险，伊阿宋对叔叔佩利阿斯（Pelias）——即伊阿宋的父亲埃宋（Aeson）的弟弟——要他远航满腹怨言。可是，弗拉库斯却把叙事诗的男主人公伊阿宋变成了高傲、勇敢、不怕危险和一心追求荣誉的英雄。在弗拉库斯的笔下，伊阿宋的远航完全是自愿的，不仅把远航视为取得荣誉的好机会，而且还预先拟定了未来的行动计划。譬如，从启航前他向同伴们发表的演说词来看，伊阿宋把远航视为神明的命令，"伟大的事业"，不仅将会成为他们快乐的回忆，而且还会成为不朽的贡献而被后代记起（《阿尔戈英雄纪》卷一，行244-249，参王焕生，《古罗马文学史》，页370及下）。弗拉库斯笔下的伊阿宋令人想起维吉尔《埃涅阿斯纪》中的主人公埃涅阿斯，是一个真正的罗马人形象。

此外，与古代对美狄亚素材的所有处理方式不同，弗拉库斯把叙事诗的女主人公美狄亚构想成妩媚动人的害羞姑娘。在唤醒美狄亚对伊阿宋的爱慕之情的过程中，最明显地看见这一点。在第六卷中，少女初次见到英雄以后，在她的胸中有各种不同的感觉在彼此做斗争：一会儿她有羞耻之心和对祖国的亲密关系，一会儿对她的父亲食言感到愤怒，并且对这个外来者的激情之爱占上风。最终通过在美狄亚面前以人形出现的女神维纳斯的热心劝说，女神劝诱美狄亚与伊阿宋会见，由此可见维吉尔笔下埃涅阿斯与狄多邂逅和奥维德的《变形记》以及《女杰书简》中的相应章节的明显影响。在别的心理细节描绘中，弗拉库斯再次描述了这个年轻女孩的良心折磨。在长久的犹豫之后，而且也只有采用暗示，美狄亚才敢向伊阿宋吐露心事。在万不得已的情况下，对外局势似乎赋予古希腊人请愿者的角色，赋予美狄亚救助者的角色，而在现实中美狄亚本人表明是无助的人。由于为她的爱人说话，美狄亚宣布脱离祖国和父母的家，把自己完全托付给她的爱人。然而，与这样的场景形成鲜明对比，弗拉库斯在叙事诗的其他地方和1世纪其他叙事诗作家一起分享了对残忍和不寻常的元素的钟爱。

撇开上述的创新以外，弗拉库斯还赋予阿尔戈船的英雄们素材特别的深度。也就是说，在英雄勇敢牺牲的时候，原原本本地，被神明的权势决定（弗拉库斯在他的叙事诗中又为诸神机制提供居住权，而且比阿波罗尼俄斯还赋予更多的份量。神明的影响绝对没有传统的内容空洞的包袱）实现了文明与人性战胜野蛮的胜利。由于阿尔戈船的英雄们的文化优势，野蛮的东部的权力中心迁移到希腊。第一卷中，尤皮特的预言是这样的：这种权力今后要落入其他更加配得上的民族手中。这里指的很可能就是古罗马人。如果维吉尔在《埃涅阿斯记》中把古罗马在政治上统治世界提高到神明预言的行为，那么弗拉库斯就试图用类似的方式，把统治世界理解为神明想要的人类文化发展的最高阶段。当然，维吉尔通过神明的预示，把这种状态当作永远有保障。依据弗拉库斯，神明始终都在经受文化与道德的考验，肯定要经常地克服困难，重新保持自己（参 LCL 286, *Introduction*, 页 ix 以下；卷 1-8，页 2 以下）。

弗拉库斯没有受到同时代人的修辞学的影响，就是为了在文笔方面更加接近维吉尔。即使在打上了深情烙印的章节中，弗拉库斯也保留了维吉尔笔下语言的朴素的平衡和崇高的明澈。因此，不免会有人谴责弗拉库斯的语言乏味。即使在追求组词简短和贴切方面，有时候弗拉库斯也做得过火了，以至于弗拉库斯的文本不明确，真的几乎无法让人理解（参 LCL 286, *Introduction*, 页 xv 以下）。

三、历史地位与影响

弗拉库斯是 1 世纪后半叶一位最有才能的叙事诗诗人。昆体良对弗拉库斯的早逝感到十分惋惜:不久前,我们因失去弗拉库斯而蒙受了巨大的损失(《雄辩术原理》卷十,章 1,节 90,参 LCL 127,页 298 及下;王焕生,《古罗马文艺批评史纲》,页 218)。

在古罗马晚期的诗人中,弗拉库斯的影响踪迹非常可疑。可是,在同辈人中,斯塔提乌斯在相当大的程度上有义务感谢在叙述方面与弗拉库斯某种程度的相似(参 LCL 286,*Introduction*,页 xviii)。

第三节　斯塔提乌斯

一、生平简介

斯塔提乌斯(Statius)全名普·帕皮尼乌斯·斯塔提乌斯(Publius Papinius Statius)。大约 45 年,斯塔提乌斯生于那不勒斯。其父(79 年去世)是当地德高望重的语法与修辞学教师,也被证实为诗人,而且在相应的竞赛中不止一次获胜。对于年轻的斯塔提乌斯的人生道路来说,这具有重要的意义:一方面,斯塔提乌斯早在青年初期就获得了诗歌创作尝试方面的建议与支持;另一方面,斯塔提乌斯有他父亲建立的与那不勒斯、后来与罗马的领导集团的良好关系,这是通向最上层家族的大门,而且有助于处在社会地位远比他高的施主圈子的诗人一生都有经济依靠,与马尔提阿尔完全一样,行动起来能够更像一个知心人,真的就像朋友一样。作为诗人,斯塔提乌斯的第一次胜利是在那不

勒斯的奥古斯都节（Augustalien）争取得来的（78 年），另一次
胜利是在多弥提安举办的阿尔巴尼亚（Albanisch）赛会（90
年），后面一次是凭借一首对皇帝远征日尔曼尼亚和达基亚
（Dakien）的颂歌（不过，斯塔提乌斯的颂歌不见于他的诗集）。
然而，在罗马举行的卡皮托尔赛会中，斯塔提乌斯遭遇失败，这
大大地打击了这个易受刺激、喜欢多愁善感的诗人（可能是 94
年）。斯塔提乌斯返回出生城市那不勒斯。不久以后，斯塔提乌
斯死亡，或许是死于多弥提安的谋杀。斯塔提乌斯与已经有个孩
子的寡妇克劳狄娅（Claudia）结婚，不过没有自己的子女（参
王焕生，《古罗马文学史》，页 372 及下）。

二、作品评述

　　除了丰富多彩的即兴诗歌（见本书第四编第六章），斯塔提
乌斯首先写叙事诗。在他的主要作品《忒拜战纪》（Thebais）
中，斯塔提乌斯历时 12 年（大约 78－90 年），用 12 卷的篇幅，
重新处理早就著名的、以前在叙事诗和肃剧中多次成为题材的传
奇故事集，例如在希腊语领域科罗封的安提马科斯的同名叙事诗
（公元前 5－前 4 世纪），在拉丁语领域阿克基乌斯的好几个肃剧
和小塞涅卡的《腓尼基女人》（Phoenissen）。俄狄浦斯的儿子埃
特奥克勒斯（Eteokles）不顾他和兄弟波吕涅克斯（Polyneikes）
达成的协议——即每年轮流执政——的事实，自称是忒拜
（Thebe）的统治者。后来，逃往阿尔戈斯（Argos）的兄弟波吕
涅克斯招募了一个军队。波吕涅克斯、阿德拉斯托斯（阿尔戈
斯王）、提丢斯等 7 位英雄指挥的这支军队兵临城下。俄狄浦斯
的母亲和妻子伊奥卡斯特（Iocasta 或 Iocaste）前往阿尔戈斯军
营，试图劝说她的儿子波吕涅克斯不要与兄长争斗，但是以失败
告终。于是，忒拜战争爆发了。战斗越来越恐怖和血腥，除阿尔

戈斯王以外，其余将领纷纷战死。最后，故事推向了残忍的极点：充满仇恨的兄弟俩在决斗中互相杀死。不过，灾难并没有因此结束。伊奥卡斯特自杀，俄狄浦斯被驱逐出忒拜。兄弟俩的叔父克瑞翁（Kreon）成为忒拜的新统治者。这个同样没有人性的专制主义者禁止埋葬阵亡的战士。战士的寡妇求助于雅典国王忒修斯，他以人道和文明的名义出兵，杀死了这个专制统治者，从而实现了阵亡战士的埋葬。

赋予《忒拜战纪》独特特征的气氛就是野蛮和残忍，这是在整个情节中都可以观察到的。不加约束的人性不再受到正义或者道德的抑制。权力欲和仇恨统治着世界。人成为各种情绪的傀儡。这些情绪以人的性格身份出现，使人过着魔鬼般的生活。在这样一个世界里，自然没有神明发慈悲地引导命运的余地。在神明当中同样也无限制地笼罩着强者的权力。尤皮特被证明是残忍的复仇神明，他因为人们的罪行而惩罚人们，没有给予人们一个新秩序。

在这种世界观中，肯定也可以找到下面这个动机：斯塔提乌斯让他的叙事诗在兄弟谋杀的高潮之后继续发展（这使得斯塔提乌斯在美学观点方面多次受到批评）：通过他使克瑞翁步前人的后尘，斯塔提乌斯使之明显的是，斯塔提乌斯想让演员的行为不是被理解为罕见的和历史的，而是被理解为典型的。忒拜兄弟谋杀不外乎就是控制世界的恶行和罪恶的一个典型例子。即使是似乎充满希望的结尾也不可以解释为这样的含义：斯塔提乌斯的确相信人性的力量战胜恐怖（有人在一定程度上试图从传记的角度解释这种信念：斯塔提乌斯还经历了养子皇帝的时期，由于政治的转折而获得新的乐观主义）。为此，关于提修斯的章节显得微不足道，不过正好不再包括第十二卷的后半部分。相反，迄今为止没有参与行动、因而有损名誉的一支力量出面调停，这是——尽管只是表面机械地——结束叙事诗的唯一可能。这时，如果冲突双方不能解开这个结，那么提修斯也就具有古希腊肃剧中解决剧情冲突的神（Deus ex machina）觉察到的解开纠葛情结的功能。然而，正如欧里庇得斯的肃剧中神一样，提修斯也几乎不能找到真正有说服力的答案：神的插手最后也不能让人满意，绝对没有能力决定性地削弱《忒拜战纪》让人吓得目瞪口呆的总体印象。

　　不清楚的是，斯塔提乌斯是否随着年龄的增长而消除了他的虚无主义思考方法。在他的最后一部叙事诗《阿基琉斯纪》（*Achilleis*）中，斯塔提乌斯要论述阿基琉斯的整个一生。其中，第一卷叙述阿基琉斯的出生和童年生活。母亲忒提斯（Thetis）为了不让他参加特洛伊战争，以避免早夭，就偷偷地把他送到斯库罗斯岛（Scyros）。阿基琉斯爱上了那里的公主得伊达弥娅（Deidamia）。第二卷叙述隐瞒被揭穿，阿基琉斯与得伊达弥娅正式成婚和离别（参王焕生，《古罗马文学史》，页374）。在某些地方可以看到完全抒情的敏感。不过，这个作品在第二卷中就终止了，才讲述了主人公的青年时期。相提并论的细微差别是否也会在与特洛伊的战斗中继续起作用，至少这一点受到了怀疑。关于多弥提安远征日尔曼尼亚的叙事诗《日耳曼尼亚战纪》（*De Bello Germanico*）可能同样具有比较性，可惜完全失传。

　　斯塔提乌斯在他的叙事诗中考虑到了伟大的前人卢卡努斯和维吉尔的各种各样建议。此外，斯塔提乌斯更喜欢在形式方面模仿奥古斯都主义者。依照典范《埃涅阿斯纪》，《忒拜战纪》由12卷书组成。像《埃涅阿斯纪》中一样，叙事诗的前半部分致力于军队集结和战前准备，而第七至十二卷描述战斗本身。为了达到这种平衡，斯塔提乌斯大大地延长了第一部分，特别是通过战士在位于爱琴海的希腊岛屿利姆诺斯（Lemnos）上遇到的许普西皮勒（Hypsipyle）的叙述。不过，在叙述的时候，人们可能不愿意看到空洞的内容：主要情节的主题出现或者反映在具体的插曲中，因而最后得到解释。这样实现的延缓作用肯定同样也被视为有意的。即使各种各样的具体场景，如第六卷中的葬礼节目（体育竞技比赛和音乐比赛，一般在埋葬死者以后举行）和大量的格斗，也都是根据《埃涅阿斯纪》的典范塑造的。

而作品《忒拜战纪》的基本观点更是取决于卢卡努斯。斯塔提乌斯排除了这个尼禄时期的叙事诗作家的社会与政治悲观主义，把这种悲观主义发展成为对被野蛮与复仇交替进行打上烙印的魔幻世界的绝望。此外，斯塔提乌斯利用的主要描述手段也源于卢卡努斯，例如不断地强调激情和残忍，尤其强调给人印象深刻的和扣人心弦的，以及在情节中加入诗人自己的观点。正如他在《诗草集》中有利可图地使用的一样，斯塔提乌斯一再插入较长章节纯粹的自然描述。这表明，诗人在学校的训练对他的创作产生了巨大的影响。斯塔提乌斯把构思的重点放在完整、动人的具体场景，这表明顾及了朗诵的实践。

在修辞方面，斯塔提乌斯继续模仿维吉尔和奥维德。通过运用修辞手段，就像小塞涅卡和卢卡努斯发展的一样，斯塔提乌斯追求超越奥古斯都主义者。然而，一种矫揉造作、让人浮躁的艺术赋予给了他的语言。平静、几乎是慢条斯理的词汇堆砌和急促甚至晦涩的简洁交替出现，形成一种十分跌宕起伏的叙述手法。也许更应该把这种叙述手法看作与叙事诗内容有关，而不应该解释成多种文笔模式之间缺乏统一性。

三、历史地位与影响

自从发表以来，任何时期都不乏《忒拜战纪》的读者、钦佩者和模仿者。尤文纳尔证实，神话诗人斯塔提乌斯的《忒拜战纪》深受欢迎：由于在"挨饿"的斯塔提乌斯指定的日子，它的朗诵"悦人"，"使城市陷入欢乐"，"给人们的心灵带来如此巨大的欢欣"，听众爆满（《讽刺诗集》，首7，行82-89）。[①]

在西方国家古代以后的文学历史上，斯塔提乌斯影响较大。中世纪，斯塔提乌斯享有盛名。对于斯塔提乌斯的两部叙事诗，不仅校园里的学生广泛诵读，而且许多学者也认真研读，例如但丁。在炼狱篇里，斯塔提乌斯紧跟在维吉尔后面。文艺复兴时期，人文主义者受到斯塔提乌斯的影响，例如乔叟。从18世纪起，人们贬低斯塔提乌斯的价值，错误地认为人文主义者缺少诗歌欣赏的品味。不过，歌德还是受到斯塔提乌斯的较大影响（参《古罗马文选》卷四，前揭，页401；王焕生，《古罗马文学史》，页376）。

第四节　伊塔利库斯

一、生平简介

在伊塔利库斯（Silius Italicus，全名 Titus Catius Asconius Silius Italicus）决定完全退出日常事务的时候，他已经经历了一次动荡不安的政治生涯：在尼禄的最后一个执政年度即68年任执政官。据说，伊塔利库斯凭借恶意的控告出尽风头。第二年，为了最终在维斯帕西安统治时期作为总督管理亚细亚行省，伊塔利库斯站在了古罗马皇帝维特利乌斯（Aulus Vitellius，15-69年）一方。这个富有的文艺爱好者先还是住在罗马，后来在宁静的坎

---

① 原文"7，82，89"可能有误，应为"7，82-89"，即"首7，行82-89"。参王焕生，《古罗马文艺批评史纲》，页247。

佩里亚生活，依靠写作、博学的谈话以及买进别墅、图书和艺术品度过一生。由于他高贵的生活方式，伊塔利库斯重新赢得了当政治家时失去的声誉。老年时，伊塔利库斯还有幸见到一个儿子当执政官。由于不治之症，101 年左右，伊塔利库斯自愿绝食，从而结束他的生命，享年 76 岁（25-101 年）。可见，即使在死亡方面，伊塔利库斯也是十足的廊下派。

二、作品评述

大约自从 80 年以来，伊塔利库斯开始写作《布匿战纪》（*Punica*）。这是一部关于汉尼拔战争（公元前 218 - 前 201 年）的叙事诗，总共 17 卷（参 LCL 277 和 278），因而是以拉丁语流传至今的这种体裁中篇幅最长的作品。伊塔利库斯似乎原计划写 18 卷。不过，在写《布匿战纪》结尾时，伊塔利库斯还面对疾病，挺直身子，就是为了在临死前还能完成一个有意义的结尾。

就叙事诗写作技巧而言，伊塔利库斯紧跟他带着近乎宗教激情崇拜的伟大前辈维吉尔。伊塔利库斯接受维吉尔整个场面的基本结构（如神仙大会和历史一览）以及各个活动家的性格刻画及其对事件进程的内心看法（关于女神尤诺与维纳斯的描述），而且还有大量的单独措辞。作为他的、在恩尼乌斯的《编年纪》中已经被处理成叙事诗的素材的原始资料，伊塔利库斯考虑到了李维的第三个 10 年。

然而，伊塔利库斯绝对不局限在用诗歌叙述历史，而是又试图通过继续援引维吉尔（正是因为这种观察角度，形成了 3 种历史一览，这些都是伊塔利库斯从《埃涅阿斯纪》中接受过来的，在《布匿战纪》中不仅只是一种讨人喜欢的装饰），自己诠释给定的历史材料。由于古罗马历史上奥古斯都改革作为神仙想要的最终目标的背景，维吉尔认为，个人的使命就是毫不犹豫地服务历史；而卢卡努斯带着政治发展的消极观点，认识到，有魅力的、只听从自己欲望的大人物肆无忌惮地让国家降格为自己欲望的目标，而且这样有助于国家的瓦解。这两种关于历史上大人物的基本观点针锋相对，伊塔利库斯把这两种观点统一成合乎逻辑的新观点：在他的主人公老斯基皮奥的身上集中了给卢卡努斯笔下恺撒打上烙印的、《布匿战纪》本身中迦太基封建主汉尼拔代表的个人自给自足能动性，和为国家无条件地献身，就像《埃涅阿斯纪》的主角和伊塔利库斯笔下古罗马人法比乌斯（Fabius）实践的一样，就是为了塑造一个力求自愿决定实现报效国家的个性的男子汉。在叙事诗发展过程中，目光局限在老斯基皮奥及其决定：美德与欲望之间的斗争为罗马与迦太基之间政治斗争的历史打上了烙印；之后，这种斗争决定了古罗马领导人本身之间的对立，在第十五卷中最终转移到主人公的内心。在色诺芬（约前 427－前 355 或前 354 年）① 的《回忆苏格拉底》（Memorabilien）中讲述的、模仿《十字路口的赫拉克勒斯（Herakles）》中智者普罗狄科（Prodikos，公元前 5 世纪后半叶）的故事的一个大场面，老斯基皮奥在选择美德（virtūs）与欲望（voluptas）的时候，自愿决定把自己的人马投入到为祖国的艰难斗争中——尽管后辈们的确还在放纵欲望。受到他那个时代的不允许分享维吉尔乐观主义的经验的影响，伊塔利库斯把不坚定的政治人物写进一部叙事诗。这部叙事诗的内容是古罗马民族经受最艰难的考验。把维吉尔的类型学思维方式，这种思维方式把人命运的决定摆在中心，改变成示范性思路，这种思路追求使人成为个体，明显表明伊塔利库斯通过转向伟大的古罗马过去不是简

---

① 雅典人，希腊史学家、军事著作家、经济学家、思想家，著有《远征记》（Anabasis）、《希腊史》（Hellenica）、《斯巴达政体论》（Constitution of Sparta）、《家政论》（Oeconomicus or Economics）、《阿格西劳斯传》（Agesilaus）等。

单地沉湎于浪漫主义倾向，而是赋予他的叙事诗以心理教育与诉求的功能。

即使在选择叙述手段方面，伊塔利库斯也是保守的。伊塔利库斯通过卢卡努斯动用叙事诗传统中可靠的活动布景，比较有名的活动布景就是详细的战争场面，也有埋葬死者以后的赛事和战争中显得像延缓元素的其它题外话。但是，伊塔利库斯又首先大量使用传统的、关于诸神的机制，即使关于诸神的机制似乎只在一定的情况下合乎历史素材。伊塔利库斯正好在战斗场面中加入的过度可憎的事不只是迎合时代口味，而是一种衬托。在这种衬托下，廊下派的忍耐力最令人难忘地呈现出来，例如瑞古卢斯（Regulus）形象。

在语言和文笔方面，伊塔利库斯避开他那个时代的流行现象。由于完全受到维吉尔的影响，伊塔利库斯的措辞简单明了。伊塔利库斯认真地写诗，而且小心翼翼地让诗体与内容一致：用沉重的节奏强调中心思想的重点。因此，小普林尼认为，伊塔利库斯的诗不是才华的体现，而是精心加工的结果（《书信集》卷三，封7）。

三、历史地位与影响

尽管他有不可否认的思想家和诗人的能力，在古代几乎不能确定伊塔利库斯对后世的影响。马尔提阿尔认为，伊塔利库斯既拥有西塞罗善于辞令（facundi）的才华，有崇拜维吉尔（《铭辞》卷十一，首48和50；小普林尼，《书信集》卷三，封7。参 LCL 480，页42-45）。伊塔利库斯的《布匿战纪》是不朽伊塔利库斯的不朽诗作。伊塔利库斯的诗歌配得上他的拉丁长袍。当伊塔利库斯把退休生活先给艺术之神——包括男神福波斯（Phoebo）和诸位缪斯女神（Musis）——后，他频繁地登上赫利孔山，享受艺术的荣耀（《铭辞》卷七，首 63，参 LCL 95，页 128 及下）。不过，这部不朽诗作很快就销声匿迹了。

15 世纪时，意大利人文主义者才重新发现伊塔利库斯的《布匿战纪》，把它介绍给世人，从而产生一定的影响（参王焕生，《古罗马文学史》，页 378）。至少，德国浪漫主义诗人乌兰德（Johann Ludwig Uhland，1787–1862 年）在他的诗《斯基皮奥的选择》（*Scipios Wahl*）中模仿了伊塔利库斯的《布匿战纪》中"十字路口的斯基皮奥"的场面。

第六章　即兴诗：斯塔提乌斯

除了斯塔提乌斯的伟大叙事诗，斯塔提乌斯也写作各种各样的短诗。这些短诗都是斯塔提乌斯写给他的个别资助人（多弥提安的近臣），从92年起才逐渐选择性地发表。前4卷是斯塔提乌斯本人编辑的，并附有一篇散文体序言。第五卷或许是从斯塔提乌斯的遗稿中选出来发表的。此外，卢卡努斯的《诗草集》也被选作斯塔提乌斯的短诗集的标题。

标题《诗草集》（*Silvae*）代表一个纲领：像在森林中各种大小不同的树木疯狂地杂乱生长一样，各个章节的篇幅应该截然不同，处理的题材应该多种多样，表演也应该不拘束和自然。实际上32首诗是拉丁语诗歌艺术的体裁与题材的万花筒，其中，26首采用六拍诗行（hexameter）写作，其余的采用抒情诗格律，长度在19至293个诗行之间。

有代表性的是祝贺诗［例如写给斯特拉（Stella）的277行六拍诗行（hexameter）婚歌（hymenaeus），即《诗草集》卷一，首2］和安慰诗（例如哀悼多弥提安的宠物狮子被同类咬死的诗）（参王焕生，《古罗马文学史》，页 373）、致朋友的诗体书信和别离诗、对皇帝（卷一，首 1；卷四，首 1）及其他人的颂歌。不过，主要的组别是读画诗：在这些描述中，像斯塔提乌斯不仅对各种建筑，如浴场（卷一，首 5）、庄园（卷一，首 3；卷二，首 2）、雕塑（如多弥提安的巨型雕像；卷四，首 1）或者街道，如多弥提安大道和第伯河大桥（卷四，首 3），而且可能也对树或者鹦鹉给予描述的一样，诗人关爱细节和他对美学的特别感情显得特别印象深刻。

　　《诗草集》里的这些诗歌是真正的狭义即兴诗。斯塔提乌斯即兴创作诗歌，例如对筵席邀请的感谢、作为给资助人的礼物或者只是显示自己的诗歌才能。创作时间往往只用一两天时间，没有一篇超过两天。有些诗的创作时间甚至只有一个下午。这种创作的条件就是对诗歌表达的艺术完美精通，而诗歌表达只能通过长期的全面学习得来。然而，斯塔提乌斯凭借他的独特个性和很高的创作天赋，避开了由此产生的成批生产诗歌的危险，成批诗歌创作局限在公式化的陈词滥调。斯塔提乌斯富有观察的天赋和他善于为具体题材找出远景的多样性赋予他的诗歌一种真正的生动性，而精心的构思和遵循维吉尔的语言，这种语言尽管有大量的文化象征意义和对神话的暗示，仍可称作优美，赋予必然的崇高，虽然动机是一时的，但是这种崇高已经把即兴诗提高到真正的艺术作品。

　　此外，斯塔提乌斯在他的诗歌中也表达十分私人的感情和倾向。譬如，斯塔提乌斯抱怨父亲或者小养子的死亡，请求呆在罗马的妻子返回那不勒斯他那里（《诗草集》卷五，首 2），或者祈求长久地睡一个缺乏的觉（卷五，首 4）。通过这样的方式，《诗草集》获得了私人的特征，而这些特征是卡图卢斯和贺拉斯以来的拉丁语抒情诗不具备的。

　　在古代，还有人勤奋阅读斯塔提乌斯的即兴诗歌。像在奥索尼乌斯、克劳狄安和西多尼乌斯那里证实的一样，这些即兴诗歌的文笔仍然是为抒情诗创造的。而《诗草集》在中世纪几乎还没有读者，这可以追溯到《诗草集》与那个时代的关系紧密。近代，《诗草集》才重新被发现，其文学地位甚至高于叙事诗的地位（参《古罗马文选》卷四，前揭，页424及下）。

第五编
转型时期

引言：古罗马文学的转型时期

一、古罗马文学的转型时期

严格地讲，古罗马文学的转型时期指 3 世纪至 5 世纪后期。但由于基督教文学的缘故，转型时期的时间范围须得扩大：从 1 世纪至 6 世纪。在这漫长的时期里，先后发生了 3 件具有转折意义的历史大事。从这些史实切入进行阐述，有助于很好地理解古罗马文学的转型时期。

第一，耶稣诞生。依据古罗马历法传统（古罗马纪元的元年是罗慕路斯建立罗马城之年，参李维，《建城以来史》），耶稣诞生于戴克里先登基年以前第二百八十四年。但是，525 年僧侣伊西古斯（Dionysius Exiguus，约 470－约 544 年）提议以耶稣诞生之年为公元元年（基督教纪元）。① 532 年，这个提议得到教会认可，并为 1582 年格列高利历法所采用。迄今为止这种纪元

---

① 有人认为，耶稣的真实出生日期是公元前 4 年。不过，一般都忽略伊西古斯的计算误差。参帕利坎，《历代耶稣形象及其在文化史上的地位》，页 44。

的计法为大多数国家公认。也就是说，耶稣的诞生标志着叙事方法的历史转折。事实上，耶稣的诞生还是世界历史进入新纪元的标志（参帕利坎，《历代耶稣形象及其在文化史上的地位》，页43及下）：耶稣的诞生预示着基督教时代的来临，1世纪耶稣创立基督教；而差不多在同一时期（公元前27年）屋大维取得"奥古斯都"称号，标志着共和国的灭亡，第一古罗马帝国的建立。从文化层面来看，基督教文化从帝国文化孕生，并与帝国文化共存和并行发展，直到476年西罗马帝国灭亡。只不过在奥古斯都时期和帝政中期，基督教文化处于萌芽、兴起和发展时期，较为弱小，而罗马帝国文化处于全面推进和扩展的时期"黄金时期"和"白银时期"，较为强大。

　　第二，戴克里先即位。从284年戴克里先即位开始，古罗马帝国从异教鼎盛的帝政中期进入异教衰落的帝政后期（参格兰特，《罗马史》，页297以下）。在这个时期，由于生产力的发展，新的生产力与旧的生产关系——奴隶制——的矛盾日益尖锐，不可调和，古罗马的经济基础开始动摇，并引发政治动荡，人心思变，从而导致意识形态的变化：古典文化的衰落。值得注意的是，文化不会像西罗马帝国一样衰亡，而是推陈出新。在腐朽的古典文化中闪现一些新文化的亮光：（一）古罗马帝国后期的古典文化中孕育出新的元素，例如新柏拉图主义；（二）"蛮族"的世界模式，即"蛮族"群众以及起义的奴隶和隶农群众中的思想；（三）基督教的世界模式，即基督教文化。其中，基督教文化冲击力最强，影响最大，最终发展为社会的主流文化（参朱龙华，《罗马文化与古典传统》，页379以下）。也就是说，古罗马步入了文化转型期：从异教文化转向基督教文化（参王晓朝，《希腊哲学简史》，页30及下和328）。这种文化转型一直延续至6世纪中叶。在这个漫长的文化转型时期，宗教问题一直是当时的核心问题。宗教冲突必然导致文化冲突，而文化冲突必然反映在这个时期的古典拉丁语文学里，因此，古罗马转型时期的文学被打上了深深的宗教烙印，从某种程度上说，可以称之为"宗教文学"。依据宗教立场的不同，古罗马转型时期的文学又可以划分为基督教文学和异教文学。

第三，宽容赦令。313 年 1 月颁布的宽容赦令使基督教成为一种合法的宗教。在特奥多西乌斯统治时期，基督教成为国教（参科瓦略夫，《古代罗马史》，页 859 及下）。尽管此后皇帝朱利安成为背教者，复辟异教，但很快就遭到失败。基督教地位的变化促使基督教文学创作进入了一个新时代：教父学黄金时代。之前（3 世纪），基督教文学是崭新的，之后（4 世纪初以后）基督教文学得以尽情发挥。也就是说，异教文学退居次席，基督教文学占据统治地位。

二、转型时期的文学划分

2 世纪博爱的皇帝，其最后一个代表人物奥勒留，试图用希腊人关于帝王的观点进行自我辩解，特别是面对受过教育的上层人物。与此相应，这个时候，希腊的散文文学中也论述帝王的所谓第二阶段的诡辩术经历了极大的繁荣。在紧接着的"宗教文学"开始的塞维鲁斯王朝（Severer）的统治时期，皇帝们自然特别依靠那些士兵，就他们而言越来越多地出生于罗马帝国几乎没有罗马化的边区。因此，在这样的政治局势下，不可以期待对文学有新的推动。在 3 世纪后半叶，这对士兵皇帝才更有效。此外，由于各个城市经济剥削和贫困化，作为文化繁荣的条件之一，一定的富裕（经济基础）却越来越丧失。从这些城市中肯定看得到古代经济实力的核心，进而看得到古代文化的核心。罗马皇帝戴克里先改革或许更好地划分和巩固了帝国行政。不过，这次改革与更加严格的税收政策相联系。在历史研究中，有人从中看到了一些古代专制国家的特征。不可以期待由此产生对文学发展的推动。

君士坦丁的国家政治基本结构和戴克里先的国家政治基本结构没有本质区别。但是，由于在基督教会和教士的推动下承认基督教，君士坦丁的政治有另一种目的。以前对皇帝的崇拜是宗教与国家意识形态取得一致的纽带。然而，当时基督徒拒绝礼拜皇帝，因此甚至拒绝承担苦难。在基督教得到承认以后，罗马皇帝——当然朱利安（Julian，361－363 在位；亦译：尤利安）例外——必须寻求国家的另一种内心统一，从国家利益至上原则中追求在基督教会内部建立团结。因此，在教义之争中，君士坦丁出于种种政治原因，成为这个或那个教派的成员。4 世纪上半叶是一个文学荒废的时期。

然而，在 4 世纪下半叶，可以从皇帝瓦伦提尼安（Valentinian）一世和特奥多西乌斯一世对奥索尼乌斯（Ausonius）的高度赞赏看出对文学的友好推动。由于当演说家和王子的教傅，奥索尼乌斯被提升到帝国最高的政治地位。总而言之，在 4 世纪下半叶到 5 世纪前三分之一的时间里，古典拉丁语文学又达到了很大的繁荣。在这个时期，罗马时代（Roma aeterna）的吸引力促使希腊东部地区的人——如马尔克利努斯和后来的克劳狄安（Claudianus）——在古典拉丁语文学中出名。

当时在文学上值得注意的也有另一个政治因素。由于基督教内部的纷争，异教徒的反感及其抵抗力得到加强。抵抗的中心就是罗马的元老院贵族。这种抵抗最明显地体现在叙马库斯针对重建元老院的维克托里亚（Victoria）圣坛、递给瓦伦提尼安二世（384 年）的呈文里。基督徒安布罗西乌斯（Ambrosius）和后来的普鲁登提乌斯的反应并没有缺席。5 世纪初，在罗马贵族圈子里产生了马克罗比乌斯和纳马提安的有意显示异教特征的重要文学作

品。奇怪的是，在最后的古典拉丁语文学大繁荣时期，罗马被西
哥特国王阿拉里克（Alarich，约370-约410年，395-410年在位）
占领了（410年），西罗马皇帝统治的政治弊端变得极其明显。

自从5世纪以后，日耳曼人的入侵和在罗马帝国领土上建立
日耳曼国家是最重要的政治大事。这些大事在文学和文化领域里
引起了天主教徒与传统拉丁文化——倘使后者反正没有被基督徒
吸收——向日耳曼人靠拢。而这些日耳曼人是雅利安人，与拉丁
文化传统有分寸地对立。

因此，最终可以这样说：这几个世纪的政治事件或许从外部
影响了文学的发展，这可能改变了框架条件，但是不能证明由此
引起的文学划分。

那么，可以考虑按地区划分文学吗？事实上，拉丁文学存在
时间不同的地区重点，如北非、意大利、西班牙和高卢。

从3至4世纪初，北非的文学代表人物有德尔图良（Tertul-
lianus，160-220年）、费利克斯（Minucius Felix）、西普里安
（Cyprian或Cyprianius）、① 西卡的阿诺比乌斯（Arnobius）② 和拉
克坦提乌斯（260-313年以后），4世纪初的几个作家和奥古斯
丁（Aurelius Augustinus）。400年前不久，在意大利表现突出的
有已经提及的异教文学的伟大代表叙马库斯及其强大的基督教对
手安布罗西乌斯。对于意大利而言，在东哥特人统治下，在6世
纪才出现名人波爱修斯（Anicius Manlius Severinus Boethius）和
卡西奥多尔。4世纪末，西班牙的骄傲是普鲁登提乌斯。4世纪
可以有高卢人：演说家欧墨尼乌斯（Eumenius，写有颂辞）、修

---

① 全名 Thascius Caecilius Cyprianius（200左右-258年），著有《论主的经文》、
《论忍耐的好处》、《论哀矜善功》等。

② 300年左右处于巅峰时期，基督教修辞学家和申辩者，著有《致异邦人》
（*Adversus Nationes*），参曼廷邦德，《拉丁文学词典》，页29。

辞学家和诗人奥索尼乌斯（310－394 年）、编年史作家苏尔皮基乌斯·塞维鲁斯（Sulpicius Severus，大约360－410 年，参曼廷邦德，《拉丁文学词典》，页 262）和 5 世纪马赛的萨尔维安（Salvianus）和西多尼乌斯（433－480 年）。像已经提及的一样，来自帝国东部地区的有马尔克利努斯和克劳狄安。

　　鉴于后来的民族文学，如果要表现帝国西部的同乡划分，那么可能提出按照地区重点的划分。不过，从拉丁文学是从领先的古代文学发展而来的角度看，这个世纪的拉丁文学的总体考察是同样合理的，而且也为这个顺序的结构所要求。4 世纪末，罗马再次成为文学中心，直至民族大迁移时期跨越同乡界限的联合比离心力更强大。此外，按地区的划分可能挡住了这个时期拉丁文学大运动的视线。这些是思想与宗教史现象的失败。这就是 2 世纪以来在拉丁文学中获得巨大的新推动的基督教。此外，异教文学维持用传统的内容与体裁，400 年左右甚至由此演变成一种好斗的反应。

　　在此可以弄清楚的是异教作家与基督教作家的含义。用于这个目的的是一个例子：根据他的抱怨，诺拉（Nola）的保利努斯（Paulinus）转向苦行主义生活方式的时候，谴责他的老师和像父亲一样的朋友在诗歌创作和修辞学方面教授他一种思想贫乏、只提高了口才但却没有塑造人内心的文化。但是，当时保利努斯不是用朴实无华的散文写作来阐明这种谴责，而是——依据奥索尼乌斯的质问的形式——选择用 3 种不同格律撰写的充满艺术性的书信体诗歌。[①] 通信的双方都是基督徒。在形式上，从苦行主

---

　　① 在这封信的第十五至十六行，保利努斯显露出他的创作形式意识。保利努斯把轮唱圣歌（Responsion）定义为抑扬格长短句的一个特点。参阿尔布雷希特主编，《古罗马文选》卷五（*Die Römische Literatur in Text und Darstellung*, 5 Bde. Herausgeber: Michael von Albrecht. Band V: *Kaiserzeit II: Von Tertullian bis Boethius*. Herausgegeben von Hans Armin Gärtner. Stuttgart 1988），页 490 以下。

义者保利努斯写的这封诗歌体信函中找不到特别具备基督教色彩的元素。真的也没有基督教的对句格（distichon），没有基督教的抑扬格（iambus）长短句，没有基督教的六拍诗行（hexameter），没有基督教的书信体诗歌。人们找不到明显基督教色彩的文学形式。[1] 与此相符的是这个论断：不存在作为特殊社会群体的语言的基督教拉丁语。[2]

因此，由于依据这种观点，形式不适用于编排作家的准则，内容就起决定性作用。也就是说，起决定作用的是，作家是否认为他的创作使命是用自己的改变、联想和影响重新演绎流传下来的文学形式及其相关的内容（如叙事诗中的神话），或者他是否使用流传下来的形式陈述基督教的内容，其中，传统的内容可能被排斥，或者与基督教劝诫有多种多样的关系。

文学作品量大，因而在编排方面必然受到极大的限制。可能会有人想，从文学形式的角度进行选材和编排，选出和编排的作品就可以代表所有形式。然而，这不现实。在古典拉丁语文学中可以发现，各种体裁的作品都掺杂着其它体裁的元素。在古代晚期作品中，这种体裁的混杂得到了极大加强，甚至会成为一种有意识的艺术创作，像马尔克利努斯的纪事书作品——它吸收了叙事诗、中篇小说、讽刺文学和一些别的文学元素——或者克劳狄

---

① 把它们同安布罗西乌斯的名字联系起来的那些教会赞美诗仍然属于传统的形式，但是由于它们在礼拜中的地位而有特色，在东正教中它们的典范已经占有位置。——康莫狄安（Commodianus）采用流传下来的形式，但是有意不严谨地处理它们。——奥古斯丁早期自己尝试采用传统的诗歌形式，后来由于他“耳朵的欲望”（参《忏悔录》卷十，章33，节49），作为主教撰写了诗篇《驳斥多纳特教派》（Psalmus in Partem Donati）。与此同时，顾及普通人，奥古斯丁没有采用正统的艺术形式。这个诗篇是扬抑格八音步（trochaeus octōnārius）的字母离合体诗（Abecedarius）。这个时期通常也考虑词重音。

② 这自然不涉及拉丁文礼拜仪式的词汇（4世纪拉丁文礼拜仪式才完全替代到那时为止流行的希腊语礼拜仪式）和神学专业语言。

安的叙事诗《颂辞》（*Panegyricus*）表明的一样。如果每一种体裁（如书信体）都要适当地给予介绍，那么由于篇幅有限，必不可少的有同样权利的其他文学体裁的阐述就会减少。

由于基督教学说是拉丁文学的新内容，是转型时期的切入点，理应摆在优先的位置。接下来，写入拉丁文学的异教与基督教之间的思想辩论就是一件有魅力的大事。所以，在编排时，这种观点处于首要的位置。对于读者而言，密切注视这场辩论应该是拉丁文学体裁迷宫中的主导思想。

在评述文学的转型时期时，开篇是最早的基督教诗歌，如圣经的古拉丁文译本，之后才介绍基督教诗歌的重要代表和作品，包括康莫狄安、《凤凰鸟之颂歌》、普鲁登提乌斯、诺拉的保利努斯、西多尼乌斯和波爱修斯。基督教诗歌多采用六拍诗行（hexameter）与诉歌体诗歌。需要强调的是，基督徒几乎害怕创作诗歌，因为与诗歌相联系的是异教神话。这一点明显地体现在形式多样［六拍诗行（hexameter）、诉歌（ēlegēa）等］的异教诗歌里。[①] 与基督教诗歌对立的是异教诗歌。在异教诗歌的部分，主要阐述涅墨西安、《阿尔刻提斯》的莎草纸抄本、《维纳斯节前不眠夜》、瑞波西安、奥索尼乌斯、克劳狄安、纳马提安、注疏和寓言诗。

从时间上看，基督教散文更早一些。基督教散文包括"论基督徒受到的迫害"、殉道士传记《西利乌姆圣徒殉道纪》、德尔图良、费利克斯、西普里安、拉克坦提乌斯、安布罗西乌斯、奥古斯丁、哲罗姆、马赛的萨尔维安和卡西奥多尔。从体裁来看，基督教散文主要包括关于殉教士的报道、演说辞（包括布道辞和申辩辞）、对话录（dialogus）和哲学论文。之后才介绍有

---

① 在研究中，这里按年代编排是有争议的。

意识地维护传统价值的拉丁异教散文代表。在拉丁异教散文部分，首先要理解两个关键概念"不朽的罗马（Roma aeterna）"和"野蛮人（barbarus）"，然后才阐述《奥古斯都传记汇编》、马尔克利努斯、叙马库斯、马克罗比乌斯、加比拉和普里斯基安。如果不考虑与其他体裁元素的糅合，异教散文主要有纪事书（historia）、演说辞（ōrātiō）、书信（epistola）、对话录（dialogus）、论文和语法方面的专科写作。

不过，值得一提的是，拉丁基督教作家并没有受基督教内容的限制，使用流传下来的诗歌和散文体裁，这在拉克坦提乌斯的作品中已经显示端倪。因此，在这里诗歌与散文不能分开，有书信（epistola）、哲学论文、赞美诗（hymnus）、教诲诗（Lehrgedicht 或 didactic poem）、对话录（dialogus）、布道和教育文章。

因此，从已知的文本中读者可以获得以下讯息。一方面，基督教出现以后，与传统有关的罗马思想界如何保持古代的形式与内容。另一方面，让传统的形式服务于新的内容。① 在后面一种情况下，关系到基督教作家先接纳形式，然后也接纳内容。此外，也谈到古代世界对基督教的接受。

与此相关的就是如何评价这种接受的问题。依据基督教神学家的观点，人们把它看作"合理运用"（希腊语 χρῆσις όρϑή；拉丁语 usus iustus）。此外，基督教神学家对异教草案采取异教徒对他们的草案所采取的态度。当然，在基督教神学家那里，"合理运用"的在内容方面的评价标准不同。

与从接受者的立场出发的观点对立的是另一种思考方法，这

---

① 本书没有提供阐明任何从这个角度看有趣的文本。譬如，缺少圣经叙事诗、铭辞、寓言和法律文本［在这一方面应该注意的是 *Exempla Iuris Romani. Römische Rechtstexte*（《罗马法范例——古罗马法律文本》），拉丁文与德文对照，M. Fuhrmann（富尔曼）与 D. Liebs（李普思）编、译和注，München 1988］以及其它等等。

种思考方法从使用的草案与古代异教传统的角度，把对立的方向看作文学历史的发展过程。与此同时，重要的、刻画接受者性格的侧重点改变已经变得明显。因此，运用这种思考方法的时候，也可以提这样的问题：传统的古代形式与内容在多大程度上接纳基督教？基督教肯定也是古代的文化。由于古代的文化是以形式为主的文化，对为什么使用这些形式这个问题的重视同时也有助于研究古代的文化史（参《古罗马文选》卷五，前揭，页7以下）。

三、转型时期的拉丁基督教文学

（一）古代基督教

1世纪左右，基督教产生于巴勒斯坦地区，这是历史发展的必然。第一，思想基础。在古罗马进入帝国时期以后，无论是土生土长的原始宗教，还是外来的希腊宗教和东方宗教，它们都不能适应新的君主制。而"救世主信仰"或"弥赛亚主义"业已形成，一神教的信念开始进入人心。再加上犹太教、廊下派哲学和（新）柏拉图主义也产生一定的影响。这些思想都为新宗教产生奠定了基础（参科瓦略夫，《古代罗马史》，页828以下）。第二，阶级基础。巴勒斯坦地区的奴隶、贫苦农民、渔民和手工业者生活在社会下层，一方面要强烈反抗古罗马帝国奴隶主残酷的民族压迫和掠夺，另一方面又对传统的犹太教感到极度失望，因为传统的犹太教已经不能起到团结犹太民族、摆脱罗马帝国统治的作用。在这种背景下，在巴勒斯坦拿撒勒（Nazareth）地区的社会下层中间出现了一些新的宗教思想，主要的代表人物是给耶稣施洗礼的约翰、耶稣及其门徒。他们同投靠罗马帝国的犹太教上层权贵之间存在着尖锐的矛盾与对立。因为新的宗教思想提倡人人平等和互爱，反对强权统治，而且他们组织民众对抗犹太教上层权贵，所以传播新宗教思想的人都遭到统治阶层的迫害。譬如，耶稣就受到犹太教长老和罗马统治者的双重迫害，最后被犹太行省（6 年建立，参格兰特，《罗马史》，页 257）的总督彼拉多（Pontius Pilatus）钉死在十字架上。这些内容在《圣经·新约》的 4 篇福音书《马太福音》（马太写于约 60－65 年）、《马可福音》（约翰·马可写于 55－65 年）、《路加福音》（路加写于约 60 年）和《约翰福音》（使徒约翰写于约 85－90 年）［参《圣经（灵修版）·新约全书》，前揭，页 4、94、156 和 242］中都有记载。然而，新的宗教思想已经得到广大民众的接受，并逐渐形成了一个独立的新教派。1 世纪 50 年代，新的宗教思想发展成最初的基督教。

基督教的历史分为古代基督教（从公元元年－590 年）、中世纪基督教（590－1517 年）、近代基督教（1517－1878 年）和现代基督教（从 1878 年至今）。其中，与古罗马文学关系最紧密的古代基督教又分为 3 个时期：公元元年至 100 年，即从耶稣道成肉身至使徒约翰之死，这是基督教兴起的时代；100 至 311 年，即从使徒约翰之死至君士坦丁大帝，这是基督教受到迫害的时代；311 至 590 年，即从君士坦丁至教皇格里高利一世，这是基督教与罗马帝国和解并处于蛮族大迁徙的风暴中的时代，即教父时代（参王晓朝，《希腊哲学简史》，页 328）。由此可见，基督教的古代与古罗马帝国时代大体一致。

（二）古代基督教文学

基督教作为一种新兴的文化，包括独立的 3 大要素：一套完整的信条、一套价值标准和一种生活模式。[1] 在基督教的发展过

---

[1] 麦格拉思（Alister McGrath）选编，《基督教文学经典选读》（*Christian Literature: An Anthology*），苏欲晓等译，北京：北京大学出版社，2004 年，页 3－5。

程中，必然会记述、阐释和捍卫这些基督教要素，由此产生了基督教的文学。那么，什么是基督教文学？

英国基督教神学家和教育家麦格拉思从实用的角度定义"基督教文学"："基督教文学"指高等院校开设的"基督教文学"或（重点在于研究基督教的）"宗教文学"课程学习和研究的作品。接着，麦格拉思又把基督教文学作品分为3类：（1）反映基督教信仰实质、专门适合基督徒的文学作品，如祈祷文、灵修书籍和讲章，这类作品的作者一般都是基督徒（《圣经·旧约》的作者除外）；（2）被基督教的思想、观念、意向、故事等影响和定格的一般概念上的文学作品，如诗歌和小说，这类作品的作者可能是基督徒，也可能是非基督徒（例如华兹华斯和柯勒律治）；（3）"那些多半以研究批评基督教的观察家身份出现的作家所创作的与基督教思想、个人、学派或机构进行对话的文学作品"，这类作品的作者一般不是基督徒，如乔治·艾略特（George Eliot，原名 Mary Ann Evans，1819－1880 年）和哈代，但受到基督教的影响。①

从麦格拉思对基督教文学的定义和分类来看，基督教文学有3个重要的要素：基督教、作家和作品。从基督教文学的作家来看，多数是基督徒，也有少数受到基督教影响的非基督徒。但是从基督教文学的作品来看，作品的内容必定与基督教有关。因此，似乎可以简化基督教文学的定义。顾名思义，广义的基督教文学就是与基督教有关的文学。

依据麦格拉思对基督教文学作品的历史划分，基督教文学分为教父时期（约100－600年）、英格兰与爱尔兰的原始文献（约

---

① 主要作品有《牧师生活的场景》（Scenes of Clerical Life）、《亚当·比德》、《弗洛斯河上的磨坊》、《米德尔马契》（Middlemarch）和《丹尼尔·德龙德》（Daniel Deronda），参《基督教文学经典选读》，前揭，页5和711以下。

600-1050 年）、中世纪时期（1050-1500 年）、文艺复兴和宗教改革时期（1500-1700 年）和现代时期（1700-2000 年，参麦格拉思，《基督教文学经典选读》）。其实，这种划分是值得商榷的。首先，由于基督教脱胎于犹太教，犹太教经典《旧约》也成为基督教的经典《圣经》的大部分内容。因此，《旧约》的作者也算是基督教作家，基督教文学也顺理成章地可以追溯到公元前1400 多年。虽然在《旧约》时代，基督教并未产生，但是还是可以把希伯来文原著与托勒密二世统治时期的希腊文七十子译本的《旧约》划归于"前基督教文学"名下。其次，麦格拉思的划分忽略了基督教早期——耶稣道成肉身及其使徒的时代——的《新约》。《圣经·新约》成书于耶稣基督道成肉身和使徒的时代，作者都是耶稣基督的使徒。

最早的基督教文献是《新约全书》中保罗的书信。保罗的《加拉太书》大约写于 49 年，由安提阿寄出，《贴撒罗尼迦前书》大约写于 51 年，在哥林多，《贴撒罗尼迦后书》大约写于51 或 52 年，《哥林多前书》大约写于 55 年，在以弗所，《哥林多后书》大约写于 55 至 57 年，《罗马书》大约写于 57 年，在马其顿，《以弗所书》和《歌罗西书》大约写于 60 年，在罗马的囚牢里，《腓利门书》大约写于 60 年，第一次被囚罗马，《腓立比书》大约写于 61 年，《提多书》大约写于 64 年，或在马其顿，在罗马的囚牢里，《提摩太前书》大约写于 64 年，在罗马或腓立比，《提摩太后书》大约 66 或 67 年，在罗马的监狱里［参《圣经（灵修版）·新约全书》，前揭，页 498、562、574、444、406、476、516、545、614、606、532、582 和 596］。这些书信先于第一篇《福音书》至少 16 年，很可能 20 年（参格兰特，《罗马史》，页 263）。

使徒约翰的书信包括《约翰一书》（使徒约翰大约写于 85-

90 年）、由以弗所寄出的《约翰二书》（使徒约翰大约写于 90 年）和《约翰三书》（使徒约翰大约写于 90 年）［参《圣经（灵修版）·新约全书》，前揭，页 682、696 和 700］。

使徒约翰的《启示录》（大约写于 95 年）属于启示文学，用象征的手法，把盼望（神的最后胜利）带给正在受迫害的人。事件根据文学形式排列，而不是依照其时间的次序排列［见《圣经（灵修版）·新约全书》，前揭，页 710］是写给 7 个小亚细亚的基督教社团的。①

古代基督教文学家除了使徒，扮演重要角色的还有教父。拉丁文 Pater 起初指教会主教，后来用来称呼教会中的神父，特别是主持忏悔的神父，而基督教正统教会把早期和中古时期基督教的权威思想家称为"教父"。基督教教父包括使徒教父、希腊教父和拉丁教父等（参王晓朝，《希腊哲学简史》，页 329）。

使徒教父（patristic）生活在最后一位使徒仍旧活着的时期。使徒教父中有些人作过使徒的门徒，主要有罗马的克雷芒（Clement）、安条克的伊纳爵（Ignatius）、士每拿（Smyrna）② 的波利卡普（Polycarp）、希拉波利的帕皮亚（Papias）、赫马（Hermas）和巴拿巴（Barnabas）。除了他们的作品，还有作者不详的作品：《使徒信经》（*The Apostles'Creed*）、《十二使徒遗训》（*Diadache ton Kuriou dia ton dodeka apostolon tois Ethnesi*）和写作时间有争议的《致狄奥根尼图的信》（*Epistle to Diognetus*）。学界普遍认为，使徒教父著述的内容主要出自《圣经·新约》，很少有自己的思想，而且他们的思想一般比较粗浅、缺乏深度和确

---

① 关于早期基督教文学，参朱维之、赵澧主编，《外国文学简编》（欧美部分），第三版，北京：中国人民大学出版社，1994 年，页 23 以下；科瓦略夫，《古代罗马史》，页 832。

② 今伊兹米尔（Izmir）。

定性，也不够明晰。

最早的希腊教父出现在 2 世纪。希腊教父人数众多，其中，具有里程碑性质的代表人物有殉道士查士丁（Justin，约 100－165 年）、里昂的伊里奈乌（Irenaeus，约 115－202 年）、亚历山大里亚的克莱门（Titus Flavius Clemens，约 150－约 220 年）①和俄里根（Origen，约 185－251 年）（汉斯·昆，《基督教大思想家》，页 36 以下；《教父学研究：文化视野下的教父哲学》，页 58 及下、62 及下和 68 以下）。希腊教父们浸淫于希腊思想，倾向于哲学思考。他们的贡献就在于在为基督教辩护的过程中，运用理性证明的方法，使得基督教教义明晰，从而使希腊哲学进入基督教。

（三）拉丁教父的文学

拉丁教父的诞生比希腊教父晚 100 年，所以从时间的层面看，拉丁教父是希腊教父的学生。希腊教父对拉丁教父的影响肯定是有的。不过，拉丁教父并不是简单地模仿希腊教父，而是有许多的创新和发展。拉丁教父的思想是"教会生活和基督教神学的一种新的、充满活力的、独立的形式"（参王晓朝，《希腊哲学简史》，页 330 和 356）。与希腊教父相比，拉丁教父更多地与基督教的敌人进行论战，驳斥异端的抨击，捍卫基督教。史实证明，拉丁教父青出于蓝而胜于蓝。其中，3 世纪有影响的拉丁教父有圣费利克斯、德尔图良、西普里安、拉克坦提乌斯和康莫狄安，4 世纪以后的拉丁教父有安布罗西乌斯、普鲁登提乌斯、圣奥古斯丁、哲罗姆、诺拉的保利努斯、马赛的萨尔维安、西多尼乌斯、波爱修斯和卡西奥多尔。

---

① 克莱门，《劝勉希腊人》，王来法译，香港：汉语基督教文化研究所，1995年。

此外，值得一提的是，虽然古代基督教文学又划分为几个时期，但是由于拙作《古罗马文学史》(*Historia Litterarum Romanarum*) 阐述的重点是古罗马转型时期的文学，所以在评介古代基督教文学时仅仅关注拉丁教父及其作品。

综上所述，尽管转型时期文学的地缘性很强，而且内容优于形式，可从《古罗马文学史》(*Historia Litterarum Romanarum*) 的宏观角度看，划分的依据首先还是文学的形式，即散文、诗歌与戏剧，然后就是文学的内容。

由于基督教强烈排斥戏剧，在转型时期戏剧的发展微不足道，因而转型时期的文学就简化为诗歌与散文。又由于在《古罗马散文史》(*Historia Prosarum Romanarum*) 的第五编里专论转型时期的拉丁基督教散文（第一章）与拉丁异教散文（第二章），这里——即在《古罗马诗歌史》(*Historia Poematum Romanorum*) 的第五编里——只需要阐述转型时期的诗歌，包括拉丁基督教诗歌（第一章）与拉丁异教诗歌（第二章）。

第一章 拉丁基督教诗歌

第一节 圣经的古拉丁文译本

最早可以确定年代的基督教拉丁语文献是出自于 180 年的《西利乌姆圣徒殉道纪》（*Passio Sanctorum Scillitanorum*，参《古罗马文选》卷五，前揭，页 35 以下）。这表明，西利乌姆（Scilli）教区的全体基督徒都已经很熟悉《圣经》的某个拉丁语译本。据此推断，早在 2 世纪，就有人把希腊文《圣经》翻译成拉丁语。《圣经》的第一个拉丁语译本也就成为最早的拉丁语基督教文学。此后，还陆续出现了一些别的译本。当时流传的各种版本是追述基督教神学家著作①和羊皮纸文献的引文，统称为"拉丁圣经（Vetus Latina）"。有人认为，这些译本大多数都源于古罗马的行省阿非利加。后来，博隆修道院（Erzabtei Beuron）

---

① 参不同文本《哥林多前书》（1. *Kor.*）13：4-7；德尔图良的《论忍耐》（*De Patientia*）12，9 和西普里安的《论忍耐的好处》（*De Bono Patientiae*）15。另参《古罗马文选》卷五，前揭，页 16，注释 1；页 42 以下。

也曾经对《圣经》的这些旧译本进行重新编辑。

383 年，为了统一《圣经》的拉丁语文本，罗马教皇达马苏斯一世授命宗教界的大学者哲罗姆修正早先的各种"拉丁圣经"译本，编译出大家公认的拉丁文《圣经》。哲罗姆不辱使命，译出了《圣经·新约》① 的 4 部福音，并从《圣经·旧约》即"七十子希腊文本（Septuaginta)"② 中译出了《诗篇》、《约伯记》③ 和其他几卷。可是，这个译本并不令哲罗姆满意。大约在405 年，哲罗姆在助手的协助下，直接把希伯来文《圣经》——包括《旧约》与《新约》——全部译成拉丁语，把它称为"通俗拉丁文本圣经"（参谭载喜，前揭书，页25）或"武加大译本（Editio vulgata，即 Vulgate)"。天主教会现在还使用的《圣经》拉丁语文本基本上就是建立在哲罗姆的译本（参《古罗马文选》卷五，前揭，页470 以下）基础之上的。

最早的圣经拉丁语译本的例子之一就是《圣经》里关于原罪的叙述［《创世记》（Genesis) 3］。印刷出版就是"七十子希腊文本"、"拉丁圣经"和哲罗姆的译本：博隆（Beuron）版本引用文本中缩写字母 L 指"拉丁圣经"；如果这些流传文字的证人又分成两组，那么这个版本又分成两种。有时出现的不是缩写字母 L，而是缩写字母 C 和缩写字母 I；它们指称 4 世纪末表达形式的旧阿非利加文本和 4、5 世纪的"意大利文本"。缩写字母 K 代表 3 世纪中叶在迦太基的表达形式的旧阿非利加文本。缩写字母 E 的背后是所谓的欧洲文本的版本。然而，地理分配只适用于大的特征。这里放弃了引证亚变体。缩写字母 H 标志

---

① 创作结束于大约 100 年，参《基督教文学经典选读》上册，前揭，页 3。

② 公元前 3 世纪前后，72 名犹太学者在埃及亚历山大城把《圣经·旧约》翻译为希腊文，见谭载喜，前揭书，页 2。

③ 作者与写作时间都不详。

哲罗姆从希伯来语翻译过来的文本。

除了文笔的朴实无华，这也取决于从希腊语来的字面翻译（参见语言呆板的重复 et dixit），"拉丁圣经"译本中出现许多属于通俗拉丁语的词汇和短语。而哲罗姆竭力接近古典时期的表达方式。下面以《创世纪》3：1-20 为例，揭示在语言表达方面拉丁圣经（L）与哲罗姆译本（H）之间较大的差异。

以诗节 1 为例。L 版本的表达形式是在第三人称单数陈述语气的完成时主动态 dixit（说了，说过）——动词原形是 dico（说）——之后紧接第二人称复数虚拟语气的现在时主动态 edatis（可能会吃，也许会吃），动词原形是 edo（吃）。"说"的主语是 deus（神），而吃的主语是"你们"，即女人（夏娃）与她的丈夫（亚当）。在 dixit deus（神说了）与 edatis（你们可能会吃，也许会吃）之间是引导否定地表达愿望的动词不定式 ne（相当于德语 nicht zu，或者英语 in order not to：为了不，以免）。与此不同，哲罗姆写的是第三人称单数陈述语气的完成时主动态 praecepit（下过命令，下了命令），动词原形是 praecepio（命令）。之后，哲罗姆使用了从句引导词 ut（相当于德语 daβ 或英语 that），不过是表达否定的从句，因此 ut 之后紧跟否定词 non（相当于德语 nicht 或者英语 not：不）。否定的是第二人称复数陈述语气的未完成时主动态 comederetis（将会吃完），动词原形是 comedo（吃）。

Serpens autem erat sapientior omnium bestiarum quae erant super terram quas fecerat dominus deus；et dixit serpens ad mulierem：quare <u>dixit deus ne edatis</u> ab omni ligno quod est in paradiso？（拉丁圣经）

Sed et serpens erat callidior cunctis animantibus terrae quae fecerat dominus deus; qui dixit ad mulierem: cur <u>praecepti</u> vobis deus <u>ut non comederetis</u> de omni ligno paradisi? (哲罗姆译文)

> 耶和华神所造的，惟有蛇比田野一切的活物更狡猾。蛇对女人说："神岂是真说不许你们吃园中所有树上的果子吗?"[《创世纪》，3：1，见《圣经（灵修版）·旧约全书》，前揭，页10]

譬如，在诗节5里，L版本把比较口语化地表达原因的从句引导词quoniam（由于，相当于英语since，德语da）放在第三人称单数陈述语气的未完成时主动态sciebat（动词原形是scio：知道）之后，即"知道+从句引导词"。而哲罗姆的表达方式是在第三人称单数陈述语气的现在时主动态scit（动词原形是scio：知道）之后跟比较书面地表达原因的连接词quod（因为，相当于英语because或者德语weil），用来引导从句。

> <u>Sciebat</u> enim deus <u>quoniam</u> qua die ederitis ex illo aperientur oculi vestri et eritis sicut dii scientes bonum et malum. (拉丁圣经)
>
> <u>Scit</u> enim deus <u>quod</u> in quocumque die comederitis ex eo aperientur oculi vestri et eritis sicut dii scientes bonum et malum. (哲罗姆译文)
>
> 因为神知道，你们吃的日子眼睛就明亮了，你们便如神能知道善恶。[《创世纪》，3：5，见《圣经（灵修版）·旧约全书》，前揭，页11]

再如，在诗节6里，L版本首先把从句引导词quia（表示引导宾语从句的连词，没有特别的意义，相当于英语that，德语

daβ）放在第三人称单数陈述语气的完成时主动态 vidit（动词原形是 video：看见）之后，即使用"看见＋从句引导词"的表达方式，而哲罗姆则用 quod 取代 quia。其次，I 版本用第三人称单数陈述语气的完成时主动态 manducavit（吃完；吃光）——动词原形是 manduco（咬；嚼；贪吃，好吃）——代替"吃"，而哲罗姆则用第三人称单数陈述语气的完成时主动态 comedit（吞完；食光）——动词原形是 comedo（吃，咀嚼；吞食，吞噬）——替代 manducavit（吃完；吃光）。此外，哲罗姆还用从拉丁语动词 vescor（进食；用膳）衍生出来的四格动名词 vescendum（食品、膳食）替代 I 版本的中性名词 manducandum（食物）。

Et vidit mulier quia bonum est lignum（以下为 I 版本）ad manducandum et quia gratum oculis ad videndum et speciosum est ad intuendum et accipiens de fructu eius manducavit et dedit viro suo secum（拉丁圣经）

Vidit igitur mulier quod bonum esset lignum ad vescendum et pulcherum oculis aspectuque delectabile et tulit de fructu illius et comedit deditque viro suo（哲罗姆译文）

于是，女人见那棵树的果子好作食物，也悦人的眼睛，且是可喜爱的，能使人有智慧，就摘下果子来吃了；又给她丈夫，她丈夫也吃了。[《创世纪》，3：6，见《圣经（灵修版）·旧约全书》，前揭，页 11]

又如，在诗节 8 里，L 版本用 mulier（妇女），在这里的意思是"妻子"，而哲罗姆则使用 uxor（妻子）。L 版本之 C 版本的介词 abante（跟第四格）意思是"在……之前"（德语 vor），而哲罗姆则使用 a（从，来自；跟第六格）。

Et audierunt vocem domini deambulantis in paradiso ad ves-
peram et abscondernt se Adam et <u>mulier</u> eius（以下为 C 版本）
<u>abante</u> faciem domini dei ad illam arborem quae erat（拉丁圣经）

Et cum audissent vocem domini dei deambulantis in paradiso
ad auram post meridiem abscondit se Adam et <u>uxor</u> eius <u>a</u> facie
domini dei in medio ligni（哲罗姆译文）

天起了凉风，耶和华神在园中行走。那人和他妻子听见神的声音，就藏在园里的树木中，躲避耶和华神的面。[《创世纪》，3：8，见《圣经（灵修版）·旧约全书》，前揭，页11]

此外，在诗节 10 里，代词 ille（那个）取代 is（他）。在诗节 11 里，L 版本之 C 版本用不定式取代从属的目的从句：dixeram tibi（告诉你）… non manducare（不吃）。而哲罗姆则使用 praeceperam ne comederes（命令不吃）（参《古罗马文选》卷五，前揭，页 16 以下）。

第二节　康莫狄安

一、生平简介

康莫狄安（Commodian 或 Commodianus）可能是流传至今的、第一个用拉丁语写作的基督教诗人。康莫狄安出身于一个异教家庭，或许出生于叙利亚或巴勒斯坦的伽札（Gaza），后来生活在罗马帝国西部地区。关于康莫狄安的写作年代，虽然有研究者把时间确定在 5 世纪中叶，不过，格特讷（Hans Armin Gärtner）认同那些把时间确定为 3 世纪的学者们。

二、作品评述

康莫狄安传下两种诗：《训诫》（*Instructiones*）可能作于 251 至 260 年，总共有 80 首离合诗，分为 2 卷，[①] 其中，第一卷要求异教徒信奉基督教，第二卷教导基督徒和新信徒。由于 1060 个六拍诗行（hexameter）的《护教诗》（*Carmen Apologeticum*）——更确切地说 *Carmen de Duobus Populis*[②]——可能作于 261 年以前，可能为基督教争取到异教徒。康莫狄安让作为真正以色列人的基督徒浮现在异教徒眼前。

康莫狄安的论证有时显得有点粗笨，但是并不是没有智慧。在探讨异教徒信仰神的时候，辩护士采用的古代怀疑主义者批判神的合理论据也出现在康莫狄安的文章里。譬如，在《训诫》第四首里，康莫狄安指出，萨图尔努斯不是神，而是国王，这与希腊化时期的哲人欧赫墨罗斯（Euhemeros，公元前 300 年左右）认为诸神起初是理所当然的国王的观点是一致的。

从这个倾向来看，康莫狄安的两种诗都应该有教益。与传统的教诲诗体裁相应的是，继续用六拍诗行（hexameter）写作的《护教诗》。《训诫》的短诗是离合诗，由于记忆术的帮助，诗行的开头容易记住。譬如，《训诫》第一卷的前言总共 8 个诗行，而诗行的第一个字母合起来就是 Praefatio（前言）。与此类似，在第二、四、五和十五首诗歌里，诗行的第一个字母依次组合起来分别是 Indignatio Dei（神的不满）、Saturnus（萨图尔努斯）、Iuppiter（尤皮特）和 Hercules（海格立斯）。更加有意思的是，每首诗的诗行第一个字母依次组合起来就是这首诗的标题。而

---

①　离合诗（akrostichisch）：几行诗句的头一个词或者字母可以构成一个词或句的一种诗体。

②　古拉丁语 duo, duae，二；populus, -i，阳性名词，人民。

《训诫》的教益就是诗人的创作目的。在前言里，诗人开门见山地指出，基督教的学说就是为困惑者指明道路，使得困惑者在世界末日到来的时候有个好的出路，即得永生。可见，《训诫》以自己的方式适合用作教学内容。因此，康莫狄安利用遗留下来的各种形式，尽管他的方式很独到。

六拍诗行（hexameter）的体裁很独特：考虑更多的是词重音和音节数，而不是品质。这些诗很接近有韵律的散文。在语言和句法结构上，康莫狄安表明受到了通俗拉丁语的影响。像在圣经的古拉丁文译本（详见本书第八编第一章第一节）中一样，由此可以推断出康莫狄安想使之感兴趣的公众的社会构成：堕落的无知市民。与此关系密切的是《训诫》的前言。拉丁语动词 dicredere（分开；放弃）在前言第三行的意思是"不相信"，即无知者不相信基督教的学说。在词汇方面用动名词的夺格，譬如，前言第五行的 prosequendo（= pro-sequendo）和第六行的 legendo① 代替 participium（pǎrtǐcǐpō，使……参与，参加）coniunctum（联接，结合）。此外，在关于海格立斯的（指涉维吉尔《埃涅阿斯纪》卷八，行184－305）第十五首第八个诗行，动词 licet（允许）采用直陈式，而不用虚拟式（参考《古罗马文选》卷五，前揭，页148以下）。

三、历史地位与影响

尽管康莫狄安可能是第一个有名字的基督教诗人，可是有人认为，康莫狄安的作品完全没有文学价值。或许因为这个缘故，康莫狄安的影响十分有限。在拉丁语历史中，康莫狄安的作品表

---

① 古拉丁语 legenda, -ae, 阴性，圣经故事，神话传说。相关的动词 legō：收集，采集；拔掉；阅读；朗读。而 legendo dignus：值得阅读的。

明，拉丁语已经开始发生变化，而这种语言变化的最终结果就是罗马语族的形成。

第三节 《凤凰鸟之颂歌》

自从赫西俄德（公元前700年左右）以来，神秘的鸟凤凰在古代文学中被提及，例如奥维德，《变形记》卷十五，行391-407。这个神话的主要元素就是凤凰鸟与太阳的关系及其重生。在一个很长的时期（更确切地说，500或1000年）以后，一只以太阳为神圣的鸟用芳香植物的枝桠在一棵树上筑巢。它在这个巢里死去，然后又复活。在这件事情上，神话传统中有两种说法。依据一种说法，凤凰鸟在火中死亡，并且在灰烬中复活。依据另一种说法，凤凰鸟死亡，腐烂，以龙形怪兽的形象重生，由此变成一只鸟。重生的凤凰用原来的残存的身体飞向埃及的太阳城赫利奥波利斯（Heliopolis）。塔西佗记载，谢索西斯（Sesosis）统治时期（塔西佗，《编年史》卷二，章60注释）、阿玛西斯（Amasi）统治时期（希罗多德，《历史》卷二，章172以下）和马其顿王朝托勒密三世统治时期出现过凤凰，34年凤凰又在埃及出现。凤凰是太阳神的圣鸟，周期是500年或1461年。凤凰一生的工作就是先把没药带到很远的地方去，以此证明自己的负重远行能力，然后把父亲的尸体背到太阳神的祭坛火化，最后筑巢为死亡和重生做准备（塔西佗，《编年史》卷六，章28，参塔西佗，《编年史》上册，页293及下）。

凤凰鸟特别适合用作死后继续活着的象征，在墓志铭的象征语言中是这样的，而且还用作帝国延续的政治象征。基督徒很早就把凤凰鸟用作他们复活希望的支持证据，更确切地说用于基督以及各个基督徒的复活。

　　拉克坦提乌斯的诗《凤凰鸟之颂歌》（*Carmen de Ave Phoe-nice*）的结构如下：第一部分（即诗行1-32）写凤凰停留在太阳神的小树林里，在一块福地；第二部分（即诗行33-58）写凤凰侍奉和礼拜太阳的生活；第三部分（即诗行59-94）写凤凰涅槃；第四部分（即诗行95-116）写凤凰重生，在这些诗行中汇集了关于凤凰鸟涅槃和重生的各种不同的神话说法；第五部分（即诗行117-156）写凤凰飞往赫利奥波利斯，在埃及显身；第六部分（即诗行157-160）写天穹飞行；第七部分（即诗行161-170）是结束语，凤凰鸟的极乐颂，开始解释这首诗（参《古罗马文选》卷五，前揭，页130以下；LCL 434，页643以下）。

　　在描述太阳的幸福小树林的时候，出现了一些极乐世界的特征：没有干旱、洪水之类的天灾，没有犯罪、贪欲和谋杀之类的人祸，没有疾病、衰老和死亡之类的大自然法则，没有贫穷和饥饿之类的苦难，到处都是勃勃的生机（行1-32），像数个世纪以来在希腊人的观念中有生命力一样。然而，谈及活水的泉（行25-28），基督徒们将想起《约翰福音》（*Johannes*）。在那个地方，耶稣谈及水是永生的泉源："人若喝我所赐的水，就永远不渴。我所赐的水要在他里头成为泉源，直涌到永生"（《约翰福音》，4：14）。①

　　有意义的是，凤凰完全过着一种无私地崇拜太阳的生活（行33-58）。这似乎是说，基督徒在生活中要成为神的崇拜者。

　　在1000年以后，凤凰感觉自己老了，想死，以便重生：它死，以便生（nam perit, ut vivat，见行78）。为了这个目的，凤凰飞向叙利亚（Φοινίκη），在一棵棕榈树（φοῖνιξ）上搭建涅槃重生的巢穴。这就是说，基督徒们要把言语genitalis（= genitali,

---

　　① 《圣经》（灵修版），前揭，页257。

生）mors（＝morte，死）（行95）与他们关于死亡的观点联系起来：死亡是通向新生的必经之路。

> 凤凰马上让即将发生变化的身体躺进搭建得很舒服的巢穴里，把干瘪的肢体放在赐予它生命的巢穴上面［行90］：接着它用鸟喙四处涂抹汁液，把汁液涂抹在它的肢体上，以便在它自己举行的葬礼中死去。接着它在各种香味中指挥它的灵魂，并不担心可靠地保存所托付的、很有价值的财富。此时此刻，炎热扑向它的身体，而它的身体在将要产生（新生命）的死亡中［行95］消逝……（《凤凰鸟之颂歌》，行89–96，译自《古罗马文选》卷五，前揭，页160及下；参 LCL 434，页656–659）

此后，诗人详细描述凤凰鸟重生的过程和重生的凤凰鸟的美丽（καλοί）。重生的凤凰在许多方面都令人惊羡。

> 整个鸟族都集结成一个团体［行155］。没有鸟会再想到（自己成为）牺牲品，没有鸟会再想到（死亡的）恐惧。四周是密密麻麻的群鸟，凤凰飞向高空。鸟群追随它的左右，乐于这种虔诚的礼拜。但是在抵达有清新的空气吹拂的苍穹以后，凤凰很快又返回。而在它的家园，凤凰得到接待［行160］。鸟儿啊，仍然还有充满神恩的命运和结局，上帝允许凤凰从自己重生！无论它是雌的还是雄的，或者两者都不是，它都是幸福的，它与维纳斯无关。对于它而言，死亡就是它的维纳斯；对于它而言，极乐仅仅存在于死亡中［行165］：为了能够重生，它先追求死。它是自身的后代，是它自己的父亲，自己继承自己的一切；它是自己的乳母，

永远都是它自己的养母。在它通过死亡的善行获得永生以后，它真的就是它自己，可又不是同一个自己；它是同一个自己，可又不是它本身［行170］（《凤凰鸟之颂歌》，行155-170，译自《古罗马文选》卷五，前揭，页162及下；参 LCL 434，页662-665）。

《凤凰鸟之歌》的结束语对于拉克坦提乌斯解释整首诗很重要。极端地贬低性欲符合当时强烈地影响基督徒们（例如德尔图良）的那些思潮。按照最后一行诗的说法，凤凰通过死亡的善行获得永生。不能排除的是，这首诗涉及基督的死亡与复活。另一方面，基督（Christi）缺少了典型的苦难。基督不仅仅被视为信徒们的老师和楷模。

就诗的形式而言，这首诗很接近的典范就是古典拉丁语诉歌：对句格（distichon）以双音节结尾和在对句格的结尾部分以句子或意义关联结束。即使在选词和陈述形式方面，也体现了古典范本的影响。在诗歌《凤凰鸟之歌》中也可以找到希腊化时期的诗和新诗派的特征：层面多和含义多，在章头和章尾的许多小花饰的组配（对句格的分组）和博学，因为博学，在遥远的和"推源论"的（凤凰的不同含义：棕榈树、紫色和叙利亚）汇集在了一起。

第四节　普鲁登提乌斯

一、生平简介

关于普鲁登提乌斯（Aurelius Prudentius Clemens）的生活资料，基本上都依据他自己的作品，尤其是依据405年他发表的作品集的《前言》（*Praefatio*）里为数不多的叙述。348 年，在西班牙，或许在恺撒奥古斯都（Caesaraugusta），今西班牙的萨拉戈萨（Saragossa），普鲁登提乌斯出身于一个富有的基督教家庭。因此，普鲁登提乌斯有资格在读写老师那里上课，不过，像他自己说的一样，在发出响声的鞭子下哭泣（《前言》，7-8），然后受到高贵家庭通常的、有修辞学的教育。普鲁登提乌斯成为律师，担任一些很高的国家公职，或许在西班牙，这些公职也把他带到了皇帝特奥多西乌斯一世的身边。当普鲁登提乌斯明白自己生命快终结的时候，他 57 岁（《前言》，1-3）。然而，普鲁登提乌斯像诺拉的保利努斯一样，因为教义放弃所有的头衔，决定"即使已经不能用他的功绩，至少也一定要用他的声音赞美上帝"（《前言》，36）。不过，在这个时刻，普鲁登提乌斯可能已经写了几首流传至今的诗。普鲁登提乌斯死于 405 年以后（参《古罗马文选》卷五，前揭，页 394 和 490 以下；LCL 387，*Introduction*，页 vii 以下）。

二、作品评述

普鲁登提乌斯的作品包括 1 万多行诗，可以分成两组。属于第一组的是运用的格律超过 18 种的抒情诗。其中，《每日十二时咏》（*Cathemerinon Liber*）是关于节日和一天各个时段的颂歌（关于安布罗西乌斯的教会颂歌，参《古罗马文选》卷五，前揭，页 367；LCL 387，页 6 以下），而《殉道者的冠冕》（*Peristephanon Liber*）是赞美殉教者的诗（参 LCL 398，页 98 以下）。

第二组包括一些六拍诗行（hexameter）的说教诗（Lehrgedicht）。其中，《神格化》或《基督的神性》（*Apotheosis*）中论及"三位一体（trinitas）"和基督这个人。《原罪》（*Hamartigenia*）中述及恶的起源。《心灵的冲突》（*Psychomachia*）是一首讽喻的叙事诗（参 LCL 387，页 116 以下）。《斥叙马库斯》（*Contra Symmachum*）各卷提供了基督教对罗马的释义。而《两份圣约》（*Dittochaeon*）——指两份精神食粮《旧约》和《新约》——有 48 或 49 首"四行诗（Vierzeilern）"，而这些"四行诗"可以理解为对选自《旧约》和《新约》的那些场面画的评注（参《古罗马文选》卷五，前揭，页 394 及下）。

许多迹象表明，普鲁登提乌斯像他的正统范例一样，采用可能是经过深思熟虑的安排方式，把他的作品编成诗书。中心是《心灵的冲突》。围绕《心灵的冲突》编排其它的叙事诗一样的"教谕诗（Lehrgedicht）"。外面才是采用抒情格律的"颂歌（hymnus）"（参《古罗马文选》卷五，前揭，页 395）。

（一）《斥叙马库斯》

从普鲁登提乌斯的生平（vīta）和作品（opus）可以看出，普鲁登提乌斯在接受传统教育的过程中学会了传统教育的内容与形式，从而也学会了传统的古罗马价值观。那个时代受到很高教育的基督徒的兴趣在于在何种程度上把流传下来的异教教育（包括表达方式、看问题的方法和价值观）和他们的基督教信仰联系起来。在这方面要参考的特别是诺拉的保利努斯、西多尼乌斯和奥古斯丁的作品中类似的观察。他们和流传下来的教育及其价值都不同程度地保持距离。当然，他们所有人都不可能真正摆脱这个传统。不过，他们的观点的确相当不同。这个问题尤其出现在他们的文学创作中，因为文学创作历来都渗透了基督徒肯定憎恨的异教神话的观点。诺拉的保利努斯穿着被异教观念净化的流传下来的诗歌形式的外衣，美化基督教的内容。西多尼乌斯甚至完全停止诗歌创作。奥古斯丁在他的诗篇《驳斥多纳特教派》（*Psalmus Contra Partem Donati*）中有意避免采用古典的形式。而普鲁登提乌斯因为诗歌的形式也采用了古罗马的价值观。普鲁登提乌斯的诗《斥叙马库斯》最好地体现了这一点。在这首诗里，普鲁登提乌斯用基督教的释义渗入罗马人关于国家使命、野蛮人（barbarus）和罗马时代（参《古罗马文选》卷五，前揭，页264 以下）的核心的传统观点。譬如，野蛮人（barbarus）的传统角色是带来文明的罗马统治的敌人。而普鲁登提乌斯也认为，野蛮人（barbarus）是基督教罗马的敌人。在普鲁登提乌斯的笔下，西哥特国王阿拉里克就是没有德性的野蛮人（barbarus），是毁灭罗马城和使得罗马人变野蛮的（barbaricus）僭主（《斥叙马库斯》卷二，行696 以下）。

写《斥叙马库斯》这首诗的诱因是 402 年斯提利科在波兰提亚（Pollentia）战胜西哥特人。384 年，叙马库斯已经给皇帝瓦伦提尼安二世写了他的第三封呈文（Relatio）。维克托里亚祭坛的问题早已解决。但是对于普鲁登提乌斯来说，在古罗马战胜哥特人以后，出现了一个机会，即藉此胜利，不是从理论上，像自德尔图良以来迄今为止人们所做的一样，而是具体在历史上反驳异教的谴责：抛弃传统的诸神会给罗马带来灾难（参《古罗马文选》卷五，前揭，页302 以下，尤其是页396 及下）。

在《斥叙马库斯》第一卷（参 LCL 387，页344 以下），普鲁登提乌斯在叙述古罗马历史的时候，区分了信仰异教诸神的负面因素和带来安宁与和平的罗马政权的正面因素。接着，在第二卷（参 LCL 398，页2 以下）里，普鲁登提乌斯把罗马的和平秩序看作神创造的基督降临这个世界的前提。基督已经在 1 世纪出现［《斥叙马库斯》卷二，行583－634，特别是行620，也参《殉道者的冠冕》中关于劳伦蒂乌斯（Laurentius，意大利籍伪教皇）的颂歌（hymnus），首2，行417-424］。普鲁登提乌斯用人来打的比方说明这一点（《斥叙马库斯》，行623-633）：只有当神控制了反抗的精神力量，用理智抑制所有情感的时候，神才能够进入个体的人。相应地，只有在罗马政权实现世界的和平以后，基督才能够降临世界。这个比方会让人想起柏拉图把人的灵魂的结构与国家结构并列。西塞罗曾经重新着手研究这种并列（《论共和国》卷一，章38，节59－60）。

之后，普鲁登提乌斯指出，当罗马面临危险的时候，拯救者不是异教的神，而是基督教的神，尤其是上帝的化身基督，只有基督才能带来真正的和平（《斥叙马库斯》卷二，行634－768，参《古罗马文选》卷五，前揭，页396以下）。

接下来，普鲁登提乌斯针对的是叙马库斯宣称的观点：认知上帝的途径有好多，因为天地是大家共有的。而普鲁登提乌斯引入对上帝的 meritum（侍奉）作为区分准则，并由此得出下列层级划分。

> Sed tantum distant Romana et barbara, quantum
>
> quadrupes abiuncta est bipedi vel muta loquenti,
>
> quantum etiam, qui rite dei praecepta sequuntur,
>
> cultibus a stolidis et eorum erroribus absunt
>
> 但是，罗马人与野蛮人之间的差距很大，就像
>
> 四脚（动物）与两脚（人）或者不会讲话的人与语言天才之间的差距一样大，
>
> 又像那些遵守上帝律法——就像理应如此的一样——的人
>
> 同愚蠢的（诸神）崇拜及其谬误保持很远的距离一样（《斥叙马库斯》卷二，行816－819，引、译自《古罗马文选》卷五，前揭，页408及下）。

也就是说，存在3对，即人与动物，罗马人与野蛮人（barbarus)，以及基督徒与非基督徒。这 3 对可以组合成 4 个层级。其中，较好的部分处于比较上面的层级。譬如，在人与动物的对立中，人处于较高的层级（次低的层级）。较差的部分则处于比较下面的层面。譬如，在罗马人与野蛮人（barbarus）的对立中，野蛮人（barbarus）处于较低的层级（次低的层级）。值得一提的是普鲁登提乌斯的思想倾向：在这个组合结构中，信奉公教的的罗马人处于最高的层级（参《古罗马文选》卷五，前揭，页 409）。

对数 层级	第一对	第二对	第三对
最高的层级			基督徒
次高的层级		罗马人	非基督徒
次低的层级	人	野蛮人	
最低的层级	动物		

（二）《心灵的冲突》

在用抑扬格三拍诗行（iambus trimeter）写的前言里，亚伯拉罕（Abrahm）被证明是信仰上帝的榜样。之后，普鲁登提乌斯在《心灵的冲突》的开篇祈求基督：基督应该证明他已经把倾力帮助克服罪恶的斗士赐予有德之人。接着，普鲁登提乌斯让寓意性的形象，在"灵魂的斗争"中，像希腊语标题能够复述的一样，用各种美德对抗各自对应的罪恶。在这方面，斗争的风格符合各个论争者的本性。依据报应原则（ius talionis），恶人最终要为自己对别人犯下的罪恶受到惩罚。也就是说，用对神的信仰（fides）对抗对神的敬畏（cultura deorum），用贞洁（pudicitia）对抗情欲（libido），用忍耐（patientia）对抗愤怒（ira；关于忍耐的斗争，见《心灵的冲突》，行 109－177），用谦卑（mens humilis）对抗高傲（superbia），用斋戒（sobrietas）对抗吃喝玩乐（luxuria），用节俭和行善（frugi，opratio）对抗贪婪（avaritia），以及用和睦（concordia）对抗不和或争论（discordia）（参《古罗马文选》卷五，前揭，页 408 和 410 以下）。

信仰最终要求为上帝建立神庙。这个要求既关系到圣城耶路撒冷［《启示录》（Offenbarungen）21］，也关乎要成为上帝的居所或神庙的人［《以弗所书》（Ephesians）2：22；《哥林多前书》（1. Kor.）3：16］。因此，《心灵的冲突》取决于两个关联：较大的关联是争斗的比喻，另一个关联是修道（即把自己修建成上帝的居所或神庙）。争斗的描述传统上属于叙事诗。不过，叙述美德战胜罪恶也会有教益。① 就这点而言，可以把《心灵的冲突》视为教谕诗。在后古典时期，把叙事诗与教谕诗相提并论的是卢卡努斯的《法尔萨利亚》。在《法尔萨利亚》里，小加图被描述成廊下派智者的典范。

（三）抒情诗

在《每日十二时咏》第十首颂歌《死者葬礼的颂歌》（Hymnus Circa Exequias Defuncti）里，诗节各有 4 个以不完整节拍结尾（καταληκτικός或 catalectic）的抑抑扬格双拍诗行（anapaest dimeter）。在诗节之上是明显讲究对称的内容：诗行 1-8 吁请上帝；诗行 9-68 是学说；诗行 69-92 是圣经故事及其寓意性释义；诗行 93-156 又是学说；诗行 157-172 吁请耶稣基督。神话位于中间位置，在《每日十二时咏》的其它颂歌（hymnus）里也可以找到，强烈地让人想起品达关于竞拜的"凯歌（Siegeslied）"（公元前 5 世纪），品达自己称之为"颂歌（hymnen）"。在品达的颂歌（hymnen）里，关于神明与英雄的神话一

---

① 至于忍耐与愤怒之间的冲突的比喻描述（《心灵的冲突》，行 109-177，参《古罗马文选》卷五，前揭，页 410 以下），可以对照德尔图良的《论忍耐》第十五章第四至七节。

般都位于歌（hymnus）的中间，内容关涉所歌颂的胜利。普鲁
登提乌斯是否知道品达，尚未确定。也许贺拉斯扮演了一个很有
限的中间人的角色。除了别的传统颂歌元素，就像在品达的颂歌
（hymnus）里找到的一样（吁请神，赞美神和地下的精灵），富
有教育意义的元素和与此有关的教诲诗的体裁类型都有很强的代
表性。颂歌（hymnus）丰富而精心构思的结构和充满艺术性的
措辞表明，这些诗的写作目的不是用作礼拜仪式，而是为了个人
的沉思默想，或用于一个小圈子。然而，一些部分逐渐变为教会
歌曲。譬如，经过各种阶段和改写，这首颂歌的诗行 116－172
成为现在福音新教歌本的第一百七十四首。

　　除了与传统的诗人的形式语言，尤其是诗行 9－16，古代哲
学（物理学）的观念也一起形成。这样的论证通常也为基督复
活信仰的捍卫者利用，尤其是为阿特那戈拉斯（Athenagoras）所
用，他在 180 年左右撰写一篇很详细的论文《论复活》
（κϱεϱὶ ἀναστάσεως νεπῶν 或 De Resurrectione）。[1] 粗糙的灵魂与肉体
的二元主义在古代的流行哲学里很常见，不过，普鲁登提乌斯坚
决强调肉体的复活，认为死亡是生命的更新（《死者葬礼的颂
歌》，行 120），反驳所有异教传统的核心（参《古罗马文选》
卷五，前揭，页 414 以下）。

三、历史地位与影响

　　基督徒普鲁登提乌斯是古典时期最伟大的基督教诗人，被誉
作“贺拉斯”（参王晓朝，《教父学研究：文化视野下的教父哲
学》，页 118）。

---

[1]　参 Athenagoras, *Legatio and De Resurrectione*（《〈使团〉与〈论复活〉》），W.
R. Schoedel 编译，Oxford 1972，尤其是章 3－9。

第五节　诺拉的保利努斯

一、生平简介

353 或 354 年，诺拉的保利努斯（Meropius Pontius Paulinus）生于布尔迪伽拉（今波尔多）。保利努斯出身于一个富贵的元老院议员家庭。保利努斯师从修辞学家奥索尼乌斯学习修辞学。后来，奥索尼乌斯成为保利努斯的慈父般的朋友。在奥索尼乌斯的举荐下，保利努斯当上坎佩尼亚的总督。

在坎佩尼亚，人们向圣费利克斯（Felix）的墓表现出来的偶像崇拜给保利努斯留下了深刻印象。保利努斯放弃国家公职，返回家乡，在阿奎塔尼亚（Aquitanien）的庄园里过着休闲的文学生活，390 年在布尔迪伽拉接受洗礼。艰难的个人经历促使保利努斯退避这个世界。保利努斯和妻子锡拉希亚（Therasia）首先在西班牙逗留。在西班牙，他们把家财用于虔诚的目的，这导致 393 年保利努斯在巴塞罗那全体教徒的推动下被按立为神父。394 年，保利努斯和锡拉希亚最终迁往诺拉。在诺拉，他们过着一种严格的苦行主义生活。409 年，保利努斯当选诺拉的主教。

431 年，在过了一种断念的、献身于尊崇上帝和圣费利克斯以及博爱的生活以后，保利努斯死于诺拉这个城市。

二、作品评述

在保利努斯采用不同格律撰写的 35 首诗当中，有 14 首《赞美诗》（Carmina）是献给圣费利克斯的，例如第二十三首，采用六拍诗行（hexameter）。在第十（《致奥索尼乌斯》）、十一首中，保利努斯深入研究老师和朋友奥索尼乌斯关于教育价值的观点。尽管他在这件事上不妥协，保利努斯对年长者还是很诚恳。

在保利努斯的散文中，流传下来的只有 50 封书信。其中，有几封信写给同时代的名人，如阿非利加的奥古斯丁［《信札》(Epistulae)，封 2，参《古罗马文选》卷五，前揭，页 500 以下］和南高卢的苏尔皮基乌斯·塞维鲁斯（Sulpicius Severus，参王晓朝，《教父学研究：文化视野下的教父哲学》，页 119）。除了私人的信件，这些书信还深入探讨神学。

从保利努斯的作品中可以看出，保利努斯掌握了遗留下来的传统教育及其在诗歌与散文的形式方面的发挥，直至一些细节。在保利努斯皈依基督教以后，这种教育完全为新的活动所用。作为灵感的源泉，基督（Christus）现在替代了曾经是艺术女神们（Musen）掌管的职位（参阿尔布雷希特主编，《古罗马文选》卷五，前揭，页 490 及下）。

三、历史地位与影响

保利努斯的诗歌与 5 世纪早期的许多作品一样，风格华丽。在 18、19 世纪，尽管古典主义者被视为颓废文艺家，令人厌腻和受到驳斥，可是保利努斯的诗歌在那时候还是受到高度评价，并且用作教育典型。

第六节　西多尼乌斯

一、生平简介

431 或 432 年[①] 11 月 5 日（西多尼乌斯，《书信集》卷八，

---

① 或者 430 年，参 LCL 296, *Introduction*，页 xxxii；或者大约 433 年，参《古罗马文选》卷五，前揭，页 518。

封6，节5），西多尼乌斯［Gaius Sollus Modestus（？）Apollinaris Sidonius］生于卢格杜努姆（Lugdunum）——今里昂（Lyon）。西多尼乌斯的家庭属于在高卢行省最高的古罗马达官贵族。西多尼乌斯的祖父和父亲都曾是高卢行省的军政长官（praefecti prae-torio Galliarum），因此统治古罗马帝国的西部（处于不列颠和北非之间）。虽然至少自西多尼乌斯的祖父以来他的家人就信奉基督教，但是西多尼乌斯接受的是传统的世俗教育，对希腊罗马的古代文学非常熟悉。

西多尼乌斯在高卢和罗马的贵族社会交往颇广。譬如，西多尼乌斯娶阿尔维尔尼人（Averner）阿维图斯（Avitus，约380/395－456年）① 的女儿帕皮阿尼拉（Papianilla）为妻。阿维图斯同样曾是高卢行省的军政长官，455年成为西罗马帝国的皇帝（455－456年在位）。西多尼乌斯这次婚姻有4（或3）个孩子，即1个儿子：阿波利纳里斯（Apollinaris），和3（或2）个女儿：塞维里娜（Severina）、罗斯基娅（Roscia）和阿尔基玛（Alcima）。②

在仕途上，尽管西罗马的政权更迭频繁，可是西多尼乌斯依然官运亨通。首先，西多尼乌斯跟着岳父阿维图斯前往罗马，第一次出任执政官。在阿维图斯垮台以后，西多尼乌斯返回家乡。接着，由于西多尼乌斯在家乡写颂词欢迎新皇帝，新皇帝马奥里安（Maiorianus）把西多尼乌斯升为亲近的陪同（comes，comi-tis，阳性，伴侣，同伴）。在这些年里，西多尼乌斯和他的祖先们一样，担任高卢行省的军政长官的高官。467年，皇帝安特弥乌斯（Anthemius，467－472年在位）把西多尼乌斯召回罗马。

---

① 全名 Marcus Maecilius Flavius Eparchius Avitus，西罗马帝国皇帝，元老院议员、高级军官，皮亚琴察（Piacenza）的主教。

② 图尔的圣格里高利（Gregory of Tours）提及阿尔基玛（Alcima），但是蒙森认为阿尔基玛是前述的两个女儿之一。

西多尼乌斯成为罗马的市长。

由于在政治领域里的声望，西多尼乌斯像安布罗西乌斯一样，470 年左右当选他妻子家乡城市阿尔维尔尼地区的奥古斯塔纳默顿（Augustonemetum）①的主教。当这个城市受到西哥特国王尤里克（Eurich）的攻击的时候，西多尼乌斯组织反抗，因为皇帝的统治已经瓦解。在这个城市沦陷以后，西多尼乌斯首先被西哥特人逮捕和拘禁，但是不久以后作为神职人员又被释放，并恢复了大主教的职务。随后在布尔迪伽拉（Burdigala）②和托洛萨（Tolosa），③ 西多尼乌斯还住在西哥特国王的王宫里。

480 年以后，西多尼乌斯死于自己的家乡（参 LCL 296，*Introduction*，页 xxxii 以下）。

二、作品评述

西多尼乌斯是一个全面的多产诗人，写过墓志铭（ēlogium）、献辞、杂忆等不同诗歌类型。不过，西多尼乌斯的代表作是《颂歌》（*Carmina*）和《书信集》（*Epistulae*）。

《颂歌》属于早期的世俗诗作。其中，3 首颂辞（panegyrici）所采用的格律都是扬抑抑格六拍诗行（dactylus hexameter）。其中，第一首颂辞写于阿维图斯执政时期。在第一次出任执政官之际，西多尼乌斯在罗马元老院里朗诵了这篇"颂辞（panegyricus）"（《颂歌》，首 7），并因此获赠一尊雕像。在卢格杜努姆，西多尼乌斯写了两首"颂辞（panegyricus）"：1 首对新皇帝马奥里安表示欢迎（《颂歌》，首 5），1 首恳求这位新皇帝减轻卢格杜努姆的税收（《颂歌》，首 13）。在安特弥乌斯执政时期，在

---

① 今奥弗涅（Auvergne）的克莱蒙费朗（Clermont-Ferrand）。

② 今波尔多（Bordeaux）。

③ 今图卢兹（Toulouse）。

他第二次当执政官期间，西多尼乌斯又撰写了1首"颂辞（pan-egyricus）"（《颂歌》，首2）（参 LCL 296，页4 以下；《古罗马文选》卷五，前揭，页518及下）。

除了《颂歌》，属于世俗诗作的还有16首短诗。尽管西多尼乌斯称之为"闲笔"，可是在形式和内容方面，它们都颇有趣味。这些短诗不仅内容庞杂，而且格律各异。在内容方面，有两首婚歌（hymenaeus，首11 和15），虽然属于基督徒的作品，但是里面出现一些世俗的神明，例如阿摩尔、维纳斯和弗洛拉（参 LCL 296，页170 以下）。在形式方面，有一首婚歌（hymenaeus）采用十一音节体诗行（hendecasyllabus），也有的诗采用对句格（distichon）、阿斯克勒皮亚德斯诗节（Asclepiadeus）、安纳克瑞翁格（anacreonte-us 或 Anakreonteus）和萨福诗节。这表明，这位诗人应用各种诗歌格律都很娴熟（参王焕生，《古罗马文学史》，页428）。

由于当选主教，西多尼乌斯决定放弃不负责的以神话为内容的诗歌创作（《书信集》卷九，封12，节16）。西多尼乌斯开始改写书信体。西多尼乌斯的《书信集》总共147 封，分为9卷（卷1-2，参 LCL 296，页331 以下；卷3-9，LCL 420，页2 以下）。这些书信都是诗人自己发表的，起初只有3卷，后来增补为4卷，最后才发展为全集（参王焕生，《古罗马文学史》，页428）。也就是说，书信可能出自西多尼乌斯的整个一生。

不过，西多尼乌斯显然不可能完全忠实于上述的决定。在西多尼乌斯的书信中，后来的作品除了宗教诗，的确还有这首或那首更早的那种诗，[①] 当然没有神学的内容。但是，这个时期的文

---

① 　这些诗分成8首采用六拍诗行（hexameter）的颂辞和一组内容庞杂、格律各异的诗。这些诗由引言诗（《颂歌》，首9）和最后的后记诗（《颂歌》，首24）圈围起来，可能是按照古代的典范制作成诗书的，由西多尼乌斯本人出版。

学观点基本上就体现在书信的文体①中。因此，一般来说，那些诗都不是 470 年以后写的。

从西多尼乌斯的文学个性来看，尽管他担任很高的宗教职务，基督教的东西仍然只是一个磨光的多面体平面，而在形式与内容方面，显露出各种各样从异教的古典时期遗留下来的东西。

465 年左右致阿尔维尔尼的元老级贵族多尼狄乌斯（Donidius）的信（《书信集》卷二，封 9）表明了西多尼乌斯的生活方式。在宗教和社会方面，这种生活方式都在西多尼乌斯心里根深蒂固。很明显，尽管日耳曼人入侵及其伴随而来的恐怖现象，可当时高卢行省南部的富人阶层还仍然力求保持理想人性（humanitas）。在古罗马人打算过的那种高雅生活方式中，除了文雅（urbanitas）——爱好礼仪的社交，教育扮演了重要的角色（参《古罗马文选》卷五，前揭，页 98，脚注 2）。尽管所有的无忧无虑都是预先确定的，可是书信的形成也是经过再三斟酌的，这一点大约可以从临时安排的洗澡场景的细节描述（卷二，封 9，节 8-9）看出。在他想表达特别快乐的地方，西多尼乌斯运用了诗歌的风格。如同西多尼乌斯在中断他的信的时候说的一样，整体是优美的描写（amoena narratu，见卷二，封九，节 10）（参《古罗马文选》卷五，前揭，页 521）。

另外，值得注意的是西多尼乌斯对野蛮人（barbarus）的态度。一方面，西多尼乌斯"大肆吹捧一连串的西哥特君主，并声称他与这些君主在对待西部帝国方面有共同的利益"，另一方面，西多尼乌斯又"十分讨厌粗声粗气、赤身裸体的哥特人，

---

① 西多尼乌斯首先出版了 7 卷书信集，接着在另外两个版本中各添加 1 卷，因此在 480 年以后第三版包括 9 卷，从而达到了普林尼的书信集中的卷数（参《书信集》卷九，封 1，节 1）。在风格和内容方面，这些书信一开始就是为发表而写作的；或者事后为了这个目的进行了修订，有意识地选取了西多尼乌斯交往的信件。

纹身的赫路里人和披头散发、脑壳上抹黄油、散发难闻气味的勃艮第人（Burgundians）"（参格兰特，《罗马史》，页339）。

三、历史地位与影响

基督徒西多尼乌斯有诗歌和书信传世。安德森（W. B. Anderson）把西多尼乌斯的诗歌和散文都翻译成英文，附有拉丁文本，由勒伯书丛（Loeb Classical Library）出版，其中，1939年出版第一卷，含西多尼乌斯的诗歌和书信的前3卷，1965年出版其余的书信。

第七节　波爱修斯

一、生平简介

波爱修斯出生于480年左右。波爱修斯出身于公元前2世纪以来在古罗马元老院里出现的氏族（gens）阿尼基（Anicia 或 Anicii），因此属于罗马古老的最高层贵族。在这个显赫的家族中，有3代人担任罗马帝国的执政官：波爱修斯及其父辈和两个儿子。[①]不过，波爱修斯遭遇人生的3大不幸之一：幼年丧父。不幸中的万幸是，养父是罗马元老院领导人昆·叙马库斯（Q. Aurelius Memmius Symmachus）：其曾祖父叙马库斯不仅引发关于维克托里亚祭坛的争论（参《古罗马文选》卷五，前揭，页302以下），而且本人也搞文学。波爱修斯的养父以及后来的岳父昆·叙马库斯不仅继承了罗马传统，而且还像波爱修斯一样是个基督

---

① 波爱修斯，《哲学的慰藉》，代国强译，南昌：江西人民出版社，2007年，页50。

徒。昆·叙马库斯对新柏拉图主义哲学的浓厚兴趣和对基督教的虔敬深深影响了波爱修斯。也就是说，波爱修斯从小受到了良好的古典文化教育，而且这种教育远远超过了当时在罗马上流社会的通常水平，或许也引领他前往亚历山大里亚。在亚历山大里亚，有人给波爱修斯介绍希腊文学和哲学。接着，波爱修斯成为帝国西部最后一批很好掌握希腊语的人之一，他也努力扮演向讲拉丁语的帝国西部介绍希腊教育的人的角色。

由于德才兼备，波爱修斯受到东哥特王国的国王特奥德里克（Theoderic）① 的赏识，因而当上高官。510 年，波爱修斯成为执政官，和卡西奥多尔一起担任日耳曼国王的顾问。522 年左右，波爱修斯成为政法长官（magister officiorum）。波爱修斯是一位出色的政治家，尽管波爱修斯效力于把罗马当作附庸的东哥特王国，可他还是竭力排除各种困难，忠心地服务于罗马人的罗马。

不过，由于时局太错综复杂，波爱修斯最终还是沦为一名昙花一现的悲剧性政治家。一方面，定都拉文纳（Ravenna）的特奥德里克努力在阿里乌教派的哥特人与信仰天主教的罗马人之间建立一种可以容忍的关系，也把罗马的元老拉拢到自己一边。由于罗马的教会与东罗马帝国各教派之间教义的严重对立，这事变得很轻松。但是与此同时，东罗马帝国的皇帝们的确也力求通过消除教义的对立，赢得罗马元老院与（天主教）教士的支持。在罗马、拉文纳与君士坦丁堡三足鼎立的局势中，在特奥德里克执政时期行将结束时，罗马的教会与元老院更亲近东罗马帝国皇帝。除了其他原因以外，这也动摇了特奥德里克的地位。523年，由于为被控为东罗马办事的罗马元老阿尔比努斯（Albinus）

---

① 日耳曼人的名字，经证实是哥特人的名字，拉丁化为 Theodericus 或 Theodor-icus。

辩护，波爱修斯受到牵连，被诬指犯有阴谋叛国罪，被捕入狱，关押在帕维亚。在一段时间以后，524 年，在没有出庭辩护的情况下，波爱修斯就被秘密处死。

二、作品评述

（一）概述

波爱修斯受到很深的希腊教育体现在他的作品中：属于"四艺（Quadrivium）"（参《古罗马文选》卷五，前揭，页 334 以下）的是波爱修斯翻译和改编的希腊手册《算术原理》或《算术入门》（*De Institutione Arithmetica*，2 卷）、《几何学》（*Geometria*）和《音乐原理》或《音乐入门》（*De Institutione Musica*，5 卷，参奥古斯丁的类似著作）。其中，《算术原理》与《几何学》到中世纪还是教会学校的教材，流传近千年，而《算术原理》和《音乐入门》这两部著作对科学史都很有意义。可惜的是，《音乐原理》、《几何学》和关于天文学的著作已经失传 [参《古典诗文绎读·西学卷·古代编》（下），前揭，页 301]。

波爱修斯也可能打算翻译柏拉图的所有对话录（dialogus）和亚里士多德的著作。流传下来的译作有：亚里士多德的附有 1 篇评论（commentārius）的《范畴篇》（*Kategorien*），亚里士多德的附有两篇不同要求的评论（针对初学者和高年级）的《诠释篇》（希腊语 *Peri Hermeneias* 或拉丁语 *De Interpretatione*）；新柏拉图主义者波尔菲里奥的《〈范畴篇〉导引》（*Eisagoge*），附有两篇评论，一篇以维克托利努斯的译文为基础；其他的译作源自亚里士多德。1 篇对西塞罗的《论题》（*Topica*）的评论也部分流传下来。

此外，波爱修斯自己也写一些关于逻辑的文章和一些神学论文，即《神学论文集》（*The Theological Tractates*），例如《论三

位一体》（*De Trinitate*）或《三位一体是一个神，不是三个神》
（*Trinitas unus dues, ac non tres dii*）、《圣父、圣子和圣灵是否宣
布了神的实体存在》（*Utrum pater et filius et spiritus sanctus de di-
vinitate substantialiter praedicentur*）、《实体就其在善的限度内如何
是善的，虽则它们不是实体性的善》（*Quomodo substantiae in eo
quod sint bonae sint cum non sint substantialia bona*）、《论星期》
（*De Hebdomadis*）、《驳优迪克和涅斯托利》（*Contra Eutychen et
Nestorium*）和在作者方面受到学界普遍质疑的《论公教信仰》
（*De Fide Catholica*，克里：如何阅读《哲学的安慰》，前揭书，
页354）。上述的5篇神学论文是为解决神学论争而写的。作者
凭借深厚的哲学修养，由澄清词义、定义概念入手讨论问题，把
形而上学引入神学（参LCL 74，页1以下；王晓朝，《教父学研
究：文化视野下的教父哲学》，页129）。然而，直到近现代都产
生很大影响的作品是波爱修斯在监狱里写的哲学专论《哲学的
慰藉》（*Consolatio Philosophiae*，参克里：如何阅读《哲学的安
慰》，前揭书，页303以下）。

（二）《哲学的慰藉》

1. 内容解析

《哲学的慰藉》总共5卷。它的主要内容大致可以复述
如下：

在第一卷里，波爱修斯首先讲述自己的境遇，抱怨世界上的
"善"似乎都遭遇危险。按照哲学的教导，作者研究智慧，然后
出列为士，让国家蒙福：参加政府部门的工作，"只是为求一切
好人的公共利益"。所以，为了维护正义（δικαιοσύνη），为了表
现自由且不畏强权的良心，作者要"同恶人进行无法缓冲的剧
烈争执"，"对当权者的怨恨嗤之以鼻"。作者多次顶住压力，反
对摧残弱者的科尼加斯塔斯（Conigastus），扭转皇帝管家特里古

伊拉（Triguilla）将要或已经实施的不公平，不顾个人安危保护那些遭受苦难的人们：人民的产业遭到贪婪之徒的强夺和国家赋税的重压。为了人民的共同利益，作者甚至同护卫帝国的指挥官进行了一次争斗，并成功地坚决抵制了强令在坎佩尼亚进行的威胁着那个行省的买卖。波爱修斯从谋财的法庭走狗们那里救过执政官保利努斯（Paulinus）。波爱修斯为了救承受"莫须有"罪名的执政官阿尔比努斯而得罪阴险的告密者居普里安（Cyprian）。在他曾经救助过的人之中，波爱修斯本应当更安全些。然而，这位出色的政治家由于热爱正义，没有在朝廷中培植自己的势力，最终却被告密、放逐和囚禁。告密者是以前被解除过朝廷公职的债务累累的巴西尔（Basil）、作恶多端而被国王放逐的奥皮里奥（Opilio）和高埃棱提乌斯（Gauelentius），罪名是"寻求元老院的安全"，"渴求罗马的自由"。在恶人当道的情况下，作者不仅"没有获得诚实美德的奖赏"，而且还遭受本不属于他这个好人的厄运的煎熬：失去好名声和财产，甚至被判处死刑，在"五百里之遥"的"罪恶丛生的牢房中"，"根本没有机会为自己辩护"（卷一，说4）。

　　在这种情况下，哲学女神向凄冷孤独的作者显现，充当这位郁闷苦恼的不幸者的心理医生。首先，哲学女神列举国内外的名人遭遇厄运的例子，例如喝毒酒而死亡的苏格拉底、被驱逐出境的阿那克萨戈拉（Anaxagoras）和受苦难的芝诺，以及卡尼乌斯（Canius）、小塞涅卡和索拉努斯（Soranus）蒙羞，以此提醒作者要"理智"（卷一，说3），别放逐自己，别理睬那些人的罪行和无耻的谎言。与此同时，哲学女神为波爱修斯量身订做了一套渐进式的安慰策略：先用温和的方式治疗作者的不良情绪，然后才用更猛烈的药方（卷一，说5）。之后，哲学女神提醒这位不幸的作者一些基本的真理，例如"宇宙的统治并不是由于盲目和偶然，而是由于上帝的理性"，让他对自己的悲惨境遇有正确的认识，不必恐惧（卷一，说6）。最后，哲学女神诊断性地指出，痛苦的波爱修斯之所以患有心灵的顽疾，是因为他对自我的无知，对于"至善"的无知以及对二者关系的无知（卷一，说6）。这种诊断奠定了第二至五卷的主题（参克里：如何阅读《哲学的安慰》，前揭书，页307及下）。

在第二卷里，哲学女神的目标是让波爱修斯从命运赐予的各种礼物的沉迷中解脱出来，恢复波爱修斯的自我。首先，哲学女神告诉波爱修斯，命运女神的本质就是易变或变化不定，对人的方式就是来去无常，向世人耀武扬威：时而带来好运，时而带来厄运。所以，精明的人以坚定的恒心忍受命运女神的支配，而不必对命运女神的威胁感到恐惧，不必为命运女神的笑容而感到倾慕。财富、荣誉和所有的好运都是命运女神的权力，是命运女神向世人借的债，这就是说，世人所损失的实际上并不属于世人，所以世人没有理由为此诉苦。

接着，哲学女神提醒波爱修斯不要认为自己是不幸的，事实上波爱修斯拥有很多的幸运：有尊贵的养父和岳父、贞洁谦逊的妻子和杰出的儿子们——其中两个当上了执政官（卷二，说3）。作者不满地认为，在遭受的一切困苦中，最大的不幸就是曾经幸福快乐过，最大的痛苦就是对所失去的幸福的记忆。哲学女神回应：应当满足于目前拥有的这些幸福，不必生活在患得患失的恐惧中；真正的快乐就是在面对不幸时的泰然自若。譬如，有人为了追求快乐不惜以死亡为代价，甚至以忧虑和痛苦为代价（卷二，说4）。

在理性的药剂发挥作用以后，哲学女神开始用猛药。哲学女神详细解释人追求的东西，最后得出结论：物质上的成就感不能带来安全和稳定。由于赚钱的能力比黄金本身更有价值，流通的财富要比堆放起来的财富更有价值，那么财富的转移或流通就成为必然，所以财富并不能永远拥有，而仅仅是为了满足个人自身的基本需求。一旦"人类贪欲的野心燃烧起来"，财富就因为失去流通的特性而堆积，然而"越是拥有更多值钱的东西，就越需要更多的功夫去照料。拥有越多，需要的就越多"。这就导致在理智上同上帝相仿的人自贬价值。事实上，财富给财富的拥有者带来危害，例如"身上装满金钱的旅行者，内心充满了恐惧"（卷二，说5）。在这里，哲学女神——用廊下派的证据——证明世界上的财富并不真正打动人，就这点来说，不可以抱怨财富的损失。

最后，哲学女神解释命运女神给予的两样礼物——即荣誉和权力——都是暂时的，并不能给人带来益处，即使是道德高尚（μεγαλοψυχία）的人为大众服务而获得的名声也是微不足道的，所以"在命运之中，没有值得我们追求的事物，因为这些事物显然无内在的善，并不总是和好人相伴，也不会使拥有的人变得善良"（卷二，说6-7）。相反，厄运比好运更有益处，因为好运欺骗人，而厄运教导人（卷二，说8）。

在第三卷中，提出了真正幸福的问题，在柏拉图式的以及新柏拉图主义的论证中——还联系奥古斯丁——表明：神是最高的目标。首先，哲学女神给出了"善"的定义："一旦得到它，人就不再有其他追求了，这就是至真至大的善，包含了一切美好的东西"，并列出了各种伪善：财富、地位、权势、荣耀和快乐（卷三，说2）。接着，哲学女神探讨虚假幸福——不完满的善——及其成因（卷三，说3-8）。在作者明白"获得财富不能让人满足，统治王国不一定拥有权势，身居高位不一定受人敬重。真正的荣誉不与野心为伍，肉体的享受并不能给人带来真正的快乐"的道理以后，哲学女神联系柏拉图的《蒂迈欧篇》

（*Timaeus*），开始探讨至真至大的善：寻求至大至真的善必须寻求上帝的帮助，因为万物之源的"上帝是善"，在上帝"身上存在着完全的善"，"上帝的本质存在于绝对的善之中"；上帝只有一位，万事万物都听命于上帝的安排；上帝通过善之舵操控着宇宙之舟，拥有自由意志的万物都听命于上帝的领导，所以没有自然而生恶；巴门尼德说："无论从哪方面讲，他都是一个完美无缺的整体"（卷三，说9-12）。也就是说，上帝、善和幸福是一体的。

现在，波爱修斯有个疑惑不解的问题："在一个善良统治者的世界当中，应不应该存在罪恶，或者是，罪恶为何总能横行于人世间"？让波爱修斯觉得更奇怪的是，作恶的人逍遥法外，甚至飞黄腾达，而善人不仅没有得到奖赏，反而被恶人践踏蹂躏，甚至没有犯罪却受到刑罚。这些问题的答案在第四卷中。哲学女神讲述天命（Providentia）——神的旨意，并且联系柏拉图的《高尔吉亚》（*Gorgias*，亦译《高尔吉亚斯》）提出了证据：善自身有价值，所以恶人们未击中为人的目标。哲学女神认为，"人类的活动基于两个事实：能力和意志"。虽然无论好人还是坏人都怀着本能去追寻善，但是从结果来看，善人得到了善，而恶人却没有得到，因为恶人得到了善就不是恶人了。由此观之，从能力来看，"善人很有本事，恶人却软弱无能"，因为从意志来看，"善人以道德的本能去寻求善，而恶人以贪婪去追求善"，也就是说，恶人无法把自己的本能——受造的人从上帝那里继承得来的神性"善"——付诸到实际行动中，而错误地用不符合自己本能的方法"贪婪"去模仿成功的人，其结果必然是不能实现最初的目标（卷四，说2）。从人的终极目标来看，"拥有至真至大的善是人类一切行为所应得到的报酬"，所以"善有善报，恶有恶报"（卷四，说3）。善人得到的奖赏是得到善的快乐，而恶人受到的惩罚就是沦为内心极度痛苦的衣冠禽兽（卷四，说4）。

那么，为什么无所不能的上帝有时似乎让坏人快乐，让好人痛苦（卷四，说5）？于是，哲学女神开始解释波爱修斯心中的这个疑惑。生活中出现的不公平现象涉及到许多的问题，如"上天的指示、命运的影响、不可预知的机会、上帝的预定和安排以及个人的意志"。首先，从天命和命运的关系来看，天命就是支配宇宙中一切变化过程、秩序和形态的上帝永恒之意志对所有行为进行的限制。命运是所有变化事物中所发生的一种秩序——天命掌控万物的手段。所以，天命是上帝对世俗秩序的提前安排，命运是这种安排在时间中的运行。天命亘古不变，而命运变化无常；"命运的变化同天命的永恒，正如推理同智慧、生长同成熟、暂时同永恒、圆周同中心点一样"。从等级地位和范畴来看，"凡是属于命运的，也同样属于天命，而命运本身也从属于天命"，命运限制了人的行动和机遇。然而，有些"被固定地安置在离主神最近的地方"的事物虽然在天命之内，但是却由于"牢牢地同上帝的意志紧密相连"，就彻底地摆脱了命运的限制，游离于命运之外。不过，天命安排万物是出于上帝的旨意，而且是属于最高的统治者的，所以对于全能的上帝而言，这种摆脱了命运限制的天命也是上帝安排的一种秩序。在天命之内，善人依命运行事，坏人没有依命运行事，造成这种行为差异的根源就是人的自由意志。恶人作恶并不是因为恶人的本质是恶，其实恶人也是一心向善，只不过是恶人被人的自由意志错误地引离了正道，所以恶人只是患了精神的疾病。而上帝是人的心灵的守护者和治疗者，让人患上精神疾病并医治人的精神疾病，这是上帝引导人向善的一种手段。也就是说，世间不公正现象都是上帝用来指引人向善的（卷四，说6）。"无论好运还是厄运，都会对善人进行奖励或考验他们的道德，对恶人则惩罚他的过错并改善他的行为"。显然，"一切命运既公道又很有价值，就一定是善的"。总之，一切命运都是善（卷四，说7）。

最后在第五卷中，讲述必然与偶然的关系。哲学女神认为，上帝掌控一切，在他的安排下，不可能存在随意发生的事情。偶然发生的事情并不是从"无"中产生，因为"从虚无中什么也不能产生"。联系亚里士多德的《物理学》，哲学女神认为，"偶然是一种无法预料的结果，这结果是从有其他目的的原因中因巧合发生的"。譬如，好运气就是一种偶然，因为幸运者获得好运气，不是出于原来的目的，而是由于某种特定的原因（机遇或巧合）而做成的事情。不过，这种好运气仍然属于命运的范畴，而命运是从天命发出，使得所有的事情都在恰当的时间和恰当的地点发生。也就是说，一切都在因果缘由的紧密相连中（卷五，说1）。尽管如此，变化无常的自然界仍然存在自由的意志："凡是有理性的事物，都能自由决断"，不过存在自由程度的差异。"众天使和神灵拥有高明的判断力、沉着的意志力和心想事成的权能"，所以以拥有绝对的自由。而受造之人不享有绝对的自由。依据享有自由的程度，人分4等，从高到低依次是感应上帝的心灵的人、沉溺于肉体的人、沉迷于尘世的人和心灵被罪恶无耻所迷惑的人（卷五，说2）。那么，神的预知万事万物的能力与人类自由决断的能力之间是否存在着矛盾呢（卷五，说3）？哲学女神认为，长久以来，人类对理解天命存在着很大的困难，正如西塞罗在论及占卜时强调的一样，所以迄今为止人类都没有充分肯定地解释天命。"这种模糊不清的原因来自人类的理性没有神的预知那样准确直接"。因为，认知的方式分为感觉、想象、理性和智慧等，并且认知方式不同，认知结果也不同：感觉能认识物质，想象能认识表象，理性能认识普遍的性质，而智慧能清晰地认识事物的整体本质；而"理性只存在人类之中，就如同智慧仅仅属于上帝"，也就是说，人顶多只能认识普遍的性质，而且"凡是被认识的，其领悟不是根据自身的性质，而是根据认知者的主观性"，只有上帝才能凭借智慧认清事物的整体本质。总之，神和人的认知方式不同：智慧是最高层次的，而人的理性是较低层次的，认知的结果也不同。因此，天命并不排斥人的自由意志（卷五，说4）。尽管人的理性屈服于上帝的智慧之下，可人类追求的终极目标是上帝的智慧，所以人类一定要理性地思考上帝智慧的力量（卷五，说5）。联系柏拉图和亚里士多德，哲学女神认为，"上帝是永恒的，宇宙是延续的"。在这里，"永恒是同时并完全地拥有无限的生命"。就上帝的本性而言，上帝的预知不是预见，而是天命；不是主观的见解，而是建立在真理之上的认识。所以，上帝预知的事情必然发生。从上帝的角度看，事情的发生都遵从必然，但是从事情自身的角度看，也可能遵从人的自由意志。不过，人有能力改变自由意志，却无法改变天命：对善奖赏，对恶惩罚。因此，人要获得智慧，拥有幸福，就必须弃恶扬善，并向上帝祷告，将灵魂交付预知的观察者和无所不见的法官上帝（卷五，说6）。

　　从上述的内容来看，《哲学的慰藉》里至少存在一个表面的"人格化"结构：面对剧中人的困境和痛苦的抱怨，哲学女神首先对剧中人的心灵疾病症状作出明确诊断：剧中人对自我的无知、对"至善"的无知以及对二者关系的无知（卷一）；接着她阐明命运赐予的各种礼物（例如金钱、权力、荣誉等）的虚无，以此帮助剧中人摆脱这些礼物的沉迷，恢复深切的自我认同（卷二）；之后她讲明，作为万物的"终极目的"的"至善"是存在：上帝、善和幸福其实是一体（卷三）；在人性与上帝的天性作为万事万物的目的已经确立（卷二至三）以后，她从神正论、自由意志、决定论、神意等多个方面阐明人性与上帝的天性之间关系。

从哲学流派来看，哲学女神在《哲学的慰藉》里述及犬儒学派（卷二至三，散文9）、柏拉图学派（卷三，韵文9至卷四，散文5）、亚里士多德学派（卷四，散文6至卷五，韵文4，行1）[1] 和奥古斯丁学派（卷五，散文2-6）。为了把这些不同的哲学派别有机地统一起来，《哲学的慰藉》的作者除了从剧中人的两难处境出发组织文本的"人格化"结构以外，似乎又采用3个探讨宇宙秩序问题的专论组织文本的篇章结构：从机运（fortuna，即在那种冥顽不灵的灵魂的眼中呈现的样子）的视角看待世界上的各种道（卷一至二）；宿命（fatum，即一种更加清晰的宇宙秩序观念）是道展开的方式（卷三），对各种事件起决定作用（卷四）；超越单纯人性化的观点（卷一至二）和单纯理性化的观点（卷三至四）之外，还存在上帝本身对宇宙的观点，即神意（providentia），作为永恒的"当下"（nunc stans）观点（卷五）。从"机运"、"宿命"和"神意"的序列来看，其层级逐渐提升而包容性也逐渐扩大。

从认识论的角度看，知识有4种主要"资质"：感觉（sense）、想象力（imaginatio）、理性（ratio）和睿智（卷五，散文4，节28-30）。因此，《哲学的慰藉》里还存在一种最重要的篇章结构：哲学女神慰藉波爱修斯的手段分别是感觉（卷一）、想象力（卷二）、理性（卷三至四）和睿智（卷五）。

在第一卷里，波爱修斯深陷在物质的世界里，主要依靠感觉（人类理解力的最初阶段）对普遍性作出反应。譬如，在开篇的

---

[1] 原文"韵文，1"［参《古典诗文绎读·西学卷·古代编》（下），前揭，页308］可疑，或为"韵文4，行1"："往日雅典的哲学学子们"，参波爱修斯，《哲学的慰藉》，页178。

诉歌里，作者详列自己身体衰老的许多细节（卷一，韵文1，行11-12）。鉴于这种情况，哲学女神让自己顺应波爱修斯的感官能力，用那些跟触觉有关的语言回应他所处的条件。譬如，哲学女神完全通过触觉，让波爱修斯识别出最初的宁静，并且让他真切地感受到她这个哲学女神的存在（卷一，散文2，节5-7）。

在第二卷里，哲学女神在想象力的协助下，开始引导自己的学生考虑一般意义上的命运问题。譬如，哲学女神戏剧性地带上"命运女神"的面具，询问波爱修斯提出的、对各种命运礼物的要求（卷二，散文2，节1）。为了实现自己的目标，哲学女神动用想象力的各种伟大成就：不仅有前述的"戏剧"，而且还有传说、肃剧、叙事诗等（卷二，散文2，节11-13）。更为重要的是，哲学女神自始至终都在敦促波爱修斯想象一下那些富豪、权贵、名人等的下场，以此帮助他理解人类命运的虚空。

在第三、四卷里，为了证明"至善"的存在（卷三），为了阐明"至善"跟一般意义上的宇宙和特殊意义上的人的关系（卷四），哲学女神利用了各种更加猛烈的药方：严格理性。譬如，在这个部分，波爱修斯特别频繁也特别恰当地借用柏拉图学说（卷三，韵文9中带有柏拉图意味的意象；卷四，从《高尔吉亚》当中抽取的论证）。在理性的运用方面，除了前述的论证，还包括反思（卷三，散文12，节30-38）。

在经历人类认识的几个不同阶段（感觉、想象力和理性）以后，哲学女神引领剧中人抵达最高阶段：带有神性的理解力"睿智"（卷五）。在这个部分，哲学女神仍然严守理性。不过，由于审视世界的角度是"永恒之眼"，睿智高于作为人类最高认识阶段的理性。因此，哲学女神的口气具有某种宗教性，甚至是具有神秘性（卷五，散文6，节48）。这就预示着，睿智的知识是人类的认知能力不可能完全企及的，即使通过人类所掌握的最高手段"理性"，也只能知道"睿智"的知识的一部分。

如前所述，《哲学的慰藉》里存在 3 套并行不悖的篇章结构。作者采用上述的 3 套结构，精心组织文本，其目的就是为了慰藉和疗救剧中人。与众不同的是，被慰藉的剧中人与作者（波爱修斯）同一，而且疗救者（哲学女神）不是像现代心理医生一样让心理病人述说，而是自己成为主讲人。这个主讲人一方面从认识论的低级阶段（感觉与想象力）到高级阶段（理性与睿智），由表及里，由浅入深地向剧中人显明在世界表面性的流变中存在神圣的秩序，另一方面又通过对上述秩序的揭示，为人类的追求提供依据（卷四，韵文 7，行 32－35）。

奇怪的是，虽然波爱修斯是基督徒，但是在他的《哲学的慰藉》中，既找不到直接反驳基督教学说的东西，又缺失——即使只是暗示——基督教的核心教义，例如死者复活的希望。因此，有人否认《哲学的慰藉》是一部神学著作。那么，为什么基督徒波爱修斯在他那么大的个人危难中没有"更加基督教地"写作？如果想到波爱修斯写作的读者是信仰基督教的和深受罗马古典时期传统熏陶的罗马人，如昆·奥勒留·墨弥乌斯·叙马库斯和卡西奥多尔，那么就可以理解波爱修斯论证中悬而未决的东西。波爱修斯的根扎在他们的圈子中。这根让波爱修斯表现真正的罗马。另一方面，从波爱修斯的处境来看，他在罗马、拉文纳与君士坦丁堡三足鼎立的局势中成为政治牺牲品，被囚在监狱里，在这种情况下，波爱修斯需要疗治痛苦的心伤，而医治心病的心药要么是基督教神学，要么是哲学。为了向罗马人表明自己不忘罗马文化传统的立场，在《哲学的慰藉》中波爱修斯有意回避会引起罗马异教徒不满的基督教神学，迂回地采用与基督教教义最接近的新柏拉图主义哲学的语言来表达基督教的神学内容。全书以善恶问题为中心，劝诫人弃恶扬善，向上帝复归。在恶的问题上，波爱修斯集成了新柏拉图主义的"缺失说"，认为恶是善的完满性的缺失，因而肯定了善的一元性和至善的存在。而这一点正是神学上的终极源头一元论的根基所在［参波爱修斯，《哲学的慰藉》，前言，页 3］。由此可见，人们对波爱修斯的指责是不公正的。

其实，在《哲学的慰藉》中并不是没有基督教的元素。在第三卷第九首诗里，既有向神的祷告，例如：

> 我的父啊，请允许我们的灵魂
> 荣登你神圣的宝座，
> 让我们看到你仁慈的根源。
> 求你驱散尘世间的乌云，
> 使我们看到你的光辉（见波爱修斯，《哲学的慰藉》，

页 99 及下）。

又有对上帝的赞美，例如：

> 你是我们的根源与归宿，
> 我们的向导，
> 我们的首领，
> 我们的道路，
> 也是我们的目标（见波爱修斯，《哲学的慰藉》，页

100）。

这虽然是哲学女神的唱段，但是在宗教史上也只有基督徒直呼神为"父"、"道路"。波爱修斯的祷告更是典型基督徒式的，直呼神为"主"，例如：

主啊，你用爱心孕育了大地的和睦，

从高高的宝座俯视着这片土地。

芸芸众生绝不是卑下的造化，

我们却为命运之海的波涛所颠簸。

万物之主啊，

制止这风暴，

如同你治理天堂的和平，

使人间也遵从这样的权威（卷一，诗5，见波爱修斯，《哲学的慰藉》，页30）。

在《哲学的慰藉》篇尾，波爱修斯借哲学女神之口道出了祷告的意义：

对上帝的期望并不是徒然的，对上帝的祷告也绝非无效。如果祷告合理，上帝必将答复。所以，振作精神，弃恶从善，将你的灵魂寄托在正直的期望上，把祷告从尘世中奉献于上苍（卷五，说6，见波爱修斯，《哲学的慰藉》，页189）。

2. 形式解析

内容的复杂性决定了形式的多样性。由于《哲学的慰藉》里存在3套并行不悖的结构，为了表述不同方面、不同层次的内容，波爱修斯不得不在《哲学的慰藉》里采用各种形式的古希腊罗马文学传统。

在写作《哲学的慰藉》时，波爱修斯可能依据伽达拉的墨尼波斯（见加比拉《语文学与墨丘利的婚礼》，参《古罗马文选》卷五，前揭，页334以下）的形式典范：在散文（prosa）

中加入了诗歌（poema）。全文以诗歌开始，以散文结束，书中诗歌、散文交替出现，数量正好都是39（首或篇）。其中，第一卷和第五卷的诗歌、散文数量不同，即第一卷以诗开始，也以诗结束，因而有诗7首，散文6篇，而第五卷以散文开始，又以散文结束，因而有诗5首，散文6篇；其余3卷都以散文开始，诗歌结束，因而在各卷里诗歌、散文的数量相同，分别都是8（卷二）、12（卷三）和7（卷四）。与墨尼波斯杂咏（satura menippea）的另一个共同点是诗歌的格律各不相同。[①] 譬如，在《哲学的慰藉》里采用扬抑抑格六拍诗行（dactylus hexameter）（卷三，韵文9，行1—3）和抑抑扬格双拍诗行（anapaest dimeter）。

　　不过，波爱修斯并不是照搬墨尼波斯杂咏（satura menippea）。由于墨尼波斯杂咏（satura menippea）几乎失传，所以下面比较的对象是古罗马的墨尼波斯模仿者瓦罗的《墨尼波斯杂咏》（Satura Menippea）。

　　第一，从形式方面来看，在瓦罗《墨尼波斯杂咏》（Satura Menippea）里诗歌、散文混杂在一起，很难分清文章的主体是诗歌还是散文，而在波爱修斯《哲学的慰藉》里，数量相等的诗歌、散文泾渭分明，交替出现。从篇幅来看，以散文为主，以诗歌为辅；从文体来看，全文又是1首诗。

　　与同时代人加比拉的装饰性诗歌不同，波爱修斯赋予插入的诗歌一些重要的功能：或者用更加活灵活现的诗歌意象解释那些在散文部分提出来的观点（如卷二，韵文部分）；或者通过剧中人的言与思和哲学女神的劝说，推动对话发展，实际地推动论证

[①] 参克里，如何阅读《哲学的安慰》，前揭书，页306。另参 Payne, *Chaucer and Menippean Satire*（《乔叟与墨尼波斯杂咏》，University of Wisconsin Press, Madison 1981），章3：*The Consolation of Philosophy as Menippean Satire*（墨尼波斯杂咏《哲学的慰藉》），页55—85。

进程（如卷五，韵文 3）；或者特地用韵文达成一些用散文不太容易达成的目的——祈祷（如卷一，韵文 5；卷四，韵文 6）；或者让剧中人在艰苦的辩证训练之间稍事休息（如卷四，韵文 6）；或者像荷马《伊利亚特》中的明喻一样，波爱修斯《哲学的慰藉》里的韵文有利于插入一些在主要剧情的刻板架构里不会碰到的现实侧面，或者类似于傅正修的 3 卷《神话集》（*Mitologiarum Libri Tres*），偶尔提及一些历史和神话人物（卷二，韵文 6；卷三，韵文 12；卷四，韵文 3 和 7，参克里，如何阅读《哲学的安慰》，前揭，页 337 及下）。这些作为辅助的诗歌表明，波爱修斯是希腊语和拉丁语诗作的行家。波爱修斯的诗歌典范主要是维吉尔、奥维德、贺拉斯和小塞涅卡（《变瓜记》）。

关于哲学（philosophia）与诗歌（poema）的论争由来已久。在这个"某种古代的争端"（柏拉图，《理想国》卷十，607b）中，最常见的就是哲人（如克塞诺芬尼和某些柏拉图主义者）对诗歌的批评：诗歌是虚构的，虚假的，因为诗歌用某种让人误入歧途的谎言欺骗人们的精神。不过，哲学又感受到了诗歌的巨大吸引力，以至于诸多的古代哲学作品都采用诗歌写成，如巴门尼德斯和恩培多克勒都采用荷马和赫西俄德的六拍诗行（hexameter）传授自己的思想，柏拉图写作书斋剧（closet drama），卢克莱修的教喻诗《物性论》。波爱修斯采用传统的墨尼波斯讽刺诗（satura menippea）写作《哲学的慰藉》，试图调和哲学与诗歌的论争。

一方面，在《哲学的慰藉》里可以见到哲学与诗歌的紧张关系。譬如，像文本的作者波爱修斯采用墨尼波斯讽刺诗（saturamenippea）写作一样，剧中人波爱修斯书写诉歌（elegea）。在这种情况下，哲学女神（Philosophia）赶走诗歌女神，却又像作者波爱修斯一样让诗歌为我所用（卷一，散文 1，节 8 和 11）。

哲学女神（Philosophia）对剧中人波爱修斯的诗歌权利的剥夺不仅是个不争的事实，而且时间很长：在第一卷第五篇韵文以后，第五卷第三篇韵文之前，剧中人波爱修斯一直都不再用韵文讲话。

不过，哲学女神（Philosophia）却把诗歌用作治疗剧中人波爱修斯的"秘方"。第一种运用手法是"动之以情"。她用象征韵文的"竖琴（lyra）"使得无力接受来自哲学的康复性真理的剧中人波爱修斯在心灵上发生治疗必需的那些变化（卷一，散文4，节1）。在她看来，韵文是能够驱散"一层由各种让人坐立不安的热情所形成的迷雾"的"比较和缓的手段"（卷一，散文6，节21），是"某些预备性的抚慰"，最适合当时的剧中人波爱修斯（卷二，散文3，节3-4）。

第二种运用手法是层次较高的"照亮"，因为韵文有一种揭示真理、发现真实的力量（卷一，散文6，节21）。这种力量贯穿全书。最简洁的典型就是向作为宇宙统治者的上帝祈祷的一段韵文：

> 你是天地的起源，你用永恒不变的理性统治世界，你命令时间从永恒出发一直向前，你在保持稳定的同时又将运动赋予万物……（卷三，韵文9，行1-3）。[①]

值得注意的是，这段祈祷诗是全书唯一用扬抑抑格六拍诗行（dactylus hexameter）写成的韵文。它的地位之高不仅体现在它位于全书的中间位置，而且还在于全书后半部的全部哲学内容都

---

① 参克里，如何阅读《哲学的安慰》，前揭书，页340。另参波爱修斯，《哲学的慰藉》，页98："我的父啊，你创造了天地一切，/以亘古不变的律法统治者宇宙，/从永恒之中你嘱时间绵延不绝，/你自己岿然不动却让万物运转不息"。

是依据这里表达的（在很大程度上取自于柏拉图的《蒂迈欧》的）宇宙哲学进行阐述。在存在于生成的和谐关系的专论《哲学的慰藉》的正中央，波爱修斯用一首采用叙事诗的格律六拍诗行（hexameter）的诗歌来解释作为万物起始、过程和终结的上帝之本性：

> 因为你就是无云的天空，是善的永久栖息之所，所以，最终的目的就是要理解你。你是起始，是扶手，是向导，是道路，是目的，是无所不在的在（卷三，韵文9，行26-28）。①

在运用韵文的巅峰以后，韵文作为哲学辅助工具的地位开始下降。作为诗人典型的俄耳甫斯无法搭救妻子欧律狄克的神话诗歌（卷三，韵文12，行52-58）似乎包含一个寓意：尽管韵文可以传达真理，可它无法把握并且保持任何一种真理。相应地，在第四、五卷里，韵文出现的频率越来越低。一个明证就是第一卷以韵文开篇和结尾，而第五卷以散文开篇和结尾。这种变化显然是哲学女神有意而为之：必须暂时把音乐的乐趣所产生的愉悦放在一边（卷四，散文6，节6）。此后，哲学女神将韵文当作一种迈向真理的艰苦旅程中的休憩中间站，一种休闲消遣（卷四，散文6，节57），这是她运用韵文的第三种手法。

第四种手法是哲学女神（Philosophia）把韵文用作剧中人波爱修斯完全恢复自我和重新达到成熟的标志。第五卷第三篇韵文第二十五至二十九行、第四十六至四十八行同第一卷第五篇韵文

---

① 参克里，如何阅读《哲学的安慰》，前揭书，页341。另参波爱修斯，《哲学的慰藉》，页100："因为你是那么安宁，/是善良之人的避风港。/你是我们的根源与归宿，/我们的向导，/我们的首领，/我们的道路，/也是我们的目标"。

前 10 行不仅格律相同，即都采用抑抑扬格双拍诗行（anapaest hexameter），而且提出的问题相同，即永恒不变的存在的领域跟无法预料的、千姿百态的人间世界，这两者的关系是什么？不同的是，第五卷的韵文里，剧中人波爱修斯提问时减少了个人性和情感性的色彩，增加了对自我的意识和认识事物的老道老到程度。这表明，波爱修斯运用诗歌不再是错误和盲目（卷一），而是正确与有效（卷五）。

关于运用诗歌的正确性和有效性，哲学女神（Philosophia）在第二卷的开始部分已经明示：

> 那种为了说服而动用的、甜言蜜语的力量可以存在，它可以沿着笔直的大道一直向前推进。但它绝不可以破坏我们的规矩，并且，作为一个家中的仕女，她在歌唱的时候，必须要时而轻柔，时而凌厉（卷二，散文 1，节 8）。①

可见，诗歌的价值取决于哲学的标准。也就是说，波爱修斯借虚构的哲学女神之口，表明自己的立场：在哲学与诗歌的论争里，诗歌低于哲学，服务于哲学，取决于哲学。

然而，从全文来看，作者波爱修斯在《哲学的慰藉》里采用墨尼波斯杂咏（satura menippea）的诗歌体裁。也就是说，《哲学的慰藉》的文本是 1 首诗。像上帝创造世界一样，波爱修斯精心虚构 1 首关于哲学的诗，1 首关于宇宙——上帝的"最高虚构"——的诗，1 首关于不朽的诗人上帝的诗（卷三，韵文

---

① 参克里，如何阅读《哲学的安慰》，前揭书，页 343。另参波爱修斯，《哲学的慰藉》，页 41："现在你可以尝试一下温柔愉悦的水药，以便为将来使用更猛烈的药剂做好预备。我将尝试使用修辞的力量，如果修辞并不与哲学的真知相抵触的话，我也要邀请我的仆人——优美的音乐艺神，唱出时而轻快时而沉重的和音。"

9，行1–9；卷五，散文4，节30；散文6，节8；散文6，节45）。波爱修斯的写作意图似乎是为了引导读者：应当从上帝的视角去看待宇宙，把宇宙看成一首诗，一首由上帝创造的诗。这似乎又表明，诗歌高于哲学。

那么，哲学与诗歌竞争的结果究竟如何？从全文来看，韵文与散文的篇数相等。这似乎又预示着一个真相：在波爱修斯的《哲学的慰藉》里，哲学与诗歌貌似不能调和，因为哲学不允许虚构，而诗歌拒绝公式化，不过在上帝创造的大家庭（世界）里，它们毕竟还是兄弟，即使存在竞争，可最终也还是会握手言和，即竞争的结果是平手，因为它们的目的都是一样的，即为了呈现现实，呈现上帝创造的世界（或宇宙），呈现变化的宇宙秩序，而这种秩序因为有爱才和谐。一句话，作者波爱修斯在《哲学的慰藉》里成功地调和了哲学与诗歌的竞争。

然而，论证作为主体，采用的体裁是散文，而散文采用对话录（dialogus）的形式撰写，即古典时期有很悠久传统的形式。对于波爱修斯来说，柏拉图的对话录是重要的蓝本。在5卷《哲学的慰藉》里，对话的场景是"形单影只的囚室"（卷一，散文3，节3），这是剧中人波爱修斯的"最后的居所"（卷一，散文4，节3），它位于距离意大利的都城拉文纳大约50里以外的地方，因为剧中人"太过热心地站在元老院一边，所以被判处了死刑，并且被剥夺了一切的公民权利"（卷一，散文4，节36）。在孤苦无告和得不到保护的情况下，"一切美德的导师"哲学女神（Philosophia）选择软禁剧中人的囚室作为探讨有关人事和神事的知识的书房（bibliotheca），屈尊与被囚禁而囿于极度绝望之中的剧中人对话。

值得注意的是，文本中的波爱修斯具有多面的形象：不仅仅是《哲学的慰藉》的作者，而且还是讲述者（讲述自己遭遇哲学女神的人）和被讲述者（叙述当中所出现的剧中人）。首先，作为剧中人，波爱修斯有一段"伤感"到"眼含泪水"的历史（卷一，韵文1，行1及下）；作为讲述者，剧中人又有一个将来，一个用"铁笔（stili officio）"把剧中人改造成讲述者的发展过程（卷一，散文1，节1）。不过，"自怨自艾的"剧中人变成平静的讲述者的路是"无休无止的"漫长（卷一，散文5，节1）。

讲述者与剧中人的关系也体现在书写与言谈之间的对立。在诗歌女神缪斯面前，剧中人和讲述者都是完全被动的，只不过是在执行缪斯的号令（卷一，韵文1，行3）和记录缪斯的话语（卷一，散文1，节7）。与此形成鲜明对照的是，哲学女神（Philosophia）要求她的谈话对象作出积极的回应，以配合治疗（卷一，散文2，节1-7；散文3，节1-3）。从消极被动的书写式诉歌（elegea）到积极主动的言谈式对话（dialogus）的转变，这是与前述的剧中人向讲述者的转变过程并行不悖的。这让人想起柏拉图的《斐德若篇》（Phaedrus，参柏拉图，《文艺对话集》，页90以下）。

更为重要的是，文中提及的"铁笔"和"书房"似乎在提醒读者，尽管剧中人转变为讲述者，尽管书写式诉歌（elegea）转向言说式对话（dialogus），可放置在他面前的仍然是一个书写式的文本。事实上，这个文本就是一个真正的书房，在这个书房里汇集了所有能够找到的言谈形式和哲学论证的文集。而这样的文本或"书房"只有一个在书籍当中度过了人生大部分光阴的作者才可以完成。也就是说，剧中人不仅转变为讲述者，而且还进一步进化为《哲学的慰藉》的作者波爱修斯。

可见，为了叙述剧中人（āctor）的故事，文本的作者承担了讲述者（nārrātor）的角色。在文本的开头部分，剧中人被刻画成一个沉溺于诗歌的人，由此推断，文本的作者也是一个诗人。也就是说，《哲学的慰藉》里的对话双方分别是剧中人和哲学女神（Philosophia），而他们的对话经由讲述者的报告，最后由诗人波爱修斯剪裁而成。一句话，文本从开篇到结尾的书写进程就是剧中人（āctor）、讲述者（nārrātor）和作者逐步趋向同一的发展过程。

在《哲学的慰藉》中，哲学女神和波爱修斯一样，也具有多面的形象。首先，作为剧中人波爱修斯的谈话对象，哲学女神（Philosophia）是存在、真理和永恒的喉舌。在对话中，二者是对立的：剧中人是人类痛苦的代言人，因为他服从于世事的兴衰变迁，很容易被事物的表象所蒙蔽；而哲学女神（Philosophia）是永恒的代言人，不仅因为她引导剧中人在"生成"中注意到"存在"这个事实，而且还因为，由于"超越时间，超越始终，彻底地占有生命"（卷五，散文6，节4），她虽然"年事之高远非人寿所能测度"，但是仍然永葆青春："二目有神，摄人心魄，容光焕发，精力不竭"（卷一，散文1，节1）。可见，"仪态高贵的"哲学女神（Philosophia）体现的是永恒的、将所有时间都包括在内的状态。

哲学女神（Philosophia）也代表了剧中人波爱修斯的某个侧面。因为，依据上古时期哲学对话传统，剧中人波爱修斯与哲学女神（Philosophia）对话期间，他其实是在以某种方式跟自己对话［柏拉图，《泰阿泰德》（*Thaeatetus*），189e-190a］。无论是柏拉图和亚里士多德描绘的人际对话，还是上古晚期出现征象的内心对话或思想的对话，例如苏格拉底在阿伽通的屋外的沉思［柏拉图，《会饮》（*Συμπόσιον*），174d-175b，参柏拉图，《文艺对话集》，页215及下］都是从外部的角度描述某人从与别人之间的互动当中引退出来的过程。真正从内在的方面描述自己跟自己的互动的是自言自语，例如奥勒留的《沉思录》。普洛丁的

《九章集》给人的感觉也像是自言自语。最接近《哲学的慰藉》的是奥古斯丁的《独语录》。在这部作品里，奥古斯丁同"理性"对话。其中人格化的"理性"既是神人，又是奥古斯丁的一个现实侧面（《独语录》卷一，章1，节1）。不过，《哲学的慰藉》作为这个传统的最后一个伟大范例，其作者波爱修斯把自己同自己进行内心对话的尝试发挥得淋漓尽致：波爱修斯以戏剧化的方式，直接把哲学神格化"哲学女神（Philosophia）"，以此表述自己跟自己的内在对话。在这种内在的对话中，由于波爱修斯受过良好的教育，学识渊博，对整个古希腊罗马的哲学传统都了然于胸，运用自如，那么，这个同自己对话的"哲学女神（Philosophia）"所代表的波爱修斯的某个侧面就是他所熟知的古希腊罗马哲学典型或"偶像"。事实上，这种代表性有一个明证：这个偶像批判古代哲学历史（卷一，散文1，节3-6）与波爱修斯毕生都在调和哲学传统的两大鼻祖柏拉图和亚里士多德（卷一，散文3，节7）在很大程度上都是一致的。这就是说，波爱修斯是古希腊罗马哲学传统的批评者。

从另一个角度看，如上所述，在哲学女神（Philosophia）代表剧中人波爱修斯的某个侧面的时候，哲学女神（Philosophia）又象征整个古代哲学传统，是"一切美德的导师"。而与哲学女神（Philosophia）对话的剧中人波爱修斯则代表古希腊罗马哲学的一个学生。只不过，剧中人波爱修斯不是一个蒙昧的初学者，而是一个一时糊涂的哲学行家。可见，对话双方既是师生的关系，又是总体与个体的关系。①

---

① 参克里，如何阅读《哲学的安慰》，前揭书，页306以下。另参Alfonsi：*Storia interiore et storia cosmica nella Consolatio boeziana*（波爱修斯《哲学的慰藉》里的国内历史与世界历史），载于 *Convivium, N. S.*（《欢宴》新期刊）3，1955年，页513-522。

值得注意的是，在《哲学的慰藉》中，对于波爱修斯而言，对话的进程是一个逐渐积极主动的进步过程：对话的剧中人波爱修斯从认识的初级阶段"感觉"到较高阶段"想象力"，达到人类理解力的最高阶段"理性"，最后接近神性的"睿智"。在这个进化过程中，剧中人逐步转变为讲述者，最后达到剧中人、讲述者和作者的同一。而对于哲学女神（Philosophia）而言，对话的过程是一个逐渐淡出的过程：从最初的"偶像"转变为最后的"女巫"；对话的主动权从开篇的哲学女神（Philosophia）转移到结尾部分的波爱修斯（此时剧中人、讲述者和作者达到同一）。由于在文本的结尾部分，哲学女神（Philosophia）已经根治波爱修斯的心灵疾病，波爱修斯的进步与哲学女神（Philosophia）的淡出具有两层含义：一、波爱修斯虚构的哲学女神（Philosophia）的任务已经完成；二、对话双方达到同一。这种同一似乎又预示着，对于古希腊罗马哲学传统而言，波爱修斯既是集大成者，又是两大哲学传统的批判者或调和者，还是终结者。

第二，由于写作的处境不同：虽然瓦罗和波爱修斯都是在退居政治舞台幕后才写作的，而且题材都涉及哲学，但是瓦罗是自由人，可以像墨尼波斯一样采用半诙谐半严肃的文笔对世事加以冷嘲热讽，而波爱修斯却是形单影只的阶下囚，既不能像瓦罗一样随心所欲地嬉笑怒骂，也不能像柏拉图《斐东篇》里苏格拉底临死前一样还可以专心致志地同家人和朋友交谈，只能怀着沉重、郁闷的痛苦之情，在哲学中寻求心灵的安慰。在这种情况下，剧中人波爱修斯是人类受苦的代言人，是有心灵病征的患者，而虚构的哲学女神（Philosophia）则扮演了心理医生的角色，一种自柏拉图时代以来同样给哲学分配的角色。

作为人类受苦的代言人，剧中人波爱修斯从头到尾都在以人性化的态度关注人类的问题。波爱修斯在开篇书写诉歌，接着在哲学女神（Philosophia）和上帝面前进行关于自己境况的法庭式陈述（卷一，散文4；韵文5），之后反驳哲学女神（Philosophia）的"机运"说（卷二，散文3，节2），然后反驳哲学女神（Philosophia）列举的他曾经享受的好运（卷二，散文4，节1-2）和仍然享受的各种好处（卷二，散文4，节10）。即使哲学女神（Philosophia）的劝慰取得某些进展（卷二，散文4，节11），剧中人波爱修斯也仍然坚持认为，哲学女神（Philosophia）应该郑重其事地对待他目前面临的直接痛苦。之后，剧中人波爱修斯又反驳哲学女神（Philosophia）的世俗荣誉的虚幻，认为他参政的目的不是个人荣誉，而是践行美德（卷二，散文7，节1）。即使在哲学女神（Philosophia）阐明命运的各种虚假的好处和真正的"至善"的关系，让剧中人波爱修斯的个人痛苦减弱（卷二至三）以后，剧中人波爱修斯还是继续要求哲学女神关注在人类境况里存在的各种明白可见的矛盾，例如神正论存在的问题（卷四，散文1，节3-4）。尽管哲学女神（Philosophia）提出柏拉图式的观点得到剧中人波爱修斯的认同，可他还是坚持一种人性化的态度：恶人不可以为了破坏善人而到处横行霸道（卷四，散文4，节1）；恶人在被剥夺了达成罪恶意图的可能性以后就摆脱了成为野兽的不幸（卷四，散文4，节6）；从人类的判断来看找不到认为哲学女神（Philosophia）的论说可信而且值得一听的人（卷四，散文4，节26）。此后不久，剧中人提出一个具有决定意义的问题：如果太阳普照善恶，那么宇宙由上帝来统治与由混沌无序的人类来统治之间存在什么区别（卷四，散文5，节5-6）？最后，剧中人还提出了从人性的角度理解这部作品的中心问题：应该如何将神意和人类的自由意志调和在一起（卷五，散文3，节33；韵文3，行6-10）？值得注意的是，第五卷第三篇散文、第三篇韵文与第一卷第四篇散文、第五篇韵文惊人地相似：对于自己面临的两难困境，先在散文部分提出，然后在韵文部分重提；两处韵文的格律都是音节数完整的（ἀκατάληξις）抑抑扬格双拍诗行（anapaest 或 antidactylus dimeter）。这种非同小可地吻合的平行关系似乎在强调一点：剧中人自始至终都在坚持他的人性化观点。

　　与剧中人波爱修斯不同，哲学女神（Philosophia）作为剧中人波爱修斯的心理医生，倾向于从永恒的观点看待身边的问题。面对剧中人波爱修斯的困境，哲学女神（Philosophia）首先赶走多愁善感的诗歌女神缪斯，让剧中人波爱修斯摆脱无言的书写状态，进入言说的对话状态，然后一针见血地指出，剧中人波爱修斯痛苦的根源在于对自我的无知、对"至善"的无知以及对二者关系的无知（卷一）。在治疗的初级阶段，哲学女神（Philosophia）坚持只使用温和的治疗手段（卷一，散文5，节 11-12）。疗治取得些微进展的第一个标志是剧中人"对自己抓到的阄不再完全不满"（卷二，散文4，节 11）。在剧中人波爱修斯迈出康复的第一步以后，哲学女神（Philosophia）开始使用少许猛烈些的药物（卷二，散文5，节 1）。在剧中人接受甚或渴望猛药（卷三，散文1，节 2）以后，哲学女神（Philosophia）说明了所有命运礼物的欠缺，并转而勾画真善的形式。在剧中人波爱修斯初具某种洞悉自我的能力（卷三，散文9，节 1-3）以后，哲学女神（Philosophia）辅助他达到完全的洞见。在哲学女神（Philosophia）解释了真善的本性，并声明只能从内在的方面追求真善以后，剧中人不仅可以预见到哲学女神（Philosophia）的论说线索，具有那种看透事物本性的能力，而且还完全恢复了自我意识（卷三，散文 12，节 1-3），甚至可以在不需要哲学女神（Philosophia）的帮助的情况下自己进行推理（卷三，散文 12，节 4）。当哲学女神（Philosophia）大胆地认为，罪恶并不存在的时候，剧中人波爱修斯已经转变为一个积极的对话者，开始对哲学女神的言论提出质疑甚或责难（卷三，散文 12，节 30）。在开始独立地看待问题（卷三）以后，剧中人波爱修斯的语言越来越老到。尽管哲学女神（Philosophia）的回应也越来越老到（卷四，散文 1，节 2-5；卷五，散文 3 和韵文 3），可是剧中人波爱修斯变得更加积极主动，甚至可以左右对话的进程（卷五，散文 1，节 1-7）。这种积极的转变使得剧中人波爱修斯越来越接近文本的作者波爱修斯。从消极被动的运命弃儿到积极主动的参与者的脱胎换骨式质变最终使得剧中人与作者达到同一。

　　如上所述，在哲学女神（Philosophia）的言谈疗治下，剧中人波爱修斯经历了从"感觉"到"想象力"，达到理性，甚至在最后逼近"睿智"的进步过程。在这个从消极被动到积极主动的转变过程中，剧中人波爱修斯实现了向讲述者的转变和与作者的同一。在剧中人波爱修斯脱胎换骨的心灵痊愈过程中，心灵治疗的医生哲学女神（Philosophia）不仅呈现出 3 种面相（存在的喉舌、波爱修斯的一个侧面、整个古代哲学传统的象征），而且还经历了角色的转换：从"偶像（icon）"（卷一）到伪装的"缪斯"和"命运女神"（卷二），到"导师（magistra）"（卷三至四），最后成为"神圣智慧的代言人"或"女巫（sybil）"（卷五）。从剧中人波爱修斯的称呼来看，哲学女神（Philosophia）从"保姆（nutricem meam）"（卷一，散文 3，节 2）到"一切德行的保姆（virtutum omnium untrix）"（卷二，散文 4，节 1），再到"所有疲累心灵的最大抚慰（summum lassorum solamen animorum）"或心灵的引路人（卷三，散文 1，节 2），然后到"走向真正光明的引路人（veri praevia luminis）"（卷四，散文 1，节 2）。可见，对于剧中人波爱修斯而言，哲学女神（Philosophia）是个帮助自己走向"睿智"的中人（intermediary），像耶稣基督一样，既非单纯人性化，也非单纯神性化。

在文章的结尾，当剧中人波爱修斯提问——如何解决人类核心的困境？或者说，如何让存在和生成协调一致？——的时候，哲学女神（Philosophia）离开而没有做出整体的解释。其实，她也无法做出确切的解释。因为她仅仅是哲学的象征。哲学是人的哲学。而人是上帝的造物，身居在上帝创造的世界（宇宙）里面。这个世界有自然的秩序：从神的角度看，自然的秩序是神意；从神意的执行者命运女神的角度看，自然的秩序是人必须接受的义务，即宿命。不过，从人的角度看，这种秩序是变化的（卷二，韵文3，行17-18），所以世间存在"机运"。其中，好运是骗人的，而坏运是真实而有用的（卷二，散文8，节3），因为它自始至终都在展现宇宙秩序的真相：变化。需要指出的是，变化并不等于无序，因为变化遵循宇宙秩序的原则"爱"。有了爱的原则，宇宙的统治才和谐（卷二，韵文8，行13-15）。人得了这种爱，就是幸福（卷二，韵文8，行28-30）。要让这种幸福持久，就需要爱的循环（卷四，韵文6，行44-48）。就人的认知能力而言，最高境界也只是处于理性境界，顶多像哲学女神（Philosophia）一样接近于神性的睿智。然而，接近毕竟不是达到。因此，人，即使是像哲学女神（Philosophia）一样的中人，也无法完全领会和阐明神意，自然也就无法回答人类的两难处境问题，这是顺理成章、合情合理的。

尽管如此，哲学女神（Philosophia）还是发出了一直以来与剧中人对立的声音。而这个声音又被作者记录。也就是说，哲学女神（Philosophia）发出的最后声音是作者的诸多声音当中一种。换句话说，越老越接近于睿智的波爱修斯与哲学女神（Philosophia）已经合二为一：波爱修斯是文本的作者，而哲学女神

（Philosophia）则是超越了所有故事的永恒的意象；波爱修斯是讲述者，通过讲述剧中人的故事展现自己的历史，而哲学女神（Philosophia）象征整个古代哲学传统，她通过讲述整个希腊罗马思想的全部内容，即古代哲学各个流派的兴衰和彼此间的相互作用，展现哲学的历史；哲学女神（Philosophia）作为波爱修斯本人的一个侧面，自始至终都在跟剧中人对话，通过这种对话哲学女神（Philosophia）帮助流离失所的剧中人波爱修斯找到了心灵的家园"祖国"（卷一，散文5，节5），篇末波爱修斯变得积极主动，这表明，波爱修斯已经做好了进入自己的"城邦"的准备。在对话双方同一的情况下，哲学女神（Philosophia）的声音表明，作者在著作《哲学的慰藉》里确定的核心规划（即生成与存在的协调一致）已经最终完成，因为，在一个由上帝严格预定的宇宙里，人性化的希望和祈祷已经获得了自身的依据：在哲学女神（Philosophia）疗治剧中人波爱修斯的哲学对话录《哲学的慰藉》中，虽然剧中人波爱修斯代表人性的观点遭到哲学女神（Philosophia）的有力反驳，但是作者波爱修斯获得了一种存在的变化，即一个跟所有其他人都隔绝的人在自我思想的戏剧里接近存在，或者更确切地说，在信仰中获得自由。在费利克斯（参《古罗马文选》卷五，前揭，页94以下）那里，异教徒凯基利乌斯也发生这样的事情。所以，在内容方面，波爱修斯的《哲学的慰藉》，像西塞罗与小塞涅卡写过的安慰性文章一样，也属于安慰文学。

与此同时，《哲学的慰藉》这部作品又兼有明显的劝勉元素，劝勉大家从事哲学，像亚里士多德、西塞罗和盖伦（Galen）撰写的一样。

此外也有人指出，《哲学的慰藉》中仍然存在犬儒—廊下派式痛骂（一种通俗的训诫）的元素。

总之，波爱修斯精通古代拉丁语与希腊语，成为古希腊罗马哲学和文学传统的双重传人，所以不足为奇的是，在《哲学的慰藉》里糅合了多种古希腊罗马文学的传统形式，例如劝慰辞、哲学对话录（卷一，散文6）、墨尼波斯杂咏（satura menippea，卷一至五）、犬儒主义和廊下派风格的消闲文（卷一，散文3）、讽刺文学（卷一，散文1，节7–11）、法庭演讲（卷一，散文4，节2以下）、拉丁语诉歌（卷一，韵文1）、说教诗（卷一，韵文2）、解说性散文（卷一，散文5）、幻想文学（卷一，散文1，节1–6）和祈祷文（卷一，韵文5）。可见，像在内容方面一样，《哲学的慰藉》在形式方面也极具折中主义色彩（参克里：如何阅读《哲学的安慰》，前揭书，页343）。而包容这一切的就是上帝创造的诗。波爱修斯像柏拉图一样编织各种哲学内容和文学对象，用多种多样的文学形式表达错综复杂的哲学内容，似乎就是为了证明一个伟大的真理：一语道破的天机并不存在。

三、历史地位与影响

波爱修斯欧洲古代末期、中世纪初期的一位百科全书式作家。在神学史和哲学史上都有重要的地位，被誉为"最后一位罗马哲学家"、"奥古斯丁之后最伟大的拉丁教父"。在文化史上，波爱修斯的《哲学的慰藉》连同霍费尔的《狱中书简》和哈维尔的《狱中书简》并称人类文明3大狱中书简。

作为波爱修斯最伟大的作品，《哲学的慰藉》对后世影响很大。在从作品问世到文艺复兴的1000年里，这本书是欧洲最流行也最有影响，成为中世纪人文主义的奠基之作。10至12世纪简直就是波爱修斯的时代，当时有文化的人都读波爱修斯。在文艺复兴时期，这本书深深影响了乔叟、但丁等人。譬如，乔叟把波爱修斯的《哲学的慰藉》翻译成英语 *Consolation of Philosophy*，并写下按语：悲剧就是描述人们显贵一时、终归毁灭的故事。当代学者伯内特甚至认为，这本书对西方思想和文化的深刻影响仅次于《圣经》［参克里：如何阅读《哲学的安慰》，前揭，页301及下和355；波爱修斯，《哲学的慰藉》，前言，页1-4］。

第二章　拉丁异教诗歌

在转型时期，拉丁异教诗歌也不容忽视。从 3 世纪初到 6 世纪中叶，在与基督教教父的论争中，也涌现出一些"坚贞"的异教诗人。其中，值得一提的有涅墨西安、瑞波西安、奥索尼乌斯、克劳狄安、纳马提安、马尔克利努斯、叙马库斯、马克罗比乌斯、加比拉和普里斯基安。

第一节　涅墨西安

来自迦太基、活跃于 283 年左右的涅墨西安（Marcus Aurelius Olympius Nemesianus）回归古典，特别是模仿维吉尔。

涅墨西安写有长诗《捕鸟》（*De Aucupio*）、①《狩猎》（*Cynegetica*）和《水上运动》（*Nautica*，包括游泳和划船），或许还有奥古斯都时期奥维德也写过的《捕鱼》（*Halieutica*）。这些诗作

①　LCL 434 [= 《拉丁小诗人》，Vol. II]，页 512 以下。

很出色，曾获得许多花冠［沃皮斯库斯（Flavius Vopiscus），《努墨里安传》，章 6，节 2］（参王焕生，《古罗马文学史》，页417）。其中，《捕鸟》和《水上运动》的残篇是有争议的。可以确定的是讲述打猎的教诲诗《狩猎》。从这首教诲诗的第六十三至七十五个诗行的暗示中得出涅墨西安的创作时间是 3 世纪末。

　　《狩猎》仅仅留传开始部分的 325 行。从传世的文字来看，这首教诲诗包括引言和正文两部分。正文主要叙述猎狗的繁殖、驯养以及适宜于狩猎的马的品种。在题材方面，涅墨西安回溯到奥古斯都时期写 1 首同一题材的教诲诗《狩猎》（Cynegetica）的格拉提乌斯（Grattius），[①] 维吉尔（特别是他的《农事诗》），直到卢克莱修的诗《物性论》。在引言里，诗人表明自己的选题理由。这位诗人之所以不像叙事诗诗人一样写神话故事，而是写作"新鲜的"题材"狩猎"，是因为他的社会政治态度比较悲观和消极：厌倦内讧和无理智的骚动，希望逃避内战混乱和战斗喧嚣（《狩猎》，行99-102）（参王焕生，《古罗马文学史》，页417 及下；LCL 434，页484-513）。

　　在涅墨西安的传世作品中，最重要的是 4 首献给牧羊人的田园诗歌《牧歌》（Eclogae）。涅墨西安的田园诗仿效对象有公元前 3 世纪中期的希腊诗人特奥克里托斯、罗马黄金时代的维吉尔和白银时代的西库卢斯的牧歌（参《古罗马文选》卷四，前揭，页 340 及下；王焕生，《古罗马文学史》，页418）。不过，涅墨西安模仿的首先是维吉尔：或者直接利用维吉尔笔下的人物，如第一首；或者利用维吉尔笔下的赛歌形式，如第二首和第四首；或者直接模仿维吉尔，例如涅墨西安的第三首牧歌就是以维吉尔的第六首牧歌为范本。

---

　　① LCL 284 ［=《拉丁小诗人》，Vol. I］，页 143 以下。

涅墨西安用第一首牧歌悼念诗人墨利贝乌斯，而墨利贝乌斯是维吉尔的第三首牧歌中的人物。有人用墨利贝乌斯代指维吉尔。不过，涅墨西安笔下的墨利贝乌斯去世时年龄很大，因此不一定指代维吉尔。[①]

第二首和第四首都是描述牧人的赛歌。不同的是，第二首牧歌中歌唱的对象都是女子多纳卡，而第四首牧歌中歌唱的对象是不同的，因为两个牧人的爱情对象是不同的。涅墨西安要"让每个人唱其所爱，歌唱会缓解哀怨"（《牧歌》，首4）（参王焕生，《古罗马文学史》，页418；LCL 434，页464-471和478-485）。

涅墨西安在《牧歌》第三首中引用维吉尔的诗句，这使得涅墨西安对维吉尔的模仿变得更加明显（参《古罗马文选》卷五，前揭，页170，脚注8）。

> Tum primum roseo Silenus cymbia musto
>
> plena senex avide non aequis viribus hausit.
>
> Ex illo venas inflatus nectare dulci
>
> hesternoque gravis semper ridetur Iaccho（涅墨西安，《牧歌》，首3，行59-62）.

> 当时头发花白的西伦努斯首次一碗又一碗地
>
> 咂咂地喝红酒——远远超过他的酒量。
>
> 从那时起，他的血管里充满甜的葡萄酒，
>
> 伊阿科斯总是嘲笑他昨天喝醉头昏脑涨（引、译自《古罗马文选》卷五，前揭，页170及下）。

---

① 参王焕生，《古罗马文学史》，页418；LCL 434［=《拉丁小诗人》，Vol. II］，页456-465。

　　Silenum pueri somno uidere iacentem,

　　inflatum① hesterno② uenas,③ ut semper, Iaccho④

　　男孩们⑤见到林神西伦努斯酣眠

　　像往常一样宿醉未醒（维吉尔,《牧歌》,首6,行14-
15, 引、译自《古罗马文选》卷五, 前揭, 页170, 脚注
8。参荷马,《奥德修纪》, 页305）。

　　在田园诗中, 涅墨西安特别费心于诗歌框架结构的构成。证
明这一点的还有涅墨西安的第三首田园诗, 潘神（Pan, 希腊神
话中主宰森林畜牧的神）口头表扬巴科斯（Bacchus, 古希腊、
罗马的酒神）。布克哈特称这首诗是"最后的具有生动性的古代
作品之一"。⑥

　　第三首田园诗一步一步地令人想起古典田园诗。范本是维吉
尔的第六首《牧歌》。其中, 两个牧羊人抓住了心不在焉的西伦
努斯（Silen, 酒神的伴侣或老师）的注意力。西伦努斯承诺唱
一首歌, 然后重新获得他的自由。在涅墨西安那里, 潘神的歌分
成两个部分: 第二十一至三十四个诗行描述酒神巴科斯的成长,
在第三十五至六十五个诗行描述了第一次收获葡萄和一次酒神
节。此外, 神的成年和葡萄的第一次成熟在时间上是同步的。围

---

　　① 拉丁语 īnflātŭs, 浮夸, 吹牛, 夸张; 生气。

　　② 拉丁语 hěstěrnō, 昨天。

　　③ 在可用的字典里没有查询到拉丁语 uenas。

　　④ 神伊阿科斯（Iakchos 或 Iacchus）可以追溯到希腊厄琉西斯（Eleusis）秘仪
的一种礼拜呼喊, 后来诗人们把他同酒神狄奥尼索斯等同起来。

　　⑤ 这里的男孩们指上文的克洛密斯（Chromis）和莫那西洛斯（Mnasylus）。

　　⑥ 布克哈特,《君士坦丁大帝时期》(Die Zeit Constantinsd. Gr., 1853), H. E.
Friedrich 新编, Frankfurt a. M. 1954, 页 127。R. Kettemann 指出, 依据布克哈特的观
点, 这首诗出自西库卢斯。参 R. Kettemann, Bukolik und Georgik (《牧歌与农事诗》),
Heidelberg 1977, 页 114。

绕葡萄的事情也像神的成长一样神奇。葡萄在用压榨机榨汁以后，马上散发出它让人沉醉的力量。从几组诗行产生出一些意象（imāgō），可以证明这些意象（imāgō）符合古代造型艺术。[①]

与维吉尔的诗歌的道德相比，涅墨西安也许在潘神的颂歌的第一部分更强调好看，而在第二部分更加强调陶醉。不过，在这首诗里可以看出作者追求忠实于古典（奥古斯都时期）的遗产，但有巧妙的变化。[②]

第二节　《阿尔刻提斯》的莎草纸抄本

《阿尔刻提斯》的莎草纸抄本（Der Alcestis-Papyrus）出自巴塞罗那（Barcelona），写作于4世纪下半叶，首先发表于1982年，上面有124个拉丁语六拍诗行（hexameter）。这些诗行讲述阿尔刻提斯（Alcestis，希腊神话人物，珀利阿斯的女儿，以钟情丈夫著名）替夫去死的故事。[③]

民间童话的要素进入了关于阿尔刻提斯的希腊神话，尤其是从欧里庇得斯的同名肃剧中了解阿尔刻提斯。阿波罗尼俄斯效力于弗里（Pherai）的国王阿德墨托斯（Admet），而且还成为了他的朋友。阿波罗尼俄斯在命运女神们（Moiren）那里为阿德墨托斯争取一个权利：假如别人替阿德墨托斯死，那么阿德墨托斯就

---

① 　LCL 434［＝《拉丁小诗人》，Vol. II］，页472-477。

② 　关于涅墨西安的诗歌，参 LCL 434，页451以下，尤其是456以下。

③ 　首先发表文本的是 R. Roca-Puig, *Alcestis Hexametres Llatins Papyri Barcinonenses Inv. No.* 158-161（《在巴塞罗那出土的拉丁六拍诗〈阿尔刻提斯〉的莎草纸抄本，清单目录编号158-161》），Barcelona 1982。这里附有 W. D. Lebek 的译文的文本是重新获得这首诗的重要一步。研究的努力还没有结束。在印刷了这个小册子以后出版：*Alcestis Barcinonensis*（《在巴塞罗那出土的〈阿尔刻提斯〉的莎草纸抄本》），M. Marcovich 的文本和评注，Leiden 1988。［*Mnemosyne Supplement*（《尼莫辛涅增刊》）103］。

可以免死。当阿德墨托斯要死亡的时候，父亲和母亲拒绝替他死。不过，阿德墨托斯的妻子阿尔刻提斯出于爱，愿意替他死。死神真的来索取阿尔刻提斯的性命。当然，在欧里庇得斯的肃剧中，赫拉克勒斯（Herakles）又从死神那里夺回了阿尔刻提斯的性命。

经过再三斟酌，这首诗分成 5 个部分，大约各有 20、20、30、30 和 20 个诗行。在引言（诗行 1-20）中，阿德墨托斯从和阿波罗尼俄斯的一次谈话中获悉，阿德墨托斯很快就要死了。因此，在寻找一个替死鬼的时候，阿德墨托斯求助于父亲（诗行 21-42）和母亲（诗行 42-70），但是两个人都拒绝了他的要求。然而，在阿德墨托斯没有求助于妻子的情况下，妻子阿尔刻提斯表示愿意替他死。在一次长谈中，她阐明了这一点（诗行 71-103），并且恳求她爱的丈夫不要让别的妻子代替她的位置，她的爱经受了死亡的考验。结尾部分（诗行 104-124）描述了阿尔刻提斯的死。

借助于间接刻画的手段，父母的自私自利和妻子献身的爱情形成鲜明的对比。因此，中间 3 个部分互相关联。阿尔刻提斯的那些话富有伟大的动人的真挚情感。特别是在这里显示出作者伟大的创作艺术。在这首诗里，由于这个可以与其他两位异教诗人（欧里庇得斯与阿波罗尼俄斯）相提并论的异教诗人，找到了爱情题材的一种变体可能性（参《古罗马文选》卷五，前揭，页170 以下）。

第三节 《维纳斯节前不眠夜》

在一个异教诗人颂扬维纳斯节前夕的一首诗《维纳斯节前不眠夜》（*Pervigilium Veneris*）里，可以找到维纳斯题材的另一个变体。关于这首诗，具体的作者与来源都不详。只知道它存在于后古典时期拉丁语短诗集《拉丁文选》（*Anthologia Latina*）的两个存放于巴黎的国家图书馆里的原稿中。它的写作年代也有争议：2 世纪的哈德利安时期或者奥勒留时期，① 或者 3 世纪末至4 世纪中期，甚或 4 世纪末。② 由于该诗的异教特征突出，学界普遍认可 4 世纪末，把这首短诗③（Opusculum）指派给叙马库斯圈子。④

也许由于第四十九至五十二个诗行提及西西里的海布拉山（Hybla），应该唤起特定维纳斯节的想象，但是结合维吉尔（《牧歌》，首 1，行 53－54；首 7，行 37）和提及海布拉山的另一个文学传统，第四十九至五十二个诗行首先唤起的印象是这个地区很富饶。

形式可能是一种节日颂歌（ode），情景是虚构的。所描述的节日充满了象征的艺术升华。里面提到了各种直觉的、宗教的、历史的、神话的、的确还有哲学的关联。摆在面前的是一种信仰。在生动形象地描绘神仙重新更新世界中，一种强烈的宗教向往变得明显。

现在应该期待，诗人的自我最终会和所描述的宇宙事件同一。不过，正如这首诗最后一节显示的一样，情况不是这样的。当然自从卡图卢斯和罗马诉歌诗人以来，受爱情之苦和缺乏满足属于爱情诗人的基本处境之列。然而，与《维纳斯节前不眠夜》

---

① 有人认为，作者是阿非利加诗人弗洛鲁斯。

② 有人认为，在格律方面，诗人提贝里安（Tiberianus，亦译提贝里阿努斯）的作品与《维纳斯节前不眠夜》类似，甚至比后者更伟大。关于诗人提贝里安，参LCL 434，页 555 以下。

③ 奥索尼乌斯著有《短诗集》（*Opuscula*），参王焕生《古罗马文学史》，页419。

④ Translated by J. W. Mackail, revised by G. P. Goold，参 LCL 6，页 345 及下。

（*Pervigilium Veneris*，英译 *The Vigil of Venus*）的作者有关的是值得崇拜的神的世界原则。诗人愿意完全地献身于这个原则。因此，结尾表达了没有实现献身于神，让人吃惊。强大的神维纳斯和诗人孤立的自我之间形成强烈对比，这没有融入这首诗的前导部分。从没有实现的宗教献身愿望可以看出帝政晚期的典型倾向。属于这种倾向的还有在叙马库斯和纳马提安的作品中遇到的听天由命。在诺拉的保利努斯的作品中找到了基督教的答案（参《古罗马文选》卷五，前揭，页 490 以下，特别是页 496 及下，注释 4）。

《维纳斯节前不眠夜》这首诗有意的异教特征也体现在涉及一些伟大的异教诗人。因此，与卢克莱修的诗《物性论》有明显的相似之处。按照古代文学传统，这样一些相似之处或者暗示的引文要求读者把作为背景的其它作品视为作者自己的说法。在这种关联中，特别值得提及的是卢克莱修的第一卷的前言，其中有对维纳斯的祈求及其力量的描述（《物性论》卷一，行 1－27）。维纳斯不仅是爱神，而且也是物理法则的化身，让原子互相吸引的力量（马尔斯代表分散的力量）。但是，维纳斯的神性被卢克莱修接下来的阐述抵消了。在阐述中，卢克莱修证明不存在神。然而，在《维纳斯节前不眠夜》中，维纳斯现在是，将来仍然是爱神，同时还是世界原则。在这首诗中，除了这里明显涉及卢克莱修以外，还有一些暗示和涉及别的诗人，例如维吉尔，特别是他的《农事诗》，以及奥维德的《变形记》和《岁时记》。

《维纳斯节前不眠夜》这首诗是用扬抑格四拍诗行（trochaeus tetrameter）撰写的。希腊语诗人比拉丁语诗人更喜欢采用这种诗歌格律，但是，在 4 世纪也更频繁地出现在拉丁语诗人的诗歌中。

在《维纳斯节前不眠夜》里有个重要的叠句："愿未爱者爱清晨，愿已爱者爱清晨！（Cras amet qui numquam amavit，‖ quique amavit cras amet!）"（行1、8、12、27、36、48、57、68、75、80和93）这个叠句把这首诗划分为诗行数目不等的10组。每个组的诗行都致力于维纳斯题材的一种变体。第一组（即诗行2-7）写春天的到来和维纳斯节。第二组（即诗行9-11）写维纳斯的出生。第三组（即诗行13-26）写自动绽放的玫瑰花蕾上晨露。第四组（即诗行28-35）写维纳斯对仙女们的规定，维纳斯警告丘比特。第五组（即诗行37-47）的内容是请求狩猎女神狄安娜远离节日。第六组（即诗行49-56）写节日的地方海布拉山。第七至十组（即诗行58-67、69-74、76-79和81-92）的内容是向维纳斯祈祷：作为有创造力的神，罗马的保护神，一切植物的神以及一切动物和鸟的神；接下来直接就是个人的结束语（参《古罗马文选》卷五，前揭，页178以下）。

第四节 瑞波西安

关于马尔斯和维纳斯的爱巢的诗《马尔斯和维纳斯的恋情》（*Deconcubitu Martiset Veneris*，参LCL 434，页524以下；王焕生，《古罗马文学史》，页415）现在仅存于出自7世纪的、以法国古典主义学者萨尔马西安（Claudius Salmasianus，1588-1653年）命名的《萨尔马西安抄本》（*Codex Salmasianus*）。这个古代抄本（Codex）包含了6世纪下半叶在阿非利加汇编的拉丁诗集《拉丁诗选》（*Anthologia Latina*，卢克索里乌斯编，参王焕生，《古罗马文学史》，页416及下）的残余部分。研究界认为，关于诗人瑞波西安（Reposian或Reposianus，参LCL 434，*Introduction*，页519以下）的时间估计在2至6世纪之间。又由于题材的关系紧密，直接把瑞波西安安排在《阿尔刻提斯》的莎草纸抄本和《维纳斯节前不眠夜》之后。

瑞波西安的诗的陈述明显有别于为他提供草案的罗马古典诗歌中关于维纳斯和爱情的描述。在古代文学中，一般认为，爱情是一种危害深思熟虑和克制的力量。像在罗马诉歌诗人的作品发现的一样，人们不仅遭受得不到爱情的痛苦，而且还要忍受屈从于爱情的痛苦。在瑞波西安的笔下，这是不同的。瑞波西安觉得，不受影响地实现爱情是唯一的追求价值。因此，也许合情合理的其实就是没有什么障碍可以阻止爱情的实现。

现在，瑞波西安在他的诗中描写了一种——他眼中不合理的——爱情障碍。瑞波西安相应地强调一些与传统的不同点。瑞波西安可能首先在奥维德的作品（《爱经》卷二，行561-589和《变形记》卷四，行169-189）里找到了这些不同点。荷马《奥德修纪》中的插曲（《奥德修纪》卷八，行266-366，参荷马，《奥德修纪》，杨宪益译，页87以下）成为那里描述和解释的基础。瑞波西安在何种程度上以荷马或者希腊化与亚历山大里亚式改写为样本，尚未肯定。瑞波西安可能从奥维德的《爱经》接纳了教师的立场。瑞波西安把插曲用来解释这个句子：

discite securos non umquam credere amores

你们学着，永远不要以为私通是安全的（瑞波西安，《马尔斯和维纳斯的恋情》，诗行1，引、译自《古罗马文选》卷五，页194及下）。

接下来是一种内容提要，直到《马尔斯和维纳斯的恋情》第三十二行诗。事件被安排到白布洛斯（Byblos 或 Byblis，奥维德，《变形记》卷九，行454-665；《希腊罗马神话与传说中的恋爱故事》，前揭，页104以下）的一个小树林里，那里的人们特别崇拜阿多尼斯（Adonis，希腊神话中阿芙洛狄特所恋的美少年）。从对小树林的详细描写（《马尔斯和维纳斯的恋情》，诗行32-50）来看，那里就是一个圣景（locus amoenus，拉丁语：理想景色，安乐居所）。在对小树林进行单独的舞台布景方面，这个圣景是符合维纳斯的。维纳斯及其随从丘比特（即阿摩尔）、美惠三女神（Grazien）或博爱三女神（Χάριτες 或 Charites，音译"卡里忒斯"）① 一起，在小树林里等待维纳斯的爱人马尔斯（《马尔斯和维纳斯的恋情》，诗行51-73）；维纳斯歌唱神仙之间的恋爱关系，跳起了相配的舞蹈（《马尔斯和维纳斯的恋情》，诗行64-69）。

　　在马尔斯出现以后，马尔斯一件一件地卸下他的武器。此时，维纳斯的优势变得明显（《马尔斯和维纳斯的恋情》，诗行74-95）。接着大量描写这场爱情戏（《马尔斯和维纳斯的恋情》，诗行96-130）。还在紧接着的筋疲力尽的时候，两个爱人吐露了进展顺利的热烈感情。马尔斯的叹息似乎有催眠作用，以至于维纳斯马上就入睡，这是一种爱情场景的反映。这个诗人刻画了一些静态的画面（《马尔斯和维纳斯的恋情》，诗行120-130）"筋疲力尽的爱人们"和与此形成对比的动态画面"丘比特玩弄马尔斯的武器"。这些场景是罗马绘画中深受喜欢的题材。

　　太阳神现在才让他的光芒穿透小树林密集的枝叶。现在才得以证实的是这首诗的箴言（Motto）：恋爱关系永远都避免不了忧愁。事后，火神武尔坎拿着精致的铁链来捆绑了两个爱人。在醒

---

　　① 包括光荣女神阿格莱亚（Aglaia，意为"非常荣耀"，司掌运动会上的胜利）、乐善女神欧佛洛绪涅（Euphrasyne，意为"快乐、善心"）和丰产女神塔利亚（Thalia，意为"丰盛、富足"）。

来以后，马尔斯表现为彬彬有礼的人。马尔斯没有挣断铁链，尽管他可以挣断铁链，因为他担心那样他会伤害到维纳斯。马尔斯的形象在这里显得比在荷马笔下的形象还要光辉得多。火神有点儿不是阴险狡诈的陷害者。相反，诗人瑞波西安也在遭到欺骗的丈夫的痛苦方面表现爱情的力量。不过，维纳斯对她的婚姻破裂并不感到后悔，这符合整首诗中对爱情无限制的高度评价。维纳斯反而想到了报复太阳神（《马尔斯和维纳斯的恋情》，诗行131-182，参《古罗马文选》卷五，前揭，页194以下）。诗人把维纳斯报仇成功解释为维纳斯力量的另一个证据。由于他的重点是片面的，瑞波西安明显地删掉爱情诗中一直潜在的轻浮和不道德。对于异教传统的代表人物们而言，这是通过改变流传下来的元素的侧重点来呈现新东西的一种可能性。

　　然而，除此以外，瑞波西安不同于涅墨西安，远离古典文学的影响，原因在于他很激动，具体体现在许多的呼喊，在大结构方面有许多倒叙和追述（LCL 434，页519以下）。

第五节　奥索尼乌斯①

一、生平简介

　　310年左右，②奥索尼乌斯（Decimus Magnus Ausonius）生于加龙（Garonne）河畔的布尔迪伽拉，今波尔多。他的父亲名

---

① 参 LCL 96〔= *Ausonius Vol. I*, with an english translation by Hugh G. Evelyn White, London 1919〕; LCL 115〔= *Ausonius Vol. II*, with an english translation by Hugh G. Evelyn White, London 1921〕。

② 奥索尼乌斯生于大约309年，死于394年，见王力，《希腊文学·罗马文学》，页170。

叫尤利乌斯·奥索尼乌斯（Julius Ausonius），母亲名叫埃奥尼
娅（Aemilia Aeonia）（《祭扫节》，首1-2）。在波尔多，奥索尼
乌斯开始了童年教育，主要是文法教育，其中，马克里努斯
（Macrinus）、苏库洛（Sucuro）和孔科尔狄乌斯（Concordius）
教拉丁语（《纪念布尔迪加拉的老师们》，首10），罗慕路斯
（Romulus）和科林提乌斯（Corinthius）教希腊语（《纪念布尔
迪加拉的老师们》，首8）。大约320年，奥索尼乌斯被送去托
洛萨，由他的舅舅、修辞学家阿尔波里乌斯（Aemilius Magnus
Arborius）教育（《祭扫节》，首3），直到他的舅舅被传召到君
士坦丁堡当君士坦丁的儿子的老师。之后，奥索尼乌斯返回波
尔多，继续学习修辞学，老师是阿尔吉姆斯（Alcimus）和德尔
斐迪乌斯（Delphidius）（《纪念布尔迪加拉的老师们》，首1、2
和5）。

　　大约334年，奥索尼乌斯开始了他的职业生涯，即在家乡的
波尔多大学当文法老师（grammaticus）（《序言》，首1）。大约
在同一个时期，奥索尼乌斯与萨比娜（Attusia Lucana Sabina）
结婚（《祭扫节》，首9），并生养了3个孩子，其中，儿子奥索
尼乌斯夭折（《祭扫节》，首10），存活的有儿子赫斯佩里乌斯
（Hesperius）和没有提及名字的一个女儿。后来，奥索尼乌斯成
为修辞学教授。尽管当过一段时间的律师，可奥索尼乌斯真的爱
好当老师（《序言》，首1）。在那里，奥索尼乌斯从教大约30
年。奥索尼乌斯最著名的弟子是布尔迪伽拉的保利努斯（Pauli-
nus），后来诺拉的主教。

　　364年，皇帝瓦伦提尼安一世传召奥索尼乌斯到特里尔的
"金色皇宫"，教授太子格拉提安（Gratianus）（《序言》，首
1）——后来的皇帝格拉提安一世（Gratianus I，375－383在
位）——文法和修辞学，为期10年，曾与格拉提安一起陪同瓦

伦提尼安一世远征日耳曼人（参《古罗马文选》卷五，前揭，页 512 及下，注释 3）。

370 年，奥索尼乌斯被授予随从（comes）的头衔。5 年以后，奥索尼乌斯迈入仕途第一步，成为圣宫的财政官（quaestor sacri palatii）。在 375 年他的学生格拉提安登基以后，奥索尼乌斯飞黄腾达。在皇宫里，奥索尼乌斯不仅享有最高的威望，而且还提拔亲人。譬如，375 年，奥索尼乌斯让 90 岁高龄的父亲获得伊利里库姆（Illyricum）的地方行政长官的荣誉称号。又如，奥索尼乌斯的儿子赫斯佩里乌斯在 376 年当阿非利加的行省总督（proconsul），在 377-380 年当意大利、伊利里库姆和阿非利加的军政长官（praefectus praetorio）。378 年，奥索尼乌斯本人则升任高卢和意大利的总督（praefectus Galliarum et Italiae），379 年成为这两个地方的正式执政官（consules ordinarii）之一，那一年以两位执政官的名字命名。

在皇帝格拉提安一世被谋杀（383 年）以后，奥索尼乌斯又回到了布尔迪伽拉。奥索尼乌斯在那里研究文学，并且与当时的文化人通信。属于此列的是和保利努斯的探讨。通信表明，这个时期正规教育[①]在高卢南部地区富有家庭里起什么作用。

393 年末或 394 年，奥索尼乌斯死于家乡所在的城市（参 LCL 96，*Introduction*，页 viii 以下）。

二、作品评述

从《奥索尼乌斯作品集》（*Opuscula D. Magni Ausonii*，参 LCL 96；LCL 115）可以清楚地看出，奥索尼乌斯的强项在于

---

① 亦称制式教育，源自于古希腊、罗马时期，18 世纪发展成为欧洲的教育学说，代表人物是英国教育家洛克。依据这种教育学说，教育不是传授知识，而是训练感官能力和发展能力。

惊人地、近乎驾轻就熟地精通传统的文学形式。因此，文人奥索尼乌斯完全扎根于遗留下来的文学。在奥索尼乌斯的全集中，除了多数的异教内容，还可以遇到基督教的内容。因此，奥索尼乌斯在 3 世纪初至 6 世纪中叶坚贞的异教文学中占有一席之地。

《奥索尼乌斯作品集》第一卷包括 3 首用哀伤的对句格（distichon）写成的诗歌，标题是《序言》（*Praefationes* 或 *Praefatiunculae*）。① 其中，第一首提供了一些传记信息。在献给皇帝特奥多西乌斯（Theodosius）的第三首诗中，奥索尼乌斯提及了皇帝的一个愿望。这个皇帝依据皇帝奥古斯都同他那个时代伟大诗人的关系，在一封信中请求奥索尼乌斯把他的那些作品献给他这个皇帝。由此可见，在奥索尼乌斯那个时期，奥古斯都时代在超出文学以外，在何种程度上被视为典范（参 LCL 96，页 2 以下）。

《奥索尼乌斯作品集》第二卷的标题是《日志》（*Ephemeris*）。在《日志》里，奥索尼乌斯把本义"日记"进一步定义为"整天的活动（totius diei negotium）"的纪录。其中，第一首采用庄重的萨福格律，嘲笑一位贪睡的学生。第三首是采用六拍诗行（hexameter）的基督教诗。最后一首（即第八首）诗非常生动地描写了夜间的一个个梦境（参 LCL 96，页 12 以下；《古罗马文选》卷五，前揭，页 204 以下）。

---

① 奥索尼乌斯的这个作品可能被他自己出版了两次（第 2 个版本是献给皇帝特奥多西乌斯的），死后由他的儿子或者一个近亲出版过一次。流传下来的各种版本都没有呈现奥索尼乌斯的所有作品。此外，由于奥索尼乌斯把各个作品的抄件送给他的朋友们，尽管流传下来的作品很多，由于整理的作者不同，奥索尼乌斯的文本仍然很难区分。在下面的概述中，Hans Armin Gärtner 同意 S. Prete 的整理（见文本证据）。参《古罗马文选》卷五，前揭，页 200，注释 1。

诗集《致亲友》（*Ad Familiares*，参王焕生，《古罗马文学史》，页 420）包括 30 首悼念亲人亡灵的诗歌《祭扫节》（*Părĕntālĭă*）① ——其中第一首《致父亲》（*Iulius Ausonius Pater*）最为生动感人——（卷四）和 26 首致老师和学友的诗《纪念布尔迪伽拉的老师们》（*Commenmoratio Professorum Burdigalensium*）（卷五）。这些大标题下的诗是些采用各种格律的碑铭诗。属于此列的还有《参加特洛伊战争的英雄们的墓志铭》（*Epitaphia Heroum*，*Qui Bello Troico Interfuerunt*）（卷六）（参 LCL 96，页 56 以下）。

在内容方面，《致孙子奥索尼乌斯的生日祝福信》（*Genethliacos ad Ausonium Nepotem*）（卷十八：《书信集》，封 21）和《致孙子的劝诫书》（*Liber Protrepticus ad Nepotem*）是一个整体（卷十八：《书信集》，封 22），例如第二首《致孙子奥索尼乌斯》（*Ad Nepotem Ausonium*）（参 LCL 115，页 68 以下；《古罗马文选》卷五，前揭，页 206 以下）。

《执政官奥索尼乌斯的就职祈祷辞》（*Precationes Consulis Designati Pridie Kalendas Ianuarias Fascibus Sumptis*）——与情景相符地——完全受传统的异教观念的支配（卷三：《私人的诗》［*Domestica*］，② 首5），而《逾越节诗》（*Versus Paschales Pro Augusto Dicti*）让真正的基督教思想注入读者觉得不恰当的对皇帝

---

① 拉丁语 părĕntālĭă 意为 dies parentales 或 dies parentalis，是古罗马人祭祀亡灵的节日，相当于中国的清明节，所以王力将奥索尼乌斯颂扬自己家族的小诗集 *Parentales* 译为《追远祭》（《希腊文学·罗马文学》，页 170）。不过，与中国的清明节不同，古罗马祭祀亡灵的节日不是 1 天，而是 9 天，始于每年 2 月 13 日，终于每年 2 月 21 日。而且，紧接着的 2 月 22 日就是亲友和解节。参《古罗马宗教读本》，前揭，页 74。因此，可译为"祭扫节"。

② 英译 *Personal Poems*。词形与词义方面，英语 domestic 与拉丁语 domestica 相近。

讲的奉承话（卷三：《私人的诗》，首2）。《执政官奥索尼乌斯的音节递增诗行①祈祷诗》（*Oratio Consulis Ausonii Versibus Rhopalicis*）也是基督教内容（卷三：《私人的诗》，首3）（参 LCL 96，页 34-53）。基督教信仰内容在这里成为巧妙游戏的材料。尤其是形式可能让读者留下深刻印象。在这首宗教颂歌中，每行诗有5个单词，每个单词分别由单音节递增至5个音节（参王焕生，《古罗马文学史》，页421），例如这首祈祷诗的第一句与最后一句：

Spes dues aeternae stationis conciliator

（我们的）希望，（我们的）神，他为我们谋得永远的住处（引、译自《古罗马文选》卷五，前揭，页201，注释2；参 LCL 96，页 38 以下）。

依据古代传统可以推想《哀悼父亲的哭丧歌》（*Epicedion in Patrem*）是在死者的雕像之下举行的，而且诗人采用哀伤的对句格（distichon），让死者自己讲话。这首诉歌（elegy）最为生动感人（卷三：《私人的诗》，首4）。用相同的格律撰写的——像奥索尼乌斯在散文前言中说的一样，依据卢基利乌斯的风格——有一首诗《为了他心爱的遗产》（*De Herediolo*）（卷三：《私人的诗》，首1）。《牧歌》（*Eclogarum Liber*）用便于记忆的格言（Merkversen）提供了古代文化财富的大杂烩（卷七，参 LCL 96，页 32 以下）。序诗与卡图卢斯的诗书开篇的诗关系紧密。

---

① "音节递增诗行（Keulenverse）"，六拍诗行（hexameter），以单元音单词开始，后面的词汇递加1个元音，到每个诗行结尾的单词有5个元音。

在《痛苦的丘比特》（*Cupido Cruciatur*）① 这首诗里的诗意是贪玩的，充满爱欲的（卷八）。在这首诗的前半部分，奥索尼乌斯使用了许多与维吉尔《埃涅阿斯纪》——尤其是第六卷里描述冥府的——字词来描述冥府里因爱而死的女主人公的阴森恐怖而美丽的节日，在这些女主人公当中就有狄多。阿摩尔欠考虑地访问这个地方，被女主人公们认出来并围住。她们把阿摩尔视为她们厄运的罪人（《痛苦的丘比特》，行56-103，参《古罗马文选》卷五，前揭，页214及下）。

接下来是《彼苏拉组诗》（*De Bissula*，参 LCL 96，页216以下；《古罗马文选》卷五，前揭，页218及下）。368或369年，奥索尼乌斯参加了皇帝瓦伦提尼安一世反对阿拉曼尼人（Alamannen）的远征，并在瓜分战利品的时候获得了女俘彼拉苏。彼拉苏的外形是金发碧眼的日耳曼人，可是她讲拉丁语（《彼苏拉组诗》，首4）。在这些抒情诗中，诗人称赞这位阿拉曼尼姑娘美丽动人（卷九）（参王焕生，《古罗马文学史》，页420）。

奥索尼乌斯也创作充满艺术性的《技艺游戏》（*Technopaegnion*，参 LCL 96，页286以下），展现他的诗歌才华（卷十二）。譬如，各个英雄格六拍诗行（hexameter）都有一个单音节词，或者在开始，或者在结尾，或者在开头和结尾。在这方面，最典型的是第一首诗的前3个诗行：

Res hominum fragiles alit et regit et perimit fors

fors dubia aeternumque labans, quam blanda fovet spes

spes nullo finita aevo: cui terminus est mors

---

① 亦译《被折磨的爱神》，参 LCL 96，页206以下；或《爱神上十字架》（*Crucifiement de l'Amour*），见王力，《希腊文学·罗马文学》，页170。

怀有、支配和毁坏人——他是脆弱的——的履历的是偶
然事件

偶然事件不确定，永远没有固定的状态，蕴含偶然事件
的是奉承的希望

希望不受时间限制；希望的尽头是死亡（引、译自
《古罗马文选》卷五，前揭，页 202，注释 3；参 LCL 96，
页 290 及下）。

更有意思的是，诗行结尾的单音节词，例如"fors（偶然事
件）"、"spes（希望）"，又被下一个诗行的开头采用，像中国的
修辞手法"顶针"一样。从内容来看，这些诗行明显是异教的。

在《7 位智者登场》（*Ludus Septem Sapientium*）中，奥索尼
乌斯让智者们在舞台上做自我介绍（卷十三）。梭伦登场会让人
想起希罗多德（参《历史》卷一，章 29–33 和 85–88）关于梭
伦、克罗伊索斯（Kroisos，公元前 6 世纪，吕底亚国王）和居鲁
士（Kyros）的叙述（首 4）（参 LCL 96，页 310 以下）。

在《关于数字 3 的谜语》（*Griphus*[①] *Ternarii Numeri*）中，讲
述了数字 3 指代的东西。奥索尼乌斯列举大量的例子。这些例子
出自异教的信仰与神话、古罗马国家秩序和普通人的生活。在这
以后，在第八十八个六拍诗行（hexameter）中，奥索尼乌斯用
最后 3 句话——作为早已准备的要点——提及"三位一体（tris
deus unus）"（卷十六）（参 LCL 96，页 352 以下）。

之后最有意思的是《关于婚礼的布头诗》（*Cento Nuptialis*，
卷十七），是些典型的布头诗（Cento）（参 LCL 96，页 370 以
下）。拉丁语 Cento 的本义是由补丁拼凑的东西。诗人把布头诗

---

① 谜语，拉丁语 griphus，希腊语 γρῖφος。

定义为"一种由多种多样的段落和各种不同的意义紧密地建构的诗歌，其方式要么是将两个半行诗要么是将一行诗及其后面的半行诗同另一个半行诗结合在一起，形成一个诗行"（variis de locis sensibusque diversis quaedam carminis structura solidatur, in unum versum ut coeant aut caesi duo aut unus et sequens〈medius〉cum medio，译自 LCL 96，页 372 及下）。当然，这种诗歌也有节律方面的要求。在实践中，奥索尼乌斯采用的六拍诗行（hexameter），把由维吉尔《埃涅阿斯记》的诗行和——特别受到重视的——诗行的部分天衣无缝地拼合成布头诗《婚宴》（*Cena Nuptialis*，卷十七，首 2）。在前言中，奥索尼乌斯给出了关于这种游戏的文学技巧层面的详细情况：

> … quod nec labor excudit nec cura limavit, sine ingenii acumine et morae maturitate.
>
> （这卷小书）既不创造（新的）作品，也不完善写好的作品，没有敏锐的天赋和成熟的阻碍（译自 LCL 96，页 370）。

> … solae memoriae negotium sparsa colligere et integrare lacerata, quod ridere magis quam laudare possis.
>
> 这只是关于记忆的工作：得搜集分散的名句，让这些零散的语词一起放入一个整体。因此，引你发笑比引你赞扬更加是可能的（译自 LCL 96，页 370 及下）。

而且，奥索尼乌斯还抱歉地解释写作这首诗的缘由：这次他不能拒绝的竞赛是皇帝瓦伦提尼安要求他参加的，皇帝同样也写了一首这样的诗。从内容来看，这首诗描述了一次结婚的筹备工作和新婚之夜。由于维吉尔的知识属于普通教育，摆在这样一种维吉尔布头诗的古代读者以及听众眼前的可能就是维吉尔诗行的庄重与新内容的伤风败俗之间的矛盾。集句出自维吉尔《埃涅阿斯纪》、《农事诗》和《牧歌》的第七首布头诗《入洞房》（*Ingressus In Cubiculum*，参《古罗马文选》卷五，前揭，页220以下；LCL 96，页384以下）还可能被禁欲的耳朵获悉，像奥索尼乌斯保证的一样。

在奥索尼乌斯的系列作品中，最著名的是约370年写的短篇叙事诗《莫塞拉》（*Mosella*）。《莫塞拉》是奥索尼乌斯最长的一首诗，总共483行，主要叙述诗人旅游莫塞拉河流的感受，描写河流两岸的美景。由于诗人对自然美的感受敏锐，这首诗所描写的情景十分优美。可以说，这首诗是奥索尼乌斯的作品中最优美的，因此也为诗人带来了声誉（卷十）（参 LCL 96，页224以下；王焕生，《古罗马文学史》，页420）。

短篇叙事诗《莫塞拉》融合了各种体裁元素。诗中罗列的4个主题属于叙事诗，尤其是教诲诗。不仅仅属于叙事诗的是关于建筑物与风景的描述。这种诗的例子是《莫塞拉》的诗行150-199（参《古罗马文选》卷五，前揭，页224以下）。《莫塞拉》开篇的形式像游记，让人想起贺拉斯的《布伦狄西乌姆游记》（《讽刺诗集》卷一，首5）和纳马提安的同类诗。在夸赞的部分一再出现颂词的特征。

这首乍看起来像闲谈（λαλία）的诗表明是经过精心构思的。开篇（《莫塞拉》，行1-22）描述从德国有雾的宾根（Bingen）到阳光灿烂的比利时的诺伊马根（Neumagen），其中提及诗人的家乡布尔迪伽拉（行19）。这是这首诗4大主题的前奏。第一个主题是河流的自然。属于此列的有一个关于鱼的主题（行23-149）。第二个主题是河流中与河流两岸的生活（行150-282）。

第三个主题是河岸的别墅。在这个方面，莫塞拉流经的地区同赫勒斯蓬特（Hellespont）海峡、博斯普鲁斯（Bosporus）海峡和拜伊埃（Baiae）港口进行比较。在描述莫塞拉河两岸别墅的位置与布置之后紧接着是关于 7 个希腊建筑的主题罗列。第四个主题是醉心于各条河流与各个人（行 349-437）。在关于莫塞拉的支流的主题罗列中，比较莫塞拉同特洛伊的西摩伊斯河（Simois）与第伯河，强调莫塞拉与莱茵河是面对日耳曼人的界限。结尾部分（行 438-483）带来印记（Sphragis），即诗人总结性地描述自己，以及一个关于似乎都在唱莫塞拉赞歌的高卢河流的主题罗列。这个主题的罗列以及这首诗的最后一个诗行以加龙河（Garumna 或 Garunna）结尾。通过这样的方式，诗人的家乡又像开篇一样（行 19）一样呈现在眼前。值得注意的是几乎没有提及皇城特里尔，反而广泛描述风景和别墅。奥索尼乌斯想表明，通过皇帝瓦伦提尼安与日耳曼人的斗争，即使是固若金汤的城池以外的比利时地区也和罗马帝国内部的其它地区一样安全。服务于这个目的的是比较莫塞拉地区与帝国的其它地方。因此，在关于建筑物与风景的描述中，把莫塞拉描写为地中海地区具有神性的生物居住的地方（参《古罗马文选》卷五，前揭，页 222 以下）。

在《著名城市排行榜》（Ordo Urbium Nobilium）中，奥索尼乌斯运用 168 个六拍诗行（hexameter），赞扬帝国的 20 个大城市（卷十一）。罗马位于开头，但是只给予了一个诗行（1）。而超过一半的诗行都献给了高卢的 5 个城市：特雷维斯（Treveris）、阿勒拉斯（Arelas）、托洛萨、纳尔波（Narbo）和布尔迪伽拉（6、10 和 18-20），分别是现今的特里尔、阿尔勒（Arles）、图卢兹、纳尔邦（Narbonne）和波尔多。其中，纳尔波和布尔迪伽拉共有 62 个诗行，即大约占城市颂歌总篇幅的三分之一。在关于别的一些城市的诗篇里也有批判的声音（譬如，关于迦太基的诗篇让人想起狄多及其同罗马的多年对抗），而这些高卢的城市似乎无可指责。突出高卢的意图是明显的；这种意图在歌颂家乡城市布尔迪伽拉（20）的时候达到了顶点，多数诗行都是献给家乡城市的。其中，把小的祖国（patria）与大的祖国即罗马加以对比。①

在《苏维托尼乌斯〈罗马十二帝王传〉述评》（*De XII Caesaribus per Suetonium Tranquillum Scriptis*）中，从恺撒到赫利奥伽巴卢斯（Heliogabalus，也叫 Elagabalus，204-222 年在位）的罗马皇帝各用两个对句格（tetrasticha）加以评介（卷十四）（参 LCL 96，页 330 以下）。

在所有罗马执政官的汇编《编年史书的推论》〔（*Libri de Fastis*）*Conclusio*〕中，流传下来的只有结尾部分的诗行，其中有对从罗马起源到执政官奥索尼乌斯执政时期有多少年的推断（卷十五）（参 LCL 96，页 348 以下）。

《在任执政官以前向元首格拉提安致谢》（*Gratiarum Actio ad Gratianum Imperatorem Pro Consulatu*）表明，奥索尼乌斯是杰出的演说家。此外，只需关心的是颂辞的文学类型（卷二十）（参 LCL 115，页 218 以下；《古罗马文选》卷五，前揭，页 228-231）。

奥索尼乌斯的《书信集》（*Epistularum Liber*）对他的精神世界最具有表现力（卷十八）。通信的对象是一些著名人物，例如最后一位富有才华的世俗修辞学家叙马库斯（Symmachus）和奥索尼乌斯的门生、诺拉的基督教主教保利努斯（Pontius Pauli-

---

① 参 LCL 96，页 268 以下；M. Bonjour, *Terre natale. Etudes sur une composante affective du patriotisme romain*（《故土：关于古罗马爱国主义的情感成分的研究》），Paris 1975。

nus)（参 LCL 115，页 2 以下；王焕生，《古罗马文学史》，页420）。从形式来看，奥索尼乌斯的这些信简采用散文与各种韵律诗的混合体写作的。

《论各种事件的箴铭诗》（*Epigrammata de Diversis Rebus*）展示了 112 首优美的对希腊文讽刺短诗的拉丁文仿作，正如在《帕拉蒂娜文选》（*Anthologia Palatina*）中找到的一样（卷十九）（参 LCL 115，页 154 以下）。

构成集子结尾的是诗人对他的书记员（抄写员）的表扬信和《荷马的〈伊利亚特〉与〈奥德修纪〉各个章节的内容提要》（*Periochae Homeri Iliadis et Odyssiae*）。在表扬信中，奥索尼乌斯夸赞书记员写得比说得快。①

三、历史地位与影响

同时代的人，包括叙马库斯、保利努斯和皇帝特奥多西乌斯，他们都把奥索尼乌斯和奥古斯都时期的诗人们相提并论。值得钦佩的是奥索尼乌斯有古代文学、特别是罗马诗歌的全面知识。奥索尼乌斯的创作取材于这些文学知识，并且用大的形式艺术创作了各种文学类型截然不同的诗歌。如果要探究思想深度，那么可能会失望。然而，这种探究不适合诗人奥索尼乌斯。就像转型时期坚贞的异教作家的其他代表人物一样，奥索尼乌斯不可动摇地把奥古斯都时期伟大的古典作家看作不可逾越的榜样。他们认为可能的就是利用迄今为止尚未发现的小生境（即特定环境下的生存环境），彻底研究流传下来的形式和题材。此外，人们力求找到传世之作的令人满意的新编排。作为这种态度的特别

---

① 关于作品评述的结构，参《古罗马文选》卷五，前揭，页 200-204。关于奥索尼乌斯作品的卷数，参 LCL 96；LCL 115。

典型的代表人物，奥索尼乌斯在这方面给予了更大的空间。

第六节　克劳狄安

一、生平简介

370 年左右，① 克劳狄安（Claudius Claudianus；参 LCL 135 - 136）生于埃及的亚历山大里亚，并在那里接受教育。

394 年，克劳狄安——像马尔克利努斯一样——从讲希腊语的帝国东部来到罗马。可是罗马的政局发生了变化：395 年 1 月 17 日，特奥多西乌斯一世在米兰逝世；特奥多西乌斯一世曾短期统一了帝国的两个部分。特奥多西乌斯死后，他的儿子们把帝国分成两半，其中，阿尔卡狄乌斯（Arcadius，395-408 年在位）统治东部，霍诺里乌斯统治西部。当时，斯提利科——从家谱来看统帅斯提利科（Stilicho 或 Flavius Stilicho）是汪达尔人——自封摄政王，依据是特奥多西乌斯的临终遗嘱：在遗嘱中，皇帝想任命斯提利科为帝国两部分的摄政王。这个临终的皇帝可能只是一般性劝令统帅辅佐皇帝的儿子们，而没有具体思考过斯提利科的政治地位。对于当时才 10 岁的霍诺里乌斯来说，摄政可能是有必要的。但是，阿尔卡狄乌斯当时已经 18 岁，而且 11 岁就成为奥古斯都，不见得还需要摄政。在与阿尔卡狄乌斯统治的在君士坦丁堡（Konstantinopel）的东部（也信仰天主教的）皇室矛盾越来越激烈的情况下，罗马城的元老院贵族也与异教势力很敌对。在这些年，年幼的霍诺里乌斯及其在米兰的信奉基督教、天主教的皇室依靠经验丰富的统帅和摄政王斯提利科。斯提利科与

---

① 或为大约 365 年，见王力，《希腊文学·罗马文学》，页 171。

皇室也有双重的亲戚关系：斯提利科与特奥多西乌斯一世的外甥女塞瑞娜（Serena）结婚，这次婚姻的女儿马里娅（Maria）成为皇帝霍诺里乌斯的妻子。

面对分裂的罗马政局，希望重新统一国家的克劳狄安决心以拉丁语诗人的身份跻身罗马宫廷。克劳狄安开始以写作的方式，颂扬西部的统治者，抨击东部的掌权者。凭借他的才华，克劳狄安得到西罗马帝国统治集团的宠信，成为他们的政治代言人。

404年以后，克劳狄安的命运未知。或许此后不久，克劳狄安就逝世，没有经历408年斯提利科的倒台和死亡。

二、作品评述

根据创作的语言和身份的不同，克劳狄安的作品分为两类：希腊文作品和拉丁文作品。

起初在家乡亚历山大里亚，克劳狄安只写作希腊文诗歌，包括《巨人之战》（*Gigantomachia*，参 LCL 136，页 280 以下）和一些铭辞。其中，《巨人之战》现在仅存残篇。

后来（394年以后）在罗马，克劳狄安以拉丁诗人的身份出现。作为宫廷诗人，克劳狄安必须在政见方面旗帜鲜明，所以他主要写两类作品：对政友的颂辞和对政敌的抨击辞。作为拉丁诗人，克劳狄安的创作时期是395至404年。

按照古代修辞学体系，颂辞本来是值节日之际或者在节日庆典上的颂词，属于表扬性或者表态性的演说辞类型之列。在君主国中，颂词的内容必然表现为对君主及其亲信的颂扬。

395年，在罗马克劳狄安首先因为一首对执政官奥利布里乌斯（Flavius Anicius Hermogenianus Olybrius，鼎盛时期395–397年）和普罗比努斯（Flavius Anicius Probinus，鼎盛时期395–397年）的颂辞《说执政官奥利布里乌斯与普罗比努斯的颂词》

（*Panegyricus dictus Probino et Olybrio Consulibus*）而出名。① 在这首颂辞里，克劳狄安颂扬西部的统治者，抨击东部的掌权者。此后，克劳狄安也得到了皇室的宠信。

396 年，克劳狄安在米兰的皇宫朗诵对皇帝霍诺里乌斯（Honorius，395-423 年在位）的第三任执政官（396 年）的颂辞《霍诺里乌斯的第三次执政官任期》（*Panegyricus de tertio consulatu Honorii Augusti*，参 LCL 135，页 268 以下），歌颂年幼的皇帝和实际掌权者斯提利科。尽管里面不乏谄媚之词，例如称斯提利科超过所有的古代罗马英雄，可这首诗仍不失其艺术性：很优美，文笔很生动。

克劳狄安成为斯提利科的宣传员。在第一首致霍诺里乌斯的颂辞（panegyricus）中，克劳狄安支持斯提利科的全面摄政要求。从此，在他的诗作中，克劳狄安成为斯提利科的政治代言人。这样的诗作包括不仅有直接让斯提利科得到晋升或者反对斯提利科的敌人，特别是东罗马帝国的对手鲁菲努斯（Flavius Rufinus，约 335-395 年）② 和欧特罗皮乌斯（Eutropius，宦官，东罗马帝国皇帝阿卡狄乌斯的权臣）的作品：《驳鲁菲努斯》（*In Rufinum*，397 年）与《驳欧特罗皮乌斯》（*In Eutropium*，399 年）各两卷（即 Liber Prior 和 Liber Posterior）、《斯提利科的执政官任期》（*De Consulatu Stilichonis*，400 年，3 卷）和《革泰战争》（*De Bello Gothico*，402 年），而且还有对皇帝霍诺里乌斯的第四任（398 年）和第六任（404 年）执政官的颂辞《霍诺里乌斯的第四次执政官任期》（*Panegyricus de Quarto Consulatu Hon-*

---

① 出生于信仰基督教的罗马元老家族阿尼基（Anicii）的兄弟俩在他们 20 几岁（395 年）的时候已经成为正选执政官（consules ordinarii）。参 LCL 135，页 2 以下；《古罗马文选》卷五，前揭，页 228，脚注 1。

② 392 年任东罗马帝国执政官。

orii Augusti，参 LCL 135，页 24 以下）与《霍诺里乌斯的第六次
执政官任期》（*Panegyricus de Sexto Consulatu Honorii Augusti*，参
LCL 136，页 3 以下）。

《吉尔冬战纪》

　　当时克劳狄安让他的歌颂性散文演说辞——或许按照古希腊
典范——选择了叙事诗的类型。克劳狄安把叙事诗的元素（例
如神的演说辞）拿来颂扬统治者或者谴责敌人。《吉尔冬战纪》
（*De Bello Gildonico* 或 *In Gildonem*，参 LCL 135，页 98 以下）写
于 398 年。这首诗只传下开始部分。

　　由于敌人阿尔卡狄乌斯（Arcadius，383–408 年在位）和鲁
菲努斯的唆使，阿非利加总督吉尔冬阻碍通往罗马的粮食运输，
造成罗马出现饥荒。在这种情况下，克劳狄安采用拟人手法。罗
马（Roma）以一个消瘦的女人形象出现，请求主神尤皮特派特
奥多西乌斯（Theodosius）一世和二世的阴魂去见他们的后代：
帝国东部的统治者阿尔卡狄乌斯和帝国西部的统治者霍诺里乌
斯，劝他们和解。可以表明诗人的政见倾向的是，诗中阴魂责备
阿尔卡狄乌斯进行兄弟争斗（《吉尔冬战纪》，行 1–37）（参
《古罗马文选》卷五，前揭，页 232 以下；王焕生，《古罗马文
学史》，页 423）。

　　接着罗马阐述的是罗马一直以来都从埃及和北非的各个行省
获得粮食供应。自从有了君士坦丁堡的第二个罗马，埃及为第二
个罗马提供粮食，为罗马提供粮食的只剩下北非的各个行省。然
而，当时吉尔冬主管这些行省，拒绝为罗马输送粮食（《吉尔冬战
纪》，行 75–133，参《古罗马文选》卷五，前揭，页 234 以下）。

　　在罗马讲完话以后，同样拟人化的阿非利加（Africa）一出
场就更加猛烈地控诉吉尔冬的罪行（《吉尔冬战纪》，行 139–

200）。最后，尤皮特裁决（《吉尔冬战纪》，行201-212）（参《古罗马文选》卷五，前揭，页240及下）。

值得注意的是，反对背叛者吉尔冬的行动领导人不是斯提利科本人，而是吉尔冬的兄弟马斯克策尔（Mascezel）。就像从奥罗修斯（Orosius）的作品中（《反异教纪事书七卷》卷七，章36，节5-9）获悉的一样，这位马斯克策尔在海军启程以前与僧侣们一起斋戒和祈祷了几天，然后把他的成功归因于前不久死去的米兰主教安布罗西乌斯在梦中显灵。而克劳狄安则把胜利归功于斯提利科，最后把尤皮特视为有好出路的发起者。

《普罗塞尔皮娜被劫记》

在多样性方面，克劳狄安驾轻就熟。克劳狄安采用上述的元素描绘出美妙的图画。克劳狄安找到了罗马意识形态中异教观念"不朽的罗马（Roma aeterna）"的多样性表达。其中，最优美的是克劳狄安的长篇神话叙事诗《普洛塞尔皮娜被劫记》（De Raptu Proserpinae 或 Enlèvement de Proserpine）。这首神话长诗"风格优美华丽"，可惜只写完3卷（参 LCL 136，页293以下；《罗念生全集》卷八，前揭，页287）。

在诗中，神农刻瑞斯下凡，寻找失踪的女儿普洛塞尔皮娜，适逢神界在奥林波斯开会。在诗人的笔下，神界会议犹如罗马的元老院会议，等级森严。与前辈诗人不同的是，克劳狄安没有歌颂"黄金时代"的到来，而是富有哲理地指出，充满艰辛和困苦的人类生活更有意义，更值得歌颂。反映这种观点的是主神尤皮特的开场词。尤皮特声称，在萨图尔努斯的黄金时代结束以后他很少关心人类生活，现在他要重新关心人类。鉴于人们死于黄金时代的安乐，现在这位主神要让人们生于忧患。尽管如此，出于对人类的怜悯，尤皮特还是命令神农刻瑞斯在寻找女儿的同时教导人们从事农业（agricultūra），帮助人们摆脱混沌世界。显然，诗歌描述的虽然是神界的人和事，但是具有很强的现实主义色彩，让人觉得诗人就是在影射现实的罗马。

不过，最值得注意的是冥王普路同对年轻的女主人公普洛塞尔皮娜的安慰辞。在普路同的安慰辞中，诗人借普路同之口，不仅表达了自己对人生的领悟："在死亡面前人人平等"，罪人将在冥界受到审判，而且还把冥界描写成一块福地，在那里生活的是高尚的人群，他们拥有一切，生活更美好，让人自然而然地联想起基督教的天堂（参王焕生，《古罗马文学史》，页 423 以下）。事实上，基督徒对死亡与复活的看法截然不同，如普鲁登提乌斯的颂歌。

不过，《普罗塞尔皮娜被劫记》完全继承了叙事诗的传统，并展示了博学诗人克劳狄安的伟大艺术，例如克劳狄安对场景的发挥（《普洛塞尔皮娜被劫记》卷二，行 119–152，参《古罗马文选》卷五，前揭，页 240 以下）。

《维罗纳老人》

《维罗纳老人》（De sene Veronensi）全称《从未离开故土的维罗纳老人》（De Sene Veronensi qui Suburbium numquam egressus est），属于克劳狄安的晚年作品。这首对句格诗描写了一位从没有离开过故乡的维罗纳老人。这位老人虽然与世隔绝，不知道外面的世界，但是过着恬静而自然的世外桃源生活。这种故土生活让他健康长寿，可以亲眼看见 3 代后辈。诗人认为，这位长寿的老人走了一条踏实的路。显然，此时此刻，诗人心潮起伏，感慨万千。想当初，克劳狄安怀揣着梦想，远离故乡，到罗马去探寻理想的人生道路，却掉进世界帝国的政治旋涡中，颠簸一生。而今蓦然回首，克劳狄安发现自己走了一条不可靠的路，不由得抒发自己真实、动人的慨叹:"能在故乡土地安度一生的人多幸福"(参王焕生,《古罗马文学史》,页425)!

此外,克劳狄安还写有《小诗集》(Carminum Minorum Corpusculum 或 Carmina Minora),总共52首,除了前述的《巨人之战》和《维罗纳老人》,还包括《帕拉迪奥与克勒里娜的婚歌》(Epithalamium Palladio et Celerinae)、《凤凰》(Phoenix)、《磁体》(De Magnete)、《内含一滴水的晶体》(De Crystallo cui aqua inerat)等(参 LCL 136,页 194-197)。

三、历史地位与影响

克劳狄安很受皇室和元老院发言人的欢迎。克劳狄安被任命为保民官与记录员(tribunus et notarius)。401 年左右,在经营元老院中,皇帝阿尔卡狄乌斯和霍诺里乌斯在罗马的图拉真广场为克劳狄安建造一座塑像,在塑像的刻印文字(CIL VI 1710, Dessau 2924)中,克劳狄安被赞誉为同荷马与维吉尔相提并论的人(参《古罗马文选》卷五,前揭,页 229)。

克劳狄安可能曾是个基督徒,像不可否认的是克劳狄安的诗《救世主》(De Salvatore,即《小诗集》,首 32,参 LCL 136,页 260-263)表明的一样。这首诗可能与宫廷里用于正式朗诵的一篇委托作品有关,多处明显关涉奥索尼乌斯的《逾越节歌》(Carmen Paschale)。在《救世主》里,按照希腊化时期的风格,把基督成为人(道成肉身)写成怪诞诗(Adynaton)的形式。文体手段和遣词造句完全是异教传统的,例如"utero inclusum(被关在……里)"。在《救世主》里耶稣基督被关在母亲马里亚的身体里(《救世主》,诗行7),而在《埃涅阿斯纪》里希腊士兵被关在特洛伊木马里(《埃涅阿斯纪》卷二,诗行258)(参《古罗马文选》卷五,前揭,页 244 以下)。

不过，依据王力的看法，克劳狄安是属于多神教的。有些基督教的诗相传是克劳狄安写作的，其实是高卢人马尔梅尔特·克劳狄阿努斯（Marmert Claudianus）写的（参王力，《希腊文学·罗马文学》，页171）。此外，特别是在克劳狄安的伟大诗歌作品中，他的创作完全采用英雄叙事诗《巨人之战》、异教神话和颂歌的传统。也就是说，克劳狄安这个从事文学的人就是异教传统的代表人物。所以后来，奥古斯丁和奥罗修斯干脆把克劳狄安称作异端。

然而，像不断给予克劳狄安写歌颂性诗歌的委托书证明的一样，米兰信奉基督教的皇室奇怪地对克劳狄安的文学作品的异教内容并没有反感。当398年克劳狄安在《关于霍诺里乌斯结婚的菲斯克尼歌》（*Fescennina de Nuptiis Honorii Augusti*）与一首《关于霍诺里乌斯结婚的婚歌》（*Epithalamium de Nuptiis Honorii Augusti*）中赞美皇帝霍诺里乌斯与斯提利科的女儿马里娅的婚礼（hymenaeus）的时候，也没有遭遇反感（参LCL 135，页230以下）。在那首《婚歌》（*Epithalamium*）中，克劳狄安在受到异教爱神的另类影响下，让爱神阿摩尔的箭射中信奉基督教的皇帝（《婚歌》，行118），让维纳斯为结婚的新娘马里娅打扮（《婚歌》，行282-285）。传统文学形式的作用显然还很强烈。至于克劳狄安当宫廷诗人的生活圈子，从米兰皇室看不出基督教来源的文学。按照皇帝的要求，这种文学应该符合排场。克劳狄安的大恩人、汪达尔人斯提利科也可能同意克劳狄安在诗歌中把自己当作日耳曼人完全写入旧的罗马传统。①

---

① 在政治领域，当时普鲁登提乌斯在他的诗《斥叙马库斯》（*Contra Symma-chum*）中勾画了一个信奉基督教的罗马时代的形象。尤文库斯（Iuvencus）和塞都利乌斯［Caelius Sedulius，著有采用六拍诗行（hexameter）的长诗《逾越节歌》（*Paschale Carmen*）］的圣经叙事诗证明了基督教内容的叙事诗，不过这些叙事诗创作的不是罗马历史事件。参《古罗马文选》卷五，前揭，页231，脚注2。

在文艺复兴时期，维吉奥（Maffeo Vegio，1407－1458）以克
劳狄安的风格写成《美利哥罗的故事》和《希斯波利斯的故
事》。[①]

第七节　纳马提安

一、生平简介

关于纳马提安（Rutilius Claudius Namatinus 或 Claudius Ruti-
lius Namatinus）的一切，都是从他的诗《返乡记》（De Reditu
Suo）或《高卢游记》（Iter Gallicum）中获得的。纳马提安出
身于高卢南部托洛萨（今图卢兹）地区，并且在那里有一些庄
园。纳马提安的家庭属于罗马帝国的政治领导层。纳马提安的
父亲是个具有最高行政长官职衔的行政官员，在埃特鲁里亚很
有名。

在纳马提安的仕途上，414 年他本人也最高当上了罗马市
长。不过，416（参王焕生，《古罗马文学史》，页 426）或
417 年，纳马提安从罗马返回高卢。纳马提安的诗《返乡记》
描述了这次旅行。纳马提安陈述了（《返乡记》卷一，行 19－
34）离开"不朽的罗马（Roma aeterna）"的原因：纳马提安
不得不关心在高卢被西哥特人变成荒地的庄园。不过，让纳马
提安考虑走这一步的可能不只是这一点。从他的返乡旅程也可
以看出，纳马提安已经退出政治，回到私人的生活氛围中。另
外，当时的高层也可以观察到这种趋向（参 LCL 434，页 753

---

① 克劳狄安（Claudian）原译"克劳底安"，是最后一个拉丁古典诗人。美利
哥罗（Meleager）是希腊传说中的英雄。希斯波利斯（Hesperis）是希腊女神维纳斯
的别名。参布克哈特，《意大利文艺复兴时期的文化》，页 255。

以下）。

二、作品评述

　　纳马提安的诗《返乡记》总共两卷，主要描写诗人从罗马去高卢的旅途见闻。这首诗没有能够全部流传下来。在传世的部分中，第一卷的开始部分残缺，只留存从告别罗马开始的 644 个诗行；第二卷的后面部分残缺，只留存前面的 68 个诗行（参 LCL 434，页 764 以下；王焕生，《古罗马文学史》，页 426）。

　　纳马提安的诗采用旅行诗的形式传统。代表这个传统的特别是贺拉斯的《布伦迪西乌姆游记》（*Iter Brundisinum*）（《讽刺诗集》卷一，首 5），奥维德关于流放旅途的诗歌（《诉歌》卷一，首 10）和奥索尼乌斯的《莫塞拉》（参《古罗马文选》卷五，前揭，页 246 及下）。

　　像奥索尼乌斯的诗一样，纳马提安的诗也融合了好几种文学形式。也就是说，诗《返乡记》展现的不仅有"游记（Iter）"诗的元素，而且还有另一种文学形式的元素：记录沿岸特色的航行记（Perplus 或 Paraplus，praetervectio）。此外，纳马提安还给出历史真相的资料（《返乡记》卷一，行 277-292），这可能是现在的游客期待在艺术指南中出现的。这些元素可以列入古代游记（Perihegesis）文学，其最著名的代表人物就是 2 世纪的鲍萨尼阿斯（Pausanias）（参《古罗马文选》卷五，前揭，页 247）。

　　赞颂罗马城（《返乡记》卷一，行 47-164），正如颂扬朋友（卷一，行 541-558）和颂扬意大利（卷二，行 17-60）一样，肯定属于颂歌、赞歌和颂词的文学形式。罗马赞歌不受修辞规定的约束，这些规定首先是劳迪科亚（Λαοδικεύς 或 Laodikeia）的修辞学家米兰德（Μένανδρος Ῥήτωρ 或 Menander）立下的（3 世

纪）（参《古罗马文选》卷五，前揭，页247以下）。在深受古
典时代熏陶的纳马提安眼里，即使罗马沦陷，罗马也是高度真实
的，永远不会衰落或灭亡。

> 倘若有人把你遗忘，
> 他怎能安然无恙？
>
> 纵然太阳有发暗之时，
> 我也会歌颂太阳。
>
> 犹如天上的群星数不尽，
> 谁也道不完罗马的荣光。
>
> 不管阳光照到哪里，
> 都会感到你的威力（见格兰特，《罗马史》，页345及
> 下）。

　　纳马提安十分憎恶斯提利科，认为这位西罗马帝国的实际掌
权人是"国家的叛徒"（《返乡记》卷二，行17-60，参《古罗
马文选》卷五，前揭，页260以下）。这种攻击毕竟属于诽谤。
在年纪大一点的同时代人克劳狄安那里可以发现类似的文学元素
多样性，克劳狄安被放在纳马提安前面。在诗人纳马提安这里，
更严重的是有意显示转向异教传统的内容的倾向。譬如，纳马提
安认为，关于犹太人的风俗星期六的传说"甚至儿童都不会相
信"（卷一，行382-398），基督徒的身体变了，灵魂也变了
（卷一，行525），是"逃避阳光的人"，他们怕恶，却不知道利
用善。当然，这些内容不是来自自信的感觉，相反除了过分的美

化，贯穿这首诗的是断念和无声的抱怨。①

纳马提安的选词、文笔和格律都在很大程度上取决于他的榜样——典型的罗马诉歌诗人，因此，只能费劲地在语言方面证明来自纳马提安时代的影响（参《古罗马文选》卷五，前揭，页249）。

三、历史地位与影响

纳马提安是罗马帝国最后一位著名的诗人。从思想倾向来看，纳马提安又是最后一个罗马人（参 LCL 434，页 753 以下，尤其是 764 以下；王焕生，《古罗马文学史》，页 426）。

第八节　注　疏

在帝国晚期，基督教是如此的强大，以至于被定为国教。面对传统异教的弱势地位，异教的文人们开始反思，并仿效基督教的释经家，着手对古代作家的作品（如贺拉斯的诗歌、维吉尔的诗歌和泰伦提乌斯的谐剧）进行注疏，以期力挽狂澜，重整异教传统。所以，他们不仅诠释词汇意义，而且还疏解历史，解释文法和说明风格。其中，最著名的注疏家就是多那图斯和塞尔维乌斯。

一、多那图斯

多那图斯（Aelius Donatus）是 4 世纪中叶的人。多那图斯

---

① 劳迪科亚的米南德（Μένανδρος ὁ Λαοδικεύς）是希腊修辞学家和评论家，亦称修辞学家米南德（Μένανδρος Ῥήτωρ），著有论文《华丽风格的划分》（Διαίρεσις τῶν Ἐπιδεικτικῶν 或 Division of Epideictic Styles）和《论华丽型演说》（Περὶ Ἐπιδεικτικῶν 或 On Epideictic Speeches）。参《古罗马文选》卷五，前揭，页 247 以下；王焕生，《古罗马文学史》，页426。

是基督教作家哲罗姆的老师。后来，多那图斯成长为文法学家，著有《文法》（*Ars Grammatica*），并以注疏泰伦提乌斯的谐剧和维吉尔的诗歌而闻名。

多那图斯对泰伦提乌斯的注疏主要有 3 个大的特点。第一，由于非常认真和仔细地体会剧本，多那图斯才能非常精妙地指点和说明剧作家的戏剧特点和手法。譬如，多那图斯认为，泰伦提乌斯善于在舞台上创造行动印象，而不是叙述行动（多那图斯：泰伦提乌斯《安德罗斯女子》第一幕第一行注疏）。第二，多那图斯还通过对泰伦提乌斯的谐剧与希腊原剧的比较，指出泰伦提乌斯与原剧的不同点，以此强调泰伦提乌斯的创新性。譬如，在人物刻画方面，多那图斯认为，由于谐剧模仿日常生活，谐剧中嘲笑的一些人物形象源于生活。多那图斯也重视剧中人物的心理描写，经常指出人物在某些场景中的心理状态。[①] 此外，多那图斯也很关注剧本的舞台表演，经常说明和指示演员的相应表演。

多那图斯的作品大多数都流传下来了。其中，多那图斯的注疏对后代人深入地理解泰伦提乌斯的谐剧作品有重要的意义（参王焕生，《古罗马文学史》，页 439）。

二、塞尔维乌斯

塞尔维乌斯（Marcus Servius Honoratus）是 4 世纪下叶至 5 世纪前期的人。除了一篇阐述诗句结尾押韵的论文《论韵脚》（*De Finalibus*）、一本论述各种诗歌格律的《论诗律》（*De Centum Metris*）的小册子和一些关于多那图斯的《文法》的笔记，塞尔维乌斯还著有 3 卷《维吉尔诗歌的注疏》（*Virgilii Opera Ex-*

---

① 关于泰伦提乌斯的谐剧，尤其是泰伦提乌斯的心理描写，详见拙作《古罗马戏剧史》（*Historia Dramatum Romanorum*）第二章第五节。

positio)。注疏只有部分传世，而且主要保存于马克罗比乌斯的《萨图尔努斯节会饮》中。

马克罗比乌斯认为，塞尔维乌斯是罗马学识最渊博的文法学家，每天都研读、诠释维吉尔的诗歌（《萨图尔努斯节会饮》卷一，章2，节15；卷六，章6，节1）。

塞尔维乌斯对维吉尔的诗歌诠释属于百科全书式的。除了纯文法方面的问题，如关于"两颗牙的"献祭品的问题，塞尔维乌斯的诠释还涉及宗教、哲学、历史、地理以及各种自然科学知识。塞尔维乌斯详细地理性诠释维吉尔作品中涉及的神话。在哲学方面，塞尔维乌斯是个折中主义者，所以在谈论哲学问题时往往罗列不同哲学流派的观点。譬如，在谈及人的灵魂时，塞尔维乌斯称引的既有唯心主义哲学家柏拉图的观点，也有唯物主义哲学家亚里士多德的观点（塞尔维乌斯：维吉尔《埃涅阿斯记》第四卷第八十一行注疏）；塞尔维乌斯一方面承认灵魂不朽，批评伊壁鸠鲁蔑视宗教，另一方面又把卢克莱修高度地评价为杰出的诗人和哲学家。

总之，塞尔维乌斯对维吉尔的注疏既包含了对前人研究维吉尔的成果，也表达他对维吉尔诗歌的高度评价。塞尔维乌斯充分地肯定了维吉尔诗歌的知识性、艺术性和拉丁语的典范性。

当然，塞尔维乌斯的注疏也存在一定的局限性。譬如，塞尔维乌斯声称：

> 维吉尔走过了一个诗人应当遵循的道路，先从创作档次较低的牧歌开始，接着创作中间层次的《农事诗》，最后在《埃涅阿斯纪》的叙事诗中达到了其创作的顶峰。①

---

① 　略有修改，见詹金斯，《罗马的遗产》，页188。

　　詹金斯指出，维吉尔的写作生涯不是冷静的安排，而是不可预见的，甚至是奇怪的，所以塞尔维乌斯的这段注疏是错误的，并造成两个严重的后果。第一，误导读者。1469 年出版维吉尔诗歌的第一版，1471 年出版塞尔维乌斯的注疏，很快就出版维吉尔诗歌与塞尔维乌斯注疏的合订版，并成为惯例。16 世纪维吉尔版本大多都属于此类。这就给文艺复兴时代的人们（尤其是受教育的人）一个错误的印象："牧歌在古代已经是一种完全成熟的文学类型，而且被置于诗歌的最底层"。第二，误导作者。譬如，斯宾塞和蒲伯在摹仿心中的完美诗人维吉尔的时候都错误地从创作牧歌开始（参詹金斯，《罗马的遗产》，页 187 及下）。

　　詹金斯还指出，塞尔维乌斯的偏差还在于把维吉尔的《牧歌》视为寓言。塞尔维乌斯不仅牵强地把维吉尔的第一首《牧歌》中提屠鲁的女人加拉特娅和阿玛莉里斯解释为曼徒阿和罗马的象征，而且还附会地把提屠鲁视为诗人维吉尔。然而，这些注疏都是胡说八道。譬如，不仅第一首与第六首诗中的提屠鲁不是同一人，而且还是年长的、头发花白的获释奴，而维吉尔诗歌年轻的、生来自由的人。这种注疏虽然荒唐，但是却很有影响。譬如，兰德也错误地以为，斯宾塞《牧人历书》（*The Shepheardes Calender*，1579 年出版）中《一月》与《十二月》的人物克劳特（Colin Clout）"隐藏着诗人本人的影子"，因为维吉尔有时就藏在提屠鲁这个名字后面。事实上，《十二月》里的克劳特已经年迈，头发花白，而斯宾塞当时只有 20 来岁（参詹金斯，《罗马的遗产》，页 188 及下）。有趣的是，斯宾塞多么忠实地摹仿维吉尔的牧歌，兰德与塞尔维乌斯的错误注疏多么如出一辙（参王焕生，《古罗马文学史》，页 439 及下）。

第九节　寓言诗①

在古罗马文学的转型时期，传下两部寓言诗集：阿维安的《寓言集》和佚名的《罗慕路斯寓言集》。

一、阿维安

阿维安（Aviani = Avianus）是 4 世纪末期人。传世的《寓言集》（Fābulae）总共有 42 首对句格（distichon）格律的寓言诗，是献给特奥多西乌斯的。这个特奥多西乌斯精通修辞学和诗歌，或许就是《萨图尔努斯节会饮》的作者马克罗比乌斯。

由于几乎所有的寓言都可以在希腊寓言作家巴布里乌斯（Babrius）的寓言集②里找到对应的寓言，学界普遍认为，阿维安在创作寓言的时候利用了巴布里乌斯的寓言材料。不过，阿维安在《寓言集》的引言里声称，他自己企图用对句格阐释"那些被人用粗俗的拉丁语叙述的东西"。这表明，阿维安利用的不是巴布里乌斯的希腊原作，而是拉丁作家的作品。有人认为，阿维安利用的是 3 世纪修辞学家提基阿努斯（Iulius Ticianus）的寓言。

在格律方面，阿维安之所以选择与寓言体裁从容不迫的叙述风格不很适应的对句格，是因为他力求使诗歌具有一种崇高的风格。由于这个缘故，阿维安用许多代用语替代原先简明、直接的

---

① 参杨丹、吴秋林编选，《古希腊·古罗马的寓言》，罗念生、袁丁等译，太原：山西教育出版社，1999 年，页 117–123 和 129–133；王焕生，《古罗马文学史》，页 421 及下。

② 巴布里乌斯不仅采用以扬扬格（spondeus）结尾的不规则抑扬格（choljam-bus）改写伊索的寓言和利比亚的寓言，而且还自己原创寓言。

俗语，譬如，用"老劣种"替代"老狗"，用"发响的证人"替代"铃铛"。

对句格还有一个功能，那就是讽刺，如《青蛙大夫》、《孔雀和鹤》与《农妇和狼》。其中，《青蛙大夫》讽刺冒牌医生青蛙。池塘里的青蛙自以为很聪明，冒充医生去诓骗陆地上的野兽。冒牌医生虽然让头脑简单的野兽信以为真，但是狐狸揭开青蛙的真面目，令冒牌医生无地自容。这首诗的寓意大概就是"没有金刚钻，别揽瓷器活"，冒牌货终究会露馅。

阿维安的《孔雀和鹤》可能取材于古希腊民间寓言《孔雀和白鹤》。《孔雀和白鹤》的寓意是"穿戴朴素而有声誉，胜于自诩富有而默默无闻"。而阿维安的《孔雀和鹤》似乎更具有讽刺意味。面对孔雀因为美丽的羽毛而趾高气扬、神气活现，鹤不卑不亢，首先坦承孔雀的羽毛美丽，不过马上话锋一转，讽刺孔雀的羽毛华而不实，而自己的羽毛虽然不美丽，却很实用，可以让自己展翅高飞。

《农妇和狼》也可能取材于古希腊民间寓言《狼和老太婆》，虽然故事略有不同，但是寓意差不多，讽刺的对象都是言行不一的人，如老太婆和农妇。不过，《狼和老太婆》的讽刺对象是泛指，而《农夫和狼》的讽刺对象是特指：女人。阿维安的《农妇和狼》讲述一只天真的公狼轻信农妇对小孩讲的话："你还不安静！再哭，我就叫狼来吃掉你"，误以为可以吃到哭闹不止的小孩，以至于徒劳等待，无功而返。天真的狼最终获得深刻的教训："女人们说话信口开河，变化无常，不可轻信。谁要是相信她们，非上当受骗不可"。

当然，阿维安的寓言诗更多的还是遵循传统，重在寓意或教训，如《渔夫和小鱼的故事》、《狮子、公牛和山羊》、《两只罐子》与《农夫和小公牛》（袁丁译）。

在《渔夫和小鱼的故事》里，被钓的小鱼企图用虚无缥缈的远景诓骗渔夫。不过，渔夫很聪明，识破了小鱼的诡计。这首诗的寓意就是不要放弃已经获得的东西，而去追求虚无渺茫的希望。否则，真正需要的时候想再得到，就会无处可寻。

《狮子、公牛和山羊》讲述一头公牛遭到狮子追捕，试图寻找躲藏的地方，又遭遇山羊的欺负，为了逃生，只得忍气吞声，夺路逃命。寓意隐藏于公牛的话里：要审时度势，好汉不吃眼前亏，君子报仇，十年不晚。

《两只罐子》讲述两只罐子的故事。其中，陶罐代表弱者，铁罐代表强者。寓意藏于陶罐的话里："那些强者常常向弱者许诺些什么，而事后从不守信的"。所以，弱者应当与强者保持一定的距离，不要走得太近，否则就会粉身碎骨。

《农夫和小公牛》讲述小公牛生性凶恶，难以驯服，最后被农夫送到屠夫那里去的故事。里面藏有两个教训：对于农夫而言，小公牛"本性难移"；对于小公牛而言，恶习不改，会惹来杀身之祸（参 LCL 434，页 669 以下）。

二、《罗慕路斯寓言集》

传世的《罗慕路斯寓言集》（Romulus Fabulae）有多种各不相同的抄本，其中之一出现在 10 世纪的一本拉丁文寓言集里（参《古希腊·古罗马的寓言》，前揭，页 129）。不过，经过比较，学界发现它们的原始抄本是同一的。抄本标注为《伊索寓言》。而且，从第二篇引言来看，这本寓言集的确是用伊索的口气写成的。

不过，在第一篇引言里可以读到，某个罗慕路斯（Romulus）把伊索寓言集推荐给自己的儿子阅读。从传世的文字来看，这个罗慕路斯推荐的不是希腊文的原作，而是拉丁语寓言家斐德若斯的散文改写本和另外一些失传的拉丁寓言材料"拉丁伊索"。其中，源自斐德若斯的差不多占四分之三。对于两种拉丁寓言素材，编者有时分别使用，有时把它们融为一体。

在选材方面，作者主要采用斐德若斯寓言中的那些动物故事，创作了《狮子的答谢》、《蝙蝠的背叛》、《老实人、骗子和猴子》等。

《狮子的答谢》讲述一只狮子受伤，得到牧羊人的救助。后来，狮子与牧羊人都陷入困境，不得不在斗兽场搏斗。但是，狮子认出了牧羊人，并且知恩图报，对牧羊人表现出温顺。牧羊人讲述他与这只狮子的故事。故事感动了观众。在观众的要求下，狮子与牧羊人重获自由。很明显，寓意在于知恩图报和好心有好报。

《蝙蝠的背叛》讲述蝙蝠夜间飞行的由来。在飞禽与走兽的战斗中，蝙蝠眼见走兽强大，飞禽弱小，将要落败，便背叛自己的同类，逃往飞禽的敌人走兽的阵营里去。可是，老鹰的援军赶到，力挽狂澜，扭转战局，并转败为胜。最后，蝙蝠受到审判，因为叛逃罪而不得见阳光。寓意显然是这样的：无论情况如何，都要忠心。

《老实人、骗子和猴子》讲述老实人与骗子在猴子国里的经历。在猴王面前，骗子讲奉承话，得到重赏，而老实人讲真话，却受到重罚。不言而喻，教训在于：当权者喜欢听奉承话，而不喜欢听实话。

需要指出的是，作者并不是原封不动地推荐这些寓言故事，而是进行了个性化的改编。这种改编主要体现在以下几个方面：在教训方面，用比较抽象的、具有普遍意义的教训取代斐德若斯的道德说教和对时事的暗示，使得寓言的风格从尖锐变为比较平和；在寓言叙述方面，更加注意生活的真实性；在文风方面，用从容不迫、周到详尽的叙述取代斐德若斯简洁而略显枯燥的叙述；在语言方面，《罗慕路斯寓言集》采用较多的民间口语词汇，更加口语化。

在中世纪，阿维安的《寓言集》和佚名的《罗慕路斯寓言集》非常流行，曾被反复改编和模仿，从而影响了后代欧洲的寓言创作。

第六编
不朽时期

引言　古罗马文学的不朽时期

　　严格地讲，前述的古罗马诗歌史（historia poematum romano-rum）已经比较完整。然而，作为精神文化的产物，古罗马诗歌不会随着古罗马的灭亡而销声匿迹，而是流传后世。由于传世的历史悠久，影响深远，有必要在写结语之前用较大的篇幅——即第六编——来详细阐述古罗马诗歌在后世的存在状况。

　　在不朽时期，古罗马诗歌（poema）和诗歌理论（poesis）大致有以下几种幸存的方式：第一，以原稿、抄本或印刷品的形式整存，但有可能出现部分章节或字句的残缺；第二，以摘要或引文的形式残存；第三，以注疏的形式存在，内容和形式大体不变，只是增添了注疏的思想内容；第四，以译品的形式存在，随着语言的变化，内容和形式也发生部分的改变；第五，其形式或内容的灵潜入后世文人的心，从而化入后世文学作品（包括原创作品和批评作品）中。

　　作为古典遗产的一部分，古罗马诗歌的传世并不是一帆风顺的，虽然有时受到厚古派的尊崇，但是有时也遭到尚今派的批评，有时甚至遭遇厚古派的冷落，譬如，德国古典主义者更加关注古希腊的古典。不过，延存的不同际遇——褒贬与冷热——恰恰证明了古罗马诗歌的不朽。

第一章　古罗马诗歌的遗产

在奥古斯都时期，古罗马诗歌达到巅峰时期，所以谈及古罗马诗歌的影响首先让人想到黄金时代的诗人维吉尔、贺拉斯和奥维德（参詹金斯，《罗马的遗产》，页149以下）。

依据格拉夫顿（A. T. Grafton）的《文艺复兴》（即《罗马的遗产》，章4）和戴维斯（Charles Davis）的《中世纪》（《罗马的遗产》，章3），尤利乌斯·斯卡利泽（Julius Caesar Scaliger，1484−1558年）① 在《诗学》（*Poetices*，1561年）中把罗马诗歌的发展比喻成一个有机生命成长的阶段，有一个达到充分成熟的时期，只是随着时间的推移，才逐渐烂熟和堕落。波兰的耶稣会士萨尔别夫斯基创作诉歌体田园诗，号称撒尔马提亚（Sarmatia）的奥维德。波里齐亚诺（Angelo Poliziano）献给美第奇（Lorenzo de'Medici）的诉歌诗进行韵律试

① 尤利乌斯·斯卡利泽（Julius Caesar Scaliger）又名 Giulio Cesare della Scala。依据尤利乌斯·斯卡利泽写的文学评论，罗马的维吉尔胜过希腊的荷马，小塞涅卡的肃剧超越希腊的肃剧。

验，并运用赞美诗的语言，直白地表达自己的失落，成为当时众多诉歌诗当中的杰作。斯昆多斯（Johannes Secundus）的《巴斯亚》（*Basia*）则更新了古罗马最无耻的爱情诗，以便适应当时讨论奥维德的《爱经》的需要。奥维德在中世纪吸引了成群的寓言作家。维吉奥（Maffeo Vegio）不满意维吉尔《埃涅阿斯纪》的结局，续写《埃涅埃斯纪》第十三卷（*Aeneidos Liber XIII*），① 让维吉尔笔下所有不完满的人物都得到满足和幸福。教育家埃拉斯谟在关于教学的《论理性的研究》（*De Ratione Studii*，1591 年）中论述如何教授维吉尔《牧歌》第二首第一行：“牧人柯瑞东爱恋漂亮的阿荔吉（Formosum pastor Corydon ardebat Alexim）”。②

从体裁的角度看，对后世影响较大的是古罗马诗歌中的讽刺诗、牧歌（参詹金斯，《罗马的遗产》，页 183 以下）、叙事诗和罗马诉歌。

一、讽刺诗

像前面有关章节阐述的一样，尽管讽刺诗（satire）与古希腊文学有着千丝万缕的联系，可讽刺诗却是唯一地道的古罗马文学体裁。因此，古罗马讽刺诗的影响最值得关注。

依据苏利文的“讽刺诗”（即《罗马的遗产》，章 8），恩尼乌斯、卢基利乌斯、图尔努斯（Turnus）、③ 苏尔皮基娅等因为其他作家称引而流传下来的讽刺诗残段形成了讽刺诗的基本标准。古典晚期、中世纪和文艺复兴时代所继承的正是这些遗产。

---

① 参布克哈特，《意大利文艺复兴时期的文化》，页 255。

② 原译“科瑞东”。参詹金斯，《罗马的遗产》，页 138 及下。

③ 讽刺诗人，与埃涅阿斯的敌人、卢图利人图尔努斯（维吉尔，《埃涅阿斯纪》卷十二）同名。

它们包括贺拉斯的《讽刺诗集》和《书札》、佩尔西乌斯的 6 首讽刺诗和尤文纳尔的 16 首讽刺诗，外加马尔提阿尔的讽刺短诗和卡图卢斯的几行，总数不超过 1 万行（参詹金斯，《罗马的遗产》，页 265）。

与此相关的是墨尼波斯（Menippos）的杂咏（satura）。讽刺诗的这个流派较小。把墨尼波斯杂咏（satura menippea）引入古罗马的第一人是古物学家瓦罗。瓦罗的继承人有小塞涅卡和波爱修斯。其中，小塞涅卡著有《变瓜记》，波爱修斯著有《哲学的慰藉》。此外，受到瓦罗影响的讽刺作家还有著有《萨蒂利孔》的佩特罗尼乌斯（参詹金斯，《罗马的遗产》，页 265 及下）。

小塞涅卡的《变瓜记》曾经为拜伦讽刺乔治三世的作品《致一位哭泣的淑女》或《目击判决》提供灵感（参詹金斯，《罗马的遗产》，页 266）。

在寓言诗，斐德若斯的动物寓言和佚名的《罗慕路斯寓言集》影响较大。它们不仅流传很广，而且有模仿者，如英国的尼克哈姆（Walter Neckham, 1157-1217 年）和佚名的《拜斯提阿里》（1250 年）以及法国的《列那狐的故事》。其中，《列那狐的故事》又影响了乔叟的《女尼的教士的故事》（*The Nun's Priest's Tale*，出自《坎特伯雷故事集》）和斯宾塞的《赫柏老太婆的故事》（*Prosopopoia, or Mother Hubberds Tale*, 1591 年）。由于斐德若斯谐剧式的抑扬格（iambus）用来创作和传播讽刺宫廷和教会的作品较为安全，受到斯宾塞之类诗人的欢迎。拉封丹（Jean de La Fontaine, 1621-1695 年）的《寓言集》加强了对寓言式讽刺诗的兴趣。《动物寓言》也影响到德拉顿（Michael Drayton）的《猫头鹰》（*The Owl*, 1604 年出版）和德莱顿的复杂作品《红雌鹿和黑豹》（*The Hind and the Panther: A Poem, in Three Parts*, 1687 年出版）以及盖伊（John Gay, 1685-1732 年）

的《乞丐的歌剧》（*The Beggar's Opera*）。不过，直到奥威尔（George Orwell）的政治讽刺诗《动物农场》（*Animal Farm*，1945年），寓言诗才算成功复兴（参詹金斯，《罗马的遗产》，页266及下）。

在中世纪，古罗马讽刺诗的影响陷入低谷。贺拉斯和马尔提阿尔的作品都只是被用来说明或者加强观点的说服力，而不是决定作品的形式。唯有斯科尔顿（John Skelton）了解尤文纳尔，他称引尤文纳尔来作为自己攻击红衣主教沃尔塞（Cardinal Wolsey）的《你为何不来宫廷》（*Why Come Ye Nat to Courte?*）的根据（参詹金斯，《罗马的遗产》，页267及下）。此外，在《玫瑰传奇》第二部分充斥着讽刺性的思想和表达，甚至还引用了古罗马讽刺作品的译文（参海厄特，《古典传统》，页256）。

在文艺复兴时期，讽刺诗才再度作为一种文学形式繁荣起来。人们发现并用新的印刷术传播古代的抄本。贺拉斯、尤文纳尔和马尔提阿尔给人们提供灵感，在意大利、法国、英国（包括英格兰和苏格兰）等欧洲国家，激发人们发表大量讽刺诗和讽刺短诗。创作语言起初采用拉丁语，后来越来越多地使用各国的方言（参詹金斯，《罗马的遗产》，页268）。

在意大利，涌现出一批出色的讽刺作家。其中，阿拉曼尼（Luigi Alamanni，1495-1556年）的《托斯卡纳作品集》（*Opere Toscane*）收录13首尤文纳尔式讽刺诗，主题是意大利的苦难与罪恶。1517-1531年，阿里奥斯托（Ludovico Ariosto，1474-1533）的7篇讽刺论文涉及社会腐败，将贺拉斯的甜蜜与尤文纳尔的尖酸融为一体（参海厄特，《古典传统》，页259）。

在法国，出现过几次讽刺精神的大爆发。除了最伟大的讽刺作家拉伯雷、1594年由一群亨利四世的支持者与天主教联盟的反对者创作的《墨尼波斯杂咏》（*Menippean Satire*）与1616年德·奥比涅（Agippa d'Aubigné）发表的《悲剧集》（*Les Tragiques*），最值得一提的是理论探索。1605 年法国古典学者与哲学家卡索邦（Isaac Casaubon，1659–1614 年）在自己注疏的佩尔西乌斯作品中阐明讽刺诗的历史与含义。不过，法国第一位真正的讽刺诗人是雷尼耶（Mathurin Régnier，1573–1613 年）。雷尼耶的第 3、7、8、12、13 和 15 首讽刺诗的主要思想来自古罗马，不仅跟随贺拉斯的脚步踏上讽刺诗的大道，找到了各式各样的幽默，而且还表示更愿意效法自由的尤文纳尔，翻译和改编尤文纳尔的诗句。17 世纪上叶，出现过很多狂热的讽刺诗作家，其中最伟大的是布瓦洛（Nicolas Boileau-Despréaux，1636–1711 年），布瓦洛的讽刺诗大多发表于 1657–1667 年之间，严格模仿贺拉斯与尤文纳尔。此后，布瓦洛还创作了一些贺拉斯式书信体作品——如《诗艺》（*L'Art Poétique*，1674 年）——和 3 首篇幅较大的讽刺诗，如关于教海争端的英雄叙事诗《讲台》（*Le Lutrin*，1674 年）（参海厄特，《古典传统》，页 259 和 261–263）。

第一个间接地把古典讽刺诗引入英国诗歌是在阿尔萨斯学者布朗特（Sebastian Brandt，1458–1521 年）以后。从世界观的悲观主义和细节的描写来看，布朗特的《愚人船》（*Stultifera nauis, Das Narrenschiff* 或 *The Ship of Fools*，巴塞尔，1494 年版；亦译《笨汉之船》）受到尤文纳尔的第十首讽刺诗的影响。1509 年，苏格兰教士巴克莱（Alexander Barclay，约 1475–1552 年）把《愚人船》译成英语诗歌，尽管翻译不够忠实，可他不仅在《前言》中勾勒了古代讽刺诗的发展史，而且还在英语中首次使用讽刺诗（satire）一词。译作本身又促使英国人创作民谣，例如《公鸡波特》（*Cocke Lorelle's Bote*）和《笨汉的第二十五道命令》（参海厄特，《古典传统》，页 259 及下；詹金斯，《罗马的遗产》，页 268 及下）。

在英格兰，讽刺诗出现较晚。霍尔（Joseph Hall，1574 -
1656 年）在《棍棒集》或《维吉德米阿鲁姆》（*Virgidemiarum*）
中才自称第一位英语讽刺诗人，其中 1597 年发表的前 3 卷"无
牙讽刺诗"以贺拉斯和佩尔西乌斯为典范，1598 年发表的后 3
卷"咬人讽刺诗"以尤文纳尔为典范。不过，霍尔肯定不是第
一个英国讽刺诗人。瓦特爵士（Sir Thomas Waytt，1503 - 1542
年）的 3 首讽刺诗融合了贺拉斯、佩尔西乌斯和尤文纳尔的风
格（参海厄特，《古典传统》，页 260）。1595 年洛杰（Thomas
Lodge）出版贺拉斯体的《莫麦斯的无花果》（*A Fig for Momus*）。
之后的两个世纪，抑扬格双行体（iambus distichon）韵律成为讽
刺诗标准的韵律，直到在德莱顿和蒲伯的诗中达到发展的顶峰，
并表现出它所潜在的特点。它的一个直接好处就是通过某种程度
的对照，遏制讽刺诗散漫的倾向（参詹金斯，《罗马的遗产》，
页 269）。

对于伊丽莎白一世和詹姆士一世时代来说，或长或短的讽刺
诗具有下列吸引力。首先，容量广大，形式多样。比喻和影射、
动物寓言和民间智慧、抨击和形象化的描写以及庞德称为逻辑诗
歌的完善结构都分门别类，各守其责。固定的主题具有普遍性：
人性的弱点，如愚蠢和罪恶，有弱点的人物，如尤文纳尔曾用的
女性题材，在特殊文化背景和历史制度下可以轻松改造人物，例
如把皇帝变成教皇，把贵族变成骑士。第二，讽刺诗从一开始就
留给作者较大的自由空间，因为讽刺诗风格多样，适应性强：既
可以适应不同的创作者，而且还可以寄生于别的文学形式，如叙
事诗和牧歌（如蒲伯的《卷发遇劫记》），同时又易于接受跨文
化的影响。譬如，瓦特在意大利诗人阿拉曼尼（Luigi Alamanni，
1495 - 1556 年）的影响下，将贺拉斯诗歌中的两个题材错合成英

语的《三道裂缝》。贺拉斯和布瓦洛曾影响到蒲伯的杰作《模拟
贺拉斯创作的讽刺诗和书信》（*Satires and Epistles of Horace Imita-
ted*，1733 年以后陆续发表）。唐尼的《讽刺诗》（*Satires*）第四
卷以贺拉斯与一个自私的讨厌鬼的遭遇（贺拉斯，《讽刺诗集》
卷一，首 9）为基础，并采用佩尔西乌斯那种影射、紧凑的风
格。最重要的是，1550 至 1750 年间的英国社会与古罗马帝国的
文明极其相似：讽刺诗的题材丰富，例如人性的弱点、社会丑恶
现象和蹩脚的诗歌。不同的是，古罗马讽刺诗人很少涉及政治，
仅仅对个别政治怪相进行讽刺，但并不具有革命性。而 17 世纪
的英国，由于宗教冲突和王朝更迭，革命斗争成为讽刺诗的共同
题材。这些政治讽刺诗常常采用匿名诗的形式，因而具有较高的
质量（参詹金斯，《罗马的遗产》，页 269 以下）。

在复辟时期，罗切斯特勋爵（Earl of Rochester）才开始接纳
马尔提阿尔和尤文纳尔的坦白，写作《漫游圣詹姆士公园》
（1680 年问世）。受到尤文纳尔抨击女性的讽刺诗（《讽刺诗
集》，首 6）的影响，英国作家也模仿创作攻击女性的讽刺诗，
攻击的靶子一般是女性的粗鲁和谩骂。只有威尔克斯（John
Wilkes，1725－1797 年）的《论女性》（*On Woman*，1763 年）
攻击女性的下流。在古罗马讽刺诗人的攻击靶子中，英国作家对
攻击同性恋表示谨慎，更多地嘲笑淋病和梅毒患者（参詹金斯，
《罗马的遗产》，页 271）。

英国最早的讽刺短诗集是克劳莱（Robert Crowley，生于
1518 年）和海武德（John Heywood，约 1497－约 1580 年）的，
都出版于 1550 年。只不过他们的讽刺诗更多地源于中世纪。第
一批紧随其后的高吉（Barnabe Googe）、托波维尔（George Turb-
erville）、豪威尔（Thomas Howell）和布勒顿（Nicholas Breton）
等的诗集（分别于 1563、1567 和 1578、1581、1582 年问世）才

具有更多的古典色彩。肯达尔（Timothe Kendall）的诗集（1577年问世）是经过过滤的英国式马尔提阿尔诗集。在肯达尔的影响下，讽刺短诗的写作并不一定使用讽刺诗的名字，但是格外流行，其中较为成功的有巴斯塔德（Thomas Bastard，1566-1618年）及其《选集》（*Chrestoleros*，1598年出版）、约翰·戴维斯（John Davis，1569-1626年）、《可以消化的道德……译成英语的贺拉斯讽刺诗两卷》（*A Medicinable Morall, that is, the two Bookes of Horace his Satyres Englyshed. ... The wailyngs of the prophet Hieremiah, done into Englyshe verse. Also epigrammes*，1566年）的作者德兰特（Thomas Drant，死于1578年）、多产的佩罗特（Henry Parrot，盛年为1600年）和维乌尔（John Weaver，1576-1632年）。维乌尔的《形式古老但最新流行的讽刺短诗》（*Epigrammes in the Oldest Cut, and Newest Fashion*，1598年出版）和桂普林（Edward Guilpin）的《斯凯勒提亚》（*Skialetheia*）都是讽刺诗和短诗的混合物。书中的诗歌以讽刺短诗为主，辅以几首或有或无的讽刺诗，这种习惯保持到16世纪中期，顶峰是琼森自认为最成熟的《讽刺短诗集》（1616年出版）和赫里克（Robert Herrick，1591-1674年）的《看守金苹果的仙女》（*Hesperides*，1648年出版）。这些短诗集中的诗并非都是讽刺短诗，但其讽刺和人身攻击表明它已经成为讽刺诗的一个流派。或许还牵涉别的一些文学形式，譬如，"水诗人（the Water Poet）"泰勒（John Taylor，1580-1653年）的《水的功劳》被称为"十四行诗、讽刺诗和讽刺短诗的好斗的公鸡"。从此，那些反应迅速的宫廷业余作者用以表达个人见解的讽刺短诗逐渐让位于更具有雄心的、篇幅更大的讽刺诗。譬如，德莱顿的《阿布沙龙和阿奇托菲》（*Absalom and Achitophel*，1681年出版）和蒲伯的《愚人志》（1729年出版）长达几百行，笛福（Daniel Defoe，1660-

1731 年)① 的《真正的英国人》(*The True Born Englishman*,
1701 年) 甚至长达 1216 行, 比最长的古罗马讽刺诗即尤文纳尔
的《讽刺诗集》第六首还长一倍 (参詹金斯,《罗马的遗产》,
页 271 及下)。

在质与量方面, 给人留下深刻影响的是伊丽莎白一世和詹姆
士一世时代讽刺诗取得的成就。在经过不那么自信的开始阶段以
后, 讽刺诗和讽刺短诗的作者们开始懂得如何创造性地对待古罗
马先驱者, 就像古罗马人对待古希腊先驱者一样。在《木材集》
(即《灌木集》) 中, 琼森阐述了对待罗马传统的适当态度: 模
拟就是 "能够把另一个诗人的核心思想或财富变成自己的……
如贺拉斯所说, ……寻求美德, 从中抽出最好的东西, 就像蜜蜂
那样, 得到最好的花粉, 把所有这些都酿成蜂蜜" (参詹金斯,
《罗马的遗产》, 页 273)。

在伊丽莎白时代早期, 追求浪漫的寓言、动情的十四行诗及
诉歌和宫廷式牧歌。之后, 由于自由汲取衍变成放肆, 造成对讽
刺文学本质的误解。古罗马讽刺诗人意识到讽刺诗很难达到叙事
诗所具有的高雅和力量, 所以讽刺诗采用不同于采用六拍诗行
(hexameter) 的叙事诗的韵律和语气。可是伊丽莎白时代的诗人
(如遭到琼森批评的唐尼) 误以为 "粗鲁而严厉的措辞、不完善
的组织、甚至有语病的句子, 正是严肃的讽刺诗的特征所在"。
詹金斯认为, 误导英国人的是古罗马人:

> 贺拉斯对他的《讽刺诗集》温和的评论、他对那种明
> 显无艺术特色的口语的喜爱, 还有佩尔西乌斯措辞和韵律的

---

① 英国小说家, 主要作品有《鲁滨逊漂流记》、《摩尔·弗兰德斯》, 参《基督
教文学经典选读》, 前揭, 页 564 以下。

复杂（见詹金斯，《罗马的遗产》，页 274）。

詹金斯的证据就是马尔斯顿（John Marston，1576－1634 年）的言词："我的自由谴责了韵律法则"。马尔斯顿错误地认为，在太平时代就无需把粗鲁的语言变得更加高雅［参《三斤水中的战争》，行 9-10］。显然，这种错误的观念败坏了 1590 年至詹姆士一世末年期间某些讽刺诗和讽刺短诗集的声誉。早期作品，如罗兰兹（Samuel Rowlands，约 1573－1630 年）的《镜子的幽默》（*Humors Looking Glasse*，1608 年出版）、威瑟（George Wither，1588－1667 年）的《抨击》（*Abuses Stript and Whipt*，1613 年出版）和菲茨杰弗里（Henry Fitzgeffrey）的《黑衣僧人的笔记》（*Intituled Notes from Black-Fryers*，1617 年出版），几乎都没有克制和流畅的特点。尽管如此，讽刺短诗的流行及其影响扩大仍然是有益的：追求对比、惊奇和尖锐，对马尔提阿尔的大量模拟，导致了新讽刺诗的短小、准确和整齐。这种发展趋向使得讽刺诗逐渐摆脱了前述的不良声誉（参詹金斯，《罗马的遗产》，页 274）。

英国作家，例如琼森和考莱（Abraham Cowley），一方面代表新古典主义，自由而广泛地利用拉丁语原作，尤其是马尔提阿尔的诗歌，另一方面又随意地连续模拟古典拉丁语讽刺诗原作，唯有约翰·欧文（John Owen，约 1560－1622 年）的模拟较为忠实，曾被誉为"英国的马尔提阿尔"。文艺复兴以来，新拉丁语作品十分流行，但制约了伊丽莎白一世时代英国诗歌修辞的发展，并抵消了学到的奥维德诉歌和马尔提阿尔作品的简约和精确对比（参詹金斯，《罗马的遗产》，页 274 及下）。

詹姆士一世末年和查理一世初年，讽刺诗的发展出现曲折。一方面，人们的兴趣不在于讽刺诗，而在于抒情诗和民谣，另一方面，讽刺诗人更多地追随马罗瑞（Thomas Malory）、拉贝拉伊斯（Francois Rabelais）、塞万提斯以及原始的讽刺诗，背离古典风格和新古典主义。尽管如此，仍然有克利夫兰（John Cleveland，1613-1658年）的讽刺诗《规劝妇女们》和《反叛的苏格兰人》（*The Rebel Scot*），尤其是出现最伟大的讽刺诗：德莱顿（1631-1700年）的《阿布沙龙与阿奇托菲》（参詹金斯，《罗马的遗产》，页275及下）。

《阿布沙龙与阿奇托菲》的伟大之处在于它使得英雄格双行体（hērōus distichon，相当于拉丁语中的六拍诗行［hexameter］和诉歌中的双行体［distichon］）成为英国讽刺诗及其他诗歌形式的标准体，并影响了登哈姆（John Denham，1615-1669年）的作品《给画家的劝诫》。而《给画家的劝诫》与玄学派诗人马维尔（Andrew Marvell，1621-1678年）的《给画家的最后规劝》都从总体上抨击宫廷和国家的腐败，显然是受到贺拉斯《诗人画像》的影响。其中，《给画家的最后规劝》还受到尤文纳尔的《讽刺诗集》第十首的影响（参詹金斯，《罗马的遗产》，页276）。

而德莱顿是"诗人中的诗人"，是讽刺诗的创作者、翻译者和理论家。作为译者，德莱顿翻译尤文纳尔的《讽刺诗集》。作为理论家，德莱顿写有《论讽刺诗》（*Dicourse concerning Satire*）（参海厄特，《古典传统》，页559），不仅修正了讽刺诗的人物刻画方法，而且还第一次明确了直译、意译和模拟之间的界限。这极大地推动了作诗的原动力。值得一提的是，德莱顿的观点一方面得到约翰生的认同：模拟是"一种介于翻译和原创之间的中态创作"［《蒲伯传》（*Pope*）］，另一方面又遭到罗切斯特的抨击［《附论贺拉斯第一卷第十首讽刺诗》（1675年出版）］。总体来看，在那个缺乏原创的年代，模拟无疑是受到欢迎的，借古讽今也提升了诗作的品味（参詹金斯，《罗马的遗产》，页276及下）。

古典与近代综合，这种技巧的典型是蒲伯的《效仿贺拉斯》(*Satires, Epistles, and Odes of Horace Imitated*，1730 年后陆续发表)。对于诗人与读者而言，这种技巧都是一种磨炼，而这种磨炼又限制了诗歌的创作和传播。因此，大多数讽刺诗人倾向于更加自由的"创造性翻译"。譬如，斯罗普 (Sir Carr Scroope) 的《为讽刺诗辩护》(1677 年出版) 虽然以贺拉斯《讽刺诗集》第一卷第四首为基础，但是联系非常松散，而且在语言风格方面比温和的原作更加辛辣和富有个人风格 (参詹金斯，《罗马的遗产》，页 277 及下)。

在政治与宗教的讽刺诗中，例如《阿布沙龙和阿奇托菲》(*Absalom and Achitophel*，1681 年出版)、《纪念章》(*The Medal*)、《麦克弗莱诺》(*Mac Flecknoe*) 和《俗人的宗教信仰》的讽刺部分 (都于 1682 年出版)，德莱顿坚持借古讽今的模拟立场。通过比较德莱顿的译作和创作，不难发现这一点。譬如，在德莱顿的译作中，尤文纳尔把那些讨厌的经商的希腊移民嘲讽为"一个民族"的代表，似乎精通一切，却要忍受饥饿。而在《阿布沙龙和阿奇托菲》中，德莱顿把齐姆里 (Zimri) 刻画为"整个人类的代表"，似乎"多才多艺"，却总是错误，最终一无所有，甚至连乞丐都不如。在这里，齐姆里暗指伯金汉郡公爵 (Buckinghamshire) 维里尔斯 (George Villiers，政治家、讽刺诗人)。只不过德莱顿用的篇幅更大，讽刺更加辛辣，语言更加富有个人风格 (参詹金斯，《罗马的遗产》，278 及下；海厄特，《古典传统》，页 263)。

从 1660 至大约 1714 年 (汉诺威王朝登基之年)，英国人在讽刺诗方面竭尽所能。讽刺诗人的来源既有上层社会，如伯金汉 (Buckingham)、罗切斯特和布克胡斯特 (John Buckhurst，1638－1706 年)。其中，布克胡斯特是多塞特 (Dorset) 的伯爵，曾得到罗切斯特勋爵和庞德的认同。又有下层社会，如沙德威尔（Thomas Shadwell, 1642‒1692 年，地位仅次于德莱顿）、剧作家杜菲（Thomas D'urfey）、奥特威（Thomas Otway, 1652‒1685 年）和塞特（Elkanah Settle）。其中，最优秀的是奥德哈姆（John Oldham, 1653‒1683 年）。奥德哈姆是个彻底的古典主义者，古罗马典范有尤文纳尔、贺拉斯和马尔提阿尔。其中，奥德哈姆模拟尤文纳尔讽刺诗第三首，只不过主题不是罗马，而是伦敦，其地位堪比约翰生的《伦敦》。在《讽刺耶稣会士》（1681 年出版）中，尤其是在最末一节，奥德哈姆模拟贺拉斯《讽刺诗集》第一卷第八首和第九首。在《诗歌与译作》的 6 首诗中，有 5 首可以追溯到尤文纳尔。尽管与他们相比，德莱顿优势明显，可德莱顿的诗歌仍然遭到沙德维尔的抨击。在《约翰·拜耶斯的纪念章》中，沙德维尔认为，约翰·拜耶斯（德莱顿的笔名）只会尖刻的诽谤，不会机智的讽刺（参詹金斯，《罗马的遗产》，页 279 及下）。

　　在查理二世至安妮女王之死期间，英国的讽刺诗繁荣。当时，念过大学的人很少不会用英雄格双行体（hērōus distichon）写诗，激进的穷人也会用歌谣、民歌或打油诗表达他们的想法。尽管关于诽谤、人身攻击和煽动叛乱的法律严厉，可讽刺诗人们或者用真名，或者用假名，或者匿名，发表大量小册子和大块文章。讽刺诗的传播得益于快速、灵活的印刷、出版商，例如史密斯（Francis Eliphant Smith）。从现存的公开或地下出版物来看，洛德（George de Forest Lord）的《国事诗观止》（*Anthology of Poems on Affairs of State*：*Augustan Satirical Verse*, 1660‒1714 年）长达 800 页，也只不过是九牛一毛。无论是反对政府或者反对现行制度和传统的激进派，还是保守派（如德莱顿、斯威夫特、蒲伯和盖伊），他们都涉及政治和社会问题，并影响政治。譬如，大量的讽刺诗导致詹姆士二世垮台。有的讽刺诗甚至成为军歌，如《利利布列奥》（*Lilliburlero*）。[1]

从政治的角度看，英国和罗马的政治讽刺诗是有别的。古罗马的政治讽刺诗并不否定专制或者帝国崇拜本身，而仅仅限于抨击那些滥用完全可以接受的制度的个人。譬如，佩尔西乌斯谴责尼禄，马尔提阿尔与尤文纳尔抨击多弥提安。而在英国的新奥古斯都时代（新古典主义盛行时期，大约相当于安妮女王统治时期，即蒲伯等人生活的时代），讽刺诗人不仅抨击政治，而且还抨击宗教。即使在讨论罗马的讽刺诗的背后也隐藏着政治的、人格的冲突或友谊。在这个过程中，古罗马的讽刺英雄叙事诗和讽刺诗逐步发展成为一种成熟的讽刺诗艺术形式，讽刺诗非常完美的标志是德莱顿的《麦克弗莱诺》（*Mac Flecknoe*，1682 年）。德莱顿的功劳在于向人们展示了罗马各种模式对当代事件、罪恶和人物广泛的适应性（参詹金斯，《罗马的遗产》，页 282 及下）。

蒲伯既是德莱顿伟大的继承者，也是实力最接近的艺术竞争者。蒲伯的早期讽刺诗《夺发记》或《卷发遇劫记》（1712 年初版，1714 年修订）以古罗马诗人卡图卢斯翻译的古希腊诗人卡利马科斯的讽刺颂诗为典范。这是蒲伯与德莱顿的区别之一。他们的共同点则是都采用古罗马典范。其中，《愚人志》（1728 年出版；亦译《顿西亚德》或《关于蠢材》）明显借鉴《麦克弗莱诺》，只不过把抨击的对象由单数变成复数。和德莱顿一样，蒲伯也以古罗马讽刺诗人为典范，语言辛辣，只不过比德莱顿更多地模拟文雅的贺拉斯，采用较为文雅的口语。贺拉斯的《诗艺》曾经给蒲伯的《批评论》提供灵感评论当代诗人。《模

[1]　由英国作曲家 Madeleine Winefride Isabelle Dring（1923-1977 年）作曲。参詹金斯，《罗马的遗产》，页 281 及下。

拟贺拉斯》（*Satires*, *Epistles*, *and Odes of Horace Imitated*）更是将广义的模拟概念发挥到极致。蒲伯的模拟不仅忠实于原作，而且还让旧瓶（古典著作的前提和观点）换新酒（当代事件）。譬如，在模拟贺拉斯《书札》第二卷第一首的时候，把奥古斯都换成乔治二世。又如，蒲伯采用贺拉斯的方式改造尤文纳尔的第六首讽刺诗，创作《道德论》（*Moral Essays*），论述女性的罪恶和无趣。再如，《致阿布诺特医生的信——讽刺诗导论》（*Epistle to Dr. Arbuthnot*, *being the Prologue to the Satire*，或 *An Epistle from Mr. Pope to Dr. Arbuthnot*，1734 年出版）——简称《致阿布诺特的信》（*Epistle to Arbuthnot*）或《讽刺诗导论》（*Prologue to the Satire*）——仅仅利用贺拉斯在作品中透露的关于他本人的片言只语，转化为自己的机智而带有辩护意味的自画像（参詹金斯，《罗马的遗产》，页 283 以下；海厄特，《古典传统》，页 264）。

蒲伯的英雄格双行体（hērōus distichon）像尤文纳尔的六拍诗（hexameter）一样，标志着一个时代的结束：后者标志着古典讽刺诗歌的终结，而前者则标志着新古典主义讽刺诗的终结。尽管如此，蒲伯的影响仍然存在，如加斯（Samuel Garth）的《药房》。即使在古典和新古典主义的讽刺诗遭遇抛弃的浪漫主义时代，蒲伯的影响还在，如约翰生的《伦敦》（*London*，1738 年出版）和《人类愿望之虚妄》（*The Vanity of Human Wishes*，1749 年出版），只不过约翰生追随的典范不是贺拉斯，而是尤文纳尔。其中，《伦敦》借鉴尤文纳尔《讽刺诗集》第三首，《人类愿望之虚妄》借鉴尤文纳尔《讽刺诗集》第十首。约翰生不仅从罗马先驱那里寻求灵感，而且还在尤文纳尔机智的修辞中注入严肃的道德思想（参詹金斯，《罗马的遗产》，页 285 以下；海厄特，《古典传统》，页 264）。

蒲伯的另一个继承人是苏格兰人丘吉尔（Charles Churchill，

1732-1764 年）。丘吉尔像约翰生一样变革蒲伯的英雄格双行体（hērōus distichon），如《奉献》。丘吉尔首先展现模拟的技巧。譬如，《饥馑的寓言》（*The Prophecy of Famine*: *A Scots Pastoral*, 1763 年）模仿尤文纳尔的希腊特色，《作家》（*The Author*, 1763 年）模仿马尔提阿尔和尤文纳尔的标准题材，并引入佩尔西乌斯的美德题材，《夜——致罗伯特·劳伊的信》（*Night, an Epistle to Robert Lloyd*, 1761 年）接受了尤文纳尔的思想，讽刺亚历山大和汉尼拔的称霸野心时采用尤文纳尔式的巧妙。丘吉尔像尤文纳尔一样，时而较为温和，例如借用尤文纳尔第八首讽刺诗抨击贵族世家的巧妙来抨击沃伯顿（Bishop Warburton）的《决斗者》（*The Duellist*, 1763 年），时而较为激烈，例如借用尤文纳尔第九首讽刺诗的方法挖苦同性恋中的娈童的《时代》（*The Times*, 1764 年）。此外，像查特顿（Chatterton）的《关于执政》一样，丘吉尔的《关于玫瑰》都是对蒲伯的《愚人志》的模仿（参詹金斯，《罗马的遗产》，页 287 以下）。

扬（Edward Young, 1683-1765 年）的《一样的激情》（*The Universal Passion*, 1725 年）有 7 首讽刺诗，语言精练，偶尔还有巧妙，因而受到一定的欢迎。不过，扬的《就当代作家问题致蒲伯先生的信》（1730 年出版）以一句拉丁语格言"除了伟人以外，没有人了解伟人的不幸"揭示蒲伯以后讽刺诗的衰落。考佩（1731-1800 年）和克拉贝（George Crabbe, 1754-1832 年）或许是最后两位新古典主义讽刺诗人。克拉贝的《村庄》里同情乡村的基调已经与古典不协调，而《胡德布拉斯》采用八音节诗歌已经初现反古典的端倪。尽管还有一些小说家写讽刺诗，例如杰林斯（Soame Jenyns, 1704-1787 年）模拟尤文纳尔第六首讽刺诗，创作《近代优雅的绅士》和《近代优雅的女士》，可直接或间接源于古罗马传统的讽刺诗在文学中的统治地位已经终结（参詹金斯，《罗马的遗产》，页289及下）。

　　在平民化的时代，社会不公引起的不再是愤怒，而是同情，情感的变化导致讽刺形式向民歌、歌谣和散文转变，例如彭斯（Robert Burns，1759‑1796年）。尽管如此，在托利党的刊物《反雅各宾派》（*Anti-Jacobin*）上还有最后一批以古典讽刺诗为基础的讽刺诗，例如坎宁（George Canning，1770‑1827年）的《新理论》（1798年出版）继续采用双行体，吉福德（William Gifford，1756‑1826年）成功翻译佩尔西乌斯和尤文纳尔的作品（分别于1821和1802年出版），并以佩尔西乌斯第一首讽刺诗为基础创作《巴维亚德》（*Baviad*，1791年发表），以贺拉斯《讽刺诗集》第一卷第十首为基础写作《马维亚德》（*Maeviad*，1795年发表）。值得注意的是，保守的吉福德利用古典诗歌的糟粕，在《评论季刊》（*Quarterly Review*）中猛烈抨击激进的浪漫主义诗人，如骚塞、华兹华斯、济慈、雪莱和拜伦（参詹金斯，《罗马的遗产》，页290及下）。

　　浪漫主义诗人并没有完全抛弃古典讽刺诗的传统。雪莱采用双行体讽刺诗的形式，创作《暴君斯维福特》（*Swellfoot The Tyrant*）和《彼得·贝尔三世》（*Peter Bell the Third*）。类似的尝试还有济慈的未竟之作《帽子与钟》。只不过两位诗人的作品都只是自辩性的，没有新古典主义时期诗歌的文雅和机智，甚至并不比普拉德（W. M. Praed，1802‑1839年）更高明。而拜伦也是从新古典主义讽刺诗开始创作的。拜伦的《英格兰诗人和苏格兰评论家》（*English Bards and Scotch Reviewers*，1809年出版）的开头模拟尤文纳尔讽刺诗第一首的开头。像蒲伯的《愚人志》一样，拜伦的《贺拉斯的启示》（1811年出版）虽然讨论《诗艺》，采用双行体讽刺诗的形式，但却是对古典反叛的前奏。接下来，拜伦在矛头直指乔治三世和"跟班"诗人骚塞的《审判之幻想》（*The Vision of Judgment*，1821 年出版）中改用意大利严肃的喜剧诗韵，其结构近似于小塞涅卡挖苦克劳狄的墨尼波斯杂咏（satura menippea）《愚化》（即《变瓜记》），但是精神完全是拜伦式的。尽管《唐璜》（*Don Juan*）模拟尤文纳尔，提及马尔提阿尔，具有贺拉斯的精神，但它标志着英语讽刺诗传统的决定性中断（参詹金斯，《罗马的遗产》，页 292 及下）。

在浪漫主义以后的 19、20 世纪，讽刺诗仍在延续。只不过古典风格的很少。尽管偶尔也有人试图复兴古典传统。譬如，奥斯丁（Alfred Austin，1853-1913 年）在《季节》（1861 年出版）中借鉴拜伦和德莱顿翻译的尤文纳尔的第六首讽刺诗，嘲讽伦敦上流社会的弱点。奥斯丁的《我的讽刺诗及其批评者》（1861 年出版）也提及拜伦。又如，坎贝尔（Roy Campbell，1901-1957 年）不仅创作古典式的粗鲁诗篇《关于乔治》（1931 年出版）和《开火的步枪》（1938 年出版），而且还采用英雄叙事诗体裁传神地翻译贺拉斯的《诗艺》。再如，庞德以贺拉斯时代的浪漫主义诉歌诗人普罗佩提乌斯为典范，创作《向普罗佩提乌斯致敬》（*Homage to Sextus Propertius*，1917 年出版）。此外，尽管 T. S. 艾略特模拟蒲伯的《卷发遇劫记》创作《荒原》的第三部分，并在老师庞德的建议下，崇拜德莱顿，重回古典传统，创作短诗《阿波林那克斯先生》和《四个四重奏》。但是，这些现代诗人疏远古罗马讽刺诗的传统：除了讽刺的意味，无论是在形式方面，还是在内容方面，几乎很难扯上关系，自然也无法企及古典讽刺诗的文学水准（参詹金斯，《罗马的遗产》，页 293 以下）。

二、牧歌

对于大多数牧歌作者来说，维吉尔的《牧歌》既是典范，又是源泉。这部短诗集也许是欧洲历史上最有影响的作品（见詹金斯，《罗马的遗产》，页 185）。

依据詹金斯的"牧歌"，15 世纪卡迈尔派修道士曼图安（Mantuanus，1448-1516 年）在他的拉丁语牧歌中不仅模仿维吉尔的语言，而且同样具有寓言化的倾向，如他的最后 4 首诗，尤其是《顺从的和不顺从的修道士之间的辩论》（参詹金斯，《罗马的遗产》，页 190 及下）。

在文艺复兴时期，牧歌有两个流派：硬牧歌（即特奥克里托斯式或维吉尔式牧歌）和软牧歌（即阿尔卡狄亚式或德雷斯顿式牧歌）。

硬牧歌的代表人物是曼图安。16 世纪，曼图安的牧歌甚至在声誉方面盖过维吉尔。譬如，巴克莱把象征胜利的棕榈叶给了曼图安。洛杰甚至在《为诗辩护》中相信曼图安胜过荷马："有学问者能忍受失去荷马，我们的年轻一代能失去曼图安吗？"之所以出现这种局面，是因为曼图安的牧歌成为教材。在伊丽莎白一世时代的英国，曼图安的牧歌常常是学校里教授的第一首拉丁文诗，如德拉顿的回忆和莎士比亚的《爱的徒劳》（*Love's Labour's Lost*）。对于曼图安的牧歌而言，这显然有些过誉，所以尤利乌斯·斯卡利泽（Julius Caesar Scaliger）觉得，尽管有些学校的校长更喜欢曼图安而不是维吉尔，可还是有必要抨击曼图安，因为曼图安的诗"缺少男子汉气概、松散而不切题，结构不佳"（《诗学》卷六，章 1）。其实，更应该遭到批判的是把维吉尔与曼图安等同起来的人，例如不加区分地教授处于童蒙时期的学生的学校老师。他们给人一种错误的印象：牧歌只有一种类型：维吉尔——曼图安型。评论家韦伯（Wilhelm Weber）甚至还把西库卢斯也纳入这个范畴。这些并非精到的言行必然误导读者，甚至误导诗人。譬如，斯宾塞在《牧人历书》里时而采用

粗俗、乡村的语言，时而采用讽刺语言。只有较为精明的批评家
普吞汉姆（George Puttenham）意识到曼图安已经把伦理的内容
注入牧歌中。可见，牧歌既有约定性，又有多变性（参詹金斯，
《罗马的遗产》，页 191 以下）。

　　关于软牧歌，在詹金斯看来，可以概括它的一个词是"阿
尔卡狄亚"。的确，除了在 3 首牧歌里提及阿尔卡狄亚或阿尔卡
狄亚人，维吉尔还让第十首牧歌以阿尔卡狄亚为背景，述说维吉
尔的朋友、诗人伽卢斯由于追求浪漫的爱情正在死去。然而，维
吉尔并没有把阿尔卡狄亚当作牧人生活的象征，古代和中世纪的
诗人、评论家或注疏家也不曾提及这一点。事实上，近代有关阿
尔卡狄亚的观念则完全归因于那不勒斯波里斯的人文主义者山纳
扎罗（Jacopo Sannazaro，1458 - 1530 年）。山纳扎罗的牧歌《阿
尔卡狄亚》（*Arcadia*，1504 版）采用散文诗的形式，讲述一个名
叫辛塞罗（代表山纳扎罗本人）的绅士为爱情所苦而退隐到一
个美丽而宜人的乡村的故事。它的源头不仅有维吉尔的牧歌，而
且还有维吉尔的《埃涅阿斯纪》第八卷：维吉尔把阿尔卡狄亚
流亡者埃万德尔描述成一个富有王者气象和某种乡绅谦和品格的
混合物。值得商榷的是，詹金斯把这种变化理解为一种天才错
误。笔者倒认为，不如把它理解为古代常用的一种写作手法：错
合。山纳扎罗不仅错合维吉尔的作品，而且还错合了希腊人龙古
斯（Longus）的小说《达菲尼斯和克洛厄》（*Daphnis et Chloé*）
的形式：散文体牧歌（参詹金斯，《罗马的遗产》，页 186 和 193
以下；海厄特，《古典传统》，页 140）。

　　毋庸置疑的是，山纳扎罗的《阿尔卡狄亚》在欧洲广受欢
迎，并激起一系列的模仿者。譬如，在西班牙，蒙特迈耶
（Jorge de Montemayor）创作《狄安娜》（*Diana*，1559 年），并成
为创作堂吉诃德的一个灵感来源（参海厄特，《古典传统》，页

140 及下）。在英国，山纳扎罗的《阿尔卡狄亚》不仅被巴托罗缪·荣格（Bartholomew Young，1577-1598 年）译成英文版（1598 年），而且还启发了英国作家。譬如，两部浪漫主义小说——洛杰的《罗萨林德》（1590 年版）和格林（Robert Greene，1558-1592 年）的《潘多斯托》（*Pandosto*，1588 年版）——深受影响，并成为莎士比亚《皆大欢喜》和《冬天的故事》的情节来源。受到最直接影响的是锡德尼（Philip Sidney，1554-1586 年）的《阿尔卡狄亚》：《旧阿尔卡狄亚》追随浪漫牧歌的传统套路，而未竟之作《新阿尔卡狄亚》不仅篇幅更长，而且还把战斗与宫廷冒险同牧歌式的规整融合在一起。正是锡德尼丰富了牧歌的型式：复杂型和简单型（参詹金斯，《罗马的遗产》，页 195）。

除了创作牧歌，锡德尼的贡献还在于阐明了现实世界与诗人描绘的黄金时代之间的关系，锡德尼在《为诗辩护》（写于 1583 年左右，1595 年出版）指出，自然"的世界是铜的，而只有诗人才给予我们金的"。[①] 这就是说，文学可以高于现实，描绘出一个比我们居住的世界更可爱的世界。这个更可爱的世界就是牧歌描绘的诗人心中的幸福乐土。这种幸福可能是由衷的，爱屋及乌式的。譬如，在《新阿尔卡狄亚》第一卷第九节，诗人感到小溪的抱怨声也是甜美的。但牧歌中更多的幸福感觉并不是真实的，而是虚幻的，是一种幸福与痛苦混杂的复杂心理：一种重获失去的东西的愿望，或者一种得到想得到、但无法得到的东西的期盼。譬如，锡德尼的《新阿尔卡狄亚》第一卷第二节出现短暂的幻觉，即严酷的时间和变化法则暂时停止："一个牧人的孩

---

① 锡德尼，《为诗辩护》，钱学熙译，北京：人民文学出版社，1964 年，页 9 和 83。

子在吹笛子，就好像他永远不会衰老似的"（参詹金斯，《罗马的遗产》，页 196 及下）。

　　把牧歌引入戏剧则归功于塔索的《亚明塔》（*Aminta*，1573年上演）。塔索的继承者有瓜里尼，他的《忠诚的牧人》享有很高的声望，并激发弗莱彻（John Fletcher，1579－1625 年）创作《忠诚的牧人》（*The Faithful Shepherdess*，约 1610 年）。不过，他们的作品都不如塔索的《亚明塔》具有开拓意义，因为《亚明塔》以戏剧的形式，把软牧歌同黄金时代传说融合起来。关于黄金时代的传说源于古希腊的赫西俄德。不过，对于文艺复兴时代而言，最好的来源可能是奥维德《变形记》第一卷和维吉尔《牧歌》第四首。此外，维吉尔的《农事诗》和《埃涅阿斯纪》中也以不同的形式展现过黄金时代的传说。塔索的高明之处就是用一句"啊，可爱的黄金时代"的咏叹调模糊黄金时代的传说与阿尔卡狄亚式牧歌的界限，巧妙地把田园式牧歌中思念空间的家乡转化成期盼失去的时光：黄金时代。在塔索笔下，黄金时代的传说不仅是关于天堂的传说，而且还是伊甸园传说的古典版本，只不过在那个时代没有犯罪，唯一的规则就是随心所欲：爱情自由，性活动也完全自由。也就是说，塔索笔下的黄金时代更具有人性。然而，这种人文主义精神是与基督教严格的道德要求和禁欲主义是对立的。人文主义者塔索用古典神话来憧憬人性，或者说，逃避没有人性的现实。在现实中，连动物都比人更幸福，因为动物可以自由地享受"爱情"与"性"的快乐，而人，就像锡德尼笔下的牧人莫西多罗斯一样，不得不依据压制人性的道德义务，忍受对帕梅拉激情的克制（参詹金斯，《罗马的遗产》，页 197 及下）。

　　16 世纪后半叶，维吉尔的牧歌里的混合因素遭到肢解，变成两种不同的东西：硬牧歌比古典牧歌更硬，软牧歌比古典牧歌更软。像维吉尔牧歌一样具有各种综合因素的也有，如锡德尼的《阿尔卡狄亚》，里面既有现实的，也有浪漫的，而且还有道德的、寓言的、田园诗的和哀伤的（参詹金斯，《罗马的遗产》，页198）。

维吉尔牧歌中的人名也是后世创作的来源。只不过在詹金斯看来，由于受到塞尔维乌斯和曼图安的影响，从维吉尔那里沿用的名字多是粗俗之辈，如达麦塔斯和毛普萨（Mopsus，参莎士比亚，《冬天的故事》，幕4，场4，行164），而那些比较高雅的女牧人的名，如潘狄塔（见《冬天的故事》，幕4，场4，行154），或者取自其他资料来源，或者是新创造的带古典色彩的名字（参詹金斯，《罗马的遗产》，页198以下）。

> 在阿尔卡狄亚，到处一片翠绿，仙女和乡下情郎们徜徉在汩汩流淌着的小河边和多彩的草地上，过着幸福的田园生活。即使他们不够幸福，也许因单恋而伤心，最终也会融化为一种优美的高雅情调（见詹金斯，《罗马的遗产》，页193）。

17世纪，占据支配地位的是软牧歌，例如斯宾塞晚年的作品。诗歌《克劳特再度归来记》（Colin Clouts Come Home Againe，1595年出版）、《仙后》第六卷中插入的牧歌虽然是寓言式的，但是变得更加柔和。德拉顿早期的牧歌虽然深受斯宾塞的《牧人历书》的影响，但德拉顿的最后一个牧歌集《缪斯的伊丽齐乌姆》（The Muses' Elizium，1630年版）更富有韵律美和田园诗色彩。伊丽齐乌姆（Elyzium）是把伊丽莎白一世的字头与英国拉丁文写法的字尾合成的，意即伊丽莎白一世时代的英国。德拉顿以浪漫的笔调，把伊丽齐乌姆描绘成"现实的乐园"（Elysium）。可惜，这个幸福的世界已经丧失，伊丽莎白一世时代一去不复返，伊丽齐乌姆只能沦为幻想的国度。布朗尼（William Browne）在《不列颠牧歌》（1613 年出版）中甚至把他的家乡德文郡神话化了，使得牧歌更加软化。这些较为软化的牧歌作品与维吉尔《牧歌》有着真实的亲缘关系：维吉尔曾把现实与非现实融合，例如把希腊牧人放在意大利的风景中（参詹金斯，《罗马的遗产》，页 200 及下）。

关于牧歌的观念变化也体现在对维吉尔作品的翻译中。在译作《牧歌》的导言中，弗来明（Abraham Fleming）曾为《牧歌》的"粗俗"和"乡下风格"辩护。与他的辩护贴近的是他采用的沉闷节奏和韵律。例如，《牧歌》卷首语采用无韵的十四行诗体翻译。不过在 16 世纪，有教养的阶层已经改变牧歌的观念。譬如，1628 年李斯勒（William Lisle）以斯宾塞的《仙后》为典范，采用七行一节的方式重译维吉尔的牧歌。在李斯勒看来，这些牧歌虽然存有寓意，但是他对其中的道德意义不予采信，反倒看重诗歌的表面意义，并用"甜美的金色"形容这些优美的牧歌。无独有偶。比德勒（John Bidle）虽然采用轻松、流畅的双行押韵的形式进行翻译，但是他的译作（1634 年出版）具有同样的内涵。从这个角度看，维吉尔似乎还是布朗尼、德拉顿以及詹姆士一世和查理一世时代的其他牧歌作者的宗师，只不过维吉尔创作牧歌采用的是富有张力的材料（参詹金斯，《罗马的遗产》，页 201 以下）。

詹金斯指出，在《黎西达斯》中弥尔顿曾有几处模仿斯宾塞的《牧人历书》，甚至复归曼图安的风格，并把弥尔顿采用严格寓意法视为一种倒退。这是有失偏颇的，因为牧歌风格并不存在进步或者倒退，只存在随着时代潮流而转换。弥尔顿对各种因素的融合不再是集成文艺复兴以来的各种牧歌，而是直接在维吉尔本人的鼓励和指导下进行的。弥尔顿不仅采用维吉尔的牧歌元素（维吉尔，《牧歌》，首4、7和10），而且还承袭维吉尔的修辞手法，如比喻（弥尔顿，《黎西达斯》，行174以下；维吉尔，《牧歌》，首5；《埃涅阿斯纪》卷六），甚至还继承了维吉尔的讽刺性内容（《黎西达斯》，行123以下；维吉尔，《牧歌》，首3，行27）。事实上，弥尔顿的写作手法更契合那时代的启蒙精神：理性加经验。从认识论的角度看，神赐的理性仅次于通向神性的睿智，高于初级阶段的感觉和第二阶段的想象。比较而言，感觉与想象较为明快，而理性较为阴郁。阴郁成为这首诗的部分元素，这是合情合理的。因此只能说，弥尔顿的《黎西达斯》复归特奥克里托斯与维吉尔的牧歌传统（参詹金斯，《罗马的遗产》，页203以下）。

18世纪走向牧歌衰落。尽管牧歌作品的数量不少，可是文学水准大不如前，因此真正能留下记忆的不多。腓力普斯（Ambrose Philips）的牧歌《拿泊·潘泊》只是在行家圈内取得某种程度的成功，例如刺激盖伊写作讽刺诗。盖伊的讽刺诗具有重要的意义：从形式上看，它再次表明，讽刺从来就是牧歌的一个类型；从内容上看，它表明，维吉尔和斯宾塞的影响还存在，例如直接取材于斯宾塞的《牧人历书》，大量引用维吉尔的典故（参詹金斯，《罗马的遗产》，页206以下）。

从牧歌类型来看，18世纪牧歌逐渐失去硬派特点。1717年，蒲伯在《论牧歌》（*Discourse on Pastoral Poetry*）中明确指出："牧歌是那种他们称之为黄金时代的景象"。甚至在1798年，雅各宾派的雅克－路易·大卫（Jacques-Louis David）在打算给《牧歌》绘画时也选择保留某种洛可可风格的相对温软的新古典主义手法，尽管革命派实际上与牧歌派人物玛丽·安东内特有更多的相似之处。在詹金斯看来，约翰生批评弥尔顿的《黎西达

斯》平易或者粗俗（《诗人列传》之《弥尔顿》）是奇怪的。这
种批评的重要意义在于非常恰当地为他那个时代的很多牧歌贴上
了标签。之所以出现这种批评的错位，并误以为弥尔顿的《黎
西达斯》并非真情痛苦的流露，是因为约翰生拒绝用牧歌本身
的语言来评判牧歌。相反，弥尔顿则很好地把握了维吉尔的一种
创作手法：通过间接和模糊手法，把公共与私人、个人与客观的
东西融合在一起，典故和对情感的控制，可以取得新奇的表达痛
苦的效果（参詹金斯，《罗马的遗产》，页 209 及下）。

　　值得一提的是德国古典主义作家席勒关于牧歌的精辟论述。
席勒认为，牧歌的一般概念是"天真而又快乐的人性的富有诗
意的描述"。所谓"处于天真状态中人"就是"处于同自己和外
界谐和与和平的状态中的人"，而这种人往往存在于人类文化开
始以前，即人类童年时代，或称"黄金时代"。在这个时代，才
有十分纯正的自然法则。在文化过程中，欲求败坏了自然法则。
不过，牧歌在排除文化的弊病的同时也摒弃了文化的优越性，从
而与文化对立。由于把争取的目标置于身后，牧歌只能引起对于
损失的悲伤感情，而不能引起对于希望的欢乐感情，"只能给予
有病态的心灵以治疗，而不能给予健康的心灵以食物"。总体来
看，"从理论上说，牧歌使我们后退，但是从实际上说，牧歌又
引导我们前进，使我们高尚起来"（参《德语诗学文选》上卷，
前揭，页 148 及下）。

　　席勒认为，牧歌的处理方式有两种。素朴诗人认为，"诗可
以描述它的对象的一切界限，即把它个性化，而表现出形式的无
限"。而感伤诗人则认为，"诗可以使它的对象摆脱一切界限，
即把它理想化，而表现出绝对观念的无限"（参《德语诗学文
选》上卷，前揭，页 150）。

　　席勒指出，感伤牧歌把美的理想应用于现实的生活，因而是

最高类型的诗：感伤牧歌“就是一种在单个人中和在社会中完全和解了的斗争，就是一种爱好和法则的自由结合，就是一种已纯化为最高道德品质的自然，一句话，就是已应用于现实生活的美的理想”（参《德语诗学文选》上卷，前揭，页153）。

此外，18世纪牧歌的影响并不限于牧歌领域。首先，牧歌的影响跨越了牧歌本身的体裁界限，影响到歌剧和音乐，如德国作曲家韩德尔的牧歌剧《阿西斯和加拉特娅》和贝多芬的《田园交响曲》。第二，牧歌的影响甚至跨越了文学领域。在园林规划领域，斯托海德（Stourhead）复活了克劳狄的意大利牧歌景色。舒格波鲁（Shugborough）的公园中有个牧人雕像，上刻“我也曾到过阿尔卡狄亚”。在德雷斯顿的瓷雕女像中，有《塞维里斯》和《切尔西》。在凡尔赛，宫廷贵妇们把自己打扮成乡下牧人，住在近乎对乡村讥讽的村庄里。总之，古典传统提供了牧歌作为一种艺术形式的感觉（参詹金斯，《罗马的遗产》，页206及下）。

从18世纪末起，牧歌的历史不再连贯。华兹华斯的《迈克尔——一首牧歌》太缺少典故，只是一个未经修饰的威斯特摩兰（Westmoreland）牧人的故事，并没有采用牧歌的形式进行叙述。然而，维吉尔的影响仍然存在。譬如，在悼念济慈的《阿多尼斯》（1821年发表）中，雪莱似乎只利用牧歌标题中的一个词，但实际上还是沿着牧歌传统在进步：创作诉歌诗的样板是维吉尔《牧歌》第五首。用牧歌哀悼诗人在欧洲大陆文学中缺乏对应的传统，甚至几乎是偶然出现的，但是在英国很流行。锡德尼的英年早逝及其英雄事迹引得不同的诗人竞相折腰表达敬意，其中最突出的是斯宾塞的《阿斯特罗菲尔》（*Astrophel*，1595年）。弥尔顿的《黎西达斯》则是纪念爱德华·金（Edward King，1612-1637年；《黎西达斯》，行10以下）。雪莱纪念济慈的《阿多尼斯》不仅利用传统的希腊假名"阿多尼斯"，而且还模仿弥尔顿的问句（《黎西达斯》，行50以下）。而弥尔顿又模仿维吉尔第十首。在这首诗里，一些神秘的人物前来安慰憔悴的伽卢斯（《牧歌》，首10，行19以下）。雪莱则由此获得灵感，在自己的诗里把这些神秘人物变成抽象的圣灵（《阿多尼斯》，行109以下）。最后一位牧歌体诉歌诗人是阿诺德。阿诺德的《提尔西斯》（Thyrsis，1866年发表）是为纪念克劳（Clough）而写的。①

　　值得注意的是，阿诺德偶尔参考《黎西达斯》和《牧歌》，但是典故的主要来源不是以维吉尔为核心的欧洲传统，而是希腊田园诗，如《悼念比奥尼斯》（行99以下）。以希腊田园诗为样板的还有雪莱（《阿多尼斯》，行153以下）、丁尼生（《怀念》，首2）和王尔德（Oscar Wilde，1856-1900年；②《道连·格雷的画像》，章2），他们都让人类生命的短暂和恒久的自然界形成强烈的对比，让人与自然之间产生距离，用寓情于景的方式表达哀伤。而表达人类孤独无助的象征则是深邃的蓝天，如盖斯凯尔夫人（Mrs. Gaskell，1810-1865年）的《北方与南方》（章5）。深邃的蓝天与恒久的春天融合在一起，则用来表达绝望的愤怒和泛神论式的接受，如马勒（Mahler）的《大地之歌》（Das Lied von der Erde）（参詹金斯，《罗马的遗产》，页209以下）。

　　20世纪可能还存在一、两个广义的牧歌诗人。可是作为一

---

① 提尔西斯，原译"图尔西斯"。参詹金斯，《罗马的遗产》，页208及下。

② 英国剧作家，主要作品有《道连·格雷的画像》（The Picture of Dorian Gray，1891年）、《温德梅尔夫人的扇子》（Lady Windermere's Fan，1892年）、《无足轻重的女人》（1893年）、《认真的重要性》（The Importance of Being Earnest，1895年）、《从深处》（De Profundi，1897年）和《雷丁监狱之歌》（The Ballad of Reading Gaol，1898年），参《基督教文学经典选读》，前揭，页775以下。

种文学形式，牧歌已经消亡。会不会重生？这是一个悬而未决的问题。

总之，在牧歌的历史长河中，维吉尔的牧歌在影响方面出现奇怪的现象。后继者带着崇敬与感激的心情，模仿维吉尔曾经做过的，或者模仿他们自以为维吉尔曾经做过的。具有讽刺意义的是，对维吉尔的误解和歪曲居然"修成正果"，而忠实于传统反倒成为一个导致牧歌古怪而独特历史的主要原因（参詹金斯，《罗马的遗产》，页212）。

三、叙事诗

古罗马叙事诗（epos）首先是古希腊叙事诗的继承者。譬如，安德罗尼库斯翻译荷马叙事诗：《奥德修纪》。除了翻译，古罗马诗人也模仿古希腊叙事诗，创造本民族的叙事诗。譬如，奈维乌斯创作《布匿战纪》，恩尼乌斯创作《编年纪》。不过，真正对荷马叙事诗学到位的还是维吉尔的《埃涅阿斯纪》。除了荷马叙事诗传统，古罗马诗人还承继了古希腊教诲诗的传统，例如卢克莱修受到赫西俄德的影响，创作《物性论》，日耳曼尼库斯超越古希腊的阿拉托斯。

古罗马诗人同时也是叙事诗的传播者，对后世文学产生较大的影响。譬如，在古代以后的西方文学史上，乔叟、但丁和歌德都受到斯塔提乌斯的较大影响。不过，影响较大的却是维吉尔的《埃涅阿斯纪》、卢克莱修的《物性论》、斯塔提乌斯的《忒拜战纪》和曼尼利乌斯的《天文学家》。

中世纪受到古罗马叙事诗的影响。其中，4世纪马特努斯写作的8卷《占星术》主要建立在曼尼利乌斯的试作《天文学家》基础上。卢卡努斯也产生较大的影响：约6世纪，文法家瓦卡为卢卡努斯立传；在《神曲》中意大利文学家但丁把卢卡努斯列入古代最伟大的作家行列，让卢卡努斯与荷马在同一层地狱。不过，对中世纪影响最大的还是维吉尔：6 世纪，英国史学家和修道士吉尔达斯多次引用维吉尔《埃涅阿斯纪》第二卷关于特洛伊陷落的描写；7 世纪，学者诗人奥尔德赫尔比较他把诗歌引进英国与维吉尔把赫西俄德、荷马引入罗马，并称引《农事诗》第三卷的段落。1400 年之前，《巴里莫特之书》（*Book of Bally-mote*）中出现译成盖尔语散文体的《埃涅阿斯纪》：《埃涅阿斯历险纪》（*Imtheachta Æniasia*）。

　　文艺复兴时期，维吉尔的《埃涅阿斯纪》也影响到但丁的《神曲》和彼特拉克的叙事诗《阿非利加》（*Africa*）。14 世纪，英国文学的开山鼻祖乔叟的两部重要作品《声誉之堂》和《善良女子殉情记》充分而隐晦地模仿了《埃涅阿斯纪》。此外，在查理五世的要求下，卢卡努斯的作品《法尔萨利亚》被译成法语。贝尔许尔（Bersuire）用法语改写奥维德的《变形记》。

　　15 世纪，重新发现卢克莱修的"稍有残缺的《物性论》抄本"（1417 年）之后，画家波提切利受到卢克莱修启发，创作了画《春天》和《维纳斯的诞生》。此外，意大利人文主义者重新发现伊塔利库斯的《布匿战纪》，并产生一定的影响。此外，维吉尔的《埃涅阿斯纪》开始出现多种散文体改写作品，例如勒鲁瓦（Guillaume Leroy）的法语译本与比耶纳（Enrique de Ville-na）的西班牙语译本。

　　16 世纪，古罗马叙事诗的影响集中体现在维吉尔的《埃涅阿斯纪》、奥维德的《变形记》和卢卡努斯的《内战记》或《法尔萨利亚》。在英国，加文·道格拉斯（Gawain Douglas）采用粗糙的英雄双行体（hērōus distichon）的苏格兰文译本（1513 年译，1553 年出版）是最早的译本。之后，索利伯爵（Earl of Surrey，1547 年被斩首）为了翻译维吉尔的诗歌《埃涅阿斯纪》

第二卷与第四卷而发明无韵诗。1558 年法埃尔（Phaer）翻译《埃涅阿斯纪》前 7 卷，1573 年特温（Twyne）翻译剩下的 5 卷，不过这个译本比较糟糕。在德国，穆尔纳（T. Murner）出版了维吉尔《埃涅阿斯纪》的德语译本（1515 年）。在法国，杜贝雷（Du Bellay）翻译《埃涅阿斯纪》第二卷（1552 年）和第四卷（1561 年），德马许尔（Desmasures）用 13 年译出全本《埃涅阿斯纪》（1560 年）。1582 年，羔羊骑士安托万与罗贝尔兄弟（Antoine and Robert Le Chevalier d'Agneaux）出版了用亚历山大体翻译的维吉尔全集，斯坦尼赫斯特（Richard Stanyhurst）采用六拍诗行（hexameter）的英译前 4 卷。维吉尔的《埃涅阿斯纪》首先影响叙事诗，如意大利诗人阿里奥斯托（Ludovico Ariosto，1474-1533 年）的长篇叙事诗《疯狂的奥兰多》（*Orlando Furioso*，1516 年），里面有各类古罗马的元素，带有明显的古典影响，例如最后的对决借鉴了《埃涅阿斯纪》中埃涅阿斯与图尔努斯之间的对决，此外还受到奥维德《变形记》中帕修斯（Perseus）与安德罗墨达（Andromeda）的故事的启发。塔索的长篇叙事诗《耶路撒冷的解放》（*The Liberation of Jerusalem*，1575 年完稿，1581 年出版）属于基督教宗教叙事诗，不仅借鉴古典式地狱，而且还借鉴《埃涅阿斯纪》中神灵为埃涅阿斯打造盔甲的情节。葡萄牙诗人卡蒙斯（1524-1580 年）的叙事诗《鲁西亚德》（*Os Lusiadas*，1572 年）在风格、情节和背景方面模仿古罗马叙事诗。法国龙萨（Pierre de Ronsard，1524-1585 年）完成的前 4 卷《法兰克记》（*La Franciade*，1572 年）直接模仿维吉尔《埃涅阿斯纪》中埃涅阿斯逃离特洛伊并兴建古罗马的情节。英国斯宾塞的《仙后》（*The Faerie Queene*，1590 年卷一至三，1596 年卷四至六）原计划像维吉尔的《埃涅阿斯纪》一样写 12 卷，在道德基调与许多次要特征方面也效法维吉尔，例如模仿埃涅阿斯的地狱之行。其次，维吉尔《埃涅阿斯纪》影响戏剧，如16世纪中期马洛威的剧本《迦太基女王狄多》和莎士比亚（至少了解《埃涅阿斯纪》前6卷）的《安东尼和克里奥佩特拉》、《威尼斯商人》（场5，幕1，行9-12）、《卢克丽丝受辱记》（行1366-1568）、《哈姆雷特》（场2，幕2，行475-549）和《暴风雨》。

16世纪，奥维德《变形记》有多种译本。阿贝尔（Habert）出全译本（1557年）。1534年伯纳（Hieronymus Boner）出版德语译本。1545年重新出版哈尔伯斯塔特（Halberstadt）的近代德语译本（1210年古德语改写本）。1567年戈尔丁（Arthur Golding）完成第一个粗糙但流畅的英译本。

此外，卢卡努斯的《法尔萨利亚》也影响较大。1541年人称"科尔多瓦诗人"的德奥罗佩萨（Matin Laso de Oropesa）在里斯本出版卢卡努斯《法尔萨利亚》的西班牙语散文体译本。征服智利的西班牙人阿隆索·德·埃尔西拉-祖尼加（Alonso de Ercillay Zúñiga，1533-1594年）的《阿劳坎人之歌》（*La Arau-cana*，1569年首版，1590年全本）借鉴了卢卡努斯《法尔萨利亚》第六卷中的巫婆之洞（参海厄特，《古典传统》，页93及下和119以下）。

17世纪，古罗马叙事诗的影响主要来自于维吉尔与卢克莱修。弥尔顿的《失乐园》从微观与宏观两个层面模仿维吉尔的《埃涅阿斯纪》。譬如，在宏观层面，弥尔顿的《失乐园》和维吉尔的《埃涅阿斯纪》一样有12卷，每卷都相对独立且比例均衡。德莱顿以翻译最优秀的诗人维吉尔的《埃涅阿斯纪》（1697年出版）的方式表达对导师的敬意。而卢克莱修的《物性论》，不仅启迪了法国哲学家、物理学家和天文学家伽森狄，而且还影响了以原始的自然状态为思考起点的人，包括格劳修斯与霍布斯。此外，维吉尔《埃涅阿斯纪》的影响跨越了学科领域。在造型艺术方面，洛兰的《狄多建立迦太基》非常优秀，并激励特纳作画《迦太基的兴起》。在音乐方面，英国作曲家普赛尔的《狄多与埃涅阿斯》的题材取自《埃涅阿斯纪》。其中，迦太基女王自杀前的咏叹调非常优美。

18世纪深受古罗马叙事诗的影响。首先，古罗马叙事诗影响启蒙运动。意大利哲学家维柯在《自传》中承认读过卢克莱修。在法国唯物主义流行的时代，卢克莱修的著作非常流行。譬如，法国启蒙思想家卢梭按照卢克莱修的《物性论》第五卷重述人类史。法国启蒙思想家伏尔泰认为，维吉尔在荷马之上，并模仿维吉尔颂扬奥古斯都，创作《亨利亚德》歌颂亨利四世。此外，德国启蒙思想家莱辛在《拉奥孔》中精辟地分析《埃涅阿斯纪》第二卷中拉奥孔及其两个儿子之死的描写，并深入地分析和研究《埃涅阿斯纪》中的许多问题，例如埃涅阿斯的盾面图画。

第二，古罗马叙事诗影响18世纪的古典主义。T. S. 艾略特认为，欧洲从维吉尔那里懂得了什么是"古典作家"。德国古典主义文学家歌德也很推崇维吉尔，称维吉尔为老师。德国古典主义文学家席勒曾翻译《埃涅阿斯纪》第二、四卷，尽管席勒把维吉尔摆在了"素朴的"诗人的对面。英国古典主义文学家蒲伯借鉴维吉尔的作品，如《埃涅阿斯纪》，用伟大的叙事诗风格处理琐细题目的诗歌形式，如《卷发遇劫记》（即《夺发记》）和《愚人志》（即《顿西亚德》或《关于蠢材》）。英国文学家约翰生在74岁时花费12天读完维吉尔的《埃涅阿斯纪》。此外，卢卡努斯的《法尔萨利亚》里的个别场景还激励古典主义诗人歌德创作《瓦尔普吉斯之夜》。

第三，文学为政治服务，古罗马叙事诗的这个观点影响了

18世纪英国与法国的政治。1775年，英国政治家老皮特借用安奇塞斯请求恺撒的话（《埃涅阿斯纪》卷六，行354-355），敦促乔治三世从北美撤军。1800年，小皮特也引用维吉尔的诗行（《埃涅阿斯纪》卷十二，行191-192），论证他的关于英国与爱尔兰合并的提案。此外，卢卡努斯为自由而斗争的诗句成为18世纪法国资产阶级大革命的口号。

19世纪，古罗马叙事诗诗人影响浪漫主义运动。德国古典浪漫派诗人荷尔德林把卢卡努斯的《法尔萨利亚》第一卷的大部分翻译成德语。德国浪漫主义诗人乌兰德在他的诗《斯基皮奥的选择》中模仿了伊塔利库斯的《布匿战纪》中"十字路口的斯基皮奥"的场面。卢卡努斯的《法尔萨利亚》的个别场景还激励瑞士浪漫主义诗人迈尔创作叙事诗《圣地》。英国浪漫主义诗人华兹华斯将《埃涅阿斯纪》的前3卷翻译成为英语。英国浪漫主义诗人莫里斯翻译《埃涅阿斯纪》，并"在这首诗中把维吉尔从浪漫派的专利变成古典学家共同的财富，他不仅是古典拉丁语文学的王冠，而且是欧洲浪漫主义文学的渊源"。

不过，浪漫主义诗人的主流态度是批判维吉尔。英国浪漫主义诗人布莱克不仅把维吉尔视为奥古斯都派，而且还认为维吉尔以牺牲精神为代价去崇拜权力和暴力（《埃涅阿斯纪》卷六，行848）。英国浪漫主义诗人柯勒律治冷静地评判：维吉尔的诗中只有格律和措辞。激进的雪莱放弃维吉尔，开始模仿卢卡努斯的《法尔萨利亚》，因为卢卡努斯是尼禄的严厉批评者，并受卢卡努斯的叙述艺术的感动。拜伦把维吉尔视为"地道的文抄公和可怜的马屁精"，认为维吉尔的六拍诗（hexameter）可恶。但是，像李·亨特一样，英国浪漫主义诗人济慈年轻时认为《埃涅阿斯纪》很有魅力，所以"在《许佩里翁》中，济慈的文风达到了真正的维吉尔式"。

　　维吉尔不仅影响了浪漫派，而且本身就是"浪漫的"诗人。1801 年，政治家福克斯十分推崇维吉尔：《埃涅阿斯纪》的伟大之处在于"超越所有时代各国诗人的多愁善感"，"那能深入到心灵中的诗肯定是所有优秀诗篇中最伟大的"。受此影响，1857 年圣佩韦出版的《维吉尔研究》中出现诸如"情感"、"怜悯"、"深厚的温情"之类的词语。同年，古典主义者阿诺德指出，罗马文学，包括维吉尔在内，都未充分发展。尽管诗人拥有一切的天赋，采用充分发展的叙事诗形式，可是他的"诗歌的甜美、动人的感伤情调、不断消退的忧郁"，都是"那不断萦绕着他的、对心灵的不满造成的"。阿诺德的长诗《秃顶死者》中大量称引《埃涅阿斯纪》。英国古典主义诗人迈尔斯认为，维吉尔似乎把所有的激情都融进我们所熟知的人世的悲哀之中。这表明，即使在维吉尔遭遇寒流的时代，维吉尔仍然受到一些人的重视。

　　此外，古罗马叙事诗的影响并不局限于文学。譬如，1825 年，俄国十二月党人高度地称赞卢卡努斯的自由思想。卢克莱修影响英国化学家、气象学家和物理学家道尔顿。19 世纪末、20 世纪初，尼采催促人们温习伊壁鸠鲁主义，包括卢克莱修。

　　20 世纪，维吉尔仍然是文学评论关注的人物。维吉尔关于帝国主义的观念甚至影响到了维多利亚晚期的美学家吉普林。譬如，吉普林在短篇小说中《雷古卢斯》中援引关于统治艺术的维吉尔的叙事诗名段（即《埃涅阿斯纪》卷六，行 851 以下）。哈代阅读德莱顿翻译的维吉尔作品，并把其中的诗句"我的古代火炬遗迹"（《埃涅阿斯纪》卷四，行 23）作为献给已故妻子爱玛的《1912-1913 年诗集》的题词。

　　1914 年以后，维吉尔的命运波澜起伏。首先，维吉尔遭到庞德和欧文的否定或抨击。接着，T. S. 艾略特写作《什么是经典》为维吉尔辩护：维吉尔是独一无二的古典文明的核心，也是欧洲文明的心脏。关于情感，T. S. 艾略特指出，《埃涅阿斯纪》第六卷有关埃涅阿斯与狄多在冥府相会是"诗中最生动、也是最文明的段落"。在 T. S. 艾略特看来，狄多拒绝原谅埃涅阿斯就是埃涅阿斯无法原谅自己，"狄多的行为看起来就是埃涅阿斯本人良心的发现"。之后，1961 年，诗学教授格莱夫斯写作讲稿《反对诗人》，抨击维吉尔。与格莱夫斯一样，奥登写诗《第二世界》，嘲笑维吉尔的叙事诗为政治服务。

四、诉歌

古罗马诉歌是对古希腊诉歌的继承和发展，并对后世产生较大的影响，而这种影响主要来自于古罗马诉歌诗人卡图卢斯、普罗佩提乌斯和奥维德。

中世纪，卡图卢斯的诗歌（其中，第 66、68－116 首是双行体诉歌）继续流传。譬如，10 世纪，维罗纳的主教曾手握卡图卢斯的诗卷抄本进行忏悔。不过，影响更大的则是奥维德。初期，人们主要研究古典诗人奥维德的诗歌的格律、语言和修辞技巧。后来，奥维德的诗歌影响越来越大。11 至 12 世纪有许多奥维德的诗歌抄本。其中，奥维德的爱情诉歌成为中世纪爱情诗歌——特别是骑士爱情——的基础。

文艺复兴时期，卡图卢斯、普罗佩提乌斯与奥维德的影响较大。从 15 世纪起，卡图卢斯和提布卢斯、普罗佩提乌斯并列为古罗马爱情诗歌的三巨头。其中，卡图卢斯的诗歌不仅得到更为广泛的赞赏，而且还有大批模仿者。譬如，纳瓦吉罗（Andrea Navagero，1483－1529 年，著有《演说两篇，诗歌数首》，1530 年出版）以奥维德、卡图卢斯或维吉尔的牧歌的风格自由地处理富有诗意的挽歌主题（参布克哈特，《意大利文艺复兴时期的文化》，页 263）。16 世纪时出版了卡图卢斯的诗歌全集。尽管普罗佩提乌斯在中世纪时被人暂时遗忘，可在文艺复兴时期又获得了新生。譬如，彼特拉克从普罗佩提乌斯那里汲取了许多诗歌创作元素。此外，奥维德的《女子书简》在书信体形式和爱情内容方面对后世产生影响。譬如，14世纪乔叟的《公爵夫人之书》和16世纪马洛威——马洛威翻译的奥维德《爱经》引起不小的社会反响——的《英雄与瘦子》都借用《女子书简》的形式。

17世纪，奥维德的《爱经》和《女子书简》继续产生影响。其中，唐尼模仿奥维德的早期诗歌《爱经》，创作《诉歌》、《诗歌与十四行诗》、《太阳正在升起》和《他的情人走向床榻》。奥维德关于性无能的诗激发英国诗人形成一个小流派，其代表人物有罗切斯特勋爵和阿菲拉·本恩夫人。而关于科林娜午后爱情氛围的精心描写激发卡雷创作《狂喜》。德莱顿在奥维德的《女子书简》中发现了奥维德对女性恋爱激情和心理最睿智的论述。而德拉顿不仅模仿奥维德的《变形记》，创作《波丽—奥尔比昂》，而且还将奥维德的书信形式现代化，托名英国历史上的一些著名人物，创作《英国淑女书简》。德拉顿的《致罗塞蒙的信》是一首优秀的诗，但名气不如18世纪蒲伯的《爱罗伊莎致阿贝拉》。

18世纪，卡图卢斯、奥维德和普罗佩提乌斯的影响较大。英国最伟大的诗人蒲伯的《卷发遇劫记》末尾几行的材料来自卡图卢斯的双行体诉歌《贝莱尼克的祭发》（卡图卢斯，《歌集》，首66）。在形式的复杂性和想象力方面，蒲伯都超过奥维德。譬如，蒲伯采用多重对比的手法，融合升华的自我和艾迪生的自我满足感（《致阿布诺特的信》，行201–204），或者采用奥维德式的转喻手法，让乌龟与大象神奇地变形成梳子（《卷发遇劫记》卷一，行135–136）。而奥维德的影响主要还是在形式方面。书信体小说，如理查森的《帕米拉》、卢梭的《新爱罗伊莎》和歌德的《少年维特之烦恼》，无不受到奥维德《女子书简》的影响。此外，德国人很重视普罗佩提乌斯。譬如，歌德多次阅读普罗佩提乌斯的诗歌以后产生了"强烈的创作欲"，并以普罗佩提乌斯为典范，仿作了几首诗歌（《罗马哀歌》）。

19 世纪，卡图卢斯与奥维德的影响较大。英国历史学家麦考利认为，卡图卢斯《歌集》第七十六首（双行体诉歌）里直白的语言有"催人泪下的力量"。普希金认为，奥维德的《诉歌集》优于他的其它爱情诗歌，因为《诉歌集》里感情较他的早期诗歌真诚、朴实、富有个性，较少淡漠的机敏（《色雷斯诉歌》）。此外，奥地利剧作家格里尔帕策也受到奥维德流亡作品《诉歌集》的影响。

20 世纪，奥维德与普罗佩提乌斯的影响较大。受到奥维德的影响，T. S. 艾略特创作《荒原》，庞德创作《坎图斯》。此外，时至今日，普罗佩提乌斯的诗歌仍然受到人们的爱好，是人们爱读的古希腊罗马时代的抒情诗之一。譬如，中国学者王焕生根据费德里校勘、由托伊布纳出版社出版的文本《普罗佩提乌斯》，翻译了诗人的《哀歌集》。

第二章　古罗马诗学的遗产：
兼论西方诗学之争

一、古典时期

早在古典时期，西方诗学之争已经存在。当时的诗学之争集中体现在德拉科尔特（Francesco della Corte）和库什纳（Eva Kushner）提出的 3 个问题里。

诗是真实还是谎言？诗应该以乐为本还是以教育为本？诗是否首先存在于信息的形式之中？①

第一个问题涉及诗（poema）的内容：真实或虚构。"很早就存在着修辞学（rhetorica）与诗学（poesis）的共处现象，修辞学是一种说服艺术，不惜以表象代替真实，而诗学的技巧则可

① 见贝西埃（Jean Bessière）等主编，《诗学史》上册，史忠义译，天津：百花文艺出版社，2001 年，页 9。

能给人留下扯谎或欺骗的疑点"。不过，诡辩家高尔吉亚重新阐释了诗之"谎言"，肯定肃剧及其神话和爱情表现了真实：骗人者比绝不骗人之人更多地揭示了真实，所以愿意接受诱惑之人比拒绝接受诱惑的人更聪明（参《诗学史》上册，前揭，页10和13）。

与此密切相关的是古典时期的"摹仿说"。在关于诗人应摹仿之现实的性质以及这种摹仿之精神方面，亚里士多德与老师柏拉图存在根本的分歧。柏拉图认为，诗的真实不存在，因为摹仿的对象只是事物的理念。而亚里士多德认为，"诗之真实是存在的"。当然，需要指出的是，首先，"诗之真实"并非历史之真实，因为诗人摹仿的对象有3种，除了"过去或当今的真实事件"，还有"传说或设想中的事"和"应该是这样或那样的事"。第二，正如哈利维尔（Stephen Halliwell）① 指出的一样，"亚里士多德并不以为诗人本人拥有特殊的想象天赋或能力"（见《诗学史》上册，前揭，页23及下）。

亚里士多德的继承者和发展者是古罗马的贺拉斯。在贺拉斯的眼里，"摹仿说"成了抬高希腊人而贬低拉丁诗人的文学现象。贺拉斯并不掩饰他对那些落伍的拉丁诗人的蔑视。贺拉斯愤怒地指责那些试图摹仿他本人的同时代诗人：

啊，摹仿者们，供役使的家畜，你们的喧哗常常使我忧伤，常常激起我的嘲讽（《书札》卷一，封19，行19及下，见《诗学史》上册，前揭，页31）。

---

① 全名 Francis Stephen Halliwell，生于1953年，英国古典学者，著有《亚里士多德的〈诗学〉》（*Aristotle's Poetics*）等。

　　第二个问题涉及诗的功能：娱乐或教育。诡辩派强调，诗如果不能成功地寓教于乐，它的道德功能就很难完成（参《诗学史》上册，页13）。这种道德功能把诗与哲学联系起来。

　　柏拉图罗列诗人的罪状（《理想国》卷十），并考虑把诗人逐出理想国（《王制》，398A），可这并不意味着柏拉图将诗人与哲学对立起来。相反，这恰恰表明，柏拉图发现并看重诗对精神的特殊作用。从坏的方面来说，"伤风败俗的"诗人及其作品会教坏受众（读者、观众或听众）；从好的方面来说，"善的"诗人及其作品会为道德服务，培养城邦卫士。所以，柏拉图从来不曾建议理想国废除诗，他"礼送"（驱逐）的只不过是有害于城邦青年的诗人，他需要的是有助于城邦卫士教育的更严谨的诗人。事实上，柏拉图本人就是一个戏剧诗人。《法义》或《法律篇》（Les Lois）时期的柏拉图曾断言，"音乐和诗的节奏与和谐在给孩子带来快乐的同时，逐渐帮助孩子组织和规范自己的动作；同样，音乐和诗还帮助孩子牙牙学语"。在柏拉图眼里，"诗之社会功能无意取代它的审美价值，而是给予补充"。尽管"艺术双倍地彻底远离柏拉图心目中之真实，因此是虚假的，属于游戏性质"，可是这并不妨碍柏拉图有意承认摹仿者的幻想价值。《伊安篇》（Ion）从不曾质疑诗之美，只不过优美的诗歌源自于诗人的灵感，即诗人"凭神力"或"神灵凭附"诗人。《斐德若篇》（Phèdre）里，"柏拉图把理想形式优先的概念应用诗"（《斐德若篇》，245A）。可见，在柏拉图的思想中，诗具有必要性（参《诗学史》上册，前揭，页18-22；柏拉图，《文艺对话集》，页8、11和66以下）。

　　与老师柏拉图相比，亚里士多德更加重视诗的教育功能。柏拉图指责肃剧助长非理性的力量，制造混乱（《王制》，606A），因为肃剧诗人只不过是"高度的摹仿者"，不知实体，更不知"理式"，所以摹仿的对象不是"真理"，而是"无理性的部分"（《理想国》卷十，参柏拉图，《文艺对话集》，页79以下）。而亚里士多德则反对柏拉图对诗人的严厉态度，捍卫肃剧——雅典的一大光荣。在亚里士多德看来，影响观众的关键不在于诗人，而在于摹仿的对象：平庸之士（谐剧）或高贵的功勋人物（肃剧）；摹仿缺陷还是摹仿美德。亚里士多德由此出发，进一步指出，诗人应该选择肃剧，摹仿美德，借助恐惧和怜悯净化感情的发现，即陶冶（catharsis）。这是师徒之间的最根本对立。因此，亚里士多德与所有视诗之非理性以及诗对修辞学的竞争为祸端的人作斗争（参《诗学史》上册，前揭，页24-26），例如《修辞学》（Rhetorica）。

在诗与哲学之争中，贺拉斯支持亚里士多德，反对柏拉图。贺拉斯指出，诗人应该拥有哲学智慧。只有生活中也很正直的人才能写出好诗。也就是说，诗人的品德决定诗品。这种思想又同苏格拉底与色诺芬《回忆录》（Memorabilia）的教诲一脉相承。在奥古斯都时期的功利和享乐社会里，贺拉斯为了捍卫诗，不得不重视诗的教育功能，因此提出寓教于乐（delectando et monendo），寓功利于娱乐（utile et dulce）。[①] 贺拉斯要求，奥古斯都时代的诗人依靠传播智慧与道德，把个人天赋与作诗技巧相结合，从而超越以前的所有时代（参《诗学史》上册，前揭，页40以下）。

诗与哲学之争不仅关涉道德，而且还牵涉政治。古希腊最光

---

① 修昔底德把功利（ὠφέλεια）与希罗多德重视的乐趣（τέρψις）对立起来。普鲁塔克认为，希罗多德本人具有恶的品性（κακοήθεια），因此选择修昔底德作为承袭对象，重视功利，即伦理教育，责备恶行（κακία），赞扬人道（φιλανθρωπία）。参达夫，《普鲁塔克〈对比列传〉》，页73以下。

彩夺目的例子当属公元前五世纪阿里斯托芬《蛙》(*Grenouilles*)里埃斯库罗斯与欧里庇得斯的舞台之争,[①] 尤其是关于诗人的职能问题的辩论。

> 埃斯库罗斯捍卫道德高贵、向人们提供道德楷模以资摹仿的高雅文学。总而言之,是他创立了崇高传统。欧里庇得斯系统地嘲弄了这种高雅风格;他倡导平民戏剧,主张作为普通人的戏剧人物与观众沟通,"平等之身份"与他们对话(见《诗学史》上册,前揭,页17)。

正是由于这些差异,争论导致诗歌与散文的话语艺术的分裂。

> 希腊的话语艺术将借鉴两条渠道:其一是诗之话语渠道,诗之话语的本质似乎超越创造这种话语的人;另一条渠道是以种种方法严格控制、服务于具体社会目的、承担教育职责的话语渠道。第一条渠道即诗学所挖掘的渠道;第二条渠道更多属于修辞学(见《诗学史》上册,前揭,页16)。

第三个问题则涉及诗的形式与规则。

"诗之话语与散文的区别,在于它的格律游戏,而格律游戏正是诗之神奇魅力的源泉"(见《诗学史》上册,前揭,页13)。但是,西塞罗认为,散文——例如演说辞——也存有格律。这表明,在古典时期,已经存在诗的形式之争。

---

① 阿里斯托芬,《地母节妇女·蛙》,罗年生译,上海:上海人民出版社,2006年,页179以下。

　　然而，更为激烈的争论在于诗的天赋与规则之争。灵感论的支持者与诗艺规则的支持者之间的争论历史悠久。面对智者派的艺术规则说，德谟克里特提出激情说，柏拉图提出灵感说和迷狂说。西塞罗比较德谟克里特和柏拉图以后，并指出，"如若他没有炽热的心灵和某种有如疯狂的灵气"，"任何人都不可能成为一个好的诗人"（《论演说家》卷二，章40，节194，参西塞罗，《论演说家》，页349–351）。即使是苏格拉底也承认，"诗人写诗靠的不是理性知识，而是一种天赋和灵感"。

　　亚里士多德则倾向于规则说。遵从亚里士多德的贺拉斯承认，诗人的天赋来自自然，这是与柏拉图和德谟克里特的天赋思想一脉相承的，但是讽刺德谟克里特要求诗人疯癫的主张。贺拉斯沿用德谟克里特的嘲笑手法，嘲笑那些不剪指甲、不刮胡子、不洗澡、离群索居、以为这样就可以获得诗人美名、世上所有草药都无法根治他们之怪癖的奇异之士。在贺拉斯眼里，诗人的人物形象则真正受精神错乱之苦。在天赋与人为之间，贺拉斯更重视后天的勤学苦练。贺拉斯推翻了以前认为"神灵"驻足诗人躯体的个人观点，并以导师工作为己任（参《诗学史》上册，前揭，页14及下、31和40）。

　　不过，贺拉斯所反对的激情却成为《论崇高》一书作者的首要原则。这部论著是由一位修辞学家写给一位年轻学者的，目的在于培养演说家。作者采取向上一辈人论战的态度，断言奥古斯都时代的古典折断了演说家的翅膀。作者赞美诗的伟大，赞美某种崇高风格：伟大源于作家在自己心灵深处所哺育的高雅情感。这部作品的创新在于反对整个古典美学的潮流，超越亚里士多德的分类学和贺拉斯的遵从态度，重新回到了德谟克里特和柏拉图的激情诗学（参《诗学史》上册，前揭，页49及下）。

二、中世纪①

布尔甘（Pascale Bourgain）指出，中世纪拉丁语成为一种理性的智慧语言，而且"这种语言亦继承了古代文学和基督教文学的艺术遗产，因此，有能力成为美学情感的载体"。而中世纪继续青睐过去作品的风气则意味着寓意性叙事诗的哲学价值和史记性叙事诗的道德价值继续发挥作用（参《诗学史》上册，前揭，页 57 和 61）。

诗学的地位经历了一个动荡过程：起初介于语法学与修辞学之间，例如甘迪萨尔维（Dominique Gundisalvi）② 的《哲学分类》（*De Divisione Philosophie*）；直到大约 1200 年，诗学才成为"用于韵文作品中的修辞学"；索尔兹伯里的约翰（Jean de Salisbury）③ 认为诗学属于语法学；13 世纪，阿奎那让诗学依附于逻辑学；培根则把诗学归入修辞学，从而归属于道德哲学或伦理学（参《诗学史》上册，前揭，页 63 及下）。

> 总而言之，主要是哲学家关注诗学，他们不是诗人或者很少诗人气质；诗学之地位一方面与西塞罗相关联，另一方面与亚里士多德相关联，然而尤其与他们同时产生或相继产生的影响史密切联系在一起（见《诗学史》上册，前揭，页 64）。

---

① 雷尼埃-博莱（Daniel Regnier-Bohler）主编，《中世纪诗学》，参《诗学史》上册，前揭，页 55 以下。

② 即 Dominicus Gundissalinus，亦称 Domingo Gundisalvi 或 Gundisalvo（约 1115－1190 以后），哲学家与翻译家。

③ 即 John of Salisbury（约 1120－1180 年），自称小约翰（Johannes Parvus），生于索尔兹伯里（Salisbury），英国作家、哲学家、教育家、外交家和沙特尔（Chartres）主教。

由于自西塞罗和贺拉斯以来，诗学一直被包括在修辞学的范畴内，而在实践中，修辞学对于诗艺的主导地位又从来不曾受到质疑，那么，就为作为说服艺术的修辞学与诗学的潜在混淆提供了一种可能性（见《诗学史》上册，前揭，页65）。

又

由于语法课和修辞课一般是由同一老师讲授的，修辞学本身之宗旨很难在语法学（全部韵律学皆依附于语法学）与论辩学之间找到自己的准确位置。其结果是，很难把诗与艺术散文分割开，从词源角度看，两者皆符合"诗学"的定义，在教学中又密切联系在一起。事实上，艺术散文与诗的许多规律、追求目标和特征都是相通的（同样关注结构，同样追求节奏和韵律，都使用修辞手段）。惟一的区别在于诗体的书面形式，这样看起来，诗学似乎实际上被局限于格律和韵律。这种观点似乎缩小了诗学的范畴，但是它不是空穴来风。基本内容是在有关表达之一般理论的总体范围讨论的，诗是其中的一个方面。中世纪的散文可以以诗体形式出现，而且经常这样。除了作诗的规律以外，有关诗人的内容也包括艺术散文，包括所有作文艺术。文学艺术与广义的诗混为一谈（见《诗学史》上册，前揭，页65）。

中世纪，古典文学保留着文学练习的基础地位，因此古代教材经评注以后，至少直到12世纪末，一直得以继续沿用。自11世纪起，阅读最多的是西塞罗的修辞学教材《致赫伦尼乌斯》与贺拉斯的《诗艺》（参《诗学史》上册，前揭，页65及下）。

然而，古典文学似乎并不为人理解。

首先，从形式方面来看，4 世纪语法学家狄奥墨得斯错误地把戏剧诗定义为仅剧中人物说话，诗人并不介入，把叙事诗定义为诗人唱独角戏，如卢克莱修的作品和维吉尔《农事诗》的一部分，把诗人与人物交替登场的诗定义为混合体裁，如维吉尔的《埃涅阿斯纪》。圣比德（Bède，亦译"贝德"）认同这种定义，只不过增加了圣经的例子。塞维利亚的伊西多则遵循体裁定义与题材定义相混淆的另一个传统。而莫尔（Raban Maur，780/784-856 年）把伊西多与圣比德心中的狄奥墨得斯结合起来［《论共相》（*De Universo*），15，2］，这个传统延续到博韦的樊尚（Vincent de Beauvais，1190-1264 年）（参布克哈特，《意大利文艺复兴时期的文化》，页 170）。虽然多次继承的推进，抒情诗消失了，取而代之的是一种兼具训教和解释功能有时甚至混杂着诉歌成分的体裁。古代的其他定义导致圣比德把圣经里的《诗篇》作为叙述体裁的典型。或许受到演说术的影响，尤其是 13 世纪对诗的词源学思考，"诗人具有鼓动、说服他人行动的功能，这一内涵更适合古代的演说家，甚至也适合中世纪的说教者"。这种倾向导致两种后果：或者漠视新体裁，或者迁就数世纪以来固定不变的诸多规则（参《诗学史》上册，前揭，页 65 以下）。

第二，从内容来看，基督教的取代异教的。奥古斯丁在《论基督教教义》中提出了解决教会圣师著作与异教遗产之冲突的办法。尽管如此，古代异教文学仍然遭到质疑，圣经被视为与古代作品拥有同样地位、离人们更近的文学楷模，如圣比德，甚至有些神学家把圣经排在首位，如格罗斯泰斯特（Robert Grosseteste）和圣博纳旺蒂（Saint Bonaventure，1221-1274 年）。[①] 对

---

① 意大利语 Bonaventura，乳名 Giovanni di Fidanza。

古典遗产的不满最深刻地反映在实质与审美方面。基督教思想不仅仅看重古代"功用"观念中的伦理价值，而且还把审美观建立在"化身"教义的基础上："化身"思想使人的精神能够看见神的某种真实面目。孔什的纪尧姆（Guillaume de Conches）① 认为，"世界是神的智慧形象"。克利什（M. L. Colish）认为，审美经验是神对人的一种呼唤。从词源来看，作为创世者的神就是作为诗人的神。13 世纪，阿夫朗什的亨利（Henri d'Avranches）② 论证神与诗的相似性："神按尺寸、数和重量来调节世界［《智慧篇》（*Sag.*）11，21］，而诗则测量词的长短，计算格律的数量，估价具体言辞的分量"（参《诗学史》上册，前揭，页 68 及下）。

对古典文学的内容的不满足必然表现在形式方面。自 11 世纪起，尤其是在 12 世纪，一些人，例如乌特勒支的贝尔纳（Bernard d'Utrecht）③ 和文多的马修（Mathieu de Vendôme），④ 开始批判古典文学的形式。于是，古今之争出现：崇古派要求接受古代人的风格与主题，代表人物有马·瓦勒里乌斯（Marcus Valerius）、埃克塞特的约瑟夫（Joseph d'Exeter）和沙蒂永的戈蒂埃（Gautier de Châtillon，1135 - 1201 年），⑤ 而尚今派则认为

---

　　① 即 Guilelmus de Conchis（拉丁语）或 Wilhelm von Conches（德语），大约生于 1100 年，死于 1154 年以后，中世纪哲学家，倾向于自然哲学，著有《世界哲学》（*Philosophia Mundi*）、《哲学的任务》（*Pragmaticon Philosophiae*）。

　　② 即 Henry of Avranches，死于 1260 年，诗人，用拉丁语写作。

　　③ 亦称 Bernard of Utrecht，拉丁语 Bernardus Ultrajectensis，11 世纪晚期的牧师，以寓意释义法评注刁多禄（Theodulus）的牧歌闻名。

　　④ 亦译旺多姆的马蒂厄（法语 Mathieu de Vendôme 或德语 Matthäus von Vendôme），作家，不同于死于 1286 年的圣丹尼（Saint-Denis）修道院院长文多的马修（法语 Mathieu de Vendôme 或德语 Matthäus von Vendôme）。

　　⑤ 沙蒂永的戈蒂埃亦称 Gualterus de Castellione（拉丁语）和 Walter von Châtillon（德语），12 世纪法国作家和神学家，用拉丁语写作。

没有必要全面模仿古人，代表人物有戈蒂埃·马普（Gautier
Map）。争论的结果是尚今派取得胜利。读者虽然如饥似渴地重
读古典作品，但是"少了一些驯服性"。13世纪初，西格纳的邦
孔帕尼甚至认为，没有必要再学习西塞罗已经陈旧过时的修辞
学。在这种情况下，古代遗产仅仅作为基础或支撑点而为人们所
接受，或者在照搬中有删节，如《致赫伦尼乌斯》，或者在批评
中走样，如关于抒情诗的定义：

> 抒情诗是指谈论酒足饭饱加游戏的诗，"抒情诗"一词
> 受"lirin"的启发，lirin意味着千变万化，因此，人们把与
> 自己原来面貌发生变化的人称作"妄想者"（参《诗学史》
> 上册，前揭，页71）。

不难看出，经过塞维利亚的伊西多和莫尔的折腾，到乌特勒
支的贝尔纳那里，抒情诗的定义已经严重偏离了原来的内涵。因
此，中世纪很少使用"抒情诗"一词就不足为奇了（参《诗学
史》上册，前揭，页69以下）。

在基督教占统治地位的中世纪，对意义的探索养成注释的习
惯。中世纪的诗学家不仅解释圣经，而且还多层次地解读古典作
品，试图赋予古典作品原本并不具有的意义。譬如，席维斯特
（Bernard Silvestre）① 认为，《埃涅阿斯纪》的前6卷相继描述了
人类的6个时代。这种多层次解读的习惯甚至影响了文本的创
作。文本的作者总是试图掩盖事情的真实价值，使得故事只有寓
意的表象。依据塞维利亚的伊西多的解释，哲理诗的成功有助于

---

① 即 Bernardus Silvestris，亦称 Bernard Silvestris 或 Bernard Silvester，中世纪柏拉
图主义哲学家，12世纪诗人，写有评论《论维吉尔的〈埃涅阿斯纪〉》（*On Virgil's
Aeneid*）。

某种所谓"神学诗人"类型的兴起。在这种观念的指引下，诗要遵循自己的清规戒律。自 13 世纪起，亚里士多德的理性主义开始抵制寓意。阿奎那指责柏拉图的象征表达方式和寓意表达方式（参《诗学史》上册，前揭，页 72 以下）。

　　无论是批评家的注释，还是作者的创作，都是为了与读者交际。这种交际的目的只有一个，那就是说服或劝导读者，即教化读者。反观之，读者通过诗学习如何做人。即使是奥古斯都时期伤风败俗的奥维德也对改善习俗有利，因为奥维德可以使热恋者更好地警惕情人们的伎俩。作者与读者的交际有两种手段：或者直接向读者发出"呼吁"，例如奥维德的作品和自 11 世纪起的宗教诗；或者通过"点播"若干"标志"，含蓄地向读者表明自己的意图。为了实现交际的目的，中世纪的诗学追求古典作品的清晰和简明（参《诗学史》上册，前揭，页 74 以下）。

　　在中世纪，尽管散文与诗中的写作艺术是一致的，可是仍然有所不同："诗人的定义即善于把自己的目的置于幻想之下的虚构者"，反观之，"这类思维走向无异于赋予散文以更多的真实性"。起初，基督教把诗人与谎言联系起来的做法具有反对异教蛊惑的卫道价值，如兰斯贝格的埃拉德（Herrade de Lansberg，1125?-1195 年）。① 但是自加洛林王朝复兴开始，为了宗教诗的合理性，视所有美德东西都为真实的东西，而美来自上帝，如埃利热纳（Jean Scot Erigéne，约 815-877 年）。② 由于"诗之虚构

---

　　① 即 Herrad of Landsberg，拉丁语 Herrada Landsbergensis，12 世纪阿尔萨斯（Alsatian）的修女、孚日山脉（Vosges mountains）霍恩堡（Hohenburg）女修道院的院长，著有《极乐花园》（Hortus Deliciarum 或 The Garden of Delights）。
　　② 亦称 John Scotus Eriugena 或 Johannes Scotus Erigena，爱尔兰神学家、新柏拉图主义哲学家和诗人，著有《自然的划分》（De Divisione Naturae 或 On the Division of Nature）。

可能包含自然真实或道德价值"，寓意解读重获新生。后来，阿奎那带着综合精神，把真实界定为审美真实，即遵循逼真性的原则。满足这种原则的是亚里士多德的摹仿说，尤其是贺拉斯的摹仿说，只不过中世纪思想界追求的摹仿对象不是表面的真实——即对真实对象或幻想对象——，而是内心的、看不见的真实。赫尔曼·阿勒芒（Hermann l'Allemand）① 索性把"摹仿"视为"想象（imaginatio）"。这样，"诗之根本所在就是比喻性表达"，即用比较的相似性（assimilatio）取代逻辑关系，例如 12 世纪的拉丁寓意作品，或者梅尔克莱的杰尔维（Gervais de Melkley）② 的诗学（参《诗学史》上册，前揭，页 76 以下）。

　　贺拉斯诗学和亚里士多德诗学中戏剧与叙事的优越地位影响了中世纪的理论，促使体裁和主题的混淆。与不同体裁相对应的是水平不同的风格，维吉尔的评论家们认为，有 3 种高低不同的风格，维吉尔的 3 部主要作品堪称 3 种风格的象征：《牧歌》代表低俗风格，《农事诗》代表中等风格，《埃涅阿斯纪》代表高雅风格，3 种风格有代表着人类社会发展的 3 个大的阶段，具体表现在著名的"维吉尔之轮（rota Vergilii）"上。1200 年前后，加尔兰德的约翰和文萨弗的吉奥弗里则提出 4 大现代风格，即格里高利（教皇）风格（或官方风格）、西塞罗风格（或文人风格，或校园风格）、希莱尔（Hilaire）风格（或仿古风格）和伊西多风格（或哲理风格，或宗教风格）。其中，西塞罗风格与希莱尔风格表明，散文与诗何其相似。12 世纪，人们习惯于在某种类型的作品里使用某种类型的诗体或散文体。也就是说，风格在适应文学体裁和主题的过程中遵循了对象与表达相契合的原

---

　　① 　法语 L'Allemand 亦指德国。

　　② 　即 Gervase of Melkley 或 Gervase of Melkeley，大约生于 1185 年，活跃时期 1200-1219 年，法国学者和诗人，著有《作诗的艺术》（*Ars Versificaria*）。

则。这种来自于贺拉斯的契合原则在中世纪末期越来越普遍地出现在批评文本中（参《诗学史》上册，前揭，页80以下）。

中世纪，大部分诗艺关注创作阶段。首先，选材或构思（inventio）意味着选择主题并确定合适的处理提纲。在主题方面存在争论。利勒的亚兰（Alain de Lille 或 Alanus ab Insulis，1128-1202年，参布克哈特，《意大利文艺复兴时期的文化》，页170）与沙蒂永的戈蒂埃之间的相互挖苦表明，古代题材与哲理题材之间的某种冲突，两者的竞争构成新柏拉图主义之哲理叙事诗和古代题材的历史叙事诗。第二，布局涉及陈述文的顺序以及省略或发挥主题所提供素材的方式。其中，叙述顺序分为自然顺序和人为顺序。自然顺序即时间顺序，而人为顺序包括追叙（倒叙）和插叙。两者并不是完全对立的。譬如，《埃涅阿斯纪》前6卷的叙事采用了回闪镜头，是不折不扣的人为顺序；然而如果考虑到这6卷以寓意方式谈论人的6个阶段，它们又遵循了精神意义上的自然顺序。此外，素材的繁简变化表现主题的省略语发挥。第三，修饰在于语法方面（而润色更多体现在修辞方面），分为简单修饰（即保持原义的修辞手段）和困难修饰（即失去原义的表达技巧），前者属于中等风格，如散文，后者属于高雅风格，如诗（参《诗学史》上册，前揭，页82以下）。

诗艺的自身结构中也出现了保持和谐、保持内容与形式相适应与卖弄技巧之间的争执。相应的是风格之争。最负盛名的是德布鲁尼（E. de Bruyne）关于中世纪文本中出现的亚细亚风格和古典风格两种倾向之争。当然，膨胀之风与节制之风并非永远互相排斥。膨胀之风或茂盛之风首先出现在古代末期西多尼乌斯及其对手的作品中，然后出现在史纪文学、出现在马姆斯伯里的奥尔德赫姆（Aldhelm de Malmesbury，639左右-709/710年，英国主教）、圣-日耳曼-德-普雷的亚邦（Abbon de Saint-Germain-des

Près)① 及 13 世纪的某些校园诗作里。语法学家维吉尔试图把它同古典主义的宣言联系起来。不过，由于所尊崇的古代作家不同，维吉尔同斯塔提乌斯、塞涅卡打架，西塞罗同西多尼乌斯打架。不同时期的文学评价常常发生冲突。仿古学派以古代理论大家（如昆体良）的理论为支持，非常自信地批评茂盛之风，例如利西俄的阿诺（Arnoul de Lisieux，1105/1109-1184 年）和加洛林王朝时期兰斯的兴克马尔（Hincmar de Reims，806-882 年）。而膨胀派作家认为，"高雅的主题应该配以文采横溢的风格"，如引导灵魂向善的哲学家培根。在诗艺时期，茂盛之风不可避免地占有重要地位（参《诗学史》上册，前揭，页 86 以下）。

在中世纪，古代的缪斯长期为圣灵所取代，因而诗人是能够看见常人视而不见之物、抓住世界的隐匿意义并预知未来的预言家，即 vates（神示诗人）。12 世纪，诗人（poeta）才从巴科斯与维纳斯那里接受了传统的灵感，点燃诗人心中的烈火，重新恢复古代的诗兴。这类诗人开始为自己而乐。在这个重新建立的诗歌王国里，有些诗人沦为陶醉于文学形式最技巧层面的格律能手（versificator），这是比较可悲的。譬如，依据诺茨（Marie-Françoise Notz）的洞见，南派行吟诗人重视灵感，而北派行吟诗人则看重技巧（参《诗学史》上册，前揭，页 88 以下）。

穆勒塔莱（Jean-Claude Muhlethaler）指出，但丁的《新生》（*La Vita Nuova*，1292-1295 年）既是一场恋爱史，也是诗史，有抒情诗篇和散文评论交织在一起。这种形式让人想起波爱修斯的《哲学的慰藉》，只不过《哲学的慰藉》的散文部分里出现的是作者、剧中人物与哲学女神的合一，而《新生》的散文部分里主要是作者评论自己的作品。《飨餐》（*Le Convivio*）里歌唱的

---

① 亦称 Abbey of Saint-Germain-des-Prés，6 世纪的本笃会成员。

夫人（卷二，12-14）其实代表着哲学，这也与《哲学的慰藉》十分相似。爱的原则主宰着世界，这种观念在《哲学的慰藉》里也出现过。《新生》与奥古斯丁的《忏悔录》也很相似，以"自由回忆"的形式出现。事实上，《神曲》（*Divina Commedia*）最能体现但丁与古罗马传统的深厚渊源。除了波爱修斯，贺拉斯、维吉尔（譬如，在但丁的《神曲》里诗人维吉尔成为向导，直接出现在作品中）、西塞罗（如《致赫伦尼乌斯》卷四，章8，节11）和昆体良都对但丁产生了较大的影响（参《诗学史》上册，前揭，页124和127-130）。

与但丁的《新生》一样，彼特拉克的《心迹》（*Secretum*，1342-1343年和1353-1358年）也受到古罗马传统的影响。奥古斯丁直接出现在作品里，与作者展开对话。最终，代表中世纪道德的奥古斯丁战胜代表渴望爱情的激情的彼特拉克。二者的冲突还体现在信仰与文字之间。在古代与中世纪的对话中，彼特拉克要以蜜蜂采蜜为楷模（《家书》卷一，8，4），既要模仿，又要创新："改写（mutatio）"，与但丁的"仿写（oemulatio）"类似（参《诗学史》上册，前揭，页131-134）。

薄伽丘晚年研究文艺理论。薄伽丘关于诗的全部思考都建立在阅读但丁、彼特拉克以及古典传统和中世纪的传统作品的基础上，并发展了"诗之神学（theologia poetica）"的观念。薄伽丘继承西塞罗的思想："诗人却完全依赖他们的天才，以及发自内心的某种冲动，即神圣的灵感"（《为阿尔基亚辩护》，章8，节18，参西塞罗，《西塞罗散文》，页177），认为真正的诗来自神灵：促使诗人写作的内部激情［《异教诸神学谱系》（*De Genealogia Deorum Gentilium*）[①] 14，7］代表神的部分，代表创作中不

---

① 参布克哈特，《意大利文艺复兴时期的文化》，页201以下。

可言喻的部分，推动人的天分的力量［《"神曲"评论及其他围绕但丁之文字》(*Il Comento alla Divina Commedia e gli altri scritti intorno a Dante*)，节7］，来自某种"外部的爱抚"，即来自神。因此，薄伽丘认为，诗以教育为载体，具有功利性：诗以神学和哲学为榜样，是接触真理的一种渠道。薄伽丘指出，柏拉图驱逐的诗人仅仅是谐剧诗人和滑稽剧演员（《"神曲"评论及其他》，节3）。继昆体良（《雄辩术原理》卷二，章21，节12，参《昆体良教育论著选》，前揭，页133）之后，薄伽丘把诗人看作弘扬美德、批评缺陷和深谙伦理道德的主体，如但丁的《神曲》［《但丁传》(*Trattatello in Laude di Dante*)，26］。薄伽丘视诗人为城邦的原则和教师（《异教诸神学谱系》14，19），因为写作即行动：诗——美丽的故事——以其"旋律"［《论勤劳的海格立斯》(*Delabor, Herculis*)一，2，2］引导读者向善（参《诗学史》上册，前揭，页135以下）。

"诗之神学"原本是古希腊的概念，可以追溯到"神狂（folie divine）"，即有神灵凭附的那阵迷狂（《斐德若篇》，参柏拉图，《文艺对话集》，页107），中世纪注入了基督教的内涵（如彼特拉克的灵感思想）。"激情"使得诗人成为与神心灵相通的预言家。不过，传统与创新的融汇是美第奇（Medici）作品的中心。在美第奇的《我的十四行诗自评》(*Comento de'miei sonetti*，约写于1484年）里，爱情是人间与神界的媒介，是获得完美、进入最美境界的手段（参《诗学史》上册，前揭，页138以下）。

穆勒塔莱指出，杜·贝雷拒绝与古代文学相决裂，而《法国之研究》(*Les Recherches de la France*，1607年）的作者帕斯基耶（Estienne Pasquier）则不同，敏锐地观察到14世纪法国文学衰落与意大利俗语诗的辉煌。所幸，随后马肖（Guillaume de

Machaut，亦作 Machault，1300－1377 年)[①] 在晚年写的《序诗》(*Prologue*，约 1372 年) 成为法语的第一篇诗学宣言。马肖认为，诗之和谐反映世界的和谐，和谐是快乐之源，来自音乐(《序诗》5，行 85－94)，而音乐来自天堂(《序诗》5，行 115－134)，这种超验的思想可追溯到波爱修斯。可见，马绍的诗作都带有神圣的痕迹。在《序诗》第二部分，小爱神（Amour）向诗人引荐可供"安排"的素材(《序诗》4，行 7)，而安排让人想起古典修辞学中的"布局"。在意大利女作家皮桑（Christine de Pizan，亦作 de Pisan，1363－约 1430 年) 的《女士的城邦》(*Cité des Dames*，1405 年) 里，普罗布（Probe la Romaine）受基督教思想的启发，从维吉尔的作品中选择了许多片段，建立新的整体结构，创作了一部独特的作品。[②]

　　马肖开创了法国关于诗之本质的思考，如诗人的灵感。沙尔捷在《希望卷》(*Livre de l'espérance*，约 1428 年) 的前言里，详细描述了灵感这个内在现象："忧郁女士"前来折磨诗人"我"的大脑，直至大脑感觉"自己的中间部位开启、轰响并重新启动想象部分，有人谓之曰幻想"。事实上，在 14、15 世纪的抒情诗里，"忧郁作为梦幻的典型环境"。后来，勃艮第宫廷也发现灵感来自神。《十二位修辞女士》(*Douze Dames de Rhétorique*) 是一部书信体诗艺（这让人想起贺拉斯的书信体《诗艺》），而且受到西塞罗和昆体良的影响。在这本书里，"雄辩是上帝赐予人的一份礼物，它以令人惬意的形式传达（来自神的）智慧"。在第十位女士"珍贵的拥有"指出，诗人通过"基本的洗礼"而进入知识领域，他是拥有感知 Horeb 和 Sion 神山幻觉的 poeta

---

　　① 中世纪法国作曲家和诗人。
　　② 原文标点符号错误，应为 v. 85－94、v. 115－134 和 v. 7，意即"诗行 85－94、诗行 115－134 和诗行 7"。参《诗学史》上册，前揭，页 145－149。

和 vates（诗人和先知）。在罗贝泰（Jean Robertet）的《悲歌》（*Complainte*）中，灵感以祈祷缪斯保佑、"神光显圣"的形式出现。14 世纪，《爱情的炼狱》（*La Prison Amoureuse*）里，法国诗人弗鲁瓦萨尔（Jean Froissart，亦作 John Froissart，1337－1405年）[①] 披着皮诺特乌斯（Pynoteüs）的故事——假借奥维德名义的一首神话寓言——的外衣，扮演一个获得灵感的诗人。在法国诗人德尚（Eustache Deschamps，约 1340－1404 年）的 3 节联韵诗里，灵感与带来清香的花之风神 Zephirus（喻修辞）结合在一起。15、16 世纪之交，无灵感则无诗。勒克（Regnaud Le Queux）在《第二套修辞说明》（*Instructif de la Seconde Rhetorique*）的引论里指出，灵感是进入"清晰幻觉"的必要条件之一（参《诗学史》上册，前揭，页 151-154）。

莫利内（Jean Molinet）在《修辞艺术》（*Art de Rhétorique*）的卷首指出，"通俗修辞学即是一种音乐，叫作'richmique'"。尽管莫利内对音响苦思冥想，可他没有与先前的传统决裂。首先，莫利内把乡野间的修辞学与修辞科学对立，与之相联系的是中世纪的"低俗、平庸和严肃风格"理论，而这个理论可以追溯到塞维利亚的伊西多，写作艺术类和鉴赏艺术类著作是传播的载体，标志是维吉尔之轮。格雷邦（Simon Greban）在《法国夏尔七世的墓志铭》（*Epitaphes de Charles VII de France*，作于 1461年后）里证实这种亲缘关系：当牧羊人停止痛苦、高贵者的言语行将开始时，叙述者发现，要满足"新素材"的高度，他应该放弃"乡土"文字，选择更"有身份的形象"，简言之，从"牧歌"过渡到"诉歌"或"英雄赞歌"（参《诗学史》上册，前揭，页 154-157）。

------

① 也是历史学家，著有《编年史》（*Chroniques*）。

　　从马绍到第二套修辞学，一种创新诗学关注文学的形式，似乎完全取消了功利痕迹，背离了西塞罗传统。不过，继塞维利亚的伊西多以后，在《首席艺术家索菲》（*Archiloge Sophie*）第二卷里，勒格朗（Jacques Legrand）再次把修辞学界定为"学习优美表达的科学"。第二代人文主义修辞学家继承古典修辞学的经典理论。话语艺术还是西塞罗的艺术，即说服的艺术。真正的作家应该以维吉尔为榜样，既是诗人又是哲学家。勒格朗反对柏拉图的做法，主张诗人在城邦里拥有发言权。罗贝泰曾阐明哲学与诗的关系：诗人确是"人类艺术的大教师"（《悲歌，为乔治·沙特兰逝世而作》，诗行312）。有意思的是，勒格朗把原本对立的史实也纳入诗，理由是两者的语言均表达诗人的伦理介入，即在道德目标方面是一致的：惩恶扬善。《道德点化后的奥维德》（*Ovide Moralisé*，1915－1938年）[①] 的叙述者引用波爱修斯《哲学的慰藉》里哲学夫人把缪斯从病人的床头赶走的著名场景，以此说明一个道理：诗即无用的虚构、谎言，它所揭示的只是偶然；反之，"神职"、哲学和神学——热尔松（Jean Gerson）——则是揭示真理的工具。所幸，为奥维德的《变形记》提出的道德化建议表明，作者试图开辟恢复古代寓言故事的途径。毕竟，在勒格朗看来，古代寓言故事与圣经文字都是同类真理的载体，所以他提出融智慧与虚构、哲学与诗于一体的文学艺术定义（参《诗学史》上册，前揭，页158、160和162及下）。

　　文学争论不仅存在于形式与内容之间，而且还存在于14、15世纪之交的意大利与法国之间。引发争论的是默恩（Jean de Meun）的《玫瑰小说》（*Le Roman de la Rose*）。热尔松和皮桑认为《玫瑰小说》不道德，而巴黎人文主义者科尔（Gontier Col）

---

① 编者 C. de Boer。

与蒙特勒伊（Jean de Montreuil）则认为默恩是"天才的哲学家和诗人"。这场争论蔓延到巴黎文化界，包括深受西塞罗式演说家风范影响的女诗人、说教者和人文主义者。起初只涉及拉丁文学，后来出现法国与意大利的对立，例如抨击彼特拉克，直到15世纪60年代之前还存在竞争，如《爱情诗集》（1457年）。最后，安茹（René d'Anjou）把奥维德（古罗马）、马绍（法）、薄伽丘（意）、默恩（法）、彼特拉克（意）和沙尔捷（法）集中在同一墓地，似乎在昭示：诗人的杰出程度与语言无关。也就是说，到此为止，才从"争论"走向"同一"。在这些好诗人中间，法国诗人不仅名列古罗马诗人之后，而且还是古典诗人的继承者：勤奋翻译前人作品的行为说明他们的荣誉心。他们渴望获得"庄严诗人（poetes solempnelz）"（勒格朗语）的盛名。然而，墓前装点月桂树的法国诗人只有默恩，而意大利诗人有薄伽丘和彼特拉克，他们才可以与奥维德并驾齐驱（参《诗学史》上册，前揭，页 164-168）。

依据加西亚（Michel Garcia），西班牙《亚历山大篇》（*Livre d'Alexandre*，约1220年）第三诗句的前半句赋予作诗艺术一个简练的定义：模仿西塞罗的教程，尊重节奏，并伴之以韵脚旋律（参《诗学史》上册，前揭，页 182 及下）。

三、文艺复兴时期

马蒂厄-卡斯特拉尼（Gisèle Mathieu-Gastellani）指出，文艺复兴时期的诗学是雅努斯诗学，即具有二重性：修辞学与诗学。在漫长的理论建构过程中，修辞学范式与亚里士多德和贺拉斯的诗学范式之间展开竞争，甚至是冲突，不过也存在辩证的统一关系：诗学一方面继承修辞学的大传统，另一方面又逐渐脱离演说家的范式，自成一体。第一，修辞学与诗学都追求逼真，但是追求的逼真不同。修辞学追求逼真是为了说服，所以在不能追求真实的情况下可以追求似真：昆体良赋予诗人表达似真的权力。而亚里士多德的诗学追求哲学上的逻辑真实——即"理性可以接受"——和审美真实，即不与观众或读者起冲突。第二，重视柏拉图的《伊安篇》(Ion)，在修辞学的本质、艺术和理论的三维体系的基础上增加了诗学的灵感，断言存在狂兴（或激情）、神父灵感和诗兴（或诗之灵感），如蒙田（参《诗学史》上册，前揭，页195以下）。

体裁诗学的第一宗旨就是确定种种典范和再创作的程序，因此文艺复兴时期典范的地位很高。典范是模仿的对象，具有暧昧性，因为这个概念既有规范价值，又有描述价值。摹仿说的"模仿"意味着对典范的"遵循"。杜·贝雷看重遵循优秀作者的美德。而"表现"意味着"相似于"典范。龙萨认为，"任何诗如果不与大自然相似，都不能自诩完美"。值得注意的是，模仿时而表示被认可的文学典范（古希腊和拉丁语的优秀作者的）作品基础上的再生产，时而表示对"大自然"（包括外部世界和人类世界）的"表现"，这种摇摆不足为奇，因为以前的优秀作者对大自然的描述惟妙惟肖，因而才具有可模仿性。可见，模仿与表现水乳交融。模仿就是发挥传统的潜在题材和潜在修辞。模仿的方式包括"引语、喻示、借鉴或抄袭、填塞、文本蒙太奇、杂交（有时甚为怪异）及滑稽模仿等"。在实践中，典范的展示十分微妙：或者是展示性的；或者是隐蔽性的；或者是展示性与隐蔽性的曲线交织。施奈德（Michel Schneider）甚至认为，"文字的偷窃者是十足的作者，正如译者以其语言文字工作而获得作者的地位一样"（参《诗学史》上册，前揭，页198以下）。

文艺复兴时期，诗学起初依附于修辞学，"无独立地位，后来逐渐获得若干领地，并奠定了反殖民化的色彩"。诗艺的精髓主要围绕诗与雄辩术的关系。诗与雄辩术虽然体裁不同，但是皆证明，艺术家不仅是控制自我之大师，也是控制观众（听众或读者）之大师。修辞学典范极其重要，是因为"西塞罗曾经强有力地提醒说，修辞学的最稳固的基础存在于人们的意愿之中，人对于神经系统之动摇的敏感性超过了对于真理力量的敏感性"。"小"的文学体裁都是修辞学分析及其类型的涉及对象。然而，源自哲学的"灵感"动摇了修辞学大厦，而伪朗吉努斯的《论崇高》（*Sur Le Sublime*）割裂了修辞学与文学的联系，尤其注意把崇高的目的与雄辩术的目的相区别，把诗学意象与修辞学意象相对立（参《诗学史》上册，前揭，页200以下）。

从批评与评论的角度看，古代典范——如塞尔维乌斯关于维吉尔的批评——决定了博学式注释的规则。评论作为兼具教学和经典注释色彩的混合体裁，承担着教育与澄清的双重功能。评论提高了文艺复兴时期作品的地位。譬如，龙萨的《情歌集》（*Les Amours*，1553年）被提升到了维吉尔《埃涅阿斯纪》的地位。评论中充满着虚心与雄心。譬如，施蒂尔勒（K. Stierle）说得好：

> 我们很难想象比这种态度即（增加新的意义）与西蒙娜·马丁尼（Simone Martini）为彼特拉克之维吉尔所作微缩图中塞尔维乌斯的动作更具鲜明对照的事物了，塞尔维乌斯撩开屏幕，露出了正在屏幕背后构思自己作品的、灵感大发的诗人维吉尔：揭开挡住创作本身的屏幕，或增加新的意义，这正是有关评论的两种极端观念（见贝西埃等主编，《诗学史》上册，前揭，页203以下）。

四、16 世纪 [1]

(一) 诗学与修辞学

16 世纪 40 年代起，亚里士多德的著作开始渗透到文学理论中，在经典文本的功能方面堪比贺拉斯的《诗艺》。尤利乌斯·斯卡利泽 (Jules-César Scaliger) 本人的注意力集中在"编织"方面以及维吉尔美学中关系和比例的细腻性，他的前提是，诗"使人的生活更和谐"，准确地说，"编织得更美妙"。批评家们是按照功利与柔和、展现与愉悦相混淆的贺拉斯公式去理解亚里士多德的"陶冶"，而贺拉斯公式源自修辞学，《诗艺》的注释者们长久以来就一直自以为是地按照言语效果的说服力观念理解诗。通过贺拉斯理解亚里士多德，而贺拉斯本人也是在被 15 世纪意大利"重新发现"西塞罗与昆体良的动态变化中捕捉到的。拉丁语演说家虽然强调诗与演说术的相似性，但是强调为演说术的荣誉而努力，而诗人只知道随性而至，为自己和缪斯歌唱 (西塞罗，《布鲁图斯》)。文艺复兴时期诗人和诗学家则相反，在重新肯定诗与演说术的相似性的同时拉拢西塞罗，其目的在于推动诗歌艺术，即真正的诗艺。在这个过程中，摈退严格的修辞学模式而迎"诗"，反映这种过渡的有法国芒斯的佩尔捷 (Jacques Peletier du Mans，1517–1582/1583 年) 的《贺拉斯之〈诗艺〉的法文诗译》(*L'Art Poëtique d'Horace Traduit en Vers François*，1544 年)，尤其是塞比耶的《法语诗艺》。其中，塞比耶向意大利的柏拉图主义者及其渊源——柏拉图的《伊安篇》和《斐德若篇》、西塞罗的《为阿尔基亚辩护》[2]——借鉴了灵

---

[1]　参《诗学史》上册，前揭，页 207 以下。
[2]　关于灵感，参西塞罗，《西塞罗散文》，页 177。

感信条。塞比耶的书虽然像"修辞学艺术",但是力求借助于西塞罗式演说术修辞学和柏拉图的"狂兴"思想,推动诗的发展,使得诗人兼具神示诗人与演说家的气质。事实上,意大利人长期追求诗与修辞学的调和,如朗迪诺(C. Landino)评论贺拉斯《诗艺》的作品(1482年)和维达的《论诗艺》(*De Arte Poetica*,写于1517年;初版1527年)(参《诗学史》上册,前揭,页208–211)。

从诗之创造性的角度看,修辞学与诗存在伙伴关系。演说家范式激励诗人,使诗人进入言语的更高领域,试图追赶并超越演说家。明杜诺(A. S. Minturno)在《论诗人》(*De Poeta*,1559年)里指出,人们以维吉尔和荷马为模仿的楷模,然而却向西塞罗借鉴言语艺术之钥匙及其众多效果的范式。杜·贝雷用西塞罗的奔放精神(《布鲁图斯》,章50,节188)[1]"填塞"贺拉斯的空白(《诗艺》,行99–100),试图寻回西塞罗的"兴奋","以达到赏心"的目的(参《诗学史》上册,前揭,页214及下)。

从审美乐趣来看,诗人不仅以其灵感优越于演说家,灵感使诗人成为"魔鬼",更以其高度的自由优越于演说家,诗人可以处理所有主题,从一个跳向另一个,把真实与虚假熔于一炉。不过,从彼特拉克到龙萨、从阿里奥斯托到锡德尼等"俗语"诗人的真正的中心观念"变换"(varietas)却把秩序引向混乱,从某种意义上说,用修辞学的加速度和强化来界定诗学。而且,诗人的扩张式傲慢又与柏拉图、西塞罗和亚里士多德等人的思想发生冲突(参《诗学史》上册,前揭,页215及下)。

---

[1] 西塞罗用言辞、思想和行为(指演说)触动听众的心灵,让听众动情,例如或悲或喜、"憎恨和厌恶"、"遗憾、羞耻和后悔"、"极度愤怒"和惊恐,参 LCL 342,页158–161。

维达的《论诗艺》和塔索（Torquato Tasso）的《论诗艺》（*Discorsi dell'Arte Poetica*，1587 年发表）的写作阶段紧紧跟随西塞罗的学说。西塞罗在《论演说术的分类》提出写作阶段的理论原则：演说家的个人资源（vis）在于素材（res，或事件）和言辞（verba）。演说家发现素材先于言辞：处于最初阶段的不是言辞，而是素材或事件（章 1，节 3 至章 2，节 5，参 LCL 349，页 312–313）。这一原则使文艺复兴时期的诗学区别于现代诗学（参《诗学史》上册，前揭，页 216 及下）。16 世纪，构思仍然被普遍认为是诗歌创作程序中最重要的部分。贺拉斯已强调发现材料的优先地位（《诗艺》，行 311）。西塞罗在修辞学范围内为构思做了同样的努力（《论取材》卷一，章 7，节 9，参 LCL 386，页 18–21）。塔索重申主题相对于言辞的优先权（《诗歌艺术的言语》，3）。德诺莱斯（G. Denores）在《关于贺拉斯之〈诗艺〉的书信》（*In Epistolam Q. Horatii Flacci de Arte Poetica*，1553 年）中指出，构思是诗之"灵魂"。不过，文艺复兴时期的诗学家认为，诗的世界不一定是真实世界，有可能是与真实世界相似的虚构世界。德米耶（Pierre de Deimier）在《诗艺学院》（*Academie de l'Art Poetique*，1610 年）中指出：

> 构思不是别的，乃幻想的一种天然优势，把凡是可供幻想的任何事物——不管是天上的还是人间的、有生命的还是无生命的事物之意念和形式统统囊括在内，以期随后表现、描述和模仿它们：正如演说家之目的在于说服一样，诗人的目的在于模仿、创造和表现现存事物、可能之事物、或者先人以为真实的事物（见《诗学史》上册，前揭，页 219）。

当然，诗人的幻想并非空穴来风，而是严谨的，是现实世界的完美化，正如锡德尼指出的一样：

> 惟独诗人（……）受自己严谨构思的激励，通过创造
> 或优于自然界之事物，或者完全新颖的事物，即自然界从来
> 不曾存在之形式，如高大的英雄人物、神人、独眼巨人、狮
> 头羊身龙尾的怪兽、复仇女神等等，培育着另一种世界；他
> 没有囿于自己的天赋，惟有他，与大自然一起，手挽着手，
> 自由翱翔在他的幻想的天空中（见《诗学史》上册，前揭，
> 页219及下。较读锡德尼，《为诗辩护》，页9）。

佩尔捷以为从维吉尔那里发现了这种二重性：《埃涅阿斯纪》是佩尔捷心目中构思的主要范例，构思是"源自知性幻想的一种蓝图，以期达到我们的目的"（《诗艺》卷一，章4）。可见，佩尔捷揭示了诗歌构思中的修辞学根源：诗人寻找主题的过程中，受其特殊意图的引导（参《诗学史》上册，前揭，页220）。

从修辞学的第二个阶段"布局"来看，文艺复兴时期的诗歌文本确实经常按照演说言语的布局（西塞罗《论演说术的分类》，章3，节9，参 LCL 349，页316-319）来建构。即使旨在吸引情人的情歌和十四行诗也借鉴简略的论说形式。其中，叙述分为自然时序和人为时序，前者即编年时序，后者包括追叙（倒叙）和插叙。譬如，维吉尔的《埃涅阿斯纪》采用倒叙。亚里士多德要求情节的统一与完整（《诗学》，1450b21-1451a36），贺拉斯建议作品"简单和一致"（《诗艺》，行23），诗学家们接受这个来自古代的"原则"，如卡斯泰尔维特罗的《诗学》（卷三，章6），甚至有人用之于叙事诗——如特里西诺（G. G. Trissino）的《从哥特人统治下解放的意大利》（*Italia Lierata* da'Gotthi，1547－1548 年）——和小说——如阿里奥斯托的《疯狂的奥兰多》（*Orlando Furioso*，1516－1532 年）。塔索接受统一性的主张，但是强调多元化和变化（参《诗学史》上册，前揭，页 221 及下）。

从第三阶段"表达"来看，话语的光彩是大演说家的标志，远不会损害构思的力量，反而会与构思相得益彰：完美的演说家既是风格学家，也是哲学家，兼具两种才能，善于以其言辞之光彩和思想之深刻使自己事业的精妙之处天长地久，这是卢·克拉苏捍卫的理想（西塞罗，《论演说家》），也是文艺复兴时期诗人——例如埃基科拉（M. Equicola）——的雄心。要让诗歌的语言焕发光彩，就要使用表达技术：比喻和维达强调的辞格（参《诗学史》上册，前揭，页 222 以下）。

从诗与言语类型来看，文艺复兴时期的诗人接受古典修辞学的 3 种言语类型：议论类型、司法类型和展示类型，例如吉里奥（G. A. Gilio）的《诗之比喻》（*La Topica Poetica*，卷一，1580年）。尤其是在展示类型方面，大量的"应景"诗作说明诗歌言语的观念依然源自于古典修辞学，如昆体良《雄辩术原理》（卷三，章 4，节 12－16，参 LCL 125，页 34 以下；《昆体良教育论著选》，前揭，页 147 及下）和西塞罗《论演说术的分类》（章21，节 72；章 22，节 82，参 LCL 349，页 364－373；《诗学史》上册，前揭，页 224 及下）。

（二）诗学的其它界限

古典作家们允许新词的创造。譬如，贺拉斯（《诗艺》，行48－53）和西塞罗（《论至善和至恶》卷三，章 1，节 3）都允许用新词表达新事物。因此，文艺复兴时期的诗人有理由在向古代作家和古典修辞学顶礼膜拜的同时捍卫俗语，如杜·贝雷的《保卫与发扬法兰西语》和拉弗雷奈（Jean Vauquilin de La

Fresnaye，1536－1607 年）的《法兰西诗艺》（*Art Poétique François*，1605 年）。埃拉斯谟甚至在《西塞罗风格》（*Ciceronianus*，1528 年）中抨击西塞罗的崇拜者克里斯多夫（Christophe de Longueil 或 Christophorus Longolius，1488－1522 年）。不过，更多的人文主义者坚持纯粹的西塞罗文体是一项文学纲领，如多雷（Étienne Dolet）的《论对西塞罗的模仿，反对埃拉斯谟之意见，拥护克里斯托弗的主张》（*De Imitatione Ciceroniana，adversus Desiderium Erasmum，pro Christophoro Longolio*，1535 年）（参《诗学史》上册，前揭，页 225 以下）。

　　从天赋与人为的关系来看，16 世纪的诗艺都接受了古老的观念。第一，西塞罗认为，"艺术的首要原则是合适"，"惟有这一点无法靠技艺来传达"（《论演说家》卷一，章 29，节 133，参西塞罗，《论演说家》，页 91）。佩尔捷区别了天赋与艺术（《诗艺》卷一，章 2）。而龙萨认为，诗人的天赋优于艺术或技巧［《法语诗艺概略》（*Abregé de l'Art Poétique Français*），1565 年］。第二，西塞罗认为，"天资对于演说具有最重要的意义"，"从事演说需要心灵和智力的某种迅捷的活动，这种活动能使得思考敏锐，阐释和修饰丰富，记忆牢固而持久"（《论演说家》卷一，章 25，节 113-114，参西塞罗，《论演说家》，页 79）。维韦斯（J. L. Vives，1493－1540 年）认为，修辞学构思是天才、记忆、评价和经验的综合效果，即无法通过一系列具体规则传授的才能［《书信汇编》（*De Conscribendis Epistolis*），1534 年］。西塞罗认为，只有天才才能锤炼成完美的演说家，尽管在《为阿尔基亚辩护》中也强调"理论"的重要性（《为阿尔基亚辩护》，章 7，节 15-16）。昆体良认为，可以没有理论，但不可没有天赋，只不过平庸的演说家更多依靠天赋，而优秀的演说家更多归功于理论（《雄辩术原理》卷二，章 19，节 2）。杜·贝雷指出，无理论相助的天赋远胜于无天赋的理论（《保卫和发扬法兰西语》卷二，章3）。不过，一般遵从贺拉斯的结论：两者互相依存（《诗艺》，行408-411；另参昆体良，《雄辩术原理》卷二，章19，节1）。人为论者桑齐奥（G. Giraldi Cinzio，即 Giovan Battista Giraldi Cinzio，1504-1573年）则认为，艺术史启迪心灵、变危途为坦途的阳光［《论小说结构》（*Discorso Intorno al Comporre dei Romanzi*），1554年］。诗人更能体现天赋的优势。锡德尼在《为诗辩护》中重复塞比耶（卷一，章3）和杜·贝雷（卷二，章3）引用的熟语"演说家靠（艺术）磨练，诗人乃天生"，不过他修改了昆体良的话："中等的雄辩家得之于天性者更多，而优秀的雄辩家则更多得之于教育"（《雄辩术原理》卷2，章19，节2，参《昆体良教育论著选》，前揭，页127），承认天赋也需要3个西塞罗式的翅翼：艺术（或技巧）、模仿和练习。[1] 卡斯泰尔韦特罗（L. Castelvetro）甚至认为，诗的本质乃技巧，也就是说，艺术高于天赋，因而不理解贺拉斯与昆体良的学说［《亚里士多德的〈诗学〉》（*Aristotelis de Poetica Liber*）卷二，章1］。与此相关的是两个概念：自然与造作。自然指叙述的编年时序，指未经刻意追求的朴素言语，指书信或随笔（如蒙田的随笔）。在卡斯蒂利昂（Baldassare Castiglione，1478-1529年）看来，自然指不假思索的信手拈来（卡斯蒂利昂，卷一，26），也就是说，自然性是艺术的微妙产品，是不露痕迹的完美性，也是一种"人为性"。佩尔捷强调，人之行为和工作是大自然之工作的外延（《诗艺》卷一，2）（参《诗学史》上册，前揭，页229以下）。

---

[1]　钱学熙译："演说家是造成的，诗人是天生的"，参锡德尼，《为诗辩护》，页59。

　　自然性与艺术性之争也体现在灵感与模仿的原则之争。源自柏拉图的传统认为，诗是灵感之"狂兴"的产物。而源自西塞罗和昆体良的传统认为，诗是"刻意"模仿的结果，即系统照搬古代形式、体裁及文本（非"摹仿说"）。文艺复兴时期，这种争论在继续。诗之捍卫者以《伊安篇》之柏拉图反对《理想国》之柏拉图。在诗歌领域，狂兴与自然性的区别在于不同层次：狂兴属于超人的层次，自然性属于人类的层次。而在艺术领域，狂兴不如修辞学典范，尤其是西塞罗式修辞学典范。不过，这个时期的诗人试图调和灵感与模仿之间、自然性与艺术性之间的冲突。勒卡龙（L. Le Caron）在《龙萨或诗》（*Ronsard, ou de la Poësie*，1556 年）中明确指出了"狂兴"相对于艺术性与自然性之辩证关系的理想地位：神之狂兴超越艺术性与自然性。受西塞罗《为阿尔基亚辩护》的影响，蒂亚尔（Pontus de Tyard，约 1521-1605 年）在《首屈一指的独裁者》（*Le Solitaire premier*，1553 年）里强调神兴的自然性，而杜·贝雷虽然承认神兴的自然性很重要，但是也指出，仅有神兴的自然性是不够的，还需要对前人的模仿，才能发扬语言（《保卫和发扬法兰西语》卷二，章 3）。意大利的亚里士多德主义者萨尔维亚蒂（L. Salviati）甚至在《诗学论文》（*Trattato della Poetica*，1564 年）里指出，诗不是狂兴的结果，而是一种习性，一种长期占有的结果。在他们看来，模仿不是简单的技术，而是逐渐吸收营养的过程，类似于自然性。也就是说，文艺复兴时期的诗学在模仿广义化的过程中，淡化了西塞罗式"练习"的实践色彩，而阐明了文化的质变的英勇过程。从这个意义上讲，被弱化的"狂兴"成为一种隐喻。模仿与灵感"伦理学"汇聚一起，艰苦劳作的诗学与灵感诗相辅相成。在卡斯泰尔维特罗看来，灵感诗人需要艰苦劳作的诗学的帮助［《关于灵感诗人们所需帮助的意见》（*Parere sopra l'ajuto che domandano i poeti alle Muse*），写于 1565 年；参 Weinberg，卷一，页 286；《诗学史》上册，前揭，页 233 以下]。

（三）言语的效果

与亚里士多德的学习乐趣相比，贺拉斯的教育乐趣更具实践性：寓教于乐，既悦耳动听，又有益于生活（《诗艺》，行 343—344）。16 世纪把贺拉斯的诗句理解为一种鼓励：鼓励在诗中引入道德信息。卡斯泰尔维特罗认为，诗的惟一目的就是愉悦和消遣（《诗学》，I, 4）。塔索也认为，愉悦乃诗的目的（《关于诗艺的言论》，II）。德诺莱斯看重道德哲学，认为诗有世俗功能：智者通过诗在他们的共和国里传授行为准则，引导人们的精神走向幸福[《关于喜剧、悲剧和诗从共和国政府接受道德哲学和民事哲学的原则、原因及发展情况的论述》（*Discorso intorno à que'principii, cause, et accrescimenti, che la comedia, la tragedia, et il poema ricevono dalla philosophia morale, & civile, & da'governatori delle republiche*），1586 年]。因此，瓜里尼认为，模仿的功能优先于模仿的对象[《与维拉多对话二，捍卫〈忠实的牧羊人〉兼驳顽固院士的挑衅态度》（*Il Verato secondo ovvero replica dell'Attizzato accademico ferrarese in difesa del Pastor Fido*），1593 年]。尤利乌斯·斯卡利泽则明确指出，模仿的最终目的乃寓教于乐（《诗学》卷七，章 1，节 1）。西塞罗认为，完美的演说家拥有哲学家的渊博知识，这知识包括道德哲学，而道德哲学又包括道德评判和传授（《论演说家》卷三，章 21，节 80；章 25，节 142-143）。亚里士多德认为，演说家的道德人格有利于获得最大的信任（《修辞学》卷一，章 2，1356a）。[①] 所以尤利乌

---

① 译文 "4-5"（参《诗学史》上册，前揭，页 240）或指 "节"，实指 "1356a"，参《罗念生全集》卷一，前揭，页 151。

斯·斯卡利泽认为，虚构语言与非虚构语言同样"真实"，因为诗的言语也是模仿，诗人教授行为的"布局安排"，对于公民而言，布局是形式，行为才是目的，即诗的目的是以乐教人。一脉相承的是，佩尔捷仿照贺拉斯的做法（参佩尔捷，《诗艺》，页391 以下），其实质是仿照西塞罗的做法（《论演说家》卷一，章 8，节 33），进而指出人区别于动物的社会属性："从前，诗人是生活的主人和改造者"（《诗艺》，1555 年）。诗的功利性增加了诗人的真正的公民意识和责任感。在基督教社会里，道德不仅是世俗的，如贵族先辈的遗风：荣誉感和羞耻感（参卡斯蒂利昂，《侍臣论》，I，14），还包括神圣的，如基督教的怜悯之心（参塔索，《论诗的艺术》，I，1587 年）（参《诗学史》上册，前揭，页 237–242）。

诗句的愉悦首先要求主题"色彩"的"谐调"［这种谐调源自诡辩派，如高尔吉亚的《海伦赞》（*Eloge d'Hélène*），但遭到古典修辞学，特别是古典拉丁修辞学——从西塞罗《论演说家》到塔西佗《演说家的对话》，中经昆体良——加以控制，直到基督教文化的外露型修辞学——如塞维利亚的伊西多的《近义词》（*Synonymes*）——才得以解放］和风格和形式的"丰富"（copia），使得诗句具有"散文化"的嫌疑（参《诗学史》上册，前揭，页 242–245）。

西塞罗在《演说家》里曾论述过数量与谐调，这引发 16 世纪诗学家的争论。西塞罗主义者多雷在《把一种语言卓越地译为另一语言的方式》（*La manière de bien traduire d'une langue en autre*，1540 年）中鼓吹"遵守数量"。正如米霍夫（K. Meerhoff）在《16 世纪法国的修辞学和诗学》（*Rhétorique et Poétique au XVIe siècle en France*）里指出的一样，一些人为了提高俗语诗学的地位也模仿古人。这种厚古薄今的竞赛气氛表明，在西塞罗的影响下，试图与维吉尔或泰伦提乌斯并肩而立，理论家们才竭力复制古代的格律，如拉塔耶（Jacques de La Taille）的《模仿希腊语和拉丁语作法语诗的方式》（*La manière de faire des vers en françois, comme en grec et en latin*，1539 年）。不过，英国人文主义者试图摆脱音步的束缚，蔑视古典模式。总体来看，数量之争其实就是诗歌的格律与散文的节奏之间的竞争，音步和音节的数量成为区分诗歌格律与散文节奏的手段（参《诗学史》上册，前揭，页 245-249）。

从传奇故事的乐趣来看，从"掩盖真实"［《道德点化后的奥维德》、《解读……奥维德及所有传奇诗人……之准备》（*Préparation … à la lecture … d'Ovide, & de tous Poëtes fabuleux*，1556 年）、卡瓦略（L. A. De Carvallo）的《阿波罗的天才诗人》（*Cisne de Apolo*，1602 年）］到追求逼真。在评述贺拉斯的《诗艺》时（1482 年），朗迪诺断言，诗以"奇妙的虚构"美化人们的所有行为，人们的所作所为必须借寓意以传达，即使读者理解不了也在所不惜。因此，诗有时似乎在讲述低贱的故事，讲述仅仅为了以饱耳福，其实笔下悄悄流动的却是取之于神圣之泉的传奇故事。这种故事需要寓意解释。譬如，里克希利（L. Ricchieri）提出一套有关《埃涅阿斯纪》的寓意性解释。不过，勒卡龙认为，惟独那些巧妙模仿事物本质、愉悦与功利的传奇才能引起他的兴趣。在这里，愉悦与功利汇聚于大自然的良好模仿中，虽然凭空编造，却包含足够的逼真性。这种逼真性即酷似真实（明杜诺，《论诗人》），归于真（卡斯泰尔维特罗），应该模仿能够从"普遍意义"上处理的虚假事物［萨尔维亚蒂（L. Salviati），《诗学》，1586 年］。龙萨在《弗朗西亚德序》（*Préface sur la Franciade*，1587 年发表）中把虚假同真实与逼真性相区别。温伯格（Bernard Weinberg）在《意大利文艺复兴时期文学批评史》（*A History of Literary Critism in the Italian Renaissance*）中指出，广义的逼真性不再过分限制人的想象权利，可以把逼真性与神奇性（虚假性）的必要的共存理解为不同属性的交流（参《诗学史》上册，前揭，页249以下）。

16世纪，人文主义诗学受亚里士多德影响很大，把悲剧当作第一体裁。在尤利乌斯·斯卡利泽看来，像维吉尔笔下的埃涅阿斯这样的"完整"英雄才能体现悲剧体裁的平衡：丰富作品与统一信息，埃涅阿斯是塑造这一人物形象的诗作的完美标志，也是我们能够从中所获教益的完美标志。不过，16世纪末，诗人参照的作者不是亚里士多德，而是贤哲塞涅卡，事件的紧密结构解体，让位于面对不可抗拒的命运的痛苦呻吟或廊下派哲学的说教。文艺复兴继承了拉丁谐剧的诗人（尤其是泰伦提乌斯）及其评论家（如多那图斯），并且在贺拉斯提出的功利（utile）与甜美（dulci）的辩证法中加入笑声及其效果。谐剧和肃剧相互"核查"它们的道德性，而"陶冶性"不断扩大应用范围，似乎正是自己属于"教（docere）"的范畴（参《诗学史》上册，前揭，页257、260及下和265及下）。

在亚里士多德诗学的影响下，人文主义诗学家认为，惟一能与悲剧争锋的体裁就是叙事诗。尤利乌斯·斯卡利泽指出，以种族、生存及英雄功绩为主题的叙事诗是任何诗体的源泉[《诗学》卷八（*Poetices libri VIII*），章3，节96]。尤利乌斯·斯卡利泽认为，维吉尔胜过荷马，因为维吉尔的风格愈朴素愈显得高雅和庄严（《诗学》卷八，章5，节3）。这个观点得到16世纪诗学家们的普遍赞同。塔索认为，叙事诗最高雅："英雄诗是以最高雅的诗句叙述形式模仿一个杰出的、伟大的和完美的行为，以期达到寓功利于乐的目的"[《论英雄诗》（*Discorsi del Poema Eroico*），1，1587年]。后来，塔索修正定义的后半部分："以期以最优美的事实感动人们的灵魂，并以这种方式发挥其功利作用"。为之增色的是《被解放的耶路撒冷》（*Gerusalemme Liberata*，1580 年）。之后，锡德尼把叙事诗当作"最好、最完美"的诗歌体裁（参锡德尼，《为诗辩护》，页39）。法国塞比耶在《法语诗艺》里称《埃涅阿斯纪》为"伟大作品"，杜·贝雷鼓励优秀的诗人写长诗（《保卫和发扬法兰西语》）。佩尔捷指出，"英雄作品即赋予诗人以价值和真正称号的作品"（《诗艺》卷二，章8）。与理论上崇尚叙事诗一致的是，文艺复兴时期出现大量的叙事诗，其中包括模仿古罗马维吉尔叙事诗的。不过，这些叙事诗具有一些新特点。譬如，受到骗子无赖小说的影响，文艺复兴时期的叙事诗不再具有情节的统一性。正如龙萨在《弗朗西亚德》（*La Franciade*）的序言里指出的一样，由于叙事诗题材的多样性，叙事诗诗人应该像蜜蜂一样（在古罗马，贺拉斯用蜜蜂比喻谦虚，参《歌集》卷四，首2，行27-32）雷同，即懂得一切，描述一切，因而叙事诗具有百科全书的性质，而这种性质分散了诗的力量。为了这种多样性以及逼真性，英雄叙事诗走向模仿悲剧情节的更简单结构，发现这个动向的是《论诗艺·英雄叙事诗》（*Discorsi dell'Arte Poetica e del Poema Eroico*）——《论诗艺》（*Discorsi dell'Arte Poetica*，1567 年）与《论英雄叙事诗》（*Discorsi del Poema Eroico*，1595 年）的合集——的作者塔索（参《诗学史》上册，前揭，页267 以下）。

与悲剧和叙事诗相比，讽喻诗则相对贫乏。甚至在 17 世纪初 L. 卡索邦（L. Casaubon）明确把拉丁讽喻诗（satura）与包含讽喻诗体（saturoi）的希腊戏剧区分开来以前，16 世纪把它们混为一谈。讽喻诗学参照了拉丁批评家（如贺拉斯和尤文纳尔），其主要内容如下：讽喻体裁的目的在于纠正人们的恶习；

使用低级风格；题材简朴粗俗；人物既不高贵又缺乏美德，反而
地位低微，缺陷明显，通常又很滑稽。讽喻题材直接模仿本质，
不掩饰，不做作。桑索维诺（F. Sansovino）的修辞言语有力论
证了讽喻的伦理性，继承了尤文纳尔的思想（《讽刺诗集》，I，
79）。由于讽喻诗是"赤裸裸的公开的"［桑索维诺，《论讽喻题
材》（*Discorso in materia della satira*），1560 年］真实，具有现实
主义的性质，遭到追求逼真性的人文主义者的漠视（如卡斯泰
尔维特罗，《诗学》，II，6），甚至是批评（如杜·贝雷，《保卫
和发扬法兰西语》，II，IV）和谴责（如佩尔捷，《诗艺》，II，
VI）（参《诗学史》上册，前揭，页 271 以下）。

　　在文艺复兴时期，抒情诗的地位很低，也不稳定。罗伯泰
罗（Francis Robortello，1516-1567 年）的《论讽刺短诗》（*De
Epigrammate*，1548 年）把讽刺短诗视为悲剧、喜剧等大体裁
的活动"部分"。科雷亚（T. Correa）的《论哀歌》（*De Ele-
gia*，1590 年）则把哀歌定义为悲惨行为之模仿，呈现不规则
节奏的诗体形式。不过，这种思想遭到尤利乌斯·斯卡利泽等
人的抵制。人们转而从贺拉斯的著作中找到双重标准：合适
（decorum）① 与个性（proprietas）。这种双重标准吁请诗人不
仅要变换主题，还要变换性格和人物。在这个过程中起重要作
用的是真正的修辞学。体裁文体预先和风格文体联系起来，由
此引发颂歌（ôdè）之争（参《诗学史》上册，前揭，页 274
以下）。

---

　　① 史忠义误译"装点"（参《诗学史》上册，前揭，页 275），应该译为"合
式"或"妥帖得体"（参朱光潜，《西方美学史》第二版，页 102），或者"恰到好
处"（《诗学·诗艺》，前揭，页 138），或者"合适"（王焕生，《古罗马文艺批评史
纲》，页 104-106），或者"恰当"、"得当"和"得体"（西塞罗，《论责任》卷一，
章 27，参西塞罗，《论老年·论友谊·论责任》，页 134）。

小说与短篇小说是"新"体裁。许多理论家采取了几乎完全沉默的态度。为数不多的表态也不一致。有的指责小说，仅仅满足于消遣和娱乐，品位低，不守规则。有的捍卫小说，认为古代就有阿普列尤斯的传奇故事，甚至把维吉尔的叙事诗也看作小说，由此又引发小说与英雄诗的争论。桑齐奥认为小说与叙事诗有别，赞同小说的多样性，而塔索认为小说与叙事诗的实质一样（二者的区别更多在于偶然性质），所以也应该遵守亚里士多德的统一性。这表明，小说理论处于萌芽状态，直到 17 世纪才具备了承认小说实践价值和理论价值的条件（参《诗学史》上册，前揭，页 279 以下）。

五、17 世纪

依据洛朗斯（Pierre Laurens）和维约米耶（Florence Vuilleu-mier），17 世纪古代文学及理论处于美学言语的中心。17 世纪的诗学则主要有 3 个大的争论：天才与规则之间的冲突；法国的古典主义与欧洲的巴洛克文学的冲突；旧与新的冲突。

（一）天才与规则

天才与规则的冲突主要体现在戏剧领域。规则是古希腊亚里士多德与古罗马贺拉斯的规则，主要涉及的要素是时间、地点和情节。在荷兰海因西乌斯看来，泰伦提乌斯守规则，普劳图斯有些不守规则。17 世纪初的法国戏剧也不守规则，属于自由戏剧，像伊丽莎白时期英国戏剧和西班牙戏剧一样。从 1630 年开始，法国戏剧才开始探讨和确立规则问题。迈雷（Mairet）可能第一个遵守地点整一律，开辟了规则作品之路 [《〈西尔瓦尼尔（Sil-vanire，1630 年）〉前言》，1631 年；撒拉辛（Sarasin），[1]《斯居

---

① 即萨拉赞（Jean François Sarrazin，1611–1654 年）。

德里的〈专横的爱〉前言》（*Préfacé de La Amour tyrannique de Scudéry*）]。① 尽管如此，马雷沙尔（Mareschal）仍然拒绝囿于"地点、时间和情节"三大限制［《〈慈善的德国女人〉序》（*Préfacé de La Généreuse Allemande*）]。为规则之争推波助澜的是高乃依的《熙德》与斯居德里的《意见书》（*Les Observations*）。巴尔扎克等人认同高乃依的"天才修辞"，拉布吕耶尔（La Bruyère）认可高乃依的《熙德》，而斯居德里等人固守古典规则。黎世留（Richelieu）制止争论，法兰西学院的裁决书是沙普兰（Chapelain）的《法兰西学院对悲喜剧〈熙德〉之感觉》（*Les Sentiments de l'Académie sur la Tragicomédie du Cid*）。争论引起的积极结果就是响应黎世留的要求，用法语总结戏剧理论，包括拉梅纳尔迪埃尔（La Mesnardière）的《诗学》（1639 年）和奥比尼亚克（d'Aubignac，1604-1670 年）的《戏剧实践》（*Pratique du Théâtre*，1657 年），前者走精英路线，后者走群众路线，只有在道德问题方面殊途同归。争论对高乃依产生重大的影响：灵活地从青年时期的天才路线转向壮年时期的规则路线。讨论结束以后开始创作的剧作家拉辛高举规则的大旗，甚至自诩比古希腊的欧里庇得斯更忠实于规则。莫里哀虽然引述亚里士多德和贺拉斯的规则，但是他重视的不是悲剧规则：逼真性，而是喜剧规则：真实性，而这种规则要求喜剧体现当代人的生活。这表明，莫里哀代表法国古典主义戏剧的衰落（参《诗学史》上册，前揭，页 295 以下）。

（二）法国的古典主义与欧洲的巴洛克文学

17 世纪初出现风格之争。风格之争发端于法国马莱伯

---

① 斯居德里（Georges de Scudéry，1601-1667 年），法国小说家、戏剧家和诗人，著有《专横的爱》（*Amour Tyrannique*，1639 年）等。

（François de Malherbe，1555－1628 年）与雷尼耶（Mathurin Régnier）之争。马莱伯的《文集》（*Oeuvres*）主张理性和人为，而雷尼耶的《讽喻》卷十（*Satire X*，1608 年）则捍卫自然风格，重视天赋。风格之争演变为世纪之争：主张或批判矫揉造作。而世纪之争的先导是西班牙的华丽风格的两派——警句主义者与崇拜主义者——之间的争论。在争论过程中，风格的重心从表述型转为才华型，因为风格的灵魂是天才，集中体现在拉丁学者的"格言、警句"之中。西班牙警句主义的代表作是格拉西安（Balthasar Gracian，1601－1658 年）的《天才艺术之睿智》（*The Art of Worldly Wisdom*），而意大利警句主义的代表作是特索罗（Tesoro）的《亚里士多德的望远镜》（*Cannochiale Aristotelico*）。在《天才艺术之睿智》里，古典作家退后，西塞罗和维吉尔仅间接出现，警句主义的奠基人是古罗马的马尔提阿尔，马尔提阿尔的捍卫者是西班牙人小塞涅卡和卢卡努斯，周围首先是写《颂词》的小普林尼，其次是弗洛鲁斯、维勒伊乌斯·帕特尔库卢斯和《拉丁诗选》（*Anthologia Latina*）里有代表性的晚古诗人，甚至还包括拉丁教父安布罗西乌斯和奥古斯丁。这本书旁征博引，把技艺与天赋融为一体。而特罗索借鉴亚里士多德的一些思想，以无可争议的才华创建文本，建构一套理论体系，论述天赋和模仿（参《诗学史》上册，前揭，页 331 以下）。

与西班牙警句主义对立的是法国古典主义。巴尔扎克批评西班牙警句主义者结党营私反对西塞罗和维吉尔。从此，法国文学走向西班牙文学的对立面。在与西班牙文学的对抗性争辩中，法国古典主义逐渐明晰地确立，以（把崇高视为简明的）布瓦洛的《诗的艺术》（*Art Poétique*）为标志，其理论核心是理性、自然，以奥古斯都时代尤其是维吉尔时代的范式为楷模（参《诗学史》上册，前揭，页 341 以下）。

（三）旧与新

17世纪，歌剧以崭新的姿态反对古典规则，而起初地位暧昧、受人批判的小说则在争论中不断成长，坚定地走向古典主义，最终创立了古典主义小说理论。譬如，斯居德里在《克雷里》（*Clélie*）中建议把自然性与传奇性结合起来，在《玛蒂尔德》（*Mathilde*，1667年）开卷要求历史的真实性和创作道德（参《诗学史》上册，前揭，页359以下）。

传奇性不独存于小说中，也存在于叙事诗与戏剧中。至少在世纪初期海因西乌斯的拉丁语悲剧《弑婴犯希罗德斯》（*Herodes Infanticida*，1632年）的发表引发了围绕叙事诗主题的传奇之争。海因西乌斯"欣赏那些像古人一样写作的人"，引入复仇三女神。而巴尔扎克在《论海因西乌斯先生的一部悲剧》（*Discours sur une Tragédie de Monsieur Heinsius*，1636年）批评海因西乌斯在基督教文化中引入异教神明，因为这违反了贺拉斯的统一原则。巴尔扎克指出，"信奉基督教的诗人应该懂得，随着罗马帝国的皈依，拉丁语言其实也已经皈依了"。对此，海因西乌斯在《关于D.巴尔扎克评论〈弑婴犯希罗德斯〉的复信》（*Epistola qua dissertationi D. Balsaci ad Heroden infanticidam*，1636年）中引述西塞罗特别是拉克坦提乌斯为自己辩护。传奇之争的激烈阶段在1653至1674年之间。反对者——如索麦齐（Saumaise）——认为，异教传奇与基督教传奇不能混为一谈，而支持者（如高乃依）认为，引入异教传奇只要无伤大雅（即不破坏圣灵所训示的任何真理）即可。争论为海因西乌斯赢得名声，但也让他的晚年黯然失色，因为从此把异教遗产从法国的基督教悲剧和叙事诗中剔除出去（参《诗学史》上册，前揭，页368以下）。

在传奇之争尚未平息之际，又现铭文之争：贵族崇古派主张用拉丁文，而民众尚今派主张用法语。然而，关于歌剧、传奇内容或铭文语言的争论都只不过是古今之争的前奏而已。古今之争分为两个阶段。第一阶段是现代派进攻，古典派招架。第二阶段是古典派积极主动，现代派回应。其中，与古罗马关系最密切的是第一阶段布瓦洛的《关于朗吉努斯的思考》(*Réflexions sur Longin*，1694 年)、第二阶段达西耶夫人 (Madame Dacier，1647？-1720 年)[①] 的《按照戏剧规律检视普劳图斯的谐剧》(*Examen des Comédies de Plaute selon les rèles du Théâtre*) 和为泰伦提乌斯作品所写的序言。在声势浩大的争论中，尽管并非等闲之辈的现代派仍然无法与盛名远扬的古典前辈匹敌，甚至没有对手布瓦洛、拉封丹等古典主义者出名，可是自早期人文主义以来主导整个文学生产的原则即作品的模仿及其所体现的古代社会建立的规范受到了质疑。讨论的结束也预示着一个旧时代的过去和一个新时代的来临 (参《诗学史》上册，前揭，页 374 以下)。

六、18 世纪

莫尔捷 (Roland Mortier) 指出，18 世纪，"继模仿文学典范、教授经典作品和经典诗学艺术的阶段之后，开始了必须模仿自然的阶段"，转折点通常定在 1760 年前后。这个阶段呈现多样性，唯一共性就是革故鼎新、解放个性有时甚至激发个性、并最终提升作家地位和诗人尊严的愿望 (参《诗学史》上册，前揭，页 385 以下)。

依据贝克 (Annie Becq)，18 世纪法国诗学的争论焦点如下：灵感、天才和判断；激情与想象，天才与理性；感知、客体和形式，创作源泉，表达；规则、自然、美、真实与创作个性；

---

① 即法国研究古典作品的学者达西耶 (André Dacier，1651-1722 年) 的妻子 Anne Le Fèvre Dacier，法国学者，《伊利亚特》、《奥德赛》等古典作品的注疏家、译者和编者。

现实、模仿和矫揉造作，以及模仿的乐趣；诗、表现和虚构，文学体裁及其体系。在争论中，古典主义者布瓦洛的影响还在。德方丹（Desfontaines）、弗雷龙（Fréron）等人遵奉古典诗学的先贤：既包括古希腊的亚里士多德及其老师柏拉图，也包括古罗马诗学家贺拉斯。譬如，若古尔（Jaucourt）在《百科全书》的"诗学"词条里介绍贺拉斯。此外，神甫安德烈（Père Y. André，1675－1764 年）① 的《论美》（Essai sur le beau …，1741 年）和教士巴托（Charles Batteux，1713－1780 年）② 的《简化至单一原则的美术》（Les beaux arts réduits à un même principe）和《论功与德》（1746 年在巴黎出版）依据奥古斯丁传统。争论的结果是布瓦洛阐明的词汇"诗艺"几近消失，法国诗学走向启蒙时代的艺术哲学和文学哲学。不过，伏尔泰的基本态度是古典主义，狄德罗也深受古典主义的影响（参《诗学史》上册，前揭，页388以下）。

依据曼克（Marc-Mathieu Munch），18 世纪德国诗学存在许多范式。其中，占主导地位的是法国范式，代表人物是戈特舍德，著有《批判诗学》（Critische Dichtkunst，1730 年）。为了与巴洛克风格决裂，建立德国文学，戈特舍德以年轻的启蒙运动的原则为依托，把目光转向古代的经典作家，例如亚里士多德，尤其重视贺拉斯。在古老的"摹仿说"基础上，戈特舍德又重视文学的道德功能思想。戈特舍德把模仿分为 3 个等级：作家对自然的模仿；对人物的模仿，尤其是对人物情感、灵魂的模仿，这

---

① 即 Yves Marie André，法国耶稣会数学家、哲学家和散文家。

② 法国哲学家、美学家和翻译理论家。史忠义译文为"巴脱"（参《诗学史》上册，前揭，页390），即修道院院长"巴特"（见狄德罗，《论美》，参《狄德罗美学论文选》，前揭，页15以下）或"夏尔·巴特"（见谭载喜，前揭书，页98－100）。

个模仿需要天赋；最高的模仿层次在于内容方面，即全部情节的
创造。而启蒙范式的代表人物是莱辛，著有《与门德尔松及尼
古拉伊关于肃剧的通讯》（*Briefwechsel mit Mendelssohn und Nicolai
ueber das Trauerspiel*，1756－1757 年）、《关于当代文学的通讯》
（*Briefe, die Neueste Literatur Betreffend*）中莱辛的 55 封信、《拉奥
孔》（*Le Laocoon*，1766 年）和《汉堡剧评》（*Dramaturgie de
Hambourg*，1767－1769 年）。莱辛的美学反对法国式的古典主义，
突出文本效果和规则，同时又把莎士比亚包括在美的观念中，这
种审美符合德国人的趣味，既不否定古代范式，也不否定亚里士
多德的诗学思想，实质上是一种扩大的古典主义（参《诗学史》
上册，前揭，页 424 以下）。

依据雷斯泰诺（Franco Restaino），1680 至 1690 年间，法国
"古今之争（la querelle des anciens et des modernes，始于意大
利）"的影响延伸至英国。现代派认为，第一，古人是异教徒，
今人是基督徒，由此可见，今人的诗歌灵感来自更加崇高的情
感，涉及的主题更加崇高，因此，今人的诗歌更加优秀，如但丁
的《神曲》、塔索的《耶路撒冷的解放》与弥尔顿的《失乐
园》；第二，由于人类的知识一直在进步，今人比古人（如古罗
马人）更加智慧，所以今人的作品优于古人的作品；第三，在
鉴赏品味方面，古人（如古罗马作家）或者愚昧，或者粗俗，
或者二者兼而有之；第四，即使本性难移，古人顶多也不过与今
人一样好。面对现代派，英国坦布尔（William Tempel，1628－
1699 年）、斯威夫特（Jonathan Swift，1667－1742 年）和丹尼斯
（John Dennis，1657－1743 年）都厚古薄今。著有《论古今学术》
（*An Essy upon the Ancient and Modern Learning*，1690 年）的坦布
尔强调古典作品的优势地位，并重申古人是不可逾越的先师，如
亚里士多德和贺拉斯。斯威夫特在《书战》（*The Battle of the*

Books，1697－1698 年创作，1704 年出版）中指出，古典作家更注重自己作品的坚实性和持久性（参海厄特，《古典传统》，页 220 以下）。1701 年，丹尼斯在《现代诗歌的发展和改革》（*The Advancement and Reformation of Modern Poetry*）第五章中把亚里士多德与伪朗吉努斯结合起来，创造性地定义诗："诗以哀怨动人的和谐语言模仿自然"。沙夫茨伯里（Shaftesbury）则趣味古典，是柏拉图的贵族信徒。即使现代派艾迪生（Addison，1672－1719年）在建构现代理论的时候也保持和肯定古典趣味。

> 他非常准确地引用古今作家，展示那些最成功的作品里初期乐趣的 3 种类型——高大、奇异和俊美——是如何作用于读者的想像力的。具体地说，荷马是伟大或庄严诗人，维吉尔乃俊美诗人，奥维德则是奇异诗人：《伊利亚特》、《埃涅阿斯纪》和《变形记》是为这些类型提供了机遇的经典作品（见《诗学史》上册，前揭，页 457）。

18 世纪前 20 年，从德莱顿到蒲伯或约翰生，现实生活中的主导趣味仍然是古典主义。不过，艾迪生与哈奇森（Francis Hutcheson，1694－1746 年）的思考为超越古典主义打下了基础，而休谟（Hume，1711－1776 年）在重申古典主义趣味尤其是亚里士多德经典思想（如情节整一律）的同时向现代性前进了一步：把趣味与美视为主观现象。而伯克（Burke）则实现了对古典主义的超越：把美与崇高视为客观现象。杰勒德（A. Gerard，1728－1795 年）在借鉴古典主义者的基础上建构自己的想象、趣味与天才理论。霍姆（Henry Home，1696－1782 年）则对争论持兼容并蓄的态度。而柯勒律治（S. T. Coleridge，1172－1834 年）则建构开拓型艺术家的理论并付诸实践（参《诗学史》上册，前揭，页 447 以下）。

依据托邦（Bruno Toppan），阿尔卡迪学院（académie de l'Arcadie）命名的官方确立标志着对 16 世纪意大利的古典式牧羊传统的恢复，进而恢复从以古希腊特奥克里托斯到古罗马维吉尔等古代大家为典范的古典传统。面对贺拉斯的两点论，克雷散伯尼（Gian Maria Crescimbeni，1663‑1728 年）主要吸收"甜美"（dulci），而格拉维那（Giovan Vincenzo Gravina，1664‑1718 年）则支持功利性（utile）的优势地位的必要性。温和派克雷散伯尼的速胜有利于推行贺拉斯的"寓教于乐"（utile dulci）的原则。马菲（Scipione Maffei，1675‑1775 年）不仅写出悲剧《梅罗普》（*Merope*，1713 年），而且还发表试图证明 16、17 世纪意大利悲剧比法国古典主义悲剧更加遵守规则的《意大利戏剧》（*Teatro Italiano*，1723‑1725 年）。就天启论运动（l'Illuminisme）而言，形式依然是古典主义的形式，但是，就内容而言，正如佩特罗尼奥（Petronio）指出的一样，"这种古典主义与伟大时代的古典主义或者与阿尔卡迪的典雅式的古典主义已经毫无共同之处"。戈尔特（Gaetano Golt）在《论最美的诗作的主题》（*Discorci intorno agli argomenti del più bel poetare*，1771 年）中把常见的能够寓教于乐的审美类型从阿尔卡迪学院传统的牧歌和诉歌扩大到"哲理诗"（参《诗学史》上册，前揭，页 479 以下）。

最后，贝西埃（Jean Bessière）得出结论："所有能够回归到经典摹仿说、回归到模仿的双重意义——即文学共识及其他的模仿和对现实的循规蹈矩的表现——的东西，都将受到文学经验所包含的权利的限制"，"一切都朝着界定创作个性、阅读个性和作品个性的方向发展"（参《诗学史》上册，前揭，页 503 以下）。

七、19 世纪

19 世纪，古典诗学和古典作品突然从集体的审美意识中消失，似乎只剩下亚里士多德和维吉尔。其中，夏多布里昂（Chateaubriand）在《基督教的真谛》（*Le Génie du christianisme*）中解释现代拉辛的费德尔（Phèdre；亦译"菲德拉"）比古代维吉尔的狄多（Didon）高明。[①]

值得注意的是，浪漫主义的诗突破了诗歌与散文的界限，诗歌与哲学和修辞学的界限：

> 浪漫主义的诗是一种包罗万象的进步诗。它的宗旨绝不仅仅是把各种分别存在的诗体汇合在一起，并沟通诗与哲学和修辞学。它希望也应该时而把诗与散文、独特的天赋与批评精神、艺术诗和自然诗混合在一起，时而使它们浑然一体。它应当赋予诗以生命力和社会精神，赋予生命和社会以诗的性质（见《诗学史》下册，前揭，页537）。

可见，浪漫主义的诗是一种广义的诗。刘小枫注意到了这一点，尤其是发现诗与哲学的联姻，并由此提出著名的新概念"诗化哲学"。也就是说，浪漫主义的诗化哲学调和了自古以来诗与哲学之间的争论。这种调和似乎可以追溯到古罗马末期和中世纪初期波爱修斯的《哲学的慰藉》。在那里，诗歌与散文有机地配合，诗歌与哲学联姻。

此后，现实主义、自然主义、象征主义和表现主义（参

---

① 贝西埃等主编，《诗学史》下册，史忠义译，天津：百花文艺出版社，2001年，页513。

《诗学史》下册，前揭，页 570 以下）似乎走得更远，几乎不关注古典，尤其是漠视古罗马，充其量就是维吉尔的幽灵偶尔还在徘徊。

八、20 世纪

20 世纪，最乐意参照、也参照最多的是亚里士多德和浪漫主义者。文学研究在很大程度上发展成为一种科学。自 1945 年起，古典语言和"人文主义"，广义上的对过去的参照，失去了它们的威信。题材学的研究和古典修辞学的坚守，例如 1935 年前后的新古典主义者瓦莱里（Valéry）、50 年代的佩雷尔曼（Chaïm Perelman）和 60 年代的法国新修辞学家，都无力唤回古典——尤其是古罗马——传统的东风（参《诗学史》下册，前揭，页 662、665、669、717-719 和 732 及下）。

九、小结

在梳理完西方诗学史上关于古罗马诗学的论争以后，不难得出以下的结论：在西方诗学史上，存在微观和宏观两个方面的论争。微观的论争已经阐述较多，争论的焦点主要是作家的天才（genius）与规则、激情与理性（ratiō）、摹仿对象"现实"与"理想"、作品内容的真实与虚构。下面将重点阐述宏观的论争：诗歌（poema）与散文（prosa）之争和古今之争。

（一）诗歌与散文之争

按照西方的古典文艺理论，文学体裁（genus litterarum）分为有韵律的（rhythmicus）诗歌（poema）和无韵律的散文（prosa）。

　　……而另一种艺术则只用语言来摹仿，或用不入乐的散文，或用入乐的"韵文"（亚里士多德，《诗学》，章1，1447a，见《罗念生全集》卷一，前揭，页21）。

可见，诗歌与散文的划分依据是"入乐"的"韵律"。从体裁的分类来看，入乐的"韵文"包括叙事诗（epos）、抒情诗（lyrica）和戏剧诗（scaena poema），而不入乐的散文则主要指修辞学（rhetorica）、演说术（ēloquentia）、史学（historia）和哲学（philosophia）方面的作品。其中，诗歌属于自由艺术："浪漫型艺术"，而修辞学属于科学，散文中的演说术才"显得是较接近自由的艺术"（参黑格尔，《美学》卷三下册，页42）。因此，下面将重点阐述诗歌与属于修辞学的演说辞、属于史学的纪事书和属于哲学的作品之间的纷争。不过，在探讨微观的纷争之前，首先要宏观地阐述诗歌与散文之间的纷争。

1. 诗歌与散文之争

诗歌与散文之争古代就已经存在。这一点可以从古罗马散文与古希腊散文（参《罗念生全集》卷八，前揭，页264以下）之间存在的一些差异看出。

与希腊的散文相比，罗马的散文同诗歌的关系完全两样。就罗马人那里的情况而言，罗马散文对希腊典范的模仿和罗马自己的、处处可见的本色散文在影响力上是同样强大的。不是么，这两者都给罗马人的语言和风格打上了罗马内外政治发展的鲜明烙印。由于他们的文学处于另一种完全不同的时代关系，他们那里也就不可能出现任何从本原上看是合乎自然的发展，而这种情况我们在自荷马时代以来的希腊人那里——也通过那种远古诗歌的长期影响——是感知到了的。伟大的本原罗马散文直接源于情感和品格、阳刚的严肃、严肃的风尚和独一无二的祖国之爱——部分是就本身而言，部分是同后期的颓败相比较。罗马散文所具有的纯智力色彩很淡。综合所有这些原因来看，罗马散文必定缺少某些希腊作家的那种优雅；这种天然优雅在罗马人那里只出现于诗歌情调中，因为诗歌能够把情感置于任一情景内。一般说来，几乎在所有可与希腊作家和罗马作家之间进行的比较之中，希腊作家都显得较少庄严，更为简朴和自然。因而，在两个民族的散文之间产生了巨大的差别：而如塔西佗这样的一位作家确乎被同时代的希腊人所接受，这简直难以相信。这样的散文对语言的影响也就必然更加不同于同一民族特性对散文和语言产生的同一刺激。这样的散文不可能产生这么一种灵活性：它似乎无拘无束，它听命于每一思想，它对精神的每一发展道路都同样轻巧地紧紧相随，它恰恰在这种全面性和什么也不拒斥的机动性之中找到了自己的真正品质；反过来，这种灵活性也同样很少能产生出这样的散文。只消看一眼近代民族的散文，便会使人眼花缭乱，因为近代散文凡本身不是原作的，就免不了受到罗马人和希腊人的不同影响；但同时全新的关系也在其中产生出了一种至此尚未为人所知的独创性（见《德语诗学文选》上卷，前揭，页 239 及下）。

可见，诗歌与散文之争并不限于在古代。譬如，洪堡（W. von Humboldt, 1767–1835 年）也指出，语言有两种形态：诗和散文（罗悌伦、吴裕康译，参《德语诗学文选》上卷，前揭，页 227 以下），而且诗与散文在精神里表现出本质区别：

诗歌是在自身的感性显现里，即通过让人从外在和内在去感受的方法来捕捉现实；但诗歌对那使它自己成为现实的东西无动于衷，并且更在有意放弃自己的这一特性。于是感性显现将诗歌同想象上挂上钩，并通过想象力将它引向艺术上理想的整体的物象。散文在现实里寻找的正是它因之而立足于存在的根子，以及使它同该存在联系在一起的线索。然后，它在智力之道上使事实与事实、概念同概念相联系，并追求一种处于理念之中的客观联系（见《德语诗学文选》上卷，前揭，页228）。

黑格尔（1770-1831年）认为，诗歌属于浪漫型艺术，[①] 与散文存在一些差异。首先，在指出"适合于诗的对象是精神的无限领域"以后，黑格尔指出诗歌的任务：

> 诗的首要任务就在于使人认识到精神中各种力量，这就是凡是在人类情绪和情感中回旋动荡的或是平静地掠过眼前的那些东西，例如人类思想，事迹，情节和命运的广大领域，尘世中纷纭扰攘的事务以及神在世界中的统治。所以诗过去是，现在仍是，人类的最普遍最博大的教师，因为教与学都是对凡是存在的事物的认识和阅历。[②]

接着，黑格尔指出，散文与诗歌掌握的内容类似，但是方式却不同。第一，诗歌比散文更古老，是"按照诗本身的概念，

---

① 狭义的浪漫主义起于18世纪末，而黑格尔的浪漫主义起于中世纪，参朱光潜，《西方美学史》，第二版，北京：人民文学出版社，2002年，页483。

② 黑格尔，《美学》（*Ästhetik*）第三卷下册，朱光潜译，北京：商务印书馆，1996年，页19及下。

停留在内容与形式的未经割裂与联系的实体性的统一体上", 而散文则是对人的普遍认识先表现, 后联系。第二, "诗要脱离的那种散文意识要有一种与诗不同的思想和语言"。可见, "诗歌与散文是两个不同的意识领域", 其中, 散文意识采用寻常化表现方式, 而诗歌意识采用个别特殊化表现方式 (参黑格尔,《美学》卷三下册, 页 20-28)。

诗的艺术作品一般必有最重要的因素。第一, "贯穿一切的内容本身就应是一个统一体, 不管这内容是一种动作和事件的明确目的, 还是一种情感和情欲"。第二, "艺术作品分化为一些个别特殊部分, 为着要构成一个有机的统一体, 这些个别特殊部分就须显得是各自独立地形成的"。第三, 艺术统一具有两重特性: 诗的内容本身是具体的, 因而丰富多彩; 诗的统一性是自然的内在联系, 而散文的统一性是符合目的性的外在关联 (参黑格尔,《美学》卷三下册, 页 28 以下)。

朱光潜指出, "要了解诗与散文的区别, 是无异于要给诗和散文下定义, 说明诗是什么, 散文是什么"。在朱光潜看来, "诗与散文的分别既不能单从形式 (音律) 上见出, 也不能单从实质 (情与理的差异) 见出。在理论上还有第三个可能性, 就是诗与散文的分别要同时在实质与形式两方面见出"。"诗是具有音律的纯文学"。"就大体论, 散文的功用偏于叙事说理, 诗的功用偏于抒情遣兴"。所以 "诗偏重音而散文骈文偏重义"。[①]

诗与散文并非格格不入。首先, "就音律而论, 诗和散文的分别也只是相对的而不是绝对的"。从这个角度看, 存在自

---

① 朱光潜,《诗论》, 第二版, 北京: 生活·读书·新知三联书店, 1998 年, 页 115 和 123-125。

由诗和散文诗。第二，"次就散文而论，它也并非绝对不能有音律。诗早于散文，现代人用散文写的，古人多用诗写。散文是由诗解放出来的。在初期，散文的形式和诗相差不远"。譬如，中国文学中的汉赋就是诗和散文界限上的东西："流利奔放，一泻千里，似散文；于变化多端之中仍保持若干音律，又似散文"（见朱光潜，《诗论》，第二版，页 125 - 127）。此外，散文与诗歌的混合还存在另外一种形式：墨尼波斯杂咏（satura menippea）。这种混合体裁发源于古希腊，兴盛于古罗马，集大成者是西方古代末期、中世纪初的波爱修斯，著有《哲学的慰藉》。

2. 诗与演说辞之争

在黑格尔看来，演说术（ēloquentia）是"显得较接近自由的艺术"。这就是说，一方面，演说者（orator）拥有一些表面的自由，例如在内容的判断、选择和处理方面，"通过心灵的一切方面来感动听众，说服听众"；另一方面，"在最大程度上受实践方面的目的性规律的管辖"。因此，演说辞（ōrātiō）的目的是贯彻演说者的主观意图："说服听众"，而诗（poema）的目的则是诗本身：创造美，欣赏美。不过，由于演说辞追求实践性的目的，属于散文，演说辞（ōrātiō）与诗歌（poema）之争的焦点不仅在于内在的本质，而且还在于外在的表现形式：音节与韵律（参黑格尔，《美学》卷三下册，页 42 以下）。这一点在古典诗学中尤其显著。也就是说，古代的演说辞与诗歌之争实际上就是韵律之争，更确切地说，是散文韵律之争。

如上所述，严格意义上的散文没有韵律。因此，亚里士多德禁止在演说中使用诗句（西塞罗，《演说家》，章 51，节 172，参 LCL 342，页 450 - 451）是有理由的："散文不同于诗，不应有诗意和格律"，"散文风格的美在于明晰"，散文的风格要适中，含而不露（《修辞学》卷三，章2，1404b）。不过，必须注意的是，亚里士多德并不否定散文的节奏："散文的形式不应该有格律，也不应当没有节奏"（《修辞学》卷三，章8，1408）（参，《罗念生全集》卷一，前揭，页135、307和330；卷八，前揭，页271）。

在古希腊，最先把节拍引入散文的是过分强调格律的塞拉西马柯（Thrasymachus；西塞罗，《演说家》，章52，节175）。高尔吉亚第一个使用对称性格律，即相同长度的从句、相同的词尾和对句，但他用得无节制（西塞罗，《演说家》，章49，节165；章52，节175）。伊索克拉底矫正先驱，年轻时他的格律很有节制，变老以后逐渐变得松懈（西塞罗，《演说家》，章52，节176）。伊索克拉底第一个用比较微弱的节奏使他的讲话变得流畅，并得到前辈苏格拉底的赏识和同时代人柏拉图的敬佩（西塞罗，《演说家》，章13，节42，参 LCL 342，页336-337、442-445和452-455）。伊索克拉底的学生瑙克拉特斯（Naucrates，即瑙克拉底）甚至认为，使用节奏"为的是赋予古代演说家混乱无序的演说习惯以节律，从而愉悦听觉"。这就是说，古希腊演说家认为，在散文演说辞中也"要有作为喘息的停顿，即由语言和思想的节奏划分的语段的结束"。

因此，演讲者要考虑词语的节律[1]和结构，即和谐（譬如，词语的最后一个音节要尽可能平滑地适合后续词的首个音节，词语的发音应该非常和谐）、对称和格律（参西塞罗，《演说家》，

---

[1] 演说家关注思想和语言的得体（decorum），需要把演说家从格律的束缚中解放出来。但是，格律可以修饰思想和词语（西塞罗，《演说家》，章21，节70-71；章68，节227）。参 LCL 342，页356-359和498-499。

章 44 和 60-65）。① 尽管演讲不是作诗，可还是希望演说辞里的词语搭配"像诗歌一样带有旋律，节奏合适，得到完美的加工"。于是，有经验的演说家这样给内容安排词语：

> 把它们纳入一定的节律，一种既受约束而又自由的节律。事实上也就是在赋予它一定的结构和节律后，借助词语次序的变化，使它显得宽松和自由，以求达到使词语既不会像诗歌那样被某种固定的格律束缚住，又不会自由自在得可以随意游荡（《论演说家》卷三，章 44，节 173-176，参西塞罗，《论演说家》，页 639-641）。

其实，亚里士多德不仅早就主张使用节奏，而且像塞奥德特（Theodette）② 一样要求有格律，即"节奏的段落"（亚里士多德，《修辞学》卷三，章 8，1408b；西塞罗，《演说家》，章

----

①　在散文中如何使用节律？西塞罗重点探讨法庭和公共集会的演讲（西塞罗，《演说家》，章 61 以下，参 LCL 342，页 478 以下）。有节律的散文不能搬到争论式的演讲中，但也不能排斥，譬如，用于华丽的赞扬性的段落中，用来讲故事，用于已经赢得听众的时候，但一定不能长时间使用，即不能在结束语以外的部分都使用这种风格（西塞罗，《演说家》，章 62，节 210）。

一般来说，节律从一开始就出现。当音步短时，节律快些；当音步长时，节律慢些。充满活力的争论要求较快的节奏，阐述要求较慢的节奏。复合句有几种结束的方式。亚细亚风格喜欢使用所谓的双长短格（拉丁语 ditrochaeus 或 dichoreus；希腊文 διτρόχαιος 或 ditrochaios，即长短长短格），最后的两个音步均是长短格（trochaeus），在散文中要避免使用过分和单调（西塞罗，《演说家》，章 63，节 212）。

有许多从句用令人愉悦的合乎节律的节拍，例如克里特格（creticus，长短长格）和等价的派安格（paean，长短短短格或短短短长格）。此外，长长格（spondeus）虽然相当笨重而缓慢，但仍有一种稳定的运动，尤其是在短语和从句中，在一定程度上弥补了音步数较少的缺陷。西塞罗认为，克里特格（creticus）比派安格（paean）好。五音节音步（dochmius 或 δόχμιος，基本形式为短长长短长格）适合任意位置，但只能使用一次（西塞罗，《演说家》，章 64，节 215-218）。

②　柏拉图与伊索克拉底的学生，亚里士多德的朋友。

51），首先推荐使用英雄体诗行，只不过要有一定的限度："只可以不会引起反感地连续使用两个节拍或者少许多一些，以免语言完全变成诗或近似于诗"，特别推荐派安格（paean）：① 一种是以 1 个长音节开头，后续 3 个短音节；一种是以 3 个连续的短音节再加 1 个结尾的长音节。亚里士多德喜欢以前者开头，以后者结尾。但后者的衡量不是按音节数量，而是听觉，即一种更加敏锐、更准确的判断，类似于长短长格或克里特格（creticus），适合用作结尾，在绝大多数情况下应该以长音节结尾（亚里士多德，《修辞学》卷三，章 8，1409a；西塞罗，《论演说家》卷三，章 47，节 182－183）。②

　　然而，与诗歌语言相比，演说语言要自由些，或"自由自在"，尽管这种自由并不是绝对的，而是相对的："虽然未加镣铐，自身却又能做到自持"。在这方面西塞罗赞同特奥弗拉斯托斯的观点：如果要使语言雅致，具有某种和谐性，就应该是富有节律的，不过是"比较宽松的"。"由普通诗歌采用的那些节律后来形成了比较宽广的抑抑扬格（anapaest），然后抑抑扬格又形成了更为自由、更为庄严的酒神颂格（dithyramb）"，③ "这种格律的因素和连续的节拍在任何一个丰富的散文语言里都随处可见"。"若是任何词语和声音的韵律在于具有一定的抑扬顿挫，使我们可以感觉出相等的间隔，④ 那么只要不是无休止地延续，

---

① 派安格（paean）有 4 种模式：长短短短格、短长短短格、短短长短格和短短短长格。

② 参《罗念生全集》卷一，前揭，页 330 及下；西塞罗，《论演说家》，页 645－647。

③ 关于酒神颂格，参西塞罗，《论演说家》，王焕生译，页 649，注释 2。

④ 演说家都明白，"要求他们说出的话是匀称的，使用相等呼吸间隔"（西塞罗，《论演说家》卷三，章 51，节 198），参西塞罗，《论演说家》，王焕生译，北京：中国政法大学出版社，2003 年，页 659。

这样的韵律结构当然也适用于散文"。而散文节律的自由度就在于人的感觉，包括演讲者的呼吸限度和听众耳朵的忍受程度，因为能令听觉感到快乐的演讲风格是"那种不仅能使我们的肺可以承受，而是还要能轻松地承受的那种语流"（《论演说家》卷三，章46，节181，参西塞罗，《论演说家》，页645）。因为"人的听觉本身天生能量度声音"。[①] "只有明确的划分和相等的或有时甚至是不相等的间隙才能形成节律"，以便更加优美，更加令人愉悦。因此，"后面的部分应该或者与前面部分相等，结尾部分与开始部分相等，或者较长一些，这样甚至更好，更令人愉快"（西塞罗，《论演说家》卷三，章48，节184-186，参西塞罗，《论演说家》，页649-651）。

"应该按照这一韵律规则修饰演说辞，既练习发音，也练习写作，尤其是写作，不仅能从演说表达方面，也能从文字表达方面很好地润色和完善演说辞"，"使演说不会到处漫溢，不会四处游荡，不会停止得太快，不会跑得太远，同时对各部分作正确的划分，使复合句结构完整"，要经常把演说辞划分成较小的、但受韵律束缚的部分。在书面撰述和口头表达方面要养成好的习惯，即"要使词语能充分达意，词语搭配本身要由庄重、自由的韵律开始，主要是英雄体诗行（hērōus），或第一派安格（paean），或克里特格（creticus）"，但是要以多种多样的、明确的韵律结束（西塞罗，《论演说家》卷三，章49，节190-191，参西塞罗，《论演说家》，页653）。

"与开始相比较，对结尾甚至应给予更大的关注"，"应该对句子最后差不多两个或3个音步（pedēs，单数 pēs）给予特别的

[①] 选择声音和格律要以耳朵为裁判，取决于快乐。在这种情况下，起作用的是感觉。一个人应当选择最悦耳动听的词语，但不能像诗人那样精挑细选，而要取自日常语言，参西塞罗，《演说家》，章49，节162。

注意和强调，只要前面的部分不过分简短（breviora），不突然中止，这些音步（pedes）应该采用扬抑格（trochaeus），或者扬抑抑格（dactylus），或者互相交替，或者采用受到亚里士多德称赞的第二派安格（paean），或者采用与其相等的克里特格（creticus）"（西塞罗，《论演说家》卷三，章50，节192-193，参西塞罗，《论演说家》，页653-655）。

　　西塞罗指出，承认散文中的格律（关于散文格律的性质，参西塞罗，《演说家》，章54-60）并不难；发现散文中的格律更难。在诗歌的韵文中，确定的循环和格律可以通过耳朵的检验和思想者的观察被发现，而在散文中，循环和格律只能在相同本性的推动下被发现，时间肯定较迟。发现的散文格律源自于心灵，因为心灵自身包含着一种天生的、能够度量一切声音的能力。它能够区别长音和短音，并且总是寻求完善与合乎比例（西塞罗，《演说家》，章53，节177-178，参 LCL 342，页454-457）。

　　散文中存在某种节律，包括令人愉悦的词语与和谐的格律（西塞罗，《演说家》，章55，节185）。其中，格律①不是现成的，与散文没有必然联系或亲缘关系，后来才为人注意和理解，给散文风格添加完善的格调。也就是说，即使在散文中也有格律，演讲中使用的格律和诗歌中使用的格律一样（西塞罗，《演说家》，章56，节186）。在散文中应当使用混合的格律（以派安格为主），不应当太松散，又不应当完全合乎格律（西塞罗，《演说家》，章57，节191）。短长格最为频繁地用在平凡、简朴、对话类型的段落中；派安格（paean）用于比较高尚的风格；长短短格（δάκτυλος或 dactylus）在两种讲话中都可以使用。所

---

　　①　格律主要有3种：长短短格（dactylus）、短长格（iambus）和派安格（paean），其中，前两种格律最适宜诗歌，因此要在散文中回避，参西塞罗，《演说家》，章56。

以在一篇有各种讲话模式的长篇演讲中，必须使用混合格律。所谓有格律就是指每个段落有大致相同的结尾，结束时不是中断或摇晃，而是稳步前进（西塞罗，《演说家》，章 58，节 196－197）。结尾最适合使用格律，但不是唯一的地方。整个复合句应当从一开始就朝着结尾前进，以一种自然的方式展开，到了终点就自然而然地停止，即格律始终贯穿整个圆周句。但是在格律方面，在散文中要避免与诗歌雷同。因此，不同的散文适合用不同的格律，才能达到使用格律的目的：提供快乐（西塞罗，《演说家》，章 59，节 199－章 60，节 203，参 LCL 342，页 460－441）。

　　总之，诗人与演说家之间的区别似乎就是节律和韵律的问题。节律——一切能由耳朵来衡量的东西——在希腊文称作 Hruthnos，在演讲中成为共有的东西。尽管诗人更有权拥有演说家的长处，而他的局限仅在于他的韵文形式，但有韵律不是诗人的标志。而在演讲中，使用节律有确定的方法，而且取决于演讲的风格。譬如，在朴素的风格中有意识回避节律。

　　在遣词造句方面，诗人和演说家之间既存在共同点：选材和选词的洞察力（西塞罗，《演说家》，章 20，节 68，参 LCL 342，页 354-355），又存在差异。诗人在词语的构成和排列上比演说家有更多的自由，更加注重语音，而不是词义。而演说家从日常普遍使用的词语中汲取现成的词汇，然后"改变形式，变化方式"，采用庄重、简朴或者介于二者之间的中间风格，以便适应已经确定的内容，"以求愉悦听觉，激动心灵"（《论演说家》卷三，章 45，节 177，参西塞罗，《论演说家》，页 641）。譬如，在朴素的演讲风格中，演说家的用语应当是纯洁的拉丁语，平实而明白易懂，关注的主要目标始终是得体（西塞罗，《演说家》，章 23，节 79，参 LCL 342，页 364-365）。

3. 诗与哲之争

"哲学（philosophia）和诗（poema）的争吵古已有之"（柏拉图，《王制》，607b5 以下）。① 这是有根据的。第一，古希腊哲学起初是采用诗体："诗为希腊哲学的发源"（狄尔泰，哲学与诗人之人生观，鲁苓译，怀牟川校，见《德语诗学文选》上卷，前揭，页 413）。

> 在《诗学》第九章临近结尾处，我们可以看到，伟大诗人的理解力是多么接近哲人的理解力。柏拉图与亚里士多德都说，哲学始于惊异，首先从普遍意见出发并去认识这些意见的不足。伟大诗人通过让事件发生得出乎普遍意见与料想，引发我们的惊异。②

尤其是，"诗为政治哲学搭好了舞台，而政治哲学奠立了最佳政体的根基"［见《古典诗文绎读·西学卷·古代编》（上），前揭，页 198］。

公元前 5 世纪中叶，古希腊哲学才开始采用散文体（参《罗念生全集》卷一，前揭，页 128）。巴特基（Elliot Bartky）在《从〈诗学〉看哲学与诗之争》（李永晶译）中指出，柏拉图将"诗人逐出有道城邦"，而亚里士多德为诗人辩护，并将政治关怀彻底从诗歌艺术中扫地出门，从而恢复诗人的名誉。"柏拉图与亚里士多德之争的核心就是净化，即通过诗歌来净化观众

---

① 哈里维尔（Stephen Halliwell）：《诗学的背景》，陈陌译，朱振宇校，见刘小枫、陈少明主编，《诗学解诂》（经典与解释 15），陈陌等译，北京：华夏出版社，2006 年，页 57。

② 伯恩斯（Laurence Berns）：《诗学管窥》，黄旭东译，见《诗学解诂》，前揭，页 37。

的感情"。柏拉图将诗歌从属于政治哲学，而亚里士多德将诗歌从哲学中独立出来，是为了从诗歌中挽救哲学。柏拉图强调在废除了家庭和财产的城邦里肃剧的净化作用不充足，而亚里士多德强调家庭肃剧净化的潜在作用。柏拉图关于诗歌的教诲体现在对话中，而他要在对话中诉诸神话，而亚里士多德的教会体现在诗论中，完全与戏剧和神话脱离干系，这正是柏拉图式（理想主义）哲学（不可知论）与亚里士多德式（现实主义）哲学（可知论）的不同［参《古典诗文绎读·西学卷·古代编》（上），前揭，页485以下］。

在古罗马，哲学作品的形式发展也有类似的演变过程，在表达哲学方面先有诗歌，如卢克莱修的《物性论》，后有散文，如西塞罗、小塞涅卡和奥勒留的哲学作品。属于此列的还有基督教教父的作品。总之，从作品的数量来看，用散文表达哲学俨然已成惯例，而用诗歌表达哲学反倒成为例外。

不过，在古典时期，诗歌与广义的哲学之间的关系还有另一种演变过程。哲理性的古希腊寓言是散文的，如伊索寓言（参《罗念生全集》卷一，前揭，页128），但古罗马寓言一般是诗体的，如斐德若斯的寓言。

此外，介于诗歌与散文之间的哲学作品是公元前3世纪的墨尼波斯杂咏（satura menippea）。诗歌与散文间杂的形式后来移植进古罗马，如瓦罗的《墨尼波斯杂咏》（*Satura Menippea*）和波爱修斯的《哲学的慰藉》，前者诗歌与散文混为一体，界限模糊，后者诗歌与散文间杂，界限分明。

从墨尼波斯杂咏（satura menippea）与《哲学的慰藉》来看，哲学与诗歌的纷争不可平息。事实上，哲学与诗歌还可以更好地和平相处：融为一体。譬如，正如刘小枫在《诗化哲学》的"再版记"中指出的一样，浪漫主义诗歌与浪漫主义哲学同一，即诗化哲学：

> ……基尔克果对审美主义的反驳，主要继承的是苏格拉底对戏剧诗人的反驳——柏拉图《王制》中记叙的哲学与诗的争纷，变成了活生生的思想争纷。
>
> 不过，浪漫主义哲学并非古老的哲学与诗之争的简单重复，浪漫哲学反驳启蒙理性哲学、捍卫所谓"真正的"哲学，主张哲学应成为诗——诗与哲学的同一，使得现代语境中的哲学与诗的争纷更为错综复杂。①

可见，诗歌以其强有力的生命力，渗透到哲学中去，从而最大限度地展现诗歌对哲学的巨大影响。物极必反。当诗歌对哲学的影响达到极致以后，哲学与诗融为一体。此时，问题来了：哲学与诗融为一体以后，就很难分辨影响的主体与客体了。换句话说，诗歌与哲学的影响并不是单方面的：不仅诗歌影响哲学，而且哲学也影响到诗歌。正如狄尔泰在《哲学与诗人之人生观》（鲁苓译，怀牟川校）中指出的一样，哲学的影响又充满一切的诗，渗透到诗之核心的兴趣，即人生观的发展（参《德语诗学文选》上卷，前揭，页413）。正是由于人生观受到了哲学的影响，德国浪漫主义诗人才提出了有创见的新观点：创作广义的诗。这种广义的诗被赋予了生命力和社会精神，正如诺瓦利斯指出的一样：

> 哲学与宗教、散文、诗歌的密切联系，一直受到广泛的关注。后三者与它的共同之处是都与世界之谜、人生之谜具

---

① 参刘小枫，《诗化哲学》，上海：华东师范大学出版社，2007年，页3及下。

有一种本质的关系。这样，"哲学"、"哲学的"或同类术语，便转换成了宗教态度、生活经验和行为以及表现为散文、诗①歌的文学活动的产物（**狄尔泰，哲学与宗教、散文及诗歌的联系环节，鲁苓译**）。

> 诗歌是社会的基础，犹如道德是国家的基础一样。宗教是诗与道德的一种混合……（诺瓦利斯，断片，1，高中甫、赵勇译，见《德语诗学文选》上卷，前揭，页278）。

这种广义的诗看似混乱，实际上却具有相当的合理性，正如主张创造新神话的德国浪漫主义诗人施勒格尔指出的一样：

> 恰恰只是混乱所具有的美和秩序，即那只期待着爱的触动、以便让自己发展成为一个和谐世界的混乱，以及古代神话和古代文学曾经是的那种混乱所具有的美和秩序，才是最高的美，最高的秩序。因为神话和诗，这两者本来是一回事，不可分割。古典时期的每一首与另一首都是关联的，直到从越来越庞大的局部和肢体中产生出一个整体为止；一切都在互相渗透，无论什么地方只有一个精神，只是表述有所不同而已。②

4. 诗与史之争

诗歌（poema）与历史（historia）的论争由来已久。从词源学的角度看，希腊语 ίστορία 意为"探索到的知识、打听来的情

---

① 见《德语诗学文选》上卷，前揭，页400。
② 小施勒格尔（Friedrich Schlegel）：关于神话的谈话，李伯杰译，见《德语诗学文选》上卷，前揭，页253。

况，以及细致的观察"［《古典诗文绎读·西学卷·古代编》（上），页161］。这些知识、情况和观察就是历史叙述的对象和内容，正如黑格尔指出的一样：

> 人类宗教生活和政治生活的发展以及在这些领域里积极活动，实现伟大目的于事业，或者在事业中遭到失败的那些最杰出的人物和民族的事迹和命运，这些就是历史叙述的对象和内容（见黑格尔，《美学》卷三下册，页38）。

在确定历史叙述的对象和内容以后，黑格尔指出，"历史著作不仅在写作方式上，尤其在历史内容上，都是散文的"，例如希罗多德的历史散文。因此，在黑格尔看来，"甚至用诗的辞藻和韵律来写成历史著作，也不因此就变成诗"。尽管如此，可黑格尔还是不得不承认，在历史散文产生以前，曾经用诗歌表现英雄时代的事迹，如荷马与赫西俄德的叙事诗（epos，原义为"平话"或"故事"）（参黑格尔，《美学》卷三下册，页39和102以下）。

关于叙事诗（epos），刘小枫在"诗人的'权杖'"中指出：

> 把赫西俄德与荷马相提并论自有道理：他们采用同一种诗律形式——六拍诗行（hexameter）来作诗……据说当时诗人只能以此诗律来作诗；以前，通常认为荷马写的是叙事歌谣、赫西俄德写的则是警示式的教喻诗，其实不对，赫西俄德的试作也是叙事诗，只不过讲述的故事不同……无论如何，希罗多德把两位诗人相提并论基于一个非常重要的理由：希腊人赖以生活的是靠赫西俄德和荷马首先形诸文字的［见《古典诗文绎读·西学卷·古代编》（上），

前揭，页41]。

亚里士多德甚至认为，"诗比历史更有哲学意味"（亚里士多德，《诗学》，1451a12-16），其理由如下：

> 历史处理实际发生的事，必定也包括偶然发生的事，那些事的发生没有可以理解的缘由，而诗排除偶然，因而比历史更加理性，更有意义。出于相同的理由，诗比现实生活更有意义（伯恩斯：《诗学》管窥，前揭书，页36）。

在"史与诗之争"（吴小锋译）中，巴特基指出：

> 在《诗学》中，亚里士多德声言，诗比历史更富哲学味、更为严肃，因为，诗道说的事情关乎整全，而历史则言及具体事情［见《古典诗文绎读·西学卷·古代编》（上），前揭，页196］。

不过，希罗多德认为，诗人（poeta）并未触及人事和神事的真相。诗人想平息人神冲突，而希罗多德承认人与神之间的方式是疏离与斗争［参《古典诗文绎读·西学卷·古代编》（上），前揭，页211］。

希罗多德把史与哲学结合起来，"建立了一种谈论神与人的崭新方式，也因此建立了一种谈论正义的崭新方式"。"希罗多德的政治教诲，就是要取代智人的政治教诲"［见《古典诗文绎读·西学卷·古代编》（上），前揭，页207］。而亚里士多德则把诗与哲学联系起来。

亚里士多德的看法是哲人的看法，哲人认为诗是政治哲学的准备。诗人通过质疑人类所有习俗的自足性，强调了政治的限度，同时，诗人又通过肯定人类王国与神圣王国之间的恰当关系离不开城邦的正当秩序，承认了政治的允诺。基于这些理由，亚里士多德能够说，诗比历史更富有哲学味、更为严肃［见《古典诗文绎读·西学卷·古代编》（上），前揭，页212］。

尽管如此，在亚里士多德看来，诗不是哲学，因为诗人教诲是有限度的，尤其是"诗本身无涉于人的最大幸福，而幸福，关联着人身上最神圣的部分——沉思"（《尼各马可伦理学》，1178a）。所以只能认为，"亚里士多德评价诗时援引哲学，最好理解成是针对希罗多德而为诗所做的辩护"［参《古典诗文绎读·西学卷·古代编》（上），前揭，页211及下］。

（二）古今之争

古今之争在古典时期就已经存在。譬如，奥古斯都时期的贺拉斯厚古薄今，而偏爱现代性的罗马作家似乎更多，如共和国晚期的卡图卢斯、黄金时代的罗马诉歌诗人以及帝政时期的小塞涅卡和卢卡努斯。与古罗马作家努力摆脱古希腊文学的影响，文艺复兴以后的西方作家也努力摆脱包括古罗马文学在内的古典文学的影响，力图建立自己的民族文学一样。在这种努力的过程中，古今之争在所难免。其中，最典型、影响最大的当属17、18世纪法国的古今之争。

施特劳斯认为，17、18世纪法国的古今之争的焦点是诗歌或poiesis，而分歧在于古今的优劣。在培根（Francis Bacon，1561-1626年）看来，他所处的时代就是古代［《学术的进步》（*The Advancement of Learning*）卷一，V，1，见《培根著作集》

（*The Works of Francis Bacon*）〕。培根认为，诗歌"曾经被认为参与了一些神圣性，因为它的确通过使事物的呈现屈从于心灵之欲望而提升和创建了心灵，理性却把心灵缚系于、并使心灵屈从于事物的性质"（《学术的进步》卷二，IV，2）。诗歌对应于想象，而想象掌管欲望（《学术的进步》卷二，I，1）。① 罗森通过比较培根和斯宾诺莎在《论神学与政治》（*Tractatus Theologico-Politicus*）对想象的讨论加以挑明，斯宾诺莎虽然认同现代科学，但是崇古，尤其是崇尚古代的廊下派哲学，而培根虽然保留了某种古典的审慎思想，但尚今（理性与科学），提供了一个直接导向历史哲学的"形而上学"基础。在理性主义者笛卡尔看来，诗（poema）在逻辑上等价于自然事物之间的关系。由此得出一个推论：古今之争的意义的确是关于诗歌地位的问题，或者说关于苏格拉底所谓由来已久的哲学与诗歌之争的问题。丰特奈勒（Bernard Fontenelle）在《关于世界多样性的对话录：关于古人和现代人的题外话》〔（*Entretiens sur la pluralite des mondes：Digression sur les Anciens et les Modernes*）1688 年〕里指出，就古人而言，诗歌的完成相对而言要快一些，仅在少量经验之后，但是科学虽然受益于经验，但是科学的完成是漫长的推理过程，没有完结。面对斯威夫特的《书战》，施特劳斯引领读者走向经济和政治。在《自然权利与历史》中，施特劳斯指出，"古今之争最终，或许甚至从一开始，与'个人性'的地位有关"。而罗森认为，"现代的个人性趣味在每个方面都与诗歌对哲学的胜利有关"，但是施特劳斯从来没有发展古今之争的美学或诗歌维度。

---

① 参 Francis Bacon（培根），*The Advancement of Learning*（《学术的进步》），edited by G. W. Kitchin, introduction by Arthur Johnston, London 1973，页 31、69 和 82 及下；*The Works of Francis Bacon*（《培根著作集》），14 卷，J. Spedding, R. L. Ellis 和 D. D. Heath 编，Stuttgart 1962，页 130、182 和 203。

施特劳斯似乎只关心政治，关心古典的德性，即绅士的统治。不过施特劳斯发现，在哲学与神学之争中哲学溃败，启示获胜："仅仅是哲学和启示无法相互驳斥这个事实，便将会构成启示对哲学的驳斥"（参《施特劳斯与古今之争》，前揭，页72以下）。

在《斯宾诺莎的宗教批判》（1962年版）中，施特劳斯指出，信仰与非信仰的对立，根本不是理论的，而是道德的。罗森从施特劳斯与科耶夫的论争看出，施特劳斯认为，哲学是寻求智慧的过程，"哲学的主导性情欲是对真理的欲望，也就是说，对关于永恒秩序或永恒原因或整体之原因等此类知识的欲望"，"哲学在严格和古典的意义上是对永恒秩序或永恒原因或所有事物的原因的追求"（参 TS，即 *Tyrannie et Sagesse*，译为《专制与圣贤》），并推出结论：

> 对施特劳斯来说，哲学是一种情欲或欲望，也就是说，是一种爱欲，但因而也是意志行为，通过这样的意志行为我们预设了我们需要的东西以满足我们的爱欲（见《施特劳斯与古今之争》，前揭，页80及下）。

理性与启示之争对于施特劳斯来说不仅取决于（后来的）意志行为，而且主要取决于爱欲。哲学的理式是不可改变的理式，是基本和永恒问题的理式（WPP，译为《什么是政治哲学》），理式是基本和全面的（《专制与圣贤》）。这种理式必然导致无限的对话。问题的全面性和对话的无限性又导致哲学即寻求终极的智慧变得不可能，并最终导致探寻的怀疑主义。在这种情况下，施特劳斯不得不把探索的目光投向实践，求助于前哲学的境况（既包括哲学，也包括非哲学或诡辩）来捍卫哲学。对于施特劳斯来说，哲学的实践就是"哲学的政治化或大众化的处理"(《什么是政治哲学》)。这种实践的功能就是保护哲学家免受城邦的伤害和引导最好的公民走向哲学。对此罗森表示反对，因为哲学是对理式的爱欲，而这种爱欲与城邦公民对荣誉的爱欲发生冲突，哲学家的知识与公民的意见发生冲突，在这种情况下，哲学的大众化处理必然导致政治哲学具有调和的性质，为此不得不转向对修辞的爱欲。哲学研究自然，而政治哲学研究城邦。古典政治哲学依赖于道德区分，不能展示智慧的生活。作为智慧的立法者，绅士仅仅是智慧者的政治映像或政治模仿，仅仅是趋向哲学的方式而已（《自然权利与历史》）。绅士必须富裕，但哲学家可以贫穷。罗森由此推断，"在严格意义上，政治哲学不是哲学而是修辞学，或者是一个高贵的谎言"（参《施特劳斯与古今之争》，前揭，页88）。

古代哲学家向往高贵，向往智慧者的生活，而古典政治哲学家却由于怯弱而过着卑贱的生活，如同现代辩护者所抨击的一样。

总体来看，施特劳斯虽然是一个后现代者，尼采和海德格尔的后继者，但是他认为现代科学就是 praxis（实践），同时也因而是诗歌，从而把诗歌与哲学分别，并贬低诗歌（poema），让诗歌置于哲学（philosophia）之下。①

此外，值得一提的是，在一篇演讲辞（1708 年发表演说，1709 年）中，维柯通过比较古人与今人的研究方法和教育方式，获得一个具有调和古今之争的发现：在科学方面今人技高一筹，但在人文科学和高雅艺术（诗歌、演讲等）方面古人仍然独领风骚。在《自传》里，维科指出，"初民是以诗性文字言说的天

---

① 罗森：施特劳斯与古今之争，宗成河译，见《施特劳斯与古今之争》，前揭，页71 以下，尤其是页90。

然诗人，而非以寓言隐藏其智慧的哲人"。在《我们时代的研究方法》里，维柯思考古代哲学与诗歌的意义和价值。在《新科学》里，维柯认为，古今之争（如法国关于荷马叙事诗的争论）源于反历史的精神：古代的研究带着"民族的自负"，如古罗马的瓦罗，当今的评价带着"学者的自负"，如贬低希腊诗歌的佩罗（Charles Perrault，1628－1703 年，建筑师克劳德·佩罗的弟弟）和古典主义者布瓦洛。从古人的角度看，哲学需要时间来发展；哲学在古希腊缓慢发展成熟的过程中，必定会丢弃早于它的诗歌的天然幻想。哲学（抽象理性）一发展，诗歌（具体想象）就衰落。总之，维柯采取第三立场（非古非今），借助于语文学批判，巧妙地结合哲学与诗歌，古代与现代。①

关于古与今，德国文学家席勒不仅加入纷争的行列，和歌德一起提倡并亲自践行古典主义，而且还不乏创见地对古今的诗进行总结性的区分。席勒把古代诗人视为素朴的诗人，把近代诗人视为感伤的诗人。素朴诗人的感受方式相同，而感伤诗人的感受方式不同（《论素朴的诗与感伤的诗》，参《德语诗学文选》上卷，前揭，页 119 以下）。

> 诗的概念不过是意味着给予人性以最完美的表现而已。………在自然的素朴状态中，由于人以自己的一切能力作为一个和谐的统一体发生作用，他的全部天性因而表现在外在的生活中，所以诗人的作用就必然是尽可能完美地模仿现实；在文明的状态中，由于人的天性的和谐活动仅仅是一个观念，所以诗人的作用就必然是把现实提高到理想，或者

---

① 列维尼（Joseph M. Levine）：维柯与古今之争，林志猛译，林国华校，见刘小枫、陈少明主编，《维科与古今之争》，页 106 以下。

换句话说，就是表现或显示理想（席勒，《论素朴的诗与感伤的诗》，见《德语诗学文选》上卷，前揭，页118）。

　　自然使人成为整体，艺术则把人分而为二；理想又使人恢复到整体（席勒，《论素朴的诗与感伤的诗》，见《德语诗学文选》上卷，前揭，页118及下）。

　　诗人或者是自然，或者寻求自然。前者使他成为素朴的诗人，后者使他成为感伤的诗人（席勒，《论素朴的诗与感伤的诗》，见《德语诗学文选》上卷，前揭，页116）。

不过，歌德并不赞同席勒从抽象哲学出发、用完全主观的方法去写作，而是主张诗（poema）应采取从客观世界出发的原则（1830年3月21日），进而指出："感伤诗也是从素朴诗生长出来的"（1823年11月14日）（参见爱克曼辑录，《歌德谈话录》，页13和221）。在歌德看来，古典的（例如古代的"素朴诗"）是健康的，浪漫的（如现代的"感伤诗"）是病态的。

　　最近一些作品之所以是浪漫的，并不是因为新，而是因为病态、软弱；古代作品之所以是古典的，也并不是因为古老，而是因为强壮、新鲜、愉快、健康（1829年4月2日，见爱克曼辑录，《歌德谈话录》，页188）。

由此可见，歌德的诗学（poesis）观念是厚古薄今，尤其是尊崇古希腊人（1827年4月1日）。譬如，《古典的巫婆集会之夜》（即《瓦尔普吉斯之夜》）必须押韵，可是全幕都还须带有古希腊诗的性格（1827年1月15日）。因此，歌德喜欢贝朗瑞

（Béranger，1780-1857 年）的诗，因为贝朗瑞让歌德想起古罗马的超然在自己时代之上、"用讽刺和游戏的态度揭露风俗的腐朽"的贺拉斯（1827 年 1 月 29 日）（参见爱克曼辑录，《歌德谈话录》，页 129、107 和 111）。

结　语

　　学界习惯把古罗马与古希腊相提并论，并且总喜欢十分高调地援引古罗马诗人贺拉斯的名句：

> 被俘的希腊又把野蛮的胜利者俘获，
> 给拉提乌姆送来艺术（王焕生译，出自贺拉斯，《书札》卷二，首1，行156−157）。①

　　贺拉斯的这句诗道出了当时古罗马人切身的复杂感受。拉提乌姆所指代的罗马是征服希腊的胜利者，古罗马人贺拉斯原本应该因此而感到自豪。可是，贺拉斯的诗句中却带着浓浓的低落情绪。贺拉斯深切地感受到，希腊虽然是军事的失败者，但却是艺术的胜利者，而且与罗马用武力的野蛮形成鲜明对比的是希腊礼"送"的文明。面对希腊的礼物，古罗马人的心情

---

① 见王焕生，《古罗马文学史》，页446。

极其复杂，一方面业已沦为希腊艺术的俘虏，即十分喜欢和崇拜希腊艺术，另一方面又担心会重蹈希腊军队用木马毁灭特洛伊的覆辙，这种忧患意识实际上就是民族文化的自觉。正是这种民族文化的自觉挑起古罗马文人与古希腊文人竞赛的热情，例如在诗歌领域。

在萌芽时期，即公元前3世纪中叶以前，希腊移民已经在意大利南部建立移民区，但是先进的希腊文化传播十分有限，并没有引起闭关自守的古罗马人的重视，对落后的古罗马文化影响微不足道。由于几乎没有接触过繁荣的古希腊诗歌，根本谈不上土生土长的古罗马诗人具有与古希腊诗人竞争的意识，再加上古罗马人比较务实，重视农耕和军事，轻视文化，以及宗教的文化垄断，因而诗歌的萌芽进程十分缓慢，无论是宗教诗歌、铭辞、宴会歌、悼亡曲和讽刺歌曲，还是萨图尔努斯诗行（versus saturnius），都仅仅是原生态的，从无到有地创新的诗歌起初必然比较简单和粗糙，无论是口头流传的，还是有文字记录的，都远远达不到文学的水准，只能称作"非文学诗歌"。

只有在古罗马军队征服希腊移民区以后，古罗马人才越来越多地接触先进的古希腊文化，虽然以老加图为代表的狭隘民族主义者强烈排斥（参老加图，《训子篇》，残段1），但是以斯基皮奥家族为代表的开明人士还是热烈欢迎。事实上，来自希腊的奴隶安德罗尼库斯带来的礼物戏剧诗（scaena poema）、叙事诗（epos）和抒情诗（lyrica）深得人心，不同的是，安德罗尼库斯不是像送木马的希腊军队那样的毁灭者，而是开拓性的文化建设者。安德罗尼库斯凭借品质达到文学水平的诗作而成为第一位拉丁文学诗人，可以说，安德罗尼库斯开启了古罗马文学诗歌的发轫时期。值得注意的是，由于安德罗尼库斯的翻译比较自由，他的作品实际上已经具有一定的创新成分。后来的古罗马诗人虽然也认同希腊诗歌典范，继续沿用希腊诗歌的格律，如英雄格（hērōus），也用比较自由的方式翻译希腊诗歌作品，如业余诗人西塞罗的天文教诲诗，但是他们有了一定的文化自觉，已经开始反思，所以在借鉴和模仿中寻求创新，譬如，卢克莱修用教诲诗《物性论》向罗马人阐述哲理，或者采用错合的创作方法尝试创新，如普劳图斯的谐剧诗，或者日益增多地运用本土的诗歌元素，如长袍剧和紫袍剧。在叙事诗领域里，诗人以罗马历史为题材，如奈维乌斯的《布匿战纪》和恩尼乌斯的《编年纪》，从而奠定了古罗马的民族叙事诗的基础。然而总体来看，除了戏剧诗，在发轫时期古罗马诗歌的最大亮点还是在抒情诗领域的创新：虽然奈维乌斯是古罗马第一位重要的抒情诗人，但是卡图卢斯才是这个时期最重要的抒情诗人，不仅因为他有重要的传世之作《歌集》，还因为他创立了推陈出新的诗歌体裁罗马爱情诉歌；虽然恩尼乌斯写有 4 卷《杂咏》（Satura），帕库维乌斯写有杂咏（Satura），但是卢基利乌斯凭借他的 30 卷《讽刺诗集》才成为新体裁讽刺诗的创始人，而后来瓦罗引进希腊的墨尼波斯杂咏（satura menippea），成为诗文间杂的讽刺体裁的创始人。从艺术水平来看，经过共和国中后期的发展，古罗马诗歌日趋成熟。

在奥古斯都建立古罗马帝国以后，因为政见不同，古罗马诗人分化为两大阵营：主流诗人，如维吉尔和贺拉斯；非主流诗人，如诉歌诗人伽卢斯、提布卢斯、普罗佩提乌斯和奥维德。所幸，这种分化不仅没有影响古罗马诗歌的健康发展，反而还加速了古罗马民族诗歌的繁荣进程，因为奥古斯都对主流诗人的扶持政策和对非主流诗人的包容态度，两条道的诗人得以并驾齐驱，出现百花齐放的诗歌繁荣局面。其中，贺拉斯的《讽刺诗集》和普罗佩提乌斯的《哀歌集》都是各自领域的巅峰之作。可见，在古罗马，政治的强盛时代也成为文学诗歌的繁盛时期，这是与那些文学往往在乱世繁荣的历史情形不同的。更加值得关注的是，即便在黄金时代，即便有建立与综合国力相匹配的民族文学的政治要求，古罗马诗人也并没有完全摆脱希腊诗歌的影响。譬如，维吉尔的《牧歌》模仿公元前3世纪中期的西西里诗人特奥克里托斯，《农事诗》模仿古风时期的诗人赫西俄德（约公元前700年），《埃涅阿斯纪》错合荷马的《奥德赛》和《伊利亚特》，贺拉斯的《诗艺》继承了亚里士多德的《诗学》。这些确凿的证据都成为许多批评家贬低古罗马诗歌与诗学的成就的重要理由。然而，这些理由并不充分，因为这些作品已经有了自己的创新。

以牧歌为例。英国诗人与评论家燕卜逊（William Empson，1906-1984年）认为，牧歌是一个"化繁为简"的过程（《罗马的遗产》，章6）。牧歌的发明者是古希腊西西里诗人特奥克里托斯。在特奥克里托斯的作品 Idylls（本意为"提纲"或"小的绘画"，近代赋予"田园诗"的内涵）中，有些是牧歌式的，存在不少后来在维吉尔的牧歌中出现的特点：牧人们吹着乐器，相互对歌，用韵律优美的六拍诗句谈论着爱情和乡村。不过也存在不是牧歌式的元素（《罗马的遗产》，章6）。作为欧洲独有的文学形式，牧歌有或者至少默认某些规范。可是在詹金斯看来，由于年轻的维吉尔是新诗派诗人（新诗派诗人鼓吹为艺术而艺术，用一种造作的、怪异的诗句规避高尚的严肃性和预见性，他们追求的不是规则，而是奇特、即兴和诡辩，如卡图卢斯的《帕琉斯与特提斯》）的崇拜者，维吉尔的《牧歌》不可避免地受到影响，并在看似相反的方向上发展了特奥克里托斯：一方面，维吉尔更加富有文采，也更加虚假（精心挑选一个希腊人为榜样就是个例证）；另一方面，在用诗歌表现意大利农村的苦难方面，他又更富有现实性。①

尽管维吉尔的《埃涅阿斯纪》错合了荷马的《伊利亚特》与《奥德修纪》，可是维吉尔并没有像荷马一样，首先叙述争夺异乡的战争（《伊利亚特》），然后叙述返回故土的冒险历程（《奥德修纪》），而是先写寻找新家园的冒险历程（《埃涅阿斯纪》前6卷），后写争夺新家园的战争（《埃涅阿斯纪》后6卷）。更为重要的是，在《埃涅阿斯纪》中，维吉尔用神交付主人公的使命"建立新家园"替代荷马的主人公的个人意志"回归故土"，用主人公的社会性取代了荷马的主人公的个体性。

此外，维吉尔的《农事诗》不再是教授农业知识的专科教材，而是重在提倡某种价值观，如和平，自然，和谐。

而贺拉斯的《诗艺》则结合自己的创作经验，总结了古罗马诗歌自身的创作理论，此外还有一些古罗马诗人的反思。譬如，贺拉斯认为诗人是天才与技艺的完美结合，要求诗人听取忠实的批评并修改诗文，明确指出诗歌的寓教于乐的功能，提出了言说推动情节发展的叙事戏剧诗。

总之，正是这种内外因素的完美结合促成了繁盛时期大诗人们的作品代表古罗马诗歌与诗学的最高水平。

在衰微时期，由于地跨欧亚非大帝国业已形成，古罗马诗人的民族优越感过于强烈，开始轻视希腊诗歌的古典性，太看重民族文学的现代性，导致古典性与民族性的失衡，因而文学水准有所降低。所幸，由于这种失衡才开始发生，古罗马诗歌还可以保持较高的水准。其中，传世的佳作既有古典性较强的，如日耳曼尼库斯超越前辈的教诲诗《星空》、斐德若斯推陈出新的《伊索寓言集》、西库卢斯的牧歌、弗拉库斯的叙事诗《阿尔戈英雄

---

① 参詹金斯，《罗马的遗产》，页183和185-187。

纪》以及斯塔提乌斯的《忒拜战纪》和《阿基琉斯纪》，也有现代性较强的，如小塞涅卡的墨尼波斯杂咏（satura menippea）《变瓜记》、佩尔西乌斯和尤文纳尔的《讽刺诗集》、马尔提阿尔的《铭辞》、卢卡努斯的叙事诗《法尔萨利亚》和伊塔利库斯的《布匿战纪》以及斯塔提乌斯的即兴诗《诗草集》。

在转型时期，传统的异教文化日益衰落，而源于两希文明（尤其是希伯来文明）的新兴的基督教文化强势崛起，诗歌的典型特征就是形式弱化，内容强化。思想内容大于形式的转型又催生了注疏的兴盛。其中，著名的注疏家有注疏泰伦提乌斯谐剧的多那图斯和注疏维吉尔诗歌的塞尔维乌斯。因为注疏源于基督徒与异教徒论辩的需要，所以注疏的内容是宗教性的，带有较强的论辩色彩，如普鲁登提乌斯的《两份圣约》和卡西奥多尔的《阐释〈诗篇〉》。同样具有论辩色彩的基督教诗歌还有康莫狄安的《护教诗》和普鲁登提乌斯的《斥叙马库斯》。不过，这个时期最完美的诗歌作品还是波爱修斯的《哲学的慰藉》，不仅内容与形式并重，而且古典性与现代性之间达成微妙的平衡。可以说，就整个古典时期而言，古罗马转型时期的诗歌都是独树一帜的奇葩。

综上所述，古罗马诗人继承了两希文明的遗产（譬如，基督教诗歌源自于希伯来文明的遗产），尤其是继承了古希腊的古典遗产，如叙事诗（包括英雄格）、教诲诗和牧歌，包括古希腊化时期的古典遗产，如亚历山大里亚诗风。其中，有文化自觉的诗人们一直都在与古希腊诗人竞赛，即在翻译和模仿希腊诗歌的过程中有所创新，无论在形式方面（如讽刺诗和罗马爱情诉歌），还是在内容方面（如维吉尔《埃涅阿斯纪》的主人公所代表的社会性，转型时期带有论辩色彩的宗教诗歌和注疏），并且结合本土的文学元素发展出高品质的古罗马民族文学。也就是说，古罗马诗歌的成就完全可以与希腊文学媲美。这无疑有力地驳斥了那些认为古罗马文学是古希腊文学的模仿甚或是不成功的模仿的批评。

更重要的是，在古罗马民族文学的创立过程中，源自于古希腊的古典性也得以最终确立。T. S. 艾略特证实，欧洲从维吉尔那里懂得了什么是"古典作家"。这是古罗马文学的巨大贡献。也就是说，与古希腊诗歌一样，古罗马诗歌也具有古典的性质。古典的性质令古罗马诗歌不朽，即在后世的文学中继续延存，并且深受喜爱，为人接受和继承（关于古罗马诗歌的不朽，详见上述的第六编：不朽时期）。譬如，古罗马确立的古典性后来广泛流行于文艺复兴时代，因为文艺复兴的本义就是"古典学术的复兴"。在 17 世纪，法国古典主义仍然以罗马诗歌和诗学为典范。在 18 世纪，德国文学家虽然主张复归希腊范式的古典主义，但是罗马文学的影响还真实地存在，譬如，席勒翻译过维吉尔的《埃涅阿斯纪》，歌德的《罗马哀歌》受到了普罗佩提乌斯的影响，即使是启蒙文学家莱辛的《拉奥孔》也比较了维吉尔与荷马的叙事语言艺术。[①]

总之，在西方诗歌史上，古罗马诗歌占有不可或缺的重要地位，即上承两希文明（尤其是希腊文明）的文化遗产，推陈出新地创建高品质的罗马民族文学，并最终做出了确立古典性的巨大贡献，即使在下启后世文学——尤其是（新）古典主义文学——的过程中也扮演重要的角色。

---

① 参朱光潜，《西方美学史》第二版，页 97 及下和 404 及下；王焕生，《古罗马文学史》，页 450。

附录一 主要参考文献

一、原典

（一）外文原典

Thomas Gorden, *The Works of Tacitus*: *Containing the Annals to Which Are Prefixed Political Discourses Upon That Author* (《塔西佗作品集》), 2 vols. London 1728。

Grammatici Latini (《拉丁文法》), H. Keil（凯尔）编，7 卷，Leipzig 1855–1880。

Rhetores Latini Minores (《拉丁小修辞学家》), C. Halm 编，Leipzig 1863。

Römische Elegiker. Eine Auswahl aus Catull, *Tibull*, *Properz* (《古罗马诉歌诗人——卡图卢斯、提布卢斯和普罗佩提乌斯文选》). Bearbeitet von K. P. Schulze, Berlin 1879。

Ennianae Poesis Reliquiae (《恩尼乌斯诗歌遗稿》), Iteratis curis rec. I. Vahlen, Leipzig 1903。

F. Leo（莱奥）, *Geschichte der Römischen Literatur*。Bd. 1：*Die Archaische Literatur* (《古罗马文学史》第一卷：古风时期的文学), Berlin 1913。

M. Schanz（商茨）, *Geschichte der Römischen Literatur T. 1*, *Die Römische Literatur in der Zeit der Republik* (《古罗马文学史》第一部分：古罗马共和国时期的文学), C. Hosius 重新修订的第 4 版，München 1927。

Aus Altrömischen Priesterbüchern (《古罗马神职人员之书文选》), E. Norden（诺登），Lund 1939。

Victor Reichmann，*Römische Literatur in Griechischer Übersetzung*（《希腊语译本中的古罗马文学》），Leipzig［Dieterich］1943。

Remains of Old Latin（《古代拉丁典籍残篇集成》），E. H. Warmington（华明顿）编译。Bd. 1.　London ²1956；Bd. 2.　Ebd. 1936；Bd. 3.　Ebd. ² 1957；Bd. 4.　Ebd. ²1953。［LCL（1911），294、314、329 和 359］

Minor Latin Poets（《拉丁小诗人》），2 Vol.，translated by J. Wight Duff, Arnold M. Duff, 1934 初版，1935 修订版，1982 两卷版。［Vol. I：LCL 284；Vol. II：LCL 434］

Cicero（《西塞罗》）II［LCL 386］，H. M. Hubbell 译，1949－2006；IV［LCL 349］，H. Rackham 译，1942；V［LCL 342］，G. L. Hendrickson、H. M. Hubbell 译，1939 初版，1962 修订；XVIII［LCL 141］，J. E. King 译，1927 初版，1945 修订；XX［LCL 154］，William Armistead Falconer 译，1923。

Varro（瓦罗），*On the Latin Language*（《论拉丁语》），ed. by Jeffery Henderson, transl. by Roland G. Kent, 1938 年初版，1951 年修订版，2006 年重印，Books V－VII（卷一）。［LCL 333］

Lucretius（卢克莱修），*De Rerum Natura*（《物性论》），W. H. D. Rouse 译，Martin Ferguson Smith 修订，1924 初版，1975、1992 修订，2006 重印。［LCL 181］

Claudian（《克劳狄安》），2 Vol.，Maurice Platnauer 译，1922。［Vol. I：LCL 135－Vol. II：LCL 136］

Petronius · Seneca（《佩特罗尼乌斯·小塞涅卡》），［LCL 15］，Michael Heseltine、W. H. D. Rouse 译，E. H. Warmington 校，1913 初版，1969 修订，1987 修正，2005 重印。

Prudentius（《普鲁登提乌斯》），H. J. Thomson 译，I［LCL 387］，1949 初版，1962－2006 重印；II［LCL 398］，1953。

Catullus, *Tibullus*, *Pervigilium Veneris*（《卡图卢斯·提布卢斯·〈维纳斯节前不眠夜〉》），［LCL 6］，J. P. Postgate、J. W. Mackail 译，第二版 G. P. Goold 修正，1913 初版，1950、1956 修订，1988 第二版，1995 修正，2005 重印。

Horace：*Satires*, *Epistles*, *Ars Poetica*（《贺拉斯：〈讽刺诗集〉、〈书札〉与〈诗艺〉》），［LCL 194］，H. Rushton Fairclough 译，1926 初版，1929 修订，1932－2005 重印。

Horace：*Odes and Epodes*（《贺拉斯〈歌集〉与〈长短句集〉》），［LCL

33], Niall Rudd 编、译, 2004。

Virgil（《维吉尔》）, H. Rushton Fairclough 译, G. P. Goold 修订, I ［LCL 63], 1916 初版, 1935、1999 修订, 2004 重印; II ［LCL 64], 1918 初版, 1934、2000 修订。

Propertius（《普罗佩提乌斯》）, G. P. Goold 编、译, 1990 初版, 1999 修订, 2006 重印, ［LCL 18]。

Ovid（《奥维德》）, I ［LCL 41], Grant Showerman 译, G. P. Goold 修订, 1914 初版, 1977 第二版; II ［LCL 232], J. H. Mozley 译, G. P. Goold 修订, 1929 初版, 1939 修订, 1947–1969 重印, 1979 第二版, 1985–2004 重印; III ［LCL 42], Frank Justus Miller 译, G. P. Goold 修订, 1916 初版, 1921 第二版, 1925–1971 重印, 1977 第三版, 1984–2004 重印; IV ［LCL 43], Frank Justus Miller 译, G. P. Goold 修订, 1916 初版, 1922–1976 重印, 1984 第二版, 1994–2005 重印; V ［LCL 253], James G. Frazer 译, G. P. Goold 修订, 1931 初版, 1989 第二版, 1996 修正; VI ［LCL 151], Arthur Leslie Wheeler 译, G. P. Goold 修订, 1924 初版, 1988 第二版, 1996 修正。

Suetonius（苏维托尼乌斯）, *The Lives of the Caesars*（《罗马十二帝王传》）, J. C. Rolfe 译, I ［LCL 31], 1913 初版, 1951、1998 修订, 2001 重印; II ［LCL 38], 1914 初版, 1997 修订, 2001 重印。

Quintilian（《昆体良》）, Donald A. Russell 编、译, 2001, I ［LCL 124 N] 卷 1–2; II ［LCL 125 N], 卷 3–5; III ［LCL 126 N] 卷 6–8; IV ［LCL 127 N] 卷 9–10; V ［LCL 494 N] 卷 11–12。

Plutarch（普鲁塔克）, *Lives*（《传记集》）, Bernadotte Perrin 译, VI ［LCL 98], 1918; VII ［LCL 99], 1919 初版, 1928–2004 重印。

Valerius Flaccus（《弗拉库斯》）, J. H. Mozley 译, ［LCL 286], 1934 初版, 1936 修订。

Manilius（《曼尼利乌斯》）, G. P. Goold 编、译, 1977 初版, 1992 修订, 1997–2006 重印, ［LCL 469]。

Juvenal and Persius（《尤文纳尔与佩尔西乌斯》）, Susanna Morton Braund 编、译, ［LCL 91], 2004。

Silius Italicus（《伊塔利库斯》）, J. D. Duff 译, 1934, I ［LCL 277], 《布匿战纪》（*Punica*）, Books 1–8; II ［LCL 278], 《布匿战纪》, Books 9–17。

Ausonius（《奥索尼乌斯》）, Hugh G. Evelyn White 译, I ［LCL 96], 1919; II ［LCL 115], 1921 初版, 1949–2006 重印。

Boethius（《波爱修斯》）, H. E. Stewart、E. K. Rand 和 S. J. Tester 译,

[LCL 74]，1918 初版，1926-1968 重印，1973 新版，1978-2003 重印。

Sidonius（《西多尼乌斯》），W. B. Anderson 译，I［LCL 296］，*Poems*，*Letters*，Books 1-2，1936；II［LCL 420］，*Letters*，Books 3-9，1965。

Martial（《马尔提阿尔》），D. R. Shackleton Bailey 编、译，I［LCL 94］，1933；II［LCL 95］，1933 初版，2006 重印；III［LCL 480］，1933 初版，2006 重印。

Fronto（《弗隆托》），C. R. Haines 译，I［LCL 112］，1919 初版，1928 修订；II［LCL 113］，1920 初版，1929 修订。

Gellius（《革利乌斯》），John C. Rolfe 译，I［LCL 195］，1927 初版，1946 修订；II［LCL 200］，1927 初版，1948-2006 重印；III［LCL 212］，1927 初版，1952 修订。

Seneca（《小塞涅卡》）：*Epistles*（《道德书简》），Richard. M. Gummere 译，VI［LCL 77］，1925 初版，1943-2006 重印。

Homer（荷马），*Odyssey*（《奥德修纪》），A. T. Murray 译，George E. Dimock 修订，I［LCL 104］，1919 初版，1995 第二版，1998 修正重印；II［LCl 105］，1919 初版，1995 第二版，1998 修正重印，2004 重排。

Anthologia Graeca（《希腊文选》），希腊文与德文对照，H. Beckby 编，卷 9-11，München 1958。

Inscriptiones Latinae Liberae Rei Publicae（《自由共和国时期拉丁文学铭文》），Cur. A. Degrassi。Bd. 1. Florenz：La Nuova Italia，²1965；Bd. 2. Ebd. 1963。

K. Büchner（毕希纳），*Römische Literaturgeschichte*（《古罗马文学史》），Stuttgart⁴ 1969。

W. Schetter：*Das Römische Lehrgedicht*（*Lukrez*）［古罗马教诲诗（卢克莱修）］，见 *Römische Literatur*（《古罗马文学》），M. Fuhrmann（富尔曼）编，Frankfurt a. M. 1974。

M. Bonjour，*Terre Natale. Etudes sur une composante affective du patriotisme romain*（《故土——关于古罗马爱国主义的情感成分的研究》），Paris 1975。

V. Pisani（皮萨尼），*Testi Latini Arcaici e Volgari*（《古风时期拉丁语的书面语与口语》），*Con commento glottologico*（附有语言注释），Turin³ 1975.

R. Kettemann，*Bukolik und Georgik*（《牧歌与农事诗》），Heidelberg 1977。

Fragmenta Poetarum Latinorum Epicorum et Lyricorum praeter Ennium et Lucilium（《除恩尼乌斯与卢基利乌斯以外的拉丁叙事诗人与抒情诗人的残段汇编》）。Post W. Morel novis curis adhibitis ed. C. Buechner. Leipzig：

Teubner，²1982。

R. Roca-Puig, *Alcestis Hexametres Llatins Papyri Barcinonenses Inv. No.* 158 – 161（《在巴塞罗那出土的拉丁六拍诗〈阿尔刻提斯〉的莎草纸抄本，清单目录编号 158 – 161》），Barcclona 1982。

O. Skutsch（斯库奇），*The Annals of Q. Ennius*（《恩尼乌斯的〈编年纪〉》），附导言和注疏，Oxford 1985。

Römische Literatur in Text und Darstellung（《古罗马文选》），5 Bde（5 卷本）。Herausgeber（主编）：Michael von Albrecht（阿尔布雷希特）。Bd. 1 Stuttgart 1991；Bd. 2. Ebd. 1985；Bd. 3. Ebd. 1987；Bd. 4. Ebd. 1985；Bd. 5. Ebd. 1988。

Corpus Inscriptionum Latinarum（《拉丁铭文集》），Consilio et auctoritate Academiae Regiae Borussicae editum. Editio altera. Vol. I。Berlin：Reimer，1893；Mit Add. , Berlin 1986。

Römische Inschriften（《古罗马铭文》），拉丁文与德文对照，Ausgew. , uebers. , komm. und mit einer Einf. in die lateinische Epigraphik，hrsg. von L. Schumacher。Stuttgart 1980。

Alcestis Barcinonensis（《在巴塞罗那出土的〈阿尔刻提斯〉的莎草纸抄本》），M. Marcovich 的文本和评注，Leiden 1980。

Exempla Iuris Romani. Römische Rechtstexte（《罗马法范例——古罗马法律文本》），拉丁文与德文对照，M. Fuhrmann（富尔曼）与 D. Liebs（李普思）编、译和注，München 1988。

Michael von Albrecht（阿尔布雷希特），*Geschichte der Römischen Literatur*（《古罗马文学史》），两卷，München 1994。

Meister Römischer Prosa（《古罗马散文大师》），Michael von Albrecht（阿尔布雷希特）编，Tübingen 1995。

Ivor J. Davidson, *Ambrose De Officiis*（《安布罗西乌斯的〈论义务〉》），Oxford University Press 2001。

Macrobius（马克罗比乌斯），*Saturnalia*（《萨图尔努斯节会饮》），Robert A. Kaster 编译，President and Fellows of Harvard College，2011.

Petra Schierl（席尔），*Die Tragödien des Pacuvius*（《帕库维乌斯的肃剧》），Berlin 2006。

Griechische und Römische Literatur（《希腊罗马文学》），Oliver Schütze 主编，Stuttgart 2006。

Script Oralia Romana：die Römische Literatur zwischen Mündlichkeit und Schriftlichkeit（《罗马的口传脚本：介于口头与书面之间的古罗马文学》），

Lore Benz 主编，Tübingen 2001。

Arthur Stein，*Römische Inschriften in der Antiken Literatur*（《古代文献中的古罗马铭文》），Prag ［Taussig & Taussig］1931。

O Tempora，O Mores!：*Römische Werte und Römische Literatur in den Letzten Jahrzehnten der Republik*（《时代啊，风尚啊! ——共和国最后几十年的古罗马价值观和罗马文学》），Andreas Haltenhoff 等编，München 2003。

Moribus Antiquis Res Stat Romana：① *Römische Werte und Römische Literatur im 3. und 2. Jh. v. Chr.*（《古罗马国家基于古代习俗之上——公元前 3 至前 2 世纪的古罗马价值观与古罗马文学》），Maximilian Braun 等编，München 2000。

EduardNorden（诺登）著，*Die Römische Literatur*（《古罗马文学》）；Anhang：*Die Lateinische Literatur im Übergang vom Altertum zum Mittelalter*（附录：从古代到中世纪过渡时期的拉丁文学），Stuttgart 1998。

Christian Christandl 等著，*Die Römische Literatur*：*e. Überblick über Autoren，Werke u. Epochen von d. Anfängen bis zum Ende d. Antike*（《古罗马文学——关于古代作家、作品和各个时代的概述》），Raimund Senoner 主编，München ［Beck］1981。

Manfred Fuhrmann 等著，*Römische Literatur*（《古罗马文学》），Frankfurt am Main ［Akademische Verlagsgesellschaft Athenaion］1974。

Otto Weinreich 著，*Römische Satiren*：*Ennius，Lucilius，Varro，Horaz，Persius，Juvenal，Seneca，Petronius*（《古罗马讽刺诗：恩尼乌斯、卢基利乌斯、瓦罗、贺拉斯、佩尔西乌斯、尤文纳尔、塞涅卡和佩特罗尼乌斯》），Rowohlt 1962。

Johannes Irmscher 与 Kazimierz Kumaniecki 著，*Römische Literatur der Augusteischen Zeit*：*Eine Aufsatzsammlung*（《奥古斯都时期的古罗马文学》），Kurt Treu 编，Berlin ［Akademie-Verl. ］1960。

W. Krenkel（克伦克尔），*Lucilius Satiren Tl. 1*（《卢基利乌斯与讽刺诗》第一部分），拉丁语-德语，Leiden 1970。

Hellfried Dahlmann（达尔曼）著，*Varros Schrift "De Poematis" und die Hellenistisch-Römische Poetik*（《瓦罗的作品〈论诗人〉与希腊化时期的古罗马诗歌》），Mainz ［Verl. d. Akademie d. Wiss. u. d. Literatur］1953

H. Dahlmann（达尔曼），*Studien zu Varro "De Poetis"*（《瓦罗〈论诗人〉

---

① 　出自恩尼乌斯的诗行 Moribus antiquis res stat Romana virisque ［古罗马国家基于古代习俗与（榜样）男人们之上］。

研究》），Wiesbaden 1963。

Ulrich Eigler, *Lectiones Vetustatis*：*Römische Literatur und Geschichte in der Lateinischen Literatur der Spätantike*（《古代读物：古代晚期拉丁文献中的古罗马文学与历史》），München［Beck］2003。

Kurt Smolak, *Christentum und Römische Welt*：*Auswahl aus der Christlichen Lateinischen Literatur*（《基督教与古罗马的世界：基督教拉丁文选》），München［Oldenbourg］。

Athenagoras, *Legatio and De Resurrectione*（《〈使团〉与〈论复活〉》），W. R. Schoedel 编译，Oxford 1972。

Die Metrischen Inschriften der Römischen Republik（《罗马共和国时期的韵律铭文》），Peter Kruschwitz 编，Berlin 2007。

Fragmenta Poetarvm Latinorvm Epicorvm et Lyricoruvm praeter Enni Annales et Ciceronis Germanicivqe Aratea（《拉丁诗歌残段汇编：除恩尼乌斯〈编年纪〉与西塞罗和日尔曼尼库斯对阿拉托斯作品的仿作以外的叙事诗与抒情诗》），Post W. Morel et K. Büchner editionem qvartam avctam cvravit Jürgen Blänsdorf, Berlin 2011。

Mathias Eicks, *Liebe und Lyrik*：*zur Funktion des Erotischen Diskurses in Horazens erster Odensammlung*（《爱情与抒情诗：论贺拉斯〈歌集〉第一卷探讨性爱的功能》），Berlin 2011。

（二）原典中译

荷马，《奥德修纪》，杨宪益译，北京：中国工人出版社，1994 年。

荷马，《奥德修斯》，王焕生译，北京：人民文学出版社，2002 年。

荷马，《伊利亚特》，罗念生、王焕生译，北京：人民文学出版社，2003 年。

赫西俄德，《工作与时日·神谱》，张竹明、蒋平译，北京：商务印书馆，1991 年。

赫西俄德，《神谱》（*Theogony*），王绍辉译，张强校，上海：上海人民出版社，2010 年。

希罗多德，《历史》（上下卷），王以铸译，北京：商务印书馆，1997 年。

柏拉图，《文艺对话集》，朱光潜译，北京：人民文学出版社，1980 年。

亚里士多德，《诗学》（*Poetics*），罗念生译；贺拉斯（Quintus Horatius Flaccus），《诗艺》（*Ars Poetica*），杨周翰译，北京：人民文学出版社，1962 年版，2002、2008 年重印。

《诗学·诗艺》（合订本），杨周翰、罗念生译，北京：人民文学出版社，1962 年，2000 年重印。

第欧根尼·拉尔修：《名哲言行录》，古希腊文、汉文对照，徐开来、溥林译，桂林：广西师范大学出版社，2010 年。

Aratos（阿拉托斯），*Phainomena/Sternbilder und Wetterzeichen*（《星象》，希腊文与德文对照版本），M. Erren（埃伦）编、译，München1971。

《古希腊罗马文学作品选》，罗念生等译，北京：北京出版社，1988 年。

《希腊罗马散文选》，罗念生编译，长沙：湖南人民出版社，1985 年。

《罗念生全集》卷一至四，罗锦麟主编，上海：上海人民出版社，2004 年。

《罗念生全集》补卷，罗锦麟主编，上海：上海人民出版社，2007 年。

《罗马共和国时期》（上、下），杨共乐选译，北京：商务印书馆，1997/1998 年。

《古希腊·古罗马的寓言》，杨丹、吴秋林编选，罗念生、袁丁等译，太原：山西教育出版社，1999 年。

《十二铜表法》，世界著名法典汉译丛书编委会，北京：法律出版社，2000 年。

加图，《农业志》，马香雪、王阁森译，北京：商务印书馆，1997 年。

卢克莱修等，《古罗马诗选》，飞白译，广州：花城出版社，2001 年。

卢克莱修（Lucretius），《物性论》（*De Rerum Natura*），方书春译，第二版，北京：商务印书馆，1981 年。[第一版，三联书店，1959 年]

卢克莱修，《物性论》，刑其毅译，北京：北京大学出版社，2007 年。

卡图卢斯，《歌集》（拉中对照译注本），李永毅译注，北京：中国青年出版社，2008 年。

瓦罗（M. T. Varro），《论农业》，王家绥译，北京：商务印书馆，1997 年。

西塞罗，《论共和国 ·论法律》，王焕生译，北京：中国政法大学出版社，1997 年。

西塞罗，《论义务》，王焕生译，北京：中国政法大学出版社年，1999 年。

西塞罗，《论共和国》，王焕生译，上海：上海人民出版社，2006 年。

西塞罗，《论法律》，王焕生译，上海：上海人民出版社，2006 年。

西塞罗，《有节制的生活》，徐奕春译，天津：天津人民出版社，2007 年。

西塞罗，《论演说家》，王焕生译，北京：中国政法大学出版社，2003 年。

西塞罗（M. Cicero），《论老年·论友谊·论责任》（*Cato Maior de Se-nectute · Laelius de Amicitia · De Officiis*），徐奕春译，北京：商务印书馆，2004 年。

西塞罗，《论至善和至恶》（*De Finibus Bonorum et Malorum*），石敏敏译，北京：中国社会科学出版社，2005 年。

西塞罗，《论神性》（*De Natura Deorum*），石敏敏译，上海：上海三联书店，2007 年。

西塞罗，《论演说家》，拉丁文与德文对照，H. Merklin 翻译与编辑，斯图加特 1976。

西塞罗，《西塞罗散文》，郭国良译，杭州：浙江文艺出版社，2000 年。

西塞罗，《西塞罗全集》，第一至三卷，王晓朝译，北京：人民出版社，2007－2008 年。

恺撒，《高卢战记》，任炳湘译，北京：商务印书馆，1979 年。

恺撒，《内战记》，任炳湘、王世俊译，北京：商务印书馆，1986 年。

恺撒等，《恺撒战记》，习代岳译，桂林：广西师范大学出版社，2002 年。

恺撒，《高卢战记》，任炳湘译，北京：商务印书馆，2008 年。

维吉尔，《牧歌》，杨周翰译，北京：人民文学出版社，1957 年。

维吉尔，《埃涅阿斯纪》，杨周翰译，北京：人民文学出版社，1984 年。

维吉尔，《埃涅阿斯纪》，杨周翰译，南京：译林出版社，1999 年。

贺拉斯，《诗艺》，杨周翰译，北京：人民文学出版社，1962 年。

普罗佩提乌斯，《哀歌集》（拉丁语与汉语对照全译本），王焕生译，上海：华东师范大学出版社，2005 年；修订版，2010 年。

奥维德，《变形记》，杨周翰译，北京：人民文学出版社，1984 年。

奥维德，《女杰书简》，南星译，北京：三联书店，1992 年。

奥维德，《爱经》，戴望舒译，北京：光明日报出版社，2000 年。

奥维德，《情爱录》，黄建华、黄迅余译，北京：北京出版社，2004 年。

奥维德，《爱经全书》，曹元勇译，上海：上海三联书店，2005 年。

奥维德，《爱经·女杰书简》，戴望舒、南星译，附有奥维德《拟情书》3 篇（即《女杰书简》第 15－17 封信），茅盾译，长春：吉林出版集团有限责任公司，2010 年。

李维，《建城以来史》（*Ab Urbe Condita Libri*；前言·卷一），穆启乐（F. -H. Mutschler）、张强、付永乐和王丽英译，上海：上海人民出版社，2005 年。

苏维托尼乌斯，《罗马十二帝王传》，张竹明、王乃新、蒋平等译，北京：商务印书馆，2000 年。

苏维托尼乌斯（Gaius Suetonius Tranquillus），《罗马十二帝王传》（*De Vita XII Caesarum*），田丽娟、邹恺莉译，上海：上海三联书店，2010 年。

塔西佗，《历史》，王以铸、崔妙因译，北京：商务印书馆，1981 年。

塔西佗（Publius Cornelius Tacitus），《编年史》（*Annales*），上、下册，王以铸、催妙因译，北京：商务印书馆，1981 年版，1997 年重印。

撒路斯特，《喀提林阴谋·朱古达战争》，王以铸、催妙因译，附西塞罗：《反喀提林演说》4 篇，北京：商务印书馆，1996 年。

阿庇安（Appian），《罗马史》（*Roman History*），上、下册，谢德风译，北京：商务印书馆，1979 年（1997 年印）。

普鲁塔克，《希腊罗马名人传》（上），黄宏煦主编，陆永庭、吴彭鹏等译，北京：商务印书馆，1999 年。

普鲁塔克（Plutarch），《希腊罗马名人传》（*Lives of the Noble Grecians and Romans*）第一册，席代岳译，长春：吉林出版集团有限责任公司，2009 年。

《昆体良教育论著选》，任钟印选译，北京：人民教育出版社，2001 年。

克莱门，《劝勉希腊人》，王来法译，香港：汉语基督教文化研究所，1995 年。

奥勒留，《沉思录》，梁实秋译，南京：江苏文艺出版社，2008 年。

何怀宏，《何怀宏品读〈沉思录〉》，南京：江苏人民出版社，2008 年。

奥勒留，《沉思录》，何怀宏译，北京：中国国际广播出版社，2008 年。

奥勒留，《沉思录》，王邵励编译，北京：北京出版社，2008 年。

德尔图良，《护教篇》，涂世华译，上海：上海三联书店，2007 年。

奥古斯丁，《独语录》，成官泯译，上海：上海社会科学院出版社，1997 年。

奥古斯丁，《忏悔录》，周士良译，北京：商务印书馆，1997 年。

奥古斯丁，《上帝之城》，上、下卷，王晓朝译，北京：人民出版社，2006 年。

奥古斯丁（Augustin），《上帝之城：驳异教徒》（*De Civitate Dei Contra Paganos*），上、中、下册，吴飞译，上海：上海三联书店，2007-2009 年。

奥古斯丁，《忏悔录》，张晖、谢敬编译，北京：北京出版社，2008 年。

奥古斯丁，《论秩序：奥古斯丁早期作品选》，石敏敏译，北京：中国社会科学出版社，2017 年。

波爱修斯（Boetius），《哲学的慰藉》（*Consolatio Philosophiae*），代国强译，南昌：江西人民出版社，2007 年。

麦格拉思（Alister McGrath）编，《基督教文学经典选读》（*Christian Literature: An Anthology*），苏欲晓等译，北京：北京大学出版社，2004 年。

但丁，《神曲》，田德望译，北京：人民文学出版社，1997 年。

二、研究著述

（一）国外研究

Dictionary of Latin Literature（《拉丁文学词典》），James H. Mantinband（曼廷邦德），New York 1956。

Worte Über Aulus Persius Flaccus: Nebst Neuer Übersetzungsprobe [*Verse*] *Dessen Zweiter Satire. Progr.* （《关于佩尔西乌斯的话：包括第二首讽刺诗的新译》），Ferdinand Habersack，Bamberg 1828；London 2010。

Vergils Georgica（《维吉尔〈农事诗〉》），Nach Plan und Motiven erklaert von Friedrich Christian Julius Bockemuller. Stade 1874；London 2010。

Aus Vergils Dichterwerkstätte: Gerogica IV, 281-558（《维吉尔的诗人研讨会节选：〈农事诗〉卷四，行 281 - 558》），Paul Jahn，Berlin 1905；London 2010。

Avienus: Studien über seine Sprache, seine Metrik Und sein Verhaeltnis zu Vergil（《阿维恩：关于他的语言、格律及其同维吉尔的关系的研究》）. Nikolaus Daigl，Erlangen 1903；London 2010。

F. W. Riemer，*Mitteilungen über Goethe，Bd. II*（《关于歌德的报告》第二卷），Berlin 1841。

Alexander Pope（蒲伯），*The Complete Poetical Works of Alexander Pope*（《蒲伯诗歌全集》），Henry Walcott Boynton 编，Houghton，Mifflin and Co. 1903。

O. Crusius，*Römische Metrik*（《古罗马诗韵学》），München 1929。

William Empson（燕卜逊，1906-1984 年），*Some Versions of the Pastoral*（《牧歌的几个版本》），Chatto & Windus，1935 年。

A. Walde，J. B. Hofmann，*Lateinisches Etymologisches Wörterbuch*（《拉丁语词源词典》），Heidelberg ³1938。

普希金，《普希金全集》卷五，莫斯科：真理出版社，1954 年。

布克哈特，《君士坦丁大帝时期》（*Die Zeit Constantins d. Gr.*，1853），H. E. Friedrich 新编，Frankfurt a. M. 1954。

Alfonsi: *Storia Interiore et Storia Cosmica nella Consolatio Boeziana*（波爱修斯《哲学的慰藉》里的国内历史与世界史），载于 *Convivium*，N. S.（《欢宴》新期刊）3，1955。

科瓦略夫，《古代罗马史》，上海：上海三联书店，1957 年。

U. Knoche, *Die Römische Satire* (《古罗马讽刺诗》)，Göttingen 1957。

M. Bowra, *Greek Lyric Poetry* (《古希腊抒情诗》)，Oxford 1961。

K. Büchner, *Die Römische Lyrik* (《古罗马抒情诗》)，Stuttgart 1976。

M. Coffey, *Roman Satire* (《古罗马讽刺诗》)，London 1976。

B. Effe, *Dichtung und Lehre. Untersuchungen zur Typologie des antiken Lehrgedichts* (《诗与学说：古代教谕诗研究》)，München 1977。

P. Grimal, *Le Lyrisme à Rome* (《古罗马抒情诗》)，Paris 1978。

E. Burck (ed.), *Das Römische Epos* (《古罗马叙事诗》)，Darmstadt 1979。

Michael von Albrecht (阿尔布雷希特)：*Conrad Ferdinand Meyer und die Antike* (迈尔与古代)，载于《古代与西方国家》(*Antike und Abendland*) 11, 1962。

The Works of Francis Bacon (《培根著作集》)，14 卷，J. Spedding, R. L. Ellis 和 D. D. Heath 编，Stuttgart 1962。

锡德尼 (Philip Sidney, 1554 – 1586 年)，《为诗辩护》(*Apologie de la Poésie*, *An Apology for Poetry* 或 *The Defence of Poesy*, 1583 年)，钱学熙译，北京：人民文学出版社，1964 年。

Theodor Mommsen (蒙森) 著，*Römische Geschichte* (《罗马史》)，[Kürzende Bearb. u. Darstellung von Leben u. Werk Theodor Mommsens：Hellmuth Günther Dahms. Übers. d. Begleittexte：Hans Roesch]。- Zürich：Coron-Verl. , [1966]。

F. Stolz (斯托尔茨)、A. Debrunner (德布隆讷) 和 W. P. Schmid (W. P. 施密特)，*Geschichte der Lateinischen Sprache* (《拉丁语历史》)，Berlin ⁴1966。

Francis Bacon (培根)，*The Advancement of Learning* (《学术的进步》)，edited by G. W. Kitchin, introduction by Arthur Johnston, London 1973。

H. Drexler, *Einführung in die Römische Metrik* (《古罗马诗韵学导论》)，Darmstadt 1974。

莱辛 (Lessing)，《拉奥孔》(*Laoccoon*)，朱光潜译，北京：人民文学出版社，1978 年 (1997 年重印)。

E. Pulgram (普尔格拉姆)，*Italic, Latin, Italian* (《意大利语·拉丁语·意大利人》)，Heidelberg 1978。

Michael von Albrecht (阿尔布雷希特)：*Naevius' Bellum Poenicum* (奈维乌斯的《布匿战纪》)，见 *Das Römische Epos* (《古罗马叙事诗》)，E. Burck

（布尔克）编，Darmstadt 1979。

A. L. Prosdocimi（普罗斯多基米）: *Studi sul Latino Arvaico*（关于古风时期拉丁语的研究），载于 *Studi Etruschi*（《埃特鲁里亚研究》）47（1979）。

F. Klingner: *Humanität und Humunitas*（博爱与理想人性），见 *Römische Geisteswelt*（《古罗马的精神世界》），Stuttgart 1979。

R. O. A. M. Lyne, *The Latin Love Poets*（《拉丁语爱情诗人》），Oxford 1980。

雨果，《论文学》，柳鸣九译，上海：上海译文出版社，1980 年。

G. Radke（拉德克），*Archaisches Latein*（《古风时期的拉丁语》），Darmstadt 1981。

Payne, *Chaucer and Menippean Satire*（《乔叟与墨尼波斯杂咏》），University of Wisconsin Press, Madison 1981。

布克哈特（Jacob Burckhardt, 1818-1897 年），《意大利文艺复兴时期的文化》（*Die Kultur der Renaissance in Italien: Ein Versuch*），何新译，马香雪校，北京：商务印书馆，1983 年。

《狄德罗美学论文选》，张冠尧、桂裕芳等译，译本序（艾珉），北京：人民文学出版社，1984 年。

E. A. Schmidt（施密特），*Zeit und Geschichte bei Augustin*（《奥古斯丁笔下的时间与历史》），Heidelberg 1985。

E. A. Schmidt（施密特），*Catull*（《卡图卢斯》），Heidelberg 1985。

Die Römische Satire（《古罗马讽刺诗》），J. Adamietz（阿达米埃茨）编，Darmstadt 1986。

乌特琴科，《恺撒评传》，王以铸译，北京：中国社会科学出版社，1986 年。

尼采，《悲剧的诞生》，周国平译，北京：三联书店，1986 年，页 7 以下。

默雷（Gilbert Murray），《古希腊文学史》（*The Literature of Ancient Greece*），孙席珍、蒋炳贤、郭智石译，上海译文出版社，1988 年。

J. Bländsdorf（布伦斯多尔夫）: "*Metrum und Stil als Indizien für Vorliteraturischen Gebrauch des Saturniers*"（作为文学史前运用萨图尔努斯格的证据的格律与风格），见 *Studien zur Vorliterarischen Periode im Frühen Rom*《（早期古罗马的文学史前时期研究》），G. Vogt-Spira 编，Tübingen 1989。

H. Eichner（艾希讷）、R. Frei-Stolba（弗莱－斯托尔巴）: *Interessante Einzelobjekte aus dem Rätischen Museum Chur, 1 Teil: Das Oskische Sprachdenkmal Vetter Nr. 102*（来自瑞特人库尔博物馆的有趣的个别物品，第一部分:

奥斯克的语言丰碑，维特尔 102 号），见 *Jahresbericht 1989 des Rätischen Museums Chur*（《瑞特人库尔博物馆 1989 年年度报告》）。

N. Holzberg, *Die Römische Liebeselegie. Eine Einführung*（《古罗马爱情诉歌引论》），Darmstadt 1990。

古朗士，《希腊罗马古代社会研究》，李玄伯译，上海：上海文艺出版社，1990 年。

Römische Sagen（《罗马传说》），Richard Carstensen（重述资料），München［dtv］1992。

Johann Wolfgang von Goethe（歌德），*Die Leiden des Jungen Werthers*（《少年维特的烦恼》），Stuttgart 1994。

蒙森（Theodor Mommsen），《罗马史》（*Römische Geschichte*）卷一至三，李稼年译，北京：商务印书馆，1994/2004/2005 年。

汉斯·昆（Hans Küng），《基督教大思想家》，包利民译，香港：汉语基督教文化研究所，1995 年。

帕利坎，《历代耶稣形象及其在文化史上的地位》，杨德友译，香港：汉语基督教文化研究所，1995 年。

勒博埃克，《恺撒》，吴模信译，北京：商务印书馆，1995 年。

黑格尔，《美学》（*Ästhetik*）卷三下册，朱光潜译，北京：商务印书馆，1996 年。

Fritz Graf（格拉夫），*Gottesnaehe und Schadenzauber: die Magie in der Griechisch-Römische Antike*（《亲近上帝与损害魔咒：古希腊与古罗马文学中的魔法》），Muenchen 1996。

马基雅维里，《论李维历史的前十卷》，曼斯非尔德、塔科夫译，芝加哥大学出版社，1996 年。

莱辛，《拉奥孔》，朱光潜译，北京：人民文学出版社，1997 年（重印）。

《歌德谈话录》，爱克曼辑录，朱光潜译，北京：人民文学出版社，1997 年重印。

吉本，《罗马衰亡史》，黄宜思等译，北京：商务印书馆，1997 年。

布洛克（R. Bloch），《罗马的起源》（*The Origins of Rome*），张译乾等译，北京：商务印书馆，1998 年。

格里玛尔，《西塞罗》，董茂永译，北京：商务印书馆，1998 年。

Sabine Hojer 著，*Die Römische Gesellschaft: das Öffentliche Leben im Spiegel von Kunst und Literatur*（《罗马社会：艺术与文学反映的公众生活》），München［MPZ］1998。

穆阿提（Claude Moatti），《罗马考古——永恒之城重现》，郑克鲁译，上海：上海书店出版社，1998年。

马基雅维里，《君主论》，曼斯非尔德译本，第二版，芝加哥大学出版社，1998年。

肖特，《罗马共和的衰亡》，许绶南译，［台北］：麦田出版社，1999年。

奥·曼诺尼，《弗洛伊德》，王世英译，石家庄：河北教育出版社，1999年（2000年重印）。

汉·诺·福根，《柏拉图》，刘建军译，石家庄：河北教育出版社，2000年。

基弗，《古罗马风化史》，姜瑞璋译，沈阳：辽宁教育出版社，2000年。

梅列日科夫斯基，《但丁传》，刁绍华译，沈阳：辽宁教育出版社，2000年。

尼古拉斯，《罗马法概论》，黄风译，北京：法律出版社，2000年。

巴洛，《罗马人》，黄韬译，上海：上海人民出版社，2000年。

肖特，《奥古斯都》，杨俊峰译，上海：上海译文出版社，2001年。

波尔桑德尔，《君士坦丁大帝》，许绶南译，上海：上海译文出版社，2001年。

《诗学史》上、下册，贝西埃（Jean Bessière）等主编，史忠义译，天津：百花文艺出版社，2001年。

孟德斯鸠（Montesquieu），《罗马盛衰原因论》（De Lla Grandeur des Romains et de leur décadence），婉玲译，北京：商务印书馆，2001年。

罗格拉（Bernardo Rogora），《古罗马的兴衰》（Roma），宋杰、宋玮译，济南：明天出版社，2001年。

亚努（Roger Hanoune）、谢德（John Scheid），《罗马人》，黄雪霞译，上海：汉语大词典出版社，2001年。

戴尔·布朗主编，《提比留》，徐绶南译，上海：上海译文出版社，2001年。

詹金斯，《罗马的遗产》，晏绍祥等译，上海：上海人民出版社，2002年。

夏尔克，《罗马神话》，曹乃云译，南京：译林出版社，2002年。

雷立柏（Leopold Leed），《古希腊罗马与基督宗教》，北京：社会科学文献出版社，2002年。

戴尔·布朗主编，《庞贝：倏然消失了的城市》，北京：华夏出版社，2002年。

戴尔·布朗主编,《罗马:帝国荣耀的回声》,北京:华夏出版社,2002 年。

戴尔·布朗,《伊特鲁里亚人》,北京:华夏出版社,2002 年。

布鲁姆(Allen Bloom),《巨人与侏儒》(*Giants and Dwarfs*),张辉选编,秦露等译,北京:华夏出版社,2003 年。

芬利(F. I. Finley),《希腊的遗产》,上海:上海人民出版社,2004 年。

弥尔顿,《复乐园》,金发燊译,桂林:广西师范大学出版社,2004 年。

尼古拉斯,《伊壁鸠鲁主义的政治哲学:卢克莱修的〈物性论〉》,溥林译,北京:华夏出版社,2004 年。

罗斯托夫采夫(M. Rostovtzeff),《罗马帝国社会经济史》(*The Social and Economic History of Roman Empire*),上、下册,马雍 厉以宁译,北京:商务印书馆,2005 年。

Ulrike Auhagen 等,*Petrarca und die Römische Literatur*(《彼特拉克与罗马文学》),Tübingen[Narr]2005。

蒙森,《罗马史》,李斯等译,长春:时代文艺出版社,2006 年。

安德烈(JacquesAndré),《古罗马的医生》(*Être Médecin à Rome*),杨洁、吴树农译,桂林:广西师范大学出版社,2006 年。

A Companion to Latin Literature(《拉丁文学手册》),Stephen Harrison(哈里森)编,Blackwell Publishing 2007。

Silke Diederich,*Römische Agrarhandbücher zwischen Fachwissenschaft*,*Literatur und Ideologie*(《介于专科、文学和意识形态之间的古罗马农业手册》),Walter de Gruyter 2007。

沃格林,《希腊化、罗马和早期基督教》,谢华育译,上海:华东师范大学出版社,2007 年。

弥尔顿,《失乐园》,朱维之译,长春:吉林出版集团有限责任公司,2007 年。

阿克洛伊德(Peter Ackroyd),《古代罗马》(*Ancient Rome*),冷杉、杨立新译,北京:三联书店,2007 年。

科瓦略夫,《古代罗马史》,王以铸译,上海:上海书店出版社,2007 年。

格兰特(Michael Grant),《罗马史》(*History of Rome*),王乃新、郝际陶译,上海:上海人民出版社,2008 年。

Martin Seewald:*Studien zum 9. Buch von Lucans "Bellum Civile"*(《卢卡努斯〈内战纪〉卷九研究》),Walter de Gruyter 2008。

Petrus W. Tax, *Notker latinus zu Boethius*, "*De Consolatione Philosophiae*"（《诺特克尔翻译的拉丁作品波爱修斯〈哲学的慰藉〉》），Walter de Gruyter 2008。

《菜园哲人伊壁鸠鲁》，罗晓颖编译，北京：华夏出版社，2009年。

《简明拉丁语教程》（*Cursus Brevis Linguae Latinae*），雷立柏（Leopold Leeb）编，北京：商务印书馆，2010年。

卢梭（Jean-Jacques Rousseau），《社会契约论》（*Du Contrat Social ou Principes du Droit Politique*），李平沤译，北京：商务印书馆，2011年。

克拉夫特（Peter Krafft），《古典语文学常谈》（*Orientierung Klassische Philologie*），丰卫平译，北京：华夏出版社，2012年。

（二）国内研究

阎国忠，《古希腊罗马美学》，北京：北京大学出版社，1983年。

缪朗山，《西方文学理论史纲》，北京：中国人民大学出版社，1985年。

余匡复，《德国文学史》，上海：上海外语教育出版社，1991年。

《中国大百科全书：图书馆学·情报学·档案学》，北京：中国大百科全书出版社，1993年。朱龙华，《罗马文化与古典传统》，杭州：浙江人民出版社，1993年版，1996年重印。

《外国文学简编》（欧美部分），朱维之、赵澧主编，第三版，北京：中国人民大学出版社，1994年。

李雅书、杨共乐，《古代罗马史》，北京：北京师范大学出版社，1994年。

周枬，《罗马法原论》（上、下），北京：商务印书馆，1994年。

王焕生，《古罗马文艺批评史纲》，南京：译林出版社，1998年。

朱光潜，《诗论》，第二版，北京：生活·读书·新知三联书店，1998年。

杨俊明，《古罗马政体与官制史》，长沙：湖南师范大学出版社，1998年。

《基督教文化评论》（9），刘小枫主编，贵阳：贵州人民出版社，1999年。

范明生，《西方美学通史》第一卷：《古希腊罗马美学》，上海：上海文艺出版社，1999年。

晏绍祥，《古典历史研究发展史》，武汉：华中师范大学出版社，1999年。

杨武能，《走近歌德》，石家庄：河北教育出版社，1999年。

《圣经（灵修版）·新约全书》，香港：国际圣经协会，1999年。

《希腊罗马的神话与传说》，郑振铎编著，上海：上海书店出版社，2000 年。

梁工、赵复兴，《凤凰的再生：希腊化时期的犹太文学研究》，北京：商务印书馆，2000 年。

《基督教文学》，梁工主编，北京：宗教文化出版社，2001 年。

朱光潜，《西方美学史》（第二版），北京：人民文学出版社，2002 年。

王焕生，《论共和国》导读，成都：四川教育出版社，2002 年。

《欧洲文学史》（上），杨周翰、吴达元和赵萝蕤主编，第二版，北京：人民文学出版社，2003 年。

《罗马文学史》，刘文孝主编，昆明：云南人民出版社，2003 年。

王晓朝，《教父学研究：文化视野下的教父哲学》，保定：河北大学出版社，2003 年。

《圣经地名词典》，白云晓编著，北京：中央编译出版社，2004 年。

叶民，《最后的古典：阿米安和他笔下的晚期罗马帝国》，天津：天津人民出版社，2004 年。

《罗念生全集》，罗锦鳞主编，上海：上海人民出版社，2004/2007 年。

王力，《希腊文学·罗马文学》，北京：中国人民大学出版社，2005 年。

《凯若斯：古希腊语文学教程》（上册），刘小枫编修，上海：华东师范大学出版社，2005 年。

伍蠡甫、翁义钦，《欧洲文论简史》（古希腊罗马至 19 世纪末），第二版，北京：人民文学出版社，2005 年重印。

刘以焕，《古希腊语言文字语法简说》，上海：上海人民出版社，2005 年。

王焕生，《古罗马文学史》，北京：人民文学出版社，2006 年。

《希腊罗马神话与传说中的恋爱故事》，郑振铎编，上海：上海书店出版社，2006 年。

《雅努斯——古典拉丁文言教程》（试用稿和附录），刘小枫编，2006 年 9 月 9 日增订第二稿。

《诗学解诂》（经典与解释 15），刘小枫、陈少明主编，陈陌等译，北京：华夏出版社，2006 年。

《德语诗学文选》，刘小枫选编，上海：华东师范大学出版社，2006 年。

谭载喜，《西方翻译简史》增订版，北京：商务印书馆，2006 年。

江澜：瓦罗：古罗马百科全书式散文家，载于《广东外语外贸大学学报》，2007 年第 6 期。

王晓朝，《希腊哲学简史——从荷马到奥古斯丁》，上海：上海三联书店，2007 年。

杨共乐，《罗马史纲要》，北京：商务印书馆，2007 年。

刘宗坤，《原罪与正义》，上海：华东师大出版社，2007 年。

《古典诗文绎读·西学卷·古代编》（上、下），刘小枫选编，邱立波、李世祥等译，北京：华夏出版社，2008 年。

《维科与古今之争》（经典与解释 25），刘小枫、陈少明主编，北京：华夏出版社，2008 年。

《霍布斯的修辞》（经典与解释 26），刘小枫、陈少明主编，北京：华夏出版社，2008 年。

《〈埃涅阿斯纪〉章义》（*Reading of the Aeneid*），王承教选编，王承教、黄芙蓉等译，北京：华夏出版社，2009 年。

《施特劳斯与古今之争》（*Leo Strauss and the Quarrel of the Ancients and the Moderns*），刘小枫选编，上海：华东师范大学出版社，2009 年。

格罗索（Guiseppe Grosso），《罗马法史》（*Storia del Diritto Romano*），黄风译，第二版，北京：中国政法大学出版社，2009 年。

刘小枫，《重启古典诗学》（*Poetica Classica Retractata*），华夏出版社，2010 年。

刘小枫，《论诗术讲疏》，北京：华夏出版社，2011 年。

《雅努斯：古典拉丁语文读本》，刘小枫编修，上海：华东师范大学出版社，2011 年。

荷马等，《英雄诗系笺注》（*Comentary to Epic Cycle*），崔嵬、程志敏译，北京：华夏出版社，2011 年。

阿波罗尼俄斯，《阿尔戈英雄纪》（*Argonautica Apollonii Rhodii：translatio*），罗逍然译笺，北京：华夏出版社，2011 年。

阿波罗尼俄斯，《〈阿尔戈英雄纪〉笺注》（*Argonautica Apollonii Rhodii：commentarii*），罗逍然译笺，北京：华夏出版社，2011 年。

《古罗马宗教读本》，魏明德（Benoit Vermander）、吴雅凌编著，北京：商务印书馆，2012 年。

革利乌斯（Aulus Gellius），《阿提卡之夜》（*Noctes Atticae*）1-5 卷，周维明、虞争鸣、吴挺、归伶昌译，北京：中国法制出版社，2014 年。

贺拉斯，《贺拉斯诗选》拉中对照详注本（*Selected Poems of Horace, A Latin-Chinese Edition with Commentary*），李永毅译注，北京：中国青年出版社，2015 年。

海厄特（Gilbert Highet），《古典传统》（*The Classical Tradition：Greek and Roman Infulences on Western Literature*），王晨译，北京：北京联合出版公

司，2015 年。

伊丽莎白·罗森（Elizabeth Rawson），《西塞罗传》（*Cicero：A Portrait*），王乃新、王悦、范秀琳译，北京：商务印书馆，2015 年。

艾伦、格里诺等编订，《拉丁语语法新编》（*Allen and Greenough's New Latin Grammar*），顾枝鹰、杨志城等译注，上海：华东师范大学出版社，2017 年。

达夫（Tim Duff），《普鲁塔克的〈对比列传〉——探询德性与恶行》（*Plutarch's Lives：Exploring Virtue and Vice*），万永奇译，北京：华夏出版社，2017 年。

三、其他

（一）文学资源

古典拉丁语书丛 http：//www. thelatinlibrary. com/（主要是古罗马作家作品）

文学资源中心（*Literary Reference Center*）http：//search. ebscohost. com/ login. aspx？profile＝plus

大英百科全书在线（*Encyclopædia Britannica Online*）http：//www. britannica. com/

（二）古典语言词典

A Greek—English Lexicon，Stuart Jones 和 Roderick McKenzie 新编，Oxford 1940（1953 重印）。

《拉丁语汉语词典》，谢大任编著，北京：商务印书馆，1988 年。

《古希腊语汉语词典》，罗念生、水建馥编，北京：商务印书馆，2004 年。

The Bantam New College 编，*Latin and English Dictionary*（《拉丁语英语词典》），3. edition，revised and updated by John C. Traupman，New York：Bantam Books，2007.

《朗文拉丁语德语大词典》（*Langenscheidt Großes Schulwörterbuch Lateinisch-Deutsch*），Langenscheidt Redaktion，auf der Grundlage des Menge-Güthling，Berlin 2009。

雷立柏（Leopold Leeb）编著，《拉丁语汉语简明词典》（*Dictionarium Parvum Latino—Sincum*），北京：世界图书出版公司，2010 年，2016 年 10 月重印。

哈珀·柯林斯出版集团著，《柯林斯拉丁语—英语双向词典》（*Collins*

Latin Dictionary & Grammar），北京：世界图书出版公司，2013。

    Oxford Classical Dictionary（《牛津古典词典》）＝ www. gigapedia. com

    A *Greek—English* Lexicon（《希英大辞典》）＝ www. archive. org

    A*Latin—English* Lexicon（《拉英大辞典》）＝ . archive. org

    拉丁文－英文词典 http：//humanum. arts. cuhk. edu. hk/Lexis/Latin/

    （三）其他

《希腊罗马神话辞典》（*Dictionary of Classical Mythology*），［美］J. E. 齐默尔曼编著，张霖欣编译，王增选审校，西安：陕西人民出版社，1987 年。

    《新英汉词典》（增补版），《新英汉词典》编写组编，上海：上海译文出版社，1985 年新 2 版，1993 年重印。

DUDEN Deutsches Universalwörterbuch（《杜登通用德语词典》），新修订的第二版，杜登编辑部 Günther Drosdowski 主编，曼海姆（Mannheim）：杜登出版社，1989 年；北京：世界图书出版公司，1993 年。

    《新德汉词典》（《德汉词典》修订本），潘再平修订主编，上海：上海译文出版社，2004 年。

    德语在线词典 http：//dict. leo. org/（以德语为中心，与英语、法语、俄语、意大利语、汉语、和西班牙语互译）

    英汉－汉英词典 http：//www. iciba. com/

附录二 缩略语对照表

（以首字母为序）

C. (盖) = Caius（盖尤斯，古罗马人名）。

Cn. (格) = Cnaus（格奈乌斯，古罗马人名）。

Co. (科) = Cornelius（科尔涅利乌斯，古罗马人名）。

G. (盖) = Gaius（盖尤斯，古罗马人名）。

GL = Grammatici Latini. 参 *Grammatici Latini*，H. Keil 编，7 卷本（7 Bde.），Leipzig 1855 – 1880。

Gn（格）= Gnaus（格奈乌斯，古罗马人名）

Keil = H. Keil，参 *Grammatici Latini*，H. Keil 编，7 卷本（7 Bde），Leipzig 1855 – 1880。

Komm. z. St. = Kommentar zur Stelle，意为"评刚才引用的古代作家的引文"。

L. （卢）= Lucius（卢基乌斯，古罗马人名）

LCL = Loeb Classical Library，参《古代拉丁典籍残篇集成》（*Remains of Old Latin*），E. H. Warmington 编译（Ed. and transl.），Bd. 1. London ^{2}1956. Bd. 2. Ebd. 1936. Bd. 3. Ebd. ^{2} 1957. Bd. 4. Ebd. ^{2} 1953. （Loeb Classical Library）。

Leo, Röm. Lit. = F. Leo（莱奥），*Römische Literatur*，参 *Geschichte der Römischen Literatur. Bd. 1*：*Die Archaische Literatur*（《史前文学》），Berlin 1913。

M. (马) = Marcus (马尔库斯，古罗马人名)

Morel-Büchner，见 *Fragmenta Poetarum Latinorum Epicorum et Lyricorum praeter Ennium et Lucilium*. Post W. Morel novis curis adhibitis ed. C. Buechner, Leipzig: Teubner,[2] 1982。

P. (普) = Publius (普布利乌斯，古罗马人名)

Q. (昆) = Quintus (昆图斯，古罗马人名)

R = O. Ribbeck (里贝克)，参 *Comicorum Romanorum Fragmenta*. Tertiis curis rec. O. Ribbeck (里贝克)，Leipzig: Teubner 1898。

Sk = O. Skutsch (斯库奇)，参《恩尼乌斯的〈编年纪〉》(*The Annals of Q. Ennius*)，O. Skutsch (斯库奇) 编、评介 (Ed. with introd. And comm.)，Oxford: Clarendon Press，1985。

T. (提) = Titus (提图斯，古罗马人名)

V = I. Vahlen (瓦伦)，参 *Ennianae Poesis Reliquiae*，Iteratis curis rec. I. Vahlen (瓦伦)，Leipzig 1903。

附录三　年　表

公元前 5000-前 2000 年　意大利新石器时代

公元前 2000 纪初　意大利东北部出现木杙建筑

公元前 2000-前 1800 年　意大利黄铜时代

公元前 1800-前 1500 年　亚平宁文化的产生和发展

公元前 1800-前 1000 或前 800 年　意大利青铜时代

公元前 2000 纪中叶（前 1700 年）　波河以南出现特拉马拉青铜文化

公元前 1000 纪初（前 1000-前 800 年）　铁器时代。威兰诺瓦文化。移居阿尔巴山

公元前 10-前 9 世纪　移居帕拉丁山。

公元前 9 世纪初　埃特鲁里亚文化产生。移居埃斯克维里埃山和外部诸山。

公元前 814 年　建立迦太基

公元前 753 年　建立罗马城

公元前 753-前 510 年　罗马从萨宾人和拉丁人的居民点发展成为城市。罗马处于埃特鲁里亚人统治之下。七王。和埃特鲁里亚人的战争

公元前 625-前 600 年　埃特鲁里亚人来到罗马

约公元前 600 年　最早的拉丁语铭文

公元前 510 年　驱逐“傲王”塔克文。布鲁图斯在罗马建立共和国；每年由委员会选出两名执政官和其他高级官员（后来裁判官、财政官；每 5 年 2 名监察官）；元老院的影响很大。罗马对周边地区的霸权开始：罗马对

拉丁姆地区的霸权

公元前 508 年　罗马对迦太基的条约

公元前 496 年　罗马与拉丁联盟发生战争；罗马与拉丁结盟，签订《卡西安条约》（*Foedus Cassianum*）

公元前 494 年　阶级斗争开始：平民撤退至圣山（Monte Sacro）

公元前 493 年　出现平民会议，设立平民保民官和平民营造官

公元前 486 年　斯普里乌斯·卡西乌斯（Spurius Cassius Vecellinus）的土地法

公元前 482 - 前 474 年　维伊战争

公元前 471 年　普布里利乌斯法。政府承认平民会议和平民保民官

公元前 451 - 前 450 年　成立十人委员会，制定成文法律《十二铜表法》

公元前 449 年　平民第二次撤退至圣山。瓦勒里乌斯·波蒂乌斯（Lucius Valerius Potitus）和贺拉提乌斯（Marcus Horatius Pulvillus）任执政官，颁布《瓦勒里乌斯和贺拉提乌斯法》（*Lex Valeria Horatia*），明确保民官的权力[1]

公元前 447 年　人民选举财务官。或出现部落会议

公元前 445 年　《卡努利乌斯法》。具有协议权力的军事保民官（Tribuni Militum Consulari Poetestate）[2] 替代执政官

公元前 443 年　设立监察官，任命 L. 帕皮里乌斯（L. Papirio）与森布罗尼（L. Sempronio）为监察官[3]

公元前 438 - 前 426 年　第二次维伊战争

公元前 434 年　《埃米利乌斯法》（*Lex Aemilia*）将监察官任期确定为 18 个月[4]

公元前 430 年　《尤利乌斯和帕皮里乌斯法》（*Legge Iulia Papiria*）[5]

公元前 406 - 前 396 年　第三次维伊战争

公元前 5 世纪末至前 4 世纪中期　罗马征服北部的埃特鲁里亚和南部的沃尔斯基人等居住的相邻地区

---

①　或为 *Legge Valeria Orazia*，参格罗索，《罗马法史》，黄风译，第二版，北京：中国政法大学出版社，2009 年，页 37 和 54。

②　参杨俊明，《古罗马政体与官制史》，页 107 以下。

③　格罗索，《罗马法史》，页 67。

④　格罗索，《罗马法史》，页 67。

⑤　格罗索，《罗马法史》，页 145。

公元前387年 高卢人进攻；毁灭罗马；城防（塞尔维亚城墙：或为公元前378年）和被破坏的城市的新规划

公元前376年 保民官利基尼乌斯·施托洛（C. Licinius Stolo）与塞克斯提乌斯（L. Sextius Lateranus）提出法案

公元前367年 平民与贵族达成协议，通过利基尼乌斯与塞克斯提乌斯提出的法案，即《利基尼乌斯和塞克斯提乌斯法》（Legge Licinia Sestia）。恢复执政官职务。设立市政官

公元前367年 除了古罗马贵族以外，平民也获准当执政官。保民官监督平民的利益：对其他高级官员的措施的调解权

公元前366年 罗马节，每年尊崇大神尤皮特。平民首次出任执政官。设立行政长官的职务

公元前364年 罗马发生瘟疫，邀请埃特鲁里亚的巫师跳舞驱邪；埃特鲁里亚的演员在罗马进行舞台演出

公元前4世纪中期 罗马开始向意大利中部扩张

公元前358年 罗马与拉丁人订立条约

公元前356年 第一次选出平民独裁官

公元前351年 第一次选出平民监察官

公元前348年 罗马恢复对迦太基人的条约

公元前343-前341年 第一次萨姆尼乌姆战争

公元前340-前338年 拉丁战争；坎佩尼亚战争

公元前337年 第一次选出平民行政长官

公元前328-前304年 第二次萨姆尼乌姆战争

公元前312年 罗马修筑通往坎佩尼亚的阿皮亚大道

公元前298-前290年 第三次萨姆尼乌姆战争

公元前295年 森提努姆（翁布里亚）战役：德基乌斯战胜伊特拉里亚人和凯尔特人的联军，他自己濒临死亡（capitis devotio）。对此阿克基乌斯在紫袍剧《埃涅阿斯的后代》或《德基乌斯》（Aeneadae sive Decius）中有所描述

公元前290年 萨姆尼乌姆战争结束，罗马征服意大利中部

公元前287或前286①年 平民第三次撤退至圣山。由于《霍尔滕西乌斯法》（前297年），阶级斗争结束：平民在平民议会做出的决议对所有人都具有约束力

约公元前284年 安德罗尼库斯生于塔伦图姆

---

① 格罗索，《罗马法史》，页71、351。

公元前 280 年　书面记录和传达阿皮乌斯·克劳狄乌斯反对皮罗斯和平提议的演说辞

公元前 280–前 275 年　在战胜其他意大利民族和伊庇鲁斯国王皮罗斯以后，占领希腊城池特别是塔伦图姆（前 275 年），罗马征服意大利南部，从而统一了意大利半岛（从波河平原至塔伦图姆）

公元前 273 年　罗马与埃及建立友好关系

公元前 272 年　塔伦图姆投降。安德罗尼库斯作为战俘来到罗马

约公元前 270 年　奈维乌斯诞生

公元前 264 年　角斗表演在罗马首次出现

公元前 264–前 241 年　第一次布匿战争。奈维乌斯自己积极参加第一次布匿战争，撰写他的叙事诗《布匿战纪》

公元前 263 年　罗马与叙拉古结盟

公元前 261–前 260 年　罗马建立舰队

约公元前 250–前 184 年　普劳图斯生于翁布里亚，第一位伟大的拉丁语谐剧诗人

公元前 242 年　设立外事裁判官

公元前 241 年　西西里岛成为第一个罗马行省。百人队大会改革

公元前 241–前 238 年　反迦太基的雇佣兵战争

公元前 240 年　在罗马节，第一次上演依据希腊典范的拉丁语剧本，作者是塔伦图姆的战俘安德罗尼库斯。他也用拉丁语改写荷马叙事诗《奥德修纪》

公元前 239–前 169 年　恩尼乌斯，出身于墨萨皮家族，生于卡拉布里亚的鲁狄埃；第一位伟大的叙事诗作家：历史叙事诗《编年纪》

公元前 238/前 237 年　占领撒丁岛和科尔西嘉岛

公元前 235 年　第一次上演奈维乌斯依据希腊典范改编的舞台剧本；他也撰写历史叙事诗《布匿战纪》

公元前 234–前 149 年　加图（老加图），拉丁语散文的第一个代表人物：在他的私人生活中以及他的文字——谈话录，一篇关于农业的论文《农业志》和一部意大利城市的编年史《史源》——中，他出现的面目是古罗马传统的狂热捍卫者，反对受到希腊文化的太大影响

公元前 229–前 228 年　第一次伊利里古姆战争

公元前 226 年　埃布罗条约

公元前 222 年　在克拉斯提狄乌姆战役中，老马尔克卢斯击败上意大利的英苏布里人（奈维乌斯的紫袍剧《克拉斯提狄乌姆》）

公元前 220–前 140 年　帕库维乌斯生于布伦迪西乌姆；第一位伟大的

肃剧诗人

公元前 219 年　第二次伊利利古姆战争

公元前 218－前 201 年　第二次布匿战争；迦太基人汉尼拔翻越阿尔卑斯山，公元前 217 年在特拉西美努斯湖畔（Trasimenischer See）和公元前 216 年在坎奈击败罗马人；然而罗马人由于坚忍不拔而战胜：汉尼拔必须离开意大利；公元前 202 年北非扎玛战役，以老斯基皮奥（斯基皮奥·阿非利加努斯）的胜利告终：罗马在地中海西部地区接管了迦太基的角色，成为最重要的贸易大国；公元前 201 年西班牙成为罗马的行省

公元前 215－前 205 年　第一次马其顿战争

公元前 212－前 211 年　罗马与埃托利亚联盟

公元前 210－前 184 年　普劳图斯的谐剧：传世 21 部谐剧，例如《吹牛的军人》（公元前 206/前 205 年）、《斯提库斯》（公元前 200 年）和《普修多卢斯》（公元前 191 年）

公元前 210 左右－前 126 年　波吕比奥斯

公元前 207 年　罗马举行祭典，安德罗尼库斯为此写颂歌

公元前 206 年　老斯基皮奥（斯基皮奥·阿非利加努斯）在伊利帕（Ilipa）的胜利

公元前 204 年　恩尼乌斯来到罗马，戏剧创作开始；德高望重的诗人安德罗尼库斯死于罗马。《辛西亚法》（*Lex Cincia*）由保民官辛西亚（M. Cincius Alimentus）提议制定①

公元前 201 年　罗马和迦太基缔和

约公元前 200 年　提提尼乌斯的紫袍剧创作时期开始。最早的、用希腊语写作的古罗马编年史作家：皮克托尔和阿里门图斯

公元前 200－前 197 年　"爱好希腊的人"T. 弗拉米尼努斯击败马其顿王国的国王菲力普五世；罗马宣布希腊摆脱马其顿的统治，获得"独立"

公元前 200－前 196 年　第二次马其顿战争

公元前 195 年　老加图当执政官

公元前 192－前 189 年　对叙利亚的安提奥科三世发动战争：公元前 189 年马·孚尔维乌斯·诺比利奥尔占领与安提奥科结盟的埃托里亚城市安布拉基亚；罗马把国王安提奥科逐出小亚细亚，把这个地区送给帕伽马的国王。在恩尼乌斯的紫袍剧《安布拉基亚》中有所描述

约公元前 190－前 159 年　泰伦提乌斯，生于北非

公元前 190 年　安提奥科三世败于马格尼西亚

---

① 周枏，《罗马法原论》，北京：商务印书馆，1994 年，页 822。

公元前 186 年 鉴于狂热崇拜源于希腊的巴科斯，元老院通过反对祭祀酒神巴科斯的决定（Senatus Consultum de Bacchanalibus）

公元前 184 年 老加图当监察官

公元前 183 年 老斯基皮奥和汉尼拔去世

公元前 181 年 尤利乌斯和提提乌斯法

约公元前 180－前 102 年 卢基利乌斯

公元前 173 年 两位伊壁鸠鲁哲学家被逐出罗马

公元前 172－前 168 年 第三次马其顿战争：鲍卢斯在皮得那战役战胜马其顿的国王帕修斯（帕库维乌斯的紫袍剧《鲍卢斯》）；马其顿附属于罗马。在罗马，整个权力都在于贵族和元老院。意大利农民变为无产阶级。通过罗马的前执政官和前裁判官剥削意大利以外的行省。由于战利品，在罗马奢侈之风愈演愈烈

公元前 170 年 阿克基乌斯出生

公元前 169 年 恩尼乌斯逝世；上演他的《提埃斯特斯》

公元前 168 年 皮得那战役，帕修斯失败

公元前 167 年 老加图的演讲辞《为罗得岛人辩护》，和别的政治演讲辞一起收入他的纪事书《史源》。在老年时老加图撰写《农业志》

公元前 166－前 160 年 泰伦提乌斯的谐剧；他被小斯基皮奥和他的朋友提拔；这个圈子也吸纳希腊哲学家帕奈提奥斯和历史学家波吕比奥斯

公元前 161 年 罗马元老院把希腊修辞学家和哲学家赶出罗马

公元前 155 年 一个希腊的哲学家使团——学园派卡尔涅阿德斯、逍遥派克里托劳斯（Kritolaos）和廊下派第欧根尼——访问罗马，举办讲座。愤怒的老加图要求立即驱逐他们

公元前 149 年 老加图逝世

公元前 149－前 146 年 第三次布匿战争：小斯基皮奥毁灭迦太基；北非成为罗马的行省

公元前 147 年 马其顿成为罗马的行省

公元前 146 年 希腊起义。毁灭哥林多；希腊并入罗马的马其顿行省

公元前 145 年 莱利乌斯试图进行土地改革

公元前 143－前 133 年 努曼提亚战争

公元前 140 年 80 岁的帕库维乌斯带着一部肃剧到场，与阿克基乌斯比赛

公元前 137－前 132 年 西西里第一次奴隶起义

公元前 133 年 西班牙起义：小斯基皮奥占领努曼提亚；整个西班牙成为罗马的行省

公元前 133-前 121 年　罗马的社会和政治动荡：保民官格拉古兄弟反对元老院贵族，建议把土地分配给贫民，把谷物分配给城市无产者。盖·格拉古通过在亚细亚设立税务部门和在罗马设立法院，获得了用钱买来贵族头衔的富人支持。在巷战中，格拉古兄弟垮台（提比略·格拉古死于斯基皮奥·纳西卡·塞拉皮奥之手）

约公元前 133-前 102 年　卢基利乌斯撰写 30 卷《讽刺诗集》；与小斯基皮奥的友谊；紫袍剧诗人阿弗拉尼乌斯的创作时期

约公元前 130 年　帕库维乌斯逝世

约公元前 130-约前 100 年　编年史作家皮索·福鲁吉、阿塞利奥和安提帕特

公元前 129 年　小斯基皮奥死亡。帕伽马王国成为罗马的亚细亚行省。西塞罗《论共和国》的紧张时期

公元前 123-前 122 年　盖·格拉古颁布若干《森布罗尼法》（*Lex Sempronia*），包括公元前 123 年盖·格拉古提出的平民决议《关于执政官行省的森布罗尼法》（*Lex Sempronia de Provinciis*）①

公元前 123-前 121 年　保民官盖·格拉古的演讲辞

公元前 116-前 27 年　古物学家、语言学家和诗人瓦罗生于萨宾地区的雷阿特；在他的名下，大约有 70 部著作，总篇幅达到 600 卷；把墨尼波斯杂咏引入拉丁语文学

公元前 113-前 101 年　马略击败日尔曼族西姆布赖人和条顿人，5 年被民众选为执政官（公元前 107 年第一次任执政官）。马略实行军队改革，组建了一支罗马的职业军队；公元前 100 年获得了他的第六个执政官任期；罗马陷入无政府状态

公元前 112-前 105 年　朱古达战争：开始努米底亚国王朱古达收买元老院的寡头政治，但是最终被新贵马略击败。托里乌斯战争

约公元前 110-约前 90 年　出现西塞罗的老师、演说家卢·克拉苏和马·安东尼；西塞罗和瓦罗的老师、语文学家和学者斯提洛；以及肃剧诗人和语文学家阿克基乌斯

公元前 107 年　马略出任执政官

公元前 106-前 43 年　西塞罗

公元前 104 年　第二次西西里奴隶起义

公元前 103 年/约前 100 年　最后一个披衫剧的代表人物图尔皮利乌斯逝世

---

① 格罗索，《罗马法史》，页 167、354。

公元前 100－前 44 年　恺撒

约公元前 99－前 55 年　卢克莱修；以他的《物性论》把哲学教诲诗引入拉丁语文学

公元前 92 年　苏拉当西里西亚总督。监察官（其中有克拉苏）关闭民主主义者普罗提乌斯·伽卢斯的拉丁语修辞学校

公元前 91 年卢·克拉苏逝世。西塞罗《论演说家》，其中卢·克拉苏以对话的主要人物出现，对话发生在死亡的前夜

公元前 91 年　保民官马·李维乌斯·德鲁苏斯，得到克拉苏和其他理性贵族的支持，呈献社会和政治改革提案，也是为了印度日耳曼人，遭到谋杀

公元前 91－前 89 年　意大利同盟战争：印度日耳曼人起义，反对罗马；最终获得罗马公民权

约公元前 90 年　文学的意大利民间闹剧繁荣：阿特拉笑剧，代表人物蓬波尼乌斯和诺维乌斯。执政官卢·尤利乌斯·恺撒（L. Giulio Cesare）提出《关于向拉丁人和盟友授予市民籍的尤利乌斯法》［Lex Iulia de Civitate Latinis（et Socis）Danda］①

公元前 89 年　通过保民官普劳提乌斯提出的平民决议《尤利乌斯和普劳提乌斯法》（Lex Julia et Plautia）。《关于向盟友授予罗马市民籍的普劳提乌斯和帕皮里乌斯法》（Lex Plautia Papiria de Vivitate Sociis Danda）。《庞培法》（Lex Pompeia）授予波河对岸的高卢人以拉丁权（后来恺撒又授予罗马市民籍）②

公元前 88－前 84 年　第一次米特拉达梯战争：庞托斯的国王米特拉达梯占领小亚细亚——在那里古罗马的税务官被谋杀——和希腊；他被贵族派的领导人苏拉击败

公元前 88－前 83 年　平民派领导人马略与驻留在东部地区的贵族派领导人苏拉之间发动第一次内战；许多贵族被谋杀，其中有演说家安东尼

约公元前 87－前 54 年　卡图卢斯（来自维罗纳），属于公元前 1 世纪第一个三分之一时期在罗马形成的"新诗派"，这个诗人圈子以古希腊文化的榜样为导向

公元前 86－前 34 年　撒路斯特（生于萨宾地区的阿弥特尔努姆），第一个伟大的古罗马纪事书作家

---

① 格罗索，《罗马法史》，页 220。
② 格罗索，《罗马法史》，页 167、220。

约公元前 85 年　阿克基乌斯逝世。《赫伦尼乌斯修辞学》。西塞罗开初的修辞学文章《论取材》

公元前 83－前 81 年　第二次米特拉达梯战争

公元前 83/前 82 年　苏拉返回和开入罗马（丘门战役），流放

公元前 82－前 79 年　苏拉当独裁官；放逐他的对手；严厉寡头政治的统治；事实上取缔保民官

公元前 81－前 72 年　塞尔托里乌斯在西班牙的暴动

公元前 80 年　编年史作家夸德里伽里乌斯和安提亚斯

公元前 80 年　西塞罗的第一篇重要的政治演讲辞《为阿墨里努斯辩护》取得巨大成功

自从大约前 80 年以来　绘画的第二种庞贝风格：《神秘别墅》。博斯科雷阿莱（Boscoreale）别墅

公元前 79－前 77 年　西塞罗的希腊和小亚细亚大学学习之旅；在罗得岛修辞学老师摩隆那里逗留和学习期

公元前 78 年　苏拉死亡。

公元前 77 年　最后一个长袍剧诗人阿塔逝世

公元前 77－前 72 年　庞培反对塞尔托里乌斯的斗争

公元前 75 年　西塞罗任西西里岛的财政官

公元前 74 年　俾斯尼亚落入罗马

公元前 74－前 63 年　第三次米特拉达梯战争：卢库卢斯同米特拉达梯斗争，前 67 年进行海盗战争，直到公元前 66 年庞培获得与米特拉达梯战争的最高指挥权；庞培取得最终的胜利，公元前 64 年他在东部地中海地区组建古罗马的行政机构（叙利亚行省）

公元前 73－前 71 年　斯巴达克奴隶起义

公元前 70 年　维吉尔生于曼徒阿。西塞罗《控维勒斯》。通过《关于保民官权力的庞培和利基利乌斯法》（*Lex Pompeia Licinia de Tribunicia Potestate*）和由裁判官奥勒留·科塔（Aurelius Cotta）提出的《奥勒留审判员法》（*Lex Aurelia Iudiciaria*）①

公元前 70 年　在镇压斯巴达克起义以后，庞培和克拉苏结盟，投向平民派；他俩成为执政官

公元前 70－前 69 年　《贝加苏元老院决议》

公元前 69－前 26 年　伽卢斯

公元前 67 年　在庞培的指挥下，罗马人肃清了整个地中海的海盗。由

---

① 格罗索，《罗马法史》，页 226。

保民官奥卢斯·加比尼乌斯提出的《关于任命一名镇压强盗的加比尼乌斯法》(*Lex Gabinia de uno imperatore contra praedones constituendo*)①

公元前 66 年　由保民官盖·曼尼利乌斯提出的《曼尼利乌斯法》。西塞罗任副执政；他的演说辞《为曼尼利乌斯法辩护》。第一次喀提林阴谋

公元前 66-公元 24 年　地理学家斯特拉波

公元前 65-前 8 年　贺拉斯生于维努栖亚

公元前 64-公元 8 年　墨萨拉

公元前 63 年　西塞罗任执政官，演说辞中有《控喀提林》和《为穆瑞纳辩护》

公元前 63 年　西塞罗和希普里达的协同政治：执政官。第二次喀提林阴谋：在没有挑衅的情况下，西塞罗处死运送到罗马的喀提林追随者；恺撒和平民派对此反抗

公元前 63-公元 14 年　屋大维（后来的别名奥古斯都）出生

公元前 62 年　喀提林的军队在伊特拉里亚被消灭。喀提林死

约公元前 60-前 19 年　提布卢斯

公元前 60 年　恺撒、庞培和克拉苏结盟（所谓"前三头"）

公元前 59 年　恺撒第一次当执政官

公元前 59-公元 17 年　李维（或公元前 64-公元 12 年??）

公元前 58-前 52 年　恺撒征服高卢，以前执政官的身份任高卢行省总督；撰写《高卢战记》。庞培在罗马。

公元前 58 年　根据保民官克洛狄乌斯的动议，西塞罗遭遇放逐

公元前 57 年　克洛狄乌斯与弥洛在罗马的骚乱。西塞罗结束流放

公元前 56 年　前三头在卢卡会晤。西塞罗的演讲辞《为塞斯提乌斯辩护》

公元前 55 年　庞培在罗马建立第一个用石头修建的剧院。西塞罗的《论演说家》。卡图卢斯的抒情诗

约前 55-公元 40 年　修辞学家老塞涅卡

公元前 54 年　恺撒把他的作品《论类比》(*De Analogia*)献给西塞罗

公元前 54-前 51 年　西塞罗《论共和国》和《论法律》。卢克莱修发表教诲诗

公元前 53 年　在和帕提亚人的战争中，克拉苏失利，并且在卡雷被谋杀。罗马更加陷入无政府状态

公元前 52 年　庞培"独任执政官"。保民官克洛狄乌斯被弥洛谋杀西

---

① 格罗索，《罗马法史》，页 226。

塞罗《为弥洛辩护》

公元前 51-前 50 年　恺撒发表他的《高卢战记》

公元前 49-前 46 年　内战（恺撒与元老党的庞培及其追随者）；恺撒率领他的军团，渡过卢比孔河，进攻罗马，开始内战；公元前 48 年法尔萨洛斯战役，庞培失败，逃亡埃及，被杀；恺撒任命克里奥佩特拉当埃及女王；公元前 46 年在塔普苏斯（小加图在乌提卡自杀）和公元前 45 年在蒙达战胜元老党的军队；恺撒出任终身独裁官和帝国元首

公元前 48 年　在元老党的军队失败以后，西塞罗返回罗马，得到恺撒赦免

公元前 47 年　瓦罗把他的《人神制度稽古录》献给恺撒。阿提库斯发表他的《编年史》（*Liber Annalis*）

约公元前 47-前 2 年　普罗佩提乌斯（或约公元前 47-前 16 年？）

公元前 46 年　历法改革。拟剧诗人西鲁斯战胜拉贝里乌斯；从此拟剧统治罗马的文学舞台

公元前 46-前 45 年　西塞罗的恺撒式演讲辞：为当时的庞贝人（Pompejaner）辩护，谢谢恺撒的"宽仁"

公元前 46-前 44 年　西塞罗撰写他的大多数哲学论文。恺撒任独裁官：重组行政机构；依据平民派的意思采取社会措施；历法改革（实行尤里安历法）；大赦。颁布《尤利乌斯自治市法》（*Lex Iulia Municipalis*）①

公元前 45 年　西塞罗的女儿图利娅死亡；西塞罗的《论安慰》

公元前 44 年 3 月 15 日　恺撒被布鲁图斯、卡西乌斯等人谋杀

公元前 44 年　地理学家斯特拉波的活动（直至公元 21 年）

公元前 44-前 43 年　穆提纳战争（屋大维在穆提纳战役击败安东尼，获得公元前 43 年的执政官）。西塞罗针对安东尼的《反腓力辞》和《论义务》

公元前 43 年　瓦罗把他的《论拉丁语》献给西塞罗

公元前 43 年 9 月　屋大维、安东尼和雷必达（即勒皮杜斯）结盟，形成"后三头"

公元前 43 年 12 月　西塞罗被杀

公元前 43 年　奥维德生于苏尔莫

公元前 43-前 42 年　撒路斯特《喀提林阴谋》和《朱古达战争》

公元前 42 年　腓力皮战役，安东尼击败以布鲁图斯和卡西乌斯为首的共和派；布鲁图斯和卡西乌斯自杀。后来的皇帝提比略出生

---

①　格罗索，《罗马法史》，页 156。

约公元前42-前39年（也许几年以后）　维吉尔《牧歌》（迈克纳斯圈子）

公元前42-前31年　安东尼前往东部地区，受到埃及女王克里奥佩特拉的影响，表现为东部地区的统治者；脱离屋大维接管恺撒工作的意大利

公元前40年　波利奥任执政官

公元前40年以后　贺拉斯开始写作《讽刺诗集》和《长短句集》

公元前39年　波利奥在罗马建立第一个公共图书馆

公元前38年　在维吉尔和瓦里乌斯的推荐下，贺拉斯被吸纳进迈克纳斯圈子

约公元前37年　瓦罗《论农业》

公元前37-前30年　维吉尔《农事诗》

公元前36年　安东尼远征帕提亚；阿格里帕在瑙洛科斯取得海战胜利

公元前36-前35年　远征塞克斯图斯·庞培

公元前35年　贺拉斯《讽刺诗集》第一卷完稿

公元前35年　撒路斯特在弥留之际留下未竟之作《历史》

公元前35-前30年　奈波斯的传记作品，其中有《阿提库斯传》。

公元前32年　阿提库斯逝世。迈克纳斯把萨宾地区的地产送给贺拉斯

公元前31年　阿克提乌姆海战，屋大维击败安东尼和克里奥佩特拉的舰队

公元前30年　屋大维占领亚历山大里亚，安东尼和埃及女王克里奥佩特拉双双自杀；埃及成为行省。第三种庞贝风格（自从约公元前30年以后）。卢克莱修·弗隆托（Lucretius Fronto）的房子。古琴演奏者的房子

公元前30-前29年　贺拉斯《讽刺诗集》第二卷和《长短句集》完稿

公元前30-前23年　贺拉斯《歌集》1-3卷

约公元前29-前19年　维吉尔《埃涅阿斯纪》

公元前29年　神化恺撒，尤利乌斯神庙的落成典礼

公元前28年　阿波罗神庙落成典礼。开始修建屋大维的陵墓

公元前28-前23年　维特鲁威《论建筑》（或《建筑十书》）

公元前27年　元老院正式承认屋大维为王储；作为奥古斯都，屋大维建立第一古罗马帝国。瓦罗逝世。墨萨拉的胜利

公元前27年9月以后　提布卢斯《诉歌集》第一卷

公元前27-前25年　奥古斯都在西班牙北部的坎塔布里亚和西北部的阿斯图里亚斯（Asturias）

公元前27-前19年　阿格里帕占领西班牙西北地区

公元前27-公元14年　屋大维·奥古斯都的元首政治

公元前 26 年　尊崇奥古斯都的阿尔勒大理石圆盾（复制公元前 27 年的黄金古罗马荣誉牌）

约公元前 25 年　奈波斯逝世。李维开始写作《建城以来史》

公元前 25 年　吞并加拉西亚

公元前 23 年　奥古斯都终身接管保民官的权力。马尔克卢斯死亡

约公元前 23 - 前 8 年　贺拉斯《诗艺》

公元前 22 年　奥古斯都成为终身执政官

公元前 22 - 前 19 年　奥古斯都理顺古罗马西亚的关系

公元前 20 年　提比略从帕提亚收回在卡雷丢失的部队旗帜。奥古斯都开始修建战神庙：复仇者马尔斯（Mars Ultor）① 神庙。贺拉斯《书札》第一卷。奥维德《恋歌》第一版（失传），《女杰书简》I-XV，肃剧《美狄亚》（失传）

公元前 20 - 前 1 年　奥维德《恋歌》第二版

公元前 19 年以前　贺拉斯《致弗洛尔》

公元前 19 年　维吉尔逝世。提布卢斯逝世（或公元前 17 年?）

公元前 18 年　《关于各阶层成员结婚的尤利乌斯法》。颁布《关于惩治通奸罪的尤利乌斯法》（Lex Iulia de Adulteries Coercendis）

公元前 17 年　奥古斯都举行世纪庆典，贺拉斯受托写《世纪颂歌》。《关于审判的尤利乌斯法》

公元前 16 - 前 13 年　奥古斯古在高卢。提比略和德鲁苏斯占领诺里库姆（Noricum）、雷提亚（Rätien）和文德利基恩（Vindelicien）

自从公元前 14 - 前 12 年以来　奥古斯都守护神（Genius Augusti）在拉尔神岔路神节（Lares compitales）期间受到尊崇

公元前 14 年以后　贺拉斯《致奥古斯都》

公元前 13 年　贺拉斯《歌集》第四卷

公元前 13 - 前 11 年　马尔克卢斯剧院

公元前 13 - 前 9 年　奥古斯都和平祭坛（Ara Pacis Augustae）

公元前 12 年　阿格里帕死亡。德鲁苏斯远征日尔曼尼亚

公元前 12 - 前 9 年　提比略远征潘诺尼亚

公元前 9 年　德鲁苏斯死亡。李维的纪事书完稿。苏萨（Susa）的奥古斯都拱门

---

① 复仇者（Ultor）源自古罗马女神乌尔提奥（Ultio，意为"复仇"），其崇拜与马尔斯有关。公元前 2 年奥古斯都为在复仇者马尔斯神庙修建的马尔斯的祭坛和金色塑像举行落成典礼，使之成为复仇者马尔斯的祭拜中心。

公元前 8 年　迈克纳斯死亡。贺拉斯逝世

公元前 6 年–公元 2 年　提比略在罗得岛

公元前 6–前 4（？）年　耶稣降生

公元前 2 年　奥古斯都广场的落成典礼。奥古斯都加封"国父"

公元前 1–公元 1 年　奥维德《爱经》

2 年　L. 恺撒死亡

4 年　C. 恺撒死亡。奥古斯都收养提比略和阿格里帕·波斯图穆斯

4–6 年　提比略征服日尔曼，直至易北河

约 4–8 年　奥维德的超重邮件《女杰书简》XVI 以下

约 4–65 年　哲学家和肃剧诗人塞涅卡（小塞涅卡）

6–9 年　提比略战胜达尔马提亚人和潘诺尼亚人

8 年　奥维德《变形记》，（几乎同时）《岁时记》I–VI（第一稿）。放逐尤利娅和奥维德

9 年　瓦鲁斯战役；莱茵河界

9–12 年　奥维德《诉歌集》

9 年以后　奥维德《伊比斯》，改写《岁时记》I–VI

10 年　奥古斯都宝石（Gemma Augustea）

13 年 4 月以前　奥古斯都《业绩》

13 年　奥维德《黑海书简》前 3 卷

13 年以后　奥维德《黑海书简》第四卷

14 年　奥古斯都死亡和神化

14–37 年　皇帝提比略在位（自从 27 年以后到卡普里；直至 31 年近卫军长官西亚努斯的独裁统治）。皇侄日耳曼尼库斯（公元前 15–公元 19 年）撰写《星空》（Aratea）。诗人曼尼利乌斯和斐德若斯（约公元前 15–约公元 50 年），历史学家维勒伊乌斯·帕特尔库卢斯（约公元前 20–公元 30 年以后），瓦勒里乌斯·马克西姆斯，百科全书作家克尔苏斯

14 年以后　罗马近郊第一门（Primaporta）的奥古斯都雕像

14–68 年　尤利乌斯–克劳狄乌斯王朝

约 15–68 年后　斐德若斯

16 年　日耳曼尼库斯远征日耳曼；乘船通过埃姆斯河，抵达北海

约 17 年　李维逝世

约 18 年　奥维德逝世

19 年　日耳曼尼库斯之死

23/24–79　老普林尼

30 年代至 1 世纪末　昆体良

约 30 或 33 年　耶稣被钉死在十字架上

37-41 年　皇帝卡利古拉在位。老塞涅卡（约公元前 55-公元 39 年）撰写《劝说辞》和《反驳辞》

41-54 年　皇帝克劳狄乌斯在位（巨大地影响皇帝的女人和释奴）。史学家库尔提乌斯·鲁孚斯

41-49 年　放逐贤哲塞涅卡（约公元前 4-公元 65 年）到科尔西嘉岛

43 年　占领南部不列颠岛

约 45-58 年　保罗的布道旅行

约 46-约 120 年　普鲁塔克

约 54/57 年-约 120 年　塔西佗

54-68 年　皇帝尼禄在位（直至 62 年受到贤哲塞涅卡和近卫军长官布鲁斯的有益影响，然后加强独裁统治）。讽刺作家佩尔西乌斯（34-62 年），叙事诗作家卢卡努斯（39-65 年），农业作家克卢米拉。彼特罗尼乌斯撰写他的《萨蒂利孔》

59 年　在儿子的授意下，谋杀皇帝遗孀阿格里皮娜

60 年　设立五年节（Quinquennalia，每隔 4 年举行一次）。在第一次庆典时，卢卡努斯朗诵对尼禄的《颂词》

62 年　小塞涅卡退出皇宫

62-113 年之后　小普林尼

63-66 年　亚美尼亚同波斯的问题解决

64 年　罗马大火。迫害基督徒

65 年　反尼禄的皮索阴谋败露，小塞涅卡和讽刺诗人卢卡努斯等被处死

66 年　佩特罗尼乌斯被迫自杀

66-70 年　第一次犹太暴动或第一次罗马战争

66-67 年　尼禄在希腊进行演艺旅行

66-73 年　犹太战争

68 年　伊塔利库斯的执政官任期

68-69 年　内战。随着尼禄自杀，尤利乌斯-克劳狄乌斯王朝灭亡。三皇年：伽尔巴、奥托和维特利乌斯

69-79 年　维斯帕西安建立弗拉维王朝。叙事诗作家弗拉库斯。自然科学家老普林尼（23/24-79 年）

69 年　昆体良开立修辞学学校

70 年　占领耶路撒冷

约 70-121 年之后　苏维托尼乌斯

74 年　征服内卡河（Neckar）流域

78 年　塔西佗娶阿古利可拉的女儿

79 年　维苏威火山爆发；庞贝和赫尔库拉涅乌姆贝火山灰淹没。老普林尼死亡

79-81 年　提图斯在位

80 年　弗拉维圆形露天剧场（罗马竞技场）的落成典礼；马尔提阿尔的铭辞

81-96 年　专制君主多弥提安在位。演说家昆体良（约 35-96 年），叙事诗作家伊塔利库斯（约 25-101 年）和斯塔提乌斯（约 45-96 年），铭辞诗人马尔提阿尔（约 40-103 年）

从 83 年起　修建古罗马帝国的界墙

86 年　创办卡皮托尔竞赛

96-98 年　涅尔瓦在位。在弗拉维王朝垮台以后，王朝的原则变为养子帝制

97 年　塔西佗任执政官

97-192 年　安东尼王朝

98-117 年　图拉真（第一个来自行省的皇帝）在位。历史学家塔西佗（约 60-117 年以后），讽刺作家尤文纳尔（约 60-130 年以后）。小普林尼（约 61-113 年）撰写《书信集》

98 年　马尔提阿尔返回家乡西班牙

100 年　小普林尼作为执政官，发表《图拉真颂》

101-102 年　第一次达基亚战争

105-106 年　第二次达基亚战争，106 年吞并达基亚

约 112/113 年　小普林尼任俾斯尼亚总督

114-117 年　帕提亚战争。占领亚美尼亚和美索不达米亚：帝国疆界达到最大

117-138 年　皇帝阿德里安在位（撤退至幼发拉底河；加固帝国的界墙，尤其是莱茵河与多瑙河之间的）。苏维托尼乌斯的《罗马十二帝王传》，尤文纳尔最后的讽刺作品

122 年　不列颠的阿德里安长城

124-170 年之后　阿普列尤斯

132-135 年　巴高巴（Bar Kochba）领导的犹太人起义，或称第二次犹太暴动、第二次罗马战争。毁灭耶路撒冷

138-161 年　皇帝皮乌斯在位。法学家盖尤斯，阿普列尤斯的长篇小说（约 125 年）

142 年　不列颠的皮乌斯长城

143 年　弗隆托的执政官任期

约 160 - 220 年以后　德尔图良

161 - 180 年　皇帝奥勒留和维鲁斯（†169 年）

162 - 165 年　帕提亚战争；鼠疫带来的和平

167 - 175 年　玛阔曼人（Markomannen）战争

176 - 180 年　玛阔曼人战争

约 170 年　革利乌斯撰写《阿提卡之夜》

180 年以前第一个圣经译本

180 年　西利乌姆圣徒殉道

180 - 192　皇帝康茂德在位

193 - 235 年　塞维鲁斯王朝。

193 - 211 年　皇帝塞普提米乌斯·塞维鲁斯在位

194 年　尼格尔在伊苏斯的失败

197 年　阿尔比努斯（Clodius Albinus）在卢格杜努姆的失败

197 - 199 年　帕提亚战争

约 200 年　费利克斯

约 200 - 258 年　西普里安，迦太基的主教（248 年）

208 - 211 年　不列颠战争

212 - 217 年　皇帝卡拉卡拉在位；格拉塔

212 年　卡拉卡拉皇帝发布给予行省居民罗马公民权赦令；法学家帕皮尼阿努斯逝世

217 - 218 年　马克里努斯（Macrinus）在位

218 - 222 年　赫利奥伽巴卢斯（Heliogabalus）或埃拉伽巴路斯（Elaga-balus）在位

222 - 235 年　亚历山大·塞维鲁斯（Alexander Severus）。尤利娅·马美娅（Julia Mamaea）的统治

223 年尤利娅·美萨（Julia Maesa）和法学家乌尔比安逝世

226 年　波斯人（萨珊王朝）推翻帕提亚人的统治

235 - 284 年　军人皇帝

235 - 238 年　马克西米努斯一世（Maximinus I）或马克西米努斯·特拉克斯（Maximinus Thrax）在位

238 年　六皇年。戈迪亚努斯一世（Gordianus I）及其儿子戈迪亚努斯二世（Gordianus II）在非洲称帝（3 月 22 日 - 4 月 12 日）；联合皇帝巴尔比努斯（Balbinus）和普皮恩努斯（Pupienus）Maximus

238-244 年 戈迪亚努斯三世（Gordianus III，225-244 年）在位；提迈西特乌斯（Timesitheus，死于 243 年）的统治

241-272 年 波斯萨珊王朝国王萨波尔一世（Sapor I）

244-249 年 阿拉伯人腓力（Philippus Arabs 或 Philippus Arabus）在位

248 年 罗马举行千禧年赛会

249-251 年 皇帝德基乌斯在位

251 年 哥特人在阿布里图斯（Abrittus）打败并杀死德基乌斯

249-250 年 第一次普遍地迫害基督徒

251-253 年 特列波尼亚努斯·伽卢斯（Trebonianus Gallus）在位。疫病爆发

253 年 皇帝埃米利安（Aemilianus）

253-260 年 皇帝瓦勒里安在位；伽里恩努斯（Gallienus）。日耳曼人与波斯人的入侵

257-259 年 瓦勒里安迫害基督徒

259-273 年 波斯图姆斯（Postumus）僭位和西部行省的继位者

260 年 波斯人俘虏瓦勒里安

260-268 年 伽里恩努斯在位

约 260-317 年以后 拉克坦提乌斯

261-267 年 奥德那图斯（Odenathus）的东方胜利

267 年 芝诺比娅（Zenobia）在东方独立

268 年 哥特人败于纳伊苏斯（Naissus）

268-270 年 哥特人的克星克劳狄乌斯二世在位

约 270 年 新柏拉图主义者普洛丁逝世

270 年 放弃达基亚

270-275 年 奥勒利安（Aurelian 或 Lucius Domitius Aurelianus Augustus）在位

271 年 罗马开始修建奥勒利安城墙（Muralla Aureliana）

273 年 芝诺比娅的失败。夺取帕尔米拉（Palmyra）

274 年 高卢皇帝特提里库斯（Tetricus）败于卡塔隆尼平原。罗马的太阳神神庙

275 年 皇帝塔西佗在位

276-282 年 皇帝普洛布斯（Probus）在位

277-279 年 对莱茵河和多瑙河的胜利

277 年 摩尼之死

282-283 年 卡鲁斯（Carus）在位

283-284 年　卡里努斯（Carinus）和努墨里安在位

284-476　晚期帝国

284-305 年　皇帝戴克里先在位，建立完全的君主制，设两个"奥古斯都"，分管东西部分

286 年　马克西米安

286-296 年　卡劳西乌斯（Carausius）僭位（293 年死亡）和不列颠的阿莱克图斯（Allectus）

293 年　君士坦丁一世（306 年死亡）和伽列里乌斯（311 年死亡）指定恺撒

297-278 年　波斯战争

303-311 年　对基督徒的大迫害

306-337 年　皇帝君士坦丁在位

约 310-394 年　奥索尼乌斯

312 年　君士坦丁在米尔维安（Milvian）桥取得胜利

313 年　《米兰赦令》（《梅迪奥拉努姆赦令》），基督教合法（信仰自由）

313 年以后　拉克坦提乌斯在特里尔

313-324 年　君士坦丁成为西部的皇帝

324-330 年　君士坦丁堡建立

324-337 年　君士坦丁当专制君主

325 年　君士坦丁召集尼西亚基督教主教会议，制定统一教条

326 年　处死马克西米安之女法乌斯塔（Fausta）和君士坦丁之子克里斯普斯（Crispus）

330 年　君士坦丁迁都拜占庭，改名君士坦丁堡（今伊斯坦布尔）

约 333-391 年以后　马尔克利努斯

334/339-397 年　安布罗西乌斯，米兰的主教（374-397 年）

335-431 年　保利努斯，诺拉的主教（410 年）

337 年　君士坦丁二世即位（340 年死亡），康斯坦提乌斯二世（Constantius II，361 年死亡）。康斯坦斯（Constans，350 年死亡）

约 345-420 年　哲罗姆

约 345-402 年以后　叙马库斯

348-405 年以后　普鲁登提乌斯

4 世纪中期　马克罗比乌斯

350-353 年　马格南提乌斯（Magnentius）在西部的僭位

350-361 年　君士坦丁二世，专制君主

353 年　基督教定为国教

354-430 年　奥古斯丁，受洗（387 年），希波的主教（395-430 年）

357 年　朱利安在阿尔根托拉特（Argentorate）附近打败日耳曼人

361/362-363 年　叛教者朱利安在位。异教复辟

363-364 年　约维安在位

364-375 年　西罗马帝国皇帝瓦伦提尼安一世在位

364-378 年　东罗马帝国皇帝瓦伦斯在位

约 370-404 年以后　克劳狄乌斯·克劳狄安

375-383 年　西罗马帝国皇帝格拉提安一世在位

375-392 年　西罗马帝国皇帝瓦伦提尼安二世在位（先和格拉提安并列皇帝）

378-395 年　东罗马皇帝特奥多西乌斯一世在位

382 年　胜利祭坛迁出元老院宫

383-388 年　马格努斯·马克西姆斯在西部僭位

389 年　哲罗姆在伯利恒建圣殿

392 年　基督教成为国教

392-394 年　尤金在西部僭位

从 394 年起　专制君主

395 年　帝国分裂

395-423 年　西罗马帝国皇帝霍诺里乌斯在位（395-408 年斯提利科）

395-408 年　东罗马帝国皇帝阿尔卡狄乌斯在位

约 400-约 480 年　萨尔维安

404 年　拉文纳成为西部帝国的首都

408-450 年　东部皇帝特奥多西乌斯二世

410 年　亚拉里克领导的西哥特人占领和洗劫罗马

414 年　纳马提安任罗马市长

424 年　约阿尼斯（Joannes）在位

425-455 年　西罗马帝国皇帝瓦伦提尼安三世在位；普拉奇迪娅（Galla Placidia）的统治（约至 432 年）

428-477 年　汪达尔人的国王盖塞里克

430 年　马克罗比乌斯任意大利的军政长官

433 至 480 年以后　西多尼乌斯，克莱蒙费朗的主教（470 年）

439 年　盖塞里克夺取迦太基，宣布汪达尔王国独立

439 年以前　加比拉

450 年　匈奴人侵入西罗马帝国

450-457 年　东罗马帝国皇帝马尔齐安（Flavius Marcianus Augustus）

455 年　汪达尔人洗劫罗马；彼特洛尼乌斯·马克西姆斯（Petronius Maximus）在位

455-456 年　阿维图斯在位

456-472 年　李奇梅尔任西部总司令，拥立和废黜皇帝

457-461 年　西罗马帝国皇帝马约里安（Majorian）在位，赢得了一些胜利，但被汪达尔人打败

457-474 年　东罗马帝国皇帝列奥一世（Leo I）

461-465 年　利比乌斯·塞维鲁斯（Libius Severus）在位

465-467 年　皇帝空位

467-472 年　安特弥乌斯在位

472 年　奥利布里乌斯在位

473 年　格莱塞鲁斯（Glycerius）在位

473-475 年　尤利乌斯·奈波斯（Julius Nepos）在位

475-476 年　罗慕路斯·奥古斯都在位

474-491 年　东罗马帝国皇帝芝诺

475 年　西哥特国王尤里克的法典，尤里克宣布独立

476 年　奥多阿克（Odoaker）废黜皇帝罗慕路斯·奥古斯都，西罗马帝国灭亡

476-493 年　意大利（赫路里人）的国王奥多阿克

约 480-524 年　波爱修斯，执政官（510 年）

481-511 年　法兰克人的国王克洛维

约 485-580 年　卡西奥多尔

491-518 年　东罗马帝国皇帝阿纳斯塔西乌斯（Anastasius）

493-526 年　西哥特人特奥德里克统治意大利

507-711 年　西班牙的西哥特王国

518-527 年　拜占庭皇帝优士丁尼一世

527-565 年　君士坦丁堡的皇帝优士丁尼。普里斯基安

547 年　圣本笃死亡

568 年　伦巴底人入侵北意大利

约 583 年　卡西奥多尔死亡

590-604 年　教皇格列高利一世

632 年　穆哈默德（Mohammed）死亡

636 年　塞维利亚的伊西多死亡

751 年　伦巴底人占领拉文纳

800 年　列奥三世为查理大帝（Charlemagne）皇帝加冕

962 年　教皇约翰十二世为奥托一世（Otho I）皇帝加冕

1204-1261 年　十字军东征，占领君士坦丁堡

1453 年　奥斯曼（Osman）帝国穆哈默德二世攻陷君士坦丁堡

1806 年　神圣罗马帝国灭亡

附录四　人、地译名对照表

A

阿庇安 Appian

阿贝尔 Habert

阿贝拉 Peter Abelard

阿波罗 Apollo（太阳神）

阿波洛多图斯 Apollodotus（伪修辞学家）

阿波罗尼俄斯 Apollonios（罗得岛诗人）

盖·阿波罗尼俄斯 C. Popillium Apollonius

阿波利纳里斯 Apollinaris

阿布里图斯 Abrittus（地名）

阿布绪尔托斯 Ἄψυρτος 或 Absyrtus

阿卜特 Thomas Abbt

阿达米埃茨 J. Adamietz

阿德里安 Hadrian（亦译"哈德良"）

阿德勒 Eve Adler

阿德墨特 Admet 或 Ademetus

阿多尼斯 Adonis

阿蒂斯 Attis

阿尔巴 Alba（地名）

阿尔巴·隆加 Alba longa（地名）

阿尔巴尼亚 Albanien

阿尔比努斯 Albinus（罗马元老、执政官，波爱修斯因为替他辩护受到牵连）

克洛狄乌斯·阿尔比努斯 Clodius Albinus（197 年在卢格杜努姆失败）

阿尔波里乌斯 Aemilius Magnus Arborius

阿尔布尔努斯 Alburnus（地名）

提·阿尔布西乌斯 T. Albucius

阿尔费努斯 Alfenus

阿尔戈 Argo（船名）

阿尔戈斯 Argos（地名）

阿尔根塔里亚 Polla Argentaria

阿尔根托拉特 Argentorate（地名）

阿尔吉诺Ἀλκίνοος或 Alkinoos

阿尔基洛科斯 Archilochos

阿尔基玛 Alcima

阿尔基亚 Archia 或 A. Licinio Archia

阿尔卡狄乌斯 Arcadius（皇帝）

阿尔卡狄亚 Arcadia（《埃涅阿斯纪》人物）

阿尔凯奥斯 Alcaeus 或 Alkaios

阿尔凯奥斯 Alcaeus of Mytilene（希腊抒情诗人，创立阿尔凯奥斯诗节）

阿尔刻提斯 Alcestis

阿尔克曼 Alcman

阿尔克斯特拉托斯 Archestratus

阿尔勒 Arles（地名）

阿尔皮努姆 Arpinum（地名）

阿尔特米斯 Artemis

阿尔维斯 John Alvis

阿尔西奥娜 Alcyoné（亦译"阿尔库俄涅"）

阿非利加 Africa（少女）

阿非利加 Afrika 或 Africa（行省名）

阿菲西伯 Alphesiboeus

阿弗拉尼乌斯 Lucius Afranius 或 L. Afranius

阿芙洛狄特 Aphrodite

阿古利可拉 Cnaeus Iulius Agricola

阿格莱亚 Aglaia

阿格里根特 Agrigent（地名）

阿格里帕 Agrippa 或 Marcus（M.）Vipsanius Agrippa（历史人物）

阿格里帕 Agrippa 或 Marcus（M.）Agrippa（虚构人物，以历史人物阿格里帕为原型）

阿格里皮娜 Vipsania Agrippina（阿格里帕的孙女、日耳曼尼库斯之妻）

小阿格里皮娜 Julia Vipsania Agrippina（尼禄之母）

阿格西劳斯 Αγησιλαοσ 或 Agesilaus

阿伽门农 Agamenmnon

阿基利娅 Acilia

阿基琉斯 Achilles

阿开亚 Achaea（地名）

阿开亚人 Achäern

阿康沙斯 Acontius（通译"阿孔提俄斯"）

阿刻斯特斯 Acestes

阿克梅 Acme

阿克拉加斯 Akragas（地名）

阿克洛伊德 Peter Ackroyd

阿克基乌斯 Lucius Accius

阿克提乌姆 Actium（地名）

阿奎努姆 Aquinum（地名）

阿奎努斯 Aquinus（劣质诗人）

阿拉里克 Alarich 或 Alaricus

阿拉曼尼 Luigi Alamanni

阿拉曼尼人 Alamannen 或 Alamanni

阿拉托斯 Arat 或 Aratos

阿莱克图斯 Allectus（篡位皇帝）

阿列克托 Allecto

阿勒拉斯 Arelas（地名）

阿勒里亚 Aleria（地名）

赫尔曼·阿勒芒 Hermann l'Allemand

阿勒特斯 Aletes

阿里阿德涅 Ariadne

阿里门图斯 L. Cincius Alimentus

阿里奥斯托 Lodovico Ariosto

阿维安 Avian 或 Avianus（寓言诗人）

阿维恩 Avien 或 Avienus（教谕诗人）

阿尔维尔尼人 Averner

阿维图斯 Avitus（贵族）

昆·屋大维乌斯·阿维图斯 Q. Octavi Aviti

阿文丁山 Aventin 或 Aventinum（山名）

阿西西 Assisi（地名）

阿西西乌姆 Asisium（地名，阿西西的古称）

埃阿斯 Aiax

埃皮卡摩斯 Epicharm 或 Epicharmus

埃迪图乌斯 Valerius Aedituus

埃多尼斯 Edonis

埃俄路斯 Aeolus（风王）

埃格丽 Aegle

埃基科拉 M. Equicola

兰斯贝格的埃拉德 Herrade de Lansberg

埃拉加巴卢斯 Elagabalus，原名 Varius Avitus Bassianus（皇帝）　见赫利
奥伽巴卢斯

埃拉斯谟 Desiderius Erasmus

埃利安 Aelian、Claudius Aelianus 或 Κλαύδιος Αἰλιανός

埃利热纳 Jean Scot Erigéne

埃里克特翁尼亚斯 Erichtho，即 Erichthonius

埃伦 M. Erren

爱玛 Emma Lavinia Gifford

埃律基娜 Erycina（地名）

埃律特亚 Erythea（地名）

埃米利安 Aemilianus（皇帝）

埃米内斯库 Mihai Eminescu

埃姆斯 Ems（地名）

埃纳 Sextilius Ena

埃涅阿斯 Aeneas

埃涅阿斯族人 Aeneaden

西尔维乌斯·埃涅阿斯 Silvius Aeneas

埃奥斯 Eois（地名）

埃皮狄库斯 Epidicus（修辞学家）

埃塞俄比亚 Äthiopien

埃斯库罗斯 Aeschylus 或 Aischylos

埃宋 Aeson（伊阿宋的父亲）

埃特奥克勒斯 Eteokles

埃特鲁里亚 Etruria（地名）

埃托利亚 Ätolien（地名）

埃托里亚 Aetoria（地名）

埃万德尔 Euander = Evander

埃维尔革托斯 Euergetes

艾迪生 Addison

艾格纳提乌斯 Egnatius

T. S. 艾略特 T. S. Eliot

乔治·艾略特 George Eliot，原名 Mary Ann Evans

艾斯奎林 Esquilin（地名）

艾希讷 H. Eichner

爱克曼 J. P. Eckermann

爱利亚 Elea（地名）

爱琴海 Aegean（地名）

安布拉基亚 Ambracia（地名）

安布罗西乌斯 Ambrosius 或 Aurelius Ambrosius（米兰大主教）

安德罗尼库斯 Livius Andronicus

安德罗马克 Andromacha

安德罗墨达 Andromeda

安德烈 Jacques André（医生）

神父安德烈 Père Y. André 或 Yves Marie André

安德森 W. B. Anderson

安德斯 Andes（村名）

玛丽·安东内特 Marie Antoinette

安东尼 Marcus（M.）Antonius（三头之一）

卢·安东尼 Lucius Antonius

马·安东尼 M. Antonius（演说家）

安菲昂 M. Hedium Amphion

安基塞斯 Anchises

安库斯 Ancus Marcius（罗马王政时期的第四个国王）

安纳克瑞翁 Anacreon（希腊诗人）

安茹 René d'Anjou

安特弥乌斯 Anthemius（皇帝）

安提马科斯 Antimachus

安提帕特 L. Coelius Antipater

安提奥科 Antiochos 或 Antiochus（亦译"安条克"，斐隆的接班人）

安条克 Antioch、Antiochos 或 Antiochia（地名，亦译"安提奥科斯"）

安提奥佩 Antiope

安提乌斯 Antius（政客）

安提亚斯 Valerius Antias

安托万 Antoine

奥比尼亚克 d'Aubignac

奥德那图斯 Odenathus

奥登 Wystan Hugh Auden

奥多阿克 Odoaker（国王）

奥尔比利乌斯 Orbilius

奥尔德赫尔 St. Aldhelm

马姆斯伯里的奥尔德赫姆 Aldhelm de Malmesbury

奥菲莱娜 Aufilena

奥弗涅 Auvergne（地名）

奥古斯都 Augustus

奥古斯丁 Aurelius Augustinus

奥古斯塔纳默顿 Augustonemetum（地名）

奥克塔维娅 Octavia 或 Octavia Minor（屋大维的姐姐）

奥勒利安 Aurelian 或 Lucius Domitius Aurelianus Augustus（皇帝）

奥勒留 Marcus Aurelius（皇帝、哲学家）

奥林波斯 Olympos（山名）

奥林萨斯 Ellen Oliensis

奥伦卡 Suessa Aurunca（地名）

奥罗修斯 Orosius

奥利布里乌斯 Olybrius 或 Flavius Anicius Hermogenianus Olybrius

奥皮里奥 Opilio

奥斯曼 Osman（国名）

奥斯丁 Alfred Austin

奥索尼乌斯 Decimus（D.）Magnus Ausonius

奥特威 Thomas Otway

奥托 Otho（皇帝）

奥托一世 Otho I（皇帝）

奥维德 Publius Ovidius Naso（Ovid）

奥威尔 George Orwell

B

巴比伦 Babylon（地名）

巴布里乌斯 Babrius（寓言作家）

巴尔巴图斯 Lucius Cornelius Scipio Barbatus（公元前 298 年执政官）

巴尔布斯 Balbus（诗人）

卢·巴尔布斯 Lucius（L.）Cornelius Balbus（财政官，西塞罗辩护的当事人）

巴尔切西 Alessandro Barchiesi

巴高巴 Bar Kochba

巴金斯 Bilbo Baggins

巴克莱 Alexander Barclay

巴科斯 Baccus（酒神）

巴勒斯坦 Palästina（地名）

巴黎 Paris（地名）

巴力 Baalim（异教的神）

巴门尼德 Parmenides

巴拿巴 Barnabas

巴斯塔德 Thomas Bastard

巴苏斯 Bassus（奥古斯都时代的抑扬格诗人）

凯西乌斯·巴苏斯 Caesius Bassus（尼禄时代的诗人）

萨勒尤斯·巴苏斯 Saleius Bassus（弗拉维王朝的叙事诗人）

巴塞罗那 Barcelona（地名）

巴特 Karl Bart

巴特基 Elliot Bartky

巴托 Charles Batteux

巴西尔 Basil

白布洛斯 Byblis 或 Byblos

拜伦 Lord Byron

拜伊埃 Baiae（地名）

西格纳的邦孔帕尼 Boncompagno 或 Boncompagno da Signa

保利努斯 Paulinus（诺拉的）

保罗 Paulus（新约人名、使徒）

（教会）执事保罗 Paulus Diaconus 或 Paulus Warnefrid（史学家）

鲍尔索克 G. Bowersock

鲍卢斯 L. Aemilius Paulus 或 Aemilius Paulus 或 Paulus

鲍卢斯·雷必达 Lucius Aemilius Paullus Lepidus

帕塞努斯·鲍卢斯 Passennus Paulus

鲍萨尼阿斯 Pausanias

彼得·贝尔 Peter Bell

乌特勒支的贝尔纳 Bernard d'Utrecht

贝尔许尔 Bersuire

贝加苏 Pegasus Fulcidius Priscus（法学家）

贝克 Annie Becq

贝克尔 Carl Becker

贝肯 Helen H. Bacon

J. R. 贝肯 J. R. Bacon

贝莱尼克 Berenice 或 Berenike

贝朗瑞 Béranger

杜·贝雷 Joachim du Bellay

贝纳里奥 Hertert W. Benario

贝西埃 Jean Bessière

阿菲拉·本恩夫人 Mrs Aphra Behn

本笃 Benoît 或 Benedict

本尼狄克 Benoît 或 Benedict（即本笃）

A. 彼得斯曼 A. Petersmann

H. 彼得斯曼 H. Petersmann

彼拉多 Pontius Pilatus

彼特拉克 Petrarca 或 Francesco Petrarca

毕达戈拉斯 Pythagoras

毕叙纳 K. Büchner

圣比德 Bede 或 Bède

比德勒 John Bidle

比蒂阿斯 Bitias

比尔比利斯 Bilbilis

比利时 Belgica（地名）

比耶纳 Enrique de Villena

比雍 Bion

宾根 Bingen （地名）

波爱修斯 Anicius Manlius Severinus Boethius

波尔多 Bordeaux （地名）

波尔菲里奥 Πορφύριος 或 Porphyrios 或 Porphyry （新柏拉图主义者）

庞波尼乌斯·波尔菲里奥 Pomponius Porphyrio （贺拉斯评论家）

波尔奇 Porcius （皮索·凯索尼努斯的手下）

波吕比奥斯 Πολύβιος、Polybius 或 Polybios （史学家）

波吕丢克斯 Πολυδεύκης 或 Polydeukes 或 Polydeuces　见波吕克斯

波吕克斯 Pollux　见波吕丢克斯

波吕涅克斯 Polyneikes

波兰提亚 Pollentia （地名）

波利卡普 Polykarp 或 Polycarp

波利奥 Gaius Asinius Pollio （执政官、史学家）

盖·阿西尼乌斯·波利奥 Gaius Asinius Pollio （学者）

波里齐亚诺 Angelo Poliziano

波里斯提尼斯 Borysthenes

波莫娜 Pomona

波斯 Persis （国名）

波斯图米乌斯 Postumius （使节）

波斯图穆斯 Postumus （普罗佩提乌斯笔下的战争狂）

波斯图姆斯 Postumus （皇帝）

波提提依 Potitii （氏族名）

波提切利 Sandro Botticelli

伯恩斯 Laurence Berns

伯杰曼 John Betjeman

伯金汉 Buckingham

伯克 Edmund Burke

伯利恒 Bethlehem （地名）

伯罗奔尼撒 Peloponneso （地名）

伯纳 Hieronymus Boner

柏拉图 Plato

珀西多尼乌斯 Poseidonios （廊下派哲学家）

博尔夏特 Rudolf Borchardt

薄伽丘 Boccaccio 或 Giovanni Boccaccio

博隆 Beuron（地名）

圣博纳旺蒂 Saint Bonaventure

博斯科雷阿莱 Boscoreale（地名）

博斯普鲁斯 Bosporus（地名）

勃艮第人 Burgundians

布尔甘 Pascale Bourgain

布尔克 E. Burck

布尔迪伽拉 Burdigala（地名）

布赫海特 V. Buchheit

布克哈特 Jacob Burckhardt

布克胡斯特 John Buckhurst

布莱克 William Blake

布勒顿 Nicholas Breton

布里塞伊斯 Briseis（南星译"勃来西绮丝"）

布洛克 R. Bloch

布朗尼 William Browne

布朗特 Sebastian Brandt

布龙特夫人 Mrs. Blount

布鲁图斯 L. Iunius Brutus（第一届执政官）

老马·布鲁图斯 Marcus Junius Brutus Caepio（谋杀恺撒）

小马·布鲁图斯 Marcus Brutus（西塞罗《布鲁图斯》）

布伦狄西乌姆 Brundisium（地名）

布伦斯多尔夫 J. Bländsdorf

布瓦洛 Nicolas Boileau-Despréaux

C

查理西乌斯 Flavius Sosipater Charisius（文法家）

查理大帝 Charlemagne（皇帝）

查士丁 Justin（殉道士）

查特顿 Chatterton

D

达尔达努斯 Dardanus

德布隆讷 A. Debrunner

德方丹 Desfontaines

德基乌斯 Gaius Messius Decius（皇帝）

德基乌斯 Decius 或 Publius Decius Mus

老德基乌斯 P. Decius Mus

德拉科尔特 Francesco della Corte

德兰特 Thomas Drant

德朗克斯 Drances

德鲁苏斯 Drusus 或 Nero Claudius Drusus

马·李维乌斯·德鲁苏斯 Marcus Drusus（保民官）

德拉顿 Michael Drayton

德莱顿 Dryden 或 John Dryden

德洛斯 Delos（岛名）

小德洛斯 Delos（地名，指普特利）

德马许尔 Desmasures

德墨特尔 Demeter（神名）

德米耶 Pierre de Deimier

德摩多科 Demodokos

德谟克里特 Δημόκριτος、Dēmokritos 或 Democritus

德谟斯提尼 Δημοσθενησ 或 Demosthenes（希腊演说家）

德诺莱斯 G. Denores

德尚 Eustache Deschamps

丹尼斯 John Dennis

登哈姆 John Denham

笛卡尔 Rene Descartes

狄安娜 Diana（月亮女神，相对应于希腊神话的阿尔特米斯）

狄德罗 Denis Diderot

狄多 Dido 或 Didon（传说中的迦太基女王）

狄俄尼索斯 Dionysus（酒神）

狄俄墨得斯 Diomedes（文法家）

狄尔泰 Wilhelm Dilthey

狄卡尔基亚 Dikarchia（地名）

狄克提娜 Dictynna

狄摩福恩 Demophoon（通译"得摩丰"或"得摩福翁"）

狄奥墨得斯 Diomedes（《埃涅阿斯纪》人物）

狄奥倪索斯 Dionysos

狄奥尼西奥斯 Dionysios

狄奥尼修斯 Dionysius

狄奥斯库里（双子）Dioskuren

狄娅 Dea/Dia

第伯河 Tiber（河名）

第聂伯河 Dnieper（地名）

蒂迈欧 Timaeus（希腊史学家）

蒂亚尔 Pontus de Tyard

丁尼生 Alfred Lord Tennyson

丁达丽斯 Tyndaris

杜贝雷 Du Bellay

杜菲 Thomas D'urfey

多雷 Étienne Dolet

多弥提安 Dimitianus 或 Domitian

多那图斯 Aelius Donatus（Donat）

多尼狄乌斯 Donidius

多塞特 Dorset

E

恩尼乌斯 Quintus（Q.）Ennius

恩培多克勒 Empedocles 或 Empedokles

俄狄浦斯 Oedipus

俄耳甫斯 Orpheus

俄里根 Origen 或 Origenes

俄诺涅 Oenone（南星译"伊娥尼"）

俄瑞斯特斯 Orestes（南星译"阿来斯提兹"）

厄庇墨透斯 Epimetheus

厄琉西斯 Eleusis

厄尼普斯 Enipeus

F

法埃尔 Phaer

法比乌斯家族 Fabii

法比乌斯 Fabius（《布匿战纪》）

法比娅 Fabia

法布里求斯 Fabricius

法布卢斯 Fabullus

法尔萨洛斯 Φάρσαλος、Pharsalos 或 Pharsalus；Φάρσαλα 或 Farsala

法兰克人 Franks

法雷尔 Joseph Farrell

法勒里 Falerii（法利斯克人的首都）

法勒隆 Phaleron（地名）

法乌努斯 Faunus

法乌斯图卢斯 Faustulus

法乌斯图斯 M. Licinius Faustus

法乌斯塔 Fausta（皇帝马克西米安之女）

博韦的樊尚 Vincent de Beauvais

阿拉伯人腓力 Philippus Arabs 或 Philippus Arabus（皇帝）

腓力普斯 Ambrose Philips

腓力马提乌姆 Philematium

腓立比人（新约人名）Filippenses

腓依基 Phäaken（地名）

斐德若 Phaedrus

斐德若斯 Gaius Iulius Phaedrus（寓言作家）

斐勒克拉特 Pherecrates（诗人）

菲勒图斯 Philetus

斐斯图斯 Sextus Pompeius Festus 或 Festus Grammaticus（辞疏家）

菲茨杰弗里 Henry Fitzgeffrey

菲茨杰拉德 William Fitzgerald

菲德拉 Phaidra

菲勒塔斯 Philetas

菲丽丝 Phyllis（通译"费利斯"）

菲利斯 Phyllis（贺拉斯《歌集》）

菲利斯 Phillis（《帕拉蒂娜文选》）

菲洛美娜 Philomela

菲斯克尼 Fescennium（地名）

费德尔 Phèdre（拉辛）

费德尔 Phaedera（南星译"菲德拉"）

费德里 Paolo Fedeli

费利克斯 Marcus Minucius Felix

费赖 Pherae（地名）

费尼 Denis Feeney

费昂 Phaon（茅盾译"法昂"，通译"法翁"）

芬利 F. I. Finley

丰特奈勒 Bernard Fontenelle

佛吉利德斯 Phokylides

弗拉维 Manius Flavius（卡图卢斯之友）

弗拉库斯 Valerius Flaccus，全名 Gaius Valerius Flaccus（叙事诗人）

弗拉库斯 Flaccus（维吉尔的兄弟，成年以后死亡）

弗拉库斯 Flaccus（佩尔西乌斯的父亲）

弗拉乌斯 Verginius Flavus

弗兰克尔 Eduard（E.）Fraenkel（1888-1970 年，莱奥的学生）

弗洛拉 Flora（花卉女神）

弗洛鲁斯 Lucius Annaeus Florus 或 Iulius Florus

弗里 Pherai（地名）

弗雷龙 Fréron

弗律基亚人 Phrygian

弗律基亚 Phrygia（地名）

弗隆托 Marcus（M.）Cornelius Fronto

卢克莱修·弗隆托 Lucretius Fronto

弗来明 Abraham Fleming

弗莱彻 John Fletcher

弗莱-斯托尔巴 R. Frei-Stolba

弗鲁瓦萨尔 Jean Froissart 或 John Froissart

福波斯 Phoebus

福尔图娜 Fortuna（幸运女神）

福克斯 Charles James Fox

福洛 Pholoe

佩勒利乌斯·福斯图斯 Perellius Faustus

福廷 Ernest L. Fortin

福西亚人 Phocaeorum、Phokaeer 或 Phocaean

富尔曼 M. Fuhrmann

富西乌斯 Fusius

孚尔维乌斯 Marcus Fulvius Nobilior

孚里乌斯·比巴库卢斯 Furius Bibaculus，全名 M. Furius Bibaculus

伏尔肯斯 Volcens

伏尔泰 Voltaire

傅正修 Fulgentius、Fabius Claudius Gordianus Fulgentius 或 Fabius Plancia-des Fulgentius

G

盖尔 Monica Gale

盖·萨尔维纳 Caius Salvena

盖里乌斯 Gellius（卡图卢斯之友）

盖伦 Galen

盖斯凯尔夫人 Mrs. Gaskell

盖塞里克 Geiseric 或 Gaisericus（国王）

盖尤斯 Gaius（缩写"盖"）

盖尤斯 Gaius（法学家）

盖伊 John Gay

甘迪萨尔维 Dominique Gundisalvi

高埃棱提乌斯 Gauelentius

高尔吉亚 Gorgias（哲学家、修辞学家，亦译"高尔吉亚斯"）

高吉 Barnabe Googe

高威 John Gower

革梅卢斯 Gemellus

革米努斯 Cn. Servilius Geminus（执政官）

革利乌斯 Aulus Gellius

革图利库斯 Cn. Cornelius Lentulus Gaetuliucus

歌德 Johann Wolfgang von Goethe

哥林多 Korinth（地名）

葛莱孔 Glykon（诗人）

戈德堡 Sander M. Goldberg

戈迪亚努斯一世 Gordianus I

戈迪亚努斯二世 Gordianus II

戈迪亚努斯三世 Gordianus III

沙蒂永的戈蒂埃 Gautier de Châtillon

戈尔丁 Arthur Golding

戈尔特 Gaetano Golt

格拉夫 Fritz Graf

格拉夫顿 A. T. Grafton

格拉古兄弟 Graccen

盖·格拉古 C. Sempronius Gracchus

提比略·格拉古 Tiberius Sempronius Gracchus

格拉尼乌斯 Granius

格拉提安 Gratianus（皇帝）

格拉提安一世 Gratianus I（即格拉提安）

格拉提乌斯 Grattius

格拉维那 Giovan Vincenzo Gravina

格拉西安 Balthasar Gracian

格莱夫斯 Robert Greaves，全名 Robert von Ranke Graves

格莱塞鲁斯 Glycerius（皇帝）

格劳科斯 Glaukos（海神）

格劳科斯 Glaukus（水手）

格劳修斯 Hugo Grotius

格兰特 Michael Grant

格雷 Thomas Gray

格雷邦 Simon Greban

格里尔帕尔策尔 Franz Grillparzer

格里芬 Jasper Griffin

（图尔的）圣格里高利 Gregory of Tours

格林 Robert Greene

格林斯基 G. Karl Galinsky

格吕钦纳 Sergia Glycinna

格罗斯 Nicolas P. Gross

格罗斯泰斯特 Robert Grosseteste

格罗索 Guiseppe Grosso

格奈乌斯 Gnaeus 或 Cnaeus

格特讷 Hans Armin Gärtner

古阿斯 Gyges

古比奥 Gubbio（地名）

桂普林 Edward Guilpin

瓜里尼 Giovanni Battisa Guarini

H

哈比内克 Thomas N. Habinek
哈代 Thomas Hardy
哈迪 Philip Hardie
哈耳皮埃 Harpies
哈尔伯斯塔特 Halberstadt
哈尔基斯 Chalkis 或 Chalcis（地名）
哈根 Hagen
哈莱苏斯 Halaesus
哈里森 Stephen Harrison
哈里逊 E. L. Harrison
哈利维尔 Stephen Halliwell
哈姆莱特 Hamlet
哈奇森 Francis Hutcheson
哈特里亚 Hatria（地名）
海布拉 Hybla（山名）
海德格尔 Heidegger
海恩斯 C. R. Haines
海格立斯 Hercules 或 Herkules
海伦 Helen 或 Helena
海涅 Heyne
海沃思 Stephen Heyworth
海武德 John Heywood
海因策 Richard（R.）Heinze
海因西乌斯 Heinsius
韩德尔 Handel，即 George Frideric Handel
汉密尔顿 Edith Hamilton
汉尼拔 Hannibal
豪威尔 Thomas Howell
赫布路斯 Hebrus
赫尔弥奥涅 Hermione（南星译"荷麦欧尼"）
赫尔弥奥纳 Vennonia Hermiona
赫耳墨西阿那克斯 Hermesianax
赫淮斯托斯 Hephaistos

赫克托尔 Hector

赫拉克利特 Ηράκλειτος 或 Heraclitus

赫拉克勒斯 Herakles 或 Heracles（南星译"赫剌克洛斯"）

赫勒诺尔 Helenor

赫勒斯蓬特 Hellespont（地名）

赫利孔 Helicon 或 Helikon（地名）

赫利奥波利斯 Heliopolis（地名）

赫利奥伽巴卢斯 Heliogabalus　见埃拉加巴卢斯

赫里克 Robert Herrick

赫路里人 Heruli

赫罗菲卢斯 Herophilus

盖·赫伦尼乌斯（Caius Herennius）

赫伦尼乌斯 Herennius（维吉尔的批评者）

赫马 Hermas

赫米那 Lucius（L.）Cassius Hemina

赫斯佩里乌斯 Hesperius

赫西俄德 Hesiod

赫西奥涅 Hesione

荷尔德林 Hölderlin

荷尔替 Ludwig Heinrich Christoph Hölty

荷马 Homer

贺拉斯 Horaz 或 Quintus（Q.）Horatius Flaccus

贺拉提乌斯 Marcus Horatius Pulvillus

黑格尔 George Wilhelm Hegel 或 Georg Wilhelm Friedrich Hegel

阿夫朗什的亨利 Henri d'Avranches

李·亨特 Leigh Hunt

洪堡 W. von Humboldt

华明顿 E. H. Warmington

华兹华斯 William Wordsworth

霍布斯 Thomas Hobbes

霍尔 Joseph Hall

霍姆 Henry Home

霍诺里乌斯 Honorius（皇帝）

霍斯提乌斯 Hostius（叙事诗人）

霍斯提亚 Hostia

J

伽达拉 Gadara（地名）

伽尔巴 Galba 或 Servius Sulpicius Galba（皇帝）

伽拉 Aelia Galla

伽里恩努斯 Gallienus

伽卢斯 Gaius（C.）CorneliusGallus（诉歌诗人）

普罗提乌斯·伽卢斯 Lucius（L.）Plotius Gallus（修辞学家）

特列波尼亚努斯·伽卢斯 Trebonianus Gallus（皇帝）

伽罗尼乌斯 Publius Gallonius

伽森狄 Pierre Gassendi

加比拉 Martianus Capella 或 Martianus Min［n］eus Felix Capella

加比尼乌斯 Aulus Gabinius（保民官）

加尔达湖 Gardasee（地名）

加拉特亚 Galatea

加洛林 Karoling

加龙 Garonne、Garumna 或 Garunna（河名）

加斯 Samuel Garth

老加图 Cato Maior、Marcus Porcius Cato 或 M. Porcius Cato、MarcusPorcius Cato Priscus

监察官加图 Cato Censorius（＝老加图）

小加图 Cato Minor 或 Valerius Cato Uticensis

瓦勒里乌斯·加图 Valerius Cato 或 Publius Valerius Cato（诗人、文法家）

加西亚 Michel Garcia

迦太基 Carthago（地名）

伽札 Gaza（地名）

佳娜丝 Canace（通译"卡那刻"）

基尔克 Circe（法乌努斯的母亲）

基尔克 Circe 或 Kirke（海中仙女）

基尔克果 Kierkegaard

基弗 Otto Kiefer

基抹 Chemos（异教的神）

基涅阿斯 Cineas（使节）

基萨乌纳 Cisauna

吉本 Edward Gibbon

吉布森 Roy Gibson

吉尔达斯 Gildas Sapiens

吉福德 William Gifford

吉里奥 G. A. Gilio

吉普林 Rudyard Kipling

孔什的纪尧姆 Guillaume de Conches

济慈 John Keats

贾罗 Jarrow（地名）

梅尔克莱的杰尔维 Gervais de Melkley

杰勒德 A. Gerard

杰林斯 Soame Jenyns

克洛厄·杰那斯 Chloe Jealous

爱德华·金 Edward King

居鲁士 Cyrus（贺拉斯《歌集》的人物）

居鲁士 Kyros

居普里安 Cyprian（告密者）

居特里斯 Cytheris

君士坦丁 Konstantin

君士坦丁堡 Konstantinopel（地名）

K

喀提林 Catilina 或 Lucius Sergius Catilina

卡德摩斯 Cadmea（地名）

卡埃索 Kaeso

卡尔涅阿德斯 Karneades

卡尔普尔尼乌斯 Calpurnium = Calpurnius（伪修辞学家）

卡尔伍斯 Gaius Licinius Calvus

卡库斯 Cacus

卡拉布里亚 Kalabrien（地名）

卡劳西乌斯 Carausius（皇帝）

卡雷 Thomas Carew

卡里努斯 Carinus（皇帝）

卡利杜斯 Lucius Iunius Calitus

卡利古拉 Caligula（皇帝）

卡利马科斯 Kallimachos

卡利诺斯 Kallinus

卡鲁斯 Carus（皇帝）

卡吕蒲索 Kalypso

卡隆 Charon

卡梅里乌斯 Camerius 或 Camerium

卡蒙斯 Luís（Vaz）de Camões

卡密拉 Camilla

卡米卢斯 Camillus 或 Marcus Furius Camillus

卡墨娜 Camenae 或 Camena（艺术女神）

卡纳斯 Counus

卡尼狄娅 Canidia

卡尼乌斯 Canius

卡帕多奇亚 Cappadocia（地名）

卡皮斯 Capys

卡皮托尔 Kapitol（地名）

卡普亚 Capua（地名）

卡彭 Capenisch（地名）

卡斯克利乌斯 Cascellius（伪演说家）

卡斯特兰纳城 Cività Castellana（地名）

卡斯托尔 Κάστωρ或 Kastor

卡索邦 Isaac Casaubon

卡提乌斯 Catius

卡图卢斯（卡图尔）Caius（C.）Valerius Catullus（Catull）

卡图路斯 Catulus（廊下派苦修者）

昆·卢塔提乌斯·卡图路斯 Quintus Lutatius Catulus（公元前 241 年执政官）

卢塔提乌斯·卡图路斯 Lutatius Catulus（拉丁铭辞诗人）

L. 卡索邦 L. Casaubon

卡瓦略 L. A. De Carvallo

卡西奥多尔（迦修多儒、卡西奥多罗斯）Cassiodor、Cassiodorus 或 Flavius Magnus Aurelius Cassiodorus Senator

卡西乌斯 Quintus Cassius（保民官）

狄奥·卡西乌斯 Dio Cassius

斯普里乌斯·卡西乌斯 Spurius Cassius Vecellinus

卡耶塔 Caieta

凯尔 Heinrich Keil

凯尔特人 Celtae 或 Celt

凯基那 Aulus Caecina

凯基利阿努斯 Caeciliane = Caecilianus（演说家）

凯基利乌斯 Caecilius Statius（剧作家）

凯基利乌斯 Caecilius（异教徒）

凯基利乌斯 Caecilius（新诗人）

凯利乌斯 Caelius

凯西乌斯 Caesius（劣质诗人）

恺撒 Gaius Iulius Caesar 或 C. Iulius Caesar（恺撒大帝）

奥古斯都·恺撒 August Caesar

恺撒奥古斯都 Caesaraugusta（地名）

盖·恺撒 Gaius Caesar（屋大维或奥古斯都的曾用名）

盖·恺撒 Gaius Caesar（卡里古拉的原名）

卢·尤利乌斯·恺撒 L. Julius Caesar 或 L. Giulio Cesare（公元前 90 年执政官、法学家）

坎贝尔 Roy Campbell

坎奈 Cannae（地名）

坎宁 George Canning

坎佩尼亚 Kampanien（地名）

坎塔布里亚 Cantabrico（地名）

康马杰 Steele Commager

康茂德 Commodus（奥勒留之子，罗马皇帝）

康莫狄安 Commodianus

康帕雷提 Comparetti

康斯坦察 Constanta（地名）

康斯坦斯 Constans

康斯坦提乌斯二世 Constantius II

考莱 Abraham Cowley

考佩 William Cowper

克尔苏斯 Aulus Cornelius Celsus

克拉贝 George Crabbe

克拉夫特 Peter Krafft

克拉拉努斯 Claranus（文法家）

克拉苏 M. Crassus 或 Marcus Licinius Crassus（前三头之一、演说家和首富）

克拉苏 Crassus

卢·克拉苏 L. Crassus（公元前 95 年执政官、演说家）

克拉斯提狄乌姆 Clastidium（地名）

克拉提诺斯 Κρᾱτῖνος、Cratinus 或 Kratinos

克莱门 Clemens 或 Titus Flavius Clemens

克莱蒙费朗 Clermont-Ferrand（地名）

克莱因 Jacob Klein

克劳 Clough

克劳狄安 Claudian、Claudianus 或 Claudius Claudianus（诗人）

克劳狄乌斯 Claudius，本名 Tiberius Claudius Drusus（皇帝）

阿皮乌斯·克劳狄乌斯 Appius Claudius Caecus（监察官、演说家，外号克库斯）

克劳狄娅 Claudia（墓志铭）

克劳狄娅 Claudia（斯塔提乌斯之妻）

克劳莱 Robert Crowley

克劳特 Colin Clout

克雷蒂安 Chrétien de Troyes

克雷芒 Clement

克雷蒙纳 Cremona（地名）

克雷散伯尼 Gian Maria Crescimbeni

克罗埃 Chloe

克罗诺斯 Kronos（宙斯之父）

克罗伊索斯 Kroisos

克洛狄乌斯 Clodius Pulcher 或 P. Clodius Pulcher（保民官）

克洛狄亚 Clodia（＝克洛狄亚·墨特卢斯）

克洛狄亚·卢库卢斯 Clodia Luculli（保民官之妹）

克洛狄亚·墨特卢斯 Clodia Metelli（保民官之姐）

克洛密斯 Chromis

克洛维 Clovis

克卢米拉 Lucius Iunius Moderatus Columella

克列乌莎 Creusa

克利夫兰 John Cleveland

克伦威尔 Cromwell

克伦克尔 W. Krenkel

克里 Thomas F. Curley

克里奥佩特拉 Cleopatra

克里斯多夫 Christophe de Longueil 或 Christophorus Longolius

克里斯普斯 Crispus（君士坦丁之子）

克里托劳斯 Kritolaos（逍遥派哲人）

克里斯特斯 J. Christes

克林妥 Cerinthus

克卢恩提乌斯 Aulus Cluentius Habitus

克律塞斯 Chryses

克奥斯 Keos（地名）

克瑞翁 Kreon

克特古斯 M. Cornelius Cethegus（公元前 204 年执政官）

刻尔勃路斯 Cerberus（阴间的犬）

刻瑞斯 Ceres（谷物神）

科尔 Gontier Col

科尔杜巴 Corduba

科尔基拉 Corcyra（岛名）

科尔基斯 Kolchis 或 Colchis（国名）

科尔涅利乌斯 Cornelius

科尔尼菲基乌斯 Cornificius 或 Quintus Cornificius（演说家、诗人）

科尔尼利亚 François Cornilliat

科尔努图斯 Cornutus、Ἀνναῖος Κορνοῦτος 或 Lucius Annaeus Cornutus（廊下派哲学家、文法家、注疏家）

科尔西嘉 Corsica 或 Korsika（地名）

科勒曼 Robert Coleman

科雷亚 T. Correa

科利什 Colish

科林斯 William Collins

科罗封 Kolophon（地名）

科宁顿 Conington

科尼加斯塔斯 Conigastus

科农 Conon（星相学家）

科斯 Kos（地名）

科苏斯 Cossus

卢·科塔 Lucius Cotta

卢·奥勒留·科塔 L. Aurelius Cotta（公元前 144 年执政官，父）

奥勒留·科塔 Aurelius Cotta（裁判官）

科瓦略夫 С. И. Ковалев（史学家）

柯瑞东 Corydon

柯勒律治 Samuel（S.）Taylor（T.）Coleridge

肯达尔 Timothe Kendall

库柏勒 Kybele 或 Cybele（大神母）

库迈 Cumae（地名）

库瑞涅 Cyrene

库斯伯特 Cuthbert

库什纳 Eva Kushner

夸德里伽里乌斯 Claudius Quadrigarius

奎里纳尔 Quirinal（地名）

奎里努斯 Quirinus

汉斯·昆 Hans Küng

昆体良（昆提利安）Quintilian 或 Marcus Fabius Quintilianus

昆图斯·西塞罗 Quintus Cicero（西塞罗之弟）

昆图斯 Quintus（孚尔维乌斯之子）

昆提莉娅 Qvintilia

L

拉贝拉伊斯 Francois Rabelais

拉贝里乌斯 Decimus Laberius

拉比鲁斯 Rabirus

拉布吕耶尔 La Bruyère

拉丁姆 Latium

拉丁努斯 Latinus

拉德克 G. Radke

拉封丹 Jean de La Fontaine

拉弗雷奈 Jean Vauquilin de La Fresnaye

拉克坦提乌斯（拉克坦茨）L. Caelius Firmianus Lactantius（Laktanz）

拉努维乌姆 Lanuvium（地名）

拉梅纳尔迪埃尔 La Mesnardière

拉奥达弥亚 Laodamia（南星译"拉娥达宓雅"）

拉齐奥 Lazio（地名）

拉塔耶 Jacques de La Taille

拉托娜 Latona

拉维杜斯 Ravidus

拉维尔纳 Lauerna（小偷保护神）

拉维尼娅 Lavinia

拉文纳 Ravenna（地名）

莱克 Lyce

莱利乌斯 Gaius Laelius

莱斯比娅 Lesbia

莱奥 Friedrich（F.）F. Leo（弗兰克尔的老师）

莱文 D. S. Levene

莱辛 Lessing

兰德 E. K. Rand

兰格 Ulrich Langer

兰金 Thomas Rankin

兰姆帕蒂奥 C. Octavius Lampadio

兰斯 Reims（地名）

郎戈 Langona

朗迪诺 C. Landino

朗吉努斯 Cassius Longinus（哲学家、修辞学家）

伪朗吉努斯 Pseudo Longinus

劳达马 Λαόδαμας 或 Laodamas

劳迪科亚 Λαοδικεύς 或 Laodikeia（地名）

劳埃德 Robert B. Lloyd

劳苏斯 Lausus

列奥一世 Leo I（东罗马帝国皇帝）

列维尼 Joseph M. Levine

勒安德 Leander（南星译"里安德"）

勒达 Leda

勒格朗 Jacques Legrand

勒卡龙 L. Le Caron

勒克 Regnaud Le Queux

勒鲁瓦 Guillaume Leroy

勒陀 Leto

雷阿特 Reate（地名）

雷阿提努斯 Reatinus（＝雷阿特人）

雷必达 Marcus Aemilius Lepidus（亦译：勒皮杜斯）

雷尼埃-博莱 Daniel Regnier-Bohler

雷尼耶 Mathurin Régnier

雷斯泰诺 Franco Restaino

里昂 Lyon（地名）

里贝克 Otto（O.）Ribbeck

里克希利 L. Ricchieri

里提 Rieti（地名）

里维尼 Jacques de Révigny

理查森 Samuel Richardson

李曼 Anton D. Leeman

李普思 D. Liebs

李斯勒 William Lisle

李维 Titus Livius 或 Livy

李维娅 Livia（日耳曼尼库斯之祖母）

利比亚 Libya（地名）

利基努斯 Porcius Licinus

利基尼乌斯·施托洛 C. Licinius Stolo

利姆诺斯 Lemnos（地名）

利帕里 Lipari（地名）

黎世留 Richelieu

林勃 Limbo（阴间的地名）

临门 Rimmon（异教的神）

琉卡狄娅 Leucadia

琉卡斯匹斯 Leucaspim 或 Leucaspis

琉善 Lucian 或 Lukian

龙古斯 Longus

龙萨 Pierre de Ronsard

洛德 George de Forest Lord

洛高 Friedrich von Logau

洛杰 Thomas Lodge

洛兰 Claude Lorrain

洛朗斯 Pierre Laurens

鲁格 Rugge（地名）

路加 Luka

吕德 Lyde

吕底亚 Lydia（地名）

吕狄娅 Lydia（普·瓦勒里乌斯·加图、贺拉斯与《维吉尔补遗》的人物）

吕吉达 Lycidas

吕基娜 Lycinna

吕克达穆斯 Lygdamus

吕科里斯 Lycoris

吕库尔戈斯 Lycurgus

吕库斯 Lycus

吕西亚 Lyciae

M

马艾尼亚 Maenia

马奥里安 Maiorianus（皇帝）

马蒂厄-卡斯特拉尼 Mathieu-Castellani

马丁戴尔 Charles Martindale

西蒙娜·马丁尼 Simone Martini

马尔库斯 Marcus（缩写"马"）

马尔库斯 Marcus（老加图之子）

马尔克利努斯 Ammianus Marcellinus

马尔克卢斯 Marcus（M.）Claudius Marcellus（公元前 42－前 23 年）

老马尔克卢斯 Marcus（M.）Claudius Marcellus，（约公元前 268－前 208 年）

小盖·马尔克卢斯 Gaius Claudius Marcellus Minor（公元前 50 年执政官）

马尔齐安 Flavius Marcianus Augustus（皇帝）

马尔斯 Mars、Marmar 或 Marmor

复仇者马尔斯 Mars Ultor

马尔斯顿 John Marston

马尔苏斯 Domitius Marsus

马尔提阿尔 Martial、Martialis 或 Marcus Valerius Martialis

马·瓦勒里乌斯·马尔提阿尔 Marcus Valerius Martialis 见马尔提阿尔

马肖 Machault 或 Guillaume de Machaut

马约里安 Majorian（皇帝）

玛加路斯 Macareus（通译"玛卡柔斯"）

玛阔曼人 Markomannen

玛吉娅·波拉 Magia Polla（维吉尔之母）

玛吉乌斯 Magus（维吉尔的外祖父）

玛穆拉 L. Mamurra

迈尔 Conrad Ferdinand Meyer（瑞士诗人、历史小说家）

罗兰·迈尔 Roland Mayer（评论家）

迈尔斯 Frederic William Henry Myers（英国诗人）

迈克纳斯 Maecenas

迈雷 Mairet

迈纳洛斯 Maenalus（地名）

麦格拉思 Alister McGrath

麦加拉 Megara

麦基里娅 Maecilia（或为妓女）

麦凯伊 J. W. Mackail

麦克雷斯 Louis MacNeice

麦考莱 Thomas Babington Macaulay

曼德尔施塔姆 Óсип Эми́льевич Мандельшта́м

曼克 Marc-Mathieu Munch

曼尼利乌斯 Manilius（天文学家）

曼尼利乌斯 Manilius（拉丁战争中杀敌英雄）

曼廷邦德 James H. Mantinband

曼徒阿 Mantua（地名）

曼图安 Mantuanus

芒斯 Mans（地名）

毛普萨 Mopsus 见莫勃苏

蒙达 Mundane（地名）

蒙森 Theodor Mommsen

蒙特勒伊 Jean de Montreuil

蒙特迈耶 Jorge de Montemayor

蒙田 Montaigne

孟德斯鸠 Montesquieu

美第奇 Lorenzo de'Medici

莫尔塔 Morta

莫埃里 Moeris

莫里斯 William Morris

莫利内 Jean Molinet

莫那塔 Moneta

莫那西 Mnasyllus

莫那西洛斯 Mnasylus

莫内劳斯 Menelaos

莫伊莱 Moerae（命运三女神）

摩德斯图斯 Modestus 或 Julius Modestus

摩根 Llewelyn Morgan

摩洛 Moloch（异教的神）

门德尔生 Moses Mendelssohn

门图拉 Mentula

穆阿提 Claude Moatti

穆尔纳 T. Murner

穆哈默德 Mohammed

穆勒塔莱 Jean-Claude Muhlethaler

穆启乐 F. -H. Mutschler

缪斯 Musa

默恩 Jean de Meun

默雷 Gilbert Murray

默里克 Mörike

梅利伯 Meliboeus

梅卢拉 Merula

梅那伽 Menalcas

梅特 Hans Joachim Mette

梅维乌斯 Mevius

N

那不勒斯 Neapel（地名）

纳博科夫 ВладимирВладимировичНабоков

纳尔邦 Narbonne（地名）

纳克索斯 Naxos

纳马提安 Rutilius Namatianus、Rutilius Claudius Namatinus 或 Claudius

Rutilius Namatinus

纳塔 Natta

纳提亚 Gnatia（建筑名）

纳瓦吉罗 Andrea Navagero

纳伊苏斯 Naissus（地名）

拿撒勒 Nazareth（地名）

奈波斯 Cornelius Nepos

尤利乌斯·奈波斯 Julius Nepos（皇帝）

奈维乌斯 Cn. Naevius

瑙克拉特斯 Naucrates

瑙西嘉雅 Nausikaa

尼格尔 Ralph Niger

尼坎德尔 Nikander

尼卡亚 Nikaia（地名）

尼克哈姆 Walter Neckham

尼科波利斯 Nicopolis

尼禄 Nero，本名 Lucius Domitius Ahenobarbus，曾用名 Lucius Domitius Claudius Nero

尼莫辛涅 Mnemosyne

尼普顿 Neptun 或 Neptune 或 Neptunus

尼苏斯 Nisus（国王）

尼苏斯 Nisus（《埃涅阿斯纪》）

尼西亚 Nicaea 或 Nicäa（城名）

妮沙 Nysa

涅墨西安 Nemesian 或 Marcus Aurelius Olympius Nemesianus

涅墨西斯 Nemesis

涅尼娅 Nenia

诺茨 Marie-Françoise Notz

诺登 Eduard（E.）Norden

诺恩诺斯 Nonnos

诺克斯 Bernard M. W. Knox

诺拉 Nola（地名）

诺雷斯 Andrew Knowles

诺门图姆 Nomentum（地名）

诺尼乌斯 Nonius Marcellus 或 Noni Marcelli

诺维乌斯 Novius

诺伊马根 Neumagen（地名）

努玛 Numa Pompilius

努玛努斯 Numanus

努米底亚 Numidia（国名）

努弥托尔 Numitor

努曼提亚 Numantia（地名）

努墨里安 Numerian 或 Marcus Aurelius Numerius Numerianus（皇帝）

涅奥普托勒摩斯 Neoptolemus（皮如斯）

涅埃拉 Neaera

涅尔瓦 Nerva（皇帝）

涅柔斯 Nereus（海神）

内卡河 Neckar（地名）

内奥布勒 Neobule

O

沃伯顿 Bishop Warburton

沃登 John Warden

沃尔塞 Cardinal Wolsey

沃尔斯克 Volsci（地名）

沃尔塔 Volta

沃拉特拉 Volaterrae（地名）

沃鲁西乌斯 Volusius（蹩脚诗人）

沃皮斯库斯 Flavius Vopiscus

沃森 Lindsay C. Watson

俄朗特斯 Orontes（船长，《埃涅阿斯纪》）

俄丕斯 Opis

欧阿德涅 Evadne

欧波洛斯 Eubulus 或 Euboulos

欧波亚人 Euboea

欧福里昂 Euphorion（地名）

欧佛洛绪涅 Euphrasyne

欧赫墨罗斯 Euchemerus 或 Euhemeros

欧里庇得斯 Euripides

欧吕阿鲁斯 Euryalus

欧律狄刻 Eurydike 或 Eurydice
欧罗娜 Aurora
欧墨尼乌斯 Eumenius
欧特罗皮乌斯 Eutropius
欧提库斯 Eutychus
欧文 Wilfred Edward Salter Owen
约翰·欧文 John Owen

P

帕多瓦 Padua 或 Padova
帕尔开 Parcae（命运三女神）
帕尔米拉 Palmyra（地名）
帕尔纳斯 Parnaß（地名）
帕尔提库洛斯 Particulo
帕尔托尼乌斯 Parthonius
帕夫洛克 Barbara Pavlock
帕伽马 Pergamon（地名）
帕库维乌斯 Marcus（M.）Pacuvius
帕拉底欧 A. Palladio
帕拉斯 Pallas
帕莱蒙 Palaemon
昆·帕莱蒙 Quintus（Q.）Remmius Palaemon
帕里努鲁斯 Palinurus（地名）
帕里努鲁斯 Palinurus（人名）
帕里斯 Paris（特洛伊王子，南星译"巴力斯"）
帕米尼恩 Parmenion
帕奈提奥斯 Panaitios
帕皮阿尼拉 Papianilla
L. 帕皮里乌斯 L. Papirio
帕皮亚 Papias
帕斯基耶 Estienne Pasquier
维勒伊乌斯·帕特尔库卢斯 Velleius Paterculus
帕提亚 Parther（亦译安息）
帕维亚 Pavia（地名）
帕修斯 Perseus（国王）

潘神 Pan（神名）

潘达鲁斯 Pandarus

潘克特 Pachomios Penkett

潘诺尼亚 Pannonien（地名）

庞贝人 Pompejaner

提·庞波尼乌斯 Titus Pomponius 见阿提库斯

庞德 Ezra Pound 或 Ezra Weston Loomis Pound

庞培 Gnaeus（Cn.）Pompeius Magnus

塞克斯图斯·庞培 Sextus Pompeius（庞培之子）

庞托斯 Pontos（地名）

培根 Francis Bacon

佩达纳 Pedana（地名）

佩杜姆 Pedum（地名）

佩多 Albinovanus Pedo

佩尔捷 Jacques（J.）Peletier de Mans

佩尔西乌斯 Aules Persius Flaccus

佩吉 T. E. Page

佩劳尔特 Charles（C.）Perrault

佩雷尔曼 Chaïm Perelman

佩利阿斯 Pelias（国王）

佩利革尼乡村 Paelignerland（地名）

帕罗斯 Paros（岛名）

佩琉斯 Peleus

佩鲁贾 Perugia（地名）

佩鲁西亚 Perusia（地名）

佩罗特 Henry Parrot

佩特罗尼奥 Petronio

佩涅洛佩 Penelope（南星译"琵艾萝琵"）

佩特罗尼乌斯 Petronius（Petron）Arbiter

盖尤斯·佩特罗尼乌斯 Gaius Petronius（即佩特罗尼乌斯）

提图斯·佩特罗尼乌斯 Titus Petronius（可能与佩特罗尼乌斯同一）

彭斯 Robert Burns

匹克马利昂 Pygmalion

皮得那 Pydna（地名）

阿斯科尼乌斯·皮迪亚努斯 Asconius Pedianus

皮克托尔 Q. Fabius Pictor（史学家）

皮拉 Pyrrha

皮罗斯 Pyrrhos 或 Pyrrhus

皮那里依 Pinarii（氏族名）

皮诺特乌斯 Pynoteüs

皮萨尼 V. Pisani

皮桑 Christine de Pizan 或 de Pisan

皮索 Gaius Calpurnius Piso（尼禄时代，皮索阴谋）

皮索·凯索尼努斯 Lucius Calpurnius Piso Caesoninus（政治家、执政官，《控皮索》）

卡尔普尔尼乌斯·皮索 Calpurnius Piso（立法者）

皮索·福鲁吉（L. Calpurnius Piso Frugi，编年史家）

格·皮索 Cn. Piso（《喀提林阴谋》）

盖·皮索 C. Piso（律师，《为凯基那辩护》）

盖·皮索·福鲁吉 Caius Piso 或 Gaius Calpurnius Piso Frugi（西塞罗之女婿）

马·皮索 Marcus Piso 或 Marcus Pupius Piso Frugi Calpurnianus（《论至善和至恶》）

老皮特 William Pitt, 1st Earl of Chatham

小皮特 William Pitt, the Youger

皮乌斯 Antoninus Pius（第四位贤帝）

品达 Pindar 或 Pindarus

蓬波尼乌斯 L. Pomponius

蓬提乌斯 Pontius（旗手）

普布利乌斯 Publius（缩写"普"）

普拉德 W. M. Praed

普拉尼娅 Plania

普拉奇迪娅 Galla Placidia（女皇）

普劳提乌斯 Plautius（法学家）

普劳图斯 T. Maccius Plautus 或 Titus Maccius Plautus（著名谐剧家）

普里阿摩斯 Priamos 或 Priamus

普里阿普 Priap 或 Priapus（神名）

普里斯基安 Priscian 或 Priscianus（别名 Caesariensis）

普里斯库斯 Marius Priscus（100 年被判刑）

老普林尼 Gaius Plinius Caecilius Maior（Plinius der Ältere）

小普林尼 Gaius Plinius Caecilius Secundus（Plinius der Jüngere）

普鲁登提乌斯 Aurelius Prudentius Clemens

普鲁塔克 Πλούταρχος、Plutarchus 或 Plutach、LuciusMestriusPlutarch

普罗比努斯 Probinus 或 Flavius Anicius Probinus

普罗布 Probe la Romaine

普罗狄科 Prodicus 或 Prodikos

普罗佩提乌斯 Sextus Propertius［Properz］

普罗斯多基米 A. L. Prosdocimi

普罗塔戈拉 Protagoras

普罗忒西拉俄斯 Protesilaus（南星译"普洛太西劳斯"）

普罗透斯 Proteus

普洛布斯 Probus（皇帝）

瓦勒里乌斯·普洛布斯 Valerius Probus 或 Marcus Valerius Probus（文法家、批评家）

普洛丁 Πλωτῖνος 或 Plotinus

普洛卡斯 Procas

普洛塞尔皮娜 Proserpina（冥后）

普赛尔 Henry Purcell

普特兰 Michael C. J. Putnam

普特利 Puteoli（地名）

普吞汉姆 George Puttenham

普希金 Alexander Sergejewitsch Puschkin

普修多卢斯 Pseudolus

蒲伯 Alexander Pope

蒲里奥 Matthew Prior

Q

丘比特 Cupid

丘吉尔 Charles Churchill

琼森 Ben Jonson

乔叟 Geoffrey Chaucer

乔治 George

齐姆里 Zimri

赫尔维乌斯·秦纳 Gaius Helvius Cinna 或 C. Helvius Cinna

卿提娅 Cynthia

R

热尔松 Jean Gerson

日耳曼尼库斯 Germanicus 或 Gaius Iulius Caesar

日耳曼尼库斯·恺撒 Germanicus Caesar（即日耳曼尼库斯）

日尔曼尼亚 Germanien（地名）

巴托罗缪·荣格 Bartholomew Young

茹图尔娜 Juturna

瑞波西安 Reposian 或 Reposianus

瑞古卢斯 Regulus

瑞娅·西尔维娅 Rhea Silvia

瑞姆斯 Remus

若古尔 Jaucourt

S

撒丁岛 Sardinia 或 Sardinien（地名）

撒尔马提亚 Sarmatia（地名）

撒路斯特 Gaius（C.）Sallustius Crispus（Sallust）

莎士比亚 William Shakespeare

萨巴蒂尼 Sabbadini

萨波尔一世 Sapor I

萨尔别夫斯基 Mathias Casimir Sarbievius

萨尔维安 Salvianus

萨尔维亚蒂 L. Salviati

萨福 Sappho（茅盾译"莎弗"）

萨莱诺 Salerno（地名）

萨拉戈萨 Saragossa（地名）

撒拉辛 Sarasin（即萨拉赞）

萨拉赞 Sarazin 或 Jean François Sarrazin

萨摩斯 Samos（地名）

萨莫萨塔 Samosata（地名）

萨姆尼乌姆 Samnium（地名）

萨提洛斯 Satyros 或 Satyr

萨图尔努斯 Saturnus 或 Saturn

庞培·萨图尔尼努斯 Pompeius Saturninus

沙德威尔 Thomas Shadwell

沙夫茨伯里 Shaftesbury

沙普兰 Chapelain

三乐 Trimalchio 见特里马尔基奥

山纳扎罗 Jacopo Sannazaro

山提罗科 Matthew S. Santirocco

桑齐奥 G. Giraldi Cinzio，即 Giovan Battista Giraldi Cinzio

桑索维诺 F. Sansovino

商茨 M. Schanz

塞奥德特 Theodette

塞比耶 Th. Sebillet

塞都利乌斯 Caelius Sedulius

塞尔托里乌斯 Sertorius 或 Quintus Sertorius（马略的将军）

塞尔维乌斯 Marcus Servius Honoratus（注疏家）

塞尔维乌斯·图利乌斯 Servius Tullius（罗马王政时期的第六个国王）

塞尔西 Thyrsis

塞克斯提乌斯 L. Sextius Lateranus

塞克斯图斯 Sexte 或 Sextus（神话诗人）

塞拉西马柯 Thrasymachus

塞勒河 Sele

（小）塞涅卡 Lucius Annaeus Seneca（哲学家，亦译“塞内加”）

（老）塞涅卡 Lucius Annaeus Seneca Maior（修辞学家）

塞普提米乌斯 Septimius（卡图卢斯《歌集》）

塞普提米乌斯 Septimius（贺拉斯《书札》）

塞浦路斯 Zypern 或 Cyprus（地名）

塞瑞娜 Serena

塞斯提乌斯 Sestius、Sesti 或 Sestio

塞斯提乌斯 Publius Sestius（保民官）

塞特 Elkanah Settle

塞万提斯 Miguel de Cervantes Saavedra，乳名 Miguel de Cervantes Cortinas

塞维里娜 Severina

塞维利亚 Sevilla（地名）

塞维鲁斯王朝 Severer

塞维鲁斯 Severus（奥维德诗歌的收件人）

科·塞维鲁斯 Cornelius Severus（小诗人）

利比乌斯·塞维鲁斯 Libius Severus（皇帝）

苏尔皮基乌斯·塞维鲁斯 Sulpicius Severus（基督教编年史家）

塞普提米乌斯·塞维鲁斯 Septimius Severus（皇帝）

亚历山大·塞维鲁斯 Alexander Severus

赛克斯 Ceyx 或 Céyx（亦译"刻宇克斯"）

列古路斯·色拉努斯 Serranus

色雷斯 Thrakien 或 Thrace（地名）

色诺芬 Xenophon

森布罗尼 L. Sempronio

森提努姆 Sentinum（地名）

圣伯夫 Charles Augustin Sainte-Beuve

圣山 Monte Sacro（地名）

司汤达 Stendhal

士每拿 Smyrna（地名）

施蒂尔勒 K. Stierle

小施勒格尔 Friedrich Schlegel

施密德 W. P. Schmid

施密特 E. A. Schmidt

P. L. 施密特 Peter L. Schmidt

施奈德 Michel Schneider

施特劳斯 Leo Strauss

斯宾塞 Edmund Spenser

斯蒂文生 Robert Louis Stevenson

斯居德里 Georges de Scudéry

老斯基皮奥 Scipio Maior、Scipio Africanus Major 或 Publius Cornelius Scipio Africanus（执政官）

小斯基皮奥 Scipio Aemilianus 或 Publius Cornelius Scipio Aemilianus

斯基皮奥·纳西卡·塞拉皮奥 P. Cornelius Scipio Nasica Serapio（老斯基皮奥之孙）

卢·科·斯基皮奥 Lucius Cornelius Scipio（公元前 259 年执政官）

斯卡利泽 Scaliger（约瑟夫·斯卡利泽）

约瑟夫·斯卡利泽 Joseph Scaliger（斯卡利泽）

尤利乌斯·斯卡利泽 Julius Caesar Scaliger（斯卡利泽之父）

占卜官斯凯沃拉 Quintus（Q.）Mucius Scaevola（公元前 159-前 88 年，

普·斯凯沃拉的堂兄，公元前 117 年执政官、莱利乌斯的女婿，卢·克拉苏的岳父，西塞罗的老师，法学家）

斯科尔顿 John Skelton

斯克里波妮娅 Scribonia

斯库拉 Scylla

斯库罗斯岛 Scyros （地名）

斯库奇 O. Skutsch （研究恩尼乌斯的专家）

F. 斯库奇 F. Skutsch （研究维吉尔的专家）

斯昆多斯 Johannes Secundus

斯罗普 Sir Carr Scroope

史密斯 Francis Eliphant Smith

斯弥尔娜 Zmyrna 或 Smyrna （神话人物）

斯奇巴尼 Sandro Schipani

斯塔提乌斯 Statius

普·帕皮尼乌斯·斯塔提乌斯 Publius Papinius Statius （即斯塔提乌斯）

斯坦尼赫斯特 Richard Stanyhurst

斯特西科罗斯 Stesichorus

斯特隆博利 Stromboli （岛名）

斯特拉 Stella

斯特拉波 Strabo

斯梯尔 Richard Steele

斯提克斯 Styx

斯提利科 Stilicho 或 Flavius Stilicho

斯提洛 L. Aelius Stilo 或 Lucius Aelius Stilo Praeconinus

斯塔提乌斯 Publius Papinius Statius （叙事诗人）

斯托尔茨 F. Stolz

斯托海德 Stourhead

斯威夫特 Jonathan Swift

苏布拉 Subura （地名）

苏尔皮基娅 Sulpicia

苏尔摩 Sulmo （地名）

苏费努斯 Suffenus （诗人）

苏格拉底昂 Socration （皮索·凯索尼努斯的手下）

苏拉 Sulla 或 Lucius Cornelius Sulla Felix （独裁者）

苏利文 J. P. Sullivan

苏萨 Susa（地名）

苏维托尼乌斯 Gaius Suetonius Tranquillus（Sueton）

舒尔策 K. P. Schulze

舒格波鲁 Shugborough

梭伦 Solon

索尔 Sol（太阳神）

索尔兹伯里 Salisbury（地名）

索福克勒斯 Sophocles 或 Sophokles

索拉 Sora（地名）

索拉努斯 Soranus

索利伯爵 Earl of Surrey

索伦特 Sorrent（地名）

索麦齐 Saumaise

索西比阿努斯 Sosibiane ＝ Sosibianus（伪诗人）

索休斯 Sosius

朔尔茨 U. Scholz

T

塔尔康 Tarchon

塔尔佩娅 Tarpeia

塔尔塔路斯 Tartarus（阴间地名）

塔科夫 Nathan Tarcov

塔克文 L. Tarquinius Superbus（傲王）

塔利亚 Thalia

塔伦图姆 Tarent 或 Tarentum（地名）

塔普苏斯 Thapsus（地名）

塔索 Tasso 或 Torquato Tasso

塔西佗 Publius Cornelius Tacitus 或 Gaius Cornelius Tacitus

泰勒 John Taylor

泰伦提乌斯（泰伦茨）Publius Terentius Afer 或 P. Terentius Afer（Tere-nz）

泰坦 Titan（异教的神）

坦布尔 William Tempel

唐南德 G. B. Townend

唐尼 John Donne

汤姆逊 James Thomson

陶拉西亚 Taurasia（地名）

陶里斯 Tauris 或 Taurerland（地名）

贴撒罗尼迦 Thessalonica（地名）

忒拜 Thebe（地名）

忒斯庇斯 Thespis

忒提斯 Thetis（海神之女、阿基琉斯之母）

忒修斯 Theseus（希波吕托斯之父）

特奥多西乌斯 Theodosius（大帝）

特奥格尼斯 Theognis

特奥克里托斯 Theokrit、Theocritos 或 Theocritus

特奥蓬波斯 Theopompus

特里尔 Trier 或 Treveres（地名）

特里塔努斯 Tritanus

特里西诺 G. G. Trissino

特拉马拉 Terremara

培图斯·特拉塞亚 Paetus Thrasea

特拉西美努斯湖畔 Trasimenischer See（地名）

特勒弗斯 Telephus

特勒斯 Tellus（节庆中的地母）

特雷维斯 Treveris（地名）

特里古伊拉 Triguilla

特里马尔基奥 Trimalchio 见三乐

特罗洛普 Anthony Trollope

特纳 William Turner

特柔斯 Tereus

特索罗 Tesoro

特提里库斯 Tetricus（皇帝）

特温 Twyne

提埃斯特斯 Thyestes

提贝里安 Tiberianus（诗人）

提贝里阿努斯 Tiberianus（即提贝里安）

提比略 Tiberius（皇帝）

提布卢斯 Albius Tibullus（Tibull）

提尔泰奥斯 Tyrtaeus 或 Tyrtaios

提斐斯 Tiphys

提基阿努斯 Iulius Ticianus （修辞学家）

提罗斯 Tyros （地名）

提迈西特乌斯 Timesitheus （皇帝）

提屠鲁 Tityrus

提提尼乌斯 Titinius （剧作家）

提提乌斯 C. Titius

天狼星 Canicula

廷达瑞俄斯 Tyndareos

图尔努斯 Turnus

图尔皮利乌斯 Turpilius （披衫剧作家）

图卡 Tucca （马尔提阿尔《铭辞》）

普罗提乌斯·图卡 Plotius Tucca （维吉尔之友）

图拉真 Trajan

图里努斯 Gaius Octavius Thurinus （屋大维或奥古斯都的小名）

图利娅 Tullia （西塞罗之女）

图卢斯 Tullus （奥古斯都时期的普罗佩提乌斯之友）

图卢斯 Tullus Hostilius （罗马王政时期的第三个国王）

图卢兹 Toulouse （地名）

图斯库卢姆 Tusculum （地名）

托邦 Bruno Toppan

托波维尔 George Turberville

托尔夸图斯 Lucius Manlius Torquatus （公元前 65 年执政官）

曼利乌斯·托尔夸图斯 Manlius Torquatus （新郎）

托勒密 Ptolemaeus

托洛萨 Tolosa （地名）

托弥 Tomis （地名）

W

瓦格纳 Wagner

瓦卡 Vacca

瓦莱里 Valéry

瓦鲁斯 （Vare = Varus，伪诗人）

瓦鲁斯 Lucius Alfenus Varus

普·瓦鲁斯 Publius Alfenus Varus

昆提利乌斯·瓦鲁斯 Quintilius Varus（诗人、评论家）

瓦伦 I. Vahlen

瓦伦斯 Valens（皇帝）

瓦伦提尼安 Valentinian 或 Valentinianus（罗马皇帝）

瓦伦提尼安一世 Valentinianus I（罗马皇帝）

瓦伦提尼安二世 Valentinianus II（罗马皇帝）

瓦勒里安 Publius Licinius Valerianus（罗马皇帝）

瓦勒里乌斯·波蒂乌斯 Lucius Valerius Potitus

马·瓦勒里乌斯 Marcus Valerius

曼尼乌斯·瓦勒里乌斯 Manius Valerius

瓦里乌斯 Varius 或 Lucius Varius Rufus（剧作家）

瓦罗 M. Terentius Varro 或 Marcus Terentius Varro Reatinus（雷阿特的瓦罗）

瓦罗·阿塔奇努斯 Varro Atacinus　见阿塔克斯的瓦罗

阿塔克斯（Atax）的瓦罗 P. Terentius Varro，"Atacinus"　见瓦罗·阿塔奇努斯

瓦特爵士 Sir Thomas Wyatt

瓦提尼乌斯 Vatinius（执政官）

瓦提尼乌斯 Publius Vatinius（证人）

汪达尔人 Vandals

王尔德 Oscar Wilde

乌尔比安 Ulpian 或 Ulpianus，即 Gnaeus Domitius Annius Ulpianus 或 Domizio Ulpiano（法学家）

乌尔提奥 Ultio（女神）

乌兰德 Johann Ludwig Uhland

乌提卡 Utica（地名）

魏明德 Benoit Vermander

维本尼乌斯 Vibennius

维达 M. G. Vida

马·维尔图利乌斯 Marcus Vertulius

普·维尔图利乌斯 Publius Vertulius

维尔图姆努斯 Vertumnus（掌管四季变化、庭园和果树之神）

维吉利乌斯 Vergilius（姓）

维吉尔 Publius（P.）Vergilius Maro（Vergil）

维吉奥 Maffeo Vegio

维克托 Julius Victor，即 Gaius Julius Victor

维克托里亚 Victoria（胜利女神）

维柯 Giovanni Battista Vico 或 Giambattista Vico

维里尔斯 George Villiers

维纳斯 Venus

维勒斯 G. Verres 或 Gaius Verres

维罗纳 Verona（地名）

维鲁斯 Lucius Verus 或 Lucius Aurelius Verus Augustus（与奥勒留搭档执政的皇帝）

维努鲁斯 Venulus

维努栖亚 Venusia（地名）

马·维普珊尼乌斯 Marcus Vipsanius

维斯帕西安 Vespasian（皇帝）

维苏威 Vesuv（火山名）

维特利乌斯 Vitellius 或 Aulus Vitellius（皇帝）

维特鲁威 Vitruv、Vitruvius 或 Marcus Vitruvius Pollio

维韦斯 J. L. Vives

维伊 Veji（地名）

维约米耶 Florence Vuilleumier

威尔克斯 John Wilkes

威兰诺瓦 Villanovan（地名）

威廉斯 R. D. Williams

威瑟 George Wither

威斯特摩兰 Westmoreland

威悉河 Weser（地名）

韦伯 Wilhelm Weber

韦尼克 Wernicke

武尔坎 Vulcan 或 Volgani

屋大维（奥古斯都）Octavius 或 Octavian，全名 Gaius（C.）Octavius [Augustus]

温伯格 Bernard Weinberg

翁布里亚 Umbrien（地名）

X

锡德尼 Philip Sidney

昔勒尼 Kyrene（地名）

近西班牙 Gallia Transpadana（行省名）

西庇尔 Sibylla

西蒂琵 Cydippe（通译"库狄佩"）

西多尼乌斯 Sidonius 或 Gaius Sollius Modestus Apollinaris Sidonius

西尔弥奥 Sirmio（半岛名）

西尔维乌斯 Siluius

西尔维亚 Silvia

西格纳 Signa（地名）

西卡 Sicca 或 Sicca Veneria（地名）

西库卢斯 Calpurnius Siculus（牧歌诗人）

德基姆斯·西拉努斯 Decimus Junius Silanus（公元 10 年执政官）

西利乌姆 Scilli（地名）

西利乌斯（西利乌斯·伊塔利库斯）Titus Catius Asconius Silius Italicus

西鲁斯 Publilius Syrus

西伦努斯 Silenus（林神）

西洛 Silo（维吉尔的兄弟，未成年夭折）

西罗 Hero（南星译"西萝"）

西蒙尼德斯 Simonides

西摩伊斯 Simois（河名）

西普里安 Cyprian 或 Cyprianius，全名 Thascius Caecilius Cyprianius

西斯帕努斯 Cn. Cornelius Scipio Hispanus

西塞罗 Marcus Tullius Cicero 或 M. Tullius Cicero

西特罗尼 Mario Citroni

西西里 Sizilien（岛名）

西亚努斯 Sejan 或 L·Aelius Seianus

希波 Hippo 或 Hippo Regius（地名）

席尔 Petra Schierl

席勒 Schiller

席维斯特 Bernard Silvestre

希波纳克斯 Hipponax

希波吕托斯 Hippolytus（南星译"西波力托斯"）

希凯斯 Sychaeus

希罗 Siro（伊壁鸠鲁主义者，维吉尔之师）

希罗多德 Herodot

希普里达 Gaius Antonius Hybrida（演说家安东尼之子）

希斯波利 Hesperien（地名）

希斯波利斯 Hesperis

希耶罗二世 Hiero II（叙拉古僭主）

夏德瓦尔特 Wolfgang Schadewaldt

夏多布里昂 Chateaubriand

谢德 John Scheid

辛西亚 M. Cincius Alimentus

兰斯的兴克马尔 Hincmar de Reims

休斯曼 A. E. Housman

休谟 Hume

修昔底德 Thucydides

叙巴里斯 Sybaris

叙拉古 Syracuse（地名）

叙利亚 Syrien（地名）

许佩里翁 Hyperion（神名）

许普西皮勒 Hypsipyle

雪莱 Shelley

Y

圣-日耳曼-德-普雷的亚邦 Abbon de Saint-Germain-des Près

利勒的亚兰 Alain de Lille 或 Alanus ab Insulis

亚里士多德 Ἀριστοτέλης 或 Aristotélēs 或 Aristoteles

亚历山大 Alexander（马其顿国王）

亚历山大里亚 Alexandria（地名）

亚美尼亚 Armenia

亚努 Roger Hanoune

亚斯他禄 Ashtaroth（异教的神）

亚斯托勒 Astoreth（异教的神）

亚苏 Asu（地名，亚述语，指亚细亚）

雅各比 Johann Georg Jacobi

雅利安人 Arianer

雅努斯 Janus 或 Ianus（神名）

雅典 Athen（地名）

雅典娜 Athena 或 Athene

燕卜逊 William Empson

扬 Edward Young

叶甫图申科 Jewtuschenko，全名 ЕвгенийАлександровичЕвтушенко 或
Jewgeni Alexandrowitsch Jewtuschenko

耶利米 Jeremiah

意大利 Italia（地名）

以色列 Israel（地名）

伊阿宋 Iason

伊阿科斯 Iakchos 或 Iacchus

伊庇鲁斯 Epirus（国名）

伊壁鸠鲁 Epicurus 或 Epikur

伊菲革涅娅 Iphigenie

伊古维乌姆 Iguvium（地名）

伊里斯 Iris（神人之间的信使）

伊里奈乌 Irenaeus

伊利里库姆 Illyricum（地名）

伊利里亚 Illyria（地名）

伊利帕 Ilipa（地名）

伊丽齐乌姆 Elyzium（地名）

伊利提娅 Ilithyia

伊利亚 Ilia（埃涅阿斯之女）

伊丽莎白一世 Elizabeth I

伊默斯 Herbert H. Yeames

伊纳爵 Ignatius

伊奥卡斯特 Iocasta 或 Iokaste

伊奥拉斯 Iollas

伊奥尼亚 Ionia（地名）

伊普斯提拉 Ipsitilla（妓女）

伊索 Äsop（寓言作家）

伊索克拉底 Isocrates

伊塔利库斯 Silius Italicus 或 Titus Catius Asconius Silius Italicus

伊西多 Isidor

伊西古斯 Dionysius Exiguus

易达斯 Idas

英苏布里人 Insubrer

约阿尼斯 Joannes（皇帝）

使徒约翰 Johannes

W. R. 约翰逊 W. R. Johnson

约翰生 Samuel Johnson

埃克塞特的约瑟夫 Joseph d'Exeter

约维安 Jovianus（皇帝）

尤里克 Eurich（国王）

小尤利娅 Iulia（奥古斯都的外孙女）

尤利乌斯 Iulius

尤利西斯 Ulysses（南星译"攸力西斯"，即奥德修斯）

尤卢斯 Iulus

尤尼娅·奥伦库雷娅 Iunia Aurunculeia（新娘）

尤诺 Juno

尤皮特 Juppiter 或 Jupiter Optimus Maximus

尤文库斯 Iuvencus

尤文纳尔 Juvenal 或 Justina Decimus Iunius Iuvenalis

尤文提乌斯 Iuventius（卡图卢斯《歌集》）

优士丁尼 Justinian（皇帝）

雨果 Victor Hugo 或 Victor Marie Hugo

Z

詹金斯 R. Jenkyns

詹姆斯 James Hennry

哲罗姆 Jerome、Sophronius Eusebius Hieronymus 或 Εὐσέβιος Σωφρόνιος Ιερώνυμος

泽特泽尔 James E. G. Zetzel

宙斯 Zeus

芝诺 Zeno

芝诺比娅 Zenobia

朱古达 Iugurtha

朱利安 Julian（亦译尤利安）

附录五　作品译名对照表

A

《阿波罗的天才诗人》Cisne de Apolo（卡瓦略）

《阿布沙龙和阿奇托菲》Absalom and Achitophel（德莱顿）

《阿尔戈英雄纪》Argonautica（阿波罗尼俄斯）

《阿尔戈英雄纪》Argonautica（弗拉库斯）

《阿尔卡狄亚》Arcadia（山纳扎罗）

《阿尔刻提斯》Alcestis（莎草纸抄本，作者不详）

《阿尔瓦勒斯祈祷歌》Carmen Arvale

《阿非利加》Africa（彼特拉克）

《阿格西劳斯传》Αγησιλαοσ 或 Agesilaus（色诺芬）

《阿伽利斯》Agallis（萨福）

《阿基琉斯纪》Achilleis（斯塔提乌斯）

《阿劳坎人之歌》La Araucana（阿隆索・德・埃尔西拉－祖尼加）

《阿曼提斯的忏悔》（或《情人的忏悔》）Confessio Amantis（高威）

《阿斯特罗菲尔》Astrophel（斯宾塞）

《阿提卡之夜》Nactes Atticae（革利乌斯）

《阿维恩：关于他的语言、格律及其同维吉尔的关系的研究》Avienus, Studien über seine Sprache，seine Metrik Und sein Verhaeltnis zu Vergil（Nikolaus Daigl）

《阿西斯与加拉特娅》Acis and Galatea（韩德尔）

《阿雅克斯》Aiax（奥古斯都）

《哀悼父亲的哭丧歌》Epicedion inPatrem（奥索尼乌斯）

《哀歌集》Elegiae（普罗佩提乌斯）

《哀愁集》Tristia（奥维德）　见《诉歌集》

《爱的艺术》Ars Amatoria（奥维德）　见《爱经》

《爱的医疗》Remedia Amoris（奥维德）　见《爱药》

《爱的徒劳》Love's Labour's Lost（莎士比亚）

《爱经》Ars Amatoria（奥维德）　见《爱的艺术》

《爱罗伊莎致阿贝拉》Eloisa to Abelard（蒲伯）

《爱情的炼狱》LaPrison Amoureuse（弗鲁瓦萨尔）

《爱情与抒情诗：论贺拉斯〈歌集〉第一卷探讨性爱的功能》Liebe und Lyrik：zur Funktion des Erotischen Diskurses in Horazens Erster Odensammlung（Mathias Eicks）

《爱神上十字架》Crucifiement de l'Amour（奥索尼乌斯）　见《痛苦的丘比特》

《爱药》Remedia Amoris（奥维德）　见《爱的医疗》

《埃勒克特拉》Elektra（昆图斯·西塞罗）

《埃涅阿斯的后代》Aeneaden（阿克基乌斯）

《埃涅阿斯纪》Aeneis（维吉尔）

《埃涅阿斯纪》第十三卷 Aeneidos Liber XIII（维吉奥）

《〈埃涅阿斯纪〉卷六注疏》P. Vergili Maronis Aeneis Liber VI（诺登）

《〈埃涅阿斯纪〉的神话》The Myth of Aeneid（克莱因）

《〈埃涅阿斯纪〉章义》Reading of the Aeneid（王承教）

《埃涅阿斯历险纪》Imtheachta Æniasia（佚名）

《埃皮狄库斯》Epidicus（普劳图斯）

《埃皮卡尔摩斯》Epicharmvs（恩尼乌斯）

《埃特鲁里亚研究》Studi Etruschi

《埃特纳》Aetna

《埃特纳》Aetna（维吉尔?）

《安德罗马克》Andromache（奈维乌斯）

《安德罗尼库斯》Titus Andronicus（莎士比亚）

《按照戏剧规律检视普劳图斯的谐剧》Examen des Comédies de Plaute selon les rèles du théâtre（达西耶夫人）

B

《巴里莫特之书》Book of Ballymote（佚名）

《巴斯亚》Basia（斯昆多斯）

《巴维亚德》Baviad（吉福德）

《把一种语言卓越地译为另一语言的方式》La manière de bien traduire d'une langue en autre（多雷）

《暴君斯维福特》Swellfoot The Tyrant（雪莱）

《贝莱尼克的祭发》Locke der Berenike（卡图卢斯）

《贝莱尼克的祭发》κόμη Βερενίκης（卡利马科斯）

《悲歌》Complainte（罗贝泰）

《悲剧集》Les Tragiques（德·奥比涅）

《碑铭诗》Epigrammata（卡尔伍斯）

《被解放的耶路撒冷》Gerusalemme Liberata（塔索）

《彼得·贝尔三世》Peter Bell the Third（雪莱）

《彼苏拉组诗》De Bissula（奥索尼乌斯）

《编年纪》Annalen（恩尼乌斯）

《编年纪》Annales（赫米那）

《编年史》Chroniques（弗鲁瓦萨尔）

《（编年史书的）推论》（Libri de Fastis）Conclusio（奥索尼乌斯）

《变瓜记》Apocolocyntosis（小塞涅卡）

《变形记》Metamorphosen（奥维德）

《波爱修斯〈哲学的慰藉〉里的国内历史与世界历史》Storia Interiore et Storia Cosmica Nella Consolatio Boeziana（Alfonsi）

《波斯人》Persern（埃斯库罗斯）

《驳布鲁图斯的〈论加图〉》Rescripta Bruto de Catone（奥古斯都）

《驳斥多纳特教派》Psalmus in Partem Donati（奥古斯丁）

《驳优迪克和涅斯托利》Contra Eutychen et Nestorium（波爱修斯）

《驳鲁菲努斯》In Rufinum（克劳狄安）

《驳欧特罗皮乌斯》In Eutropium（克劳狄安）

《布伦迪西乌姆游记》Iter Brundisinum（贺拉斯）

《布匿战纪》Bellum Poenicum（奈维乌斯）

《布匿战纪》Punica（伊塔利库斯）

《不列颠的颠覆与征服》De Excidio et Conquestu Britanniae（吉尔达斯）

《捕鸟》De Aucupio（涅墨西安）

《捕鱼》Halieutica（奥维德）

C

《彩鸫》Cīrīs（维吉尔？）

《参加特洛亚战争的英雄们的墓志铭》Epitaphia Heroum, qui Bello Troico Interfuerunt（奥索尼乌斯）

《长短句集》Epoden（贺拉斯）

《苍蝇赞》Lob der Fliegen（琉善）

《称重与测量之歌》Carmen de Ponderibus et Mensuris

《尘世宗教的谬误》De Errore Profanarum Religionum（马特努斯）

《斥叙马库斯》Contra Symmachum（普鲁登提乌斯）

《磁体》De Magnete（克劳狄安）

《〈慈善的德国女人〉序》Préfacé de La Généreuse Allemande（马雷沙尔）

《从未离开故土的维罗纳老人》De Sene Veronensi qui Suburbium Numquam Egressus Est（克劳狄安） 见《维罗纳老人》

《从深处》De Profundi（王尔德）

《从哥特人统治下解放的意大利》Italia Lierata da'Gotthi（特里西诺）

《创世记》Genesis（摩西）

《春天》Frühling（波提切利）

D

《大地之歌》Das Lied von der Erde（马勒）

《达菲尼斯和克洛厄》Daphnis et Chloé（龙古斯）

《达纳埃》Danae（奈维乌斯）

《但丁传》Trattatello in Laude di Dante（薄伽丘）

《丹尼尔·德龙德》Daniel Deronda（乔治·艾略特）

《道德点化后的奥维德》Ovide Moralisé（C. de Boer 编）

《道德论》Moral Essays（蒲伯）

《道德书简》Epistulae Morales ad Lucilium（小塞涅卡）

《道连·格雷的画像》The Picture of Dorian Gray（王尔德）

《狄克提娜》Dictynna（普·瓦勒里乌斯·加图）

《狄多建立迦太基》Dido Building Carthage（洛兰）

《蒂迈欧篇》Timaeus（柏拉图）

《第二世界》Secondary Worlds（奥登）

《第二套修辞说明》Instructif de laSeconde Rhetorique（勒克）

《动物农场》Animal Farm（奥威尔）

《毒芹》Cicuta（马尔苏斯）

《短诗集》Catalepton 或 Slight Poems（维吉尔?）

《对哲学的劝勉》Hortationes ad Philosophiam（奥古斯都）

《对埃涅阿斯的鞭笞》Aeneomastix（卡特利乌斯·皮克托）

《多那图斯的维吉尔注疏散佚了吗?》Is Donatvs's Commentary on Vigil Lost?（兰德）

E

《俄耳甫斯》Orpheus（卢卡努斯）

《恩尼乌斯的〈编年纪〉》The Annals of Q. Ennius（O. Skutsch）

《恩尼乌斯诗歌遗稿》Ennianae Poesis Reliquiae（I. Vahlen）

《恩尼乌斯的〈杂咏〉》Die "Satura" des Q. Ennius（U. Scholz）

F

《法尔萨利亚》Pharsalia 或 Farsalia（卢卡努斯）

《法国之研究》LesRecherches de la France（帕斯基耶）

《法国夏尔七世的墓志铭》Epitaphes de Charles VII de France（格雷邦）

《法兰克记》La Franciade（龙萨）

《法兰西诗艺》Art Poétique François（拉弗雷奈）

《法兰西学院对悲喜剧〈熙德〉之感觉》Les Sentiments de L'Académie sur la tragi-comédie du Cid（沙普兰）

《法律篇》Les Lois（柏拉图）

《法语诗艺》L'Art Poétique Françoys（塞比耶）

《法语诗艺概略》Abregé de L'Art Poétique Français（龙萨）

《返乡记》De Reditu Suo（纳马提安）见《高卢游记》

《反雅各宾派》Anti-Jacobin（刊物）

《范畴篇》Kategorien（亚里士多德）

《〈范畴篇〉导引》Eisagoge（波尔菲里奥）

《反叛的苏格兰人》The Rebel Scot（克利夫兰）

《腓尼基女人》Phoenissen（小塞涅卡）

《斐德若篇》Phaedrus（柏拉图）

《菲洛墨拉》Philomena（克雷蒂安）

《疯狂的奥兰多》Orlando Furioso（阿里奥斯托）

《讽刺短诗》Xenien（席勒）

《讽刺短诗集》Epigrammatum（奥古斯都）

《讽刺诗集》Saturae（佩尔西乌斯）

《讽刺诗集》Saturae（尤文纳尔）

《讽刺诗集》Satiren（贺拉斯）

《讽刺诗》Satires（唐尼）

《讽刺诗导论》Prologue to the Satire（蒲伯）

《〈讽刺诗集〉与〈书札〉》Satires and Epistles（贺拉斯）

《"讽刺诗"的概念与这种体裁的起源》Der Begriff 'Satura' und die Entstehung der Gattung（Hubert Petersmann）

《讽喻卷十》Satire X（雷尼耶）

《凤凰鸟之颂歌》Carmen de ave Phoenice（拉克坦提乌斯?）

《凤凰》Phoenix（克劳狄安）

《弗朗西亚德》La Franciade（龙萨）

《弗朗西亚德序》Préface sur la Franciade（龙萨）

《弗尼亚斯·雷多克斯》Phineas Redux（特罗洛普）

《复乐园》Paradise Regained（弥尔顿）

《伏尔蓬涅》或《狐狸》Volpone, or, The Fox（琼森）

G

《盖尤斯法学阶梯》Institutiones 或 Gai Insti

《高卢游记》Iter Gallicum（纳马提安）见《返乡记》

《高尔吉亚》或《高尔吉亚斯》Gorgias（柏拉图）

《歌集》Oden（贺拉斯）

《歌集》Carmina（卡图卢斯）

《〈歌集〉与〈长短句集〉》Odes and Epodes（贺拉斯）

《〈歌集〉卷四与〈世纪颂歌〉》Odes Book IV and Carmen Saecvlare（贺拉斯）

《哥林多前书》1. Kor.（保罗）

《革泰战争》DeBello Gothico（克劳狄安）

《各种各样的历史》Varia Historia 或 Ποικίλη Ἱστορία（埃利安）

《耕作者兄弟会典录》Acta Fratrum Arvalium

《公爵夫人之书》The Book of the Duchess 或 The Deth of Blaunche（乔

叟）

《公鸡波特》Cocke Lorells Bote（民谣）

《工作与时日》Erga Kai Hemerrai 或 Works and Days（赫西俄德）

《古代拉丁典籍残篇集成》Remains of Old Latin（E. H. Warmington）

《古代罗马》Ancient Rome（阿克洛伊德）

《古代与西方国家》Antike und Abendland（期刊）

《古风时期的拉丁语》Archaisches Latein（G. Radke）

《古风时期拉丁语的书面语与口语》Testi Latini Arcaici e Volgari（V. Pisani）

《古罗马的医生》être Médecín à Rome（安德烈）

《古罗马文学》Römische Literatur（M. Fuhrmann）

《古罗马文学史》Römische Literaturgeschichte（K. Büchner）

《古罗马文学史》第一部分：《古罗马共和国时期的文学》Geschichte der Römischen Literatur T. 1，Die Römische Literatur in der Zeit der Republik（M. Schanz）

《古罗马文选》Die Römische Literatur in Text und Darstellung（阿尔布雷希特）

《古罗马讽刺诗》Die Römische Satire（J. Adamietz）

《古罗马教诲诗（卢克莱修）》Das Römische Lehrgedicht（Lukrez）（W. Schetter）

《古罗马铭文》Römische Inschriften（L. Schumacher）

《古罗马神职人员之书文选》Aus Altrömischen Priesterbüchern（E. Norden）

《古罗马叙事诗》Das Römische Epos（E. Burck）

《古罗马诉歌诗人——卡图卢斯、提布卢斯和普罗佩提乌斯文选》Römische Elegiker. Eine Auswahl aus Catull，Tibull，Properz（K. P. Schulze）

《古典语文学常谈》Orientierung Klassische Philologie（克拉夫特）

《故土：关于古罗马爱国主义的情感成分的研究》Terre Natale. Etudes sur une composante affective du patriotisme romain（M. Bonjour）

《关于古风时期拉丁语的研究》Studi sul Latino Arcaico（A. L. Prosdocimi）

《关于歌德的报告》第二卷 Mitteilungen über Goethe，Bd. II（F. W. Riemer）

《关于灵感诗人们所需帮助的意见》Parere sopra l'ajuto che domandano i poeti alle Muse（卡斯泰尔维特罗）

《关于佩尔西乌斯的话：包括第二首讽刺诗的新译》Worte Über Aulus Persius Flaccus: Nebst Neuer Übersetzungsprobe [Verse] Dessen Zweiter Satire. Progr. (Ferdinand Habersack)

《关于数字 3 的谜语》Griphus Ternarii Numeri （奥索尼乌斯）

《关于霍诺里乌斯结婚的菲斯克尼曲》Fescennina de Nuptiis Honorii Augusti （克劳狄安）

《关于霍诺里乌斯结婚的婚歌》Epithalamium de Nuptiis Honorii Augusti （克劳狄安）

《关于贺拉斯之〈诗艺〉的书信》In Epistolam Q. Horatii Flacci de Arte Poetica （德诺莱斯）

《关于谐剧、肃剧和诗从共和国政府接受道德哲学和民事哲学的原则、原因及发展情况的论述》Discorso intorno à que'principii, cause, et accrescimenti, che la comedia, la tragedia, et il poema ricevono dalla philosophia morale, & civile, & da'governatori delle republiche （德诺莱斯）

《关于 D. 巴尔扎克评论〈弑婴犯希罗德斯〉的复信》Epistola qua dissertationi D. Balsaci ad Heroden infanticidam （海因西乌斯）

《关于朗吉努斯的思考》Réflexions sur Longin （布瓦洛）

《关于当代文学的通讯》Briefe, die neueste Literatur betreffend （莱辛）

《关于世界多样性的对话录：关于古人和现代人的题外话》Entretiens sur la pluralite des mondes: Digression sur les Anciens et les Modernes （丰特奈勒）

《古代和近代的寓言》Fables, Ancient and Modern （德莱顿）

《灌木集》Underwood （琼森）

《观察家》The Spectator （杂志）

《国事诗观止》Anthology of Poems on Affairs of State: Augustan Satirical Verse （洛德）

H

《海格立斯》Hercules （恺撒）

《海伦赞》Eloge d'Hélène （高尔吉亚）

《汉堡剧评》Dramaturgie de Hambourg （莱辛）

《赫柏老太婆的故事》Prosopopoia, or Mother Hubberds Tale （斯宾塞）

《赫克托尔》Hector 或 Hector Proficiscens （奈维乌斯）

《许佩里翁》Hyperion （济慈）

《赫西奥涅》Hesione （奈维乌斯）

《回忆录》Memorabilia（色诺芬）

《回忆苏格拉底》Memorabilien（色诺芬）

《荷马和维吉尔作品中天神的意图与英雄的回应：宙斯的政治计划》
Divine Purpose and Heroic Response in Homer and Virgil：The Political Plan of
Zeus（阿尔维斯）

《荷马的〈伊利亚特〉与〈奥德修纪〉各个章节的内容提要》
Periochae Homeri Iliadis et Odyssiae（奥索尼乌斯）

《贺拉斯〈长短句集〉里的权力与无能为力》Power and Impotence in
Horace's Epodes（菲茨杰拉德）

《贺拉斯的颂歌》The Horatian Ode（海因策）

《贺拉斯与希腊抒情诗人》Horace and the Greek Lyric Poets（Denis
Feeney）

《贺拉斯作品中的"小体裁"与"小日子"》"Slender Genre" and
"Slender Table" in Horace（Hans Joachim Mette）

《贺拉斯抒情诗中收件人的场合与层次》Occasion and Levels of Address
in Horatian Lyric（Mario Citroni）

《贺拉斯〈歌集〉中酒的功能》The Function of Wine in Horace's Odes
（Steele Commager）

《贺拉斯的〈世纪颂歌〉：一首宗教祭典的歌曲?》Horace's Century Po-
em：A Processional Song ?（P. L. 施密特）

《贺拉斯之〈诗艺〉的法文诗译》L'Art Poëtique d'Horace Traduit en Vers
François（佩尔捷）

《黑海书简》Epistulae ex Ponto（奥维德）

《黑衣僧人的笔记》Intituled Notes from Black-Fryers（菲茨杰弗里）

《胡桃树》Nux（奥维德）

《护教诗》Carmen Apologeticum（康莫狄安）

《花甲男人》Sexagesis（瓦罗）

《欢乐歌集》Carmen Regale（塞维鲁斯）

《欢宴》新期刊 Convivium, N. S.（期刊）

《荒原》The Waste Land（T. S. 艾略特）

《会饮》Συμπόσιον（柏拉图）

《婚礼》Nuptialis（奥索尼乌斯）

《红雌鹿和黑豹》The Hind and the Panther：A Poem, in Three Parts（德
莱顿）

《祸水》Dirae（维吉尔?）

《霍诺里乌斯的第三次执政官任期》Panegyricus de Tertio Consulatu Honorii Augusti（克劳狄安）

《霍诺里乌斯的第四次执政官任期》Panegyricus de Quarto Consulatu Honorii Augusti（克劳狄安）

《霍诺里乌斯的第六次执政官任期》Panegyricus de Sexto Consulatu Honorii Augusti（克劳狄安）

J

《基督教的真谛》Le Génie du Christianisme（夏多布里昂）

《基督教文学经典选读》Christian Literature：An Anthology（麦格拉思）

《鸡与珍珠》Pullus ad Margaritam（斐德若斯）

《饥馑的寓言》The Prophecy of Famine：A Scots Pastoral（丘吉尔）

《祭扫节》Părĕntālĭă（奥索尼乌斯）

《纪念碑》Monumentum（贺拉斯）

《纪念布尔迪伽拉的老师们》CommenmoratioProfessorum Burdigalensium（奥索尼乌斯）

《纪念章》The Medal（德莱顿）

《吉尔冬战纪》De Bello Gildonico 或 In Gildonem（克劳狄安）

《几何学》Geometria（波爱修斯）

《极乐花园》Hortus Deliciarum 或 The Garden of Delights（埃拉德）

《技艺游戏》Technopaegnion（奥索尼乌斯）

《既恨又爱》Odi et Amo（卡图卢斯）

《小加图传》Κατων或 Cato Minor（普鲁塔克）

《伽达拉的墨尼波斯》Menippus of Gadara（James A. Arieti）

《迦太基的兴起》The Rise of the Carthaginian Empire（特纳）

《家政论》Oeconomicus 或 Economics（色诺芬）

《建城以来史》Ab Urbe Condita（李维）

《讲台》Le Lutrin（布瓦洛）

《降福女神》Eumeniden（恩尼乌斯）

《降福女神》Eumeniden（埃斯库罗斯）

《节令》The Seasons（汤姆逊）

《解读……奥维德及所有传奇诗人……之准备》Préparation ... à la lecture ... d'Ovide, & de tous Poëtes fabuleux（B. Aneau）

《近义词》Synonymes（伊西多）

《经济学》Œconomics（色诺芬）

《镜子的幽默》Humors Looking Glasse（罗兰兹）

《救世主》De Salvatore（克劳狄安）

《救世主》Messiah（蒲伯）

《巨人之战》Gigantomachia（克劳狄安）

《卷发遇劫记》The Rape of the Lock（蒲伯）

《决斗者》The Duellist（丘吉尔）

《君士坦丁大帝时期》Die Zeit Constantins des（d.）Grossen（Gr.）（布克哈特）

K

《卡尼狄娅、天狼星和贺拉斯〈长短句集〉的得体》Canidia, Canicula, and the Decorum of Horace's Epodes（奥林萨斯）

《卡图卢斯》Catull（E. A. Schmidt）

《喀提林阴谋》Bellum Catilianae（撒路斯特）

《恺撒之死》De Morte Caesaris（瓦里乌斯）

《坎特伯雷故事集》The Canterbury Tales（乔叟）

《坎图斯》The Cantos（庞德）

《看守金苹果的仙女》Hesperides（赫里克）

《科尔努图斯注疏》Commentum Cornuti（科尔努图斯）

《科尔努图斯注疏〈佩尔西乌斯作品〉》Commentum Cornuti in Persium（科尔努图斯）

《科帕》Cōpă（维吉尔?）

《客人》Der Besuch（歌德）

《可见的黑暗》Darkness Visible（W. R. 约翰逊）

《可以消化的道德……译成英语的贺拉斯讽刺诗两卷》A Medicinable Morall, that is, the two Bookes of Horace his Satyres Englyshed …. The wailyngs of the prophet Hieremiah, done into Englyshe verse. Also epigrammes（德兰特）

《帕西安努斯·克里斯普斯传》Passianus Crispus（普鲁塔克）

《克拉苏传》Κρασσοσ 或 Crassus（普鲁塔克）

《克里奥拉努斯传》Ταιοσ Μαρκιοσ 或 Gaius Marcius Coriolanus（普鲁塔克）

《〈克伦威尔〉的序言》Préface de Cromwell（雨果）

《克拉斯提狄乌姆》Clastidium（奈维乌斯）

《克雷里》Clélie（斯居德里）

《克律塞斯》Chryses（帕库维乌斯）

《克劳迪亚法》Lex Claudia

《控喀提林》Catilinaria 或 In Catilinam（西塞罗）

《控皮索》In L. Calpurnium Pisonem（西塞罗）

《库尔库里奥》Curculio（普劳图斯）

《昆提莉娅》Qvintilia（卡尔伍斯）

L

《拉丁诗选》Anthologia Latina（卢克索里乌斯编）

《拉丁文学手册》A Companion to Latin Literature（哈里森）

《拉丁文学词典》Dictionary of Latin Literature（曼廷邦德）

《拉丁诗歌残段汇编：除恩尼乌斯〈编年纪〉与西塞罗、日尔曼尼库斯对阿拉托斯作品的仿作以外的叙事诗与抒情诗》Fragmenta Poetarvm Latinorvm Epicorvm et Lyricoruvm praeter Enni Annales et Ciceronis Germaniciqve Aratea（Mo-B）

《拉丁叙事诗与抒情诗人恩尼乌斯与卢基利乌斯的诗歌残段》Fragmenta Poetarum Latinorum Epicorum et Lyricorum praeter Ennium et Lucilium（Mo-B）

《拉丁语历史》Geschichte der Lateinischen Sprache（F. Stolz、A. Debrunner 和 W. P. Schmid）

《拉丁铭文集》Corpus Inscriptionum Latinarum（Academiae Regiae Borussicae 编）

《拉丁文法》Grammatici Latini（狄奥墨得斯）

《拉丁文法》Grammatici Latini（=GL）（H. Keil）

《拉丁小诗人》Minor Latin Poets（J. Wight Duff、Arnold M. Duff 英译）

《拉奥孔》Laoccoon（莱辛）

《来山得传》Λυσανδροσ 或 Lysander（普鲁塔克）

《来自瑞特人库尔博物馆的有趣的个别物品，第一部分：奥斯克的语言丰碑，维特尔 102 号》Interessante Einzelobjekte aus dem Rätischen Museum Chur, 1 Teil：Das oskische Sprachdenkmal Vetter Nr. 102（H. Eichner、R. Frei-Stolba）

《狼与羊羔》Lupus et Agnus（斐德若斯）

《勒昂》Leontem（奈维乌斯）

《雷丁监狱之歌》The Ballad of Reading Gaol（王尔德）

《雷古卢斯》Regulus（吉普林）

《黎西达斯》Lyidas（弥尔顿）

《利利布列奥》Lilliburlero（军歌）

《恋歌》Amores（奥维德）

《恋歌》Amores（伽卢斯）

《两份圣约》Dittochaeon（普鲁登提乌斯）

《粮食法》Lex Frumentaria

《龙萨或诗》Ronsard, ou de la Poësie（勒卡龙）

《卢卡努斯传》Vita Lucani（苏维托尼乌斯）

《卢卡努斯传》Vita Lucani（瓦卡）

《卢基利乌斯》Lucilius（J. Christes）

《卢基利乌斯与讽刺诗》第一部分 Lucilius Satiren Tl. 1（W. Krenkel）

《鲁西亚德》Os Lusíadas（卡蒙斯）

《论捕鱼》Halieutica（奥维德）

《论崇高》Peri Hypsous 或 De Sublimitate（朗吉努斯？）

《论对拉丁诉歌的模仿》Von Nachahmung der Lateinischen Elegien（阿卜特）

《论对西塞罗的模仿，反对埃拉斯谟之意见，拥护克里斯托弗的主张》DeImitatione Ciceroniana, adversus Desiderium Erasmum, pro Christophoro Longolio（多雷）

《论动物的本性》De Natura Animalium 或 Περὶ Ζῴων Ἰδιότητος（埃利安）

《论风趣的语言》De Urbanitate（马尔苏斯）

《论讽刺短诗》De Epigrammate（罗伯泰罗）

《论讽刺诗》Dicourse concerning Satire（德莱顿）

《论讽喻题材》Discorso in Materia della Satira（桑索维诺）

《论复活》κρερὶ ἀναστάσεως νεπῶν 或 De Resurrectione（阿特那戈拉斯）

《论各种事件的箴铭诗》Epigrammata de Diversis Rebus（奥索尼乌斯）

《论公教信仰》De Fide Catholica（波爱修斯？）

《论共相》De Universo（莫尔）

《论古今学术》An Essy upon the Ancient and Modern Learning（坦布尔）

《论格律》De Metris（恩尼乌斯）

《论格律》De Metris（凯西乌斯·巴苏斯）

《论海因西乌斯先生的一部肃剧》Discours sur une Tragédie de Monsieur Heinsius（巴尔扎克）

《论理性的研究》De Ratione Studii（埃拉斯谟）

《论罗马城的焚烧》De Incendio Urbis（卢卡努斯）

《论美》Essai sur le beau …（神甫安德烈）

《论美术的唯一原则》Les beaux arts réduits à un même principe（巴托）

《论牧歌》Discourse on Pastoral Poetry（蒲伯）

《论鸟类》Ornithogonie（马克尔）

《论女性》On Woman（威尔克斯）

《论勤劳的海格立斯》Delabor, Herculis（薄伽丘）

《论忍耐》De Patientia 或 De Pat.（德尔图良）

《论忍耐的好处》De Bono Patientiae（Pat.）（西普里安）

《论容饰》De Medicamine Faciei 或 De Medicamine Faciei Feminae（奥维德）

《论三位一体》De Trinitate（波爱修斯）

《论神性》De Natura Deorum（西塞罗）

《论神学与政治》Tractatus Theologico-Politicus（斯宾诺莎）

《论诗艺》Discorsi dell'Arte Poetica（塔索）

《论诗艺·论英雄叙事诗》Discorsi dell'Arte Poetica e del Poema Eroico（塔索）

《论诗人》De Poetis（瓦罗）

《论诗人》De Poeta（明杜诺）

《论诗艺》De Arte Poetica（维达）

《论哀歌》Über Elegien（雅各比）

《论哀歌》De Elegia（科雷亚）

《论天真的诗和伤感的诗》Über Naive und Sentimentalische Dichtung（席勒）

《论天命》On Providence（埃利安）

《论星期》De Hebdomadis（波爱修斯）

《论小说结构》Discorso intorno al comporre dei romanzi（桑齐奥）

《论维吉尔的〈埃涅阿斯纪〉》On Virgil's Aeneid（席维斯特）

《论英雄叙事诗》Discorsi del Poema Eroico（塔索）

《论占卜》De Augurandi（恩尼乌斯）

《论至善和至恶》De Finibus Bonorum et Malorum（西塞罗）

《论自然》De Natura（埃皮卡尔摩斯）

《论字母和音节》De Litteris Syllabisque（恩尼乌斯）

《论最美的诗作的主题》Discorci intorno agli argomenti del più bel poetare（戈尔特）

《伦敦》London（约翰生）

《吕德》Lyde（安提玛科斯）

《吕狄娅》Lydia（普·瓦勒里乌斯·加图）

《吕狄娅》Lydia（维吉尔?）

《吕库尔戈斯》Lycurgus（奈维乌斯）

《罗马道路》The Roman Way（汉密尔顿）

《罗马法范例——古罗马法律文本》Exempla Iuris Romani. Römische Rechtstexte

《罗马的功业》Res Romanae（塞维鲁斯）

《罗马的起源》The Origins of Rome（布洛克）

《罗马帝国社会经济史》The Social and Economic History of Roman Empire（罗斯托夫采夫）

《罗马共和国时期的韵律铭文》Die Metrischen Inschriften der Römischen Republik（Peter Kruschwitz）

《罗马史》History of Rome（格兰特）

《罗马史》Römische Geschichte（蒙森）

《罗马文学》Roman Literature（格兰特）

《罗马哀歌》Römische Elegien（歌德）

《罗慕路斯寓言集》Romulus Fabulae（佚名）

M

《马艾尼亚法》Lex Maenia

《老马尔克卢斯传》Μαρκελλοσ或 Marcellus（普鲁塔克）

《马尔斯和维纳斯的恋情》De Concubitu Martis et Veneris（瑞波西安）

《法比乌斯·马克西姆斯传》ΦαβιοσΜαξιμοσ或 Fabius Maximus（普鲁塔克）

《马略》Marivs（西塞罗）

《马略传》Γαιοσ Μαριοσ或 Gaius Marius

《马维亚德》Maeviad（吉福德）

《玛蒂尔德》Mathilde（斯居德里）

《迈尔与古代》Conrad Ferdinand Meyer und die Antike（Michael von Albrecht）

《迈克纳斯诉歌》Elegiae in Maecenatem（维吉尔?）

《迈克纳斯颂歌》The Maecenas Odes（Matthew S. Santirocco）

《麦克弗莱诺》Mac Flecknoe（德莱顿）

《猫头鹰》The Owl（德拉顿）

《美狄亚》Medea（卢卡努斯）

《美食谈》Hedyphagetica（恩尼乌斯）

《美学》Ästhetik（黑格尔）

《玫瑰小说》Le Roman de laRose（默恩）

《梅罗普》Merope（马菲）

《每日十二时咏》Cathemerinon Liber（普鲁登提乌斯）

《墨尼波斯杂咏》Saturae Menippeae（瓦罗）

《墨尼波斯杂咏〈哲学的慰藉〉》The Consolation of Philosophy as Menippean Satire（Payne）

《墨萨拉颂》Panegyricus Messallae（佚名）

《尼莫辛涅增刊》Mnemosyne Supplement

《莫麦斯的无花果》A Fig for Momus（洛杰）

《莫塞拉》Mosella（奥索尼乌斯）

《模拟贺拉斯创作的讽刺诗和书信》Satires and Epistles of Horace Imitated（蒲伯）

《模拟贺拉斯》Satires, Epistles, and Odes of Horace Imitated（蒲伯）

《模仿希腊语和拉丁语作法语诗的方式》La manière de faire des vers en françois, comme en grec et en latin（拉塔耶）

《米德尔马契》Middlemarch（乔治·艾略特）

《铭辞》Epigrammata（马尔提阿尔）

《命题》Topica（西塞罗）

《缪斯的伊丽齐乌姆》The Muses' Elizium（德拉顿）

《牧歌》Eklogen（维吉尔）

《牧歌的几个版本》Some Versions of the Pastoral（燕卜逊）

《牧歌》Eclogae（西库卢斯）

《牧歌》Eclogae（涅墨西安）

《牧歌》Eclogarum liber（奥索尼乌斯）

《牧歌与农事诗》Bukolik und Georgik（R. Kettemann）

《牧人历书》The Shepheardes Calender（斯宾塞）

《牧师生活的场景》Scenes of Clerical Life（乔治·艾略特）

《母狼》Lupa（奈维乌斯）

《墓畔诉歌》Elegy written in a countrz churchyard（格雷）

N

《奈维乌斯的〈布匿战纪〉》Naevius'Bellum Poenicum（Michael von Albrecht）

《内战史》Bellum Civile 或 De Bello Civili（卢卡努斯）

《内含一滴水的晶体》De Crystallo cui aqua inerat（克劳狄安）

《你不知道，深夜带来什么？》Nescīs, quid vesper sērus vehat？（瓦罗）

《你为何不来宫廷》Why come ye not to Courte?（沃尔塞）

《尼禄颂歌》Laudes Neronis（卢卡努斯）

《女杰书简》Heroides 或 Epistulae Heroidum（奥维德）

《女名人的哀诗》Heroides 或 Epistulae Heroidum（奥维德）

《女尼的教士的故事》The Nun's Priest's Tale（乔叟）

《女士的城邦》Cité des Dames（皮桑）

《女主人》The Hostess（维吉尔？）

O

《奥德修纪》Odusia（荷马）

《奥德修纪》Odusia（安德罗尼库斯译本）

《奥狄浦斯》Oedipus（恺撒）

《欧赫墨罗斯》或《神圣的历史》Euchemerus sive Sacra Historia（恩尼乌斯）

《欧迈尼斯传》Ευμενησ（普鲁塔克）

P

《帕库维乌斯的肃剧》Die Tragödien des Pacuvius（Petra Schierl）

《帕拉蒂娜文选》Anthologia Palatina（帕米尼恩）

《帕拉迪奥与克勒里娜的婚歌》Epithalamium Palladio et Celerinae（克劳狄安）

《帕米拉》Pamela（理查森）

《潘多斯托》Pandosto（格林）

《庞培传》Πομπηιοσ或 Pompeius（普鲁塔克）

《培根著作集》The Works of Francis Bacon（J. Spedding、R. L. Ellis、D. D. Heath 编）

《佩洛皮达斯传》Pelopidas（普鲁塔克）

《蓬都思书疏》Epistulae ex Ponto（奥维德）

《抨击》Abuses Stript and Whipt（威瑟）

《批判诗学》Critische Dichtkunst（戈特舍德）

《批评短论》An Essay on Criticism（蒲伯）

《皮罗斯传》Pyrrhus（普鲁塔克）

《皮索颂》Laus Pisonis（卢卡努斯）

《评论季刊》Quarterly Review（刊物）

《普里阿普》Priapea（维吉尔?）

《普罗塔戈拉》Protagoras（柏拉图）

《普罗佩提乌斯》Propertius（费德里）

《普罗塞尔皮娜被劫记》De Raptu Proserpinae 或 Enlèvement de Proserpine（克劳狄安）

《蒲伯诗歌全集》The Complete Poetical Works of Alexander Pope

《蒲伯传》Pope（约翰生）

Q

《启示录》Offenbarungen（使徒约翰）

《七位智者登场》Ludus Septem Sapientium（奥索尼乌斯）

《乞丐的歌剧》The Beggar's Opera（盖伊）

《卿提娅》Cynthia（普罗佩提乌斯）

《乔叟与墨尼波斯杂咏》Chaucer and Menippean Satire（Payne）

《亲近上帝与损害魔咒：古希腊与古罗马文学中的魔法》Gottesnaehe und Schadenzauber：die Magie in der Griechisch-Römische Antike（Fritz Graf）

《情歌集》Les Amours（龙萨）

《劝诫》或《人生法则》Protrepticum sive Praecepta（恩尼乌斯）

《劝慰辞》Suasoriae（老塞涅卡）

《劝慰辞——致波吕比奥斯》《劝慰辞》Consolatio ad Polybium（小塞涅卡）

《劝慰辞》Consolatio（小塞涅卡）

《前言》Praefatio（普鲁登提乌斯）

《诠释篇》Peri Hermeneias 或 De Interpretatione（亚里士多德）

R

《人类愿望之虚妄》The Vanity of Human Wishes（约翰生）

《人神制度稽古录》Antiquitates Rerum Humanarum et Divinarum（瓦罗）

《认真的重要性》The Importance of Being Earnest（王尔德）

《日耳曼战纪》De Bello Germanico（斯塔提乌斯）

《日志》Ephemeris（奥索尼乌斯）

《瑞姆斯和罗慕路斯》Remus et Romulus（奈维乌斯）

《瑞特人库尔博物馆 1989 年年度报告》Jahresbericht 1989 des Rätischen Museums Chur

《入洞房》Ingressus in Cubiculum（奥索尼乌斯）

S

《萨蒂利孔》Satyrica 或 Satyricon libri（佩特罗尼乌斯）

《萨尔提加》Salticae Fabulae（卢卡努斯）

《萨尔马西安抄本》Codex Salmasianus（萨尔马西安）

《塞尔托里乌斯传》Σερτωριοσ 或 Sertorius（普鲁塔克）

《塞尔维乌斯注疏详优权威本》Servii commentarii longe meliores et auctioures（丹尼尔）

《塞库阿努斯战记》Bellum Sequanicum（阿塔克斯的瓦罗）

《三乐宴客》Gastmahl des Trimalchio（佩特罗尼乌斯）

《三位一体是一个神，不是三个神》Trinitas unus dues, ac non tres dii（波爱修斯）

《散评铭辞》Zerstreute Anmerkerungen über das Epigramm（莱辛）

《善变的坎图斯》Two Cantos of Mutabilitie（斯宾塞）

《善良女子殉情记》The Legend of Good Women（乔叟）

《少年维特的烦恼》Die Leiden des Jungen Werthers（歌德）

《色拉》Mŏrētŭm 或 Salad（维吉尔？）

《蛇毒解药》Theriaca（马克尔）

《神话集》Mitologiarum Libri Tres（傅正修）

《神格化》或《基督的神性》Apotheosis（普鲁登提乌斯）

《神谱》Theogonie 或 Theogony（赫西俄德）

《神曲》Divina Commedia（但丁）

《"神曲"评论及其他围绕但丁之文字》Il Comento alla Divina Commedia e gli altri scritti intorno a Dante（薄伽丘）

《神的显现》Divine Manifestations（埃利安）

《神圣的克劳狄乌斯变瓜记》Divi Claudii Ἀποκολοκύντωσις（小塞涅卡）

《神学论文集》The Theological Tractates（波爱修斯）

《审判法》Lex Iudiciaria

《审判之幻想》The Vision of Judgment（拜伦）

《圣地》Heiligtum（迈尔）

《圣恺撒传》Divus Iulius（苏维托尼乌斯）

《圣父、圣子和圣灵是否宣布了神的实体存在》Utrum Pater et Filius et

Spiritus Sanctus de Divinitate Substantialiter Praedicentur（波爱修斯）

《声誉之堂》The House of Fame（乔叟）

《森林集》The Forest（琼森）

《时代》The Times（丘吉尔）

《诗草集》Silvae（卢卡努斯）

《诗草集》Silvae（斯塔提乌斯）

《诗学》Περὶ ποιητικῆς（亚里士多德）

《诗学论文》Trattato Dellla Poetica（萨尔维亚蒂）

《诗艺学院》Academie de L'Art Poetique（德米耶）

《诗艺卷八》Poetices Libri VIII（尤利乌斯·斯卡利泽）

《诗之比喻》La Topica Poetica（吉里奥）

《斯巴达政体论》Constitution of Sparta（色诺芬）

《斯基皮奥》Scipio（恩尼乌斯）

《斯基皮奥的选择》Scipios Wahl（乌兰德）

《斯居德里的〈专横的爱〉前言》Préfacé de La Amour Tyrannique de Scudéry（撒拉辛）

《斯凯勒提亚》Skialetheia（桂普林）

《斯弥尔娜》Zmyrna 或 Smyrna（赫尔维乌斯·秦纳）

《斯提利科的执政官任期》De Consulatu Stilichonis（克劳狄安）

《诗艺》Ars Poetica（贺拉斯）

《诗的艺术》L'Art Poétique（布瓦洛）

《诗歌与十四行诗》Songs and Sonnets（唐尼）

《使团》Legatio（阿特那戈拉斯）

《使徒信经》The Apostles'Creed（作者不详）

《十二使徒遗训》Diadache ton Kuriou dia ton dodeka apostolon tois Ethnesi（作者不详）

《十二位修辞女士》Douze Dames de Rhétorique（Claude Bouton，Lord of Corbaron）

《十六世纪法国的修辞学和诗学》Rhétorique et poétique au XVI ͤ siècle en France（米霍夫）

《实体就其在善的限度内如何是善的，虽则它们不是实体性的善》Quomodo substantiae in eo quod sint bonae sint cum non sint substantialia bona（波爱修斯）

《弑婴犯希罗德斯》Herodes Infanticida（海因西乌斯）

《死者葬礼的颂歌》Hymnus Circa Exequias Defuncti（普鲁登提乌斯）

《失乐园》Paradise Lost（弥尔顿）

《事业》The Task（考佩）

《世纪颂歌》Carmen Saeculare（贺拉斯）

《世纪卷宗》Acta Saecularia

《世界哲学》Philosophia Mundi（纪尧姆）

《颂歌集》Odae（贺拉斯）

《颂歌》Carmina（西多尼乌斯）

《颂辞》Panegyricus（克劳狄安）

《狩猎》Cynegetica（涅墨西安）

《首席艺术家索菲》Archiloge Sophie（勒格朗）

《首屈一指的独裁者》Le Solitaire Premier（蒂亚尔）

《苏尔皮基娅诗歌的花环》De Sulpicia 或 Sulpicia's Garland（佚名）

《苏维托尼乌斯〈罗马十二帝王传〉述评》De XII Caesaribus per Suetonium Tranquillum Scriptis（奥索尼乌斯）

《书信汇编》De Conscribendis Epistolis（维韦斯）

《书信集》Epistularum Liber（奥索尼乌斯）

《书信集》Epistulae（西多尼乌斯）

《书札》Epistulae（贺拉斯）

《书战》The Battle of the Books（斯威夫特）

《诉歌集》Elegiae（提布卢斯）

《诉歌集》Tristia（奥维德）　见《哀愁集》

《诉歌》Elegy（唐尼）

《算术原理》或《算术入门》De Institutione Arithmetica（波爱修斯）

《水手格劳科斯》Pontius Glaukus（西塞罗）

《水上运动》Nautica（涅墨西安）

《岁时记》Fasti（奥维德）

《说执政官奥利布里乌斯与普罗比乌斯的颂词》Panegyricus Dictus Probino et Olybrio Consulibus（克劳狄安）

T

《他的时代》De Temporibvs Svis（西塞罗）

《他的执政官任职》De Consvlatv Svo（西塞罗）

《他的情人走向床榻》Elegy XIX：To His Mistress Going to Bed（唐尼）

《泰阿泰德》Thaeatetus（柏拉图）

《太阳正在升起》The Sun Rising（唐尼）

《唐璜》Don Juan（拜伦）

《忒拜战纪》Θηβαῖς、Thēbais 或 Thebais（斯塔提乌斯）

《忒修斯》Theseis（佩多）

《特洛伊木马》Equus Troianus（奈维乌斯）

《提埃斯特斯》Thyestes（恩尼乌斯）

《提埃斯特斯》Thyestes（瓦里乌斯）

《提布卢斯文集》Corpus Tibullianum（提布卢斯？）

《题辞》Apophoreta（马尔提阿尔）

《田园诗》Eclogae（维吉尔）

《天文学家》Astronomica（曼尼利乌斯）

《天才艺术之睿智》The Art of Worldly Wisdom（格拉西安）

《痛苦的丘比特》Cupido Cruciatus（奥索尼乌斯）　见《爱神上十字架》

《图尔西斯》Thyrsis（阿诺德）

《图斯库卢姆谈话录》Tusculanae Disputationes（西塞罗）

《土地法》Lex Sempronia Agraria（提比略·格拉古）

《土地法》Lex Agraria（盖·格拉古）

《秃顶死者》Balder Dead（阿诺德）

《托斯卡纳作品集》Opere Toscane（阿拉曼尼）

W

《瓦尔普吉斯之夜》Walpurgisnacht（歌德）

《瓦罗》Marcus Terentius Varro（Thomas Rankin）

《瓦罗〈论诗人〉研究》Studien zu Varro „ De Poetis “（H. Dahlmann）

《蛙》Grenouilles（阿里斯托芬）

《晚餐邀友》Inviting a Friend to Supper（琼森）

《维吉德米阿鲁姆》Virgidemiarum（霍尔）

《维吉尔补遗》Appendix Vergiliana（维吉尔？）

《维吉尔的帝国：〈埃涅阿斯纪〉的政治思想》Vergil's Empire：Political Thought in the Aeneid（阿德勒）

《维吉尔的诗人研讨会节选：〈农事诗〉卷四，行 281－558》Aus Vergils Dichterwerkstätte：Gerogica IV, 281－558（Paul Jahn）

《维吉尔的史诗技艺》Vergils Epische Technik（海因策）

《维吉尔〈农事诗〉》Vergils Georgica（Friedrich Christian Julius Bockemuller）

《维吉尔诗歌的注疏》Virgilii Opera Expositio（塞尔维乌斯）

《维吉尔早期作品选》Aus Vergils Frühzeit（F. Skutsch）

《维吉尔作品集》The Works of Virgil：Containing his Pastorals，Georgics，and Aeneis（德莱顿）

《维罗纳老人》De Sene Veronensi Qui Suburbium Numquam Egressus Est（克劳狄安）

《维纳斯的诞生》Geburt der Venus（波提切利）

《维纳斯节前不眠夜》Pervigilium Veneris（写作时间有争议，作者可能出自叙马库斯圈子）

《维纳斯与阿多尼斯》Venus and Adonis（莎士比亚）

《为克伦威尔自爱尔兰归来所作的贺拉斯式颂歌》Horatian Ode upon Cromwell's Return from Ireland（琼森）

《为了他心爱的遗产》De Herediolo（奥索尼乌斯）

《为诗辩护》Apologie de la Poésie 或 An Apology for Poetry（锡德尼）

《蚊虫》Culex 或 The Gnat（维吉尔？）

《文法》Ars Grammatica（查理西乌斯）

《文法》Ars Grammatica（多那图斯）

《文集》Oeuvres（马莱伯）

《温德梅尔夫人的扇子》Lady Windermere's Fan（王尔德）

《我的十四行诗自评》Comento de'Miei Sonetti（美第奇）

《物性论》De Rerum Natura（卢克莱修）

《武器与男孩》Anthem for Doomed Youth（欧文）

X

《西库鲁姆战纪》Bellum Siculum（塞维鲁斯）

《西利乌姆圣徒殉道纪》Passio Sanctorum Scillitanorum

《西塞罗风格》Ciceronianus（埃拉斯谟）

《西斯特里库斯战记》Bellum Histricum（霍斯提乌斯）

《西西利亚》Sicilia（奥古斯都）

《希波》Hippon

《希腊文选》Anthologia Graeca（H. Beckby）

《希腊史》Hellenica（色诺芬）

《希望卷》Livre de L'espérance（沙尔捷）

《戏剧实践》Pratique du Théâtre（奥比尼亚克）

《下崽母狗》Canis Parturiens（斐德若斯）

《仙后》The Faerie Queene（斯宾塞）

《献辞》Xenia（马尔提阿尔）

《现代诗歌的发展和改革》The Advancement and Reformation of Modern Poetry（丹尼斯）

《飨餐》Le Convivio（但丁）

《向普罗佩提乌斯致敬》Homage to Sextus Propertius（庞德）

《小诗集》Carminum Minorum Corpusculum 或 Carmina Minora（克劳狄安）

《效仿贺拉斯》Satires, Epistles, and Odes of Horace Imitated（蒲伯）

《谐剧论纲》Tractatus Coislinianus（佚名）

《心灵的冲突》Psychomachia（普鲁登提乌斯）

《心迹》Secretum（彼特拉克）

《信札》Epistulae（保利努斯）

《新生》La Vita Nuova（但丁）

《新政治家》New Statesman（杂志）

《新爱罗伊莎》La Nouvelle Héloïse（卢梭）

《形式古老但最新流行的讽刺短诗》Epigrammes in the Oldest Cut, and Newest Fashion（维乌尔）

《星象》Phainomena（阿拉托斯）

《星象》Phainomena（西塞罗译本）

《星空》Aratea（日尔曼尼库斯）

《雄辩术原理》Institutio Oratoria（昆体良）

《修辞学》Rhetorica（亚里士多德）

《修辞艺术》Art de Rhétorique（莫利内）

《序言》Praefationes 或 Praefatiunculae（奥索尼乌斯）

《旋律》Canto（蒲伯）

《选集》Chrestoleros（巴斯塔德）

《雪融》Diffugere Nives（贺拉斯）

《学术的进步》The Advancement of Learning（培根）

《训诫》Instructiones（康莫狄安）

《殉道者的冠冕》Peristephanon Liber（普鲁登提乌斯）

Y

《亚里士多德的〈诗学〉》Aristotelis de Poetica Liber（卡斯泰尔维特罗）

《亚里士多德的〈诗学〉》Aristotle's Poetics（哈利维尔）

《亚里士多德的望远镜》Cannochiale Aristotelico（特索罗）

《亚历山大篇》Livre d'Alexandre（佚名）

《亚马逊鹦鹉》Amazonide（马尔苏斯）

《亚明塔》Aminta（塔索）

《演出卷》Liber Spectaculorum（马尔提阿尔）

《夜——致罗伯特·劳伊的信》Night，an Epistle to Robert Lloyd（丘吉尔）

《耶路撒冷的解放》The Liberation of Jerusalem（塔索）

《伊安篇》Ion（柏拉图）

《伊巴密农达传》Epaminondas

《伊比斯》Ibis（奥维德）

《伊菲革涅娅》Iphigenia（奈维乌斯）

《伊菲格涅娅在陶里斯》Iphigenie im Traurerland（欧里庇得斯）

《伊奥》Io（卡尔伍斯）

《伊索寓言集》Äsopischen Fabeln（斐德若斯）

《抑扬格诗集》Iambi（贺拉斯）

《抑扬格诗人的〈长短句集〉第十七首里的最后困难》Final Difficulties in an Iambic Poet's：Epode 17（巴尔切西）

《医疗食物中毒的药》Heilmittel bei Nahrungsmittelvergiftung（尼坎德尔）

《一个不愿葬在威斯敏斯特公墓的诗人的墓志铭》For One Who Would Not Be Buried in Westminster Abbey（蒲伯）

《一样的激情》The Universal Passion（扬）

《意大利文艺复兴时期的文化》Die Kultur der Renaissance in Italien：Ein Versuch（布克哈特）

《意大利文艺复兴时期文学批评史》A History of Literary Critism in the Italian Renaissance（温伯格）

《意大利语·拉丁语·意大利人》Italic，Latin，Italian（E. Pulgram）

《意大利戏剧》Teatro Italiano（马菲）

《意见书》Les Observations（斯居德里）

《异教诸神学谱系》De Genealogia Deorum Gentilium（薄伽丘）

《以弗所书》Ephesians（保罗）

《音乐原理》或《音乐入门》De Institutione Musica（波爱修斯）

《印记》Sphragis 或 Siegel（奥维德）

《英雄与瘦子》Hero and Leander（马洛威）

《英格兰诗人和苏格兰评论家》English Bards and Scotch Reviewers（拜伦）

《英国淑女书简》England's Heroical Epistles（德拉顿）

《尤利乌斯婚姻法》Julische Ehegesetze

《愚人船》（或《笨汉之船》）*Stultifera nauis*，*Das Narrenschiff* 或 *The Ship of Fools*（布朗特）

《愚人志》（或《顿西亚德》）The Dunciad（蒲伯）

《逾越节歌》Carmen Paschale（塞都利乌斯）

《寓言集》Fabulae（阿维恩）

《与维拉多对话二，捍卫〈忠实的牧羊人〉兼驳顽固院士的挑衅态度》Il Verato secondo ovvero replica dell'Attizzato accademico ferrarese in difesa del Pastor Fido（瓜里尼）

《与门德尔松及尼古拉伊关于肃剧的通讯》Briefwechsel mit Mendelssohn und Nicolai ueber das Trauerspiel（莱辛）

《远征记》Anabasis（色诺芬）

《原罪》Hamartigenia（普鲁登提乌斯）

《约翰福音》Johannes（使徒约翰）

Z

《杂咏》Sătŭră（恩尼乌斯）

《杂咏》Sătŭră（奈维乌斯）

《在巴塞罗那出土的拉丁六拍诗〈阿尔刻提斯〉的莎草纸抄本，清单目录编号 158-161》R. Alcestis Hexametres Llatins Papyri Barcinonenses Inv. No. 158-161（Roca-Puig）

《在巴塞罗那出土的〈阿尔刻提斯〉的莎草纸抄本》Alcestis Barcinonensis（M. Marcovich）

《在任执政官以前向元首格拉提安致谢》Gratiarum Actio ad Gratianum Imperatorem Pro Consulatu（奥索尼乌斯）

《占卜师》Hariolum（奈维乌斯）

《占星术》Mathesis 或 Matheseos Libri Octo（马特努斯）

《赞美诗》Carmina（保利努斯）

《早期古罗马的文学史前时期研究》Studien zur Vorliterarischen Periode im Frühen Rom（G. Vogt-Spira）

《真正的英国人》The True Born Englishman（笛福）

《正字法》De Orthographia Liber（Terentiani Scauri）

《自由共和国时期拉丁文学铭文》Inscriptiones Latinae Liberae Rei Publicae

《哲学的慰藉》Consolatio Philosophiae 或 Consolation of Philosophy（波爱修斯）

《哲学分类》De Divisione Philosophie（甘迪萨尔维）

《哲学的任务》Pragmaticon Philosophiae（纪尧姆）

《执政官行省法》Lex de Provinciis

《执政官奥索尼乌斯的就职祈祷辞》Precationes Consulis Designati Pridie Kalendas Ianuarias Fascibus Sumptis（奥索尼乌斯）

《执政官奥索尼乌斯的音节递增诗行祈祷诗》Oratio Consulis Ausonii Versibus Rhopalicis（奥索尼乌斯）

《智慧篇》Sag.（阿夫朗什的亨利）

《自传》De Vita Sua（奥古斯都）

《忠诚的牧人》Il Pastor Fido（瓜里尼）

《忠诚的牧人》The Faithful Shepherdess（弗莱彻）

《仲夏夜之梦》A Midsummer Night's Dream（莎士比亚）

《致阿布诺特的信》Epistle to Arbuthnot 或 An Epistle from Mr. Pope to Dr. Arbuthnot（蒲伯）

《致阿布诺特医生的信——讽刺诗导论》Epistle to Dr. Arbuthnot，being the Prologue to the Satire（蒲伯）

《致阿利乌斯》Allius（卡图卢斯）

《致狄奥根尼图的信》Epistle to Diognetus（写作时间有争议）

《致弗洛尔》Florusbrief（贺拉斯）

《致父亲》Iulius Ausonius Pater（奥索尼乌斯）

《致李维娅的安慰辞》Consolatio ad Liviam（奥维德）

《致奥古斯都》Augustusbrief（贺拉斯）

《致奥勒留》Ad M. Caes.（弗隆托）

《致奥勒留——论演说术（下）》Ad Marcum Antoninum de Orationibus（弗隆托）

《致皮索父子》Brief an die Pisonen（贺拉斯）

《致亲友》Ad Familiares（奥索尼乌斯）

《致孙子奥索尼乌斯的生日祝福信》Genethliacos ad Ausonium Nepotem（奥索尼乌斯）

《致孙子的劝诫书》Liber Protrepticus ad Nepotem（奥索尼乌斯）

《致孙子奥索尼乌斯》Ad Nepotem Ausonium（奥索尼乌斯）

《致异邦人》Adversus Nationes（阿诺比乌斯）

《致一位女士的信》（An Epistle）To a Lady：Of the Characters Women

（蒲伯）

《自然的划分》De Divisione Naturae 或 On the Division of Nature（埃利热纳）

《治蛇咬伤药》Heilmittel gegen Schlangenbiss（尼坎德尔）

《朱古达战争》De Bello Iugurthino 或 Bellum Iugurthinum（撒路斯特）

《著名城市排行榜》Ordo Urbium Nobilium（奥索尼乌斯）

《专制与圣贤》Tyrannie et Sagesse（科耶夫）

《专横的爱》Amour Tyrannique（斯居德里）

《作家》The Author（丘吉尔）

《作诗的艺术》Ars Versificaria（杰尔维）

《作为文学史前运用萨图尔努斯格的证据的格律与风格》Metrum und Stil als Indizien für Vorliteraturischen Gebrauch des Saturniers（J. Bländsdorf）

图书在版编目(CIP)数据

古罗马诗歌史/江澜著. --上海:
华东师范大学出版社,2019
ISBN 978-7-5675-8696-3

Ⅰ.①古… Ⅱ.①江… Ⅲ.①古典诗歌—诗歌史—古罗马
Ⅳ.①I546.072

中国版本图书馆 CIP 数据核字(2019)第 034147 号

华东师范大学出版社六点分社

企划人 倪为国

古罗马诗歌史

著　者　江　澜
责任编辑　倪为国　古　冈
封面设计　姚　荣

出版发行　华东师范大学出版社
社　　址　上海市中山北路 3663 号　邮编　200062
网　　址　www.ecnupress.com.cn
电　　话　021－60821666　行政传真　021－62572105
客服电话　021－62865537　门市(邮购)电话　021－62869887
地　　址　上海市中山北路 3663 号华东师范大学校内先锋路口
网　　店　http://hdsdcbs.tmall.com

印 刷 者　上海盛隆印务有限公司
开　　本　890×1240　1/32
插　　页　4
印　　张　29.75
字　　数　540 千字
版　　次　2019 年 8 月第 1 版
印　　次　2019 年 8 月第 1 次
书　　号　ISBN 978-7-5675-8696-3/I・1997
定　　价　138.00 元

出 版 人　王　焰